若爱重生

原名陈志实

周旋1946

纳兰香未央 著

九州出版社 JIUZHOUPRESS ｜ 全国百佳图书出版单位

图书在版编目（CIP）数据

若爱重生：全三册 / 纳兰香未央著. -- 北京 ：九
州出版社，2016.11
　　ISBN 978-7-5108-4961-9

　　Ⅰ．①若… Ⅱ．①纳… Ⅲ．①长篇小说－中国－当代
Ⅳ．①I247.5

　　中国版本图书馆CIP数据核字(2016)第320722号

若爱重生·全三册

作　　者	纳兰香未央　著
出版发行	九州出版社
地　　址	北京市西城区阜外大街甲 35 号 (100037)
发行电话	(010)68992190/3/5/6
网　　址	www.jiuzhoupress.com
电子信箱	jiuzhou@jiuzhoupress.com
印　　刷	三河市九洲财鑫印刷有限公司
开　　本	787 毫米×1092 毫米　16 开
印　　张	84.75
字　　数	1580 千字
版　　次	2018 年 1 月第 1 版
印　　次	2018 年 1 月第 1 次印刷
书　　号	ISBN 978-7-5108-4961-9
定　　价	128.00 元

目录

楔 子

"号外，号外，军统再出杀手锏，日伪女间谍已于昨夜归案！号外，号外，军统再出杀手锏，日伪女间谍已于昨夜归案！！"

随着小小报童清脆的吆喝声，整个街巷似乎也在晨曦里苏醒过来。作为国内最摩登华丽的风口浪尖之地，刚刚走过八年抗战的上海，却无法如愿地享受久违的和平气象。

报童刚走到大都会舞厅的门口，一个肥头大耳的巡捕就迎面撞了过来，一把抓住他的脖领，口中恶狠狠道："你个小赤佬，脑壳坏掉啦？也不瞧瞧这是什么地方？军统抓间谍的事是让你随便喊的？滚，快滚！！"

"报上明明写着，怎么不能说？"

"军统的事，统统不许提！"巡捕挥了挥手中的警棍，"哎，我想起来了，上次不是教训过你吗？看来你这屁股是铁打的嘛！"

"哼，上次，上次……'玫瑰别墅'的案子，见不见报大家也都晓得！"报童奋力地挣脱了，还不忘反戈一击。

"小瘪三！有种别让我再逮到你！也不瞧瞧这是什么地方？"

一辆黑色的轿车，此刻在"大都会"的门口。这座由广东商人江耀章1934年营建的舞厅，堪称老上海夜生活的地标之一，建筑风格自成一体，外呈八角形，里面正中一个穹窿顶，顶下正对圆形舞池，四周雕梁画栋，古色古香，与洋派的百乐门舞厅风格迥异。一位剑眉星目的年轻男子双手握着方向盘，神色略显凝重。

刚才发生的一幕，于他而言早已是司空见惯，只是当"女间谍"的字眼频频敲打在耳膜上，让他的心也不由得疼痛起来。他当然知道归案的对象是何许人也，军统绝非坊间茶余饭后议论的饭桶，组织之严，手段之毒，远不是常人所能想象。但他不知道的是，不远处还有个黑衣男子，正隐身在一幢建筑后，手持一款最新型的照相机，对着他拍个不停……

第一章　初到上海

　　是的，很多时候，我们挣扎在抗拒命运、力争运命的漩涡中，辗转反侧，盘旋迂回，终究收获的，也不过是一缕"大江东去，往事如烟"的寂寥和怅惘心绪罢了。

　　那一年，江沁梅还不满十八岁，却站在了一个重要的人生转折点上。

　　这个来自红都延安的女孩，注定要经受一场非常的考验，承受来自于身心的双重压力。就像置身于一片不可预知，却注定惊涛骇浪上的小舢板中，仰望着深杳莫测的天空，俯瞰着深不可测的海面，难以感知未来。

　　两个父亲，两个将军，一个是我党资深卧底人员，一个是老牌国民党特务，而她，将从一名延安时代无忧无虑、热情激昂的抗日军政大学学员，变身为一名红色谍报人员，周旋在敌营，周旋在生父和养父之间。

　　她将面临怎样的困境，会做出怎样的抉择？没有人为她预测、猜想过，继而对她做出过什么暗示和提醒，包括她的母亲，那个饱经风霜的老地工人员。一切都是那样未知和不可估量。

　　她曾在德国教会学校学到一句话，人类一思考，上帝就发笑。多年以后，每当江沁梅记起自己当年离开延安的情景，历经波折、劫后余生的她，总会从心底发出一声叹息。是的，很多时候，我们挣扎在抗拒命运、力争运命的漩涡中，辗转反侧，盘旋迂回，终究收获的，也不过是一缕"大江东去，往事如烟"的寂寥和怅惘心绪罢了。

　　当年的江沁梅却是浑然不觉的，那时的她，意气风发，年轻心热。可在小姨沈冰眼中，这张清纯稚嫩的娃娃脸，未曾发育起来的细瘦身材，清汤挂面式的披肩长发，看起来最多十五六岁的样子。幸好 164 的身高，让她有了一丝窈窕淑女的风范。

　　"唉！你这总是长不大的样子，可咋办呦？这改装不易……"小姨沈冰轻叹道，"虽说不易……也还是要改！"然后就拉着她走出了家门。

　　一九四五年秋天的重庆，到处都是抗战胜利后的欢快气氛。那残酷持续的大轰炸已成为历史，和平的曙光乍现，一切都是百废待兴充满希望的状态。

　　从北碚的一家高级美发厅出来，江沁梅已改了模样。

　　一身象牙白的洋装裙下摆略微蓬起，恰到好处地凸显了女孩不盈一握的纤纤腰身；

繁复精致的胸前刺绣花边掩藏了她上身的平板瘦弱；新剪出的齐眉刘海光亮蓬松，乌黑的直发仍然披在肩后，却因为一条鹅黄色发带的束起而显出几分俏丽；加上女孩洁白如玉的肤色，乌亮闪光的双眸，精致挺拔的鼻梁，微微上翘的嘴唇，尤其是她独有的特征——眉间那颗淡红色、形如梅花的俏皮朱砂痣……眼前这个精致美妙的形象让沈冰不由得捂嘴笑了。

"小姨，您笑什么呀？"女孩懵懂的样子甚是可爱。

"傻丫头，这下我放心了。唔，这个形象挺符合你目前的身份，是在陪都中产家庭生活了多年的女孩！"

"可是，我穿这种洋装好不习惯，啰里啰唆，缚手缚脚的……"女孩嘟嘟嘴。

"别不知好歹啊，这么华贵的衣服还不习惯，那你习惯穿什么？"沈冰亲昵地拍拍她的头。她自己还没有孩子，所以对这个才重逢不久的外甥女格外宠爱。

沁梅贴着小姨的耳边低语："当然是军装啦！您忘了？我是来自延安的……八路军！"

看着小姨鼓起眼微微瞪着她，沁梅忙求饶地一笑："偷偷说一句还不行吗？又没外人……"

沈冰满脸严肃道："梅梅！你要记住自己如今的身份，你不是小孩子了，你是一名……"

"红色特工！"女孩兴奋地抢过话头，虽然声音压得很低，她还是习惯性地回头看看门窗的方向，随即给自己小姨绽放了一个最明朗的笑容。

"唉！"沈冰却叹了口气，接着又摇头："其实我倒觉得，很多时候，你应该忘却自己的身份。对你来说，目前能成功蛰伏下来比什么都重要，你忘了老秦同志的交代了？蛰伏重于行动！"

女孩忽闪着大眼睛频频点头。

沈冰神情复杂地上前搂住她的肩膀："别忘了，到了上海，你的身份会更加敏感特殊，你要面对的是……两个将军父亲！"

这样的表情让沁梅有点困惑。她敏感地发现，在重庆和小姨相处了三个多月，每当提及自己的生父，小姨的神情总会变得不耐烦、不屑和不情愿。

虽然如此，父女之情相关，有些话还是要问。

"小姨，您能再多给我讲讲我爸爸的事情吗？我的亲生父亲？"

"有啥可讲的？你不是说，在老家的时候，很多事情你妈都告诉你了吗？"

"我妈是我妈，您是您啊！听说您曾经做过我爸爸手下的交通员，我爸爸跟你在一起工作的时间比跟我妈相处都要长。小姨，讲讲吧？"

"唉，你这孩子怎么学会缠人了？到上海缠你爸去！让他讲给你听，他的那些'光荣历史'，哼！"

忍不住哼过这一声，沈冰哂笑着一拍头："嗨，我倒忘了，你去那边就不能缠他了！毕竟身份不同，你如今该叫他……"

"表叔！"女孩沉着脸嘟囔着。

"对，表叔！记住了！"沈冰拍拍外甥女："快去睡觉吧，明天一大早的船呢。"

此刻，江沁梅就站在驶往上海的船的甲板上，望着不断向后滑去的江水微微发愣。浅米色的长大衣罩在月白色的洋装外，浅褐色的亮漆圆头皮鞋时尚新潮，温顺娴静的姿态，沉静如水的面容，她这副家教良好的乖乖女装扮和仪容，让过往的乘客都忍不住多看一眼。

但女孩的心中却难以平静。如烟往事像一片片云朵总是在脑际飘浮，跟着她一路，从延安到重庆，如今又随着她的脚步上了这开往上海的江轮，注定要追随她去到新的生活天地。

"别忘了，到了上海，你的身份会更加敏感特殊，你要面对的是……两个将军父亲！"小姨的那番话又在她耳边响起，浮现在女孩脑海中的是两张亲切又陌生、温情又冷漠的男人面孔。

两个相同又不同，同样优秀抑或总是恩义难辨的戎装男人！

沁梅不由得晃晃脑袋，晃走了两张面孔，母亲亲切如昔，却又纠结难言的面庞又闯入脑际，她的声音现在想起来，竟然有一种让人心痛的虚弱无力：

"梅儿，妈妈无法阻止你的选择，无论从亲情方面，还是从……组织利益来讲。妈妈只是有点担心……担心你和他……你爸爸……相处的问题！你不是个柔顺孩子，他又偏偏……倔强过人。"

说这番话的时候，妈妈沈琬正蹲在厨房中熬药，不知道是否是汤药翻滚带起的烟气熏到了母亲的眼睛，总觉得她那双秀气的大眼睛里含着一层烟雾。

"妈，不会的！您不是多次给我讲过爸爸的故事吗？他的不凡经历，当然还有阎伯伯，他是爸爸的老上级了，还有郭伯伯……他们都告诉过我，说爸爸为组织做了很大的贡献，是个了不起的人！"说到这里，沁梅回头望望隔壁窑洞。

她当时上前搂住妈妈："您放心吧，我爸爸是那样优秀的红色特工，如今我是受组织指派去协助他的工作，我会服从他的，一定不让您失望，更不会让组织失望！"

母亲沈琬连连摇头："你没明白我的意思，丫头！我不是说工作，我是说……"她不知道该怎样说下去，望着女儿深深叹了一口气。

沁梅却心下明白："我知道，您指的是私情方面，毕竟他如今……可是……妈妈，我不会在意的，您放心，无论怎样他都是我的父亲！再说，您不是也都完全原谅他了吗？您曾经说过，您和爸爸之间的一切纠葛恩怨，完全是历史误会造成的……何况，小松还在您身边呢？他如今就是您的亲生儿子，是您和郭伯伯的儿子！"

说到这里，沁梅突然记起："妈，我走前来不及去看小松了，您代我向他告别，按组织规定，肯定是不会告诉他我真实的去处，您就说我去外地上学了，让他好好学习，好好替我照顾您和郭伯伯，让他别忘了我这个姐姐！"

沈琬望着女儿纯净秀美的脸庞，正想再说什么，隔壁传来了一阵剧烈的咳嗽声，她忙停住了想说的话，将熬好的药倒在碗里，端着向那边走去。

"上海港快到了，大家收拾行李准备下船了！"服务生的呼喊声将痴痴回忆着往事的沁梅拉回到现实中来，她转身回房间整理好行李。

上海港就在眼前，沁梅站在甲板上，向着渐渐靠近的对面码头瞭望着。码头上站着三三两两等着接船的人们，仿佛不经意间一瞥，沁梅只觉得自己的心脏猛跳了两下！

一点不假，是狠狠的两下异动心跳，全为着突然映入眼帘的站在码头上的那个青年！

这是一个年约二十出头的年轻男孩，身材颀长，穿了一身黑色的合体西服，衣襟敞开，露出里边同色的马甲来。他没有系领带，衬在西装内的米色衬衣也是二粒纽扣没扣，旁若无人般在微凉的秋风中露出秀长的脖颈。

沁梅之所以首先会注意到他，是因为他的姿态很奇怪，在周围翘首焦急的人群中，他显得慵懒随意，他的身子斜斜倚在码头上的栏杆上，一种"行至水穷处，坐看云初起"的闲适和安详，在码头接船等人的行列中就给人很另类的感觉。

其实，在沁梅心头猛然激起第一跳的，倒是他手中捧着的一大束玫瑰花！

沁梅仔细辨认了——没有约定的报纸，至于玫瑰，一半红色，一半粉色，数量颜色都不对！

"他肯定不是！按照事先的约定，接头的同志会在出站口等我。是这玫瑰花，才让自己胡思乱想的。"沁梅在心底考量着。但还是有一点小失望划过她的心头——如果他真是接头的同志呢？随即，又不禁暗暗地谴责自己：想什么呢？傻丫头！在如此关键的时候，怎还会萌生这样可笑的念头？

却是忍不住再次偷偷打量那人，随着船身向码头的靠近，对面人的眉眼看得格外清晰起来。等看清楚那人的长相，沁梅心头又狂跳了第二下。

这是一张轮廓鲜明的脸庞，温润秀长的双眸，倔强挺立的鼻梁，微微抿起的嘴唇略显刚劲坚毅。最具特色的，倒是那两条微簧的剑眉，从容间将一抹与生俱来的寂寞孤独思绪涂抹在了脸上。

奇怪啊，怎么就会有一种熟悉的感觉呢？仿佛在哪里和他相见过、相识过？

沁梅迅速在脑海中梳理回忆了一下，可以认定自己肯定和他是素昧平生，但是这种挥之不去的熟识感又来自何处？

船靠岸了，沁梅狠劲摇摇头，甩掉这种毫无意义的猜测和疑惑，转身回舱里拎过行李，准备下船。

码头出站口处，沁梅很容易就发现了自己的接头目标。

一张标题醒目外露着的《申报》，包裹着一束鲜艳欲滴的玫瑰，三枝红色，三枝白色，三枝黄色。沁梅仔细辨认过报纸，认真数清了花朵，快步向前。

手擎这束花的是一个身材矫健，带有行伍者气质的青年男子，他身穿便装，但挺直的背脊和站姿暴露出他职业军人的风范。此刻他的脸上挂着怡然自得的微笑。

按规矩是沁梅上前先打招呼："请问，是小雨表哥吗？"

"是啊，你是虹表妹吧？"

"云表哥没来吗？"

"云表哥他很忙，让我来接你。"

严丝合缝，分毫不差，转瞬间，沁梅已经挽上了男子的胳膊，兄妹俩亲密无间地向出站口走去。

上了停在出站口不远处的一辆军车上，那个青年男子从驾驶座位上回身，笑着对坐在后排的沁梅伸出手来："认识一下吧，我叫许若飞，目前身份是你父亲的副官。"

听他说到"你父亲"三个字，沁梅微微一愣，许若飞笑了，忙解释道："咱们这个飓风小组的基干成员有四人，你，你父亲，程睿处长，还有我。在这里，只有我和程处长知道你和江师长的真实关系。"

原来如此。沁梅微微一笑，也握住了他的手："明白了，我目前的名字是郭沁梅。"

许若飞点头："好的，我记住了。你和他……哦，我是指你父亲，我们师座，以后的身份会是表亲关系。"

"我明白的，我应该叫他表叔。"

"组织代号你也都知道了吧？咱们四人？你是虹表妹，程处长是雷表哥，我是雨表哥，师座是云表哥。"

"这么多的表哥……"

"有点晕是吧？如果觉得别扭，你也可以暗暗改叫'云表叔'，这样辈分起码对了。"

"不必！不过是一个代号而已，何必太过在意？"女孩的语气出奇的冷静决绝。

"嗨？血缘这东西好奇怪的！这口吻……你真像他！"

"你说我像谁？"

许若飞笑了："像你父亲啊……哦，现在应该说你表叔，我们师座。"

沁梅没再接话，将头望向了窗外。

十里洋场，繁华奢靡，即使在战后这百废待兴、凄惶零落的年代，也显得比山城陪都多了一番洋派和贵族气。就像一位过时的贵妇，虽然华丽的锦袍上面血迹污垢斑驳淋漓，但是如果你俯下身细心辨认了去，还是可以看出那袍身上原是绣满精美绝伦的花纹。

车子停在一座灰色调气派的四层大楼前，沁梅走下车，"淞沪警备师"的牌子映入眼帘。

许若飞将她带到了二楼，走进一个几递进套间式的办公室，挥挥手，让几个参谋秘书样的人离开了，他指着最里间的房间对沁梅低语："他在里面等你呢。"

沁梅点头，正要转身，许若飞又用眼神留住了她，他的语气有些支吾："呃……有句话，不知是否当讲?"

"许……副官，你说吧。"

"是这样的，我在外边守着，不会有人进去。我想你和师座好容易团聚，这第一次见面，又是特殊情形……呃，我是说，以后见面容易，可是人多眼杂的，这父女情分以后又不能公开……所以，你还是……总之，我们师座不容易!"这番话他说得磕磕绊绊，语无伦次，爽快开朗如他许若飞，也有点脸微红。

沁梅当然明白了他的意思，也瞬间看出来他和自己父亲的深厚感情，却又不便因此承诺他什么，只好含糊一点头，向里面办公室走去。许若飞也转身离开了。

隔着办公室门上端的玻璃，沁梅向里面望去：宽大的办公室里书柜、沙发、地图，样样井然有序，大大的办公桌后面，一个戎装整齐的男子正低首在读什么东西。

轮廓分明的面部线条、瘦削清俊的面庞虽然只谋面两次，却早已深深镌刻在女孩的心中。此时最深刻的东西，不是这因血缘相关而朝思暮想的容颜，却是那身笔挺有形、肩头的熠熠星辉的美式军服。这是一位将军! 她的父亲，如今是一位身着国军军服的将军! 各式各样的叮嘱和提醒，多少次心底暗暗的思量，此刻都化作了有点生涩的犹疑。

沁梅捂着胸口，暗地平息了自己的情绪，又偷偷长吸口气，咬咬嘴唇，下定决心后轻轻敲响了门。

父女就这样对望着，一瞬间仿佛千年。往事像闪电一般轮流划过彼此的脑际。

江静舟痴痴看着眼前的女孩，几番场景在心底交互凸现：

十七年前，在广东的某教堂中，父女俩今生初次谋面是那样的尴尬无奈。刚满周岁的小沁梅被抱在发妻沈琬怀中，身旁站着小姨妹沈冰。而那时的自己正穿着结婚礼服，旁边是穿着白色婚纱的娇美新娘。难以忘怀的，除了自己发妻悲痛欲绝的泪容，小姨妹鄙夷仇恨的眼神外，就是小沁梅懵懂的笑脸，那颗眉心间一个奇妙的胎记，有着梅花形状的朱砂痣。

九年前，沁梅突然出现在自己小女儿宁兰的周岁生日典礼上，她的手被养父胡文轩牵着，而自己正紧紧搂着小女儿宁兰。只记得小沁梅当时愣愣地看着他，那眉间淡红色的朱砂痣再次刺痛了他的心。

还是在上海，十二岁的沁梅回到了组织怀抱，即将跟随她的小姨沈冰去延安，他们相约在秘密交通站见面。一共不到一个小时的时间，父女真正单独相处的时间更是短而又短，沈冰板着脸给这对父女介绍了彼此真实的身份，女孩在小姨冷冰冰的催促下，怯生生叫了他一声"爸爸"，而他的眼泪却不争气地流着，怎么也止不住，似乎是为了狠狠压抑住那份伤痛和悲情，他竟然没有敢上前搂抱女儿一下。

眼前这个亭亭玉立的女孩，难道就是记忆中那个细瘦弱小的女童吗？江静舟咬咬嘴唇，抑制住澎湃的心潮，平静下来的心绪让他蓦然注意到女孩眉间那颗朱砂痣，他有点自嘲地笑了。

父女血脉相连，心有灵犀，此刻江沁梅心底翻滚过的，竟是相同的旧影昔照。

第一次见到自己的父亲，竟然是在那样纠结不安的场合：自己和养父去参加一个高级军官女儿的周岁庆典，她看到一个被打扮成小公主模样的女孩，坐在年轻英俊的军官的怀中，那军官对手中抱着的女孩宠溺地笑着。自己被带到这对幸福的父女身边，记不得养父让自己称呼那名军官什么了，忘不掉的，是那名军官看到自己后那蓦然震惊、难掩慌乱的面容。

后来，当自己被小姨找到，准备回到母亲身边的前夕，她再次见到了那名军官，虽然那天他穿着便装，她还是一眼认出了他的面容：是父女间注定的心灵相通，还是那张清癯英俊的面容太令人难忘？她实在想不明白。更让人费解的是，小姨竟告诉她，这就是自己的亲生父亲！当她抓着小姨的手，在她一再的催促下叫了声"爸爸"时，她心底同时打上了这样一个问号："他不是有自己的女儿吗？那个小公主……"她看到他居然不停地背过身去悄悄拭泪，还在奇怪：看上去孔武有力、霸气外泄的他，怎么会有那样多的泪水？

片刻的沉静，时间仿佛凝固不动，一种淡淡的疏离别扭气氛在涌动着。

江静舟叹口气，率先打破这难言的尴尬局面："梅儿，真的是你吗？"

一声"爸爸"已经涌到唇边，又生生被女孩咽了回去。她的语气之镇定、平和，甚至是冷静、残忍，连她自己都没想到："我想，我们应该有着正规的工作程序才对？云表哥同志！"

一番话，让对面的人明显一愣，那后缀的别扭称呼也让他心底唯有苦笑。

"鱼沈雁杳天涯路，"女孩字正腔圆地说出这句古诗句。

"始信人间别离苦。"江静舟不假思索却是有些机械地对上了这句暗号。心绪之河不禁泛起阵阵涟漪："这究竟是谁搞的恶作剧？让我们父女的接头暗号也这般凄清切题？"他忍不住在心底嘟囔了一句。

第二章　三封电报

这一行的冷酷残忍和决绝无奈，让潜伏敌营十几年的他尝尽了悲酸辛苦！一切都如过眼云烟，一切都可以隐忍不计，可是想到自己心爱的女儿，如今也要沿着父母的足迹走上这条凶险莫测的道路，作为父亲的他，心中此刻充溢的竟然是满满的不忍和悲伤！

守在门外的许若飞手里玩着一支铅笔，心不在焉地在一张白纸上涂涂写写。他不知道里屋这对父女的相见是怎样一种情形，但是他暗暗祈祷自己一向崇拜的上级和大哥能骨肉相亲，有一次难得的宣泄自己情感的机会。

只为江静舟成家生女很早，女儿沁梅出生在民国十六年秋天，那年他才十八岁，还是一名刚参加完几次北伐之战的黄埔军校生。如今三十六岁的他正当壮年，却是青春痕迹犹在的模样，陡然间一个如花似玉的少女从天而降，竟然是他的亲生女儿！这多少让知道内情的许若飞暗自好笑：在我们这些人的心中，我们师座自己还是一个精力旺盛的小伙子般的人呢。

此刻，这个在自己下属眼中依旧年轻的少壮派将军，正纠结在这盼望已久，却又晦涩难言的亲情中。

"暗号无误吧……沁梅同志？"江静舟这样叫着自己的亲生女儿，心底不由得孩子气地暗自嘀咕一句："哼，小丫头，总不至于也要我循规蹈矩地叫你一声虹表妹吧？"

"是的……爸爸。"女孩也脸红了，似乎有些不好意思的轻声呢喃了这么一句，随即又赶紧加上一句："我知道，按规矩我应该称呼您为表叔，但我，就是想，破例先叫您这么一声……以后我会注意的，请您放心！"

原本被这声亲情四溢的"爸爸"弄得心在颤抖，紧接着又被冷静的解释平复了些情绪，江静舟心酸无比，他忍住直逼到眼眶的泪水，微微向前走了几步，和女儿离得更近些："孩子，我明白……让爸爸好好看看你！"

他不自觉地伸出了双臂，期待女儿能扑到自己怀中，这股压抑太久的亲情像怒涨的潮水，猛烈地拍击着他的心扉。

但江静舟很快就失望了。这个柔弱秀气、表情中总带着淡淡忧伤的女孩用陌生的眼光盯着自己，似乎更是盯着自己的这身装束，脸上现出的犹疑和抗拒神情刺痛了他的心。

究竟是这身刻板严谨的将军制服让孩子感到困惑，还是从未有过的父女亲情让女儿别扭不自然？总之，幻想中的相见欢进而相拥而泣的场景，像肥皂泡一样瞬间在脑海中破灭了。

似乎看出父亲的失望和伤感，沁梅上前抓住了江静舟的手，露出一丝安慰的笑意："您随便看吧，无论叫多少声表叔，我都是您的女儿！是的，您的女儿，沁梅，就在您的面前！"

孩子终究是懂事的，她用这几乎是顽皮的语调冲淡了父女初见的尴尬气氛，江静舟略感安慰。他看到了女儿成熟多智的一面，审时度势，微调情绪，掌控全局，扭转被动，这对于一个即将卧底敌营的人来说，是多么必要的一项技能。

"好的，梅儿！跟爸爸坐到这边来，我们好好聊聊。"父女终究温柔平静相对。

江沁梅用沉静平和的语气向父亲汇报了任务，接着又简述了这一路走来的情形，从延安到重庆，再到上海。江静舟静静地听着，不时微微点头。

"很好，此番行程之关键节点在重庆！这是我格外担心……也是很关注的一件事！好在有你小姨替你安排打点这一切，我就放心了！沈冰她……做事万无一失！"

"是的，小姨她行事很细心严谨，地工经验很丰富！不过……"

"不过什么？是她对你到我身边工作颇有微词吧？"

父亲是自嘲无奈的苦笑形象，女儿想说的话也终究未忍直接道出，但是心中的疑惑却终究想有个答案，这时当着至亲的人，沁梅莫名觉得心就贴的很近，虽然，自她懂事后，他们父女此生才是第三次见面！

"这是组织上的安排，小姨并不能说什么。我只是觉得奇怪……"

"是你小姨对我的态度吧？呃，冰冰她是那样的脾气，我都习惯了……你还小，有些事，将来慢慢讲给你听！"

"一些事情其实我明白的！好吧，有些话我也等会再告诉您。"女孩听话地让这个话题戛然而止，但是另一个纠结问题又难免出现，提起小姨，怎么能不涉及母亲？

"你妈妈她……还好吧？"父亲随意的语气中有着令人难辨的不自然，女儿却瞬间敏感地捉住了。

"她很好。"

"还有你继父？"

"郭伯伯不太好，他的肺病越来越严重，我走前他已经起不来床了。"

"哦？是这样？那年在这里，我和他初见，就是你妈妈陪着他来医病，那时候就诊断出了他患有较严重的肺病。我听你妈说了，他的病是在长征路上落下的……他人很好，很乐观，虽然只大我一岁，但是那种沉稳淡定的样子让我难忘！"

"是的，郭伯伯人好极了，他对我，还有宁松，都像是自己亲生儿女一样。尤其是小松，几乎是跟着他长大的！自从他得了肺病后，他就不愿让我们姐弟进他房间，妈妈说他怕传染给我们……他总是为别人着想的太多。"沁梅说着，眼泪汪汪起来。

江静舟掏出手绢，递给女儿，又暗暗叹了口气。

沉默片刻，沁梅擦了泪，望向父亲："您还没问宁松呢？您……不想他吗？"

"怎么会不想？瞧你这丫头问的！"江静舟似乎有点怨念地看了女儿一眼，语气却仍是淡淡的，不仔细品读，总觉得是一副漫不经心的意味："他今年十一岁了，长高了吧？"

问出这句话，做父亲的人无奈地苦笑起来。从儿子刚满半岁就被送走后，自己再未见过一面，有限的看过几张儿子的相片，也是瞬间一瞥的事情。身份的特殊，使他未敢将自己儿子的照片留一张在身边！如今儿子长成什么模样，自己能有什么概念呢？

女儿终究是体贴的，她上前拉起父亲，用手在他的胳膊旁比画了几下，确定了一个位置，笑道："喏，差不多，就到这里，他现在有这么高了！"

江静舟被女儿的温存体贴所感，笑着点头，忍不住拍了拍她的面颊。

父亲这番亲热的表情让沁梅心头一动，也顺势捉了父亲的手，拉着他重新坐下，望着他的脸仔细端详了一阵，轻叹着："您比五年前我见您那次瘦多了，也黑多了！听说您在远征军中作战很艰苦，尤其是缅北之战，听说您还经过了野人山？您受了很重的伤，如今身体怎么样？"

"傻丫头，我不是好好坐在你面前呢吗？打仗嘛，哪有不负伤的？这些不必再提！我还有重要的事要问你。"

沁梅点点头，认真望向父亲，听他终于提到了自己一路上纠结的那个问题。

电讯科长唐玉将一封电报交给守在师长办公室外的许若飞，她是警备师仅有的几名地下党员之一，也是飓风小组成员，代号为"霓表妹"，受许若飞和程睿领导。

许若飞看了电文，眉头紧锁，没有答言。

"上半截内容和前面第二封一字不差，后半截就几乎是加强命令的意味了！而且……隐含了对咱们小组回电询问的不满之意。"唐玉边说边看着他的表情。

"别胡猜！你又不是上级肚子里的蛔虫！"许若飞白了她一眼。

唐玉不服气地对他撇撇嘴，却也没再说什么。

许若飞沉思着："看来老家的意思就是这样的，虽然费解些！我也只好把第二封电报如实拿给师座看了！"

"什么？那第二封电报你竟然还没拿给师座看呢？天！许若飞，你这下惨了！"

"丫头片子懂什么呀？至于吗？大惊小怪的！"

"哼！好心没好报，我可是为你捏把汗呢！你就等着挨训吧，许副官！"唐玉剜了他一眼，不等他回击，忙转身走了。

因为提到的问题太过纠结，让室内这父女两人都陷入沉默。

江静舟用手搓搓脸，长叹一声："好吧，我保留个人的意见。不过无论如何，我都不太支持你来此地工作！不管你给我摆多少条理由，只要他胡文轩在此地，你江沁梅来这里工作就是不适宜的，也是不明智的！"

"爸，您太固执了！我也和您说过了，这个决定不但是组织上反复论证过的，也是我自己强烈要求的！如今您女儿不是小孩子了，是一名红色特工，我刚才认真和您讲述了我和他……我的养父的一些相处经历，有您以前知道的，也有您不知道的。所有这一切，都是想向您表明，我有把握处理好这种关系！我的任务很明确，就是相帮您应付您和他……养父的关系，便于更好地完成任务，完成咱们飓风小组应该承担和完成的任务！"

"可是，梅儿，你究竟是太过年轻！很多事情不是你想象中那样简单！你如何帮我呢？就凭借你在他身边几年结下的那份父女情吗？你觉得你很容易对付得了他吗？千万别忘了，你的养父，他如今不是慈眉善目的胡家大少爷，也不是当年我初识他时的青春洋溢、热情似火的知识青年了！他目前的身份——保密局上海站少将站长、戴笠亲自提拔的特务头子……你这样一个单纯的小姑娘……如何和他周旋较量？"江静舟的语气近乎痛心疾首，为人父的焦虑此刻远远大于作为特工身份的考虑。

沁梅并非不感念父亲的殷切关爱，但骨子里的倔强和孤傲让她选择回答父亲的语气几近决绝："请把我看成是您的战友吧！您就不会过于坚持刚才的想法了！"

望着女儿脸上坚毅果敢的光芒，江静舟心中百感交集。这神情太过熟悉，沈琬、沈冰姐妹，还有另外那张清雅脱俗、早已镌刻心底的秀丽面庞……

他微微叹口气，不能不暗地承认一个事实——仿佛不知不觉中，他和他的女儿，已经像两个地工战友那样谈了很久。

作为同志、战友，江静舟无疑是欣慰的；可是作为父亲，他的心头不能不掠过一丝悲凉。这一行的冷酷残忍和决绝无奈，让潜伏敌营十几年的他尝尽了悲酸辛苦！一切都如过眼云烟，一切都可以隐忍不计，可是想到自己心爱的女儿，如今也要沿着父母的足迹走上这条凶险莫测的道路，作为父亲的他，心中此刻充溢的竟然是满满的不忍和悲伤！

可是似乎已经别无选择！

江静舟努力压抑住自己澎湃的心潮，对女儿轻声道："好了，既来之，则安之，我先安排你住下吧！和你养父见面的事情，就按咱们刚才商量的方案办！"

沁梅点头不语。

江静舟拿起电话，对门外的许若飞吩咐了几句，放下电话，对沁梅道："许副官在外边等你，会为你安排一切。先好好休息一下吧！"

"好的。"沁梅温顺地点点头，看着父亲欲言又止。

江静舟感觉到了，对她露出一丝询问的表情，同时又对她鼓励地一笑。

"还有件事，是妈妈走时交代的，今天我原想着没时间讲到这里，可是又想早点告诉您……"沁梅咬咬嘴唇，思索片刻，下定决心把自己想说的话讲出来。

"你妈妈交代的事情，是什么？"

"是您和虞阿姨的事情……妈妈让我提醒您，千万别再错过了。妈妈说，这八年抗战都胜利了，你们一定有机会的，让您一定把握住！"

"这都什么话呀？"做父亲的人脸瞬间红了，沉稳如他也竟然语无伦次起来，"这种话怎么能告诉孩子？这个沈琬！"

他瞟了女儿一眼："你妈还给你说了些啥？"

沁梅突然间童心乍起，笑道："您的事情我都知道了！您和妈妈，和虞阿姨，甚至是您……和宁松的妈妈……"她忍不住偷偷看父亲的表情。

"这个沈琬！"

"您别怨妈妈呀！我在想，妈妈一定是觉得，这次我会和您相处很长一段时间，她一定不希望我们父女之间有一点点相处的隔阂和猜忌，就像当年她和您一样，因为环境的隔阂，竟然造成了那样惨烈的误解……和彼此伤害，多遗憾啊！"

听到在自己心中还是孩子的女儿说出这番老成持重的话语，江静舟是又感慨又无奈，一时竟然不知如何作答。

女孩却再次露出和自己年龄不相称的成熟来："妈妈一定认为，有些事情讲明白了，说清楚了，我就能理解您了。而且，我最感到高兴的是，妈妈同我讲这些，就是没把我当孩子看了！我马上就满十八岁了，我是成年人了！"

这番话就让做父亲的人更有些哭笑不得的感觉了。

"这都哪儿跟哪儿啊……这个沈琬！"他不住地摇头。

沁梅带着亲热的微笑继续对父亲道："妈妈最后有句话最精辟，她说您——金子哥的幸福，对她也很重要！"

金子哥！这久违的亲切称呼猛然撞击到江静舟的心扉上！他更加无语，只能再次叹气着呢喃："这个沈琬……"

"好啦，我都说完了，我走了，爸爸再见……哦，不对，从离开这里起，我就应该改称呼了！表叔再见！"

不再理会自己父亲的纠结和难为情，如此这般畅快地说出了心中藏着的重要话，沁梅心中得意万分，于是一脸轻松地离开了父亲的办公室。

将沁梅安排到唐玉处，又交代她照顾好沁梅的事宜，许若飞回到江静舟办公室，将一封电报交给他看。

他有点担心地注意着上司的脸色，不解地嘀咕着："这都是搞什么名堂嘛？前天收到的第一封电报说让咱们全力以赴解救霞表姐，可是如今这封又……"

江静舟心中也是愤懑难忍，还夹杂着强烈的不解，他微蹙眉头，沉默不语。

许若飞虽然不知道自己上司和这位霞表姐的关系纠葛，但是从他接到第一封电报后做出的应激反应看，那起码是我们一位重要的同志。

"让咱们找机会将消息渗透给那边……这几乎是不可思议的一件事呢！"许若飞仍在嘀咕。

瞬间冷静下来的江静舟却突然想到一个问题，就直视着自己的副官："这第二封电报何时收到的？"

许若飞一下子脸红起来："昨……昨天。"

"为什么不马上送来？"

"没……没来得及译出……"

"许若飞，撒谎有意思吗？"江静舟的脸色瞬间严肃得有些吓人，"给我叫唐玉来！"

"不……不是没译出，是我想进一步确认一下……"

"哦？然后呢？"

"我……我就没征得您的同意，又让唐玉给老家拍了个请示电报，询问这封电报的真实意思……"

"然后呢？"

许若飞恨不得自己能即刻遁地而逃，他不敢再说，从口袋中掏出了最后唐玉交给他的第三封电报，递给自己的上级。

江静舟扯过电报匆匆看了一遍，从牙缝里挤出了一句怒喝："许若飞，你混蛋！"

年轻的副官脸红得都快破了，他垂首无言，静待一阵暴风骤雨般的斥责扑面而来。

"你是才干上这一行的生瓜蛋子吗？你有什么资格擅自做主重新向老家拍发电报？你知道你这种行为，也许会增加暴露的机会和危险吗？"

许若飞看着自己的上司像一头被激怒的豹子一样在房间内愤愤然走了几个来回，等到走回到他的面前，却令人诧异的风平浪静起来："好了，你先出去吧！"

"师座，我知道错了！可是您……不该计划什么吗？"

"容我想想再说！"他挥手让副官出去了。

冷静下来的江静舟不禁有些自责，刚才对自己的副官发脾气，与其说是为他违反秘密工作原则私发电报，不如说是为这前面两封意思截然相反的电报而来！

这到底是怎么一回事？这究竟是为什么？！

不解、困惑、纠结、愤怒……

可是，江静舟毕竟是老牌特工，瞬间理清思绪，还是找到自己的短板：此番他的情绪波动如此之大，毕竟还是为着要解救的这个人——对自己来讲，太特殊，太具有别样意义！一提到她，自己竟然如此沉不住气，六神无主，心烦意乱起来！这毕竟不是一个成熟特工应有的素质。

"梅儿那丫头，不过是一个初出茅庐的新手，刚才都屡现难得的沉稳之气，难道我还不如自己的女儿不成？"江静舟在心底暗暗自嘲、自责，苦笑一声。

第三章　往事如烟

抛开个人恩怨，我们都曾是一个战壕中的战友！这个化名柳芊倩的女人，作为中统局在日伪机构的卧底，前些年与你们的合作程度要远远大于我们这些作战部门的情报处吧？她对你方的贡献几何你才更应该"心知肚明"！

又一个早晨来临。当第一缕阳光穿透厚厚的窗帘，射入军统上海站站长办公室的时候，这间屋子的主人胡文轩正戎装整齐地站在内间的书桌前，对着墙上的一幅画出神。

副官陈玮拿着一瓶酒和几个酒杯进来，放在画下方的桌案上。

胡文轩没有任何表情，只是入定般思索着。陈玮似乎很了解自己上司的状态，不发一言，默默退出，将门轻轻带上。

胡文轩沉默着，秀气俊朗的面容上满是落寞和怅惘。他今年恰逢本命年，36岁，正是男人最有魅力的年龄。他身量很高，在江浙人中算是一个异数，但秀挺颀长的身材，白净文雅的面容，还是和他的乡土之风颇为吻合。正如他的名字，原名胡鉴，字文轩，自从他考入黄埔军校正式从军后，他就以字行世，慢慢地，他的本名知道的人就很少了。

这个名字让他更像一个文人，或者是一名儒将。对，就是这个感觉。每当想到这里，胡文轩都会不自觉地心底暗露笑意，他一向以自己的韬略和文笔为自得，自幼便天赋过人，写得一手好文章。既然生逢乱世，投身军中，他还是认为自己和那些粗粝鲁莽、胸无点墨的武夫们有着很大区别。如今自己已是一名将军，当然也宁愿是儒将的名头和风范才对！

正因为上述原因，加之职业特征，他一向不大爱穿军装，在办公室也常常是一身黑色的中山装。那身装扮更加衬托出他白皙的肤色，冷峻的神情，严酷的做派，孤傲的气质。在他的属下看来，这远比一身戎装、肩头将军徽章闪烁还更有震慑力。

此刻，他一身军装，却是有着特殊原因的，只为今天是一个特殊的日子。

他用手按了下眼前这幅画旁边的一个机关，画轴瞬间上卷，露出一个小小的香案来，上面供奉着一个牌位，那块窄窄的木牌上写着"盟兄程鹏霖之位"，板正有型的楷书正是出自胡文轩之手。

他拿过手边桌上的酒瓶酒杯，倒出一杯酒水，将它恭恭敬敬放在牌位前，然后再次入定般沉默无语。

不知过了多久，他猛然愣怔了一下，似乎醒悟到身旁左后方有人，未曾回头，他也能感知，便淡淡道："何事？"

"老板，淞沪警备师江师长前来拜访，您看？"

"我知道他今天必来，倒没想到会这样早！"他略带戏谑地笑了笑，蓦然注意到眼前的牌位，便又换上严肃认真的神情："请他进来吧。"

副官陈玮转身退出，却听到上司懒懒的音调在背后再次响起："就直接带他来这里好了。"

江静舟重回上海就任淞沪警备师师长不过月余，来军统上海站却是头一回。进到这个办公室的内间，他却是一副淡然平静的样子，丝毫不觉诧异好奇。他并未招呼胡文轩，而是径直来到香案前，默默注视了片刻，拿过酒瓶，也斟了酒放到牌位前。

等到他祭奠完毕，还未转身，就听到背后那冷冷的语调已经响起："还好，你究竟没忘了今天这个日子。"

"我也觉得还好，你毕竟没忘了自己的誓言，将这个牌位能始终带在身边！"江静舟冷静决绝，却暗藏机锋的回答紧跟而来，几乎没有给对方以喘息机会。

这个狂狷的家伙，嘴里还是这样不饶人！胡文轩心底冷笑着。明知道自己一向在话锋上拼不过对方，但是有些话还是如骨鲠在喉，不吐不快："你来上海履职也有一个多月了吧？我也一直等着大家谋面的机会，在今天这个日子相见，也算天意。还是想先问上一句：老三，别来无恙乎？"他送来一个还算真诚的微笑。

江静舟也是坦然一笑，语气却貌似漫不经心般："天意乎，人意乎？往后再看罢了。"

胡文轩敏感地觉出他并未理会自己话里添加的那句称谓，却又难奈何他什么，只能在心底再次暗骂了句："跋扈狂傲的家伙，无情无义，懒得和你计较！"

表面上却并不带出来什么，挥手欲招呼他坐到一旁沙发上。

江静舟笑着摇头，那唇边挂出的笑意竟然略带顽皮戏谑："咱们还是出去坐吧。我这人喜欢开门见山，有要事相商！"

"什么事不能在这里谈？这里倒更安静些。"胡文轩不喜欢凡事都要被他左右的局面，就皱眉道。

"我自然有我的说法，老实说吧，我不想犯大哥的忌！"江静舟说着，不自觉地回望了一眼香案上的牌位。

"哈？"胡文轩听了忍不住夸张一笑，"犯大哥的忌？难道你要和我谈论女人？"话音未落，却见那人已经转身出去，自己也只好随即跟上。

两人相对坐到沙发上，副官送来茶水，又悄悄离开。

胡文轩默默打量着对面的人，心底一遍遍感慨叹息。他们同岁，曾经一样的青春四溢，雄心勃勃，如今一样的事业有成，肩头星光璀璨。令人不可思议的是眼前这家伙的另类风采！

要知道大半年前他才从异国战场归来，经过了缅北战役的苦熬熏染，九死一生，百战荣归。原想他一定是憔悴苍老、瘦骨嶙峋的样子，最起码是历经硝烟、黝黑颓废的面容，却不料如今映入眼帘的，还是一个神采飞扬、英气勃勃的形象。

那一身制作精良、裁剪适度的美式将军服，完美衬托出他挺拔有型的身材，他比以前瘦削了不少，却显得更加结实精悍了；微微有些黝黑的面庞上，那标志性的长圆形眼睛仍然闪烁着夺人的光芒，他的面容是清癯的，但俊朗帅气依旧，褪去了以前的青涩和稚嫩，如今更是英气内敛，自然散发出成熟稳健的将帅风范。

这样的江静舟让胡文轩心中醋波暗涌，他愣怔着，差点忘记接过对方递过来的东西。

看完这份文件，胡文轩才明白刚才江静舟的那番话竟然不是说笑，他们果然是要谈到有关女人的话题，是他们两人心中最关切的一个女人，是和他们此生纠缠最深的女人，也是造成今日兄弟阋墙局面的女人。

虞水蓉——这个名字何时何地映入眼帘，带给胡文轩的，都是刻骨铭心的感受。

强忍住心底暗潮涌动，胡文轩边翻动着手中的文件，边努力用平静的声音问道："你今天来找我，给我看这份文件，目的就是为了救人？"

"不错！救一个我们必须要出手援救的人。"

"必须要出手援救……这个说法，很霸道啊，江师长？"

"你难道有异议吗，胡站长？"

"我在考虑这个要救的……这个女人对我们有何不同的意义？"

"你什么意思？！"江静舟剑眉一挑，清俊刚毅的面庞上又露出让胡文轩熟悉的霸气。每当两人争斗之势陡起，他就会在这个不好惹的少壮派人物面容上，看到这般熟悉而令他有点畏惧的神情。

但此刻究竟不同，这是在军统局上海站，不是他的淞沪警备师！胡文轩冷笑一声："难道不是吗？这个女人的身份，不是应该考量一下吗？"

"好吧，你的那点小心思我明白！你要愿意听，我不妨再给你啰唆一遍！"江静舟冷峻的表情和声音让人有种不怒而威的感觉，"这个我们要援手相救的女人，她曾是我离异的前妻，是你胡站长从小结识的近邻好友，是你一直爱慕追求的人！不过要是你不介意，我想把这些原因都归于其次。最重要的是，她是我们并肩战斗的战友，在抗战时期，她和你、我不同的情报单位都紧密配合过，给我们提供了大量的日伪情报，对抗战是有着特殊贡献的人！这种阐述，你满意吗？"

胡文轩不由点头："很好，你很坦率！我只是奇怪，你回上海不过月余，是从何得知她目前的境况？据我的情报，这个化名柳芊倩的女子已经在光复前回日本去了。"

"你手中的这份文件中，有她目前在提篮桥监狱中的具体监室和监号，我今天上午已经派人核查过了。情报的准确性既已得到证明，来源还有必要太过关注吗？至于你那份所谓的情报嘛，你找时间再去追查误差何处而来就是。"

"我还有一点费解的是，你完全可以凭借一己之力将她捞出来，为何挂带上我？她和你，和我那点纠缠恩怨，想必大家都心知肚明吧。"

"真遗憾，胡站长，我实在不敢恭维你的境界和胸襟！我刚才说过了，抛开个人恩怨，我们都曾是一个战壕中的战友！这个化名柳芊倩的女人，作为中统局在日伪机构的卧底，前些年与你们的合作程度要远远大于我们这些作战部门的情报处吧？她对你方的贡献几何你才更应该'心知肚明'！目前由你方出具证据说明她的身份和作为，难道不是更顺理成章的一件事吗？"

"我始终困惑于这份情报出自你淞沪警备师情报处，而非我军统局上海站，实在是匪夷所思的一件事！"

"这近乎笑谈的话，你说说倒也罢了。如果出自你们戴老板的口中，你才真正该心中发抖、背脊冒冷汗了吧？"

"江致远，你？！含沙射影，幸灾乐祸，你好得意吗？"胡文轩再次被成功激怒，他很懊恼，但是每次他和江静舟对垒，就是这么个结果！他忍不住叫着他的字，愤愤然。

江静舟不禁哈哈大笑："不错，你还是这样称呼我比较自然。刚才在里间你那声'老三'，叫得我直起鸡皮疙瘩！一切看在大哥面上，也罢了。"

他看到胡文轩愤愤不平，再欲理论的神情，就做了个休战的手势："我们就事论事，解决问题为上。总是这样见面就打嘴皮战实在是没多大意思。"

胡文轩终究难忍怒气，吊着脸嘟囔道："求人办事也要有个求人办事的样子吧？没见过这般嚣张跋扈的！"

"哦，你认为我如今是在求你吗？求你救那个本名叫虞水蓉的女人？"江静舟带点孩子气地凑近他的脸，仔细观察一番他的表情，摇头叹息，"文轩兄，是这样吗？"

"你？"胡文轩被噎得说不出话来，只能勉强抵挡招架，慌乱中拿起的竟然是一贯自相矛盾的武器："她难道不是你的女人吗？没曾当过你老婆吗？虽然离异了，人家终究是和你进过教堂，穿过婚纱的！"

江静舟望着他竟然同情地笑了："你如今亲口承认虞水蓉是我的女人了？好吧，我记住你今天这番话了，文轩兄！"

胡文轩恨不能抽自己一耳光，改口支吾："当然她后面和你分手了！不，是你变心了。喜新厌旧，过河拆桥，你负了她！你抛弃了这个对你痴情痴意的女人，你就从此不配再拥有她，你根本不配！"

"好了，我的话也说明白了，具体救人方案我们分头做，明天下午六点，美琪咖啡屋见。"

不再理会胡文轩还在语无伦次地念叨着，江静舟站起身来，整了整军服，带有深意的微微一笑，转身扬长而去。

"混蛋！你这个无情无义、狂狷无理的野蛮家伙！"起码是确定对方走远听不见了，胡站长这才将一杯茶狠狠摔在了地上。

淞沪警备师的楼前，江静舟才走下车来，就看见情报处副处长顾倾城袅袅娜娜地正从楼里出来。

这个面容沉静、性情低调内敛的女子出身军统特训班，曾经因为学业成绩优异，加之容貌出众被誉为"青浦班班花"，她身为情报参谋出身的军官，在警备师任职已有三年，身后隐隐有着胡文轩的影子，这点江静舟心知肚明，却不动声色。

"师座，有军务向您汇报！"顾倾城的态度永远是那样的谦恭婉顺。

站在台阶上的江静舟正欲回答，却只听到一声欢快的"表叔"的呼喊声，沁梅从外边跑进来，对他亲热地称呼道，后面跟着穿着便装，提了几个包装袋的唐玉。

"您看，唐玉阿姨按照您的吩咐，帮我挑了好些衣服！其实我用不着这样多的，不是吗？我想穿军装的！"女孩娇憨地嘟嘟嘴。

唐玉走过来，也笑对江静舟："师座，您不知道的，小丫头一直就在羡慕我那身军装。我就同她说，你表叔会有安排的？"

所有人都看向江静舟，他倒是一脸平静的模样，向顾倾城介绍着沁梅："我外甥女，才从重庆来。"

他说明了顾倾城的身份，沁梅马上乖觉地问候一声："顾副处长好！"

顾倾城上前笑拉沁梅："好漂亮的女孩呀！难怪人家都说渝中出美女。"

"可是……"沁梅顽皮地笑了，"您弄错了呢，我和表叔一样，是湖南人啊！"

"湘女多情，也一定是漂亮的！"顾倾城反应也很机敏，还偷偷看了江静舟一眼，"只是称呼上不公哦，小美女你叫唐科长为阿姨，如何称呼我职务呢？"

她说着笑看唐玉："我们都跟着师座沾光，辈分升了才是！"

沁梅还未回答，江静舟已经板起脸来："以后在办公场所别叔叔阿姨的了，都叫职务称呼吧，包括对我！"

他乍现的威仪让两个女下属瞬间低眉，不约而同地正色应答："是，师座！"

"好了，无关人员离开，顾副处长随我上楼谈公事！"他冷冷地说完这句话，转身上楼。

沁梅看着他的背影对唐玉吐吐舌。

胡文轩呆坐在办公室里，心中嘀咕着刚才江静舟留给他的一摊难题，脑海里闪过的，却是和这个亦敌亦友之人半世的恩怨纠葛。

一九二五年七月，实际年龄才刚刚十六岁的胡鉴从家乡浙江海宁来到广州。当时黄埔军校第四期正在招生。

当他来到位于广州文明路上的广东大学招生点时，才发现那里已经是才子云集。在报名时，胡鉴不仅将自己的名字改为以字行的"胡文轩"，同时将自己的岁数悄悄改成了十八岁。

冥冥中似有天定，伴着他乡遇知音的感觉，他有幸结识了两个同来报考的人，一个是来自陕西的时年二十岁的程鹏霖，另一个就是和他同龄，也是改了年龄蒙混过关的来自湖南的江静舟。

三人志同道合，年轻心热，在旅社中就相约结成了异姓兄弟，程鹏霖居长，为大哥；胡文轩月份稍大，为二哥；江静舟为三弟。三人立下盟誓，互相交换了庚帖。

幸运的是，三人同时被录取，军营中的生活让三兄弟情分更加深厚。三人都学业优秀，程鹏霖当上了学生队长；胡文轩文笔了得，在学校办报出刊物，写标语，出尽风头；但是三人中最优秀的还要数三弟江静舟。

江静舟当年是以笔试成绩第一考入军校的，到毕业时又考了个第一名，因此得了个"双料状元"的美誉。他的射击成绩也是全年级第一，文武全才的风范令人瞩目。

他们这期学生赶上了北伐的几场苦战恶战，在战场上，学生军们敢打善拼，不惧风险，不怕牺牲，给旧式军队带来了一股清新的风气。

战争毕竟是残酷无情的，流血牺牲就在眼前。在攻打汀泗桥之战时，江静舟为了掩护胡文轩受了伤，却因此救了胡文轩一命。生死弟兄，情意浓厚。

但是这份手足深情却因为一个女人彻底改变了！

是的，就是那个叫虞水蓉的女人。她是胡文轩幼时的邻居，青梅竹马的玩伴。祖籍广东韶关的她，幼年丧父，随母亲回到娘家浙江海宁定居。母女俩几乎是相依为命，因为家族人丁单薄，虞水蓉只有一个远房表哥在军中任职，有时还接济她们母女。

胡、虞两家在一条街上，他一直对这个孤寂无依的女孩抱有深深的同情，总觉得她像是《红楼梦》中的林黛玉。

偏偏虞水蓉长得极美，不到十五岁，已经得了个"虞美人"的雅号。但女孩却极其孤傲，她对胡文轩的亲近没有好感，总是若即若离地躲着他。

后来，虞水蓉的母亲病逝。她在表兄的安排下，回到老家广州，进入广东大学学习，很快又拥有了"校花"的美誉。

胡文轩到广州投考黄埔军校，有很大程度和虞水蓉有关。这个乳名叫阿莲的女孩和他郑重地提到过，自己此生最仰慕军人，喜欢那种"醉里挑灯看剑"、笑卧铁马冰河的英雄。

胡文轩因此果断从军。在广州军校读书的时候，胡文轩当然时常去看望虞水蓉，也曾约她出来，介绍给自己的盟兄盟弟相识。他万万不料，却因此埋下"祸根"，让虞水蓉和江静舟走到了一起。

其实开始时胡文轩是毫不设防的，盟兄程鹏霖结婚很早，家乡不但有妻子，还有儿子；而盟弟江静舟虽然和自己同岁，但是种种蛛丝马迹显示，他在家乡也是有心上人的，最起码是未过门的媳妇。

胡文轩敏感地发现，江静舟每月都会收到家乡的来信，信封上秀丽的笔体显然是出自年轻女子之手。

他曾经多次问过三弟，无奈江静舟平日里性格开朗外向，爱说爱笑，但是事关此等婚姻秘事，他的口风很紧，矢口否认。关于信件，他只说是堂妹来信报告家事。

后来胡文轩发现虞水蓉看江静舟的眼神就有了内容。虽然四人聚会时大家依旧说说笑笑，但是女孩却经常爱单独和江静舟搭话。

胡文轩发现这些，很是苦恼。好在他看到江静舟似乎对女孩毫不上心，对她持敬而远之的态度。于是他又去虞水蓉跟前打探实情，结果就是遭到女孩的白眼，对他更加反感了。

很快的，他们这期学生就毕业了，三兄弟有幸来到广州某军中任职。在三兄弟走向社会时，国共两党决裂态势逐渐明朗，血雨腥风的味道充斥在广州城中。三兄弟有关信仰的问题就显露出来。

在学校时，大哥程鹏霖就加入了国民党，在他的影响下，尤其是在他们的一个老师，也是胡文轩父亲的好友，贾翊锟教官的推荐保举下，胡文轩也在毕业时加入到国民党阵营。

江静舟却一直未有动静，他多次公开声明自己信奉"军人不党"信条，只想做个纯粹的军人，不愿过多牵涉到党派之争中去。

但是胡文轩是敏感多疑的，他发现江静舟的身上有两处不好解释的疑点，说明他并不是完全游离在党派之外的。

其一，江静舟投考黄埔军校的起意，来自他的启蒙老师——他家乡的一位私塾先生，据江静舟讲，这位蒙师曾经是留学过日本的洋派人物，不仅免费收了聪敏多才的农家小子江静舟为弟子，还将本名金舟改作了"静舟"，又为他取了个字"致远"，取"宁静致远"之意。他鼓励这个得意门生来到革命发祥地的广州，考取当时最先进的军事学校，又为他介绍了一个自己留学日本时的好友，时任军校军事教官的郑华明。国共分裂后，郑华明身为共产党员的身份得以暴露，被杀害于广州监狱。而胡文轩却记得，这个郑华明教官就是和江静舟平日里走得很近的人。还有一个政治教官名阎崇光，也对江静舟青睐有加，两人过往甚密，民国十六年清党后，阎崇光也神秘消失，据闻他也是重要的共党分子。

其二，在北伐之战中，很多共产党员学员充当了政治鼓舞队员的角色，他们宣传有力，作战勇敢，带有自身党派的鲜明特点。江静舟虽然声明自己不属于任何党派，但是他在北伐之战中的优异表现，他和这些共产党学员的相似做派总让胡文轩在心底打上个问号。

胡文轩曾经把自己的想法偷偷告诉了大哥程鹏霖，却遭到了对方的一顿驳斥：哪有这样暗中怀疑中伤自己弟兄的，何况他还是你的救命恩人？

　　胡文轩很丧气，但是更让他愤慨以至于几近崩溃的事情却很快发生了。

　　江静舟和虞水蓉在他的眼皮底下，竟然闪电般完成了相恋、订婚、双双调走、走进婚姻殿堂这几部曲。

　　胡文轩就这样痴痴地回忆着，直到副官陈玮进来送文件，才打断了他的思绪。

　　"老板，您要的那个叫柳芊倩的女囚的所有资料都在这里了！"

　　胡文轩点头，挥手摒退了副官。他将自己关在办公室里仔细看过了资料，又凝神思考，草拟了一个方案。

　　胡文轩最后把目光定格在资料上面附着的一张两寸黑白照片上。

　　女人的容颜温润如水，永远是那种脱俗超尘的神情，美得不像是凡间之物。胡文轩再次在心中暗暗发誓：你就是我此生唯一钟情的女人！

第四章　两个父亲

　　曾国藩曾说过，天下大事，必做于细。不"懂得"事的人，只知其大，不知其细。事情都是看起来简单，做起来烦琐细碎。所谓专业，无非是能精确地处理每个细节。目无余子，欲取天下，非但不能踏实做事，只怕会距离稳重成熟越来越远。

　　顾倾城汇报完军务，离开江静舟办公室。

　　江静舟吁了口气，将头靠在椅背上，微闭上眼。他在回忆今天自己去见胡文轩的情景，他习惯性地将自己上午在那里的言行又暗暗在心头捋了一遍，确认没有太大的纰漏，才放下心来。

　　他不能确定胡文轩将以什么样的态度配合自己的行动。关于解救红色特工虞水蓉的行动，是上级组织交给他们飓风小组的一项重要任务。在老家拍发来的第一封电报中，明确指出卧底在日伪机构化名为柳芊倩的女子，是我们自己的同志，她就是飓风小组一直以来的隐形成员——霞表姐，在抗战时期为我党输送了大量的日伪情报。抗战胜利后，她因为所供职的日资机构为间谍组织，受到牵连被捕入狱。时逢国民政府惩治汉奸条例出台，军统局担负着清查甄别汉奸、伪特的任务，此番解救她出狱就成为迫在眉睫的一件事情。而如何能顺利解救她出狱，又不暴露她的真实身份，曾经是让江静舟很费深思的事情。

　　却不料风波陡起，疑云再现。老家紧接着发来了第二封电报，指示江静舟的飓风小组不得直接插手解救"霞表姐"的行动，而必须设法巧妙地将柳芊倩的身份和现状透露给军统上海站，说明她的真实身份是国民党中统局在日伪特务机构的卧底，从而利用他们的力量将她解救出狱。

　　可是这样一来，军统局必然要彻查柳芊倩的过往经历，那又如何确保柳芊倩作为我党卧底的身份不被暴露呢？

　　鉴于此种困惑和担心，许若飞自然要质疑这第二封电报的确定无误性，所以背着江静舟给老家拍发电报提出询问，却不料老家即刻回复了第三封电报，不仅依旧强调飓风小组应立即将柳的信息透露给军统局，而且再三强调一个纪律——严令飓风小组不得亲自插手解救柳的任何行动！这封电文措辞严厉，其中蕴含的命令决绝之态度也是少有的。

其实和他的属下一样，江静舟也想不明白其中的奥秘。但是作为资深特工，行动组的负责人，他不但要无条件服从上级的指示，还要约束底下人不得造次。最难的，还要以恰当的方式将此信息渗透给军统一方。于是，他选择了和胡文轩的直接摊牌，只为这项行动牵扯到的主人公，是他们两人的重要故交。

这究竟是难得的机遇巧合，还是一场无法预知险情的必然开始呢？江静舟的心中实在没底。也许，只能摸着石头过河了。但是事关于她——虞水蓉，江静舟无论如何难以平静下来心绪！

是的，虞水蓉！这个容貌、才干、信念都极为不平凡的女人，这个和自己有过难解旧情的女人，这个有缘相聚却无缘靠近，缘尽分手后却毕生痴念的女人！

"莲莲，我该如何护你周全？"江静舟喃喃自语着。三年前两人分别时的难忘一幕，此刻又闯入到他的脑海。

一九四二年的陪都重庆，一个僻静街道的咖啡屋中，江静舟和虞水蓉相约见面。当年他们"离异"分手后，近十年未见，后来虽然重逢，在南京、上海、重庆等地相互配合从事谍报工作，但是由于环境严峻，任务繁重，两人绝少有单独约会的机会，更没有时间畅述私情。

当时，因着秘密工作纪律，作为飓风小组的负责人，江静舟并不知道眼前这个和自己有过难言的纠结情缘的人，还有一层秘密身份，她就是那个多次为他们小组提供日伪绝密情报的本小组的隐形成员——霞表姐。只知道她是卧底中统和日伪机构的我方人员，曾多次和时任淞沪师情报处处长的他合作。鉴于工作的特殊性，往日的旧情难续，两人都是痛苦纠结万分。

此次，虞水蓉约江静舟见面，他不知道该不该告诉她，自己已经参加了远征军，即将赴缅作战。

虞水蓉还是那样清丽脱俗，她的美丽何时何地都散发着夺人的光彩。但是如今看在江静舟眼中，满满的是一个温柔娴静女人浓浓的哀愁。

她似乎也有很多话要对他讲，可是两人碰面不到五分钟，刺耳的防空警报陡然间响起。江静舟拉着虞水蓉冲出咖啡屋，随着避难的人流进入到附近的一个防空洞中。

没想到这场空袭时间是那样的长。渐渐的，防空洞中有人因为恐惧开始哭泣，空气也越来越令人气紧。

身处这种境地，逼仄的环境，拥挤的人流，裹挟其中的江、虞二人几乎贴面站立，互相都听得见对方的心跳。他们似乎忘却了时空，彼此都忆起往事。

虞水蓉身上好闻的味道丝丝传入江静舟的嗅觉中，令他有瞬间陶醉的感觉。其实谁又能相信？结婚三年，两人如此亲密接触，竟然是头一遭！

只为那场婚姻就是一种伪装，而非真情，掩护着他能够进入到她表哥的军队任职，也掩护着二人能在敌人的眼皮底下搜集情报，传回老家。

三年尴尬别扭的假婚姻让两人心力交瘁，当他们终于挣脱那个桎梏的时候，才明白彼此的心上都是挣扎的痕迹，情伤累累……

此时的江静舟纠结难耐，他在默默忍受着防空洞越来越稀薄污浊空气的侵袭，也在暗暗抵御着向心爱的人坦述心曲的冲动。

虞水蓉似乎察觉到什么，其实她的内心何尝不是百转千回般情思暗涌？她轻启朱唇，吐气如兰："致远，你今天想对我说什么吗？在这里……方便说吗？"

江静舟微笑摇头："此刻，我只想千万别出事才好。这场空袭快快过去，往日那些防空洞惨案不要重现……怎样护你周全才对？"

他拉虞水蓉到自己左方，那里离一个通道更近些，能多一点空气流通。

虞水蓉深情地望着自己从少女时代就暗恋的男人，这个总像和自己无缘的男人，这个和自己空守三年假夫妻名分，朝夕相处，却守身如玉的男人，忍不住握住他的手，轻声呢喃："此刻死了，我也无憾了……你懂！"

自己暗藏心底的女人用温婉柔顺的语气说出这番话，却让江静舟瞬间萌生出军旅男儿的豪情，他紧紧握住她的手，给她最有力的鼓励："别怕，马上就会过去，我们都会活下来的！我在想，有些话，要到一定时间才该对你讲，起码那时不再有空袭，不再有死亡和流血……"

漫长难挨的空袭终于结束，但是两人留给彼此这次约会的时间也到了。出了防空洞，他们依依惜别，江静舟终于没能说出自己即将奔赴异国战场的事情。

望着虞水蓉渐行渐远的倩影，他的心中却欣慰莫名："多美的女人啊！她天生应该属于和平，属于世界上最美好的时代，而不是让她去面对流血、牺牲，让她伤悲、流泪！"

三年过去后的今天，抗战结束，和平却还似乎遥远。江静舟如今又要面对如何解救心上人的困境和迷局。

"无论如何，莲莲，我都要护你周全！"他轻声呼唤着她的小名，暗暗咬紧了唇。

同一时刻，胡文轩在办公室里也正一遍遍陷入往事的回忆中。

唉，怎能忘记？当年在广州，他还未来得及弄明白盟弟江静舟的政治身份，那场重大的打击就向他袭来。

江静舟竟然突然牵手虞水蓉。

虽然有些蛛丝马迹，但是在胡文轩眼中，起码是缺乏太多的合理性和应有的感情基础，江、虞二人就突然走到了一起！

当虞水蓉将自己已经和江静舟订婚，两人即将赴虞水蓉表哥封正烈独立团任职的事情告诉他时，胡文轩无比震惊，精神几乎崩溃！

自己暗恋了十几年的青梅竹马的爱人，即将被自己最好的兄弟夺走，这份心痛让胡文轩差点吐血。

他拔出枪，冲到江静舟的宿舍找他理论，甚至是想和他决斗！士可杀，不可辱；朋友妻，不可欺！他要向他的盟弟要个说法！

他没有找到江静舟，他似乎失踪了，但是却被盟兄程鹏霖拦下。

胡文轩记得当时自己红着眼睛对盟兄吼道："江静舟夺人所爱，不是义不义气的问题，我敢断定，他一定是共产党！他这是在践行'共产共妻'的德行！"

可悲的是，不但自己的盟兄怒斥了他此番话的荒谬和绝情，就连虞水蓉，也直言告诉他："你胡文轩完全是单恋情结，我虞水蓉从来没爱过你，我爱的是江静舟，过去就是，从来就是，永远会是！"

胡文轩完全败北，如同一只斗败的公鸡，沮丧绝望。

转机似乎后面出现过，但事实证明那不过是一场镜花水月。

半年后，双双到表哥封正烈189师独立团任职的江静舟和虞水蓉宣布结婚。程鹏霖和胡文轩都收到了请柬。

胡文轩自然没去，他独自将自己关在宿舍里生闷气，却意外得知有江静舟的亲戚来找。

当两个农家妹子打扮的年轻女子抱着一个一岁多的女童出现在他面前时，胡文轩敏感地意识到了什么。

他驾车将两个女人和那个女童带到了江、虞成婚的那个教堂，亲眼看到了一场好戏。

那一刻，身着新郎服装的江静舟吃惊而惶恐的面容，那两个农家女伤心愤恨的神情，还有虞水蓉的无奈与尴尬……一切都让他感到快意和舒畅。

但是他的计划却没有得逞。首先是自己的盟兄程鹏霖出面安抚了两个农家女，紧接着他又拉着胡文轩一起，将她们带离了婚礼现场。

胡文轩终究没有得到自己想要的东西。在他和程鹏霖任职的军中招待所里，大哥接过女人手中的孩子，塞到他的手中，让他带孩子出去买点吃的。而大哥自己却关上门，在独自询问着两个农家女一些话题。

胡文轩知道大哥对老三的一贯偏心，但是终究未敢违拗他的意思。他抱着女孩在街上转了一圈，奇怪的是，这个孩子和自己好似天生有缘，她一直静静窝在他的怀中，不哭也不闹。

这是胡文轩第一次抱孩子，这个眉间有着胭脂红痣的女孩，从此深深印在他的脑海里。他当时自然不知道这就是他们养父女结缘六十年的开始，只是女孩身上好闻的奶香味，给从未做过父亲的他留下了太深的印象。

他不知道自己大哥用什么方法说服了那两个从湖南乡下来的年轻女子，不久她们就很快消失了。程鹏霖对所有的人解释了这件事情：两个女子都是江静舟的远房表妹，因为家乡遭遇兵乱，来广东投亲的，他已经帮忙安排了合适的去处。

胡文轩自然不信，但是却无可奈何，大哥就是他的上司，也如他们的家长一般。

程鹏霖随后将两个盟弟叫到了一起，让他们当着自己的面和解，并发下重誓，此生不得因女人之事再起事端！大哥甚至放下狠话：以后要让他知道两个弟弟为女人再次萧墙祸起，他就会用长兄身份予以制裁，断绝关系。

从那以后，胡文轩和江静舟形成了一种默契，当着自己大哥的面，不再提及女人话题。这个习惯一直延续到后来很长一段时期。

抗战中期，程鹏霖壮烈殉国在中条山战役中，当时在上海分别从事谍报工作的胡文轩和江静舟十分伤心，两人暂时捐弃前嫌，一同遥祭过盟兄。胡文轩发誓将大哥的灵牌永远带在身边，每年逢他的忌日必要祭奠；江静舟则将程鹏霖唯一的后人——他的儿子程睿接到身边，将他培养成了一名情报军官。目前，程睿为他手下的情报处处长。当然，胡文轩并不知道，程睿已经被江静舟暗中发展为自己组织的人，他如今也是飓风小组的四个基干组员之一，和许若飞一样，成为江静舟重要的左膀右臂。

其实当年江静舟和虞水蓉结婚后，胡文轩就时常暗中观察这对夫妇的情形，他总有种预感，江静舟是抱着不可告人的政治目的接近虞水蓉的，一定是为了能到虞水蓉表兄的部队任职，甚至是卧底，才会给虞水蓉这段婚姻。如果他猜测的不错，那么虞水蓉这个纯情女子就是上了江静舟这个"共党嫌疑分子"的当了，他胡文轩就要在暗中保护虞水蓉，随时解救她，帮助她挣脱江静舟为她编织的婚姻迷网。

不幸的是，他看到江、虞二人琴瑟和谐，如胶似漆，小日子过得和和美美的。他除了生闷气外，就是一个人关起门来喝闷酒。他给自己的老师兼长辈，黄埔教官出身，现任126师某处长的贾翊锟写信说明了现状，很快，他就调离了广东，去126师所在地任职。时空相隔，不听，不看，不想，心头的创伤即使不能很快愈合，起码能得到独自舔舐伤口，暗暗在心底疗伤的机会。

日子就这样一天天如梭般划过去，白云苍狗，瞬息轮回。可是谁又会料到，那场看似恩爱的婚姻却危机暗伏呢？

三年后，胡文轩竟然有机会来到封正烈升任旅长的189师混成旅情报科工作，担任情报参谋，他沮丧地看到，江静舟竟然进步不慢，和他军衔相当，却已经是情报科副科长。哼！还不是仗着他的裙带关系谋得的这个位置？胡文轩对此简直是嗤之以鼻。

但目睹旅长封正烈和身为他下属的江静舟是惺惺相惜，他又是极端不平衡。封正烈显然十分欣赏和爱护这位黄埔出身的猛将，在各种场合，他都不加掩饰自己对江静舟的喜爱和提携之情。胡文轩看在眼里，恨在心头，却又无可奈何。

江、胡二人再次成为一个锅里搅马勺的军旅人，因为"情敌"历史所致，两人几乎已是陌路，往日的兄弟情分已经被此番恩怨纠葛弄得狼狈不堪。

胡文轩自认不是心胸大度的人，但他更自得骄傲于自己对党国事业的忠诚，和拥有一双天然的适合做特工的敏感多疑、却不乏先见先知的锐利眼睛。对于江静舟，他早已疑云在胸，此刻更是睁大双眼，留心盯着他的一举一动。

心中有刺，骨鲠在喉，总会有蛛丝马迹落在他的眼中。起码在他胡文轩的感觉中，江静舟相当的可疑。

他身为情报科重要骨干，对各路军阀间的军事情报获取分析十分及时到位，但一涉及共党方面的情报，他就变得迟钝拖延起来，很少会有突破性进展。更加令人费解的是，189师混成旅及相邻几支作战部队的行踪似乎毫无秘密可言，屡被共军部队侦知，几次交手下来，这边吃了大亏。旅长封正烈很是恼火，勒令情报科、行动科彻查军事泄密的缘由，终是毫无线索，不了了之。

正当胡文轩绞尽脑汁在搜集江静舟通共的证据时，一场令他目瞪口呆的大变故又发生了。

江静舟和虞水蓉的婚姻出了问题，两人从冷战到当众争吵斯闹，一个是情报科副科长，一个是电讯科副科长，一对夫妇，两个副科长，为了家庭琐事闹得是沸沸扬扬。最后在众人惊诧的眼光中，两人竟然公开离异，随后虞水蓉负气离开了189师，后来据闻是她和一个中统局的高级军官好上了，一起调往上层任职。这也是传说中两人分手的真实原因所在。

胡文轩深爱虞水蓉，他当然不相信在他心中冰清玉洁的她会红杏出墙，他认定是江静舟的"通匪"行径败露，虞水蓉才会离开。他只是苦无证据来揭露。

但令胡文轩沮丧的是，不仅他不可能扳倒江静舟，而且经过这件事情，江静舟的仕途反而更加顺畅起来！他和封旅长的感情非但没有因为婚姻失败而疏远，封出于对江静舟的才华和能力的赏识，对自己表妹无情离去之事的愧疚，格外对江静舟青眼有加，更加关怀提携起来，还显露出对他越来越信任的苗头。

胡文轩无疑是特立独行。不管别人是怎样一种说法，他坚持认定那个温柔痴情的女人一定是心碎神伤离去的，她一定是无辜的，也一定是无奈的！

不同于大家一边倒偏向同情江静舟，胡文轩选择理解和支持虞水蓉的做法，只为他对江静舟始终保持着怀疑和警惕。他身上的异党气味是自己一直跟踪他、调查他、揭露他的缘由所在！

更何况，后面这个绝情男人的一切行为更是让胡文轩瞠目、不齿：和虞水蓉不过离异半年，江静舟就走入另一场更加耀眼喧哗的婚姻中，再娶娇妻，生儿育女，调到一个更有前途的部队任职，过起愈加滋润的小日子！

每念及此，胡文轩就会扼腕长叹，愤恨不已。

"阿莲，如果我能预料到那是一场悲剧，我绝不会允许江静舟那个绝情小子染指你半分！我会拼出命来阻止那分明是一场阴谋的婚姻……"直到今日，胡文轩还是无法继续回忆那些往事，那场婚姻的以后走向。

他甩甩头，甩掉那些痛苦的记忆，让那段时空跳跃过去，又记起那个温婉的女子在涅槃重生后和自己再次相处时的情景。

十年过去，消失已久的虞水蓉在抗战中期和他们再次相遇于上海，各自的身份都是那样的玄妙难言。

她是中统局卧底在日伪机关的谍报人员；他是军统局的一名优秀特工，而那个绝情男人——江静舟，则是189师的情报处长，负责在上海为本部收集日伪情报。三个情感纠缠不清的人，如今却是一个战壕里的战友，都潜伏拼杀于隐蔽战线，在不同的位置为自己的国家效力。

没有机会去梳理过去的恩怨，也没有时间去纠缠往日的情仇，毕竟是全面抗日、一致对外时期，身为军人，尤其是谍报人员身份的江、胡、虞三人心照不宣地放下了前尘旧恨，个人恩怨，出色地合作在一起，共同征战于抗日隐蔽战场上。他们相携相助，很好地完成了各自的任务。

当胡文轩在紧张严酷的工作中忙碌，几乎淡忘了三人间旧情纠葛之往事时，一切事情也在慢慢发生、发展、归于平静——江静舟又离开上海，参加远征军远赴异国战场；虞水蓉身份特殊敏感，在一次情报交接后，再次神秘消失在他的视野中……

一直到了今天，风波再起，旧情又忆。胡文轩怎么都不会想到，此生还会有机会和江静舟联手，搭救那个叫虞水蓉的女人！

这是缘，还是怨？这份难言难解的旧情网，难道此生要生生把三人困死缠死么？胡文轩忍不住仰天长叹。

无论如何，人是要救的！

"阿莲，我不管别人是何动机，也不论你的真实身份究竟如何，我只知道，你如今落难了，我胡鉴就不能袖手旁观！我不但要救你，还一定要让你重新回到我的身边！"

胡文轩喃喃自语般发着誓言，沉浸于往事追忆中的他一直处于恍惚状态，直到副官陈玮进来走到他身前时，他才猛然惊醒。

"老板，约定的时间到了，咱们就出发吗？"

胡文轩点头，看了看身上穿着的军装，正在犹豫要不要换身便服才去，却突然记起昨天上午江静舟来时军装严谨、高傲跋扈的模样。

"哼！就你是将军身份么？你这个飞扬跋扈的江致远！"他在心中嘀咕，暗自计较着。

"还是穿了军装去赴约比较好！那个狂傲的家伙一向爱以职业军人范儿压人，无非是想显摆他在野战军中任职时间长的缘故。可是那又怎样？一样的军装，一样的军衔，谁又不比谁矮半头？对，还是彼此戎装相见比较好，不能让那个狂狷小子在气势上首先压我一头！"撇撇嘴，冷笑着哼过几声，胡文轩站长认真整理好军容，看看镜中的自己一身戎装、满脸正气的样子，很自得也很傲然，于是信心满满地出发了。

踩着点来到约定好的美琪咖啡屋，看到江静舟的第一眼，胡文轩就懊悔泄气起来。

看来自己又棋输一着，不该穿军服来的！

一向爱以军装示人的江静舟今天居然换了一身便装，深褐色的皮质猎装，上衣襟微敞着，露出里面黑色的高领毛衫，黑色的马裤束在长筒靴中，一副跑马看花归来的慵懒。只见他斜倚在高靠背的沙发中，头微微扬起，一只手轻夹根香烟，另一只手在玩弄、敲击着沙发，旁若无人地沉浸在吞云吐雾的快意中。

这哪里像是处在准备商讨救人大计的微妙危急时刻，倒分明是一副懒散舒适的休闲形象。

没法退却，胡文轩板着面孔走到他的面前。

江静舟夸张地上下打量了胡文轩一番，看着他戎装严正的模样，不由得嘴角上扬，很有意味地笑了一下。

"你？！"胡文轩果然敏感，不禁皱眉："我可发现了，每当你江致远露出这样怪怪的笑容，准没好事！"

江静舟没理会他的揶揄，又伸头向他背后看了看，只见跟随他进来的副官陈玮和自己的副官许若飞一起，坐到咖啡店的门口的那张桌子上，不动声色间做着警戒工作。

"你又在找什么？"胡文轩不耐烦地问。

江静舟嘿嘿一笑，竟然露出孩子气的神情来："我在看你的身后，是否跟着卫队、保镖、警卫营什么的？"

"江致远你什么意思啊？"

"看你穿的如此威风凛凛，我还以为你要带上大队人马来此地施展你们军统局的老套路呢？戒严乎？搜查乎？干仗乎？"

"江致远！"

"不是我说你，文轩兄，我不过是约你到这个咖啡屋来谈点事，至于穿成这样吗？哦，显摆自己是将军？穿了这身皮出来专门吓老百姓的？唉，有点夸张了吧，我的二哥！"他明明是戏谑的语气，面上却故意做出一副痛心无奈状。

"够了！"胡文轩忍无可忍了，"你有正经事相商吗？若在这里扯闲篇，我可没工夫奉陪！"他做出欲走状。

"还是一如既往的小气，这点倒一点没变！嘁，不过是一句玩笑而已！"话音未落，一叠东西已经递到胡文轩的眼前。

许若飞和陈玮坐在门边的座位上，边抽着烟边聊天。却见一个女孩静静走了进来，她身穿一身淡苹果绿色的洋装，文静秀美。

陈玮正要招手让咖啡店老板去阻拦她，许若飞拉住了他，对他低声说了句什么，自己起身上前，招呼女孩坐到他们身后的咖啡座中。

曾国藩曾说过，天下大事，必做于细。不"懂得"事的人，只知其大，不知其细。事情都是看起来简单，做起来烦琐细碎。所谓专业，无非是能精确地处理每个细节。目无余子，欲取天下，非但不能踏实做事，只怕会距离稳重成熟越来越远。

互相沟通了救人计划，两人心底都有了数。

胡文轩满腹犹疑，自然现在脸上就是满脸狐疑之色："看这阵势，这次貌似完全靠我们这方救她出狱了？这有点不符合你江致远一贯的做派呀！"

"哎，你救我救都是救，把人捞出来才是硬道理！近水楼台先得月，你的计划很完善，你们的身份更贴切，如此而已！"江静舟也不看他，手中继续玩弄着香烟，一副无所谓的样子。

"可是我总有点怀疑……"

"你一向多疑，这是你自身的问题，也是你们这一行的职业病！这个我可没办法解决。"

"谁让你解决了？我的意思是，你方完全配合我的方案，这样顺溜……这种态度我有点不习惯！"

"哦？依你之见，我们该怎样做？搞点鬼，下个套，捣点乱，你就舒服了？也不怀疑了？什么毛病！"江静舟又对他白眼了。

"是落下毛病了！这么多年，就像你江致远见面讽刺挖苦我很正常，你要是刻意恭维我，我倒要怀疑了？"胡文轩倒是实话实说。

"哈！胡文轩你还真有点受虐狂的味道呢？那好吧，你爱干不干，不干就算！撕了这计划，我可以重新找合作者！"

江静舟说着，真的伸手向着茶桌上那叠两人都刚签过字的计划。他狂傲自得的样子让胡文轩肯定是不舒服了，但是依他对江静舟能量的了解，这小子倒也不是无的放矢！事关解救心上人，胡文轩才不想和他无谓置气，失去这个绝好的机会！何况自己已经暗中有了计划……

胡文轩一把将文件抢到手中，斜睨着对方："这可不行！这件事情既然谈妥，就和你没太大关系了！就好比我将来捞人出来，她的一切也都和你没关了！泼出去的水，还能收回来吗？想当年，你可是把这盆水毫不留情地泼出去了，不是吗？"

江静舟又白了他一眼，不再答话。两个盟兄弟上面这番对话却像是火药味都融化在往日兄弟情分的熟悉和相知中了。

胡文轩理解为戳到他软肋了，就得意一笑，拿了文件欲告辞，却被他用话拦下了："别急着走呀，文轩兄，还要让你见一个人呢！"他的笑容很诡秘。

胡文轩敏感地忙望向四周，当然就会看到了坐在两个副官不远处位置上的女孩。

"让我见谁？哦，一个姑娘？致远，是你的什么人呀？不会是……老天，我亲爱的三弟，你又有新欢了？这频率也太……"

"胡文轩，给我闭上你那张嘴！"江静舟的雷霆之怒仿佛信手拈来般轻松而至。

胡文轩愣住了，不知道他突然变脸所为何来，却听得那人又紧接着放缓口气道："你先好好看清楚那人是谁，再张口说话吧！"

他伸手高声招呼："丫头快过来吧！"

一切都是那样令人不可置信。胡文轩呆呆地看着走到自己面前的少女。

似曾相识的脸庞，熟悉亲切的笑容，那副多少年来在自己梦中漂浮的神情模样，还有，至关重要的一个特征，那颗淡红色的梅花瓣形状的朱砂痣！

"天哪！阿梅？阿梅！是你吗？"听到一个陌生的声音从自己心中发出来，那一定不是自己的声音，他胡文轩何时有这般的柔情似水了？

"爸爸，是我，您的阿梅！"女孩的娇柔声音是那样的熟悉。是的，容颜可以改换，可是那温柔到心底的声音却十几年来就深深镌刻在为父之人的心底，从来不曾消失，不会远去。

胡文轩几乎是冲到女孩面前，一把将她拉入怀中，父女相拥而泣。

江静舟默默地看着眼前的一幕，说不出心里是什么滋味。他当然明白此时这对养父女的感情是很真挚的，但是仍有一丝丝醋意瞬间涌上他的心头。

是的，胡文轩当年也许出于他自己不可告人的目的，将年仅四岁的小沁梅留在身边，养大成人。最初他可能是有着针对自己的确定目标，但是八年的朝夕相处，相亲相依，他和孩子之间自然形成了真挚牢固的父女亲情。从方方面面了解到的情况来看，胡文轩对沁梅是怀有深厚浓重的感情的，可能连胡文轩自己都没料到，他无意中剥夺了江静舟的父爱，但是同时也代替他给予了女孩另一份深情的父爱。

后来在抗战时期，地下组织通过潜伏在胡文轩身边的我方人员，利用机缘巧合，将沁梅巧妙地带走，送回到根据地，回到她母亲的身边。江静舟也从那位卧底同志口中得知，回到上海的胡文轩得知沁梅失踪，千方百计寻找而未果，他曾经痛不欲生，伤心了很长一段时间。

但是毕竟自己是沁梅的生身之父。此刻，看着两人这样的父女深情，江静舟又有点自嘲和感慨：自己是否太过冷漠和矜持了？你看人家胡文轩，见到久别的女儿，就那样冲上前去，没半点迟疑，几乎是有点霸道地一把把孩子搂在了怀中。对比自己，看到亲生骨肉站在眼前，也曾情不自禁地伸出手去，却那样僵硬地将手停在了半空中！

唉，想想也是啊！毕竟人家父女在一起生活过八年，可自己呢？想到这里，他无奈地摇头苦笑，心中再次泛起一阵酸楚的浪潮。

父女俩拥抱了好久，才松开手来，但是两双手还是紧紧拉在一起。

胡文轩边擦着眼角的泪水，边端详着女孩，不停地感慨："阿梅，你这丫头，这些年跑到哪里去了？你不要你这个老爸了吗？没良心的丫头，我白养你了！"

他的语气与其说是责问，不如说是在向女儿撒娇。露出这样真情一面的胡文轩，让曾和他有过兄弟缘分多年的江静舟都觉得诧异和感动。

"爸，您才不老呢，和我记忆中的一样，和六年前一模一样！您不会老的，我不准您老！"沁梅对养父的半安慰半哄劝的娇憨语气也是那样的亲切自然。

"咳咳……"江静舟忍不住咳了几声，他自己都听出这其中满含酸意。

沁梅这才注意到自己父亲尴尬不自然的表情，暗暗吐了下舌。

这咳声也让胡文轩醒悟过来，这个江静舟还在身边！他的情绪也平静下来，拉着沁梅坐下，让她依在自己身边，又回望江静舟，这才想起一个让他疑惑不解的问题："咦？奇怪呀，怎么会是你，你怎么会和阿梅在一处呢？"

江静舟还未答言，沁梅已经忍不住要说什么的样子，她看看两位长辈，神秘地一笑："您二位都是我的亲人，我是寻亲来的！"

胡文轩不理会养女的娇语巧笑，直视着江静舟，仿佛坚持向他要着答案。

江静舟根本不看他，还是优哉游哉的神情，他无所谓地一笑："你先问问这孩子，她应该叫我什么？"

胡文轩这才用狐疑的眼光看向沁梅。

沁梅腼腆地笑笑："表叔！"

胡文轩有点不可思议地又看江静舟："她叫你什么？"

"表叔！"沁梅忙又叫了一声。

胡文轩挠挠头，又摇摇头："不对！你们没有单独接触过呀？没理由啊！致远，在上海时你们是见过一面的，可是那时阿梅还小呢！后来……后来你又参加远征军去了缅甸那么久，这不过才回国半年，又从哪里寻到我这个大宝贝的？"

"胡少将一向多疑，我其实都懒得和你解释，反正你也未必信，我又何必多言？"江静舟淡然一笑，撇撇嘴。

胡文轩又着急了："你这个人怎么总这样啊？欺负我让着你是吧？如今可是当着孩子的面……"

"爸爸，我来解释……"

沁梅的话却被养父拦住："我还是更想听江少将的解释！"

"好吧，都说过算是当着孩子的面。"江静舟也算配合的样子，"我先回答你第一个问题，你怎么知道我和丫头没接触过？你难道忘了吗？你曾经亲自将她带到我身边，告诉我，你认定，她应该和我有血缘关系？"

他的笑里含着嘲笑和蔑视，胡文轩看看沁梅，心里难免有点尴尬。

江静舟继续用揶揄口气道："其实我很明白你的用意，文轩兄！虽然我并不想满足你一些不高尚的想法和推测！但是，我心里也明白，沁梅她就是我的亲戚小辈。这点当年大哥也给我说了很多情况，有你知道的，也有你不知道的。所以当时在南京，后来在上海，我都在暗中关注着孩子的一切！你以为你将她藏在你的府邸，藏在德国人办的教会学校中，我就完全失去了她的信息了吗？"

"好好好！你是搞特工的，我知道你的本事！"不知为什么，当着沁梅的面，胡文轩息事宁人的想法充斥心间，他似乎莫名其妙就失去了和江静舟斗法的兴趣。

但是树欲静而风不止，眼前这个狂狷的将军并没有放过他的意思："我不知道你这个所谓的孩子的监护人都做了什么？虽然你是因公离开上海，留下的这个孩子却遭遇了意外。老天有眼啊，让她安然无恙，后来我手下的人，又能找到她的线索……可以这样说吧，功夫不负有心人，你这个当养父的，可以忘却孩子的问题，我这个也算她长辈的人，却不能不时刻留心她的下落！"

"谁说我忘却孩子了？我也是……"胡文轩急于争辩，江静舟挥手制止住他，继续道："这次她从重庆过来的一路情况，和她这些年的境遇，得空让丫头讲给你听吧。"

他的语气转而戏谑中带有犀利的味道："至于她该叫我什么，也请你胡站长审核一下吧！我的叔伯姊妹的孩子，你认为应该称呼我什么呢？"

"叫表叔不对吗？"沁梅貌似懵懂地望着胡文轩。

"呃，这个……"胡文轩挠挠头，不知如何作答。

"丫头别着急，让你这个爸爸好好掂量寻思一番，估计他是在嘀咕计较他心中的那点小九九呢。"

"啊？是什么小九九？"沁梅笑着问道，胡文轩更加纠结难堪起来。

"你这个爸爸脸皮薄，不好意思说？那么我来告诉你吧，丫头！"江静舟狡黠地笑了，他拉过沁梅坐到自己身边，"你这个爸爸以前总有个心结，他一直在想证明一件事情——虽然也许是匪夷所思、子虚乌有，但是我太了解他了，他那一根筋上来，估计自己都管不住自己了！那就是，丫头你应该和我的关系更近一些，比如可能是亲生父女什么的……"

"江致远！"胡文轩忍无可忍，终于对着江静舟怒喝起来，"你当着孩子的面儿，能少胡说八道吗？"他气得脸有点发白，殊不知此刻江静舟想要的效果已经达到。

但是胡文轩也绝非等闲之辈，他的智慧也会在绝境处开出奇葩。"亲生父女"这个词汇如今给了他灵感，他要对江静舟发起反击。

他伸手拉沁梅回到自己这方坐下，又冷笑着看向江静舟："江致远，你少在这里心底阴暗地挑拨离间了！听听你的这种语气，一口一个'你这个爸爸'，你这羡慕嫉妒恨的心思是昭然若揭啊。我会认为沁梅是你的亲生女儿？嘁！这简直是天方夜谭，你别忘了，她叫阿梅，是我亲手养大的女儿！"

他拉着沁梅的手，用力摇了摇，又挂了嘲讽的笑意对着江静舟："而且，你不至于吧，还要和我抢女儿？我的风流倜傥、潇洒如意的江师长，江少将！您可是幸福美满，儿女成双的人呐。你的亲生女儿不是宁兰吗？那个让你娇惯无比的小丫头？"

他又故意对着沁梅笑了："丫头啊，你才来，见过你……表叔的宝贝女儿了吗？江宁兰，那可是集多少人宠爱为一身的小公主啊。尤其是你这位表叔，爱女那可是出了名的！对他那个姑娘是……含在嘴里怕化了，捧在手心怕摔了……"

他望着江静舟，勇敢地嘲笑着他："我就常说，你江致远在别人面前是狂狷跋扈的将军，唯有在自己女儿面前，就变成一个没脾气的……佣人啦！哈哈哈！"他说得自己都大笑起来。

这次轮到江静舟不自在了，他盯着胡文轩，微微摇头，带点无可奈何的冷笑："你到底想说什么？"

不知为什么，当着沁梅的面，听胡文轩大肆宣扬自己对小女儿宁兰的宠爱，江静舟就是觉得有点别扭的感觉。他不自觉看了一下沁梅的表情，微微咬唇不语。

胡文轩却瞬间觉得自己完胜。

但是穷寇莫追的道理胡站长还是懂的，此刻见好就收。他不理会江静舟的诘问，带着宠溺的微笑看着沁梅："丫头，快讲讲你这些年的经历，爸爸心里是一刻也放不下的。"

"那年您突然离开上海，方城叔叔去看我……"沁梅开始回忆着。

江静舟站起身来，做出上洗手间的模样离开，给这对养父女留下一段独处的空间。

沁梅用简洁的语言对胡文轩讲述了自己这些年的大致经历，胡文轩点头，很快勾勒出了沁梅经历的大致线路："也就是说，日寇进犯上海后，德语学校被解散，你就跟随同学避居重庆去了，一直住在重庆吗？"

"是的。"沁梅点头，"当时情况危急，枪炮声都清晰可闻，所有同学都被紧急遣散，可是您不在上海，方叔叔我也一时联系不上啊！我孤身一人，无家可归，无处可去……恰好我最要好的那个朋友，叫邹惜韵的，您见过的呀？她和父母要撤到重庆去，她约我同行。她说，重庆是战时的首都啊，一定有机会等到您的，于是我就……"

胡文轩轻叹："我那时是执行特别任务去了贵州，后来又到北平、天津，最后回到上海来，重庆倒是去过，去总部汇报工作，但是每次都是匆匆来回。"

"您音讯全无啊！可是我不甘心，一直在重庆等您、找您，您知道吗？我曾经有很长一段时间，放学后就去黄山官邸，站在路边，远远看着，看着那些车，来来往往的，就幻想您会突然从一辆车中走下来……"

"傻丫头，黄山官邸是委员长的住处，我怎么会去？"

"您不是政府的人吗？不然我又到哪里去等才对呢？我又不懂……"

"丫头受苦了！"胡文轩很感动，也很感叹，似乎不经意间，却又再次发问："你就一直住在那个……邹惜韵家吗？"

"嗯，他们家有些产业，她的父母对我很好，我和她一起在重庆上学，后来又一起进了电讯培训班。要不是这次表叔的人找到我，我就会在重庆就业了呢。"

"你对你表叔印象深吗？他手下的人找到你，你就随随便便相信了？真是万幸！若是别的人不怀好意施展骗局，岂不危险？"他似乎在自己嘀咕着。

沁梅却听出养父话里玄机，明显是在试探自己。她的这些年的经历，这一路走来的行程，都是早就安排伪装好了的，是印在脑海，刻在心底的东西。此刻她镇定自若的表情让人丝毫难以怀疑："印象当然不深，但是知道他是我的一个重要长辈呢，您也带我见过他呀！他的手下来见我时，拿了一份报纸，上面有表叔在远征军归国时授勋的报道。我兴奋极了，终于找到一条亲人的线索了，而且……"

女孩得意地对着养父笑了："找到表叔也许不是最重要的，但是通过表叔这条线，一定会找到您的，难道不是吗？"

胡文轩也笑了，拍拍女孩的脸颊："聪明！"

女孩也有困惑："那个方城叔叔呢，后来到哪里去了？您走后我一直把他当作您的化身的，我也忘不掉他……"

胡文轩轻叹："他殉国了，后来在上海，执行任务时，也是为了掩护我……"

他给女孩解释着："当年我安排方叔叔照顾你，期间他执行任务离开上海了几天，却不料就遭遇你们学校被遣散的事情。后来他见到我时，一直在懊悔，说失去了你的消息，是他的失职，他一直很内疚。"

"殉国了？他还那样年轻，他是个好人……"沁梅忍不住唏嘘。

"嗯，他的墓就在这里，改天我带你去祭奠他。"

说过这个伤感的话题，胡文轩又问起女儿目前的打算，父女俩才讨论过几句，就见江静舟回来了。

"致远，丫头的经历我都清楚了，孩子这些年遭了不少罪！目前光复了，她又找到了亲人，一定要好好补偿她，我和你，都有这个责任。"

江静舟淡淡一笑，看向沁梅："小丫头自己有啥打算呢？"

"丫头想穿军装！"胡文轩忙接言，又奇怪地看沁梅："你还没和你表叔说起吗？"

沁梅就笑："我和表叔也才见面不久啊，还没说到那里呢，而且……而且……"女孩怯怯地看了看两个长辈，有点不好意思地："还没见到爸爸呢，一切又不敢自作主张。"

这句话让胡文轩格外受用，他也特别享用自己作为养父，先得到女儿志向信息的这种状态，就得意地瞟了江静舟一眼，一锤定音般说道："这个主意实在不坏！穿上军装，这有何难？别忘了如今你有两个少将……长辈呢！"

江静舟又是淡淡一笑，不置可否的样子。

"说吧，丫头是放你那儿，放我这儿？"胡文轩却做出大度的样子问着他。

"丫头自己定罢，也不小了！"江静舟的表情就是随意散淡的，可有可无的样子。

胡文轩直觉对方心底一定在泛酸意了，他才懒得去关注，此刻他的注意力都在沁梅身上，他以父亲的角度在为她打算，那口吻自然也是为父者的当仁不让。

"孩子就是孩子，她才多大啊？当然要我们做长辈的替她打算才对！"

他思索片刻，对沁梅认真道："别怨爸爸为你做主了，只是这前途发展问题，我们要为你考量。你去你表叔那里吧，爸爸这里，不合适。"

他这番话让江静舟父女多少都有点感到意外，江静舟自然是深藏不露，沁梅却可以直接撒娇弄清他的意思："原来您不想要我……"女孩已经嘟起了嘴。

胡文轩忙拉住女儿的手，解释道："不是爸爸不要你，是我们这个组织实在是不适合女孩子。规矩太多，家法太严，很多事情会身不由己，甚至是将来的终身大事。加入到这个组织的人，尤其是女人，命运就会改变，也许多半会是场悲剧……起码幸福就不会掌握在自己手中了！你说，爸爸能忍心吗？不，我不会轻易让你加入进来的！"他的语气很沉重。

为了说服女儿，他不遗余力："有些事，你表叔也清楚，当知不是虚言。"他看着江静舟，期盼着他的共鸣。

"真有意思！"江静舟莞尔一笑，"第一次从你的口中听到你对自己组织的中肯评价，难得的很，而且实在是精辟！文轩兄，我能将你这句话理解为舐犊情深、良心未泯吗？"

"江致远，我请你注意你的用词，当着我闺女的面，我不想和你……"他拉住沁梅，掏出钱包，"阿梅，你去让门口坐着的陈副官帮我买一包烟来，牌子是……"

"我知道的。"沁梅知道他想支开自己，接过钱，转身走了。

"江老三！我希望你以后注意你的言行，当着孩子面，要有长辈样子！"

"胡老二，其实我原本想用'虎毒不食子'这句俗语。你那个组织的名声在外，不用你我评论！不过今天我真的是要对你刮目相看了，在沁梅的问题上，目前仔细品品，你倒真像是个不错的父亲。"

两人说到这里，竟然忍不住相对一笑，但机锋仍在。

"你去宠你家那个公主，我自爱我这个女儿，咱们井水不犯河水好吗？看在你是沁梅表叔分上，终究绕不过这层亲戚关系，我倒想和你约法三章！"

"三章？"

"是的，为了我的阿梅，我要和你约法三章！"

"说来听听。"

"这第一条，以后当着孩子的面，咱们都要克制，尽量少争吵，不允许彼此使用攻击语言。"

"哼！"

"哼？就是答应了！这第二条，当着孩子的面，不说历史，不谈往事。"

"哼！"

"第三条嘛，不允许动辄拿谁是沁梅的亲生父亲来说事，别让孩子伤心。"

"再次赞一句，你良心未泯！"

"你又来？江致远你不讽刺打击别人就难受是吗？哦，对了！还有最重要的一条……"

"约法三章？约法四章？"

"呃，这第二条，第三条可以合并。我要说的最后这一点最为关键！"

胡文轩死死盯着江静舟的眼睛，几乎是一字一句地说道："她还是个孩子，别把一些政治上的因素加到她的身上！我更不希望我的女儿，染上一些不好的色彩，为一些组织做不良之事！"

江静舟也毫无畏惧地对视着他："你这些条条框框霸气得很呐，不过，我凭什么答应你？"

"凭你我都是这个女孩的亲人！江致远你相信吗？为了阿梅，我可以让着你，容忍很多东西，但是我的底线也是很明确的，这个你懂！"

江静舟冷笑了："胡文轩我也回答你，你心里的那点小算盘别人也都明镜似的！关于沁梅，我是长辈，就会守好长辈的职责，她的幸福对我也很重要！你也请记住这点，无论何时何地，她不开心了，受伤害了，我一样会出手相助！你不用想太多，暗自腹诽掂量什么，我既然放不下和她的那份血脉关系，千辛万苦找到了她，找到了这个如同孤儿的孩子，自会关照她看护她。血缘关系也许并不相近，但是亲情永远都在！一句话，你记好了，沁梅和宁兰一样，都是我此生的牵挂！"

他这番义正词严的话语，让胡文轩微微愣怔，他品味着他话里话外的意思，却看到沁梅走了回来。

胡文轩忙转移话题起来："阿梅啊，工作嘛，就算决定你去你表叔那里，可是还有你的住处要定呢？"

"我听两位长辈的安排。"

"看我干什么？你既然有父亲名分，又爱做主，你来定吧！"

"致远，我倒不是不想让沁梅住到你那里去，关键是你家宁兰如今不在这里吧？听说在南京，要是宁兰在，她们表姊妹倒是可以做个伴，你那里现在不热闹！"

"你那里热闹？喊！也无所谓哈，你爱咋咋地！"

"不是，我不是在和你商量呢吗？"

"我想，我如今是大人了，又马上要参军了，我可以住宿舍吗？每到周末，可以去看两位长辈的？"沁梅有点怯怯地问道。

女孩这番话让两个长辈都不再说话，就算定了这个方案。

胡文轩又记起某事来："阿梅，你上过电讯班，自然是去你表叔那里的电讯科了。我在想，你明天不妨到我那里转转，也算是认个门吧。正好可以参观一下我那里的电讯设备，可是略微强于你表叔那里哈。而且，我还想介绍一个宝贝给你认识呢。"

"宝贝？是什么？"沁梅很好奇。

胡文轩还想卖关子："一道悬念题呗，可以透露一把解题密钥给你，我说的是一个——人！"

"不就是你那里新挖来的一个美国回来的电讯博士吗？"江静舟却不让他神秘到底。

胡文轩很是奇怪了："你咋知道的？唔？你没回来几天呐？"

江静舟好像早在等着要和他理论这个公案了，此刻表情带着戏谑和不屑，语气轻松却冷峻："我不但知道这个，还知道当初他到你处应聘，样样出色优秀，你却耍了心眼拒绝了人家！原因嘛，啧啧啧，我都不忍心说。"

胡文轩有点尴尬，却不便拦他的话，又看到沁梅听得很有趣的样子，就暗中瞪了江静舟一眼，想让他住嘴，无奈那小子根本不加理会，还是继续娓娓道来："胡少将，说实话我真替你脸红！你好好的拒绝人家不用，竟然是出于膈应他的相貌？据说他长得和我有三分挂像？唉！我就奇怪了，老二，我和你毕竟兄弟一场，有这样大的仇吗？"

他说得忍俊不禁起来。沁梅想笑又不敢笑，直看胡文轩的脸色。

胡文轩看江静舟以玩笑口吻说了这话，又是当着沁梅的面，不好认真计较，只是板脸道："江致远，约法三章！我再次提醒你注意！"

江静舟笑着摆手，沁梅更加好奇："什么约法三章？谁的约法三章？"

"小孩子家，别管大人的事情！"胡文轩对她微瞪眼，又冲江静舟白白眼："我看不是你这个情报王厉害，倒是我该回去清理门户了！"

说完他拉过沁梅，将餐桌上的点菜单递给她："快点些爱吃的东西，你一定饿了吧？"

真假父女三人于是难得吃了一顿饭。

第五章 电讯博士

做我们这种职业，总会面临各种各样的压力、莫名其妙的挑战，但最终会有一种东西让我们从混沌雾霾中走出来，让我们豁然开朗——这就是信心。随着经验的增长，会对那些自身错误的判断感到心痛和自责。

第二天早上，沁梅从宿舍出来，知道胡文轩马上会派车来接自己去军统上海站，就想先去和自己父亲说一声，加之和父亲告个小别，她记起昨天分手的时候，父亲告诉她今早要去南京参加国防会议。

远远就看到一辆高级军用吉普车停在办公大楼前，两个勤务兵正在将一大堆花花绿绿的盒子搬上车。车子旁站着一个瘦削干练的青年军官。他随时随地不自觉展露的笔挺军姿，让沁梅认出是程睿，这种独特的军容风采是他在德国军校受训的结果。

前两天沁梅刚到这里，江静舟专门介绍她和程睿认识。沁梅因此了解到程睿的身世背景。他是父亲盟兄程鹏霖的儿子，在他父亲殉国后，自己的父亲就将他接到身边，期间还专门疏通关系，送他去德国学了两年军事，学成归来就进了军队任职。他今年24岁，是个少校，虽然不够级别，却在警备师代理情报处长一职。也是我党特工，飓风小组的基干成员之一，代号"雷表哥"。

程睿为人机敏沉稳，笃诚细致，很得江静舟欣赏和信任。他在给沁梅介绍的时候，专门吩咐她认程睿为大哥："从父辈这代论，你们本来就应该是义兄妹，以后更要像亲兄妹那样相处才是。"程睿从此将沁梅当作亲妹妹般爱护，兄妹结缘一生。

此刻，沁梅看到电讯科长唐玉从另一边走来，笑着问他："程处，这都是些什么啊？我看半个城隍庙都叫你搬回来了！"

程睿笑道："是上海的小吃特产，师座吩咐专门给宁兰小姐买的，这次一块带去南京。"

唐玉感叹："唉，难怪人人都说咱师座爱女情深，这父爱无边呐！要说师座那样强悍的男人，却又是这份慈父心肠……宁兰小姐真幸福！"她感慨着走了。

"沁梅，是来找师座吗？"程睿无意发现另一边走过来的沁梅。

"也没什么事……大哥你今天是陪我表叔去南京吗？"

"是的。他在里面呢，你进去吧！"

"不了，我就是和他说一声，你帮我打声招呼就好，我今天去我养父那里。"她说完就要转身。

程睿忙叫住她："小梅！三叔他在办公室呢，你自己去和他说一句吧！"他的语气里有兄长般的期待和劝勉，听到沁梅心中唯添酸楚。

"不用了，你们也一路平安！"她头也不回地走了。

军统局上海站，胡文轩在办公室里拿着一张纸边看边微微点头。

"您让我把重庆邹惜韵一家，还有一些帮助过我的朋友名字都记下来给您，不是要去调查什么吧？您怀疑我吗？是您的职业病发作了吧？"伏在他身边的沁梅微微噘嘴道。

胡文轩反手拍了她一下："丫头说什么呢？没规矩！"

他认真看着沁梅："我是要让你记住这些人，我也要记住，毕竟人家帮了你，是恩人，我会找机会报答他们的！"

沁梅点头，半信半疑的神情瞒不过胡文轩。

"可别有样学样啊，和你表叔似的，说话那么尖刻！女孩家，要温柔娴静。"

"您又说我表叔坏话，我不要听！"

"你倒护着他！"

"他说您的坏话，我一样护着您！"

"好好好，知道我闺女善良孝顺！走吧，跟我去各处转转？"

父女俩起身出了办公室，从一楼开始转起。

看到英华内敛、风韵犹存的上司带着如许大的一个女儿出现在大家面前，站里很多人都是万分惊奇加不可思议的表情。尤其是那些暗恋着自己这位独身上司的女军官、女职员们，更是一副目瞪口呆的神色。

胡文轩自然收获到这种种惊羡、不解、失落的注目礼，他心中暗暗好笑，不免得意。

他给沁梅介绍着各部门的设置和功能，不知不觉来到三楼电讯处。

一个属下来到他身边："老板，总局电话。"

胡文轩嘱咐沁梅："你先在这里等一下吧。"

"您去忙吧，我在这里随便自己转转就好。"沁梅很轻松的状态。

胡文轩点头："也好，你在电讯科看过，就回我那里。记住，原路返回，不要到那边去！"他指指对面西侧。

沁梅听话地点头。

这里的电讯科自然是沁梅格外关注的，此刻她知道也不可能看到太多隐秘的东西，不过是走马观花而已。于是她神情轻松自如地走了进去。

电台、收报员、发报员、传送电文者……到处都是忙碌的身影，人很多，但是井然有序，不闻喧哗声，唯听到滴滴答答的电报声。

在这个肃静的场合中，当一种深沉而魅惑的男中音传入耳中时，沁梅就被好奇心指引，循声而去。

在一个貌似小教室的房间外边，那声音渐渐清晰了，内容细听来，沁梅更加感兴趣。

"……提到无限不重复式密码，我就不能不讲到赫伯特·亚德利，他在美国被誉为'密码之父'，顺便提上一句，我的老师曾是他的朋友。我这里想讲一个有关他的著名案例：大家当记得那些年重庆的大轰炸吧？日军屡屡出动大批飞机对重庆发动猛烈袭击，委员长的官邸和防空洞都好几次险些被炸，目标之准确令人诧异！据分析，每次空袭前，潜伏在重庆的日伪间谍都会提供关于重庆天气状况的电报，重庆一放晴便有日机来轰炸。咱们这方的密电组虽然截获了一份由潜伏在重庆的日本间谍发出的密码电报，但该密码电报非常复杂，中方密电组的破译专家们根本无法破译……就是在这种情形下，亚德利来到了中国。"

沁梅承认，自己首先是被这种好听的男中音所吸引，这种音色如大提琴般低沉舒缓，略带悠扬，传到人耳中有一种别样的魅惑感。

站在近处，听到了内容，沁梅更加心仪。无限不重复式密码、重庆大轰炸、密码破译……这些词汇都是沁梅这半年来主修的功课，她没法抑制住自己的好奇心，就轻轻推开了这个教室的后门一条缝隙，悄悄向里面望去。

一个身着军装的年轻教官在讲台上口若悬河，侃侃而谈，底下坐了几十人在听课，他们中间有着军装的人，也有穿着刚才养父给她介绍过的文职服装的人，还有一些穿着便服的人，大家都听得津津有味的样子。沁梅心里琢磨，看来正如养父讲的那样，因为工作性质不同，这座大楼的人的服饰是不一样的。

觉得自己这样溜到后座听课应该不会被发现，沁梅就趁着那位教官转身在黑板上写字的空隙，像一条灵动的鱼儿一样滑入室内，找了个最不起眼的角落坐下。这里可以清楚地看清台上的一切，前面周边又都是穿便装的，应该不会被引起注意。

教官回过身来，继续讲课。

他年纪很轻，身材很好，一身美式校官服勾勒出他修长挺拔的身形，系着很标准的军用领带、紧束的腰带，肩上闪烁的少校徽章，帅气的长筒军靴，几个细节精致不苟，和他背脊挺直、双肩自然下垂的标准军姿相得益彰，显示出英气外泄的军人风范，似乎要让人不由得感慨，好像这身挺阔有型的军装，就是为他这样的身板专门设计定制的一样。

此刻，手持一根教鞭的他气度从容，侃侃道来，手势和言语配合有加，生动迷人。

耳边响着这种如大提琴般带有磁性的音色，沁梅几乎没能顾得上留心他的面容，可当她认真看向他的脸庞时，却一惊之下，几乎叫出声来！

原来是他！

就是那天在码头无意中看到的青年，那个身形悠闲散淡、脸上却挂了百年孤独和忧思般寂寥的男子。

沁梅悄悄打量着他，想起当时第一次见到他时的那种奇怪的熟悉感，此刻豁然开朗，原来如此！

他竟然是名军官，这身军装让沁梅找到了那个问题的答案：原来眼前这个青年军官，和自己的父亲江静舟有几分相似之处，尤其是穿上军装后，这种感觉就格外浓烈——一样的瘦长刚劲、轮廓感极强的脸型，一样生动浓密的两道剑眉，还有那爱微微抿起的略显倔强坚毅的嘴角。

其实也不是全部原因吧，细细品来，他就是和父亲挂像，究竟也是最多三分，可是自己那天产生的那种恍若前世熟悉相识的感觉又来自何处呢，沁梅再次困惑了。

那充满磁性的悠扬舒缓音调还在继续："事实证明，亚德利不负众望。当年咱们戴老板礼聘他来到重庆，国民政府授予他军衔，又安排了三十多名留日学生给他，组成了一个情报小组，专门针对的就是诡异的日军密码！亚德利通过对截获的日军密码电报分析发现，日军为提高发报速度，以日文四十个字母中的十个字母代替十个数字进行电报编码。这些密码电报的内容应该是日伪间谍向日军报告重庆能见度、风向、云高、风速的气象密码电报。

"经过反复推敲论证，亚德利破译出电报中出现频率非常高的相同数字的含义，如'027'代表重庆，'248'代表正午，'231'则是清晨六时。

"但是密码虽然破译了，如果不将日伪间谍抓住，日军很有可能再次换用密码。侦破重庆的日本间谍案就成了重要的问题。亚德利小组通过截获的更为复杂难解的新密码编写的电报，认定还有更加凶残的深藏不露的日伪间谍。当时的一个异常现象引起了亚德利的注意——密布在重庆四周的高射炮部队隆隆作响，敌人的飞机却没有被击落过。这其中必有玄机。

"亚德利先从新密码入手，经过反复研究，发现日谍使用的密码是无限不重复式密码。电报中多次出现诸如'her（她的）'、'grain（粮食）'、'light（光线）'等英文单词。亚德利推测这名日谍采用的密码编制方法为'书籍式'，密码的底本应该是一本英文小说，最终通过很多途径，确定了是诺贝尔文学奖获得者赛珍珠的长篇小说《大地》，并设法从已抓获的日谍家中找到了这本书。

"真相大白，原来这名间谍正是汪伪政权安插在重庆的耳目，他搜集到重庆方面的情报，将重庆高射炮最高射距 1.2 万英尺 (3660 米) 用密码告知日军。使得日军轰炸机保持 3660 米以上的飞行高度，避开我军高射炮的射击，从而给重庆造成巨大的灾难。

"所以说，做我们这种职业，总会面临各种各样的压力、莫名其妙的挑战，但最终会有一种东西让我们从混沌雾霾中走出来，让我们豁然开朗——这就是信心。当然，随着经验的增长，会对那些自身错误的判断感到心痛和自责。"

　　沁梅已经被他生动的讲述深深吸引，她的脑海里也闪现出在重庆做"卧底功课"时接触过的那些大轰炸惨案，原来密码的破译和一场战争的胜利有着这样紧密的联系。

　　"今天我们讲到无限不重复式密码，我举了个美国情报专家的例子，下一次我会给大家一个更有信心的例证，那就是我们国家也有一位了不起的密码破译专家，他的风采可以说丝毫不逊色于外国专家，一样在抗战期间做出了卓越的贡献！"

　　年轻教官讲到这里，眉飞色舞起来，他那两道生动的眉毛微微扬起，露出孩子般生动有趣的神态来，长圆形的眼睛露出温润诙谐的笑意："池步洲！大家听过这个名字没有？"

　　底下学生们纷纷交头接耳，摇头者居多，大家都充满兴趣和期待之情望向讲台上的教官，却见那名被瞩目者竟然顽皮一笑，嘴角上勾，现出一副得意神秘的样子："好了，要知根底，下回分解，下课！"

　　底下众人哄笑起来，有人还在不满意地嚷着。年轻教官用教鞭挥挥："好了好了，不能每堂课都逼着我延时吧，你们不渴，我可是嗓子眼都冒烟了。"

　　有人忙上前递水给他，有人还在笑着调侃："谁让您讲的生动，每次课总让大家听不够呢？"

　　沁梅也站起身来，想随着慢慢散去的人群一起走开，却看到那台上被人围着的教官用手中的教鞭指点着："一、二、三、四、五、六、七，这一行第七排那个女生留下，其他人散开吧。"

　　沁梅不知所谓，却感到身旁有女生拉她："说的是你，楚教官让你留下。"

　　教室中只剩下台上的人，和后排的沁梅，两人还隔得八丈远。

　　"哎，那个蹭吃蹭喝的，过来吧！"年轻教官对她喊道，声音竟然是冷冷的。

　　沁梅暗暗咋舌，却原来这人早就察觉了自己的行径，可他是如何发现的呢？

　　但是这种不客气的语调还是让沁梅心中不舒服，陡然升起一股无所畏惧感，刚才偷听课的胆怯和不自在都溜走了。

　　看清楚抿着嘴、仰着脸走近自己的女孩，教官嗤地笑了："我还以为……原来是个……哎，我记得附近没学校呀？"

　　"你什么意思啊？"

　　"你难道不是个学生吗？还最多是个初中生吧？"

　　"我看你最多是个幼稚园老师的眼光吧？"

　　"小毛丫头嘴巴挺厉害呐？你是谁家孩子呀？大人会带你来这个地方？不可思议！"

　　"这个地方咋了？龙潭虎穴，闲人免进？"

　　"龙潭虎穴的说法值得商榷，不过闲人免进是肯定的。天！小毛丫头，嘴巴这样尖刻！我可告诉你，这里不是乱说话的地方，小心把你关起来！"

他说着竟然绷起脸，做出了一个瞪眼恐吓的表情来，看在沁梅眼里，好笑极了，只为他的那两道生动的眉毛此刻夸张地竖起来，给她一种很滑稽的感觉。

"这家伙，真把我当小孩来吓唬了。"沁梅心中好笑，面上还是严肃的样子，她虽然没答话，却用行动做出了还击——她也同样瞪起眼睛，用一种倔强无畏的目光和他对视着。

"咦？这小丫头，咋不怕人呢？"教官的权威受到挑衅，他似乎有点不习惯，不自觉地看了看自己身上这身严谨的军装，露出困惑无奈的样子。他还想说什么，却见一个女少尉匆匆跑来："楚总，老板让您马上去他办公室，有紧急军务！"

这位被称为"楚总"的人点头，将讲台上的一叠讲义递给女少尉："给我送回办公室。"

转身欲走，却好像突然想到什么，回头对沁梅道："小丫头，快回家吧！哦，哪来哪去，原路返回，别去那头！"

他指指西面，正是刚才胡文轩告诉她不能去的方向。这都什么毛病呀？怎么都是这个说法？西面究竟有什么？

沁梅正愣怔着，却听到那个"楚总"又撂下一句嘟囔："哪冒出来这么个小家伙？胆儿真大！来这里听课？听得懂吗？不是什么课都好听的……"

他的声音渐行渐远，沁梅不服气地哼了一声，她有点猜出来他是谁了。

又闲散地逛了一会儿，沁梅果然听话原路返回，来到二楼胡文轩办公室。

未敲门直接进去，就看到养父正和一名军人在谈论着什么，那背对门而立的熟悉背影，不看正面沁梅也认出来是谁。

"好了，就先到这里吧！"胡文轩止住话头，又招呼沁梅近前，给两人做起了介绍，"阿梅，这位就是我早就说过想介绍你认识的一名……唔，算老师吧！楚天舒少校，才从美国回来的电讯情报专家，电讯博士，现任我们情报侦听处的总破译师。"

他又向楚天舒介绍着自己的女儿："这个是我的女儿，沁梅，年纪虽小，也在重庆上过几天电讯培训班的，你们算是有些共同语言的？"

"岂敢？"沁梅抢过话头，"爸您的话让人家博士笑话了，我怎敢和如此高端人士有共同语言呢？您的话吓死我不要紧，也要让人家博士笑死了！好嘛，前后两条人命。"

"丫头没规矩！"胡文轩又嗔又笑。

"你好，胡小姐，认识你很高兴。"楚天舒认出沁梅后显然开始有些吃惊，他的眉毛扬了一下，嘴角挂了了然一切的笑意，看在沁梅眼中，这笑意有点透着些古怪和淡淡的揶揄。不过此刻，他这番问候似乎是出于他的教养和礼仪，他向沁梅伸出手来。

沁梅却将手故意藏到背后："不好意思，我不姓胡。"

楚天舒困惑而难堪，露出一丝尴尬羞涩的表情来，他看看胡文轩，自己的脸倒先红了。

胡文轩瞪了沁梅一眼，忙为钟爱的属下解围："哦，天舒，怪我没说清楚，阿梅是我的养女，她的确不随我姓……哎，对了，阿梅，你也不该姓江吧？你是你表叔的外甥女呢。"

"谁说我姓江啦？"沁梅顽皮一笑，又向楚天舒伸出手来："郭沁梅，楚少校，你好！"

"郭小姐，认识你很高兴。"楚天舒突然很腼腆的样子。

"高兴？不见得吧？我这个蹭吃蹭喝的小毛丫头，估计是惹楚大博士您不高兴了。"

"怎样会？不过是一堂电讯知识普及课而已。你是站长的千金，尽管听，随便听，很荣幸！"原来这位楚天舒少校口齿也不让人。

"哈？"沁梅耸肩一笑，"可是大博士的课，我这个初中水平的人貌似该听不懂呢？况且有人早认为，博士专家的课也不是谁都能听的？"

楚天舒淡淡一笑，看似随和无意，话里暗藏机锋："恕我眼拙，本来嘛，我也就是个幼稚园老师的眼光。多有得罪，郭小姐莫怪哈！"

"你们这都说的是什么弯弯绕呀？"胡文轩已经云里雾里。

沁梅忍不住笑着将刚才偷听课的事情简单同他说了。

胡文轩笑了："你这丫头总是这般淘气！"他笑看楚天舒："天舒的电讯普及课开了几次了吧？通俗易懂，声情并茂，在站里反响很好呀，阿梅，你一定要认真拜天舒为师，虚心向他学习才是！"

楚天舒不好意思地笑笑，沁梅噘噘嘴，不置可否。

胡文轩看看腕上的表："该吃午饭了，天舒，你和我们一起吃吧？"

"不了，站长，我还有一份重要电文要译呢，就不打搅你们父女了。"他敬了个标准的军礼，转身走了。

"狂傲的可以，哼！还有点装腔作势的感觉！为工作还废寝忘食啊？就不知道真假几何？"沁梅对着他的背影白了一眼，"爸，您赚了，在哪里挖掘出这样一个不吃饭光干活的机器？"

胡文轩摇头："淘气！"

父女俩相对坐着吃饭，自然话题从刚才从这里走出的那个人开始。

"却原来上次您和表叔提到的那个宝贝就是他呀，还真是个宝，又能讲课，又能破密码，还善于在上司面前表功，且伶牙俐齿，又冷又傲！"

"你听听你这个丫头的话，还好意思说别个？这伶牙俐齿的名头谁还争得过你？想当年你在我身边，小小年纪，那份厉害劲儿就让人头疼！我身边的人谁又敢惹你这个大小姐了？"

"谁说的？方城叔叔就总夸我乖、懂事。方叔叔可是您的心腹爱将啊！"

"那是你方叔叔一向宠你、惯你的缘故！不过倒让我想起一件事来，那年我被关进了日本人监狱，方叔叔一直没告诉你，后来你听说了，哭了整整一夜，又一直嚷着要去监狱陪我坐牢。唉，虽然是孩子气的话，我听了这心里……这些也是你方叔叔告诉我的。"

"我一直特别为您骄傲的，总觉得那时候，您就是我心目中的抗日英雄！不过，您也落下了不少旧伤，那腰疼病，这些年还总发吗？"

"还好吧。接着说刚才的话题。阿梅，其实那个小楚人挺好的，虽然是个大家出身的公子哥，可是相当的敬业，人也很单纯，基本上是书卷气味很浓那类人。我知道，站里有些女孩子给他起了'冷傲王子'的绰号，无非是他和女同事、女下属交往比较冷漠孤傲些，也是男孩子的小矜持吧，我倒喜欢他这点！"

"您岂止是喜欢他'这点'？快听听您如今这语气，再看看您刚才那态度，分明是喜欢他'所有点'！哼！"沁梅又撇嘴了。

"唉！你这个丫头就这点不好，嘴巴尖刻不饶人！"胡文轩直觉沁梅和楚天舒见面就有点针锋相对的苗头，觉得还是想提前给她提个醒比较好，就用貌似随意的语气暗示了楚天舒的出身："他家在南京，据说是家中最小的儿子，哥哥姐姐难免娇惯些。他刚来站里没几天，他的姐姐嫂子什么的一群人就来探视过他，浩浩荡荡、沸沸扬扬，让同事还笑话了！他当时那种不好意思、左右为难的样子，我看着都蛮搞笑的。哦，对了，他的母亲家，据说和蒋夫人家族沾点远亲什么的。"

"原来是个娇生惯养的大少爷呀，难怪！哈？还是个沾点皇亲国戚味道的大少爷！我倒奇怪了，他这样优越的条件，为什么不供职于南京呢？"

"傻丫头，别再置些无谓的闲气了！我告诉你这番话，是想提醒你，以后你来我这里，难免大家要见面的，不要太和他针尖麦芒似的。其实，你不了解他，天舒这个小伙子真的挺好的。"

沁梅不知道养父这番话是有感而发，这源于楚天舒到上海站前经历的一番波折。

胡文轩就职军统上海站站长后，为了加强电讯方面的力量，曾经在社会公开招聘专业人员。才回国的楚天舒前来应聘，他的个人资料和业余考核都是很拔尖的，胡文轩自然一眼就相中了他。但是当他亲自面试的时候，竟然发现，这个叫楚天舒的青年才俊，竟然长得颇像一个人，颇有几分自己的老对手——江静舟的神韵！

想到自己和这个盟弟的半世恩怨，胡文轩决定还是不要一张这样让自己总纠结的脸成天晃悠在自己面前。感情战胜了理智，他有充分的智慧，可以以一些吹毛求疵的问题当众挑剔拒绝了这个年轻人。

而那个面容沉静儒雅的小伙子竟然像是洞悉他的什么心思一般，毫不争辩，微微笑着，收拾了资料走了。

一周后，胡文轩接到戴老板秘书的电话，说一个从南京总部派来的总破译师马上到上海任职。等那个穿着崭新少校军服的年轻人拿着戴老板亲自签发的任职手令，来到他的面前时，自认老谋深算、沉稳镇定的他也难掩惊愕万分的表情——竟然是他，几天前自己拒绝的那个叫楚天舒的青年！

年轻的博士还是那样安静地笑着，仿佛什么事都没发生过的，很谦恭有礼地向自己的顶头上司报了到。

当天晚上，胡文轩就在电话里被戴老板臭骂了一顿，后来他又听说，在这之前，戴老板才被总裁斥责过。他隐约感到这个青年背景不凡，于是专门翻看了他的个人资料，却没发现太多的东西。当然，他也明白军统局的行规，某些人员的背景，对自己的直接上司，也是高深莫测的。

这种情形让胡文轩忧心，他认为楚天舒来历不凡，迟早会接替他的位置，因此他格外忌惮防范这个年轻人。可是通过两个多月近距离接触，他发现，这个二十四岁的有着海归背景的公子哥儿，其实是个不错的青年，为人谦虚，认真敬业，很守属下本分。尤其是对待工作上，认真细致，尽职尽责。最让胡文轩满意的，是他的性格似乎很散漫恬淡，对权欲兴趣不大，完全是一个书生气十足的技术人员，胡站长这才慢慢放下心来。

此刻，当着养女沁梅的面，他当然不会讲到这番经历，只是曲意提醒着养女别和这个有着特殊背景的年轻人太过别扭，以免生出事端来。

沁梅聪慧灵透，当然看懂养父的用意，嘴上虽不服输，还是要用话让他安心："好了，您就放心吧，我不去招惹他，不会给您添麻烦的！再说，我也没理由和他多见面呀？"

看着沁梅嘟着脸的样子，胡文轩突然就觉得委屈了女儿似的，忙夹了块排骨放到她的碗中以示安慰，又悄然间转换了话题："郭沁梅……"胡文轩貌似无意地嘟囔着："嘿嘿，有点意思！好吧，郭小姐，多吃点肉，你太瘦了！"

"您又在瞎琢磨什么了吧？"沁梅对他不满地鼓鼓眼。

胡文轩用筷子作势敲了她一下："你这个丫头，真是越大越没规矩了！就如刚才小楚被你那几句话顶得有多难堪？幸亏那孩子涵养好。我只是在奇怪呢，小时候，我才接你到身边时，你大伯伯对我说你叫沁梅，姓什么他都不知道。你又如何给自己安了个'郭'姓？"

沁梅笑笑，先回忆起故人来："大伯伯是最早抚养我的人吧？他都不知道我的真实姓氏的，估计是我生母就没同他说起，其实我对大伯伯的印象都几乎没有了。这次在警备师，见到大伯伯的儿子程睿哥哥，表叔介绍说他长得很像他父亲，我才依稀拼凑记忆中那点印象……"

她又接着养父刚才的话题："我也一直蛮好奇我的真实姓氏呀。这次来了上海，见到表叔，我就追问他，是否记得我生父究竟姓什么？他被我缠得没法，使劲回忆了，说是恍惚记得我的生父好像姓郭？他说堂姐、表妹的也太多了，并不能完全确定的，也就是个影子记忆罢了。"

"嘁！恍惚记得？这种说法能算数吗？傻丫头？你表叔出来也好久了，这种记忆根本不靠谱，依我看，你还不如……"

沁梅知道他想说什么，忙摇手制止道："好了，不就是一个姓吗？没所谓的呀！就是它了，我就叫郭沁梅！不姓胡，也不姓江，省得你们再打架！"

胡文轩不置可否地摇头。

沁梅心头已经涌起了回忆。

此次从延安出发前，因为要编造假履历，她就将自己的姓氏改成了继父的姓——郭。

走前她特意来到母亲和继父的窑洞里，向继父告别。

她看到继父郭清寒微喘着躺在炕上，严重的肺病已经使他骨瘦如柴，恹恹的病体让人看了心酸，这个往昔儒雅沉稳却不乏军人威严的纵队政委，如今就是一个虚弱无力的病人。

她上前握住继父的手，说着告别的话，又特意告诉他，自己将伪装的姓名改成了郭沁梅，她要以这种形式，真正当一次他的女儿，也许对病入膏肓的他来讲，算是一种别样的安慰吧。她听妈妈讲过郭伯伯的经历，他出生于一个书香门第家庭，十五岁就参加革命，半生漂泊，妈妈是他的第一个妻子，但是他们并没有孩子……

想到这些，沁梅很难受，望着继父苍白憔悴的脸哽咽难言下去。继父理解地笑了，送给她临行的嘱托竟然是："梅儿，你是个善解人意的孩子，善良又感性，伯伯明白你的心！可是我也有点担心，此行，你要用一个女儿的心，去理解体贴你的亲生父亲，去爱护他、襄助他。要记住，你的生父，他最不容易！"

是的，在沁梅的心中，这个给她谆谆教诲的人也是她的一个父亲，是她的至爱亲人！他曾经用博大的胸怀，给予了他们姐弟温馨无私的父爱，又曾经用他渊博的知识，教诲了她很多人生道理和准则。即使有一点点机会和可能，她也愿意用他的姓冠在自己名字前，表达一份女儿的亲情和心意。

吃过饭，胡文轩派车送沁梅回警备师宿舍。

沁梅前脚走，胡文轩就将行动处处长于德飙叫到办公室。将沁梅写下的人名、地址交给他，密令他彻查沁梅的履历。

"就从重庆开始，当然，也许会牵出别的什么地方……总之，审查要严格细致，事无巨细的都给我汇报上来。涉及孩子的每个落脚点，都必须有三人以上的确切口供证词，不得出任何纰漏。"

第六章　故人旧情

　　"智慧不起烦恼，慈悲没有敌人"。如果周围总有看不惯的事，至少说明你的智慧不够圆满；如果眼前总是瞧不起的人，只能说明你的慈悲还没到位。如果能做到大慈大悲凡事都能退一步海阔天空，哪里还会有争端？如果你能将心比心，相信万事万物存在必有因果，哪里还会徒增烦恼？

　　"江师长，别来无恙乎？"

　　国防部会议结束，江静舟正坐在外边休息厅一角闭目养神，突然一个娇媚的女声在他耳边响起。

　　眼前站着一位三十岁出头，气度不凡的女子，裁剪适度的紧身旗袍，精致的妆容，华贵的丝巾簇拥着小巧玲珑的瓜子型脸庞，一双秀逸的大眼睛顾盼生辉。

　　江静舟微扬剑眉，片刻有点愣怔。

　　女子含笑盯着他看："你真是贵人多忘事啊？不认识啦？"她微微摇头："我这个樊梨花的外号得也太冤了点，始作俑者都忘了个干干净净！"

　　这句话让江静舟恍然大悟，笑着起身，握住了女子伸过来的手："是你呀，樊记者？"

　　这位叫樊黎翘的女子也笑了："好了，终于记起来了？真让人有点小伤心！看来你把我真的忘干净了！"她的语气含着怨怼，更有压抑不住的兴奋。

　　江静舟唯有苦笑。

　　是的，他几乎认不出眼前这个故人了，十年前素面朝天、清纯烂漫的女记者，如今已是一副衣着华丽的名媛形象，不变的，还是她那种爽快无羁的说话方式。

　　"哎，看到你，我又要暗地里骂骂老天爷了！"她嗔怒嬉笑全在面上的小女孩情致不变，"你说都讲岁月是把磨人刀，却为何又男女有别呢？简直是太不公平了！"

　　"什么刀啊枪啊的？"江静舟不解。

　　"是说你我——现放着的两个鲜明例子不是吗？你看你，十年过去了，还是英姿勃勃，帅气袭人，如小伙子般精神；可我呢？时过境迁，人老珠黄喽！岁月这把刀岂不是光磨我，不磨你么？这公平吗？"

　　原来如此。江静舟被她的话逗笑了："樊记者你不愧是文人、才女啊，恭维人都这样艺术。"

"我说的是实话呀！才女？再说！文人？这个词不该你来评价我才对？你难道不算文人吗？如今就是将军了，也算儒将一位吧？"

江静舟笑着摆手："从军已久，一介武夫罢了，何敢沾文人的边了？"

"你就别妄自菲薄了，谁不知道当年你是有个'双料状元'的盛名呢？黄埔人中都传为美谈的！何况，我还忘不了呢，当年青青总在我跟前炫耀——我们家致远，文武全才，我今生遇到他，一切也都值了……"

她不经意间的一番话引起一阵伤感情绪，两人都瞬间意识到了，聪颖过人的女主编忙不露声色地拉回了主题："我的意思是，你还是一点没变……好吧，我给你个确证吧，虽然十年未见，我可是一直在注意着你的行踪呢。"

她从随身带的坤包里掏出几张报纸，展开，递到江静舟的手中。

江静舟接过来粗略一看，多半是自己在远征军归来后接受媒体采访的一些报道，就淡然一笑："都是大半年前一些旧闻了，就那么点内容，反复写，没多大意思的。"

"哈，江师长你是谦虚得有点过了，还有点殃及无辜呢。"

"此话怎讲？"

"实话告诉你吧，有关你的第一篇报道，就是我写的！那是去年的事情了，你还在昆明养伤期间呢，我采访了一个你的部下，他刚好去重庆述职，对我讲述了你和你的独立团的事迹，我就替你写了这样一篇歌功颂德的报道，没想到很多报纸都转载了。可以说，是我挖掘出了你的英雄事迹的哦！"

"原来还有这样的事啊？我可真不知道！就听我原先的参谋长向晖提过，他在重庆有记者采访我们独立团事迹，他就大概讲了些，再料不到会是你。"

"是的，就是那个叫向晖、向明光的人，和我说了你的很多事迹。但是你要知道，更促使我马上动笔，也还是因为是……写你的缘故。这么多年了，我可是一直关注着你呦！"

她直视的目光让江静舟有些不自在，忙移开了眼睛，自嘲一笑："不至于吧？我一个普通军人，哪值得格外关注？何况樊记者又是中央社的人。"

"你别一口一个樊记者的叫我好吗？听着别扭又生分！还像以前青青在的时候，你们两口子开玩笑叫我的那个外号叫梨花吧？"

却见江静舟突然间脸有点僵住，面色不虞的样子，樊黎翘也意识到了，就忙收住笑容，微微低首："抱歉！又提到青青！你伤感了吧？唉，说来好快！青青走了也有十年了。"

江静舟沉默不语，有种尴尬难言的气味游动在两人之间。

这个突然出现的女人，让江静舟既困惑又犹疑。

樊黎翘，原任中央日报社记者，现今已是副主编，她是江静舟逝去的妻子陈青瑜的闺中好友，当年江静舟和陈青瑜的婚姻，她是重要见证者之一。

原来，在江静舟和虞水蓉用"公开离婚"方式解除假婚姻后，江静舟接受组织指令，走进自己的另一场真实的婚姻。虽然他抗争过，但是个人私情和组织利益相比，眼前他根本无力挣扎，何况他身上还肩负着策反妻子陈青瑜的重任。

在胡文轩等人的眼中，江静舟则完全是投机分子的形象——

江、虞"离异"不过半年，江静舟就再次结婚。此次他的新娘和封正烈也沾亲带故，而且关系更近——不像虞水蓉只是封正烈的远房表妹，新娘名陈青瑜，是封正烈的夫人陈紫瑜的嫡亲胞妹，本身是一位少尉女军官，在194师任机要员，等于是封正烈名正言顺的小姨妹。

更为人瞩目的一点，陈紫瑜和陈青瑜的胞兄，乃194师师长陈铮瑜。194师秉"忠烈之师"美誉，比189师更具实力，所有人都认为，这场婚姻会给这个聪颖敏锐的年轻军官以更好的上升空间。

一年后，江静舟和陈青瑜有了一对龙凤胎儿女，取名宁松、宁兰。孩子满月酒喝过，以照顾母子三人的名义，江静舟顺理成章地从189师混成旅调入194师情报处。

樊黎翘就是在那时结识江静舟的。在陈青瑜的要求下，她曾经为身为194师情报处副处长的江静舟写过一篇报道，表彰了他在收集破译匪谍情报方面的战绩，因为这篇报道，曾经给江静舟带来过仕途上的一次擢升机会。

但是江静舟、陈青瑜夫妇当年并不知道一个隐情，那就是：这篇报道见报后，曾为江静舟在189师同僚的胡文轩，曾经对此有异议，专门找到过樊黎翘，说明了自己对她这篇报道的不满之意，同时还向她展示了自己收集的有关江静舟身上疑点的文件，可是樊黎翘出于和陈青瑜的私交，以及自己的某些情感，对这些异议都擅自压下了。

有关她的"某些情感"，所有人都不知情，包括江静舟和陈青瑜，那就是——樊黎翘也早就暗恋上了江静舟。

在樊黎翘的眼中，当年在她的闺中密友陈青瑜那里见到江静舟的第一眼起，自己就疯狂地爱上了这个外表狂狷不羁，内心又儒雅细致的青年军官！樊黎翘一向自视颇高，寻常男子并不能入她的法眼，但是好容易看上的男人，又是自己闺蜜的情郎，她曾经痛苦过好长时间。但是樊黎翘又是个大气善良的女子，她压抑住自己的情感，支持着陈青瑜对江静舟的大胆不舍的追求，鼓励她和这个在外人眼中是"二婚头"的人结缡成功。

后来陈青瑜病逝，战乱期间，樊黎翘和江静舟失去了联系，但是她一直在打探找寻他的信息，如今终于相逢于光复和平时期，她也私下了解到江静舟这些年一直是单身，樊黎翘在感叹之余，旧情难忘，新添敬意，不禁芳心又萌。

但是不知道眼前这个人是何想法呢？他如今已经是名将军，身份和以前大相径庭；但是自己也并不弱于他，不仅事业有成，而且一直守身如玉，小姑独处，再加之自己深厚的家庭背景、政治资源，她自是信心满满。

此刻，她略带羞涩地说了自己目前的身份，江静舟点头，换了称呼："那还是称呼你樊主编吧？”

"好吧，随你，你一向就是个别扭人！可是我不想叫你的官职了，我叫你致远如何？"

"这个……"

"我和青青就是比亲姐妹还要亲的人，跟着她的名分叫你一声你的字，不过分吧？"

"这个……随你吧。"

江静舟始终淡淡疏离的样子让樊黎翘不怨反敬，这个男人一定是看到自己就忆及了亡妻，他能够十年单身一人，也算是个有情有义的人了。

突然间就想和他找个僻静的地方好好聊聊。樊黎翘看着垂首不语的男人，柔声道："会也开完了，一切都松弛一下吧？这附近不远处有家咖啡屋，环境不错，咱们去坐一下好吗？"

好像唯恐他会拒绝，聪慧机敏的她忙加上一句："你以前说过欠我一篇文章的答谢的？今天就果断还愿吧？我要你请我喝咖啡！"

她笑看他的样子带了几分少女般的娇羞出来，这种味道连她自己都觉好笑。平日里她可是大家眼中秉杀伐决断、大将之风的女人呢，唯有在这人面前，自己却这般没出息地低声恳求，甚至耍赖起来。

听了她的话，江静舟为难地挠挠头，略显尴尬的一笑："不是我故意不给你面子，樊主编，实在是今天有事。"

"有事你还坐在这里？"

"我是在等人。"

"等人？什么人？不会是……"樊黎翘觉得脸上下不来台，就干脆厚颜多问一句。

"不会是什么？……哦，嗨！是我女儿！"

"哦？女儿？是宁兰么？"

话音未落，随着"爸爸！"的亲昵叫声，一个穿着粉色小大衣，长相甜美的小姑娘已经向他们这边跑来。

江宁兰一头扎到父亲怀里，笑个不停，头不断在父亲身上蹭着，还不住口地叫着"爸爸，爸爸！"

江静舟边搂着、哄着孩子，嘴里都是埋怨："唉，这丫头，和你说过多少次了？慢点跑，慢点跑！看看你这头汗！"

江宁兰在父亲怀中扭起了麻花："怎么能慢吗？我都想死你了！我恨不得一下就这样扑到你怀里呢！我实在想死你了，我的小爸爸！"女孩撒娇的语气甚是稚气可爱。

樊黎翘看着眼前这对父女旁若无人的亲热，理解地笑着点头。

"哎哎哎，丫头，别没正行儿啊，有外人在旁边看着呢！"他拉女儿给樊黎翘介绍着，"兰儿，这位阿姨姓樊，是你妈妈最好的朋友，快问候一声。"

女孩望着樊黎翘，不好意思起来，忙换上文静的笑容招呼道："樊阿姨好！"

樊黎翘此刻倒不是出于客套，她是真情实感地搂过女孩，仔细打量了，眼中已经含上了泪水："宁兰都长这样大了？我算算看，有十一岁了吧？"

"嗯，都过了十一岁生日了。"女孩的声音又糯又甜，惹人怜爱。

樊黎翘擦了擦眼角的泪花，笑对着江静舟："这孩子长得真美，应该是综合了你和青青的优点吧？"

江静舟勉强一笑，不置可否。

宁兰看了父亲一眼，又望向樊黎翘，嗫嚅着："我知道说起这个话题会让爸爸伤心，但是我好想问啊……樊阿姨，您是妈妈最好的朋友？您能形容一下，我妈妈有多美吗？"

樊黎翘摸摸孩子的头，叹气道："你妈妈的美，阿姨实在是形容不出来！因为她不是外表艳丽的世俗女子，她是那种内心如兰似蕙的女人。她善良、娴静，柔情似水，温润如玉……何时何地总是给人一种很舒服的感觉，真的，孩子，相信阿姨的话，你妈妈是我见到过的，这世界上最温柔贤惠的女人！"

她说到这里，不由得回头看着江静舟，后者低头不语。

宁兰长吸了口气："天哪，我爸爸好幸福！竟然曾经拥有这么出色的妻子啊！"

"宁兰，你知道吗？你真有点像她！"樊黎翘也感叹，"这一见面，我就看出来了，虽然你还小呢，可是你的气质好像你妈妈，也是个温柔的小美女！"

宁兰终究是孩子，此刻忍不住有点得意，就拽住父亲问道："爸爸，阿姨说的对吗？"

江静舟感慨着点头："兰儿，你的性格是很像妈妈……总之，在爸爸心中，我的兰儿最懂事了。"

樊黎翘看着他们父女情深的样子，就理解地一笑："好了，致远，我看出来了，你们父女也是两地相隔，见面不易，我就不掺和了。明晚我那里有一个 party，都是一些高级军官朋友，有很多你认识的，你来参加吧？"

"这个……"江静舟露出犹豫的神态来，"物以类聚，人以群分。樊主编的朋友，却未必和我有什么交集？再说了，"他挠挠头，竟然是顽皮一笑，"我江静舟从军多年，一介武夫，不懂经济纵横之术，恐怕友人不多，有意无意间树敌倒不少呢。只怕会扰了主编的清雅之会？"

樊黎翘微微摇头，嘴边挂了揶揄的笑意："'智慧不起烦恼，慈悲没有敌人。'如果周围总有看不惯的事，至少说明你的智慧不够圆满；如果眼前总是瞧不起的人，只能说明你的慈悲还没到位。如果能做到大慈大悲凡事都能退一步海阔天空，哪里还会有争端？如果你能将心比心，相信万事万物存在必有因果，哪里还会徒增烦恼？"

江静舟此举本是以退为进，正巧他正需要一个场合会见一个重要的人，就淡淡地询问参加 party 的大致人物，然后欣然同意了。

樊黎翘离开后，江静舟才想起女儿的事来："兰儿，怎么是你一个人来的？平常跟着你的人呢？刘妈，还有李副官？"

话音未落，两人已经从不远处走过来，分别招呼他：

"江师长！"

"姑老爷！"

这两人如今都是贴身照顾宁兰的人，李副官是封正烈手下的副官，刘妈则是封夫人陈紫瑜娘家的老仆人，算是194师陈铮瑜师长府上的人，按规矩才如此称呼江静舟。

李副官更是谦恭地对江静舟道："我们军座请您到府上去说话呢。"

江静舟正有些诧异，一旁宁兰已经伸手拉他弯腰，对着他耳边低语："爸，姨夫说请您今天去我们家吃晚饭，姨妈去苏州了，这两天不在家，您不用躲了！"

江静舟宠溺地拍拍她的头："小丫头家的，不准学话！"

宁兰噘起嘴："本来就是嘛，是姨夫让我这样告诉您的，学话也不怪我！"

江静舟笑笑，将自己手里的军帽和公文包交给旁边的李副官，又脱了军装上衣，也递到他手中，然后自己蹲下身去，宁兰熟练而默契地伏在了他的背上，紧紧搂住他的脖子，父亲大笑着背起了女儿。

刘妈看到这对父女见面就会有的习惯情形，笑着摇头，还是一如既往的老生常谈："二小姐你不小了，还让姑老爷背呢？"几个人说说笑笑上了外边的车。

新的一天开始。

沁梅在这一天穿上了军装，又接到养父的电话，叫她中午去站里吃午饭，她对镜整整军容就出发了。

在父亲办公室外，她被副官陈玮拦住了："小姐，老板这会儿正在处理一件重要公事，请你在隔壁办公室等一会儿吧！"

沁梅想了想，突然记起那堂没听完的密码课来，那个叫"池步洲"的中国神奇密码专家的故事，就不由自主地又转到电讯科来。

那间小教室空空如也，那种低沉舒缓的讲课声自然也不存在，沁梅自嘲地摇头："想什么呢？哪会这样巧的，刚好又碰上一堂课？"

她不由得在心里嘀咕："那个姓楚的家伙讲课声音真好听，可是平常和他对话，怎么就不觉得了呢？呃，估计还是他的那种冷傲态度让人讨厌。"

不自觉就转到了一个办公室，是一个套间式的格局，遥看到其中里面的房间上挂有牌子"总破译师"，沁梅想到这里大概就是那人的办公室了。

外间有一个女军官和两个女职员在低声聊天，其中那个叫小芮的女军官沁梅上次来站里认识了，是楚天舒的助手。

看到沁梅进来，小芮忙起身招呼，沁梅摇手笑道："我在等个人，在这里先看看报纸，你们忙你们的。"她拉过旁边办公桌上的报纸看了起来，身旁几个人的谈话尽收耳中。

"听说了吗？前两天行动处抓了一个女共党，好年轻的！"

"我看到的！昨天押上来的时候，我正打了个照面，那姑娘最多不超过二十岁，长得很清秀，哪像共党分子啊？"

"谁说长相清秀的人，就不能是共党分子了？"

"听说那是个共党秘密电台的报务员，这个电台被咱们破获了，就抓了这一个。据说她独自藏在静安区红花弄一个居民区的地下室中发报，藏了二十多天呢，一个人，真能坚持啊！"

"藏在地下室中还能被发现吗？红花弄那里是居民密集区啊，如何暴露的呢？"

"这次是偶然了，我听行动处的人说，是这个女孩在那里发报，用电量过大，引起周围居民怀疑，刚好行动处在周边弄堂搞排查，就顺藤摸瓜，抓了个现行！不过听说这女孩好厉害，匆忙中还能把密码本点火烧了，等抓到时，就剩下半本残缺不全的东西了，不知道还能不能破解呢？"

"她招供别的情况了吗？"

"据说没有，该上的刑都用了，死硬不开口呢！"

"哎，一个姑娘家，到了行动处那帮人手里，还能有好结果吗？啧啧啧，简直不敢想啊！"

"是啊，真造孽哦！"

"听说这是共党在当地的一部重要电台，这下行动处立大功了。"

"不过是缴获了一部电台，抓获了一个报务员，有啥太大价值呢？要是能破解了那被烧残了的密码本，估计还有点用吧？"

"是啊是啊！这个估计就是咱们这边的事咯。咱如今有楚总，老板心中的大拿啊！"

"哎，悄悄说说，目前不是在国共合作呢？怎么咱们这边还在抓共党？"

"喊！这话不敢胡说，咱们就是干这个的，上司让咋干就咋干咯。"

"哎？小芮，听说刚才你们楚总也去参加审讯了？"

"是的，老板让楚总跟着去审一堂，看能否获得一些有用的东西？比如女孩失口说出的什么？"

"哎呀，这下估计得为难咱们这位冷傲王子了。人家又不是军统特训班出身的，原是个海归的博士，倒去面对那样血淋淋的场景，估计他要吓个半死！"

"你们也别小看我们楚总了，人家也是从军有几个月了吧，应该有相当的心理素质了。"

"哎，你们说，楚总会用枪吗？他敢开枪吗？敢杀人吗？小芮，你说他敢吗？"

"这个……我也不知道呀！估计不敢吧，他那样文质彬彬的人……"

沁梅暗中听着她们的对话，将一些信息悄悄记在心里。她们谈及的我党秘密电台被毁的事情有点让她心烦意乱起来。

正在思量，却见一个文职人员进来，递给小芮一封电报："有份急电要请楚总马上看！"

小芮为难地看她："他现在正在审讯室呢。"

"这是特别加急电报，一定要他看后签收才行呢，你去想想办法，给他送进去吧？"

小芮拿了电报出去，沁梅忙跟了前去。

却见小芮匆忙向楼西半边走去，正是上次胡文轩和楚天舒都告诫沁梅不能去的方向。沁梅突然就想去弄清楚状况。

她疾步追上小芮，后者不解地看着她。

"小芮……不好意思，我刚才隐约听到，你要去找楚……楚长官？我正好也有事找他。"

小芮清楚沁梅的身份，知道自己不便拦她，就点点头。

"审讯室怎么会在办公楼里？"沁梅边走边不解地问。

"你不知道，普通审讯室是在对面的那栋楼，从地下室开始，各种级别、各种规格的都有；咱们这个楼里设的都是特别审讯室，装备的都是最先进的国外设备，是专门用来针对重要犯人的。"

"这样啊……再先进的设备也是用来……想来都有些吓人！"

"郭小姐您不是我们军统的人啊，当然会觉得……习惯了就无所谓了，见怪不怪。"小芮说得轻松，还淡淡笑了一下："不然，那些顽固的共党分子如何能开口呢？"

她轻轻叹气："就这样还效果一般般呢，都不知道这些人的筋骨是不是肉做的？听说前两天抓进来的那个年轻女报务员就蛮奇怪的，把对面楼里的刑具都尝遍了，估计都被折磨的不成人形了吧，还是不开口！这不，今天才送到这里来了。"

两人说着，来到楼西面一个外边看不出任何玄机的貌似普通办公室的门口。

只听"砰"的一声，门突然打开，几个身穿黑衣的人出来，抬出一个担架来，上面躺着一个人，从沁梅和小芮身边走过，只看了一眼，沁梅的心就被狠狠地揪起！

这显然是具没有生命特征的尸体！那张脸已经不成人形，完全是血肉模糊的看不清模样的一团，瘦弱的身体包裹在阴丹士林旗袍中，那身旗袍也是血迹斑斑，唯有让人过目不忘的生动的东西，是那两条乌黑油亮的大辫子，显示出主人也曾是一个鲜活的生命。

血腥味浓重袭来，伴随着担架上的一条辫子随着晃动耷拉下担架外，沁梅的心也被晃得泛起巨浪，一阵难忍的惊恐、心悸感觉袭来，她捂住嘴，低下头，有种眩晕想呕吐的感觉。

"怎么回事？谁让你们到这里来了？"一个男声传来，是那个熟悉的男中音，舒缓低沉的音调依旧。

沁梅抬起脸，看到楚天舒站在面前，脸上是一副平静无波的样子，那张有棱角的嘴不停地动着，似乎在嚼着什么东西。他看到身穿军装的沁梅，露出略感意外的神情，眉毛挑了挑，随即嘴角习惯性挂出一丝戏谑无羁的笑意。

"楚……楚总，有急电请您马上看……郭小姐她也有事要找你！"小芮忙解释。

楚天舒回头用不屑的语气责怪抬担架的几人："血淋淋的，也找个东西盖上点吧？好看吗？"

他微微皱起他修长的剑眉，边嚼着嘴里的东西边摇着头。

沁梅直视着他，但见该人军装依旧笔挺严整，干净利索，一切都不像是才从那种地方出来的。看着他一副无所谓的样子在那里嚅动着嘴巴，突然记起他一定是在嚼着一种叫"口香糖"的东西。

沁梅在重庆时见过这种舶来品，想着眼前这人，在刑讯室面对血淋淋的躯体，也能有闲情逸致来嚼口香糖，他得多没心肝、多潇洒自如啊？

——冷酷无情，全无人性！沁梅在心里泛起一阵鄙夷加仇视的情绪来。

行动处长于德飚也从屋里走出，他显然听到楚天舒刚才那番埋怨，就笑着解释："是啊，从那边楼里刑室里出来的，有几个好看的？不像咱们这边，刑具都文明些？"

他走到楚天舒面前，貌似真诚地道："楚总啊，还行啊？我想着你是文化人，应该看不得这些。老板叫你来帮着审讯，我还心里犯嘀咕，怕你不习惯呢？"

"文化人也是军人，有啥可奇怪的？"楚天舒淡淡地道，"除非不端军统这个饭碗了。"

他又笑看沁梅："我倒无所谓，恐怕吓着郭小姐了？"

于德飚自然认出沁梅，早上前笑着招呼了，此刻忙接言："小姐怎么跑到这里来了？真罪过！让老板知道了，会骂人的！"

沁梅白他一眼，也没答话。

小芮忙上前递过电文夹，楚天舒一皱眉："什么急电，巴巴送到这里？回去看吧。"

他乍起双手示意着："我才碰了犯人，手不干净。"

一个手下递过来一个烧焦半边的本子，于德飚示意交给小芮，又笑着对楚天舒道："我的楚总啊，刚才还在感叹你的免疫力强呢，这下又格外讲究起来了？"

"没办法呀，谁让我们楚总是有洁癖的人！"小芮笑着解释。

楚天舒就着小芮的手瞟了眼那个烧焦的本子，摇头微笑："这个我可不能保证有多大的复原率？"

于德飚也笑："你能复原多少就复原多少吧，老板把你可当神供着哩，总觉得再难缠的密码什么的，到了你手中就迎刃而解了。"

"哎，打住哈！我可不是什么神啊鬼啊的……好嘛，今天经历了这个场面，估计晚上我都得做噩梦。"

"慢慢来，以后就成家常便饭般轻松自然了。"于德飚很理解地安慰着他，态度轻松，却和这个阴森恐怖的地方不相协调，沁梅暗中咬了下牙。

楚天舒似乎才想起什么似的，看着沁梅："郭小姐找我有什么事呢？"

沁梅心绪已乱，但是想着自己这种状态倒也符合眼前的身份，就摆摆头："我……一下子都想不起来了……"

小芮同情地望着她："估计你是被刚才那具……吓坏了吧？"

楚天舒嗤地一笑："小姑娘家，没经过事啊……好吧，你慢慢想，想起来再找我吧。"

他若无其事地将口中的口香糖吐在楼道边的痰盂里，转身向对面办公室方向走去，小芮忙跟在他的后面。

沁梅狠狠白了他一眼，心底暗暗骂道："表面儒雅温和，心底残暴无情的狗特务！"

午饭是在胡文轩专门的小餐厅吃的，他特意叫上楚天舒和他们一起吃。

胡文轩的秘书齐芳是个女上尉，她将三碗饭盛好，就退出了。

沁梅一点胃口也没有，她的眼前，总晃动着刚才担架上的那副身躯，那个血肉模糊的形象。

她留心看看楚天舒，却见他端着碗，虽然是慢条斯理但是还算津津有味地吃着。

她注意到他的手型很好看，皮肤白皙，手指纤长，可以想象他在敲击发报机时，这手一定是像跳舞一样灵动好看，但是……沁梅蓦然记起他上午在刑讯室外说的那句话：

"我才碰了犯人，手不干净！"

恍惚中，沁梅觉得这双修长白皙的手，简直像刽子手的杀人武器一样令人憎恶！他的这句话也让沁梅记了很长一段时间，因此更果断认定楚天舒就是一个外表斯文、内心凶残的军统特务。

此刻，看着楚天舒的手，又记起刚才那名和自己年龄相当的女报务员被折磨得体无完肤的面容，虽然自己并不认识她，但是她就是自己的战友！想到这里，沁梅除了心痛外，还有一种因为血腥回忆，引发的强烈冲击所带来的感官不适，她咬紧了牙关，强忍着。

却不料胡文轩这时刚好夹了块红烧肉放到她碗里："丫头，发什么愣啊？怎么不吃菜呢？"

看着碗里的这块红色的肉，一股难以忍住的恶心感涌上心头，沁梅"哇"的一声，捂嘴跑了出去。

胡文轩是莫名其妙，楚天舒向他轻声解释着。

沁梅回到桌前，仍旧拍着自己的胸口，吸着气。

胡文轩皱眉摇头："你这孩子，告诉你别去那些不该去的地方，总不听，自作自受！"

沁梅噘嘴辩解：“我是去电讯处找咱们这位大博士呢，谁知道他跑到那地方去了？所以我就跟到那里去了……”

楚天舒理解地笑笑：“对了，你想起来找我有什么事了吗？”

“池步洲！上次你提到的那个密码破译专家，我想听他的事迹。就不知道是否错过了你的下堂课呢？”

“没有啊，明晚老地方，我的下一堂课。”

“晚上我可不敢去那里了……想想对面就是……令人毛骨悚然啊！”沁梅咋咋舌。

胡文轩笑着看她摇头：“还是小孩子的样儿，哪像个军人？”

“军人就一定要杀人吗？”沁梅出言顶撞他。

她看着楚天舒：“楚博士，你当兵是为了什么？是为了杀人吗？”

“阿梅，又没规矩了！”胡文轩瞪她，沁梅却不看他，只是盯着楚天舒，认真道：

“我在想，楚博士是文化人啊，一定不会做一些野蛮残暴的事情，不过今天上午的见闻让我有点瞠目结舌，却原来人不可貌相……承教了！”

当着自己上司的面，楚天舒估计也不好太和眼前这个小丫头针锋相对，就有点面色尴尬、手足无措的样子。胡文轩却听不下去了。

“阿梅，越说越不像话了！都是我把你惯的！”

“爸，您惯我就挺好，您惯我我倒有福了！不让我到你这里来工作的原因，我今天才算真正明白了…… 好了，我回警备师了！”她说完自顾自走了。

胡文轩无奈地摇头：“这个丫头打小被我宠坏了，从来就是口无遮拦，任性妄为的！天舒你别在意。”

“没事，站长，女孩家都是善良单纯的，也很娇弱，今天那个场景估计让她不舒服了，这也是很正常的反应呢。”

“是啊，阿梅这丫头是嘴硬心软，心地善良，又单纯得像张白纸一般。所以那些残酷血腥的东西，我是不愿意让她多接触，这也是我坚决不让她进咱们组织的原因所在。放她到警备师电讯科，就要相对轻松平和些。”

“我理解您的慈父心肠。其实站长，有些事情，我自己都好不习惯的，比如这次破获共党秘密电台的事情，费了好大的劲，却收效甚微。那个报务员今天就死在了审讯中，没留下太多有用的线索。”

“那本烧了半截的密码本如何？如果能恢复出来，应该可以扩大战果。”胡文轩带着希望的目光看这个自己一直欣赏有加的下属。

楚天舒微笑摇头：“您过于看重那个东西了，其实从那个姑娘被我们抓获开始，对方就一定会废弃这套原有的密码了。这也是电讯秘密工作的纪律。”

胡文轩点头。

楚天舒又笑着建议：“还是刚才那个话题吧，那种残酷的刑罚，对于顽固不化的死硬分子，又有多大的作用呢？徒增一分血性记忆罢了…… 其实卑职认为，攻心为上，是自古不灭的真理。"

"哦，天舒，你有什么具体的构想吗？"

"我的想法都还不成熟。不过是一个粗浅的计划而已。"

"快说来听听！"

"我在想，共党的电台自然有它的规律可循，如果我们将一些主要特征整理归纳出来，以后的清剿行动是不是更能有的放矢呢？"

"有道理！天舒，你接着说。"

"还有就是对待抓获的共党分子，不必一味用酷刑相待，如果我们能运用心理学的某些战术，找出他们的性格弱点来，各个击破，是否会更有成效呢？从人道主义来讲，这样也更文明些吧？"

"说得不错！哎，天舒，我知道你这样留学西方的人，是讲究文明，看重人权的。其实，从我个人角度讲，受儒家思想熏陶晕染，也反对暴力、流血、酷刑！"

"您讲的很对呀。生命至上，这是一种很先进很正派的思想呢。"

"唉，天舒！奈何我们生逢乱世，又入了这一行，一切都是身不由己呐！刚才还在说阿梅太娇弱呢，如今细想来，像咱们这类人，是否也不适合这一行呢？"

楚天舒听了他这番感慨，微笑不语。

胡文轩摇摇手："牢骚发发就算了，腹诽一下也没什么，出去以后不要乱讲就是了。何况你我责任在肩，事还是要做的！天舒，你可以逐步着手你刚才提到的那种计划方案，针对共党电台的特性，做一些研究和分析，形成对我们下一步行动有利的东西出来。需要什么就和我说，人员，物力，财力，我会给你提供必要保障！"

"明白了，站长！"

南京樊黎翘的府邸，正在进行一场小型 party。到场的都是相当级别的军官和官员。

江静舟手里拎着个红酒杯子，正和一个长相斯文的中年人笑谈着。樊黎翘盛装招待着客人。

坐在江静舟身旁的人，是他重要的战友，潜伏在国防部的我党高级特工，代号水鸟的宋和清，他也曾在封正烈军中任职，目前是国防部某厅副厅长，中将军衔。他获取的很多高层情报就是通过江静舟这个飓风小组传回老家的。他多次和江静舟笑谈，说江是他的情报运输大队长。

此刻，他对江静舟口述了自己最新得到的有关国民党增兵东北的消息，又谈到了最近上海地下党电台屡遭破坏的情形。

"致远，你们小组一定要加倍小心！目前两党决裂势头已经明确，其实从抗战时期，他们就从来没有放弃过针对我们的行动。而我方也未雨绸缪，将许多闲子布置在了他们各个重要'器官'内部。"

"您放心，我们飓风小组会睁大眼睛，提高警惕，坚决要保障您这方情报传输线路的安全！"

宋和清点头，低语道："为了多一重保障，上级领导最近有了新的部署，将委派一名早就布置在敌人内部的'闲子'复活，是一名独立级高级特工，不和任何小组发生公开联系，只在关键时候启用！我这里的密级程度高的情报，就由你方传递给该同志，再直接传回老家。"

"太好了！"江静舟低沉的语气耐不住激动，"这样就更稳妥了。"

"你回上海后，就应该有这个具体指示了。"

"明白了，水鸟同志，您也多保重！"

看到樊黎翘向这边走来，江静舟和宋和清笑着说起了另一个话题。

"不好意思，江师长，我有点事和你说。"樊黎翘向宋和清点头致歉，拉着江静舟来到一边僻静处。

"致远，我这次想和你一同去上海。"

"为什么？"

"为了采访你呀，我的江师长。"

"又开玩笑，我才上任没几天，有何内容值得你这个樊大主编采访的？"

"还是远征军内容呀。"

"总炒冷饭有意思吗？"

"我说有意思，就有意思！"

"别开玩笑。"

"谁和你开玩笑了？"樊黎翘冲他噘了嘴，"这是我们中央社的一个重大选题。远征军内容，要写一个系列专题，讴歌那些英雄们……哦，不只是那些，包括……你。"

江静舟无奈地笑笑："樊主编，我给你个建议吧，要想写远征军，可以有两条思路：你要想讴歌壮烈些的，不妨写写戴安澜这样血洒疆场、以身殉职的将领们；若想突出刻画重要人物，可以采访杜聿明、卫立煌、郑洞国等将军们。像我这样，职务不高，军功平平，又囫囵个儿活着回来的人，写起来意义不大啊！"

"谁说的？那些人，自然会有很多人去写，我想写的，是一个英雄的内心深处的东西，你不觉得，采访你这样的老熟人，更有可挖掘的条件吗？更何况，在我心中，你是铁血英雄，唯一的，无可比拟的！"樊黎翘的语气执拗无比。

"总说玩笑话。"江静舟不好意思地笑笑。

樊黎翘忍不住上前挽住他的胳膊："我说的是真的，致远！我这次真的是有任务的，当然也是我争取来的！你在远征军中的出色表现，多次出现在孙立人等将军的报告中，在国防部也享有美誉。请给我一个深度采访你的机会，我想用我的笔，再塑你一次国军英雄的形象，就像当年我在194师为你做的那样。不同的是，那时是青青要求我做的，这次是我自己……心甘情愿的！"

听她又一次提起自己的亡妻，江静舟心里还是滑过一丝伤感，他貌似无意间挠挠头，将自己的手臂从她的相挽中抽离出来，真诚地推辞道："我的经历实在是没啥可写的，我谢谢你的好意，樊主编，你就不必在我身上浪费时间了。"

他这最后一句话稍显突兀，似乎语带双关，樊黎翘瞬间绷不住面子，脸有些发白起来。

江静舟也觉得自己的话有点过了，就忙纠正解释："我的意思是你不必在我身上浪费笔墨了，眼光放开阔一些，该有多少抗战英雄等着你去倾情讴歌呢。"

樊黎翘被他后面补充的话挽回了一些面子，就摇摇头，固执己见："这个由不得你了！我已经和上面说好了，我要深度采访你一下，咱们是老朋友了，你不会不给我这个面子吧？就是看在青青，你逝去的最亲爱的夫人的情分上，你也不该拒绝我吧？"

"好了好了，你别说了！你也别总提她。"江静舟终于缴械。

樊黎翘有点感动地看着这个男人，这个自己暗恋半生的人："你知道吗？你的这份深情，这份坚持，是最让我感动的地方。江致远，没让我失望！"

"樊主编，其实你并不懂我。"

"我不管，有些事情，我们重新看，重新品，重新……"

她说得有些不好意思起来，就忙转换话题："说实话吧，我这次搭你的车去上海，也算公私兼顾，想去看一些故人、熟人、亲人。"

"故人不会是指胡文轩站长吧？当年为了你写我的那篇文章，他可没少和你纠缠。"江静舟用玩笑的语气道。

樊黎翘一撇嘴巴："哼，算你还有良心！倒还记得他和你的那桩公案？当年我可是完全坚决地站在你这边的！"

"好吧，你算恩人，那么你刚才指的故人又是谁呢？还有熟人、亲人？"

"去了你就知道了。"

沁梅这两天总觉得自己有什么没想起来的重要事情，等到她无意间看到挂在警备师电讯科她的办公室墙上的月份牌，才蓦然记起一桩心事。

她来到父亲江静舟办公室，知道这次许若飞没陪父亲去南京，果然在这里找到了他。

听到沁梅的话，许若飞笑道："幸亏你细心啊，我都差点忘了师座的生日了！就在下周？咱们私下也得给他准备一下，哪怕是下碗长寿面什么的。"

沁梅点头："我哪里算细心呢？我又没在他身边待过……这次是赶巧了，走前母亲告诉过我日子，我在重庆算算，估计应该能赶上一起和他过一次生日。"

许若飞感动地看她："师座知道了，肯定开心死了！他这次把宁兰小姐也带回来就好了，咱们一起给师座过生日，你们父女、姐妹三人也算团聚了。"

"宁兰……是个好可爱的女孩吧？"沁梅终于忍不住要问。

"是的，她性格很温顺，对师座体贴极了，父女俩在一起的情形谁看了不羡慕？师座有次酒后对我感慨呢，说再苦再难，一看到小女儿宁兰，心中就熨帖了。"

许若飞有点动情地感叹着，却突然觉得沁梅在眼前，自己这话有点不合适，就忙改口："哎，其实师座对你的心也好重，最近经常问我你这几天住得惯吗？适不适应这里的环境？说来很多事他都惦记着呢，就是嘴里不说罢了。"

"可是对宁兰，他就一定会说出来，说出他的关心，他的爱，不是吗？"沁梅在心里暗暗自语，但是面上并不带出来，只是微微一笑："好了，我知道了。咱们都记起他的生日，就好办了。"

"你不是在考虑送师座什么生日礼物吧？"

"我还没想好，到那时会送的……毕竟是生平第一次，陪他过生日。"

她的话让一向大大咧咧的许若飞也有点伤感起来。

下午，沁梅就独自上街了，路过霞飞路一家甜品店时，看到让她暗暗惊讶的一幕。

一个男青年和两个妙龄少女坐在靠街边落地窗户的卡座上。

那青年西装革履，潇洒飘逸，在他的身旁，坐着一个身穿粉色洋装的女孩，最多不超过20岁，容貌姣好，她的头斜靠在青年肩上，很亲昵地在和他说着什么。

另一个穿白色衣裙的和她年龄相当的女孩坐在他们对面，此时正用手中的勺子挖了一勺冰激凌样的东西，隔着桌子直伸着手，喂到青年的嘴边。

小伙子还有点羞涩回避的样子，在躲闪拒绝，那女孩却不依不饶，噘嘴坚持着。如此这般嬉笑玩闹，大家都是好开心的模样。

那个青年就是楚天舒。

"他本来就是这样的公子哥，纨绔子弟，又有什么可奇怪的呢？"目睹了这一幕的沁梅撇嘴冷笑，半侧着脸，走了过去。

在百货公司，沁梅犹豫地挑选了很久，才决定买下了一个银色的鹰状打火机。她记得父亲爱吸烟，估计是久居敌营，是他自我放松的重要方式之一吧，那么送这个物件给他岂不最为合适？

该送父亲一个什么生日礼物，沁梅想了好久，领带、领带夹这些男人常用的东西都不适合自己的父亲。他是一位军人，和养父胡文轩等人的工作性质不同，他这里算是正规部队，几乎平日里军装不离身的。

这样一个打火机就不错。喜欢吸烟的父亲可以把它随时放在口袋里，每当他用它的时候，是否就会想起自己的女儿呢？

沁梅心底暗自得意，觉得这真是一个聪明的选择，也是一个深情的选择。

然而，几天后，在父亲生日聚会上，当她看到宁兰送上的礼物后，就再没勇气拿出自己买的这个打火机了。

　　于是，遗憾产生——这个寄托着女儿一片深情的东西，就这样在沁梅的抽屉里躺了很久一段时间。

第七章　贞德是谁

要多动动脑子，要知道你此刻身在何处？是敌营，我们是潜伏者！四面都是敌人，我们在这里，第一是生存，第二是坚决果断地完成任务！而且要时刻记住，我们的任务目前是情报传递，不是杀几个凶残的敌人！

化名柳芊倩的虞水蓉，被从监狱里解救出来了，但是几乎同时失去了下落。据分析，应该是被胡文轩秘密软禁起来，具体地址不详。

江静舟从南京开会回来，就从许若飞那里获得了这条信息。但他没办法马上有所作为，因为他身边有一位从南京顺路带回来的客人——中央日报副主编樊黎翘。

和她同车回到上海，首先安排她在师部招待所住下，吃了午饭，又陪她在警备师转了一圈。江静舟心中有事，他看到许若飞望向自己的眼光颇有内容，知道必有重要情况发生，但是他面上不带出一星半点，镇定自若地陪着樊黎翘四处逛着，直到她提出派车送她到军统上海站去，这才吩咐由情报处副处长顾倾城作陪，送她前往。

顾倾城也算樊黎翘的熟人。当年在军统总局任职时，她就结识了社交能量很大的樊黎翘，知道她和军统局上层人物多有交往，所以一直对她奉若神明。

此时在这里相见，也算故交重逢，在去上海站的车上，两人热络地聊起来。

樊黎翘看着顾倾城清丽如昔的容颜，忍不住感叹："哎，倾城，你这当年的军统之花还是鲜艳靓丽，依旧'倾人之城'啊！"

顾倾城不好意思地笑笑："樊主编，您又取笑我！"

"我说的是真的！不过……"樊黎翘转而感叹，"你虽然小我几岁，但是终究年龄不饶人啊！任何绝色容颜都经不得岁月的蹉跎，我们做女人的，可悲的就是这点！你如今还是一个人吧？"

顾倾城点头，垂首不语。

樊黎翘当然知道她作为"军统女人"的无奈，就笑说："你现今在警备师就职，说来说去，你还算是军统的人！你们这个职业，很多的时候真的是身不由己，就连终身大事都要和任务联系在一起。身为女人，尤为……不过，不独你这样，想想也蛮搞笑的，在你们这儿，女的不嫁，男的也不婚？你看看胡文轩胡站长，好像这么多年了，也一直是形单影只的？"

虽然目前是警备师军官，顾倾城自然明白，从组织内部讲，胡文轩也是她的上司，而且一直对她关爱有加，自己当然不敢妄加评论，只好沉默。

樊黎翘谈兴正浓，就自顾自地说下去："真的，这位胡少将蛮有意思的！我认识他也很久了，他在军统局中也算是优秀人才了，不仅仅表堂堂，而且各方面都很突出，可如今还是孤身一人，岂不叫人猜疑？莫非他一直在等什么人么？"

顾倾城忙解释："胡站长他一心为公，工作第一，顾不上私事，也算情有可原吧。"

樊黎翘笑着摇头："哈，你认识他也不是一天半天了，他那些事情，你一定也都听说了吧？"

见顾倾城露出一脸茫然状，就不管她是伪装不知情还是真的不知道，自己继续讲述下去："虽说是昨日轶闻，可当时闹得沸沸扬扬路人皆知啊！想当年，那胡少将和你们江师长是黄埔同窗呢，还是盟兄弟，却不料爱上了同一个女子！那女子自然是个绝色，听说有着'虞美人'的称号，艳冠一方。最终角逐出结局——美人将绣球抛给了能文能武的江才子，那胡公子自然就是万般失意之人了。"

听她讲得如此有趣，顾倾城忍不住捂嘴笑。

"你别笑啊，我在说史实呢。"樊黎翘讲的更起劲了，"后来江才子抱得美人归，却变生肘腋，婚姻触礁，两人分手。后来人家再结良缘，又有了娇妻爱子爱女，美满婚姻天成，可那位落魄的胡公子不仅没有再次追到心上人，而且孤独至今，岂不怪哉？"

顾倾城感叹："樊主编好口才啊，不愧是才女，繁杂往事，几句话就掰扯清楚了。"想想她又忍不住笑。

樊黎翘点头："听你这句话，就知道你一定也是清楚他们三人那段旧事的？"

"略知一二，事关几位上司的私事，并不敢太过好奇涉猎。"顾倾城是实话实说。

樊黎翘点头，突然发问："你是什么时候来到江师长身边的？"

"正式在师座身边工作，也是这次他来上海就职时。抗日时期我们的组织和他们多有情报合作，我也曾和他共事过几回，但那时每次时间都不长。"

"我估计也是因为你们也算旧识，才派你在警备师任职的吧？胡站长应该对你挺信任的！"

樊黎翘这番话让顾倾城深感不安了，就忙解释："我在警备师已经任职近三年了，并不是专为着我们师座才……"

"你不必解释。"樊黎翘忙摇手，"这些规矩我如何不清楚？任何党国人员，哪怕他是位将军，都必须接受一些部门的监督审查。军统局是干什么的？就是做这些监控工作的！大家都是为着党国利益在做事，何必忌讳猜测呢？"

顾倾城在她面前从来就是矮三分的，如今涉及敏感话题，又如何敢辩？只能再次垂首不语。

樊黎翘抿嘴一笑，貌似亲密地拉起她的手，悄声问："你认识江师长也有年头了，如何看待他这个人呢？"

"樊主编，这……"顾倾城深为不安地皱眉道："我怎么敢枉评自己的上司？"

"咱们姐妹私下聊聊嘛，我可一向把你当妹妹看的！"樊黎翘说得很真诚，让顾倾城不得不感动了。

"这个……我也说不好，不过……我们师座绝对是个好人。"

"废话！谁让你给他歌功颂德了？我的意思是……毕竟这些年你跟她经常接触，目前又在他身边做事，你看他这个人在私生活方面……如何？"

"私……我哪里会清楚？我们师座他一向威严肃穆，连玩笑都很少开！我们就知道他一直是独身，有个女儿生活在南京，还有一个儿子，好像当年丢了。"

"这个何消你说？他的第二任太太就是我的密友！我就想知道，他现在身边有没有女人！"

"我真不知道！应该没有吧，他很忙，几乎是成天泡在办公室的，其他的，我就不知道了，总之我们师座好像……"

"哎，你一口一个'我们师座'，是怕谁把他抢走不成？"樊黎翘忍不住捂嘴取笑道。

顾倾城听了，心跳加速，脸红得都快破了："不是的……本来就是我们师座啊，大家都这么叫的，我……"

"好了好了，逗你玩的！"樊黎翘大笑，"我和'你们师座'认识十来年了，我还不清楚他的为人？我是故意逗你说话呢！"

顾倾城还是脸微红，不知所措的神情。

樊黎翘看着她，脑海萌生出一个想法，就顽皮地一笑，附在她耳边说了句什么，顾倾城愈发大窘起来，讲话也变得语无伦次："天呐！怎么好好的又说到这里了？要让胡站长知道了……樊主编！这个……玩笑可不敢胡开，我会死无葬身之地的！"

樊黎翘傲然撇嘴："他敢？凡事有我替你做主呢！我要是真告诉他胡文轩，你一直在等着他，暗恋着他，至今守身如玉，他应该暗自庆幸、感激涕零才对！"

"樊主编，求您别胡开玩笑了！"

"怎么是开玩笑呢，关键在于你是否对他心有所属？我正想提醒他呢，何必一棵树上吊死？人家那株'虞美人'高傲得紧，狂猖热烈如江静舟，尚未能驾驭的住，何况他乎？再说了，当年那虞美人就是离开了江静舟，也没随了他不是？"

"千说万说，总之求您别牵扯到我身上！"

"一个小姑独处，一个深情未娶，我为你们做媒不对吗？何况又在一个组织的，你哪点又比不上那个让他念念不忘的虞美人了？还是那句话，时光不饶人，虞美人再美，也是花开荼蘼了吧，你可比她年轻多了！"

"哎呀，樊主编，求求您，您再说下去，我就只有跳车的份了！"顾倾城摸摸车门，以玩笑口气说着，那执拗的神情却是很认真的。

樊黎翘注意看了一会儿她，自然心领神会："好，不说了。看来，你真的是没这个念头？难道你对这些独身男人们就没有一点想法，安心要孤独一生？"

"从来不会有，永远不会有！樊主编，倾城命薄，可能只有这孤独一生的命了！"她凄凉决绝的话语打动了感性的樊黎翘，她感同身受，再次握住了她的手："傻妹妹，请原谅我用无聊来打趣！"

她微微叹口气："其实这也未必是一件坏事呢！古人不是说嘛——他生莫作有情痴，人间无地著相思！这自古以来，痴情痴意的人，有几个有好结局了？"顾倾城也是同感，垂首默然。

却还是难忘那个话题，那个"影子般的女人"，樊黎翘再次嘀咕道："想想那个孤高傲世的虞美人，结局又会如何呢？哼，只怕目前她就难过这个槛……"

樊黎翘突然意识到自己说漏了些什么，就忙改口吟哦道："'力拔山兮气盖世，时不利兮骓不逝。骓不逝兮可奈何，虞姬虞姬若奈何？'哼，这虞美人的命，也忒悲凉了不是？"

眼看车子停在了军统站的楼前，她才停住了话头。

江静舟的办公室里，飓风小组的四个基干成员聚在一起举行秘密会议。

许若飞讲到江静舟他们到南京期间，这边出现的三个新情况。

首先，就是"霞表姐"柳芊倩出狱后的去向问题，江静舟紧锁眉头，沉默不语。

程睿问许若飞："齐芳那里没消息吗？"

齐芳是胡文轩身边的上尉秘书，她和唐玉手下的电讯员齐茹是同胞姐妹，都是程睿发展进来的同志，齐芳还是程睿的恋人，代号"霜表妹"，齐茹的代号为"雪表妹"。

许若飞摇了摇头，低声说道："我联系过齐芳，其实她早就秉承师座的意思，一直在留心这件事情的新动向。奈何这次胡文轩那里防范很严，据说人出狱后，具体安置地方是行动处处长于德飚一手经办，就连胡文轩的副官陈玮都不知道具体地址。"

沁梅忍不住插话："那个于德飚，简直就是个巡海夜叉，什么坏事都少不了他！"

"老家这次的做法令人费解！让咱们这方放弃营救，却把信息传递给他们？"许若飞也带着情绪嘟囔着。

"好了，就事论事，扯那些没用的何益？"江静舟不耐烦地打断他们的话，"随意质疑指责自己的上级，也不是个好习惯！尤其对我们这样的地工人员，不能言说的……也太多了！"他带点不满的神情看看几位下属。

三人都意识到江静舟在这个问题上格外纠结愤懑的情绪，都不敢再说下去了。

"这件事情先到此为止，其他办法容我再想。若飞你继续！"他挥挥手。

"第二件事情，就是最近发生的一场惨剧，我党一个秘密电台被敌人捣毁，报务员被抓、牺牲，现用密码全面泄露，各处电台工作暂时陷入瘫痪状态，等待新密码的启用。我们这方也停用了那个内部密码，改用临时替代密码和老家维持联系，一切等待新指示的到来。有关报务员牺牲的情况，沁梅恰好在军统站听说了并遇到了，具体详情她来讲吧。"

沁梅于是把自己那天遇到、听到、看到的情景完完整整地讲述了一遍。

"那个楚天舒，我会面过几次，人很斯文的样子，一直以为他是搞技术的，怎么如今也干起了审讯的活儿？"程睿微蹙眉头问道。

"这还用说吗？还不是为了能早日破译我们的密码？才会让他这样的专业人员跟着审咱们的报务员？"沁梅噘嘴分析着，"再说了，你那个二叔，我的养父，他的韬略城府你又不是不知道，凡事都要疑三分！他一定是认为这个被捕者有太多可以挖掘的线索，可供他们去分析、理清，然后顺藤摸瓜，扩大战果……可惜，咱们那位同志坚贞不屈，让他的如意算盘落了空！"

"这个楚天舒究竟是怎样一个人？"江静舟沉吟着。

程睿为他陈述自己掌握的楚天舒资料："24 岁，南京人，出身背景莫测，但是家世深厚，留美博士，电讯、密码方面的高端人才；抗战前期出国，光复后回国，主动应聘军统上海站。我看过他的资料，他在破译密电方面，确实是一个奇才！二叔用他为总破译师，目前看来，主要针对的，就是咱们这方的几个电台了。"

许若飞连忙补充："唐玉最近就比较紧张，我已经告诉她，即使是用临时替代密码，这段时间务必减少和老家的电报往来，而且收发的时段也须格外注意。"

江静舟沉吟片刻道："两点意见：第一，在得到新密码后，也要重新布局。我建议，这段时间咱们和老家联系的密码要经常更换，虽然这样会给你们的译电工作带来麻烦，但是为了安全，必须如此！第二，必须把针对这个楚天舒的预案尽快做出来，除了咱们这方用以防范外，还可以通过必要渠道，警示上海地下党的别的小组！"

大家听了纷纷点头。

程睿还有些担忧："这段时间大概是多久？频繁更换密码，会不会存在隐患呢？师座说的预案相当重要，我们必须有一个长期的对策才行！"

江静舟看着三人，眉头紧锁，在思虑着。

"关于如何对付这样一个危险万分的家伙，我想提点个人意见！"沁梅突然举手。

江静舟看到女儿纯粹是学生气的发言方式，心下有点好笑，面上却不动声色，对她微微点头。

许若飞和程睿也注意地看着她。

"这是一个凶残、凶恶、凶险的敌人，外表看上去斯文儒雅，极具迷惑性。我以为，对于这样的敌人，我们不如将他彻底消灭掉，岂不万事大吉？"

"彻底消灭？"许若飞和程睿没反应过来，一时都有些愣怔，江静舟却看出女儿孩子气的一面来，不禁暗暗摇头。

"是啊，你们怎么听不懂我的话呢？把他干掉就好了呀！反正是敌人，还是一个很难对付的敌人，不如直接，砰！"沁梅做了一个手枪瞄准的姿势。

许若飞率先哑然失笑："我的沁梅同志，你在想什么呢？这里是敌营啊，周围都是敌人！你想干掉一个就干掉一个？开玩笑！你以为是在战场上杀敌呢，面对面，一枪一个？倒也痛快！"

程睿也笑道："小梅才来，不知道秘密战线上工作性质，说话好可爱，纯粹是小八路的思维哈。一个军统的高级军官，岂是容易杀的？"

沁梅颇不服气："你们这都是些什么逻辑，军统军官为啥就不能杀？既然说他如此危险，让他肉体消失不是最好的办法吗？何况他手上还有血债，我那天可是亲眼见到他杀害了我们的好同志！"

许若飞笑着解释："楚天舒是一名军统少校军官，一个大活人，怎么可能说消失就消失了的？动手杀他，我们暴露的概率会增加多少，你想过没有？"

"可是……"沁梅还想辩解，江静舟果断打断了她："若飞，三个问题，你说了两个，第三个呢？"

许若飞："前天收到老家密电，将建立起一条特殊的情报传输通道，和我们的小组并肩完成任务。会有一名特殊的战友出现在我们周围，当然，这位同志是隐形的！"

"隐形的？！"程睿和沁梅不约而同接话。

"是的，一位独立的高级特工，直接受老家最高级别组织领导，没有老家的特令，不和这里的任何小组发生直接联系，我们和这位隐形战友的情报传递有一种秘密的方式，不能见面。该同志负责的是我们这一方最绝密情报、密级程度极高情报的传递。"

"哇！好神秘！"沁梅忍不住接口道，"那我们连他是男是女都不知道了？"

"目前只知道这位神秘战友的代号是贞德。"许若飞点头。

"这个我知道，我知道！贞德啊，我读到过她的事迹，在延安抗大的历史课上，她是法国的一个著名女英雄！"沁梅露出钦羡神往的表情。

程睿也赞："嗯，圣女贞德，好威武的名字！"

"我明白了，那肯定是位女同志了！还一定是个非常了不起的女同志！"沁梅拍手道。

"也不尽然。"程睿沉吟。

江静舟微微皱眉："这些猜测都是毫无意义的。若飞，还有吗？"

许若飞点头："最重要的一句话我还没传达，老家有令，我们小组以后的一切行动，都要以配合贞德同志为最高准则！"

几个人都在默默咀嚼这句话的含义。

程睿点头："我说怎样……"他欲言又止。

江静舟很敏感，看着他："小睿，你像是有想法？"

程睿腼腆一笑："三叔，我就是一点小猜测罢了，刚才小梅说贞德是女同志，我说的不尽然也是这个意思。我怎么觉得……这个贞德的身份好像一个人？"

一个人？所有人都看向他。

程睿看着许若飞："你是否记得上个月老家曾经有指令，咱们小组还有一位隐形成员——风表哥？其身份的认定，其肩负的职责，就好像这位独立级特工贞德？"

江静舟和许若飞默默不语，暗自思索，沁梅自然更加不明白。

程睿接着笑笑："其实这个无所谓呀，刚才师座都说了，咱们不必妄自猜测，主要是配合好贞德同志的工作至关重要！"

"小睿说得对！"江静舟拿出欲结束这次碰头会的语气来，"各司其职，睁大眼睛，服从上级，小心行事，大家心中有数就是了！"

程睿和许若飞都点头，准备结束会议离开，沁梅叫住了他们，又提到楚天舒话题上："可是，我还是想说一点自己的意见。"

她看到父亲微微点头，就继续分析道："说到要配合贞德同志的工作，就又不能不提到刚才的话题。那个电讯博士正在虎视眈眈地等待破解咱们的密码，搜查咱们的电台，如何能确保贞德同志的情报安全传递？"

她看着许若飞："你刚才都说了，贞德是专门传递最高级绝密情报的，是不能轻易暴露的！我们是不是应该为她扫清障碍呢？"

许若飞忍不住笑："看来，你是一心想让那个电讯博士人间蒸发了？"

程睿笑着摇头："孩子气的想法！"

"谁是孩子啊？我就奇怪了，你们为什么想不出办法干掉他？干掉这个危险分子？还在嘲笑我孩子气？当年在延安，对一些敌特分子，敌工部可是抓了好多呢，全都给毙掉了！"

"这里是上海，不是延安！"江静舟终于忍不住插嘴，看着女儿直摇头，"女孩儿家，别总把这些凶巴巴的话挂在嘴上，好像你杀过多少人似的！要多动动脑子，要知道你此刻身在何处？是敌营，我们是潜伏者！四面都是敌人，我们在这里，第一是生存，第二是坚决果断地完成任务！而且要时刻记住，我们的任务目前是情报传递，不是杀几个凶残的敌人！"

沁梅低头不语，脸上挂满失望和难堪。江静舟有点于心不忍，但是想到自己的身份，于是用略带责备却不乏关切的目光望着女儿，继续说下去："还有，这里不比别处，别动不动总把延安呀，枪啊刀啊的挂在嘴边！这种敏感的词汇，最好从你的脑海里暂时剔除掉。沁梅，你要时刻记住，你是一名特工！特工意味着什么？就意味着即便说梦话，也能控制住自己不泄露身份、保守秘密！要知道，哪怕是一句口误，一句无意识的称呼，都会带来杀身之祸，灭顶之灾！"

他深深叹息："说句实话，丫头，我真有点担心！从今天你说的这几句话，我实在看不出你这个所谓的特工，都被培训教授了什么技能？这才是真正十分危险的事情！好吧，有空你要和你大哥，还有若飞哥多交流，多向他们学习！"

沁梅很失落，更觉得没面子，就沉着脸不吭气，看父亲讲完了，用略带责备却不乏关切的目光望着自己，她莫名就有想流泪的感觉。她要马上逃开。

"是，表叔，我记住了……您的话说完了吧？我先走了！"她的眼泪最终还是没忍住，就扭脸不再看父亲的表情，偷偷拭着泪跑了。

望着女儿疾步跑开的背影，回想着她那副委屈伤心的模样，江静舟心里很纠结难受，也有点小后悔，就看着程睿和许若飞，略带苦笑："我，我刚才是不是态度不够好？再怎么说，她还是个孩子！"

程睿体贴地看着他："小梅是孩子气重一点，不过她还小呢，又才来，身份的转换不容易！在这种严酷的环境下，相信她慢慢就会适应了。三叔，您放心，我和若飞都会关照她爱护她的。"

许若飞却提到另一个问题："师座，下周三是您的生日了。"

江静舟一愣："怎么说到这上头了？这是什么时期，还提到这不相干的事情？乱弹琴！"他的眉头紧紧皱起。

"我的意思是，您下周生日这件事，还是沁梅提醒我的。"

许若飞这句话让江静舟愣住了，他望着自己的副官，半天没回过神来，有疑惑更有叹息："这丫头如何知道的？"却瞬间明白了原因所在，他挠挠头，掩饰住自己略带忧伤和难为情的神色，沉吟不语。

"沁梅是想和您好好过一个生日，她说过，这是她生平第一次……"许若飞说得自己都伤感起来，他几乎不敢再看江静舟的脸色。程睿忙拉了他一下，微微摇头，让他别再说下去了。

"唉！这个丫头……"江静舟再次喟叹，心里伤感极了。

顾倾城将樊黎翘带到胡文轩办公室外，就借口离开了。她不想进这个门，虽然，身份职责所在，她每月都要来这里一次。

没错，她就是胡文轩的人，是他安插在江静舟身边的暗哨。关于这一点，她知道江静舟是察觉的，也是隐忍不发的。

她是军统女人，肩负着审查监视周围军官的职责，即使她有着警备师情报处副处长的公开身份，也并不能掩盖她的另一个工作要点。

她相信胡文轩也并非让她在江静舟身边卧底，根本不需要，就明晃晃在那里杵着，就是给江静舟的一个警示了！

她也知道胡文轩是不会勉强她做一些事情的，他尊重她，也爱护她，就凭自己哥哥和他的一番情意，胡文轩也绝不会太为难她。她记起他多次对她说的话："倾城，你如果在那边做得不开心，我可以想办法招你回来。"

"不用了，站长，在哪里都是做事，为党国效劳。无所谓的。我在警备师很好！"

"好吧，倾城，我相信你对党国的忠诚！对一些异己分子，一些身份色彩复杂的人员，你一定会睁大眼睛，而且眼中绝不揉沙子的，不是吗？"胡文轩的笑容里有信任，更多的是鼓励。

胡站长说的一定是他，一直针对的就是他，让自己明里暗里监视的还是他！

　　顾倾城的心里很困惑，甚至有不舒服的感觉涌起。不知道从何时起，她发现自己对这个监控目标——既有狂狷气质，又有细腻风光，深沉威猛，英气内敛的"我们师座"有了一种异样的情感。

　　是从抗战时期自己和他有限的几次合作吗，还是这一个多月来的再度朝夕相处？为什么越来越不敢面对他那仿佛洞悉一切的锐利眼睛？为什么他摆出那副公事公办又暗中敲打的姿态？

　　她有种想马上从他身边逃离的念头，又有另一种要为他掩护遮盖什么的想法，这本身就是矛盾的，可悲的是她已经无力自拔！

　　这时，这个叫樊黎翘的女人出现了，刚才寥寥几句话，让她充分觉察到女主编的动机——她一定是爱上了江静舟，于是开始打探并警告着他身边的女人，就好比威严宣告了这个男人终究是属于我樊黎翘的！

　　从军统站大楼出来，顾倾城仰望天空，蓝色天幕万里无云，她随即将一颗芳心生生压抑在卑微的最底层。

　　胡文轩办公室倒是另一番风光，主人在热切欢迎着一位故人旧交的到来。

　　在他的眼里，樊黎翘绝对是手眼通天的贵人，代表并传递着来自中央一级的某些信息。孤傲清高的胡站长并非阿谀小人，但是对于这个有着深厚家世背景和政治资源的女子，也难免有一种天然敬畏感。当年因为和江静舟的纠葛，他和这位女记者有过接触，也知道某些事情是需要联合纵横，借力打力的，最起码不要自树强敌才是。

　　但几句寒暄过后，胡文轩的背脊就冷汗直冒了。原来，这位樊主编并非单纯地来此看望故人，她似乎还肩负着一项特殊使命。

　　樊黎翘不仅直接和他提起了柳芊倩一案，而且话里话外透露出总局对这个特殊背景的女间谍多有关注。看起来，一定是有人在戴局长那里说了些什么。

　　胡文轩毕竟是老牌特工，他清楚樊黎翘对他们——江、胡、虞那场轰轰烈烈的旧情早有耳闻关注。如果这个精明的女主编只是挖掘涉及两名党国将军的风流香艳的花边新闻倒也罢了，若是她怀疑上虞水蓉的复杂背景，或者干脆是她背后有人关注此案，那就相当麻烦了！

　　是的，他不能忘，眼前这个手眼通天的女人，大到总裁夫人、军统局长，小到各级将军、军官，都是她的人脉所在。

　　事关虞水蓉，自己毕生最心爱的女人，他不能不防！

　　胡文轩将镇定自若、水波不兴的职业素养在此刻发挥到极致。他用诚恳平和的语气解释了柳倩芊所谓的复杂身份其实并不复杂：这位貌似多面的间谍，其实是中统局卧底在日伪高级情报部门的一名优秀特工！她用自己的才干和胆识，在抗战时期为我方做了大量的工作，她无愧于谍战之花的美誉。

目前，自己之所以急于保释她出来，还有很重要的目的——因为她身份特殊，当年和上海滩的一些有头有脸的大汉奸们有过交往，所以对于目前军统牵头进行的查抄伪产的工作很有帮助。所以他是奉总部之令，已经将柳芊倩保护在一个安全的地方，准备下一步协助他们的工作。

"看来胡站长是要将这位柳小姐招致麾下了？"樊黎翘忍不住打断他的话。

"不错，有关这个动议，其实我早打过报告到总局，得到了戴老板的首肯。不然我胡文轩何德何能，敢私做如此主张？军统局的家法，樊主编也是清楚的。"

"胡站长敏感了，黎翘不过是一点好奇心而已！毕竟这个女子的真实身份你我都心知肚明。实不相瞒，上次在你们总局，我看到你上呈的档案里面夹着的照片时，就一眼认出她了。该女子当年的艳名可不是吃素的呦！"

原来如此！胡文轩心里有底了："以前的事，都如过眼云烟吧！经过八年抗战，大家都重新确定了自己的位置，正所谓殊途同归，我们多珍惜吧！"

"好的，我就祝胡站长心想事成，珍惜眼前人并收到相应的回报哦！"

这个话题至此收尾，胡文轩宁愿相信她的提问，仅仅只是出于好奇心。

另一个话题的提出，也让胡文轩诧异。

"胡站长，我还想见你这里的一个人，请成全啊！"

"哦？是何人？樊主编请讲！"

"你的一个属下，一个叫楚天舒的年轻人。"她抿嘴笑了。

接到上司叫他速来的指令，楚天舒丢下手中正在破译的密电，走进了胡文轩的办公室。

"小姨，您怎么来了？"

他对樊黎翘的这声亲昵称呼让胡文轩猛然愣住了。

樊黎翘带着长辈般的微笑，先看楚天舒："哈？小七！没想到我会来这里看你吧？"她扭头看到胡文轩目瞪口呆的表情，不由得笑出声来："胡站长是吓住了吗？你怎么也想不到，我和你的这个属下还是亲戚关系吧？"

"是啊，怎么会这样巧？万万想不到啊！"胡文轩挠头笑了，"你们这辈分……"

楚天舒挂着一丝羞赧的笑意，也不答话，只看着樊黎翘，他自然知道自己的这位小姨是伶牙俐齿，所向披靡的人，还是由她向自己的上司解释一切比较好。

"完全正确呀！"樊黎翘露出得意的神情，"你看吧，你和我是平辈的吧？楚小七是你的部下，等于是你的子侄辈，这不是很顺畅吗？"

"楚小七？"胡文轩咀嚼着这个称呼，感到很好笑的样子，又点头："我是说你这年龄啊，给我们楚少校当长辈多少有点……"

樊黎翘掰着指头算起账来："我大他近十岁呢，怎么做不成长辈了？他妈妈是我最大的堂姐，比我大二十多岁呢！哈哈，他还是我最小的外甥呢，他的好几个哥哥姐姐可都比我年长呢，还不是一样要叫我小姨？"

楚天舒笑着插话："小姨，您没听明白我们站长的意思。他是说，像您这样年轻貌美、风韵过人的女子，怎么能是我等成年人的长辈呢？看着也不像啊！我这一声'小姨'，把您生生叫老了，叫委屈了！"

这一席话让胡文轩点头大笑起来。

"好啊，楚小七！几天不见，当刮目相看！你这阿谀奉迎的功夫是从哪里速成的？哼，寥寥几句，既夸了你们上司，又逢迎了我，着实不简单呀！"她说着忍不住点了下楚天舒的额头，"看来你妈的担心都是多余的，楚家七少爷当真长进不浅呢。"

胡文轩招呼两人坐到沙发上，又拿起茶壶，楚天舒见状忙上前接过来，给三人都斟上茶。

樊黎翘看着他点头，向胡文轩解释着："你听我叫他楚小七好笑吧？这还是最普通的称呼呢，是按他的家中排行来的，他们弟兄姊妹众多，他是男孩子里面最小的，也是最不听话的！从小调皮，外号一大把，什么混世小魔王、小精怪……"

"哎，哎，小姨，您忘了这是啥地方了，军统上海站啊！您面对的，是我们上司啊，如何说这些？"楚天舒慌忙打断她的话。

樊黎翘疼爱地看了他一眼，笑着："你们上司也是我的故交，这里又没外人，怕什么？"

胡文轩感慨："我可想不到天舒调皮至此！在这边，他处事很稳重，做事很有章法，办事我很喜欢！"

听他一连声说了三个"很"字，樊黎翘抿嘴一笑："那是他伪装得好，这小子精得很呢！别说我没提醒你哦，胡站长，和这个小家伙过招，你可要小心，他数学好得一塌糊涂，论脑子灵光啊，怕是谁也比不过他！"

她貌似用玩笑的口吻继续打趣着胡文轩："你是他的上司，这匹小烈马得拘紧些，时常要狠狠给上几鞭子！不然，你被他卖了，估计还要跟在后面帮忙数钱呢！"

说完这几句话，她捂嘴笑。虽然是玩笑话，樊黎翘自有深意。她当然清楚自己最钟爱的这个外甥在来这之前，受到的那番莫名且不公正的对待。此刻是用曲笔在为他讨个公道，同时也暗示胡文轩，莫要故技重施，欺辱了自己的这个晚辈。楚家人岂是容易被人小觑的吗？

"唉，我亲爱的小姨啊！您要夸我，就实心的夸；您要贬我，不妨下死力的贬，这样夹枪带棒可不成！"楚天舒倒是很委屈很不安的样子。

胡文轩何等聪明，随即笑道："幸好有至亲在场，让我看到天舒的另一面，原来七少爷的口齿这么伶俐！"

"岂止是口齿伶俐，简直是自作主张，胆大包天！"她用手点着身旁楚天舒的头说，"你说他在美国读书读得好好的，毕业后完全可以在那里拥有一份舒适安定的生活，可非要跑回来穿这身军装！要知道，他们家可是书香门第，最讲究老理儿，好男不当兵什么的。可是他们弟兄七人倒好啊，这前仆后继的，倒有三个先后穿上了军装，把他妈妈气得是够呛啊！"

她这话让楚天舒抓了把柄，不禁顽劣一笑："这件事反正不是我起头的哈。"

"废话！你最小，轮得到你起头么？可是你却是最不听话的一个！在美国都读到博士学位了，还回来干这个！多大出息？"樊黎翘恨铁不成钢地看着他。

"小姨，我们长官可坐这儿呢！"楚天舒尴尬地看了胡文轩一眼。

樊黎翘傲然一笑："那有什么？当着委员长的面我照样敢这么说！何况，胡站长是你的长官，却是我的朋友，不是吗？"

胡文轩忙点头："荣幸，荣幸，让我能结交上大才女！"

樊黎翘并不理他的话，一心摆出"三娘教子"风范训导着外甥："你这个不听话的七少爷，父亲是早逝，如今几个哥哥都在美国，鞭长莫及，你四哥有心管教你，又碍着你娘宠你，最后把你惯成眼下这无法无天的样！难怪你老娘时不时落泪，甚至是在夫人面前！"

楚天舒有点紧张："母亲她怎么了？"

"为你从军的事啊，你娘当然伤感了，自然又会记起你大哥。"

听了她这话，楚天舒神情肃穆起来，低下头去，不再答言。胡文轩不明就里，也不能妄加插言。

樊黎翘顺着自己的思维来，就难管他人感受了："说起来，你如今到了上海，倒是可以经常去看你大哥了。"

"那个地方，我已去过两次了。"楚天舒的头更低了。

樊黎翘的长辈范儿更足了，干脆直接想拿下楚小七的气势："其实别说你母亲，就是你四哥，他自己身为军人，也不支持你的选择。我这次在国防部会议上见到他了，他听说我要到上海来，特意请我给你带句话，说如果你干得不顺心，或者幡然醒悟，觉得自己不适合这个职业了，还是赶快回美国吧！"

"哼！我四哥……"楚天舒明显是又不服气又生闷气，想要要少爷脾气又觉得环境不合适，他可是憋屈得紧，这种纠结劲让他咬紧了下唇。这神情樊黎翘是敏锐捕捉到了，于是似笑非笑地看着自己最疼爱的小外甥。

胡文轩一向钟爱这个部下，此刻看到他脸上不悦，一副纠结难言的样子，忍不住忙为他解围道："樊主编见谅哈，我可要为自己的部下说句话了！虽不知道天舒是为何从军的，但若有人说他不适合从军，或者在这里不合适，我这厢异议可不小！原本当着天舒面我都不想说这话，怕年轻人听了自鸣得意。但眼下我是不得不说了，天舒不但是位优秀的电讯人才，而且忠诚勤勉，敬业笃诚，完全是一名合格的党国军官！他不适合从军谁又适合？"

"呦，你们长官、属下还怪惺惺相惜的！"樊黎翘耸耸肩，"楚小七，我反正是尽到职责了，家里的话都带到了，悉听尊便！"

楚天舒笑着靠近小姨，搂住她的肩膀："小姨，好人啦！母亲大人那里还请您多美言吧，请她老人家放心，我这里蛮好的！至于四哥嘛……"他咬咬嘴唇，露出顽皮的样子来。

樊黎翘推开他的手："别在我这里撒娇，留着这手，在你妈面前用！你四哥的事，自己说去！"

楚天舒有点无奈："四哥总为这事和我作对……其实小姨您没发现么？四哥他书呆子气好重的，就爱认个死理……唉！总之，这些做将军的人的想法真是蛮奇怪的，我们这些下级军官简直是无法理解啊！他们那些人……"忽然记起对面的上司也是个将军，七少爷直接把后面的牢骚咽了下去。

"行了，打搅胡站长的时间也够久了，还是带我到你那里去转转吧，回去也好哄你母亲！"看出外甥在自己上司面前的不自在，樊黎翘就主动带着他离开了胡文轩这里。

楚天舒的办公室让樊黎翘颇为满意，首先挂在门前那块"总破译师"的牌子，就让她喜笑颜开了："哟，这装相还真是有模有样！"

楚天舒引她进了房间，边为她冲着咖啡，边不满地嘟囔："瞧您哪有长辈样子，还装相？"

樊黎翘抿了口咖啡，故意回身望望门外："没人听见啊，我的楚少校！不过，再高的军衔名望，也不是你们楚家想要的！实言相告，我就不看好你！"

"为什么？"

"因为你看似精明，实则厚道，就是个宅心仁厚的孩子！"樊黎翘用咖啡匙点点他额头，"你那搞技术的聪明脑袋，搞政治搞权术就不行，简直像榆木疙瘩，一窍不通！你们楚家几个男孩子，除了你四哥勉强好些，其他都是一样的政治白痴！"

"好嘛，您这是一杆子打翻一船人了，我们兄弟在您的眼里都这样不堪了！"

"傻小子，你听懂我的话没？我是说你们几弟兄都是搞学问的头脑，不适宜搞权谋！再说了，你二哥、三哥、六哥那几个，人家也都老老实实在国外呀，谁像你走到这个窄胡同里来了？小七啊，小姨不是看不起你，只是在这个圈子里太久了，眼光还是有的！就凭你这单纯的小脑瓜，想在这个复杂的地界混，未免嫩了些！"

她压低声音，继续道："这里可以说是鱼龙混杂，暗流涌动，深不可测，不容小觑。军统上海站，淞沪警备师，上上下下，里里外外，哪个都不是省油的灯！你夹在里面意义何在？这种政治的肮脏黑暗程度，不是你做技术的思维所能想象得出的！"

楚天舒辩解："你说的那些我不掺和，做好本分就是！"

"想独善其身，世外桃源潇洒着？我说小七，那你更不该来这里了！"樊黎翘撇嘴道："既然不想掺和这些，哪里不能栖身？何必非穿这身军皮，入这个组织，凑这份热闹？还因此和家里面闹别扭呢？"

楚天舒嘿嘿一笑。

"没话说了吧？傻小子，你早晚会后悔！不信咱们走着瞧罢！"

正说着，樊黎翘的目光落在办公桌的一架飞机模型上，不由得上前仔细看了看，点了点头，又看了看楚天舒，意味深长地叹了口气。楚天舒自然明白她的意思，一种伤感情绪掠过他的心头。

樊黎翘却不愿跌入这种伤感情绪中，就主动岔开话题："对了，你在这里见过淞沪警备师的江师长吗？"

"久闻大名，未曾谋面。"

"嗯，江致远，他是我的老朋友了。明晚他设宴给我接风，根据我的建议，会请你们站长，你自然也在被邀请之列，我会介绍你和他相识。怎么说呢，既然该相识，不如就相识；反正要相识，不如早相识！总之，你见了他就明白了，我为什么要让你们相识？"

"这绕口令，听得人是一头雾水！"

许若飞和程睿离开江静舟办公室，在副官办公处商量着刚才上司吩咐的事情——明晚宴请中央日报副主编樊黎翘。程睿嘱咐他去找唐玉协助顾倾城来安排。

许若飞笑看着他："刚才师座说，樊主编爱跳舞，让晚宴后安排一场舞会，我就在想，这下程处你该心里偷着乐了？"

"什么讲头？"程睿不解。

"要请的人那么多，既然军统胡站长要来，那边的某某也必来，某某一来，咱们这边的某某就乐开怀，难道不是么？"

程睿知道他指的是跟随胡文轩的秘书，自己的恋人齐芳要来的事情，也忍不住笑出了声。

许若飞压低了声音："程处啊，你知道我们这些人有多羡慕你吗？从咱们这边讲，你和齐秘书，红色恋人，情深意笃；从明面儿上看，你们小两口也能得到大家的祝福，胡文轩站长，咱们师座，一个是你的二叔，一个是你的三叔，都在极力促成这件事，你们可以公开来往，你这才叫革命、恋爱两不误！幸福如你，能有几人？上次师座都感慨，小睿这伢子命太好了！"

程睿笑道："什么话到你嘴里，就俏皮诙谐的紧！你不用愁，你也可以照这个方向来发展！"

许若飞摇了摇头："我倒无所谓，一切随缘就好！就是心疼咱们师座，他的婚姻大事，唉！而且跟亲情总这么拧着……看刚才沁梅和师座最后顶着的那个态度，我这心都揪紧了！"

"慢慢来吧，小梅还小呢，哪能理解这么多？"程睿也感慨。

许若飞记起一事来："对了，你们这次怎么没有带宁兰一起回来？"

"你是说宁兰应该来给师座过生日的事吗？唉，没注意到呢，估计她这几天在南京提前给爸爸祝福了也未可知？"程睿轻叹，"再说了，封军座和封夫人看待宁兰如掌上明珠，命根一般，百般照拂宠爱，所以有些事情，师座这个当父亲的有时也不好太插手呢。"

"唉，一个沁梅，一个宁兰，两个女儿……师座他不易！"许若飞嘀咕着。

程睿自然明白他之所谓，也只好跟着一声叹息。

一个人陷入黑暗中的江静舟也正在回忆的征程上纵横奔驰。

刚才许若飞说出的那句"是沁梅提醒的您生日的事"，让他心绪难平。他知道，这份即将到来的体贴和温暖，必是来源于发妻，一定是那个叫沈琬的温柔贤惠女人，对女儿有过充满亲情的叮咛和嘱托。

"唉，小琬……"江静舟的眼中已经湿润。

是的，发妻沈琬如今留给他的，都是难以割舍的亲情记忆。

他们是同乡，是真正青梅竹马的伴侣。

那时他的名字还叫金舟。据父亲讲，身为家中长子的他，在出生的那晚，母亲曾经梦到自己来到一条河边，看到眼前停泊着一艘金色的大船。于是降生在湘北一个农户家庭中的男婴，就被命名为金舟，而随后出生的他的两个弟弟，跟着他的排名，分别叫银舟、铁舟。

因此，作为他从小的玩伴、他的邻居沈家的两个姑娘，从小就叫他"金子哥"。

沈琬小他一岁，是隔壁住的一个私塾先生何孟生的外甥女，自幼父母双亡，带着妹妹沈冰，和舅舅一家生活在一起。

何先生早年留学日本，中学、西学都很精通，他看上了聪颖俊秀、胆识过人的江家大小子，欣然收他为关门弟子，不但倾心教诲他经史子集、诸子百家，中外通文，而且还暗暗和他父亲约定，将心爱的外甥女许配给了自己最钟爱的弟子。

郎骑竹马来，绕床弄青梅。小金舟和小沈琬的情感更像是兄妹般纯净无瑕。那时的金舟并不懂爱情为何物，只是知道并认定，隔壁那个总爱甜甜称呼自己"金子哥"的沈家妹子，就是此生甜蜜温馨的"另一半"。

十六岁的金舟已经名满乡里，是众口交赞的"秀才胚子"，在何先生的主张下，他准备去广州投考黄埔军校。

此番投奔前程之前，何先生不仅根据诸葛亮名句"淡泊明志，宁静致远"的意境，为弟子改名为静舟，字致远，又为他写了一封推荐信，让他去投靠自己的留日同学、好友，现任黄埔军校军事教官的郑华明。

临行前，双方家长做主，让江静舟和沈琬订了婚。

一年后，江静舟父亲病危，他请假回乡，三天内经历了和沈琬结婚为父亲冲喜、父亲病逝、他初为人夫这个巨大的转变过程。

回到军校的他，变得愈加沉默起来，仿佛几日之内，他就成熟了许多。

所有的人都不知道，此时的江静舟早已有了坚定的政治信仰和特殊的身份。

原来，从来到广州结识了恩师好友郑华明那天起，他就站在了毕生信仰的起跑线上。郑教官是一名身份隐蔽的共产党员，即使在国共蜜月时期，他也是奉组织之命，作为隐蔽战线上的党员，活跃在军校中。江静舟从他那里，接触到共产主义理论，很快，他就热情洋溢、无怨无悔地成为了他们这个组织中的一员。

郑教官非常欣赏这个湖南青年的学识和才干，他天生缜密细致、胆识过人的品质，让他成为秘密战线上的成员人选。

根据郑教官的安排，江静舟成为黄埔军校中隐藏身份的秘密党员之一，他的真实政治面目只有他的两个上级——军事教官郑华明，政治教官阎崇光知晓，就连他的盟兄弟程鹏霖和胡文轩都被蒙在鼓里，毫不知情。

根据秘密党员组织原则的规定，包括自己的家庭和婚姻状况等情形，江静舟都要做到守口如瓶，不得泄露半分，以免露出线索，被人追查。他和沈琬的婚姻，就这样被他深埋在心底，在盟兄弟面前都不曾提起。

年轻的秘密党员江静舟，就这样在北伐、东征的激烈行军作战间隙，还要小心翼翼地隐藏着自己的政治面目，不但要应付化解来自盟兄弟关于信仰问题的规劝，还要时刻保持高度警惕，避免身份泄露带来的无妄之灾。

一九二七年发生的那场国共分裂之争，彻底地改变了江静舟的命运。他不但经受了恩师郑华明牺牲之痛，还在另一个导师阎崇光离开军校前，接受了一项特殊任务，深度潜伏，打入到敌人内部去，为我们的党搜集、提供更有效的情报。

于是有了那场假婚姻，又直接造成了他和发妻沈琬之间无法挽回的误解和遗憾。

当沈琬和妹妹沈冰带着他未曾谋面刚满一岁的女儿沁梅找上门时，他正手挽披着婚纱的战友虞水蓉，走向婚礼殿堂。

当时他和虞水蓉近乎绝望——他们一定要暴露了！手抱孩子，泪流满面的沈琬就向众人说明了一切，更何况还有眼中充满仇恨鄙夷神色的小姨妹沈冰站在旁边。

饶是江静舟镇定自若，心理素质极强，当时情景也是难堪至极。危急时刻，是他的盟兄程鹏霖出手相救，将沈琬母女姐妹三人带离了婚礼现场。

但是危机似乎难以解除，沈琬如何对程鹏霖解说和自己的关系就至关重要。

幸运的是，一切风平浪静，沈琬等三人很快离去，没有在广州再次出现。

事后，程鹏霖多次私下问及江静舟和沈琬的关系，江静舟秉承组织纪律，不敢泄露毫分，只是咬定她们是自己的远房表妹。似乎夫妻间心有灵犀，不谋而合，程鹏霖最后告诉他，沈琬的说法几乎和他所说的如出一辙。

江静舟一直想不通一件事情，那就是：当年并非党员的沈琬，如何能抑制住自己的感情，珠联璧合地配合了那番托词？

很多年后，他们夫妻早已离异，沈琬再嫁为人妻，他也经历了一场短暂却刻骨铭心的婚姻，他们又曾以战友身份相见过一次，那时的沈琬、沈冰姐妹，都已经是我党成熟的地下工作者，沈琬才对江静舟说明了当时的情况：那年，面对程鹏霖的询问，她几乎没有思索，就一口咬定自己是江静舟的表妹，是和妹妹因家乡遭遇兵祸来投亲的。原因何在，十分简单——一切都出于对江静舟的爱！

"金子哥，你相信吗？虽然当时我看到你手挽新娘的情景几乎心碎绝望，但是我却痴痴地抱定了一个想法，那就是，宁你金子哥负我，我沈琬却不愿负你！我的爱，让我愿意放你一条生路！"

沈琬那番话至今响在江静舟的脑际。是的，这就是自己的发妻，她用最朴实的爱，无形中帮助自己躲过了一场几乎灭顶的危机。

但是江静舟知道自己的盟兄程鹏霖心里一定是有所怀疑的，只不过也是出于对自己的兄弟情分，替他遮盖掩饰了一切：不仅出资资助沈琬姐妹到武汉投奔自己的一位同乡好友；而且为了让这对年轻的姐妹能减轻负担，生存下去，还竭力劝沈琬将小沁梅留下，送回自己老家陕西，由自己的夫人代为养育。

到武汉后的沈琬进了一家工厂做工，沈冰则进入武汉军校女生队学习，随后姐妹俩都加入到共产党组织中去，和江静舟殊途同归。

在江静舟眼中，发妻沈琬何时何地都是他的亲人。后来，他们在革命工作中曾经巧遇，沈冰还碰巧当过他三年的交通员，而女儿沁梅，更是连接他们之间的纽带。

这次，又是沈琬亲手将女儿送出延安，由沈冰接应转道重庆，来到他身边，一切的一切，怎能不叫江静舟心中感慨万分。

这个因为自己毕生酷爱梅花，因此被发妻命名为"沁梅"的女儿，她出生时，双眉间就有一个梅花瓣形状的淡红色朱砂痣，这又是一种什么样的命定缘分呢？

此时的江静舟心潮起伏，他的心中涌起对亲生女儿的万般情感：心爱、怜惜、愧疚、伤感、渴望……

"小琬，你永远不会想到，我对你们母女的愧疚和遗憾之情有多深！我真的好想弥补，将一切亲情和温情，都弥补在我们的女儿身上，弥补在这亲生骨肉的身上！"

江静舟在黑暗中默默私语着。

他不会想到，他渴望得到的温情会和虐情接踵而来，马上来到的那场舞会，父女今生的第一次共舞，是那样的难忘和温馨；而原本亲情四溢的生日聚会，也会因为一直就存在于这父女之间的纠结、闭塞、别扭情结而出现不和谐之音。

第八章　与他共舞

沉香树树心部位被动物抓伤或者受到外伤后，会分泌带有香味的树脂，这样就开始结香，再要经历好长好长的生长期，才可以变成一块优质的沉香木……所以姨妈说，沉香木就像是珍珠一样，是经过磨难才形成的美丽和香氛，是伤口上长出最美的花朵！我在想，用这样的木头做成礼物，才格外有意义吧。

在警备师欢迎中央日报社副主编樊黎翘的晚宴上，江静舟初识楚天舒。

他对眼前这个年轻人颇感兴趣，因为他的专业和特长，甚至是他的背景，会给自己的工作造成怎样的影响，甚至是怎样的困境？这个是目前江静舟非常关心的。

他冷眼打量着对面的这个青年，直觉他是一个容易引起他人好感的人——

他的服饰很得体大方，一身深色西服未打领带，干净、洒脱，显露出个人极高的衣着品味；他的容貌很干净明朗，年轻英俊的脸庞温润如玉；他的微笑很真诚，很温暖，似乎还带着淡淡的孩子气的纯真和顽皮；他的举止很得体大方，带着谦和儒雅却又暗藏内敛的英气、傲气……总而言之，这是一个有着良好教养和素质的年轻人。

在这一瞬间，江静舟忘却了这位青年和自己长相有几分相似的传说了。本来嘛，作为当事者，对于某人是否像自己，这个观看认定的角度肯定和旁人不同。你不会觉得任何人像你自己，因为你知道你就是你，是独一无二的这一个，不会有复制品，哪怕是相似的近似品。这似乎是一个心理学研究的问题。

周围的人们却都各怀心思。关于两人相貌相像，无论在军统站还是淞沪警备师中，早已是秘而不宣的话题，所以能看到这样的两个人坐到一张桌上吃饭，无疑是一件有趣的事情，几个年轻的处长、科长、副官、秘书和参谋们不敢明说，暗中看着，相互用眼神交流着彼此的好奇感觉。

在大家的眼里，眼前的这位三十六岁的少将和二十四岁的少校的确眉眼上有几分相似处。不同点在于，一个是壮年儒雅却又难掩青春未褪的痕迹，一个是青春勃发但却处处要做出老成持重的模样。

江静舟是从办公室直接来的餐厅，所以依旧身着军装。估计受他的影响，坐在他右侧的他的那些部下们，程睿、顾倾城、唐玉、许若飞，还有几个处长、科长们，也是军装严整。他的左侧，是衣着鲜丽的樊黎翘，再往左边排，是胡文轩带着他的几个部下们。胡文轩依旧是标志性的黑色中山装,楚天舒、齐芳以及军统站的几个中层军官们,大都是便装在身。这样就好像以樊黎翘为界限,划分出两个衣着迥异的阵营来。

期间只有一个异数,那就是沁梅。她作为警备师的军官,是和江静舟等人一起进来的,也穿着她的少尉军装。不料在餐桌前入座时,胡文轩拉她坐在自己身边,又向樊黎翘介绍了沁梅和自己的关系。这样身着军装的沁梅就坐到了皆身穿便装的军统站这一方,还恰好和楚天舒毗邻,沁梅非常不情愿,却也无可奈何。

其实在开席前,趁着江静舟和胡文轩、樊黎翘在寒暄着,楚天舒也仔细观察了对面这位少壮派师长。

基于上述的心理学方面的原因,楚天舒也丝毫没有察觉自己和眼前这位江师长有什么相似的地方,只是初见之下,他立刻被一种浓浓的无法排解的情绪包围了,这个江少将太像自己的一位亲人,还是自己最爱的一位亲人!他觉得自己的心瞬间像是被什么东西击中了一般,令他有短暂窒息的感觉,同时,有一种酸酸的东西蓦然闯入了他的眼眶,逼得他几乎想落泪!他暗暗深吸一口气,压回了心头涌动的某种情潮。但是在不自觉中,他却是有点不愿意把眼光移开,甚至带点痴迷的眼神,望着他的一举一动。

沁梅注意到他望向自己父亲的奇怪目光,她认为自己猜透了这位公子哥的心事,却也没兴趣揭穿他,只是白了他一眼,重重地"哼"了一声。

"你哼什么啊?"楚天舒无疑是敏感的,他望着沁梅的眼光充满疑惑不解。

"多管闲事,鼻子嘴巴长在我脸上,你管我哼什么?"沁梅真想直接顶撞过去,但这毕竟是在社交场合,一些起码的礼貌还是要有的,何况自己目前是和敌人应对周旋的红色特工,自然不能太过任性去争无谓的闲气。她压抑住自己的反感,淡淡地回一句:"我不过有点好奇而已!"

"你好奇什么呢,郭小姐?"楚天舒的语调一如既往的平和儒雅。

"是不是每一个人,看到另一个长得有点像自己的人,都会觉得不可思议呢?"

"郭小姐,我不明白你的意思?'像自己的人'可是说我吗?"

"楚少校,大博士,装傻充愣有意思吗?这是幽默潇洒吗?不过是无趣加无聊罢了!"沁梅又习惯性对他翻起了白眼。

但沁梅这次是真正冤枉楚天舒了。初见江静舟,刹那间萌生的那些痴念和伤感,让一向睿智敏捷的楚少校思维瞬间短路,他几乎无暇顾忌沁梅的无端抢白。无奈之余,他的两条眉毛生动地微微皱起,脸上现出不解的神情:"好吧,郭小姐,你总爱无端发脾气,我不和你计较了行吧?"他露出休战的神情,甚至有意无意间将自己的身子远离沁梅一方,向左边军统情报处一位副处长方向靠近一些。

"随便!不过,我想提醒一下楚少校,以后请称呼我职务而不是小姐,我也没称呼你为楚公子不是吗?"

"I am sorry!郭少尉,我记住了!"楚天舒笑了,掩藏不住的揶揄和笑意又让沁梅回赠给他一个更大的白眼。

还是下面的一番唇枪舌剑让楚天舒明白了沁梅刚才的意思。

当他端起酒杯，走到对面江静舟面前给他敬酒时，坐在江静舟身旁的樊黎翘笑着给两人介绍："致远，刚才胡站长介绍你认识了他的这位得意属下，我今天倒想再让你们因为我重新认识一下！"

"哦，樊主编有何深意？"江静舟的神情舒展而放松。

"稍后会提到我和他的关系，江师长是绝顶聪明之人，不妨猜上一猜。"她俏皮地对江静舟一笑。

"这如何猜得到？"江静舟挑了挑眉毛，看看楚天舒，又望向樊黎翘道："你不会说，他是你调教出来的弟子吧？"

樊黎翘看了眼左手边的胡文轩，又转眼斜睨着江静舟："江师长的意思，是我不配调教这般高端人才咯？不过，不如你所愿，我还真当过他的老师，不信你问他！"

"我的古文基础还真的是小姨帮我打下的呢！"楚天舒轻声说道。

几个人都笑了。樊黎翘的笑声充满得意，胡文轩的笑多是戏谑，而楚天舒的笑里略带腼腆。

"小姨？那你们？"江静舟有些吃惊，奇怪地看着他们两人。

樊黎翘这才说明了她和楚天舒的血缘联系，众人恍然大悟。

江静舟恢复平静沉着的状态："原来如此，姨甥都是高端人才，且同时效力于党国，是国家之幸，也是领袖之福呐！"

楚天舒谦虚地笑着和他碰了杯："江师长言过了，在下惶恐不安！我先干为敬，您随意。"

他喝干了杯中酒，又对江静舟照了下酒杯，后者也一笑，饮了杯中酒。楚天舒回到自己座位坐下。

江静舟一直注视着他的身影，这才记起那番有关自己和这位年轻人相貌相像的话题来，不觉微微一笑。

胡文轩看出他这番表情，就笑了："看来江师长也蛮喜欢我们的这个电讯宝贝？本来嘛，人才难得，谁能不羡慕呢？"他颇有点得意的样子流露出来。

樊黎翘却很敏感，看着江静舟："恐怕江师长还会有另一番感慨吧？"

江静舟倒也坦然："这倒不必晦涩难言，看今天在座的各位的神情，无非都在暗中议论，说我和楚少校有点像？"

众人纷纷笑作一团。

楚天舒露出不安的神情来："天舒黄口小儿而已，岂敢和江师长的风范相提并论？"

"师长也是从小伙子过来的，有啥不可比拟的？"樊黎翘的笑声最大，"何况致远师长如今也不算老吧！"

"我来说两句公道话！"胡文轩突然表情严肃地插言，他要借此机会说出自己的心中积怨，"都说我们天舒少校和致远师长有几分挂像，我开始也有类似看法，不过，后来发现此话极谬！"

他看向江静舟继续说："你看，天舒眉眼神情与你有三分相似，但他脸上明朗纯净的笑容，却是你怎么也无法模拟的。俗话说得好，相由心生，你这个人呀，总是心思太重，自从二十年前相识之初，我就发现你有着爱攀眉吊脸的毛病，很少会露出爽朗的笑意。所以说，天舒和你泾渭分明，甚至是风马牛不相及！"

"唉，我亲爱的二哥，我不想招惹你，你却偏偏要在此情形下披挂上阵，就难怪我对你不敬了！"江静舟在心底暗暗说了句，转而坦然一笑：

"胡站长曾是我的二哥，自然言之有据！你刚才提到的那个词，是什么来着？'心思太重'？你不如换个词多好？说我心机沉重不更确些？"

"致远这可是你自己招认的哈，不能怪我！"

"这如何怪得上你？！我江静舟心机沉重实在是一件必要的事情！请问，倘若一个人背后总有一双阴森森的眼睛盯着，如何才能做到毫无心机呢？如果我也像小楚少校那样，天真烂漫笑容纯净，恐怕我江静舟早就死无葬身之地了吧？"

"如果你能真正做到心中无愧，还怕人盯？"胡文轩当仁不让。

"二哥又客气了，你不觉得应该用'心中无鬼'这个词更合你意，更爽你心吗？"江静舟话锋愈加犀利起来。

"哼，哼，好一个无愧与无鬼！如果一个人仰无愧于天，俯无愧于地，行无愧于人，止无愧于心，又何惧别人对自己的跟踪审查呢？所谓清浊自辨，何须紧张胆怯？"

胡文轩的一番话，让席间空气骤然间紧张起来，周围众人都是低首不敢再言，甚至不敢看向两位当事人，樊黎翘是无奈摇头。沁梅和楚天舒无意间对视一眼，却见后者露出很惶恐的神色，沁梅心里很有些鄙夷不屑。

一片不安的气氛中，唇枪舌剑还在继续，甚至有逐渐加温之势。

"你错了！胡站长！虽然老话讲清者自清，浊者自浊，但是作为一名有血性军人，是不会轻易容忍他人的诽谤和诬陷，士可杀，不可辱，兵来将挡，水来土掩，你还有多少招数，就请放马过来，不必在此阴阳怪气，话里有话地玩些阴招数，我江静舟的眼里可从来不揉沙子。"

"江致远，你也太狂了！要知道任何军官都要接受政训部门的监控和考察，你独可以例外乎？一句'心机沉重'，你至于如此敏感吗？"

"明人不说暗话，你那司马昭之心，又何须我多言？再说了，要论心机，我看谁也难比你这位党国资深特工！像我这样纯粹的军人，尚且常常被你扣上种种带颜色的帽子，况他人乎？此等敬业作风，实在是令人感佩莫名！"

"那是！为党国尽忠，清扫异党分子及心怀叵测之徒，始终是我的职责和本分！效忠党国决无小事，我将乐此不疲，奋斗终生而不悔！"胡文轩的一番豪言壮语说得连他自己都有些激动起来，可是对视江静舟的目光，后者的眼睛里依然满是嘲讽与同情，顿时又让他十分沮丧。

"好了！好了！"樊黎翘终于忍耐不住，出言制止道，"两位将军，我认识你们也不是一天两天了，你们怎么就改不了这见面就掐的毛病呢？"

她叹气摇头，看看席上众人，又规劝道："多少年了，你们这样一贯含沙射影、明枪暗箭，互相攻讦，就不觉得累吗？其实想想啊，大家终究都是在一条船上行走，都是效忠党国，为国尽忠的军人，互搏又有何裨益？何况今日这番欢聚，一众青年才俊在侧，二位将军倒孩子气萌发，斗气斗嘴自跌，我一介女流都替你们汗颜！"

胡文轩就此忍住话头，偃旗息鼓。

倒是江静舟坦然如昔，就如樊黎翘刚才形容的孩子气萌发，用手搔搔头发，好像刚才的争辩与己无关。他随即举起酒杯，对楚天舒道："樊主编说得有道理，兄弟阋墙，煮豆燃萁，实在是太没有意思！来，楚少校，这个话题因你我相貌而起，实在是祸从此出，说来倒怪罪于咱们这相像的容貌了！如此，咱俩不妨加饮一杯，算是给大家赔个罪吧？"

"江师长，您还是叫我天舒吧！"楚天舒谦和地说道，忙笑着举起手中的酒杯。

"好的，天舒，相逢是缘，相像更是奇妙的缘！我们满饮此杯？"看到楚天舒明净坦荡的面容，莫名其妙的，他对这个青年有了一份亲切的好感。

"好啦，这火药味儿也散了，我们还是言归正传吧。"樊黎翘语调轻松地开始发言，"致远，我今天之所以想介绍天舒给你相识，又说到他和你长得有几分相似的话头，实在是有桩历史公案在那里呢。"

"哦？愿闻其详。"江静舟好奇起来。

"你还记得吗，当年我在194师与你初识，我曾经对你和尊夫人青瑜女士说过，你长得很像我的一个至亲？"

"当然记得。樊主编所谓的至亲，莫非指楚少校吗？"

"瞎说！他那时才多大一点呢？我是指你长得像我的那个大外甥，天舒的大哥！"她回望天舒道，"我说的对吗？江师长的年龄、气质、神情，是不是像你大哥天恒？"

楚天舒几乎是感慨的神情："是的，好像！两人的年龄应该都差不多啊。我刚才猛然见到江师长，也狠狠吃了一惊的！"

"哦？竟有此等巧事么？"不唯江静舟感到惊讶，沁梅也觉得有点不可思议。

"是的。"樊黎翘对着江静舟感叹，"那是一个和你一样优秀的党国军人！天舒非要回来参军，很大程度上是受他的影响，当然，还有他的四哥。"她突然想起什么："哦，对了！你这次国防部的会议上见过他四哥啊，原三十二军的军长，才就任总统侍从室高参的田宇将军。"

江静舟恍然大悟："原来是他？不过，光听名讳实在未能和天舒联系到一起。"

樊黎翘点头："他们兄弟除了天舒外，从军的时候都改了名字，他四哥的本名叫楚天宇，他大哥更厉害些，说出来诸位都熟知的……"

"好了，小姨！您好歹给我留点面子吧，怎样在这里背起家谱来了？您是怕别人不知道我是因为裙带关系才来到这里的吗？"楚天舒脸色微红，急忙打断她的话。

江静舟笑看着他，觉得他貌似比较单纯孩子气，但是不知道这是真实的性情流露呢，还是一种伪装？如果是后者，就很可怕了！这种气质的男孩，实在是猎杀女人的利器。一丝隐忧浮上他的心头。

见天舒颇不自在，胡文轩怜爱地出来打圆场："这个，我可以充分证明，天舒的工作是十分优秀，无关什么裙带关系！他的禀赋，他的才干，都证明了，无论是那个总破译师的头衔，还是这身少校军服，他都是当之无愧！"

他继而举例说明："当初，我们这里有大量的日军情报无法破译，天舒来了以后，问题迎刃而解，尤其是日伪之间的一些密电，对我们如今清查汉奸伪产作用甚大。前两天戴老板专门致电予以嘉奖，还要我写材料，要在本系统表彰宣传天舒的事迹，这是本站的极大荣誉啊！"

大家都含笑望向楚天舒，他似乎有些局促不安的表情。

似乎为了缓解刚才两人相斗的不和谐气氛，胡文轩貌似真诚地笑笑，带着意味深长的口吻对江静舟道："尤其是自天舒到来之后，我们破译共党密电的能力，也无疑大大加强了！在上海这块地方，定要让共匪的电台无处遁形，难有立足之地！江师长，你们警备师的电讯工作也要加强啊，咱们精诚合作，必然会在上海开创出一个新局面的。如果有需要技术方面的支持，不妨请教我们这个专家啊？"

细细品来，这番话还是带了胡文轩站长的一份私心，敲山震虎的意味别人纵然听不出来，怎能瞒得过机警过人、聪敏干练的江静舟？

无奈胡站长的运气不够好，在江静舟那方正在谋划一种局面而不可得，此时他这番话无疑是"人家姓江的瞌睡了，他姓胡的果断递上枕头"，让江静舟马上抓住战机，继而扩大战果："江某正想请天舒过来培训指导一下我们这边的电讯工作，你胡站长就主动嘘寒问暖、雪中送炭，真是太体贴了！如此看来，不枉你我兄弟一场，二哥，谢过了！"

他有点顽皮地对胡文轩抱抱拳，转身一脸严肃地吩咐坐在一旁的警备师电讯科唐玉科长："你，明天就先挑出两个骨干来，送到胡站长那里进行培训。"

唐玉马上敛容称是。

胡文轩既尴尬又后悔，当着众人又不能翻脸不认，只好揶揄着笑笑："致远，你倒是真不客气，给竿就上啊？"

"兄弟之间，我为什么要客气？辜负你的美意，我心里都不落忍！何况……"他轻松一笑，"不是你刚才说的吗，效忠党国之事决无小事，我是充分承教了！"

宴会结束后，举行了小型舞会。

当第一支舞曲响起，樊黎翘用目光搜寻作为主人的江静舟，却见他端着红酒杯，正坐在舞厅一角，与胡文轩起劲地说着什么，压根就没朝她这个方向看。

倒是和他说着话的胡文轩，时不时地张望过来。樊黎翘回避着他的目光，正在暗自思索间，却听到耳边有人用纯正的美式英语对她说："女士，可以请您跳这第一支舞吗？"

她不看也知道是谁，笑着起身，将手递给了那人。

这是一支圆舞曲，楚天舒翩翩君子的风采和樊黎翘娴熟的舞姿，立刻让这姨甥俩成为焦点，大家几乎是停了舞步，观赏起二人的表演。

沁梅默默注视着舞姿翩然的楚天舒，心底冷笑：如鱼得水，这就是你这样的公子哥儿潇洒驰骋的舞台！

一旁的角落里，兄弟争斗的局面仍在持续进行。江静舟和胡文轩的话题还是涉及那个老生常谈的名字——虞水蓉。

"文轩兄，关于柳芊倩一案，你不觉得欠我一个解释吗？"

"致远，你忍了有一阵子了，心急火燎了吧？我知道你早晚会来找，但是我可以明确地告诉你，我不欠你任何东西！"他上前拍拍盟弟的肩膀，语气很舒缓自得，"在这之前，我就同你说过，泼出去的水，是不能收回来的，否则怎会有'覆水难收'的成语呢？"

"胡文轩，你想搞什么鬼？"

"可以先给你一个官方解释，我方此次营救的，是一个叫柳芊倩的前中统局女谍，在抗战时期，她奉命潜伏到日伪机构——华鑫贸易总行，为我方搜集提供了大量的情报。因身份隐秘，且早期在中统局受训时，曾奉命到日本培训两年，故被误作汉奸关入提篮桥监狱。现经甄别清查，搞清了该女谍的真实身份，将其恢复面目，另有重用。如何，江师长？"

"你的意思是，将以柳芊倩的名字，继续把她收至麾下，让'虞水蓉'永远消失？"

"不然呢？你以为'虞水蓉'这三个字，只属于那段旧情恩怨？爱自作聪明的三弟，她的神秘莫测的复杂经历和身份，能经得住审查和推敲吗？"

江静舟无言，举起手中的酒杯，轻抿了一口。

胡文轩却敏感看出他的无奈和焦虑，心里自然是得意万分："致远，我不管你和我往日恩怨几许，但在虞水蓉的问题上，我希望大家都冷静一些。这是个不幸的女子，她受的情伤太重，承受的磨难也太多，就算是七尺男儿，能为国家做的也无非这些。让她能在光复后的和平时期，卸去盔甲，休养生息，是我们作为男人的职责啊！你和我，都深爱过这个女人，就此给她一份安宁平静的生活不好吗？"他觉得这番话入情入理，甚至连自己都被感动了。

见江静舟始终无语，胡文轩愈发认为他一定是心中有愧，悔恨难言的，所以继续滔滔不绝起来："作为虞水蓉，她的身份太复杂了，中统、军统、共党、日谍，多少次的情报合作，她游刃有余，左右逢迎，实在是难以自清！可是，作为柳芊倩，她的身份可以洗刷得很单纯，无非是我方派到日伪机构卧底的一名女谍，是有功于党国的，可以充分回避任何异党分子的嫌疑，你不妨权衡一下这其中的利弊吧！"

"那……"

胡文轩根本不给江静舟讲话的机会："当然，她还可以改成另一个名字，另一个更不为人知的名字，选择一份隐蔽但安逸平静的生活。对于一个心灵、情感都千疮百孔的女人，这不是最好的归宿吗？"

"请问，何谓归宿？"江静舟终于忍不住反击了，"胡站长，你喋喋不休、长篇大论说了很多，无非让我看清楚了一个事实：那就是你如今俨然以虞水蓉的保护者自居！你想让'虞水蓉'这个名字消失，然后改头换面，将她控制在自己手上！可是，你凭什么？谁给了你这样的权利？"

"江致远，你这就有点咄咄逼人了。"

"请回答我的问题！虞水蓉心甘情愿地服从你的安排了？这一番所谓'好意'，她本人接受吗？若是你单方要挟，危及她的权益，请恕我不能坐视不理！"

"你理又如何？我也想问，虞水蓉如今又算你的什么人？"他看到江静舟的剑眉挑起，又露出决斗的态势，连忙做了个安抚的手势，"老三，你先别和我急，我说一点内情，你就知道我的苦心所在了！"

他指了指正在和楚天舒翩翩起舞的樊黎翘："那个女人，她的能量几何你应该比我还清楚！很多时候，她的人脉和地位，决定了她代表着更高一层的意思。你知道吗？她一来我这里，就开门见山地提到了柳芊倩的名字，一个普普通通的中统卧底女谍，值得她如此关注么？如果不是因为女人间的争风吃醋般的好奇心理，而是其背后有组织、有高人在关注此案，你认为，你，我，还有虞水蓉，能轻松过关，独善其身吗？"

这番话让江静舟微微一愣，也陷入沉思。

胡文轩得意极了，这个狂狷桀骜的三弟，何时在他面前如此服帖低首？

无论如何，我们也要再次从情感上决斗一次！胡文轩心里暗暗发誓道。面上却挂起了一丝真诚平和的微笑："先把人保护起来，自有我的苦衷！你放心，致远，我会给你一个和她见面的机会，让她亲口对你说出她的抉择，她以后的道路，还有情感选择。你放心！"

"你放心"三个字他咬得很重，几乎是一字一顿地吐了出来。

"好吧，文轩兄，你如今自信得很呐，我祝你良好的感觉有一个持续的过程！我没什么不放心的，我们走着瞧吧！"

胡文轩哈哈一笑："有一点你我都该明白，她永远不可能再带着'虞水蓉'的名讳生活在这个世界上了！现如今，我未婚，你独居，她单身，我们是不是又回到了起点，可以重新理顺自己的情感脉络？当然，前提是她还想吃你这一棵回头草，而你还对此刻的她有那种欲望？"

"胡文轩，你真无耻！"江静舟用格外平静的语气说出了心里憋闷已久的愤怒。他愈是激愤难忍，思路和口才却是格外的镇定和犀利，而神情也愈加平静无波："我发现你无论军衔怎样进步，官阶如何晋升，都改不了这种猥琐阴暗的小人心理。希望你前面的长篇大论将来能自圆其说。我只是想提醒你一点，无论何时何地，都请你尊重善待这个叫虞水蓉的女人！不要伤害她，欺辱她！否则……"

眼见胡文轩激动的神色，他抬手一指，瞬间封住了欲辩的嘴："你少说我有没有资格的话！虞水蓉虽然和我离异已久，但是我们自有一份亲情在。无论何时何地，她都算我的一个亲人！那么，欺辱轻慢我江静舟的亲属，会是怎样一种结局？我不说，你明白，请思量！"

这番话他说得轻描淡写，却暗藏千钧力量。他微微笑着，嘴边挂起的竟是孩童般赌气戏谑的表情。看在胡文轩眼里，那轻浅的笑容沐浴过沙场血雨，百炼成钢的威压，就如雷霆万钧般扑面而来。

在他的愣怔间，江静舟已经站起身来，笑着迎上了向他们这边走来的女人。

"二位将军，你们躲在这里说什么悄悄话呢？不会又在一贯制的唇枪舌剑吧？"樊黎翘摇曳着走来，她将手伸向江静舟，做出的姿态自是仪态万方，"等了很久了，也不见你这个主人邀请我跳一支舞？致远，你有点过分哦！也罢，算我颜厚，只能反客为主了！"

江静舟哈哈大笑，上前挽住她的手臂，和她相携向舞厅走去，留下一脸落寞的胡文轩在生闷气。

舞厅中，江静舟和樊黎翘连跳了两支曲子，他稳健的舞风，和楚天舒潇洒奔放的年轻人做派自是不同，却另有一种摄人心魄的成熟风采。

在场的女军官暗抑芳心，纷纷争相和他们两人有共舞的机会。胡文轩也陷身舞场，他似乎含了好大的心事一般，跳得有点心不在焉。

当又一支曲子响起的时候，顾倾城向他走来："能请您共舞吗？"

胡文轩看着这个由于自己一种特殊心结，对她一直庇护有加的女下属，微微点头，带她滑进了舞场，余光里，看到沁梅向江静舟走去。

"表叔，我想请您跳一支舞！"沁梅的声音亲昵活泼中带有兴奋的颤音。

江静舟剑眉轻挑，略现意外的神情，不过片刻，已是含笑站起身来，伸出手臂，环住女儿纤细的腰身，簇拥着她步入舞池。

第一次陷身在父亲的怀抱中，近距离感受到父亲的气息，淡淡的烟草味混合着成熟男子的体香，散发着父亲特有的味道——那原本应该熟悉，却陌生已久的味道，让沁梅心里唏嘘感叹、百感交集，有一汪热泪始终氤氲在眼中，让女孩的眼睛显得格外湿润含情。

她的身体因为激动而微微颤抖，小鼻子也不停气地吸溜着，在极力掩饰着自己的百转千回的思绪。

江静舟如何感受不到女儿的异样，他更理解她的心情，自己何尝不是第一次拥抱亲生的骨肉呢？

他整整心绪，用搂住女儿纤腰的左手轻轻拍拍她的脊背，含情带笑地轻语安慰着："孩子，别激动！"

"表叔，我……我太不够成熟稳重了，步子都乱了！"

"不，丫头，你跳得很好！表叔心里明白！"

一曲舞罢，江静舟将女儿送回到座位，拍拍她的头，像长辈那样笑笑，就离开了。沁梅还沉浸在难言的幸福中，她回味着，愣怔着，直到又一只舞曲响起，楚天舒走到她的面前，带笑伸出手来。

沁梅有点暗恨自己的感觉。

这舞会一开始，楚天舒就成为全场的焦点人物。

他潇洒自如英气逼人的外形，在这种场合散发出平日里没有的风韵，他像翩翩展翅的银鹰，将每一位和他共舞的女士轻松自如地带到云端，惊鸿一瞥的愉悦感即使伴随着短暂的眩晕，也流淌着令人陶醉其中、无力自拔的疯狂快意。

沁梅没意识到，其实自己一直在有意无意间冷眼旁观他的一举一动。他兴致勃勃、不知疲倦地和在场的每一位女士跳着，几乎没有停下来的时候。

沁梅却很怕和他共舞。未雨绸缪间，她也拉着不同的男舞伴一直不停歇地跳着，心里在想，决不给那个花花公子以可乘之机！

这样的她也有点异于常态，所以当她第三次主动拉程睿跳舞时，对方都诧异了："小梅，你今天是怎么了？喝醉了？"

"没有啊，大哥！我跳着玩的！总好过傻站着嘛！你看，表叔他们也过来了，等会我要请他也跳上一支曲子。"

"对！对！你去请他跳一曲，三叔一定开心死了！"

结果呢，与自己父亲共舞后的甜蜜温馨，让她无形中放松了警惕，此刻倒让这个不受她待见的小子钻了空子。

看着楚天舒执着伸向自己的手，众目睽睽之下不能驳人脸面，沁梅心有不甘，懒洋洋地站起身来，和他共舞起来。

这是支慢四步舞曲，又称"布鲁斯"，舒缓优雅的曲调能让人放松惬意。可惜的是，共舞的两个璧人明显话不投机。

"你，好像很倦怠的样子，怎么，不想和我跳舞吗？"

"我跳累了。不像你，扫尽天下无敌手，直把舞场当战场！"

"你说话很可爱，气呼呼的样子也很可爱……呃，郭少尉！"

"可是你的这番话一点也不可爱！很虚假，很社交化，而且有点……流里流气的感觉！"

"呃？为什么？为什么你每次和我对话都如此恶狠狠的？我有得罪过你么？"

"我是觉得咱们没有什么对话的基础，原本就是不同阶层的人！"

"阶层？什么意思？"

"你是富家大少爷，我是平民小白丁，我们能有共同的话题吗？"

"呃？这个说法……"

"举例说明吧，你好像天生适合这种环境，一个接一个的，潇洒地和每一个女士都共舞过，你很开心，很有成就感是吧？"

"啊，我有点明白了！"这个家伙竟然做出恍然大悟的样子频频点头，沁梅又白了他一眼：

"明白了什么？"

"你啊，一定是生我的气了！"

"我气从何来？"

"这满场的女士，我最后才来请你跳舞……虽然责任未必在我，但是……"

"楚少校，你无聊不无聊啊？见过自我感觉良好的，倒没见过好过你的？真讨厌，请让开！"沁梅欲抽身离去，却被那人强有力的臂膀挽住不得脱身，她愤怒至极的眸子，紧盯着对方的眼睛，那竟然是两弯带着宁静温存笑意的细长月牙形。

"别闹了，小丫头，大庭广众的，互相存个体面吧！"

那温柔的眼神竟然击破了沁梅强烈的反抗防线，她乖乖地随他继续跳舞，在不解内情的外人看来，竟像一对小情侣正嬉笑怒骂。

"请放尊重些，长官！虽然我是个小白丁，可是没有义务在这里忍受大少爷的戏弄！"

"郭少尉，沁梅小姐！你真的误会了，我从来没有任何轻慢你的意思。我刚才口无遮拦地和你开了句玩笑，不是出于恶意，你莫要在意！"

"哼！胡开玩笑就是不尊重对方的充分证据，也是恶少嘴脸的总暴露！"

"小丫头，别太尖刻，你静下心来听我给你解释一下吧。我一直是遵循着这样的社交礼仪，跳舞的时候，先请年龄大的长辈。以前在家的时候就是这样，先和妈妈、嫂嫂、姐姐们跳，然后……"

"和形形色色、五彩缤纷的女朋友跳！"沁梅冷笑地打断他。

"错！是和妹妹们跳！"楚天舒情急下，露出年轻好胜的样子在不服气地辩解。

"好了，这解释简直是莫名其妙，自作多情！你和谁跳舞我一点都不感兴趣，只要以后别拉着我就得了！我不喜欢和你跳舞，一点都不喜欢！"

"很抱歉，让你为难了。谢谢！"

说到此处，恰巧此舞曲终结，楚天舒边说着这"谢谢"两字，边顺势对沁梅微微躬了下身子，结束了这场让两人累身又累心的共舞。

舞会还在进行中，樊黎翘悄悄来到楚天舒身边，笑着耳语："傻小子，刚才和胡站长的养女，那个俏丽的小姑娘跳得蛮开心哦。别说我没提醒你，楚家七少爷的终身大事，估计也由不得自己做主的！"

楚天舒看着小姨带着戏谑笑意的脸，哼了一句："您老人家的慧眼终于有了蒙尘的时候，我和她？天啊，不妨这样形容一下吧，如果必须选择，我宁愿与要人命的四哥聊天，也好过跟这个小丫头说话！她呀，简直是扎死人不偿命！"

"玫瑰花都是扎手的，傻小子！"樊黎翘对他笑言。

风雷之势的樊黎翘离开上海后，一切慢慢归于平静。

就在那宴会后的第二天早晨，沁梅和一个叫井媛媛的中尉女军官，军装齐整地来到楚天舒处报到，她们是淞沪警备师选送来学习电讯业务及密码破译技术的。

楚天舒记起昨晚江静舟和胡文轩约定，却也不敢就此自作主张，只好将二人安排在他办公室外间让她们稍候，一边悄悄吩咐助手小芮去请示站长。

小芮回来伏在他耳边说了一句，楚天舒点点头。他明白，从今天起，他就正式带这两个女弟子了。

第一天的课程很简单，楚天舒给她们讲述了一些破译密码的初级知识，又布置了一些比较简单的习题给她们去做。他发现两个女学生都很用心，但基础显然太差，好在两人的领悟力不错，他只好勉为其难地继续教下去。

不知不觉就到了中午，办公室的人都准备去食堂吃饭，楚天舒正在安排小芮带沁梅两人去食堂，却见胡文轩的秘书齐芳进来。

"小姐，老板请您到他那里吃饭。"

齐芳微笑地看着沁梅，又对小芮和井媛媛笑笑示意，两人心领神会地走了。

"楚总，老板说，您要是不忙，也请去一起吃饭吧。"

楚天舒正想找理由回绝，不料沁梅已经替他挡驾了："楚总怎么会不忙？人家天天日理万机。这不，还有一大沓密码没译出来呢？对吧，长官？"

楚天舒淡淡一笑："好学生，真体贴老师，表扬一下！"

他看到齐芳已经走出门外，就凑到沁梅身边低声说："一餐饭就看出差别了吧？所以说，郭少尉，你从来就不是你自诩的那种小白丁，你是将军的女儿啊！"

沁梅恨不得直接扑上去咬他一口，不过那人貌似绝对不会给她这样机会的，他说完这句话，已经赶紧溜走了。

胡文轩吃小灶，在一个单独的餐厅，桌上精致的六菜一汤已经摆好。因为沁梅是第一次和他一起吃工作餐，他特意吩咐厨子，做了几样她平日里爱吃的清淡菜。

菜刚摆上桌，齐芳忍不住笑了："这也太素了吧？老板，您要是以后天天吃这个，身体可受不了！"

"唉，那丫头就不大吃肉，只好将就她的口味了。谁让我摊上这么个倔丫头呢？"胡文轩自然袒露慈父情怀。

此刻，沁梅嘟着脸坐在桌前，看看饭菜，又看看养父，气呼呼的样子让胡文轩大惑不解："这些菜怎么都不喜欢吃了？哪点又不如意了？"

沁梅吊着脸不答。

"究竟怎么了？谁这样大胆敢惹我们的大小姐？"胡文轩很无奈，无意中说出的一句话，恰好踩到了沁梅的痛处，又应了刚才在楚天舒办公室的景儿——对上了楚大博士的那句调侃话。

"谁是大小姐了？我告诉您啊，我就在您这里吃这么一顿，以后我天天吃大灶，您甭管我了！"

她也不看胡文轩的脸色，接过齐芳盛过来的米饭，埋头吃了起来。

胡文轩简直是莫名其妙，用筷子点着她，笑对齐芳："你看你看，这个矫情的小东西，又是发哪门子邪火啊？"

齐芳忙笑着解释："估计刚才又跟楚少校话不投机了吧？"

胡文轩叹气，温语劝道："你这孩子的脾气呐！既然过来学习，人家就算是老师了，你怎么也该拿出点虚心求教的姿态吧？况且……"

"何况他是皇亲国戚，天潢贵胄，我们惹不起是吧？"沁梅打断他。

胡文轩自知说不过沁梅，在她面前也发不起脾气来，只能继续好言开导："我不是这个意思，天舒也不是那样的人，你接触久了就知道了。真是奇怪，你哪来对他那样大的成见？"

沁梅听了，也未便回答，只好沉默。

"唉，别弄成一对小冤家，就够我受的了！"胡文轩认真叹气一阵，又建议着，"丫头，你要是实在是不喜欢他，就让你表叔重新派个人来吧。你再换个轻松点的工作，别把自己弄得那样累！女孩儿家，工作不是主要的，将来的婚姻才是……"

"哎呀，我真服了您了，好好的也能说到那上头？简直是不想让人吃饭了！"她赌气撂下碗筷。

胡文轩马上缴械，对孩子一般哄着："好了，好了，我不说了，你别气！快好好吃饭是正理。"

沁梅三下五除二吃完了饭，带着赌气发誓的语气对养父道："您就等着瞧吧，我不会轻言放弃的！我郭沁梅就要在这里学，还就要跟着这位大博士学！而且要一学到底！我看他究竟能奈我几何？"

"他的确不能奈你几何，就凭你俩这番鸡争鹅斗的劲儿，最后倒霉的就只能是……"胡文轩嘀咕着。

沁梅认真地看着养父，却见他用筷子回指了下自己，露出无辜无奈的样子，就忍不住捂嘴笑了。

很快，几天过去，江静舟的生日到了。

按照他的指示，程睿和许若飞没敢告诉别人，只是让厨子做了几样精致小菜，又下了几碗面条，准备就在师部食堂的小餐厅过了。

沁梅早早换上了便服，又将那枚鹰状的打火机揣到口袋里，高高兴兴地来到指定地方。

因为时间还早，程睿和许若飞不在，沁梅进去的时候也没其他人。刚走到靠近小餐厅的屏风，却无意间听到父亲和一个小女孩的对话。

"爸，兰儿这次突然来，算不算给您的惊喜呢？"

"当然算了，这惊喜就是送给爸爸最好的生日礼物！"

"这当然不能，礼物等会才可以拿出来的，目前要保密。"

"傻丫头，你来了，爸爸就最开心了，还要什么礼物呢？"

原来竟然是宁兰来了！

沁梅听到这里，不自觉地摸了摸口袋里的打火机，一直这样偷听下去成何体统，可她又没勇气马上进去，就踱到外边发起愣来。

小餐厅里，江静舟正笑搂着宁兰说话。

"爸爸这才从南京走几天啊？你就追来了，你姨妈别不高兴啊？"

"姨妈总不高兴，您又不是不知道啊。这次兰儿用计赢了她呢！连姨夫都悄悄夸我聪明！"

"哦，什么计啊？"

宁兰坐在父亲怀里，用手抚弄着他的脸，笑而不答。

恰巧李副官和刘妈进来，听了这话，刘妈笑对江静舟道："姑老爷您不知道，二小姐太聪明了！"

她忍不住讲述了前情，江静舟才明白了宁兰来这里的玄机。

原来，自从夫人陈青瑜病逝后，江静舟又莫名其妙"弄丢"了儿子江宁松，这件事让他的大姨子——封正烈的夫人陈紫瑜是气恼万分。

陈家人丁单薄，长兄陈铮瑜虽然当年贵为194师师长，却遭遇不幸，独生子夭亡，其后夫人再无生养。后来，陈铮瑜在抗战中期殉国，陈家这支血脉就算断根了。

陈紫瑜和陈青瑜姐妹身患家族遗传血液病，不宜生育，否则会危及生命，所以陈紫瑜和封正烈并无子嗣。但是当年陈青瑜嫁给江静舟后，不顾众人百般劝阻，执意偷偷怀上江静舟的孩子，终于在生育后半年，病发不治身亡。

在陈紫瑜的眼中，江宁松、江宁兰这对孪生兄妹，就是妹妹用命换来的子嗣，不但是为江静舟生育了儿女，也为陈家留下了一线旁系血脉。

　　不料阴差阳错间，江静舟竟然将双胞胎中的男孩弄丢了，陈紫瑜如何不气？她立下家规：江静舟一天不找回孩子，就一天不和他相见。

　　封正烈和江静舟不仅是上司与部下的关系，更有军人惺惺相惜的相交情分，封正烈看待江静舟如弟、如子，对他宠信有加。可能还牵扯到虞水蓉这层关系，两人格外感情深厚。

　　但封正烈爱妻出名，惧内同样出名。他不敢违拗妻子的意见，只要妻子在家，他就不敢约江静舟在家中会面，总是安排在办公室或其他地方，以免引起娇妻不满。

　　这第二代中的大少爷江宁松失踪十来年了，剩下唯一的骨血二小姐江宁兰就成了几家的宝贝。不仅舅舅陈铮瑜生前对这个外甥女宠爱有加，作为姨夫姨妈的封正烈夫妇，更是将女孩看作是唯一的子嗣，百般怜爱。

　　江宁兰是跟着姨妈长大的，和陈紫瑜亲如母女。两人唯一冲突点就是孩子父亲江静舟的问题。

　　宁兰一天天长大，对家族的旧日恩怨多有耳闻，女儿自然同情父亲，她曾经苦劝过姨妈："求您就原谅爸爸吧，当年遭遇危急，部队要打仗，爸爸带着我和哥哥，两个刚满半岁的孩子，他该怎么办呀？只能寄养到别处了。本来他是连我都要一起送走的，不巧我当时正发着高烧，他不放心，只能让随队的军医带我一起走。姨妈，这些事真的不能全怪爸爸！哥哥丢了，他比谁都难过呀，那是他唯一的亲生儿子呀！"

　　但是无论孩子怎样哀求，一向视她为掌上明珠的姨妈就是不松口，仍然坚持着"找回孩子才可相见"的原则。

　　宁兰一直跟着姨夫姨妈生活，每次见到父亲都像过节一般。随着孩子年龄增长，加之身体方面的因素，这几年陈紫瑜也尽量由着封正烈安排让他们父女多会面。奈何江静舟身为军人，漂泊不定，却也顾不上孩子许多。

　　这次江静舟到南京，恰逢陈紫瑜去苏州不在府邸，江静舟和女儿好好地呆了三天。宁兰记得父亲生日临近，就提出一起回上海，陪他过完生日再回南京。鉴于陈紫瑜的威仪，封正烈不敢答应，江静舟也力劝女儿不要任性，终究未带她回到上海。

　　聪慧的宁兰一心想陪父亲过这个生日，她虽然年纪小，却心思缜密。趁姨妈陈紫瑜回家后，就向她提出去上海的请求。但陈紫瑜认为刚和父亲分手的宁兰，再赶去上海做寿有点小题大做。不过，冰雪聪明的女孩却在无奈之下很快想出了一个主意。

　　她先是赌气不好好吃饭，引得陈紫瑜去她的卧室相劝，却发现女孩的床上，堆满了各式各样的洋娃娃。

　　这些娃娃都是疼爱她的爸爸、姨夫、姨妈、舅母买来送给她的，如今每个娃娃脸上都被用炭笔画上了两行黑点点图案。

　　"兰儿，这些囡囡的脸上画的都是什么呀？"

　　"是泪水啊，姨妈，洋囡囡们都在哭，姨妈您看不出来吗？"

"胡说！洋囡囡怎么会哭？它们哭什么？"

"它们很早都没了妈妈，如今在想它们的爸爸，它们和兰儿一样，好想爸爸！"宁兰说到这里，嘴一瘪，泪水像断线的珠子一般滚出了眼眶。

陈紫瑜两眼潮湿，还没说什么，一旁跟过来的封正烈已经红着眼圈连声吩咐起来："李副官呢？快，快去准备车，送兰儿去上海！"

看到一向尊重她的丈夫，如今这般固执己见不由分说的态度，陈紫瑜知道他也是被外甥女的真情所打动，触动了他这个铁血将军的一副柔肠，难得坚持做主一回，也就不好再阻拦什么了。

听了刘妈和宁兰交替的讲述，江静舟也不由得眼圈泛红。他搂着女儿，轻吻着她的头发，心里喃喃自语：你这个丫头啊，和你妈妈一样，总是那样浓情似水，就像那柔软的藤蔓，这番痴缠，让人如何挣脱？

正在父女亲昵伤感时分，就听到外边许若飞的声音响起："沁梅，你站在外面干吗，咋不进去呢？"

大家围坐在餐桌旁，江静舟、程睿、许若飞、刘妈、李副官，再加上沁梅姐妹俩，几乎没有外人。

宁兰很兴奋，从刚才父亲给她介绍沁梅开始，她就一下子爱上了这个表姐。

她其实是个在孤独中长大的女孩，虽然姨夫姨妈、舅舅舅母都给了她无微不至的关怀和爱护，父亲也有空就会来探望她，但是毕竟从小失去母爱，唯一的哥哥失散，她身边并没有骨肉相连的亲情。

宁兰天生性格柔顺，体贴他人，是个克己懂事的好孩子。陈紫瑜一直在感慨，宁兰完全继承了她妈妈青瑜的性格特征，温柔安静，随和乖巧，对任何人都不懂得去拒绝、去防范、去伤害。

陈紫瑜也曾无奈地看到，这对母女还有一脉相承的共同点——对江静舟的爱！

作为妻子的陈青瑜，当年对丈夫也是爱得死去活来，为他甘心做任何事情，甚至是奉献出自己的生命。

而作为女儿的宁兰，则对父亲依恋、爱戴，父女在一起时的亲昵劲儿让人感叹！陈紫瑜看出来女孩对父亲处处维护，时时思念的情感，虽不以为然，却也无可奈何。

孤独感性的宁兰，此刻看到一个漂亮的表姐突然出现在自己面前，那份欣喜的心情就可想而知了。

她坐在姐姐身边，一直拉住她的手不舍得放开，带着崇拜的目光看她的俏脸，不停地笑着。

"兰兰，你今天怎么这么开心啊？"坐在对面的程睿忍不住打趣她。

"大哥哥你是明知故问，我突然有姐姐了，当然要高兴死了！"宁兰得意的神情让沁梅也很感动，瞬间心热了起来。

宁兰认真看向沁梅："姐姐，我就直接叫你姐姐好吗？我不要叫表姐，也不想叫梅姐！"

沁梅笑了："当然可以啊，我也很高兴有你这样的妹妹！"

沁梅说的是真心话，她此刻脑海中浮现了弟弟宁松的形象，那个高高个子、玉树临风的少年。

她是小松的同胞妹妹，也是我的亲妹妹，我那么爱小松，也一定会同样爱宁兰！我们毕竟是同一个父亲呀！沁梅心里默默念叨着，不由得又看向了自己的父亲。

"表叔，血浓于水啊，我和宁兰血脉相连，就像是亲姐妹，对吧？"

江静舟万般感慨，几乎无语凝噎。他看着两个如花的女儿，欣慰地笑了，不住地点头："说得对！你们应该处得像亲姐妹一样！梅儿，兰儿，你们都是善良懂事的好孩子！"

警备师平日里禁酒，今晚算是特例，许若飞悄悄准备了一瓶"女儿红"，给每人倒上了一杯。

吹了蜡烛，分食了蛋糕，大家吃喝得很开心，酒过三巡，很快话题提到给父亲准备的生日礼物上，姐妹俩都在谦逊着请对方先拿出来。

宁兰究竟是孩子，憋不住，就请刘妈打开随身带的包裹，拿出一个紫色绒布盒子来，她将盖子打开，送到父亲面前，用英语说了句："Happy Birthday，Dad！"

盒子里躺着一个深褐色的打火机，周围人都会意地笑了。

沁梅有点意外，不由得用手摸摸自己的口袋，暗自感慨：看来女儿的心思都是相通的！也好，两个女儿都送打火机给自己的父亲，是巧合，也是一段佳话啊！

想到这里，沁梅都有点按捺不住也想掏出打火机了，这种不约而同撞车的礼物，会让父亲怎样开怀呢？

但见父亲仔细端详了一下小女儿的礼物，嘴边挂上温柔满足的笑意，他正想夸赞一句，却见宁兰的俏脸上露出一丝得意诡秘的笑容。江静舟是格外细致敏感的，他收住了想说的话，从盒子里取出打火机，手触之处，神情微微一愣，不过片刻，他已经明白了真相，笑着拿起了打火机，认真打量了一番，又笑指宁兰："你这个丫头，鬼灵精！"

"爸爸，您不会生气吧？不会埋怨兰儿吧？"

"难说，看你的态度了，从实招来比较好！"

"您不生气我才说！"

"你说了我肯定就不气了！"

父女二人的对话让一众人云里雾里，只有李副官和刘妈是知道内情的，都忍不住抿嘴微笑。

听了江静舟最后那句话，刘妈忍不住笑道："俗话说，知女莫若父，何况姑老爷又是那样睿智聪颖的人呐？唉，我们二小姐着实是天下最孝顺的女儿了！"说着，说着，竟然自己抹起了眼角。

这一番话众人愈发费解。只见江静舟将手中的打火机递给众人传看，传到沁梅手中，她瞬间愣住了，这竟然是一个木头雕刻的打火机！

耳边是宁兰娓娓的"招供"声："首先请爸爸原谅兰儿的不敬，有意送这样一个不能使用的假东西给您做生日礼物，兰儿是有着自己想法的：兰儿知道爸爸爱抽烟，抽得还很厉害，可是兰儿好担心呢！爸爸，您身上有太多的旧伤。我听姨夫讲到过，您在战场上好几次负伤，最严重的要数这次在缅北，头上、前胸……上次向晖伯伯去重庆看姨夫的时候，也提到了您的伤，他们怕我担心难过，都背着我讲。可我偏偏都偷偷听到了，您那次差点就……"女孩说得眼泪汪汪起来。

江静舟搂住女儿，轻轻拍她的背，笑着安慰她。

宁兰擦去泪水，继续讲述着自己的想法："我听姨夫他们讲，您应该少抽烟才对，那样才不会引起旧伤复发！于是，我就想出了这么一个办法。请姨夫身边会刻章子的殷副官帮我赶制了这个木头打火机，送给您当生日礼物。您把它带在身边，当您又想抽烟的时候，也许会无意间把它拿出来当打火机用，于是，您就会意识到，这是兰儿在叮嘱您、劝诫您——爸爸少抽烟，最好别抽烟！

"爸爸，这里还有个秘密，您知道这是什么木头吗？是沉香木！是我请姨夫托人帮我找到的。姨妈曾给我讲过一个关于沉香木的故事：沉香树树心部位被动物抓伤或者受到外伤后，会分泌带有香味的树脂，这样就开始结香，再要经历好长好长的生长期，才可以变成一块优质的沉香木……所以姨妈说，沉香木就像是珍珠一样，是经过磨难才形成的美丽和香氛，是伤口上长出最美的花朵！我在想，用这样的木头做成礼物，才格外有意义吧。"

女孩一口气说了这样的长篇大论，激动的脸微红起来，带着些许的细汗，形成桃花般粉嫩的颜色，格外好看。

江静舟将传回到自己手中的木头"打火机"紧紧攥在手心，万般感慨地对宁兰说："谢谢你，好孩子，谢谢你的礼物，爸爸会永远带在身边！"

"不行啊，您不能光带在身边，还要时刻记住它的含义才行——兰儿请爸爸少抽烟、别抽烟！"

"好好好，爸爸记住了！"

"爸爸，如果，如果有一天，兰儿不在了，不能再陪在您身边了，您也同样要记住啊！"女孩的话听来那么伤感。

"兰儿！"江静舟突然失态般大喊，"不许胡说！"他的眼中已经有泪光在闪烁。

刘妈也赶紧劝说："今天是姑老爷好日子，二小姐你可不能乱讲话！"

宁兰红着脸，听话地住了嘴。

程睿看看一旁发愣的沁梅，对她暗暗示意，许若飞也笑道："好了，宁兰给师座的礼物我们看到了，现在该沁梅献宝了！"

拿到木头"打火机"的瞬间，沁梅就已经给自己精心挑选的这份生日礼物判了"死刑"，她心底涌起一阵异样的情感潮水，有感动、羞愧、内疚、遗憾……连她自己也理不清楚。

此刻，听了许若飞的话，她瞄了父亲一眼，又看看众人，脸上飞起红晕："我，我……"

"快把你给师座的生日礼物拿出来呀，我知道你准备已久了！"许若飞又催道。

"我……我忘记……"沁梅难堪极了。

江静舟看着女儿，忙笑着为她解围："哦，小梅的礼物昨天就给我了，她专门送到我办公室了。"

"是什么呢？"程睿和许若飞都很好奇。

江静舟诡秘一笑："这个嘛，就不必告诉你们了，我们表叔、外甥女之间还不兴有点秘密了？"

他用慈爱的目光看向大女儿，语气温和平静："梅儿，你的礼物也很好，表叔非常喜欢！谢谢你，孩子！"

沁梅眼里瞬间含上了泪水，心中莫名的委屈感又起！她不敢看父亲的眼睛，将头扭向了一边。

宁兰拍手："姐姐这样漂亮，给爸爸挑的礼物，也一定好棒！爸爸等会可以给我看看吗？"

"好了，兰儿，咱们别闹了，该吃面了！"

几碗长寿面已经由勤务兵端上了桌。

看着和父亲亲昵笑在一处的宁兰，看着那个深情有爱的木头"打火机"，看到众人一片和谐的笑容，沁梅的心头突然有一种酸苦的潮水涌上。

她蓦然忆起自己的少女时代。像宁兰这般年纪，自己正孤身在德国教会学校里生活着。养父忙于工作，很少有机会来探望她，而且从五岁开始，她就知道那个照顾自己、疼爱自己的男人，并不是自己的生身父亲！

她又记起这一路走来的经历，母亲欲说还休的担心目光，小姨提及自己生父时那冰冷不屑的神色，还有这总是淡淡笼罩在自己和父亲间的隔阂之雾，虽然只是那样薄薄一层，却似乎怎么也化不开……

又是一汪伤感之泪涌上了沁梅的眼中，她咬牙忍住了，突然站起身来，对众人轻声道："我有点事情要回宿舍一下，你们慢慢吃吧，我也吃好了……"

她起身就走，在余光中，看到父亲略显惊愕和失望的神色，这种神情更加刺痛了她的心，她头也不回地冲出了餐厅。

程睿在外边追上了她："小梅，你怎么回事啊？今天可是三叔的生日，你这个当……当晚辈的……"即使周边没人，程睿说话还是很当心。

"大哥！我今天真的有点……不舒服，请你原谅！"

"不是我原谅不原谅你，是……"他的话没说完，沁梅已经跑远了。

毕竟是做女儿的心，沁梅一直在纠结着。一个多时辰过去了，她仍旧心神不定，又鬼使神差悄悄来到小餐厅，却看到那里已经空无一人。

回来路过父亲办公室，见有灯光，她不由自主走了上去。

进门就闻到一股酒味，意外地看到父亲趴在办公桌上，明显是不胜酒力的样子。许若飞在旁照顾着，用一条湿毛巾在为他擦拭着面颊。

看到沁梅，许若飞略带埋怨地盯了她一眼，叹气道："沁梅，你今天……也太伤他的心了吧？程处去送宁兰回官邸了，你先照顾一下师座，我去开车，咱们也送他回去吧。"

沁梅点点头，接过他手中的毛巾。

父女独处在这夜晚清冷的办公室里，江静舟仍在醉酒状态，满面通红，呼吸也很急促。

沁梅蹲下身去，用毛巾不断为父亲擦脸、擦手，平生第一次这样近距离照顾自己的生身父亲，她的心里既存刚才席间的悲酸忧伤，又浮起为人女的甜蜜与温馨。

"爸，对不起！今天是您的生日，我不该……"沁梅心里充满愧疚。

江静舟在意识不清的混沌状态中嘟囔着，似乎不停地说着什么。沁梅也听不懂其中的内容，不知过了多久，无意间，父亲口齿清晰的一句话飘进她的耳膜："兰儿，不许你说那样的话！你是孝顺孩子，千万别丢下爸爸！"

沁梅的泪水夺眶而出。

生日会结束的第二天，宁兰就回了南京。

沁梅每天去军统站学习，也没有再和父亲碰面。她只是听说父亲后来很自责，在程睿和许若飞面前作了检讨——作为一名特工，无论如何都不能陷身于酒醉状态。

他自嘲地表示："我都没脸见沁梅那丫头了，前两天我才义正词严地教育她，在任何时候都不能放松警惕，连做梦都要控制住自己，而我自己却……"

"其实师座他绝少有放纵自己的时候，我跟了他那么久，这是唯一一次。"许若飞向沁梅解释着。

沁梅无意识地摇摇头，如果父亲知道，他那样一句醉话被女儿听到，会是怎样一种心情？

第九章　彼岸之花

所以我要说，密码破译实在是用的巧劲，用的是智慧而非纯粹重复式计算、笨拙的数字演算……一个成功的密码破译者，一个密码破译大师，除了扎实的数学功底外，还要敢于猜，敢于想，甚至是敢于赌！

军统站密码破译办公室里，沁梅对着面前一大叠纸上密密麻麻的数字发愣。

没想到破译密码是这样一种苦差事。再难的数学题都有解题思路、解题步骤、解题方案等可循规律，而这些密码数字呢，简直是一串串、一行行的杂乱无章的小精灵在自己眼前飞舞。她已经演算了无数遍，脑子里还是一堆乱麻全无头绪。

她回头望望坐在自己旁边办公桌前的同事井媛媛，也是一副愁容莫展的神情。

"媛媛，你那里有思路了吗？"

"哪里会有啊？一点头绪都没有呢！"

"这些密码练习题，也许，根本就无解呢。哼！这个楚天舒，不会在故意整人吧？"沁梅又开始皱着小鼻子吸冷气了。

"不会吧……楚长官教得很认真，耐心解答各种问题，再说了，咱们是代表警备师来接受培训的，他没理由整咱们吧？"

"谁知道他安的什么心，哼！"沁梅鼻子里重重哼了一句，虽然她心里也未必认可自己的这份"偏见"。

她起身转了几圈，又探头到隔壁套间看了一眼，小芮在埋头写什么东西，而最里头那个房间——楚天舒的办公室门紧闭着。

她走到井媛媛面前，咬着手里的铅笔，忽然说道："有了！咱们干脆来个笨办法，实打实地演算一遍，你负责前半部分，我负责后半部分，然后咱俩再对到一起，不信不出结果！"

"啊，这样行吗？楚长官貌似最讨厌这样，他说过要使巧劲，破译密码者都是'听风者'，要善于捕风捉影，从蛛丝马迹中发现设密者的思想，让一切现出原形……"

井媛媛是个年轻的女中尉，戴着一副秀气的银丝边眼镜，镜片后的眼睛睁得好大，在认真重复着楚天舒对她们的"谆谆教诲"。

沁梅一撇嘴："你对他的话倒是奉若神明。"

"人家是长官，又是教官……"

"他是军统站的长官，又不是咱们警备师的长官！"沁梅不由分说，将一沓演算纸交到她手中，"咱们快开始吧，不然今天作业真的做不完了！"井媛媛性子随和，只好依了她。

沁梅手中笔走如飞，在演算着一个个数字习题，耳边莫名其妙回响着这两天那家伙给她们讲课时的声音。

"提起密码技术，人们常常和隐写墨水、袖珍照相机、胶片、发报机、收报机等谍报装备、技术相联系。密码技术源远流长，和人类历史上的各种军政斗争密不可分。只要人类的各个社会集团之间还存在各种破坏性对抗，密码技术就永远不会消亡。

"有人千方百计不想让人知道他跟人说了些什么，就有人偏想知道。在这一行中，密码编码和密码破译永远针锋相对。

"数学和密码学关系紧密，没有坚实的数学功底是干不了破译这一行的。所以密码界会有这种说法——现代密码学家通常也是理论数学家。而且我私下以为，密码破译领域埋葬的数学天才可能比其他领域都多！"

记得那个家伙讲到这里，竟然孩子气的搔搔头发，露出童真般的笑容。

沁梅当时就顶撞道："楚长官，你该不是在说自己吧？"

"不，不，当然不是！"那个家伙忙慌乱地辩解，脸颊绯红，两道生动的眉毛拧成了可爱的形状。

近距离和某人接触，竟发现他有时候真的有种无法言说的孩子气，很纯净羞涩的感觉，和以往自己对他的印象有所不同。

他当时怯怯瞄自己一眼的神情也很可笑，沁梅就莫名地心软了下来，不忍心继续用话呛他。

那个家伙就是机敏过人，似乎看出沁梅那微弱得几乎难以辨别出来的认同感，于是又讨好地对她笑笑，投桃报李地讲起了一个让沁梅感兴趣的话题。

"说到这里，我想起了一个人，是郭少尉很关心的人物，咱们国家知名的密码破译专家池步洲。"他的嘴角上弯，两弯细长的眼睛里溢满笑意。

"池先生简直是我的偶像啊，作为中统局机关唯一的留日学生，抗战中他回到国内，被编入总务组机密二股，专门负责侦收破译日军密电码。他成功破译了许多日军高级密码，为抗战做出了卓越的贡献，不仅委员长对他是青睐有加，而且他的才华还让美国情报高层都赞许不已，而那时的他，还是一个不到三十岁的年轻人。"

沁梅手里不停歇地演算着习题，脑海里都是那天楚天舒生动的讲述——用那种魅惑人的舒缓悠扬的男中音，还有他那张充满崇拜、敬仰微笑的生动的颜。

"他通过统计发现收到的日军密电，基本是英文字母、数字、日文的混合体，字符与字符紧密连接，多为（MY、HL、GI……）；经过进一步的统计分析，发现这样的英文双字组正好有十组，极可能代表着0-9的10个数字。根据这一发现，他做了一个大胆的猜想：他将这十组假设的数字代码使用频率最高的 MY 定为'1'，把频率最低的 GI 定为'9'……这样一份天才的猜想，让他的破译工作从'山重水复疑无路'的困境走到了'柳暗花明又一村'的佳境。所以我要说，密码破译实在是一巧破千钧，用的是智慧而非纯粹重复的笨拙的数字演算。一个成功的密码破译者，一位密码破译大师，除了扎实的数学功底外，还要敢于猜，敢于想，甚至是敢于赌！"

想到这里，沁梅不由得停下了手中的笔，有点犹疑的样子。片刻，她歪着头想了想，又潇洒一甩头："没办法，谁让我们不是成功的密码破译者，更不是大师呢……"

不一会，两人的演算纸就小山般堆积起来，桌子、凳子都不够用了。沁梅想出法子，将两人的办公桌拼到一起，将资料分门别类地一字排开，再将演算稿纸从桌上、椅子上，一直铺到了地下。

所以等楚天舒从外边进来，途经她们办公室时，就看到这样蔚为壮观的情景：桌子上、椅子上、地上，铺满了资料、本子、书籍、笔、尺子和各色演算纸。

两个年轻姑娘更是形色狼狈、疲惫不堪：井媛媛的头发蓬乱着，眼镜半挂在鼻梁上，军装领子都歪斜着；沁梅更是夸张，军装上衣被脱了扔在一边，军衬衣的袖子高高挽起，一副摩拳擦掌的模样；原本黑瀑布般的齐刘海被汗水"冲刷"成乱草样，脸色绯红，小小的圆鼻头上挂满晶亮的汗珠。

楚天舒进门瞬间，已知端底。此刻他忍住笑，在屋里巡视了一番，又故意仔细夸张地看看两人，点头："原来真的是我这两个刻苦努力的学生啊？我还以为自己进错了门呢！"

"楚长官，您在说什么？"井媛媛一脸天真的不解。

楚天舒倒是满脸认真状："这哪里还是军统电讯科破译室，分明是城隍庙啊？"

沁梅知道这家伙又没好话，就鼓着眼看他，并不接话。

"城隍庙？"井媛媛不解其故。

"难道不是？"楚天舒神色如常，丝毫看不出是在调侃，"这一堆堆、一摊摊的，不像是在摆摊设点吗？你们不像是城隍庙里杂货店的伙计吗？"

井媛媛和沁梅的脸都红了，不同的是，前者羞愧地低了头，后者却偷偷白了那家伙一眼。

楚天舒貌似统统没看到的神情，转身进了里间。

"我们该怎么办？要不要先收起来？楚长官一向强调办公室整洁的。"井媛媛怯生生地问沁梅。

"用不着！我估计就快结束了，破解之门正向咱们缓缓打开！"沁梅看看腕上的表，"今天中午不吃饭了，一定把这几步算完！我还不信了？我发誓……"

"你不用急着发誓！如此这般让人同情地勤学苦算下去，到明天中午时分，也得不出任何结果！"一个悠扬洒脱的声音打断了她的话，却原来那家伙没走远，楚天舒从里间探身出来，对两人揶揄笑着。

"啊？"井媛媛很沮丧。

"那就没办法了！这个错在你，并不在我们！"沁梅依旧斗志昂扬地喊道。

那家伙果然绷不住，又踱步进来："愿闻其详。"

沁梅振振有词："你是留美博士、数学专家，技高一筹，才学八斗，而我们不过是初中水平的低级学步者，这如何是对等的关系？你设密，我们解密，几乎是地球到月亮距离的差距呢！"

她盯着高傲的教官，眼也不眨地倔强抵抗："何况，术业有专攻，我郭沁梅毫不讳言，自己就是个数学盲！当学生时，数学对我来说，就是一只拦路虎。你讲过，没有坚实的数学功底干不了破译这一行，我实在是在勉力为之！"

"哦，那么郭少尉'专攻的术业'又是什么呢？"楚天舒习惯性挑眉，顽皮一笑。

"文学！具体说吧，我喜欢诗词曲赋，尤其是中国古典诗词。"

"明白了，如果用古典诗词来编制一些密码题，郭少尉就会如鱼得水，迎刃而解了？"

"倒也不敢任意吹嘘，不过，肯定强于这些令人头疼的数学谜题！"

楚天舒笑了："好建议，我可以试一试！不过估计是难以学以致用。你总不能今后要求对手方，也就是我们的敌人都按你的胃口来设置密码吧？"

他诙谐的话让井媛媛捂嘴笑了起来，沁梅却心有不甘，正想再次反驳他，却见程睿突然走了进来。

他先笑着招呼了楚天舒，又笑看沁梅："小梅，我来请你陪我上街一趟。这两天有人去南京，师座想买些衣料带给宁兰做衣服，我想你们女孩子品味重要，还是请你帮助挑。"

沁梅机敏过人，她知道程睿此来必有任务，心里明白，嘴里还是要说些闲话才显自然："大哥你应该请齐芳姐姐陪你去才是啊？她也是女孩子。"

程睿笑说："我才去了二叔那里，齐芳在忙呢。我就顺势给二叔说了，帮你请个假，二叔说让我和楚总说一句就好。"

楚天舒忙谦逊："程处言过了，站长同意就行。"他又笑看沁梅："这个估计更是郭少尉的强项呢？"

"不错！逛街压马路，买吃买喝我最在行！这件事有趣得很，比坐在这里破译那些讨厌的烂密码强百倍！"沁梅知道他话带讥讽之意，匆忙回击一句，任务在身，无暇顾它，且放这个可恶的军统少校一马就是了。

她上前挽住程睿："大哥咱们快走吧！"她几乎是笑拉着程睿跑开了。

回宿舍换了一身便装，沁梅上了程睿的车，看到他拿出一支钢笔，表情是异常严肃道："这次是咱们小组第一次和贞德同志联系，传递一份重要情报——有关国民党高层对重庆谈判的看法和真实意图分析，是水鸟同志才传出来的。我已经按照和贞德同志的特殊约定方式，在《申报》登出了寻人启事，咱们只要在今晚七点前将情报送到指定地点就好。"

沁梅认真地点头。

程睿继续传达着精神："在新密码启用前，我们和老家的联系只能通过贞德同志，尤其是这种绝密情报。云表哥有指示，鉴于和贞德同志联系的特殊性，从他的安全考虑，此次任务用你、我这个组合比较好，正大光明地以义兄妹身份完成；我和齐芳的恋人组合暂停，毕竟要顾及二叔那一方的猜忌问题。"

"不错，我养父他本身就疑心很重，况且如今添上楚大公子这样一个长鼻犬……哼，不能不防！"沁梅也计较着，她接过笔，放到随身带的包中，程睿发动了车。

两人在霞飞路和南京路上逛了几家商场，买了几块衣料。沁梅又挑了身男士睡衣，请他带给父亲。

"这是补生日礼物吗？"

沁梅咬唇不答。

程睿摇头："其实那天我们都看出来了，说你提前给他送了礼物——分明是师座在替你打掩护呢。小梅，当哥哥的要劝你一句，别任意怀疑三叔对你的那份心！在他那里，你和宁兰是一样的，绝对不差毫分！而且，你也千万别嫉妒宁兰，那是个单纯善良得都不知道嫉妒为何物的女孩。真的，有些事你以后就明白了。"

程睿边开车边絮叨着，沁梅望着车外，掩饰着自己的不安和伤感。

两人来到沪西公园，沁梅手里举着袋话梅边走边啃，程睿帮她拎着包，一副兄妹俩逛公园的情致。

来到湖边的湿地上，泥土松软，沁梅脚上的白色高跟鞋陷入泥中，程睿忙上前搀扶住她，两人都哈哈笑了起来。

似乎是玩累了，两人坐到湖边的石凳上，边聊天边欣赏着湖景，一把阳伞遮住了阳光，也遮住了周围的视线，不知不觉中，沁梅已经将那只钢笔藏到指定的石凳下方缝隙中。

他们磨蹭到天色渐黑才离开公园，又在街上的一家餐馆吃了晚饭，程睿才将沁梅送回军统站。因为在这里学习的缘故，胡文轩安排了一间宿舍供沁梅住，她一般很少回警备师。

和程睿分手，沁梅带着完成任务的喜悦心情没有马上回宿舍，她来到办公室，准备将上午没完成的密码题拿回宿舍再思考一下。

"哼！绝不能让那个高傲狂妄的家伙小瞧我！我就解了这个破密码题，让那小子看看我这个女八路也不是吃素的！"

她暗自嘀咕着，来到办公室。作为站长养女的特权，临时在这里学习的她也有一把办公室钥匙。

办公楼里漆黑一片，除了一楼的值班人员外，三楼空无一人，沁梅打开外间的灯光，将密码题放到包里，正想离开，突然看到里面套间门开着，她不由自主走上前去。

随手打开里间的电灯，平日里小芮的座位自然空无一人，奇怪的是，最里面的房间，那个挂着总破译师牌子的房间竟然也半开着。

"有点不对呀？"沁梅暗自嘀咕，"楚天舒是个很严谨的人，如果不在，门总是紧锁的，怎么今天？"

到处没有灯，他一定不在里面，可是……

沁梅突然产生一个念头，很想进去看看。虽然这几天她进过这个办公室，但是都是他在的时候，而且出于自己对他的不屑态度，当着他的面，也没好意思认真查看这间办公室，那么今天，岂不是一个绝好的机会？

进入这间屋子，沁梅可没开灯。她明白这间房间的窗户向着外边院里，一开灯容易招惹人注意，好在外边这间没窗户的套间灯光够亮，可以借光浏览一下这个办公室。

一张宽大的办公桌，几个临墙站立的书柜，一个不小的保险柜，就是这间近二十平房间的主要摆设。

保险柜自然打不开，书柜毫无稀奇之处，沁梅略去不看，她的注意力在办公桌上。

这个大办公桌上东西整齐有序，各种文件都码放得整整齐齐，显示出主人的良好习惯素养。

沁梅翻了上面几页，都是军统局内部公开的通报之类的，毫无情报价值，想来这个狡猾的家伙也不会把绝密的东西放在这明面上。

自己原不为情报而来！那为了什么呢？是纯粹的好奇心吗？是想偷偷审视一下这个危险的敌人的日常办公处吗？沁梅自己也说不清楚。

倒是一副随意看看的表情。

桌子上有架飞机模型，模型旁放着一个大铁盒，打开看看，里面是花花绿绿的糖果样东西，包装纸上写着外文字母，沁梅恍然大悟，这一定就是上次在审讯室外碰到那个家伙时，他嘴里不停嚼着的东西——口香糖了。

又回手拿起那架飞机模型，总觉得这东西放在这里，位置很重要的样子，其中有什么玄机呢？沁梅仔细端详着飞机，发现机身上好像有字母数字字样，她凑着外间的余光，正想好好辨认一下，身后蓦然响起那个醇厚低沉的男声："不开灯能看清吗？眼睛不怕坏掉？"

沁梅心头一惊，差点失手将飞机模型摔在桌上。慌张间她放好模型，回身看到，却见楚天舒一身便装站在自己身后的门边。

"你干什么呀？一点声音都没有？像个……魂儿似的就突然出现在人家背后？吓死人不用偿命吗？"

她原本想用"像个鬼样"这种词，不过想到毕竟是自己偷闯人家办公室，心里发虚，就灵机一动，将即将脱口而出的"鬼"字换成了"魂"，也算是客气了。但是强词夺理的一贯精神不变，这是先发制人的好招数，是屡战屡胜的法宝，而且是贴上

"沁梅专属"标签的。

那人果然无奈。

楚天舒顺手打开了手旁墙壁上的开关，房间一下亮堂起来。他首先来到办公桌前，拿起飞机模型检查了一番，确认毫发未伤，才暗暗吁了口气。转身讨伐的气势却明显不足，那语气听上去倒像是哀叹加无语：

"郭少尉，郭同学，你能心平气和地讲一次道理吗？我像魂儿？明明是你魂不守舍、惊魂未定才对！也是啊，大晚上地跑到自己老师的办公室里，东瞧西看的？这学生当的……倒怪我吓了你一跳？"

"谁让你不关门的？我……我是好心想检查一下，准备帮你关上的！却不料？哼！好人果然难当！这学生和老师理论，能占到什么便宜嘛？何况还是你这位大博士老师……"沁梅却一贯是无理抢三分的劲头。

她摆着脑袋说着，身上穿的白色洋装领口的绣花花边也随之晃动几下，很是生动的样子。

楚天舒却毫无怜香惜玉、欣赏美人的神情，他边无奈地笑着，边打量着沁梅，从头到脚，然后公然嗤地一笑。

沁梅也在回看他，一身黑色皮夹克，藏蓝色的马裤，长筒马靴，白衬衣领子亮白在领口——该人也是一副从外边游逛回来的形象。

听到这声分明是"不怀好意"的笑，沁梅又用质问的眼光逼视住他。

这人果然机敏，忙解释着自己那声嗤笑的由头："你逛街逛到野地里去了吗？"

"什么意思？"沁梅一仰头。

那人不回答，只是笑着努嘴示意沁梅脚下。

洋装裙子下露出的这双白色高跟鞋沾满了新鲜泥土，在灯光照射下，显得格外狼狈且引人注目。

一定是刚才在公园中湖边沾上的！还未来得及掩饰几句，却听到那种舒缓悠扬的男中音又起，语气充满调侃揶揄之意：

"我倒奇怪了？派克弄到静安寺路……哦，不对，光复后，那里就改名南京东路与南京西路了。整洁光鲜的大马路，也会让郭少尉逛了一脚泥吗？真有点不可思议！"他竟然还夸张地摇摇头。

沁梅冷冷一笑："有啥不可思议的？压完马路我还拉我大哥逛公园去了？怎么了？不许吗？还需要格外请示吗？"

"哦，就是一句玩笑话哈，郭少尉又激动了？别那样敏感啊，兄妹去逛逛公园，在湖边走走什么的，很正常啊？"

"湖边走走"一句让那沁梅心里猛跳了一下，面上却已经可以做到水波不惊。

她若无其事地反唇相讥："我看楚长官衣着光鲜亮丽，也不是下午待在办公室的样子吧？又去哪里快活了？舞场？商店？还是……冰淇淋店呢？"

"冰淇淋店？"楚天舒扬眉不解。

"时间不早了，我该回宿舍了。等着长官您明天的新题目哈！那个诗词曲赋的新创意？"

沁梅挥挥手，潇洒地走了。

第二天一早，胡文轩来到办公室，于德飚已经等他很久了。

他将手中的一沓资料恭敬地递给上司，垂首侍立一旁。

"有何疑点吗？"胡文轩随手翻阅着资料，头未抬。

"目前看不出来……很合理的生活轨迹。每一段都按照您的叮嘱，有三个以上人的证词，没什么不妥的地方，只是……"

"嗯？"胡文轩抬眼盯他。

于德飚说得有些迟疑："那个邹惜韵一家光复后迁居美国了，没找到供词，不过邻居和同事那里调查的结果，和小姐说得完全吻合。所以，属下认为倒算不得什么疑点吧？"

"我说过一定会有疑点吗？"胡文轩平静地看他，"理清摆顺我们周边人的过往经历，是一件很必要的事情，无论对谁！"

"是，老板！还有一件事情要向您禀报。"于德飚竟然挂上困惑不解的神情来，"一件很奇怪的事情，今早接到总部的电话，让咱们上报齐芳上尉的所有资料，并注明要事无巨细，越详细越好。"

这话让胡文轩也疑惑："说明原因了吗？"

"就是没原因，才说奇怪。"于德飚很想不通的样子，"还有更奇怪的事呢，紧接着下午又接到一个电话，说是让直接将齐秘书的资料上报到戴老板办公室。"

胡文轩更加困惑了，想了又想，又如何想得明白？他随即甩甩头："既然这样，就按规矩要求尽快上报吧！"

"是！"

"你去通知天舒，按计划出发。"

这边办公室里，沁梅和井媛媛在认真看楚天舒给她们的密码破译资料，沁梅习惯性地咬着铅笔思索。

只见楚天舒从里面办公室出来，换了一身便装，手里拎着个文件夹。

他走到沁梅面前，将一卷纸递给她。

"这是什么？"

"配合你的'专攻术业'编制的密码，请郭少尉发挥一下特长吧！"

他笑看了眼女孩，接着提醒："铅笔含铅，铅中毒表现为脑子痴呆，改掉你的坏习惯吧！再说了，破密码是用脑子，啃笔头毫无意义吧？不开动脑筋，咬烂笔头也无济于事。"

"我愿意……"沁梅习惯性顶他一句，不过这次声音很低，近乎自我嘟囔。

那家伙一副得逞的模样，带着"师长辈慈祥之微笑"对两个女孩道："有任务。你们先自习，有问题一定记录下来，我回来讲解。"

井媛媛现出标准的军人姿态，忙起身答道："是，少校！"

沁梅没起身，只是点了点头。

楚天舒笑着对井媛媛挥了挥手，示意她坐下，又盯了沁梅一眼，笑着走了。

等到那家伙背影消失了，沁梅才展开刚才他递给自己的那卷纸，看到是两指宽度的一卷纸条，上面乱七八糟写了一些诸如：遥、乐、星、流、晦、盈等汉字。

"乱七八糟的，都是些什么呀？"

井媛媛也凑过来看，两人完全不得其解。小芮也来凑热闹，看了也直摇头。

"这个是专供沁梅来解的密码，我们是更不行了！"井媛媛不管沁梅思索着纸卷内容，拉住小芮说起楚天舒来，"刚才楚长官换了身西服，我觉得好帅，比他穿军装还好看！很清瘦斯文的样样。"

"人家是留过洋的嘛，当然与众不同些。"

"可是上次沁梅同我说，他前几天亲手参与犯人审讯……还死了人？我怎么不大相信呢？这样儒雅的人……"

"参与犯人审讯是很正常的事情，老板吩咐，焉得不遵？不过谁说他亲手……犯人啦？他毕竟和于处长那些人是不同的！"小芮有点不以为然。

井媛媛对她向沁梅努努嘴。

沁梅正在仔细研究那个纸卷，此刻抬头接语："耳听为虚，眼见为实！上次他从审讯室出来，自己都承认了的。"

小芮望着她诧异："他承认了什么？"

"他说他手不干净，因为刚才动了犯人！"

"哦，嗨！"小芮偏头想了一下，释然一笑，"你是误会在这里啦？"

她认真看着面前两人，为她崇拜的上司洗脱着这天大的"冤情"："那天审那个共党女报务员，于处长手下人是蛮干，明明看那女的都被折磨得奄奄一息了，还给她上电刑！眼看人就不行了，我们楚总忙上前给她做心脏按压，那是他在美国学到过的一项技能……可惜抢救了一阵，还是无济于事。这些都是于处手下的兄弟告诉我的。"

原来真相是这样的吗？

沁梅心里有疑惑也有不安，她看小芮说话的样子很认真，不像是撒谎的样子，就也不答话，借着考虑这个新密码题掩饰了自己的复杂心态。

院子里停着的一辆黑色轿车，楚天舒来到车前，看到胡文轩已经坐在副驾驶位置上。

他随着于德飚上了后排座位，于德飚拿出一个黑色眼罩来：

"楚总，不好意思……"

"没什么，按规矩办。"

楚天舒理解地点点头，很配合地由他为自己戴上眼罩，心里却不由好笑："如果我愿意，这个东西如何能瞒得过我的一切判断呢？"

车子开了四十来分钟，停在了一个院子里，楚天舒去掉眼罩，随胡文轩走下车，看到一栋白色的小洋楼，掩映在一片灌木丛中。

于德飚坐回车里等候，胡文轩带着楚天舒走进小楼，一阵钢琴声从楼上传出，一个老妈子模样的老年妇女迎了过来。

"她在做什么呢？"

"一大早就开始弹琴呢，直到现在。"老妈子恭敬答道。

胡文轩点头，示意楚天舒在楼下客厅沙发上等候，自己先上楼去。

胡文轩带楚天舒来见的这个神秘人物，正是被他隐藏起来的虞水蓉。

有关虞水蓉的安置和后续身份问题，一直是困扰胡文轩的一个难题，自从上次舞会他和江静舟较量之后，他逐渐明晰了自己的计划和打算。

事有凑巧，楚天舒最近关于工作上的一个请示，让他竟然瞬间拥有了一个比较完美的计划。

这首先要从当时的时局说起。

抗战光复以来，面对全国各收复区不下四万亿元的日伪产业，国民党政府派出大批军政官员前往接收，一时间各种接收机关林立，仅平、津、沪、杭四地就有此类机关一百七十多个。

这些接收大员们趁机大肆营私舞弊，贪污盗窃，纷纷"五子登科"：占房子、抢车子、夺金子、捞票子、玩婊子。

军统上海站一直主要负责清查上海地区的日伪逆产的工作。上海滩鱼龙混杂，当年有不少大汉奸在这个十里洋场购置了房产、商铺等。赶上光复后这个清查潮流，军统局更是大发其财，戴笠指示胡文轩要抓住这个时机，抓几条大鱼，痛下狠手，收缴逆产充实军统财库，似乎是顺理成章的一件事。

但是这些逆产的界定却不是一件容易的事情，一些业主的复杂背景也经常会带来很大的麻烦。前不久发生的"玫瑰别墅"一案，就让胡文轩触了霉头。

沪上著名的玫瑰别墅，是立法院院长孙科的二夫人蓝妮的私产，因为涉及伪产清查，被封了一段时期。却不料蓝夫人哭诉于孙科，孙科又致电委员长，结果是戴老板遭受到上司的一顿训斥，并勒令即刻将别墅归还蓝家。

戴局长从上司那里领受的怒火，自然会发泄到胡文轩等人的身上。具体到办事的胡文轩，却不能不注意这个"前车之鉴"。他认为以后行事一定要证据确凿，以免造成被动局面。

楚天舒一直从事破译的过往日伪政客商人交流来往的密电，就成为取得这些证据的一个重要途径。

这些密电由于密级较高，在战时紧张的时期，很多未曾破译出来，成为一些疑案封存了。如今，由楚天舒负责成立破译小组，专门解密这些旧时密电，也是戴局长所亲自过问和关心的一件事情。作为上海站站长的胡文轩，更是以自己的主要政绩而予以一向的高度重视。

楚天舒曾请示他，鉴于自己近来破译密电中，出现的一些无法解决的细节问题，希望能有一个了解日伪机构组织关系和内情，并且精通日文的人，来协助自己的工作。胡文轩自然马上想到了刚刚被自己解救出狱的虞水蓉。

作为曾经的中统局女谍虞水蓉，在日本接受过几年技能培训，后又在驻沪日本间谍机关就职过，无疑是契合楚天舒要求的最佳人选。

还有最为胡文轩看重的一点是，目前虞水蓉十分需要一个合适的身份重现于人前，如果这个位置还是在自己身边，自己可控的范围内，岂不是更加顺心如意的一件事情？

他自然清楚虞水蓉的工作能力和日语水平，如果她能在正在进行的这项工作中有所建树，那么其身份的转换，就是格外合情合理的一件事情。

考虑至此的胡文轩满心得意，兴奋莫名。他急于带着楚天舒来和她会面，就是想将这个自然而然的踏板，铺到虞水蓉的脚下，将她从漂泊的船上过渡到彼岸。

是的，没有条件，创造条件，也要让这种完美转体计划得以实现。他直觉虞水蓉是楚天舒这项工作的合适参与伙伴。

胡文轩之所以会信心满满地筹措这个计划，还来自于他感受到的，虞水蓉对他态度的转变。

这次将虞水蓉从监狱中接出，胡文轩惊喜地发现，她对自己以往的那种抵触情绪淡化了许多。也许，从虞水蓉到柳芊倩，她已经经历了脱胎换骨的人生巨变，心态也逐渐有所变化。随着年龄的增长，一些事情的发生，使虞水蓉已经看清楚了一些真相和事实。不管怎样，胡文轩都认为，如今的他，更有条件和魅力重新获得这个孤高傲世的女子的认可和接纳。

经过上次舞会和江静舟针锋相对的那一番谈话，他发现，在谈到虞水蓉的问题时，那个跋扈狂狷的少壮派人物，第一次表现出了以往没有的犹疑和愧疚。胡文轩心底暗自得意：时过境迁，江致远，如今的我，貌似更有条件来战胜你，超越你，全身心地拥有这个女人。

他曾经和虞水蓉试着交谈过了几次，也隐隐约约地透露了自己想让她合理变身的一些计划，她没有明确答复，不过他从她的态度上感知，她已经有点心动的意思。也许，万事俱备，就差一个合理而自然的契机。今天，他为她带来了他的电讯宝贝，风度翩翩的楚大博士，就是在给她一个最恰当不过的转换机会。

此刻，出于尊重和慎重，他让楚天舒等在楼下，他要先上去，将自己的详细计划再次告知虞水蓉，并且说明白楚天舒的身份和他正在从事的工作。他相信，对于自己这个完美计划，虞水蓉是没有理由反对的，可以从某些意义上，理解为是抗日工作的一个收尾扫底行动。

半个钟头后，老妈子来请楚天舒："这位先生，请上楼吧。"

楚天舒上得楼来，看到二楼正对面的小客厅中，坐着胡文轩和一个陌生女人。

"来，天舒，我给你们介绍一下，这位是柳芊倩女士，曾是中统局高级特工，为抗战做出过特殊贡献；芊倩，这位是楚天舒少校，是从美国回来的电讯、数学双料博士，目前是我们上海站的总破译师，是我们的后起之秀，也逐渐成为中流砥柱哈！"

两人客气地相互致意，和胡文轩一起坐在沙发上。

坐下后细打量，楚天舒还是为眼前这个女人的绝色容颜暗暗惊叹。

这明显已经是个过了花季的女子，但是她的美却仍然那样惊心动魄，令近观者叹为观止。

她身着一件深宝蓝色旗袍，凸显出象牙般白色的肤色；头发向后直梳着，在脑后松松挽起一个发髻，使她的面庞完全显露出来，典型的中国仕女的鹅蛋脸型，圆润中有着灵透的轮廓，肤如凝脂，发若漆点，柳眉轻颦，杏眼微醺，挺直的鼻梁如雕塑般深刻，微微抿起的嘴角带有了然一切的自如。

岁月雕刻了时光，也没放过美女。她的额头已经不像少女那样光洁明亮，她的眼睛，也不似少女的秋波剪瞳，她的眼角，已经开始有了岁月的痕迹，她的身材稍显瘦削，她的面色失于苍白……可是，在接触她的瞬间，却能让周遭的人瞬间感受到一种独特的气场；她的周身未带任何珠玉饰品，却自然有着一种隔世的贵族气度。

她像月亮一样散发出莹莹的光泽，有一种冷艳，但是绝不寒冷逼人，她像一支孤荷，遗世独立，带着与生俱来的淡淡哀愁。面对着她，你可以不必想像她正当华年时的风采，而会自然而然地认为，她每个年华都会散发出异于常人的美丽和韵味。

作为世家子弟，楚天舒见惯了名媛淑女，大家闺秀，他的身边从来就不缺乏优秀完美、夺人眼光的女人。他的大嫂，曾经是金陵女子大学的校花；他的几个姐姐，也曾因为过人的品貌，其玉照频频出现在《良友》等时尚杂志上。可是如今面对着这样的女子，这份摄人心魄之美还是让身为异性的他心底暗暗赞叹："天生尤物，颠倒众生，世上还真有这样的绝色女子。"

虞水蓉静静听着胡文轩关于楚天舒的专业介绍，带着温暖的微笑望着他，让楚天舒又感到一种来自异性长辈的温情。

这真是一个有着独特魅力的女子！

虞水蓉静静听完楚天舒关于密码破译问题的解释，带着一贯的文静笑容，看着这个年轻的少校："我对于破译密码完全是外行，不知道在哪些地方可以帮到你呢？"

楚天舒接受胡文轩任务时，知道此行的目的，自然是有备而来，他从随身带着的文件夹中，取出一叠文稿。

他抽出其中一页，对虞水蓉解释着："其实，我想向您请教的，就是一些关于特定日语词语翻译的问题，一些中、日文语言的差异，或者，也许是某些特定的代号，特殊的指向，毕竟，作为密电的用词，是有些玄机的，必然有背景的人才可以领会到。"

他笑笑："我的专业语言是英语和法语，关于日语，几乎是业余水平，我的一个姐夫是驻日外交官，我的日语是和他学的，如今单从日常翻译讲，是可以胜任的，但是涉及刚才所说的密码用词，就很不够用了！"

虞水蓉点头，示意他举例说明，如何让她参与到这个破译工作上来。

楚天舒谦逊地说："我先讲一个简单的例子吧，关于中文和日语很多字写法相同，但是意思是很不一样的，例如'切手'这个词，日语的意思是邮票，和中文字面看到的意思无疑相差很远。"

说到这里，他有点羞涩地看看虞水蓉，轻轻一笑："既然对着您这样一个优雅的女士，我们不妨用花卉来举例探讨一番吧。比如说，我们中国人说的迎春花，在日语中的表达，就很有意思的……"

他静静地望着虞水蓉，似乎在等待着她的应和。

"黄梅の花。"虞水蓉缓缓接口道，"的确，二者的意思是大相径庭啊。在我们眼中，是初春怒发第一支的迎春花；在他们那里，变成了黄梅开出的花。"

楚天舒会心地笑了，年轻的脸上写满温润和惬意："您感觉到了吧，这种两国文化的差异是很有趣的。可是，如果折射到我们密码破译方面，就会带来很多困惑，这种词是否还包含着特定指示的意思呢？这实在是比两国文字差异更加令人困惑的事情啊！"

他貌似无意间又抽出一份文件来："还有一种非常神秘的彼岸花，不知道您是否曾听到过它的芳名？"

"彼岸花？"虞水蓉面容平静无波，但是那双秀丽的大眼睛里瞬间闪过一丝奇异的光泽，却未逃过眼前这位年轻人的眼睛。他捕捉到那道光亮，他要马上抓住它！

"对，彼岸花！这个词汇会经常出现在一些无法译出的密电中。"楚天舒看向胡文轩，后者也是一番关切倾听的神情。

楚天舒轻松一笑："有关这个花卉，我专门查过资料，这实在是一种神秘奇妙的花，而且带有日本文化特有的色彩！"

"愿闻其详，天舒不妨讲讲！"胡文轩看着他，又看看那虞水蓉，她也是微微点头的模样。

"是。"楚天舒开始娓娓道来，虞水蓉第一次发现眼前这个少校不仅有着一种好嗓音，而且口齿清晰，语言组织能力极强。"彼岸花，中文的名称叫石蒜，是一种丛生在田埂、堤坝上的多年生草本植物，秋分时节长叶前盛开鲜艳的红花。它本身有毒，但可做中草药。它之所以在日本受到广泛关注，是因为它的神秘感——它是在日本人上坟时节开放的一种花，因此被认为是生长在三途河边的接引之花，可以引领逝者的灵魂到达彼岸。它的花香有魔力，能唤起死者生前的记忆。在日本，它又被称为地狱花，幽灵花。"

"这样一种花……"胡文轩沉思着。

虞水蓉一脸平静，看不出她有丝毫的情绪波动。即使心中翻江倒海，情潮翻滚，面容上却古井微澜，水波不兴。这是她多年特工生涯形成的过人本领。

外表柔弱似水，内心雄浑如山，她生来就该是一位天然卓越的特工人员。

那舒缓悠扬、不紧不慢徐徐道来的男中音魅惑依旧："其实啊，后来我偶翻资料，才惊奇地发现，这个彼岸花还有一个很好听的名字，叫曼珠沙华。"

"曼珠沙华，彼岸花……"胡、虞二人都在默默自念。

"对，曼珠沙华，就是彼岸花！它原本有两种颜色，一种火红，被誉为'火照之路'；另外一种，更加神秘冷艳，是白色的曼珠沙华，原意为天上之花，又被称作白色的莲花。"

这句"白色的莲花"一出口，胡、虞二人都是心下一惊！

"天舒！"胡文轩忍不住叫出声来，吓了楚天舒一跳，他回望虞水蓉，见女人倒是格外镇定，用纤指轻轻将散落颊侧的一缕秀发笼到耳后，不露声色间掩饰了自己的异样神色。

"哦，天舒啊！有关这个彼岸花，你说得很清楚了。我在想……呃，是否是咱们敏感了？你也说过，它有着日本民族特有的文化色彩，也许是一种习惯用语，无意识的符号……需要一直纠结于此么？"

"可是站长，它确实经常性地出现在很多未破译出的密电中，我怀疑它是否有着特殊的含义，抑或是一种日谍机构特指的代码？"

"好了，天舒，来日方长，柳女士若答应到你那里工作，你自可慢慢向她请教不迟。还有别的问题吗？"胡文轩看看腕表，又仔细分辨虞水蓉的神色。

却见这个安静高贵的女人微微一笑，嘴角形成一道优雅的弧线："探讨问题，原该锲而不舍，言无不尽才对。少校，请继续你的话题。"她丝毫没有在意和理会胡文轩的那份特殊的关切体贴。

楚天舒却不能不在乎上司的神情，他腼腆一笑："也没太多别的内容了，大概就这些。"

他挠挠头，貌似无意间加了句："对了，最后一点，就是关于这个白色彼岸花的花语问题——即此花所代表的含义，在中国和日本，也是不相同的。"

他的口齿格外清晰，有孩童背书般的虔诚："在日本，它代表着悲伤回忆；在我国，它代表着优美纯洁。"

三人陷入短暂的沉默中去。

胡文轩咀嚼着"优美纯洁"四个字，心底唏嘘感叹，不能自已。

虞水蓉的眼光变得迷离而深远，她喃喃自语："白色彼岸花，白色的曼珠沙华，白色的莲花……"

她绽放了一丝灿烂绚烂的笑容，对着胡文轩，也对着楚天舒，柔美的声音像是天籁之音般飘入了胡文轩的耳膜："我想……我的日语知识，和在日谍机关的几年经历，不该轻易浪费掉，对于我的祖国，它还有着未完的价值。"

她认真看着胡文轩："清查伪产的事情，我也多少听说了，我的一些皮毛知识，也许可以帮到眼前这位少校。无论如何，我可以试试接触这些神秘的密电……"

"阿莲！"胡文轩激动之至呼出的一声昵称，让当事的这两人都满面通红。

胡文轩瞟了一眼楚天舒，也不管他是否听出了什么，只是激动地表示着自己的赞叹之意："柳……柳女士，我代表军统局，欢迎你的加入！感谢你……能加入我们这里来，用自己的才学和忠诚……再次为党国效力！"

"是的，站长说得很对。感谢您，柳女士！"楚天舒也是一副激动兴奋模样，"有您相助，天舒荣幸莫名！"

他带着孩子般虔诚的口吻道："柳女士，这里还有几个小问题，我实在是忍不住，想尽快向您请教，虽然……"

他翻翻手中的文件夹，又看看胡文轩，不好意思地一笑："我貌似有点太心急了。"

"等等，少校，"虞水蓉安静地对他笑笑，又回望胡文轩一眼，"可不可以给我要一杯咖啡？哦，对了，也应该给这位少校来上一杯呢。"

已经记不清有多久未见过虞水蓉有这样明快的笑容了，何况这般对自己的温言相求？胡文轩觉得此刻就是让他死去，都心甘情愿了。

他激动得有些语无伦次起来："阿莲，你？我马上就去叫刘妈给你煮……哦，不，我知道你爱喝什么口味的，我亲自去为你煮！"

他蓦然记起青葱的少年时代，在他的百般请求下，这位冷傲倔强的虞美人才会偶尔赏脸一回，去他家的后花园，坐在午后的葡萄架下，喝一次他亲手为她煮的咖啡。

此刻的他，心都瞬间变得年轻轻盈起来，他几乎是哼着歌子，飘下了二楼。

"站长如此高兴，我还是第一回看到啊！"楚天舒笑着感慨。

虞水蓉清浅一笑："好了，我们继续我们的话题吧，天舒少校。"

胡文轩趁着亲手煮咖啡的时间，向刘妈仔细打听虞水蓉近来的情绪和状况。

"柳小姐她很安逸的样子，吃饭、睡觉、弹琴、看书，一切都很平静安详。她问过您什么时候会来，说是要准备一些咖啡豆，她说您爱自己煮咖啡喝，不习惯喝速溶咖啡，那个味道不地道……"

刘妈是他从浙江老家带出来的老家人，自然是很忠诚可靠的，她一向看视胡文轩如晚辈，絮絮叨叨地回答着他。

胡文轩有点陶醉，更有点心酸。这个叫虞水蓉的女人，心中还是有一方角落是藏有自己的，不是吗？他默默祈祷着，他相信，一定是自己的诚心感动了上帝，将这个毕生挚爱的女人，又一次送回到自己身边。

三个人喝着咖啡，度过了一个悠闲的下午，当胡文轩带着楚天舒准备告别时，已经接近晚饭时分。

他让楚天舒先到楼下车里去等他。望着虞水蓉，欲言又止。

虞水蓉没有说话，但是望向他的目光是平和而宁静的，似乎等待着他说出自己想说出的一些话。

"呃，阿莲！你永远不会明白，今天下午对我的意义所在。什么叫重生？阿莲你明白吗？"

"文轩，每个人都渴望重生，可是重生的意义对每个人却不同。让时间证明一切，不要相信任何表象，你听到的、看到的、理解到的，就一定如你想象般真实吗？"

"我不管！千万遍的拒绝和冷漠，也浇不灭我心头的火焰！初恋的火焰是永恒于心的温暖，你不懂！即使没人能懂，我也坚持如昔！"

"你让我感动？还是恐惧？"

"阿莲，无论感动还是恐惧，那都源于爱！"

胡文轩紧盯着女人的眸子，发誓般喃喃自语。他还要问出心头的另一桩疑问："阿莲，还有一件事情，今天来的那位少校……"

他顿住了，似乎难以启齿，自己都觉得心脏急跳，脸微泛红。但是必须要有这一问，这个问题对他很重要："你有没有觉得他像一个人？"

好像预料到他会有此问，虞水蓉面色平静得令他心都颤抖起来。

女人也不看他，迷离无波的眼神望向远处，好像要看透彼此的命运之路："我给你唱首歌吧？"

不待胡文轩反应，那清丽柔美的歌声已起：

"彼岸花，
开彼岸，
只见花，
不见叶……"

女人用日语先唱了一遍，接着又用中文重复一遍。

停了歌声，温婉清浅的音调描述了她的思绪："这是流传于日本民间的一首民谣，主题就是讲那个彼岸花。我在日本生活过，焉能不知道彼岸花的传说？那个少校实在是太年轻了，他其实并不了解，所谓彼岸花的真正含义。

"此花开时看不到叶子，有叶子时看不到花，花叶两不相见，生生相错。当灵魂渡过忘川，便忘却生前的种种，曾经的一切都留在了彼岸，往生者就踏着这花的指引通向幽冥之狱。这种花，不就是如今的我的写照吗？——一切往事留在彼岸，不再让我烦恼，不再让我牵挂，也不再让我追忆……

"我现在满脑子里面，开的都是这种神秘烂漫的彼岸花！你说，对我无意间提到彼岸花的这个年轻人——他像谁，于我……还有意义吗？"

她宛然一笑，胡文轩却流下了眼泪。

离开这栋别墅前，在车子启动的刹那，楚天舒奇怪地听到他的上司对他说了一句莫名其妙的话："谢谢你，天舒！谢谢你的彼岸花！"

回到站里的楚天舒来到办公室，意外看到自己的桌子上摆着一张电报纸，上面秀丽的笔迹抄录着一首诗文：

> 车遥遥，马憧憧，
> 君游乐山东复东，
> 安得奋飞逐西风。
> 愿我如星君如月，
> 夜夜流光相皎洁。
> 月暂晦，星常明。
> 留明待月复，
> 三五共盈盈。

电报纸的旁边，还有一个木棍，上面缠着一卷纸，就是自己走前交给沁梅的那个纸卷。

楚天舒左手拿着电报纸，右手拿着缠着纸卷的木棍，看看手中的两样东西，不禁笑道："行啊，小丫头，够聪明！"

第二天早晨，被楚天舒叫进办公室的沁梅很开心、得意的样子。听到教官在叫她，她几乎是像一阵快乐的清风，飘进了他的办公室。

"呃，这道题你解的很好，时间也很快，能告诉我你是如何办到的吗？"

"我聪明呀！楚长官你这下该相信术业有专攻了吧？"

"好吧！密码题的破解秘钥是关键，此题之密钥在于……"

他温和地笑看着她，这种充满善意的笑容让人最没有抵抗力，倔强孤傲如她，也瞬间心变得柔软，成功的喜悦让她的心情更加放松，往日面对他的紧绷的对抗意识那根弦也松弛下来。她上前拿起办公桌上那个缠了纸卷的棍子，将纸卷小心解了下来，指着纸卷最末端一个小小的数字给他看，那上面有一个很小的"1.5"的字样。

她双手抱拳冲他一挥，顽皮一笑："多谢教官相助，留下这个小小的突破口，哦，是你说的密钥。"

他搔搔脑袋，对她赞许地笑笑，那笑容里竟带着一丝羞涩和惊喜，然后看着她，再次诚信赞美："聪明！"

"楚长官真的认为我够聪明吗？"

"聪明！"他的回答真诚坦率。

女孩叹口气，偏着头想想，貌似下定了什么决心似的一挥手："好吧，你真诚，我也坦率对你！"

她笑着解释着："其实，真实密钥在于，我本身就熟悉这首诗。"

他眉毛轻扬了一下，用微笑鼓励她继续说下去。

女孩的声音娓娓动听，有自信、自得，还有烂漫天真的坦率："这首南宋诗人范成大的《车遥遥篇》，我是烂熟于心的，其中的'愿我如星君如月，夜夜流光相皎洁'是我最钟爱的一句诗。因为熟悉，所以诗里的字、词都是有灵性的，一触眼就会反映到脑海中。

"楚长官，你昨天给我的这个纸卷上不规则地排列着一些汉字，看似杂乱无序。可我静下心来一分析，就突然发现有很多我熟悉的字眼蹦进眼中……这些字眼像是老熟人，虽然是碎片，但让我记起了这首诗。其实到这里你的谜题已经被我侥幸破解了，可我还要给你一个合理的说法不是？那就是，我怎样得到的这个答案呢？于是我逆向推理，如何让这些熟悉的字眼，按照合理的排序，才能形成那首诗？

"我仔细研究了纸卷上文字的排列形态，突然记起了你前几天给我们讲到的一个知识点——最早的换位密码术。你说过，那是古希腊斯巴达发明的一种原始密码器。用一条带子缠绕在一根木棍上，沿木棍纵轴方向写好明文，解下来的带子上就只有杂乱无章的密文字母。解密者只需找到相同直径的木棍，再把带子缠上去，沿木棍纵轴方向即可读出有意义的明文。

"想到此处我豁然开朗，但是木棍的直径是多少才正好恰当呢？我边思考边又仔细认真浏览了一遍这个纸卷，发现角落这个'1.5'的字样，这一定是教官你故意留下的印记吧？一个小小的密钥？"

女孩长篇大论地讲完，脸由于兴奋变得微红，她挥动着手中的木棍："不过，经过反复试验，这个'1.5'是半径而非直径哈！"

楚天舒看着神采飞扬的沁梅，再次倾情赞扬道："聪明！"

"我都告诉你其中的秘密了，你还夸我聪明？你的夸赞真不值钱！"女孩又习惯性撇嘴。

“何解？”

“这道密题之破完全是瞎猫碰上死耗子！如果我不是恰好熟悉这首古诗，此题在我处一样无解。再说了，你上次说过的，对手方也不会根据我的爱好和专长来编制密题吧？所以说啊，这个密题的解开，是毫无价值的！”

“孺子可教！”楚天舒忍不住赞扬，“其实相较于这道密题，我认为你的诚实、坦率、谦虚、认真、务实，自我评价的公正合理性，还有可贵的自嘲精神，这些更可贵、更重要，让我欣赏，甚至是钦佩！郭少尉，对你我是刮目相看了。”

他也抱拳，一副回敬她的滑稽样子，两人不由相视而笑。

“好吧，这道密题就算是完美收官。即使是玩笑意味的，结局还不错。算你解题成功！”他比出“OK”的手型。

“解题失败长官训斥，解题成功有何奖励？”

这句话让眼前的教官明显有点为难，环顾左右，他打开办公桌上放着的那个大铁盒，拿出一把口香糖：“出去和她们几个分享庆祝吧！”

“我不要这个，吃不惯。”沁梅对他摇手，转而捧起铁盒旁边的那架模型飞机，“把这个奖励给我吧？”

“哎呀，这个不行！绝对不行！你，你快放下！”

那家伙看样子是真急了。

从沁梅手中拿过飞机模型，楚天舒小心翼翼地将它放回原处，又轻轻吁了口气。

他这声高音频喊叫式的阻拦伤了沁梅的小自尊，她又开始噘嘴吊脸了。

“什么了不起的宝贝，值得你这样大呼小叫，大惊小怪的！至于吗？不过是一个破玩具而已……小气鬼！”

“郭少尉，我必须正告你，第一，这不是一个玩具，它是有着特殊纪念意义的物品；第二，它更不能用任何不敬的词汇来形容，因为它代表了一种不朽的精神，在我心中，它是无比神圣的！”楚天舒的神情异常的庄严肃穆，清俊的脸颊上没有一丝笑容，那刚劲有形的嘴角也挂上了一丝寒意。

“这么严重？愿闻长官教导……”沁梅也觉得有点奇怪，更有浓烈的好奇心涌上心头，就也敛容认真问道。

楚天舒微微咬着唇，压下了心头的悸动，换上平日里平静稳健的神情。他默默盯着沁梅看了一会，轻声相问：“我想知道的是，你认识这种飞机吗？我是指它的名称。”

沁梅老实地摇头。

楚天舒叹了口气，竟有淡淡的忧伤和失望神色飘过面容，“我还以为，所有的中国人……起码是经历过抗战烽火的国人都认识它呢。”

“为什么会这样说？”沁梅更加好奇起来。

“它的名字叫霍克 3，霍克，英文的意思就是鹰，它曾经是咱们中国空军的主力战斗机。当年的航空英雄高志航、阎海文、吴鼎臣等人使用的都是这种型号的战机，他们就是驾着这种名称为鹰的双翼飞机，在保卫着我们的领空，以弱克强，和十倍百倍甚至是几百倍的日军飞机作战。"

"霍克3……我们的空军……"沁梅默默自语着，那好听的男中音就是有这样的魅力，总能在特定的情境，将自己推入到历史的漩涡中去。

"是的，霍克3，我们的战鹰！我们的空军！你听说过八一四、八一五空战吗？还有上海空中保卫战，武汉空战？你听过中国空军四大天王吗？"他说得激动起来，秀气的眉毛微微扬起，年轻的脸庞瞬间蒙上了一层红晕。他望向她的目光是激动的，也是坦诚的，此刻更是充满期冀的。

沁梅第一次觉出知识贫乏的羞愧，更是第一次感觉到对方原是有着一颗蓬勃跳动的心，一颗带着青春特有的炽热浓烈色彩的心！如果贴得近些，再近些，就会发现，理解和偏见相去甚远，如同橘与枳，有着甘甜和苦涩完全不同的味道。

年轻的长官顾不上眼前这个小少尉的情绪和思虑，他已经完全陷入自己的情感世界——那个已然过去，壮怀激烈的时代记忆："当年，我们的空中骄子们，就是驾着这样的战鹰，和日本空军拼到了最后的一兵一卒！他们的誓言是——我们的身体、飞机和炸弹，当与敌人的兵舰阵地同归于尽！在双方实力悬殊的空战中，我们的飞行员，甚至用自己的血肉之躯，去撞向日军的军舰和基地；他们中的一些人，在座机被击落跳伞后，不幸落入敌群，也会选择拔枪自尽，实现自己许下的誓言：中国无被俘空军！"

这番话重重地敲击在心头，沁梅的心中也燃起了熊熊烈火。无语沉思中，她在默默感受着这个一向被自己抵制和拒绝的"敌人"的深情。

"后来，这种型号的飞机几乎拼光了，重新组建的空军飞机，都是美国和苏联援助的新式机型了。但我始终觉得，这种有着双翼，名称为鹰的飞机的形象，应该镌刻在每一个中国人的心底！记住了它，就记住了我们的空战英雄们！要知道，他们也曾风华正茂，青春飞扬过，他们也曾有父母兄弟，挚爱亲人！"

肯定有泪水划过自己的眼际，但是分明不想让眼前这个小丫头看见，楚天舒选择背转身去，掩饰着拭去了痕迹，他用手轻轻抚摸了一下飞机模型，像是抚摸着自己亲人温暖的手臂。

是的，怎能忘怀那强有力的手臂？还有它的主人，那张温润慈爱的脸庞！还有那磁性有感的声音，永远飘浮在自己耳际，从来不曾远去："老七，你还小呢，等再大一点，再来找哥哥……"那手臂就搂住自己稚嫩的肩膀，用力拍拍，仿佛要灌输无尽的力量和责任，给曾是少年的他。

在悲伤感怀的思绪中，他听到女孩轻柔的共鸣："楚长官，其实当年在这里，在上海，我也曾亲眼见过咱们的飞机和日本人作战的场景，每个中国人都热血沸腾。是的，我们应该记住这些为国捐躯的英雄们！"

楚天舒眼里蒙上的轻雾在慢慢散开，绽放了一丝微笑给这个总是倔强难言的小姑娘。

但是隔阂的樊篱岂是轻松容易拔除的？之后的一番对话，又让两人之间因为情感共鸣产生的温情，像黎明前的朝露一样，逐渐消失掉。

"真没想到，楚长官，你也会有这样的英雄情结？"沁梅重新认真打量着这架飞机模型，幽幽叹道。

"为什么？为什么我不会有这种情结？"

"因为……我说不好！"

"你不会又要提到我的家庭出身这个话题吧？我发现啊，其实在这个问题上，你的看法很偏颇哦！"

沁梅不以为然地看着他。

"事实上你根本不了解，我刚才讲到的中国第一代空军里面，有很多飞行员都是世家子弟，就是你经常表示出不屑一顾的那类人。他们同样在国家危难之时，献出了自己宝贵的生命！也许，每一个中国人都明白，在国难当头之时，正如蒋委员长所说的那样，地不分南北，人不分老幼，皆有守土抗战之责！"

"可是……"沁梅想到他的经历，他在抗战期间远避美国的经历，就想直言反驳他一下，但是不知为什么，自己却有一丝不忍开口之意，这番犹疑，连沁梅自己都不解：难道我对这个危险的对手已经心慈手软起来了么？

遗憾的是，楚长官这次心智不够，犯了沁梅"吃软不吃硬"的大忌，竟然口气严肃地教育起她来："郭少尉，我发现你有一个问题，可以算得上是你性格中的一个缺陷吧！你很爱生活在自己臆想猜测的世界中，宁愿自欺欺人地维持着偏见，也不愿相信自己眼中看到的、耳中听到的事实！"

沁梅的脸潮红起来，小鼻子又急促地扇动起来，遗憾的是那家伙还在不知死活地往前冲。

"可以这样说吧，虽然我看出你是一个是非观念很强的人，但是往往由于你的偏见和固执，让自己的思维陷入无知的泥潭中。换句话说，这是你的性格悲剧，与其说是你爱和别人较劲，不如说爱和自己较劲，和自己的一些臆测、猜想、偏见较劲！"

"长官就是长官，教训起下属来是头头是道，貌似还很专业，只是我有一事不明，还望长官不吝赐教！"沁梅开始反击，她的脸色宁静柔和，语气却已渐转为犀利尖刻。

"不妨直言，但凡我知道的，当知无不言，言无不尽。"楚天舒倒是真平静。

沁梅竟然还能莞尔一笑："楚长官的英雄情结自然是难能可贵，刚才那番话也可谓壮怀激烈！但我想问您个人的那段经历，八年抗战，我们的祖国被践踏在异族铁蹄之下，那时候，楚长官您在哪里纵横驰骋呢？"

"我在美国学习。"

"学了八年吗？"

"将近八年。"

"哦，抗战八年，您在美国学习了八年！光复了，您倒回来了？好巧！"她说得自己都捂嘴笑起来，却见那人露出一副无奈的样子，羞愧难言的神情又像孩子般无辜。

"谁说不是呢？想起这些，我不只是愧到无语，更是……恨得咬牙！"他真诚的表情丝毫不做假，看得沁梅瞬间又心软起来。

"说呀，说出你的经历来！你刚才不是说要对我知无不言，言无不尽么？"她不自觉就想听到他的辩解。

"不过也要怪我自己，还是我的意志不够坚定，和家人的抗争不彻底。"他回忆起往事，其实他也想不通，面对这样一个咄咄逼人的小丫头，自己为什么有兴趣和她讲述着那些让他悔恨羞愧的往事。

"我曾经一直期盼着这样一件事情，自己有朝一日也能成为一名蓝天勇士，驾机翱翔，和小日本痛痛快快地拼个你死我活！老实讲，我几乎触摸到这个理想……"他忍不住叹息着回忆，"那年我不满十七岁，正在读高中，我六哥在清华读书，我们弟兄两人约好了，瞒着家人偷偷报考了南京中央航校，两人都幸运地被录取了！却不幸被家人发现，死死拦下了。"

"那后来呢，你就屈服了？"沁梅很好奇。

楚天舒沮丧极了："那该如何呢？母亲的泪眼，兄姐们的哀劝……无奈中，我们兄弟二人几乎是被家人押着去了美国，我的二姐和姐夫像是看管犯人一般，和我们住到一起，全天候监视着我们。"他摇摇头，仿佛想甩开那段令他羞愧恼恨的记忆。

"再后来，性情温和的六哥屈服了，踏踏实实进了哈佛学习，我还是不甘心，又想参加美国援华自愿航空队，但是还是由于家人看管太严，几次都没有成功。"

沁梅同情地望着他，想捂嘴笑都有些不忍，这个往日自信得意的长官如今完全像一个做错事的孩子一般羞愧无助。

"唉，你真不幸！别人是不幸生在帝王家，你是不幸生在权贵家，我看都是一个道理！总之，我听明白了，是家族的暴虐将你的救国梦想掐死在萌芽状态。可悲复可叹！"

"你用词又不准确了，不能用'暴虐'形容吧，家里人毕竟是一片好心。"

"要是每位父母都怀这种自私自利、只顾小家的好心，舍不得自家孩子去抗日救亡，那中国早就亡了！"

"你说这话又有些偏颇，有些真相你未必知晓。"

"好了，我也没那样大的兴趣！我奇怪的是，如今这倭寇已平，天下初定，你好好的不在美国待着，又跑回来作甚？"

"呃，这个……估计潜意识里，还是想圆我的从军梦吧！"他望着她平静地说道，"我以为，任何时候，学以致用，都可以用自己的知识才学，服务于我们的国家，做一些有益的事情！譬如说，我们目前做的清查日伪逆产的事情，就算是抗日的一项收尾工作吧！何况，目前国家还没有统一，匪患没有肃清，在这里不是还有很多事情可以干么？同样可以大有所为啊！"

他没有注意沁梅的脸色转为铁青，带着自信的表情继续道："我原先是学数学的，一个偶然机会结识了美国著名密码专家史金斯，所以改学了密码破译专业。没想到，回国后，发现这个专长是适合军内这个行业的，好歹实现了我的从军梦啊，虽然家里不是很支持，但是也不像以前那样反对了。"他得意地笑了，那股孩子气又浮现在他脸上。

听了这番话，一种警惕、不屑，甚至是失落的情绪划过沁梅的心头，对他好容易建立起来的些许好感又不翼而飞。

她听到这个不失为英俊洒脱、风流倜傥的青年，将"匪患"这个词郑重说出，是那样的自然和平静，这让她不能不随时绷紧这根弦。

抗战结束了，国共两党磕磕绊绊的蜜月期也已经结束，曾经的合作环境和条件在流失在消亡，两大阵营的决斗势态已经初见端倪。无疑，眼前这位才华横溢，也曾热血沸腾，有着拳拳报国之心的青年才俊，很快就要作为另一个阵营的对手，将与她和她的同志们展开较量、角逐，甚至是生死决战。他的知识，他的才干，很可能就是自己革命事业的拦路虎，绊脚石！

"那么就对不起了！"沁梅在心底偷偷说道，"真遗憾，楚少校！我就是你口中的那个'匪'，正如你叫我们为'共匪'一样，你也是我们口中心中的'白匪'！所以，我要不客气地对你下手了，不但要偷学你的技术，还要将你作为敌人竖立在面前，去对付，去周旋，去战胜！"

想到这里，沁梅自信地笑了。

虽然不明白她这番笑意所为何来，但是眼前这个家伙可爱得很，孩子气十足地晃晃他那颗聪明绝顶的脑袋，咧开嘴，也向她绽放出一个最灿烂的笑容。

第十章　白鸽飞来

特工的人生，原是悲喜忧乐不由人！卧底的底线，又在何方？她不知道这次，她将是浴火重生，还是跌入轮回？只是有一点坚持她始终没变，那就是她又一次选择了一条无悔的人生岔路，她要将她的一切，再次奉献给她毕生的挚爱——她的信仰！

连绵的秋雨不停歇地下着，好像天都要下漏了一般。坐在这栋白色小楼幽静的房间里的女人，心情也如这窗外灰暗的天色，心底也是细雨绵绵。

虞水蓉对镜理妆，紧挨梳妆台的床上，放着一套米灰色的制服套装——军统局的职员制服，是胡文轩昨天派于德飙送来的。

她的面色平静如水，心底的水面却暗流涌动，一波未平一波又起。

她不能不记起那天胡文轩带楚天舒离开这里后，自己感慨万千的表现。

从阳台上看到他们的车子开走，她默默回到卧室，将自己反锁在卫生间里，打开了水龙头，然后跪伏在水池旁，痛痛快快地哭了一场。

是的，时至今日，她仍心绪难平，只为一个"彼岸花"的话题，让她虞水蓉的命运之舟再次驶向了风云密布、吉凶难料的黑暗海洋。

就在那一天，她的人生之路又一次被拦腰切断，那种身首异处、撕心裂肺的苦痛，注定要由她独自品尝咀嚼。孤独无依的她，也将再次面临痛别过去的不堪滋味。

虞水蓉从来不是一个相信命运的人，可是如今的她，却无奈地发现，自己的人生之路，委实是曲折逶迤，变幻莫测，令人唏嘘而心痛不已的！放眼望去，别人的人生之路，都如同涓涓细流，和缓平稳地度过沟沟坎坎，而她的命运道路，却像是那落差千丈的山间瀑布，跳跃奔腾，千折百回。

不得不再次感叹造化弄人！

特工的人生，原是悲喜忧乐不由人！卧底的底线，又在何方？她不知道这一次，自己将浴火重生，还是跌入轮回？只是有一点坚持她始终没变，那就是她又一次选择了一条无悔的人生岔路，她要将个人的一切，再次奉献给毕生的挚爱——她的信仰！

可是她原本可以不这样选择。

组织其实从来没有忘却她。在监狱中，党组织就通过内线和她接上了关系，对于她的营救计划也在布置实施中。可是，最后终止了营救计划的，却是她自己，她实在不想从此成为一枚闲置的棋子。

如果按照组织的计划安排，她可以就此撤回老家，结束自己波谲云诡的谍战生涯，从此呼吸上自由的空气，不再过着担惊受怕，一面为人，一面做鬼的双面生活。

能够工作战斗在自己的岗位上，自由自在生活在组织怀抱，曾是像她这样的卧底人员梦寐以求的理想。可是，她也会因此失去了自己多年从事的工作专长，不能为党做更多有益的事情，不能为自己的信仰奉献更多的聪明才智，这也是像她这样的优秀特工所不甘心的。

难道不能有更好的选择吗？

在狱中，虞水蓉静心思虑了很长时间，她梳理了自己潜伏生涯的经历、经验和得失，分析了去与留的价值和利弊，毅然平静地做出了自己的选择。

她毅然决然地决定继续战斗在敌人心脏，将自己残存的微薄的力量，奉献给少女时代就追随的亲人——她的组织她的党。

她详细将自己的思考和计划，通过狱中党组织，传回了老家，并继而得到了批准。这也就是江静舟的飓风小组收到第二、第三封密电的原因所在。

虞水蓉开始进行下一部潜伏工作的缜密计划，一切都要设计得天衣无缝，一切都要合情合理，水到渠成。如果此计划顺利实施，那么，她，虞水蓉，从此将又一次肩负起神圣的使命，化身为一道秘密，忠诚、坚固的挡风墙，掩护潜伏在上海，包括本党特级特工"贞德"在内的我党其他地工人员，建立起一条稳妥、安全的情报渠道，将卧底在南京国民党中枢各机构的我党特工人员用生命换来的情报，安全及时地输送回老家。

这样，很可能变成一枚闲置棋子的她，将再次熔铸为一把利剑，仍然牢牢插在敌人的心脏上。这是红色特工虞水蓉无悔的选择。

虞水蓉最喜欢的格言，就是美国独立战争期中牺牲的英雄内森·黑尔说过的那句："我遗憾的是，我只能为我的祖国奉献一次生命。"

在虞水蓉的心中，祖国这个概念，是和她的信仰、她的党密不可分的，她愿意为之付出一切！她总觉得，从虞水蓉到柳芊倩，再从柳芊倩到即将重生的自己，仿佛再世为人，如果能选择将这两次生命，都献给她毕生追求的东西，那么她感受到的，唯有无比的幸福和欣慰，此生当无憾！

如果说，在这种欣慰和骄傲的思绪中，还掺杂有一丝苦涩和悲酸之情的话，那就是她的一段今生不了情，一个毕生难忘之人！

此刻，神色安详的虞水蓉望着镜中的自己，看到的不是那个风华绝代的女子面容，而是一名红色女特工前半生一路走来的坎坷经历。

她生在一个清寒的书香门第，是父母的独生女。不知道是否应了红颜薄命那句古话，天生禀赋不凡姿容的她，最初的人生之路竟然是那样的坎坷：三岁丧父，和母亲归依江浙娘家，十四岁丧母，在唯一关心她们孤儿寡母的表兄照顾安排下，回到故乡广东入学一家私立高中，三年后，又考入广东大学学习，才算是走上了一条自食其力的道路。

自古人讲，广东韶关出美女，来自那里的她天生丽质，有着超出凡尘的绝世姿容。这个乳名叫阿莲的女孩，她是那样的耀眼而不平凡，曾经在她少女时代生活的地方声名远播。

走在浙江海宁的那个偏僻小镇的路上，会有无数双异性的目光向她袭来，有人井边打水时，因为瞧她而失手跌落了水桶；杂货铺的伙计，因为看她而给顾客拿错了物品；还有人找着各种借口到她家问路、借东西，只为能近处瞧上她一眼……勘破此景的她又羞又气，在母亲的轻叹中面色绯红。

美丽给她带来了来自各方面的困扰，她于是不再像其他妙龄少女那样爱好梳妆打扮，她素面朝天，不施粉黛，一件月白色的竹布学生衫裙就是她日常的服饰。可是，天生丽质难自弃，淡极始觉花更艳，正如她的名字那样，这般出水芙蓉，天然雕饰的容貌更让她超乎凡尘，艳名远播。

她的追求者自然如过江之鲫。于是，她的邻居，一位富家少爷——那个从小和她一起长大的，名字叫胡鉴的文秀青年，此时就担当起"护花使者"的使命。虽然她一直在回避疏远着他，不愿接受那份昭然若揭的深情。

还记得胡鉴曾经对她这样半认真半戏谑地说过："阿莲，你记得咱们以前在私塾中读到过的那首汉乐府民歌《陌上桑》吗？你就是那位倾国倾城的罗敷！"

他还认真地给她背诵了一遍那首辞赋：

> 行者见罗敷，下担捋髭须，
> 少年见罗敷，脱帽著帩头。
> 耕者忘其犁，锄者忘其锄；
> 来归相怨怒，但坐观罗敷。

他深深感慨："阿莲，罗敷有多美，我是想象不出来，可是你的美，能让我忘记前生今世，忘却尘世一切烦忧……"

她未尝不深知他对自己的一片深情，但遗憾的是，婚姻一定是三生石上前定的奇缘，有人注定两情相悦，千山万水走到一处；也有人注定对面无缘，近在咫尺却远似天涯。

她和胡鉴就是这样。她不爱他，不爱他的性格，不爱他的气质，更不爱他的纠缠和痴情。最关键的是，他一点不懂她。在他的眼中，她是孤女，是弱者，是林黛玉般命运坎坷的女子，他注定要为她遮风挡雨，呵护一生。

可谁能了解到她内心深处的真实想法呢？

她不是一个平凡的女子，和她柔弱纤细的外表形成强烈反差的，是她内心的刚强和独立。她是一个诗意的女人，但是她吟诵的是金戈铁马、醉卧沙场、挑灯看剑、饮马冰河的英雄诗篇，是"大江东去，浪淘尽，千古风流人物。故垒西边"的豪迈之情。

她自幼便有强烈的英雄情结，崇拜向往着古书中的那些文武双全的少年英雄：周瑜、罗成、吕布、赵子龙……他们纵马驰骋、银盔白袍的形象，勾勒出这个绝世佳人的未来夫君的形象。

而她自己呢？究竟想成为怎样的人？

她自认不会是温室里娇艳的花朵，闺房中幸福的新娘，过着两情相悦、卿卿我我的平实生活，她的内心里充满了炽热的火焰，她要成为驰骋在时代前锋的女子，为自己的理想去追逐、去奋斗，甚至是献身……即使做不成如花木兰、穆桂英、樊梨花那样的巾帼英雄，起码也要像另一类女子那样，成为名将身侧相伴的情影——在韩世忠身边击鼓助阵的梁红玉，伴夫出征的平阳公主……

这一切，岂是那个文弱儒雅的胡家大少爷所能比拟的，又可以深深理解的呢？她对他没有感觉，他们注定只能是青梅竹马的伙伴，不会是相伴一生的佳侣。

外表柔静、心气颇高的绝代佳人虞水蓉被命运之舟又带回了自己的故乡广东，不仅遭遇了毕生选定的信仰，也巧遇了此生唯一爱慕的一个男人。

就学广东大学的虞水蓉，在进步老师的影响下，加入了一个新兴的充满朝气的政党，璀璨的信仰之光将她带到了新的人生起点上。她成为一个红色特工，除了坚信不疑的信仰外，就是"生当作人杰"豪迈之情的新体验。

她不料还会在信仰之光照射下的这条路上，遭遇自己绝世难忘的一段恋情。她和他相识时，彼此并未知道各自隐藏的身份，不同的起点，一样的征途，他们原是战友，这就是造物弄人的神秘开始。

她永远也忘不了和他初见时的情景。

受她不凡爱好的影响，那位文采出众、娇生惯养的大少爷胡鉴也毅然考取了黄埔军校，追随着她的脚步来到革命轰轰烈烈的发祥地——广州。

毕竟是相熟的故人，一起长大的玩伴，她不能断然拒绝已改名胡文轩的他的接近和相约，也曾鬼使神差地答应了与他两个盟兄弟的相识。就这样她认识了那个让她命定要牵挂一生的男人——江静舟。

记得那是一个初夏的午后，她应邀约来到军校。

首先见到的是三兄弟中的老大——程鹏霖，那是一个彪悍爽快的西部汉子，见到身穿大学校服，文弱纤丽的她，竟然是一副手足无措的样子。虞水蓉大方地和他握了手，礼貌地对他表示了致意。

然后他们三人一起去操场找三弟江静舟。在午后炙热的操场上，逆光中，一个结实精悍的青年丢下手中的篮球，向他们跑来。

虞水蓉永远忘不掉那个情景，他就那样向她跑来，一直会跑到她的生命中来，再也无法推开或逃避。当时，全无预感的她，只是带着轻松的笑意，望着这个向他们跑来的军校生。

这是一个不到二十岁的青年，他有着一副湖南人特有的精瘦干练的身材，挺拔英武，自带一股矫健之气，仿佛天生他就该是行走在这万马军之中。

他的面庞清俊刚劲，轮廓极为鲜明，两道长而浓的剑眉郁郁葱葱在坦荡光净的额头上；细长的双眸神采飞扬；挺直的鼻梁，坚毅的嘴角，加上天生略微黧黑的肤色，自然而然中将一种不怒自威、坚韧有力的军旅男儿风范刻画在面上。

那天的他，穿着一身很普通的军校生服装，白色的粗布衬衣扎在灰色的军裤中，紧紧打着的绑腿，让他的双腿显得格外的修长笔挺；他的衣袖高高挽起，露出健美结实的臂膀，那因为运动而出的汗水在男孩的身上闪烁着充满阳刚之气的光泽。

他的身高不及胡文轩，他的健壮不及程鹏霖，可奇怪的是，当他们三人站在一起时，他就有一种脱颖而出、卓尔不群的英俊之姿，让人过目难忘。

仿佛就是命中注定的缘分，就在那一刻，她的心毫无征兆地狂跳起来，很奇妙的感觉萦绕在脑际，往昔朦胧在梦中的那些白马王子形象，竟会在这个普普通通的青年军人身上清晰完整起来，是那样完美的重叠、吻合、化一。

江静舟平静地打量着这个女孩，他的眉毛微微扬起，女孩却敏感地看出，他没有流露出一般男人看到自己后那种眼睛一亮、万般惊艳的神情，而是纯粹的好奇感。

这种眼光让女孩舒服、安心，蓦然感到无处安放的，反倒是她自己的那颗芳心。

不知是何原因，见到他的第一面起，一种奇怪的气场就笼罩了她，那种沐浴过沙场血雨，铁马冰河的威猛阳刚气势，如雷霆万钧般向她扑面而来；还有一种恍若隔世般的期盼和向往，一丝前世相知、相约过的舒适感觉相随相伴，潜入女孩的芳心，这种刚柔相济的别样感受让女孩幸福的瞬间眩晕起来。

一向被异性追求，不堪其扰，性情活泼，外向大方的她，那一刻竟然有一种难言的迷幻感觉，她被自己扰乱的芳心弄得六神无主，失去了往日的平和优雅，变得羞涩局促，手足无措。

都没注意听胡文轩是如何为他和自己相互介绍的，当那个清朗昂扬的男声传来他对她的首次问候时，她的回答简直是匪夷所思。

"你好，虞小姐！很高兴相识你，二哥时常和我们说到你。"

"哦，谢谢！我……我也听说过你，胡……文轩哥经常提到你……你们！我想，我就称呼你三哥好吗？这位是大哥，他是二哥，你就是三哥。"

她这番对答简直有点突兀和自作主张。不仅胡文轩听了诧异，相信程鹏霖和江静舟一定也是一头雾水。

"呃？这……"青年挠挠头，回望他的两个哥哥，一副迷茫求解的可爱模样。大哥，三哥，这是随着谁的叫法？她不是老二胡文轩正在追求的女孩子吗？

虞水蓉当然是格外聪敏的，这声称呼让她不仅摘清了自己和胡文轩的"疑似亲昵"关系，而且将和另外两人的距离也无形中拉近。

对面的三人疑惑不解却也没理由反驳她，于是，这种奇妙的称呼，就在四人间自然存在了。

他们开始了交往的经历，这个铁血军人，就这样闯入了青春少女的编织许久、空寂已久的闺梦中，也从此走进了她的生命里。

虞水蓉不是个怯懦犹疑的女孩，虽然她长了那样一副温柔纤弱的外表。江静舟身上的阳刚、儒雅兼并之美让她痴迷陶醉：他是热情奔放的战将，勇气、霸气、狂狷气外露流淌；他又是秀外慧中的才子，一手漂亮英秀的小楷字体，让人过目难忘。

她见过他在射击场、训练场上的英姿勃发，听说过他在北伐、东征途中的英勇善战；她也感受过几个兄弟在一起时，他的温情和善良，他对哥哥们的尊重，对她的礼貌和照顾，那种时常隐隐露出的孩子气的童真更叫她沉醉不已。

甚至连那份别样的别扭劲儿，也是针对她的。他总是和女孩保持着距离，从未有半点亲近狎昵的意味；他似乎很在意二哥胡文轩的感受，从来不单独和她在一起；他对她总是带着坦诚平静的笑容，这份淡淡的疏离让女孩既懊丧却又暗生敬意。

一寸相思千万绪，人间没个安排处。女孩的心就这样起起伏伏，波澜不定，她的目光，永远追随着他的足迹。

后来就发生了那场重伤看护的情节。

北伐之中，她报名参加了救护队，和一些女学生随军作战，汀泗桥战役，他为了救护胡文轩受了重伤，送到战地救护所时，已经奄奄一息。

他昏迷了三天三夜，她衣不解带、目不交睫地守候了三天三夜。她用临时速成的医学救护知识照顾着他。

因为大量失血，不宜饮水，以免稀释血液中的电解质，损伤脑细胞，她就跪在他的身边，用棉签蘸了温水，不停地浸润着他干涸的嘴唇。这个动作她几乎坚持了三天，当他苏醒过来，她的胳膊都僵硬得不能伸直了。

可就是在他清醒后，他们之间却发生了第一次激烈冲突：他不愿意她在身边照料，竟然说有她在眼前晃悠，自己心情紧张，伤口就自难痊愈！她伤心极了，也恼恨极了，快快不乐地离开了他的病床。这件事情，让她第一次领教了他的别扭劲，也第一次尝到被异性拒绝的滋味。

伤愈回到学校的他，平静地向她致歉，她心中自是百感交集。她看出来他对自己的刻意疏远，刻意回避，除了考虑到二哥胡文轩的因素，是否还有着别的什么隐情？

他的若即若离终于有了答案。

一九二七年国共翻脸，血流成河，她的身份也转入地下。在经历了政治上的迷茫和愤懑后，她竟然收获了两层意外的惊喜：先是知道了他的真实身份，他竟然也是一名共产党员，一名红色特工，是她的同路人，这几乎让她喜极而泣；而更让她惊喜莫名的是，她还有机会，按照组织的安排，和他以恋人的身份潜入敌营开展工作。

那时，他们的共同领导人是一位代号叫"激流"的近三十岁的同志，他曾经在红色苏联学过特工技术，是一个思想激进、强势手腕的人物。

两人当面领受任务时，激流用简单直白的话语指示江静舟和虞水蓉立即成为恋人，然后从速利用关系卧底到虞水蓉的表哥——封正烈的189师混成旅工作。虞水蓉羞涩难言，一颗芳心怦怦直跳，她偷着瞄了一眼江静舟，发现他剑眉蹙起，露出些许意外和抗拒的神色。

"激流同志，请问，我们……必须要以这种身份吗？可不可以换一种方式……"他的话让虞水蓉瞬间面红耳赤，也让同样年轻的领导者表情严肃起来："江静舟同志，你在和组织讲什么条件吗？你不看看如今的形势，多少同志都倒在敌人的屠刀下，而你还在纠结个人的情感？"

似乎为了顾及虞水蓉的情绪，他将江静舟拉到了里间，交谈了十来分钟，再次出来的江静舟满脸的无奈和落寞，他望着她只说了一句话，让她记忆至今，想起来依旧冰凉彻骨："虞水蓉同志，我们……就按组织安排的来做吧。不过，我们的关系是一种伪装。"

这番话让她倍感委屈和羞恼，但是她很快理解了他。作为即将携手的"恋人"，他们曾经有过一次坦率的沟通。她因此明白了他的苦衷，知道了他的生命中已经存在另一位贤惠的女子——那个叫沈琬的发妻，还有他未曾谋面的可爱的女儿。

她曾经因此伤心过，绝望过，她的初恋就这样无疾而终，她的芳心裂成碎片。她将它们捡拾起来，收藏深处，然后果断地关闭了心门。

特殊的环境，血雨腥风、危机暗伏，他们无暇整合修复，甚至是理清感情的脉络，就以战友的身份接受了这个难言的任务，开始了假恋人和假夫妻的潜伏征程。

她暗抑芳心，像妻子那样照料起他的生活，为他洗衣做饭，料理家务。在人前他们是新婚恩爱的小夫妻；回到家中，他们是客气而理智的战友，他极为克己自律，几乎近于避嫌自虐状况。

他长期睡在客厅的沙发上，晚上从不进卧室。某次，他回来晚了，她又将他的枕头落在卧室的壁橱里，他硬是枕着衣服睡了一夜，让她又好气又好笑。

关于成婚后两人的称呼问题也很有意思。她以前总叫他三哥，后来就改口叫致远；她说为了不让表哥疑心，他也应该叫她的小名，可是她又不愿意他叫她"阿莲"，那是很多人都叫过的一个称呼，于是她建议他叫她"莲莲"，他挠挠头红着脸答应了。她于是心中窃喜：他终于有一个别人都不能用的昵称来称呼她了！

期间经历过无数次惊涛险浪，他们都携手并肩，共同安度，包括那次婚礼上，他的发妻抱女携妹突然出现，终究是有惊无险，安然全身。

难以突破安度的，倒是他们朝夕相处、日久生情的令人不安的一种诡谲氛围。

她自认是个坚决的革命者，为了工作，为了他的婚姻毅然决然斩断了自己的暗恋情思，但她又是一个正当年华的多情女子，和自己倾心相爱的人以夫妻之名朝夕相处，却不能相亲，甚至是不能一述衷情，这份纠结让她的焦虑情绪日常严重起来。每当夜深人静时分，她独自躺在那张双人婚床上，辗转反侧，不能入眠，经常是流泪到天明。

　　她也感觉出了他的异样和不安。自从他的发妻带着小女儿流泪离开婚礼现场的那一刻起，内疚、自责的心情就将他紧紧环绕。他对她更加疏离沉默了。人前他们是恩爱有加的小两口，人后他们为了避嫌和逃避，连温情的话都很少说，时常是相对默然，空气凝滞。

　　她也敏感地发现，随着假夫妻生活的延续，在共同经历了几次几乎暴露、紧急送递情报的险情后，他对她一定也是产生了异样的情感。尽管他的面色依然沉静，但他的眼睛出卖了他的感情，他看她的眼光逐渐变得柔和、依恋和缠绵。

　　这种情感纠结上他的婚姻、他的妻小，就演变成了一种更加令人难堪和悲伤的情愫，坚强稳健如他，似乎也招架不住，他频繁地出行，行军打仗、出公差，尽量减少和她碰面的机会。

　　只是，这样继续下去难免会危机暗伏。三年的假婚姻让两个人身心疲惫，都到了快崩溃的边缘。

　　她知道他们还有挽回这种危情的机会：那时候，不乏像他们这样的革命者，为了工作和掩护的需要，和自己的战友假扮夫妻，日久生情，在向组织提出申请后，由组织出面和原配解除婚姻，成全当前的婚姻之实。

　　但是他不能提出这样的要求，她清楚他的坚持，他的责任，他不会轻易抛弃发妻和孩子，尽管他对她未必没有一份新生的感情在。他的这份固执和愚守，也正是她最欣赏他的地方。

　　可是，她该怎么办？她的感情出口在哪里？他们继续潜伏生存的希望何在？

　　终于，在一次痛彻心扉的争论恳谈之后，他们决定向上级领导提出申诉，解除两人的假婚姻关系，他已经在军队中站稳了脚跟，婚姻的掩护不像起始那般必要了。

　　让人没想到的是，这份考虑不成熟，几乎是冲动之下递交的申请，竟然很快得到了上级领导的批准。原来，老家正在寻找一个合适的女同志和另外一名男同志一起打入国民党中统局高层，她无疑是最佳人选，根据上级指示，她可以以婚姻破裂为名和他分手，再次奔赴新的岗位。

　　分手在即，两人才发现他们做出的这项决定有多冲动、又有多悔恨！他们要亲手结束三年朝夕相伴的岁月，对于感性纠结的他们，这是多么痛苦的一件事情！但是一切已经无法挽回，她痛心而违心地作别了长久以来暗藏心中的爱人和爱情，义无反顾地投身到新的工作中。

　　命运弄人，考验真情。后来她才知道，仅仅在她离开一个月后，上级就给他带来了新的指示，他的发妻沈琬已经通过组织和他离婚。如果两人能再坚持一段时间，他们的爱情未尝不会修成正果，可眼下却生生这样失之交臂，命定无份，如之奈何？

后来，他们还曾在抗战时节相见，回忆起前情旧事，不胜唏嘘感叹。那时的他们更加无暇顾及自己的感情，只能再次压抑住情思，并肩战斗在抗日阵线上。

如今，尘埃未定，选择又来！

虞水蓉此刻心绪难平。这是她人生之路的再次选择，也是她感情道路的再次选择。

她很早就清楚与他也许是今生无分，唯定来生，但是，就像她执着于自己的信仰一样，她对这份无望爱情的坚守和执着，也是任何事情、任何岁月无法泯灭摧毁的。得之我幸，不得我命，那个叫江致远的男人，无疑是她此生唯一准备交付感情的对象，这无关乎其他，无关乎他的回报和认定，只是缘于她自己的坚守和信念。

敏感如她，在曾经的朝夕相处以及随后几年的交往之中，也窥探到他的心灵深处，是原为她留有一方圣洁之地的。为了工作，为了责任，为了其他种种因素，他可以选择回避她的感情和身心托付，但他无形中流露出的痴情和爱意，使她欣慰，使她悲酸，也是她暗藏于心的一点自慰和自怜的依托，是她苦守敌营、再战谍海的感情基点。

可是，如今的她又一次面临抉择，一场不可不谓残酷决绝的抉择，她这份从来没有放下来的情感，那个从来没有忘却的人，就成为一道不得不迈过去的坎儿。

她是忠贞于自己爱情的女人，不同于一般女人的是，她的信仰高过于爱情。别的女人有时会为爱情偶尔妥协，哪怕只是瞬间片刻，但在虞水蓉的心中，信仰的力量是无穷的，她将因此变为钢筋铁骨之身。

是的，她要见那个人一面，要给他讲一个有关彼岸花的故事，要告诉他，她的选择有多么正确和必要，因为她知道，江致远，这个她毕生痴爱的人，也是一个和她一样坚强而果敢的革命者，他必然会支持她的无悔选择！

其貌温润如玉，肝肠坚强如铁，心底却晶莹如雪——这是虞水蓉一直以来的写照。

她此刻芳心已定。

在这场秋雨中的另一隅，沁梅的心情却如阳光明媚，和眼前的雨天恰好形成反差。

警备师大楼前，身着便装的沁梅和程睿下了车，她哼着歌子，连蹦带跳地走进大楼。无意中听到的一句话，却让她瞬间收了得意，暗暗心惊。

只见一个年轻中尉正在吩咐一个勤务兵模样的人："你去食堂叫人下碗面条来，师座病了，今早就没吃东西，这都两顿了……"

沁梅大惊，回头看程睿，程睿也是吃惊的样子，忙叫着那个中尉问："乔思扬，你说师座病了？"

"是，程处……师座貌似是旧伤发作，头疼得厉害，两顿饭都没吃了！许副官让我给他弄点……"还没听完这个叫乔思扬的年轻人的话，沁梅已经飞奔上楼。

来到父亲办公室外，沁梅顾不上敲门，直接就闯了进去，却见父亲半卧在沙发上，头上覆着一条毛巾，许若飞在他身边照料着。

"表叔……您怎么了？"莫名间，沁梅的眼中已经含上了泪水，她的声音都有些颤抖。

江静舟被她的动静似乎吓了一跳，此刻已经取下额头的毛巾，翻身坐了起来。

他看着女儿关切紧张的面容，微笑着安慰道："没什么，老毛病了，已经好了！"

沁梅一副不相信的样子，又望向许若飞。

许若飞是吊着脸："你看我也没用！这都多少天了？你连个影子也见不着，他是否病了和你有关吗？就没见过你这样当……晚辈的……"

"若飞，说什么呢？"江静舟忙喝止他，又笑看沁梅，"丫头，我真的没事，一点旧伤在阴雨天反应而已，刚才又吃了药，别瞎操心了啊。"

沁梅的眼泪还是滚落下来，后面跟着进来的程睿忙笑劝道："三叔头部和胸部都受过重伤，每当阴雨天就会有不适，小梅你别太担心！"

江静舟拍拍女儿肩膀以示安慰，又笑嗔许若飞："都怪若飞这张嘴没把门的，把小丫头弄的泪水涟涟的，和屋外的雨一般下着呢。"

许若飞不服气："都在安慰心疼小丫头，谁又来心疼您呢？您的身体……"

"好了，好了，咱们别尽说些废话了，小睿，梅儿，你们快讲讲今天去接头的情况吧，我这心里都悬着老半天了。"

可是做女儿的又如何能放得下这颗心？

沁梅仔细打量着父亲的面容，看到他果然精神不错的样子，才暗暗放下心来，忙和程睿一前一后地讲述了今天去和新任上海地下党负责人接头的事情。

原来，飓风小组最近遭遇了"迎来送往"的两件大事。

"送"，是指小组成员，代号霜表妹的齐芳，突然被通知要调离原单位——军统上海站胡文轩站长秘书一职，将赴南京总部任职，具体职务和身份还不详。

身为我方卧底人员的齐芳能去总部工作，也许是一个更好的机会，但是，作为江静舟的飓风小组一方，必然失去了来自于胡文轩一方的重要消息来源。这无疑会对今后的工作造成影响。

一个新的对策被提出来。齐芳通过程睿和江静舟商量，拟推荐自己的妹妹，现任警备师少尉电讯员的齐茹去接替自己的工作，齐茹也是飓风小组成员，代号雪表妹。为了避免胡文轩一方的猜忌，齐芳决定通过好友顾倾城向胡文轩提此建议，这个构想得到了江静舟的赞许。

"迎"，是指原上海地下交通站被破坏、被迫全线转移后，一个新的站点将重新建立，一位代号为"白鸽"的新任领导从老家延安来到了这里，重新组建上海地下党地下交通站，专门用于传达上级指示，领导并配合飓风潜伏小组的工作，尤其是外围联络交通等逐项工作。这份来自于老家的关怀和支持，让江静舟等人兴奋莫名。今天早晨，沁梅和程睿就是去完成这第一次接头的。

程睿讲述了他们接头的具体过程，和领受的任务，沁梅在旁边不停地补充着。看着女儿掩藏不住的激动之情，江静舟在他们汇报完后不由地笑问："还有啥没讲到的细节呢？"

沁梅果然万分得意，顽皮一笑："啥都瞒不过您的法眼哈，表叔，我今天要开心死了！您知道吗，这个'白鸽'同志，竟然是我的一个老熟人呢！"

"哦？这样巧？"

"是啊，是啊，巧得让人难以置信！她竟然是我在抗大时的老师，是我崇拜的一个偶像！"

"抗大的老师，那一定是个德高望重的老党员老同志！"江静舟不由得感慨。

他的话让三个年轻人相视而笑，江静舟不解地望着他们。还是沁梅笑着为他释疑："哎呀，表叔，您一定是在白区待得久了，完全不了解咱们老家的状况了。"

江静舟笑着摇头，看向三人："我哪里有你们那样的福气啊？一个个都回过自己的老家……"

他的话语里有羡慕和欣慰，更有一丝酸楚之意。

除了沁梅外，许若飞在来到他身边前，也曾在延安抗大学习过半年，程睿也有机会到老家汇报过工作。只有他自己，参加革命近二十年了，因为种种原因，却从未有缘回到自己的阵营中去。去延安看看，一直是他多年的梦想。

笑过之后，他又疑惑地看着女儿："那又该怎讲啊？"

沁梅这才告诉父亲："咱们的组织现在不但壮大了，而且是人才济济，很多优秀的知识分子都加入进来了。您一定想不到吧，这个老家新来的白鸽同志，她是一位很年轻的姑娘呢。"

"错了，人家已经是一位年轻的妈妈了！"程睿笑着纠正她。

沁梅自拍了一下脑袋："瞧我这记性，总是老印象呢。她给我们上课的时候，就是一个年轻姑娘啊！我们还总在猜她的年龄……人家如今是一个半岁男孩的妈妈了。不过，她的年龄无论如何够不上表叔您说的老同志。"

许若飞沉思道："年轻的女同志，如今担任了这样一份重责，能行吗？"

"许副官！你在怀疑我们的上级吗？告诉你，白鸽同志她一点都不简单呢！"

看着父亲和程睿也是一副好奇的神情，沁梅带点得意和崇拜的语气讲述起自己知道的白鸽信息："她的真名叫沈雨鸽，曾经是一名来自国统区的大家闺秀，和自己的恋人一起来到延安，后来在那里结的婚，他们夫妻都是抗大的老师。在我们这些学生眼里，他们真是郎才女貌、金童玉女的一对呐。

"沈老师不仅人长得漂亮，课也教得好，她教授的古典文学，是我最喜欢上的课。她可就是我的崇拜偶像，因为她，我才爱上了古典诗词曲赋的。沈老师不但国文好，英文水平更是非常出色——美国代表团访问延安的时候，她还给毛主席和党中央当过翻译呢！"

"这么厉害呀，佩服！佩服！"许若飞和程睿都忍不住赞叹。程睿更是一脸不可思议状："刚才我初见她，看她那副娇怯怯的模样，想不到是这样优秀的人才！"

江静舟点头感慨："是啊，随着我们党的不断壮大和强盛，会有越来越多的优秀知识分子充实到我们的队伍中来。梅儿，既然已经指定你是我们之间的联络员，这位白鸽同志又是你一向仰慕的人，你就要好好向人家学习，才能不断提高自己的觉悟和水平。"

沁梅点头又摇头："那当然啦，您就放心吧，在自己偶像领导下工作，我是有多么开心！不过，刚才白鸽同志可说了，在白区工作，我目前比她有经验，她也要向我学习呢。"

她的话让三人都笑了起来，许若飞更是捧腹："你可真谦虚！"

沁梅红了脸："许副官，不许你嘲笑我！还是同志呢，最近你对我可是一点都不友好，每次批评我都鼻子不是鼻子，脸不是脸的！我都忍了你很久了……"

"你一天不懂事，我一天不会对你有好脸！"许若飞嘟囔道。

"我怎么不懂事了？"

"瞧瞧你对师座的态度，像个……"

"好了！"江静舟忙拍了他头一下，"你们不能老像长不大的孩子似的拌嘴吧？继续说正题。"

他看着程睿："白鸽同志的公开身份是？"

"目前她是一家刚刚成立的名为永泰贸易商行的老板，化名为'林婉君'，她有过留学法国的经历，所以做得是外贸生意，而且有外资进驻的背景，这样易于掩护身份，还可以为组织筹措赚取经费。"

程睿解释道，又认真看着江静舟："白鸽同志要我们向您转达她的问候，她说她从阎崇光同志那里知道了您的情况，希望尽早和您见面。"

"很好，我也希望能早日和来自老家的领导会面。"江静舟点头，"沁梅作为联络员，定期和她取得联系。白鸽同志身份特殊，一般情况下，不太易抛头露面，以免遭遇险情。"

沁梅听到这里神秘一笑："我有一个大胆的猜测，准确率还肯定相当的高！"

"是什么？"程睿和许若飞都好奇。

"贞德！她一定是贞德！"

"有何依据？"

"一切证据现摆在那里呀？从她的资历和才干，她来这里的时间和身份——我们第一次和贞德同志做情报传递在上周，白鸽同志恰好是一周前到的上海，还有，她的不平凡人生经历，留学法国的背景，都和圣女贞德有太多相似之处……"

许若飞沉思："有可能是，也有可能不是，我们目前知道的是，贞德是我党一名有特殊才能的，肩负着特别使命的独立级特工，根据老家最新指示，我们以后的各种行动，都要以服从和配合贞德的特殊工作为第一准则。不过，我们不能因为白鸽同志的优秀才干，就妄自臆测她就是贞德……"

"其实这种臆测本身就是错误的。"江静舟神色严肃起来，"要记住，身处敌营，不但有不该知道和不该打听的事情，更有不该臆测和猜想的事情。守好自己的本分，做好分内的工作，不仅是必要的，也是必需的！尤其是沁梅！你目前在军统站，环境复杂，任何时候都要睁大警惕的眼睛，千万不可有一丝一毫的松懈和麻痹，更不能存有任何侥幸心理。"

"这点表叔您就放一百个心吧！"沁梅是一脸悲催状，"我想放松麻痹都不大可能。我那个狡猾的上司就像是一块橡皮膏，够我较量一阵呢。"

"是说楚天舒吗？你叫他橡皮膏？"程睿很想笑。

"难道，我说得不对吗？"沁梅一脸无辜加无奈，"你们看哈，他是软硬不吃，你打击他，他无所谓的样子；你把他当老师恭敬一点吧，他就尾巴翘上天了！有时候认真得要死，有时候吊儿郎当，有时候比孩子还天真……唉，简直搞不懂他！"沁梅撇嘴道。

她看三人都注视着自己，又长叹："你们说，我怎么这么不幸呢，一开始卧底工作，就碰上这样一个对手？一个可恶的虐待狂！还整日给我们布置一大堆习题，弄得我脑仁都疼！他还总是不怀好意地问，你俩还有什么问题要问吗？"

她模仿楚天舒一脸"慈祥"的模样，可惜太过夸张，严重丑化了那人，搞笑的表情让程睿和许若飞哈哈大笑起来。

江静舟却点头寻思："这么说，这个楚少校教起课来还是蛮认真的。"

沁梅哼道："简直是逼死人的认真，杀人不见血的招数！"

"还好，听你如今的口气，起码不是像原先总想干掉他的那番意思了，我们也就放心了！"许若飞调侃着。

"你们的态度才奇怪，会为一个军统局特务瞎担心？你们的立场呢？溜得我都看不见了！"沁梅不满地瞪瞪他们两个。

江静舟笑看着女儿，正要再叮嘱她几句，却见勤务兵敲门进来，端了一碗面条。

程睿将碗放到江静舟面前，许若飞拿过筷子来。

程睿笑道："三叔，您快吃饭吧，我们先出去了。"他和许若飞欲走，看沁梅却是一点不动的样子。

沁梅趴在父亲面前，笑看着他，话却是说给别人听的："我要在这里守着您吃完这碗面条，才能放心走，免得……别让人又说我不懂事！"她回头白了一眼许若飞，后者笑着跑走了。

"又说淘气的话。"江静舟看着女儿小姑娘一样的情致，也无奈地笑着摇摇头。

三天后的一个清晨，江静舟和白鸽相见。

在沪西公园一处僻静的树林中，许若飞和程睿担任着警戒工作，江静舟穿过一条林间小道，来到约定好的草庐旁。

一名女同志已经等候在那里。她年约二十四五岁的样子，身穿一件墨绿色旗袍，齐耳短发，面庞清瘦秀气。她坐在石桌旁，手边是一套精致的茶具和一本线装诗书。她似乎在随意浏览着，神态悠闲适意。

看到来人走近，她好像独自吟诵一般，不经意地说出了接头暗语：

"双舞庭中花落处，
数声池上月明时。"

江静舟应声作答：

"三山碧海不归去，
且向人间呈羽仪。"

两人相视一笑，上前握了手。

白鸽秀气的大眼睛里带着温暖的笑意："您好，云表哥同志，终于见面了，按理您是我们的前辈呢。"

江静舟也很激动。这份久违的来自老家的温暖，瞬间让他有流泪的冲动。如果对方是个男同志，他一定会上前来个拥抱，就像拥抱他亲爱的党一样！实在是太久了，自从经历了远征军的生死历程，他觉得自己像是再世为人一般，现在，来自党组织的温暖，让他有回家的感觉。

两人来到草庐中的石桌前坐下。白鸽斟了一杯茶，轻轻放在江静舟的面前。

当她坐下来，仔细观察对方时，有一丝丝惊异的表情瞬间滑过，这神情没有瞒过江静舟敏锐的眼睛，他不便贸然询问，只是略带疑惑地看着她。

白鸽却懂他的意思，腼腆地微笑着，掩饰着自己的略微失态："我看您……还很年轻的样子，不像是阎崇光部长介绍得那般老成持重！在我的心里，一直把您当前辈看待，如今见您的神采飞扬、意气风发，这般的英武神气，让我都困惑了！"

江静舟微微摆手："身处敌营，心神憔悴，哪里还谈得上英武神气？一切都是伪饰的假象罢了。我朝思暮想的，还是有朝一日能回到老家，去看看我们的圣地……"

白鸽理解地笑笑，干脆直奔主题："云表哥的意思我懂了。其实老家也一直了解您的想法和要求，知道您想早日回归组织怀抱。可是根据目前的形势，您可能还要做好在敌营继续潜伏下去的思想准备呢。"

江静舟心里明白，此刻也只能默默点头。

白鸽观察着江静舟的神情，边思索边解释道："现在的局势想必您也看出来了，抗战胜利了，某些虚伪的假民主真专制的面孔已经充分暴露，国共两党的决战态势已经明朗化。我们从来不放弃力争和平建国的主张，但是也要密切关注目前形势下新一轮反共势头的崛起。如今，我们的党，我们的军队，经过八年抗战，已经壮大强盛起来，不再是任人宰割、任人摆布命运的状况。有些事情，我们需要未雨绸缪，睁大警惕的眼睛，为可能到来、即将到来的最后决战做准备。"

江静舟兴奋地点头："早就盼着这一天了！从民国十六年的四一二开始，我们隐忍了太久，有多少优秀的同志和战友都倒在了敌人的屠刀下。如今，我们终于有能力有实力，和这些反动腐朽的势力展开最后的决战。我多么希望能亲自拿起武器，走上前线，参加战斗，为我们的党，尽一份军人的本分和力量啊！"

白鸽激动地望着眼前这位老党员、老同志，轻柔的语调中有安慰，有鼓励，更有钦佩："我很理解您现在的心情，相信我们的党也能充分理解。毛主席对潜伏在敌营中的，像您这样的地工人员有过至高评价———一个优秀的红色特工，其作用等于两个红军作战师！您明白这个深刻含义吗？"

江静舟不是第一次听到领袖的这句名言，但是此刻听来，仍觉得心里流淌过一股暖意。

白鸽继续用轻柔的声音讲述着："在可以预计即将到来的国共两党的大决战中，情报工作的重要性更加凸显出来。其实，根据我党以往的斗争史，我们的军队实力和各方面条件，都还远远弱于蒋氏集团的，但是我们的红军能够在敌人的围追堵截中生存下来，我们的八路军、新四军能够在艰苦抗战中逐渐壮大起来，可以说，像您这样潜伏在白区，战斗在敌人中枢系统的红色特工们起到了关键性的作用！"

江静舟感慨着点头："我自己做得其实不足为道，但是我经历过的，我接触过的，我的周遭，有太多这样优秀的同志，他们冒着生命危险，为我党输送了大量的情报，他们建立的功勋是不可磨灭的！"

"您就是他们中的一分子，还是一位佼佼者呢！"白鸽真诚地赞美道，又深情地回忆："您的不凡经历，阎崇光部长都告诉过我了，十几年来，您和您的战友们多次冒险向老家提供了关键性的情报，在很多时候甚至是挽救了我军的命运。中央的同志曾这样评价，毛主席用兵真如神，来自白区的情报是基础。正是有大量的像您这样的情报战线上的传奇人物，为我们的党提供了有效的情报信息，才给党中央、毛主席的战略决策提供了有力的依据，使我们在军事上取得了一个又一个的胜利！"

江静舟谦逊地摇摇头："俱往矣！白鸽同志，以前的事情，不管是功绩还是运气，现在都不必说了。在眼下微妙敏感的时刻，我最想知道的是，已经扎根于淞沪警备师的我们这些人，下一步的任务是什么？老家又有什么重要的指示呢？"

白鸽甜甜一笑："您是老特工了，又在国民党军中担任高级职务，老家对您的作用和工作能力是抱有很大期望的，自然有重要安排。

"目前我党的情报工作，已经到了一个至关重要的时期。现阶段在国民党的关键部门，如中央党部、国防部、陆海空三军的司令部、江阴要塞、军统局、甚至南京电台总站，都有我们的红色特工在活动。如何能保证这些情报渠道的畅通，把这些同志冒着生命危险获取的情报迅速、安全地传递回老家，是非常的重要任务之一。为此，老家已经计划构建了多条情报输送渠道，我们这里无疑是其中重要的一条。这次延安有指示，鉴于在南京国民党要害部门潜伏有我党高级特工人员，为了确保他们的身份安全，他们获取的情报将不直接传递回老家，而是转道我们这里，经由我们上海情报站，输送回老家。这样，一旦有险情发生，可以从这里切断情报输送渠道，以确保卧底在南京的高级特工同志的安全。所以说，云表哥同志，目前我们的任务，就是建立维护好这一条重要的情报输送途径，为这些情报的传递保驾护航！"

"明白了。我们飓风小组的工作一直是围绕着这个宗旨来进行的。我们也总结出了一套行之有效的方法，来防范风险，确保安全。"

白鸽点头："这里还有一项任务，是我走前阎崇光部长专门交代过的。"

江静舟认真地看向她。

"阎部长让我传递给您一个信息，请您早作筹划。您参加远征军赴缅作战建立了赫赫战功，也必然给一些高级军官留下了深刻印象。同时，在军队中，您也结识了不少国军中下级军官，您可以利用这些有利条件，将我们的同志以各种理由渗透到这些主力部队中去，播下火种，未雨绸缪。一旦两党决战开始，这些火种就会在敌军内部发挥不可估量的作用，这算是提前布下的一道闲棋吧。阎部长再三强调，让您以安全稳妥为准则，相机行事，自我掌控好分寸为上。"

江静舟很赞同："这方面我也曾经考虑到了，我回去理清线索和思路，也会做出一个规划来。"

"太好了，有您这番话，我心里就踏实多了！我还年轻，经验贫乏，期望您能经常指点帮助我的工作。"

"白鸽同志，您是来自中央的特使，我们小组会积极服从老家的指示，认真接受你的领导的。"

"还是这样说比较好，希望咱们合作愉快，高质量地完成党交给咱们的任务。"

两人相谈甚欢，正要结束这次见面，却见白鸽又暗示江静舟等等，她从随身携带的坤包中取出了一个信封，带着温馨的笑意，递给江静舟。

江静舟接过来打开，一张两寸的黑白相片就飘落在他手中。

十一岁的少年面对着镜头笑着，灿烂而无忧，那双长圆形的眸子带着故人的遗传印记，让江静舟心底悄然滚过一丝伤感之意。

"宁松马上要满十二岁了，孩子聪明早慧，从四年级直接跳级到中学，目前在陕甘宁边区中学上初中二年级，学业极为优秀，尤擅历史、哲学。"

江静舟默默地听着，眼睛不错珠地盯着儿子的相片看，那专注的神情让白鸽一阵心酸。

"沈琬大姐最近陪郭清寒政委去苏联治病了，郭政委的肺病很严重，不能继续拖下去了……您别担心宁松的照顾问题，组织上都安排好了，他住在他幼时就学的一位私塾先生家，老两口没有孩子，把宁松当作亲孙子看待……宁松从小就跟着老先生学习经史子集，很有家学渊源……"

"很好，我感谢组织，总是为我安排好一切，使我没有后顾之忧。"江静舟感叹着。

白鸽同情地望着江静舟："我知道做父亲的心，可是……"

"我明白的。"江静舟再次贪婪地狠狠盯了儿子照片一眼，像是要从此将它印刻在心灵深处，随即将相片递还给白鸽："行了，我已经非常满足了。"

"您放心，我相信，您和孩子重聚的时刻一定不会久远了！"白鸽真诚地祝福道。

"是的，胜利不会远了，眼前的一切，不过是黎明前的黑暗。我们的心底，早就酝酿着一种甜蜜的期待！"江静舟也轻声呢喃着。

江静舟和白鸽相许的美好期待目前不干楚天舒何事，他倒是正在忍受着一种难言的黑暗。

总破译师办公室的门紧锁着，里面传出的剧烈争吵声让外间的三个姑娘神情不安。小芮是真心为自己的上司发愁，井媛媛是对自己教官的担心和紧张，沁梅开始是幸灾乐祸，后来听出名堂后，知道这个争吵牵扯到自己一方，又是格外的愤懑不平。

当里面又一次传出"狐狸精"的喊叫声时，沁梅拍案而起，几乎要冲上前去，破门而入了。

小芮和井媛媛都慌忙拉住她，正纠缠着，电话铃响了。

小芮接了电话，告诉沁梅："老板找你，让你速去他的办公室。"

沁梅悻悻然罢手，准备去养父那里。刚走了几步又折身回来，对井媛媛语气犀利地嘱咐道："等会注意一下楚长官对此事的处理态度！"

她又看向小芮，气呼呼地说："要是楚天舒不懂得主持正义，那么我郭沁梅就要果断出手要个说法了！哼，这家伙……"

确定她真的走远了，小芮才哀叹："我们楚总真可怜，这笔账怎么算来算去又落到他头上了？还有公平吗？"

井媛媛对她忙笑着挥手，指指里面办公室，又指指外边，暗示着楚天舒、沁梅二人："两个人都不好惹，他们是前世的冤家么？"

第十一章　他的英雄

　　间谍是不分男女的，只要为谍，心细如发，不放过任何蛛丝马迹是一项本能！所以我们日常的一切行为，都要格外小心，就是这个道理！

　　沁梅向胡文轩办公室走来，在楼梯拐弯处，看到一个女军官的背影。她想了想，又不动声色地趴在楼梯边向下看看，才边思索着走到养父办公室门前。

　　"报告！"

　　"进来。"

　　胡文轩笑看沁梅："不错，丫头越来越有军人样了。"

　　"有什么办法，被我亲爱的表叔——致远将军修理过几次了。他总说我太随便，于是恶狠狠地给我上各种紧箍咒，要把我'速成'为一名女军人！"沁梅娇嗔的样子很俏皮，看得胡文轩忍俊不禁。

　　"你理他？他是野战军出身，带兵惯了的人，就爱讲究个军人仪表、规矩什么的。而我们呢，讲究的是这个，"他指指自己的脑门，"本质区别！"

　　沁梅忍不住笑。胡文轩拉她到一旁沙发坐下。

　　他认真看着她："你别笑啊，我说的是大实话！我在想，你要是不习惯待那里，不如来我这里吧。"

　　沁梅噘嘴："您又要我啦？上次您又说过，不让我加入……"

　　胡文轩点头："我是不建议你加入这个组织啊，现在也不改初衷。我的意思是，目前有这样一个机会，我们要成立一个密码档案室，直属于楚天舒那个组，如果你愿意，可以过来，身份不变，你还是隶属于淞沪警备师，只是长期借调在这里工作而已。"

　　此事还是来得突然，沁梅想起被教授的特工技能之一——在不明真实情况的状态下，先不表态，争取让对方多亮出底牌来，自己方能以不变应万变。所以她选择暂时沉默。

　　胡文轩还在相劝："期间我还想让你认识一个人。"

　　"一个人？"

　　"是的，丫头，还记得以前你见过的一位阿姨吗？在抗战期间，她来过咱们家，一个姓柳的阿姨……人长得很漂亮的？"

"有点模糊印象，她叫柳……"沁梅的表情很诚实的样子，胡文轩自然不疑有他，万料不到是这个丫头在为他挖坑。

"柳芊倩！"他急忙补充道。

"你不如叫她本名更好些？虞水蓉，所谓水芙蓉者，莲荷也。所以乳名阿莲，又因绝色，绰号虞美人！"沁梅嘻嘻哈哈地说着。

"丫头你？"胡文轩自然是震惊，却见沁梅捂嘴笑了。

养父是一副惊掉下巴颏的神色，养女于是忍住笑解释："上次那位中央社樊主编来时举办的那场舞会，您和表叔私下说的那番话，我都在一边偷听到了……何况，那些轰轰烈烈的往事旧情，也瞒不住人的呀，我也有所耳闻。"

"你这丫头，人小鬼大，我真不能把你当孩子看了！"

沁梅笑而不答。

胡文轩无奈点点她："你以后要叫她阿姨，她成为我们站的职员，负责密码档案室工作，你就在她那里如何？"

"我是无所谓呀，不过……"

"你是怕你表叔不同意吧？放心，只要你坚决要求，他也没办法啊！留得了人，留不住心不是？再说，你要是想过来，我去同他说。"

沁梅又是咬唇不答。

"总不至于你舍不得他那里吧？"胡文轩轻轻一笑，也回敬养女一个"陷阱"，"你来这里，我也能照顾上你，总好过在那边受气！"

"我在那里受啥气了？"沁梅是不解加之不服气。

胡文轩嗤地一笑："人家父女团聚过生日，你气得连饭都没吃，在宿舍掉眼泪，这还不算受气？我听了都心疼！"

"什么？"沁梅是万般生气的样子，"您在监视我吗？还是监视表叔那边？真可怕！"

"这很奇怪吗？那边有我的人很正常，我这里你表叔也会安插眼线……都再正常不过！小孩子家如你，才会惶恐不安呢。"

他拍拍女孩手背，笑着安慰："我说的事，你自己好好考虑一下吧，想好了告诉我……总之你在我眼前，能让人放心些。"

他的语气和神情都是一个标准父亲的样子，沁梅突然觉得心头一热，那种纠结的亲情又让她心里难受起来。

胡文轩却是毫无察觉，他继续着自己的慈父情怀："对了，你最近在这里学习的怎么样，和天舒处的好些了吧？人家可是总在我这里夸你聪明有悟性呢。"

沁梅随即调整好情绪，把刚才发生在楚天舒办公室的那幕闹剧告知了他。

"唔……"胡文轩听了皱眉不语。

"要不然，您现在就和我一起过去看看，抓个现行如何？"

"我才懒得管那些猫猫狗狗的事情。"

"所以您这站里才乌七八糟的，什么人都有，什么人都可以耍横斗狠！"

"丫头，胡说些什么？越发口没遮拦了！出了这个门，你再这样没心没肺地乱说一气就麻烦了！"

"我是好心提醒，您爱听不听！"沁梅站起身来，噘嘴就走，却又被叫下了。

"你先站着，我的话还没完呢！"胡文轩脸色变得凝重起来，"后天是你方城叔叔殉难纪念日，我们去他的墓地看看吧？"

沁梅也瞬间敛容，认真点头："我也早想去看看方叔叔……"

胡文轩拍拍她的肩膀，叹了口气，不再说什么了。

此刻胡文轩口里的"猫猫狗狗"的事情就正让楚天舒焦头烂额。

一个身材高挑、容貌艳丽的女军官正抄着手，在他的办公室里，一脸张扬地与他对视。

"苏菲中尉，你究竟想干什么？你在我这里纠缠一早上了，我还要不要工作了？"

"楚总，哦，不，天舒！我就想知道你的真实想法……"

"别……别那样胡改称呼，我不习惯……"楚天舒郁闷极了，也无奈极了。

原来，这位叫苏菲的女下属是一名中德混血儿，在楚天舒手下任中尉破译员，是这个组刚成立时就分进来的。她的父亲是一个中将司令，门第显赫的她自幼娇生惯养，跋扈骄横。

平心而论，她的业务能力还是不错的，就是由于个人性格的原因，和同事总是无法和谐相处。尤其是，她对年轻上司楚天舒几乎是一见钟情，加之性格外向大胆，热情奔放，时常会做出一些让楚天舒不适和不快的事情来。

她爱将超乎寻常的热情加诸在楚天舒身上，不管对方感受如何：打饭、买各种零食小吃、随意到他的办公室闲聊……这种丝毫不避嫌疑地表达自己爱慕之情的种种举动，让楚天舒很是头疼。他尽量躲着她，可总防不胜防，苏菲中尉会在任何时候，以任何借口，出现在他的面前。

出于从小形成的教养，和对女孩子的尊重，楚天舒也不好意思伤她的面子，抬出上司的架子来当面直言回绝，只能曲意拒绝，尽量躲避，勉力应付，后来就到了一看到她就头晕目眩的地步。

苏菲一向我行我素，对自己的这份单项恋情自信满满。前一阵，苏菲的德籍母亲去世，她回无锡老家去处理丧事了，等回到站里，她蓦然发现楚天舒的办公室外坐了两个青春貌美的女军官，不由得心生警惕，愤懑不平，一大早就来兴师问罪。

"哈？我才几天不在，怎么这里就突然冒出两个小骚蹄子来？楚长官，你就这样按捺不住吗？"

刚才她一进来这番粗鲁无礼的开场白，就把教养良好的楚天舒噎得够呛，好半天，他才缓过一口气来："你……没毛病吧？苏中尉，谁给你这样的权利，在这里胡说八道、诬陷诋毁自己的上司？"

"哼！还摆出架子来了？爱情面前人人平等，亏你还是留过洋的！"

"谁……谁和你……爱情起来了？我的天啊……你……"一向优雅自若的楚天舒被这种赤裸裸的单恋宣言击蒙了，话都说不利落了。

"不和我讲爱情，倒和狐狸精讲爱情？我告诉你，没门！楚长官你应该清楚，我爱你，你就是我苏菲的！"

天呐！难道她有外籍血统就可以这般口无遮拦、肆无忌惮吗？楚天舒在心里呼天抢地，面上却要维持住长官尊严，正常应对。这对自幼也是出身豪门，从小也算娇生惯养的七少爷来讲实在是憋屈得紧。他觉着自己太阳穴上的血管都开始"突突"直跳了。身为长官，万般无奈，还是要好言相劝："苏中尉，我再次提醒你注意用词，要知道她们和你一样都是党国军官！人家是警备师选送来这里学技术的，你这样说话太无礼了！而且……而且这里是办公室，请不要把爱呀……什么的挂在嘴边，太放肆了！"

"是你辜负我在先，我就难顾许多了！分明是两个小狐狸精的手段，她们一看就不是好东西，你以后不许多搭理她们！我看，应该建议老板让她们早点滚蛋！"苏菲丝毫未看出楚天舒在极力压抑着情绪，她的自我感觉一向不错。

"你的粗鲁和无礼让我震惊，你的自以为是、自说自话更让我无语！站长那里我无权过问，何况其中还有他的女儿……你最好规范一下自己的用词，让人听了去……"

"那又如何？我打听过了，不过是养女而已，有啥了不起的？最多算一个有点靠山的狐狸精吧？"

苏菲一贯性地沿着自己的思维逻辑我行我素的做派和言语，让楚天舒是绝望加无语，几乎被气蒙了。

于是，一连串的"狐狸精"、"骚轳子"之类的词汇，更加源源不断地从苏菲口中蹦出，楚天舒是拦都拦不住。他担心外边的沁梅等人听见又起祸端，忙起身打开门查看，却见只有小芮和井媛媛在那里俯首工作，并不见沁梅身影，才暗暗松了口气。

他索性打开门，刚才一瞬间他灵机一动，想出了一个以毒攻毒的办法来对付眼前这个狂傲的女中尉。

他将自己衬衣上的领带一把揪下，狠狠摔在办公桌上，跃身桌上坐了，用一种玩世不恭的样子也要起了大少爷脾气来："好吧，苏中尉，你把刚才的话再大声重复一遍吧，谁是你说的那种狐狸精，你去指认出来，咱们一起揪了她去请站长处理！该开除就开除，该调离就调离！"他厉声吩咐门外的小芮："你去把外边的门也打开，让各室的人都集合着听听，苏中尉在这里代行领导权责，清理门户呢！我看咱们这个译电组倒是真该好好大开杀戒，整肃内务了……我平日里尊重担待诸位，倒让你们将我弱化成摆设了？！"

他最后这句话说得冷酷决绝，自有一种特殊的震慑力。

小芮被他的神态吓到了，她跟他有一阵子了，从来没见过上司发这样大的脾气。

他的脸色都气白了，两道平日里生动有趣的眉毛此刻拧成了两把匕首，好像随时会从额上飞出鞘来。井媛媛更是吓到头都不敢抬，鼻尖都快触到眼前的资料上了。

苏菲也有点吃惊，她不料一向儒雅的楚天舒会突然翻脸。他一向是高傲淡漠的，对女下属疏离但很谦和，所以大家才会悄悄给他起了"冷傲王子"的绰号，但是如此雷霆万钧的神情倒是第一次见到，反倒是她自己骑虎难下了。

正在微妙胶着状态，电话铃响了。小芮接了电话，怯生生地看着楚天舒："楚总……有……有人找您，在门岗那里……"

"叫进来就是，这也要问？"楚天舒怒气未消，余威尚存。

小芮吓得花容战兢，语无伦次："是……是女的……两位……她们说是不想进来，请您……出去……见面……"

苏菲听了，冷冷一笑，重重哼了一声，觉得老天有眼，他就是现世报，总算自己挽回了些许面子。

也觉得带点"现世报"讽刺意味的这位上司心下自然更是不爽。楚天舒虎着脸，从牙缝中挤出一句："My god！今天是什么倒霉日子？"随即愤愤跃下桌子，拾起军用领带，边整军容，边向外走去，走到门口，又回身厉声吩咐："无关人员离开，各司其职，都给我安心工作！"才砰然摔门而去。

当时沁梅正在门卫室。

从养父办公室出来，沁梅没有回办公室，而是来到这里，故意用轻松无意的口气问里面值班的哨兵："刚才警备师那辆车走了吗？"

"您是问警备师顾副处长的车吗？她开走了。"

"哦，真遗憾！我想让她帮我给那边捎点东西的……"话音未落，就听到一个轻柔的女声传来："请帮我们给里面打个电话，找电讯科的楚天舒少校。"

沁梅看到两个年轻的少女，衣着华丽，容貌娇美，都是大家闺秀的模样。她们的发型突然让她记起了前情——她们就是那天自己见到过的，在冰淇淋店和楚天舒纠缠玩笑的两个女孩。

"楚公子处处留情，这下好了，还找上门来了？"沁梅撇嘴一笑，不以为然在心底同情了一下自己的教官，回身向办公室走去。

在楼下远远看到正走出大楼的楚天舒，想来他正是要出去会那两个女孩，沁梅心里好笑，看到自己从门卫处走来，聪明如他，当知自己窥破了他的隐情？算了，从厚道处想，自己不如闪身躲开，免得臊了该长官的脸，却不料被那人提着名字高声叫起："郭沁梅！"

她只好向他走去。

楚天舒看着站在自己面前的女孩，努力压抑住刚才那股怒气，尽量用平和的语气叮嘱道："刚才……有些不堪的话估计你也听到了？我想给你一句忠告：人生而平等，但是道德修养又是有层次之分的！与一个和自己不在同样水平线上的人对弈冲突，往往会自辱其身，得不偿失，你明白我的话吗？"

沁梅当然心领神会，不由点头。

这个在她眼中目前无法自保的上司，竟然还有心情对她笑笑："你的聪明让我相信你能应对好一切，但别忘了你的主要任务是什么？无意注意不必理会，徒增烦恼而已！"

你以为你就知道我的主要任务是什么吗？沁梅在心里暗暗地顶了他一句，表面上却不动声色。她意外的温顺也让楚天舒很满意，又送她一个灿烂微笑，就走了。

回到办公室的沁梅神情格外平和，还有兴趣和苏菲、小芮她们一起趴在窗前，观看了发生在门卫处的那一幕"哑剧"。

听不到声音，只是看到楚天舒和两个女孩有纷争纠缠之意。他时而耸肩，时而挥手，一副很激动的样子。

"原来，楚长官也是有这样大的脾气的……"井媛媛推着鼻梁上的眼镜，嗫嚅着，她今天已经被先前的那一幕吓坏了。

"人家好歹也是名门大少爷，你指望他是乖乖小绵羊啊？哼，露出爪子来就能挠死你！"沁梅做出张牙舞爪的样子来进一步吓唬自己的同伴。

"大家都看到了吧，一下子缠上两个女孩耶！咱们楚总，分明是'牡丹花下死，做鬼也风流'的主儿啊，谁要有非分之想呢，可以果断收心回头了！"懒洋洋且充满酸意的声音来自苏菲，她扔下这句话，夸张地扭动着腰肢，踩着高跟鞋走了。

"她这番话是说谁呢？"井媛媛是不明白，等她走远了，才拉着小芮问。

小芮还未及回答，沁梅已经高声接口："笨丫头，这还听不明白？她分明在说她自己呢！"

三人于是笑作一团。

欢笑时自有欢笑事，伤心人各有伤心处。此刻，顾倾城就坐在离警备师不远处的路边车里，俯身方向盘上暗自流泪。

她才从胡文轩那里出来，他提到的一个意外建议，让她心烦意乱，继而伤感又憋屈。

她今天是例行到他那里汇报，毫无进展、无任何新颖角度的情报记录让她都无颜直面自己这个上司。他很少对她露出不满的神情，只是认真看向她的专注汇报，但这已经让她心生愧意，手足无措起来。

他不经意地将她递上的两页薄薄"流水账"放到一边，用亲切和蔼的语气与她谈及了一段旧情私话。还未等她从悲伤的情绪中缓过来，他又提到了前两天她汇报的有关警备师女军官齐茹想来这边就职的问题。

"她是齐芳秘书的亲妹妹，又是你的好友，这自然是万无一失的了。我这里无所谓，军衔低一些也没什么，升职肯定不会慢于那边。不过，就是你们江师长那里……"

他摇摇头继续道："你这位现任上司的脾气秉性你是清楚的，凡事总和我别扭着，基本上是我胡文轩要做的事，他就没好好配合过！想从他那里调出人来，估计……"

顾倾城也是为难的样子。

胡文轩认真看了看她，轻轻一笑："我知道你和齐芳姐妹情深，我不妨给你支上一招。"

他抄起笔来，在桌子上的白纸上写了一个"程"字。

"您的意思是，找程处长去和师座说说？"

"不错！"胡文轩点头，"小睿一直跟在江致远身边，名为上下级，实为父子一般。这件事让他和自己的三叔提上一句，不就一切 ok 了？"

他又笑着给她分析："你看这次齐芳让你关照她妹妹而没托付给恋人程睿，无非是觉得他们两个毕竟没成婚，这未来的姐夫给未来的小姨子帮忙不是那样名正言顺。可是如今你帮她疏通到这一步了，由她的未婚夫去和他的三叔提上一句，很正常吧？"

想到程睿和他这个二叔也很亲近，顾倾城就释然了。

然后就说到了那个让她纠结难安的话题。

"倾城，我还有一件事，一直想和你谈。你心里如何看江致远这个人？"

"老板，我……"

"这里没有外人，你不妨直言。"

"可是，我真的不知道该怎样说。他是我现今的直接上司，也不好妄加评议的。何况在没有确凿证据的情况下，去怀疑猜测一个党国将军，似乎也不大合适……我一直不明白您让我留意他的行为举止，事无巨细都要上报，这意义何在呢？"顾倾城的话语里有不解，有惶惑，也有一丝丝令人难以察觉的委屈和不平。

"我的直觉果然没错，"胡文轩点头，"你对他动情了，倾城！"

"老板！怎么会？您千万别……"顾倾城觉得瞬间如跌入冰窖那样寒冷彻骨。

"你别激动，别害怕，也不用急着解释分辩！"胡文轩忙安抚她，"江致远文武兼修，英华内敛，霸气外泄，哪个女人不爱？爱他的人自然不止你一个，只不过……"

他的眼波一闪："目前能接近他，且又能为我所信任的女子，唯你一人！"

他走上前来，认真看着顾倾城的眼睛："你是我信任的部属，你忠诚敏捷，又秀外慧中，和江致远是天设地造的一对。更关键的是你还很迷恋他，这点很重要！倾城啊，咱们军统女人，能将任务和幸福结合起来的实属凤毛麟角，你福气不小哦！"

"老板，可是……"

他挥手制止住她："你想说他没爱上你？这难道还成为问题吗？俗话说，男追女，隔座山；女追男，隔层纱。别忘了，你还是个军统女人，曾经的训练班优等生！"

"老板，我不能……"

"倾城，你的幸福就掌握在你的手中。从另一方面来讲，江致远的幸福与否，也跟你息息相关。作为上司，我相信你的能力和运气！"

"可是……"

"其实你该明白的，在我们这个组织里，一切以党国利益为重，一切以组织领导的指令为重，一切以任务为重。作为下属，从来只能是上司意志的执行者，不会是策划者和抉择者。但是，我不能……那样冷漠无情地待你，你懂……"胡文轩的这番感慨显然是动了真情，"我又想说到你哥哥了。因为他，我也不忍心勉强你什么，但是你要知道，此事与其说是为了任务，倒不如是为了你的幸福！我的苦心，你哥哥若在，自然会明白，你……可明白？"

顾倾城张了张嘴，再也说不出一个字来。

此刻，伏在吉普车的方向盘上，顾倾城心中万般情绪铰结在一处：无奈、纠结、恐惧、伤感、希冀、绝望、痛苦……

在这个组织里久了，她自然明白上司的心事：作为一名军统女人，她顾倾城可以一时忘情，可以暗蓄私心，但是绝对不敢轻易背叛自己的组织。如果她嫁给了江静舟，等于是在他身边安上了一双本系统的监控眼睛，无论从哪方面讲，都有利于胡文轩的一方。更何况，他们之间还有一段"虞美人"的往事纠葛？

可是，那个人让自己魂牵梦绕的男人，他会如何想呢？

顾倾城眼前蓦然浮现出一幅画面：江静舟听说此事后鄙夷厌弃的面容。她突然难掩心头悲酸，只能用泪水来诠释一切。

晚上，沁梅坐在自己父亲官邸的客厅里。

她很少来父亲这里，这不过是她来上海后第二次。事实上，因为父亲忙于工作，身边又无家眷，他自己都来去匆匆，这里并没有太多家的感觉。

听女儿讲了白天在军统站的见闻，江静舟点头："这个是我早料到的，也很正常。"

沁梅却不放心："这个顾倾城整天在你身边工作，还是有隐患的，女人自然心细，别忘了，您过生日时，我跑回宿舍，与她只是擦肩而过，结果情报就递到那边了。"

江静舟微笑："间谍是不分男女的，只要为谍，必然心细如发，不放过任何蛛丝马迹是一项本能。所以我们日常的一切行为，都要格外小心，就是这个道理！"

"我知道自己那日是错了，从工作角度，从……亲情角度……对不起，表叔！"

江静舟摇头："梅儿，不要老纠结过去的事了，一切向前看才对！况且，你是谁，我又是谁，你认为我会为之计较，需要你反复道歉吗？"

沁梅低头不语。对了，今天还有一项重要话题，就把胡文轩讲到的后天要去给方城扫墓的事情说了。

"方城叔叔您也是熟悉的，据说他殉难时，是和您、养父在一起，他是为了掩护养父才……"

江静舟听了这话，站起身来，走了几步，面向窗前沉思不语。

许久，他回到女儿身边，深沉地望着她，眼里分明潮红一片："梅儿，有些事，我想是该讲给你听的时候了。"

沁梅被父亲凝重的表情震撼了，她认真望着父亲。

"你知道吗，这个你从小就熟悉的方叔叔，他是我们的人！"

"啊？！"沁梅蓦然惊得站起身来，"方叔叔，也是……"

"他就是抗战时期，飓风小组除了霞表姐之外的另一个隐形成员——霆表哥！"

"原来他就是霆表哥……我听大哥和许副官提到过他的名字，总觉得那是一个传奇人物，没想到竟然是我熟知的人！"

"是的，你们不知道吧，他还曾是我最亲密的战友和助手，是我最欣赏和倚重的部下……"江静舟的讲述沉重而伤感，"他是安徽人，是我在敌营最早发展的那批党员之一，他小我六岁，一直看视我为大哥。他加入我们组织的时候，还不满二十岁。

"后来机缘巧合，他到胡文轩身边任副官，因为枪法出众，胆大心细，被你养父赏识，逐渐成了他的心头爱将。让我没料到的是，他还会被你养父确定为代他照料你生活的人。

"所以，梅儿，后面的事情你一定明白了吧？方城叔叔就经常会把你的信息传达给我，又几乎是将双倍……哦，不，应该是三倍的父爱带回给你。之后，他又趁着你养父离开上海的间隙，找机会托人带你去了老家，回到你母亲身边……"

沁梅的泪水已经流了下来，她用手拭去了："后来……方叔叔他为了掩护养父牺牲了，他至死都没暴露自己的身份吗？"

"是的，从大的方面讲，他是为了抗日牺牲的！当时正值国共合作，共同御敌时期，你养父和我们共同完成一项对日计划。事实上，他的牺牲与我有关，我至今都万分愧疚：那次的行动情报来源可疑，你方城叔叔曾提醒过我，让我仔细辨别斟酌，不易盲动，可是由于当时上级已经作了周密安排，我单方面无法取消行动计划……

"于是，方城就执意要替代我去和你养父联合行动，为了他不暴露，我自然不能同意这个建议，可就在我们行动开始时，原本另有任务的他却赶到了现场……行动失败，他掩护我和你养父撤退，在途中遭遇激战，他挡在你养父身前，中弹牺牲。"

江静舟语气有些哽咽："我一直认为，他的牺牲我难辞其咎……如果我当时能更理智些，不惧领导权威，审时度势，果断取消行动，就不会造成这样的后果！一位那么优秀的同志，他还那样年轻……他的死，让我真真切切地感受到了手足断裂之痛，很长时间我都不能原谅自己……"

沁梅看着父亲，也是泪水涟涟："我理解您的痛心，而且……因为身份所限，您至今也不能去他的墓前祭拜，心里一定是……"她上前抓住父亲的手，用劲晃晃："您放心，如今有我，我会把您的怀念、您的心声带给方叔叔！"

"好的，丫头……"江静舟低下了头，不想让女儿看到自己眼含的一汪热泪。

次日清晨，天色稍霁，胡文轩带着养女沁梅和副官陈玮来到上海国军墓地。

因为是大清早，墓园里寂静无人，走在一排排整齐的墓区小径上，军用皮靴发出沉闷的声音，让人记起空谷足音般的回响。

三人都军装严整，陈玮手中抱着一大捧白、黄相间的菊花。

墓地整体分布在一座小山坡上，他们拾级而上，穿过一排排墓碑，来到一座整洁的墓碑前，那墓前醒目地放着一束鲜花。

沁梅仔细打量着，只见一块汉白玉碑上镌刻着"方城之墓"四个字，下面立碑人的落款是"战友：胡鉴"。她注意到养父用的是本名，看得出来他对这位属下格外眷顾。

和周围墓碑相比，此处显然才被清扫过了，不仅祭台上清洁无尘，连墓碑都像是刚被擦拭一般。最具证明性的，还是早就放在这里的那束鲜花。

"老板，估计昨天蔷薇来过了！"陈玮注意到上司的疑惑表情，忙分析道。

胡文轩点头："那丫头是细心……"

"蔷薇又是谁？"沁梅好奇。

"是你方叔叔的一个至亲。"胡文轩含糊道，又对她示意，"你快祭奠一下方叔叔，你长得这样大了，估计他看到你，都该不认识了……"

这番话勾起了沁梅的伤感，她从陈玮手中接过鲜花，恭恭敬敬地放在墓前，又起身鞠了三个躬："方叔叔，小梅来看你了……真快啊，一晃都六年了！"

她的话让胡文轩感慨万千。每次来到方城的墓前，他总是有一种别样的情思：风风雨雨几十年，他有很多兄弟都已经长眠地下，一将成名万骨枯，也许，他胡文轩如今肩上熠熠闪亮的将星，正是用这些人的鲜血和身躯铸就而成的吧！

沁梅这里，更是心潮翻滚，难以平静。她蹲下身去，掏出手绢，仔细擦拭起墓碑来。虽然墓碑很干净，这种动作，就是聊寄哀思的一种形式吧，此刻更掩饰了沁梅心底的轻柔呼声：方叔叔，我来看您了，还代表我父亲江静舟。他和您竟然是生死相依的兄弟、手足，这是我万万没想到的。方叔叔，如今再回想起您和我说过的一些话，才茅塞顿开，领会深意。

她的眼前，又闪回了方城的容颜，那温润有爱的笑容："小梅，你要好好的，好好地学习，好好地生活！你知道，你爸爸他有多惦记着你呢？"

沁梅此时摸着墓碑，在心底暗暗呢喃着：我终于明白了，原来"爸爸"的含义是双重的，您一定是代表了自己的上级和战友——江静舟，来关怀他的小女儿，替自己的大哥，给予了我无限的父爱和温情！

方叔叔，您知道吗？小梅如今也成了和您一样的红色特工，也穿着这样的军装，化身为一个白皮红心的人！我想，我应该继承您的勇敢和忠诚。请您再忍耐一下，用不了多长时间，我们就会取得胜利。到那时候，我们一定将您迁葬到自己的烈士墓园，不但要让您回到自己人温暖的怀抱，还要让更多的人知道您所建立的功勋！

一只翠绿色的小鸟就在这时恰巧飞上了墓碑上，对着沁梅清脆地叫了几声，沁梅的泪水忍不住滚落下来。

就在沁梅在墓地无限感怀的时候，警备师这边也正上演一出好戏。

几位处长在江静舟办公室开完会后陆续散去，顾倾城和程睿相互看看，留了下来。

江静舟奇怪地看着他们两人："唔？你们情报处有事吗，两位处长都不走？"

顾倾城莫名心慌不安起来，不敢答言，只是看着程睿。程睿赔着笑，将电讯科齐茹中尉申请调往军统站的事情和他讲了。

江静舟剑眉紧蹙，轮番看了两人："我想知道，这是谁的主意啊？"

顾倾城根本无力承受他的逼视，早早低下头，嗫嚅难言的样子："齐茹的姐姐齐芳找过我，后来，也找过程处……"

"是的，师座，齐芳也是当姐姐的心思，毕竟她马上要上调南京，想走前将唯一的妹妹安顿好。"程睿小心解释着理由。

"哦，在我警备师就算憋屈了，到军统站更有前途是吧？"江静舟带点冷笑的平静语气，让顾倾城敏感意识到风雨来临前的窒息空气，就更不敢开口了。

程睿也脸红了："不是这个意思，其实……"

"那又是哪个意思？！"江静舟的雷霆之怒已起，语气威严犀利。

"这个……"

"我们……"

两个年轻的处长都是方寸已乱的神色，那秉威严肃穆之气的长官却不想网开一面，语气分明已经挟风雷之势："你们别吭吭哧哧的不好言明，我不妨替你们说了吧？齐茹在我这里是个中尉电讯员，到了那边立马就升为上尉秘书，跟在胡站长身边，那是更有前途吧？哼……这已经找好下家的事情，你们如今在我跟前这么轻描淡写地提上一句，算是最后通牒，还是友情告知？在你们眼里，我又算什么？！"

这最后一句诘问让两个处长更加变了脸色，都惶恐不安地低了头，不敢再答一言。那带着威压气势的声音却仍在他们耳边响起："我就奇怪了？怎么我警备师略有平头正脸的人，他胡文轩就惦记呢？齐芳当年就是从这里被要去的吧，这倒成了惯例了？想要我的人，又不直接和我打招呼，曲里拐弯，花花肚肠的，凭什么啊？"

接下来这句话就带有讥讽之意了："很好！你们也和他配合不错！一个情报处代理处长，一个副处长，两个我警备师高级军官，都惦记着把自己的人往军统站送！"

他也不看眼前两名部下，口气愈加冷峻起来，如同从冰窖里拎出来的一般："倒也难怪呢！我寻思着……顾副处长是有军统背景的人，程睿你是在替你二叔谋划？这算里应外合么？还是身在曹营心在汉呢？如果你们这样处处为军统站的利益打算，我看不如和齐茹中尉一起申请调入军统站多好？该升官的升官，该发财的发财，别窝在警备师里埋没了你们，最后还落下吃里爬外的不雅名声！"

这话委实说得重了，顾倾城眼里已经包了一窝泪水，她紧咬嘴唇，抑制住心头的紧张和不安，还有深深的委屈。

程睿忙承担责任："三叔，您别生气，都是我考虑得不周，不关顾副处长什么事。"

江静舟看到程睿出头揽责，更是越说越气的劲头："程睿，你小子的胆子是越来越大了，如今连我都不放在眼里了？谈恋爱我看你都谈昏头了，你以为你目前是处长，我就不敢处罚你了？告诉你，什么时候我都可以替你父亲教训你！"

程睿满脸通红，垂首认错："是的，三叔！"

江静舟对顾倾城挥挥手："既然没顾副处长什么事，你先请离开吧。我们叔侄还有一层家法要讲！"

顾倾城心里为程睿捏了一把汗，看江静舟在气头上，又不敢出言相劝，只好犹犹豫豫向门外走去，就听到背后那个冷酷无情的声音又炸雷般响起："把军装脱了，自己跪到那边去！"

顾倾城来到门外，看到许若飞坐在那里，若无其事的样子，就踟蹰在他身边未走："许副官，师座在发大脾气呢！你进去劝劝……"

"哎哟，我可不敢！"许若飞忙摇头，"师座的脾气您又不是不知道，气头上，谁敢劝？再说了，人家是叔侄，动动家法，我们这些外人更不好插手不是？"

他的话音未落，里面传出一声棍子抽在人身上的闷响音，伴随着家长式的喝问："浑小子，以后还敢自作主张，和我玩心眼吗？"

"三叔，我错了！"

伴随着这声带着颤音的认错声的，是又一声棍响。

"你以为你翅膀硬了？就可以任意妄为，做出这般无情无义的事了？我警备师什么时候多出你这条军统的眼线了？"

"三叔，我并不敢……"

顾倾城实在听不下去了，又冲回办公室。

却见程睿跪在地上，江静舟倒提着个鸡毛掸子，正指着他。

顾倾城也顾不上害怕了，红着脸上前大胆说道："师座，这件事情是我自作主张！我为了做人情，答应了齐芳，后来不敢给您说，才拉了程处一起来说情，您要责罚就责罚我吧！其实我就是动了私心，想帮姐妹一个忙罢了，没想到会引起警备师和军统站长官们之间如许大的矛盾，我真该死！您……您处罚我吧！"她珠泪滚滚，花容惨淡。

江静舟看了眼她，似乎动了恻隐之心，就扔了手中的鸡毛掸，又喝令程睿起身。

顾倾城动情地流着泪，似乎要把千般委屈、万般无奈都借着泪水冲刷出来。

江静舟倒是没想到她会如许大的反应，微微有些发愣，叹了口气，语气略微温和起来："好了，此事到此为止。打也打了，罚也罚了，我就送顾副处长一个人情！齐茹中尉之事……就按你的计划办吧。"

"谢谢师座！"顾倾城擦着泪水，强忍难与他人言说的悲伤和哀愁，离开了这里。

"三叔,您说这出戏演成了吧?那边不会有啥怀疑了吧?"看到许若飞笑着进来,暗示顾倾城已走的消息,程睿笑问道。

"谁知道呢?这个顾倾城好糊弄,你那个性情多疑的二叔可不好蒙骗呢。"江静舟也笑着摇头。

为了借顾倾城的身份将齐茹顺利调往胡文轩身边,接替姐姐齐芳的位置,又不让那边怀疑,他们才设计上演了这样一出戏。

此刻许若飞忙拍了程睿的背一下:"应该没问题吧?程处这出苦肉计演得不错,我在外边都听得心惊肉跳的!"却不料程睿被他拍得"哎哟"一声。

"咋了?你真挨打了?师座您动真格的了?"许若飞有点奇怪。

"怎么了?不是说好让你背上垫个东西的吗?小睿……快让我看看,我刚才那两棍子下手可狠。"江静舟也不安,忙要上前查看他的背部。

程睿忙阻拦:"我都忘了给背上作假的事了,不过也好,这样更真实些!再狠也就是两下子,没事没事!被自己叔叔打几下也正常吧?"他竟然还露出顽皮的笑来。

"你这孩子……"江静舟喟叹。

三人正笑谈,电话响了,许若飞接了电话,一脸的兴奋:"师座,喜讯啊,咱们参谋长来了!"

"参谋长?"江静舟一头雾水。

"嗨,瞧我这改不了口!"许若飞一拍头,"是副师长!咱们的老参谋长——如今的向晖副师长到任来了!"

"向明光,这么快就来了?"江静舟比他还要激动百倍。

这边国军墓园中,胡文轩他们祭拜过方城的坟墓,向山下走去。

因为沁梅是第一次来,胡文轩想让她看看墓园全貌,就没有走回头路,他们绕到墓园另一侧下山。

很快,他们经过了一个略微平整的地带,这里是一片相对独立的墓区,似乎安葬着一个著名烈士。因为沁梅看到,不仅墓地周边开阔,树木葱葱,鲜花围绕,而且墓前伫立着一座醒目的巨幅雕像。

沁梅好奇地上前观望,只见那座雕塑是一个年轻人的形象,从衣着看,应该是个国军飞行员,因为他头戴着飞行帽,身穿飞行服,在他的身子下方,雕刻着一架飞机。仔细辨认了飞机的模样,沁梅惊讶地大声叫起来:"霍克3!这是霍克3!"

胡文轩和陈玮都不解地看着她。他们来过这里,自然知道这座墓的主人是一名著名空军英雄。

第一次来这里的沁梅却是激动不已:"这个是抗战时我们空军的飞机,我在楚天舒的办公桌上看到过!"

她正想用简单的话语把从楚天舒那里听来的,有关霍克3的故事讲给他们听,却突然怔住了，眼睛瞪得很大，还受到惊吓一般用手捂住了自己的嘴，因为她突然看到，在她目光的正前方，墓地前方拾阶而上的台阶上，远远走来一男一女，那个男的，正是楚天舒！

胡文轩和陈玮顺着沁梅的眼光望去，只见楚天舒和一个年轻的女孩手挽着手，正向这边走来。他没有穿军装，还是那身黑色的西服，戴着墨镜，他身边的那个女孩不到二十岁的样子，也是一身黑色的洋装。楚天舒的手中是一束红色的玫瑰，女孩手中是一束白色的玫瑰。

逐渐走近了，沁梅认出这是昨天在门岗前和楚天舒说话的两个女孩其中的一个。看来她和楚天舒的关系也不一般，她挽着楚天舒的胳膊，两人态度亲昵，拾阶而上。

因为角度关系，走上台阶，楚天舒才猛然看到站在墓前的三人，也吃了一惊。

他愣了一下，赶忙将手中的花递给女孩，快步走到胡文轩面前，摘下墨镜，招呼道："站长，没想到会在这里……碰到您！"

胡文轩也是意外的神色："是啊，天舒，怎么你也在这里？你这是？"他回头看看雕像，满脸疑惑。

楚天舒淡然一笑："我先给您介绍一下。"他向站在一旁的女孩招手："囡囡，过来！"

女孩捧着花走过来，楚天舒给他们做了介绍，说明了这是他的小妹。女孩乖巧地对着三人微微鞠躬："我叫楚天姣，三位长官好。"

胡文轩微微点头："你们兄妹这是给谁扫墓？"

"给我们大哥。"楚天舒轻声解释着，"我们自幼丧父，大哥就像是父亲一般。小妹她在重庆读书，前段时间才过来，如今马上要去美国学习，这是来向大哥告别。"

"嗯，长兄如父是古礼，这个应当应分的。"胡文轩直点头，却突然有所领悟，他指指身后雕像："你们大哥……唔，不会就是？"

"是的，肖云翔就是我们的大哥。"楚天姣语气幽幽道。

她的话让这几个人都呆住了。

最震惊的要数胡文轩！他和眼前这个著名的将军，曾经威名赫赫的国军空军航空烈士虽然年岁相当，可是素来并无交集，但是"肖云翔"这三个字在抗战时期的中国，无疑家喻户晓。

肖云翔，曾经是一个传奇般的人物。他年轻时在法国木拉诺高等航空学校学习飞行，回国后在空军中历任飞行教官、航空大队大队长，空军驱逐机部队司令等职务。抗战爆发后，他和他的战友，在和日本空军实力悬殊的交战中，以弱克强，屡建奇功，因为战功卓著，他被誉为"空军战神"。据说在日本空军飞行员中流传着这样一句谚语：谁若做了亏心事，上天就遇到肖云翔。

在武汉空战中，他身先士卒，击落三架日机，身受重伤，油箱着火，他没有选择跳伞，而是驾机掉头撞向从后面扑来的敌机，以身殉国，年仅28岁。他是世界空战史上，与敌机对撞的第一人。他的壮举得到了蒋委员长的高度赞誉，追认生前为上校的他为空军少将，亲自书写了"教忠有方"四个大字的匾额，颁发给了他的母亲，并号召全体国军官兵向他学习。

沁梅虽然不熟悉他生前驾驶的那架飞机——霍克3，但是对"肖云翔"这个名字也有所耳闻。肖云翔殉国后，重庆曾为他举行了隆重的追悼会，当时正处于国共合作时期，延安的领袖们也为这位惊天地、泣鬼神的英雄送了挽联，对于这位属于整个中华民族的英雄，我方也有他的事迹宣传。

但无论如何，胡文轩和沁梅都不会想到，这样有名的一位国军抗战英雄，竟会是楚天舒的大哥！

胡文轩有感慨更有困惑。他努力回忆自己翻看的楚天舒的档案，似乎没有这方面的记载。他这才蓦然发觉，也许，他从来就没有真正看到过楚天舒的详细档案，他毕竟是军统总部直接任命指定的一名情报军官。

沁梅的心里百感交集。她回忆起楚天舒给她讲述的空军英雄故事，原先在她脑海里孤立平淡的一个英雄名字，就幻化成了一个活生生、有血有肉的人！她又想起自己对他英雄情结的无情嘲讽，对他的出身、他的家庭的诋毁之意，第一次心中升起了浓烈的悔恨和不安情绪。

原来，他的英雄就在这里！他的壮怀激烈，原来有着如此真实、鲜活而又痛彻心扉的感情依据。

一阵难言的沉默。片刻，胡文轩提议道："来，一起去祭奠一下我们的英雄吧！"

几个人来到雕像前，默默伫立。楚天姣将手中那束白色的玫瑰，放在雕像前的底座下。

那沉稳舒缓的男中音再次响起，飘进沁梅耳朵的，还有那段惊天动地的英雄轨迹："我大哥本名叫楚天恒……他在法国学飞行时候，改了肖云翔这个名字，暗蕴自己航空救国的志向……其实这里没有他的骸骨，他撞机后，又沉入长江，几乎是尸骨无存……这里埋葬的是他生前的一套飞行服……我想，这个是无所谓的，因为在大哥留下的日记里有这样一句话：'每次飞机起飞的时候，我都当作是最后的飞行。与日本人作战，我从来没想到活着回来。'他最终实践了他的誓言，因此他一定是幸福而无憾的！"

楚天姣已经忍不住抽泣起来，楚天舒搂过她的肩膀，兄妹相依在一起，互相无言安慰着，也回忆着共同的亲人。

往昔兄弟、兄妹间亲昵的话语又回响在两人的耳边。

"大哥，我什么时候才能和你一样呢？"

"等你长大的时候！老七，哥哥等着你长大……"

"大哥，我也要像三姐那样，你带着我坐战斗机上天……"

"傻囡囡，等你再大一些……但愿那时没有战火了，不用再开这种飞机上天了，一切就和平了。"

泪水滑过每个人的眼际。

默哀许久，胡文轩记起一事，看向楚天舒："我先前来过这里，记得英雄的妻子好像也葬在此处？"

楚天舒默默点头，带着众人绕过雕像，来到后面一个小小的坟茔前，他接过妹妹手中那束红色的玫瑰，轻轻放在坟前。

"红色的花儿献给爱情！"他娓娓讲述起另一个震撼人心的故事，"因为夫妻感情笃厚，我大哥殉国后，他新婚三个月的妻子——我的大嫂悲痛欲绝，无法接受这个现实，在一个夜深人静的夜晚，悄悄沉湖自尽了……"

沁梅惊讶得睁大了眼睛，听楚天舒继续感叹："也许，战争期间的爱情，就是悲伤的音符要远远多于幸福的节奏吧。但是有时候，我们似乎又别无选择！"

所有人都被这忧伤决绝的爱情故事打动了心扉，又各自在体味着楚天舒最后的这句感叹。

胡文轩自是多情之人，他此刻默默无语，心有所感。

沁梅心里从此进驻了一丝难遣的忧伤：她还没有这样的体验，但是她经历过很多事，她的父母，他的叔叔阿姨们……在她的记忆里，有关爱情，也是悲酸往事要远远大于幸福温馨的故事。她不知道，等待自己的，又会是怎样的一番经历？或许，那时候，她更长大成熟了。或许，那时候已经胜利了，一切都会好起来了吧？

这个早晨，在这片充满忧伤情绪的墓地，每个人心头都是沉甸甸的；这个早晨，江沁梅注定终生难忘。

第十二章　重生之门

缘来不由人！谁曾料想，他和她竟然还有一段假夫妻缘分。朝夕相处，耳鬓厮磨的生活中，他再次清醒意识到自己的爱情味蕾被唤醒，从此感受到世界上这一种最美好的情感，像美酒，也像毒药，麻醉了他的心，让他的挣扎变得无力纠结、危机四伏！

"哎，你们知道吗？有喜讯啊！"小芮跑进办公室，对在仔细看资料的沁梅和井媛媛道，"咱们楚总，成功地破译了几封重要的日伪遗留密电，为清查伪产提供了重要证据，总部提出嘉奖呢！"

沁梅未动声色，一旁的井媛媛已经赞叹："太棒了，楚教官就是破译密电之奇才！"

沁梅却摇摇头："你们俩就是爱大惊小怪，还说话好夸张！"

"怎么？"两人都望向她。

"破译奇才，这种称谓岂是能随便用的？小心这顶大帽子压死你们心爱的长官！在我心中，能配得上如此赞誉的中国人，只有池步洲一位！"

她晃着脑袋在房间里走了几步，又向两人解释道："他在抗战时的经历，才可谓不朽之传奇。不仅成功地破译出了日军偷袭珍珠港的密电，还曾将日本海军大将山本五十六送上了不归路！"

井媛媛很激动："'东风，雨'！池步洲预测了日军偷袭珍珠港事件，这个故事我听楚教官讲过，可惜美国当局没有重视咱们这位中国青年专家的情报，造成不可挽回的失败。可是，击毙山本五十六的故事我没听到过，梅梅，你快讲讲！"

沁梅带点得意状："当年，那个骄横的海军大将山本五十六及其随从分乘两架专机，由六架战斗机护航，出巡太平洋战争前线，想去鼓舞日军士气。不料其出行的密电被我方截获，又被池步洲成功破译出来，并迅速上报蒋委员长，随即又向美军通报。美军迅速派出十六架战斗机前去袭击，将山本五十六座机成功击毁，飞机残骸旁，发现了那个不可一世家伙的尸体，手里还握着他的月山军刀……这个消息对日军的打击和中国人的鼓舞是一样重的分量！"

小芮忍不住笑了："你是现学现卖，这个故事还是我们楚总讲给你听的吧？那天在食堂，我都听到了……"

"是又怎么样？"沁梅一撇嘴，"这个传奇是他讲的不假，但是你们把讲述传奇的人也包装成'传奇'，就明显不对了！破译密电奇才放在池步洲身上是恰如其分，放在他楚天舒身上就是过度赞誉，言过其实！会捧杀他、更会羞杀他的……"

她正说到得意处，却见对面站着的小芮和井媛媛都是一副尴尬模样，对她暗暗使眼色，她不解地回头一看，楚天舒正站在她的身后，一脸似笑非笑的神情——显然刚才自己的这番话他都尽收耳中了。

小芮和井媛媛红着脸溜回自己座位，沁梅也有点不好意思，但仍做出一副无所谓的样子。

"不至于吧？刚才你们有的叽叽喳喳，有的挥斥方遒，热情洋溢得很呢，我一来就都蔫了？"他又笑着对沁梅道，"郭少尉的话也不无道理，拿我和池专家比，是不大合适！而且，我发现你很喜欢他的事迹？那到我办公室来，我还有一些他的资料可以给你看看。"

沁梅跟着他进了里间办公室，楚天舒在书柜中翻找了一番，将一沓资料递给她。

沁梅饶有兴趣地看着手中资料，楚天舒却慵懒随意地踱到窗户跟前，向外边瞭望着。

"长官，我可以将这些资料借回去看吗？"

"当然可以。"楚天舒微微一笑，"不过啊，你也别总钻牛角尖，对待一些新生事物也要敏感，这是一个电讯、密码破译者的最基本素质。视觉、嗅觉、知觉、直觉……种种类类，都是很重要的，其作用有时可能远远超过破译一两封密码。"

"长官指的是……"沁梅皱眉，思索着他这番话。

"我就是随口一说罢了。"楚天舒莞尔一笑。

他看着窗外，用赞叹的语气像是在自语："这些先进设备，必将提高我站的电台监控能力，让某些组织的秘密电台无处遁形！"

听了这话，沁梅好奇地走到他的身边，也向外边院子里瞭望着，看到一台奇怪的绿色大车停在院子里。

"电台定位跟踪车，不错！"他很赞叹的样子。

"是不错，先进的东西我都感兴趣！"她更多流露出来的是好奇的神色。

"郭少尉的求知欲很可贵。快回你办公室去看这些宝贵材料吧，但愿能满足你的好奇心。"

"谢谢长官！"

回到座位上的沁梅心神不定。她看了几页材料，就开始皱眉头。

"媛媛，我的胃病好像又犯了……"她抄起电话来，"警备师情报处吗？我找程处长……哥，我是小梅，我的胃病犯了，药我落在警备师宿舍了，你有钥匙的，能找人给我送来吗？"

警备师的大楼前，江静舟带着一众军官迎候副师长向晖的到来。向晖是江静舟的老搭档，为人正派儒雅，文武兼修，在远征军时期就是他的参谋长，两人情笃意厚，亲如手足。他可以算得上是江静舟卧底敌营多年来，相交的难得的异党知音。他的到来，让江静舟兴奋莫名。

却见程睿急匆匆过来，伏在江静舟耳边说了几句，江静舟皱眉思索，片刻低语道："通知唐玉严加防范，进一步应对方案你即刻着手去做。"程睿领命。

一个女军官捧着文件夹走来，打开交给一旁站立的顾倾城，顾倾城看了，又送到江静舟面前："师座，这是按您的指令准备马上上报的有关警备师情报系统紧急预案的报告，请您签字后就拍发。"

江静舟匆匆浏览一遍，点头，欲签字，顾倾城早已机灵地掏出了自己的钢笔递上。

这只金色的钢笔让江静舟猛然一愣，他无法掩饰的震惊之色已让顾倾城尽收眼底，她不动声色地指了一下签名处："这里，师座。"

江静舟几乎是机械般签好了自己的名字，将笔递还给顾倾城，看她的眼神已是充满疑惑和沉思。

顾倾城却是一副浑然不觉的神态，将文件夹合上，交给了女电讯员拿走了。

就在这时，只听许若飞叫道："师座，车子来了！"

向晖走下车子，江静舟忙迎上前去。还未等他说话，向晖已经给他敬了个标准的军礼："江师长，向晖前来报到！"

江静舟无奈地笑了，也只好先给他回了军礼，才上前一把将他搂住："向明光，你这个家伙终于来了！"

向晖却不敢太用劲回搂江静舟，他秀逸斯文的脸上满是小心神色："致远，你的伤……完全没问题了吧？"

江静舟这才记起上次两人分别时，自己刚刚伤愈不久，所以向晖如今会有这样一问，不由得狠狠拍拍自己的胸脯："一点问题都没有了，来，用力拥抱一下吧，我的参谋长！哦，不对，你现在是副师长！"

两人拥抱了很久才松开手。向晖含笑低语："这人前还是要注意上下级关系，我称呼你必定是师座，维护你的威信很必要！"

"随你吧，咱们的老师长总戏说你是在以柔克刚，反正我是认命了，总难犟过你这个书呆子！"

接下来的几天，江静舟带着向晖视察了三个所属团驻地，两人有说不完的话。直到一天中午，程睿来找他提及收到一封密信，他才匆匆赶回自己的办公室。

这是一封写在一张淡紫色信笺上的信：

三哥如晤：

　　分别时久，惦念殊甚。荷塘月色，小酌记否？莲子味苦，恰如平生！若观莲心，当近莲侧！下午四时，雕刻时光茶室，候君赏临。

知名不具

　　信的末尾画着一朵小小的莲花，旁边还有"LL"字样。这熟悉的笔迹，加之特殊的标示符号，已经让江静舟明白来自何处。

　　有关虞水蓉出狱后陷身胡文轩处的情形，江静舟心中有数，加之来自沁梅的情报，更加肯定了她将在军统站任职的现状。但是冥冥中，江静舟一直在等待，他知道自己会有机会和她晤面，今天得到这个见面的确信，还是让他心绪难平。

　　他将短短的这封信连读三遍，才回头吩咐程睿："去叫许若飞来。"

　　他从办公桌前的保险柜中取出一本淡紫色绒面笔记本，放到随身携带的文件夹中。却看到许若飞和程睿都是挂着一脸担心的神色走了进来。

　　在江静舟的一再催促甚至是威逼下，许若飞磨磨蹭蹭地交出了车钥匙，但是他和程睿不约而同地站在长官面前，一副默契的阻拦状，让江静舟微微蹙眉。

　　"你们两个怎么回事，听不明白我的话吗？这算是一件私事，虽然和工作也有相当关联，但他人是不宜参与的，所以……"

　　许若飞已经忍不住打断了他的话："不行，师座，您挑选吧，或者我，或者程处，您必须带一个人同去，否则我们不会让您出这个门的！"

　　"许若飞你如今真是长胆子了，和我都这规定、那通牒起来了！臭小子，你给我滚开！"江静舟笑骂道。

　　程睿马上接上："师座，若飞说得没错，不管是去见什么人，您都不能自己单独去。保护好您的安全，对我们来说很重要！"

　　许若飞又赶忙接上一句："程处说得对。"

　　江静舟抬手拍了程睿头一下："你也来？我看上次是没把你打疼？"

　　"是，三叔，您再打我几顿都没问题，只要您带上我和您同行！求您了，三叔！"

　　"不行！"

　　"师座！"

　　"三叔！"

　　"云表哥同志！"

　　看到两人真的急眼了，江静舟耐住性子劝说道："你们放心吧，我去的地方很安全，见的人也很安全。我真的不方便再带一个人去。身份相关，有些事情是你们参与得了的，有些事情是你们不能参与的。这个道理，甚至是原则，还要我和你们反复解释吗？"

　　"可是，师座！您的身份之特殊，您自己也清楚。无论何时何地，您都不能轻易涉险履危，这个也是我们的职责！"程睿也很有原则性。

"程处说得对！您的安全必须保证，我们……"许若飞急切的接话已经被上司不耐烦打断：

"程处说的对，程处说的对！你到底是谁的副官？！"江静舟狠狠瞪许若飞一眼，又回头瞪着程睿："还有你，程睿！也算老党员了，究竟你是上级还是我是上级？有组织原则性吗？服从意识到哪里去了？有些高层机密并非是你们参与得的！这是做这一行的规矩，你们不懂吗？！"

看他情急中抬出了领导身份，搬出了组织纪律，两个年轻人有些丧气地低下了头。

江静舟放缓语气，轻声劝慰："好了，各自退一步，我告诉你们地址。"

他匆匆在一张纸上写下具体地址方位递给程睿，又用带点顽皮的玩笑语气道："在霞殷路上，你们心下有数了吧？其实你们也明白如何拦得住我，手下三个团，加上警卫营，我哪里调不出一台车来？"

他晃晃手中的车钥匙："好了，我早去早回，你们看好家吧。"就起身到内间换了便装，匆匆出发。

时间还早，但是江静舟自然有着他的计划。他先开车来到郊外一个早就熟悉的池塘边，下车和一位老伯说了几句，递给他一包烟，就回车上耐心等待。

他点起一支烟，默默抽着，轻浅的烟雾中，往事也如烟般袭来。

那年在广州分别，他和她一点没有意想之中的解除尴尬"婚姻"后的轻松和愉快，满心装的，都是离别的愁绪和一种暗恨自身的悔意。

虞水蓉更是红着双眼，脸色苍白得有些吓人，她拿出一本紫色绒面的日记本，递给他，脸上的笑容却比哭还难看："致远，今日一别，相见何时？我……我想送给你一件礼物，就算留个念想吧！"

"可是，莲莲，我身无长物，都不能回赠你什么……"

"傻子，我什么都不要，我带走了你最宝贵的东西，只是你不自知罢了！"

女人哀怨悲伤的面容让人难忘，更让他困惑不解的是最后的这句话。

但他好像很快就明白了，当思念像潮水一样日夜袭来，他感觉到自己的心被抽空了般疼痛麻木。他知道，却原来他的心被她带走了。

很长一段时间，他都不敢打开那本日记，怕里面有太多的泪水，冲垮自己千疮百孔的情感防线。直到有一天，月光下的他，寂寞如魂，才悄悄翻开了这本她留下的日记本。

从头到尾，这本日记本上不着一字。

他困惑不解，继而豁然开朗。他的莲莲，是留给了他无尽的爱的期待。

于是，那一夜，在这本日记本上，他抄录下自己平生最喜欢的一首爱情诗篇——那也是出自一名战士，一名革命文人的笔下：

我愿意是激流，
　　是山里的小河，
　　在崎岖的路上，
　　岩石上经过……
　　只要我的爱人
　　是一条小鱼，
　　在我的浪花中，
　　快乐地游来游去。
　　……

　　裴多菲，匈牙利伟大的革命诗人，用他二十六岁的年轻生命，写尽了一个激情革命者的爱情壮丽，也映照出江静舟的爱情誓言。

　　此刻，江静舟轻轻翻开这本日记本，默诵着从心底流出的情和爱：

　　我愿意是荒林，
　　在河流两岸，
　　对一阵阵的狂风，
　　勇敢地作战……
　　只要我的爱人
　　是一只小鸟，
　　在我的稠密的
　　树枝间作巢，鸣叫。
　　……

　　车窗外，老伯举着一捧荷花向他挥手，江静舟从沉思中醒来，合上日记本，仔细放回文件夹中。他打开车窗，接过了那捧花。

　　"谢谢老伯，这花真美！"

　　"这位先生，还是你有心，上次路过就记住了，它在我们这里叫目莲，别处没有的，谁看到过这深秋还开着的莲花呢？"

　　江静舟发动车子的时候，听到头顶上响起了一片雷声，远处的天边乌云翻滚，一场大雨就要来临！也许该来的，还有……

　　他果断甩甩头，开车向目的地奔去。

　　雕刻时光茶室在近郊霞殷路上，是一个比较清幽的去处，这是一位法国人开的茶室，因环境优雅、价格略贵而为上海一些名流所属意。

此刻，虞水蓉已经早早地来到这里。她选择了一处僻静的角落坐下。可能因为天气的关系，今天茶室里竟然除她之外没有一个客人。她点了一壶普洱茶，慢慢饮着，看着手中的一份报纸。

这是前两天的《中央日报》，里面有一篇文章她已经读过数遍了，却在来这里前，鬼使神差又塞到了包里。此刻，她拿出来，再一次细细品读，让一股难以言说的情绪将自己淹没。

她不知道今天以后的自己和他，会是一种什么样的情形？只是一遍又一遍检阅着那准备了数日的说辞和心绪，努力在他到来之前，使自己的心境趋于平和稳定。

她反复看的这张报纸上，刊登着中央社副主编樊黎翘执笔的《昔日骁勇战将，今朝重铸军魂——记中国远征军封正烈师独立团团长江静舟》。

这篇文章是樊黎翘前不久在淞沪警备师采访后写成的，因为江静舟不愿和她提及远征军往事和自己的战功，她只能退而求其次采访了江静舟的副官许若飞，以他的口吻描述了江静舟在远征军中的事迹。

虞水蓉默默读着其中惨烈的一段：

　　已经是坚守阵地的第十二天了，可以用"内缺粮弹，外无援兵，伤亡过半，陷入绝境"十六个字来形容当时的状况。

　　团长江静舟的浑身上下也已经血迹斑斑，他自己伤口流出的血，牺牲在他身边的兄弟喷溅在他身上的血，已经分不清楚了，他的两个卫兵也已经牺牲。我想上前为他查看一下伤口，他毅然推开了我，让我去查看一下阵地，将剩下的弟兄们组织起来，成立敢死队，准备和鬼子决一死战！

　　副团长李文龙带着参谋长向晖匆匆赶来，他们也是浑身血迹和征尘，几乎辨不出本真模样来。

　　李副团长看着江团长，语气沉重："团长，我们已损失过半，弟兄们已经坚守了十来天，已然弹尽粮绝。建议您联系师部，看能否提前撤出阵地……也许这样，还可以保住我独立团的建制……不至于到全军覆没的地步……"

　　江团长看着两位搭档，长吸一口气，认真分析道："我们接到的命令是策应200师的右翼，如果我们这里坚持不住了，这场仗我们就彻底输了！200师就会陷入孤军深入的绝境，其命运可想而知。"

　　向晖参谋长道："200师接到委座的军令是'保存实力'，'坚守同古一两周'，其实我们已经完成了策应他们的任务，现在撤下去，也许还能保存住咱们独立团，不然，估计只能是玉石俱焚一条路了……"

　　李副团长："我去给师座发报，请求撤出部队，保存实力，以图再战！"

　　"慢着！"江团长厉声制止住两人，"既然我们接到的命令是作为200师的策援，自然应该听命于200师！戴安澜师长战前已立遗嘱在先：如果师长战死，以副师长代之，副师长战死，参谋长代之，团长战死，营长代之……以此类推，各级皆然。我们又有什么理由提出先行撤出？"

哨兵来报，敌人又将发动新一轮进攻。

江团长不容置疑地下达命令："各人回到自己岗位上，准备迎敌，不接到200师师部撤退命令，不得后撤半步，违令者军法处置！"

他将自己的配枪别在腰间，抢过一挺机枪来。我忙上前拦住："团长！您不能亲自上！我们全团都指着您呢！"

副团长和参谋长也上前劝阻，向晖参谋长甚至夺下了他手中的枪，要代替他带队迎敌。

江团长将向参谋长拉到一边低语几句，然后果断抢过机枪，推开他，向着众人大喝一声："我刚才说的戴师长的话你们没有听见吗，现在都到什么时候了？无论官兵，唯有战死阵地，尽忠报国之份了！执行我的命令！大不了咱弟兄们阴曹地府中相见，到那时，又是一支独立团！咱们继续并肩作战，把阴间的小鬼子们也杀光！我先上去了！"

他推开众人，带着敢死队冲了上去。

在这次反攻中，团长受了重伤，他的头部和胸部都被弹片击中，等到打退了敌人的进攻，我们将团长抢下阵地时，发现他已经变成了一个血人，几乎辨认不出模样来了，身上被钻了几个小洞，向外不停地冒血，脸色惨白，人已经陷入休克状态。李副团长和参谋长亲自带人将他送到了后面医务所急救，抢回了团长一条命。

几乎同时，我们终于完成了坚守任务，按照总部的指示，撤出了同古。

江团长的伤势很重，战地医疗条件有限，有两块弹片在他的头部和胸部未能取出来，只是包扎了伤口，我们就抬着他踏上了撤退的道路。我们那时不知道，前面等着我们的，除了艰难险阻，还有死神的无情召唤……

读到这里，虞水蓉的眼眶湿润了，她觉得自己仿佛和江静舟一样，感受到那残酷的战争磨难。想着他在遥远的缅北战场，曾经经历过的这一段九死一生的历程，她的心在微微颤抖！

作为一个军人，在战场上，他的勇敢、顽强与视死如归豪情，她是熟知且钦佩的。可是，在秘密战线上，他还要承受更多的磨难和挫折，每念及此，她都不能不为他心疼莫名——这就是自己此生最爱的男人！

想到也许即将到来的，自己给他带来的心灵上的折磨，她就更加心痛难忍，为了信仰，真的需要她，和"她的他"，付出这样多么？

江静舟驾车疾驰在路上。

他的座位旁，除了放着装在文件夹中的日记本，就是那束神奇的开在深秋的目莲花。

在他的心中，没有任何花能取代莲花的形象，那种圣洁和纯粹，让他心底流淌的除了甜蜜，还有敬意。

是的，莲花，或者是如同莲花般形状的任何花朵，都能暗暗拨动他的心弦。看着这花，他的思绪又飞回了遥远的缅北前线，回到了那令人终生难忘的野人山。

野人山又名胡康河谷，缅甸语意为魔鬼居住的地方，位于中国和缅甸、印度交界处，林蟒如海，沼泽绵延不断，毒蛇和豺狼猛兽横行，瘴疠疟疾蔓延，是一个十分凶险的地方。

一九四二年，江静舟率领的封正烈师独立团，在配合200师打完坚守同古一战后，因和师部失去联系，未能回归本师建制，也未曾和200师一起，沿着滇缅公路沿线撤退。在几经周折后，他们接到远征军总部的命令，加入到第五军与新编第22师、第96师的撤退行列，走进了野人山。

江静舟当时重伤未愈，但是为了减轻大家的负担，他执意拒绝了士兵们要用担架抬他的建议，在副官许若飞和一营长耿进忠，三营长赵晋生等人的搀扶下，坚持和大家一起行军。

缺粮少药导致回归热、疟疾、破伤风、败血病等疾病迅速地在部队里传播开来，每天都有大量减员，一路上，白骨林立，到处都是前面部队死亡的战士尸体。大家几乎是麻木地行走着，遇到倒毙在路边的战友尸体，如果看到是自己熟悉的人，有的士兵难忍一点恻隐之心，采上一些树叶，把自己认识的战友的脸遮住，然后继续前进。

独立团的官兵也在不断减少，江静舟也挣扎在死亡线上。无数次，他都想沉沉地睡去，再不醒来，伤病交加的他觉得自己再也坚持不下去了，死亡甚至是一件幸福的一劳永逸的事情。但是他必须咬牙坚持住，因为他清楚自己的职责所在。他一次次晕倒，又一次次醒来，只是靠着顽强的毅力向前走着，他知道作为团长，他对于全团士兵兄弟的意义和象征。

第十天，江静舟感觉自己已经到了生命的极限，他真的想不顾一切地放弃了。

当时他们来到一棵树下，江静舟几乎是瘫软地倒了下去，许若飞抱住他，连声呼唤团长，江静舟直视着他，嘴角扯出一丝苦笑："若飞，我实在是太累了，你让我睡过去吧。放开我，你们继续往前走！"

许若飞哭着抱住他的身子，连连摇头，已经说不出话来。在他和身边战友的哭泣声中，江静舟再次陷入昏迷状态。

在他晕厥过去的时候，他觉得自己的身子似乎飘浮了起来，像一只飞鸟那样轻盈，飞到了无比熟悉的场景之中。

那年，那场假婚礼举行过后不久，他代职营长在粤北作战，三天三夜激战未停，当他被叫回到封正烈的旅指挥部时，看到一个长相清秀的"士兵"满眼通红的在等他，原来是巧扮男装的虞水蓉。

表哥加上级——旅长封正烈是又气又笑："没见过像你们小两口这样黏糊的！新婚夫妇缠绵也要分个场合吧？两个军人，腻腻歪歪，磨磨唧唧……这小媳妇还追夫追到前沿阵地上来了！阿莲啊，你要不是我妹妹，就冲你们这种肉麻劲，我早把这个江致远好好修理一番了！"

江静舟以为有重要情况和任务，就将虞水蓉拉到僻静处仔细询问。

女孩子面色绯红，支支吾吾道："没有任务……是我做了个梦，你竟然……我忍不住了，今天无论如何要见到你，不然我会疯掉！"

"虞水蓉同志！你怎么行事像小孩子一样？这里是前线，你以为是过家家呢？为一个梦你追到这里，也太可笑了吧？"

"可是，我就是……"

"就是什么？就是这夫妻，也是假的……你还竟然？这么脆弱……"

"脆弱就脆弱，你骂我什么都无所谓，只要能看到你活活泼泼的还在就行！何况，这样也算一种夫妻间的伪装嘛，起码不会暴露身份，不至于影响革命工作吧？"

"可是你这种缠绵我很不习惯！我是个职业军人！你瞧瞧旅长刚才那话？我江静舟是个铁骨铮铮的汉子，什么时候落下过这样的埋怨了？我……我实在没空陪你玩这样卿卿我我的无聊游戏！"

"什么？你竟然说是……无聊游戏？江致远，你这个绝情的大坏蛋！我恨你！"女孩哭着跑走了。

事后，封正烈悄悄告诉他，虞水蓉当时私下向他表示过，如果江静舟阵亡，她绝不独活！

封正烈叹息："小子，你找了这样的媳妇，不知道是福是祸呢？"

这是唯一一次虞水蓉正面对他袒露自己的感情，现在回忆起来，恍若隔世般令人唏嘘。

在缅北的茂密森林中，在这个濒死的状态下，江静舟的脑海里，像放电影般闪过了很多的画面，很多熟悉的面孔，熟悉的场景，又回到了他的眼前。

他在故乡迎娶了自己青梅竹马的恋人——沈琬，那年他还不满十八岁。

现在回想起来，虽然他们是人们口耳相传的那种两小无猜的命定姻缘，其实很多方面，沈琬更像是他的妹妹，一个相处已久，熟悉亲切的亲人。那时候的他，青涩而懵懂，根本不解爱情为何物。

一夜缠绵，而后是天各一方的长久分离。他从此拥有了婚姻，家庭，甚至是一个可爱的女儿，却并不知道在这世界上，还有一种叫"爱情"的魂牵梦绕的情愫存在。

直到遇见了她——那个叫虞水蓉的女孩，那个温润娟秀，成长在相同信仰旗帜下的坚强女兵。从此他体味到那种一见难忘，再见忘情，使人终身沦陷，无法自拔的可遇不可求的奇妙感情！

是的，只有爱情，这千载难逢，微妙神奇到无法言说，仿佛前生注定，可遇不可求的神秘感觉，他只是在虞水蓉身上感受到了。

初次见面，他没有被她惊人的美貌所吸引、震撼，只是奇怪于她像是自己以前早就认识的熟人一样自然亲切。她落落大方地叫他"三哥"，若有若无、半含半露地和他亲近、熟识起来。

出于对自己二哥胡文轩的尊重，对自己婚姻的坚守，他躲避她，拒绝她，不知道等于是在下意识逃避抗拒自己的感情，那萌动于心的奇妙感受——那个叫"爱情"的东西。

汀泗桥战役他负重伤时节，当他从重度昏迷中醒来，睁开眼睛就看到她温柔俏丽的面庞。她用纤纤素手，将沾水的棉签一下下湿润着他的嘴唇，将丝丝甘露注入他干涸的唇齿间，也流淌到他的心田。四目相对，他的眼中瞬间蒙上了一层雾气，心底像是被什么物件轻轻敲击了一下，有种情感被唤醒了，那一定就是那个被称为爱情的东西！

他为此做了无谓的情感挣扎，忍下心来将善良痴情的姑娘从自己的病床前赶走，但是他却从此无法赶走已经溜到自己心房内扎根的，那粒神奇的爱情种子。

缘来不由人。谁曾料想，他们之间竟然还有一段假夫妻缘分。朝夕相处，耳鬓厮磨的生活中，他再次清醒意识到自己的爱情味蕾被唤醒，从此感受到世界上这一种最美好的情感，像美酒，也像毒药，麻醉了他的心，让他的挣扎变得虚弱无力。

他自然体会到了来自于她那一方的更浓烈的爱慕和相依情感，她的爱像烈火一般燃烧在她纤弱文静的身躯内。她在默默地等待，等待一场没有任何前途的承诺。

可是他不敢，不能，也不愿陷入这种儿女私情中去。他有妻儿，有家庭，更重要的是，他还有着最为神圣的追求和事业——他是一名共产党员，一个红色特工！身处敌营，遍地狼烟，他怎敢将儿女私情略萦系在心间？何况是恨不相逢未娶时，革命路上征程万里，又如之奈何？

"人生莫相依，相依事不成"，他的这种绝望挣扎变得那样神圣和冠冕堂皇，可是内心之悲酸忧苦，只有两个当事人明白。他深深压抑住自己的情感，还要默默感召、暗示着身边的她——我们要将儿女私情，浓情蜜意悄悄埋藏在心底，还有更多、更重要的事情等着我们去做，去完成，去奋斗！

现在想来，自己是那样的无情和决绝，面对女孩深情无助，绝望悲伤的眼神，他咬紧牙关，将自己的情爱嚼碎了和着血泪吞咽到肚里。

人的承受能力终究有限，他和她都不是铁石心肠的金刚不坏之身。在经历了太多的期盼、试探、尝试、失望、绝望的过程后，他和她选择了通过组织手段结束这种折磨人心的相处模式，一如当初他们是遵照组织的命令，名正言顺地走到一起。

凄凉别后两应同，最是不胜清怨月明中。分手后的他，尝到了孤独绝望的滋味，却原来正如她走前所说的那样，她带走了他最重要的东西——他的心。

没有心的日子得过且过，他像一台机器一般，毫无感情，毫无念想地执行着任务，完成着工作，接受着命令。

藏在心底的花蕾偷偷开放了，又悄悄凋谢，年年岁岁，从来没有让人看见。有些话，不说就随风而逝了，直到他遗憾地看到，他可能永远失去了向她表白的机会。

当发妻沈琬通过组织早已在三年前和他离婚的消息被告知；当虞水蓉等六人被中统局指定为共党嫌疑遭到处决的消息（事后得知是中统局为了送这批人赴日本培训放出的假消息）传来，他觉得自己的思维也跟着死亡了。哀莫大于心死，何况，他的心早已不在自己的腹腔内，既然她死了，他的心也一定跟着殉葬了。

他木然接受了上级的一个新指令，开始一段新婚姻，肩负一个策反任务。

他的上级，跟激流同志一样年轻，但态度温和地告诉说：他已经是自由身，这次的结婚对手方不是我们的同志，而是他的策反工作对象，所以这注定不会是一场假婚姻，这是一段实实在在的生活。

"那我算什么？一台无知无觉、无情无欲的机器吗？"他虽然麻木，但是残存于心的那点挣扎，又让他再次吼出心头的怒火和委屈。

"可以这样说，我们都是革命工作的机器，我们的奉献就该是这样完全彻底！"上级同志的话语平静而温和，但是蕴藏的含义却让他无法挣扎下去，"江静舟同志，我想告诉你我身边的一个真实的例子：我们的一个交通员，为了筹措经费，将自己刚满周岁的儿子卖了四块大洋！残忍吗？可是我们就生活在这样残酷的环境中，个人的牺牲，可能换来大多数人的生存和平安，一切就是值得的！"

江静舟无言抗辩，更无语凝咽。他再次接受了命运的残忍安排，那个温柔到极致，单纯又痴情的女孩就这样走进了他的生活。

那个名字为陈青瑜，昵称叫"青青"的女孩是他真实迎娶的第二任妻子，给了他温暖的家庭和可爱的儿女。然而，幸福仍旧是那样的短暂。她的生命和他们的婚姻生活都像流星一般倏忽即逝，就像一块石头扔进了河流中，泛起轻微的浪花，又一切归于平静。

他恢复了单身状态，他习惯于孤独行走，寂寞独处。对于特工来说，寂静而荒无人烟的角落，永远安全于喧嚣热闹的尘世。一切亲情，感情，爱情都是奢侈品，有时候还会是危险的麻药，威胁着身为红色特工人员的他的安全。抽刀断情，冷酷决绝，耐得住最深的寂寞和孤独，是一个优秀特工安身立命的基本素质。

日子就这样飞驰而去，直到那个带走他的心、他的爱情的才貌双绝的女子，再次有机会来到他的面前。

在上海和虞水蓉重逢，恍若隔世般的欣慰和无奈！他和她，都已经经历的太多！在波谲云诡的谍战风暴中，他们无暇品味死里逃生后重逢的喜悦，为了信仰，为了革命，他们再次守身如玉，克制住自己的感情，将并肩战斗的豪情，替代了耳鬓厮磨的温情。

他甚至都没有机会，在远征军出国前，和她言明一切。告别时分，一场突如其来的大轰炸，搅乱了两人的一场重聚温馨之梦，他们再次失去互诉衷肠的机会。

去缅北作战就意味着九死一生，他的心情反而平静下来：莲莲，我该如何护你周全？

在真正的和平到来之前，一切承诺和期许都是妄谈。既然不能给她最真实贴切的幸福，就不妨放手离去，莫要将可能永诀的悲苦，再次加注在最心爱的人身上。

可是造化弄人，谁曾料想，如今在异国他乡，在濒临死亡的时刻，江静舟却突然发现他心底的爱情之花，毫无征兆地蓬勃怒放起来，像一簇无法压抑住的野火，在他的胸腔内熊熊燃烧起来。

原来，他的爱情之花含苞在他相遇虞水蓉之时，却意外地怒放在这死神临近的异国神秘凶险的密林中！这是否就是一种宿命？年过三十的江静舟，在半死半活的绝境，才无奈地发现，自己的爱情苏醒了！

哦，莲莲！这次，我真的快要死了，我这才发现，自己有多么爱你！没有当面向你说出内心最真实的情感，对我来说，竟然是一件终身遗憾的事情！

江静舟喃喃自语着，直到听到无数个声音在呼唤着他。

江静舟从晕厥中醒来，发现他躺在许若飞的怀中，一营长耿进忠拿着水壶在喂他喝水。独立团的弟兄们围在他的身边，都深情地望着自己的团长。

参谋长向晖半跪在他的身边，握着他的手，含泪望着他："因为热病，李副团长昨天已经殉国了……弟兄们再不能失去你了！团长，你就躺在担架上吧，让弟兄们抬着你，咱们一起回国，哪怕是再多走几步，离祖国更近一点也好啊！"

好友的眼泪滴在了他的身上，滚烫的感觉："千万别放弃自己，致远，我求你！"

周围士兵中传出无法压抑的抽泣声。江静舟含泪巡望众人，微微点了点头。向晖招呼士兵抬来刚刚做好的担架，自己亲手上前抱起他，轻轻放了上去。

就在担架准备抬起的瞬间，江静舟突然招呼许若飞近前，他无力指了指不远处的树下，嘴里呢喃着什么。

许若飞凑近他的嘴边，听懂了他的话，带着疑惑不解的表情，他走到树下，将树根旁一朵白色的野花折下，回身交到自己的团长手上。

江静舟用无力的手接过野花，细细打量着，这个无名的白色花朵，有着酷似莲花的外形，他微微笑了，轻轻将它凑到嘴边吻了一下，又放到身边，无力地闭上了眼睛。

他在心中默念着："这些都是我从国内带来的弟兄，哪怕只剩下一人，我也要将他们带回家，我现在还没有权利选择死去！哦，还有你，莲莲！已经死过一次的我，才发现在我的心里，是有多爱你！如果我……还能活着回到祖国，我一定要找机会对你说出这番话。让一切都统统滚开吧，一切的一切！我只要对你，我唯一深爱的女人，说出我的真正爱情！"

他觉得有一扇门在向自己缓缓打开，那分明就是重生之门！他的生命在这异国危机四伏的丛林中得到重生，他的爱情也可以吗？

屋外乌云滚滚，雷声阵阵。雕刻时光茶室里，虞水蓉也正陷身于这篇报道中最惨烈的一段。

她闭上眼，感受着他的伤痛，他的绝望，他的坚持，他的挣扎。过野人山的这段历程，每每读来，都让她不寒而栗，心有余悸。许若飞的讲述深沉绝望，有一种感同身受的后怕情绪划过虞水蓉的心头。

在野人山最后的一段时间里，每天都有上百人死亡。

雨季的丛林是蚂蟥的天下，丛林里面到处都是蚂蟥。战士们走在路上，这些嗜血的魔王就昂着头在树叶上等候，人体一接触到树叶，它们就趁机爬到人身上吸血。

在这样残酷的生存环境当中，一些士兵丧失活下去的勇气，精神开始崩溃，队伍当中不断地出现士兵自杀，有枪的把枪口放到下巴下面，用脚趾扣动步枪的扳机，没枪的直接上吊，常常看到前面部队的兄弟的尸体挂在树上，随风飘动，恐怖至极。

独立团的弟兄们都在坚持走着，他们只有一个信念，要回到祖国去！他们紧紧跟着他们的团长江静舟——那个总是和他们一起冲锋在前，亲如手足的长官！只要团长还在他们中间，大家就觉得有了主心骨，可以凝聚到一起，共同为一个目标而前进。

江团长带着重伤，他不停地发着低烧，已经瘦得失去了人形。我作为他的贴身副官，每时每刻都在感受到他的伤痛和挣扎。他用超乎寻常的毅力在坚持着，只为给他的士兵一个活下去的希望。

因为缺少医药，他的伤口只能每天用盐水清洗，但是只要他清醒的时候，他就会坚持不要担架，在战友们的搀扶下行走。我知道，他是不忍心让这些饥寒交迫，伤病交加的弟兄们再为抬他而付出体力。他要尽量保全每一个士兵的生命。

每天他都会让我点一次名，他亲自看视每一个士兵，对他们说着这样鼓励的话：你们都是我带出来的弟兄，我有义务把你们带回国去。让我们再坚持一下，也许明天就会走出这片死亡地带，即使是死，我们也要离祖国，离我们的家更近一些……

弟兄们就这样在自己信赖的团长的鼓励和团结下，互相搀扶着往前走，累了就休息一会儿，饿了就吃点儿野果和野菜。大家凭着顽强的毅力苦苦支撑着，沿着累累白骨指示的方向从夏天走到了秋天。

终于在某一天，爬上了一座陡峭的山峰后，大家忽然看到前方有一些红色、绿色和黄色的帐篷。原来，那是先头部队终于与司令部取得了联系，盟军从飞机上往森林里投下粮食、衣服、药品、电池、发报机、火柴、刀具和降落伞等物资，战士们把降落伞撑开来做成帐篷，在帐篷内设立了供给站，大家终于再次获得重生……

读到这里，泪水滚下了虞水蓉的面庞。她不知道他竟然经历过这样的生死历程！那种伤痛和绝望，他是如何克服和度过的？也许一切是他心中的信仰在支撑着他吧！亦如多次濒临绝境，身陷污淖中的自己，就是凭着以身相许的信仰，才一次次渡过了难关，看到了光明。

现在的她，又选择了一条布满荆棘的曲折之路，而且，还要继续祭献出她的爱情和幸福。想到这里，她的心潮再次翻滚起来，直到她看见一个熟悉的男子的身影出现在门口。

虞水蓉默默看着江静舟向她这边走来。

同一时刻，上海市内也是大雨倾盆。

楚天舒站在窗前，望着雨雾弥漫的窗外沉思不语。苏菲的突然闯进，让他眉毛蹙起。

"为什么不敲门？"

"我有要事禀报！"苏菲不看上司的脸色，她注意回身看看屋外的沁梅几人，将门严密地关上。

"你又在做什么？"楚天舒一脸警惕。

"嘘！"苏菲做了个手势，拉上司在办公桌前坐下。

"我有重大发现，事关重大，我当然要小心外面那两位！"她将手中一份电报纸递上。

"我们以前不是发现有个神秘的电台吗？似乎总发一些我们破译不了的奇怪的密电。它消失很久了，上周我们又监听到了它的信息！喏，就是这几封，虽然没破译出来，但是终究是个疑点！最近我们新采用了定位跟踪车侦察，竟然捕捉到了它的一次发射点，就在上周！你猜会是哪里？"

"上海这么大，我如何知道？"

"就在淞沪警备师中！"苏菲得意极了，"你说这件事重大不重大？我怎么能不防着外边这两位？"

楚天舒依然是平静如昔的神情："确定吗？"

苏菲点头："绝对没错的！你知道我盯着这个电台已经有一段时间了。虽然不能确定是发向匪区，可是毕竟是一个十分可疑的电台，我们应该彻底查一下才对。这次休假回来的这个新发现，却让我有了个新思路……"

她看到楚天舒是一副无所谓的表情，就有点失望："你不感兴趣吗？"

"你爱说不说。"楚天舒是慵懒极了。

苏菲有点委屈的样子："我当然不会瞒你喽，实话告诉你吧，我分析在淞沪警备师中，就藏有共军的秘密电台！"

楚天舒沉吟片刻道："这件事情应该再监听分析几次，最好能将这几份电文破译出来，这样有十足的把握，再向站长汇报，以决定是否采取行动？"

"破译这些密码，对你来说应该是小菜一碟啊，我目前的任务是继续监听。至于行动嘛，马上就会有的，这个站长自有安排。"

"嗯？"楚天舒眉毛一扬，面露不悦，"如实说来！"

苏菲猛然发现自己得意之下说走了嘴，尴尬万分，但是面对楚天舒的厉目逼视，只好招认："我……我前几天就有向……老板汇报过，他叮嘱我严密监控，先不准把此信息透露出去。刚才我去找他汇报新情况，他又不在……"

楚天舒明显露出不快："既然你已经先行和站长汇报过了，还来我这里干什么？炫耀功绩吗？想邀功请赏也该找老板去！"

"不是，楚总，我是想……事关重大，还是直接向站长汇报比较好……我先声明，我可没有越级请功的想法啊。你永远是上级，我心里有数的！"

总之她是犯忌了，楚天舒就不必和她周旋太多，直接拿话砸她就是："好啊，你们个个通天啊，我这个总破译师兼特别电讯组组长不过是个摆设罢了。"

却不料又意外砸出个信息来，苏菲急着向他献殷勤。

"楚总，我没有轻视你的意思啊，你知道我对你一向崇拜……这不是眼下我悄悄给你提前汇报嘛？我听老板在计较着，这件事情估计要请你出面呢。"

"好了，你先去继续监听吧，等会我去找找站长，看看他的指示再说！"楚天舒不耐烦地挥挥手，苏菲一脸怅惘地走了。

楚天舒默默沉思了一会儿，提笔在那张纸上写下几个字，又打了几个问号。

他想了又想，终究觉得此事事关重大，还是要去将苏菲手中的所有截获密电汇总起来，看能否译出什么来？再静候胡文轩的态度，下一步应该采取什么行动？

他走出办公室，看到沁梅等人在认真看着资料做习题，就上前吩咐："我的门没锁，等会你们作业做完就放到我桌上……对了，还有一份密码破译旧闻报道，郭少尉你必定感兴趣的，我也放在那儿了，你自己做完作业再消遣吧。"

"谢谢长官！"沁梅是诚心诚意的感谢态度，楚天舒一笑，转身出门。

此刻，楚天舒和苏菲都想找到的上司胡文轩，正坐在雕刻时光茶室旁边巷子里的车上。

这场江、虞密会，也算他的精心安排，虽然是虞水蓉的要求之一。目前，他认为一切都在自己的掌控之中，他不过是在等待一件事情的结局。

　　虞水蓉会骗自己吗？江静舟会和她趁机携手溜之大吉吗？这几个疑问不是没有回旋过他的脑际，不过很快他就自嘲起那份可笑的多疑：不管他们是何身份，只要此刻选择一起逃逸，必然就会跌入自我暴露、死路一条的境地！虞水蓉冰雪聪明，江静舟心思缜密，这样的结局绝非此两人可以选择。

　　那么江静舟会接受虞水蓉带来的抉择吗？

　　胡文轩又记起了当年虞水蓉抉择了自己的爱情时，对自己发出的那份宣言：胡文轩，我正告你，我虞水蓉今生今世爱的人就唯一个——江静舟，江致远！如今就是，从来曾是，永远会是！

　　那么今天，当这个女人再次做出自己的抉择时，高傲跋扈，狂狷不可一世如江静舟，能平静地接受这个局面吗？

　　胡文轩难忍担心。

　　在纠结紧张的心绪中，他看到江静舟走进了茶室。

第十三章　雨夜情殇

如今，我们最困难的时期已经过去，我们的组织，我们的党，如今已经有足够能力战胜很多困难，已经有更多优秀的同志投身到这个行列当中来。已然满身伤痕、身心疲惫的你，是否可以选择一个较为安宁的环境，去疗伤、休息，同时为我们的组织做一些别的有益的事呢？

望着这个十几年来让自己朝思暮想、魂牵梦绕的男人稳步走来，虞水蓉的眼睛里瞬间蒙上了一层细雾。

泪眼朦胧中，她只看到一个熟悉的轮廓——修长有型的身材，无论穿军装还是如今这身便装，都是带着职业军人特有的挺拔和英武。除了一个黑色的公文包外，他的右手还捧着一束花。一束莲花！这深秋季节还会有莲花吗？

虞水蓉暗暗握紧了手，努力自持着不让自己站起来走上前。她在克制着自己的情绪，弄得心都颤抖起来！她怕她会按捺不住内心的冲动——她多想扑上前去，拥抱住他，她要第一时间检查一下他的伤口，他的头上，胸前，那未曾取出弹片的伤口……

可如今，她只能压抑住内心的澎湃心潮，矜持而平静地坐在那里，脸上挂起一丝悲悯而温存的微笑，看着他走到自己面前。

江静舟心中自然也是心浪翻滚，他几乎是凭借一个特工本能的内持力，以使自己显得更自然一些。

"来了？"

"嗯。"

他将手中的花默默递给了她。

她接过来忍不住嗅了一下。

"没想到，这个季节竟然还会有莲花？"

"只要有心，就会发现奇迹……"

江静舟在她对面坐下，那双炯炯有神的眼睛像两把炙热的火炬，立刻间就让近在咫尺的她感到了火热的温度。

他读懂了她的激动和不安，却暗暗惊异于她那令人不易察觉，却逃不过他的眼睛的纠结和挣扎。

她比留在他记忆中的样子清减了许多，但是面容依旧温婉细腻，还是那样有一种动人心魄的高贵和美丽，岁月留给她的痕迹，是洗净前尘的超脱和淡然。开到荼蘼的花朵自然有一种别样的大气和雍容。

她的面容是平静而自如的，可是她的内心一定正在卷起千层浪——江静舟细心地看到，她耳垂下那一对珍珠耳坠，在不停地抖动着，似乎暴露了主人颤动不安的内心。

虞水蓉也在默默注视着江静舟。

他一定是在那个艰苦卓绝的异国战场受过太多的磨难，相比当年在重庆分手时的他消瘦了不少，他的面庞明显有些清癯黧黑，却因此使他的轮廓显得更加立体生动。他的眼睛一贯是他脸上最富标志性的器官，通常是明亮而清澈的，也是凌厉而犀利的，只是每当望向她的时候，那双眸子里面常常溢满了深情和暖意。

如今，这双眼睛依然温情脉脉，但是瞬间读来，却让她感受到蕴含其中的一股男性的野性和征服感。是的，就在他和她这短短的接触时间，她已经感受到他身体的微妙变化，一个从青涩男子到成熟男人的质的飞跃，一个凤凰涅槃、化茧成蝶的奇异感觉。

她有点暗暗心悸：面对如今这样的他，她准备好了吗？她该怎么办？

他坐下后四处打量了一下周边环境，出于做特工的直觉，这是一种习惯，也是一项本能。

而她也是高级特工，还曾是他的搭档，他最默契的战友。此刻她做了一个彼此熟悉的手势，暗示他，在他来之前，她已经仔细检查过身边的环境，确认没有任何监听设备。

他理解地笑了，她还是那样敏感细心，他们还是如此的默契。

却瞬间陷入一阵沉默，似乎彼此在酝酿、期待着什么。

"你……"似乎为了打破僵局，两人不约而同同声说出了这个字，却又因听到对方的声音，瞬间都戛然而止。

又是一阵短暂的沉默，当两人再次抬起头，望向对方，几乎同时间向对方的话又是惊人的一致：

"你怎么这样瘦了？"

两人尴尬地笑了，却再次真正找回了往昔的默契和温情。

虞水蓉边为江静舟倒着茶水，边柔声轻叹："你一定是在那边打仗打得太苦了，比上次重庆分别的时候瘦了很多，也黑了很多。"

"那么你呢？一定是吃了不少的苦？你在狱中……"江静舟凝视着她。

"一切都过去了。"虞水蓉轻声打断了他，她将茶杯递给他，他则顺势抓住了她的手。

这个以往从来没有过的强势动作惊到了她，她的手一晃，茶水泼了出来，溅到了旁边的报纸上，她赶忙放下茶杯，自然地摆脱了他的手，又掏出手绢，将报纸上的水擦去。

江静舟也有点赧然，为了掩饰这份不自然，从她手中接过报纸，看了一眼，微微一笑："你刚才在看这个？"

虞水蓉轻轻点头："这篇报道我看了几次都不忍心看下去！缅北战场，同古血战，腾冲之战，野人山……一切的一切，太令人伤感了！我实在想象不到，你们是怎样熬过来的？"她的眼圈瞬间潮湿了。

"不过尽军人本分而已。"江静舟淡淡一笑，"比起死在异国他乡的兄弟战友们，我们都是幸运者！"

他看出她的伤感，更加轻松地笑笑以示安慰：

"这篇文章是前段时间，那个樊黎翘总编在我们淞沪警备师采访后写成的，是我的副官许若飞少校的感受和见闻……其实，对于我来说，远征军的经历固然充满苦战，恶战，死亡和伤痛，但是它也留给了我很多宝贵的东西。其中最令我难忘的，是一种重生的感受！"

"重生？"虞水蓉不解地望着他。

"是的，重生！再世为人的感觉！"江静舟认真望着她，但是语气却突然变得有些急切，好像他要迫不及待地向眼前的人儿说出自己的心声：

"你能想象得到吗？莲莲？一个人在经历了死亡的真实感觉以后，再重新复苏回到这个世界上，会发现很多东西都改变了。尤其是在濒死的状态下，很多真实的感情，真实的想法，都会在瞬间萌发在你的脑际。你会明白，你这辈子最想要的是什么？最留恋不舍的东西是什么？最想说的话是什么？还有……最爱的人是谁？"

"致远！"

"莲莲，别打断我，你让我说完……"

他指着放在桌边的那束莲花："在过野人山的时候，在我濒死的那个瞬间，我也曾经看到过一种白色的花朵，它的花形酷似眼前的这个莲花模样。我当时几乎已经触摸到死亡的羽翼了，可是我的心中瞬间却闪过这样一个念头：如果我能熬过去，活下来，那么我一定要不顾一切地找到你，给你讲讲这个白色花儿的故事……"

"致远……"

该来的终究会来，是期盼已久的东西，遗憾的是，它到来在即将结束的命运之前，这种悲情让虞水蓉的心都颤动起来。她已经敏感地意识到他要说什么，她想马上拒绝、逃避，苦苦相守自己苦心经营、设置的违心的防线，但是终究难以抗拒内心的挣扎，感性的潮水冲垮了理性的堤坝，她无奈地点头。

她看到他露出一丝略带孩子气的羞涩神情，带着年轻人陷落爱情之网中的幸福般笑容，从随身带来的那个文件夹中取出一个东西，郑重地递到她的面前。

竟然是那本十年前他们分别时自己送他的日记本。

"致远？"

"打开看看，莲莲，看看我是否……让你失望了？"

她轻轻翻开本子，默默无语地看着，心底读着那些浓烈的诗句，咀嚼着一个革命者爱情的浅吟低唱：

> 我愿意是废墟，
> 在峻峭的山岩上，
> 这静默的毁灭，
> 并不使我懊丧……
> 只要我的爱人
> 是青春的常春藤，
> 沿着我荒凉的额，
> 亲密地攀缘上升。
> ……

江致远，我唯一爱过的男人，此生最爱的人！当我们可以相依相亲时，命运的鸿沟横亘在我们之间，我无望等待在这头，你毅然止步在那边。

当时间化作了彩虹，架起了这座空中桥梁，你却不可能如愿向我走来，因为我为信仰又选择了转身离去！

这是怎样的一种孽缘呢？

虞水蓉在心里绝望地呻吟着，她半生渴求的爱情就这样来到了她的面前，她却失去了抬手抓住它的勇气和运气。此刻的她，心如刀割，柔肠寸断，却又无力表白，只能把日记本狠狠地抱在胸前，将头埋在那捧花儿上，任泪水无言倾盆，一如屋外的暴雨一般，浇灌在这迟来的爱情花儿上。

江静舟带着伤感和歉疚的表情看着她，心底也在默默地流泪。

屋外的雨下得越发大了，天色渐渐暗下来。

痛快地哭过，虞水蓉的头脑慢慢清醒起来，这一段时间做的心理准备，此刻发挥出效果。她稳了稳心神，擦去泪水，重新望向江静舟，眼神中带出的坚毅和决绝，瞬间让江静舟有一种不安的感觉。

再次仔细端详了这个日记本和那束花儿，她的脸上挂了无比欣慰却悲酸难忍的表情来：

"致远，我懂了，我是既满足又欣慰！我知道了一个让自己此生无憾的事实——我曾经爱过的人，也这样深深爱过我！我真正拥有过一段完整而难忘的真爱之情，作为一个女人，该知足了……"

"曾经爱过？"江静舟敏感地看着她。

"是的，致远，曾经爱过，一切都是俱往矣！就像这束花儿，过了季节，就失去了新鲜的生命和颜色。即使一枝独秀，也难掩寂寞悲凉的意味！"

"莲莲……你？"

"致远，三哥！请让我再这样称呼你一次，你可能想象不到，你眼前的莲莲，已经不是这种白色的莲花，她已经变成了另外一种白色的花儿，叫曼珠沙华，又叫彼岸花……"

"彼岸花？"

"不错，你刚才给我讲了一个有关白色的花的故事，那么，我也想讲给你听一段彼岸花的典故……"

江静舟的心底莫名滚过一层不祥的悲凉之情。

在这暴雨倾盆的傍晚，在这座城市的另一隅的军统站里已经渐渐人去楼空。

沁梅揉了揉眼睛，发现办公室只剩下了她一人。

她收拾起做好的作业，准备离开，却突然记起楚天舒的话，就将自己和井媛媛的作业整理好，进了楚天舒的办公室。

把作业放在楚天舒的办公桌上，又一次看到那架霍克3模型飞机，她蓦然记起那天在墓地的所见所闻，不由得心里有些感慨，她注视着这架飞机的眼神变得温柔起来。

却突然发现飞机下面压着一张电报纸，上面涂涂画画写着些什么。沁梅无意识抽出这张纸来，只是扫了一眼，作为特工的职业敏感，立刻让她的神经瞬间绷紧——上面"淞沪警备师"几个字，虽然经过涂抹了，但是依稀可辨，后面还有"秘密电台"、"行动"几个词以及几个问号。

捂住怦怦直跳的胸口，沁梅紧张地放下电报纸，探身到门外看了看，发现没有人，她又仔细将这张纸上的每一个字都看了几遍，默记在心底，然后细心地拿了楚天舒说的那叠密码资料，迅速离开了办公室。

警备师的大楼前，浑身是水的沁梅遇到了程睿。

"怎么回事？小梅？这样大的雨你竟然不打伞？"

"我……我忘了！大哥，我表叔在吗？我有事找他！"

"三叔有事出去了……"

"那我找你吧！"

"你先去宿舍把衣服换了，小心着凉！我在三叔办公室等你。"

暴雨就这样不停地下着，好像天空都要下漏了。雕刻时光茶室的气氛也是潮湿而沉闷的。江静舟的心情是从来没有过的凝重和绝望。

虞水蓉已经向他讲述了自己在狱中的考虑和决定，为了遵守秘密工作的原则，她无法向他讲述细节和一些详情，但是有关她和组织的请求和决定，她即将开始的新工作，她已经明明白白地告知了他。

　　接着她就讲起了彼岸花——虽然一直凝视着他的表情，小心选择着语言措辞，希望自己的讲述能让他很快走出这种无望的纠结，却又不使他伤痛过分，但是还是看到他的表情随着她的讲述变得越来越沉闷绝望。

　　"致远，彼岸花实在是一种神奇的花！它的背后有一段凄美的神话故事——据说曼珠沙华原是守护彼岸花的两个仙子，一个是花仙叫曼珠，一个是叶仙叫沙华。他们守候了几千年的彼岸花，可是却从来没有见过面，因为花开的时候，看不到叶子，有叶子时看不到花，花叶两不相见，生生相错。他们疯狂地想念着彼此，并被这种痛苦折磨着。终于有一天，他们决定违背神的规定，偷偷地见一次面。那一年的曼珠沙华的花被惹眼的绿色衬托着，开得格外美丽妖娆，因为是他们的爱情在滋润着花叶……

　　"可是他们却因此触犯了仙规，被打入轮回，并被诅咒永远也不能在一起，生生世世在人间受到磨难。"

　　她偷偷注意着他的表情，看到他的两道剑眉生动的蹙起，脸上挂了迷茫沉思的神色。他这样的无辜和无措表现最让她动心，但是情势紧迫，她已经顾不上自己的私情，她任重而道远——为了继续献身自己的信仰，她要冷酷决绝地斩断自己的爱情，还要尽量少伤害一点自己的爱人。

　　"致远，请原谅我的直白和残忍！我想说的是，有些爱情也是这样，一如这种彼岸花——深爱的人不能相见厮守，一定是痛苦的，可是如果为了爱情的相守，却失去了更加宝贵的东西，那么将是一种得不偿失的行为，也许会悔恨终身，也因此失去了爱情的颜色和味道！一如眼前的你和我，我们的……"

　　"莲莲你的意思……我有些懂，但是不能完全明白……"

　　她知道一向冷静睿智的他是陷身于情感漩涡中无力自拔，才会表现出这样的迟疑和困顿，什么时候江静舟会陷入迷情？只是为了她，为了他深爱的莲莲！

　　参透这一切的虞水蓉更加心痛难耐，她决定快刀斩乱麻，将他从速拉回到现实中来："三哥，有些事不妨直接说了，我在狱中思考了很久。摆在我面前的路，有三条，第一，接受组织营救，回到老家去，从此告别特工生涯；第二条，恢复虞水蓉身份，我们似乎可以旧情复燃？第三条，埋葬虞水蓉，以柳芊倩的身份，接受胡文轩的建议，可以去军统上海站任职。"

　　他仍旧蹙眉无语，静静地看着她，似乎在绝望中听着她一步步宣判着彼此的感情命运。

　　"第一条路，是最幸福的一条路，可是因此我将失去继续潜伏的身份。致远，你应该懂我！我吃了那样多的苦，经受过那样多的磨难，才将自己打造成了一名资深特工，如果从此让我成为一枚闲棋，不能为老家贡献更多的智慧和才干，我该是有多么的痛苦？我活着的意义何在？"她再次流下了心酸的眼泪。

"第二条路，看似最浪漫最温馨的一条路，对于我们的爱情而言……可是，作为资深特工的你，一定也明白，那根本就是一条死路！对于我们两人来说，如果选择了那条路，就是选择了暴露，同时也选择了死亡！江静舟这个名字，和虞水蓉连在一起，就意味着有太多解释不清、疑惑重重的公案可以供胡文轩和他的组织去研究，去甄别，去追杀！如今，你已然凭借你的赫赫战功，跻身于国民党高级将领的行列，你有太多的资源可以去利用，从而更好地为老家服务和贡献。我们又怎么可以为了一己的爱情，去危害这个难得的机遇和条件呢？哪怕是一点点的疑点和危险都是极为不值得的！因为你能有今天的位置和局面，是多少战友和同志用生命换来的！想想那些牺牲在咱们面前的同志们，我们又该做出怎样的抉择？"

江静舟沉默着，面色沉寂而阴郁，他似乎意识到，她不是在向他征询意见，而是在向他宣布她的决定。他已经等到了，她对他们的爱情的最后判决。

他的心痛得有些麻木了，可是更糟糕的状况却不是在这里。他感受到自己的身体，也已经出现了状况。

因为曾经的重伤，尤其是头部和胸部那两片未取出的弹片，每逢阴雨天，他都会感受到难以忍受的折磨，那种来自身体的伤痛长期折磨着他，时常会令他有生不如死的感觉。每到实在忍受不住的时候，他会吃上两片止疼片。可是今天出来匆忙，他身上并未带药。

那就让这种伤痛来得猛烈些吧，也许因此可以减轻心痛的感觉！江静舟在心里默念着。

这种来自身体内部的不适和闷痛还是令他露出了踪迹，他微微皱眉，暗暗用手捂住前胸的动作让虞水蓉敏感地看出了他的不对劲，就担心地望向他："致远，你怎么了？"

江静舟摆摆手："没什么……你说你的。"

虞水蓉以为他是在伤感他们的爱情，她又何尝不是肝肠寸断？可是如今的她和他，已经别无选择！长痛不如短痛，她要向他表明心迹，一如他刚才向她坦白了爱情一样。

"所以，我只能选择这最后一条路……致远你知道吗？有些事情是我们不可抗拒的，也许只能不问今世，祈愿来生！就如同这神秘的彼岸花，如今的我，从虞水蓉到柳芊倩，也仿佛经历了再世为人的苦难之旅，只有把前世的一切放在彼岸，才可能像你刚才说的那样，找到重生之门，脱胎换骨，凤凰涅槃！

"当然，还有我们的爱情……亦如那神秘的彼岸花——也许命中注定我们今生不能相守，可是我们可以期待来生！最起码，我还可以继续战斗在敌营，和你作为战友，并肩在一起！这对于我来说，就是最好的结局……"她说到此处，已经是泪如泉涌，不能自持。

"我都明白了，全懂了，真的，莲莲！"江静舟缓缓开口，他用心盯着虞水蓉，眼中闪现出让人无法逼视的倔强不屈的光芒，这样的他让她暗暗心惊。

"我敬佩你作为党员的忠诚，也赞许你作为特工的勇敢！可是，你是否想过，你的决定，对于你自己，对于我，对于我们的感情……是太不公平了吗？"

清醒过来的他思想一如宝剑般锋利，口角自然锐利起来：

"我不想劝止你对组织的继续奉献，你对理想的追求，可是，我希望，作为一个女人，一个弱女子，你可否为自己选择一个偶尔示弱的理由？多少年我们一路走来，你经历的一切，是那样的痛楚而悲哀；你承受的，是以你的身份和能力不堪承受的重量；你付出的，是一个女人不该付出的一切！也许为了信仰，你是无怨无悔的，可是，作为深爱你的男人，我却无法忍受这种悲剧的继续发生！"

他的狂猖之风又起，有些霸道地拉过她的纤腕，紧紧握在自己手中，满眼的心疼和柔情让虞水蓉陌生又心醉：

"莲莲，你听我给你分析一下形势——如今，我们最困难的时期已经过去，我们的组织，我们的党，如今已经有足够能力战胜很多困难，已经有更多优秀的同志投身到这个行列当中来。已然满身伤痕、身心疲惫的你，是否可以选择一个较为安宁的环境，去疗伤、休息，同时为我们的组织做一些别的有益的事呢？"

"致远，我……"

"你先听我把话说完！"这不由分说的劲头她一点都不陌生，他依旧是那个让她无限心仪的霸气果敢的江致远。

"当我决定要再次和你相聚，再给我们的感情一个出口时，我就许下了此生的一个念想——无论何时何地，我都要护你周全！我同意你刚才的话，革命不成功，我们不相守在一起，你可以先回老家，在那里等着我。至于你的职责和任务，你可以加注在我的肩上，让我来完成我们共同的重任！"

"可是，致远，一切不是像你想象的那样简单！有些任务不是别人可以替代的，有些职责，也不是可以合二为一的。我以为你会懂我……无论何时何地，我首先是一名独立的战士，其次才是一个……需要别人呵护和爱的女人！"

她想挣开他的手，但是却发现那手腕是那样的有力，让她无法挣脱，一如眼下他这种霸气而执着的爱。

"可你就是一个弱女子，一个有血有肉，需要爱，需要温暖的女人！"他几乎是低声吼出了这句话。

他轻叹口气，松开了紧握着的她的手，却同时俯身向前，深深凝望了她：

"经历过一番生死的我，已经不再是过去你熟悉的那个江致远！我不会再允许你涉身险境，去做更令人痛心的牺牲！任何艰险危难的事情让我来做。莲莲，你难道不了解胡文轩组织的严密和凶险莫测？你孤身陷入其中，请问你有何把握能掌控局面，卧底成功？很可能，你倒会因此陷入更加危险无依、绝望无助的泥沼之中！所以，无论从哪方面来讲，我都不允许你再冒这样的风险！放弃你的计划，答应我，莲莲！"

虞水蓉是幸福的，也是欣慰的！一行既满足又心酸的泪水滚落下她的脸颊。最爱的人对她喊出这样一番发自肺腑的爱惜之语，令她有此生无憾的感觉。

　　但是同时虞水蓉也不是一般的女子，她的信仰高于她的一切，多年的艰险谍战生涯，造就了她的钢筋铁骨和坚强的内心。她的坚持，同样来自于对他的深爱。她心里清楚，只要她还选择和他在一起，他的危险就会增加一分！也许，在这个茶室外，就有一双阴冷的目光在注视着他们！她也明白，她已经选择了第三条道路来走，此时改弦更张，带给他们的，将是危险种种，困境重重！自己的生死安危倒在其次，如果威胁到他，这个最爱的人的安全，是她无论如何不想看到的结果。

　　必须果断制止住他这种偏激和执拗的行为！

　　"别逼我，亲爱的致远，别逼我对你使用那个痛心的杀手锏！"虞水蓉在心底嘶喊着。

　　她再次努力平和地说服他："致远，你我都是老特工了，你应该明白，一些事情，已经开头，就不再有转圜的机会！何况，这已经算是组织的决定。"

　　"我可以向组织去请求，甚至抗诉！我们的组织从来都不是冷酷无情的！"他似乎是失去理智地在挣扎。

　　"也许，我不应该违背组织原则，告诉你一些事情。既然这样，我只能犯一次错误了……致远，你想必听过'贞德'这个名字？"

　　"怎么？难道你是……"

　　"这只是一个代号而已，也许是一个组织，一个小组，一个个人……现阶段，贞德就是我……"

　　江静舟被这番意外击蒙，他紧紧咬着嘴唇，沉思不语，但是不过片刻，一丝毅然决然的微笑又在他的脸上挂起：

　　"那又怎样？我说过的，你只是一个弱女子而已，你将要做的一切，都可以由我，我们的小组来完成！请相信我们的力量，完全可以肩负起这个重担。你既然和组织接上了关系，一定会知道目前已有新的领导来上海指导我们的工作？我会向她做一个汇报，一个请示，甚至一个建议！而你，必须准备终止你的计划！"

　　"江致远！你简直……不可理喻！"

　　"没错，莲莲！我说过，以前的江静舟死了，跨过重生之门的我，会执着于这样一个念想——何时何地都要……护你周全！"

　　他眼中流露出一种令她陌生的神情，是执拗，是执着，是以前少见的不容商量的霸道和决绝！

　　她觉得自己已经被他逼到了绝境中。

　　警备师江静舟办公室中，程睿和许若飞听沁梅讲述了她在楚天舒办公桌上的发现。

　　"前两天，你提到的军统站新增的电台跟踪定位车的事情，我向师座作了汇报，也遵照他的指示提醒唐玉做了防范。对发报时间段要留神，虽然我们目前启用了新密码，但是看来隐患依旧存在！他们监控咱们这一方也不是一半天的事了！"程睿忧心忡忡。

许若飞也很心急的样子："根据沁梅的情报，目前还要防范军统局下一步可能采取的行动，对咱们警备师的突袭搜查？"

"目前自然不会再有新情况出现，但是就是不知道往昔有啥把柄已经落到那个楚天舒手里了？这样顺藤摸瓜查下去，也怕……"程睿皱眉思索着。

许若飞摇头："这个也只能静观其变了，此刻断不能贸然出头……"

他们在议论计较着，沁梅是咬唇不语，心中暗暗谋划着自己的一个不成熟的方案。

程睿看向她："小梅，你还是赶快回去，一有情况你就和我联系，就打电话，用咱们规定好的暗语！"

沁梅点头，又记起一事，有些担心起来："我表叔他究竟到哪里去了？这样大的雨……你俩又没跟在他身边？"

许若飞和程睿对望一眼，不敢说出实情让她揪心，就忙安慰道："也快回来了，我们一会儿就去接他！"

沁梅心中已有自己的计划，就不再多言，起身回了军统站。

雕刻时光茶室里，灯光暗淡，在这个暴雨天，显得寂静得有些伤感的意味。

虞水蓉别无选择，决定用事先准备好的一个杀手锏向江静舟摊牌。

以她对江静舟性格的了解，以及他对自己的爱的揣度，她想象过他听说她的计划后的反应，必然会是激动而反弹的。但是遭遇他这样顽强而固执的拒绝和反击，却是她没有料想到的。

她无奈地看到，这个经过了中国远征军生死历程的男人，如今身上更增添了一些令她感到陌生的东西，那就是一个成熟男人的专断和霸道，这对于她曾经渴求的爱情来说是甜蜜的，可是对于她要开展的工作，却是一道难以逾越的坎儿。

但是即使是悬崖绝壁，她都要冷静决绝地跨过。

她在心底暗暗流泪，她要亲手扼杀自己的爱情，她要深深伤害自己毕生最爱的人，用一个虚假的东西，一个情感的杀手锏。

谁能想到，这个杀手锏竟然还是来自于他的发妻沈琬。

五年前，在上海，因工作关系，她和他的前妻沈琬在组织内相见，彼此这才澄清了往昔的恩怨误会，两个大气柔情的女人竟然会因为共同深爱的他，结成了腻友。

"沈姐，我实在没想到，我们这个假夫妻工作搭档还是严重伤害了你们的感情！你和他竟然……"

"水蓉，这不能怪你，是我自己的问题。我和他自幼青梅竹马，这份纯净的爱反倒害了我！我的感情竟然也患上了病，一个叫作洁癖的病患。"

已过而立之年的沈琬，在工作和斗争中变得成熟而坚强，这个往昔单纯稚嫩的农家妹子已经蜕变成为一名阅历丰富、感情细腻、大气稳重的地工人员。她的胸襟更加开阔，她的情感更加朴实，她的开朗和坦率让虞水蓉深深的着迷。

她继续娓娓道来："你知道吗？当我在工厂里加入了组织，我就明白了今后要走的道路，和自己的追求，我需要把握什么？应该扬弃什么？

"那年看到你们在教堂上成婚，虽然我不明白其中的隐情，但是我对他的爱让我选择了放手，让他去追逐自己的幸福。后来，我逐渐理顺了自己的情感路程，我要和他解除婚姻关系，我不可能再痴痴守着一个拥有了别的女人的男人生活一辈子，我不要这样的痴情！我要有我自己的尊严，还有……我自己的生活……

"水蓉，你明白了吧？是我主动放弃了这段婚姻，不让那一段在我心中'已不纯洁'的感情再折磨自己，折磨他人……后来，我有幸在革命的道路上又遇到了一个人，一个全身心爱我的男人，也是我的同路人。"

虞水蓉记得自己当时被她的这番话感动，上前拥住了她，沈琬回手摸着她的头发，忍不住感叹：

"也是在后来，我才知道，你们当年竟然是带着任务、为了工作走到了一起，是我错怪了他！但是一切已经无法挽回……水蓉，抗战爆发前，我还曾和他见过面，说清楚了这段旧怨，也多少了解了你们之间的故事，你，还有他，都是重情重义，有大节操、大爱的人，彼此一定也都存着一份真情？作为过来人，我看得出，他爱上了你，你心里也有他，那么为什么不找机会走到一起？要知道，革命和爱情不是不可兼得……"

虞水蓉当时也是感慨万千，她不知道如何回答沈琬。

一直有着较为严重小资情调的她和沈琬不同，她对爱情的看法不绝对、不偏激，更没有那种不可逾越的沟坎——爱情洁癖。

她记得自己少女时期就最爱这样一首诗，是同样有着小资情调的大诗人雨果的作品。

真爱究竟是什么？
是——
盲目的忠诚，
死心塌地的低首，
绝对的唯命是从，
不顾自己，
不顾一切，
无言不听，
无言不信，

把整个心、肝、灵

都交给你去主宰!

你是我灵魂的最后之梦!

　　她的爱情,就是这样的浪漫而凄楚!对于自己深爱的男人,她有着很豁达的包容心。她理解他的无奈和矛盾,同情他的痛苦和纠结,敬佩他的果敢和守信!

　　其实当她爱上他的时候,就知道这份爱情是无望而悲哀的,但是她不想挣扎,为了爱,她可以放弃自己的骄傲,自己的名分,自己的幸福;为了爱,她可以原谅他的过失,他的脆弱,甚至是他在无可奈何情形下再次的婚姻选择。

　　是的,即使她知道他又曾经历过一次实实在在的婚姻,有一双儿女,也不改他在她心中的圣洁地位,他永远是她此生唯一爱恋过的男人!

　　在虞水蓉的心中,能超过爱情的重量的,就只有信仰了。无论何时何地,信仰在她心中是高于一切的。除了信仰以外,为了爱情,为了爱人,她可以容忍一切,吞下一切委屈和苦难。

　　但是,如今几乎陷入绝地的她,却悲哀地意识到,不是正好可以用沈琬说过的那段话,来伪饰自己,以达到说服他放手自己的目的吗?

　　是的,为了信仰,她可以祭献自己的爱情和幸福;为了说服爱人,她又必须放弃自己对爱情的宽容和豁达的一贯态度。

　　这个在虞水蓉潜意识里早已准备好的杀手锏,也许可以刺醒已经陷入执拗、决绝状态下的爱人——江静舟!

　　爱情也许原本就是一把双刃剑,她决定先用它刺出自己心头的鲜血,再同时刺向此生最爱的那个人!原谅我,致远,我别无选择!

　　这样面对而坐的男女一直都陷身在沉闷纠结的氛围中,女人期期艾艾的话语,像天空猛然炸响的惊雷,让江静舟再次陷入情感混沌状态。

　　"护我周全……我感谢你,致远!无论如何,莲莲感谢你这份爱!但是有句话我想我必须说出来,不然我会骨鲠在喉,此生难安。"

　　"莲莲,你说。"

　　"你知道吗?我是一个有着爱情洁癖的女子!此生向往的,就是一份纯洁、纯粹的爱情。遭遇你之初,我不知道你有妻有女;后来咱们的婚姻也是一场痛苦的伪情戏。我也许可以无视你的第一次婚姻,那场父母包办、无力挣扎的旧式姻缘,毕竟那是发生在我和你相识前的一段前情。可是谁料想,后来……你竟然还会再次结缡,又一次……属于过他人!"

　　这番冷酷无情的话语像是宣判了某类感情的死刑,让他的脸色瞬间变得惨白无颜色,那冷峻决绝又果断明晰的话语再次将他拽入了命运的深潭:

　　"你觉得,如今的你,还能给我一份完整的爱吗?我实在是怀疑!对于我这样一个追求完美，对爱情认真而偏执的女人，我所期盼的那种纯粹无瑕的感情，那份完美无缺的纯爱……你好像已经失去了给予的资格……"

她说出这番话的声调是那样的轻柔婉转，所蕴含的能量却像一枚重磅炸弹，炸响在江静舟的心头！他觉得自己心脏瞬间被击中，流出了鲜红的血液。

不知道是心痛还是胸部旧伤带来的闷痛，他突然感到有一股咸腥的东西涌上喉间。慌乱中，他抓过茶杯，将茶水一饮而尽，压下那股几乎喷射而出的东西。

那残忍到可以撕心裂肺的话语还是继续飘浮在耳际："请原谅我，致远！就像你刚才说的那样，我只是一个弱女子，但是我也有着自己的坚持！我无论如何难以忍受后面那次……那次你的感情出轨、游离…… 我心目中完整神圣的爱被打碎了，你如何在爱情上……护我周全？"

虞水蓉的话已经模糊不可再辨，强烈的头痛和胸痛，还有那更难以忍受的心痛，已经化作排山倒海的潮水向江静舟袭来，他感觉已经到了意志快要崩溃的边缘！

必须马上离开这里！江静舟知道，旧伤的无情复发，此番心痛欲碎的感觉，可能会立刻将自己击倒、击垮！他决不忍心让眼前这个自己深爱的女人为自己揪心而难过，他要逃离这里，像一个中了枪伤的野兽那样，逃到一个僻静的地方，独自舔舐自己的伤口，他不能让心爱的人有任何的心理负担和愧疚，不能让他的莲莲感到是她的话，伤害自己至此！一切的委屈和伤痛，就让他独自承担吧，但愿不要带给她半点的自责和难过。

江静舟用手狠狠压住自己的胸口，毅然决然地站起身来："莲莲，我明白你的意思了！对不起，是我让你失望了……我还有事，先走一步！"

他不敢再看她的表情，也不敢再耽搁半分，几乎是逃逸般冲出了茶室。

虞水蓉惊异地看他跑出了茶室，几乎来不及任何阻拦。

我已经狠狠伤害到了他吧？我这个恶毒狠心的女人！可是谁知道我的心里有多苦？

致远，原谅我！原谅我！你永远不会知道我爱你有多深！一切都是命！要怪就怪老天无眼，让我们有缘无分！

突然看到桌子上遗留下来的这本日记本，虞水蓉又一次捧到手上，轻轻翻开，那刺痛人心的年轻革命者的内心独白，如今看来，竟然像那个刚刚从这里跑出去的人的绝望低吟——

    ……

    我愿意是草屋，
    在深深的山谷底，
    草屋的顶上
    饱受风雨的打击……

只要我的爱人
是可爱的火焰，
在我的炉子里，
愉快地缓缓闪现。
……

虞水蓉俯身在那束莲花上失声痛哭。

良久，她抬起身，擦去泪水，抱起那束花儿，用自己的唇，吻遍了每一朵花朵，然后她放下手中的花束，挑了一片莲花花瓣折下，用手绢仔细包了，放在自己的手袋中，站起身，离开茶室。

胡文轩举着一把雨伞，来到茶室门口。

刚才他看见了有过预料，但仍然令他诧异的一幕：江静舟捂着胸口，几乎是冲出了茶室，驾车飞奔而去。

他思索片刻，决定还是现身在虞水蓉面前。

虞水蓉走出茶室，看到等候她的胡文轩，没有丝毫惊异的表情。

"阿莲，你别误会，我不是在监视你，实在是风大雨大，我不放心……"

"多说无益……送我回去吧！"

开出一段路后，江静舟突然意识到自己的疏忽。在这样狂风暴雨的傍晚，把柔弱无依的莲莲一个人扔在那个地方，她该如何回城呢？

想到这里，江静舟顾不上自己的伤痛难耐，忙调转车头，向回开去。接近茶室门口，却正好看到胡文轩打着伞来接虞水蓉的这一幕。

将车远远地停靠在路边，默默看着前方的场景，他敏感地发现，虞水蓉的手中，没有那束莲花！

是的，她刚才说过的，如今的她，早已不是往昔那孤高傲世、独茎迎风的莲花了，她已化身为神秘莫测的彼岸花。

江静舟忍不住苦笑了一下。

他又记起了那个日记本，她会如何处理它呢？也许，把它带回去，封存在记忆的深处吧？

那首洋溢着革命者的爱情和纯真念想的诗句，曾经是他心里反复唱响的一支歌，伴随他度过了多少孤寂难眠的岁月！如今，一切，俱往矣！

我愿意是云朵
是灰色的破旗，

在广漠的空中，
懒懒地飘来荡去……
只要我的爱人
是珊瑚似的夕阳，
傍着我苍白的脸，
显出鲜艳的辉煌。

他调转车头，向海边开去。

在暴雨中，他痴然伫立着，任冰冷的雨水浇灌在自己的身上，将浑身那如火的伤痛浇灭！似乎只有这样，他才能稍稍好受些。

不知道过了多久，他觉得似乎恢复了些力气，他回到车上，驾车向城里开去。

开出去没多久，他就觉得自己撑不住了，刚刚来得及将车子在路边刹住停稳，一口咸腥的东西已经涌上他喉间，这次他没有忍住，直接喷射了出来，他还没有来得及看清自己嘴里喷出的东西，就眼前一黑，晕倒在了方向盘上。

上海市内的雨这时似乎小了些。此刻，楚天舒正坐在一个世交老伯的面前。

老人叫章冠雄，是一个著名的实业家，章家和楚家是姻亲，章老先生的大女婿就是楚天舒的三哥楚天浩，而他的小女儿章季嫣，又恋上了这个楚家七少爷。

章家小姐和楚家四小姐楚天姣是同学，一起在重庆上高中，又同时准备赴美留学。目前，天姣正是住在章家，几天后将和准备移民的章家人一同赴美。

遗憾的是，楚天舒似乎对章家小姐毫无兴趣，他如今断然拒绝了和她一起再次回美国的建议，就等于宣告了两人恋情的终结。

"其实，我从小就是把她当作妹妹的，从来没有动过那样的念头呢！"楚天舒这样在心里说，但是要来这里探望自己的妹妹，还是要和章家老伯客气寒暄几句。

"瀚若！"章老先生叫着他的字，楚天舒已经抿嘴在笑了。

"亏您老还记得我这个字，我自己都忘掉很久了。"

章老先生摇头叹气："所以我要说，你们这些留洋的孩子们，只会起个洋名字，把老祖宗的规矩都丢失殆尽了！对于我们这些老朽来说，叫字是正常的礼貌啊，当面直呼人家的名字，等于是在指名道姓，就如同骂人一般。"

坐在一旁的楚家兄妹都笑了起来。

一边的章夫人更是带着歉意笑对楚天舒道："天舒，别理你老伯，他老顽固了，如今年轻人都叫名字，天舒这个名字多响亮！"

"我倒是更喜欢他的字——楚瀚若，多有诗意的名字！"老先生摇着头，看着楚天舒，"还有你的才华，你的学识，你的素养，都让我感到深深的惋惜！如今生逢乱世，你们这样聪慧敏睿的年轻人应该去国外安宁的环境，搞搞研究什么的，不要参与政治，尤其是加入到一些声名狼藉的组织中……”

章夫人在一旁忙不安地劝阻：“哎呀，你怎么越发胡说起来？幸亏天舒是内亲！这种话让人听了去，咱们过两天都不必走了，还移民美国呢，移到监狱里还差不多！”

“不要紧的，伯母，咱这是在自己家呢，随便说。”天舒忙笑着安慰。

章老先生愤愤然：“所以我才要走！一个让人不敢讲话，没有人权、没有民主的政府是没有前途的！我何苦要和它殉葬？！”

他又看向楚天舒：“孩子啊，你自己也要选择好自己的道路。你还年轻，千万别被一些恶势力裹挟到泥潭中去，助纣为虐，多行不义，要知道，再回头可就是百年身啊！”

天舒点头：“老伯教诲的是。您是学识渊博之人，还曾是国民党元老，如今跳出是非圈，无官一身轻，超脱世外，倒也洒脱！”

章老先生叹息：“当年我们加入的那个国民党，和如今这个……不可同日而语了，物是人非，江河日下，落花流水春去也！”

他认真看着眼前的年轻人：“我给你讲个例子吧！前一阵子，重庆谈判，形形色色的政治传说奇谈就不讲了，倒有一事让我感慨颇深呐！那个共产党的领袖毛泽东，他的一首《沁园春·雪》，在重庆政界民间都引起了轰动，‘惜秦皇汉武，略输文采；唐宗宋祖，稍逊风骚；一代天骄，成吉思汗，只识弯弓射大雕。’就让人看到藐视群雄、逐鹿中原的雄才大略！而最后那句更令人震撼‘俱往矣，数风流人物，还看今朝！’让闻者顿生敬畏之心呐。容老夫大胆说上一句，这天下，迟早是共产党的！”

“又在讲这些掉脑袋的话！”章夫人微嗔道。

章老先生不理会夫人的话，担忧地看着楚天舒：“瀚若啊，咱们两家是世交，又是内亲，老伯要给你一句忠告，这国共两党迟早必要分庭抗礼，为江山之争必有一场血战！所谓识时务者为俊杰，早作谋划，站对阵营，至关重要！”

楚天舒翩然一笑：“晚辈记住了！”

兄妹俩来到楼上卧室话别，楚天姣就有点忧心忡忡的样子：“小哥，你还是考虑回美国吧？”

楚天舒刮了一下妹妹的鼻子，戏谑道：“连你也和我唱反调起来？我白疼你了！”

“可是，你那个组织好危险！”楚天姣噘嘴，一脸的担心表情，“那天我和小嫣在你们门前待了一会，就觉得那里有一种阴森森的感觉！”

她上前拥住最爱的小哥哥：“我总觉得你在这里会很不安全！我很担心，也好害怕。”

楚天舒又笑着刮了下她的鼻尖：“你人不大，操心的事还真不少！我怎么就不安全了？”

楚天姣嘟着嘴：“是妈妈说的，前一阵搬家回南京，她临走的时候对我感叹的！她说一想到你和四哥还在军队里面，她就心惊肉跳的！毕竟战争似乎还没有结束……四哥如今是将军，身边的侍卫就一大堆，到底好些，她最担心的是你……自从大哥殉国后，妈妈的性格好像都变了呢……”

楚天舒也有点伤感：“是的，大哥，那毕竟是她最心爱的长子啊！”

“除了大哥，妈最偏你！上次在重庆家里，四哥为你挨了妈妈的打。”

“为什么？”

“妈在抱怨总搬家，从南京搬到重庆，这下光复了，又要从重庆搬回南京。四哥就劝妈可以直接考虑搬到美国，一劳永逸，不用担心再逢战火之灾！”

“这个，倒也是……反正哥哥姐姐们都在美国。”

“妈才不愿意呢，她说她谁也不跟，将来要跟你住，你在哪里，她就在哪里。四哥就玩笑，说是您要靠老七恐怕是靠不住……妈就火了，用棍子打了四哥一顿。身为将军挨母亲的棍责，四哥倒是出名了！”

兄妹俩嬉笑了一番，楚天姣又恢复担心的神情：“真的还会打仗吗？会吗？小哥？”

“不要紧的！我又不上前线，你们瞎操心什么？”

他笑看着妹妹，轻语安慰即将远行的她：“你们都放心，我会好好的。”

楚天姣看着哥哥，欲言又止。

“你还想说什么？”楚天舒很敏感。

楚天姣拉起他的手，直视着哥哥的眼睛：“有件事情，我一直想和你说，不过你要答应我保密，不能和家里任何人说！”

楚天舒认真地点头。

“是有关三姐的！你知道的，她已经很多年没有和家里联系了。我听说……”

说到此处，她看看门口，压低声音：“她去了延安！”

楚天舒皱眉：“小孩子家，别胡说！”

楚天姣委屈地噘嘴：“是嫂嫂们议论，我听到了！……哥！在这么多兄弟姐妹中，三姐和咱俩最要好，我拜托你打听一下她的消息啊，有确切消息一定要写信告诉我哦！”

楚天舒表情沉重地点了点头。

楚天姣带着忧虑的表情：“我一直好担心！你说，如果三姐真的是去了……那个地方，等于咱们这样的家庭，竟然出了一个共产党啊！天呐，想想都是很恐怖的一件事！”

楚天舒淡然一笑，表情平和：“人各有志啊，这个也很正常。”

楚天姣紧张地攥住他的手，拼命摇了摇：“小哥！有件事我真的很害怕…… 就是刚才章家老伯说的那话，国共两党早晚会打起来，那可怎么办呢…… 你和四哥是国军，三姐是共军……你真的不会上前线吗？那四哥呢？如果某一天，你们被迫着在战场上相遇了，你们……该怎么办呢？你，还有四哥，会……向三姐开枪吗？”

楚天舒无语，他望着妹妹，一时间也不知道如何回答她这个问题。

楚天姣有点委屈："上次在重庆的时候，我鼓足勇气问过四哥这个问题，他把我狠狠骂了一顿……在我的记忆中，四哥还从来没有对我发过脾气呢……小哥，我最想听到你的回答！"

　　楚天舒紧紧皱着眉："不知道……不过有一点我很清楚，那就是……无论何时何地，不管身处哪个阵营，他们永远是我的哥哥姐姐！"

　　楚天姣看着他认真庄重的表情，感动地点头："这我就放心了！"

　　楚天舒笑着安慰妹妹："好了，别瞎想了，安心睡觉！你走的那天，我去码头送你。"

第十四章　暗战又起

　　父爱如山。她深深地感觉到父亲是深爱她的，但是那份爱深藏在他威严沉默的外表下。多年身处敌营的经历造就了他稳健深沉、谨慎细心的性格，他不大可能在人前对这个有着"外甥女"名分的她流露出特殊的亲情和爱意。

　　顾倾城守在病床前，望着床上昏迷着的人发呆。

　　他清癯的脸颊苍白无血色，陡然降临的病患让这张往昔生动俊朗的面容变得黯淡无光；雕塑感极强的轮廓也失型般瘦削；那双极富穿透力的眸子现在紧闭着，像是处于极端疲倦下的暂时抛开一切的休憩状态；两道剑眉始终紧紧拧在一起，让人屡屡有用手为他抚平的冲动。

　　"唉，你……"

　　往日的敬畏和疏离，目前都被疼惜和担忧的情绪取代，顾倾城忍不住上前用手轻轻拂过那眉端，仿佛真的想抚平那总是挥洒不去的孤寂和倔强，触手间却猛然感到了那灼热的温度，她心一颤，忙用手认真试了他额上的体温，更加忧心如焚起来。

　　看着这样无助昏迷着的他，顾倾城就有种想哭的感觉，她暗恨自己的脆弱，真想能为他分担些什么。万般无措、无奈间，她只能在心底啜泣，盯着床上的人暗暗发呆。

　　许若飞靠在门外走廊的墙上，手里点着一支烟，却没有抽。他一向不抽烟，只有在郁闷心烦时分，才会从包里取出为江静舟准备的烟来，点上一支，憋着劲抽两口。

　　此刻，他紧皱眉头，昨晚那惊心动魄的一幕又浮现在脑前。

　　雨停了，天色完全黑了下来。

　　许若飞和程睿坐在一辆吉普车上，各自拿了一只手电，向两边的路上照着、找寻着。

　　开车的是乔思扬，他是一个学生出身的新兵，最近才来到江静舟身边当秘书。此刻他边开车，边焦急地问着："这霞殷路都快走完了，还没有发现师座的车吗？"

　　话音未落，就听到程睿大喊："停车，靠右边！"他们终于看到了停在路边的那辆江静舟开来的吉普车。

车子刚停稳，三人就飞奔下车，向那辆车跑去。拉开车门，用手电照着，蓦然看到的情景让他们几乎魂飞魄散。

浑身湿漉漉的江静舟俯身在方向盘上人事不省，他面色惨白，仿佛失去了血色，嘴角和脸上却挂着丝丝血迹，身前的方向盘上，仪表盘上也是血迹斑斑。

"师座！！！"三人大惊，齐声喊道。

程睿眼疾手快，上前揽住江静舟的身子，将他扶靠在自己怀中，又伸手探了探他的鼻息，暗暗松了口气。

"怎么样？程处？师座他……他……还活着吗？"乔思扬焦急地问道。

"混蛋！说什么呢？"许若飞气的一把把他推到一边，"你个乌鸦嘴！"

虽然这样说着他，许若飞自己的心却也在打着哆嗦，他俯身江静舟身边，边看视抚摸他的胸前，边对程睿急切说道："咱们赶快检查一下，师座身上是否有枪伤？"

程睿含泪摇头："不像啊！估计是旧伤复发……"

"旧伤发作？他原本浑身都是伤……"许若飞的声音哽咽了，抚摸着江静舟的身子的手在微微颤抖。

"快，快送医院！"程睿清醒过来，他将江静舟抱到后座上，紧紧搂住他的身体，让他尽量躺的平稳些，许若飞开着车，向市内方向飞奔而去。

旧伤复发，肺炎、高烧不退……一夜下来，三个守在床前的年轻人都疲惫紧张不堪。清晨，病人的病势稍稍稳定下来，许若飞劝程睿和乔思扬先回警备师，自己守在江静舟身边，不眨眼地看护着他。

两人走后，不多时，顾倾城来了。看到江静舟身陷病床，昏迷不醒的憔悴样子，她的眼圈瞬间红了。不顾许若飞的再三劝阻，她执意要留在床前照料，许若飞无奈，只好自己来到走廊上透透气。

却见程睿带着沁梅匆匆赶来，小丫头神情紧张焦急，许若飞扔了烟头，迎上前来。

顾倾城离开了病房，许若飞和程睿才松口气。

看到沁梅从进来后，就一直俯身在父亲床前，握了他的一只手垂泪，程睿心下不忍，便温语安慰着她："小梅，三叔他的病况平稳下来了，你别着急！"

沁梅不言，那泪珠一颗颗滚落下来，滴在白色的被单上。

从进到病房，来到父亲的床前，才望了一眼，沁梅的眼泪就掉下来。眼前的父亲是那样的憔悴和病弱！不过几日未见，他像是被击倒在床的一个病者，面色惨白，双颊凹陷，毫无知觉地躺在这里，仿佛突然间老了好几岁。

在沁梅的记忆中，年富力强的父亲永远像小伙子般精神，他好像永远不知道疲倦是什么，也不知道萎靡不振为何物？出现在人们眼前的他，永远是那样的神采奕奕，精力充沛。

他一贯的军容严正，挺拔威武。看到自己时，会不自觉地纠正着："梅儿，穿军装时背要挺直，别歪歪扭扭的，你如今是个军人！"

"梅儿，这军人特有的习惯和纪律你要记在心中，尤其是在那边，要知道，很多时候，这样的身份会给你带来安全……"

眼下，这个威武肃穆的将军就这样缠绵病榻，这巨大的反差让沁梅心酸不已。

父爱如山。她深深地感觉到父亲是深爱她的，但是那份爱深藏在他威严沉默的外表下。多年身处敌营的经历造就了他稳健深沉、谨慎细心的性格，他不大可能在人前对这个有着"外甥女"名分的她流露出特殊的亲情和爱意。

他像对一个战士那样严格要求、规范着女儿的言行，一定是来源于心底最真切的担忧和爱护。因为他知道，任何徇私放纵的行为，任何宠溺爱抚的举动，任何疏忽和大意，都有可能带来无妄的灾难。

很多时候，当他们父女都身穿军装，以上下级身份相处时，面对着父亲，沁梅都会莫名产生一丝敬畏感，拘束感，最起码是一种距离感。她纠结于此，也想改变这种状况，却总感到有心无力。

她多想像宁兰那样，坐在父亲身边撒娇，拥抱着他，俯身在他的怀中，感受着他的温度，他的气息！但是总有一种奇怪的疏离感存在于父女间，怎么也挥之不去。

相反的是，和养父胡文轩相处时，她反倒是轻松自如的，这份毫无血缘关联的父女情竟然是那样的自然、温馨，她可以任意对养父使性子撒娇，可以随意享用他对自己的娇惯和宠溺。连沁梅自己都说不清楚自己这种情绪的原因和对错。但是更深的纠结和无奈又长时间纠缠于心间——她真心爱养父，奈何他们终究不是一个阵营的人，这份自然温馨的父女情究竟能维持多久？

但是父亲毕竟是父亲，沁梅对生身父亲的爱也是浓厚和深沉的。此刻，看着父亲现今病弱无力的样子，沁梅心如刀绞。母亲曾经嘱咐的那句话，又浮现在她的脑际："梅儿，你现在是大姑娘了，这次过去，要好好关心、照顾你的父亲，这么多年他一人孤身在外，太苦了！他的心有多累，你永远不会明白！唉！所有我们这些他的亲人、故人，都给他的温情太少，误会他太多……"

可是，同为特工的自己，又有多少时间和机会来完成母亲的嘱托呢？

比如当下，看着昏迷不醒的父亲，她多想能趁此机会好好尽一下女儿的孝心，也许这更是难得的和父亲亲近的机会，是父女消除一切隔阂的良机。

能贴身守在父亲身边，为他擦擦脸，喂点水，喂次药，哪怕是什么也不做，就这样安静地陪着他，守着他，让他从昏迷中醒来，就看到亲生骨肉关切的面容……在这个时刻，对沁梅来说，却是那样的可望而不可及！

但她除了女儿外，还是一名特工，情势危急，任务在肩，她不仅不能稍作懈怠，儿女情长，还要心思缜密，胆大心细地去执行一个私下的计划，化解一场危局。

她必须马上回到自己的岗位上去！无论何时何地，对于他们这些卧底敌营的人来讲，生存和安全是首要的，还有那永远要萦系在心头的任务。想到这里，沁梅的心都碎了。

"表叔，对不起！我……"沁梅将父亲的手贴在自己的脸颊上，含泪呢喃着。

女孩此刻的悲情让一旁的程睿和许若飞都忍不住别过脸去，暗自伤感。

"小梅，这里没外人，你想叫爸就叫两声吧，三叔他一定听得见！"不忍看父女俩的这般情形，程睿含泪相劝。

沁梅倔强地摇头："不，我不能让他病中还不放心！"

她轻声对父亲道："表叔，您现在病成这样，我却不能守在您的身边，您知道我心里有多难过吗？可是，您一定是理解的……"

知道她和程睿职责在肩，马上要离开，许若飞忙安慰着她："沁梅，你放心，我守着师座，一步也不离开，你们……也要小心行事！"

"若飞哥，拜托你了！"沁梅伤感中，没觉出自己对一向叫的"许副官"改了称呼，她将父亲的手放回被子里，又仔细披好了被角，抹去泪水，毅然离开了病房。

军统站电讯科办公室里，沁梅的作业正拿在楚天舒手中点评。

他皱着眉头，一副恨铁不成钢的样子，重要"肇事者"不在，他在对着"胁从犯"井媛媛发泄自己的不满："我不管你们的初级学业是在哪里完成的，个人水平又如何，如今既然在我这里学习，起码的认真态度是要有的！否则，不如回去做你们的女军官或大小姐，何必浪费时间在这里呢？"

井媛媛的作业也错了一道题，心里紧张，红着脸低头不语。正在这时，沁梅进来了。

原本心中有事，紧张纠结，又担心着父亲的病况，沁梅眼下的心情是一团糟。进来看到办公室里空气不对，她早蹙紧了秀眉，脸上挂了不虞之色。

"又怎么了？大清早的，楚长官哪来这样大的火气？"

楚天舒打量她一下，又抬腕看了看表，面色严峻，丝毫没有往日嬉笑之意："大清早？这都几点了？郭少尉在警备师上班不用考勤的吗？"

"我是临时在这里学习，等我将来有幸调到长官你手下供职，你再考勤也不迟！"

"这个有幸还是免了！我教不起大小姐！"他将作业本扔在桌上，"错题改了，重新誉写清楚再交上来！"

井媛媛悄悄拉她："你错了三道，我帮你看过了，有一道密电翻译题，你好像把'01'看成'10'，所以译不出来，才会成了不成句子的怪话……其实，就差这么一点点。"

她的声音很轻，但是还是让转身正欲离开的楚天舒听到了，他不由转过身来，冷笑一下："不错，是一点点，在你们看来，不过是一个数字顺序颠倒的问题。可是我想提醒你们的是，你们手中拿着的不是简单的数字拼图游戏，而是密电译文！我们手头翻译出的情报，将直接送到长官们的案头，对他们的战略决策和军事布局会起到关键性作用！"

他索性走到两位女学生面前，蹙起他那两道活泼有趣的眉毛，用他修长的手指生动地比画着："我打个比方吧，如果某天，我是说如果有这样的情形——我们和共军交战，本身这份密电的内容应该是共军在某处东北方向，结果由于我们的翻译有误，变成了东南方向，你们考虑过因此会造成什么样的后果吗？它很可能导致整个军事行动的失败！"

他认真看向沁梅，嘴角挂了一丝戏谑的笑意："所谓一着不慎，满盘皆输！这玩忽职守，草率渎职的罪责好领，恐怕贻误战机，放纵共匪的罪名就不好承担了吧？"

他的幽默给他招来了祸端，目前郭沁梅大小姐显然正处于心火暗烧阶段，正想找个发泄口呢，既然该人不知趣地撞到枪口上，沁梅就毫不客气，立马和他锵锵上了：

"楚长官一向爱大惊小怪，小题大做。我就纳闷了，这借题发挥、危言耸听的技能是你们做教官的强项吗？"

"郭沁梅！"

眼看战火又起，井媛媛急着想灭火，两边都得罪不起的她就怯生生想替沁梅掩饰几句："楚教官，沁梅一向作业很认真的，这次可能是有特殊原因疏忽了……我们师座，也就是沁梅的表叔嘛，得了重病住院了，沁梅可能是心急如焚吧，所以……"

"哦，请问这都是什么时候的事情啊？"

井媛媛说："我也是今早才在师部听说的，师座昨天深夜旧伤复发，发高烧，送到军医院了。"

楚天舒嗤地一笑："可是我记得郭少尉你们的作业是昨天下午就放到我的办公桌上了吧？"

井媛媛发现自己分明是弄巧成拙，面色绯红，低头吐舌，不敢再说了。

沁梅站起身来，将作业本扔到一边，倔强地直视着楚天舒的眼睛，一字一句道："错了就是错了，辩解无益，我下次自会格外注意！"

她也冷冷一笑，对着教官针锋相对的劲头格外张扬不羁："不过，我想向楚长官您声明两点。第一，我只是个小少尉，努力做好本职工作而已，绝没有成天考虑什么'假如和共军交战'这样宏图大业的义务。那应该是长官们，甚至是高级长官们才应该考虑的问题；第二，如果某一天，因为我的失误，的确犯了您楚长官刚才所说的那种'贻误战机，放纵共匪'的大罪，那么该杀该剐，该上军事法庭，我郭沁梅认了！到时候不劳您费心，而且估计您也没机会看这番热闹吧？"

她的这番话让做教官的人脸上多少有点挂不住，就忍不住冷笑道："好嘛，听听你这番口齿，哪里是学生认错的态度？分明是和自己的教官公然叫板呢！"

沁梅不再理他，自己拿着作业坐回办公桌旁，还笑着和井媛媛开了句玩笑："媛媛，你的作业没有错吗？"

井媛媛一推眼镜："错了一道。"

"错了好，错了就正常了，没错不是成神仙了？我最讨厌那些自以为是的神仙般人物！哈！你倒以为自己是棵葱，可是谁拿你蘸酱呢？"她重重地哼了一声，狠狠白了楚天舒一眼。

楚天舒气得脸有些变色，他正要再说什么，小芮过来叫他："楚总，老板请您马上去他办公室一趟，好像有行动！"他只好忍住气，转身出去了。

看着他离开了，井媛媛才劝沁梅："你不要老这样说话啊？你看你把楚教官的脸都气白了！"

"哼，我故意的！"沁梅不屑地说，"谁让他成天把'如果某年某月某天和某某打仗'挂在嘴边？好像不这样不足以显示他的军事才干似的？有本事的话，他应该像他大哥那样，和日本人拼个你死我活，那才够英雄呢！在这里过嘴瘾，又算什么？"

"他大哥？他大哥是谁？"

沁梅含糊了一句。她其实目前最关心的是另外一件事情，她知道她今天必须守在这里，得到哪怕是蛛丝马迹的消息。

她趴到窗前，看到军统行动队的几个人三三两两在院子里聚集着，似乎在等待着什么任务。

想了想，沁梅决定直接出击了。

她来到胡文轩办公室外，在门外听了又听，也听不清楚里面的动静，索性直接推门进去。

在跨进胡文轩办公室的刹那，她终于听到了她想知道的一句关键性的话，那是胡文轩格外冷静的声音："今天下午三点行动，我让于处长配合你。"

沁梅的突然闯入，把屋里正在谈话的两个人都吓了一跳。

楚天舒看着她，微微蹙眉："郭少尉！作为一名军人，你难道不清楚，进入长官办公室应该有的规矩？"

沁梅微微瞪他一眼，望向胡文轩，转而又望向他，好像用眼神在向他挑战。

楚天舒自然读懂了她的目光，他淡淡一笑："按理说，站长在此，轮不到我说话，不过据站长刚才吩咐，你已经正式编入我这个破译组下属的档案室，既然我是你的直接上司，自然有必要提醒你一下。"

"有点为时过早！"沁梅冷冷地一笑，"我现在还没有接到通知，也还没有正式向你报到，所以你的这道指令纯属自作多情！"

"阿梅，怎么说话呢？天舒目前是你的教官，马上就是你的直接上司，要有礼貌！"胡文轩皱眉，略带训斥语气道。

按照沁梅的脾气，她还想顶养父几句嘴，却突然记起自己的任务来。好在听到刚才那句关键性的话，她心里多少有了底。目前她就是再想就一桩私事和养父理论一番，一箭双雕，还可以掩饰自己怒冲冲闯进来的行为，这点至关重要。她目前就只想让楚天舒赶快从眼前消失，好进一步执行自己的计划。

"对不起，我现在不是作为军官，而是作为女儿来向父亲谈一件私事，我希望无关人员能自觉回避一下。"

她的脸定的平平的，一点笑容都没有，听了这话，楚天舒十分尴尬，胡文轩真有点生气起来："阿梅，你这丫头今天是怎么了，越说越没有教养了？你是想让我对你动脾气吗？"胡文轩的语气也异常严厉起来。

"站长，您还有什么吩咐的吗？没事我先出去了？"楚天舒倒是一脸平静的样子。

胡文轩充满歉意地看着楚天舒："好的，天舒，你是我最喜欢和信赖的部下，别和小丫头一般见识！"

他认真下达命令："一切按咱们商定的办。"

"是！"楚天舒立正敬礼，转身离去，看都没再看沁梅一眼。

陆军医院病房中，医生在床边看视完江静舟，和护士交代了几句。

许若飞忙上前问道："怎么样？"

医生："目前情况基本稳定下来，不过，烧一直退不下来，这倒是个问题！可能是由于那两块未取出来的弹片引起旧伤复发感染所致。况且他的肺部本来就有旧伤，又淋雨着凉，引发了严重肺部感染，这也是高烧的原因之一。唉！幸亏将军身体素质好，不然真的很危险……"他摇摇头。

许若飞忧虑地问："那两块弹片真的不能取出来了吗？"

医生摇摇头："我们上次就为他认真检查过，一块离脑干太近，一块离心脏太近，如果做手术取出，风险实在太大了，起码我们军医院做不了这种手术……我估计，很可能，这两块弹片要伴随将军一生了。"

他对许若飞建议："可以一边用药，一边用物理降温的办法来为他退烧。就是用冷毛巾不断为他做冷敷，会有一定效果。"

许若飞点点头。

医生走了后，许若飞起身拿了盆子毛巾去接冷水，准备给江静舟冷敷。

当他回到病房，看到已走的顾倾城又回来了，换了一身便装，坐在病床前。

"顾副处长，你……你怎么又来了？"他真有点感到头疼。

"我来照顾师座，他现在还昏迷着，身边不能没人。"

"我不是在这儿呢么？"

"多一个人多一份照料，他病势不轻，你也看到了。"

"可是……"

"没什么可是，我来前是请示过向副师长的，副师长原本马上要过来，被一件军务绊住了，嘱我相帮你好好照顾师座。"

"呃，向副师长……"许若飞不好再说什么。

他上下打量了一下顾倾城，她自然明白他的意思，笑道："你是看我没穿军装好奇怪吧？我就是想着穿便装照顾病人能方便一些。"

许若飞可不敢答应她，还在计划赶她离开："我觉得吧，你…… 你还是照顾起来不方便！"

"什么方便不方便的？照顾病人这个活，本来就是女人比男人更合适！"顾倾城瞪他一眼。

"不！师座他……他可能不习惯别人照顾，他……"

"他怎么了？不习惯？哼！他都病到这个份上了，人事不省的，你总不可能现在去问问他的意见，看是否同意我来照顾吧？"

顾倾城说着，走到水盆前，扭干毛巾，为病人仔细敷在额上，她又去准备再扭另一块毛巾。

许若飞忙上前想抢过来："顾副处长，还是我来吧，我是他的副官嘛，照顾师座本来就是我的职责。"

顾倾城白了他一眼，笑嗔道："还好意思说呢！你把他都照顾得吐血昏迷了？"

她又是莞尔一笑："好了，许副官，你就别和我争了！不如你再去找几条毛巾吧，我们给他换得勤一些，估计效果会更好些。"

"这下完蛋了！如果她一直不走地这样照顾下去，等师座醒了看见，非骂死我不可！"深知江静舟脾气的许若飞心里纠结极了，无奈地摇头叹息着。

胡文轩办公室里，沁梅嘟着脸，站在胡文轩面前不语，只是用一双含着泪的大眼睛直视着他。

"又怎么了？唉，你这个孩子！"胡文轩忙好言安抚，"为我刚才那句话生气了？"

他看着性格倔强的养女直摇头："你这个脾气能不能改改？我就算宠你、爱你，不计较你，可是人家不可以无原则迁就你吧？天舒儒雅知礼，但是他也是有脾气的！人家好歹马上就是你的长官了，你不能总那样对他针尖麦芒的，没规矩，没道理！"

沁梅也不答话，只是瞪着两只大眼睛审视着他，心里也在暗暗计较。

胡文轩忍不住笑了："看你这副眼泪汪汪的样子，我是真不敢惹你了！"

"您还在笑？做了那样的事情……心里没有愧意吗？您这人真可怕！"沁梅终于冷冷地开口。

胡文轩这才意识到她似乎另有心事，也另有所指，不觉得感到奇怪。

"你在说什么？"

"您究竟对他做了什么？"

"他？他是谁？我对谁？"胡文轩更加摸不到头脑。

沁梅恨恨地说："我表叔啊！我知道您一直不放过他，好吧，他如今被您弄得奄奄一息，卧床不起了！您开心了吧？"

"你表叔？江致远？奄奄一息？怎么会？"胡文轩惊讶不已。

却只见一向娇憨的养女此刻小脸紧绷，一副鄙夷不屑的表情：

"您太老谋深算了，竟然还在装？真是太虚伪了！他不是您的兄弟吗？还假惺惺称兄道弟的，背后捅起刀子来不眨眼睛！哼！我都为您感到脸红和……羞耻！"

"放肆！阿梅，你这是在和谁说话？太没有规矩了！你还当我是你的父亲吗？"

任凭胡文轩在她面前如何好脾气，这回也忍不住了，他板起脸训道："都是我把你惯的！越来越不像话了！是他江致远教你这样对付我的吗？"

沁梅不服气又委屈，忽闪着大眼睛泪光闪闪，小鼻子也不停抽动着。

毕竟是自己当年一手带大的小女儿，看着她这副模样胡文轩又莫名心软了，就缴械服软："好了，好了，我算看出来了，鬼丫头你是把我吃得死死的，我是自作自受！"

他凑近认真看着养女："说说吧，凭哪条你认定我伤害你表叔了？"

其实沁梅并无证据，她今早在医院只是听程睿和许若飞讲了昨晚江静舟离开的大致情况，联想到虞水蓉是在胡文轩手中，才有如此之推测。此刻自然说不出来，只是咬唇不语。

胡文轩也对她说的事心生犹疑，不觉自语道："没道理啊？江致远那样强势的人，会弄到卧床不起，奄奄一息的地步？奇怪……"

沁梅嘟着嘴："再强势他也是血肉之躯，又不是铁打的身板，昨天那样大的雨，听说他身上旧伤累累……"

她提到江静舟身上的旧伤这件事，倒是让胡文轩尴尬难言。当年北伐时江静舟舍命相救，为了掩护自己身受重伤的事情一直也是他心底的一个结。此刻他就有点神情恍惚的失口了：

"昨天风大雨大是不假，可是他是开着自己的车去的，如何就淋病了？"

"哈？您还说你不知道？您怎么知道他淋了雨的？还开着车？昨天是您约他出去的吧？您究竟对他做了什么？"沁梅带着哭腔嚷道。

虽然懊恼自己的一时失口，但是胡文轩对养女如此的反映还是相当不满："有你这样没良心的吗？为了你表叔就来随意诬陷指责你父亲？真是一头喂不熟的小白眼狼！枉费我那样疼你！"

女孩扭过身去不再理他，胡文轩一贯制地没脾气没原则妥协："阿梅啊，你实在是冤枉我了！我昨天只是碰巧看到他了，真的不是我约他的……对了，他病得很严重吗？"

沁梅不看他，只是态度自然地解释自己的纠结所在："我从小失去父母，如今您和表叔就是我知道的仅剩的两个亲人！您说，您和他，总这样你死我活的，我的感受您想过没有？"

"好了，好了，丫头我理解了！"胡文轩马上安慰，"可是，阿梅，你要相信，这次真的不关我的事情！我知道你和你表叔很亲，我也承认，我是和他…… 有一些过节，可是，我希望，阿梅，这一点不要影响到我们之间的感情。小孩子家不要掺和大人的事情……你只要记住我们都爱你就是了！"他揽住养女的肩膀动情地说。

沁梅认真地看着他，觉得他的表情是真诚的，她突然意识到，这次也许是真的冤枉了他？

想着也算瞒过了自己突然闯进来这件事情，又记起自己心里暗暗筹划的一个重要计划，沁梅偷偷瞄了眼墙上的钟表，现在是下午两点一刻，她不敢再耽搁下去，就准备抽身出去。

"对不起，爸爸！是我刚才乱发脾气，态度不好……我记住您的话了！"

"这才懂事！好了，前面的不愉快都揭篇过去吧。你这段时间可以常去探望你表叔的病，也可以去照顾他，工作方面嘛，我和天舒打个招呼。"

"谢谢爸爸，我走了。"

"等等阿梅！"胡文轩突然又叫住了她，沁梅回头不解地看他。

胡文轩挠挠头，猛然浮起在心底的话问起来倒有点艰难：

"我突然很想问你一个问题！丫头，如果……今天的事情，我和你表叔掉个个，目前卧床不起的人是我……你会为了我，去这样质问……指责你表叔吗？"

胡文轩表情变得异常严肃，眼睛紧紧盯着沁梅的脸，注意地看着她的反应。

沁梅的心像是被重重敲击了一下，她垂首不语。片刻，抬起头，望着自己养父那充满希冀的眼神，幽幽道：

"我讨厌这个问题……我希望，您，还有我表叔…… 你们都……好好的！"

说完这句话，她扭身跑走了，不愿意让养父看到自己那夺眶而出的一汪热泪。

淞沪警备师师部，程睿在向副师长向晖汇报着情况。

他望着这位上司沉静平和的面容，脑海里记起他了解到的他的一些情况。

向晖是他三叔江静舟的老搭档了，他们同岁。不同于江静舟的黄埔军校出身，向晖是大学生入伍的军官，后被选送到陆军大学学习，最近被授予少将军衔，来警备师任职，也算文武兼修，儒将风范。听三叔对他提到过他和向晖在远征军时代的生死友情，也说到了向晖性格笃厚，为人和善，书生气比较浓厚。

此刻，他看到这位副师长听了自己讲述到的，据可靠情报，军统站会对警备师有所动作的情况，仍旧是一脸平静无波的神态。

"嗯，我听明白程处长的意思了，我在想，虽然我才到职没多久，在师座的授意安排下，也多少了解了一些警备师的状况。此事莫慌，所谓兵来将挡，水来土掩，总有办法的。"

程睿虽然以前和向晖并无交集，没有切身了解过这位长官的秉性，但看到他如今这般胸有成竹、波澜不惊的样子，也略微放下心来。毕竟江静舟现在卧病在床，不能理事，这件事情还要靠这位副主官出面处理比较妥当。

却见向晖眉毛一挑，俊朗斯文的脸上现出担忧困惑的神情："正为你要急着汇报的这事，我都没顾得上去医院探师座的病。他如今怎样了？"

"病情已经平稳下来了，只是人还没清醒过来，医生说不打紧了……也是我自作主张，请副师长千万莫离警备师，如今这边还要靠您出面周旋呢！"

"你做的原没错……我只是奇怪，这次他旧伤发作，究竟是为了什么？仅仅是昨夜那场大雨吗？他因为何事出去淋了那样一身雨？据闻当时你和许若飞都不在他身边？你倒罢了，那个许若飞副官是我熟悉的，他一向不离师座左右的，怎么会……"

因为向晖并不是我方人员，程睿有些情况也不好和他说明，只好含糊其辞。正在这个时候，有下属来报，军统上海站来人了。

许若飞守在江静舟的病床前，望着一直昏迷不醒的他，心里一阵阵难受。

也是学生出身，今年刚刚二十五岁的他跟着江静舟已经有年头了。他十八岁投奔延安参加的革命，抗战后期被组织上派到江静舟身边担任助手，以副官身份随江静舟参加远征军入缅作战，和他一起，经历了九死一生的远征军生涯。

江静舟待他像手足，像亲人，有时候，也像对晚辈那样爱护他。在他的眼里，江静舟不仅是他的上级，更像是他的父兄和师长。他尊重他，崇拜他，追随他，和江静舟战斗在一起，他总是觉得心里特别踏实。

随着远征军回国后，许若飞因战功显著被授予少校军衔，如果他去一些主力部队任职，可能军衔会更高，可是他仍然选择留在江静舟的身边担任副官，这是组织的决定，更是他自己的强烈要求。他和江静舟相处已久，配合默契，工作起来得心应手。

因为跟在江静舟身边久了，他对江静舟生活上的状态也很熟悉，对他的照顾很周到，尤其是他身上的旧伤，是许若飞很留心关注的事情。每当阴雨天，他都会主动提醒江静舟吃药。可是，这次，不管是什么原因，在江静舟旧伤发作的危急时刻，自己没能跟在他身边，是许若飞深深悔恨，不能原谅自己的一点。他暗暗决定，在江静舟苏醒之前，不管自己再乏再累，也绝不离开师长半步。

却不料眼下遇到了麻烦，那个神秘莫测的有着军统背景的情报处副处长顾倾城不知出于什么目的，突然出现在师长床前，赶都赶不走。

师长还处于昏迷状态，他会说胡话吗？会暴露出什么秘密吗？许若飞心下可有点紧张，但是人家顾副处长却一副坦然自若的神情，丝毫不理会他的纠结和暗暗抗拒，一门心思守在自己长官身侧，而且还事先声明是请示过副主官——向晖副师长的，这也让许若飞哑口无言，推辞不得。

他无奈地看到这位女处长简直是严重逾规！她不仅为师座擦脸，擦脖颈，还不时坐在他的枕边，捧着水杯，用小匙舀了水，耐心细致地一点点喂给毫无知觉的他，像是在伺候着一个最亲近的人那样精心。

"唉，让师座醒来看到这种情形，非把他再次气晕过去不可！"许若飞暗自嘀咕，他对自己上司的脾气了如指掌，他绝对不会允许一个女同志这样贴身照顾自己，何况还是非我方的女同志！虽然师长现在昏迷不醒，人事不知，但是许若飞还是不愿违拗他的意思。

可是又能咋办呢？他正在纠结不安时，看到顾倾城摸摸病人的额头，又匆忙出去了。

还没等许若飞完全松懈下来喘口气，这位勤劳得像只小蜜蜂一样的美女处长又匆匆赶回了病房，手上还拿着一大瓶液体和几条毛巾。

"快，许副官，帮我把师座的衣服脱了！"她进门就喊出的这句话差点把许若飞惊坐在地。

"什……什么？"他不由得大叫一声。

"你喊叫什么？没听懂我的话吗？把师座的衣服脱了！"顾倾城的语气不容置疑。

她边说话，边上前，掀开江静舟身上盖着的被子，就动手开始解他病号服上衣的扣子。

"你究竟要干什么呀？"许若飞飞身上前欲拦住。

顾倾城瞪他一眼，又好气又好笑："我能干什么啊？我准备给他擦身子，用酒精擦，这样烧会退得更快一些，我刚才问过医生了。"

"可是……"许若飞听明白了，却仍觉得不对劲，他呆呆看着顾倾城。

"你傻看着我干什么啊？帮我给师座脱衣服啊！"她推开许若飞拦住她的手，继续解江静舟的衣扣。

许若飞真的快被她弄崩溃了："那这件事也不能你来做啊，我来给他擦！"

顾倾城好笑："为什么我不能做？我告诉过你，照顾病人我比你在行……就看不上你们这样的男孩子，做事总毛手毛脚的！"

许若飞："你是女的，不方便！"

"什么男的女的？他现在是病人！你就把我当护士好了，无关性别！"顾倾城推开他，已经上前扶抱起病人，为他脱去上衣。许若飞拗不过她，只好上前帮忙。

淞沪警备师师部中，副师长向晖和情报处处长程睿等人，正在接待来自军统上海站的总破译师楚天舒和该站行动处处长于德飙。

楚天舒军装严谨，于德飙和他的手下没穿军装，都是统一的便装，黑衣黑裤，带着黑色礼帽。几个人寒暄一阵，向晖请他们到会议室的沙发落座，又吩咐茶水招待。

听了楚天舒提出的关于在淞沪警备师查找秘密电台一事的情况说明后，向晖微微笑了："楚博士！"他这样称呼着楚天舒。

楚天舒脸上露出赧然的笑容："向副师长您客气了，为什么这样称呼？"

向晖笑看着他："我虽然就职不久，一些情况还是听说了，尤其是楚博士的大名！

知道你在美国拿了电讯、数学双博士，实在是佩服得很啊。"

"浪得虚名而已！并未有半点建树，让向副师长笑话了。"楚天舒忙谦虚笑答。

向晖浅浅一笑："我之所以称呼您为博士，另一个原因，也是觉得你好像是从事技术方面的工作呢，怎么如今搜查电台这样的事情，也劳你亲力亲为呢？"

"身为军人，以服从为天职。上司指派的任务，只能勉力完成罢了。何况卑职目前负责的是密电破译这一块，和一些电讯方面的东西也是紧密联系的。所以，还请向副师长体谅卑职的难处，提供方便才是。"楚天舒的态度是一向的谦和儒雅，彬彬有礼。

向晖微微皱眉，温和舒展的神态一点都不输于对方，身份的凛然，资历的深厚，让他在这个年轻人面前更加从容不迫，游刃有余，那种以柔克刚，不卑不亢的语气让对方无法违拗：

"大家互相配合自然是应该的。不过，我就职不久，一些情况还不很了解，目前不巧江师长又卧病在床，不能视事。楚博士刚才说的情况我也明白了，我的意见是，先给我们几天时间，由我们内部自查一下，其结果可以告知贵站，然后决定下一步行为。不然，贸然让贵站行动处的弟兄们这样张张扬扬地搜查一番，不仅有损我们两个部门的谊切苔岑，而且也有污我部的清誉。向晖才到任不久，师座既然不在，断不敢擅作此举！"

这个软钉子让楚天舒碰得无语，但是任务在身，他何敢稍作松懈，后退半步：

"向副师长此言差矣！按照委员长《戡乱剿匪令》的训示，有关匪谍问题无小事，各方须积极配合。此次有关共党秘密电台一事，是国防部和军统局都密切监控注意的一件事情，我们两处应该精诚合作才对。目前既然我们已掌握具体证据，到这里查查检检，大家去去嫌疑，不是很好的一件事吗？"

一个军统部下进来对于德飚说了句什么，于德飚忙随着来人出去了。

一片难言的尴尬气氛。向晖也不看对方，只是用白皙细长的手指无意地敲击着沙发扶手，一副温柔抵抗的状态。

楚天舒年轻，面子薄，敬业精神却可嘉，还在勉为其难争取着："这样好吗？副师长既然有些忌讳行动处的弟兄们，怕搜查动静大，坏了贵师清誉，那么不妨退而求其次吧，由卑职个人到贵师电讯科看看，一切电台经卑职浏览一遍，自然是心中有数的，也好回去给上司有个交代吧。"

程睿忍不住插话："楚少校这番行为没多大意义吧？光看看电台，走马观花一下，能看出什么问题呢？就是有情况也未必能发现，如果没作用，又何必多此一举呢？"

"程处长错了！俗话说，隔行如隔山，程处不是搞电讯的，自然不会明白，只要我眼过一遍各种电台，一些情况自然了然于心了！既然刚才蒙副师长抬爱，称呼我一声博士，容在下狂妄一回，这点天分和自信，目前在这里，在我所从事的行业内部，恐怕还没有人可以比肩的。"

他傲然一笑。程睿和他同龄，军衔相当，他说话自然就是旗鼓相当的阵势。

向晖听到这里，不便再次拒绝，可是又不能贸然答应他，开了这个先例，只好仍拿江静舟不在，不能擅自做主来搪塞。

眼看楚天舒脸上的笑容已经维持不住了，向晖突然灵机一动，想起一个闲话来。

"对了，前次听闻楚博士大名，觉得很耳熟，刚才猛然看到楚博士，觉得又有点面善呢，请问一下，清华土木系曾经有个才子叫楚天旭的，不知道可和楚博士有什么渊源吗？"

这话让楚天舒微微一愣，片刻方道："那是二家兄。"

"难怪呢，楚家兄弟都是人中翘楚啊！"向晖真诚地感叹，"而且好巧！我和令兄不仅是同班同学，还曾是密友！"

"难道副师长也是清华学子吗？"

"不错，抗战时期，投笔从戎，也是一种潮流呢……听说令兄是去了美国，目前在何方高就呢？"

"二家兄一直生活在美国。"

"不错，不错，那里环境安宁，正好做学问。令兄字'宁若'，性情温和安宁，可谓得其所哉。向晖羡慕得紧！"

楚天舒挂着温和随意的微笑和他聊着，心里倒像猫抓似的焦急难耐。自己的任务尚未完成，倒和这位副师长扯起闲篇来了，不过人家笑脸相对，又是比自己官阶高的一位将军，总不能抹下脸来硬顶。聪明睿智如楚天舒，也第一次觉得自己有些犯难。

正在胶着微妙的时刻，于德飙匆匆走了进来，看似伏在楚天舒耳边说了一句话，其实为了让屋里人都听见，他故意声音较大：

"楚总，刚才接到站里苏菲中尉电话报告，那个神秘的电台现在正在发报，还是在这个区域！"

此话一出，举座皆惊！

程睿和唐玉自是心中震惊无比，程睿看向唐玉，后者脸上闪过一丝紧张慌乱的表情。向晖虽然不知道具体内情，可是也觉得此事毕竟对淞沪警备师不利，脸上也挂了阴郁之色。

楚天舒不动声色地看看众人，沉默了一会，似乎体贴地对向晖道："这样吧，还是我刚才的建议，请副师长派人，带我一个人去电讯科看看即可。"

他回头看于德飙道："你们都在外边候着吧，不可轻举妄动。"

于德飙既担心又不服气，忙劝道："楚总，事关重大，证据确凿，我们完全有理由搜查的，我们有军统局手令……而且你不要轻易冒险！站长交代一定要确保你的安全！"

"胡说！在淞沪警备师有什么不安全的？"楚天舒突然变色，声色俱厉，"按我的指令办，你先带人撤下！"

他的态度不容置疑，虽然于德飙的军衔还高于楚天舒，但是今天行动胡文轩专门有过交代，一切要听楚天舒节制，军统内部家规甚严，他自然不敢造次。而且他也是第一次看到楚天舒这种疾言厉色的模样，并不敢违拗，忙带人退出。

楚天舒笑着看向晖，眼中是执着和信任的神情，也带有一种不容拒绝的味道。向晖无法再作推脱，只好让程睿和唐玉陪楚天舒到电讯处去。

楚天舒和唐玉、程睿走在电讯处的长廊上，唐玉在前，楚天舒走在中间，程睿殿后。走廊上虽然很寂静，但是每个人的心头都响着那滴滴答答的发报声。

"程处，来一个？"楚天舒掏出一个印着外文字母图案包装纸的东西，笑对程睿。

程睿当然知道那是口香糖，轻浅一笑，微微摇头。

"我忘记了程处是出身德国军校的，军风严谨，自然是不爱这个。"楚天舒露出顽皮一笑，剥了糖，扔到嘴里嚼起来。

三人走在长长的走廊里，一片沉静，唯听靴声铿然。

楚天舒慢慢走着，神情自然轻松，一边嚼着口香糖，一边哼着《马赛曲》的调子，脸上始终挂着一幅漫不经心的神情，他似乎在等待着那个他想得到的结局。

不知为什么，余光里看着这样的他，程睿脑海里浮现出沁梅曾经的说法——干掉眼前这个家伙！

唐玉和程睿的心头自然是紧张不安。接到沁梅的消息，他们已经将有关电台隐匿了起来。可是现在在这个关键的时候，这个意外情况的突然发生，却是他们始料未及的。

会是谁呢？

程睿有个不好的预感！关于贞德，他们一直不知道究竟是谁？如果他是藏身在淞沪警备师的某个同志，在没有接到昨天危险情报的情况下，在此时此处贸然发报，这种可能也不是没有！……那么，他们该如何应对？

贞德是我党高级特工，据说肩负的是无可替代的特殊使命，如果此刻遭遇险情，后果自然是不堪设想！

必须不惜一切代价保护贞德同志的安全！哪怕是玉石俱焚，孤注一掷！程睿在心头暗暗发誓。

危急时刻，急中生智，他已经暗暗做了一个计划和决定：如果贞德此刻被楚天舒发现，他将当场将楚击毙，然后再命令唐玉用楚天舒的配枪打死自己，造成他和楚天舒起纠纷互相火拼的假象，再让唐玉掩护贞德逃走！

是的，也许这是唯一可以化解危机的方法，虽然要付出生命的代价，但是也是值得且别无选择的！程睿此刻已经顾不上想到自己的生命安危了，保护好我党高级特工的安全，是他必须完成的神圣使命。

想到这里，程睿将自己的配枪悄悄上了膛，看着楚天舒的眼光变得冷峻起来。

发报声就在此时渐渐响起，这次不是三个人心头想象的，而是真真切切的声音！

每个人的心都绷紧了。

来到走廊尽头的一间办公室，那滴答声格外清晰起来。

"打开吧。"楚天舒站住，挂着平静的微笑，对唐玉努努嘴。

唐玉脸色惨白，她望了一眼楚天舒身后的程睿，后者镇定地对她点头。

唐玉掏出钥匙，打开房门，三人走了进去，走在最后的程睿的手一直放在兜里，握紧了手枪。

一个穿军装的女人正背对着他们在发报，仿佛听到了开门的动静，她停了下来。

楚天舒收起笑容，带着决然的表情上前几步，那女人转过身来，三个人顿时愣住了。

竟然会是沁梅！

"出什么事了？"沁梅取下耳机，站起身来，似乎不明白三人为什么突然到此，她如今一脸的困惑。

楚天舒先是有些吃惊，继而点了点头，接着又挂起那种漫不经心的笑意，他走上前："郭少尉在这里做什么呢？"

沁梅微笑："楚长官明知故问吧？你看不懂我在做什么吗？"

楚天舒边嚼着口香糖，边做了一个手势，示意她做解释。

"有什么好解释的呢？我在发报啊。你看不出来吗？"她带点冷笑语气。

楚天舒耸肩："不是对我解释，你是我的学生，马上又将是我的直接部下，我自然明白你能做什么，你该做什么，你会做什么。我倒是觉得，你应该对面前的这两位长官解释一下，在这里的行为的意义？"

"小梅，你又在这里淘气什么？"程睿用兄长的口吻微嗔道。

看到眼下情形，他自然明白了沁梅的用意所在，暗暗赞叹小姑娘的胆大心细，却也有点埋怨她的自作主张，就拿出"长兄为父"的口气继续教训她：

"你倒是玩得开心？要知道你这一下子，惊动了军统站、警备师多少上司、长官？再要惹出祸端来，我看二叔、三叔谁能救你？"

沁梅明白他的意思，娇憨一笑，低头认错："我……我就是来这里练习一下发报啊，没想到那样多……"

唐玉也明白过来，上前笑道："小妮子经常来这里吗？"

"是啊，小唐阿姨。我上次不是请您给我配了把钥匙吗？喏，这里有台不大用的机子，我就在上面练习一下手法，又怕您和您手下的人笑话，就没跟您说。"

她又带笑撒娇看着程睿："哥，我错了，下次不敢了，你别告诉我表叔，他如今病着呢。"

楚天舒嚼着口香糖，似笑非笑地看着眼前这一幕。

唐玉上前拍了沁梅头一下："你这个丫头真有意思，学习是好事啊，至于这样偷偷摸摸的吗？"

沁梅羞涩笑笑："不是嘛，因为怕人家笑话我学得慢，以前我在那个电讯班学的东西实在是太浅了。如今在某些高端人士手下进修学习，压力之大你们完全想象不出来！"

说着她故意瞟了一眼楚天舒："我是倒霉蛋啊，整天挨训！破译密码我不在行，这收发报再不过关，我可怎么有脸再混下去？不偷偷用功怎么行嘛？"

她又带着歉意笑看程睿和唐玉："不料想给你们带来麻烦了？幸亏我表叔住院了，要不然，我就惨了，他非猛剋我不行！"

程睿和唐玉都点头，又都看着楚天舒。

沁梅莞尔一笑："却原来我把我那雄才大略、才高八斗的老师都惊动了，我的罪过更加大了！楚教官，看在本学生还算用功的份上，你不会再雪上加霜剋我一顿吧？"

楚天舒笑笑，掏出一张纸，吐出口香糖，包裹了扔到旁边的字纸篓里，绽放了一个最灿烂的笑容来：

"不错，很勤奋的学生！我都差点忘记你是江师长的外甥女了，所以会回到警备师来练习发报？"

沁梅得意地点头，却不料不经意间，他的话锋已转：

"今天早上那个井中尉不是说了吗？你的表叔——江师长病重住院了，你心情很不好。后来站长也交代给我了，说你近期可能会去照顾病人。却不料突然间你倒有闲情逸致来这里练习起发报来？嗯？恕我愚钝了……"他抿嘴一笑，又摸摸鼻子。

沁梅冷笑："楚长官不必阴阳怪气，如此这般的话里有话！不错，我表叔那里我去探过病了，他是个将军，自然副官、秘书一大堆人围着，还有医生护士，我也插不上手啊。再说我只是他的外甥女，一个女孩子家，贴身照顾也不方便吧？"

她看到楚天舒笑着点头，继续她一贯制的伶牙俐齿，所向披靡：

"楚长官应该没忘记今早的事情吧？因为几道错题，您可是劈头盖脸把我修理了一顿，连'危害党国，贻误军机'的帽子都抬出来了！我是十二万分的惶恐，也是十二万分的没脸呐！我在想，我破译密码不在行，在发报收报方面再不勤练着点，不但自己没面子，也会丢尽我养父和表叔的脸。更重要的是，我可是你楚长官带出来的学生哦，如果被人说起这不是，那不行的，不就把你这个大博士的脸都扔回太平洋去了吗？"

听了她这番话，程睿和唐玉各自心里都暗暗好笑：真是龙生龙，凤生凤，小丫头完全得她亲生父亲的真传，越是在危急时刻，越是头脑清晰，口齿凌厉，机锋暗藏，而且还大有青出于蓝而胜于蓝之势。

楚天舒也鼓掌："这份伶牙俐齿，胜似千军万马，谁能招架得住？反正作为老师，我是甘拜下风！"

沁梅淡淡一笑："口角伶俐算不得本事，但是什么事情都抬不过一个理字，不是吗？楚长官？"

"可是你这份'理'不该对我说，自有应该关注它的人。"楚天舒对她微微一笑。

他又笑看程睿、唐玉二人："比如说，眼前两位长官？如果他们不是你表叔的属下，又会认同你的这番解释吗？"

他带着戏谑的笑对程睿道："就像程处，我看也是紧张一路了，我刚才着实也暗中捏了一把汗！就怕程处太过紧张，以至于手枪不慎走火呢？这样传出去，可是大事情了！楚某的一条小命倒没什么，就是这个国军军官的身份不好糊弄，若发生佩枪走火、军官火并这样的轰动事件，闹得沸沸扬扬的，估计就不好收场了。不仅江师长、向副师长无法自清，估计还要连累更多的人呢。这种事情也算是给党国脸上抹黑吧？你说呢，程处？"

程睿倒也坦然，也用嬉笑的口气回敬道："这还真不好说！所谓祸兮福所倚，福兮祸所伏，在这个世界上，任何时候，任何地点，意外都有可能发生。楚少校是党国高端人才，自然宝贵的很，我们这些纯粹的军人，其实命是不值钱的！如果出了你说的那种事情，楚少校有些划不来哦？"

"人生而平等，没什么划得来划不来的。"楚天舒一耸肩，"生命对任何人来讲都只有一次，上帝在这方面是绝对公正的。只是每个人的性格不同罢了，有些人爱冲动，有些人较理智，有些人喜欢火中取栗，有些人倒爱顺其自然。"

他认真看着程睿："听说德国军校训练理念都是'以班为单位'，强调集体协作，不突出个人，讲求牺牲精神，必要时会果断牺牲小我，以换取组织利益的最大化？是这样吗？程处，你是毕业于慕尼黑军校的高才生，我想听听你的观点？"

程睿淡然笑笑："牺牲小我，成就大义，不独德国人的思想精髓吧？东亚各国也是亦然。那日本小鬼子当年竟然以我慕尼黑军校校歌为他日本海军军歌，也是想继承发扬某种精神？有关小我、大义问题，改天我自会找机会和楚博士商榷，也想听听你这个留美精英的观点呢！不过如今还该言归正传，咱们这一搜检，外边多少双眼睛在盯着呢？你带来的那些人，个个虎视眈眈，想来都不是安静的主儿，再闹出点大动静来可就不好了！"

楚天舒点头，走到发报机前，拿起沁梅用来练习的那沓电文纸看看："让我看看我的这个刻苦的学生，她所说的这些理，都藏在什么地方？"

沁梅由着他看："我随时练习发着玩的，练手法而已啊，有时候是一段话，一串字符，甚至是一串乱码，大多是没什么意义的电文内容。"

楚天舒忍不住笑了："很好，我明白了！淞沪警备师少尉电讯员郭沁梅，经常为了练习发报手法和熟练程度，在一台闲置的电报机上发一些毫无意义的电文，有时候是一段话，有时候是一串字符，有时候甚至是一串乱码，而且……有可能发到任何无目的的地方，甚至是不应该到的地方……以至于即使截获这样的电文，也无法破译出任何含义来，因为它本身就没有什么含义……是这个意思吗？"

"老师究竟是老师，思路缜密，口风严谨，学生佩服承教了！"

楚天舒摇头，意味深长地说："我刚才说了，你的'理'不该对我解释才是，上面心思缜密，智慧超群的长官还多得很呢。"他用手指指天。

"对我来说，过了天才教官您这一关就算 OK 了！"沁梅心情好地眨眼。

楚天舒还是连连摇头："错，错，错！不管你这个'理'是否站得住脚，是否能经得住推敲，能说服了上头才是大造化！远远比让我相信、过我这关要重要得多！总而言之吧，只有上头说 OK 了，才算是真正的 OK……我祝你好运，郭少尉！"

他露出莫测高深的神情来，带着洞悉一切的微笑，转身出去了。

楚天舒领着于德飚等人向向晖告辞，向晖听程睿简单讲述了刚才的情况，点点头，笑对楚天舒："看来，这是一场误会啊。"

楚天舒不经意地摇摇头："这个结论卑职还不敢下，要回去呈报上司来定论吧。不管怎样，还是要谢谢副师长的鼎力支持！"

向晖也是淡然一笑："应该的，依照委员长《戡乱剿匪令》的训示来办事嘛，怎会有错？"

楚天舒笑笑，告辞而去。

走了几步，却又突然转身，笑对向晖道："哦，对了！我有空一定致信在美国的二家兄，就说我已经和向长官认识了，想必家兄也一定会高兴的！"

"彼此！那么也请替我向令兄问好吧。"向晖也轻松笑答。

第十五章　梅兰芬芳

既然长官这样信任，我就只能实话实说了！对于今天的事情，我的看法是十六个字——事出蹊跷，匪夷所思，疑点重重，真假难辨！

病房中，顾倾城和许若飞一起用酒精为江静舟擦了身子，又为他换了一身病号服，安置他重新躺好，两人已经累得有些脱力，坐在床边歇息。

顾倾城看着仍然昏迷不醒的江静舟，微微笑了，许若飞望着她一脸不解。

顾倾城忙解释道："我觉得好奇怪！你看师座平日那样威风凛凛的一个人，此刻病着，这样安睡着，看上去就像个孩子一样，听话，柔弱，无助！这真是一件不可思议的事情！"

说到这里，她再次忍不住满意地笑笑，心底流淌过一阵难言的满足和欣慰："我终于能这样贴身照顾他一次了！"

她当然不会告诉许若飞她笑的另外一个重要原因，她终于为他，自己暗暗心仪的人做了一些力所能及的事情。如果他不生这场重病，她永远也不会有机会这样贴身照顾他，伺候他。

不知道从什么时候开始，她吃惊地发现，自己已经深深爱上了他，这个机敏睿智、深沉勇猛，时而霸气外泄，时而又英华内敛的男人！虽然作为一个成熟理性、聪慧睿智的女人，她悲凉无奈看到了自己的未来——这注定是一场不会开花结果的单向恋情。也许倾其一生他都不会察觉这份恋情的存在，她直觉他难以接受她，他们之间总是飘浮着一种无形的隔膜，刺不透，也穿不破。

但是那又怎样呢？一切都是她心甘情愿，一切已经无可救赎！

她记起她看到过的普希金的一首诗，仿佛就是她目前心灵的写照——

我爱过你：也许，这爱情的火焰
还没有完全在我心里止熄；
可是，让这爱情别再使你愁烦——
我不愿有什么引起你的悒郁。
我默默地，无望地爱着你，

有时苦于羞怯，又为嫉妒暗伤；

我爱你爱得那样温存，那样专一，

啊，但愿别人爱着你，和我一样

……

她不会放弃，也不会气馁，她会就这样默默无语、毫无指望地爱着他，不求回应，无关结果，只要能生活在他的周围，哪怕远远地看着他，她就心满意足了。

"一切都是劫数，这就是我的命！"她无数次在心底叹息，在一个个难以安眠的夜晚，在独守孤灯之时。

此刻，她当然不会想到，坐在她身边的许若飞，也正在心中叹气呢：

"老天保佑，千万别让师座知道眼前这个女人曾经这样贴身照顾过他，不然，他非跟我算账不可！"

两个人正在各怀心事，暗中各叹各的气，却突然感到床上似乎有动静，他们回身望去，惊喜地发现，那人苏醒过来了！

此时在胡文轩的办公室里，楚天舒正在向他汇报下午在淞沪警备师搜查秘密电台的事情。

"天舒你辛苦了，万不料让你遭遇了那个向晖向明光……"

胡文轩的这番感叹倒不是虚情假意，虽然他此番让楚天舒出马去统领这次搜检活动是出于一些小私心作祟，但是他目前倒是真有点后悔，他实在是应该亲自去会会这个向晖副师长的。

在得知淞沪警备师有秘密电台的情报后，胡文轩有些犯难。淞沪警备师有诸多疑点存在，这一直是他深信不疑的一件事情，因为它的主官江静舟，就是一个重要嫌疑犯，起码在他胡文轩的心头，已经挂了将近二十年的号了。

但是想起那个对手就让他心头发怵。既生瑜，何生亮？无论事业、爱情，江静舟简直就是他的天敌！

那个居功自傲，不可一世的狂狷家伙，不但在军中曾经有着错综复杂的裙带关系，而且如今军功赫赫，更是非他这个同样军衔的特务头子所能撼动的了。带人去他的地盘搜查电台这种事情，胡文轩闭着眼睛都能想到江静舟的态度，不但会是极不合作，而且很可能引起他的强烈反弹！

从自己的信仰和党国利益方面论，胡文轩一点都不怵他江静舟，他自信早晚会揪住他的狐狸尾巴，让他原形毕露！

但是从口才、行事方面论，他又对这名骁将心存畏惧之心。江静舟的威猛强势和狂狷之气军中闻名，尤其是该人嘴皮子太过凌厉，无理也可以抢三分，给点颜色他更可以开大染坊了。

狭路相逢勇者胜，可是这个"勇者"称号似乎和胡文轩无缘，过招之后他多半是垂头丧气，十次有八九次他都会败在这个跋扈小子手下。

　　再联想到今非昔比，两人目前都是党国将军，身份地位显赫，当着各自属下的面，剑拔弩张，针锋相对，当面起大的冲突，毕竟于大家的面子上都不好看。

　　于是胡文轩采取了惹不起却躲得起的策略。避其锋芒，韬光养晦，放长线，钓大鱼，不和某些嫌疑分子争一时之短长！这是胡文轩经常安慰自己的一个说辞。

　　这样的思路，让他在这次行动前，记起了玲珑剔透、性情儒雅的楚天舒——不妨由这个楚公子去踩踩这个地雷：

　　一来楚天舒是个文人气质的军官，可以以柔克刚地对付行伍出身、军人性格鲜明的江静舟；二来通过上次樊黎翘的关系，江静舟也想必知道了这个楚天舒少校特殊的背景和身份，应该不敢太使他难堪。

　　以秉书生意气、身份特殊的楚天舒去撩拨一下江静舟这个难惹的刺猬，简直是胡文轩自以为得意的一步好棋！

　　其实说到底，胡文轩也没指望能在淞沪警备师搜出什么秘密电台来，即使是真有，也不是突袭就可以奏效的，他的注意力还是在密电破译方面。只要楚天舒能快速准确地破译出密码，那么在证据确凿的情形下，再将他们一网打尽，直接捅到国防部，一举将江静舟拉下马，岂不更好？

　　所谓这次搜查，只是起到敲山震虎的作用，甚至可以换种说法，叫作故意打草惊蛇，告诉对方，不仅我们已经掌握了你们有秘密电台的事实，而且我们还有高端人才，能破译你们的密码，让你们寝食难安，不敢造次，无处遁形以至于自我消亡！

　　基于上述几个理由，胡文轩坚信，楚天舒无疑是组织领导这次搜查的最佳人选。

　　但是他没有料到人算不如天算，江静舟会突然重病！行动指令已经下达，楚天舒已经做了准备，胡文轩也不好临时无故变更，只好按计划行事。

　　他忘记了向晖已经来到了警备师。他和向晖并不相熟，只是在重庆和南京开会时遇到过几次，知道对方是书生气比较浓厚的一个高级军官罢了。但是胡文轩毫不怀疑他对党国的忠诚，因为他深知向晖和他的恩师贾翊锟有一段重要渊源，这个容当后表。

　　目前看来，下午的搜查是毫无意义的。在胡文轩眼里，楚天舒遇上向晖，那就是秀才遇到秀才，是碰不出什么火花来的。

　　倒是沁梅的行为让他觉得有点棘手。

　　他不是没有怀疑过沁梅。可是他悲哀地发现，他对这个养女，有太多的温情和无奈。她的娇憨，她的任性，她的偏激，她的冲动，在他的眼里，都是可以容忍的。胡文轩甚至想到，即使是她就是江静舟的亲生女儿，甚至是被共党利用的一枚棋子，他都有义务有责任把她拉回到自己的身边，拉回到自己的阵营中来。

　　她还是个孩子！孩子就是可塑的。他敏感地看到，沁梅和他的感情不亚于和江静舟，只要他用心去努力，他相信沁梅不会没有感知。对于这个他养了七年的养女，他太了解她的性情，她是一个善良真诚、嘴硬心软的孩子，他要赌一把她对他的感情。

永远自欺欺人地认为沁梅不会是共党特工——最多是被人利用；且千方百计想将她拉入自己的阵营，这两点是胡文轩思想中最愚蠢最令人匪夷所思的想法。不过，从一个父亲的角度去理解问题，就合情合理了，亲情有时候不就是这样的不可思议，不讲原则，甚至是蒙蔽双眼的吗？

上述的亲情软肋必然让胡文轩以后的很多判断会产生失误，也使他的工作有时会陷入困境，但是最后在关键时候，也因此救了他的一条命，当然这些都是后话了。

可是今天她的这种让人意外的行为，不管出于无意为之，还是被人利用做了他人的掩护，都是令胡文轩很难办的一件事情。

如果今天沁梅的角色换作别人，对于这件事情的报告，胡文轩可以照实写来，不但可以加上自己的怀疑和分析，甚至是添油加醋地发挥一番。可是涉及自己钟爱的养女，却让胡文轩万般为难，颇费踌躇！尤其是这件事情已经经过了楚天舒——这个背景不明，很可能通天的人之手，一切就不那样好办了。

也许在众人眼里，自己精心谋划的一场突击搜查行动，没取得突破性进展，倒揪出了他胡文轩自己的女儿，真是偷鸡不成反蚀把米，还留下这个烂摊子要自己去收拾和掩饰。如何解除楚天舒对此事的怀疑，并利用他的嘴，将今天的事情合理化，将沁梅的荒唐行为合理化，是颇令胡文轩挠头费神的事情。

他边在心里盘算着，边认真听取着楚天舒的汇报，和他小心翼翼分析着问题，也在细心揣摩着，眼前这位看似书生味浓厚的部下内心的真实想法。

"站长，我不明白您的意思，什么叫我遭遇向副师长？"听了上司刚才那句话，楚天舒困惑不解，两道生动的眉毛又形成了问号状。

"呃……两个秀才遇到一起，还都是军中秀才，蛮有意思的！"

胡文轩挠挠头，笑着调侃道。在轻松诙谐的气氛中，不动声色地摸清打探出对方的真实想法，并不动声色地将自己的想法灌输到对方那里，是他胡文轩一直引以为傲的一项本领。无论怎样，他是老牌特工，相较于眼前的这位年轻单纯的海归奇才，还应该是游刃有余的吧？

病房中，顾倾城和许若飞惊喜地围在病床前，看到他们挂念的长官缓缓睁开眼睛。

"师座……"

"师座，您醒了？"

顾倾城从桌上拿起水杯，用小匙舀了水，喂到他嘴边："您喝点水吧？"

虽然的确是口渴难耐，江静舟猛然醒来之际，意识似乎还未完全恢复过来，却直觉抗拒着眼前的人，他用劲摇了摇头，这猛然的动作引发一阵剧烈的头痛，让他忍不住呻吟出声："呃……"

他痛苦的表情吓着了两个守候的属下，顾倾城心痛得都快掉泪了，她将水杯塞到许若飞手里："我去找医生来看！"就急急地出去了。

江静舟闭着眼忍过了这阵疼痛不适，才逐渐清醒过来。

这是又躺在医院了么？

他有过几次住进医院的经历。最难忘是翻过野人山那次，伤病交加，几乎奄奄一息的他，获救后，在医院里躺了四十多天之久。

当时他曾经昏迷了一周才醒过来，当他睁开眼睛，意外地看到自己的枕边，竟然放着一丛白色的野花！每朵花都有一个酷似莲花的花形。

后来他才知道，是他忠实而细心的副官许若飞，在回忆起他在野人山曾经让他摘取过一朵小白花的经历后，而特意为他采来放到枕边的。

他知道，其实他这个年轻的副官，并不明白自己的长官和大哥——江静舟，钟情这种白花的缘由，只是出于对他的深爱，和那种战友加兄弟的友情和理解，才为他默默地做了这件事情，这件让他感到无比慰藉，又无比惆怅的事情。

于是那白色的野花，每天都会出现在他的病床前，就这样一直伴随他度过了难熬的养伤时光。

是的，白色的莲花！一切都是仿佛纠缠于前生今世的夙愿，是否又能编织成一个往世来生的梦幻？

此刻，有关这种白色花朵的记忆，让才从晕厥中醒来的江静舟蓦然间记起前情，昨天那个雨夜发生的一切，又清晰可辨地回归于他的脑际！

一阵心悸此刻又窜上心头，他再次皱眉咬唇忍过去。

"师座，您很难受吗？顾副处长去叫医生了，您忍忍……"许若飞俯身在他身前安慰着。

"哦，若飞，给我点水……"他舔舐着干裂的嘴唇呻吟着。

"师座啊，您可是一醒来就犯别扭劲呢，人家喂你你不要，如今……"虽然很心疼他这样虚弱无助的样子，许若飞在心里还是暗暗好笑地嘀咕着。

他用小匙舀了水，小心地喂了江静舟几口。又看他如今这番情形，心中又开始打算如何让顾倾城离开的问题。

却见顾倾城带着主治大夫和一帮护士走了进来。

看视了病人情况，主治医生点点头："温度下来了，很不错！不过还是要当心，一定要注意休养，不能再有反复了。所以病人的护理目前很重要。"

他看看顾倾城，显然把她当作主要照顾江静舟的人了："可以给将军准备一点易于消化的流食。他一天一夜没吃东西了，光靠输液不行。"

顾倾城忙点头。医生们出去了。

许若飞悄悄看了看江静舟的脸色，笑劝着："顾副处长，您看师座也醒了，应该没大碍了。你也累了大半天了，不如先回去休息？我盯在这里就行。"

顾倾城微微瞪他一眼："你当心守着他就好，我去去就来。"

她匆匆离开了病房。

许若飞暗暗嘘了口气。

江静舟有点无奈的样子，他无力地看着许若飞，口气却是警惕而疑惑的："累了大半天？你的意思是她一直守在这里的？"

许若飞心虚，就急忙敷衍他："来了有一阵子了，不过您昏迷着，她也没做什么，只好和我们一样，干看着也干着急啊。"

江静舟招呼他："扶我坐起来靠一会儿，躺久了浑身都酥了。"

许若飞忙上前扶他半坐起。

胡文轩办公室这边是另一副天地，他正和自己最钟爱的属下周旋着，竟然是为了自己养女的那番荒唐举动。他们继续着刚才的话题，胡文轩解释着自己对向晖的印象和看法：

"哎，向晖这个人，我了解不多，只听说是出身清华，有点小才，难免孤傲一些！其实，我发现，这些出身名校的将军们大都书生气太重，特立独行，比较怪异啊！对了，天舒，你知道那个孙立人将军吧？"

他笑对楚天舒讲起了自己在老师贾翊锟那里听到的将军秘闻："那个同样出身清华，后来又在美国留过学的孙立人，都身为将军了，还经常会孩子气地嚷着要和别的军官比数学，比外语，让委员长都哭笑不得，说他是书呆子一个！"

楚天舒摸了摸鼻子，偷偷笑了。

胡文轩突然意识到什么，不好意思地拍额："哎呀，天舒，算我口误了！我忘记你的哥哥田宇将军也是清华出身的吧？"

楚天舒笑个不停，他摆摆手："没事，没事！我好几个哥哥都出身清华呢，不过是四哥刚好从了军而已！没关系，您随便说，我不在意的。"

胡文轩也觉好笑："我的意思是，今天你遇上向晖，是秀才遇到秀才了！俗话说，秀才遇到兵，有理讲不清。就像我刚才说的那样，你们这两个当了兵的秀才遇到一起，也是蛮有意思的。我在考虑这个报告该如何写？"

楚天舒笑笑："您如实写好了，其实，今天向副师长还是积极配合了的。"

胡文轩点点头，突然眼波一闪，话锋一转："关于阿梅那丫头私自躲在警备师发报这件事情，你怎样看呢？"他紧紧盯着楚天舒的眼睛，仔细观察他瞬间的表情。

楚天舒平静地笑着，丝毫看不出任何做作的样子："我刚才给您详细讲述了事情的经过啊。"

胡文轩盯着他："我是问你对这件事情的看法？你觉得丫头的行为正常吗？还是……有什么可疑之处？"

楚天舒瞬间有些为难，面带尴尬之色。

胡文轩笑着鼓励："天舒，你应该明白我对你的信任，我希望听听你的实话！你不要把阿梅当作是我的养女，你就把她看成是个没有任何背景的人，说说你对她今天行为的分析和看法？"

楚天舒低头沉思了片刻，犹疑道："我的想法，其实很不成熟，您不必太过注意。"

"你今天是当事者之一，我有必要听听你的看法，而且还要是真实坦率的！"胡文轩语气不容分说的坚持。

楚天舒有些无奈的样子："既然长官这样信任，我就只能实话实说了。对于今天的事情，我的看法是十六个字——事出蹊跷，匪夷所思，疑点重重，真假难辨。"

胡文轩沉吟："哦？是这样……"

楚天舒笑笑："对于郭少尉的行为，我只能以这样几个词来描述我的感受。作为一个情报军官，她的行为的确是太令人不可思议了……"

胡文轩心底一沉，语气有些艰涩重复着他刚才的那十六个字："事出蹊跷，匪夷所思，疑点重重，真假难辨……"

"不过嘛，"楚天舒莞尔一笑，看着胡文轩，语气突然变得轻松起来，"如果我们把她看作是一个大小姐，刚好就是另一番结论了。"

胡文轩不解："天舒，你的意思是？"

楚天舒露出一丝真诚的笑意："她毕竟是您的女儿，她的脾气和秉性您自然最了解，所以，我要再用十六字来形容今天的事情，那就是——情有可原，合情合理，天性如此，如之奈何？"他说得自己都忍不住笑起来。

胡文轩愣了一下，不由得也大笑，用手指着楚天舒："你呀，天舒，没想到你还有这样幽默而孩子气的一面！"

这样随意轻松地笑着，胡文轩心里已经经过了冰火两重天。他暗暗在心头嘀咕：一定要注意提醒阿梅，不可再继续和楚天舒敌对下去了！

对，必须郑重提醒那个不知天高地厚，口没遮拦的傻丫头，莫名给自己树敌倒也罢了，只怕将来有什么不可相救的祸事还难以预料呢。这个被自己娇宠坏了的，不知轻重、死活的丫头，必须严加管束！胡文轩在心底计较着。

晚饭时分，顾倾城抱着一个饭盒进了病房，看到江静舟斜靠在病床上，不由得担心地喊道："师座，刚才医生说，您刚刚退烧，身体极度虚弱，还不能掉以轻心的！您该躺着才是。"

江静舟一笑："我觉得身体轻松多了。"

"也许正合着'病来如山倒，病去如抽丝'那句话了。不过您还是要小心才好。"顾倾城点头，"既然您现在精神好些了，就赶快吃点东西吧。"

她将饭盒捧到江静舟面前："这是我刚才回警备师叫食堂熬的白粥。医生说您可以吃点清淡的流食了。"

她说着从床头柜的抽屉里取出一把勺子，侧身坐在床前，自自然然地欲喂他喝粥。

不等江静舟推辞，深谙上司心思的许若飞已经上前欲连抢带夺："还是我来吧！我来照顾他吃。"

顾倾城一偏身："你去忙你的事。刚才我路过医生办公室，好像他们正找你问师座的情况要记录病历呢，你一直守在这里，情况自然最了解。"

许若飞正有点为难，却见江静舟捂着头"哎哟"一声，痛苦的神情惊到了两人。

许若飞上前扶了他："您怎么了？头又疼了么？"

却见江静舟避开顾倾城的视线，暗暗对他递着眼色，做了个痛不欲生的表情，许若飞马上心领神会，就更加夸张地搀他躺下："您还是躺着的好，千万别又牵扯到旧伤！"

他又对顾倾城笑笑："这粥先搁这儿吧，等会师座感觉好些了，我再喂他吃。"

冰雪聪明如顾倾城，如何看不出此等玄机？他们长官、属下两人的这番表演她是尽收眼底。

她也不揭穿他们，只是淡然一笑，站起身来："那好吧，我先回去了。不过这粥等会凉了就吃不得了，许副官你留心就好。"

她转身出门，又回身笑加了句："既然医生嘱咐了师座最近要吃流食，从明天起，我三顿饭都会按时熬粥煮汤送过来的。"

她神情得意地离开，剩下这边"绝望加无奈"的江师座和一脸"幸灾乐祸"坏笑的许副官。

许若飞照顾江静舟喝了粥，正绞了条热毛巾欲为他擦脸，就见程睿和沁梅来了。

看到父亲清醒过来，并且已经能够半坐起，沁梅开心极了。她像只快乐的小鸟一般叽叽喳喳地坐在父亲床前，从许若飞手中抢过毛巾，动手为父亲擦拭。

江静舟被女儿温柔体贴地照顾着，心里既惬意又欣慰，那纠结于心底的情伤也好像暂时忘却了痛楚。他笑看着女儿："怎么这样开心啊？"

"您病好多了呀？我这颗揪着的心总算放下来了。而且……我们也顺利完成了任务！"她说着回眼看身后的程睿。

程睿简单将今天军统局到警备师来搜查电台一事向江静舟汇报了一遍，又说到沁梅冒险发报，转移视线的事情。

"小丫头今天灵透极了，把她的上司楚长官弄得是铩羽而归！"程睿带笑，用夸赞的语气说到沁梅，随即收了笑容，又表情严肃道："小梅今天固然机灵，可以算急中生智，化险为夷，但是作为飓风小组成员的'虹表妹'，却必须接受严肃批评！"

"哥！"沁梅嘟起嘴。

许若飞明白了内情，也欲劝说："这个以后算账吧？好在是有惊无险，功罪可相抵？"

江静舟却摇头："小睿，你说你的，出现问题就得从速解决，绝不过夜，是干咱们这一行的行规，也是飓风小组的纪律。"

沁梅也知道自己的错误，低头不语。

程睿看着她，放缓了语气："今天的事情，固然情势危急，但是小梅你应该早就计划在先？那就至少应该请示一下，最起码应该和我们通一下气才对？当时的情势你也看到了，千钧一发，我的枪子弹都上膛了，这万一……"

许若飞也点头："是够悬的！沁梅以后要注意才是。地工工作瞬息万变，有时候真正是命悬一线，你记住教训就好！"

"两个哥哥的话，梅儿你听明白了吗？经验都是实践中总结产生的，有些纪律和规矩必须遵守，是不能讲任何条件的，更不能放纵性子，固执己见！"江静舟拉住女儿的手，仔细吩咐着。

却听到"扑哧"一声笑，但见许若飞和程睿眨眨眼睛，两个人望望自己的上司，都做出一副奇怪的神情来，起码可以看出那里有不服气和不满意。

"你们两个挤眉弄眼的做什么？"江静舟蹙眉问道。

许若飞先对他开火："虽然师座您眼下病着，但是我还是忍不住要给您提意见，您刚才教训沁梅的那些话，对比您自己所犯的错误，也是很切题的呀！而且我以为，相较于沁梅的错误来，您的可是大了去了！"

"不错！"程睿接口道，"您这次擅自行动的后果有多严重？您应该清楚？现在您先安心养病，后面我们再谈这个问题，总之必须惩前毖后，不可再犯才是！"

"程处说的没错！"许若飞忙跟上，两人如今分明是一唱一和的默契，"我提议，等您的病完全康复了，我们基干小组开个会，对江静舟同志这次严重违反组织纪律，不带随从，私自外出，险酿大祸的事情提出处理意见…… 一切等您好了再说吧，您先安心养病为上。"

"你们这是干什么啊？"做女儿的这边先倒戈起来。

原本来之前沁梅和程睿商量好的，借着自己这次犯错误接受批评的机会，对父亲提出意见和忠告，起码以后绝对不能再发生昨天他独自外出这样的事情来。

没料想听到两个家伙这样左右开弓地批评父亲，再看到父亲病容深重的脸上充满愧疚无奈的表情，沁梅心里先忍不住了，她心疼地对着两个"同盟军"喊道："你们俩也太残忍了！他都病成这样了，你们还忍心批评他吗？什么事不能等他病好了再说嘛？"

"哎，沁梅你究竟算哪一拨的呀？"许若飞忍不住逗她。

"打虎亲兄弟，上阵父女兵。我当然算我表叔这一拨的！"沁梅对他抽抽小鼻子。大家都笑起来。

几个人正说笑着，许若飞看看窗外，对江静舟道："师座，向副师长来了。"

沁梅听了，忙站起身来："我……我先溜了！"

江静舟诧异："向伯伯上次你都见过了？怎么倒怕起他来？"

沁梅不好意思地笑："还是因为今天的事啊，我是蛮不好意思的，毕竟是弄出个大动静来。听大哥说，当时那个楚公子和向伯伯差点锵锵上了呢！我……我还是先避避比较好！"

许若飞就笑话她："你是警备师的兵，如何永远躲得过副师长？"

"管他，以后的事，再说！"沁梅大咧咧晃晃头，笑看父亲，"明天早上我要按时去军统站上班，看看那里的情况，有什么新动态？中午我就可以过来了。反正我养父都同意我来照顾您，也和那个姓楚的打了招呼的。听说您只能吃流食？我明天中午给您煮点粥过来，我来亲手照顾您吃。"

她看着父亲，一脸的女儿柔情，江静舟欣慰地点头。

向晖坐到病床前，仔细打量了一番江静舟，点点头："你这次病犯得不轻，从脸色就看得出来，这次你要用心调养才是，别的事都先丢开吧！"

江静舟笑笑："我还真怕你向明光暗地里骂我呢？一到任就让你出头处理这些劳神费心的事情。"他很自然地提到了下午军统站来师里搜查秘密电台的一事。

向晖有点惊讶，回望程睿和陪他来的唐玉："不是说了不许告诉师座，让他安心静养的吗？"

江静舟笑了："不怪他们，沁梅才离开这儿。小丫头也知道自己是闯了祸，如今都躲着你呢！"

向晖也笑，他自然知道沁梅是江静舟的外甥女，就用安慰的语气道："其实也算不上什么闯祸，一个误会罢了。我奇怪的是军统站原本的用意似乎不那么单纯，也怕他们就此借题发挥。好在来的那个楚天舒少校倒算个书生味较浓的人吧，总归说话比较客气，这件事情淡化了就最好！"

江静舟望着他清俊儒雅的面容，淡然一笑。

他心里在自言自语：你才真正是个书生气十足的厚道人呢！你怎会想到军统站和我们师的恩怨呢？他们当然是别有用心！不过这次也算便宜他们了！如果当时我在场，即使是楚天舒提出的那种个人搜查行为都不可能答应！他胡文轩要在警备师玩"突击检查"这套阴谋，想都别想！我江静舟才不会给他这个脸呢！别说这次来的是一个小小的少校，就是这个少校的哥哥，堂堂的侍从室中将参议田宇将军来了，我也未必给他这个面子！

虽然这样想过，江静舟却未说出口。只为他不能驳向晖的面子，知道他在国军军官中，算是个忠厚正直的人，虽然不是我方人员，江静舟却很尊重他，更珍视他们之间的友情和协作。

两人又谈了些闲话，向晖怕影响江静舟休养，就起身告辞。走前再三叮嘱许若飞照顾好江静舟的饮食起居，又劝江静舟这次一定要恢复利落才可以出院，别惦记师里的军务。

江静舟笑了："好了，你永远像个管家婆一样唠叨，还总管着我，一点不好通融。我算明白了，咱们老长官保举你来此任职，算是给我上了一道紧箍咒吧？"

向晖无奈摇头，用手指着他道："当着这一众属下我都不好说你什么？幸亏这里没外人！江致远你什么时候改掉你这又烈又犟的脾气大家倒都省心了，没良心！"

程睿看着许若飞："你陪副师长回师里吧，顺便也休息一下。今晚我在这里陪师座。"

他又对唐玉使了个眼色："你刚才不是说有关改组电台的事情要向师座汇报吗？"

唐玉心领神会，也借机留了下来。

向晖和许若飞走后，三人开始讨论起下午秘密电台的事情。

唐玉将事情的经过向江静舟详细汇报了一遍，江静舟微微蹙眉，沉思不语。

程睿："小梅估计也是急中生智，怕时间拖久了，局面不好掌控。不如布下请君入瓮阵势，小丫头倒是聪明极了，也算是走了一步险棋吧！"

江静舟摇头："未必就是一步好棋！"

他思索着，望着他俩："你们难道没看出来吗？沁梅那丫头是在赌，她赌的是她养父对她的那份特殊溺爱和情分！可是，我担心……"他叹口气，没有继续说下去。

唐玉担心地说："那个楚少校好像倒是暂时没看出什么，不过就怕他们胡老板不是那样好糊弄骗的！楚毕竟是一介书生，究竟还嫩了点，胡文轩可是老牌特工，和咱们较量作对也不是一天半天的了。"

程睿看了看江静舟，却是一副欲说还休的样子。

江静舟敏锐地察觉到："嗯？小睿你想说什么？"

程睿的脸上有一丝忧虑的表情："我和你们担心的不是一回事！对那个楚天舒，我倒是有一种不好的感觉。"

江静舟警惕地看他："哦？说说看！"

程睿斟酌着语句，缓缓道："你们所有人，都爱把他看作是单纯从事技术方面工作的人，包括刚才向副师长所说的那样，可是我有不同看法。通过这件事情，尤其是我们三人一起去查电台那个时间段的近距离接触，我总有一种感觉，在他看似文质彬彬的外表下，隐藏有一种让人不安的味道！"

"什么味道？"唐玉紧张地问。

江静舟也注意望着他。

程睿犹豫着："我也说不好，只是直觉吧……他身上似乎有一种貌似高级特工的味道！"

"啊？！"唐玉吓得捂住了自己的嘴。

江静舟镇定地望着他："继续说下去。"

程睿艰难地分析着："其实，真的只是一种直觉，我总觉得在这次查找电台的事情上，他让我体味到了他身上不同寻常的一种感觉。更不可思议的是，如果他是一名特工，这次几乎就是向我们暴露了什么。这种情况不大正常，我分析，只有两种可能：第一，是他无意间暴露，是他在紧张情况下的应激反应。"

他盯着江静舟的眼睛，带了些许紧张的神情："第二，就是他故意为之……那他为什么要这样做呢？是向我们提出警示？或是挑战？还是示威呢？我曾听说过一件事情，当年戴笠曾经选派了一些军统人员去美国高级特工学校接受培训，而他刚好又来自美国！"

说到这里，他长吁一口气："也许这只是我个人的一种太过敏感的联想吧，但愿是我多虑了！总之小心驶得万年船，干我们这行的，宁可多思虑一些，决不可抱有侥幸和麻痹大意的思想！"

江静舟赞许地看着他："小睿分析得很好。我们是应该拿出一个周密的防范预案出来，绝对不可掉以轻心，有任何轻敌思想！"

唐玉不解地："当时我也在场的啊，我怎么没感觉到他身上的那种味道呢？"

江静舟笑了："因为你不算一个严格意义上的特工，只是秘密战线上的一名工作者而已，而他，"他指指程睿，"他在德国时，除了军事训练外，也曾接受过一段时期的特工培训，你们的区别就在这里。"

他略叹口气，眼中浮现一丝忧虑神情，对唐玉道："这也正是我最担心你和沁梅等人的地方！"

第二天上午，顾倾城果然又抱着饭盒准时来到病房，她看到江静舟半卧在床上，脸色已经不像昨天那样苍白，不仅气色好多了，眼睛也恢复了以往的光彩。她心里一高兴，脸上也就挂出喜洋洋的神情来。

她将带来的饭盒捧到江静舟床前："师座，我给您熬了蔬菜瘦肉粥，这个比白粥有味道，您现在应该增加些营养了。来，我喂你。"她拿过小匙，坐到床边。

此刻程睿去卫生间打水，不在跟前，江静舟十分尴尬，就抬起身欲阻拦道："别，别，我自己来就好。"

"您快躺好，您身子还虚着呢。"顾倾城忙上前按住他，急切喊道。她今天穿着军装，不知是有意无意，上装口袋插着那只金色的钢笔，醒目地露在外边，江静舟猛然间看到，又有点发愣。

顾倾城巧计得逞，更加胸有成竹，不免还有点小得意，就柔声劝道："师座，您如今是病人，我作为属下照顾您不是应当应分的吗？再说向副师长也有过交代的，我是在执行上司命令。"

这支金笔让江静舟心神不定，他既疑惑不解，又感慨万千，默默垂首不语，不知不觉间，就咽下了她喂到自己嘴边的一勺粥。

所以当封正烈和宁兰来到病房时，看到的就是这样一幅场景：一名年轻的中校女军官坐在江静舟的床边，正细心地喂他吃饭。

封正烈是借到上海周边驻防部队视察机会，带着宁兰来看爸爸，主要还是有一件重要的事情要和他相商。却不料巧遇江静舟病发住院，一进门，看到床上的病人，小姑娘的眼泪瞬间就流了下来。

　　宁兰扑到父亲身上，紧紧搂住他的脖子，哭得上气不接下气。

　　江静舟笑着劝慰道："兰儿，别哭，别哭，爸不是好好的吗？"

　　"您怎么病得这样厉害？脸色白得好吓人！我可怜的小爸爸！您一定很难受吧？"女孩边哭边说。

　　这番女儿体贴的话让一旁的封正烈和顾倾城等人都湿了眼眶。

　　江静舟好说歹说才哄住了女儿，又将顾倾城身份向封正烈介绍了，顾倾城敛容和这位威严有加的上司寒暄过几句，就匆匆离开了。

　　封正烈有话要对江静舟讲，又见宁兰腻在父亲身边，就笑劝道："兰儿，你和程睿哥哥出去逛逛，姨夫有公务要和你爸说。"

　　宁兰扭起麻花："我不要离开爸爸，他现在病着呢，姨夫您不该和他再谈公务了！"

　　江静舟拍拍女儿的小脸："兰儿，听话，和你大哥哥出去逛逛，我也正想和你姨夫说几句话呢。"

　　封正烈："这次我去各处巡查部队，特意带了兰儿来你这里住几天，等我回南京时再顺便来接她。"

　　他又笑看宁兰："兰儿，你和你爸爸有的是时间亲热呢。"

　　程睿也上前拉住宁兰："走，兰兰，大哥带你去逛城隍庙，你不是最爱吃那里的小吃吗？还有你爸爸如今恢复了，咱们也给他买点吃的回来好吗？"

　　"太好了，我要给爸爸买好吃的！"宁兰终于成功地被程睿带走了。

　　病房里只剩下江静舟和封正烈两人。

　　封正烈是个出身野战部队的职业军人，形象威武庄重，气质直率硬朗。他是江静舟的老上级，一向对这个比他小十来岁的属下欣赏爱护有加，两人性情相投，加之两场婚姻形成的姻亲关系，他们之间除了上下级关系外，更如父子，又似兄弟。

　　此刻，封正烈看着江静舟微微叹气："你这个小子，怎么这样不注意身体？这年纪轻轻的，动辄旧伤复发，可怎么好？"

　　江静舟羞涩笑笑："老毛病了，我也奈何不得。"

　　封正烈看着他点头："你身边还是缺一个知冷知热的人呐！"他又挠挠头，"刚才那个顾中校，是怎么个情况？"

　　"什么怎么个情况，她就是个部下，偶尔来照顾一下。"

　　"偶尔来照顾？人家姑娘家，好端端就这样贴身伺候你？你警备师女军官多了，平日里都是这样照顾你的吗？"

"哎呀，军座，您怎么说话的？说得我像是个采花大盗一般？我江静舟是怎样的人，您不清楚吗？"

"你小子别嘴硬，我刚才亲眼见到人家大姑娘在喂你吃饭！小子，小子！你可是一向桃花运不浅呐，到哪里都有姑娘围着、追着、惦记着！耳听为虚，眼见为实，我今天可是抓住真实的把柄了！"

"还真实把柄？分明是欲加之罪，何患无辞！"江静舟直对他撇嘴，"您不贬损我难受是吧？我亲爱的长官大哥？听听您这话，一口一个大姑娘？我告诉您了，人家是我警备师的女军官，是我的属下！至于为啥这样来照顾我，您回头去问问您最欣赏的向明光就明白了，就是他命令人家来这里照顾我的。"

封正烈一摇手："又扯上人家向明光作甚？我都懒得和你讲了，你小子一提到这个问题就从来不实诚！说到你身边的女人，一贯是遮遮掩掩，鬼鬼祟祟的！"

"您可真是我的亲大哥！看我病成这样，还不肯放过，在这里施展您讽刺挖苦的技艺呢？"江静舟摇头叹息，又忍不住笑。

封正烈倒是不理会他的揶揄，他坐到他的床前，语重心长地道："臭小子别没良心，我是在替你打算呢。你身边还真需要有个女人来照顾才行！如果这个顾中校合你的意，不如……"

"您干脆再让我气晕过去一次得了！乱点鸳鸯谱，您好开心呐？"江静舟无奈极了，他坐起身来，连比画带说，很激动的神情。

"臭小子你跳什么跳？我还不是为你好？你说这青青都走了十来年了吧？宁兰都快十二岁了，你也该考虑自己的事情了。"

这话让江静舟安静下来，垂首不语。

封正烈继续感叹："这女人啊，多了不行，没有也不行！你一个大老爷们，整日忙于军务，浑身又是旧伤，没有个夫人在身边照料着，实在是不能让人放心。我早就惦记着这件事了，一直没空和你说罢了。"

"您又在替我做主了……"江静舟晦涩难言。

"咋了？我是你大哥，我不替你做主谁替你做主？你个飞扬跋扈的江致远，又听得进去谁的话了，我还不了解你么？我要再不管着你一点，你的尾巴都该翘上天了！"

"还总是把我说的那样不堪……"江静舟是又气又笑的样子。

封正烈指点着他的额头，一副如父如兄的架势训导着他："小子，听我细细给你分析！你如今找女人，要找贤惠安静的，能为你守得住家。这又要说到前车之鉴了。你前面那两个媳妇……"

"哎呀，军座……"

"你别挡我的话，臭小子，好好听我说！"封正烈叉着腰，一五一十地开始评说论起自己最欣赏最爱护的这个部下的过往情史。

"要说阿莲和青青都算我的亲戚，以亲疏论，阿莲是我的表妹，青青是我的小姨妹，我该更向着阿莲才对。可是在我心里，这两个女子可有着不同的感觉啊！"

他叹息着："阿莲是太美了，绝色女子，就注定不会安静。就好像一幅美人图，赏心悦目不假，但是你能指望那画中人给你当媳妇吗？我时常在想，你俩这名字也有意思啊，一个'舟'，一个'水'，水能载舟，亦能覆舟！如今看来，这水就曾把你这舟给颠覆了，把你打到了水底，徒留伤感……"

他说的有些痛心疾首，江静舟垂首无语。

"又说到青青，那真是一个温柔善良至极的女子！相夫教子，贤惠笃诚。尤其是对你的那份痴爱，让旁观者都为之动容。致远啊，可惜你福薄，得妻若此，不能终年，奈何奈何？"

江静舟已是伤感万分，只能抬头强笑道："好好的，您提这些做什么？幸亏兰儿不在跟前，不然丫头又该掉泪了！"

封正烈摇头，认真看向他："我之所以提起青青，自然是有事要和你说到这里。有关兰儿的事情，眼下不能不和你相商了。"

"兰儿的事情？"

"是的，孩子的病不能继续拖下去了！"

这个伤感担忧的话题让两个平日里铁血强势的男人都黯然伤神，相对叹息片刻，封正烈才说出了今日来的主题："致远呐，你也是知道的，兰儿这从娘胎里就带上的先天性心脏病几乎是不治之症，多年前就有外国大夫预言过孩子活不到十二岁！紫瑜自然是小心代养，几乎是像捧个玻璃娃娃般照顾着，呵护着，但是……"

江静舟的眼中已是含了泪，封正烈也是眼眶湿润，但是情势逼人，还是要和他交这个底："兰儿就快满十二岁了，这半年来，孩子发病的频率越来越紧促，前不久曾大发作一次，几乎不救！孩子心疼你，醒过来嘱咐我和她姨妈不能告诉你，可是我们这心里……"

他的泪水终于落下，江静舟已经忍不住暗自啜泣。

封正烈抚了他的肩，劝慰着："致远，你有病在身，千万别太伤感！看你这般情况，我原本不忍心同你说这些，可是如今情势紧急，我又不能不讲！"

他擦去泪水，认真说着重要的一点："我和你大姐是彻夜难眠，你大姐在绝望中到处求医问诊，得知目前办法，唯有去国外手术这一条路。"

"国外手术？"

"是的，这是没办法中的办法！但是……风险依然很大，成功的几率很低……"

"有多少……"

"不到百分之四十。"

"不做！"

"可是致远，你想过没有？如果不手术，孩子很可能活不过半年……"

这句话让江静舟目光呆滞，虽然是早就知道的残酷现实，但是这乍来的心痛还是让他肝肠寸断。

"你大姐和我开始也坚决不同意手术，后来又想了，总得给孩子一线希望，寻条活路不是？想着去美国路途遥远，怕孩子折腾不起，所以一直难以下决心。如今有这样一个机会，一个美国专家团来南京考察，近期要回美国，我准备让紫瑜带着孩子搭乘这趟飞机去，天可怜见，如果手术成功，也算孩子福大命大！你大姐让我赶过来和你商定，你毕竟是孩子的亲生父亲，这最后的主意还要你来拿！敢不敢冒这次险？是否给孩子一个这样的也许会重生的机会呢？"

"我不知道，我真的不知道！"江静舟突然爆发般喊着，他扭过脸去，难以抑制地俯身在被单上失声痛哭起来。

即使是相交已久的封正烈，也是第一次看到如此失态的江静舟！他看到过他遭遇过太多的人生磨难和痛苦，但是这般情感失控的状态何曾见过？想到这里，封正烈也难忍伤感，默默扶着他的肩，长叹不语。

江静舟发泄过情绪，抬起头，看着封正烈："也许，您和大姐的想法是对的，哪怕就是有一线希望，我们都应该去争取一下？兰儿她……才不到十二岁啊，花骨朵还没绽放般的年纪……我没意见，一切您和大姐定吧，你们也是兰儿最亲的亲人！"

"好吧，那就这样定了！让兰儿在这里好好陪你两天，我回上海时来接她。"封正烈起身拍拍江静舟的背，"你们父女好好亲密一阵吧，致远，别太悲观，别太伤感，我相信吉人自有天相！"

中午，当沁梅带着自己亲手熬制的鸡汤来到父亲病房时，看到宁兰正坐在父亲身边亲热地说着话，她有点意外，也有点迟疑，但还是推门进去。

两个女儿同时围绕在自己身边，这在江静舟是难得的温馨场景，他感到欣慰又伤感。

"哇，好香的鸡汤啊，姐姐你真能干！"宁兰由衷地赞美着。

看着端着汤碗来到父亲身旁的沁梅，她露出有点羡慕的神情，大眼睛里满是祈求之意：

"姐姐，好不好让我来喂爸爸喝汤？我好想亲手照顾他啊！"

"这个……"沁梅心里实在有些不情愿，能亲手服侍自己的父亲，也是她这一路上激动兴奋的念头，这念想伴随了她平生第一次学着熬鸡汤的整个过程，这是个美好而温情的念想！可是——

"梅儿，你就让兰儿来吧，她小呢，是妹妹，你该让着她。"父亲的语气清淡自然，却有着不容抗拒的意味，沁梅的心底滚过一阵心酸之浪。

她憋着泪将碗递给了妹妹，看着她眉开眼笑地接过来，坐到父亲身边，用勺子舀了汤，一口口喂父亲喝着。一种温馨深情的气氛氤氲在这父女二人之间。

"表叔，我还有事，先回去了。"沁梅扔下这句话，匆匆离开了病房。

再次来病房已经是三天后，还是程睿去军统站找她，她才答应去父亲那里。

当时程睿神色严峻，几乎是用着严厉的兄长口吻对她说道："赶紧跟我到医院去！小梅，你不小了！怎么总不懂事呢？三叔问了多少次你为什么不去看他，我都听不下去了！宁兰明天就要走了，你们姐妹也要告个别吧？"

"可是，大哥我……"

"可是什么？快跟我走！实话告诉你，若飞本来要来找你，让我拦下了，你若飞哥揍你的心都有了……"

沁梅来到病房，看到父亲已经大好起来，能下地走路了，在他的建议下，父女三人来到病房外的花园散步。

深秋的花园里，菊花怒放，倒是一派鲜艳热闹的景象。

宁兰一手拉着父亲，一手拉着姐姐，开心地笑着。

看到满园的菊花，小姑娘记起一个话题来："姐姐，你的名字真好听，沁梅！是你妈妈起的吗？你妈妈喜欢梅花吗？"

沁梅不由自主偷偷打量了旁边的父亲一眼，轻声回答着妹妹："是妈妈给我起的，但是之所以起这个名字，却是为了我的父亲！我的父亲，他酷爱梅花……"

江静舟默默听着，蹙眉无语。

"哈，太巧啦！我的名字叫宁兰，也是由于我爸爸他爱兰花呢！"宁兰兴奋地叫起来，纯净秀美的小脸上满是幸福，"姨妈多次讲给我听妈妈给我和哥哥起名的事情。她说妈妈生前告诉过她，她生下我和哥哥，让爸爸起名字，爸爸说男孩子应该像松一样挺拔，女孩子就该是兰花一样秀美，所以就叫松儿，兰儿。还因为爸爸的名字是静舟，字致远，意思是'宁静致远'，妈妈就想出来应该在我和哥哥的名字里再加上一个'宁'字，这样就和爸爸连为一体了！于是哥哥就被命名为'宁松'，我叫'宁兰'。所以啊，我们兄妹的名字算是爸爸妈妈一块起的呢！"

她扭脸看父亲："爸爸，我说的对吗？"

"兰儿说的没错！"江静舟摸摸她的脸，慈爱地笑笑，又深深看着沁梅："爸爸喜欢兰花，也喜欢梅花，女孩子就应该如梅似兰……"

真切感受着父亲传来的爱意，有一阵辛酸和欣喜交加的情绪涌动在沁梅心底。父女三人就这样亲热地在花园里走着，聊着天，不料一场意外陡然发生在眼前。

忽然间有一个美丽的大蝴蝶飞过他们身边，宁兰露出孩子的天性，就笑着跑上去追逐，江静舟忙高声制止，还没等他叫住女儿，就看到宁兰已经摔倒在地上。

沁梅心头大惊，她看到病体未愈的父亲已经飞奔过去，一把抱起宁兰，急切地向病房跑去。

刚刚将宁兰放到推车上，还未来得及送往急救室，江静舟已经晕倒在车旁。

沁梅守在宁兰的身边，看到女孩醒来，苍白的脸上有了一丝红晕。

"姐姐，我这是怎么了？又发病了？爸爸呢？"

沁梅拉住她细瘦的小手，安慰道："没事，你就是晕了一下，医生说没大碍了！你……爸爸他为了急救你，累得虚脱了，不过目前也醒过来了，在隔壁病房休息呢，你姨夫也来了，他们让我来照顾你。"

"姐姐你真好！"女孩露出天使般微笑。

沁梅心中悲酸交集，几乎落泪。她已经从封正烈等人那里听说了宁兰的真实病况，想到这样花朵般的她，几乎剩下不到半条命，不觉心痛如割。

她是我的亲妹妹呀，我们有着同一个父亲！沁梅深深悔恨，她竟然多次嫉妒过她，嫉妒过她和父亲的那种深情的父女情。

我是有多不懂事？爸爸他一定是因为宁兰身患这种绝症，才对她格外的怜惜，给了她更多的父爱，他不知道这样的父女缘分还能维持多久？可怜的父亲，可怜的宁兰！沁梅深深悔恨叹息。

"姐姐，我们要是亲姐妹该有多好！"

"你就把我看成是你的亲姐姐好吗，兰兰？"

"真的吗？姐姐你真好！"

"是兰兰更乖更善良，姐姐好爱你！"

"姐姐，我能告诉你一个秘密吗？还有一个心愿？"

"当然可以，都说了，我们就是亲姐妹！"

宁兰笑了，脸上竟然有着和她年龄不相称的豁达和平和，说出的一番话深深震撼了沁梅的心：

"姐姐你知道吗？我就快要死了，要去一个遥远的地方，可能永远回不来了。"

"兰兰你胡说什么？"

"是真的，兰儿从不撒谎的！这个秘密我从来没告诉别人。我偷偷听到过医生和姨妈的话，我活不过十二岁的，我有严重的心脏病！"

沁梅的泪水突然流下面颊："兰兰，你什么时候听到的这句话？"

宁兰的大眼睛里有泪水在打转："我七岁那年听到的。我偷偷哭过几次，但是没让大人发现，我知道，姨夫姨妈都好难过的，爸爸他更可怜！"

说到爸爸，宁兰的泪水像断线的珠子一般滚了下来："姐姐，秘密我说了，我再告诉你我的心愿好吗？"

"兰兰你说，姐姐听着呢！"

"我想，我死后，你能代替我做我爸爸的女儿吗？"

"兰兰……"

"姐姐，爸爸真的好可怜！妈妈死了，哥哥丢了，他最亲的人，就剩我一个了，我再死了，他可怎么办呢？我问过刘妈，她告诉我说人死了都会到天上去，那么我妈妈也一定在天上呢，我去找妈妈，我不会孤单的……可是爸爸怎么办呢？他那么爱我，我死了，他一定会痛苦极了，扔下他孤身一人在这个世上，身边没有亲人，谁来安慰他呢？爸爸好可怜啊……"

"兰兰你别说了，姐姐答应你，做爸爸的女儿，我来陪着他！一辈子……"沁梅说不下去了，她已经泪流满面，俯身在宁兰的枕边不能抬头。

宁兰摸着姐姐的头发："姐姐你真好，代替兰儿做爸爸的女儿，兰儿就放心了！"

她长长叹口气，用大人般的口气幽幽道："可是我还是好不甘心啊！别人都好好地活着呢，唯独我要悄悄地死了……姐姐你知道吗？兰儿一点都不想死，我舍不得姨夫姨妈，更舍不得爸爸！而且……我还没见过我哥哥呢！"

说完这句话，她再次长长叹息一声，她不知道这一切揉碎了姐姐沁梅的心。

两天后，宁兰恢复过来，准备和封正烈回南京。

走前，大家都来送行，江静舟还穿着病号服，却执意来到宁兰面前，蹲下，示意着孩子："丫头，上来！"

"师座，您还病着呢？"

"表叔，您的身体……"

"致远，你别逞强，看摔倒了，伤了你，也伤了孩子！"

江静舟统统都像没听见一般，只是笑着扭头对宁兰道："来，丫头，到爸爸背上来，爸背你上车！"

宁兰听话地伏在父亲背上，父亲再次背起了女儿。

在走向汽车不远的几步路上，宁兰俯身在爸爸背上，幸福而满足。她贪婪地感受着父亲的温度，轻嗅着父亲的气息，一片脉脉温情中，女孩贴着爸爸的耳朵边低语：

"爸爸您要好好养病，要早日恢复健康！"

"好的，兰儿！"

"爸爸您以后要少抽烟，最好不抽烟，您答应过兰儿的！"

"好的，丫头，爸记住了。"

"爸爸，我好幸福，真想一辈子就这样趴在您的背上，一辈子都不下来！"

"傻丫头，等再过几年，爸爸老了，就背不动你了！"

"那我就背您！爸爸，您等着兰儿背您的那天！"

"好的，爸爸等着，等着我的兰儿，一定等着……"

父女俩都有着不好的预感，谁都没有说出来，只是这样相互许了一个永远无法实现的承诺。

这竟然是这对父女的永诀。

第十六章　我的雄鹰

　　成长是一种经历，成熟是一种阅历。每个人都会成长，但很多人至今仍不成熟。成熟有时也是担当，不为得而狂喜，不为失而悲痛，而是竭心尽力之后，坦然去接受的平静。

　　楚天舒开着吉普车，一路狂奔驶进上海港。

　　码头上，楚天姣焦急地看着手表。看到跳下车，向她奔来的哥哥，嘟起了嘴："小哥，你真行啊，还有不到半小时就要开船了！"

　　楚天舒抱歉地笑笑："一大早有点公事耽误了，我紧赶慢赶，幸好……"

　　看他满头是汗，楚天姣忙掏出自己的手绢为他擦拭。

　　"哥，小嫣已经上船了，要不要我去叫她？"

　　"不用了，前几天不是已经告别过了吗？"

　　"我总觉得你们就这样分手了，好可惜的……"

　　"唉，囡囡，你还不了解我们的事么？我一直当她为妹妹，就像对你一样……是两个家族一直在撮合我们……现在这样说清楚了，对大家都好！反正，我不可能再和她回美国了，我们永远只可能是朋友。"

　　"唉……"分别在即，看着和自己感情最好的小哥哥，楚天姣有点伤感。

　　楚天舒看出她的情绪，上前搂住她："你自己在美国要小心……不过好在几个哥哥姐姐都在那里，他们会照顾你的。"

　　"我们在那边应该很安全啊，我总担心你……唉！"妹妹流露出深深的担忧之情。

　　楚天舒刮了她一下鼻子，强笑着打趣她："这个动荡不安的世道，把我们的无忧小公主都弄得变成叹气娃娃了！"

　　"别忘了，上次我嘱咐你必须记住的三件事情！"楚天姣用手比出三的形状。

　　"嗯嗯，没忘。不过'嘱咐'这个词貌似用得不准确哦，谁是哥哥？谁是妹妹？你这口气分明没分清大小呢！"楚天舒嬉笑着。

　　"不管，行者为大！楚天舒少校，请背一遍吧！"

　　"遵令，楚四小姐！"楚天舒忍住笑，凝神背诵道，"第一，自己要格外小心，注意安全；第二，要记得经常回家看母亲，不可和四哥太过较真……"

他背到此处，申辩道："这条我觉得不合理，是四哥总爱和我较真，他一向对我从军这事持偏见态度，爱挑刺找事……"

楚天姣笑指他："听听，你这才是真正的没分清大小。四哥在这里就是最年长的哥哥，他的话就是权威，你要尽量服从才是！"

"可是……"

"没有可是，继续背吧！"

"惨了，我唯一的妹妹都倒戈了，而且我分明失去了做哥哥的威信喽！"楚天舒顽皮地笑笑，继续背道，"第三，有机会打探三姐的消息，第一时间告知你。"

"好了，你能记住这三点，就是我最亲最好的小哥哥！"楚天姣笑着上前搂住哥哥，背过脸去，却忍不住流下离别的泪水。

楚天舒拍拍妹妹的脊背："傻丫头，别伤感了！看看哥哥送你的一件礼物。"

他从衣兜里掏出一样东西，递给妹妹，诡秘一笑。

楚天姣接过来，看到是一个小首饰盒，打开来，里面躺着一条软金手链。

她不由得惊讶地叫起来："哎呀！这不是妈妈给你们几个哥哥打的手链吗，一人一条，上面都刻有你们的名字，说好将来是要送给你们的夫人做定情信物的？"

楚天舒笑笑："是啊，可是它总带给我不好的记忆……那年大哥殉国后，大嫂沉湖自尽殉节。她被打捞上来的时候，我看到了，她苍白的手腕上，还带着这种手链……从此以后，我就觉得，这个东西，作为爱情的信物，是不祥的！再说，我现在也根本没有心情想什么爱情的事情，这个东西放在我这里也没用，干脆送给你做个临别留念，好歹上面刻有我的名字，这下远在异国他乡，你要想哥哥了，就看看它……"

"小哥，你不会是说，你不想再谈爱情了？"

"起码目前不会，爱情是安宁岁月的奢侈品，也许三年，也许五年……等到一切都安宁了，和平了，我才会想到它。"

"你预感三年、五年就一定会迎来永久的和平吗？"

"我坚信，必须信……"他的眼中流露出自信坚毅的光芒，这种神情感染了身边的小妹，她不由地点头，也许下了一个承诺：

"那好吧，不如这样？这东西我先替你保存着，如果哪天，你找到了你心爱的人，就写信告诉我，我会从美国把它寄给那个姑娘……那个要成为我七嫂的人！"

"好的，这算是咱们兄妹的一个神秘约定吧。"

"是甜蜜约定，我的傻小哥！"

汽笛响起，兄妹依依惜别，从此天涯一方，他们此刻难以预测，这个美好的约定，何时能得以实现？

楚天舒离开码头，开车往回走。

就在他穿过市区时，迎面一辆黄包车和他的车子擦身而过。车上坐着一个打扮入时的年轻女子。

只因为离得太近，他几乎是无意间瞟了一眼那女子，却突然间，他的心脏都仿佛不跳动了！

"三姐！"他在心底喊了一声。

楚天舒忙欲调转车头去追赶，无奈正在市中心地带，行人、车辆实在太多了，他几乎无法调转车头，他看到那辆黄包车已然无踪影，恨恨地捶了下方向盘。

他看到的那个青年女子就是白鸽。

如果楚天舒能跟踪上白鸽，见到她要去见的那个人，他肯定会更加震惊无比！

回到办公室的楚天舒脸色严酷冷峻，眉头紧锁。他将房门紧紧关上，脱了军装，扔到一边，又将领带扯下，将衬衣衣领敞开，长长吸了一口气，努力使自己的脑子静下来，理清思绪。

视线自然而然落在了桌上的那架飞机模型上，脑海里，浮现出刚才看到的那个坐在黄包车上青年女子的形象。

一点不会错，那就是他的三姐——楚天歌！虽然已经有七八年未曾见面，但是姐弟情深，尤其是这个三姐，曾经是楚天舒除了大哥以外最亲近的手足，他又怎么会错认？

在楚天舒心中，他的三姐楚天歌是一个奇女子。他们兄弟姐妹十一人，七男四女，男女分别排行，楚天歌排女孩中老三，人称楚家三小姐。但依据年龄，她和楚天舒、楚天姣是兄弟姐妹中最小的三个，所以三人从小一起玩到大，感情较其他兄弟姐妹要格外深厚些。

楚天歌从小性格鲜明，她不像大姐的持重，二姐的文静，小妹的娇憨，她外表柔弱，内心刚强，而且极富叛逆精神。

十三岁那年，她曾偷偷逼着大哥肖云翔带她乘坐战斗机上天转了一圈，在亲友中传为奇闻；

一九三八年大哥肖云翔撞机殉国时，楚天歌未满十八岁，在大哥的追悼会上，她没有像其他兄妹们那样啼哭，而是咬破了中指，当场写下了"以血还血"的血书，要求参加空军，当一名女飞行员，去和小日本讨还血债。她的壮举震惊了在场的众人，也让亲临会场来吊唁的蒋夫人赞叹不已。

她是这样说的，也计划这样做了——准备去考航校当飞行员，这种行为引来了母亲的眼泪和兄姐们的严厉管束。她被二哥强行带到了法国，送进了学校，开始留学生涯。谁曾想，一年后，这个叛逆的楚家三小姐和她在法国结识的男友一起，偷偷回国，却从此和家里失去了联系。

亲友们为此议论纷纷，有人说她跑到了延安，楚天舒一直将信将疑。不过，在这个动荡的时代，每个人的命运，都似水中的浮萍，是难以料定的，也是不可捉摸的。

今天，刚刚送走了赴美读书的小妹，刚刚和她议论过三姐的下落，讨论过"假如战场相见，兄弟姐妹如何抉择"这个问题，楚天舒就在上海的街头，遭遇多年未曾有音信的三姐楚天歌，实在令他激动万分，心潮难平！

三姐目前究竟是什么身份？她怎么又会出现在上海滩？她为什么不和近在咫尺的南京娘家取得联系？

楚天舒不由陷入沉思中。

楚天舒不会想到，此刻，他的三姐楚天歌，正在以"白鸽"的身份，和他的属下，那个总让他难缠、难堪的学生郭沁梅接头。

滨海公园的一个僻静处，白鸽见到了早已等候在那里的沁梅。

"鸽子姐姐！"沁梅甜甜地这样叫着她。

当年在延安抗大时期，白鸽曾是沁梅的老师，那时候沁梅称呼她为"沈老师"，在上海重逢后，第一次见面，沁梅就不假思索地喊出了"鸽子姐姐"这个称呼，这份亲热，也让刚刚来到白区工作的白鸽感到一种难得的亲切感，她于是欣然笑应了。

沁梅觉得这个称呼很恰如其分，她的本名不是叫沈雨鸽吗？而且如今她在组织内的代号又叫白鸽。她其实并不知道，所谓沈雨鸽，也是这个大家闺秀参加革命时取的化名，她的真实姓名是楚天歌。

白鸽比沁梅大八岁，她像大姐姐一般由衷喜欢眼前这个热情奔放，心直口快，却又坚强倔强的小妹妹，她的一颦一笑，总会让白鸽记起自己的亲妹妹楚天姣——那个一样娇憨，一样甜美可人的女孩。

沁梅的工作热情和较强的工作能力，让白鸽决定要把即将到来的一个重要任务交给她，当然，其中还有沁梅身上具备的得天独厚的条件。

两个人真的像姐妹般在公园走了一会儿，沁梅告诉了白鸽自己父亲得了重病的事情，白鸽紧锁眉头，温语脉脉地嘱咐沁梅道：

"其实，上次见到你父亲，因为是初次相见，又是男女同志，有些话我没好意思说出口来。你知道的，我和你的母亲沈琬大姐在抗大共过事，我们还住在一个宿舍里，曾经是无话不谈的忘年之交。我听你母亲讲过很多你父亲的事情，我觉得他很了不起！在敌营潜伏生活了将近二十年，这要需要多大的勇气和耐力？要付出多大的身心代价，还要咽下多少的痛苦和眼泪？一切都是无法想象的！所以，我认为，在目前情况下，只要条件允许，你要多照顾关心你的父亲，给他带去温馨的亲情，让他多年漂浮沉寂在敌营的孤独的心灵，能有一方温暖的港湾可以栖息。"

沁梅点点头："谢谢你，鸽子姐姐！你的这番话，我如果说给爸爸听，他一定会感到非常感动和欣慰。因为他会觉得这是来自老家的温暖，来自组织的关怀！"

白鸽笑了："老家自然惦记着每一个战斗在白区的儿女们。我们这些年轻人，心中都充满着对这些红色特工前辈的仰慕和崇敬之情。而且，我始终认为，革命和血缘亲情并不矛盾，只是很多的时候，我们处于两难的境界，为了我们的事业，我们的信仰，要忍心放弃割舍一些东西，这是革命者的无奈，也是革命者的奉献。从我个人角度看，我更愿意，把它看作是革命者的骄傲！因为我们是腐朽阶级的掘墓人，我们是新时代的亲手缔造者，就冲这一点，就可以让我们心甘情愿地，随时随地，每时每刻，无条件地祭献出我们的一切！"

沁梅敬佩地看着白鸽，她觉得，这个常常让她产生无限景仰和爱戴的，有着大姐姐般亲切感的上级，多么像她的爸爸妈妈，是一个纯粹的革命者，是她终身的榜样。

此时，被她们共同关心着的资深特工江静舟，也在医院中接受了一次来自自己内心深处的反思和自责。

经过精心治疗和休养，江静舟的病情已经大有起色，因为宁兰意外晕倒的事情，他的病情有所反复，就在医院多住了几天。

这天上午，他在许若飞陪伴下，在病房内散了步，刚回床上半躺下，一个不速之客突然到来——胡文轩前来探病了。

他带着新任秘书齐茹，提着一大篮水果，来到病房。

他的心情看起来不错，一进门，就很熟络地招呼了江静舟，大大咧咧地在他床前坐下，又扭头吩咐齐茹："给你的老长官削一个苹果尝尝！哎，致远，我给你带来的可是从美国空运来的苹果哦，据说是进贡给委座的呢。"

江静舟故意没理会他的炫耀，他看看齐茹，温和一笑道："齐茹进步了啊，升上尉了！"

"谢谢两位长官提携……"齐茹腼腆一笑，话未说完，就被胡文轩抢过了话头，"那还用说？不拘一格降人才，这是应有的美德吧？是吧？致远？"他笑看江静舟，等着他的反应。

"你想说什么，就照直说吧，不然岂不是憋得慌？"江静舟也是淡然一笑。

"老三，你肯定知道我想说什么！我先给你举例说明吧？就像齐茹，在你这边，进步得像蜗牛爬，她一到我那里，我就直接给升了上尉军衔。类似的例子不胜枚举，你认识的，如：方城、齐芳、楚天舒……只要经过我的手的人，进步都比较快！因为我总是能发现他们的优点，给予他们合适的位置，从而提升他们的责任感和主人翁精神。这点不是我自夸哈，对人才的提携和任用，我可比你强多了。怎么样，江师座，不服不行吧？"

"说主题！扯东扯西的没意思吧？"

"所以我要说我三弟就是聪明！那么切入正题吧——阿梅，我要说的就是我的阿梅！也算你家外甥女吧，总和你沾点亲、带点故的？你给她定的军衔太偏低了吧？少尉？这不是打我胡文轩的脸吗？"

"嗤！"江静舟又好气又好笑，忍不住冷笑一声，"你要放自己的养女在我这里，我只能公事公办。沁梅小小年纪，毫无军功战绩，从少尉干起，太正常不过了？这是我警备师的规矩，你要想格外加恩，可以调她去你那里！"

"上次都和你说过了不让她入军统的理由，你可别装傻充愣！我是想，即使丫头军衔不论，从专业工作讲，她到我那里似乎更妥当些？你看你这里究竟是部队的管理制度，与女孩子家究竟不适。所以，我想让阿梅在我那里干一段时间，管管密码档案，还可以和楚博士学点技术，想来这种安排，是对孩子格外有益的事情，想必你这个做表叔的人也不会有异议吧？"

江静舟咬唇一笑："转了半天弯，你终于说明了真实用意，倒也是慈父心肠，看来我这个'外戚'不答应都貌似不近情理了？"

"致远你这算是答应了？"

"一切还要看丫头自己的意思，她的倔强脾气你比我还清楚！"

"丫头那里自然没问题，我带大的孩子我自然了解她！她本身就是个极明事理的女孩。至于说到倔强脾气，我倒不以为然？我的阿梅乖巧可人，何曾倔强不讲道理了？如果非要说到脾气，那是性格遗传问题，我要公正说上一句，你和阿梅毕竟沾点亲，带点故，她若是有此缺陷，我看也难逃你的阴影，就比如说这个倔强脾气……"

他笑看一旁的许若飞和齐茹："你们跟着他也久了，自然不疑我的话吧？"两人笑而不答。

江静舟笑了："你的意思是，你的养女阿梅样样都出色，唯一的缺点却来自于我这个亲戚？"

"不错，这算是你不打自招哈！要说到倔强脾气，谁也难胜过你？你我兄弟一场，我最了解你！"胡文轩得意极了。

江静舟望着他抿嘴一笑，眼光里却带出一丝战斗的犀利光芒来。

听了两人的对话，看到江静舟这般神色的许若飞也忍不住要在心底偷笑了！他有点同情地望向胡文轩，心里在想：这个胡老板、胡将军为什么总爱往我们师座枪口上撞呢？他有受虐狂毛病么？

"好吧，你的话我全盘领受。不过，我亲爱的二哥，作为沁梅的亲人，我和你担心的倒是不同。"江静舟开始侃侃而谈：

"女孩儿家，性格倔强些，倒也并非太大的毛病，最多是恃宠而骄，骄娇二气重些罢了。长大了，嫁人了，性子也就慢慢磨过来了。倒是你身上有个突出的优点，我怕孩子学了去，会终身不受用呢？让她跟着你，我最担心的倒是这个！"

"我的突出优点？是什么？怎样又让你担心了？"胡文轩果然妥妥上钩。

"执着呀！狠命的执着，可怕的执着，一根筋到底的执着，不可理喻的执着！"江静舟的话语一出口，就像机关枪开了栓，只剩下"突突"声了：

"最明显的例子就是你对我的几十年一贯制的追踪怀疑问题。你看从黄埔时期开始，咱们相交二十余年，当年好歹还兄弟一场，没凭没据的，你就莫名其妙认定我是异党分子，几番追踪陷害，百般纠缠谋算，百折不挠，毫无理智，不撞南墙不回头，到了黄河你也没死心！整来整去，咱俩还是一个锅里搅马勺，厮混在一个阵营里，而且都还幸运地熬成了党国将军！你说，你这股子执着劲儿还不叫人啼笑皆非，扼腕长叹？不该叫人大书特书上一笔吗？……不客气地讲，这种执着其实已经发展成为一种病态——偏执狂！基本上属于精神疾病的范畴……"

"江致远你？！"胡文轩气得语塞，却见眼前这个脸上分明还挂着病容的家伙倒是紧紧咬着自己的下唇，一副忍笑模样，他更生气了。

"说实话，文轩二哥，我都十分同情你起来！你说，你要是把对付我的这股劲头，拿来干点别的事，干点更加有意义的事情，你得成就多大的事业啊？"

虽然明显是拼命在忍，许若飞和齐茹还是偷笑起来。也是怕自己上司太过难堪，齐茹笑说："两位长官兄弟相叙，玩笑戏耍，我们下属在这里不大合适，我先出去了。"

许若飞也心领神会，忙接口道："是的，我们先出去……不过……"

他看着胡文轩笑笑："我们师座大病初愈，身子还虚弱着呢，胡站长多担待，别太刺激他就好……"

"喊？我刺激他？"胡文轩简直冷笑无语了，"你听听你家长官刚才那番话，他不刺激死我就算造化了！还他身子虚弱？他这张嘴可一点不虚弱吧？讽刺挖苦起人来，滔滔不绝，伶牙俐齿，精神好得很呢！"

许若飞笑笑，和齐茹出去了，胡文轩才又打起十二万分的精神来，和江静舟谈到此行一个重要的话题。

这边公园里，白鸽和沁梅也终于谈到了她这次要交给她的任务。

"沁梅，你还记得你才到抗大的时候，有个高你几级的男同学，叫萧岳的吗？"

"萧岳？"沁梅想了想，有点茫然地摇摇头。

"哦，看我这记性！"白鸽拍了下自己的额头，"他那时候在延安，用的是他的字来做名字的。那时候他叫萧长岭！"

沁梅的眼睛一下子亮了："原来是萧长岭啊？我当然记得，'岭旋风'呀！"

她激动地望向白鸽："他当年在抗大可算是个明星般的人物！排球、篮球、足球样样精通，腿又长，跑起来像阵风，所以才被誉为'岭旋风'！他又擅长演话剧和歌舞剧，很多剧中他都是当然的男主角……不知道有多少女生暗暗仰慕他呢！不过……"

她瞬间眼神有点黯然："后来他突然消失了，大家都在议论，听说他是出身资本家的大少爷，因为吃不了延安的苦，又偷偷溜回国统区去了。"

白鸽理解地笑笑："其实那是一种障眼法，很多派到白区去工作的同志，离开延安时都会找一个合适的借口。"

"演话剧和歌舞剧……"她忽然记起来，"对了，沁梅，你原先和他搭档演了不少剧啊？我原先只是以为你们是抗大的校友，现在彻底明白了，为什么组织上指明派你执行这个任务了！"

"派我……和他执行任务吗？天呐！"沁梅捂捂自己的胸口，格外激动地问道，"那他……那个萧长岭，还是在为我们党工作吗？他，还是我们的同志吗？"

"小丫头，简直是问的废话！"白鸽笑着点点她的鼻头，"萧长岭……现在应该叫萧岳同志，如今和你一样，是一位非常优秀的红色特工！"

她告诉沁梅实情："他在抗战后期离开延安时，改回了自己的本名——萧岳，根据组织的安排，利用家族关系，回到国统区考入了国民党空军军官学校第二十三期，学习飞行。因为成绩优异，后来又被学校选送到美国进行飞行训练，上个月刚回国。现在准备到南京空军总部报到，这次，他专门途经我们这里，为的是和这里的地下党组织取得联系，我们的任务是接送安排他赴南京，同时要和他当面确定建立起独特隐秘的联系方式，以便于今后和他的情报联络和输送。"

她看着沁梅，眼中充满信任的光泽："想到你们曾多少有过交集，可以很好地和他接上关系，所以，组织决定准备派你负责这次迎送接待他的任务。"

她认真地对沁梅低声交代："他这次赴南京任务很艰巨，将准备在空军中建立起我们的党组织。他的代号是——雄鹰！"

"雄鹰？雄鹰！"沁梅心潮澎湃地念叨着，激动的有点微微颤抖，"太好了，萧长岭，他竟然成为一名飞行员！我太为他感到高兴了！真的，飞行员啊，多么了不起的一个职业！回想起他当年在延安时的风采，我觉得他天生就应该是一只鹰！一只展翅翱翔的雄鹰！"

白鸽有点意外地看着沁梅："小沁梅，竟然对飞行员这样感兴趣啊？"

沁梅激动地点头："是啊，最近，我听了很多有关空战英雄的故事！虽然是国军中的战斗英雄事迹，但是在抗战中，无论党派，他们不都一样是咱们的民族英雄吗？对了，鸽子姐姐，你听说过肖云翔这个名字吗？"

毫无征兆间，自己已经逝去的曾经最爱的一个亲人的名字，就这样被提及，白鸽不由微微一愣，心中蓦然跃起一丝悲伤的浪花。

她有点不自然地笑笑："哦，肖云翔，知道的，一个著名的国军空军英雄嘛……"

沁梅没有注意到她的表情，她沉浸在自己的英雄情结，万丈豪情中："我曾经去他的墓地祭拜过——'我们的身体、飞机和炸弹，当与敌人的兵舰阵地同归于尽！'"她回忆着在肖云翔墓前看到的那刻在碑上的那句豪言壮志，"他们都是真正的民族英雄！"

她笑着拉起白鸽的手："鸽子姐姐，你知道吗，从那天起，我就对飞行员产生了无比的崇敬感！我觉得，他们就像雄鹰一样令人仰慕，令人神往！我又在想，可惜我们延安现在还没有空军，如果有一天，我们也拥有了自己的空军，自己的飞行员，自己的战鹰，那该有多好啊！"

白鸽也被她的热情所感染，她笑着说道："会有的，一定会有的！萧岳同志这次去空军开展工作，就是为了在空军内部播下火种，一旦有机会，可以策动起义，为建立我们自己的空军队伍打下基础。"

她望向远方："这是多么令人向往的一幅前景！可是，它的艰难程度也是无法想象的！要知道，国民党空军比陆军更加难以渗透，我真的为萧岳同志捏了一把汗，他身上的担子实在是太重了，而他又是这样的年轻！"

"不怕的！萧长岭是个能力超群、意志过人的同志，他一定会很好完成组织交给他的重任！他一定会成为一只矫健的雄鹰，我多么希望，他能成为早日飞向老家的一只红色雄鹰！"沁梅抢过她的话题，认真而自信地说。

她的脸色因这番激情而呈现潮红一片，像是两片红霞瞬间飞上了她的双颊，她的一双大眼睛闪现出爱慕而神往的光芒，她的声音也因为激动而微微颤抖。

白鸽看到此情此景，仿佛恍然大悟，她笑看沁梅："你这丫头……不会是，你和那个萧长岭？"

她忽然记起来："我倒想起来了，在延安的时候，你和他演过多少歌舞剧呢！有《兄妹开荒》？《夫妻识字》？"

沁梅的脸红得更厉害了："鸽子姐姐！您看您……我们只是普通朋友！只是在业余文工团合作过几回的……"

白鸽理解地笑了："我明白了，这样更好了，这次任务更是公私兼顾了！"

"鸽子姐姐，你再笑话我，我就……急了！"沁梅噘嘴道，眉梢却满含笑意。

白鸽笑着搂过沁梅："傻丫头，你急什么？作为大姐姐，我告诉你一点，革命和爱情并不冲突。有时候，爱情还会带给我们更加坚强有力的动力和支持！"

沁梅回望她，大眼睛闪动着激情和甜蜜："就像您和您的爱人孟远帆老师一样吧？你不知道，你们夫妻，一直是我们这些学生心目中的偶像和榜样呢。"

白鸽听她提起了自己的爱人，脸上洋溢着幸福的表情："我们相识在法国，他出身工人家庭，我出身资本家门第，可是那又怎样？共同的理想和信仰把我们结合到一起！就在我离开延安不久，他也将被派往重庆从事地下工作。也许我们无法见面，很难相聚，但是想到彼此都在不同的岗位为党工作着，奉献着，我们就感到无比幸福，觉得有一种并肩战斗的感觉。这也是我们很多红色特工战友夫妻的常态。"

沁梅点头："我也希望有这样的志同道合的爱情！不问出身，不求地位，只要他是我们的同志和战友，只要我们能够并肩在一起，在一个战壕里，为我们的信仰而战，此生足矣！"

白鸽笑着调侃她："我再帮你加上一条好不好？——最好那个他，还是一只雄鹰！"

"哎呀，白鸽姐姐，你真坏！"沁梅不好意思地笑了。

不同于女儿沁梅沉浸在爱河中，江静舟如今半卧在病榻上，听着老对手胡文轩在那里喋喋不休，揭露着自己的情伤。

"致远，恕我直言，你这场病，和阿莲有关吧？"

胡文轩的开头倒是直言淋漓。

江静舟默默无语，这无声的抗拒让胡文轩不怒反笑："江致远一向敢作敢为，今日是怎么了？"

依旧未得到对方应答的胡文轩忽然不耐烦起来，他决定破釜沉舟，单刀直入："好了，你不说就算了，我今天只想来告诉你一句话，阿莲也病了，而且还不轻！"

"什么？她怎么了？"江静舟蓦然惊起。

"这个不该问你吗？！"胡文轩微微冷笑，"那个暴雨的黄昏，在郊外的那个茶室，究竟发生了什么？"

他做出痛心疾首状："江致远你言而无信，还算是男人吗？"

"胡文轩你给我说清楚……阿莲她究竟怎么了？我说过的，如果你敢欺辱她，我是不会袖手旁观的，绝不会放过你！"江静舟的眼中射出逼人魂魄的神采来。

这目光依旧习惯性地让胡文轩心惊，但是同时也让胡站长感到极度不舒服，从而引起了他的强烈反弹："江致远你少玩什么倒打一耙的把戏！应该有资格逼问的人是我才对！那天傍晚，你究竟和她说了些什么？"

他摇头叹息："说句实话，我今天来之前，本来在想你一定是在装病，是在逃避什么！不过刚才我问过你的主治大夫了，看来你真的是淋了雨，引起旧伤复发，这倒还罢了！不过，你对阿莲的伤害，我绝对不能原谅！好不容易，她已经快忘却前尘旧事，心情平静下来了，你又招惹得她大病如此！江致远，我真的想……和你决斗一场，为了这个……可怜的女人！"

"为了……阿莲？文轩兄，你不觉得自己可笑复可悲吗？你难道不应该问问阿莲，是否笑纳你这番动辄为了她向别人决斗的美意呢？"江静舟冷笑着反唇相讥。

胡文轩的反应也不慢："这个就不劳你江师长费心！我和阿莲的感情问题，我们自己会处理。只是，我感到格外欣慰的是，那天在那个郊外茶室，你们一定是了断了什么？不然也不会有今天这番格局，两个人都同时病了！一样的病症，发烧，晕厥……"

"发烧，晕厥……"江静舟失神地念叨着，他觉得又有一股锥心的疼痛涌上心头，他咬牙强忍下去，面上不露毫分，连眉头都不曾皱一下。

"是的，那天雨夜回去，阿莲就得了重病，发烧，晕厥，不吃不喝的，已经两天了……今天才好一些……"胡文轩痛心地控诉着眼前的人，"你不是答应过我，不再招惹她，不让她伤心、进退两难的吗？"

江静舟显然被虞水蓉的病况击碎了心，他黯然伤神间，失去了和胡文轩斗嘴的兴致，后者不觉，倒认他心有愧疚，晦涩难言，就仍在喋喋不休：

"是啊，感情的了断必定是痛苦的，是一种撕心裂肺的重生的感觉！不过，所谓长痛不如短痛，过了这个坎儿就好了，起码对女人，会是这样……看看你们两人如今的状况，真的应了一句古诗所描述的那种状况了—— 一种相思，两处闲愁！哈哈！都弄成多愁多病的林妹妹和宝哥哥了！对此在下深表同情。同时也不能不表示……祝贺！毕竟是结束一段孽债吧？"他微皱着眉头，按捺下心底的得意之情。

江静舟冷冷地望着他，不发一言，但是他那句"林妹妹和宝哥哥"却瞬间触动了江静舟的心扉：我这是怎么了？一个红色特工，为情所困，身心疲惫，意志消沉，这分明不是一个资深地工人员应该有的素质和作为！必须坚强起来，为了自己的任务，自己的责任，赶快好起来！

成长是一种经历，成熟是一种阅历。每个人都会成长，但很多人至今仍不成熟。成熟有时也是担当，不为得而狂喜，不为失而悲痛，而是竭心尽力之后，坦然去接受的平静。

他的心中顿时升起一股勇气和战斗豪情，他笑看胡文轩："文轩兄，去做你该做的事情吧，不必成天像一个婆婆妈妈的妇人一样，躲在见不着光的角落里猜度非议别人的感情问题！子非鱼，安知鱼之乐……还闲愁呢？那种风花雪月、腻腻歪歪的小儿女情状，你留给你自己享用吧！你不是成天理想爱情不离口的人吗？唉！我倒衷心祝福你能早日找到自己的情感归宿！"

胡文轩哈哈一笑："我的事情自然会很快就见分晓，我的爱情之花必将浪漫开放！致远，我不是猜度你，不过给你提个醒罢了。阿莲今天已经大好了，她的心情也平复多了。就在最近，根据她个人的要求，她会成为我的属下。我想：时间，会医治好她的伤痕，时间，也会提醒她做出新的人生选择！"

他看了看江静舟，点头提醒道："她恢复了柳芊倩这个名字，不要军籍，以文职人员身份来我站任职，直属于楚天舒那个组，我想让阿梅跟着她……你不会有啥异议吧？"

江静舟咬唇沉思不语，却见沁梅这时推门进来。

她刚刚和白鸽分手，赶来医院探望父亲，在楼下碰到许若飞和齐茹，听说胡文轩在这里，她有点不放心，两人长此以往的针锋相对的作风，总让沁梅时刻揪心。

此时，她注意看了看她的两位"父亲"，那副探究的模样让胡文轩笑了："丫头在审视什么呢？"

沁梅嘟囔："你们……不会又在唇枪舌剑吧？"

胡文轩此刻心情很好，就笑道："怎样会？我是来探病的，他是病号……"

说到此处，他觉得好笑，就带着诉苦的口气对养女告状道："不过这是一个不省心不安分的病号，而且得便宜还卖乖，抓住我这个好心探病者当出气筒，发泄自己的邪火恶气呢！"

沁梅不解其意，摇摇头，来到父亲床前，问候道："您今天气色好多了！"

胡文轩笑道："能不好？我就是他的出气筒！你没看到刚才那番情景，他对我是又挖苦又讽刺的，这下气顺了？头不疼了？胸口也不闷了？三弟呐，你这病也该好了吧？"

沁梅看看两人："你们又怎么了？"

江静舟笑道:"没事,你听他胡嘞嘞!"

胡文轩笑说:"恩,好了,我也该走了。阿梅,你在这里陪你表叔说话吧,别忘晚上回那边吃饭就行。我特意准备了你爱吃的几个菜的。"

他正要起身,突然"哎哟"一声,扶住腰,皱眉呻吟了一声。

沁梅忙上前扶住他:"您怎么了?"

胡文轩摇头:"最近腰疼病又犯了。"

沁梅扶他站起,很自然说道:"我记得还是上次您在日本人监狱中落下的毛病吧?原先方城叔叔在的时候,不是经常给您买一种膏药来帖吗?效果挺好的,现在您还在用吗?"

胡文轩摇头:"很多年没犯了,我也懒得管它了,谁知道这一阵……"他龇牙忍痛。

沁梅带点心疼的表情:"那怎么能行呢?好了,我还记得那种膏药的名字呢,明天我给您去买一些。"

胡文轩拍拍沁梅的头:"乖女儿,真孝顺,爸没白疼你呢!"

他故意看看江静舟,脸上带出得意和炫耀,甚至是一种示威的表情。

他在自己心里和江静舟较量着,似乎在向他说:"看看,沁梅还是和我这个养父更亲吧?我们毕竟有着长达七年的朝夕父女情!就算沁梅真是你江致远的亲生女儿,那又如何呢?老话说得好,所谓生不如养,就是这个道理!"

江静舟早看出来他这番深意,只是不屑一顾地笑笑。

其实他很明白眼前这对父女的感情是真挚而自然的,他没觉得有什么不对的,很多情形下,这也是人之常情。经过很多事情,他也不得不承认,胡文轩对沁梅是有着真感情的。

人就是有着这样不可思议的两面性,为了铲除异己,胡文轩这个军统局头子可以手握生杀大权,随意处置很多人的生命;却对自己从小抚养的,很可能是对手的小女儿,又如此舐犊情深。

可是,联想到沁梅总会被胡文轩的这份溺爱弄得失去警惕性,丧失一个特工应有的果断和机敏,还多次利用这份父女情做出一些胆大而出格的行为,为了完成自己的任务和使命,去冒险,去拼去赌,这一点,还是让江静舟格外担心!

不过江静舟明白,一切要顺其自然,他要慢慢讲道理给沁梅听,这孩子太重感情,这究竟是与生俱来的优点呢,还算是足以致命的缺点呢?江静舟自己也说不清楚。

也许,像她这样花季的女孩子,深入敌营,承担一些超出自己年龄范围应该承担的责任和任务,去处理复杂纠结,无法割舍的一些亲情和感情,本身就是一出悲剧吧。但愿你,梅儿,我亲爱的女儿,能有个好的运气!

江静舟心下暗暗自语。

又一个早晨在希望中到来。

沁梅身着一袭乳白色的洋装，手持一束深红色娇艳欲滴的玫瑰，等候在码头上。

船渐渐靠近了，沁梅的心也剧烈地跳动起来！她已经看到了甲板上那副熟悉的高大挺拔的身材，那张青春飞扬、英气勃勃的面庞，心底默默念叨着："终于来了，我的雄鹰！"

那个身着带毛领棕色皮夹克的青年含笑向姑娘走来，年轻英俊的脸庞上挂了温润明朗的微笑。

"是静虹表妹吗？长得这样高了？我都快认不出了！"

"清雾表哥，我们有七八年没见了吧？"

"表妹，辛苦了！父亲是住在普济医院特护病房吗？"

"是的，305病房。"

暗号就这样流利而自然地对上了，下面就是激情表演场景了——这一刻，萧岳和沁梅不约而同地，各自在心中记起了两人在延安的舞台上曾经的合作，都暗自在心底笑了。

他们真的像多年未见的表兄妹那样，互相深情凝视了片刻，激动地拥抱在了一起。

就在两人高调相拥的瞬间，沁梅听到那个好听的男声在她耳边轻轻低语："嘿，小梅子！我怎么也没想到，竟然会是你？"

萧岳心中感慨万千。

从延安到南京航校，再到美国深造，他觉得自己像一只离群的孤雁，经历了重重锻造，几番磨炼，重塑了一个全新的自己。是的，作为一个特工，永远无法预测下一个自我会是何种形象，他们就像可塑性极强的胶泥，按照任务，按照使命，可以变幻成不同的形象。可是永远不变的，是那份对信仰的忠诚，和一腔碧血丹心。

如今22岁的他，公开身份是一名有着国内外正规航校学历和经验的国军中尉飞行员，他的岗位在国民党空军内部，这是一个极富挑战的任务，当然也是凶险莫测的。

但是此刻的萧岳是激情满怀的，是的，一身本领在手，还有什么能比上战场，更让一个战士感到激动兴奋和踌躇满志的呢？

虽然此次回国，他仍需要战斗在敌营，但是想到自己的神圣使命，想到有无数的战友，在形形色色的岗位上和自己并肩战斗，他就不会感到孤独和忧惧。

他没想到的是，这次和他接头，担任掩护、护送他的任务，竟然是一个熟人，他当年在延安时多次戏剧歌舞表演的合作者，一个古怪精灵的小丫头。他难忘她的娇憨，她的活泼，她的灵动，她的深情……

三个小时，一百八十分钟，这是萧岳在上海停留的时间，他和沁梅默契地接上头后，来到离码头不远处的一个公园，在僻静的小树林中，两人首先交接了今后的工作和联系方式，在反复推敲确认无误后，才会心一笑，放松了下来。

故人相见，回忆前情都是那样的温馨有趣。

"啊，小梅子！我怎么也不会想到这次来配合我的竟然是你？而且…… 好奇怪？你都长得这样大了？我完全认不出了！我终于明白化茧成蝶这个成语的含义了！"

萧岳笑着说着，俊朗有型的脸庞上满是惊异和感叹之意，细长的眸子晶晶发亮，轮廓感极强的嘴角挂了顽皮不羁的笑意。他是一个气场极强的人，那高大颀长的身材，生动活泼的眉眼，加之天生明朗爽快的气质，让接近他的人都感到了一阵强烈的冲击感。

"他曾经外号'岭旋风'，总是这样魅力袭人，不可阻挡！"沁梅在心里暗暗赞叹，嘴上回答他的话却和此刻的心情大相径庭。

"你的话才好生奇怪呢？我怎么不可以长大了？小瞧人！"她嘟起了嘴。

"不是不是！"萧岳笑着摇手，"我的意思是你变得成熟了，竟然可以独立…… 开展工作了，实在是令人惊讶呢。"

"这话还是在小瞧人！萧长岭同志，我和你一样都是红色特工，怎么听你的话总像我是个不谙世事的小姑娘一样呢？"

"你本来就小啊，和我相比，你不小吗？而且在我心中，你就是小姑娘啊，永远长不大的样子，关键是你以前给我留下的印象太深刻了！"

"以前的印象？说说看吧，萧长岭同志，我都给你留下什么印象了？"

她的双颊飞上了红晕，有点紧张，也有些期待。

"以前的你，多么小啊……在文工团的所有同学中，就像个洋娃娃似的，我们都拿你当小妹妹呢。"

"洋娃娃……"

"小梅子，你还记得我俩一起演戏的事吗？演《兄妹开荒》还好些，演《夫妻识字》，总会遭到笑场？原因就是……你看起来太小了！我记得有一次首长们来看这出戏，咱们一出场，大家就笑了，当时中央社会部的李部长曾经笑着大声说：这个小媳妇，怎么像童养媳啊？"

他笑着回忆，脸上露出孩子般纯净的笑容，那双闪闪发亮的眸子此刻满满的是对往昔追忆的感怀和神往。

是的，延安往事，总能让人无法忘怀，就像远在异乡的游子，何时何地记起故土、故乡，都会产生一种强烈的追思和向往。

这番话也让沁梅记起当年的情景，她也偷偷笑了，马上又想起什么，就仰起脸，嘟起嘴。

性格大大咧咧的萧岳回忆到高兴处，丝毫没有注意到沁梅的情绪低落。

"后来，我才知道，就是那场演出，让李部长挑中了我，和我谈了话，准备回白区去工作。据说当时，周副主席给他定的具体挑人条件有三个：第一，要是官宦世家子弟，第二，要相貌气质出众，第三……咦？小梅子，你好像不大高兴，怎么啦？"

他转脸看到沁梅鼓着脸的表情，很是讶异。

沁梅自然纠结于他刚才对自己的这番评价和回忆，颇有些不满地嘟囔着："我有那么小嘛？难道给你留下的印象，我就是一个……不懂事、傻乎乎的黄毛丫头？"

她的眼泪都要掉下来了。她感到有些失望和落寞，难道自己在他心中，没有留下起码是作为女同志、女战友的一个深刻的印象吗？还是他始终就只当她是一个孩子？

不知为什么，沁梅发现，她格外在乎眼前这个青年对自己的印象和看法，难道是，真的爱上了他吗？沁梅真的有点纠结和惶恐。

萧岳被她瞬间情绪的变化弄得紧张起来，他的脸涨得通红："我……不是那个意思，我是说，以前的你，是个活泼热情的小姑娘，我……我们都很喜欢你……如今，当然不是了，你看，你如今是个战士了，是个独立战斗的红色特工，有多了不起……是不是？"

他偷偷打量她的脸色，磕磕绊绊地解释着，像一个说错话的孩子般紧张和无措。

沁梅心下好笑，便抬头笑看他："是的，萧长岭同志！如今，站在你面前的，是一个和你并肩战斗在敌营的战友，同志，伙伴！不是什么小梅子、小丫头！更不是什么洋娃娃！"

萧岳忍住笑："好好，我记住了，沁梅同志！一定接受你的批评！你说得对！咱们是战友，是共同战斗在敌营的同志……可是，小梅子这个称呼我是叫惯了，也不能叫了吗？"他孩子气般瞪起他那双总会摄人心魄的大眼睛，一脸无辜和哀恳。

这样的神情让姑娘怦然心动。沁梅点点头，故意用老气横秋的语气回答他："小梅子不过是一个称呼，一个代号而已，不必太过纠结留意！关键是，你心中一定要把我当成是一名并肩战斗、奋战敌营的战友就好了！"

萧岳拼命地点头，对姑娘憨厚一笑，他接着又听到了下面一番热情洋溢的话语：

"听说你这次的任务很艰巨，也很危险，我们都在暗暗为你鼓劲，为你加油！我个人认为，你一定能行的，因为延安时期的萧长岭，在我心中，就是一个神话，一个奇迹，一个无所不能、无坚不摧的象征！"

姑娘的眼中有鼓励，有期待，有赞叹，也有……一种别样的浓情厚谊。她带着仰慕和深情的目光望着他，明澈的大眼睛里满是异性的温情和暖意，这样的目光，让萧岳突然感到一阵从未有过的怦然心跳，他没有再说什么，只是用心打量着眼前的人儿。

他仿佛第一次发现，如今的她，真的是凤凰涅槃般变了样子，从一个细瘦文静的小姑娘，成长为一个秀美文静、青春靓丽的姑娘。她的额头是那样的光洁明亮，上面闪烁着年轻的光彩；她秀美的大眼睛含情脉脉，流淌着来自心底的甜蜜笑意；她平日里爱微微嘟起的嘴唇此刻向上翘起，表达着她的愉快和惬意。萧岳觉得自己仿佛和她很久以前就相知过，从那些合作过的戏剧里一直相知到了生活里——

刚才那番这份来自异性发自肺腑的赞美和鼓励，让22岁的他激动和沉醉！这是他第一次对异性有这样的感受和接触，他的心底涌起了一股别样的情绪，他的心弦，仿佛被什么东西悄悄拨动了。难道这就叫情窦初开吗？萧岳有点小困惑。

他突然有倾诉的冲动，甚至是——可不可以轻轻…… 拥抱一下她？只因为，他在眼前姑娘的眼睛里，也分明看到有一种叫"爱情"的美好的东西在闪烁。

可是，想到自己的任务和使命，萧岳瞬间冷静下来。

身为名义上的国军飞行员，加之对一些情况的了解和研究，他知道国民党空军派系林立，组织严密，要想渗透进去谈何容易？何况自己还要在其中发展组织，组建我党的力量。他对自己即将完成的任务的艰难程度是有充分考虑的，也做好了随时牺牲自己生命的思想准备。

在这几乎是走上前线的前夜，他又怎能放纵自己的儿女私情和柔情蜜意？前途未卜，风云暗涌，波谲云诡的卧底生涯在等着他，也许生死就在一线之悬！作为一个职业特工人员，他有足够的能力来稳定住自己的情绪，调整好自己的心态。

他暗暗压抑住自己的情潮，不经意间，已经悄悄转换了话题，只是巧妙地不令她察觉而已。因为他继续的是一个彼此都留恋而神往的话题——延安，那是他们永远说不完的向往和追忆。

"说起延安，小梅子，你知道吗？它永远是我心底最温暖的家。无论是在哪里，在白区还是在异国，它都会时时闯入我的梦境中。在抗大的日子，是我今生最难忘最美好的岁月！"

沁梅笑看着他，理解地点了点头。她四处张望了一下，笑着说："长岭同志，这里很僻静，很安全，想不想唱一首歌？那首咱们抗大的校歌？

萧岳也四处望了望，轻声笑道："当然想！这几年，我只能在梦中反复唱它、念它……让我们默默唱上一遍吧……"

两人头对头，握起彼此的手，带着微笑，用几乎是不发声的微弱声音，唱起了那首让他们永生难忘的《抗日军政大学校歌》——

> 黄河之滨，
> 集合着一群，
> 中华民族优秀的子孙。
> 人类解放，
> 救国的责任，
> 全靠我们自己来担承！
> 同学们，努力学习，
> 团结、紧张、严肃、活泼，我们的作风，
> 同学们，积极工作，
> 艰苦奋斗，英勇牺牲，我们的传统。
> 像黄河之水汹涌澎湃，

把日寇驱逐于国土之东！
向着新社会前进，前进，
我们是劳动者的先锋！

这个几乎听不到声音的共同吟唱，见证了他们曾经共同经历过的峥嵘岁月，也让两颗年轻火热的心瞬间靠近了。沁梅幸福地笑着，就那样深情脉脉地看着自己曾经的偶像、心中的白马王子。萧岳前面费尽心思，苦心修建的感情篱笆墙，在姑娘热情似火的注视下全线崩塌。

想到"白马王子"这个词汇，沁梅猛然记起了另外一首耳熟能详的陕北民歌来。

她顽皮一笑，用极低的声音哼唱起来：

"骑白马，跨洋枪，
三哥哥吃的是八路军的粮。"

萧岳含笑接上：

"有心回家看姑娘，
打鬼子我顾不上！"

两人唱着，彼此相视而笑。

"萧岳，字长岭……不错！可是，我怎么还是习惯叫你长岭……同志！"

"你随意啊，同志两个字都可省略的，就叫长岭好了！"

"嗯嗯，不过，你也不用一口一个小梅子了，去掉小……"

"叫梅子吗？"

"如果……也许还可以简单点……"

"梅？"

"瞧你……脸红什么？傻子……"

就在这个清晨，江沁梅尝到了爱情的甘美滋味。

第十七章　早作谋划

如今的局势你心里想必也是明镜似的，两党陈兵东北，大战一触即发！老百姓中有句老话，得东北者得天下。这样的情势下，重兵压境的东三省，就成为举国上下关注的焦点了……

时间过得很快，转眼三个月过去，一九四六年的春天来临。

军统内部发生了巨变，曾经不可一世，如日中天的实权人物戴笠因飞机失事身亡，留下了他一手创立的机构庞大、群龙无首的特务机关。他曾经的两个得力部下郑介民和毛人凤明争暗斗，相互倾轧，军统内部局势变得十分微妙起来。

因着恩师贾翊锟和戴笠过往的交情，胡文轩也曾是戴老板赏识的部下之一。他的突然身亡，使胡文轩紧张恐慌了一阵，毕竟郑、毛二人的矛盾几乎是公开化的，如何站对阵营就是一件令人挠头的事情。好在他的恩师贾翊锟圆滑老辣，除了和戴笠的密切交往外，他和郑、毛二人也都颇有交集，在他的举荐关照下，爱徒胡文轩的位置没有受到军统内部矛盾的太大影响。

令胡文轩感到得意和兴奋的还有一件事情，他觉得自己简直是"伯乐"再世。

他曾经的秘书齐芳，因为速记的特长，在戴笠生前被上调到国民党中央党部秘书处的机要处，当了机要速记员。她在总裁身边相当于文书的职务，可以参加最机密的会议，包括国民党的中央全会、中央常委会、国防最高委员会（后改为政治委员会）以及立法院的所有重要会议。她超常的速记能力，兢兢业业的工作态度，很为总裁所赞赏。胡文轩觉得正是自己，为党国栽培和输送了这样一个特殊人才，他感到非常得意和自豪。

胡文轩不会料到，最高领袖更是做梦也想不到，那个总是态度从容、端庄稳重，认真细致地在各种军事要会上挥笔记录的默默无语的女军官，竟然会是一个共产党红色特工！

齐芳常在国民党各种高层会议上担任速记，也是总裁主持会议担任速记的不二人选。只要国民党政要召集重要会议，她就会在主席台的一侧就座，埋头记下会上的全部发言。

回到住处，她在第一时间整理出摘要和重点，根据情报等级重要性不同，通过交通员将情报经由几条秘密联络线，传回延安。

所以，经常会发生这样有趣的事情，国民党最高领袖的讲话，还未来得及下传到他的军队，就已经出现在共产党领导人的案头上。

这是齐芳，以及和她并肩战斗在国民党中枢机构的红色特工们的卓越贡献。齐芳也因为特殊的经历和贡献，成为中共谍战史上的传奇人物，被誉为"谍战玫瑰"，当然这都是后话了。

此刻，齐芳一如既往地在一个重要军事会议上，担任速记。

出席会议的除了总裁外，几乎都是国民党核心人物，他们正在讨论春季向东北民主联军发动攻势的问题。此次会议，将研究具体布兵计划。一些将领纷纷掏出纸笔，准备记录要点。

总裁突然回头看着齐芳，脸色严肃地下令："这段不许记，把笔搁起来！"

他旋即要求与会将领："你们也都不许记！最近，内部失密案件频发，以后会议上涉及军事布局等要事，包括诸位党国军政要员也需避嫌，一律不可记录，以防泄密，只可用心记住要点。"

众将领纷纷搁笔。

齐芳合上手中记录本，将钢笔收起来。她在用心默记着会议上的每一句重要话语。

会议休息期间，齐芳迅速来到卫生间，偷偷取出身上暗藏的纸条和笔，将刚才听到的情报内容要点飞快地记录下来，然后搓成纸条，放入钢笔尾部。

江静舟来南京参加国防会议，结束后来到封正烈处拜访。他暗示跟随他的秘书乔思扬在办公室外间等候。

封正烈看着他，露出有点奇怪的神情："你那两个随常的跟班呢？若飞？程睿？怎么一个都不见？"

江静舟笑笑："若飞的毛病您还不清楚？整天嚷着要去基层部队任职，好像跟在我身边影响他进步了似的，我一不耐烦，前一阵打发他去警卫营代职两周去了。至于程睿嘛，小子更可恶，一心谈他那个恋爱，他的小恋人不是在这里吗？我让他抓紧时机，卿卿我我去了！"

"瞧瞧你这个长官当的？"封正烈用手指点点他，"人人都说江致远高傲强势，是个铁腕人物，可私下里你这副婆婆妈妈的护犊子心肠，比谁不重呢？"

任凭江静舟如何庄重威严，气势逼人，在封正烈面前，他永远难以抑制住孩子气的一面，对于眼前这个如父如兄的人，他总是格外的放松和随意，此刻他禁不住露出顽皮一笑："我这可是得自您的真传。您当年护佑我，可是出了名的。我这一路走来，如果没有您的提携爱护，十个江静舟也粉身碎骨了！"

封正烈搔搔头发："算你小子有良心，说了一句公道话！这么些年来，某些势力一直没放过你，总想在你的脸上烙上点别的色彩印记。可是你的性格又是宁折不弯，刚烈过人！这对矛盾如何解决？除了我之外，还有我的那个挑担，你的大舅哥，阿紫和青青的兄长陈铮瑜将军，也为你化解了不少呢。"

"是的，您和大哥都是对我有恩的人……"忆起前情，江静舟感慨万千，尤其想到殉国于抗战前线的陈青瑜的长兄陈铮瑜，江静舟难免有些伤感。

封正烈理解他的情感，就顺势转移了话题："亲戚之间，这些外套话就不多说了。讲到这里，我还要告诉你关于阿紫和宁兰的近况。和上次告诉你的情况差不多，她们娘俩在美国一切都好，宁兰住院调养了这几个月，情况平稳，身体状况较好，估计手术会安排在近期进行……"

江静舟更加感怀不已："我明白了……"

封正烈上前扶住他的肩膀："致远啊，一切看命吧？总比坐以待毙强吧？"

"是的……"江静舟忍住了心中的一阵悲情，微微叹气道。

程睿驱车飞奔在路上，很快进了上海市区。

军统上海站密码档案室里，身着文职人员服装的虞水蓉正在埋头整理档案，一旁沁梅在抄写着档案目录。

"沁梅啊，抄一会儿就注意休息一下，别把眼睛看坏了。"虞水蓉柔声说道，脸上挂了长辈关切的微笑。

沁梅抬头嫣然一笑："我知道的，柳姨。"

她整理了手头已经抄好的几页纸，笑着解释："其实抄写目录对我来说都好简单了。您不知道前段时间我在破译组那边，成天对着一堆杂乱无章的数字发呆，绞尽脑汁，头发都揪掉几大把，有时却连破译密电的门儿都摸不着！那种无可奈何，那种无限挫败感……啧啧啧，您都想象不到的！"

虞水蓉疼爱地望着她，顺手摸了一下她乌黑厚密的头发："小丫头说话夸张了吧？看这一头又浓又密的头发，谁相信你曾经'揪掉几大把'呢？"她忍不住抿嘴笑。

因着父亲的情感，沁梅觉得自己和虞水蓉有着一种天然的亲近感，除了同为隐蔽战线上的战友外，她们平日里相处得如同隔辈亲人一般。此刻沁梅用撒娇语气道："哎呀，柳姨，您都不知道我前几天过的那种日子，被警备师派来跟着那个楚长官学习破译密码，简直憋屈得快要死掉了！对称密钥与非对称密钥、恺撒密码、维热纳尔方阵密表、恩格玛密码机……这些稀奇古怪的名词听来就头疼吧？可是最让人头疼的还不在这里，在咱们这个有着虐待狂倾向的楚长官！"

"楚长官？有虐待狂倾向？此话怎讲？"虞水蓉很是诧异的样子。

沁梅一撇嘴："难道您没发现吗？咱们这位长官就喜欢较劲呢？起码是对于我这样的学生，一丝不苟，严肃刻板，一点都不讲情面的！"

虞水蓉温柔地笑了："一丝不苟难道错了吗？对于学习来讲，应该是很必要的吧？

起码说明人家楚长官教得很认真呐。至于说到严肃刻板，我倒觉得你有点欲加之罪了，他对你很客气的，楚长官这个人，个人修为还是极好的……"

"个人修为？是狡猾虚伪吧！"沁梅一副反驳的样子，"总之，这个楚天舒，让人感觉不那么舒服……"她瞬间咽下了没说完的话，因为看到被她正说着的这个人走了进来。

不知道楚天舒是否听到了前面两人的对话，他进来时倒是一脸平静的样子，对着虞水蓉轻语道："柳姨，请将昨天入档的二号、三号文件取给我一下。"

虞水蓉熟练地检出文件递给他。

楚天舒看看沁梅，对虞水蓉交代道："我今天下午要去南京总部送材料，站长前两天在那边开会，正等着这些资料呢。其余后面的东西，您负责按时归档就好。"

"楚长官放心，一切会按部就班搞好的。"虞水蓉认真领命道。

正说着，程睿急喘吁吁地跑了进来，看到楚天舒也在这里，微微一愣，随即镇定下来招呼了他，又对沁梅道："小梅，你齐芳姐姐最近得了急性胃病，总不见好，我看她的症状和你前段时间颇为相似，就赶回来拿你前次的药方，那个老中医给你开的方子？"

一定是有重要情况发生，或者是有重要情报马上需要传递！跟随父亲去南京开会的程睿这样急匆匆赶回，必有玄机。沁梅心下明白，表面是不动声色的冷静："可是大哥，我的方子在警备师宿舍呢。还有就是，有几味药不好配，要上街去碰碰运气才是。"

程睿有些急切的样子："那也要马上试试！齐芳那种病痛，实在是……"他又看看楚天舒："楚总，我替小梅请个假，帮我回去拿个药方，再和我上街去配配药，我今晚还要赶回南京呢。"

楚天舒点头："应该的，你们去吧。"

他又记起什么来："程处是说今晚还要赶回南京吗？正好我今天下午要去南京给我们站长送材料，既然和程处的时间相差不远，不如我就推迟几小时，搭你的车一起走好了？"

程睿笑笑："没问题，到时候我来这里接你吧。"

这边封正烈办公室里，他正同江静舟谈到目前微妙的局势和一些人事问题。

"致远呐，如今的局势你心里想必也是明镜似的，两党陈兵东北，大战一触即发！老百姓中有句老话，得东北者得天下。这样的情势下，重兵压境的东三省，就成为举国上下关注的焦点了……"

江静舟莞尔一笑："所以说，此番您被委座任命为东北保安副司令长官兼陆十军军长，也是临危受命，身兼重任了。"

封正烈摆摆手："你小子先别给我上高帽子，这个位置不好坐！你我还不清楚吗？

东北各路军队情况复杂，人事关系纵横交错，我这个纯粹的军人，岂能玩得过那些政客幕僚们？为今之计，我须有得力干将才行！"

他目光炯炯地盯着眼前这个心爱的部下："致远，我的话，你当明白？"

"当然，不然我白跟了您十几年了。"江静舟还是忍不住笑，"您是要带我去东北？我没问题啊。这次会议结束时，郑司令长官召见我，也提到了让我去东北任职的问题呢。"

封正烈点头复摇头："这是一回事，也是两回事。"

他认真为他剖析道："自从远征军归国后，几位长官，如杜聿明、孙立人，还有这位郑司令长官对你都是青眼有加啊！现在东北局势紧张，杜司令长官因病回北平就医，郑长官如今代理了东北保安司令长官一职，在东北主持军务。如今招兵买马，收罗良将，他准备将你揽入麾下是再正常不过的一件事。"

他眼波一闪，盯着江静舟的神情变得认真肃穆起来："可是你是我的部下，这么多年了，甘苦与共，患难相扶，什么时候我这里都少不了你这员骁将！如果你不去东北倒也罢了，若去，也必是去我的陆十军，没有第二选择！这个我自然会有所谋划的，你小子静待佳音就好。"

江静舟就想和老长官开个玩笑，于是撇撇嘴道："听您这么一说，我都紧张了。哪里好算'佳音'嘛！想来我江静舟不过是一名小小的少将，倒值得几位长官如此惦念，生拉硬扯，巧取豪夺的吗？罢了，我还是老老实实在警备师这里猫着比较好，就不去淌东北这趟浑水了！"

"你倒也想？"封正烈真有点生气，带着恨铁不成钢的神情上前戳戳他的额头，"小子，在我面前拿娇呢，说你胖你还真喘起来了！自己嘚瑟的不行。好吧，不管你是块宝，还是根草，如今都打上我这个'封'字号了！你不跟我走，看我如何收拾你？"

江静舟忙缴械："当然，当然！刚才都说过了，您是我一辈子的恩人，我江静舟不跟着您，不是成了忘恩负义的人了吗？我才那番话是在逗您呢。"

"臭小子，没大没小！闲着没事跟长官逗闷子？我看你是吃了熊心豹子胆了？在咱们陆十军，还没有一个人敢和我随意玩笑呢！"封正烈叉着腰指点着教训他：

"唉，也是我把你惯的，无法无天没个章法！难怪你手下那几个也是上行下效，一个个都没规矩的！许若飞、程睿，两个坏小子都是顽皮惯了的人，你既然调教不好他们，我来帮你管教。这次我把他们都带走，好好约束教导一番，等到来日你到了东北，一定还给你两个规规矩矩的军人！"

江静舟恍然大悟，不由得笑着摇头，看着老长官："却原来您的目的在这儿啊？我的军座大哥！您也忒老谋深算，阴险狡猾了吧？您是长官没错，可是这动辄隔着锅台下地的事，你做来很得心应手呢？"

"臭小子，我让你再胡说？我让你再胡说！"封正烈又气又笑，忍不住上前连连敲了他头几下：

"越说你越没规矩了？听听你这几个词？——老谋深算，阴险狡猾，隔着锅台下地……这是对自己大哥该用的吗？我向你要人咋了？连你江致远还是我的部下呢？刚才还在说要感我的恩呢？如今我不过是想开口问你要个把人，你就腻腻歪歪，一堆怪话出来？口惠而实不至，没良心的种子！"

江静舟不好意思地挠挠头笑了，心里已经暗自盘算起来：

眼看东北局势紧张，大战一触即发，不管自己是否能马上赴东北任职，能先将自己的同志渗透到这些国民党主力部队中去，都是一件非常重要而且求之不得的事情，江静舟要牢牢抓住这个机会。封正烈这时候向他要人，对他来说，无疑是瞌睡了有人递枕头的美事。

程睿和许若飞——这两个封正烈自己提出的人选，都甚合江静舟意图。但是从工作角度考虑，两人不宜同去，这边也需要一个得力人员留守工作，维持和贞德同志的情报传递渠道畅通才是。那么派谁先去最合适呢？江静舟瞬间做出了决定。

他不动声色，望向封正烈继续嬉笑道："您先别骂我，您心里自然明白，江静舟永远是您的兵！我就是有点奇怪，您怎么忽然相中这两个小子了？您要他们去做什么呢？"

封正烈也笑："小子真是揣着明白装糊涂！我要他们干什么？他们俩又不是黄花大闺女，可以上轿当媳妇的！自然是从事他们的老专业，搞情报啊。"

"可是您需要情报人员，您手下部队里有的是啊，怎么惦记起我们这个小小的警备师了？"

"刚才我那番话都白对你讲了？嫡系，可靠的人，你不懂吗？你江致远是我最信赖的部下，你的部下自然也是忠诚可靠的。程睿和许若飞是你心爱的下属，我此番横刀夺爱也是有原因的。反正你早晚也是我陆十军的人，咱们还是在一个锅里搅马勺，不分彼此吧？"

江静舟做出哀恳状："那您挑一个吧，好歹给我留一个？你也说了，我就这两个得力的人？"

封正烈点头："其实我也没打算两个都带走，你老老实实给我推荐一个就是，不许带私心，程睿和若飞，你准备给我哪一个？"

江静舟咬唇沉吟片刻："您要是信得过我，就程睿吧？他比若飞多了情报培训的经历，更符合您的要求。"

这个推荐让封正烈很满意，却要故意呕他一下："好嘛，我就知道你舍不得若飞！也难怪啊，一起经历过远征军的战友，一同爬过野人山的弟兄，这份情谊，自然和别人不同些？"

江静舟笑着摇头："您看您就是这点不好！让人家给您推荐吧，可您又信不着人家？那这样吧，别说是程睿和许若飞了，我们淞沪警备师所有在编军官，您看上谁，只管领走了事，都不用和我商量！我刚才都说了，这种隔着锅台下地的事情，您做来也不是一回两回了……"

话没说完，他的头上早挨了封正烈重抬轻落的一巴掌："臭小子，怎么说话呢？我要不是看你如今是个将军了，非赏你个大嘴巴子！"

他又接着笑着点头："说来程睿和你有叔侄名分，你这次也算是忍痛割爱，没对我藏私心，我很满意！我也更看好程睿，德国军校毕业的优等生，小伙子又机灵又稳重，人长得也精神，我喜欢！"

江静舟偷笑："您这口气，就像是老丈人相女婿一般？其实，我要说，程睿这小子搞情报是有一手的，您用用就知道了。"

封正烈也笑："我要有个亲生闺女，年龄合适，保不准相上这个女婿也未可知？好吧，说到这里，倒让我想起一个相关话题来。这公事说完了，该谈些私话了吧？"

"唔？私话？您想说什么？"

"还是老话长谈……事关你的婚姻问题，上次我见过的那个女中校，那个姓顾的女孩，你们发展得如何了？"

"天呐，您怎么又来了？"江静舟简直是万般无奈、欲哭无泪状，"我要解释多少遍您才会相信呢？她就是我的一个普通属下，我和她清清白白的，毫无瓜葛！您若不信，去向明光那里访一访，就明白了。"

封正烈笑着摇头："小子别急，我今日说这番话可不是无的放矢啊！我先问你个话题，你要老实回答我。"

"您说，您说，只要不是在我头上乱点鸳鸯谱，您骂我几句都没什么！反正我挨您的骂也早习惯了。"

"小子别贫嘴贫舌地胡说了！我且问你，那个以前在咱们189师时采访过你的中央社女记者，你和她还有联系吗？"

"您说的是目前《中央日报》的樊黎翘副主编吗？"

"就是她！我记得她当年是青青的闺中密友，为你很写了一些歌功颂德文章的。可以说吧，你小子有今天，那个女记者是功不可没！"

"好好的，您怎么提起她来？"

"你近来和她交往过吗？"

"上次国防部会议见过一面，后来她非搭我的车回上海，去我警备师采访了一番。"

"于是乎就有了那篇讴歌你远征军生涯的文章？"

"是的，那是她采访许若飞后写的。"

封正烈点头："这就对上了！看来你小子和人家大记者还就是有缘啊。"

江静舟听出他的口气不对，忙跟问一句："您……您啥意思啊？不会您又胡想到哪里去了吧？"

"江致远啊江致远，人人说你伶俐过人，才智超群的，怎么我看来看去，听来听去，你就是傻小子一个呢？"封正烈恨铁不成钢的神情又现，"这世上没有无缘无故的恨，更没有无缘无故的爱。人家御用大记者凭啥总围着你一个小小的少将师长转悠？十几年了，芳心未改？你难道参不透其中的玄机么？"

江静舟有点愣怔的样子，片刻叹息着强辩道："您就不盼我个好？怎么总将一些奇奇怪怪的事情往我身上扯？哦，敢情是个女人和我江静舟有点交往，您都硬往我身上拉啊？您不觉得累我还累呢。"

封正烈是好气又好笑："你还好意思说累呢！我告诉你江致远，这些年你小子的桃花运还走少了吗？在哪里都给我不省心，尽招惹女人！"

"您说这话又不客观了！我什么时候招惹女人了？我躲还来不及呢。"江静舟急忙打断他，高声欲为自己申辩，却话头又被封正烈抢去。

"你别叫，也别跳！更别得了便宜还卖乖！江致远我告诉你，你的麻烦来了。"

"麻烦？"

"不错，如果你真的心里对人家樊记者毫无意思，那就是大麻烦找上门来了。你知道吗，那个樊大主编可是在好些社交公开场合放出风来，说你江静舟是她的未婚夫。本来嘛，她的说法也不算空穴来风，这前后为某人写了几篇歌功颂德的文章了，某人能脱得了干系么？就是被人认为你们之间真有那么点什么，也极为正常呢。"

"还正常？简直是无稽之谈！"江静舟闻讯气急败坏，"我和她就是普通朋友的关系，怎么莫名其妙就成了她的……未婚夫了？天呐！"他止不住仰天长叹。

封正烈认真打量了他，微微点头："据我对你的了解，也想到这里面有点误会，有点不靠谱。不过架不住人言可畏啊。所以，为你着想，我才会屡次提醒你注意，你身边有合适的女人没有？如果有，不妨赶快确定关系，以免夜长梦多。那个樊主编，可是个通天人物，不能不防啊，我的傻小子！"

江静舟不由冷笑："她通天又怎样？牛不喝水强按头吗？"

封正烈点头笑道："你千万别小看这个樊女士！听说你当年和青青给人家起了个樊梨花的外号？她可真的算是一个女中豪杰，在社交界名气不小。而且我要提醒你，这样的女子，可和当年的阿莲、青青都不同，风格凌厉得很呢！况且你知道吗？她如今还有蒋夫人做靠山？"

他看着满脸沮丧神情的爱将，认真为他剖析着利害关系："更为不幸的是，我们的这位第一夫人，恰好有个嗜好，就是爱给人家做媒。尤其是爱给高级军官做媒。"说到这里，他不由挠挠头："不过也难怪啊，拉纤保媒似乎是女人的通病，无关乎身份地位。"

江静舟垂首无语，听着老长官的喋喋不休，简直是绝望无奈的心思：

"致远你听我给你掰扯一下啊……大名鼎鼎的陈总长你熟悉吧？他的婚姻，就是夫人一手促成的，娶的是夫人的干女儿；西安绥靖公署主任胡长官长期单身不婚，夫人又给他介绍自己的外甥女孔二小姐……我们不妨设想一下，如果这位樊小姐在夫人面前将你们的凤缘提上一句，再请求一二，夫人一兴奋，来个'皇后赐婚'，你如何自处呢？抗上拒婚乎，委曲求全乎？"

江静舟张了张嘴，想反驳一下，却无语对答。

封正烈笑笑："傻小子，你如今明白我的苦心了吧？我劝你早作谋划才是！你若是不喜欢樊小姐，不如赶快找一个自己心仪的女人娶了算了。我上次在上海时悄悄问过若飞了，你如今身边也没什么合适女性，就是那个姓顾的情报处副处长似乎还有点靠谱？上次我还亲眼见到人家柔情万丈地在伺候你的伤病，甚至是亲手喂你吃饭？好吧，你若真心喜欢她……"

"您快饶了我吧！"江静舟终于找到一个拒绝的理由，他正色道，"别人不了解倒也罢了，您还不了解一些事吗？曾经沧海难为水，经历过那样惨痛的两次婚姻，您认为我还有心情旁顾别人，再入樊笼吗？目前我单身一人，来去自由，挺好的。"

"好个屁！"封正烈看着他，"树欲静而风不止！你小子桃花运正旺呢，估计就没有一个人逍遥的命！不听老人言，吃亏在眼前，你走着瞧吧。"

"好吧，我算看出来了，难不成您今天是一门心思和我保媒来的？不是姓顾的，就是姓樊的？您终究要给我搞定一个？"他像个孩子般笑了，虽然无奈的神情犹在。

"那有什么不可以的？"封正烈倒是信心满满，"如果你对那个女下属有意思，又忸怩难言，我拉下这张老脸给你做一次媒，也没有什么不妥？"

江静舟扑哧笑了："可是您刚才都说了，拉纤保媒可是女人的通病。"

"臭小子，在这里等着我呢？"封正烈笑着又敲了他一下脑袋。

江静舟抱抱拳，笑道："好了，军座，我最亲的大哥，求您真的饶过我吧。我现在实在没心情想这些。您刚才也说了，我有可能马上要被调到东北前线去，那我怎么还有工夫和精力想这些乱七八糟的事情呢？一切随遇而安好了。故人尚云，匈奴不灭，何以家为？何况我如今身为党国将军，您还是让我跟您身边，效犬马之力好了。"

封正烈笑着摇头，指着他叹气："致远啊，我早发现这样一个奇怪的事情了，虽然每次不能认定你小子说的每句话都是大实话，可是我就是爱听，这可咋整？"

江静舟笑了："这就是缘分啊，您可别不承认。而且不好意思啊，我估摸着，咱们的缘分还长着呢，不信您走着瞧！"

上海站这边，沁梅跟着程睿出了档案室，来到他的车上，程睿向她说明了一项紧急任务。

齐芳从刚刚结束的高级军事会议上得到了东北国民党军杜聿明部即将向东北民主联军发动大规模进攻的情报，加之江静舟从水鸟处得到一份有关国民党高层对增兵东北的心态分析报告，这两份情报都急于传回老家，鉴于此种情报的紧急程度和密级之高，决定再次启动贞德这个途径来进行传递。

程睿解释道："按照事先约定的方法，我们已经通过特定暗语，向贞德发送了联络信号，我们的任务是，今天下午四点前，将情报送到指定地点，贞德自会取走的！这也是我今早要从南京赶来的原因所在。"

沁梅点头："那么还是老办法，咱们按计划行动吧。"

两人先回警备师拿了那个早就准备好的作为伪装物的药方，上街配了中药，又来到上次那个公园的石凳前，借助手中阳伞的遮盖，沁梅将一支钢笔塞到了石凳下的缝隙间。

几十分钟后，一只白皙修长的手，将石凳下的钢笔取出。

在某个僻静的机房中，这只手又在熟练地发报。

这样两份十万火急、非常重要的情报，就这样在最短的时间里，迅速、安全的传到了延安。根据情报，我党迅速制定了相应应对措施，在东北境内，民主联军有效打击了国民党的数次进攻。

第十八章 此心向月

该狠的时候要敢于对自己撕心裂肺，就是在亲情面前也能做到毫不手软、无私无欲！让自己的心肠变得更硬一些，我们既然肩负着党国清道夫的角色，就不能有丝毫的懈怠和徇私，更不能为情所困！

任务顺利完成后，程睿又连夜赶回南京。楚天舒搭乘他的车到南京送材料，也是从军后第一次见到自己的四哥。

四哥田宇将弟弟叫到自己的官邸，而不是让他回到母亲家中，也是有他一番打算的。

此时，楚天舒站在哥哥官邸的客厅里，很有些紧张和无措。

他自幼最怕这个四哥，尤其是目前又同在军中，仿佛又多了一层上下级关系似的，令他更是心中不自然。毕竟他心里清楚，对于自己从美国回来从军，这个哥哥是持反对态度的，所以他自从参军后，从来没有和四哥相见过，这次是终究躲不过去了。

他呈军人标准站姿直立着，坐在沙发上的四哥田宇丝毫没有让他马上坐下的意思，只是上下打量着他，一副考量深思的模样。

仔细看来，这两兄弟长得并不相像。和弟弟相比，田宇的面庞更清秀柔和些，如果不着军装，猛然看去，他完全是一副文人学者的形象。

但是此刻的他，却军装严谨，中将军衔星辉闪烁在肩头，加之肃穆的神情，严峻的目光，自有一份将军的威严气势在。他这种审视挑剔的目光让弟弟更加手足无措起来，几乎是带着哀恳语调道："你……能不能别这样看我啊？看得我心发慌！"

"心中没鬼你慌什么？"

"谁让你是我哥？还一向看我不顺眼呢？我从军这件事让你不舒服了。"

"是让老太太不舒服了好不好？然后把气都撒在我身上，总说我没管教好你，好像是我没拦住你似的！老七，你自己说说看，这些年来，你顽皮出格，我都替你背了多少次黑锅？"

"谁让你是我哥？"

"没良心、没章法的臭小子，你还记得我是你哥？"

"你就是我哥呀……唉，我能坐下吗？腰都站断了！"

"活该！谁让你哭着喊着要穿这身皮？如今站个军姿都喊叫累？没出息！"

"哥……"

看不得弟弟那副撒娇卖萌的模样，田宇微微颔首："坐下吧。"

他接着放缓语气："你的情况我也了解了一二，不能不承认，你进步不慢！因为前次破译日伪遗留密电成功，为搜缴逆产做出成绩，你的提前晋级命令就快下来了。祝贺你，未来的楚中校！"

楚天舒莞尔一笑："你现在不反对我从军了吧？哥？我要好好混，绝不会给你丢脸的！"

田宇不以为然咧咧嘴："我倒无所谓，你时刻记住你是肖云翔的弟弟就好了。"

楚天舒收了顽皮不羁的笑容，心服口服地点头。

田宇眼里有了温和疼爱的光芒，他向弟弟说明了自己的一项安排："提到大哥，我有件事想和你知会一声。"

"什么？"

"你要有个心理准备，可能调你去空军任职。"

楚天舒没有心理准备，自然心下一惊："我？去空军？为什么？"

田宇是面无表情状："不过是一项工作调动而已。你是军人，这不很正常的吗？"

楚天舒有点着急："可是，我在上海站干得好好的呀？专业也对口，突然莫名其妙要调往空军，总是有原因的吧？"

"原因在我这里。我想让你今后的从军路更顺畅一些。再说你当年不是总闹着要继承大哥的衣钵，成为一名空军军官吗？倒惹出母亲多少泪水，你难道忘了吗？"

"那都是过去的事情了，如今我有自己的选择。"

"肖云翔的幼弟去空军任职，似乎是一件非常合情合理的安排，也是众望所归吧？不要和我讲你不想借大哥的光，这一脉相承的军旅豪情能安慰大哥英灵，也能给你带来实质性好处和进步，何乐而不为？"

"可是你尊重我的意念了吗？不能因为你是我哥哥，就粗暴简单地决定我的人生道路吧？谁规定了肖云翔的弟弟必然要去空军任职？你自己不是好好在陆军待着呢么？凭什么一定要求我……"

"放肆！怎么说话呢？"田宇横了他一眼，"这里是田公馆非楚公馆，母亲不在眼前，你可给我认清形势！哼，我真想以哥哥名义抽你一顿才解气呢！说话无法无天，全无心肝的，不像话！"

楚天舒被哥哥的威严气势所压，低首不语，但是抗拒的情绪犹在。

田宇叹口气，放缓语气道："这不是在和你商量吗，你急个什么劲呢？再说，空军也没有什么不好，起码我觉得政治环境比陆军单纯些。你难道不打算进步得更快一些吗？而且你更少拿我来打比，你目前中校军衔还没挂在肩上呢，就自我清高、自我膨胀了吗？傻小子！"

楚天舒还欲争辩，田宇用手势制止他："你先少安毋躁，等会儿家里要来一位贵客，你听听他的说法，再定也不迟。"

正说到这里，秘书进来禀报："将军，空军司令周至柔将军到了。"

田宇笑对楚天舒："说曹操，曹操到，你和我一起去迎迎吧。"

楚天舒不会料到，在这同一时刻，他的顶头上司胡文轩站长也在和自己的恩师贾翊锟谈论这个相同的话题。

来南京开会的胡文轩，专门前来拜望目前任总统府参议的贾翊锟。聊过几句闲话，他们说到了淞沪警备师副师长向晖身上，贾翊锟教导着爱徒：

"你知道我们贾、向两家的渊源，他的祖父曾经是我的恩师，他的父亲和我情同手足。我一直在想，你们二人应该有所联络，就从我这里算起，也该格外亲密些！你不是一直不放心江静舟吗？那么作为他的副手的向晖，你就不妨搞好关系。"

胡文轩有些为难："我和这位向副师长还未有深的交集，不过，据我的情报反应，他和江静舟交情不浅，惺惺相惜啊！这样算来……"

贾翊锟摇头："没有永远的朋友，也没有永远的敌人，只有永远的利益。在这里，我要理解为党国的利益！向晖家世清白，冰心如玉，在大是大非面前他绝不会糊涂妄为的。依据我对他性格的了解，这点毋庸置疑！"

他为爱徒分析道："至于说到他和江静舟的关系，他们毕竟有远征军的共同经历！你没看如今参加过远征军的这些将军们，似乎都是很抱团的样子？这点也不足为怪。还是回到事情的原点上，只要你能抓住江静舟通敌的真实凭据，依据你十几年来对他的追踪和调查的证据，来说明江静舟有确凿证据危害党国利益，那么他向明光会如何抉择，我们不妨拭目以待。"

胡文轩信服地点头。

贾翊锟微微一笑："文轩啊，你究竟是文人气质，实在是有点一根筋般的执拗可爱！可是在这个名利场上混，还需要心明眼亮，随时亮出你的爪子来才是。"

他伸出右手，比画了利爪状："该狠的时候要敢于对自己撕心裂肺，就是在亲情面前也能做到毫不手软、无私无欲！让自己的心肠变得更硬一些，我们既然肩负着党国清道夫的角色，就不能有丝毫的懈怠和徇私，更不能为情所困！"

胡文轩被他这个"为情所困"震撼了一下心灵，他眼中现出迷茫之色，这如何逃得过老辣的贾翊锟的眼睛，他微微叹口气，上前抚了爱徒的肩膀："我这里所说的情，除了你一贯无法摆脱的那个'阿莲心结'，还指经常让你陷入迷幻之中的兄弟情谊。"

他直盯着胡文轩，看得后者躲闪了他的这番逼视："文轩啊，重情重义原没错，但是你必须分清对象，首先要在立场上画出一道明显的界限来才是！我知道你一直纠结于江静舟曾经舍命救你的那个情节，但是你别忘了，那时你们都是革命青年，是黄埔兄弟。如今江静舟的色彩不好界定，你再沉溺于那种温情脉脉的兄弟情谊中，就是一种危险可怕的事情！你难道能对你的敌人心慈手软讲兄弟情分吗？换句话讲，如果他江静舟是共产党，他还是你的兄弟吗？"

"当然不是！"胡文轩猛然惊醒，忙大声表态，"老师，我记住了，您放心吧！"

贾翊锟点头："嗯，记住，两条线路，立场划分。江静舟、向明光，这'交'谁'攻'谁，你心里要有数才行！"

胡文轩心下暗服："老师韬晦深远，学生承教了！"

贾翊锟挥挥手，又说到另一个问题来："还有那个楚天舒，怎么样？"

胡文轩笑道："他各方面不错的，最近因为破译密电之功，已经由总局特令嘉奖，提前晋升中校军衔，不过命令还未发布罢了。"

贾翊锟点点头，又叹口气："不过遗憾的是，这个人才估计你是留不住了！"

胡文轩一惊："这却是为何？"

贾翊锟："他被空军总司令周至柔看上了，想调他去空军总部任职，也是加强他们通讯方面力量的意思吧。"

他看着胡文轩有愤愤不平状，便解释道："你是知道的，那个楚天舒的不一般的背景。他的大哥肖云翔是空军树的一个标杆人物，当年肖云翔就是这位周司令的心腹爱将，更是他们空军副总司令毛邦初的得意弟子。所以如今他们提出来让肖云翔的幼弟去空军任职，似乎也合情合理。再要往更深处说，肖云翔当年还是蒋夫人最欣赏的空军将领，他曾经受伤在庐山疗养时，蒋夫人都亲自前去慰问呢。你也知道，蒋夫人号称空军之母，她对空军的偏爱是很明显的，由她出面说一句话，谁还敢反驳呢？"

胡文轩有点着急："老师，不是学生不知天高地厚和这些空军大佬们较劲，是楚天舒目前从事一项重要工作，很有意义，和咱们师徒二人的政治生命息息相关呢。"

贾翊锟有点意外，也很感兴趣："哦？怎么讲？"

胡文轩解说道："他破译密码的功夫的确无人可比，所以学生萌生了个想法，由他牵头研究计划出一个专门针对共产党秘密电台的方案，其中包括一些有效的实施措施，如果实验确有效果，可以借助老师您的力量，申请在全军范围内推广，必要让共党所有电台无处遁形。老师，委座目前反复强调要加强对共军特工活动的防范问题，我们这项研究方案，不是正对他老人家的路子吗？而且，我已经注明是由您规划牵头做这件事情的，依照您的威望和影响力，必然会因此开创一个新局面！您看呢？"

贾翊锟点头："不错，文轩呐，你现在果然长进多了！知道用脑子去想一些问题，还能这样主动去做一些超前的工作和规划。很好，非常好！这样吧，一切还未最后定，我和空军毛副司令私交甚笃，而他又是委座的内亲，我来想想办法吧。"

胡文轩高兴地："老师过奖了！我在想，只要熬过这段时期，楚天舒将这个方案计划搞出来，那时候再放他去空军，也不迟啊。"

贾翊锟点头："此事我还会知会你们毛局长，由他那里再施加些影响力就更好了。"

胡文轩谦恭地说："全凭老师斡旋了！"

此刻这师徒二人也不会想到，他们热议的问题正在那边上演着。

田宇官邸中，空军司令周至柔仔细打量着楚天舒，频频点头："真像啊，你和你大哥简直像一个模子里刻出来的！"他的眼圈都有些潮湿了。

楚天舒也伤感地低下了头。

周至柔继续回忆感慨着："要知道，你大哥当年是我最钟爱的部下。他的点滴成长都是在我的眼皮子底下，二十八岁啊，他就当上了驱逐机部队司令！可惜好景不长……"

说到这里，他回头望着身侧坐着的田宇，叫着他的字道："潇若，我都有些恍惚了，看见令弟，实在是令人有种恍若隔世、再见故人的感觉呢。"

田宇笑道："这也难怪，您对家兄曾经的提携关照之意胜似父辈手足，我们楚家弟兄自然感怀……加之天舒他是我们兄弟六人中，长相最类大哥的，您有此等幻觉完全不足为怪！"

"那好吧，算我和天舒有缘，我就不绕弯子了。"周至柔点头，认真看向楚天舒，"想必你哥哥也告诉你了，我准备让你到我们空军来任职，你意如何？"

楚天舒一副犹豫谨慎的态度："卑职只是一名校官，本没有违抗上司命令的胆量，毕竟军人以服从为天职。何况蒙司令长官厚爱，天舒实在是感恩莫名！只是，我才疏学浅，恐不能担当司令所期望之重任？"

周至柔笑道："我说了原因你就明白了。其实也是偶然的机会，我听说了肖云翔有个弟弟是搞电讯和密码破译的，刚从美国回来，水平自然是没说的。刚好呢，我们空军目前电讯方面亟待加强力量。目前大战在即，此次剿共战役的成败，关系党国命运！战事铺开，制空权至关重要！何况共军目前并没有空军。空军一直是委座手中的一个王牌，是他的宝贝家当啊，又是蒋夫人一手创建起来的，空军应该是绝对效忠党国，是铁板一块，不能有任何疏漏和异动！"

他望着两人："你们也听说了，最近，共党特工活动频繁，数量和危害性已经今非昔比。委座对此十分恼火，多次强调肃清匪谍的问题，我们空军自然是要未雨绸缪。所以我们计划加强电讯方面的力量，严防死守，绝不能让共匪在我们空军内部有所存身和藏匿！"

他笑看着楚天舒："要加强这方面的力量，我自然就想到了你这样的人才。"

他又回看田宇："潇若啊，你说是不是呢？肖云翔的弟弟，到空军任职，不是天经地义的事情吗？"

田宇笑着向他点头，又对着楚天舒方向努努嘴："您直接和他说好了。这小子犟着呢！他的事情一向都是他自己做主，我们这些做哥哥的，又有什么办法？加之我们家的事您也清楚一二，老太太最偏疼这个幼子，我们是怎么也不敢违拗她老人家的意思的。"

周至柔也笑说："因为你们大哥的事情，我和贵府老太太也相识呢。天舒这边答应了，老太太那边我去说就是。"

看着一位长官、一位兄长用玩笑的口吻说着自己的事情，楚天舒却是一副平静严肃的模样，他用沉稳的语气对周司令道："属下并非有意辜负司令您的美意，也不是空军那里我不想去，只是目前手头有一项重要工作未完成，也不好半途而废的。"

他将胡文轩交代给他完成的任务简单述说了一遍，又解释道："何况，这个项目若是如期顺利完成了，也可以应用于空军系统，也等于符合您刚才提出的要求啊。"

周至柔沉吟着点头道："这个倒也是重要的一项任务！这样吧，调往空军的事情定下来就好，时间上可以先放一放。再过一阵，我们想借调你几天，去我们空军检查督导一下电讯方面的问题，这个应该没什么问题吧？"

楚天舒笑道："一切听从长官调遣安排，天舒绝无二话！"

周至柔笑道："嗯，很干脆，我喜欢你的个性！我回头和你们毛局长说说。"

他回头笑对田宇道："觉得天舒可比你更像你们大哥的性格呢？好了，这个兵，我们空军迟早是要定了！"

国防部会议结束后不久，根据总裁训令，为了加强各军内的政治思想控制和统一，一些政训干部被派往各个部队。淞沪警备师来了一个叫朱孝义的军统人员任参谋长，也是加强各方面防范的意思，江静舟等人却不能不提高了警惕。

与此同时，保密局上海站也调来了一位名为任峰的政训人员为书记，两人一同到任。为了表示欢迎之意，胡文轩征得江静舟同意，由上海站和警备师联合举办一场晚宴，具体地点设在军统上海站餐厅，采用的是西式自助餐形式，胡文轩授权虞水蓉负责筹备此项活动。

布置安排这种类型的聚会，对于虞水蓉来说，是一件非常简单的事情。从上午开始，她就带着苏菲等一群年轻的女军官布置起来，将宴会餐厅装扮得温馨浪漫。

在这些年轻女军官眼中，这个叫柳芊倩的中年女职员简直是一个谜一般的人物！她的来历，她的身份，她的气质，她的做派，都是那样的神秘莫测，透着一股难言的高贵。

她们看到，平日里不苟言笑，冷漠深沉的胡文轩站长，看着这个女子，会时时露出年轻男孩才会有的羞赧和无措，他看她的眼光是那样赤裸裸的深情无限，那样的毫不掩饰的柔情似水，弄得站里几个暗恋这位上司的女军官、女职员们是既羡慕又嫉妒。

她同时也是沉默内敛的，很少和别人说话，经常是独自守在她的档案室里，和她经常交往的只有每天给她送密码档案以归档的沁梅，还有就是她的顶头上司楚天舒，会为了公事和她说上几句。

不过这位柳女士又是那样的沉静如水，低调温柔，在有限的几次单位聚会中，她和颜悦色地对待每一个人，无论是她的上司，还是比她小很多的普通职员。她的好人缘为她的高贵气质更加了分。

此刻，穿着文职人员制服的她，虽然年龄要比身边这些正当年华，军装笔挺，徽章闪烁的女军官们大上好多岁，但是独特的气质，恬淡优雅的风范，仍然使她处处显露出卓尔不群的优雅。

忙了大半天了，总算一切就绪，时间也差不多到了，一些年轻的女军官都跑到餐厅外去迎客了。虞水蓉选择了一张不起眼的角落坐下，手里捧着一杯咖啡，边慢慢品着，边冷眼打量着三三两两，陆续来到的军官们。

她知道那个让自己牵挂的人也会来，她在静候着和他的再次相见。

首先进来的是胡文轩和他身后的一群保密局上海站的军官们，其中紧跟其后的是新上任的书记任峰上校，他是一个三十多岁的精瘦男子，带着一副金丝边眼镜，很斯文的样子。后面跟着楚天舒、陈玮等一些青年军官，沁梅也跟在他们后面。

警备师的一众军官们是在副师长向晖带领下随后进来的，除了程睿、顾倾城、唐玉等人以外，其他的虞水蓉都不认识，其中一个男子，军衔为上校，三十岁上下的样子，中等身材，面容沉静，虞水蓉猜想估计就是他们新来的参谋长朱孝义了。

又过了一阵，江静舟才姗姗来迟。他带着副官许若飞和一个像是他的秘书模样的年轻上尉一同进来。他进来后，潇洒利落地脱掉身上的军大衣，交到身后的上尉手中，然后绽开一个明朗的笑容，向军官们就座的区域走去。

虞水蓉不知道为什么此刻见到他，竟然会有恍若隔世的感觉？她有点恨自己的随性和软弱，此刻看着他那迷人的笑颜，她的心底仍会翻滚起阵阵波澜。她暗暗自责着。搭讪着，走到苏菲她们那里坐下。

先是胡文轩致辞，接着江静舟讲了几句话，无非都是欢迎诸位新任军官到职的客套话，接下来就是自由活动交流了，大家拿了盘子，取了自己喜欢的食物，三三两两聚到一起，边吃边叙。

虞水蓉听到身旁的几个保密局的年轻女孩子们在议论着三位年轻的将军的逸闻轶事，在比较着江静舟、胡文轩、向晖谁更帅的问题，心里暗暗好笑。

这群年轻的女军官们叽叽喳喳，一改往日在军统站拘谨严肃的模样。恍惚后面又听到楚天舒的名字，虞水蓉有些奇怪，似乎在军官堆里，并没有看到这位上司的身影。

她没有看到，其实楚天舒早早拿了一杯红酒，坐在餐厅外露台的一个角落里。似乎在独自思索着什么。

毕竟天气比较冷了，户外的露台上几乎没有人。沁梅却注意到了他，她捧着一碟水果沙拉向他走去，手中的果盘上插了两把雪亮的银质叉子。

沁梅将果盘放在楚天舒面前的桌子上，笑看着他："长官请用。"

"你怎么知道我喜欢吃这个？"楚天舒不解地望着她。

沁梅笑笑："嗨，我纯粹瞎猜的！想着你在美国生活了那么多年，一定对西餐情有独钟？可是我是个土生土长的柴火妞，对西餐一点不在行。所有的西式食品中，我就喜欢吃这个，己之所欲，推恩君子，怎么样呢，我的天才教官？"

楚天舒被她的直率和幽默才情逗乐了："好吧，其实我更奇怪的是，你会主动拿东西给我吃？"

沁梅一幅貌似诚恳的表情："因为我现在想巴结你啊，长官！我在贿赂你，你看不出来吗？我马上会求你一件事情呢。"

楚天舒再次被她赤裸裸的话语逗笑了，他放下手中的酒杯，双臂环抱胸前，笑看沁梅："这个倒要听听，不然我实在不敢动手吃这盘水果了！"

沁梅没看他的表情，她径自拿起小叉，叉起一枚水果先自己吃了，然后慢吞吞道："听说过一阵你要被空军总部借调去工作，而且要带一个助手去？好吧，那么我明确表示一下，我想去！你帮我争取一下吧，长官？"

楚天舒有些惊讶，但瞬间恢复平静，他嘴角勾起一丝笑意："这并不是马上的事情，估计还有段时间才会去，我的手头还有工作没有完成……不过，为什么你会突然有想去的念头呢？再说，你要真想去，和站长说一句就好了，不用找我啊？"

沁梅点头："我和他说过了，他说要听你的意见呢。毕竟……是你在挑选自己想带的助手啊。"

楚天舒继续微笑："好吧，就算决定权在我这里，可你还没有回答我前一个问题？你，为什么这样想去……空军？"

沁梅摇头："没有什么特别的原因吧，想换个环境喽，这样比较有新鲜感啊。再说，你讲的那些空战英雄故事也让我好奇加感动。突然间就很神往空军！唔，诸如此类……很多个理由吧。"

楚天舒狡黠地笑了："很多理由吗，可是我都觉得蛮牵强呢？依你郭沁梅的性格和脾气，肯低下身段来向我请求这件事情，一定有着特殊的理由。"他笑着指指那碟水果沙拉。

看着他戏谑的笑意，沁梅有些绷不住了，她忍不住又略带些气鼓鼓的样子出来，在楚天舒看来，这样才像是沁梅的真实样子。

她带点赌气的语气道："好吧，那我再给你个确凿的理由吧……我爱上了一个人，想和他去会面，去浪漫，去谈情说爱，卿卿我我，花前月下，甚至有可能和他就此私奔也未可知！所以，想请你给我这个机会……这个理由如何呢？"

楚天舒强忍住笑："想私奔？好威猛的说法！你能确定那个人就在空军总部吗？"

沁梅："是的。"

楚天舒终于忍不住哈哈大笑起来，他笑了半天，才边笑边叉起一个水果，一仰头扔到嘴里吃了："好吧，这个理由非常充分，我一定帮你。"

沁梅俏皮而夸张地向他敬了个军礼："多谢长官！"

他笑着拉起沁梅："好了，咱们进去吧，这里太冷了。一会还有舞会呢，请你继续贿赂我吧。"

沁梅笑笑："没问题，长官！我终于发现，其实巴结上司也不是什么难事啦？"

楚天舒扑哧笑了："你现在开窍还真心不算晚！其实当面逢迎上司，和背后说上司的坏话同时进行比较策略，就算正负相抵好了。"

"原来那天在档案室里的话他都听到了？这个家伙……"沁梅心里嘀咕着，却见楚天舒不在意地咧嘴笑，露出一排整洁的白牙齿，拉着她进了舞厅。

晚宴进行到很热烈阶段，每个人都很高兴的样子。大部分的人都去了隔壁的舞厅跳舞，剩下的人三三两两在餐桌前闲谈着。

江静舟终于找了个机会，来到虞水蓉身旁。

"莲莲，听说你病了，现在大安了吗？"

虞水蓉平静地望着他关切的目光，浅笑微露："没事了。你不是…… 也病了一场吗？那些旧伤，无碍吧？"

江静舟默默看着她："我没事，旧疾偶尔复发而已，这也不是一次两次了。我早习惯了，你别担心。"

虞水蓉点点头，看看热闹的宴会厅，微微皱起秀眉："太闹了，咱们出去站一会？"

江静舟点头。两人来到露台上。

宴会厅里，胡文轩和向晖、朱孝义、任峰等人相谈正欢，他似乎没有注意江虞二人的行踪，顾倾城却一直留心着江静舟的言行，此刻她看看胡文轩，又望望一同出去的江虞二人，微微蹙眉。

露台上，江静舟和虞水蓉相对默然。隔壁喧闹的舞厅音乐似乎是他们此刻恳谈的最好掩护。

虞水蓉用手绞着一块手帕，仿佛纠结于自己那颗缠绵悱恻的心。沉默片刻，她幽幽的声音让闻者心颤：

"致远，你身上那些旧伤，总要当心才是！不可以得过且过，不加理会……自己的身体，自己要知道爱惜，你总是这样不顾不管的，让人…… 怎么放心得下？"

她拼命忍住了一汪泪水，只为不想将自己愧悔心疼的情绪完全展露在相思已久的人面前。

江静舟带点感动也带点凄楚地笑道："其实，有时候，身上的伤口痛一些，才会给人以警醒，时刻可以提醒我，自己身处何处？如果事事舒适安逸，顺畅麻痹，才是大危险所在！"

虞水蓉痴痴望着他，清秀的面庞上满是怜惜倾慕的神情："铁血强悍、俊逸如风的江致远，何时会为情所伤，心碎至死？致远呐，致远！我知道身上的痛你可以忽略不计，只有心头的伤痛才会让你大病不起，会自虐，会吐血以至于昏迷！你永远想不到我有多痛恨自己？我真是一个冷酷残忍的女人！"她的泪水忍不住滚落腮边，又悄悄拭去了。

"莲莲，别这样说，你没有错，是我自己不够坚强和理智。"看到自己时时护在胸口的女人心碎神伤的模样，江静舟满心不忍，他急忙劝慰着，也在用心说出了自己的

266

一番真情感受，"……其实这场大病以后，我想了很多。莲莲，你说的对，如果我不是把你单单看作是一个柔弱无依的女人，而是当作和我一样，一起并肩战斗在敌营的近二十年的特工战士，就不会那样去指责你，要求你了……你做的原没错，革命尚未成功，一切个人的儿女情长，柔情蜜意都是不现实的，是虚幻缥缈的，有时候，甚至是对我们的事业的犯罪。"

"致远……"虞水蓉无限伤情地低喊一句，哽咽无语。

江静舟平静地看向远方："莲莲，请你相信我，如今我说的，都是掏心窝子的话！当然，这段时间，除了我自己在反思回味外，还有一件事情也让我明白了上述的道理。"

他回望心爱的女人，目光中除了一如既往的深情外，还有着坚毅和果敢的光芒："你知道吗，前几天，我去南京开会，见到了水鸟同志，还有他的爱人。你是知道的，他的爱人也是我们的老交通员了，是我们最可靠的同志，她陪伴在水鸟同志的身边，长期潜伏在敌人中枢神经部门。在外人眼中，她是一个雍容华贵的阔太太，一个养尊处优的中将夫人。可是，这次我偶然中发现了她的一个小秘密，一个说来令人心酸，也让我万分震惊和崇敬的秘密！"

虞水蓉听了，睁大秀美的眼睛，凝视着他，仿佛在等待着他的动情诉说，说出那个答案。

江静舟幽深的语调像是从遥远的地方飘来："我无意中看到，她那个从来不离身的小手包里，竟然藏着一把精致的勃朗宁袖珍手枪！"

"是她用来防身的吗？"虞水蓉奇怪地问道。

江静舟带点苦笑地摇头："我开始也是那样想的，可是我又有点奇怪，她身为中将夫人，身边副官、秘书以及卫士有十来个人，怎么还需要自己藏枪防身呢？后来，听了我的疑问，她才用平静沉稳的语调悄悄向我解释——她的那把勃朗宁手枪里面长期装有四颗子弹，这竟然是留给她自己和他们三个孩子的！因为她知道，每当水鸟同志出门，无论是开会或者是别的公务，都有回不来的可能！如果险情发生，水鸟同志不幸暴露了，敌人必将会到官邸来抓他们母子。他们身上都有着党的许多机密，为了以防万一，自己受不了酷刑，或者是怕敌人会用年幼的孩子来威胁她这个母亲，她必须做出也许在旁人看来，是一个极端残忍的决定来，那就是……到那时，她会选择和她的孩子们一起饮弹自杀，决不给敌人留下任何活口…… 我看着她毅然决然的面容，突然意识到这样一件事情，那就是，无论何时何地，情报的安全，组织的利益，在她心中是高于一切的！"

说到这里，江静舟忍不住长叹："我当时惊呆了。我没有想到，我的同志，战友，上级——水鸟同志的一家，长期就是生活在这样的环境中！作为同时坚守在敌营的我，和他们相比，又算得了什么呢？如果，我还曾为了自己的一己私情，曾经脆弱过，犹疑过，放纵过，那简直是不可原谅，让我想起来就会痛恨自己的了！"

虞水蓉也被深深震撼了，她静静看着眼前这个自己深爱的人——又一次在她面前流露出男人最令人心疼的一面来。她心痛莫名，柔声安慰道："致远，你不必太苛责自己。是我选择了决绝，你选择了真情，可你并没有错！而且，你一向对任务和职责是尽心尽责的，对自己，是要求严格，克己隐忍的！我理解你也相信你……不过，你今天这番话，还是让我欣慰莫名，因为我们始终是知己，是……此生肝胆相照，心心相印的人！"

江静舟向她温柔一笑："是的，莲莲，我说这番话，也无非是想让你明白一件事情——我终究是懂你的，无论何时何地，我都理解和尊重你的选择！"

他犹豫了一下，狠心说出来自己的心声："对，选择，或者说是抉择。无论是哪方面的，甚至是……"他还是没有勇气说下去了。

虞水蓉深深看着他，明白了他的有所指是什么，可是她又无法言明，只能微微在心底叹了口气。

她抬起头，认真凝视着他的眼睛，语气是冷静决绝和不容置疑的："致远，你记住，你的莲莲就是一轮明月。这轮月它有时会照向黑暗龌龊的沟渠，有时会照向波涛隐隐的江面，可是，明月，终究是明月，这颗皎洁的心是不会被玷污和晕染的！"

这番话像是一记重锤，狠狠地敲击在江静舟的心扉上。他带点疑惑，又带点期盼的神情望向虞水蓉，一时不知道该说什么才好。

这样一脸茫然迷幻神态的江静舟让虞水蓉再次怦然心动，她忍不住赧然一笑，悄悄说了自己暗藏的一个小秘密："致远，上次那本你抄录了诗的日记本我珍藏起来了，每天翻来看看，我会在心底涌起无尽的力量。我在想……这个日记本就是一种美好的期许，总会带领我走向自己美好的梦想中。一切不是虚幻的，不过三五年，这个美好的梦想就会实现，我坚信！致远，你信吗？"

"当然！"听懂了她的话，江静舟释然地笑了，他感到了从所未有的欣慰惬意感觉，这算是爱情的蜜汁被吸吮到了吗？爱情就是这般甘美难忘的滋味吗？江静舟几乎喜极而泣。

"好吧，莲莲，让咱们一起去许这样一个美好的未来！于我而言，这样的一个盼望，足以支撑我迈过任何的人生沟坎，浅滩深流！我……此生无憾了！"

"致远，其实我好喜欢你屡次对我说的那句话，那句霸气的——护我周全！"

"莲莲，是的，我必护你周全！从今往后，我江静舟这颗心，除了为了信仰和使命跳动外，就是为了你而萌动、生息……"

空气中流动着温润馨香的味道，两人不再说话，只是默默并肩在一起，他们没注意到，就在不远处，隔着大大的落地玻璃窗，有一双阴郁不安的眼睛在注视着他们。

第十九章　紧急搜捕

　　也许，我可以容忍她的骄横刁蛮，可以无视她的傲气娇气，但是绝对不会容忍她的……背叛！在我们这里，党国利益永远是高于一切的！这是我们什么时候都应该遵循的行事准则！我们都要在心中牢记这一点！

　　餐厅里，人渐渐稀少了，大家都纷纷起身去隔壁的舞厅跳舞。胡文轩这才注意到没看到虞水蓉的身影，而且江静舟也似乎离开这边有一阵了。

　　他四处张望了一番，透过落地的玻璃窗，看到江虞二人在露台上站着，似乎言谈甚欢。他的脸色变得阴沉可怕起来。这一切，都没逃过顾倾城的眼睛。

　　他走到离露台最近的一扇窗前，似乎无意在那里品着一杯红酒，其实在竖着耳朵听取外边的一举一动。无论他是否听得见，看到这种情形的顾倾城都坐不住了。她匆匆在旁边的衣架上取过江静舟的军大衣，抱在手中，起身来到露台上。

　　站在露台上的两人对顾倾城此刻的突然闯入都有点惊愕的样子。

　　顾倾城毫不理会，她上前落落大方地为江静舟披上军大衣，带点嗔怪的语气也是自然体贴的味道说："师座，天太冷了，你身上有那样多的旧伤，是不能受冻的，医生反复有过交代的，为什么总是这样不留神呢？"

　　这种突如其来的亲切体己的神情让江静舟猝不及防，几乎是愣怔在那里。

　　顾倾城也不理他的表情，仍然带着温润的笑容转身对虞水蓉道："不好意思啊，柳女士，我没看到你的外衣，所以……"

　　虞水蓉虽然也被她的这番亲热劲弄得一头雾水，但是冰雪聪明如她，却瞬间找回了教养内的客套："不客气，顾副处长，我并不太冷，一会儿我自己去拿就好。"

　　江静舟沉默无语。对于顾倾城这番有些张扬做作的随意私密举动弄得心下不大舒服，更感到一丝无言的难堪，尤其是当着虞水蓉的面。可是他又不好说什么，也不能太驳了顾倾城的面子，让她下不来台，于是只能选择沉默，此刻，就有一种尴尬微妙的意味回荡在三人间。

　　顾倾城貌似胸无芥蒂的样子，打破僵局："其实我觉得，不但是我们师座身上有伤不宜受冷，我看柳女士也秉弱柳之身，有扶风之姿，断不能在这样冷的地方待太久的。况且，我还似乎听说了，您前一程还大病过一场的？"

虞水蓉笑应："是病了一阵，虽无大碍，却总恢复不好，我就到广州老家去待了十来天，那里天气究竟暖和些……昨天才从那边回来呢。"

她这番不经意的笑语，却让旁边的听者——江静舟心下一惊：怎么？莲莲她昨天才从广州回来么？可是，就在几天前，程睿还曾将一份特密情报经由贞德的手传送回老家！一切都是很顺畅的渠道……这是怎么一回事呢？唯一的解释，那就是，莲莲她……并不是贞德！

江静舟看着虞水蓉沉思不语。他明白秘密工作的纪律所在，他不应该，也不能够去猜测些什么。

顾倾城没有注意他的情绪，她边和虞水蓉说着闲话，边动手为江静舟扣着大衣扣子："可是，我们师座实在是公务太忙，大病之体都没有恢复好呢。你们想说话，不妨进屋去聊吧，这里实在是太冷了，我怕他的身体……"

江静舟终于忍无可忍，受不了她越来越出格的这番体贴亲热，他剑眉轻皱，就想抬手推开她为自己系纽扣的手，却看到顾倾城背过身，对他使了个眼色，又暗示了屋里方向。

虞水蓉机警过人，倒比他反应得更快些，她笑着说："这样一说，我还真觉得有点冷了，我忍不住要先进去了。"她扔下二人，自己径直先跑进屋去。

"师座，还记得我那只金笔吗？你要是相信这金笔的主人，就应该相信我！"低声说完这句话，顾倾城也不知道自己哪里来的勇气，她突然伸手挽住江静舟的手臂，拽着他一起向屋里走去。

一边走着，她一边在心里默念着：江致远，你如果够聪明，为了刚才的那个女人好，也为你自己好，就不要摆脱我的这个举动，不要辜负我这番苦心！

她如愿看到她的这个一向别扭的长官这次还算是"够聪明"，因为他竟然是前所未有的意外的顺从，由着顾倾城挽着他的手臂，进了熙熙攘攘的大厅。

江静舟神情平和地和顾倾城直接进了舞厅，又一连和她跳了三支曲子，周围人自然投以形形色色的目光——沁梅是疑惑不解；虞水蓉是抿嘴微笑；胡文轩是若有所思；向晖、许若飞等人是暗暗晒笑。而当事人顾倾城，则是一副满面春色、容光焕发的神情，这让她无疑成为这场舞会上最令人瞩目的角色。

第二天一大早，顾倾城被胡文轩悄悄叫到他的办公室。

"倾城，不妨讲讲你的战略成果吧。"胡文轩是一如既往的温文尔雅，不疾不徐的冷静语气，但是他看向自己这个属下的眼光却是复杂而深沉的。

顾倾城沉默不语，第一次让胡文轩从这个沉静温柔的女孩身上感到了一丝令他不安的抗拒意味，他宁愿相信这是他自己的错觉，于是他挂了亲切鼓励的微笑，继续相问："我是想知道，你和他……发展到哪一步了？"

"老板，我……"顾倾城晦涩难言的模样，她低了头，不知是羞涩还是隐晦。

胡文轩笑了："昨天你和他的那番情形，大家都看在眼里了。江静舟那样高傲的家伙，从来就是难剃的刺头一个，却能让你挽着手走进舞厅，还和你接连跳了好几支舞，这很反常啊。我只是想摸清，你们进行到哪一步了？倾城，你知道我对你的期许和祝福是相融合的，我想知道我何时可以为我心爱的部下准备嫁妆了？"

　　"老板您……"

　　"倾城啊，难道不是吗？你哥哥不在了，你的娘家并没有亲人了，我们这里就算是你的家吧？这是应该的！"

　　他微微笑着，神情是那样的自如，但是说出的话却让眼前的女下属感到了千钧的压力："你是我们这个组织的人，自然应该明白我问这句话的深意！我没兴趣打听那些莺莺燕燕的男女间的腻歪事，只是想搞清楚目前你们的关系。我的话，你可懂？"

　　"老板！"顾倾城实在是忍不住了，她抬起头来，直视着眼前总让她既尊重又抗拒、既亲切又怨怼的上司，言辞激烈，"一切不像您想的那样！我们……就是正常上下级关系。您知道我仰慕他，我也承认我对他有一种特殊的感觉，可是我不能将个人情感和组织任务很好地结合起来！这对他不公平，对我也不公平！"

　　顾倾城自然心中明白，不管胡文轩处于什么心理，是猥琐沉瀣还是冠冕堂皇，作为这个组织的上司，他有权了解一个部下的一切事情，包括她的隐私和感情。在这个组织里，没有性别之分，没有个人隐私权利可言，在组织面前，必须一切坦诚，不能有任何秘密。

　　"倾城，你不必激动，我没有相逼与你，不过只是觉得你很适合他，这场婚姻能给大家都带来好处罢了。"胡文轩是一副波澜不惊的深沉模样，他甚至对她轻松一笑：

　　"如果你实在是为难，我都不忍心！我可以将你想法调回这边，那边的任务自有人可以去完成。你也明白的呀，那个叫江致远的家伙简直是采花大盗的德行呢，还会缺少女人在身边么？"

　　这番话醍醐灌顶般浇醒了顾倾城，她的眼泪几乎落下，她深深吸口气："可是老板……"

　　"可是你舍不得他，对吧？"胡文轩笑了，很自信地撇撇嘴，"那么继续吧，我可爱的蔷薇花！用你的美丽和妩媚，去获得自己的真爱，去挽救自己心爱的男人，这是多么崇高的一项事业？"

　　他诗意化地呢喃着，仿佛在低声吟唱着自己的爱情似的："你为他擦身，给他喂饭，在他的病中给他最贴切的照顾；他带着你跳舞，浪漫，在众人面前不加掩饰对你的青睐……倾城，这样的开端多么美好，我忍不住就要祝福你，你们！"

　　他的话让顾倾城明白自己的一言一行都在组织的监控之下。她咬咬牙，忍住了自己的愤懑不平和万般委屈。她对自己的组织再次产生了强烈的憎恶和厌弃之情，她也瞬间明白了自己应该取舍什么。

　　既然早已站在人生重要的十字路口上，该迈向哪一方，这个选择至关重要！是阳关大道，还是万丈深渊？总要迈出这一步，她狠狠心，做出了自己的抉择。

这样打定主意的顾倾城恢复了往日的平静和温和，她也是一名经受过严格训练的特工，从某些方面讲，她的技能丝毫不弱于眼前这位上司，何况她还有着这一行最重要的性别优势。她温润如水的神态让她的上司放松了警惕，她寂静沉稳的话语也让他心神俱安：

"老板，我……我明白了自己该怎么去做，您以后看我的行动好了！"

"好的，倾城，我们最美的军统之花，你永远是我们的骄傲！"

他貌似真诚地感叹着："倾城你终究是聪明的，知道一些利害关系。不像咱们组织里一些素质不高的女特工们，经常分不清情感和任务，沉湎于自己的所谓爱情，忘却了肩负的任务和责任，落得个分外悲惨的结局，这样的例子还少吗？试想谁又能摆脱组织的约束呢？你是老军统了，自然将咱们的家规早已镌刻在心中，所以我对你是格外的放心！"

顾倾城嫣然一笑，也是轻松自若的表情："老板这样信任关爱我，倾城自当肝脑涂地报效组织！"

"好吧，倾城，你永远记住，你不会是在孤身作战，总会有同志相助在你身边的！"

饶是顾倾城心静如水，镇定自若，这句话还是让她背脊瞬间爬满冷汗。

门外响起报告声，胡文轩听出是楚天舒来了，就对顾倾城道："你先回去吧，有什么情况及时汇报。最近会有个大行动，你在警备师那里也要多长个眼睛。"

"大行动？"顾倾城不解地看着他。

胡文轩一皱眉："不该你知道的，先不要问！总之，这次是我们打击共党的最有利时机。某些人的狐狸尾巴也快藏不住了！"

顾倾城领命离开了军统站，她有立刻想见到江静舟的冲动之情涌上心头。

顾倾城离开后，胡文轩在办公室里向楚天舒布置着马上要开始的全城搜捕共党电台的行动。

胡文轩："这次行动，是军统局响应委员长'戡乱总动员'令，在南京，北平，上海三个重要站进行的联合行为，务必要以雷霆万钧之势，给共党地下组织以沉重打击。结合咱们站的情况，我希望你能够将你前次提到的研究方案和这次行动结合起来，马上拿出一个预案来。"

楚天舒："不知道行动的具体时间是？"

"明早八点，南京、北平、本地同时行动！"

楚天舒微微摇头："可是我的方案还很不成熟，在这么短的时间内，要配合此次行动，恐怕有点来不及？"

胡文轩一挥手："只是先做预案而已，刚巧也可以检验一下你的方案的可行性，找出问题，后面逐步加以完善。"

他抬腕看了看手表："现在距行动开始不到二十个小时了，你速回去准备具体预案，然后报到我这里。"

他从抽屉里拿出一份文件："这是总局关于此次大行动的具体步骤和方案，你拿去参考一下，一定要注意保密，不可让除你我之外的第三人看见！"

"是，属下明白。"楚天舒接受任务后欲离去，胡文轩又叫住了他。

"这次行动后，你就准备先去空军几天吧，那边已经催过几回了。上峰昨天也给我来了电话，说明只是暂时借调你去帮助他们检查一下电讯方面的设施。回来后你再接着搞你的计划，总局对这个计划很重视。"

楚天舒点头："是。"

胡文轩看着他："你这次去是要带一个助手的，你有合适人选吗？"

楚天舒坦率地看他："郭沁梅少尉曾经找过我，提出了想去的意思，如果您不反对，就可以定下来了。"

胡文轩笑着摇摇头："这丫头倒真的是找过你了？其实，这件事情你自己定好了。毕竟是你要用着顺手才好。不必考虑什么人的情面的，包括我。"

楚天舒笑笑："属下明白了，郭少尉应该能胜任的。"

胡文轩看着他，认真的表情挂在脸上："天舒，你知道的，阿梅这个孩子从小没了亲生父母，跟在我身边，我难免把她太过娇惯了一些。如果她有对你不敬的地方，你不要和她太计较！这个方面……唔，倒是还请你看在我的面子上宽容她一些吧？"

楚天舒理解地笑："属下明白，您尽管放心就是！其实……郭少尉工作很认真，一切都不是问题。"

胡文轩思索片刻，像是对楚天舒，也是向对自己说："也许，我可以容忍她的骄横刁蛮，可以无视她的傲气娇气，但是绝对不会容忍她的…… 背叛！在我们这里，党国利益永远是高于一切的，这是我们什么时候都应该遵循的行事准则，我们都要在心中牢记这一点！"

听了这番话，楚天舒露出一丝略微讶异的神情，他几乎是机械地答道："是，这个……属下也明白！"

江静舟的办公室里，顾倾城流着泪，将自己的身份和使命，以及胡文轩的计划和盘托出，她意料中地看到江静舟明显流露出不信任的目光。

"顾副处长，不管你这里讲的是真相还是传奇，我奇怪的是，作为军统的人，你今后该如何自处呢？留在我警备师，还是回到那边去？"

"您果然不相信我……其实我没指望您相信。谁会轻易相信一个军统女人的告白呢？我只是凭着良心说出了一些真相罢了！而且……"

她说到这里，默默将衣袋上插着的那只金笔取下来，放到他的面前。

江静舟面无表情，沉吟不语。

"我知道您也早就在等着我的一个解释，有关这只金笔？"她期盼地望着他，却看不到他脸上闪现一丝一毫她希望看到的神情——他依旧是平静地沉默着，不着一言，不露一点异样的神色。

绝望中，她忍不住泪眼婆娑："这是您的笔，对吧？金色的笔杆，上面刻着一个'舟'字……"

"你究竟想说什么？还是在暗示什么？"他剑眉一挑，望向她的眼神带着往日的警惕和不信任，还有一丝洞悉一切，隐隐含着迎接挑战意味的犀利。

"师座，虽然您如今不信任我，但是在人生重要的关隘上，我还是要选择向您坦白一切，我期盼因此而重生，但是也准备接受另一种命运——零落成泥，被你不屑地踩到脚下……"

她哀婉悱恻的自白足以打动铁石般的心肠，但是一个资深特工的职业素养——那种近乎严苛的警惕和自律让江静舟仍处于波澜不惊的状态。

顾倾城也是同样身份的人，她知道唯有彻底的交底才能给对方以接受自己情感的机会，虽然这种机会几乎是微乎其微。

"这支笔是一个叫方城的人留给我的，我不知道他是如何得到它的？只是知道这是他生前最看重的一个物件！"

她紧紧盯着他，缓缓说出了那句足以震撼他心灵的一句话："方城是我的亲哥哥，他的本名叫顾方城！"

她在他的眼神中捕捉到了一丝震惊的神色，虽然是稍纵即逝的，但是那道波光被她感知到了，她抹去了眼泪，等待着他的应和。

江静舟淡淡说出的话语，很快击碎了她的幻想，也击碎了那颗驿动的芳心："那又如何？哦，方城，不错，我记起了他，胡文轩站长最亲近的部下，相随在他身边的神奇副官！抗战中，因为执行任务我也和他多有交集，那是个很优秀的青年。倒没想到，他会是你的兄长？"

他随即清浅一笑："抗战时期，多方面联合协作，就连共党我们也曾携手，何况在咱们各个不同军队、部门间？连我自己都忘却了，何时何地将我的这支钢笔遗落在了方城处？也是缘分吧，竟然会最终到了你的手中，而你如今又在我的手下任职……一切机缘巧合，难道都是上天的安排？"

他摇头笑笑："难怪顾副处长很得胡站长赏识呢？看来是令兄的缘分及此！不过为前途计，你该在胡站长麾下任职更自如些？"

这就是特工——永远的滴水不漏，无隙可间！静水深流如江静舟，更加不会是等闲之辈，他的这种直觉反应完全在顾倾城的意料之中。但是顾倾城也不是寻常悲悲切切的女孩儿家，更何况她如今已心如磐石般坚定。

她收起眼泪，也收拾了自己破碎的心灵，更加理智地咽下了想一泄到底的真情。她决定要留住一丝自尊，让一些秘密逐步显露在他的面前吧，我终究会得到我想要的!

顾倾城恢复了平静，她看着上司的神情已然恢复了往日的镇定。

"师座，我只是想确认一下您是这只金笔的主人，您还认识我哥哥，这点就足够了！这样的缘分让我想清楚了自己应该做什么，不应该做什么？感谢上帝，哦，不，应该是哥哥在天之灵的佑护！"顾倾城双手合十，喃喃自语道。

她望着江静舟疑惑不解的目光，坦率地笑笑："以后你就明白了，当你需要我的时候，我就会在你的身边。而且……凡是有利于你的事情，我都会去做，凡是不利于你的事情，我都会去回避，去为你遮挡，甚至是作伪，掩护。您只要记住这些就够了！"

江静舟摇头叹息："说的都是些什么呀，毫无章法道理的？"

"师座您听不懂我的话么？"

"很遗憾，不大明白！"

"遗憾的应该是我，但是我说清楚了自己的意思还是很开心！谢谢您能耐心听完我的这番唠叨。"

她稳稳心绪，站起身来，将桌上的金笔拿起来插回胸前衣兜中，整了一下军装，恢复了往日镇定自若的表情："对了，师座，我得到一个确切消息——军统局马上会有一个大行动，具体是什么还不知道，不过估计会牵扯到咱们淞沪警备师，您不妨留意一下。我先出去了，师座。"

她没有忘记向江静舟敬了个标准的军礼，然后竟然带着轻松的笑意离开了他这里。

办公室里，江静舟难抑心潮涌动，他将许若飞叫了进来，吩咐他马上联络沁梅，留意顾倾城刚才提到的军统局的大行动的问题。在许若飞即将领命而去的时候，他又神情复杂地叫住他，交代了他一项特殊的任务——去调查一下顾倾城的底细，重点搞清楚她是否有个名字叫——小薇？

许若飞领命离开后，江静舟微闭双眼，往事如烟，都涌上眼前。

那只金笔和他的渊源颇深，他来自黄埔恩师郑华明。

民国十六年那个凄风苦雨的夜里，在阴森灰暗的广州监狱，郑华明殒身殉义前，将这只金笔留给了自己最爱的学生。这上面的"舟"字，是他亲手刻上的，暗喻"金舟"之意；同时他还向来此向他告别的爱徒诵读了一句宋词，表达了自己对"革命未成功身先死"的遗憾之情。

作为江静舟的重要助手和心爱的部下，方城即将打入到军统内部任职，临行前，江静舟将这只金笔送给了他，作为他们之间最重要的联络信物，不离不弃，见物如见人。

在那次江、胡联手的，以失败告终的对日行动中，方城为了掩护胡文轩，胸部中弹，手下的弟兄将他背到江静舟和胡文轩面前时，他只剩下最后一口气。他喘息着，紧紧盯着胡文轩，说出的最后一句话，却分明是向身旁的上级和大哥江静舟交代着遗言："我只有一个亲人……我的小妹……叫小薇……请组织上关照一下！"

胡文轩握住他的手泪如泉涌,呜呜哭出了声。江静舟站起身来,忍住撕心裂肺般的心痛,悄悄抹去了泪水,当时的他,连过分表示哀痛的机会和权力都没有!

如今,有着神秘军统局背景的顾倾城拿出了这只金笔,讲述了一个令他万般震惊的身世真相,他该如何处置?

方城有个亲妹妹的情况他早已了解,这些年他也在寻找打探,终究没有线索,但是万不料她竟然加入到那个名声沉瀣的特务组织中,成为一名军统女人!

依据他对自己部下方城忠诚坚贞的人品性格了解,他知道他断然不会轻易暴露真实身份以及和他江静舟的特殊组织关系,即使是对自己的手足亲人。但是,方城既然能够将这支笔留给妹妹,也必然有着他特殊的暗示和意义。

顾倾城究竟是怎样一种人?

一时无法想明白透彻的江静舟瞬间做出了决定:以不变应万变,先仔细观察为上,决不能轻易暴露自己的情况给对方。

理智地决定了对策,感性的潮水又很快将他的心淹没,方城终究是他最倚重和信赖的部下,是他久居敌营最忠实的战友之一,是他们小组英勇神奇的隐形成员——霆表哥,他建立的功勋是不朽的,他的奉献是完全而彻底的,他的亲人,无法让自己漠视和冷落。

如何和顾倾城再次相处,江静舟可是有些犯难。

一场突如其来的无妄之灾来袭,敌人要在南京、上海、北平三地同时搜捕我党地下电台!

这个消息通过虞水蓉向沁梅示警,传到飓风小组处,江静舟召开紧急会议,他不仅指示本部唐玉等人严加防范,更叮嘱许若飞从速将此消息通知白鸽,示警上海地下党各个小组。他又特意嘱咐沁梅,这几天要坚守岗位,一步也不能离开上海站这个重要位置。

随后,他又特别提醒许若飞,应该请白鸽考虑是否有途径能将这一消息同时通知南京和北平的我党地下组织,不管他们是否能从其他渠道获取情报,我们这边应该先考虑到未雨绸缪,防患于未然。

上海地下党根据这份情报迅速做出了反应。因为时间紧迫,很多小组只能先安排人员转移撤离,敌人已经在各个路口通道设关卡检查搜捕,电台是很难运出去了。白鸽安慰大家,留着青山在,不怕没柴烧。人员的安全,是最关键的,也是最重要的。

许若飞回到师部,向江静舟做了汇报,江静舟特别问到有关给南京和北平地下党通气的问题,许若飞肯定地回答:"因为不确定其他两地的党组织是否能够得到情报,为了保险起见,据说贞德同志已经在向我们发出情报的同时,也向南京和北平的地下组织发出了预警消息,但愿一切都平安吧!"

江静舟赞许地点了点头:"看来贞德同志是一位经验十分丰富的情报人员呐!"

整整三天的大搜捕行动结束，上海地下党人员无一落网，不过却搜缴到了几个电台，破坏了几处电台隐藏处。南京的情形大致相同，这种战果让曾经野心勃勃要将三地共党电台铲除殆尽的军统局高层认为还是存在内部泄密的问题，上峰在电话中将南京、上海站的负责人臭骂了一顿，勒令他们内部彻查，务必要抓出泄密者，肃清匪谍。

胡文轩被上司骂得很沮丧。他想了又想，觉得纰漏应该不是出自自己这里。他叫来楚天舒、于德飚等人，分析前情，研究对策。

楚天舒适时提醒到，既然是三地统一行动，文件发到各处，难免不会泄露一二。也许问题根本不出在我们军统上海站呢。共党特工无孔不入，焉知不是南京和北平地下党卧底人员窃取了情报，又将此消息传到上海地下党这里，才引起这样的后果呢？胡文轩深以为然，他又狠狠发了一阵牢骚才作罢。

众人自然知道他的不痛快所在。此次行动也不是全无收获。除了南京、上海站颗粒无收外，北平站却立了大功，破获了有史以来最大一宗电台匪谍案，抓获了一众要犯，还竟然都藏匿在国民党要害部门内部！此案牵扯到五名军人，有两人还官至少将处长。

堂堂的党国将军，竟然是隐藏已久的共匪间谍！这使总裁大为光火，他勒令严加审讯，定要将此事追查到底。由于被抓获人员中有叛徒出现，出现多米诺骨牌效应，从而使整个北平地下组织几乎全线暴露，导致一百多人被捕。军统北平站宣称，此次行动已经将共党在北平的地下组织一网打尽，因此得到总局及国防部，甚至是总统府的通令嘉奖。

面对北平站的赫赫功绩，作为上海站站长的胡文轩，心有不甘，痛惜莫名，就是很正常的事情了。

行动处处长于德飚跟随胡文轩已久，深谙上司的挟愤不满心理，就将自己在这次大搜捕中抓获的一条线路告知了他。

原来，在这次搜捕活动中，他们处的一个小组破获了一个共党地下联络处，搜缴到一部秘密电台，虽然没有抓到相关人员，但是在这间租住屋中的一对六旬老夫妻十分可疑，很可能是某地下党人员的亲眷，他就将二人带回了上海站。

听到这个消息，胡文轩眼露深沉光芒，他冷笑道："连夜突审一下，务必要撕开这个口子，争取扩大成果！"

于德飚扫了一眼身旁坐着的楚天舒，解释道："楚总也见到那对老夫妻了，貌似比较忠厚老实的模样，我们私下分析了一下，依据他们的岁数，倒不至于会是共党谍报人员，所以……"

楚天舒平静地点头："那老两口的情形一看就清楚了，他们不可能会收、发报技能，最多就是帮助异党分子望望风什么的，审讯意义应该不大？"

胡文轩的脸色阴沉得像暴风雨前的灰暗天空，他平日里秀气文弱的脸庞因为恼羞成怒的情绪变得有点扭曲，他厉声呵斥于德飚道："貌似比较忠厚老实的模样？身为行动处处长，你知道心慈手软、盲目温情就等于秉渎职懈怠之罪吗？哼！枉费我对你一贯的青眼相看了！"

于德飚唯唯诺诺、羞愧无言地垂首不语。

胡文轩又回头看向楚天舒，放缓了口气："至于天舒你，书呆子气一些倒也罢了，这审讯之事原非你之特长，就不必插手了，都交给于处长去处理好了！"

楚天舒忙点头称是，亦不再敢多言。

连夜突审的结果，一无所获，那对老夫妻被折磨致死。

看着血淋淋的归档照片，沁梅觉得不寒而栗，她再次真实感受到无辜的死亡和英勇的牺牲就在自己身边蔓延，凶手就是那个总是慈眉善目、苦口婆心朝向自己的养父，当然，还有一群帮凶，包括那位坐在自己办公室中，悠闲地嚼着口香糖的据说有洁癖的家伙！她感受到隐蔽战线上的残酷斗争风暴。

第二十章　血的教训

　　这是个极度危险可怕的对手——我的直接上司，现在就成为我的主要监控对象！这次他是奉命到空军协助一段时间工作，我也争取到和他同行的机会，目前情形下，我一定要分分秒秒钉牢他，争取早日搞到他的一切成果！

　　警备师中，江静舟也正在痛心不已。

　　在被捕的人员中，有他认识的国军将领，他不知道他们竟然也是和自己一样的我党卧底人员身份。而且，北平地下党的严重损失，更让人心下沉重。江静舟意识到，此次损失行动，必将会造成自己这里的情报任务量的增加，以后他们身上的担子会更重了。

　　还有一点，让江静舟感到极度困惑的是：不管北平地下党是否从其他途径得到大搜捕的消息，至少身处上海的我党独立级特工贞德同志，已经将此情报同时传送给了南京和北平的党组织，那为什么还会出现这样大的纰漏，继而造成这样不可估量的损失呢？江静舟感到深深的不解和惋惜。

　　和白鸽去接头了解情况的许若飞带回来的消息，回答了他这个疑问。

　　原来，贞德确实在第一时间将大搜捕的消息传送到了北平和南京两地地下党处，南京地下党方面积极做了应对措施，因而和上海小组一样，只是损失了一些电台而已，没有造成人员的被捕和伤亡。

　　北平地下组织因为消息传递不及时，有个别同志思想麻痹大意，所以未能在第一时间做出积极反应，从而造成目前这样严重的后果。

　　江静舟听完这个情况，深深看着许若飞："我们要汲取这个血的教训！任何时候都不能放松警惕，产生麻痹松散思想。想想看吧，卧底在敌人中枢神经的同志们，冒着生命危险获取了宝贵的情报信息，却被我们自己的同志掉以轻心，不加注意，以致酿成大祸，这个教训实在太惨痛了！"

　　许若飞点头："因为时间确实是来不及，我们这里也遭受到一定的损失。据白鸽同志讲，上海几个小组的电台都丧失殆尽，无法开展工作了，目前必须想办法，搞到新的电台。"

　　江静舟思索道："有没有可能将我们师的一些电台，以报废的名义拆分了，重新组装给他们使用呢？"

许若飞摇头："我提过这个建议，白鸽同志不同意，她认为咱们配发的电台都带有明显的标记物，即使是零件，都很容易被识别出来。如果一旦发生上述这样的险情，就会危及咱们师地工人员的安全。所以，她坚决不同意这样做。"

江静舟默默点头不语。

许若飞："据白鸽同志讲，党组织已经从其他地方调来了几台电台零部件，只要能顺利运到上海，就可以组装成新的电台。"

江静舟："可是，如今码头、车站防范很严，如何能让这些东西顺利安全运抵上海，再妥善运往上海组织新的交通处，也不是一件容易的事情啊！"

许若飞也点头轻叹，两人的心情从来没有过的沉重。

几天后，在那个她们多次接头的地方，白鸽约见了沁梅。

白鸽向沁梅转达了上级党组织对这次三地电台搜捕案的处理意见和决定。

老家充分肯定了上海党组织在这次危险搜捕中处变不惊、灵活应变的工作作风，对江静舟小组的快速反应，及时传递情报的行为给了充分表彰。尤其是身处上海的高级特工贞德同志，在获取第一手情报后，积极反应，几乎是挽救了很多同志的生命，保护了地下组织人员和电台的安全，应该是立了大功一件。

尤其是上海的地下党同志能从大局考虑，第一时间通知了北平和南京的地下组织，尽力避免了一些伤亡，这也是应该得到高度评价的。

沁梅感叹道："这次咱们的组织能幸免于难，贞德同志实在是立了首功的！可惜不能当面向她表示敬意，我们甚至连她是谁都弄不清楚。"

白鸽笑笑："这是非常正常的一件事啊。在敌人很多中枢系统，目前都潜伏有我们的同志和战友，也许我们永远见不到他们的真面目，甚至搞不清他们的真实姓名，可是我们会时常为他们的卓越功勋感到骄傲和自豪！"

沁梅接着向白鸽汇报了自己已经争取到不久将去南京空军总部工作一段时间的消息。

白鸽激动地看着她："太好了，沁梅！我们正在发愁无法和萧岳同志联系上呢。党组织非常想了解他目前在空军中开展工作的情况。你这次去，一定要和他设法建立起一条隐蔽而可靠的情报传输途径，能及时将空军方面的消息带回来。"

沁梅点头："就在昨天，我们小组还开了个秘密会议，议了一下目前的形势。自从这次所谓的北平电台案案发以后，国民党各部门开始了大清查，可谓风声鹤唳，草木皆兵……我在想，空军那里更加壁垒森严，萧岳同志的处境一定比较艰难。"

白鸽沉重地颔首："是啊，这次案件不但让我们的组织遭受了很大的损失，而且使我们那些潜伏在敌营的地工人员的境地都变得艰难危险起来。他们要经历一次次的考察和甄别，等于要闯过一道道的关卡，实在是马虎不得！包括你们这个小组，也要十二万分的小心才是。我们不能再出任何纰漏了！"

沁梅忧虑地望着她："还有一个值得注意的情况呢。这也是父亲让我向您汇报的一个问题。这次我之所以要争取和我的上司一起去空军总部工作，除了完成您上次交代的，有机会要和萧岳同志建立联系的原因外，还有一个重要的因素，就是要时刻关注我这个军统局上司正在从事的一项计划。"

她望着白鸽，继续解释道："我曾经告诉过您的，我的这个上司是一个从美国回来的电讯、数学双料博士，目前由他牵头，军统上海站在做一个行动计划方案，其目的是有效针对我党秘密电台的搜捕和清查工作，从而摧毁我党在上海的情报组织。这个计划有详细的实施方案，据我们分析，有很大的危害性，对于我们的电台隐身，电讯人员的安全必将造成极大的威胁！所以，父亲一再嘱咐我，要千方百计搞清楚这个计划方案的具体内容，并且要向您做以汇报，听取上级领导的意见。"

白鸽听了，沉思道："这真的是一个艰巨的任务，但是对于我们的地下组织来说，太重要了！"

沁梅露出一丝微笑："所以，这是个极度危险可怕的对手——我的直接上司，现在就成为我的主要监控对象！这次他是奉命到空军协助一段时间工作，我也争取到和他同行的机会，目前情形下，我一定要分分秒秒钉牢他，争取早日搞到他的一切成果！"

白鸽看着她自信的笑容，不禁称赞道："好啊，沁梅，你真的长大了，也成熟了！"

沁梅笑笑："我发现，在实战中成长，是比课堂上要来的快啊！电线杆再高也是一根木头，秤砣小还压千斤呢。我要自己给自己不断打气，别看我才是个毕业于电讯速成班的小女子，也准备要和那个叫'楚天舒'的洋博士用心较量一番呢！"

"楚天舒？你那个上司，他……叫楚天舒？"白鸽震惊不已。

沁梅显然错误领会了她的意思："哦，你是说这个名字很诗意是吧？"她笑笑，"其实我也觉得蛮可惜的，这样好的一个名字，竟然给了这么一个冥顽不化的反动派！"

她简单向白鸽介绍了楚天舒的出身，背景，甚至提到了他的那个空军英雄大哥，以及楚天舒的一些平日言行。

沁梅侃侃而谈，没有回头。如果她此时回头，会发现白鸽的脸色已经瞬间变得惨白如雪。

"这个我经常向你提起的可恶的上司……其实，严格意义上来说，也不算太坏的人啦。如果抛开他的阶级立场，他还是蛮有人情味的一个人，除了有点公子哥的脾气外，对人还是蛮谦和的。而且绝对的才华横溢，风度翩翩……可是，一想到他的出身，他的立场，他如今从事的罪恶的行径，就让我对他产生不了任何好感！要知道，他的才华，也许会成为杀害我们万千同志的利器呢！"

沁梅只图痛快、长篇大论地评说着，却不料，她的句句话语，都像利剑一般戳向白鸽的心头！

万千潮水般的情感瞬间涌上白鸽的胸中。这一切都是早就预料的，不是吗？

当她毅然决然地背叛了她的阶级，她的家庭，走向革命阵营的时候，她已经时刻做好了这样的准备，那就是，任何时候，她都会面临着亲情的抉择和破裂！毕竟她的家族，她的父兄，都是作为她的对立面，她要推翻的阶级，横亘在她面前的。

她曾经多次想象着，某一天，也许她会面临这样的绝境：在战场上，她和她的兄弟们会白刃相见，那她该如何相处呢？毕竟她知道，她的四哥，就是一个国民党的将军，兄妹之情，能够化解这不可调和的阶级矛盾吗？无数次，她这样在心底痛苦地叩问。

可是她万万没有想到的是，她最亲爱的小弟，那个在美国读书读得很棒的弟弟，如今也会加入到她的敌对阵营中去了！而且是在生死相搏的秘密战线上，作为她和她的组织的直接敌人，最危险的一个敌对者，出现在她的面前，她怎能不痛心疾首，悲酸交加！

沁梅回头，看出白鸽脸色不对，忙关切地问："白鸽姐姐，您的脸色怎么这样苍白？哪里有不舒服吗？"

白鸽皱眉："没有，可能是……昨天有点受凉了，咱们今天……先到这里吧。"

沁梅担忧地："可是，您刚才有提到明天，您会去乡下接收电台，您身体不适，不然我替您去一趟吧？"

白鸽艰难地摇摇手："不行，那是一个和我单线联系的同志，只能我自己去才行。"

她努力向沁梅挤出一丝笑意："别担心，沁梅，我明天就好了。现在，咱们还是和往常一样，分头离开这里吧。"

她拍了拍沁梅的肩膀，几乎是急急地离开了接头地点。

沁梅带着疑惑不解又格外担心的目光，望着她的背影走远。

淞沪警备师师长办公室里，电讯科长唐玉向江静舟汇报完自己在秘密电台方面的防范预案后，离开了。

江静舟神情松弛下来，觉得身子疲乏，才记起自己已经连续三天住在办公室内间的寝室里，没有回官邸了。他将许若飞叫进来，吩咐他去开车，送自己回官邸，准备洗个澡，今晚好好睡上一觉。

许若飞却心下紧张不安起来，又不敢让上司发现，只好领命而去。

来到师长官邸，江静舟却突然记起自己晚饭还没吃，只好无奈地对副官笑笑："我这几天没回家了，家里什么吃的也没有。若飞你随便去给我买点，能填饱肚子就行。"

许若飞回头看了他一眼，支支吾吾的："好的……可是……师座您不如回家先看看情况……"

"看看情况？什么情况？"江静舟疑惑不解地看着他。

许若飞的脸红了起来："您先回去看看吧……可能有吃的……如果没有，我再去买……师座，您先进家看看再说……"

"你什么毛病啊，许若飞？"江静舟不明就里，盯着年轻的副官看了一眼，下车进官邸。

"师座，我在这里等着您……您若觉得不舒服，我送您回办公室。"他的身后响起许若飞的大声叮嘱。

"搞什么名堂？"江静舟嘀咕着进了自己的官邸。

一楼餐厅的桌上，摆着几样小菜，和一个沙煲样的器皿，厨房里有女子唱歌的声音。没等江静舟回过神来，身着便装，系着围裙的顾倾城端着一屉热气腾腾的包子走进餐厅。

"师座，您终于回来了！"

"你怎么会在这里？"

"我向许副官要的钥匙，我连续三个傍晚在这里做好饭等您了。"

"三个傍晚？"

"是啊，每天下班来这里做好饭等您。想着您连续忙碌几天了，该好好吃上顿饭，再好好休息一下才是。不然您那些伤……"

"顾副处长，这样不合适吧？"

"您是说我白等了三个傍晚不合适吗？我并不敢催您啊。您的官邸，您是主人，不回来我也毫无办法，只能将做好的饭再打包回去给咱们警备师那些小年轻们吃了。"

"我是说你来这里做饭……不合适，也没必要！"

"怎么没必要？我猜您今晚就没吃饭吧？"

"顾副处长，你是我警备师的军官，不是厨娘！"

"可是您忘了我是顾方城的妹妹？也等于是……您的妹妹。"

顾倾城毫不隐晦的直言让江静舟瞬间无语。趁着他愣怔间隙，顾倾城半拉半推将他拽到餐桌前坐下。

她深深望了他，眼中的执拗和坦诚同样让他拒绝不得，那真切入微的话语竟然伴随了一丝淡淡的哀愁："不管您如何想，如何看，在我心里，您是金笔的主人，就是我的哥哥一般！我昨天去哥哥墓地看他了，告诉他我终于找到了这只金笔的主人，我请哥哥放心，小薇已经有了坚韧不拔的抉择……

"师座，您不必相信我，可是我只能无条件相信您。除此之外，小薇别无他路好走！我如今做的这些，只是一个妹妹想照顾自己哥哥的意思，您别多心……

"师座大哥，请允许我这样称呼您一次！我说过会为您做一些力所能及的事情的。做饭算不得什么，有些事情很微妙，我也听到了一些传闻，我在想，作为女人，我可以相帮您化解一些潜在的危机。我已经有了一条妙计，这几天我就讲给您听。"

顾倾城就这样唠叨着，不理会江静舟沉默无言的神情。她说完了自己想说的话，从沙煲中盛出一碗稀饭，放在江静舟的面前："上次您病着的时候，我给您熬过的这种蔬菜粥……许副官一定还等在外边吧？我去叫他进来陪您吃，我也该回警备师了。"

她不等他回答，就匆匆解下围裙，低头出去了。

许若飞进来的时候，正碰上江静舟审视自己的眼神，他未语脸先红了：

"师座啊，您别怨我，我是被她缠不过，才……而且我在想，您让我调查的事情也有确信了不是？您也知道了，她小名叫蔷薇，又叫小薇，是胡文轩的副官方城的胞妹，而方城同志，又是咱们小组牺牲了的战友——霆表哥同志！我总觉着，不能对她太冷遇了不是？"

江静舟微微叹气："我何尝不知？可是组织纪律，咱们还要不要？"

"如果在不暴露身份的情形下，我倒宁愿咱们能对她温情一些！我直觉她不是坏人……如果因此犯了组织纪律，我愿意接受上级的处罚……"

许若飞说的期期艾艾，想着会招来上司的一顿训斥，却不料意外地看到自己的这位大哥兼领导竟然再次长叹一声，语气幽幽道："也许，你做的没错……"

两天后，上海港码头。

白鸽拎着个大皮箱下了船。她身着一身华丽的旗袍，打扮得异常富丽堂皇，俨然是个贵妇人模样。

不知道是哪里出了纰漏，她没有如期等到来接她的通讯员小丁。

码头上的乘客逐渐稀落下来，白鸽看看自己的打扮，又看看脚下的大皮箱，心中有些犯愁。但是她立刻决定只能向外走，这样站在码头上，她会更加招惹人注意。她只好拎起皮箱，走到出码头的人流中。

却突然发现出港口处新设了一个来时还没有的检查站，有两个士兵在对乘客进行着逐一开包检查。

白鸽竭力使自己冷静下来。她的皮箱里藏有一台由收音机改装的收报机，虽然可以瞒过外行，但是如果遭遇懂行的明眼人，一切就暴露了！

却因此联想到如今正当电台案才破获时期，紧张的局势，才会有这样的检查，看来今天想要过这个关是不太容易！可是她已经没有退路，只好抱着破釜沉舟的心态一步步走上前去。

轮到白鸽开箱了，她平静镇定地打开了自己的皮箱，两个士兵开始检查。

拨开上面覆盖的衣物，那台收音机暴露出来。

"这是什么？"他们看着白鸽发问。

白鸽微微一笑："这是收音机啊，外国牌子的，您看不出来吗，长官？"

两个士兵嘀咕了几句，其中一个准备想放行，另一个拦住了他，那个士兵将箱子合起来，对白鸽道："太太，对不起，也许这真的是一台收音机，只是目前处于敏感非常时期，任何有疑问的物品，都要有长官鉴定才能放行，请您配合，您跟我们走一趟吧。"

他拎起箱子，指了指前面不远处的一个小屋子："那里面有值班的电讯军官，如果他说你这个东西没问题，您就可以走了。"

说着他提起箱子慢慢向那边小屋走去。

白鸽几乎近于绝望，她定定心，暗暗做好了鱼死网破的准备。

正在这时，一辆敞篷汽车突然开了过来，停在他们面前。驾车的是一个身着国军少校军服的年轻军官，他跳下车，摘下墨镜，匆匆上下打量了一下白鸽。

当他在嘴角勾起一抹淡淡笑意的时候，白鸽才蓦然认出，眼前这个人，竟然是自己多年未曾谋面的亲弟弟——楚天舒！

她蓦然愣在了那里，微微咬紧了嘴唇。

那个留下的士兵忙向楚天舒敬礼。

楚天舒挥了挥手中的墨镜，算是回答了士兵的致礼，他又看了一眼白鸽的神情，很自然绽开一个偶遇的欣喜笑容："楚小姐？真巧，能在这里遇到你！有什么麻烦需要我帮忙吗？"

白鸽猛然醒悟，她急忙指着前面拿走她皮箱的士兵，说了刚才的情况。

楚天舒淡淡一笑，让那个向他敬礼的士兵上前，将箱子追了回来，提到他的面前。

楚天舒示意士兵打开皮箱，用手中的墨镜拨拉开上面的衣物，仔细看了看那个埋在衣物堆里的收音机，嗤地一笑："我以为是什么宝贝呢？不就是一台外国牌子的收音机吗，这也值得大惊小怪的？"

两个士兵不敢吭声了，他们自然是认识楚天舒的，而且他们也知道，在那个屋子里面值班的军官，还是眼前这位少校的部下呢。两人于是赶快把箱子合上，又向白鸽致了歉。

楚天舒不在意地笑笑："一点误会啊，楚小姐别在意！"

他拉开车门，将箱子放到后座上，又做了个邀请的动作："算我为手下弟兄赔罪，送楚小姐一程吧？"

白鸽微微迟疑了一下，点头上了车。

楚天舒坐到驾驶台上，从军装上衣口袋中掏出一颗口香糖，剥了纸塞到嘴里，想了想，又掏出一块，回头递给白鸽。

"还是小孩子性情不改！这个小子……"白鸽被弟弟这个自然亲热的举动悄悄打动了心，面上却纹丝不露，甚至没有看向他，只是将目光移向了一边。

楚天舒在心底微微叹了口气，将手中的口香糖装回衣袋中，果断发动了车。

这对姐弟就这样沉默着，一路无语。平静如水的外表下，两人的心中都如汹涌澎湃的大海，起伏不定。

今天的一切情形，使楚天舒彻底明白了三姐楚天歌如今的身份，他不能，也不愿说出什么，只是像是默默为她尽着一分维护手足情谊的样子。

白鸽坐在他的身后，却一直在盯着弟弟的背影出神。

往昔记忆里那个单弱秀气的少年，七八年过去，已经蜕化成为一个身材精悍挺拔的青年，板正有型的军装让他浑身上下凸现出一个军人应有的威武和持重。这一切，让白鸽在亲情荡漾的同时，又感到一丝陌生和隔阂。

前两天沁梅的话又浮现在脑海中，面前不再是那个单纯有爱的小弟弟天舒，而是一个精明冷酷的军统特务，一个与自己组织势不两立的强悍对手！

白鸽忍不住在心里长叹一口气，有一行悲酸的泪水流过心底。

眼见开出市区，楚天舒放慢了车速，他没有回头，只是平静地问道："我该送你到哪里？"

白鸽沉默片刻，轻声道："前面路口，我下车！"

楚天舒忍了又忍，还是不由带出一丝怨念的语气对她道："前面路口？说得好轻巧！你知道这里还是盘查区吗？！前面至少还有两三道关卡，请问你如何过得去呢？"

"那么你想做什么？请随意吧，军官先生！"白鸽的回答也是带着一股赌气意味。

"你看不出我在帮你吗，楚三小姐？"

"谢谢，楚……少校！"

从后视镜中暗暗看了姐姐一眼，楚天舒叹了口气："也罢，我知道你也不会说出你的真实去处。这样吧，东西南北四个方向，你说出来你要去的那个方向，我将你送到安全区域，如何？"

白鸽思索片刻，轻轻吐出"东面"两个字，再没有多一句话。

楚天舒太了解自己这个姐姐的脾气和秉性，他苦笑一下，调转车头，向东边驶去，两人再次陷入沉默。

来到一个荒僻无人的地带，白鸽示意到了。她默默走下车，楚天舒也急忙跳下车，将皮箱取下，交在她的手中。

白鸽无言看着眼前这个已经高出她大半头的青年，这个她的至亲手足。她盯着他看了有几秒钟，她看到亲爱的弟弟也用满含雾气的眼睛深深回望着她，那里面有关切，有爱护，更有无限的深情！白鸽强忍住泪水，没有再说一句话，转身离去。

楚天舒望着她的无语别去，不禁仰天长吸一口气。他对着她的背影喊道："能再听我说句话吗？"

白鸽猛然站住了，但是仍然没有回过头来，只是那样背对他站着。

楚天舒压抑住情绪，尽量用清晰的词句道："如果我们还算是手足，如果你还对我有一丝丝信任感，那么请记住我下面的每一句话，甚至是每一个字！也许，对你，对你们那个组织都有很大用处的。"

他的声音低沉有力："功率为一百多瓦的电台，使用起来的确是太危险了，如果放在用电量大的外国人居住区，还算混得过去，否则，在普通居民区，即使在深更半夜中，平民家里不开灯的十瓦灯泡，也会因为周围有电台的使用而发出可疑的亮光。"

他认真的，略微带点苦笑的神情："收报机不可以和发报机存放在一个地方，否则一旦遭遇搜查,将无法解释清楚用途,反之,则可以以商业收发报搪塞之。同理,收报员应该不会自己发报,发报员应该不懂密码破译,这个…… 应该是电讯秘密工作的铁的纪律!"

他继续着:"收音机和收报机的区别在于后者多一个差频振荡器,从外形看,一般人是看不出来的,但是请记住,无论怎样伪装,都难逃一个专业人士的眼光!还有一点应该充分注意的常识就是——穿成你这样的女人,不该自己提着箱子在街上乱跑……"

泪水就在这时涌上了他的眼眶,他掩饰着,他的声音瞬间变得有些暗哑:"好了,我的话完了,你好自为之,多保重吧……三姐!"

他似乎好容易喊出这声称呼,立刻像逃逸似的跑回车上,驾车迅速离开。

他没有看见,一直背对着他站立的白鸽,他的姐姐,早已是泪流满面!

此刻,听着车声,她猛然回头,望着绝尘而去的弟弟,低声喊了句:"老七……小弟!"禁不住再次泪如雨下。

擦干了眼泪,调整好情绪,驾车回到上海站的楚天舒已经一脸平静。

他看到沁梅站在门口路边,望着他带着揶揄笑容,伸手拦下了他的车。

"哎呀楚长官,大星期天的您也不消停?让我好找!"

楚天舒目下正心情不好,他压下灰暗的心思,尽量平静相问:"又为何事?"

沁梅晃晃脑袋,有点夸张的表情对他:"你要完蛋了知道吗?惹上大麻烦了!"

楚天舒微微皱眉:"郭少尉你说话能靠谱些吗,什么叫完蛋了?我又惹上什么麻烦了?"他忍不住嘟囔了一句,"你不给我找麻烦我就谢天谢地了!"

沁梅不屑一笑,拉开副驾驶的车门坐上了车。

"郭少尉,我上午检查了几处据点,累得不行,我想回去休息一下,你请便好吗?想要开玩笑什么的,咱们改天吧!"楚天舒几乎是哀恳状了。对于这个没章法、没规矩的娇娇女,他真有些头疼无奈。

却不料听到眼前女孩说出了石破天惊的一句话:"哼?谁在开玩笑?弄不好暴露了,咱俩全玩完,明白吗?"

这样危言耸听的一句话让楚天舒哭笑不得,他看着沁梅,无奈地摇头:"我真想叫你一声长官得了!郭少尉,你这不着边际、没头没脑的话怎么张口就来啊?我实在是服了你了!"

沁梅不接他的话,只是跺跺脚:"开车,开车!"

"开什么车?往哪里开?这都到家门口了。"

"好吧,长官,怪我没说清楚意思,请开车到淞沪警备师江静舟师长官邸——我表叔请你去一趟。我来指路给你。"

"江师长请我去?为什么呢?"

"这个是你们长官之间的事情，我就不晓得了。"

"那么郭少尉请你先解释清楚刚才那句话，我遇到的麻烦？还有……什么要暴露？"

"哎呀，你这人真啰唆！不会边走边说吗？一点都不灵活机变！还是情报军官呢，反不如我一个毛丫头沉得住气！"

"你哪里算毛丫头？你是常有理丫头！"

沁梅又忍不住在车里跺脚，这样的娇憨模样让楚天舒莫名想起了自己的小妹天姣的往日神态，他心一软，就乖乖发动了车子。

路上，沁梅慢吞吞给他讲着刚才的话题，她伸出一个指头：

"第一，有关你惹麻烦上身的问题。长官你知道吗？今天那个苏菲去头儿那里闹了一场，非要当你的助手，和你一起去空军呢。你说这算不算你不幸遭遇的一个天字号大麻烦？说实话，我都替你累得慌！"

"头儿？什么头儿？"

开着车的楚天舒不解的神情让身边的女下属哂笑起来："哎哟我的博士长官，您这颗聪明绝顶的脑袋此刻出状况不运作了吗？你说是哪个头儿？当然是我父亲啦！"

听她背后这样称呼自己的养父，楚天舒很好笑，他还是不明白："那怎么能算我惹上麻烦了呢？明明是你们两个人都想去，在那里较劲，关我什么事啊？"

沁梅撇嘴："你又不客观了，连我都看出来了，你处处在躲着那个浑身上下烈焰滚滚的混血女呢，又怎么可能带她去当你的助手？她对你来讲，就是一个大大的麻烦！"

楚天舒笑着摇头："好吧，先别管她是否是麻烦了，我想知道的是，站长对这件事的处理态度？"

"我爹当然向着我，何况他先答应了我的？他是个好老头！"

年未四旬的养父被她戏称为"老头"，楚天舒忍不住笑出声来："哈哈，好吧，看来真的是应了那句老话——上阵父女兵！"

"才不是呢。"沁梅高高噘起嘴巴来，"可爱的老头什么都好，就是犹疑不定这点让人崩溃！你知道吗？他竟然把我叫去，支支吾吾，顾左右而言他地说了一大堆的废话，无非想劝我放弃……"

楚天舒被他说得孩子性起，就回头笑看她："那后来呢？"

"NO！NO！NO！后来我就对他大声嚷了一大串的这个洋词！估计这是我知道的为数不多的洋文单词之一吧？在这里好用极了！"她顽皮得意的笑脸感染了身边的长官，一直心情郁闷的楚天舒觉得心里轻松明亮起来。

"楚长官，你相信吗？我有个大胆的猜测和分析：咱头儿一定是被那个苏菲缠怕了，可能她把她的中将父亲的面子都抬出来了，所以头儿都几乎要妥协了。"

"嗯嗯，也许你分析得很在理。不过我在想，你光撒娇恐怕不能奏效吧？你又是用什么办法说服头儿……呃，站长的呢？"楚天舒暗自好笑，自己差点都被这个丫头带到沟里去了，也跟着她叫起"头儿"来。

沁梅偷偷看看楚天舒的脸色："我说出来，你别不高兴啊？"

楚天舒笑笑："怎样会？目前咱们可是同盟军呢。"

"楚大长官说话可要算数啊！"沁梅马上抓住他这句话，然后声音蓦然放低了许多，口气也支吾起来，"首先声明，我是被逼的哦……我当时也是赌口气嘛，这不是没办法了吗？你那时又不在场，也不能帮我说句公道话……所以我只好信口开河了……我说我这次必须要和你去，是因为……因为……你说，你喜欢我……"她的脸瞬间飘上一丝红晕。

楚天舒显然没听明白她的意思："唔，不错啊，你就可以说我喜欢和你的合作，起码比和苏菲强些。"

沁梅支支吾吾："不是这个意思……是那个意思！然后头儿就误会了嘛，认为我们在谈恋爱呢，是你在……追求我……"

"什么？！"

"砰！"

楚天舒一声大叫，猛然一刹车，沁梅没防备，头碰到车的前沿上，她捂头哎哟一声，生气地望向楚天舒："你干什么？这样猛地刹车，你想谋杀啊？"

事发突然，楚天舒气得都快无语了："这应该是我问你的话吧？你想干什么啊？！郭少尉，郭大小姐？你都胡说了些什么啊？我喜欢你？还我在……追求你？"

他仰天长叹："天呐！你怎么什么都敢拿来信口雌黄呢？一个女孩子家家的！"

他痛不欲生的神情刺激到沁梅，她的傲气被充分激发出来："你激动什么啊？好像我稀罕你喜欢似的？不过是一个托词而已！你不了解当时的情况啊，那个苏菲一上来就和头儿说正和你谈恋爱呢，因此非要和你去！她才是信口雌黄呢，明眼人谁看不出来你不喜欢她啊？"

她瞪着楚天舒："我也是气极了嘛，就赌气和头儿说，你是要和我……那个啥嘛。其实，你说的对啊，我们女孩子家，这样说吃亏的明明是我呢，我都没计较，你还在这里大呼小叫的，好像玷污了你的清誉似的……哼！还说是同盟军呢？一点义气都不讲！好了，等这阵风头过去了，这件事只当我开玩笑，又不掉你半斤肉，哼！"她赌气扭头不再看楚天舒。

楚天舒生生被这个大小姐气笑了："你还讲不讲道理啊？明明是你拿我当幌子，去达到自己的目的，无中生有，胡言乱语！我不过才说了那么一句，你就不干了？唉，其实我早就发现了，你总是能在关键时候指鹿为马，倒打一耙，颠倒黑白，胡搅蛮缠！这简直是你郭沁梅的一个标签了。"

沁梅自知这件事自己是有些理亏，就不再吭气了。

楚天舒无奈地看着她："你这样说，站长就信了？"

沁梅嘟着嘴："他貌似信了啊，就答应了还是我去的。"

楚天舒叹气："郭少尉啊，你这下是把我害惨了，我是跳到黄河也洗不清了！我如何自处呢，又如何在站长面前做人，更如何面对一众同事呢？"

沁梅笑了："好了，你放心吧，回头我自会去和头儿解释，就说是我的恶作剧好了，不会损害你的声誉的。你就把一切责任都推到我身上好了！"

楚天舒苦笑摇头："这就是你刚才说的，我惹的麻烦啊？ 我看明明是你给我招来的麻烦吧？"

沁梅冲他一抱拳，笑道："长官恕罪，这次让长官受累背黑锅，实在是属下的不是，小女子这厢赔罪了！你放心，以后我会找机会报答你的。"

楚天舒被她的滑稽模样逗乐了："好吧，已然这样了，只能认命喽。"

他无奈笑笑："郭少尉，请说第二点吧，有关暴露的问题？"

沁梅脸更红了："就是刚才说到的我……和你……那种关系啊，我养父貌似很怀疑呢。他让我带你去他的官邸吃饭，我找理由拒绝了……不过在咱们去南京之前，我还不想让他看出来真相……"

"明白了，还要准备配合你大小姐演戏，去长官官邸吃一餐饭。"楚天舒笑得诡秘而轻松。

"谢谢长官！"沁梅声音低低地说道，第一次在楚长官面前露出温顺乖巧的样子来。

楚天舒原本就是一个宅心仁厚的人，此刻看到女孩这般神情，已经是同情心战胜了先前的愤懑之意，他也挂了真诚的笑意看着沁梅，声调柔和体贴："其实我看出来了，你这次确实很想去空军，也许那里真的有一个人让你这般牵肠挂肚？ 那还说什么呢，我既然答应过你，就一定会成全你。"他边说着，边含笑发动了车子。

"长官！"沁梅突然大叫一声，楚天舒吓了一跳，急忙停了车，看着她苦笑："又怎么了？"

沁梅望着他，神情是从来没有的真诚："你为什么……这么好？真的……是个……好人！"

楚天舒露出委屈的模样："这话透着奇怪！敢情以前我在你心目中就是一坏人啊？"

"不是……是我，以前……对你太不礼貌了！"沁梅有些愧疚，一向伶牙俐齿的她变得纠结难言，"你……真的不计较吗？"

楚天舒满不在乎地一笑："没什么啊，女孩子嘛，娇一点蛮正常的，你最多是再加一个'骄'字而已！好了，同盟军同志，请坐好，让咱们向长官官邸进发吧！"

他再次发动车子。

江静舟家是一个独栋的小楼，掩映在树丛中，幽静安宁。

沁梅和楚天舒来到一楼客厅，江静舟一身便装，正在看报纸，看到楚天舒，忙笑着站起来。

楚天舒因为穿着军装，还是认真地给他敬了个军礼："江师长好！"

江静舟笑着对他摇摇手："在家里，不用这样认真。"他打量了一身戎装的楚天舒："怎么星期天你还穿的这样正规？"

楚天舒笑着解释："自从上次大搜捕后，最近站里在各路口关卡设立了检查点，我没事要去各处看看，穿军装自然是方便些。"

江静舟笑了："楚少校很敬业啊！"他回头笑看沁梅："跟你上司学学吧，看看你，总没有个军人样！"

沁梅向楚天舒吐吐舌。

江静舟对沁梅道："丫头，我有事想和你们楚长官单独谈，你先回去吧。"

沁梅点点头，转身离开了。

两人来到沙发前坐下。

楚天舒笑对江静舟："师座，您不用客气，就叫我天舒好了。"

江静舟点头："好的，天舒，我一直也没问过你，沁梅在你的手下，干得如何呢？"

楚天舒不知道他意在何为，又蓦然记起刚才沁梅提的那个"恋爱谎言"，不由有点心慌，语气未免有些迟疑："沁梅…… 哦，郭少尉，工作蛮好的……一切都挺好的。"

江静舟认真望着他，摇摇头："估计不能够吧？她是我的外甥女，脾气我太了解了，娇骄二气都忒重了些，一定不会少给你惹麻烦？"

楚天舒笑笑："真的没什么，您放心好了！"

江静舟："你以后不妨严格要求她一些，身为军人，就要有军人的样子，不能太随便了。她如今也不是小孩子了，要严格按照军人的标准来约束她。"

楚天舒答了声"是"，又笑说："我发现您和我们站长不同，站长对她要宠惯些，您好像对她一直要求很严格呢。"

江静舟笑了："不同性格的长辈，可能要求就不一样吧。"

楚天舒笑笑，不再接话。他心里有点奇怪，大星期天的，这个江师长把自己叫来，不会是为了研究他外甥女的性格教育问题吧？

江静舟似乎看出他的困惑，于是转移了话题："听说你最近要去南京空军总部工作一段时间？"

楚天舒有点头疼，难道连这个江师长也关心自己带哪个助手的问题么？他只能机械地回答："是的，下周就会出发。"

江静舟点头："今天请你来，就是请你帮我一个忙，带一点东西给一位朋友。"

"没问题，带给谁呢？"楚天舒暗暗松了口气。

江静舟正要回答，一个女声传来，打断了他的话：

"致远啊，你说的是这个茶叶吗？"

楚天舒顺着声音回头望去，却见顾倾城穿着随常的便装，捧着个盒子从里间走了出来。

猛然看到楚天舒坐在这里，顾倾城好像有点不好意思的样子，她笑着对楚天舒点了点头："楚总，好啊！"

楚天舒不安地站起身："顾副处长为什么这样称呼，让天舒如何自处？"

顾倾城淡淡一笑："我是听站里那些女孩子都这样叫你的呢。哦，我还是叫你楚少校吧。"

她招呼楚天舒坐下，又很自然地紧挨着江静舟坐下来。

她将手中的茶叶递给江静舟看。

江静舟点点头，看向楚天舒："天舒，你这次去南京，请将这盒茶叶帮我带给你姨妈樊主编，这是一个朋友特意从福建武夷山带回来的，据说是上品大红袍，我想，她是个文人雅士，应该喜欢这个。"

楚天舒笑道："您太客气了，我替小姨谢了！"

江静舟摇摇手："说起来，是我欠你小姨的太多了。这么多年来，她多次为我写文章，真的帮了我很多。所谓大恩不言谢，不过是略表寸心罢了！"

顾倾城附和说："是的，樊主编对我也一直很关心，我也是一直在找机会回报一二呢。楚少校这次一并代我们表达一下谢意吧，借这一点小礼物，就说我和致远都很感激她一直以来的关心！"她说着亲昵地看看江静舟，温柔一笑。

楚天舒看他们这番情形，心下明白一二，他淡淡一笑："没问题，天舒一定将二位的意思转达给小姨。"

又谈了几句闲话，楚天舒起身告辞，顾倾城挽留："刚才我煲了一点南式粥品，楚少校在这里吃了饭再走吧？"

楚天舒忙推辞："站里还有点事情，下次一定专程来品尝您的手艺。"

顾倾城很自然地笑笑："好吧，随时欢迎你来家玩啊。"

楚天舒离开后，客厅里剩下的两人相对默然，有一种尴尬难言的气氛游动在两人间。

顾倾城牵牵衣角，站起身来，低声道："谢谢师座的配合，戏……应该演的没错？"

一种歉疚不忍的心绪涌上江静舟心头，他勉强一笑："哪里，该说谢的是我才对！是你在想法为我解难……不过，这样做于你有些不公，所以以后……还是不要……"

"不，不！师座，不是这样的！虽然此计出自倾城，可是你不必把我想的那样无私崇高，我其实也是为自己打算呢！您是知道的，我身肩的组织任务，这也是为我自己打掩护，如果还能同时帮到你，实在是一件幸事！谢谢师座，谢谢您采用了倾城的拙计！"

女孩急切谦恭的辩解让江静舟一阵心酸复心痛。这是怎样一个单纯无私又卑微谦和的女子呢？为了不让他为难和纠结，就将这件原本是为了他江静舟解围的事情，都打上了她为自己设谋的外衣，目的只是为了让他能更安心！

她的品格、性情都太像她的哥哥，为了别人付出太多，从来很少想到自己，忠诚、无私、豁达随和、善解人意……这样的女子，让任何男人都会陡然萌生关怀、保护她的意念。

　　她是方城的妹妹，也就是我的亲妹妹，不管她身处哪个阵营，我都应该相帮她，在我自己可以控制的范围内。就像许若飞前面说的那样，我们要尽量对她温情一些。江静舟在心底默念着，看向女孩的眼光第一次有了兄长般的温和和亲切。

　　顾倾城垂着眼，在这个上司面前，她永远是难以正视他的眼光的，她没有看到他眼中流露出的那丝温情，她只是一贯制地低眉顺眼地准备告辞了："戏是假的，饭倒是真的，都做好了在锅里呢，我先回警备师了。"

　　"你也忙了一上午了，吃了饭再走吧？"他的声音是从未有过的温润亲切，她有点疑惑地看向他，正想再说什么，却见沁梅蹦跳着进来。

　　"蹭饭的又来啦！"

　　"这丫头，你怎么没走啊？"

　　"表叔瞧您这话，貌似不欢迎我么？我在后院猫着呢，看到我们那个楚长官走了，我又冒头啦。省得您又当着他的面训我，让我没面子的……长官们寒暄打科，经常会拿我们下属当垫背的呢。"

　　"这都跟谁学得伶牙俐齿的？没有规矩！"

　　"这我就不知道了.不过我养父都说某些方面我有点得您真传呢？"

　　"哼，小丫头，我看你这阴阳怪气的狡辩倒真有点学他。"

　　爷俩嘻嘻哈哈斗着嘴，在餐桌边坐下，顾倾城不顾他们的一再挽留，执意离开了官邸。

第二十一章 楚家风云

国民党的腐朽统治已经到了该摧枯拉朽的时刻，所有有良知的人都在觉醒，都在渴盼着一个新政权的诞生！一个民主、独立、代表着进步和先进的新型的政权！目前的形势，就好比是一个堆得高高的草垛，只要有一把火点燃，马上就会烈焰冲天！

第二天早晨，虞水蓉像往常一样，来到办公室，蓦然看到一束玫瑰放在她的桌子上。她自然猜得到是谁送的，只是默默将花放到一边，便开始工作。

过了一会儿，胡文轩果然来了，他看看那束花，解释道："今天，是你到我这里整整一百天，纪念一下。"

虞水蓉淡淡地说："彼此都不是年轻人了，这又何必？"

胡文轩赧然一笑："我也是偶发奇想而已。"

他记起什么："对了，天舒和阿梅明天就要去南京了，你这里还忙得过来吗？要不要再给你派个人来？"

虞水蓉摇头："不是还有小芮吗？不必再派人了，事情反正也不太多。"

胡文轩点头："还有一件事情，我想问你一下，关于天舒和阿梅，你感觉到什么了吗？"

虞水蓉奇怪地望他，似乎不明白他的意思。

胡文轩解释："据说他们在谈恋爱，你没察觉吗？"

虞水蓉疑惑地摇头："这个倒没看出来，不过……他们两人，似乎总爱打个嘴仗什么的？也许，这也是一种恋爱方式吗？年轻人啊，真搞不懂！"她不由得笑了。

胡文轩也笑："其实，我倒是希望这是真事。阿梅如果能和天舒成一对，是再理想不过了！天舒这孩子，我最喜欢的，不是他的聪明，也不是他的才干，而是他的心地纯良，他会对阿梅好的！"

而且，以楚天舒的影响力，必然会将阿梅向自己阵营这边拉上一把，这点至关重要，这才是胡文轩最看重的！他这样想着，却没有说出来。

虞水蓉点头笑笑："你这番口吻，倒真的像一个父亲。"

胡文轩认真地说："我本来就是阿梅的父亲！"

他又笑着建议："走前是来不及了，等他们回来，请你帮我安排一场家宴，请天舒到我那里坐坐吧。"

虞水蓉正想回答，外边一阵喧哗声传来，依稀听得出是苏菲的声音，似乎很激动的样子。

虞水蓉轻叹："好了，如今这一位该不消停了！"

胡文轩摇摇头，走到楚天舒的办公室外边，意外地看到惊心动魄的一幕：

办公室里，苏菲正对着楚天舒气愤地大叫大嚷着，似乎在不停口地埋怨楚天舒，说出些"朝三暮四""花花太岁"之类的词，那楚天舒也不解释，一直在默默理着手中的文件。

突然，苏菲扬手打了楚天舒一耳光，哭骂道："你这个伪君子！"

这一幕实在惊人，不但当事者楚天舒没料想到，几乎被她打愣了，外间偷偷看热闹的几个下属也吓傻了，尤其是当她们回头，看到门口站长那张阴沉可怕的脸。

"来人，把苏菲中尉送禁闭室，执行家规！"胡文轩狠狠说出这句，转身走了。

等沁梅从外边回来，听说此事，来到楚天舒办公室时，发现他并没有在里面。她等了一会，楚天舒才回来。

沁梅注意看着他，发现他面色平静如昔。

"你做什么去了？"沁梅关心地看向他。

楚天舒面无表情："去找了站长，请他将苏菲中尉放出来。"

"你……没事吧？"

"郭少尉，请回去做准备，明天上午九点咱们准时出发。"

第二天，当楚天舒和沁梅乘车出发赴南京的时候，江静舟正在办公室处理一件棘手的事情。

警备师一团团长王正武在向他汇报着一件窝心的事情。

"师座，咱们是部队，又不是机关办公室，我的士兵们是要搞训练，要出操，练兵的！可是朱参谋长却布置要重点抓部队政训工作，还整了一大套整改方案，这样一来全乱套了！不仅每个人要写思想汇报，还要绞尽脑汁分析推测身边的人，谁会是共党分子，可疑人物？大家互相猜测，相互倾轧，把人心都搞乱了，这个兵，我可咋带呢？"

"我的部队，他整改何来？"江静舟蹙眉道，"其他的呢？二团，三团？"

王正武："一样啊，大家都不安生，也很憋气，但是又不敢公然违抗，只好推举我向您汇报请示，想着咱一团不是您以前的老底子吗？"他知道他们一团是江静舟任过团长的旧部，江静舟对它有着特殊的感情。

江静舟略一思索，果断地命令道："你回去通知一团二团三团，就说我的命令，恢复以前的状态，什么都不用管，给我把兵练好，其他的不用你们操心！如果有人问起，让他直接找我来！"

"是，师座！"王正武得了尚方宝剑在手，高兴地敬礼后退出了。

江静舟想了想，起身来到办公室外，正欲让秘书乔思扬去请副师长向晖过来，却看到乔秘书正趴在那里奋笔疾书，看到江静舟出来，他赶忙站起来："师座。"

江静舟奇怪地问："你这是在写什么，长篇大论的？"

乔思扬："是参谋长布置的，每个人都要写的，对上次大搜捕的认识，还有对目前自己身边人的看法：是否有共党嫌疑人员存在，都有哪些可疑情况，等等。好几项内容呢，我写了一早上了，才写了不到一半。"

"嚯，你倒听话？他让你写你就写？"江静舟不由得火起，他对着乔思扬微微瞪眼，"你到底是他的秘书是我的秘书？"

乔思扬脸红了："我…… 参谋长他……"

江静舟看着自己年轻的秘书，突然意识到刚才这番话对他是苛责了，就打断他的解释，温言道："好了，这也怪不着你，你去请向副师长到我这里来一下。"

向晖听了江静舟的牢骚，平和地笑了笑："这件事情我就猜到你会不满，可是我以为，朱参谋长也是职责所在，你就别怪他了。"

江静舟冷笑："我这里等同于野战部队，平日里是要抓紧练兵，关键时候是要保一方平安的！他把他们军统局那套带到这里来，整日里搞这些窝里斗，家反宅乱的事情，让咱们怎么带兵呢？"

向晖解释："这件事情，我也感觉得到师里军官们多有不满情绪，不过，毕竟是上面布置下来的。现在全军在加强政治督导工作，这次人人过关的调查也是军统局秉承上头意思做的一次行动，我们这边走个过场也没什么吧？"

他看看江静舟的神色，微笑解劝道："要不你交给我好了，我来负责协调。总之，你不要以师长名义继续助长这股不满情绪了，而且你也要注意不要和参谋长有抵牾才好。"

江静舟指着他，揶揄笑笑："向明光，你这个泥瓦匠当得蛮称职的。"

"你是笑话我在和稀泥么？"向晖无奈笑了，"那怎么办呢？谁让我遭遇上你这个永远是小豹子脾气的江致远呢？我不去灭火，倒给你火上浇油不成？"

他又认真看着江静舟："上次咱们的老长官在南京召见时，还特意吩咐我说，不管你向明光是当他江致远的参谋长还是副师长，永远记住一个角色就好 ……"

"泥瓦匠还是灭火队长？"听他提起封正烈，江静舟忍不住笑着打断他。

向晖无奈笑笑，用手点点他。

片刻，他又记起一件事来："对了，致远，有个好消息你还不知道呢？一帮老独立团的人来上海了，耿进忠，赵晋生他们几个，据说是为了采办军用物资的。他们几个如今都跟着老长官的部队准备去东北了，这次也是找机会回来看看你这个老团长。"

"哦？什么时候来的？人现在在哪里？"江静舟兴奋地问。

向晖理解地笑了："你看你，一听说远征军的老部下就激动成这样！昨晚才到的，我给他们安排到师部招待所了，约好晚上一起为他们接风呢。"

江静舟笑看他："你还说我呢，你难道不激动不兴奋？都是生死之交啊！经过了远征军的部队的弟兄们，这感情……血浓于水！"

楚天舒和沁梅按计划从上海出发，赴南京空军总部。临行前，楚天舒的晋级命令下来了，他的肩头多缀上了一颗星星，于是又被沁梅善意嘲弄了一番。

来到目的地已经是下午接近晚饭时分，他们各自来到预先安排的宿舍里安顿下来。一个年轻副官模样的军官来找楚天舒，和他说了几句，楚天舒皱着眉点了点头。他出了宿舍，正往外走，看到已经换上便装的沁梅也出来了。

沁梅对他笑笑："你要出去吗？"

楚天舒点头："我回趟家。"

沁梅了然："我差点都忘了，你的老家在这里啊。"

楚天舒忍笑望着她："你呢？是去约会吗？这就急着商讨私奔计划啊，还是……"

沁梅扬扬下颌："不错，如果这次我真的逃掉了，你把我带不回上海，估计你会有大麻烦哦？"

楚天舒哈哈笑着："看来你自己也知道，你是个大麻烦啊？"

两个人笑着分了手。沁梅突然发现，如果不是带着一种敌对的情绪看待楚天舒，这个危险的上司其实还是蛮可爱的。但是眼下的她，无论如何也不会想到，这次的南京之行，楚天舒会成为她的救命恩人，从此两人的关系会进入到一个新阶段。

沁梅更没想到的是，她会在总部大门口遇到身着上尉军服的萧岳。

她原本想根据上次萧岳留给他的部队地址去秘密找他，谁知竟有这番偶遇。交谈方知绝对是场巧合——萧岳也是来总部专门参加楚天舒举办的电讯培训班的。这样，两人倒可以光明正大地公开接触了。

萧岳跟着沁梅来到她的宿舍，看着她给他倒了水，又从带来的箱子里，拿出各式各样的上海小吃来摆到他的面前。

萧岳笑了："你真把我当小孩子待了？"

"是的，长岭小朋友，请尽情吃吃喝喝吧！"沁梅俏皮地回答。

两个人嬉笑一阵，赶快进入严肃状态，毕竟首先要谈的是工作问题。

"空军的形势对我们很不利！"萧岳忧虑地开口，"眼看国共两党大战在即，国民党的空军力量不可小觑。他们从美国廉价购买了一千多架飞机，组建了八个飞行大队和两个侦察机中队，实力大增，制定了'全面进攻'和'重点进攻'方案，准备发挥机动性强的特点，来运送军队，对解放区实行轰炸。"

萧岳接着说出了自己考虑已久的想法："目前，除了搜集情报外，我建议还是要在空军这块铜墙铁壁上撕开一道口子，驾机起义，飞向解放区，这不仅是一种民心所向的象征，而且可以瓦解国民党空军人员的斗志，给更多的人指明一条光明的方向，意义是巨大的！"

"你说得太好了！"沁梅激动地抢过话头，"这无疑是一种示范效应，起码不能让国民党胡乱吹嘘，他们空军是什么铁板一块！咱们偏要从空军内部狠狠撕开一道口子，打击一下他们的嚣张气焰！"

萧岳点头："目前，我已经在这里建立起党小组，发展了十几名党员，他们中既有飞行员，又有地面维修人员，如机械师等。大家对国民党的腐朽统治早有看法，向往着新政权的诞生，这些人都对国民党打内战不满，愿意到解放区去，所以，从思想上已经具备起义的条件。但是具体采取行动时，还是需要周密计划安排，不能有半点疏漏。"

萧岳和沁梅认真讲述着这大半年来自己的工作情况。

"目前我考虑，有两种方式可以采用，一种是在飞行途中驾机飞向解放区；二是在机场夺取飞机飞向解放区。我分析观察了很久，空中起义恐怕不行，B-24轰炸机要五六个人操纵，到时很难保证都是自己人。还是在机场夺机比较保险，我们十几个人，一下可夺去三四架飞机。等指挥塔反应过来派飞机来追，起码要过二十分钟。有这二十分钟，我们早飞出去很远的距离了！"

沁梅看着他："你有详细计划吗？"

萧岳点头："是的，我做了个起义计划，想尽快传回老家，征得上级的意见，以确定我们的行动方案，也要得到那边的配合才行。"

沁梅带着钦佩的眼神望向他，嘴角挂起一丝自信的微笑："交给我吧，我在这里还要待三周左右，我想……最近就找机会赶快回上海一趟，通过贞德这条线，将你的这份计划尽快传回老家。"

萧岳兴奋地点点头："我就是一直在焦急地等待着和你们的联系呢。因为我离开延安时候，泰山同志有过交代，为了安全起见，我个人不能和南京的地下党有横向联系。可是你能这样快的赶来，我是真没想到！"

沁梅得意地笑了："那是必需的呀！谁让我是你的特别联络员？"

一座很气派的别墅区门口，楚天舒按响了门铃。

一个老家人打开门，看到是他，略带惊喜地："七少爷，您回来了？"

楚天舒微笑："福伯，家里人都在吗？"

福伯恭顺地答道："大小姐陪老太太去教堂了。"

楚天舒进了大门，边走边问："我四哥呢？"

福伯："四少爷没在，不过四少奶奶在呢。"

楚天舒正想说话，就听到他的四嫂——楚家四少奶杨露珺在客厅的露台上对他招呼："老七，你上来！"

楚天舒进了客厅，奇怪地问："四嫂，我哥叫我回来，他怎样不在？他这样急着找我有什么事呢？"

杨露珺抿嘴笑道："他临时有个会议，一会儿就回来。叫我在这里等你，说是让你一定别乱跑，他有重要事和你谈。至于具体什么事情我并不知道。"

楚天舒叹气："我现在很有点服我这位老兄了，他总能让我提心吊胆，心神不安的。"

杨露珺笑着摇头："真是奇怪得很，你们哥儿几个为什么这样怕他呢？其实你四哥对你们几个弟妹心最重了！"

楚天舒做出无奈的表情："别人我是不知道，反正我在他眼里，做什么都貌似不对。所以一听他叫我，我就莫名紧张！"

杨露珺还想说什么，听到外边有汽车声，笑道："他回来了。"

田宇沉着脸走进客厅，看到楚天舒，说了句："到我书房谈。"

兄弟俩来到书房坐下，看到哥哥深沉阴郁的面容，楚天舒一贯制地绷紧了神经。

田宇沉默了片刻，抬眼看着弟弟，突然问了句："老七，关于你三姐，你不想说点什么吗？"

他的声音很轻很平静，可是楚天舒突然就感到背脊冒出了冷汗。

与此同时，沁梅的宿舍里，两个年轻的共产党员仍相谈甚欢。

认真谈过了工作，两人的情绪瞬间放松下来，彼此相视而笑。

"特别联络员？太好了，沁梅……"萧岳扬起眉毛，秀长的眼睛里满是激动和兴奋的水波在荡漾，"这对我来说，真是个意外的惊喜！原本老家是要派我的弟弟来担任我和组织之间的联络工作的，可是一直没有实现，没想到，你这样快就来了？能和你们接上关系，我就心里踏实多了。"

"看看你，高兴得像个孩子！"沁梅笑看着他，"不过我充分理解啊，和组织失去联系，就像没娘的孤儿一般……哦？你弟弟做联络员，也很好啊，可是为什么没能实现呢？我在想，身处敌营的人，对亲情可能尤为向往吧，而且合作起来，彼此间会有一种特殊的信任感。所以这可能也是组织上当时派我到表叔身边工作的重要原因吧。"

萧岳点头："我弟弟也是个国军军官，目前正在陆军军官学校学习，当然，他也和咱们一样，是白皮红心的人。只是他一直没有合适机会渗透到这里来，估计组织上也正在想办法呢。你说得对，作为特工，可能手足间配合起来，不仅有很好的信任度，还会有较强的默契感。不过，这方面在战友中间，也会产生，比如 …… "他看看沁梅，脸又微微潮红起来，眼中却流露出一丝大胆而热烈的光芒。

沁梅是心头暗喜：原来自己暗暗心仪的男孩，心中也这样装着自己，她感到了甜蜜和幸福。

芳心暗动的沁梅初尝爱情的美味，一向开朗豁达，大大咧咧的她，竟然也会变得羞涩含蓄起来。她偷偷瞄了眼身边的他，一时竟然说不出话来。

萧岳看出了心上姑娘的不安和羞赧，他的性格原本是开朗明快的，但是遭遇心上人，自然会有一种别样的害羞和无措。他忐忑不安地四处张望一下，不知道该如何再开口。

还是纯情爽朗的沁梅打破了僵局："哦，你刚才说到你的弟弟，他和你长得像吗？"

"哈哈，太像了！像得……你都想象不到呢。"萧岳也瞬间恢复了活泼开朗性情。

"此话怎讲？"

"因为我们是……双棒儿！双棒儿你懂吗？"

看到沁梅睁着不解的大眼睛摇头，萧岳笑了："就是双胞胎！"

他笑着向她解释着："从我们两人的名、字上你都可以看出来：我叫萧岳，字长岭；他叫萧海，字长河，有意思吧？"

"双胞胎？真好玩！说得我都想马上见到他了，看看你们哥俩究竟有多像？嗯嗯，长岭，长河……不错，不仅有意思，还很好听！不过两相比较，我觉得更喜欢你的名和字。"

"看来你是仁者。"萧岳认真地说。

"此话怎讲？"沁梅有点困惑，偏着头问。

"古语有云，仁者爱山，智者爱水。不是这个理儿么？"

沁梅被逗笑了："是的，没错，很长一段时间了，你的字——长岭，总让我想起范成大的那首叫《白云岭》的诗。"

她朗朗背诵道：

　　　　"路入千峰一线通，
　　　　陆离长剑立天风。
　　　　五年领客题诗处，
　　　　正在孤云乱石中。"

她吟罢忍不住感叹："多悲壮辽阔的感觉？好像几千年的英雄惆怅都汇聚到一处了！从此我爱山成癖！所以，长岭……这个名字，我喜欢！"

姑娘直爽豪迈又天真无邪的话脱口而出，急忙拐弯不及，但是心有灵犀的两个人还是瞬间都红了脸。

楚家书房中，兄弟俩相对而坐。

楚天舒悄悄看着四哥田宇的脸，这张对他来说，曾经因威严而略感畏惧，但是又由于亲情而感到亲切的脸庞。

兄弟终究是兄弟，四哥严肃冷漠的外表下，内心蕴含的对他的关心和爱护，聪明如楚天舒，自然随时能感受到。四哥在大哥殉国，二哥、三哥出国定居后，就承担了奉养母亲、教育弟妹的职责，在弟妹眼中很有威信。

在楚天舒看来，自己的这位将军哥哥，出身清华，终究不脱文人名士味道，白皙清秀的脸上，总是带着浓浓的书卷气，和他的将军身份形成强烈的视觉反差——楚天舒曾经十分崇拜着迷于哥哥的这种儒将气质。

但是此刻，不知道是否自己"做贼心虚"引来的幻觉，他竟然从眼前这张熟悉的文质彬彬的脸上，看到一种肃杀阴沉的味道。

"关于我三姐？哥……我……不明白你的意思？"楚天舒躲闪着哥哥直视的目光，试探着问了句。他同时在紧张思索着，想尽快弄明白四哥这番问话的深意何在。

田宇认真盯着他的脸看了有几秒钟，轻轻叹了口气："这么说，也许是我多疑了？我倒但愿如此！"

什么叫但愿如此？楚天舒终究不能放心！只是自己特殊身份带来的职业素养，让他此刻暗暗抱定以不变应万变的策略，并不作一声。

田宇神色抑郁地看着弟弟："上次你来南京，不是打听你三姐的消息吗？我当时就有一种直觉，你似乎见过她？我在想，她目前很有可能在南京，或者在上海，抑或是在北平？总之，那个丫头……一定是回来了！"

楚天舒小心翼翼地看着哥哥的脸色，勉强挤出一丝苦笑："可是，你为什么一定认为我见过她呢？我回国还不到一年，而我和三姐姐，都有七八年没见过面了。"

田宇没理会他的辩解，脸上挂着思索的表情："我在想，如果她回到这些地方，也许你们会有交集？毕竟自家手足，这种可能性也不是没有。"

他看着弟弟，深沉犀利的眼神仿佛想穿透他的内心："如果你们之间真的见过面，或者还有什么隐情，最好别瞒着我才好。老七，有些事情，不是你想的那样简单！她如今的身份你想必听说了，心里也自然明白？我是担心你，会不分轻重地陷入姐弟情深的迷局中！"他长长叹了口气。

听了他这番话，楚天舒夸张地仰面一笑，这笑里包含了太多的内容：困惑，伤心，无奈，甚至是一丝不满。

田宇自然敏锐地察觉到了："你这是什么表情？"

楚天舒忍了又忍，终究一口气咽不下去，他用少有的对哥哥反抗的倔强口气，说出了自己心中的愤懑和怨怼："我是在奇怪你对她的态度！姐弟情深？好吧，就算我们是姐弟情深，那么我倒想有一问：你又是她什么人？路人，还是陌生人？上次我打听她的下落很奇怪吗？作为弟弟关心一下自己的姐姐有问题么？"

他有点激动的连续几问，同时看在田宇眼里，自己的小弟，如今对己用了罕见的敌对态势："可你呢？作为我们姐弟共同的兄长，是那样的轻描淡写，冷淡薄情，甚至是令人心寒的漫不经心！似乎她，和你毫无关系！如今，你又莫名其妙主动和我谈到她，我倒想问一句，你究竟欲何为？！"

说到这里，虽然于情于理上，楚天舒觉得自己没有错，但是想到不久前和三姐的那次相遇，以及自己对她的那份掩护，他还是觉得此刻有点强词夺理，先发制人的感觉。他不由想起了沁梅，似乎自己在潜移默化学着她的风范？

田宇自然有点恼火："你激动什么？我不过白问你这样一句话，你至于和我这样大嚷大叫的么？还有没有规矩？！"

楚天舒看他摆明哥哥的身份来，忍住气，不再开口。

田宇盯着他，语气凝重地："正因为我清楚她是我的亲妹妹，我才会关心这些事，也才操心一些事；如今这般提醒你，更是在尽着兄长的职责！如今父亲和大哥都不在了，二哥三哥在国外，我是在履行长兄为父的义务，你别不知道上下尊卑、好话歹话！"

他起身从书桌的抽屉里拿出一沓东西，扔到楚天舒的面前："你自己看吧！"

天色渐渐暗下来，萧岳准备回去，沁梅把他送到营区外，在一条小河边，两人恋恋不舍，不忍分手。

沁梅芳心萌动，心潮难平。能像父母那代的长辈那样，得一个志同道合的，同一战线的战友为自己的终身伴侣，是沁梅长久以来的一种梦想。如果说，以前的萧岳，只是给她留下了果断勇敢、精明强干的印象，那么如今的他，用实际行动，证明了他无愧于一个优秀的红色特工，一个忠诚顽强战士的称号。这一点让年轻心热的沁梅感到心悦诚服，又萌生爱意。

她望着他英俊刚毅的面庞，发自内心地感叹："长岭，你知道吗？如今，看到你在短短时间内，在壁垒森严的敌人内部，做出这样的成绩，我是有多羡慕多佩服吗？我就知道你能行的，不过你的成绩，还是远远超出了我的想象！而且我相信，一定也超出了很多人的期盼。我敢肯定，老家在得知了你的这份驾机起义计划，也会给予极大的赞扬和嘉许的！"

萧岳不好意思地笑了："谢谢你，梅！我发现你总喜欢夸我？或者我可以看作是一种激励吧？其实也不是我个人有多了不起，这真的是大势所趋罢了。国民党的腐朽统治已经到了该摧枯拉朽的时刻，所有有良知的人都在觉醒，都在渴盼着一个新政权的诞生，一个民主、独立、代表着进步和先进的新型的政权！目前的形势，就好比是一个堆得高高的草垛，只要有一把火点燃，马上就会烈焰冲天！"

"你就是那把火炬！"沁梅笑着看他，"长岭，我再次为你感到骄傲！"

"不，梅，是我们！我们一起在奋斗，在努力！我的使命，将通过你这个灵巧坚稳的途径来完成，这是最让我感到欣慰和自豪的。"

萧岳年轻的脸庞上溢满幸福自信的笑意，这份壮怀激烈般豪情，转化成甜美温柔的爱情甘露，丝丝注入沁梅的心田。

这个傍晚，两人都幸福得有点眩晕。

和此处温柔浪漫的早春夜景不同，楚家书房此刻是春寒料峭，寒气逼人。

楚天舒默默看完哥哥递给他的那沓材料，心情沉重得似乎像暴风雨前的天空一般压抑，仿佛拧一把，都能滴下水来。

他感受到一场暴风骤雨又向他袭来，亲情、生死、一切的一切，都令人窒息。

那份资料后面还附有一张照片，照片上是一个年轻男子，斯文儒雅的读书人模样，楚天舒将照片凝视了片刻，回望着四哥，沉思不语。

"这个化名陆远的男人，对你我意味着什么，你知道吗？"田宇冷冷地问道。

没有回答声，除了沉默还是沉默。

他略带讽刺意味地苦笑一声："从亲缘方面论，他当是我的妹夫，你的姐夫！"

楚天舒呆呆看着照片，依旧不着一言。

"你三姐从小叛逆，这还罢了，如今一下子叛逆出了格，竟然跑到匪区去了！在那边她倒是过得滋润啊，结婚生子，开枝散叶……要说好好在那边过日子也行啊，如今又折腾回来，是何道理？这个无法无天的野丫头！"

田宇的话近乎唠叨，与其说是给弟弟听，不如说是他不满、愤懑的自语："那些异党组织是好加入的吗？完全是走火入魔，无法无天！专门干些和政府、领袖做对的事情！如今国家光复了，不思团结一心，过太平日子，倒起了逐鹿中原的意向，是可忍孰不可忍？"

"哥，你又说这些空洞的大道理！"楚天舒忍不住打断他，挥挥手中的相片，"说咱家的事好了！这个……是怎么一种状况？"

"傻小子，如今正当乱世，家事、国事能分的清爽吗？"他接过相片，扔到一旁，冷笑道，"这个化名为陆远，真名叫林志华的男人，喏，就是你名义上的三姐夫，如今是一个命在旦夕的阶下囚！他是前不久被军统重庆站在重庆抓获的一名共党特工。准确地说，是他的上级先被抓捕，受不了酷刑，投诚了，供出了他。经过调查发现，这个陆远是重庆地下党的重要负责人之一，已经潜伏了很长一段时间。他算是个硬骨头的人吧，受尽了酷刑，到目前为止，什么也没交代。"

他叹口气，接着道："可是不幸的是，他有一个软骨头的上司，还是一个对他的情况了如指掌的上级，他们曾经一起留学法国，又一起到的延安，后来又先后回重庆潜伏。就因为他一直是陆远的挚友和上级，所以对他的家庭、出身知道得非常清楚！他供出了陆远的一切，包括他的夫人，那个和他们一起留学，一起在延安共事过的夫人，一个娘家姓楚的大家闺秀……她，无疑也是他们组织里的人！"

楚天舒呆呆地听着，眼中有了深沉迷茫之色。

"老七，你知道这一切意味着什么吗？"田宇盯着他的眼睛问，"你，我，堂堂的党国军官，有一个居心叵测的邪恶的异党分子的姐妹！更遑论和大哥的联系了——党国英雄肖云翔的亲妹妹，竟然是共产党……这种强烈的讽刺感？哈！"他苦笑起来。

楚天舒压抑着心中的强烈不安情绪，努力用平静的神色望向哥哥："可是你又是怎样得到这些材料的？"

"你们军统重庆站的站长是我的挚交，他对咱们家的情况是熟知的，自然知道这件事情的严重性。他将资料密封后交到了我手中，估计也是想卖给我这个人情吧。"田宇淡淡说道。

"那你会怎样做？"楚天舒紧紧盯着四哥。

田宇忍不住叹息："我能怎样做？关于这个陆远，谁都救不了他。他如果死硬到底，会是什么个结局，身为军统局军官的你，自然比我更清楚！我们要做的，是要从速抹掉这个危险人物和咱们家的一切痕迹。还有你三姐楚天歌，一定要彻底断绝和她的一切关系！亲情割裂是悲剧，但是也是无法回避的……"

他认真看向弟弟："如今你明白我刚才问你那句话的含义了？你三姐，可能已经潜回这边了，如果你碰巧有机缘遇见，应该怎么做，不用我教你了吧，楚中校？我今天这番话，不过是给你打个预防针而已！小子，你那点慈悲为怀的傻念头，加之和你三姐往日的情谊，我太清楚不过了，所以不能不格外提醒你。这……毕竟是让我极度不能放心的一桩心事呐！"

楚天舒的心里，悲愤、担心、忧伤情绪压抑已久，此刻，在哥哥的揶揄取笑语气中，渐渐爆发出来，他先是明显地冷笑了一声。

"老七，怎么回事？你今天总这样阴阳怪气的冷笑？我说的不对吗？"

"我阴阳怪气？是你让我不寒而栗！"他冲着自己的哥哥开火了。

他指指桌上的相片，向哥哥质问道："咱们先不论这个叫陆远或是林志华的男人是否是异党分子吧？你说过的，他是我三姐的丈夫，就和咱们有着不可割裂的亲戚关系！他就是明天被拉去砍头，也是悲剧一场，不值得你庆幸高兴吧？"

他叹口气，接着逼问："还有我三姐！不管她是什么身份，她终究是我们的姐妹！亲情割裂的话这样容易就从你嘴里说出来了吗？这种话还有人味吗？"

"放肆！小子真混蛋！"田宇终于忍无可忍，呵斥住他，"你这是对谁说话呢？说的都是些什么混账话？"

他像头被激怒的野兽一样在房间里踱了几步，一改往日儒雅沉静模样，变得让楚天舒都不认识了。

"楚天舒我告诉你，我早猜到听了这事你会有这样的反应！"他上前用手指点着弟弟的额头，"臭小子你给我记好了，你如今是什么身份？一个党国军官，你的立场呢？你的信仰呢？你的主义呢？你当时不顾一切要回来从军，我千拦万拦都挡不住，如今遇到点事，你就做出这样让我不放心的状态来！臭小子，你趁早给我滚回美国去！"

"却原来四哥你的立场就是六亲不认，你的信仰就是草菅人命，你的主义就是利己主义？！"楚天舒没有被哥哥的气势所震慑，反而是斗志昂扬起来，他的话愈发犀利逼人：

"我的才子哥哥，一代儒将，如今和一个粗暴无理的军阀何异？不仅是粗暴，还残忍、冷血、无情无义！也许终究是我错了！现在站在我眼前的，是堂堂的国军中将参议田宇将军，而不是以前那个单纯有爱的哥哥楚天宇了！"他的声音变得有些哽咽起来。

田宇被弟弟的决绝态度震撼了，他无奈长叹："你们一个个的，长大了，翅膀硬了，都可以这样信口雌黄地指责我了！就在前不久，咱们的小妹妹，那个在我心中，一直是洋娃娃般的小丫头囡囡，竟然也会向我质问这样一个问题——如果我和她的三姐在战场上相遇，我该如何自处？我会拔枪对向她三姐吗？你听听这口气……"

他摇头苦笑连连："谁又能明白我之苦衷？作为党国军人，一个将军，你们认为我该怎样抉择？唉！我这颗当哥哥的心呐，谁能体恤一二……特别是，老七啊老七，你知道吗，你刚才那番话，让我有多失望，又有多不放心？因为你终究忘却了，你也是一名党国军人！"

"在我做党国军人之前，我先要做个有良知的人！"楚天舒重重地又顶了哥哥一句。

"你？！"田宇正欲再次教训他，却见夫人杨露珺匆匆忙推门进来，"你们哥俩又在顶牛吗，声音都压不住了？老太太回来了，老七你还不过去？"

弟兄俩都不再说话了，楚天舒正欲向外走，田宇叫住了他："你现在到我的卧室去，在衣橱里找身衣服换了，记住，老太太不喜欢你穿军装，以后回家记着穿便装！"

他的语气虽然是命令式的，已经带有哥哥的温情嘱咐味道，楚天舒也压抑住悲愤之情，温顺地点点头。

换了便装的楚天舒默默坐在餐桌旁，情绪低落，默然不语，一副黯然神伤、疲倦憔悴的模样。

母亲樊黎萱坐在他身旁。她六旬开外，雍容华贵，此刻面带慈爱的神情望着自己的幼子："阿七，怎么了？回家来就是这副不开心的样子？"

大姐楚天蕴是兄弟姐妹中最年长的，此刻年过四旬的她也对弟弟有着慈母情怀。她不停地给弟弟碗里夹菜，又劝道："老七，快好好吃饭！你看你都瘦多了，妈该心疼了！"

楚天舒也不作答，吊着脸无精打采地扶起筷子来。

樊黎萱心疼地看着幼子，又将目光投向对面坐着的四子田宇身上："刚才仿佛听到你和阿七在书房里大声说话，你不会又训他了吧？你这个当哥哥的，没别的本事，就会欺负自己弟弟！让我知道了，总不饶你！"

田宇忙赔笑道："我哪敢啊？阿七是您老人家掌心上的肉，我在楚公馆哪里又敢惹这位七少爷了？"

樊黎萱一瞪他："出了楚公馆你也不许欺负他！在你的将军官邸你敢对他发威也小心让我知道。你留着你的威风去和别人使去，就不准欺负我们阿七！别看你如今出将入相的，是个人物了，你要是端出哥哥的牌子来招惹我的宝贝，我一样和你没完！"

老太太毫无道理，强势霸道的"护子言论"让在座的几个儿子、女儿和媳妇都偷笑起来，田宇无奈红着脸点头，不敢再强辩。

大家吃着饭，不多时自然又提到楚天舒调空军任职的事情，老太太和大小姐楚天蕴都是很赞同的样子。

樊黎萱看着最小的爱子，一副宠溺的表情："孩子，你如今从军的事实妈也认了，不过还是在家门口比较好啊。一样的当军官，在哪里不都是为国效力吗？"

大姐楚天蕴也相劝道："是啊，老七，你在南京任职，进步快不说，还能经常回家看看，简直是两全其美的事情呢！"

楚天舒被这浓浓的亲情弄得没法，苦笑道："我就不想离家太近，你看我一回来，简直被当成小孩子一样照顾着，多别扭！"

四嫂杨露珺抿嘴笑："谁让你最小呢？家里人多疼些很正常啊，如今囡囡又不在家。"

楚天蕴也戳戳他的额头："还说不想离家近，小子太没良心！你这一去美国，七八年吧？母亲为你流了多少眼泪，你知道吗？"

田宇笑着接口："我倒是觉得他待在美国还消停些。"

樊黎萱马上看着四子，面带不悦："你这像是当哥哥的说的话吗？你难道希望自己的弟弟一辈子在外流浪，别回故土不成？"

"妈，我不是这个意思。"田宇忙赔笑解释道，"我是说，老七的脾性大家都知道，太善良，太重情，太容易为情所困，这个军队，尤其是军统组织，真的不适合他！他老老实实在国外当学者，搞学问，清清静静，平平安安的，有多好？"

老太太正要点头，楚天舒已经冷冷地反击起哥哥："不如说没道德、没人性的地方都不适合我好了！"

"老七你怎么说话呢？我看你自从当上军官后，这脾气也见长啊？别以为当着妈的面我真不敢教训你，毕竟我是你哥！"田宇已经板起脸来。

"田将军你只管教训好了。长兄为父的道理我懂，只是有些人的道德水准是否能承担起教训别人的职责，就不好说了！"

"妈，您都听到了？这个楚小七都说了些什么？"

"你们弟兄俩好好说话不成，做什么要剑拔弩张的？小四啊，你这当哥哥的，又是将军，胸怀在哪里？阿七好容易回家一趟……"老太太的话明显有偏向，田宇只好无奈苦笑。

"可是，老七我告诉你，既然你回国又从军了，无论从家里论，从外头讲，我都要规范你的做派，总不能眼看着你走错路我不管吧？"

"我走错路？唉，我的将军哥哥，你随便吧，反正我都习惯了！总之我做什么事情你都看不顺眼？你一个堂堂的中将，总和我这个小小的中校过不去，有意思没意思啊？"楚天舒在家中自是底气很足的样子。

毕竟母亲在眼前，老人家又一向是宠溺幼子没原则的，田宇不敢太狠责弟弟，但是该说的话他还是要说明白："这是当着妈的面，我……忍了你很久了！你自己的身份你不清楚吗？是非好歹你应该分得清吧？我看你赶快去空军任职倒省心！远在上海，鞭长莫及，你再做出什么违法乱纪的事情来，我都救不了你！"

"天宇，你这是说的什么话？阿七怎么会违法乱纪？"老太太不干了，插嘴逼问四儿子道。

田宇苦笑看着母亲："妈，我是未雨绸缪，防患于未然。您的宝贝阿七您知道的，从小顽皮不羁，这一从军，环境复杂，再不严加管束就危险了！"

楚天舒冷冷一笑："你随意严加管束好了，但是要让我变成你这样的人，冷血、无情，心硬如铁，漠视生命，你想都不要想，绝无可能！"

"楚天舒你过分了啊！"田宇是真火了，他们兄弟自然知道是楚家三小姐天歌的事情让他们纠结矛盾，此种情形又不敢对母亲言明，两兄弟只好在暗地里较劲、对抗着，此时田宇强忍怒火，继续教训着他："你还真把妈当成保护伞，把楚公馆当成你为所欲为、使少爷性子的地方了？没章法的浑小子，你这七少爷的脾气也要过头了！"

谁料想，哥哥这番责难这次非但没压住楚天舒的势头，反而让他的脾气突然升级："上次在你的官邸，你说是田公馆非楚公馆，今天正好颠倒了个个儿！我就要过头一次给你看看！以后我的事情不要你管！"

楚天舒扔下这句话，将手边的饭碗扔到地下，摔了个粉碎，推开凳子，决然而去。

身后一片凌乱声，哥哥姐姐们的叫喊声，母亲气愤的怒喝声："给我拿家法来，我要教训一下这个专门欺负自己弟弟、不可一世的四少爷！"

走到外边，凉风一吹，楚天舒的头脑一下冷静起来。从小到大，虽然母亲溺爱、兄姐关怀，但是他除了稍有顽劣之态外，性情还是较为温和，很少发大脾气。

但是今天不知是为什么，总像是有一股无法遏制的怒火在胸中燃烧升腾，让他不吐不快，终于在自己最亲近的人面前放肆地发泄了一次。他明白他压抑太久。

他从手中拿着的军装上衣口袋中掏出一块口香糖，嚼在口中，让情绪渐渐平复下来，又看看自己身上穿着的便装——这身四哥的衣服，亲兄弟，身材相仿，连衣服都可以混穿的，可是，今天彼此却这样深深伤害了一回！

他无奈摇头，又不便转身回家，就回了空军总部的宿舍。

路过沁梅的宿舍，他又被小丫头拉了进去。

女孩仔细打量了他，敏感地问道："楚长官，你不是回自己家了吗？怎么一副不开心的样子？"

楚天舒微微摇头："没有啊，你看走眼了，我很开心。"

"我才不会看走眼呢！你高兴的时候，眉毛是这样的形状，不开心的时候，眉毛是这样的，喏，就是眼下这种样子……"小丫头很兴奋的神情，手舞足蹈地比画着，叽叽喳喳，完全是沉湎于爱情的幸福劲儿中还未醒过来的模样，连小嘴巴都像是抹了蜜一般："我的天才长官最仁慈了！属下求您一件事情好吗？"

"说说看！"

"你先保证不骂我才行！"

"天呐，我什么时候敢骂你了？你这个公主……你不乱发脾气我就烧高香了！"

"那好吧，报告长官，我忘记带一个重要资料了，就是你走前嘱咐我一定要准备带来的。后天总部有车去上海，我必须回去一下，去弥补自己这个错误！"

楚天舒认真打量了沁梅一番，意味深长地微微一笑："你要赶回上海一次？"

"是的，必须的，有错就改嘛！幸好是后面一段课程才需要的资料，我会尽快赶回来，总之绝不会耽误长官你讲课的。"

"好吧……资料是必不可少……总部的车方便吗？不然……我可以找到车送你回去。"

"谢谢长官，你真好！"

"没有什么，我要感谢你！"

"长官的意思？"

"你不是在这里有私奔对象吗？浪费掉和自己恋人约会的时间也要回上海拿资料，以弥补自己的失误，还不该赞么？"

"这个理由貌似好牵强啊……貌似没道理……"

"无论何种理由，我作为长官，这次就想表扬你一次，没道理也罢！"他诡秘地笑笑，转身走了，留下一头雾水的沁梅发呆。

"这个奇奇怪怪的家伙，刚才从自己家回来，一副没精打采的落魄模样，怎么听说自己回上海的请求后又格外仁慈起来？一个……不好捉摸的人！"

沁梅自认为聪明的小脑袋也想不透此种奥秘，只好甩甩头丢开了。

第二十二章　楚萧初会

　　大量美援装备产生的直接效果就是，我军精锐部队进攻防御依靠优势装备，火炮，空中优势，反而助长了部队畏战、避战情绪，官兵们尽可能避免白刃战，正面攻击。这样的士气和兵力，又怎样抵抗得了共军的虎狼之师呢？

　　就在这个傍晚，上海淞沪警备师餐厅的一个雅间里，江静舟和向晖正在招待老部下，曾经是远征军独立团营长们的赵晋生、耿进忠、李长安三人。

　　江静舟带着许若飞、乔思扬刚进房间，那三人就像热情澎湃的小伙子一样围了上来，他们和江静舟又搂又抱，几乎把他抬了起来。

　　早和他们坐了一会的向晖看着此情此景，理解地笑笑，他和许若飞一样，对这些军官和江静舟的感情自然明了，自然是见怪不怪，坐在他身边的两个年轻人却惊讶地睁大了眼睛：乔思扬才来到江静舟身边不久，卢筱生是江静舟新近从警备师一团为向晖挑选的贴身副官，他们看到几个军衔远远高于他们的长官们这样纵情挥洒着自己的豪情，十分好奇。

　　江静舟和三人依次拥抱了，又逐一仔细打量他们，笑道："行啊，进步都不慢啊！让我看看，唔，赵晋生，耿进忠上校，李长安中校，看来目前站在我面前的，应该是两个团长，一个团副吧？"

　　三人笑着称是。

　　江静舟回身打量许若飞："如此和你们比较起来，若飞跟着我是委屈了！"许若飞无所谓笑笑，接过了江静舟的大衣，为他挂到衣架上。

　　赵晋生等三人拉着江静舟不松手，左右上下看看，彼此脸上都挂了担忧的神色。

　　耿进忠忍不住问道："团长，您的那些伤，现在都彻底好了吧？"

　　江静舟哈哈大笑："你们看呢？我现在不是健壮如昔吗？"

　　赵晋生："听说您前一阵还复发过一次？昨天一来听说此事，大家都紧张坏了！您当年的伤那样重，一定要格外小心休养才是！"

　　江静舟无奈地摇摇头："这再没别人，一定又是若飞告诉你们的。"

　　他回身指着许若飞道："看来你真的不能再在我身边待了，成天婆婆妈妈的，嘴巴跟漏勺似的！干脆你这次就和他们几个去老师长那里报到好了！"

许若飞一撇嘴："那敢情好！我正想回到真正的野战部队去呢……"他笑对江静舟，"师座，好不好让思扬当您的副官吧？您再找个秘书，我这次真跟他们走了？"

乔思扬听了，笑着红了脸。

江静舟一瞪眼："你是给个杆就爬啊？别的没学会，倒学会顶嘴了？到野战部队？你想得倒美！我还没能去呢？"

耿进忠笑道："若飞可不能离开咱们老团长！他是在代表我们所有的老部下，要照顾好，保护好我们老长官的！"赵晋生和李长安也忙点头称是。

向晖笑向江静舟道："如今这情形你看出来了？你也莫怪若飞了。你看看他们几个，从昨天来到这里，见不到你的面，那个着急啊，只能缠着若飞打听你的情况，你的身体，你的状况，恨不得把你一顿吃几碗饭，每天几点睡觉都问到了！"

江静舟做恍然大悟状："原来许若飞少校是你们这些人在我身边的卧底啊？"

耿进忠不好意思挠挠头："团长，您都不知道咱老独立团的弟兄们有多想您呐！听说我们几个要到上海，咱那些老兵们都情绪激动起来，让我们一定要给您带来大家的问候，希望您能早日回到老部队，再和弟兄们在一起就好了！"

赵晋生、李长安等人也频频点头，三人眼中都有泪光在闪烁。

看着昔日部下的神情，江静舟也感动起来，他擦擦眼角的泪花，笑道："我也时刻惦记着弟兄们呢！尤其是想到大家在缅甸远征军中那番同甘共苦的经历，让人觉得那种患难与共的生死之交，是这一辈子都难以忘怀的。"

"好了，好了，你们几个这段抒情曲该告一段落了！"向晖笑着起身，走到餐桌前，"咱们边吃边谈吧。"

师部餐厅外不远的长廊上，参谋长朱孝义带着卫兵，表情严肃地走过来，他意外碰到了顾倾城，向他问候道："参谋长！"

"唔，顾副处长？听说师座在宴请一些东北部队的军官，怎么没通知咱们啊？"

顾倾城笑笑："我知道的，那些都是师座的老部下，原先远征军独立团的下属，这次也是专门来看老长官的。所以，可能是小范围聚会吧？"

朱孝义摇头："委座最忌讳部队搞山头主义，拉帮结派的！其实彼此都是党国军官，一定级别的人物，大家不要分得那样清楚吧？顾副处长，是否有兴趣和我一起进去看看呢？我想，师座总不至于当着客人的面，拒绝咱们，给个难堪吧？"

顾倾城笑道："参谋长这话让属下紧张了！其实属下认为，在工作方面，当然不应该搞什么帮派，小集团什么的，可是吃吃饭这样的小事情，也是不外乎人情的状况吧？我倒觉得不用想得那样复杂紧张。物以类聚，人以群分也是难免的正常现象，这在咱们国军哪个部队里也是如此吧？"

她看着朱孝义，认真解释道："就拿我本人来说，不管是聚餐还是聚会，总觉得还是和咱们军统局的同事们在一起比较从容随意些。师里面也有几拨人，黄埔系的，陆大系的，种种类类，可是和他们在一起，我倒总有点拘谨不自在呢！您说呢，参谋长？"

这是顾倾城的聪明之处，她提出了彼此的军统局身份来举例，一下子拉近了她和朱孝义的距离，后者深以为然，点头不语。

顾倾城一笑："所以啊，您要想去，就去看看无妨。我是不想当无趣的电灯泡杵在那里的！再说了，咱们师座的脾气您也是知道的，一不留神，话不投机，当面给人下不来台也是有的，我可不想自讨没趣呢。"

朱孝义想到江静舟已经给自己甩过的几次冷脸，心下了然。他笑着叹了口气："也是啊，他们远征军的旧部在那里吃个饭，咱们就不去掺和了吧。"

顾倾城笑道："也巧了，我记起一件事来：上次您吩咐写的思想分析总结，我一直想着能够当面给您做一个口述汇报呢。看来您也还没吃饭吧，不如咱们也找个雅间，叫人炒几个小菜，边吃边说？"

朱孝义笑着点头："不错。我才来师部不久，也有很多问题当面想向顾副处长请教呢。"边说着，他便和顾倾城向食堂另一个雅间走去。

这边江静舟等人正在饶有兴趣地听赵晋生他们讲着东北部队的情况。

江静舟——问起原来远征军独立团的老部下们的情况，听说他们中的大部分人在封正烈的陆十军和一些其他东北主力部队中任职，耿进忠告诉江静舟，这些老部下都非常想念他们的老团长，希望江静舟能早日回到老部队任职。总觉得，只有江静舟在，大家才有主心骨。

江静舟也十分感慨。他叹息道："其实我也早就盼望能够回到这些作战部队中去。目前在这里，整日弄些没名堂的事情，什么搜查电台，写写思想汇报啊，人人过关啊，互相猜忌，相互防范，尽搞些窝里斗的事情，哪有点军人作为呢？"

向晖看着他摇头："师座，这话你不该总挂在嘴上才是。别忘了你如今是一师之最高长官，这种牢骚话在这里讲讲也就罢了，传出去毕竟不大好！"

他回头看看身边几个年轻的副官秘书："你们几个记住了，都给我嘴巴紧一点！"

几个属下看到一向温和儒雅的副师长露出少有的严肃郑重的神色，都忙点头称是。

江静舟不在意地笑笑："你又如此紧张了！所以我说，我这个纯粹当兵的实在是不适合这个纵横交错的微妙氛围啊，也弄得老向你总是为我提心吊胆，操心劳神的，我都不忍心。"

"不忍心？真的假的？"向晖笑看他，"那你以后少把我往火上架着烤就好了！你这个江师座的副手还真不好当呢。"

江静舟听了，莞尔一笑，他凑近向晖，脸上挂着点顽劣的神色："哎，老向，干脆我打个报告，还是去老长官那里就职得了。反正东北大战在即，各路诸侯都在招兵买马呢，我就不在这里给你添乱了。你干脆任了这个警备师师长，和那个军统局身份的参谋长搅和吧，估计这样你们还好共事些，省得你整日夹在我们中间为难？"

虽然他是玩笑话，毕竟当着一众下属和老部下的面，还是让一向稳重内敛的向晖急了，他半真半假地带点恼怒的神色道："江致远，你越说越过分了啊！一个将军，全没正形，我都懒得理你！哦，你是谁啊？想到哪里就能到哪里么？想提拔谁当师长，你说了能算数吗？再说了，凭什么你一人回老部队，单单落下一个我？想得倒美！"

江静舟先是不由乐了，继而感慨。他知道虽然两人同岁，私交很好，可是向晖一向是个拘谨谦和的人，在公众场合极其注意维护江静舟的威信，从来都是以师座称之，很少直呼其名。今天这样叫，也是他急眼了。听了他最后的那句话，江静舟感知了向晖对自己的情分，他不由感动地拍拍自己的这位老搭档的肩膀，有点说不出话来了。

几个下属也感动地望着自己的长官们。

赵晋生感慨道："看到两位老长官的这番情形，更让我怀念起咱们在远征军的时代了！"

向晖笑道："好啦，说起那个话题大家都该伤感了。还是继续说你们在东北的情况吧。"

江静舟也附和道："对了，你们刚才提起如今带兵不像以前那样好带了，究竟是怎么个情况呢？"

目前，关于国民党在东北各主力部队的布局、人员、各方面的状态等信息，正是江静舟非常关心和留意的。他从刚才一接触的短暂时间，就非常敏感地发现几个老部下的萎靡厌战情绪，也许，这代表了相当一大部分国军将领的思想状况。所以他将话题引到了这里。

赵晋生叹了口气："现在部队真的不好带了！说实话，八年抗战，大家是身心疲惫，士兵们普遍渴望卸甲归田，尤其是一些抗战老兵们，都希望赶快退役回家看望老娘媳妇儿子，这一思想如今在各个军中泛滥。就拿咱们这个军来说，刚从滇缅战场和日军恶战了两年的时间，从印度一路打回云南，再打回广西，几乎就没有休息过，又马不停蹄地被拉到了东北，弟兄们的厌战情绪和身心的疲劳可想而知。"

李长安也附和道："再者说，以前打日本鬼子，大家都憋着一股劲，可是如今呢？说到底，也是一场内战，是一场本民族之间的兄弟之战。唉，大家心里都存着一种'中国人不打中国人'的心理，士气难振，这个兵可让人怎么带？"

江静舟、向晖等人默默听着，都陷入沉思。

片刻，江静舟笑道："和咱们以前打日本鬼子时候相比，如今我方部队的装备精良，几乎是全美式先进装备，可以说是武装到牙齿了。可是，从目前和共军交战的一些情况来看，战况却不很理想？也不知道你们这些所谓的精锐之师，都是怎么打的？"

耿进忠愤愤地辩道："团长，参谋长，想当年，对日战争理由充分，士兵个个不怕死，咱们这些当官的也身先士卒。当年您江团长和向参谋长在阵地上总是和弟兄们同生共死，冲在头里。可如今，当兵的，士气低落，思乡情切，都不想打这种糊里糊涂的仗；当官的，派系林立，争权夺利，为各自利益巴不得对方早点死。请问这种仗如何打？至于说到装备，更是成了笑话了！如今大多数长官，就是仗着这样的全副美式装备，各个都自持是王牌装备优良，难免有轻敌的意识，认为只要把部队拉上去，炮一架就能轻松消灭共军，根本就不注意战场情况，导致被共军优势兵力包围而不自知……种种类类，不可言表！"

赵晋生也补充道："大量美援装备产生的直接效果就是，我军精锐部队进攻防御依靠优势装备，火炮，空中优势，反而助长了部队畏战、避战情绪，官兵们尽可能避免白刃战，正面攻击。这样的士气和兵力，又怎样抵抗得了共军的虎狼之师呢？"

向晖听了叹道："你们几个都是主力团团长，既然知道这样的情形，就该和上级长官提出合理化建议，指出弊病，或者，干脆应该联名写个报告，呈国防部，方是尽职之举啊。"

江静舟听了，不由摸摸鼻子，暗暗笑了，心中暗叹："我的书呆子副师长啊，你真是书生意气！你在国军服役也不是一半天了，国民党内部的派系林立，官场倾轧，沉瀣一气之态你还没看清吗？这种颓势之态，岂是一两个下级军官可以进言有效的？"

因为毕竟是当着几个旧部和下属，他却也不好出言反对向晖。

他虽然没说什么，但是他的表情还是让向晖看出一二，不由侧身问道："嗯？你看呢？"

江静舟笑笑："明光兄心忧党国，诚心可鉴。不过，具体的主战场情形，我们目前究竟不是亲历者，还是听听他们几个的解释吧？"

耿进忠苦笑着看着向晖："参谋长，您是不知道东北的一些情况。其实，就属下观察，从抗战光复后，国共两党抢占东北这块地盘开始，咱们国军就输了一筹了！"

"这话怎么讲？"向晖惊异地问道，许若飞和乔思扬、卢筱生也颇感兴趣地望着耿进忠，等着听他的进一步解释。

耿进忠："俗话说得好，'得东北者得天下'，对于这块宝地，我军、共军都是势在必得！只是纵观抗战后关于东北地区的接收问题，就可以看出一些蛛丝马迹。不是我在这里自伤士气，悲观厌战，国军在东北问题上的败局已显端倪！"

此言一出，举座皆惊。

向晖明显流露出不安的情绪，他看看几个下属，沉吟道："如今这里都是自己人，今天只是关起门来议议时局，也是为我军的问题做一探讨而已，切不可轻易流露出去。尤其是你们！"他看看许若飞和卢筱生、乔思扬三人。

三人忙不迭地点头。

江静舟理解地笑笑，看看耿进忠，又望向向晖："老向你忘了，进忠可是东北军出身的，他曾经当过张学良少帅的卫士，对于东北的一些历史和现状等情况，应该比我们更有发言权。"

耿进忠叹息着说："当年，小日本子被赶出东北，国共两党都来抢东北这块宝地。

二位长官也一定清楚，咱们这边，老头子派来的是政学系出身的熊式辉，此人官僚之气甚重，绝非眼光远大的政治家，有小聪明，善耍把戏，对东北根本不了解。而且中央调到东北的军队，除孙立人将军以外都是骄兵悍将，熊拿他们一点办法都没有，而熊又不能很好地和杜聿明、孙立人两位长官合作。加之中央派到东北去的文武官员骄奢淫逸，看到东北太肥，贪赃枉法，上下其手，甚至对东北民众还带有有色眼镜，以殖民地之人对待之，必然会弄得怨声载道，在东北境内很不得人心呐！"

听到这里，江静舟低语向晖："你还记得，我们也曾议论过的？老头子对待东北问题，不能很好地依靠东北军旧部的力量，终为不智之举啊。"

向晖点头："东北军中的一些旧部，如张作相、何柱国、马占山等人，也是影响力巨大的，可惜老头子并不能真正重用放权给他们，奈何？"

耿进忠带点悲愤的语气道："我曾经听一些东北军老人讲，有很多谋士给老头子出主意，放被幽禁多年的张学良张少帅出来主持东北接收大局，这实在不失为一个明智之举。据闻中共也积极向老头子建议，释放张学良，让张学良回东北接收。这一呼吁，在东北籍人士中产生了极大的震动，也在东北民众心目中产生了极大的影响。东北的父老乡亲纷纷奔走相告，少帅要回来了，东北军要回来了。二位老长官，我可是从张氏大帅府走出来的兵啊，自然知道张氏父子对东北的影响力有多大！可惜啊可惜，老头子终究不敢迈出这一步……"

听到这里，一旁的赵晋生接口叹道："这也难怪啊！西安事变，委座受惊非小。自然会是疑心重重，难下此决心。只是我们如今要感慨的是，究竟是咱们的领袖猜疑心过重，唯恐放虎归山，从而失去了这一招好棋呢，还是我们的运数所在，天命如此，实在是未可猜测的一件事呢。"

江静舟也叹息了一声，转而微笑道："有道是，士别三日，当刮目相看！想当年只觉得你们三人都是虎将，打仗勇猛，不想如今也留心时局，考虑方方面面的事情多了，这倒是好事啊。"

一直不开言的李长安道："不瞒老团长说，如今弟兄们都在关心时局，考虑自己的出路呢。总不能只是埋头打仗，糊里糊涂的做了谁家的炮灰都不自知吧？"

"说得好！"江静舟赞道，"多动动脑筋，就不只是单纯的鲁莽军人了！你们也许会成为有独立思考和个人见解的军事家，最起码会活得更明白一些吧。"他指指三个年轻的副官和秘书："你们都跟着学着点才是。"

许若飞三人点头称是。

向晖显然还沉浸在耿进忠刚才所说的沉重话题当中，他拉拉江静舟："你们都先别打岔，听进忠把他的话说完。"

耿进忠继续道："想想我军对东北的接管问题，实在令人扼腕长叹！可是反观共军一方呢，人家显然是做了相当的筹划的，是有充分准备而来的！他们派出了以东北军旧部为主的接收成员，关键是人家还打出一张王牌，那就是张学良将军的四弟张学思。

不满三十岁的张学思曾为八路军晋察冀军区平西分区的参谋长，来东北前被任命为辽宁省主席兼辽宁省军区司令。不能不佩服共军这招太厉害了，仅此一个任命就让中共在争夺东北中占得了先机。"

他忍不住感叹："复土还乡的张学思将军上任后不久，就发表了《告东北同胞书》。信奉正统的东北人一见张家四少爷代表共产党在沈阳主政，人心马上都倒向了共产党这一边。那年轻的张学思也的确能干，他充分发挥张家在东北的影响力，广泛联系各方人士，到处宣传共产党的主张；并利用张家的旧关系，筹钱、筹粮，安定地方人心，迅速赢得了东北民众的好感，为中共接收东北奠定了良好的基础。"

听到这里，向晖忍不住长叹一声。

赵晋生接言："不仅如此，看看如今共军派出的军队的成分，就明白人家的韬略了。此番进驻东北的共军部队中，东北军旧部占了相当大的比例，比如原东北军将领万毅和吕正操等部，都有着熟悉东北民情风俗的优势地位，而且他们都有复土还乡的强烈愿望。加之共军一向长于政治攻势，宣传功夫了得！经常是还未交战，双方的东北军老兵就拉上近乎了！所以咱们这边经常会发生一个班、一个排的士兵集体开小差，投诚到那边的事情，实在令人头疼，防不胜防啊！"

李长安笑着插言："你也莫怪人家共产党搞宣传，那共党就是厉害啊，人家手上有法宝，就是他们的土地政策。咱不管国军的将军是什么出身吧，士兵们可大多数都是农民的儿子，咱中国老百姓几千年不就是为了一块地活着吗？如今咱们手下这些当兵的弟兄们接到家乡的来信，听到了父母亲人捎来的话语，'咱们家有地了，快回来吧'那谁还愿意扛这杆枪呢？"

所有人都默默听着，不再开言。

江静舟和向晖都知道，除了耿进忠是东北军出身的外，赵晋生出身晋绥军，李长安来自十七路军当年杨虎城的部下，他们还不如江静舟出身黄埔，向晖出身陆大的身份，他们三人都非出身国军嫡系王牌军队，自然更会深深感觉到在国民党军队内部被派系压迫的味道。而且，他们的想法也具有一定代表性，反映了相当一部分目前国军将领的思想状态。为此向晖深深感到忧虑和不安。

江静舟无疑很满意。他至此比较明晰地了解到这些东北部队中下层军官的思想动态，对他目前将要进行的计划很有利。他已经在脑海里酝酿着，要写一份报告，将这些国军将领的思想情况及分析，传回老家以供参考，可以筹划下一步工作，有关以前多次提及的策动东北起义的问题。

最后，耿进忠又忍不住涕泪交流地说出了一番心声，更加震动了向晖和几个年轻军官：

"我今天还向两位老长官说一段心声，这是埋藏我心底已久的话！想当年东北军二十万人入关，西安事变后，张少帅被囚，东北军几乎土崩瓦解！像我们这样的被编入各个部队的东北旧军人，各个都怀揣着一个梦想，那就是能早日回到故乡，回到那片黑土地去！好容易打垮了小日本，实现了重返故乡之梦，可是眼见着国共两党又陈兵家乡土地上，已然拉开决战之势，这一下，不知道又要战到何年何月？战争毕竟是残酷的，想到我们的故乡又要炮火连天，我们的亲人又要遭受颠沛流离之苦，我们这些老东北军弟兄们，心里都不好受啊！东北不同于内地，别的地方是八年抗战，我们这里从民国十九年九一八算起，整整沦陷了十四年之久啊，可是如今仍然得不到一方安宁，让我们这些东三省子弟兵们情何以堪呢？有多少弟兄们含泪这样问我：长官，我们到底是在为谁而战呢？又为了什么要打这场仗呢？！"

他这番话让所有人都心情沉重，相对无言。晚宴就在这种压抑的情绪下结束了。

送走几位客人，江静舟带着许若飞向自己办公室走去，他在想连夜拟一个草稿，计划东北事宜。

走到无人处，江静舟低语许若飞："你看到这种形势了吧？看来我们要争取早日拿出一个方案，报老家请示核准，同时，要尽快能有机会去东北。"

许若飞点头："看来那边的局势很可有所作为啊！"

江静舟低声笑道："想想都令人兴奋呐！我原本真的想借此次机会让你和他们先行一步去东北，不过，刚才听了那番话，倒觉得要好好做出个大计划了。我这边自然还少不了你这个可靠贴心的联络人员。小乔虽然是进步青年，毕竟还不是咱们自己人，有些事情目前还不能让他知道太多。"

许若飞也笑："无论从哪边算起，你都是头儿啊，你来定就好。反正我现在离开你，也有点放心不下呢，除非有人接替我照顾你的生活了……"

说到这里，他忍不住捂嘴笑："如今情势不一样了，显然有人可以接任我的工作了，所以……"他顽皮地向自己的长官晃晃脑袋，又是神秘一笑。

江静舟一皱眉："你又在装神弄鬼的做什么？"

"难道不是吗？蔷薇花开，香气袭人……"

"臭小子，胡说什么呢？"明白过来的江静舟用手去敲他的头，"看我给你脸了是不是？越来越没大没小了，如今动辄拿我打趣起来？"

两人亲热地说笑着，正好走到江静舟办公室门口，许若飞似乎猛然发现了什么，几乎被吓住了，他愣了愣，然后迅速笑着跑开了。

江静舟有点纳闷，不由随着他刚才看的方向定睛一看，却见顾倾城正站在自己办公室门前。

"这样晚了，你怎么还在这里？"江静舟微微皱眉，对顾倾城道。

他掏出钥匙，打开办公室门进去，顾倾城默默跟在他身后。

她从衣袋里掏出一叠纸，递到江静舟面前："关于人人过关的自省材料问题，上面的精神是从上到下无一可免，您作为师长，也是要过这一关的。可是，师座，我太了解您了，您怎么肯写这种东西呢？而且我看您的那个乔秘书毕竟年轻，又是才来师里，情况未必了解，就是您的风格他也未必清楚，只怕弄得不合您的意。所以，我……抽空给您准备了一份，您看看能用则罢，不能用，毁掉就好。"

"谢谢，有心了。"江静舟感动地对她一笑。

顾倾城向江静舟讲述了今晚朱孝义参谋长的一切言行，又将自己和他吃饭时汇报的情况，都原原本本复述了一遍给江静舟。

江静舟点点头，冷笑一声，回头看着她微笑："其实以后碰到类似情况，你倒不必拦着参谋长。他爱来参加，随他好了，反正你们军统局的人在哪里都是无孔不入的，越不让参与越疑心重！而且看来看去，总觉得谁都是可疑人物，这也算职业病吧？"

却突然想起"你们军统局的人"这个定语有点刻薄，似乎伤着顾倾城了，却已经说出了口，又无法咽回，只好看着顾倾城，歉然一笑。

顾倾城也是明白他这一笑的意思，心中自然一暖，但还是带着少许的委屈："看来您如今还是不把我当自己人待？我真是剃头挑子……嗨，命该如此，我原本是个军统女人！"

"倾城！"江静舟突然间喊出的这声称呼，已经改变了他平日里对她的称谓，只是他不自知，她却心怀感慨。

"我是说，你别成天纠结在军统女人这点上，你对警备师的贡献大家都看到了的！何况，你是方城的妹妹，他在抗战时期，和我合作过几次，我对他印象很深……他是个……很优秀的人！"

"师座……大哥！我感谢你和我这样说，您知道吗？哥哥在给我留下这支金笔时，曾经说过这样一句话——小薇，如果你能找到金笔的主人，请一定相信他，跟随他，就像相信、跟随自己的哥哥一样！"

"哦？方城这样对你说吗？"江静舟有些被震撼到的样子。

"是的，哥哥他……他一直认为我作为女孩子，不应该加入到这个组织里来。当年，哥哥离家去当兵，和家中失去了联系，父母离世后，我一心想参军抗日，正逢军统特训班招收学员，我就考取了……"

她秀美的大眼睛里溢满了回忆，也溢满了忧伤："后来在上海，我找到了唯一的亲人——哥哥，他也是这个组织里的成员。我们兄妹有机会在一个组织里为抗战服务，我兴奋极了，可是我感到万分惊讶的是，哥哥他，却一直是忧虑而不开心的状态。他总是对着我叹气，他总对我念叨说，一个女孩子，加入这个组织，终究是一场悲剧……"

江静舟注意地听着，也认真打量着女孩的神情。那张精致妩媚的脸上，满是坦诚的迷茫神情："哥哥就是我的偶像！哥哥不满意我在这个组织里，我就惶惑不安！可是哥哥并没有时间太顾及我的问题，他太忙，总有任务在身。他说过，他会想法让我摆脱军统局的控制，参加到一个更加进步的抗日组织中去……后来的事，您都知道了，哥哥牺牲了，他没时间继续操心照顾自己的妹妹了……"

"那只金笔……你哥哥是什么时候交给你的？"江静舟问的语气平静，还带有一丝漫不经心的伪装。

顾倾城却很认真地回忆着："就在哥哥牺牲前的那个周末，我们兄妹难得相聚，哥哥突然拿出那支笔，郑重地交给了我，交代了上面的那句话，还有……"

话未说完，电话铃声陡然响起，江静舟随手接了，面色沉静地说了两句，又看看顾倾城。顾倾城自然明白他的意思，忙咽下未说完的话，低首出去了。

原来是二团那边出现了一些紧急军务，江静舟接过电话，叫上许若飞，连夜赶往二团驻地。

新的一天来临，这是楚天舒在南京总部电讯班上的第一堂课，他是轻车熟路地讲授着自己的专业知识，没注意到讲台下有一双充满崇拜神情的眸子在盯着他的一言一行。

沁梅就这样认真注视着自己的长官，心中感慨万分：

这个楚天舒，简直就是天生为这三尺讲台而生！这是沁梅听的他的第二堂课，和当时在军统上海站第一次和他相识时听那堂课的情形相似，她再次为他在讲台上潇洒干练的风范所迷惑。

那低沉魅惑的男中音，那生动可爱的各式手型，那侃侃而谈的从容做派，那妙趣横生的讲课技巧，简直可以用"声情并茂，眉飞色舞，风度逼人，光芒四射"几个词来形容。这一切，让沁梅在心底深深赞赏的同时，还要哀叹一声：楚天舒啊楚天舒，你说你就当你的教官多好，为啥非要去做……军统特务呢？

眼下，这个在沁梅眼里"可爱"又"可叹"的"军统特务"将手中教鞭一挥，结束了这堂课。他还未来得及走下讲台，来自空军总部各个部门的军官们就拿着笔记将他围住了，他耐心地解答着各式各样的问题，直到接近中午时分，人群才散开。

作为助手的沁梅，诚心诚意地捧着一杯水，在他旁边站了很久，好容易才有空递给他。

神情舒展愉悦的教官对着自己的小助手露出招牌式的顽皮一笑，很给面子地喝干了她递过来的一杯水，然后还没喘过气来，就被这个小丫头拉到教室外。

当一个年轻高大的上尉出现在自己面前时，楚天舒才明白了小丫头的用意所在。

"长官，这就是你一直想谋面的那个神秘家伙；萧岳，这就是我常和你念叨的我那位天才教官！"女孩叽叽嘎嘎的笑语感染了两个第一次见面的青年军人，他们都笑着看向对方。

猛然意识到眼前这位年轻军官，就是沁梅嘴里要"相约私奔"的家伙，楚天舒在唇边勾起一抹戏谑好奇的笑意，认真端详起他来。

第一直觉就是，眼前这个男孩真是天然的军人胚子。

并不是所有的人，穿上军装就可以自然转化为军人，这需要很多因素的融合：先天的基因，后天的操练，才会形成这样真正军人的气质和状态。

面前的男孩二十出头，高大挺拔的身材，带有北方人特征的轮廓分明的脸庞，一双长圆形的眸子里隐隐跳动着热情洋溢的光芒，他的笑容很明净，很温暖，让人陡然间会记起一种花的状态来——是的，就是那种开在早春第一枝的迎春花，绽放着青春的光彩，开的无私无欲，不加掩饰，无所顾忌。

这样明朗得炫人眼眸的男孩竟然还是一名军人，这样的男孩自是人间极品！楚天舒在心底暗暗喝彩，他看到男孩肩部自然下垂的标准军姿，在美式军服笔挺英武的映衬下卓然出彩，觉得这种特殊的军旅服饰，更给他这样的男子平添一份动人心弦的魅力。

不但是军姿标准，无可挑剔，他的行为做派都让楚天舒感到赞叹——他无疑比自己更像一个标准的军人。

他敏感地注意到，按照军队条例，萧岳在见到他的第一时间，很自然认真地给大自己两岁，但军衔远远高于自己的他敬了个标准的军礼，直逼得他也只好忍住笑，认真庄重地回了个军礼，这才听到了一段年轻激昂声调的自我介绍：

"萧岳，字长岭，山东青岛人，空军上尉飞行员。认识您很荣幸，楚教官！"

"你好，萧上尉……呃，我们不算是上下级吧？是朋友，就认识一下，"楚天舒莞尔一笑，"楚天舒，字瀚若，南京本地人，能在这里结识你，我也很高兴！"

说完这句话，楚天舒心里感到好笑：自己被这个年轻上尉的英武气势所逼，竟然也中规中矩地自我介绍了一番，甚至是自己很久不用的"字"都抬出来了。

回头看到身旁女孩的神色，他更在心底暗暗笑出了声：

真是一物降一物啊，瞧瞧小丫头看情郎的那副没出息神态吧——那双总是顾盼生辉的大眼睛都不转动了，带着浓浓的爱意和痴迷，不离年轻上尉的周身；嘴角微微翘起，挂上温柔满足的笑意；那总是爱皱起抽动的生动的小圆鼻头此刻也文静地舒展开来……唉，何曾见过这个刁蛮的小丫头有如此这般乖觉的神情了？看来爱情的力量实在是不可估量啊，念及此处，楚天舒十分理解般地微微点头。

"哈，两位长官真滑稽啊，你们是在……对暗号吗？"女孩这句娇嗔的话语也同时逗笑了原本活泼爽朗的萧岳。

楚天舒带着对萧岳初次相见，却天然产生的好感和他聊了几句，更觉得对方是个内敛持重的男孩，有着和他年龄不相符合的成熟。

萧岳的回答内容都是和沁梅事先设计好的，有关一些履历，以及和沁梅在重庆时的短暂交往，不露一丝破绽。楚天舒一直微笑着倾听着，偶尔也说起自己的一些经历和相同的看法。尤其是提到两人同时留学过的美国，又似乎有着说不尽的话题。

三个人愉快地聊着，直到一件让他们都颇感意外的事情发生在眼前。

在这些听课的人员中，有一个三十六七岁模样的少将，此刻，他径直走到楚天舒面前，向他敬了个标准的军礼。

楚天舒显然被惊到了，忙不迭地还礼，不安地笑道："将军！您……这如何敢当？按照军队惯例，只有军衔低的军官向军衔高的军官致礼才对！您这是？"

那位少将摇摇头："楚教官，应当的！你听我向你解释，你就明白了。我知道你是肖云翔司令的弟弟，而我曾是肖司令的学生，也是他的部下，我还曾经飞过他的僚机。今天，我看到你，就像看到肖司令一样，所以，这个军礼，是敬给他的。"

"唉，你长得跟他真像啊……让人有恍然隔世，再见故人的感觉！"少将感叹着，眼中似乎含了泪花，"其实，肖司令和我同岁，他从法国回来当教官时，才刚二十出头，所以他的很多学生都和他年龄相当，甚至还有年龄比他大的。想想肖司令 28 岁就殉国了，我心里……所以无论如何，我见到你，都要敬这一个礼！也希望楚教官有机会到我们大队去看看，那里有很多的高级军官都是你哥哥当年的学生呢。"

楚天舒感动地点点头。他此刻自然不会料到，今天的这一幕，就这样深深印刻在他的脑海里了，这也是直接导致不久后他来空军就职的下意识的决定和必然的契机。

一旁走来空军总部的情报处副处长苏岩上校，他是秉承空军司令周至柔之命，这次来专门接待楚天舒的。

此刻他急忙上前，为楚天舒介绍了这位少将的身份，又笑说："楚教官，你还不知道吧，据我所知，这里的大多数人，都是令兄的徒子徒孙呢？所以，我昨天就和你说过，你如果来空军任职，实在是条件得天独厚，也是咱们周总司令的一点念想啊！"

楚天舒不置可否地微笑了一下。他正要再说什么，却只听一阵汽车喇叭声传来。众人回头一看，几步之外，停着一辆豪华轿车，一个衣冠楚楚的男子站在车前向这边望着。

楚天舒见了，忙对苏岩道："下午是实机操作课，郭沁梅少尉可以负责讲解，你们不必等我吃饭了，我有点私事要出去一下。"他匆匆向车子走去。

他离开后，萧岳忍不住对沁梅感叹道："却原来这位楚教官是肖云翔将军的弟弟啊，真是没想到！"

他不由感慨不已："我们这些飞行员都是以他为榜样的，在训练中，在飞行时，在日常工作中的任何时候。总觉得他就是一个神话人物一般，也许，所有的民族英雄，都会在人们心中留下永远的丰碑吧！"

沁梅悄悄凑近他的耳朵，低语道："你在我眼里也很棒！更因为……你将会是我们自己的红色战鹰！"

楚天舒匆匆走向那辆轿车，站在这个车旁的男子是他的五哥楚天恺。

看着弟弟走来，楚天恺感叹道："刚才那一幕我都看见了，真没想到，大哥殉国都十多年了，还有这样多的追随者呢？"

楚天舒没理会他的感叹，只是蹙眉问道："真奇怪，你是怎么进来的呢？"他俯身看看车牌，不解地问道。

楚天恺讪笑："你还没调空军呢，这口气就俨然是这里的人啦？傻小子，你知道什么！这里几乎所有的军官大佬们，都和我有过生意往来呢。我进这里，岂不是如履平地？好多事你根本不会明白的，小书呆子！"

"那你找我也不至于追到这里吧？"楚天舒有点不以为然。

楚天恺随和一笑："有什么办法呢？七少爷脾气大，昨晚又在家中掀起惊涛骇浪，我昨天外出没赶上，回来听了却也是惊魂未定。估计你这个犟小子这几天不会再回家了，我这个当哥哥的只好找上门来了。"

楚天舒无奈摇摇头，神情有些沮丧。

楚天恺忍不住埋怨道："老七你不小了，行事为何还是如此莽撞，随心所欲？你要耍少爷脾气不打紧，知道造成了什么后果吗？"

楚天舒看着哥哥，听到的消息让他的心蓦然抽紧了："妈气得不肯吃饭，我们再三劝了，今早才好。四哥……住院了。"

"什么？"楚天舒忍不住喊叫出来，"四哥他怎么了？"

楚天恺叹息着摇头："四哥以前在三十二军时遭遇的那次枪击案你难道忘了吗？差点送命，就落下旧伤在身。这段时间原本就不大舒服，昨天被你这么一气，又挨了妈几棍子，就……"

"要紧吗？"楚天舒是真急了。

楚天恺无奈一笑，拉开车门："事情我都告诉你了，还等什么？还不快跟我上医院瞧瞧去？"楚天舒也不答言，顺从地上了哥哥的车。

军医院中，兄弟俩走进一间高级病房，看到四哥田宇半靠在病床上，床边除了陪护着的四嫂杨露珺外，小姨樊黎翘也坐在旁边。

一见到楚天舒，樊黎翘起身上前点着他的额头数落道："楚小七，你真可以啊，在家要横，大耍少爷脾气？把你母亲气得半死，把你哥哥气到医院里来了！我看你真可以称得上不忠不孝的浑小子了！"

周围人都看着楚天舒，他很内疚沮丧的神情，站在门边，深深低下头去。

田宇心下不忍，忙出言为弟弟解围："小姨，你别吓他。我这旧伤这一阵就发作过几回，论理也该住院检查一番了，没他什么事，昨儿个也是凑巧了！"

樊黎翘回身摇头叹息："哎，我说小四啊，你怎么这样没出息，还回护这个浑小子，替他讲情呢？我看你是不想趁机好好管教这家伙了！哼，就看你们楚家把这个七少爷惯成什么样子才罢手？"

田宇微笑道："小姨，真的不关他的事，我的身体状况我自己知道，不信你问老五，还有露珺。"

他又笑看众人："刚好老七来了，我有几句话要单独吩咐他，麻烦你们先回避一下吧？"

樊黎翘无法，叹息着，和众人先来到病房外间。

"哥，你真的没事吗？"楚天舒走到床前，望着哥哥，声音低得几乎听不见。

"还好，总不至于一时半时就被你气死！"单独和弟弟相处，田宇还是露出一丝怨念情绪来。

楚天舒咬着下唇，心疼内疚地看了哥哥一眼，再次垂首无语。

这样的神情让田宇瞬间心软下来，他轻声道："好了，我身体倒没什么，例行住院检查，外带休养几天就好了。只是这心里的一番心病……唉！"他蹙眉叹息。

"哥，对不起！昨天我是……太冲动了！"

"过去了的事情就不必提了，毕竟一母同胞的亲兄弟，你以为我会计较？不过，老七，"田宇招呼弟弟坐在床边，认真看着他，"昨天咱们谈到的话题仅限于咱们两人知道就好，妈不能受大刺激，弟兄姐妹间也不必引起不必要的伤情才是。而且，老七，我还是要嘱咐你一句，在你三姐的问题上，你要保持清醒头脑，切不可徇私情，做下糊涂事来！我们楚家有一个叛逆的三丫头就够受的了，再出点别的事体，你还让妈活吗？"

"我就想问一句，哥，你要是遭遇了三姐姐，你会抓了她吗，还是……"

"当然！"田宇口气坚定，"我要是遇上那个犟丫头，绑我也会将她绑回家！当年二哥送她去法国，就是掉以轻心，被丫头的假象骗了，轻易放松了对她的警惕和监视，才会有后面那些事，也才埋下今日之祸根！你是清楚的，我的性情可是和二哥不同，我不会让三丫头恣意妄为的，我一定要将她带回家来，严加管教！"

"我只希望……你别伤了她，三姐她刚烈过人，你若硬来，恐怕……"

"这个何消你吩咐？就像你昨天对我嚷的那样——她又是我什么人？你当真认为我会六亲不认，伤害自己的亲妹妹么？"

"哥，我明白了！是我错怪了你……我是不懂事，昨天那样出言顶撞你，不，甚至是诋毁你……"

"说过不计较的。你忘了你这个浑小子总挂在嘴边的那个名句了——谁让你是我哥？"

听到这里，楚天舒莫名就舒了口气，他怔怔地望向哥哥，温和一笑，兄弟缘分就是这样的微妙，只这一笑间，就找回了两人往日的温情。

探过了四哥的病况，临走时看着小姨，楚天舒想起江静舟相托的事来，就简单和樊黎翘提了一句，樊黎翘脸色绯红，心中自是惊喜交加，她笑对外甥道："小七啊，你赶快坐小五的车回宿舍把礼物给我拿来，送到我家去，中午就在我那里吃饭好了！"

楚家兄弟走出医院，开车回空军总部，楚天舒回宿舍换了身便装，又拿了那盒茶叶，回到五哥的车上时，却见五哥神秘一笑，从口袋里掏出一样东西，递到他的面前。

这是一张两指宽的便条，上面写着"上海永泰贸易商行"几个字，后面是一个详细地址，还有电话号码。

"这个估计是你目前极想要的东西？"五哥的话语轻轻响在耳边。

"这是什么？我不大明白。"楚天舒显然很困惑。

楚天恺笑了："楚家三小姐天歌的联络地址。你昨天不就是为了她的事情，和四哥顶上牛，在家里掀起这场大风波的吗？"

"天哪，五哥！你如何有这个？"明白了实情，楚天舒觉得自己周身的血液都瞬间凝滞住了。

却见楚天恺不屑地笑笑："我又不是你们军统的人，又不像你们这一哥一弟，肩上扛着什么将军、中校牌牌的。傻小子，别一激动就胡想许多……我给你的，不过是一个普通商业地址罢了."

"可是……"

"没什么可是，傻小子，你只要记住别出卖我就好！我知道你和你三姐的感情，兄弟姐妹中，你一向和她最为亲近。"

"我当然不会出卖你，可是五哥，你会……出卖她吗？要知道眼下四哥千方百计就在找这个！"

"我焉能不知？我又不傻！四哥也是为家族利益在辛苦忙碌，甚至是忧心如焚。但是我一直没将这个地址给他，原因你知道吗？"

"五哥，你快说？"

"只为我不仅太了解咱们四少爷的性格，更是熟知咱家那位三小姐的脾气。"楚天恺揶揄笑笑，"其实，他们兄妹俩脾气性格最像，一样的执拗，一样的倔强，一样的宁折不弯，不撞南墙不回头，只是彼此不自知罢了！你说，我要是把天歌的地址给了四哥，会是怎样一副结局？恐怕一场火并都是轻的，只怕会有鱼死网破之灾也未可知！"

"五哥，你太智慧了……"

"唉，小子，少给我戴高帽子罢？我不过是个商人而已，不想参与太多的政治信仰纠纷中去，哪怕是在自己的亲人间！"

"对了，哥，你还没有告诉我最重要的一点呢，你是如何得到这个地址的？"

"我刚才说过了，这只不过是一个普通的商业地址罢了。"他耐心地给弟弟解释道，"这是一家有法资背景的商行，貌似就是三丫头小歌开的。上次他们商行和我的公司做了一大单药品生意。因为数额太大，我不放心，就悄悄去了交货现场，在车里坐着。不料碰巧看到了对方的老板，虽然她化了妆的，可是……"

他笑笑："自己的亲妹妹，如何看不出来呢？我只是没惊动她罢了，就悄悄记下了她的商行地址。"

楚天舒看着手中的字条，有点困惑地看着五哥："你真的算很沉得住气了，要知道被四哥知道就不得了了，他找三姐姐都快找疯了呢……"

楚天恺苦笑："三丫头如今的身份背景咱家人谁不明白？我何必要做这样祸起萧墙的事情来？我在想，小歌既然近在咫尺，却不愿意和南京的娘家人取得任何联系，应该自有她的道理！何况，作为一个纯粹的商人，我做生意的原则是公平交易而已，不想涉足什么政治因素。不瞒你说，这些年来，我在江南这一带和新四军很做了些生意。我根本不想管买家的身份，本来嘛，商人逐利，卖给谁不是卖呢？可是，我和八路有交易，这可是头一遭！我没说错吧，三丫头如今应该算是八路吧？"

"我不知道。"楚天舒摇头，带点纠结的表情，"我只知道四哥对这些事是很敏感的。"

"所以我才一直深藏不露啊。"楚天恺拍拍弟弟的背脊，"我昨天听说了你和四哥争吵的事情，就在想应该找机会把这个东西交给你。你回上海后，可以去找找她。我觉得你最好能说服她离开是非之地！她以前不是在延安待得好好的吗？何必回来惹这番是非，给自己和别人都带来麻烦呢？"

楚天舒叹气："你又不是没看见我如今的身份？她如果真是共产党八路军，估计连搭理我都难，如何劝得？"

楚天恺理解地笑笑："反正东西交给你了，你自己看着办吧。不过，再强调一遍：从今天起，我不会承认给过你任何有关于你三姐的信息，我只是商人，不想涉足政治。"

他看着弟弟，诚恳地劝道："还要多劝你一句，请理解四哥，他和你地位不一样，很多事情差别就很大！你这些年在国外，不知道许多真相和前情。四哥自小就是很刻板又很有原则的人，他不像我，信奉金条主义，他有着自己执着的信仰和理想。而且他和最高统帅的私交很深，老头子和他是一种不可思议的忘年之交，对他的器重和欣赏爱护是少有的！"

他回忆道："我给你举个例子吧，就是刚才说到的，在他任三十二军军长的时候遭遇的那场匪谍袭击案。当时四哥负了重伤，病势垂危，是老头子用夫人的专机将他专程接回南京治疗的。我曾亲眼看到，老头子坐在他的病床前，摒退了左右随从，一坐就是一个多钟头……所以，从某些方面讲，老头子对他是有着相当的知遇之恩的！就更不用提到咱们家和夫人家的那层远亲关系了。四哥如今这样的年龄，相对他的军衔之高，也足以说明问题。"

"你如今明白了吧？"楚天恺看着呆呆不语的弟弟，哂笑道，"傻小子你想清楚这些事情，就不会纠结了，更不会时常和四哥抵牾了。"

楚天舒被自己哥哥的话所感，一路无语，一直到了樊黎翘公馆前。

楚天舒将江静舟托付给他的茶叶交给樊黎翘，简单转述了江静舟的话，樊黎翘喜笑颜开，毕竟是当着两个外甥的面，她甚至有点不好意思的感觉，脸上浮现出少女般的红晕来。

看到她这番情形，楚天舒自然明白她的误会所在，突然间有一丝恻然怜悯的感觉爬上楚天舒的心头，他都有点不忍心说下去了。可是想到受人之托，也只得硬硬心肠，将顾倾城那番话也磕磕巴巴地转达了一遍。

他果然看到樊黎翘脸上的红晕瞬间消失，神情变得复杂起来，她几乎克制不住自己情绪般的冷笑数声，身子都有点微微颤抖起来。

她看看楚天恺，平静却是不容反驳地命令道："小五，你先去我书房看看，那里有新到的电影杂志。这里我有话要单独问小七！"

楚天恺奇怪地看看小姨，耸耸肩，径自走了。楚天舒觉得神经都绷紧了。

樊黎翘看着他："你把当时的情景再和我复述一遍，越详细越好！江静舟和那个顾倾城的话，一句都不要漏掉！"

楚天舒怯怯地看了看她的脸色，只能硬着头皮又将当时的情景和对话重现了一遍。在他讲述的过程中，他看到樊黎翘在不住地冷笑，笑得他背脊直冒冷汗。

"好了，你不必说下去了，我听明白了，也想明白了！"樊黎翘打断他的话，站起身来，吩咐仆人，"去书房请五少爷过来。"

楚天恺回到客厅，看到小姨的脸色冷峻得有些吓人，那问话声更如从冷窖中拎出来一般寒气深重："小五，你的公司不是经常有业务到上海去吗？最近什么时候会去？"

背对着樊黎翘，楚天舒对哥哥拼命使眼色加摇头。可惜楚天恺只注意看樊黎翘的脸色了，根本没有留心到弟弟的暗示表情。

楚天恺不知小姨意在何为，无所谓地答道："随时都可以去的。"

樊黎翘点头："很好，那这样，明天你亲自开车去一趟上海吧，我搭车顺便去办点私事。"

她的脸色是凝重而阴沉的，她的语气是强势而不容置疑的，楚天恺有点茫然地点了点头。

回去的路上，楚天舒将前情经过告诉了哥哥。

楚天恺乐了："原来如此啊？看这阵势，咱们这位孤傲清高的小姨，这番是要在情场上冲锋陷阵，直线出击？那我当然责无旁贷地要为她老人家效力啦！"

楚天舒没心思理会他的诙谐说笑，他记起了另外一件正经的事情："刚好，五哥，你既然明天去上海，帮我给站里带份文件回去，我写好地址，你交给我的助手小芮，请她转交档案室的柳女士。"

楚天恺撇撇嘴："你们军统局的公事啊？最好别找我！我又不领你们半文钱薪水，凭什么替你们做事？"

楚天舒看着他直摇头："你是在帮你弟弟我好不好？我看你现在越来越像是商人了！俗话说得好，商人重利轻别离，我看用在你身上应该是商人重利轻兄弟！"

楚天恺大笑："你就把我看作是商人就好了！我宁可做商人，也不愿意做政客，更不愿成为你们军统的人。"

第二天，当楚天恺开车送樊黎翘赴上海的同时，沁梅也搭乘总局的车返回上海。

回到上海后，她立刻联系许若飞，和他一起将萧岳的起义方案送至以往和贞德联络处。

这边，顾倾城来到江静舟的办公室，得知了一个令她心神大乱的消息——樊黎翘来上海了，住在锦江宾馆，约她和江静舟去她那里赴晚宴。

从江静舟这里得知樊黎翘的电话内容，顾倾城呆立在那里，满面通红，片刻才嗫嚅道："师座，都怪我，出了那样一个笨拙的计策，竟然招来如此祸患！我……我……"

她急得眼泪都快流出来了。

江静舟同情地看着她，语气和缓地安慰道："也不怪你，是我们都低估了这位樊主编的能量还有……容忍度了。你才认识她几天啊？我和她相识十来年了，要怪也是怪我没计划好。"

"可是，师座，我们该怎样办呢？是去如约赴会吗？会不会露出马脚来？我……我好笨！"

"好了，倾城，镇定一些，别忘了，你是经受过特殊训练的特工，这点伪情戏应该难不倒你？我想……我们应该筹划一下。"

"好的，师座，我一切听你的！"

"可是你要当心，那个樊主编可不是一般的人，身为女子，却极有杀伐决断之气象，她一定会选择在你身上打开突破口的，你万不可掉以轻心才是！"

"是的，可是，不知为什么，有您在身边，我就不会感到害怕！就像在我哥哥身边一样……我会觉得有主心骨了！"

看着江静舟露出同情亲切的神情，顾倾城决定就要在此刻理顺他们之间的感情线路，让他充分放心！只有他放心了，才会和自己一条心，一致对外。她选择在此刻掀开最后的底牌。她又从口袋里掏出那支金笔，放到江静舟的眼前：

"师座，那天我还没对您讲完那句话——当年哥哥和我诀别时，估计是预感到他会遭遇不测，就将自己最珍爱的这支笔交到我的手上，同时，还留下一个难解的古诗词句子……"

"古诗词句子？"江静舟一挑剑眉，有些敏感地望向她。

顾倾城脸上现出凝重的表情，她默默看着眼前这个强势肃穆的男人，缓缓说出了下面的话："其实，应该是一首古词的下半阕——

闻说双溪春尚好，
也拟泛轻舟。
只恐双溪舴艋舟，
载不动，许多愁。"

这首词让江静舟猛然呆住了!

当年郑华明教官在监狱里,递给自己这个遗物——刻着"舟"字的金色钢笔,就向他朗诵了这半阕词,他感慨万千地解说道:"如今宁汉合流,反共风波骤起,我们无数的战友、同志都倒在血泊中。这愁云惨淡的局面,真真教人不能敞开心怀,放舟轻行!但是致远你记住,乌云蔽日非长久,你这驾轻舟,一定会突破艰难险阻,最终驶向光明,驶出一片'轻舟已过万重山'的局面!"

这半阕词从此就深深镌刻在江静舟的心底。当年他和方城分别时,不但赠与他金笔,还约定将这半阕词作为他们二人之间特殊的联络暗号,见笔如见人,如果持笔者再背出这半阕词,就一定是最可靠的人。

此刻他愣愣地看着眼前的女子,听着那轻柔的声音解说着自己的困惑:"哥哥给我连念了三遍,我知道那是李易安的名词《武陵春》的下半阕,就奇怪地问哥哥,这是什么意思,哥哥没有直接回答我,只是说,一定要用心记住这半阕词,遇到懂得这词的人,就义无反顾地跟着他走,他就是我的亲人!"

一滴泪水滚下女孩的面庞,她悄悄拭去了,回眼望去,眼前的长官也已是热泪盈眶,他哽咽着,对着她轻语道:"小薇,从今以后,你就是我的亲妹妹!"

第二十三章　宁兰之死

　　两个异党的女子，因为同为怀有身孕的母亲，结成了朋友，她们不谈政治，也不谈信仰，只是说腹中孩子的问题……青青多次对我说，她要尽全力帮助那位不幸的年轻母亲，她要竭力留住她的生命，不能让这个未出生的孩子，失去了父亲，再没了母亲……

　　"林老板，您的信！"

　　上海永泰贸易商行里，一个小伙计将一封淡蓝色的信封交到化名"林婉君"的白鸽手上。

　　"哪里来的？"白鸽看到信封上用中文和法文写着"林女士亲启"字样，有点疑惑地问道。

　　小伙计搔搔头："刚才一个女士进店，只说了句：'交给你们林老板'就离开了，我连样子都没看清呢！"

　　白鸽回到楼上自己房间，展开信笺，上面只有一行法文："陆远在渝身陷囹圄，望君珍摄，早做筹划！"

　　这个噩耗将她几乎击倒，她愣怔在那里，久久没有移动脚步。

　　突然一阵巨响从天空传来，白鸽走到窗前凝望，远处的天空黑云翻滚，隐隐有闪电袭来。一场暴风雨就要来临。此刻白鸽的心中也正如这乌云压顶的天空一样，黯然无光。

　　同一时刻，樊黎翘也站在锦江饭店最高层的豪华套间的窗前，望着外边的景物发呆。外边天空阴云密布，雷声隐隐，她的内心也早就电闪雷鸣般翻腾了好一阵了。

　　却在此时，看到一辆黑色的轿车开到楼下，停稳了，那个熟悉的身影走下车来，他今天没有穿军装，身着黑色的西服，裁剪良好的服装板型一样很好地勾勒出他颀长挺拔的身材。

　　他从驾驶台一方走下来，又绕到副驾驶一方打开车门，挽了一个年轻的女子下来。女子身着黑色修身长风衣，将手挽住他，一同走进宾馆大门。

　　看到这一幕的樊黎翘忍不住冷笑：这样连贯自然的亲昵动作，倒真像一对情人了！

可是，她顾倾城不是一个训练有素的军统女特工吗？做戏当然是她家常便饭的伎俩！但是何其不幸，她遭遇到了她樊黎翘，一切虚情假意将无处遁形，一切伪饰做作将会付出可笑可悲的代价——谁让你和我樊黎翘公然叫板，较劲？

樊黎翘在心中冷笑着，暗暗发着狠意。她在等着敲门声响起。

许若飞驾车飞快驶进军统上海站，他冒着雨来到沁梅的宿舍，却见铁将军把门。他又来到档案室，果然看到沁梅和虞水蓉在一起。

"许副官，找我有事吗？"

"是的，有急事，沁梅你快跟我走！"

沁梅和虞水蓉不解地对望了一眼，放下手中的材料，和许若飞一起来到他的车上。拉开车门，坐到副驾驶位子上。

"究竟是什么急事？"

许若飞也不说话，只是飞快地开着车子，一直将车子开进警备师办公楼前，将车子停下来，他突然趴倒在方向盘上。

"若飞哥，到底你找我什么事……"

她的话戛然而止，因为她看到许若飞抬起头来，已是满面泪痕。

雨终于下下来了，清凉的雨丝中，一股土腥味喧嚣尘上。

樊黎翘和江静舟、顾倾城坐在餐桌前。樊黎翘事先预定了丰盛的西式晚餐，叫人送到了自己的房间内。

此刻她挂着公然的揶揄微笑打量着顾倾城，毫不掩饰自己的审视探究神色。

她看到脱去风衣的顾倾城，露出一身黑色的缎面高领晚礼服，全身寡素，只是在领口处别了一枚小小的钻石胸针，越发衬托出她白皙纤秀的肤色。她的长发依旧挽起，但是没有像以往那样，挽成小髻在军帽下，而是高高盘起，用一支同样花型的水钻头卡固定住，充分显现出她颀长脖颈之优美线条。

樊黎翘看出她显然是精心设计打扮了的，因为她这身衣服和江静舟所穿的黑色西服套装明显是刻意搭配之举，最令人瞩目的，是两人在饰品上的和谐一致，顾倾城的胸针和头卡的钻石，和江静舟领带夹上的钻石相映成趣。

这几粒不大的钻石发出了莹莹之光，像一道道刺目的火焰灼痛了她的秀目，一股难耐的酸意涌上樊黎翘的心头。哼，欲盖弥彰罢了！樊黎翘微微在心底冷笑，她的自负和才华让她经常会在面对同性的敌人时，心中蓦然产生一股难言的斗志。她倒是想好好看看，眼前这对显然是做戏兼作秀的所谓"恋人"，会有怎样一场表演呢？

坐在她对面的顾倾城却内心很是沮丧，充满了一种强烈的挫败感。她觉得自己已然败下阵来！她原本就不是咄咄逼人气势的女孩，面对着这样的强势女人，她有着天然的敬畏和心虚。

在她的眼里，樊黎翘是那样孤傲清高，不可一世！放眼望去，那种卓尔不群的神态，经常禀赋于身的不平凡的身份和使命，都使她显得与众不同。很多时候，这样的女人，是可以决定相当一批人的命运的。

何况从两人不多的交往历史来看，她也一直将樊黎翘看作是自己的上级，甚至是自己的命运的主宰者。这种感觉，从十年前在上海的几次有限的交往中，就烙下了强烈的印记。

今晚从她和江静舟走进房间那一刻起，这位气势不凡的主编尖刻冷漠、带着挑战意味的眼光，就如影随形地在她身上晃悠。来之前曾经精心设计准备的戏码，此刻显然都化作叶公好龙、自欺欺人的泡影了！她不但眼下不敢再演什么伪情戏份，甚至她都不敢直视樊黎翘那深刻刁钻的目光。总觉得那目光像一台 x 光机，早已洞穿了自己的内心，洞悉了一切内情。

江静舟看出来顾倾城的不安和畏惧，他在心底暗叹，今晚这个估计不那么好过了。

自信满满、胜券在握的樊黎翘几乎一直带着戏谑的神情望着眼前这两人。看着楚楚可怜的顾倾城，她突然记起了"猫玩耗子"的游戏，这样柔弱无依、内心孱弱的女人，凭哪条可以和她樊黎翘抢夺战利品呢？她都有些同情她这个对手了，实力相差千里，战斗的乐趣估计要比预期相差很多呢。

回眼看到江静舟倒是一派恬淡随和的神情，他手里把玩着一只空的红酒杯，在那里漫不经心地转动着杯子，一副百无聊赖的神情。

樊黎翘自信她已看穿了他们的把戏。她不想马上揭穿他们，她决定以其人之道还治其人之身，自己完全可以装聋作哑一般，弹弹小指头，就分分钟搞定他们。

看出来顾倾城的惶恐和不安，江静舟的随性和淡然，樊黎翘决定改变计划——既然对方不想，不愿，抑或是不敢表演这出荒诞可笑的伪情戏，那她樊黎翘可就要果断出击了。

"若飞哥，到底出什么事了？"许若飞泪流满面的样子吓到了沁梅，她摇动着他的臂膀，急切地问道。

许若飞抹了一把泪水，艰难地从喉间挤出四个字："宁兰没了……"随即他又再次俯身在方向盘上失声痛哭起来。

"宁兰……没了……什么意思呢？……你……"沁梅咀嚼着这四个字，似乎还没有反应过来，但是瞬间她突然意识到了这句话的含义，就觉得一颗心突然被重重撞击了一下，疼得钻心！那张纯净得像天使般的面容浮现在自己眼前。

"怎么会呢？！兰兰她不是跟着她的姨妈去美国做手术了吗？不是说，那是一线生机吗？兰兰怎么会死？她才刚刚十二岁，她那么美丽，那么善良，那么……善解人意！"清醒过来的沁梅痛不欲生，她使劲抓住许若飞的手臂，失声喊道："天呐，兰兰怎么会死？兰兰不能死！我表叔……他该如何……承受？"

她捂住脸放声痛哭，哭得身子颤抖不已："爸爸他……太可怜了！兰兰就是他的命啊！为什么？为什么要让兰兰死……"女孩哭诉着，语无伦次地嘟囔着。

许若飞木然地讲述着自己得到这个噩耗的经过："刚才接到封军座的电话……说是宁兰心脏手术失败……没能抢救过来……师座不在，我的心都碎了，不知道该如何将这个噩耗告诉师座？他如何承受得住呢……却突然记起你还没有离开上海，就想赶快能找到你！"

他回脸认真看着沁梅："我想，在这种时刻，能好好安慰师座的，就是你了……毕竟你也是他的亲闺女！"

沁梅含泪点头。

许若飞长叹："师座这一生，经历的生离死别也多了，但愿他能顺利度过此劫才好……"

"我实在是不敢想象！兰兰对他太重要了……我可怜的爸爸……"沁梅又开始流泪不止。

一阵狂风刮过，雨势转大起来，裹挟着雷电和湿气，将锦江饭店里三人聚餐的气氛也弄得潮湿微妙起来，房间里似乎总有一种令人不安的空气在流动。

樊黎翘为三人斟上红酒，举起杯子："来，我们先喝上一杯！"

江静舟和顾倾城也举起杯来。

樊黎翘笑对江静舟："今天这里没外人，我就不客气的要直呼你的字了啊！这样会亲密些，会让我不由得记起咱们在194师初识那段玄妙有趣的日子！对了，致远，你猜猜看，我这次为什么会突然来上海呢？"

江静舟不自觉地看了旁边顾倾城一眼，淡淡一笑："我哪里猜得到你这个大主编的意图呢？你们当记者的，是无冕之王，一向都是天马行空惯了，出现在任何地方都不足为怪啊。"

樊黎翘微微摇头，又看向顾倾城："顾副处长不妨也猜猜？"

顾倾城摇头："我是更加猜不出了。"

樊黎翘得意地笑了："其实啊，我这次纯粹是私人来消遣的。我的一个外甥，哦，就是你们熟悉的楚天舒的哥哥，来上海谈生意，我正好有几天空，就搭他的车来玩玩喽。主要是这里有很多故人，而且还是总惦记着我的故人呢！"

她笑看着江静舟，脸上挂上一种似乎年轻女孩才该有的娇羞表情："致远啊，我收到你送给我的礼物了，真不错！没想到你这个行伍出身的军人，还有这般雅兴呢？而且，究竟还是你懂我。俗话说得好，宝剑赠予烈士，红粉赠予佳人，我在想，你要送女人礼物，应该是花儿、粉儿、香水之类的东西啊？不料你却专门送我上好的茶叶，我实在是欢喜得紧，说明啊，你江致远也算我的一个知音呢。"

江静舟一笑："樊主编言过其实了，就是一个小小礼物而已，略表寸心，我可没有你想得那样复杂，那样心思缜密。"

"那我不管！"樊黎翘娇嗔地看他："有道是千里送鹅毛，我感悟的是你的这份心！"

她又回头笑看顾倾城："顾副处长，你从旁观者角度给评说一下，你们江长官送给我的礼物，是不是恰到好处呢？"

她有意强调着是江静舟送她的礼物，决然不提顾倾城的意思，这番深意顾倾城当然听得出来，可是她又绝没有胆量加以辩驳，只能无助且无奈地偷偷看了江静舟一眼。

江静舟自然明白她的意思。关于樊黎翘的用意，江静舟也窥出了一二。他想赶快解释清楚，省得樊黎翘步步紧逼，让顾倾城陷入更为尴尬难堪的境地，于是，他含笑对樊黎翘道："其实，那是我们俩……"

"致远，你不妨先听我把话说完！"有备而来，计谋在心的樊黎翘岂容他二人喘气翻身？她忙打断他的话，"我体味到你的心意就好。在我心中，你江致远一直就是不忘旧恩，有良心的人哪！"

她转而嬉笑一下："不过，你们托付的人可没找对哦？我那个书呆子外甥楚天舒，你们别看他外表精明伶俐，又似乎读书不少，其实是个实心眼的孩子！他转述你们的问候都转述不清楚呢……你们听听，他和我这样说：江师长有礼物带给我，说是感谢我屡次为他写文章，而后，又说顾副处长感谢我以前对她的关心，也有礼物送给我？"

她就这样带着俏皮的笑看着两人："可是我问到顾副处长给我带的礼物，他又讲不清楚！我就笑骂他，小小年纪，这样糊涂！总共就两样礼物倒扯不清楚？又是江师长又是顾副处长的绕不清！我告诉他，江师长是江师长，顾副处长是顾副处长，小葱拌豆腐，一清二白的两个人，你莫名其妙把他们两人扯到一处作什么？后来，我干脆打断他的解释，越说越乱，反正我最近马上要去上海，我自己当面问顾副处长好了。"

她看向顾倾城："顾副处长不要笑话我啊，这世上哪有主动追着别人讨礼物的？不过想到咱们姐俩的交情也不是一天两天了，所以，我才有此一问呢。我猜啊，顾副处长送给我的礼物，八成是天舒那个迷糊小子忘记带了吧？"

她自顾自地笑起来，对面的两人瞬时陷入尴尬无语之境地。

樊黎翘这番洋洋洒洒的高谈阔论让顾倾城听得目瞪口呆。可谓黑白颠倒，不容反驳，又霸道蛮横，绵里藏针。这让顾倾城涨红了脸，羞愤交加，百口莫辩，她支支吾吾半天，方才挤出一句所答非所问的应付之词："樊主编，您就叫我倾城好了。不然，听着真别扭。"

"倾城？不错！"樊黎翘浅然一笑，"我们也算老相识了，虽然不比我和致远相交十几年，也是谋面过几回的？倾城是个聪明伶俐之人，也是个重信守诺之人，我早就看出来的。"

这话让顾倾城蓦然想起上次她来上海时两人间的对话，当时自己反复强调对几个男上司毫无僭越之心，可如今……即使是一桩伪情，仍然让生性温婉善良的顾倾城心生愧意。她红着脸低头，樊黎翘了然般微微冷笑。

江静舟不动声色看着眼前这出戏，明显看出顾倾城远远不是这个精明角色樊黎翘的对手，他在心里暗暗计较。

樊黎翘看着眼前女人的窘态，心下冷笑，表面上却一丝不露。她再次端起酒杯，笑着挥手："算了，不过是一个笑话罢了，不提了！我们不妨说说正经事吧。"

她望向江静舟："我这回在南京听说了，郑司令长官可是点了你将的，估计不久你就会去东北任职，具体职务嘛，还不清楚。不过那边既然是主战场，一定少不了你这位骁将发挥能力的阵地。刚好我也申请了要去那边做几期有料的战地专访，我们很可能第三次合作呢。在你，是再创辉煌，在我，是重塑英雄！哈哈，致远，我们的缘分着实不浅呐，注定会纠缠一生？"

江静舟听她讲到东北的事情，本来注意力就在那里，全没留意她最后的话，而后猛然醒悟过来，也不好反驳，唯恐越描越黑，只能不加理会，就着她前半截的话头笑说："一切还要接到国防部命令才做数呢！"

樊黎翘不理他的躲闪回避，她在按着自己的计划出牌："好了，致远，别光说你的事情了，人家倾城这边也有喜事连连呢。"

"我？喜事连连？"顾倾城大惑不解。

樊黎翘露出亲密无间的神态来，她伸手拉住顾倾城的手："你忘了，上次来这里我就和你深谈很久过？我说过，会尽自己的能力帮你的，在方方面面！"

她又娇嗔着看江静舟："这就不能不提到你的这位长官。致远，你不够关心你的下属哦？你看人家倾城算是军统局的人，一直窝在你这里，进步慢不说，还整天扎在男人堆里，又忙又累！这次你去东北，她虽为情报副处长，毕竟是女人，在那边野战部队不好安置。所以，为着她的前途着想，我可以和他们总局上司过个话，调顾副处长回南京总局任职。"

她拍拍顾倾城的手背："女孩家，找个轻松点的单位待着多好？整日打打杀杀也不成个事！"

她又指着江静舟笑言："人家倾城身为党国军人，自己不好意思提出来罢了，你作为长官也不为女下属考虑么？幸好，我如今想到了，就算弥补你的无心之过吧！我们原不可分……"

不等两人插言，她又继续前进一步："若是倾城你不想去南京总局，可以去军统别的站任个副站长什么的，倒也不错！只要你想去，我都可以去帮你打招呼。这样一来，你的军衔、职务、地位、身份……甚至是后路都安置好了，岂不算喜事么？"

说到此处，她仔细盯着江静舟的眼睛，微笑着，用柔软温和的语调，口齿清楚明白地说出了今晚她深藏已久的一句狠话："总之，倾城如今是绝对不宜再待在你身边了，你心里该有数，人家应该考虑和安排自己的生活和前途了！"

她终于对我下手了！顾倾城绝望地想。

她看到樊黎翘貌似关心爱护的眼神背后，隐隐流露出的那一丝无情决绝的恨意，使她顿感不寒而栗！她这时才发现，自己原本就不是樊黎翘的对手，她自作聪明的计谋如今看来只能是眼前这样悲催的结果，那就是搬起石头砸自己的脚了。

江静舟几乎不忍心继续看顾倾城那无奈绝望的眼神。樊黎翘实在有点欺人太甚，赶尽杀绝的意味了。其实，谁又是谁的上帝呢？江静舟的强烈反弹，每次都会在这样的情形下被突然激起！

他低首沉吟片刻，抬头时分，嘴角已然挂起一丝沉着应战、胸有成竹的笑颜："看来，樊主编当真是仁慈得紧，也太关心爱护我们家小薇了！"

江静舟这番恬淡随和，甚至带有一丝懒洋洋的漫不经心语气的话语一出口，就让身旁的两个女人绷紧了心弦。

"我们家小薇……"这亲热无间的称呼像一股暖流冲进了顾倾城的心房——他终于真正接受我了，将我当他的……亲人！是的，只能是亲人！他说过他会将我当亲妹妹，会像哥哥那样保护我，疼爱我，照顾我。我呢？必须珍视这份缘分，将自己的情感严密封存住，我们的关系只能是兄妹，此生唯有此缘可期！

但是已经足够！能长长远远生活在他的周遭，能时时刻刻感受到他的温度、他的温情，于我，就是人生最幸福的事情。顾倾城是个情商和智商都很出众的女孩，她从此将自己和江静舟的情感找到了合适恰当的定位，这种聪明理智的选择奠定了他们一世兄妹情缘的基础。

这句话同样像一枚炮弹击中了樊黎翘的心房，她感觉有灼热的液体从那里悄悄渗出。

"小薇？多奇怪的称呼？"她的语气逐渐变得尖刻起来，"是你江致远给下属起的绰号吗？哼，旧病发作？就像当年，你和你的夫人陈青瑜女士一起，给我起了樊梨花的别名一样？"

"樊主编，倾城的小名叫蔷薇，又叫小薇。"顾倾城老老实实地解释道。

江静舟淡然一笑，继续乘胜追击，还不忘先恭维对方一番："樊主编秉男子豪情，巾帼英雄风范令人景仰，樊梨花这个美名当是一种敬意表达吧，不至于引起你的反感？至于小薇嘛，一个单单纯纯的女孩子，柔软得像一株无辜的小草一般，我自当格外怜惜爱护。何况她还小呢，怎敢和樊主编并肩？一切你冲我来，别臊了她才是！"

他的话语温润体贴，他看向顾倾城柔情四溢的神态能融化整个世界。樊黎翘未曾按捺住一股股的酸意上涌，就看到眼前这个绝情可恶的家伙竟然举起酒杯，暗示着他身边的女人："小薇，来，咱们一起敬樊主编一杯，谢谢她对你的这番关心爱护之情！即使这次樊主编的美意可能会落空了，但是你人轻言微，以后仰仗人家樊主编的地方还多着呢！"

顾倾城听话地相随着举起酒杯。

樊黎翘已经被江静舟这番举措气得肝疼，但是又无可奈何，只能勉强举起杯子，三人各怀心思饮了这杯酒。

"我的美意会落空？江致远你什么意思啊？"该问的话她还是要盯着问。

江静舟爽快一笑："等会儿我自会告诉你……还是继续你刚才的那个话题吧。你提到的咱们从194师开始的深厚长久的友谊，我也是终生难忘、感慨不已啊！至于说到也许会即将到来的第三次合作……唉，我就更不知道该说什么好了！只能再次说上一句，大恩不言谢吧！"

"致远……"她放下杯子，正欲再说什么，江静舟做了个制止她的手势，他将一旁的酒杯拿了三个过来，依次排好，又拿过红酒瓶，将酒斟上，"这样吧，樊主编，我是个军人，身无长物，空有一番当兵人的豪情在身。我这里连饮三杯，用自己的方式对你樊主编以表谢意和敬意，你随意就好！"

"你不能这样喝的，你的伤……"顾倾城欲阻拦，被江静舟制止了，他一连饮尽三杯酒。

樊黎翘呆立无语，只是机械地拿起酒杯，沾沾唇就放下了。

江静舟又再次斟上三杯酒，笑对她道："我再替我家小薇敬你三杯酒，感谢你对她的一直以来的关照，期盼你们友谊长在！樊主编你还是随意。"

他正欲举杯，顾倾城急了，上前拦住他的手，贸然喊出的一句话惊到了眼前的两个人："哥哥，你真的不能再喝了！"

这个傻子，万般无奈情形下，他分明是以自己的豪饮来帮助手足无措的她度过危局，可是他难道忘却了自身的累累旧伤么？又在这样的阴雨天！顾倾城忧心忡忡，万分焦急状态下，对着江静舟喊出了这么一声。

以他俩的伪情状态，她不可能像以前那样再唤他"师座"，叫"致远"是最恰如其分的，但是不知为什么，当着强势锐利的樊黎翘的面，这声"致远"她就叫不出口来。情急之下，一声"哥哥"却脱口而出。

樊黎翘果然起疑："你叫他什么？哥哥？"她眯起凤眼看向江静舟："你们是……"

江静舟机灵过人，忙笑着接口："让樊主编见笑了！小薇小我十来岁呢，小丫头竟然想出这样一个让人哭笑不得的称呼来对我。哥哥……不错，就这样称呼也罢。两情若是久长时，又岂在意一个称呼耳！你说是吧，樊主编？"

樊黎翘铁青着脸不答，干脆抄了手，冷眼观察两人。

顾倾城红着脸继续相劝："哥，你真的不能再喝了！你身上有旧伤，医生嘱咐过尽量不要饮酒，今天又不巧是这样的阴雨天，我怕……"

"怕什么？傻丫头，没关系的，今天我高兴呐！"江静舟带着明显宠怜的眼光剜了顾倾城一眼，又笑着对樊黎翘，"来，来，来，樊主编，我再次先干为敬！"

他一仰脖，又连饮下三大杯酒。

看着两人似乎不经意间流露出的亲昵表情，尤其看到江静舟望向顾倾城暧昧温情的目光，镇定自得如樊黎翘，也有点把持不住了。

她微微变了脸色，有种又酸又苦的滋味闯入心田。她有点小纠结的是，她可以狠下心来对付顾倾城，可是江静舟的态度，却让她犹疑和困惑。她不能不在乎他，这个自己深爱的男人的感受和情绪。

却也不能就此服输！毕竟情场如战场，机会稍纵即逝。樊黎翘决定要破釜沉舟地和他们摊牌了。

她扬起秀眉，搜刮出一大堆早已准备好的犀利尖刻语言，正想发力嘲弄两人一番，不留情面地揭穿两人的假戏，却突然看到对面的江静舟发出"哎哟"一声，明显露出身体极度不适的状态，倒把她猛然吓住了。

可能是阴雨天的原因，也许是几杯酒的作用，看上去江静舟显然是旧伤复发了，他突然捂住额头，剑眉紧锁，表情痛苦，那紧紧咬住唇却忍不住发出的呻吟声，让身边的两个女人都慌了神。

"致远，你怎么了？"

"哥，哥！你怎样？你……"

樊黎翘手忙脚乱地为他去倒水，顾倾城俯身他的身边，扶住他的胳膊，连声问："你感觉怎样，头疼得厉害吗？"

江静舟忍住疼痛，趁樊黎翘转身不留意之间隙，一只手在自己的上衣口袋里掏出一个东西，然后绕过桌子下，将它塞到了顾倾城的手上。

顾倾城机敏地接过他递来的东西，凭直觉感到那是一个药瓶。她微微一愣怔，但是身为特工的超强职业敏感性此刻帮到了她，她身手敏捷地将那瓶药塞到了自己随身的小手袋里。

樊黎翘倒了杯白开水来，送到江静舟唇边："致远，你喝点水吧，会好些的。"

江静舟摇摇手，皱着眉忍耐着痛感。

顾倾城上前挽扶住他："我扶你去沙发上躺躺吧？"她的眼中已经含上了泪水。

江静舟点点头，由着顾倾城将他扶到沙发上躺下。

"哥，你忍忍，我马上喂你吃药。"

顾倾城为江静舟调整好身体姿势，让他半睡半靠在沙发上，然后自然而从容地打开自己手边的小手袋，取出刚才他偷偷递给她的那瓶药。她将药片倒在自己手上，俯身喂到他的口中，然后又从樊黎翘手中接过那杯水，用手抬起他的脖颈，小心翼翼喂他喝了一口。

她这一系列动作是那样的自然娴熟，不带一点扭捏和生硬，仿佛一个贤惠体贴的妻子在日常伺候自己的丈夫一般。樊黎翘都看呆了。

顾倾城做出似乎没空关注樊黎翘的样子，她的心思目前都在江静舟身上。她急急问道："樊主编，请问哪里有毯子？我想给他盖上点，他不能再受凉了！"

樊黎翘似乎醒悟过来，她忙向卧室跑去。当她抱着一床毛毯回到客厅时，眼前的一幕更令她心碎神伤：

只见顾倾城半跪在沙发上，将江静舟的头揽在自己怀中，用手在为他按摩着太阳

336

穴两侧，她边按摩着，边含泪轻声抱怨道："你就是这样不在乎自己的身子！你知不知道你每次发病我都受不了……"

"好了，小薇……别哭啊……傻丫头！"

江静舟闭着眼，一面呢喃着回答她的絮叨，一面反手向上，用自己的手将她的手握住，轻轻摩挲着，似乎在安慰她的担心。

顾倾城的泪水终于滴了下来，她将手从江静舟的抚摸中挣脱出来，擦了擦眼泪，似乎瞬间忍不住自己的揪心和关爱之情，用自己的唇在他的额头上轻吻了一下，不是恋人之间的激吻，倒像是妻子在抚慰病痛中的夫君一般，她低语呢喃："你别动，我给你揉着，一会就好了……"

樊黎翘实在看不下去了，这份自然温馨的相濡以沫情让她真假难辨。距离上次她到上海，不到半年的时间，他们的感情发展竟然如此迅速吗？她实在想不明白。可是聪明如她，显然也知道男女之间的那种感情，亦非可以以常理来推断的。难道自己就这样败下阵来？樊黎翘有点不甘心，愤懑难平。

她停住了想要为江静舟盖上毛毯的举动，将毯子放在顾倾城身边，自己远远坐在一旁的沙发上，咬着嘴唇，暗暗思索着。

又过了十几分钟，江静舟似乎缓过来了，他睁开眼睛，声音无力地对身边的顾倾城道："你去给若飞打个电话，我现在这个样子，你一个人也顾不过来，还是让他过来接一下比较好。"

这话在樊黎翘听来，又似一个丈夫对妻子的体贴之语，刺耳更刺心，一股嫉恨难抑的情绪几乎让樊黎翘坐不住了，简直想立刻远远逃开才是！她咬牙忍住了，她还要当面质问一下这个让她痛苦，在她心中简直是负心又狠心的男人。

听了江静舟的话，顾倾城点点头，为他盖好毛毯，又看着樊黎翘："我去找副官来，麻烦樊主编照看一下他吧。"樊黎翘冷漠无语，顾倾城急急出去了。

樊黎翘重新倒了一杯热水，来到江静舟身边。

江静舟已经挣扎着坐起身子，他接过水杯，勉强露出一丝微笑："谢谢，不好意思，刚才劳烦你担心了。"

樊黎翘神情复杂地望着眼前这个自己暗恋了十多年的男人，心中涌动起一股心酸和不甘的情绪。

自然是不甘心，不服气！外加嫉恨交加，心绪难平！

她带点赌气和刻薄的语调道："致远，我怎么总觉得你是在和我演戏呢？如果你真是这样……这样对我，你可算天下第一没良心的男人！也是天下第一字号大傻瓜！"一股难抑的辛酸的泪瞬间涌上她的眼眶。

江静舟边揉着额头，边苦笑道："我演什么戏啊？你有兴趣的话，不妨去军医院查查我的病历……"

"我不是指你的伤病，我是指……你和她……简直有点不可思议！"樊黎翘悄悄拭去眼角的泪水，怨怼的口气依旧。

"哦，你说的是小薇吗？"江静舟微微一笑，"有什么不可思议的？男人和女人间的事情，从来就不要用不可思议这样的词来形容吧！不好意思，今天让你见笑了……你应该看出来了？顾倾城如今就是我江静舟的女人！"

顾倾城打完电话回来，刚来到门外，隔着虚掩的房门，正好听到江静舟最后的那句话："顾倾城就是我江静舟的女人"，这句话像一枚重重的炮弹，瞬间击中了她的心房，泪水一下子夺眶而出，滚落腮边。

她并非不知道这不过是江静舟的权宜之计，是一种伪饰的说法，但是其中蕴含的回护和支持，以及那一份霸气外泄，理直气壮的责任感，已经让她心动莫名，心潮起伏。

"他就是我此生要相依一辈子的哥哥，是我永远的亲人！"想到这里，自己亲哥哥方城年轻英俊的面容又浮现在眼前，她呜呜哭出了声，转身跑开了。

房间中，樊黎翘也被这句话深深击伤。她压抑住心痛心酸的情绪，痴痴望着江静舟的脸，语气冷峻却微微有些颤抖："江致远，你当真绝情如此么？"

"樊主编何出此言？"江静舟苦笑着看着她。

樊黎翘微微向他点着头，神情是凄楚而悲酸的："我以为你会懂！再想不到我樊黎翘孤高自诩半生，也会有看走眼的时候？"

江静舟何尝不明白眼前这个女人的一份情怀，只是他必须狠下心来表明自己的立场和决心，否则终会误人误己下去。他露出迟疑的样子，但是语气却不容置疑："对于自己的女人，我难道不该负有一份责任吗？也许，我可能给不了她一段婚姻，一个名分，但是我却不能容忍别人任意猜度我们的关系，在我的面前羞辱轻视我们的感情！"

"不对，致远，我还是不相信！"樊黎翘再次认真看了江静舟几秒钟，摇头叹道，"你的心思太过缜密难测，我记得我曾仔细研究过你的两位前妻的经历，你们的前情旧事，都有太多的疑点和无法解释的情节在。"

"你研究我的前妻，我的前情旧事？"江静舟警惕地直视樊黎翘，"樊主编你意欲何为？"

樊黎翘闻言苦笑："江致远啊江致远，你还能说你懂女人乎？你永远不会理解一个下定决心要委身一人的女人，她的智慧和决心有多强大！"

听着这几乎是赤裸裸的表白，江静舟无语相对。

"我想对你说的话有两层含义，第一，先说刚才提到的你的婚姻疑点问题。"她侃侃而谈，瞬间恢复了自己高傲自信的表情，虽然她看向江静舟的眼神依旧是柔情蜜意难以自抑，"你和虞水蓉的婚姻有太多可疑的因素让人心生疑窦：你们曾经爱情美满，琴瑟和鸣，但是陡然间翻云覆雨，两相决裂，这实在是令人费解！后来据闻你和那个著名的虞美人又在抗战期间相遇，没有旧情复燃？起码也是藕断丝连，这才会招致你和那位胡文轩站长长达十几年的兄弟阋墙之祸。这分分合合的旧情，拖拖拉拉的缘分，岂是你江致远的风格？"

她微微眯起凤眼，瞄了一眼眼前的男人，继续着自己的分析判断："话又说回来，当年和虞美人分手后，你遇到了青青，很快走进了第二段婚姻生活。我总觉得青青并不是你喜欢的那类型女孩？虽然你们很快就有儿又有女……可我总觉得这婚姻的动机么……"

江静舟无奈地摇头："樊主编你所说的疑点，我实在是觉得好笑之至！子非鱼，安知鱼之乐？婚姻生活，向来是婚姻双方的自我感受为准，别人妄加猜测何来？不过，我理解为樊主编是强势女子，作为中央一级报纸的副主编，又是社会研究家的角色，所以小议一下我们这些凡夫俗子的姻缘纠葛，也是一副闲话笑谈罢了。"

"江致远你不觉得你也太自信了？处处强辩功夫了得么？"

"彼此彼此。樊主编请继续说你的第二层意思。"

樊黎翘脸红了红，停顿片刻，方才轻语道："当年，你和青青开我玩笑，起了个'樊梨花'的外号给我，我是哭笑不得，心里却颇有感慨！致远，你知道吗？既为樊梨花，必有薛丁山，可是我的薛丁山又是谁呢？"

她目光炯炯地望着眼前的男人，这眼光中有难以抑制的热情和渴望，更有一丝十来年隐藏久远的伤感和无奈。

江静舟如何不明白，但是总不能纵身跳到她这个坑中去，他只好继续装傻充愣："樊主编你是当代名士，是社交名媛，风度过人，家世显赫，自然追求仰慕者如过江之鲫。我一个小小的警备师师长，避世隔绝的军中之人如何得闻其详？"

"任凭弱水三千，我只取一瓢饮！致远，你不要装傻了！"

"樊主编，人各有志，各花入各眼。我如今有了小薇，不作他想了，我要对这个痴情的女子负责才对！"

"这正是另一个可疑之处！"恼羞成怒的樊黎翘又开始咄咄逼人起来，"依据我对你性格的了解，青青病故后，你十来年未曾爱慕他人，可谓守身如玉，让人感佩。我前次来上海时，你和这个顾倾城都是正常上下级关系，井水不犯河水之势，怎么会在短短的几个月期间，就干柴烈火，熊熊燃烧起来？江致远，你这不是做戏又是什么？"

江静舟实在感到头疼，他的旧伤发作势头未减，如今更是劳神劳心地和这位樊大主编周旋，委实精力不济，话间难免就带出不耐烦的神情来，语气也不那样客气了："樊主编有点强势过头，权力行使的失当了吧？"

他剑眉一挑，正色道："这应该是我和倾城两人之间的事，她未嫁，我独身，我们走在一处干卿何事？不错，顾倾城就是我目前心仪的女子，你不必费尽心思瞎猜测了。"

"江致远你？！"樊黎翘愤然而起，"好，好！江致远你……很好！算我樊黎翘错看了人！我以为你和青青情深意笃，恩爱难忘，所以你才会十几年不做他想，冰心如玉。谁曾想你根本就是个假情假意、虚与委蛇的伪君子？以前别人和我说起，你江致远有采花大盗的行径，我是不相信，如今看来，无风不起浪，今天有个顾倾城，难保这十来年中，没有张倾国，李绝色……形形色色的各样女人为你所拥有？"

她说到此处，竟然有悲愤状："天下乌鸦一般黑！看来江致远也不能独善其身，真令我失望！"

她这番话让江静舟不仅哭笑不得，而且心中莫名产生一种难言的抵触反抗情绪，他微微一笑，顽劣戏谑之态尽现脸上："樊主编你说的都没错，我就是这样一个无情无义的男人，你现在看清还真心不算晚！那么，像我这样的男人，你这般聪明的女人早该弃若敝屣才是，又何必纠缠至今呢？"

这个"纠缠至今"的说法无疑让自视颇高的樊黎翘有点恼羞成怒："江致远，你别给杆就爬！别人如何评价你无所谓，我心中自有一杆秤在！我揭开你上述的情史，无非是提醒你一点，请不要做戏在我的面前。我不是当年的陈青瑜，爱你爱得死去活来，甚至愿意献上自己的生命！爱情当头，她可以无视你前面婚姻的真假是非，我却有着自己的判断力和直觉感。你的婚姻，经常会带有奇奇怪怪的不正常色彩，你的婚姻目的何在，你的情感终将落于何处？江致远，你敢直面我这些问题么？"

"很抱歉，樊主编，我对你这些问题毫无兴趣，所以根本不屑于回答。如果你想调查我的婚姻，甚至是我的政治身份，背景，依你的势力和权位，你随便。"江静舟边揉着隐隐作痛的太阳穴，边淡淡地回答："但愿你的好奇心能得到充分满足，于我而言，一切真的无所谓……"

他竟然顽皮地笑笑，这种无所谓的坦率神情让樊黎翘又恨又爱，又心酸又切齿，同时又有一种别样的绝望之情涌上心头："江致远……果然心硬如铁，朽木不可雕也！"

她狠狠地吐出这股怨气，却看到眼前这个可恶的家伙竟然在频频点头："这就对了！樊主编。您是大才女，社交名媛，早该将我这块朽木弃如敝屣才对。我何德何能，得到樊大主编的青睐，再三为我著文，实在是惶恐不安！以后……"

"江致远你还想有以后吗？你休想！出了这个门，你我就是路人！"樊黎翘忍住一汪热泪，冷静决绝地说道，"我刚才反复强调过，我樊黎翘不是柔弱善良到无助无依，甚至是毫无原则、章法的陈青瑜，不会去为了可怜的爱情向负心的人乞怜什么。爱情原本也不应靠赏赐来获得，我自有身份和尊严在！既然你今天把话说到这个地步，我也不妨打开窗户说亮话——实话告诉你，我爱重你的，不仅是你的人品才华，还有你的气质做派，你的铁骨柔情。但是有一点前提是至高无上的，那就是你的党国军人身份和风范！不管别人如何怀疑你，揣度你，在我的心中，你永远是一个威风凛凛的将军，是效忠党国、忠贞不渝的党国精英！这一点，无疑是我对你深爱的基础所在……你难道看不出来吗？这些年，我随时在用我的这支笔，浓彩重墨地强化你的勇敢和忠诚！我也毫不怀疑，我们的结合，必将是一种强强联合，是一段让人羡慕的姻缘！可是人算不如天算，如今你竟然利令智昏，对我说出这样一番绝情话语，让我心痛莫名，但是也唤我警醒，却原来我竟然是自误了太久，一厢情愿了这么长的时间！你会无视我的感情和尊严，为一个毫不出彩的普通军统女人而负心……"

"毫无瓜葛在前，何谈负心二字？"江静舟奋起反抗，神色也变得有些激烈起来，樊主编，请注意你的言辞！我一直将你当成是我的朋友，我的恩人，但是，也请你尊重我的女人！我不允许任何人伤害她，更不会容忍他人以任何理由和方式将她带离我的身边。我说到做到！"

他微微一笑："这就是我要回答你刚才的那个疑问，为什么我会说你对顾倾城的处心积虑的安排会是'美意落空'？"

樊黎翘觉得自己的芳心，已经被眼前这个绝情而冷酷的男人用几句话击得粉碎。她带着怪异的笑容点点头，含泪的眼波直视着江静舟，几乎一字一顿地说出了下面的话："江致远你放心吧，以我的出身和教养，以及一贯为人处事的原则，我不会伤害到那个女人，那个你嘴里所谓的……你的女人！但是你也请记住，从今往后，我们之间的情分也就完了！我不想用恩断义绝这样冰冷绝情的词汇来描述此情此景，可是我却想不出另一个优雅慈悲的词语来形容这场悲剧的结果。"

她的语调因为极度伤心而略微颤抖，带点凄凉的语调似乎在顾影自怜中："有句古诗写得好：花开须折直须折，莫待无花空折枝。一切皆是缘，一切皆是命！但是，遗憾的是，很多人根本都不会明白自己将会失去什么？也许我们轻轻抛弃或无心扔掉的，竟是我们最该珍惜的东西。江致远，我的话，你听懂了吗？！"她望着他，似乎在做着最后的挣扎和争取。

江静舟是沉默的，他几乎不再看她的眼神，她的面容，也根本不再想回答她这番痛心绝望的诘问，但是他分明已经用这种态度再次表明了自己的心迹和那钢铁般坚不可摧的决心。

樊黎翘于是咽下了最后一丝希望之泡沫，她的目光渐渐由深情脉脉转为冰冷凌然。

她深深看向江静舟，后者敏锐地读懂了她瞬间眼神中流露出的一丝狠意："我想，作为一个资深新闻人员，我会始终保持敏感的直觉和触觉，理所应当的尽到应有的职责，严密注视着你的一言一行。也许一切都是未知的，不可臆测的。或者我可以继续将你的不凡战功宣传于世，让你继续辉煌夺目；或者我会发现你的不可解释的疑点，因而将你的所作所为大白于天下！总之，江致远，你好自为之吧！"

听了这番话，江静舟淡淡笑了。他望着眼前这个一贯强势的女人，心中的傲气和怒火淹没了他刚才深藏于心的一丝内疚。

今非昔比，如今的江静舟，不再是那个血气方刚、青春懵懂的青年军人，现在的江静舟，是一个心如磐石、坚不可摧的资深红色特工。这种明显威胁加赌气的儿女私情话其奈他何？而且，从性格上面来看，樊黎翘也终究是误读了江静舟，这分明是一个吃软不吃硬的家伙！

他在嘴角挂起一丝微笑，在樊黎翘看来，这个笑容包含了太多的内容——心知肚明，无所畏惧，恩断义绝，奉陪到底——他望着樊黎翘的眼神中也充满了挑战和不屑："你随意好了，但愿你能如愿以偿，心境安宁。无论如何，樊主编，我江静舟都会记住你的恩德。以后的事情，让我们听从上帝的安排吧。后会有期！"

他已经不再想继续在这里待下去，等着顾倾城和许若飞来接他，他再次揉揉前额，稳稳心绪，毅然站起身来，向门口走去。

樊黎翘没有理会他的离去，她赌气抄着手，冷冷地站在那里不作声。当房门被江静舟重重带上后，她却忍不住冲到窗前，默默注视着楼下江静舟的汽车。几分钟后，她看见江静舟走了出来，守在院子里的许若飞忙上前欲搀扶他，他甩开了许若飞的手，向车子走去。顾倾城从车上下来，伸手挽扶了他，和他一起坐进了车后排，许若飞上了驾驶位置，开车离去。

看到这一切，樊黎翘万念俱灰，她觉得自己所有骄傲的伪装瞬间崩塌，她狠狠拉上窗帘，跑进卧室，扑到床上，伤伤心心地哭将起来。

许若飞开着车子，江静舟和顾倾城坐在后排，一路无语。

到了警备师师部楼前，车子停下来，许若飞见两人都无语，只好回头看着顾倾城，磕磕巴巴地说："顾副处长，你在这里下吧？我送师座回官邸。"

顾倾城看了江静舟一眼，嗫嚅着："您……好些了吗？要不要去医院看看？"

江静舟始终闭目仰靠在座位上，此刻也没睁眼睛，只是摇摇头："不必，我已经没事了。"

顾倾城看看许若飞，咬了下嘴唇，下了很大决心般的低声道："许副官，不好意思，我有话要单独和师座讲……就五分钟……"

许若飞犹疑地望了一眼江静舟，低头下了车。

顾倾城低着头，她的手里狠狠捏着那个手包，努力使自己的眼泪不落下来，她不敢看江静舟的脸色，声音低低道："今天，幸亏你的机智周旋！我实在是没用……连一个称呼都……差点露出马脚！"她沮丧极了，也内疚极了。

江静舟睁开眼睛，温和地看她一眼："好了，小薇，一切都过去了，后面的事情……按照咱们下午商量的方案去办。你回去休息吧。"

这声亲切的称呼让顾倾城心热无比，她真的像妹妹那样轻轻搂了一下身为兄长的他的身子作为告别："哥哥，你今天饮了酒，旧伤有些发作，虽然不那么厉害，也要当心，我去让许副官上来赶紧送你回去歇息吧！"

江静舟微微点头。

她正要转身下车，又想起什么来，就从包里掏出那个药瓶，递还给他："还有就是，上次我问过医生，这种药，不到万不得已不要多吃，毕竟会有副作用的。"

"好的，小薇，我记住了。"

顾倾城转身下了车。情绪放松下来的江静舟捧住自己的额头，将身子伏在前面的椅背上，这个姿势一直维持到许若飞开车送他来到自己的官邸前。车子停下来，许若飞转身看着自己的上级和大哥，一脸的伤感和不安。

江静舟误认为他是在为自己的旧伤发作而担心，就强笑道："我今天还好，喝了几杯酒，这旧伤发作的还不是太厉害。"

"大哥！您……我……"许若飞纠结难言，不知道如何将那个毁灭性的噩耗告知他。他其实并不确定地知道，他的这位上级和兄长心中的痛苦所在——从今天起，他又将陷入他自己最不愿意再次陷入的"假恋人"境地。

江静舟叹口气，冷静地吩咐道："事到如今，我也不瞒你了。你也知道了倾城的身份，她是小薇，就是我们要护佑的对象！不管从保护她论，还是从我这边继续潜伏、摆脱一些困境讲，我和她……以后都要高调上演一场伪情戏。"

"伪情戏？"

"是的，今天下午我已经告诉小薇了，既然是做戏，就要争取演得天衣无缝才是。从明天起，她就会搬到我的官邸来，无论好戏歹戏，既然已经开场，咬紧牙关都得往下唱才是！"

"是，我明白了，大哥！"

江静舟苦笑着看向许若飞："听说你和唐玉……如今怎样了？"

许若飞被他问得愣住了，许久才明白过来，不觉带点羞涩的表情道："我们……其实才刚刚开始……总之，工作任务总是第一位的，个人感情是要靠后。"

"别拿大道理回答我！傻小子，这是大哥在问自己兄弟的话，你遮遮掩掩的干什么？"江静舟戏谑一笑，疼爱地看着这个跟随自己多年的忠诚部下，语重心长道："我以前和你说过，革命和爱情不是绝对对立的！你小子忘了，我们还一起狠狠羡慕过程睿那小子的？作为一名红色特工，他的命是太好了！"

许若飞赧然笑笑："我说的也是实情啊！像咱们这样身份的人，总是要拎得清轻重缓急，主次矛盾才对啊……其实，您不必太在意什么，作为特工的我们，生存和掩护毕竟是重要的……有时候，是需要采取一些看来是不可思议，不好被人理解的行为呢！我想，我能够懂你。"

江静舟感动地一笑，爱怜地看了他一眼，没有直接回答他的话，只是认真嘱咐着："若飞，你记住，很多事情，是可以自己去争取，去把握的！主要是要抓住时机，切莫犹疑不定。有些事，有些人，错过了，就永远不可挽回了！也许，别人说的也没错——花开须折直须折，莫待无花空折枝！在不损害组织利益，不妨碍完成我们的任务和使命的前提下，你自己的幸福也很重要……我祝福你和唐玉！"

许若飞如今心中有事，正有一副千钧重担横在心头，他无暇细品江静舟的话，忙转移了话题："我还是赶紧陪您进去吧，沁梅也在家中等您呢。"

"哦？那丫头不是要马上折返南京吗，怎么到我这里来了？"

"师座……大哥！您……先回家再说吧！"许若飞的眼泪忍不住又落下来，江静舟自是满腹疑虑。

三人围坐在客厅的沙发上。听许若飞磕磕绊绊讲述了封正烈电话内容，江静舟一下子呆住了，脸色渐渐转为惨白。

沁梅依在父亲身侧，一手抓住父亲的手，不停地摩挲着，流泪安慰着："爸，今天这番情形，请让我叫您一声爸爸好么？爸，我知道您的心里有多痛！您想哭，就别憋着……我守着您，陪着您一起过这个坎……爸！"

她忍不住上前，抱住自己的父亲，第一次用女儿的温情拼命搂紧他，温暖他，想给他一丝丝力量，来应对眼前的悲伤至极的场面。

江静舟揽女儿入怀，轻轻抚摸着她的秀发，眼睛失神地望着远方，嘴里喃喃自语："兰儿她终于走了……也许，这真的是命！"

他觉得自己的心瞬间被掏空了，没着没落的感觉，竟然连疼痛感都消失了，他没有泪水，一滴都没有，只觉得一种梦幻般不真实的感觉浸透了自己全身。

十二年前，那个风雨交加的夜晚，那张粉嘟嘟的婴儿脸庞，还有，陈青瑜抱着孩子温存的笑容，如今都显现在眼前。

她的话语仍然是那样的轻柔缥缈："致远，你快给她起个名字吧？我会爱她一辈子的！我要让她一辈子幸福，像个无忧无虑的小天使！还有你，不是么？让我们一起来……爱我们的……这个女儿！"

想到这里，江静舟忍不住低吟出声："是的，青青，你说得没错，兰儿就是天使！如今她是回天堂去了……"

沁梅担心地望着父亲，又回头看了许若飞一眼，却见他只是垂首流泪。

沁梅咬咬唇，下了决心一般，从兜里掏出了那个打火机，那个上次父亲生日，自己买了却最终没有勇气送出的打火机。听了宁兰的噩耗，她刚才专门回警备师宿舍取了它来。

她将打火机捧到父亲眼前："爸，这就是上次我给您买的生日礼物。当时，我看到兰兰那个礼物——那个独具匠心的木雕打火机，就无论如何也不好意思拿出来了！"

她握了父亲的手，将它放在自己脸颊上，边流泪道："兰兰是天使，她最懂您的心！我现在明白了，您苦守敌营二十年，身心都太苦了！幸亏有兰兰陪在您身边，她当是您最亲近的慰藉……可是如今她走了，爸！请让我代替兰兰爱您！我也答应了兰兰的，代替她陪着您，体贴您……我以前是太不懂事了，您原谅我！如今，我是肩负了双重的女儿责任来孝顺您，我一定不再让您伤心……"

"傻丫头！"女儿的话，让江静舟的泪水终于滚落下来，"你们都是我的女儿！一直都是，永远都是……"

他接过女儿手中的打火机，又从口袋里拿出那个一直不离身的木雕打火机，将它们放到一起，紧紧握在手中："我的两个女儿……爸爸知足了！"

他长叹一口气，拭去泪水，勉强起身："我想单独待待……"

沁梅和许若飞都上前欲搀扶他，他推开他们的手，微微苦笑："没事的，刚才饮了酒，有点头疼罢了……我先上楼去躺躺就好，你们别担心。"

他强撑着站起身来，走了几步，突然向前面栽去……

军医为躺在床上昏迷不醒的江静舟仔细检查了身体，对守在一旁的许若飞和沁梅道："师座虽然因为饮酒引发旧伤，但是并不严重，根据你们所说的情况分析，是忧伤过度引起的短暂昏迷，我已经给他注射了安定针剂，让他安静休息就好。"

许若飞和沁梅异口同声焦虑地问："不用送医院吗？"

军医摇头："目前还用不着，你们仔细看护他，明早醒了就没事了。"

许若飞送医生出去，沁梅半跪在床前，用一条温水毛巾，为父亲擦拭着额头。一夜无语。

接近凌晨时分，江静舟的身子动了动，嘴里不停地呢喃着什么，沁梅忙凑近他的唇边，仔细辨听着，终于，一句较为清晰的话语传入她的耳膜，也狠狠震撼到她的心灵："唉，兰儿……你就这样狠心离开了？让爸爸如何独活……我又怎么对得起你的……亲生父母？"

这句呓语让沁梅惊呆了。

天色渐明，一个雨后空气清新的早晨。

清醒过来的江静舟半倚在床头，静静望着身边的女儿，用平静的语气向她回忆起往事："是的，兰儿她……不是我的亲生骨肉，她是一个烈士遗孤，是我和青青当年收养的孩子。"这句话让沁梅惊异得睁大了眼睛。

那浩若烟海的往事、故人如今都浮现在江静舟的眼前，他讲述的语气转为沉重：

"那年，我奉组织之命和陈青瑜走进了婚姻生活，我从189师借调到194师任职，半年后，青青怀有身孕，就在此后不久，我们遭遇了一件事情——

"有一对年轻的夫妻被我们师相邻的141师抓获，据证实是我党秘密地工人员，男的二十三岁，有一个好听的名字，叫兰靖；那位年轻的妻子，几乎还是个小姑娘呢，刚二十出头，名字也和人一样温婉秀气，叫尹小溪。

"他们夫妇都是我党在江西省中枢机构的秘密交通员，身上有着组织太多的秘密。在一次围剿战中不幸双双被捕，敌人一定想从他们身上打开缺口，获得我党的重要机密！141师没有条件，就将他们夫妇转到我们194师关押审讯。

"这对年轻夫妇骨头真硬，坚不吐实，敌人没有从他们那里获得半点有用的东西来！最后，只好判处他们死刑。就在临刑前，才发现那位年轻的妻子尹小溪怀有五个月身孕。

"从人道主义方面论，不能对孕妇处以极刑，尹小溪暂时被押回了监室。其实他们夫妻的这一切，都发生在我的眼皮底下，我当时的心情你可想而知？面对自己的战友、同志，被审讯、拷打、用酷刑、被枪决，我却无能为力，不能有所为，我是怎样的悲伤和绝望？我觉得实在是难抑住悲愤之情，我真想带上我发展的几名骨干分子，劫狱，抢人，然后逃出魔窟……但是想到自己身肩的任务，我的使命所在，我又不能。

"我的妻子青青是个善良至极的女子，她虽然不是很懂我的信仰，也不明确我真实的身份，但是作为枕边人，她一定是感知了我的悲愤和不安，再加之她自己的善良本性，作为一个孕期相近的母亲，她格外同情那个年轻的女共产党员，她多次到狱中去看望她，给她送营养品，利用自身特殊的身份，尽量给她以关怀和照顾。

"两个异党的女子，因为同为怀有身孕的母亲，结成了朋友，她们不谈政治，也不谈信仰，只是说腹中孩子的问题……青青多次对我说，她要尽全力帮助那位不幸的年轻母亲，她要竭力留住她的生命，不能让这个未出生的孩子，失去了父亲，再没了母亲。

"但是青青也告诉我，尹小溪断然拒绝了她的好意，她已经提出孩子生下后，她就会去就刑，她要去追随、陪伴她的丈夫，她不愿意苟活在世间！她感念青青的善良和温存，提出将自己未出生的孩子托付与她，希望她能将这个孤苦无依的孩子抚养成人。

"丫头啊，你知道吗？当时的我，因为身份的特殊，连这样对自己战友表示同情和帮助的态度都不能有！面对两个善良无助的女人的约定，我只能选择漠视和淡然。"

说到这里，江静舟呼出一口气，泪水悄悄滚落腮边。守在身旁的沁梅却注意到了，她温柔地用手为父亲拭去了。

江静舟调整好情绪，继续讲述着："在一个风雨交加的夜晚，尹小溪在监室里生下了一个瘦弱的女婴。按照青青事先的安排，对外谎称这个女婴夭折，暗中却抱回了我们家中……三天后，青青也生下了我们的孩子，一个男孩，就是你弟弟宁松，为了掩人耳目，就根据提前计划安排，宣称我们生下了一对龙凤双胞胎，男孩为大，女孩为小……而那个年轻的母亲尹小溪，却在青青生孩子那天被枪决在她丈夫死去的那个地方。

"从此我们拥有了一双可爱的儿女。因为做得隐秘，没有几个人知道这个孤女的身世。我和青青约定，在孩子成人前，一定要守住这个秘密，即使至亲的亲人间也不能说明。尽量让孩子能快乐、健康地长大。

"善良的青青没有辜负故人的嘱托，她爱护女孩胜过她的亲生儿子，我们给孩子取名宁兰，一方面是纪念她的父亲，用她的本姓——兰，一方面也是希望她像她的父母一样，有兰花般高洁的品质。

"兰儿生来体弱，经常发烧，日夜啼哭，青青她总是不辞辛苦地将孩子抱在怀中，度过一个个漫漫长夜……后来兰儿满月后，送到医院检查，才知道可能由于她的生母怀她时环境潮湿恶劣，孩子患有先天性心脏病。"

说到这里，江静舟微微叹息，沉吟不语。

沁梅上前握住父亲的手："爸，您和宁松的妈妈……太不容易了！"

江静舟淡淡微笑了一下，轻语道："青青的善良和温柔，让人唏嘘感叹。她待宁兰胜似亲生母亲，对她付出了太多的心血，将她当成掌上明珠般呵护着。在她的影响下，她们家族中的人，她的姐姐姐夫，她的兄嫂都对宁兰格外偏爱。兰儿她像一个小公主般无忧无虑地生活着……尤其让我感到奇怪的是，跟青青毫无血缘关系的她，性格竟然和这位抚养她的母亲极为相似！温柔，体贴，善解人意，总是为他人着想，无私无欲……但是这种幸福的生活并不长久，在宁兰和宁松刚满半岁时，青青忧劳至极，溘然长逝……"

"那后来呢？您怎样把宁松送回了组织那边，可是却将宁兰留在了身边？"

江静舟眯起眼睛，微皱剑眉，继续回忆着："青青去世时，我正在 194 师某团代职。当时部队驻扎在乡下，亲戚们都不在跟前，军中环境艰苦危险，经常要行军打仗，转移阵地，我没有时间和精力来照顾两个未满周岁的孩子，就想到通过地下交通员将两个孩子送回根据地。尤其是宁兰，我想她是烈士的遗孤，应该生活在组织那边，这样才能告慰她早逝的父母。

"当交通员按照事先约定的时间来接孩子时，宁兰正突发高烧，情势危急。交通员是个年轻的男孩，他不敢将宁兰同时带走，我只好将她留在我的身边。当时我们部队正在江西一个县城向南昌进发，我将宁兰裹在我的大衣里，骑着马，带着军医，向南昌奔进，希望能救孩子一命……终于，我们赶到了南昌，将兰儿送到医院，捡回了她的一条命。

"后来我回到了 189 师，和封正烈军座夫妇重逢，才将兰儿交到他们手中。封夫人视兰儿为自己小妹的遗孤，百般爱怜。我在想，兰儿身体不好，需要一个安定舒适的环境，在大城市会更安全些，就只好打消了送她回老家的念头。"

他忍不住唏嘘感叹："可是……兰儿的情况一直不稳定，医生预言她活不过十二岁，我们送她去美国手术，也是想给她一线生机！可是，谁曾想她小小年纪，竟然会……魂断异域……我对不起孩子，更对不起她的父母……"他终于痛哭失声。

"我总想，等兰儿再大一些，病情稳定了，我再告诉她身世，关于她身生父母的故事，可如今……我竟然让那样幼小无依的她，永远留在了陌生的远方！我……怎么配做她的父亲？这样早慧善良孩子的父亲？"他哭得微微喘起来，一阵剧烈的头疼又向他袭来，他紧咬牙关，强忍住没有呻吟出声。

沁梅却敏感地感知了父亲的病痛，还有他那更加难以抑制的心痛，她心如刀割，流泪上前紧紧拥住父亲，连声安慰着："爸，不怪您，您尽心尽力了，你做的一切，都是为了兰兰好，兰兰她心里都明白！上次她在这里发病时，被救治过来，曾经对我说过，她最依恋、最难舍的就是您，她最放心不下的也是您！兰兰她……已经感受到人间最真诚、最深厚的父爱，她是满足的……"

江静舟流泪摇头："不，是兰儿给了我太多！谁都无法想象，她给了我多少爱和慰藉？在这个冰冷残酷的世界，在危机四伏的敌营中，是纯净、懂事的兰儿，屡屡用她温柔的小手，抚慰着我伤痕累累的心，用她纯净的心灵，给了我最难得的亲情和温存。这个丫头，就是天使，所以人间留不住她……

"孩子你知道吗，兰儿改变我太多……想当年，我十六岁离家从军，考入黄埔的最初梦想，是成为一个职业军人。从少年起，我就向往那种金戈铁马的纯粹的军旅生活！后来在军校中我遭遇革命，有了自己的信仰和方向，国共分裂后我又经历了血雨腥风，失去了最亲密的师友！命运之舟将我逐渐推到了红色特工这条道路上……我困惑过，迷茫过，也曾有种抵触和纠结的心绪萦绕在心头——我何时才能实现少年时纯净的梦想，成为一名单纯、果敢的军人呢？"

他摇摇头，带点苦笑地看着自己的女儿："丫头，爸爸不是天生优秀的特工人才，我就曾经这样彷徨苦恼过！可是，兰儿一家的经历教育了我，改变了我……我突然意识到自己岗位的重要性，自己身份的沉重分量！是的，也许我的作用，是让更多的兰儿父母那样的战友不失去生命，让更多兰儿这样的女孩不失去父母！"

他长长吸了口气："异域占领者被我们赶走了，兄弟阋墙的悲剧又现！我不知道这场最后的征战什么时候才能结束？但是我知道在这个阵线上，我也是个战士……是个能保护我更多战友生命的战士！特工生涯是压抑紧张的，也可以说某些方面是反人性的，但是有兰儿这样纯洁无瑕的天使相伴在我身边，或鲜活在我心里，我就无怨无悔……如今，我的天使走了……"他的泪水再次溢满双眼。

"爸，兰兰没有走，她是以另一种方式重生了，她悄悄融入我们每个人的生命里，让我们彼此找回了温暖，找回了纯净和安宁！就像我，已经感觉到了这种重生的喜悦，感情的重生，爱的重生……我觉得，从今以后，我和兰兰就合二为一了，都是您的女儿，会永远相随在您的身边。"

江静舟看着沁梅，带点愧疚的神色："梅儿，其实爸爸对不住你！每当我拥住兰儿，享受着难得的父女温情时，我就会记起你！你知道爸的心里有多内疚，多不安吗？如果说我江静舟此生负人太多，我觉得最对不起的，就是你和你的母亲！尤其是，我给你的父爱实在太少……"

"爸！您别说了！"沁梅俯身在父亲怀中，哽咽难言，"我懂您了，您是个……胸中有大爱的父亲……我能做您的女儿，如今心中……满满都是爱，又怎么会有怨？"

父女就这样紧紧搂抱在一起，生平第一次这样相依相偎。江静舟在心底慨叹，亲生骨肉用她发自天性的柔情，很好地抚慰了自己伤痕累累的心，这份来自血缘天性的温暖仿佛给他裸露在外的心灵伤口蒙上了一层薄纱。

沁梅同样唏嘘不已——自己心里有一排篱笆样的东西轰然倒塌，她和父亲间那层薄如晨雾般的隔膜消失了，一种别样的温情霍然重生。

许若飞端着一碗粥进来："师座，您醒了？吃点东西吧！刚才蔷薇来过，送来了这碗粥。"

江静舟若有所思地看着他，没有答言。沁梅很自然地接过碗来，用小勺舀了，放在自己唇上试试温度，喂到父亲嘴边。

　　江静舟就这样含泪咽下了女儿一口口喂来的这碗粥。

第二十四章　别样安慰

　　我觉得爱的真谛还在于不自私、不独占、不专断。爱有时候还表现为放手……人生总有无可奈何之时，总会遭遇无可奈何之事，也许我们唯有利用真爱这个武器，才能帮助我们战胜孤独、恐惧、忧伤和绝望，开始一段新的重生之旅！

　　沁梅贴心地陪在父亲身边，伴他度过了人生最灰暗的一段日子。想到自己身肩的任务，在父亲的一再催促下，她动身回了南京。

　　沁梅直觉宁兰之死给父亲的心上留下了永远不可愈合的伤痕。宁兰故后，一向酷爱吸烟，借以放松情绪的父亲，从此再不碰香烟，那一真一假的两个打火机，就变成两个女儿的纪念品，永远相伴在父亲身边。

　　回到南京的沁梅变得沉静起来，她经常会一个人独坐深思，想到父亲、宁兰和她的生身父母，以及宁松和他的母亲……这些故人故事让沁梅心情沉重，感到生命的无常，肩头责任的重大。

　　于是一个夜晚，当她又和萧岳相聚在宿舍时，她的忧伤被他感知。

　　"梅，这段时间你总是不开心的模样……是你妹妹的事情让你无法摆脱悲伤么？我如何帮你？"

　　"长岭，你说，生命是短暂的，爱如何永恒呢？"沁梅露出难得的幽怨久长的模样。

　　萧岳笑了，俊朗的面容上尽是抚慰之柔情，更有一丝坚毅的光辉："生命是有限的，可是爱是一种无界、无疆、无形却又无憾的东西！爱可以转换，可以迁移，可以延续，更可以重生。生命即使结束，爱却能润物细无声般永久留存下来，给存身在这个世界的人以安慰、鼓励甚至是滋养，让他们在余生里继续有勇气去萌发生机、新建希望，还可以重生新的亲情、友情和爱情。"

　　他深情地注视着沁梅："我觉得爱的真谛还在于不自私、不独占、不专断。爱有时候还表现为放手……人生总有无可奈何之时，总会遭遇无可奈何之事，也许我们唯有利用真爱这个武器，才能帮助我们战胜孤独、恐惧、忧伤和绝望，开始一段新的重生之旅！"

沁梅听得呆住了："嗨，你真像个哲人呢，我的长岭上尉！"

　　"不不，是爱情……让我变得智慧。沉溺于爱河的人都很聪明，不是吗？"

　　"才不是呢，我的傻子！"沁梅俏皮地眨眼，"我只听说，沉湎于爱情网中的人，都很傻！"

　　"那让我变成傻子好了，让我更傻一些吧！"这个大男孩露出憨厚又机巧的神色来。

　　这话让沁梅莫名红了脸。她沉吟片刻，终于下决心般从口袋中掏出一个物件来。

　　这是一枚白色透着些许翠色的玉观音挂件，上面拴着一条崭新的红绳，显然是一个才重新装饰过的挂件。

　　"喏……这个送给你。"姑娘露出羞涩的神情。

　　萧岳接过玉观音，仔细看了，压抑住内心的激动，轻声问："是专门……给我买的吗？"

　　沁梅红着脸，也不看他，嗫嚅着："想得倒美！我哪有时间去买啊？再说我也不识玉呢。"

　　她掩饰着轻咳几声，红着脸解释道："这个是个老物件了，我们家祖传的……"

　　"哎呀！那我如何敢要？"萧岳忍不住轻声喊道，看到姑娘白了他一眼，恐怕她误会了自己的意思，就赶忙解释道，"我是说，这东西也太贵重了吧？我……我有点受宠若惊……"

　　沁梅抿嘴笑了："傻子，我愿意给你，你就是受宠若惊也得受着！"

　　男孩欣喜，拼命地点头，表决心般的虔诚神态。

　　沁梅微笑："其实这块玉并不值钱，我妈说过，它的材质很一般，但是它却有着不寻常的意义。它的背后，有着一段曲折的故事……"

　　萧岳捧着玉观音，认真望着眼前心爱的姑娘，听她讲述着悠远的一段往事。

　　"我的老家在湖南北部的一个偏远小镇，我的父母是青梅竹马一起长大的一对恋人。他们两小无猜，一起长大，似兄妹，又如家人……两个家庭早早为他们暗定了婚姻大事，虽然没有言明，却是众人周知、心照不宣的一件事。

　　"我的母亲很爱我的父亲，是那种刻骨铭心、不顾一切的深爱。她不知道她的金子哥是否也像她爱他那样执着于这段真情，但是她认为只要把握住自己那颗无私无欲、无怨无悔的芳心就好了。

　　"我的父亲十六岁离家赴远方求学，母亲是欣慰的，虽有不舍却毫不缠绵。她说她知道她的金子哥注定将来是要做大事的，他在乡里的文武才学早就闻名一方。作为恋人，她不能因为私情留住他，羁绊他，干涉他，甚至都不能让他有一点点不放心。她没有像别的农家少女送别情人时那般哭哭啼啼，难分难舍，她是微笑着送走父亲的，她只说了一句话，反复说的一句话——金子哥，我等你，只要你不忘了我，多少年我都会等你！"

女孩的眼中溢满了晶莹剔透的东西，她扭身暗暗拭去了。萧岳体贴地拍拍她的手背，给她以最柔和的安慰和鼓励。

她感知了他的温情，微笑着继续讲述："后来，父亲成长为一名军官，他没有让母亲等多久，因为祖父的病重，父亲回乡视亲。在两边长辈的安排下，他和母亲成了婚。前后只有三天，我的父亲母亲只有三天甜蜜的婚姻生活，父亲就匆匆离开，他给母亲留下了一个家的概念，留下了我——这个意外的爱情衍生物，还有，就是这枚玉观音。

"父亲是农家子弟，家境贫寒，身无长物。唯有这块玉观音，是祖传的一个物件，作为长子，从他出生起，就一直挂在他的身上。他爱自己温柔娴静的小妻子，在新婚之夜，解下来作为信物送给了她……"

说到这里，沁梅脸上现出一丝娇羞的红晕来："你可以想见我母亲当时的激动和满足的心情？她一直深爱的青梅竹马的恋人，原来也是这样珍惜尊重她！她感谢上天对她的厚爱，更珍视丈夫对她的关爱，她将玉观音戴在身上，护若绝世珍宝一般！

"后来，她遇到一个远房婶娘，看到她戴着的这个玉件，很是诧异，老人告诉年轻的新娘，我们家乡有个老话——崽带观音妹带佛，观音是伢子带的东西，妹子是不宜佩戴的，否则就会招致祸患！母亲没有理会这些言论，在她的心中，丈夫留下的信物，她要时时刻刻呵护在胸前，就像将自己的爱情呵护在胸前。"

沁梅微微叹着气："其实我妈妈她也是一个革命者，也受过一定程度的教育，她本不相信这些迷信的说法，但是后来的事情的发展……却不幸被那位阿婆一言成谶……

"谁曾想我父母的婚姻竟然会一朝破裂，惨淡收场！这一切，不是我父亲的过失，也不是我母亲的错误，实在是从一场无法言说、无可避免的误会开始，最后终究造成不可挽回的悲剧结果……

"妈妈她灰心至极！虽然后来她毅然决然斩断了旧情，找回了自己的尊严，并且在以后的革命道路上又找到了自己另一份真爱，但是那场刻骨铭心的初恋婚姻带来的切肤之痛，从此永远萦绕在她的心际。这次我从老家过来，临行前，妈妈将这枚玉观音送给了我，给我讲述了它背后的故事！她说让我把它看成是爸爸妈妈送给我的纪念品，如果……我将来遇上自己喜爱的……对象，就可以作为信物送给他……"

回忆到此处，沁梅记起当时的情景——

母亲沈琬将玉观音放在女儿手上，低声嘱咐着："梅儿，记住，这个物件你自己千万不要戴，留给那个……你将来的他……来戴！你可以亲手将它挂在那个男孩的身上……这个就是伢子该带的东西，会给你们带来好运的……"

萧岳被深深震撼了，他没想到在这个小小的玉件上面，竟然承载了这样多的亲情和纠葛，他将玉坠紧紧握在手心里，深情地看着眼前殷殷望向他的姑娘："梅，谢谢你给我这样珍贵的礼物，我会像珍惜自己的眼睛一般，爱护你的这个特殊礼物，会让它永远陪在我的身边！"

沁梅含泪点头。

萧岳望着远方，沉思着说出了一段突然在此刻跃入他脑际的一番话："你记住，如果某一天，遇到了什么紧急的情况，我不得不将它交给别的人，那也一定是我最信任的人，你可以像信任我一样去信任那个人……"

"不要！"沁梅突然跳起来用手去捂他的嘴，"你要戴着它，永远……"

不知为什么，就突然有一丝不安、不祥的情绪涌上她的心头，她看向他的目光充满不舍和担忧。

萧岳看着心爱的姑娘这种小鹿受惊般的神情，忙搂过她的肩膀安慰："我是说万一……干咱们这一行的，要有多方面的准备才是……"

为了缓解她的不安情绪，不等她答言，他就忙扯开了这个话题，他从自己上衣口袋中也掏出一件东西，递到沁梅眼前。

这是一个像手帕一样的长方形布块，上面印着中华民国国旗，还有一些外文字母。沁梅不解地望着他。

萧岳笑着解释道："这是我在美国航校学习的时候，我的教官送给我的礼物。这个东西美国人叫 Bloodhit，中文名字叫血符。抗战时期，我的教官来到中国，曾经是援华抗战的飞虎队的一员。当时他们每个飞行员身上都带有这种中国政府提供的血符，为的是当座机被击落时，可以得到当地中国人的救护。这个礼物对于我来说很珍贵，我想把它送给你，也算是留一个特殊的……信物吧！"

沁梅激动地接过这个珍贵礼物，看了又看，仔细叠好，放到口袋中，然后又从萧岳的手中取过那个玉观音，仔细给他戴在脖子上。

两人深情凝望着，时光仿佛在这一刻凝滞住了。

上海江静舟官邸中，也上演着一场难忘的亲情戏。

顾倾城已经搬到这座官邸生活，像妹妹一样照顾起江静舟的起居来。在外人眼中，这座往日空落落的大房子，也因为有了女主人的进驻，变得温馨浪漫，颇有生活情调起来。

这个黄昏，江静舟从办公室回到家中，刚进门，就遭遇了一场令他惊异万分的事情。

一个十岁左右的小姑娘给他开的门，甜甜地冲他叫了声："爸爸，您回来了！"

江静舟猛然愣怔在那里，就在那一瞬间，他仿佛看到了宁兰的影子，是我的兰儿又回来了么？

女孩穿着一件粉色的毛线衫，扎着蓬松乌黑的马尾辫，她身材瘦小细弱，类似宁兰的模样，但是却比宁兰矮了一些，小小的瓜子脸上，恬静温柔的笑靥，也让江静舟有一种似曾相识的熟悉感。

"你是谁家的小丫头呀？怎么会在这里？"江静舟蹲下身，望着女孩，慈爱地笑问道。

"我是您的女儿呀！"女孩顽皮的笑容里有着童稚般的真诚和善意。

江静舟忍不住笑着摸摸孩子的头发："你这个小丫头，说话真有意思！"

女孩不管他的迷惑和诧异，她拉他起身，一起到客厅的沙发上坐下，接过他的公文包放在一边，又取过一双拖鞋，为他换上。

"哈！江爸爸，您真的不认识我了吗？"

"江爸爸？"这个特殊的称谓，加上来到客厅，灯光明亮，看清楚女孩的容颜，那微微上翘的鼻子和嘴唇，尤其是那双明亮无瑕的大眼睛，江静舟豁然开朗："原来是……我的大月亮！嗨，想不到两三年没见，竟然长得这样高了？连小模样都长变了呢！你还没到女大十八变的年纪哟？"

这个女孩原是向晖的长女向婵娟，小名娟娟。她和江静舟也有一段前缘。

当年远征军征战中，江静舟和向晖结下一段难忘的战友情，两人历经战火，惺惺相惜，成为不是兄弟，生死兄弟的生死之交。

那时候，在军中，江静舟发现了向晖的一个小秘密，他的军装上衣口袋中，装有一张照片，战斗间隙时，他总拿出来细细看着。后来他主动递给江静舟看时，才知道那是他的两个女儿的照片。

回国后，江静舟伤愈出院，曾在重庆见到过向晖的家眷，他带着宁兰和向晖的两个千金相聚过一次。向晖的妻子谢宛月是一个温柔娴雅的女子，她和向晖是青梅竹马的世家之交联的姻，夫妻感情极深。两个女儿当时一个七岁，一个五岁，十分活泼可爱。当时江静舟和这两个小姑娘还有一段有趣对话。

江静舟问起她们的名字，年龄稍大两岁的娟娟奶声奶气的解释："我叫向婵娟，小名娟娟，妹妹叫向冰轮，小名叫妮妮。江叔叔您知道吗，婵娟和冰轮都是月亮的意思，是爸爸给我们起的。爸爸说了，因为妈妈叫宛月，所以我们的名字也要叫月亮。婵娟和冰轮都是古代人叫月亮的名字呢！"

江静舟听了哈哈大笑："好吧，你们的爸爸是才子啊，所以给你们起的名字都这样有诗意！呃……都是月亮啊？那这样吧，我以后干脆叫你们大月亮和小月亮，岂不更直接、更响亮呢？"

一旁向晖笑着打趣他："都说铁汉柔情，我看你这番情形倒也差不多！致远，你天生就这样爱女儿吗？"

江静舟看看站在身边的宁兰，笑着回答："不错，我就稀罕小姑娘呢，可惜我如今身边就兰儿一个丫头，不比你好事成双哈！"

宁兰听了父亲的话，伏在他耳边说了句什么，江静舟大笑起来："好孩子，你这番意思去同你向伯伯说！"

向晖笑看宁兰，宁兰被他的微笑鼓舞，大方地说出了自己的一个建议："向伯伯，好不好让大月亮和小月亮都做我爸爸的女儿，干女儿也行，这样，兰儿就可以有两个妹妹了？"

向晖搂过宁兰，叹息道："兰儿啊，你还真是你爸爸的小棉袄呐！替你爸爸找闺女？你不怕妹妹们来和你抢爸爸的爱吗？"

"才不会呢！我爸爸不是一般人啊，他的爱…… 像大海一样多，怎么抢都抢不完的！"

这句充满女儿痴情的童真话语让在场的所有人都大笑起来，就这样，仿佛达成了一个默契，向晖的两个女儿从此认江静舟为义父，江静舟为她们取的小名"大月亮"、"小月亮"也叫开了。

这次宁兰病逝，向晖感念江静舟痛失爱女，心情苦闷忧伤，于是专门让自己的夫人带两个女儿来沪，想送给江静舟一种别样的安慰。

此刻，江静舟自然还没有参透他的意思，只是亲热地搂着已经长高了一大截的义女，百感交集地笑问道："大月亮，你怎么突然出现啦？你妈妈呢？妹妹呢？"

向婵娟笑着看义父："妈妈带着我和妹妹一起来上海的。爸爸对我说，宁兰姐姐没了，以后让我给您当女儿，就送我到倾城娘娘那里了。"

系着围裙的顾倾城正好端了一盘菜进来，忙上前插言道："副师长让我带娟娟回来，说是让她陪您住些日子。"

"这个向明光……"江静舟感动地嘟囔着，又对顾倾城道："既然这样，明天你准备一餐饭，请副师长全家来这里欢聚一下吧。"他又搂过向婵娟："走，咱们先去吃饭！"

饭桌上，因为孩子的加入，显得又充满生气起来。顾倾城欣慰地看到江静舟的食欲比前段时间好了许多，但是他对女孩的娇宠让她有点好笑，又有点匪夷所思。

顾倾城将胡萝卜烧牛腩不断夹到女孩碗中，婵娟却将自己碗里的胡萝卜不停地向外夹。

"娟娟，胡萝卜多有营养啊？要多吃才能长得高。你也要长得更壮一些，你太瘦了！"顾倾城柔声劝道。

女孩不停地摇头："我不要吃胡萝卜！一股药味，一点都不好吃！"

她不看顾倾城，只是望向身旁的义父，噘着嘴，一双会说话的大眼睛忽闪忽闪着。

这幅泫然若泣的神情像极了宁兰往日的模样，江静舟心头一软，忙安慰她，将自己的碗凑到女孩面前："好了，不爱吃就不吃罢！不听娘娘的，我们大月亮有自己的想法呢，大人也不能独断专行！来，娟儿，把胡萝卜都夹到爸爸这儿来！"

亲情就是这样玄妙，就在这一瞬间，婵娟和宁兰的形象合二为一，从此和江静舟结下了一生的父女缘分。这种缘分维持了两人大半生的生涯，帮助他们度过了人生的多少次暗流险滩，婵娟和义父的父女情缘甚至超过了和自己的父亲。

第二天，当向晖夫妇带着小女儿来到官邸赴晚宴时，江静舟拍拍向晖的肩膀，感动地笑笑，没有说什么。

向晖抿着嘴笑看他："你的父爱魅力大啊？我们家那个小月亮，也闹着要来给你做女儿呢！"

江静舟也笑："我是多多益善，来者不拒，就怕你们夫妇俩舍不得！"

向夫人谢宛月此刻过来笑道："也没有什么舍不得的。前一阵在南京，恰逢封夫人从美国回来，精神状态不大好，我就自作主张，也没问明光的意见，让两个丫头认了封军座夫妇为义父母。这两个丫头也从此多几个父母来疼爱，有什么不好啊？"

江静舟听了，伤感地低头，叹息道："兰儿的逝去，对封夫人的打击尤其大，她一手将兰儿拉扯大，像孩子的母亲一般。"

向晖也叹息着搂住他的肩膀："好了，一切都过去了，要向前看，逝者已登仙，活着的人还需相互关照，抱团取暖呢！"

他这番话蓦然间打动了江静舟的心！一个念头迸出在他的脑际。这也是他计划将儿子宁松送到封正烈夫妇身边的最初打算之萌生点。无关乎信仰和任务，甚至是掩护和利用，完全是一腔发自天然的亲情、友情使然。

第二十五章　遭遇车祸

你要时刻保持一份特工人员应有的警惕和直觉，对一些事情，一些人，要自己去品味去感受，拿捏好相处的尺度和距离。其实很多时候，这种分寸感当事人必须要把握好。总之，责任使命在肩，该坚持的东西深藏心中，就对了！

时间飞逝，一晃一个多月就过去了，楚天舒在南京空军总部的借调工作即将结束。在这期间，军统局也起了很大变化，内部改组，更名为国防部保密局，由国防部第二厅厅长郑介民兼局长，原军统局主任秘书毛人凤为副局长。后来，随着内部分化、重组，毛人凤成为实际掌权者。胡文轩依靠恩师贾翊锟的运作，不受影响，仍然继续任保密局上海站站长一职。

这天，楚天舒上完最后一堂课，独自来到大操场上散步，恰巧遇上了飞行训练回来的萧岳等人。

他看到萧岳穿着飞行服，手里拿着飞行帽，向这边走来，高大伟岸的身躯在这身特殊的制服中显得格外英挺洒脱，他脸上挂着自信的微笑，一派意气风发的模样，不由得心里暗暗为他喝彩，同时这身熟悉的服装也让一丝温馨忧伤的回忆情绪爬上他的心头。

"楚教官好！您在这里散步吗？"

"哦，你好，萧上尉！是的，我刚上完课，随便走走。"

楚天舒打量着萧岳的穿着，微微点头："这身飞行服真棒，又勾起我少年时代的翔翔蓝天的梦想！"

萧岳很理解他的情感，不知为什么，萧岳也暗自奇怪，自己对这个楚教官有种天然的亲近感和认同感，这算惺惺相惜么？这个保密局的特殊教官，才智过人，众人瞩目的角色，这样的一个敌人，一个另一个堡垒的超级人才，他，会给我的任务带来威胁吗？

萧岳微微蹙眉，轻咬着嘴唇沉思。楚天舒则如洞悉了一切般的随和笑笑，望着萧岳，悄然转换了话题："啊，少年梦！每个人都会有的美妙记忆……其实，这身衣服更多引起了我的伤感……"

"我明白，您一定是想起了肖将军？他是您的亲人，也是我的偶像。"萧岳真诚地说道。

"是啊，大哥给我留下印象最深的，就是他身穿飞行服的模样！"

楚天舒充满温情一笑，细长的眸子微微眯起，那对灵活俏皮的眉毛此刻也拧成了波纹状，像是在回忆的河流中激荡的浪花线条。他的话语悠远绵长：

"在我的记忆中，他很少穿军装，总是爱身着这身飞行服。也许，他短暂的一生，经常就是处于'飞翔'的状态……回家的时候，他又会换上便装，是怕引起母亲的担心和不安……"

萧岳随着他生动的讲述，也沉浸在想象中，想象着那位蓝天勇士的昔日风采，他是自己的偶像，偶像的魅力自然是无穷的。

不知不觉中，眼前的教官已经又转换了话题："唉，提起往事太过纠结伤感了！萧上尉，你我一见如故，我不妨给你讲一段我大哥的趣事吧。"

"太好了，愿闻其详！"

"你可能知道的，以前飞行员走下飞机，脸上都是五马六道的，布满了油烟痕迹？"

"是的，楚教官，当年咱们的战斗机多是使用汽油或柴油引擎，在空中就经常会给飞行员们画个花脸。"萧岳忍不住笑了。

"可是你知道么？我的大哥，他每次走下飞机，都是一脸光鲜，干干净净的。"

楚天舒看到萧岳露出惊异的表情，就诡秘地一笑："那时我还小，不理解这是为什么？有一次，我实在憋不住了，就曾经这样问过大哥：为什么你的僚机飞行员，还有其他和你一起飞的同伴们都是大花脸，你却白白净净、一尘不染呢？"

"哈哈，这真是一个挺好玩的问题！肖将军当时是怎样回答的呢？"

"大哥神秘地冲我笑笑，不愿回答。后来被我缠的没法，就指着他的部下笑说——我比他们飞的好啊，所以……"

他说着孩子气般笑了："大哥说的是戏言，但是我当时真的当真了，觉得自己大哥就像是一尊不可超越的偶像一样卓尔不群、与众不同！"

萧岳很感兴趣地看着他："那后来呢？真相……"

"真相是我大嫂有次悄悄告诉我的，原来我大哥飞行服中藏有两样东西，一件是一面小镜子，一件是一条小毛巾。每当飞机落地，他就会在第一时间擦干净自己的脸颊，才从容走下飞机……"

萧岳感慨地望着他，无语。

"这就是我的大哥！注意仪表，爱美成癖，自我约束，修身养性，生活、工作中的点点滴滴都凸显出他别具一格的生活情趣！他从法国留学回来，浪漫而多情，自己戏称自己为蓝天骑士，钟爱生活，关爱亲人，向往爱情，珍视爱人……"

萧岳接口道："就是这样的人，最后在国难当头之时，却能够毁身殉义，义无反顾地为国捐躯，奉献的是那样彻底和决绝！这更令人深深惋惜天妒英才……怎能不唏嘘感慨！"

"萧上尉，你是个能理解我大哥情怀的人，也是个有信仰和抱负，又禀赋才华的人，你也一定会有着自己的精彩人生！"

"楚教官，虽然人各有志，但是一些有关民族大义的东西，永远会留存在我们这些人的心底！这些纯粹的东西，也永远不会随着岁流失掉，值得传承的东西就会有它继承下去的合理性和必然性！"

他年轻的脸庞上显现出一种圣洁的光辉："当我每次起飞时，我就会记起这些神圣的东西，它们让我在蓝天胸臆大开，尽情展开梦想的翅膀！作为飞行员，目标不应该仅仅是操控好自己身下的飞机，我要追求一个更高的境界，那就是——物我两忘，人机合一！"

"物我两忘，人机合一……"楚天舒咀嚼着这两个词，微微点头："这真是一种至高无上的境界！个人何其渺小，理想多么伟大，还有每个人心里坚持的东西……"

"是的，知我者谓我心忧，不知我者谓我何求？楚教官，我们的人生经历有太多的相似之处，所以，每当看到您，会经常有一种奇妙的认同感、亲切感让我感到兴奋和感慨！"他真诚地望着楚天舒，年轻睿智的眸子里满是热烈的友情之光。

楚天舒被他深深感染，不由得深深吸一口气："同理同理啊，萧上尉，咱们真的算得上一见如故，相交恨晚？"

"什么时候都不算晚，友情如此，信念如此，彼此的知音相知缘分如此，心中的大义和坚持更是如此！"萧岳再次真诚地笑了。

一周后，楚天舒和沁梅完成任务准备回上海站，却不料遭遇一场意外险情。

当时，沁梅几乎没有机会再和萧岳好好告别一次。这对刚刚相恋的革命者实在是太过年轻，心中充满着理想和希望，他们怎么也不会想到从此两人会永诀。

楚天舒和沁梅坐上了来时空军总部接他们的军用吉普车。按照惯例，沁梅坐在车子后排，楚天舒会坐到副驾驶的位置上。临出发时，出现一个小意外，一个空军少校要搭他们的车子出城，楚天舒于是让他坐到了前排，自己和沁梅都坐在车子的后排。这偶然之举，却无意间救了沁梅一命。

起初的行程都是很顺利的，在城外放下那个少校后，他们继续前行。

在接近上海郊区的地方，可能是司机为了抄近路，走到了一个山路上。

就在一个急转弯处，一个天大的意外情况发生了！车子的刹车突然出现了故障！一边是岩石林立，一边是陡峭的山坡，吉普车却不受控制地向前冲去，车上的三人都是大惊失色！

司机在努力控制着车子，却显然失去了效果，眼看车子向一边的山谷滑去，司机绝望中大声喊道："长官，快跳车！"

沁梅坐着的这边，正好临近山谷边，她自然无法动身，倒是楚天舒这边靠近崖壁，可以绝处逢生地试一下，他只要踹开车门，就地一滚，就可以避免坠崖的命运！

在这千钧一发，万分紧急时刻，楚天舒几乎没有犹豫，他大喊一声："抱紧我！"同时一边用左手将沁梅用力拉到自己怀中，一边抬脚踹开车门，抱着沁梅滚落出车子。

失去控制的车子继续向前冲去，在司机绝望的喊声中，滚落山坡。沁梅只觉得自己被楚天舒狠狠搂在怀中，随着他打了几个滚，就晕了过去。

等到沁梅醒来，才发现自己还被楚天舒死死地搂在怀中。她用了很大的劲，才挣脱了他的手臂，坐起身来，才恍惚记起前情，意识到自己是捡了一条命回来。

她惊恐地看到身旁一动不动的楚天舒，忙用手去探他的鼻息，发现他还活着！不由暗暗舒了口气，但是瞬间她的心又被猛然揪起——她惊骇地发现，他的额头上不断在涌出鲜血，他的脸色在一点点苍白下去。

"长官，长官！楚……天舒哥！"沁梅也不知为什么，自己就突然这样对他改了称呼？她只知道她很害怕他会这样死去。她手忙脚乱地掏出手绢，为他堵住头上的伤口，边带着哭声道："你不可以这样死去！不可以死去！"

她很明白是他救了她一命！他不仅没有在那样危急的时刻，扔下她迅速自保其身逃命，而且在他们相拥着滚下车时，她直觉他是用自己的身子在护着她，将她的头紧紧搂在自己的怀中，用身躯为她抵挡着一切撞击和甩碰，而他自己，却重伤如此！

她上前抱住他的身子，哭喊着："天舒哥，你坚持住，一定要坚持住！"

他们的运气不坏，很快有一辆工程车子经过此处，救助到他们。

工程车拉着他们飞快地向上海方向驶去。车上，沁梅半蹲半跪在座椅上，将楚天舒的上身搂在怀中，尽量减轻着一路颠簸对他的影响。她看着怀中面色苍白的他，嘴里一直呢喃着："你不要死，求你！一定要坚持住……"

当车开到医院门口，医护人员将车门打开时，才发现座位上相拥着昏迷在一起的两个人。劳累紧张和忧惧，让搂着楚天舒一路的沁梅，也再次晕厥过去。

当沁梅醒过来时，发现自己已经躺在安静的病房中。她睁开眼，看到虞水蓉坐在床前。

"柳姨……"女孩轻声呢喃着："我在哪里呢，是医院么？"

"沁梅，你可醒了，太好了！"虞水蓉激动地道，她俯身摸摸沁梅的额头，"你就在医院呢！医生说了，你身上没有大伤，只是惊吓劳累过度而已。"

却见沁梅突然坐起身来："终于到医院了吗？我没事……那他？快救天舒哥，快救救他！"

女孩急切的神情和话语让虞水蓉微微红了眼圈："好了，小梅，你快躺下……哦，楚长官已经获救了，没事了，你别担心！"

"真的吗？他获救了……您没骗我？他头上流了好多的血啊！真吓人……他真的……还活着吗？"沁梅认真看着虞水蓉的表情，摇摇头："不行，我不放心，我要马上看到他！"她想强行起身，一阵眩晕袭来，让她身子晃了晃。

"哎呀，你这个丫头，怎么不相信人呢？"虞水蓉疼爱地扶她躺下，微微嗔道："楚长官也是我的长官啊，他若出事，我怎么会瞒你？你安心养着吧！虽说你身上没有大伤，可是还是有一些小伤口的，你又刚昏迷过。"

沁梅不好意思地低下了头："因为……因为这次他完全是为了救我才负的伤啊，我当然……"她的脸上飞起红云来。

"好嘛，我们骄傲的小公主这次才说了一句良心话呢？你什么时候说过人家楚长官的好了？"虞水蓉忍不住噘嘴点点她的额头。

门开了，顾倾城和齐茹进来了。齐茹手中还捧着一束花。

齐茹欣喜地看她："沁梅，你醒了？太好了，要知道有多少人在为你担心呢！"

顾倾城也微笑道："你表叔来看过你了，现在他去开会了，吩咐我说你一醒来就告诉他。"她就准备去给江静舟打电话。

齐茹笑着拉住她："好了，我和你一起去。我们站长也紧张死了，都来了两次了，也是这般吩咐的呢！"两人出去打电话了。

"柳姨……"沁梅看着虞水蓉欲言又止。

"傻丫头，想说什么？还是在挂念楚长官的伤情吗？"虞水蓉无奈地摇摇头，"好了，你不了解情况看来是没法安心养伤了。这样吧，我把他的主治大夫给你请来，你问了情况就该放心了？"

"柳姨，我想，我已经没事了，您陪我去看他一眼好吗？就一眼？我确认他脱离危险就 ok 了！"

"不行，你的伤……"

"我真的没事！我都完全清醒了，求您，柳姨……楚长官是救了我一命啊！"

虞水蓉无奈，只好扶着她来到楚天舒的病房。

医生也正好在他的床边，就向她们讲述了伤情："他的头部被岩石划了一个大口子，好在伤口不算深，昏迷是由于脑震荡所致，我们仔细为他检查过了，应该没有太大的问题，过一阵应该能苏醒过来。"

他接着又向沁梅和虞水蓉感慨，从送他们来医院的工程车上的人讲，车祸现场是很危险的，那辆他们乘坐的吉普车已经摔下山坡，支离破碎，司机也遇难了。而沁梅两人能生还简直是个奇迹，他们想象出楚天舒抱着沁梅跳下车，滚到崖边的动作是那样的充满技巧和灵活机动，在那样的境遇竟然保护得两人伤都不重，因此大家分析如果楚天舒没有经过特殊技能训练的话，就只能解释他的运动能力超乎常人了。

沁梅边听着，边趴在病床前，默默盯着床上的人看，一副无比担心的模样。看她个人的情形还好，似无大碍，虞水蓉和医生先离开了。病房中只剩下沁梅呆呆地看着仍然昏迷不醒的他。

她从来没有这样仔细打量过他。他沉沉地睡着，头上缠着厚厚的纱布。在这张温润如玉的脸上，两弯长长的睫毛温顺地垂下，在眼部形成两道淡褐色的阴影，他的那双有特点的眉毛此刻也安静本分地舒展着，还有那有着雕刻感的挺直的鼻梁，那微微抿起的嘴角，让此刻的他，有一种无辜孩童般的纯真和安宁。

我是不是过去都错怪了他呢？他原本是个善良的人呐……

沁梅在心里低语着，忍不住俯身在他床前，握住他的一只手，默默说了句："我不想说谢谢，只想说一句……对不起！"

仿佛心灵感应一般，当沁梅在床边待了半个多小时，正准备离开时，楚天舒突然醒了。

他缓缓睁开眼睛，首先映入眼帘的是沁梅关切欣喜的面容，她正用柔软温暖的小手在抚摸着他的面颊，声音带着一丝惊喜的颤音："你醒了，终于醒了？天舒哥，谢天谢地！"

天舒哥？多陌生的称呼！还有，自己这是躺在哪里？为什么要谢天谢地？

楚天舒再次微微闭上眼，努力回忆了一下，才记起前面发生的一切：车祸，跳车，滚落……他神智恢复了过来。

他睁眼微微一笑，望着沁梅："小丫头，你没伤着吧？"

"没有啊！你把我抱在怀中，我们一起从车上滚落下来，然后你……替我抵挡了一切，我一切无碍，只是伤到你了！"沁梅的眼泪忍不住滚落下来。

"哎，你哭什么呀？我又没死……估计也没缺胳膊少腿吧？"这家伙如今还有心情开玩笑，他动动胳膊抬抬腿，露出放心的神情，"嗯，一样都没少，不错，不错！"

"你这个人怎么这样皮啊？"沁梅剜了他一眼，却是不忍心再讥讽打击他了。

"其实最重要的是你没事就好！"这番轻微的动作还是让楚天舒感到了一丝疼痛，他微微咧嘴，虚弱地笑着，嘴角依然不忘挂上一丝顽皮的神态。

"谢谢长官……不，谢谢天舒哥！"沁梅的声音低低的，里面充满复杂的情感——感激、羞愧、伤感、抱歉……

"没什么呀！只要你这个小公主一切无恙就好。我也终于可以和几位长官交差了！哦，还有向那个重要的一位……那个萧上尉交差了，我们已经是神交很久的知音朋友了。"他在顽皮地眨眼。

沁梅没理会他的调侃，她再次拉起他的一只手，真诚地望着他："我想，我以后除了在工作场合叫你长官外，其他时候可以叫你天舒哥吗？谢谢你的舍命相救！我觉得……突然感到你真的就像哥哥一般……"

楚天舒也仿佛被这个往日倔强难缠的小丫头这番真情所感动，收了顽皮不羁的笑容，温柔地看向她："当然可以啊！我本来就觉得你和我的小妹囡囡好像呢……你知道吗？我在家中排行很小，上面有好几位哥哥姐姐，可是下面只有这个小妹。所以，我从小就稀罕她，老是找各种理由帮她做事情，享受她一遍遍反复叫我哥哥的感觉……"

说到这里，他孩子气地笑了。沁梅也向他绽放了一个理解温情的笑靥。

当傍晚胡文轩来到病房时，透过门上的玻璃，就看到这样温情的一幕：楚天舒半倚在病床上，沁梅坐在他身边，手捧着一碟切成小块的苹果，用牙签扎了，一口口喂他吃着。

胡文轩欣慰地笑笑，没有进去惊动两人，转身回了沁梅的病房。他对着仍然守在病房中的虞水蓉道："天舒实在是个好孩子！他和阿梅的事情，我们这些做长辈的，要竭力促成！"

虞水蓉淡淡一笑："姻缘这个事情，是缘来不由人，缘尽不留人，看他们自己的造化好了。"

胡文轩果断地摇摇头："不行！我现在已经有个计划了，阿莲，你要帮我！"

虞水蓉诧异地望向他："什么计划？"

胡文轩诡秘地一笑："容我先行保密一下。总之，是关于我们几人的一个……温馨计划！"

江静舟开完会来到病房时，已经很晚了，胡文轩和虞水蓉已经离去，沁梅也并不在自己的病房。他问过了护士，向楚天舒的病房走去。

沁梅一直待在楚天舒的病房陪着他，直到他睡着了，为他仔细盖好被子，才轻手轻脚离开病房。她在门外遇上了赶来看她的父亲。

江静舟直直盯着女儿看了几秒钟，猛然将她拉入自己怀中，那一贯平静沉稳的语调此刻竟然在微微发抖："你这个丫头！想吓死谁么？"他扳过女儿的身子，再次仔细上下打量过一遍，眼中瞬间有些潮湿。

听说了女儿此次的险情，他心中自是后怕万分，此刻看着女儿活泼泼地站在自己面前，不由感慨道："这次真是老天保佑，丫头你福大命大！"

沁梅点点头，又摇摇头，回身望一下楚天舒的病房："不是老天保佑，是贵人相助！孩儿这次的命，都是这个叫楚天舒的人给救回来的！"

江静舟点头叹息："我听说了经过，无论如何，你都要好好感谢你这位上司才对！"

沁梅望着父亲，神色有些犹疑："您知道吗？不仅仅是因为这场意外，其实不知道为什么，这一段时间以来，在我的心中，似乎已经把他当作了我的哥哥，我的一个亲人！"

说到这里，她悄悄打量了一下四周，声音放低了许多："表叔，您说，我这样，会犯错误吗？他毕竟是……是我们一个危险的敌人啊！"

江静舟默默看着女儿年轻惶惑的面容，不知道该怎样回答她的这个问题，他轻叹道："有些事情，也不是简单的是非对错可以判断。我想，你要时刻保持一份特工人员应有的警惕和直觉，对一些事情，一些人，要自己去品味去感受，拿捏好相处的尺度和距离。其实很多时候，这种分寸感当事人必须要把握好。总之，责任使命在肩，该坚持的东西深藏心中，就对了！"

沁梅若有所思地点头："我记住了……可是……"

女孩纠结难言的心事就是当着亲生父亲也难以言表。还有胡文轩，自己的这个养父，这样的情分，让她如何轻松对待？

身为特工，在情感上面，似乎永远在做着悲伤无奈的各类选择题。父女心思相通，各自默然无语。

楚天舒养伤期间，沁梅一直守在床前，虽然他不让她为自己做一切贴身护理，但是能陪在他身边和他闲话，为他擦擦脸，喂喂水什么的，沁梅觉得也尽到了一份心。两人相处融洽，真正互相感受到一份令人舒适的兄妹情谊。

有关两人的称呼问题也有所理顺。从车祸后起，沁梅就对他改口叫"哥"，两人约定以后除了工作时间，都这样称呼。而关于如何称呼沁梅，楚天舒不改顽皮性情，想出了一个奇妙的称呼——妞。

这个叫法来源于楚天舒的主治医生，一个姓潘的北平人。他看到沁梅性情开朗活泼，爽快大气，曾笑对楚天舒说，沁梅很有他们北方妞儿的风范。

楚天舒某天认真地对坐在他床前为他削苹果的沁梅道："每次看到你，都觉得很像我的妹妹天姣。她的小名是囡囡，这是我们江浙人称呼小姑娘的俗称……我看潘大夫说的没错，你是南方姑娘，却生就北方女孩的爽直性格，据说他们北平人叫小丫头为'妞妞'，我以后就这样叫你如何？从此我就有两个妹妹了，一个囡囡，一个妞妞，不错！"

他带点孩子气般得意地笑了。

"妞……代表妹妹……不错！"沁梅也点头笑了。

两周过后，楚天舒伤愈出院，胡文轩特意在家中设宴，感谢他对沁梅的搭救，也为两人压惊。沁梅和楚天舒来到胡文轩家时，才发现除了他们两人外，虞水蓉已经在那里了。

其实分明看得出来，说是为了答谢楚天舒，不如说这是一场氛围微妙的家宴而已，胡文轩请虞水蓉和他分坐西餐桌的两个主位，又安排楚天舒和沁梅坐在两旁。在楚天舒眼里，平日冷静漠然的站长今天仿佛像变了一个人似的，兴致很高，简直有点亢奋状态。

是的，这样的情景令胡文轩感慨万千！

他看到一幅让他心动神往，暗自唏嘘不已的图画：橘黄色的灯光下，温馨的餐厅，精致美味的餐食，还有眼前曼妙的人儿！

虞水蓉是一贯的文静高雅，像温润贤惠的女主人一般坐在餐桌旁，带着长辈宽厚慈爱的微笑看着身边的两个年轻人说笑着，不时为他们说合一两句。

英挺帅气的楚天舒，秀气娇憨的沁梅，这两人在任何人眼中都是天设地造的一对璧人儿。沁梅不时娇语嗔嗔地对着楚天舒,后者则挂着宠溺的表情笑着回应着。

胡文轩无比欣喜地发现,他最想看到的一个结果就在眼前。如果说以前沁梅和他说起自己和楚天舒在谈恋爱时,他还半信半疑的话,那么如今经过这场生死劫难,这对小儿女已经是明公正道地格外亲密起来。

这相聚有爱的场景让胡文轩鼻头发酸,这是一幅多美的图画!这份温馨家庭其乐融融的样子,不正是自己梦寐以求的吗?他端起酒杯,似乎为自己的臆想憧憬愣住了,久久不发一言。

虞水蓉看出他的异样,不由望着沁梅,向她努努嘴。

沁梅笑看胡文轩:"站长爸爸大人,您怎么啦?都在等着您发令呢,我可是饿得受不了啦!"

她又向虞水蓉挤挤眼:"看来这位老先生在做自己的美梦呢!要不然柳姨您发动吧,您也是长辈啊。"

"这个称呼不妥,严重不妥!"胡文轩直摇头。

"我早想纠正这点了——柳姨是站里别人叫的,阿梅,你不是一直说喜欢你柳姨,要认她做干妈吗?不如从今天就改口吧!"

沁梅年轻心热,何况她也知道眼前这位长辈和自己的父母都有过一段交往和特殊缘分的,此刻欣然同意,望着虞水蓉甜甜叫了句:"干妈!"

胡文轩欣慰地点头笑了,虞水蓉心中自是无限感慨。

她其实一直将沁梅看作是自己的女儿。无论从江静舟的那份不解缘算起,还是和沈琬虽然极少谋面,但是曾经有过的难忘相交的情分论,她都愿意把沁梅看作是自己的一个贴心晚辈。

可是如今,她也敏感地看出来,从胡文轩这方面讲,除了胡文轩对沁梅真挚的父女情外,胡文轩无疑还有着自己的小九九:他是沁梅的养父,如今虞水蓉成为沁梅的干妈,似乎三人真的组成了一家人一般。但是她也不想说破这点,毕竟胡文轩的那点私意殊可原谅,而且她和沁梅的关系公然近一些,对今后两人的工作和卧底身份也是有好处的。

想到这点,她笑着举起酒杯,真的用长辈口吻向楚天舒沁梅两人道:"来,那我就先发动这第一杯吧,祝贺你们两个年轻人大难不死,后福多多!"

"说得好!"胡文轩也忙端起酒杯,"愿你们借你们干妈的吉言吧!"他想起什么,又笑着对楚天舒道:"天舒现在还不宜改口,不过,总有和阿梅一样称呼的时候呢。"

他这一句话顿时让两个年轻人大窘起来,两人都露出尴尬难为情的神态来。

楚天舒红了脸,用手背掩住嘴唇,掩饰般轻咳了几声。沁梅也是万分窘态,她望着胡文轩,叫了声:"爸,您说的是什么呀?其实我们……不像你想的那样呐!"

"傻丫头,你说说我想的是哪样啊?"胡文轩宠爱地望着自己钟爱的养女,笑着打趣道。

沁梅脸红扑扑的，她嘟囔道："我和天舒哥不过是兄妹啊。他就像我的哥哥一般！是吧？"她望向楚天舒。

"你们问问天舒哥，他如今叫我姐儿，就是和他叫他妹妹囡囡是一个道理，明白了？亲爱的前辈们？"女孩顽皮加得意地眨眼。

胡文轩大笑："好嘛，姐儿，这称呼不赖啊，可爱得紧！用在我们阿梅身上很合适。一个犟头犟脑的妞妞，小烈马一匹，要靠天舒这个好骑手来降服才对！"

"哎呀，爸，您简直是越老越没正行了？都胡说些什么呀？"沁梅脸红得像饮了酒。

虞水蓉笑着摇头："老的不像老的，小的更不像小的……你们这对父女真有意思！"

"其实我最想听听天舒的意思。"胡文轩目光炯炯地看着楚天舒。

楚天舒今天看到这番家宴架势后，在他们面前就是极度不自在的。此刻他更加有些无措，他不敢看胡文轩和虞水蓉关切微笑着的脸庞，低头嗫嚅着："是的……我们就是兄妹一般，沁梅还是个小丫头呢。"

胡文轩看着满面羞容的两个人，理解般大笑："好了，不用解释了，我明白了，如此这般更好了，更加和睦了！天舒要大阿梅五六岁呢，可不是大哥哥一般吗？这样一来天舒越发有承让了……其实只要你们两个小祖宗别总是针尖麦芒一般就好了，我这个心也能放下来了。以后的路，你们自己去走好了，作为长辈，我们只有祝福！"他笑着和虞水蓉碰了一下杯子。

虞水蓉没有理会他的碰杯，她含笑望向楚天舒："在站里我应该叫你楚长官，可是从沁梅这里论，我毕竟是长辈，就叫你天舒了。"

她回头看着沁梅，带点长辈嘱咐的口吻道："在家里，哥哥妹妹有个尽让也是应该的，只是在站里，在公众场合，沁梅不可再耍小孩子脾气，和天舒当众顶撞冲突，毕竟要记得上下级有序呢，也免得天舒犯难才是！"

楚天舒不好意思笑笑，偷偷看了沁梅一眼，沁梅嘟着嘴不吭气，看看虞水蓉，又看看胡文轩，悄悄吐了下舌头。

胡文轩看出沁梅已经是难得的服软的意思，心里一贯制地心疼她，就想用别的话为她解了目前不自在的情形。

他笑着对楚天舒道："对了，天舒，有关这次车祸问题，不仅惊动了咱们保密局毛局长，要求彻查原因，而且空军总部也非常重视，专门成立了调查小组严查了此事，毕竟是他们空军的车子嘛。从目前调查结果看，不像是人为因素，还是归于意外事故，毕竟那个司机也遇难了，很多事情都不是能完全说清楚的。"

楚天舒淡淡一笑："我知道了，其实这次能逃过此劫已属万幸，别的事情就不必太认真追究了才是。"

胡文轩点头："我也是这样认为，毕竟你的身份特殊，作为保密局中高级军官，有些情形也不宜弄得太过张扬！不过……"

他笑着对楚天舒道："这次遇险固然是死里逃生，各有天命，但是很多人都在感叹你的逃生技能和本领呢。大家在议论，你如果没有经过特殊的体能技能训练，那么就只有一种解释了，你的运动技能超级强啊？"他认真地望着楚天舒，观察着他的瞬间表情。

楚天舒坦然笑笑，直视着胡文轩的目光，眼中流露出平和自如，胸无芥蒂的光芒："这个我也听说了不少呢。有的人甚至在猜测我是受过高级特工训练的人，还有人信誓旦旦地说我是戴老板曾经选送美国特工学校训练的那批高级特工中的一个呢。"

说到这里，他浅笑了一下，停顿了片刻，他看看三人，继续道："其实作为保密局军官，我的履历都是清楚可查的。虽然戴老板不在了，毛局长那里也管理有方啊。站长，作为上司，您要看我的档案，岂不是易如反掌的事情吗？"

胡文轩摇摇手："我没那个兴趣，也毫不在意那些！我看重的是你的才华，认可相信的是你的忠诚！"

楚天舒谦恭地说："谢谢站长的信任和厚爱。"

他继续笑着解释："至于说到运动技能，也许还沾点边啊，我在美国的时候，是爱一切运动的，这个可能会锻炼人的应变能力也未可知？"

胡文轩边笑边点头："总之，谋事在人，成事在天啊，一切都是各人福祉所在！只是天舒这次的表现，倒使我放下了另一桩心事，一个作为父亲的心事，那就是——将阿梅交给你，我是格外放心的。不，是我们，是我们格外的放心，对吧？"他看着虞水蓉问道。

虞水蓉抿嘴一笑，并不答言。

沁梅却不干了："哎呀哎呀！您怎么说着说着，又绕到这里啦？我说过了，我们不过是兄妹情，您怎么总胡搅和呢？越不靠谱的事情您还越一遍遍说，哼，真可谓为老不尊！"

"死丫头，怎么说话呢，信不信我赏你一个大耳刮子？"胡文轩又气又笑，对沁梅也是没奈何的宠惯神情，"好，好，好！我知道你们是兄妹情深，那么天舒作为兄长，更要替我好好管教这个无法无天的丫头，你看有这样和长辈说话的吗？"他看着楚天舒无奈地摇头叹气。

"可是……可是……"沁梅总觉得他的话有哪点不对，可是一时又不好意思当着几人面再直言澄清什么，毕竟是女儿家面皮薄，她偷偷看楚天舒，发现他也是极度不自在的神情一直延续到这场家宴结束。

好容易熬过了这场气氛微妙的家宴，楚天舒送沁梅回去的路上，沁梅又习惯性地发起了小脾气："哎呀！人家是女孩子啊，有些话终究是说不出口的！刚才那种情形，你怎么也不解释说明一下呢？你就应该旗帜鲜明地站出来说清楚，我们只是兄妹关系，根本不是他们想象的那种样子啊！"

楚天舒无奈地苦笑："你这个大小姐啊，又开始发无名火了……唉！我该怎样解释才对呢？从一开始，我就没有承认过什么呀？如今这样的场合，我又怎样和站长挑明某些话？如果那样做了，岂非给人以此地无银之嫌了吗？"

"那可怎么办呢？憋屈死了！讨厌，讨厌，讨厌！"沁梅拼命跺脚摇头。

她这幅娇憨的模样逗乐了楚天舒，他更进一步逗着她："是谁说过的：这件事情包在我身上，从南京回上海，我就和头儿说清楚讲明白，绝对不会连累到你楚长官的？"

沁梅不好意思地笑了，也就仗着如今的身份强辩道："可是你如今不只是楚长官，更是我哥呀。"

楚天舒笑着摇头："好吧，你是可以充分撒娇要赖的，在我这里，永远都可以。谁让我是你哥呢？"

他恍然大悟般摇头叹息："唉，给人家当哥哥不易啊，我如今才体会到……看来，我以后要对我那些哥哥姐姐们更好一些才对了！尤其是……"他神秘笑笑，收住话头。

"嗨，怎么不说下去了，亲爱的哥哥大人？"

"还说什么呢？如今你分明就是那个千古风流周公瑾，我就是挨板子的倒霉蛋——黄公覆！"

沁梅一愣，旋即想明白他是用曲笔描述了那个成语——周瑜打黄盖的典故，就捂着嘴笑了。

这个幽默的家伙却故意绷着脸，无奈地一耸肩："那件事情……如果你实在不好意思自己说，那么就只有我来扛了！我找机会和站长说明情况吧。"

"你真好，不，是你真仁慈，真伟大！我真的没白认你这个哥哥，值了！"

沁梅忍不住上前搂搂他，又用手摸摸他的脸颊："好人好报，哥哥大人，你长命百岁哈！"

她转身就跑，却又停住，回身笑着叮嘱道："你可一定要找机会跟咱那个固执头儿说清楚哦！我，郭沁梅，和你，楚天舒，只是兄妹关系，我们只可能是兄妹关系——这可是原则问题呢，不容置疑！"她笑着跑远了。

剩楚天舒无奈立在原地："当然就只能是兄妹关系……其他，你想给，我还不敢要呢。小玫瑰花，扎死人不偿命！"他说着看看自己的手，仿佛真的才被扎过似的。

他又记起萧岳，心底莞尔一笑："一物降一物啊，这个小犟妞只配那位萧大公子来驯服呢。"

可是念及马上要回上海站，如何面对长官和同僚，解释清楚这场伪情？楚天舒心里纠结，难免又自嘲一番："楚天舒啊楚天舒，这个小魔女就是你此生的一个劫数么？这件事情……敢情前前后后……你就一冤大头呐！"

虽然各有纠结，但是楚天舒和沁梅两人目前的心情还是放松的。但是他们分明误判形势。马上发生的一件大事，让两人的约定完全落空——不仅使楚天舒无法向胡文轩等人说明自己和沁梅的真实状况，反而突然间让他要向众人反复强调确认自己和沁梅的恋人关系。

这件大事，就是萧岳的身份暴露，被捕入狱。

第二十六章　萧岳案件

你已经不是小孩子了，要坚强些！一定要记住你的身份，还有就是身处何地？有时候，我们这些人，是不能任意放纵和宣泄自己的情感的！因为何时何地，都需要牢记一点，除了生存和隐蔽，我们还有任务和职责！

白鸽走在街上，一副黯然伤神、悲伤无助的模样。她瘦伶伶的身子在藕荷色的旗袍中晃荡，弱不胜衣，令人怜惜。手里紧紧攥着一只小小的坤包，那里面放着的东西很轻很薄，但是拿在她手中仿佛有着千钧的分量一般。仔细看去，她的眼圈微红，贝齿轻咬朱唇，在拼命抑制着一种难言的悲伤。

这样的白鸽回到了自己的商行，小伙计上前招呼，她强颜欢笑地点点头，忙低首上了阁楼。回到自己的卧房，她终于按捺不住，颤抖着手打开坤包，取出了一张报纸，只轻轻扫了一眼，泪水就夺眶而出，她俯身在自己的床上，将头狠狠地埋在被子上，失声号啕起来。

这样的白鸽也落入另一个人眼中——就在永泰贸易商行旁边的一个角落里，一身便装的楚天舒坐在蒙了车牌的吉普车中，关切地打量着白鸽的神色。姐姐的无尽忧伤都落入弟弟的眼中，泪水迷茫了楚天舒的视线。

看着姐姐进了商行大门，他轻叹一声，眼睛又落在身旁的一张报纸上，那上面赫然有一行加粗字体的标题——共党要犯陆远等十人昨日伏法大坪刑场。

每个字都如小锤敲击着楚天舒的心房，令他觉得有一种窒息的感觉涌上来。他忙从口袋中掏出一枚口香糖，放到嘴里用劲咀嚼着，让自己的喘息声慢慢平复下来。

"亲爱的三姐，我该……如何帮你？"

一阵心悸，一声叹息。

京沪警备师楼前，唐玉叫住了正向里面走的许若飞。

她将一张报纸举到他的面前："给你看一样东西，它让我唏嘘了一下午呢！"

许若飞不解地看了她一眼，接过报纸，浏览了一下，淡淡一笑："是这首诗么？玉子，你真可以算是林黛玉重生了！"

唐玉抢过报纸，不满地剜了他一眼："唉，难道我自作多情了么？你这样貌似有点冷血哦。"

她忍不住再次低吟着报上的诗歌：

> 在阴暗的树下，在急流的水边，……
> 逝去的六月和七月，在无人的山间，
> 你们的身体还挣扎着想要回返，
> 而无名的野花已在头上开满。

> 静静的，在那被遗忘的山坡上，
> 还下着密雨，还吹着细风，
> 没有人知道历史曾在此走过，
> 留下了英灵化入树干而滋生。
> ……

两个人的眼眶瞬间都被这首诗弄得湿润起来。许若飞怔怔地听着，一副陷入回忆中的模样。唐玉理解同情地望向他，想到他一定是由此记起了那段永生难忘的艰苦岁月，还有那永远消亡在异国他乡原始森林中的战友和兄弟，她不由得深情地望着身旁的恋人，微微喟叹道：

"我简直想象不到，你们都经历了什么？"

许若飞勉强一笑："还能是什么？经历了伤病、死亡、绝境，还有……重生！留下的，是永久的怀念和伤痛！那些永远长眠于异国丛林中的弟兄们，他们至今仍时时出现在我的梦幻中，向我微笑，向我低语……"他背转身去，悄悄拭去了眼角一滴泪水。

唐玉感慨："这首诗——《森林之魅——祭胡康河上的白骨》的作者，就是一位跟随远征军翻过野人山的中校翻译官，一位叫穆旦的军中诗人，他写出了这段惨痛壮烈的经历，让每一个读到它的人，心在战栗……"

她深情地望着他："若飞，你们都是战胜了命运的强者，我为你……自豪而骄傲！"

"可是，玉子，"许若飞也用款款深情回应着心上的姑娘，"你知道，一切还没有结束，牺牲还会继续……我实在是不能给你承诺太多，我怕……"

"怕什么？"唐玉微微噘嘴，"你怕咱师座撅你才对！似这般犹犹豫豫、瞻前顾后的样子，真让人失望，也不像你许若飞往日的做派啊！"

许若飞上前揽住姑娘的肩膀，在她耳边低语："你知道的，我即将和师座一起赴东北，那里的局势、任务，你当想象得到？一切都不可测，吉凶未卜啊！我怎能……"

"许若飞，你就是个悲观论者，真让人不爽！你的革命必胜信念哪里去了？"唐玉也极小声地埋怨着。

"这完全是两回事……"许若飞急着想向恋人表明自己的态度，却听到一阵银铃般的声音传来："哈！若飞哥你和小唐阿姨好浪漫啊！"

两人忙放开手，回身望去，沁梅穿着一件粉色的花边洋装站在他们身后，带着顽皮谐谑的笑容盯着他们。

"小梅，你这鬼丫头吓人一大跳！"唐玉笑着埋怨道。

沁梅上前挽住唐玉的胳膊，巧笑着："别人是'两情若是久长时，又岂在朝朝暮暮'，我看你和若飞哥是'两情本是久长时，更幸而朝朝暮暮'，幸福啊！"她忍不住咂咂嘴。

唐玉脸红了，用手点着她的鼻尖："小丫头家，嘴尖牙利的，看将来谁敢娶你？"

许若飞笑着接口："唐玉你这简直是做杞人忧天之举。人家如今就是别人手掌中的公主一般……你没看到他们站里那位留美归来的博士长官，已经是小姑娘搞定的一盘菜了。"

"若飞哥，你真讨厌！"沁梅红着脸反击，"胡说八道些什么？我们是上下级关系，最多是兄妹情分，你懂什么？"

许若飞撇嘴一笑，一副不相信的神情。

"小唐阿姨，你别相信若飞哥胡咧咧的话！"小姑娘也急了。

许若飞笑着摇头："听听这个小丫头的称呼吧？我早就想纠正一二了！你为什么叫唐玉为阿姨，又叫我'哥'呢？简直整个辈分都是乱的！"

看着唐玉捂嘴笑，沁梅有点不服气地反驳道："可是，我一直就是这样叫的呀。从开始就是这样！"她顽皮地晃晃脑袋，"难道你不服气，也让我叫你叔叔不成？"

"叫叔叔不对吗？从师座那里论起，应当应分的呀！"

"可是有程睿哥哥在头里呢，你当得起叔叔的名分吗？"

"程处是师座的子侄辈，两回事！小丫头别拿他当挡箭牌。"

"你就不怕一声'叔叔'把你叫老了？哼！"沁梅白他一眼，"我就要叫你'哥'！最多我以后把小唐阿姨变成小玉姐就好了……你们俩继续浪漫缠绵吧，我不打搅了！"沁梅笑着说完这句，向楼里跑去。

江静舟即将赴东北陆十军任职，任命还未下来，去向已经明确。这段时间想着父女要再次分离，两人心中都不好受。沁梅经常会去父亲的官邸和他相聚，品味着难得的父女深情。今天，是父亲叫她来办公室，说是有一件要事相商。

父女俩都不会想到，即将谈到的一个敏感严肃的话题，会让父女关系再次陷入纠结状态。

同一时刻，在保密局上海站，也有两个纠结的人在对话中陷入困局，因为有一件大事发生了。

胡文轩默默看着眼前的年轻人，在斟酌着自己的词句，语气难免有些支吾困顿："天舒，你老实告诉我，你和阿梅究竟是不是恋人关系？"

楚天舒略感意外地抬头看了上司一眼，发现胡文轩的神色是少有的紧张、凝重和急切。聪明的他就没有马上回答这个问题，只是暗自沉吟了一下。

看到楚天舒这种犹疑的表情，胡文轩明显有些发急，他加重语气，几乎是用平日里对楚天舒不常有的严厉口气追问了一句："楚中校，请你回答我的问题！要知道现今我问你的这个问题，非关以往的儿女私情，玩笑戏谑之语，而是牵扯到工作上一件严肃的事情。所以我希望你能认真对待，如实作答！"他目光炯炯地直视着楚天舒。

他这番话虽然让楚天舒依旧不得要领，但是其异乎寻常的称呼和口气已经充分让楚天舒心生警惕，超常的智慧直觉以及敏感的职业素养让他瞬间做出正确的直觉判断，此刻他绝不能以常理和真相应对眼前的这位保密局上司。

楚天舒是睿智而持重的，他的语气平和镇定的一如寻常："目前，从我这里算起，应该算是吧。"

"那阿梅那边呢？她是怎样一种态度呢？你们是否挑明了这层恋爱关系？你是否是她唯一的男友？她……再没有其他的心仪对象了吗？"胡文轩的急切态度也是平日里少见的。

作为父亲，他的反应算是正常，但是作为谍报人员，尤其是上司，他的态度无疑是失常而不智的，这种主动暴露自己意图的问话方式必然会给对方以空子可钻。

比如当下，聪颖过人、训练有素的楚天舒瞬间就明白了一定是有非常态和很紧急的情况发生了。

他带着平静的微笑看着上司，语气自然而随意："我们应该算是正常的恋爱状态吧。虽然开始的时间不很长，但是一切是水到渠成的状况……不过，沁梅作为女孩子，有些场合下是不好意思公然承认什么的。尤其是她目前直接在我的手下工作，人多嘴杂的，她有点避讳也属正常。至于其他恋人，应该不会有吧，在我的眼中，她还是个单纯的小丫头呢……何况，"他对胡文轩笑笑，"她几乎是您带大的，她的个性和脾气您应该最了解啊！"

您的女儿您自己最该了解啊！楚天舒就这样轻松将皮球踢回给了自己的上司。

"那就好，那就好！这丫头最听你的话，而你的话……我最相信！"听了他这番话，胡文轩几乎是长长舒了口气。

不过楚天舒敏感地注意到，嘴上说着那就好，其实胡文轩的神情似乎并没有真正放松下来。

只见他沉吟片刻，接着看向楚天舒，微叹道："天舒呐，其实你应该知道，阿梅和你在一起我最是放心，个中理由我就不言明了！如果你们目前真的在认真谈恋爱，那对丫头简直是一种救赎呢！"

楚天舒带点疑问地看着他："您说这话，我有点听不懂。"

胡文轩摆摆手："有些事情，现在不好说，也原本不是一两句话可以说清楚的。如果你和我家阿梅走上了婚姻殿堂，我终会找机会和你说明白。目前，我关心和担忧的是，她毕竟是个年轻的女孩子，我不希望她搅和到一些有政治色彩的事件中去！"

他诚恳地望着楚天舒，让后者感到自己眼下是和一个慈父在对话："你知道的，阿梅虽然是我的养女，可是我们感情很深。我最怕的就是她会被一些别有用心的政党或者个人所利用，干出一些大逆不道、危害党国利益的事情来！"

楚天舒露出惊异和惶恐的神色："这个……应该不会吧？您……是否多虑啦？"

胡文轩忧虑地摇摇头："你不懂，我说的是我自己的一段心事！"

他突然间转换了话题："我再问你，这次她和你去南京，可有单独联系什么人吗？或者说，她有没有和什么人有过特殊亲密接触呢？"

这番话让楚天舒瞬间明白了今天这番紧张诡异的对话的来由，一定是萧岳那里出了什么事情！

他略微沉吟了片刻，思考着回答："我们的日常安排很紧张的，沁梅作为我的助手，几乎是没有太多个人时间的。不过，她也曾和我说到过，空军总部里有她以前在重庆上学时候认识的人，当时大家都是未成年的学生，不过是一般朋友关系了。"

胡文轩点头，突然间似乎不经意地问道："有个上尉飞行员，叫萧岳的，你听说过吗？"

楚天舒貌似没有设防地笑笑，坦言道："萧岳我认识啊。"

"你认识？！你怎么会……认识他？"胡文轩分明有些紧张。

楚天舒坦然一笑："这次电讯培训他也参加了，算是我的一个临时学生。哦，对了，沁梅也认识他，他原先是在重庆上的高中，和沁梅的学校毗邻，所以这次偶遇到了，是沁梅介绍我和他认识的呢。"

胡文轩紧盯上一句："那么你怎样看萧岳这个人？"

楚天舒思索着回答："我们只见过几面，在我的眼中，这个萧岳上尉嘛，是一个年轻稳重的世家子弟，军容严谨的标准军人。"

"那阿梅这次在南京和他有过长时间单独接触吗？"胡文轩的声音里都透着紧张情绪。

楚天舒想了想，微微摇头："应该不会吧，我看他们就是他乡遇故知那种关系啊。再说，沁梅也没时间和他单独交往，我们的日程安排得很紧，我连自己家都只匆匆回去过一次呢。"

他接着又轻松地一笑，故意做出没有注意到胡文轩紧张表情的样子来："我在想，沁梅也就是想让我认识一下自己少年时代的一个故交而已吧？"

胡文轩低头想了又想，终于舒了口气："如果真的是这样，我就放心了！"

楚天舒不解地问道："难道出了什么问题吗？"

胡文轩沉重地点头："有些事情如今也不瞒你了，毕竟你也应有个思想准备才好，当然还主要是阿梅的问题！"

他这才说出了真相："你可能想象不到吧？那个萧岳，是个赤色分子，被抓捕了，目前已关进南京中央军人监狱！"

石破天惊，一语惊醒梦中人的何止是胡文轩这句话？在江静舟办公室里，父女俩的谈话也正陷入僵局，空气中流动着一种不安、纠结的意味。

江静舟用平静的语气告诉了女儿，自己将去东北陆十军任某主战师师长，他决定带上儿子江宁松同行，给他一次认亲的行为。为此，他已经给老家拍发电报，请求组织上的配合。他没想到，这种动议引起了女儿的坚决反对，继而激起她的一种强烈反弹："表叔，您怎么能如此草率地做出这样的决定和安排呢？这真是一件不可思议……不，应该说是不可理喻的事情！"情急之下的沁梅有点气急败坏，口不择言。

江静舟理解女儿的纠结情绪，他宽容地笑笑，耐心解释道："丫头，我知道你作为姐姐的一段心事，你是姐姐，不愿意唯一的弟弟去涉险履危。毕竟东北境内，大战一触即发，你一定是希望他能好好待在老家……"

"他难道不也是您的一份唯一么？唯一的儿子？"沁梅涨红了脸，急切地看着父亲，"想想您的身份，再念及宁松将要肩负的使命，我……我没法不……黯然伤感！"

"孩子，也许你想得太多了。"江静舟深深地看了女儿一眼，"你该首先想明白的是这样一个道理——那就是，宁松不光是咱们江家的孩子，他身上还有陈家一半的血脉。我希望，他这次能够认认他的外婆家，毕竟那也是一段割舍不断的亲情！"

"可是，我们的身份和使命，让我们的亲情和任务如何划分，如何撇清？"沁梅也认真盯着父亲，一番不可商量的决绝情形让江静舟暗暗惊心和叹息。

"就算是先将工作目的放到一边不论，就说到宁松的身世，您如何考虑呢？"女孩的脸上露出痛惜的神情，"您不要忘了，小松的外婆家是国民党，是反动军阀！在这个两党决战之前夕，您让自己的亲儿子亲临一线危局，不仅人身安全未可保全，而且，您还在无形中让他的心灵上接受一次令人痛彻心扉的抉择……是的，您这分明就是让小松他过早做这样一道残忍的选择题——是要共产党的父亲？还是要国民党的母亲……虽然他的母亲已经逝去了，她的亲人不还在吗！"

"梅儿你？"这激烈的语气让做父亲的人心绪起伏，无法自制，他剑眉一挑，就想向女儿责问一二。

胡文轩的办公室里，上下级的言语较量也微妙紧张。

"萧岳是赤色分子……怎么会？"楚天舒露出大惊的神色，说话都有些不利落了，"我……我和他交谈过几次，也了解他的出身和背景，他是大家公子出身，又被政府选送到美国去学的飞行，这样的人，怎，怎么……会是共产党呢？"

胡文轩看着他叹气："你毕竟年轻啊，而且是书生意气！如今共党是无孔不入，无所不在呐。不过，这个萧岳据说是被发现有企图驾机投奔匪区，起码是个被赤化了的叛逆者，至于是否本身就是共党，还未定论！空军啊，号称的铁板一块的铜墙铁壁，出了这样的丑事，让上面极为震怒！"

听了此言，楚天舒低头不语。

胡文轩："有关和萧岳接触的人和事如今都要彻查到底。你和阿梅都和他有过近期接触，这也是空军总部情报处注意的一件事，尤其是阿梅和萧岳！年轻的男女，这样接触过，难免不会有流言蜚语暗自猜度他们之间的关系？老天保佑，好在阿梅她是和你一起去的，你今天说明了他们之间的这种情形，我才算把心放回了肚子里了！"

他注意看着楚天舒："天舒啊，你在空军是有一定影响力的，你和你们家族对党国的忠诚日月可鉴！如今你和阿梅又是这样的一种关系，我想，这是击碎谣言蜚语的最好武器！目前看，幸亏你和阿梅早就确定下了恋爱关系，不然，这个丫头这次还真有些问题难以自辩呢！"他忍不住摇头叹息。

这番话让让楚天舒有肃然惊起的样子："站长，我们……"

胡文轩忙对他做了一个安抚的手势，继续道："空军的调查小组马上会来这里，估计要和你们个别谈话，你们要如实说明情况，不能蒙蔽组织。但是在说明情况的同时，也要注意措辞，以免祸及自身才是。你一向聪明，机警，我是不担心的，就是那个丫头，争强好胜，没轻没重的，又时常口无遮拦，我是充分不放心啊！"

他上前拍拍自己钟爱的下属和未来女婿的肩膀，语气充满鼓励和慈爱："天舒，从父亲角度论，你是晚辈，和阿梅又是这样亲密的关系，我不能不嘱托你这样的话——你务必要替我好好说说那丫头，提前给她打个预防针，告诉她该怎样把自己摘出来？这汪浑水万万可淌不得！该说的要如实说，不该说的别信口开河，意气用事，小丫头家没个忌讳的！这可不是小事啊，牵扯到匪谍案，谁都不好斡旋的！"

"是的……站长，属下明白了！"

"好了，你明白了，就等于是阿梅明白了，我也可以充分放心了！"胡文轩长长出了一口气。

江静舟暗暗捏紧了拳头，轻轻捶了自己额头一下，又深深吸了一口气，努力让自己翻滚的心绪平复下来。

他静静看着满面通红的女儿，尽量让自己的语气轻缓和柔些："梅儿，你别太冲动了，沉下心来听听我的解释好么？"

他微微眯起眼睛，沉思中又有决然的意味："你刚才提到了选择题？还是残忍的选择题？唉，不错。可是丫头啊，你是否想到过，从宁松半岁时起，他就没再接触过他母亲家里的人，所以可以这样说吧，自从小松他懂事起，他连接触到你所说的'这道残忍的选择题'的机会都没有。要不是你母亲代替我们抚养了他，他几乎无缘品尝到来自亲人的……温情！"

他抚着女儿的肩膀，让她坐到自己身边，继续循循善诱道："刚才你也说了，眼看国共两党决战在即，如果宁松再失去这样一个机会，也许他此生都很难有和他母族接近相认的机会了！这对他，难道不残酷吗？至于你刚才提到的，他的母亲家族的身份问题，无论是国民党，还是反动军阀，但是对于宁松来讲，都是他的亲戚和血脉，我们无法剥夺他接近他们的权利。"

他深深看着女儿，心底也涌动着对久未谋面儿子的期许和挂念："你那样爱宁松，难道对你自己的亲弟弟就这样没信心吗？小松他今年虚岁十三了，男孩子不比女孩子柔弱，也算得上半个男子汉了？而且，他几乎是在延安度过了人生最美好最重要的童年和少年时期，你母亲对他的倾情养育，党组织对他的教育，难道会让他分不清敌我，认不清是非立场吗？反正我是不相信！"

"可是，您说的未免有些言不由衷吧？我……我都不知道该如何……说透一些话题？我怕您……伤心！"沁梅一直默默听着没有开言，此刻终于忍不住了。

江静舟挂了无奈的笑意看着女儿："丫头，今天这里没外人，你该言无不尽才是。说吧，在我这里你还有什么忌讳吗？"

沁梅情急之下，终于决定破釜沉舟般对父亲一谏了。

楚天舒走在回办公室的走廊上，心情凝重得像屋外乌云翻滚的天空一样雾霭重重。"萧岳""赤色分子""被捕入狱"几组词轮番响彻在脑际，他的手紧紧攥起，暗中压抑着心头的苦痛。

作为一名保密局军官，他清楚地知道这件案子中的嫌疑人的命运会是如何。那张英姿勃发的面容，那个二十三岁华年的青春笑靥，都将镜花水月般消失，尘归尘，土归土！这份痛惜之情让他的心脏此刻都感到麻木了。还有眼前难挨的困境，他该怎样和身边这个浪漫纯情的小妹妹言说这个残酷的真相呢？

如果有可能，我实在愿意替她承担这份绝望残酷的重担！楚天舒默默在心头念叨。

他走进档案室，没看到沁梅，只有虞水蓉安静地在那里抄写档案。

"楚长官，你找沁梅吗？她去警备师了……哎？你的脸色怎么这样差，病了么？"

"没什么，柳姨。我……我有件重要的事情要找她，这样吧，请您带个话，等沁梅回来您让她千万别出去了，我一会再来。"

"好的，楚长官，请放心。"

楚天舒开车直奔市区东郊的一座别墅样的楼房，那里是他的五哥楚天恺公司所在地。一个伙计是楚家旧人，忙上前招呼："七少爷，您来了？"

楚天舒点头："五少爷这两天没来这边吗？"

"五少爷去无锡了，明晚会回这边。"

"那好，你给他带话，说我有要事，请他回上海就第一时间联系我！"

出了公司，他不知道此刻该去哪里，鬼使神差般，又来到永泰贸易商行门前。等了有一个时辰，并没有像往常那样看到白鸽的身影，商行的大门也紧闭着，楚天舒叹口气，驾车回了上海站。

警备师中，沁梅铁下心来，要为弟弟宁松的事情，和父亲认真理论一番。父女两人目前都神情严肃。

"爸，我想再这样悄悄叫您一声，请原谅女儿会出言不恭。您的这番举动，还是有着自己的深层打算吧？我知道您这次去东北，重要任务就是策动封正烈的陆十军倒戈，而宁松又恰巧是封正烈夫人娘家的骨血，您这样做最真实的目的，还是在打宁松这张亲情牌，想更好地完成自己的任务吧？可是，您别忘了，您除了红色特工身份以外，您还是一位父亲啊！这样的做法，究竟有些……太自私了吧？"

虽然做女儿的语气轻缓、迟疑，还带着些许不安和忸怩，但是其中蕴含的冰冷指责之意还是让闻者心悸。

江静舟望着女儿，那张往日纯净柔美的俏脸上，此刻写满了怀疑、不满、伤感和诘问。

他瞬间感受到一阵刺心的疼痛向自己袭来！被亲生女儿这样当面赤裸裸地无情指责，他多少有点伤心。可是他不忍心责怪女儿，他理解女儿作为党员的忠诚，作为姐姐的亲情，他想独自咽下这份来自亲情的指责和质疑。

做父亲的人微微咬着唇，低首无语，他一时间竟然不知道该如何自辩和自清？女儿是直率而纯粹的心思，她这番诘问是为了亲情，更是在寻求一种信念的真实和纯净。她原没错！

无限纠结中，他下意识地去掏口袋中的香烟，掏出来，捏在手中，同时掏出来的，还有宁兰遗留的那个木头打火机，猛然看到这个物件，江静舟又是一阵心颤，他咬咬牙，将香烟又放回兜里。

"也许，我刚才的话有伤到您！可是爸，我早已表明了自己的态度，我坚决反对宁松和您一道去东北！您一直是……固执己见，我不知道我干妈她如何已知道了这件事？您何时告诉她的呢？但是她总是一贯制地向着您说话！"

沁梅噘噘嘴，继续不满嘟嚷着："干妈劝过我这件事情，我一向当她为母亲一般，很听她的话，可这件事，我不能听从她的。当然，等于也就是要违背您的意思……不管怎样，我仍然坚持我的观点不变……请您原谅！"

沁梅看着父亲，语气里有几分赌气，几分不满。

江静舟强忍住心潮的涌动，语气和缓地转移了话题："好了，今天咱们先说到这里，去东北还有时日，以后再议吧……今晚回家吃饭？倾城阿姨做了你喜欢吃的菜。"

"不了，我还有几个档案没做完呢。我也答应了我干妈，晚上和她一起吃饭的。"女孩边说边偷看父亲的神色。

听她多次提起了虞水蓉，江静舟不再说什么，轻轻点点头。

"表叔，那我走了？"沁梅悄悄转换了称谓，咬咬牙，忍心离开了父亲这里，扔下一脸失望落寞神情的父亲，独自陷落在夕阳余晖照射着的昏暗房间里。

回到档案室的沁梅满脸纠结，虞水蓉敏感地发现她的异样，不由得轻叹口气："小梅啊，怎么又不高兴了？你不是去见他……唉，你表叔他……总之太不容易，你别总耍小孩子脾气呀？"

她说得语焉不详，但是沁梅自然听得懂，她也知道女孩一定明白她的意思，她们如今就是亲人。

"反正您总是护着他，何时何地都这样！"女孩娇嗔着看她，嘟着嘴。

"你这孩子……"

"干妈，我理解您的感情，可是长辈们也有犯错的时候，不是吗？"

"犯错？你表叔犯什么错了？"

虞水蓉正要细问，却见楚天舒走了进来，沁梅对他露出亲切的笑脸。虞水蓉咽下了未说的话语，看着两个年轻人走了出去。

楚天舒将沁梅带离站内，一直开车将她带到一个小河边僻静的角落。

下了车的沁梅一脸迷茫："哥，你怎么带我到这里？"

楚天舒双手扶住沁梅的臂膀，眼睛紧紧盯着她的脸，轻声道："妞，我要告诉你一件事情，请你先选择足够的坚强！答应我，无论发生什么事情，你一定要挺住！"

他这番神情吓住了沁梅，更让她痛不欲生的是，他马上要说出的一番话语。

楚天舒语气低缓沉重地向女孩讲述了萧岳事件，同时也将胡文轩的意思转达给了她。

他心痛地看到了意料中的情形，眼前这个姑娘的脸色瞬间变得惨白，她的一双大眼睛也蓦然间失去了往日的灵动和神采。在那里面，已经分明可以看到有一股水汽在氤氲。

"妞？你想说什么就说出来？或者，哭两声也没有什么？在哥哥面前，没事的！"他实在不忍心女孩如此悲伤无助的绝望神色，上前揽住她的肩膀，给她最贴切的依靠。

靠在他肩上的沁梅神情恍惚，她似乎在默默掂量刚才楚天舒那番话的意思，一时陷入混沌无感的状态。

有泪水涌上楚天舒的眼际，他扳过姑娘的脸庞，认真看着她："听哥的话，想哭你就哭出来，千万别憋坏自己！妞，听哥的话！"

沁梅的眼睛对上了他的视线，还是一片迷茫和困惑，她微微摇头。

"萧岳的事情已然如此，你必须坚强面对！后面，还有很大的坎要过……我们一起过！妞，你别怕！"

"不，不！"沁梅突然醒悟过来，她甩开楚天舒的双臂，大声喊道，"我不相信！假的，都是假的！"

她拼命摇着头，呢喃着："我不相信萧岳是什么赤色分子，这是一个无耻的谎言！楚长官，你是在试探我，对么？我一点都不相信你，我不要认你这个哥哥了，我要马上去南京找他，去找萧岳！"泪水像断线的珠子一般滚落女孩秀丽的脸颊，她几乎疯狂的状态吓着了楚天舒。

"小丫头你在说什么，你这样轻易怀疑我们的兄妹情分么？"他忍了忍，继续柔声相劝，"好了，我不计较你，这个噩耗弄晕了你，我很理解。但是，妞，你一定要尽快清醒过来，你知道我们目前面临着怎样的困境吗？"

"我不是你的妹妹！也不是什么妞！我要去南京，我要去救萧岳！"

"那好吧，郭沁梅少尉，我以长官的身份，命令你冷静，再冷静！萧岳事件已然发生，许多人在等着看你的态度，你的反应，包括你的养父！你还有一道难以轻松逾越的坎儿在那里摆着呢，请你明白自己现今的身份！你是——淞沪警备师少尉情报军官，你有一个保密局上海站站长身份的养父，还有一个身为警备师少将师长的表叔！这意味着什么，你明白吗？郭少尉？"

楚天舒的神色是往日少有的冷酷决绝，他细长的眸子射出震撼人心的光芒，这样的他，让沁梅陌生，也有些不敢抗拒，或者不如说不忍抗拒，那不是专横无理的压制，而是至亲手足才会有的另类关爱和强势保护。

女孩强咬住下唇，忍住一汪热泪。

楚天舒放缓语气："我知道你心里不好受，可是你如今不是孩子了，就希望你用成人的思维来考虑问题，萧岳是不是赤色分子不是你说了算的！他如今被关在中央军人监狱，你就是去了南京，又如何见得到他？目前，我们要保护别人的身份和利益，这其中的深刻含义，你当明白？"他目光炯炯地盯着她。

"楚长官请说明你的意思吧，你今天找我的目的？"冷静下来的沁梅也恢复了以前的决绝和冷漠，她看向他的目光却是冰冷沁人，"让我和萧岳划清楚界限？或者干脆教我否认我认识他？我明白了，一定是我养父让你来找我的吧？他是怕这件事情连累上我，继而影响到他自己吧？"

楚天舒此时可顾不上分析计较她的眼光，他必须用最短的时间说服这个丫头变得理智清醒起来。这一点，是胡文轩的愿望，其实，从很多方面来讲，也是楚天舒必须要做到的。

"在这件事情上，你养父的做法一点都没错，他是在真心保护你！咱们先不谈连累不连累到他的话，就目前情形来说，萧岳的事情已然不可挽回！对你而言，明哲保身，独善其身，争取将自己摘出来，将损失降到最低限度也就是必须走的一条路！"他的态度也不容抗拒般决绝。

"目前，也许只有我知道你和萧岳是怎样一种情形，那么让你我都忘掉这样一件事情，将萧岳视作你曾经的一个交情淡淡的朋友，你们在南京的交往不过是他乡遇故知的偶遇而已！你不但要和你养父这样说，要和即将来到的调查萧岳案子的检查组这样说，还要对身边的所有人都要这样说。"

沁梅愣愣地看着他，一时好像反应不过来的神情。楚天舒知道，她已经被这个噩耗几乎打懵了，他心底升起一股怜惜爱护的情愫。

但是情势紧迫，他还是要继续他的计划！他继续交代道："还有最重要的一个环节就是，我已经和站长承认了，我们的恋爱关系。也就是说，希望你和我口径一致，说我们是一对真正的恋人，在去南京之前就相恋了……这样，你和萧岳的关系就变得简单了。"

说到这里，他明显迟疑了一下，才继续说下去："这一切的顺利实施，还需要有一个重要的前提保障，那就是……萧岳也能和咱们步调一致，矢口否认你和他的关系。我想，也许他会做到这一点？即使他受不了酷刑，供出来你，但是只要咱们口径一致，也足以渡过眼前这个难关。这个前提，关键在你！你如今一定首先要在你父亲面前咬紧牙关，明确承认咱们的恋人关系！沁梅，记住了吗？"

他双手扶住沁梅的臂膀，紧盯着沁梅的眼睛，急切地问道。

"我们，恋人关系？"沁梅有点失神般地低语重复了一句，她困惑地看看楚天舒，后者带着鼓励的微笑望着她点头，同时用手握紧了她的小手。

"我凭什么相信你？！"沁梅突然爆发了，她甩开了楚天舒的手，眼中有水光在莹莹发亮，泪水却始终没有流下来，"那天在病房里你才和我说过，你和萧岳一见如故，惺惺相惜，你们是知音！如今，你却冷酷地教我这样抛弃他，像扔一块旧抹布那样！你就是这样对待你的知音的么？"她捂住脸抽泣。

"再说你是谁啊？我凭什么答应你？真好笑！所有人都可以冒充长辈来教训我么？我养父，还有你？"

楚天舒明白她目前的极度痛苦，她这样小的年龄，要承担这般苦难实在是一件很残忍的事情，但是目前的情势却别无选择。

他忍心上前再次握起沁梅的手："小丫头你又在说混话了！你养父是你的父亲，我是你哥哥，如何算冒充长辈？大家都在为你好……如今情形下，你必须答应我，做到我上面说的那样，必须的！你别无选择！"

"可是谁能明白我的痛苦？"沁梅任由他抓住自己的手，扭着头不再看他。楚天舒分明看到，她的嘴唇已经咬出了一道深深的白印。

"哥哥明白，完全明白！"楚天舒怜惜地望着这个倔强的姑娘，揽住她，不计较她再次萌生的疏离和别扭情绪，继续以兄长的口吻继续劝道，"妞，你可以气急之下不认我这个哥哥，可是我永远会认你这个异姓妹妹！我们经过生死磨难才结下了这份亲情，不是么？"

他的话让沁梅安静下来："妞啊，你一定要听从我这番劝！你以为萧岳会希望自己的事情连累到你吗？绝不会！虽然我和他只有几面之缘，交谈时间寥寥，可是我看得出来他有多爱你！而且，他是一个有担当负责任的男孩，他一定希望你好好的，不要被无端牵扯进这个无妄之灾中！"

说到这里，楚天舒突然意识到自己不能够再说下去了，他不能够忘却自身的使命和职责。他有点懊悔自己的情绪已难以平静，一时的忘情也许对自己职业身份会带来无妄之灾！

他甩了甩头，毅然对沁梅道："你自己好好想想吧，千万不可莽撞！这样吧，咱们先回去，你不是最信任你的干妈吗？我请她来陪你，你不妨听听她对这件事情的意见？"

沁梅不再抗拒，任由楚天舒搂住她的肩膀，拉她回到车上。

在虞水蓉面前，沁梅感到像是在自己母亲身边。楚天舒简单将事情经过讲述一番，就知趣地离开了。沁梅哭倒在虞水蓉怀中，泪水很快濡湿了她身着的浅咖色制服。

虞水蓉揽着她，让她痛快宣泄过了，然后捧起她的脸，轻声道："小梅啊，你已经不是小孩子了，要坚强些！一定要记住你的身份，还有就是身处何地？有时候，我们这些人，是不能任意放纵和宣泄自己的情感的！因为何时何地，都需要牢记一点，除了生存和隐蔽，我们还有任务和职责！"

沁梅抽泣着望着她："我明白，我们目前要第一时间把这个消息传回老家。萧岳的安危不是他个人的事情了，还事关策动空军起义的重要问题。"

虞水蓉点点头："这个事情交给我来做吧。贞德同志会有快速安全的渠道将这一紧急情况上报老家，下一步要采取的措施须等待老家的指示。"

她认真看着沁梅："你现在要做的是，保全自己，解除嫌疑。刚才楚长官已经将情况都说明了，你不妨按照他的计划去做，一切听他的安排就好！"

"一切听他的安排？"沁梅惊异地睁大了美丽的眼睛。

"干妈，你没搞错吧？虽然，他是我的救命恩人，算是个善良的人吧…… 可是他毕竟是我们的对手呐！而且……他是养父的亲信啊，我怎么能一切听他的安排呢？"

虞水蓉笑笑："你先别管他是什么身份的人，目前这种情况下，他做的事情，都是有利于你的，包括你的……养父！在这个问题上，他们和我们并不矛盾。小梅，你要记住，这就叫因势利导，借力打力。我们不妨配合他们的计划，首先要切断你和萧岳接触过的一切线索，这才是大关节所在！"

"可是……"沁梅还是有点迷茫的神色，却被虞水蓉制止了，她继续劝说着姑娘："小梅，作为地工人员，你应该明白一点，切断你和被捕入狱、背上红色印记的萧岳的一切联系，抹去一切痕迹，不仅仅是保全你的问题，从另一方面讲，对萧岳何尝不是一种减轻负担之举呢？起码可以减少敌人调查他的一个路径！"

沁梅点点头，又摇摇头，面露纠结之态："可是，干妈，您知道，这件事情，还有很多难以……难以轻松应付的情节呢？"

"我知道，不就是你和楚长官的假恋人关系吗！这一点让你不舒服了吧？"虞水蓉理解地看着她，又转而叹气道，"但是小梅，你要知道，现在别无他法啊，这是最好的借口和伪装，你必须咬牙承受才对！"

她望向远处，似乎陷入回忆："干妈知道你作为一个女孩子的为难之处。想当年，我也曾陷入过这样的困境当中去，你的纠结，你的无奈，我曾经感同身受过！你是知道的，我和你父亲，就是这样结识，继而成为并肩战斗一生的战友的……"

"那绝对不一样啊！"沁梅望着她，辩解道，"您当年和我的父亲，都是我党红色特工，你们本来就是一个战壕里的战友！可如今，我却要和一个保密局的特务，一个我时刻监控注意的危险对手成为这样的关系……我是心里自然很不舒服。"

虞水蓉无奈望着她，无从解释，不便解释，只能微微叹气："其实有些事情，也不必看得那样绝对……我原以为，他这次舍命救了你，你和他已然成为兄妹，自会有一份默契和信任在，没想到……"

沁梅露出有点迷惑的神色："我也知道他……是个善良的人，可是惜乎彼此的信仰不同！奈何？况且，兄妹之情毕竟不能等同于那个关系……恋人关系……我总觉得好别扭！"

"小梅！"虞水蓉神情严肃地望向她，"那么你相信干妈吗？"

沁梅连忙点头："当然啊，我相信您就像相信我的父母一样！"

"那就好！你听清楚我下面的话——"虞水蓉欣慰地笑笑，"在萧岳这件事情上，你一定要无原则相信你的天舒哥，更要无条件配合他的计划和行动，这一点你一定要记住。你可以先放下你的阶级信仰理论，像信任干妈一样信任你天舒哥一次！"

"像信任干妈一样信任……他？"沁梅有点懵懂也有点讶异，但是出于对虞水蓉一贯的绝对信任，她还是点了点头。

傍晚一个陌生来客的拜访也让沁梅再次无法选择地接受了虞水蓉这番建议。

那个自称叫阿昌的，约莫十八九岁，从南京赶来的男孩见到沁梅的第一时间，就开门见山地问了她一句奇怪的话："郭小姐，您是否藏有一个血符？"

沁梅惊异地望向他，露出审视的神情。

萧岳送给她那个"血符"的事情，只有他们两个当事人知道，眼前这个男孩又是如何知晓的呢？难道他是萧岳派来的人？

沁梅心中升起一丝疑惑，一丝期盼。但是为了慎重起见，她还是警惕地望着阿昌，盯着问了句："什么血符？"

阿昌理解地笑笑："编号为 0708 的血符。我们大少爷说，只要说出这个血符的编号，您会无条件信任我的！"

这个血符编号的准确说出，让沁梅相信了他就是萧岳派来的人。为了确认，她盯着问了句："你们大少爷？"

阿昌郑重地望向她："是的，萧岳，我是萧岳少爷派来的人！"

可能毕竟由于时间紧迫，不等沁梅追问，阿昌就向沁梅先行自我介绍了一番。

他原是萧岳府上的一个世袭家仆，是萧岳奶妈的儿子，比萧岳小三岁，是和他一起长大的。后来萧岳到空军任职后，阿昌也追随他来到南京，干上了机场维修工。萧岳在空军总部发展地下组织，阿昌是首当其冲的一个，成为他的得力助手之一。

阿昌从怀中掏出了两封信，交给沁梅："这是我们少爷在去空军总部自首前匆匆写下的，嘱咐我一定要尽快交到您手上……可是少爷出事后，空军内部发布戒严令，任何人不得擅离岗位，所以我今天才得空找机会来找您，我今晚还要赶回南京机场。"

"自首？你说萧岳他是自首的？"

"是的！少爷他承担了很多的事情，这些事情，都是有可能掉脑袋的……"

沁梅疑惑地望着他悲伤哀婉的神情，无暇想更多，她低首看着手中的信件。

两封信中，一封没有注明收信人姓名，一封写着"竹君亲启"四个字。竹君是沁梅和萧岳在延安时期排演的一部进步话剧中的女主角名字，作为扮演者的沁梅，自然明白这封信一定是萧岳写给她的。

她打开信，那个熟悉的笔迹呈现在她的眼前：

> 竹君如晤：
>
> 情势紧迫，一切堪忧！现将濒危局势以密信方式呈上，望火速转往老家！
>
> 长岭无奈，采取此非常之举，定有无法言说之苦衷！望君擅自机变，切断与长岭之接近痕迹，自保其身为盼！
>
> 另，郑重嘱咐于此：老家和君万不可采取任何营救之举，切记切记！长岭已报必死之决心，全数供认可供认之行径！唯有牺牲小我，方有后来者继之！
>
> 竹君厚意，荣当来世相报，唯君之安危，乃长岭日夜悬心之念也！为今之计，唯有相忘为安！望自珍摄，以继吾志！
>
> 知名不具。

"为今之计，只有相忘为安！"这番恳切回护的深情让沁梅肝肠寸断。

这熟悉潇洒、临危不乱的整齐笔迹，这番决绝豪迈、义无反顾的毁身殉义的壮志豪情，让沁梅在品味有如万箭穿心般难过的诀别之情的同时，也为自己的恋人感到无上的骄傲和欣慰！

但是眼下她还顾不上放纵自己的情感，她看看手中的另外一封信，这个无疑就是萧岳说的给老家的密信了。她小心地将两封信放入到口袋中，镇定下情绪，向阿昌问起萧岳暴露的经过，她相信，她的组织，她的上级，一定也在等着这个绝密的信息。

通过阿昌的讲述，沁梅才得知了事情的大致真相，原来问题不是出在萧岳自身上。

在萧岳发展的秘密党员中，有一个年轻的飞行员，出于投奔解放区心切，自己暗中画了一份飞往解放区的航线图，却不料一时不慎，将图落在了飞行室里，被发现举报。

空军总部听闻此报，震惊万分，如临大敌，在各个航空大队搜查检举可疑人物，揪出制图者。

萧岳闻讯后，知道情势十分危急！目前，他已经发展了十多个地下积极分子，准备择机劫机飞往解放区，一切都在计划之中。可是这种意外情况不幸发生，形势陡然逆转，很多人的安全因此岌岌可危！自己冒着生命危险，千辛万苦建立起来的地下秘密组织也将面临覆巢之祸！

他仿佛已经看到这样一幅可怕的图景：通过敌人的反复甄别、筛查，这些积极分子中一旦有人坚持不住，被撕开一道口子，互相猜忌，各自不安，情势就会像多米诺骨牌般一泻千里！

由于考虑到这些党员和积极分子都是自己单线发展联络的，只要自己在这里切断途径，很多人就相对安全了，那么这个新建的组织还有保全之希望。

所以万般无奈之下，萧岳只能选择走一步险棋——自己挺身而出，承认下这件公案是自己所为，将一切责任揽在自己身上，才能保护他人，保全整个组织。这些新发展的积极分子们，就像是一把希望的火种，已经在敌营暗暗埋下，只要有机会，就会燃烧起熊熊大火。

萧岳相信，此举虽然自己必死无疑，但是留下了这些进步有生力量，就是留下了希望，留下了未来。我们的党一定会再次派人来到这里，重新组织起这些力量来。

他于是毅然向空军总部自首，承认那张航线图是自己亲手所绘，具体原因是长期偷听匪区广播，自己对内战厌恶之至，产生了投奔共区的念头。这不过是他的个人之举，不涉及任何组织和他人。随即，他被立刻拘捕。

原来如此……沁梅心底唏嘘不已，她最心爱的人，就是这样，亲手将自己送到了绝境之中！听阿昌讲了事情经过，沁梅的泪水已经不知不觉流满面颊。

她擦了擦眼泪，接着问阿昌："如今他……怎么样了？"

阿昌也是泪流不止，他摇头："在少爷出事的前一个晚上，他偷偷来找过我，就给我了这样两封信，又教给我和您联系的方式。从那以后，我再也没有见过他，也没有他的任何消息。只是听大家传说，他被关进了军人监狱，那里是人间魔窟啊，进去的人，恐怕……"

他擦了擦眼泪，继续道："老爷太太他们得到消息，焦急万分，已经卖了很多田产，准备营救少爷，听说二少爷在南京，也在想办法，就不知道结果会如何？"

结果自然是凶多吉少，眼前的两人心知肚明，却谁也不肯说破。萧岳和他们的情分虽然不同，但是同样是他们最亲近最牵挂的人。

沁梅默默地流泪不语，听了阿昌的话，想到另一个问题，不由得问了句："二少爷，是萧海吗？"

阿昌点头："是的，您还认识我们家二少爷？"

沁梅摇摇头:"不,我只是听萧岳提起过他。他不是在陆军军官学校读书吗,是否会被牵连到?"

　　阿昌:"不知道,二少爷也已经很久没回家了,他的情况我并不了解。"

　　沁梅想了想,认真嘱咐阿昌:"情况危急,你还是赶紧回南京吧,千万小心,要小心蛰伏起来,最近不要有任何举动了!"

　　阿昌信服地点点头。

　　阿昌走后,考虑到情况万分紧急,沁梅感觉已经来不及走常规的程序,通过汇报给白鸽,将萧岳的密信传回老家,她决定通过贞德这个紧急通道完成这项任务。她于是找到了虞水蓉,向她说明情况,两人刚将计划说定,就看到楚天舒走了进来。

　　虞水蓉望着楚天舒,认真道:"楚长官,我能和你说句工作以外的话吗?"

　　楚天舒和蔼地点头:"您请讲!"

　　"上次在站长家聚餐,从小梅这方论,我倚老卖老般愧居为你的长辈,那么我今天就再次以长辈的身份和你说一句话——请帮助小梅她渡过这个难关!"

　　她将沁梅推到楚天舒面前:"小梅年纪小,脾气拗,恰遇此等惨烈危急之事,自然六神无主,耍了小孩子脾气,你莫要怪她才是!"

　　楚天舒温柔一笑,看看虞水蓉,又认真望向沁梅:"我说过的,你就是我的妹妹,在我这里,你是可以充分撒娇使性子的,永远都可以!谁让我是你哥呢?"

　　虞水蓉欣慰地笑了,沁梅却脸红不语。

　　楚天舒再次解释:"我们目前的交往,可以冠冕堂皇的,其他琐碎事端,口舌之虞,你完全不必太认真纠结。放开心结,只要适时做做戏就好!我在想,你年龄还小,以后遇到的一切难题,有关什么假恋人之类的事情,你都推到我这里来好了,由我一力承担!"

　　沁梅听了,心中不禁涌起一股感动的潮水,起码在她的很多事情上,楚天舒还是很无辜的,可是他总是那样豁达和宽容,这份情,沁梅并非感受不到!

　　想到这里,她真诚地望着他:"谢谢你,天舒哥,我明白了,我听你的……只是,刚才我又无端向你发脾气,实在对不起!"

　　楚天舒摇头:"傻丫头,你没发现吗?经常发发小脾气才是别人眼中正常状态下的郭沁梅呢?所以,你不要有什么顾忌,我也不会在意的!还是那句话,谁让我是你哥呢?"

　　沁梅点点头,她突然有种冲动,像一个无助失神的小妹妹那样,想要在自己兄长那里求得安慰和爱抚。

　　"哥!"她轻轻叫了声,走上前,拦腰抱住了他,将头靠在他的身上,心中酸痛难忍,眼泪禁不住流了下来。楚天舒回身搂着沁梅的肩膀,轻轻拍着她的背,耐心抚慰着她。

看着他们这番情形，虞水蓉抹着眼泪笑了。

第二天上午，楚天舒接到五哥楚天恺的电话，来到他的公司。

"哥，你最近回南京么？"

"怎么了，想吃老家的吃食了？哦，对了，那个你从小爱吃的糖芋苗，夫子庙老店风味，可惜我给你带不来。"楚天恺戏谑看着弟弟，却见他露出一番认真的神情。

"哥，我不是在和你玩笑啊！我是记起一件事来……下周是四哥的生日了，我是否应该回去给他老夫子祝个寿呢？"

楚天恺上前仔细看看弟弟，一脸狐疑："太阳打西边出来了么？七少爷突然变得如此懂事起来？"

楚天舒不好意思地笑笑："其实他老哥的生日我一直记在心头的，这次本打算到时候打通电话祝贺一下就好，可是，最近不知为什么，就想回南京家中一趟，干脆趁这个由头才好。"

"这还算是老实话！我倒替四哥称庆，也为我们楚家称庆吧？小魔怪终究懂事谦恭起来，岂非大家的福分？"

"五哥，你再讽刺挖苦我，就不厚道了哦。"

"好吧，小傻子，你不别扭，大家就都开心了！"楚天恺笑着点头，"到时咱们弟兄一起回去好了。"

第二十七章　坚如磐石

　　当这样残酷的结果终于到来之时，我发现我竟然咬牙承受了，只因为存在于我和他心中的，那个相同的宝贵的东西在支撑着我，在引导着我，那就是……我们的信仰！我不能倒下，也无暇悲伤，我只能沿着他的脚印继续走下去，非如此，我就不配做他这样的人的爱人！

　　空军派来的萧岳事件的调查小组分别找了楚天舒和沁梅谈话，结合萧岳个人的交代情况，核实了有关细节后，回南京复命去了。所有人似乎都松了口气。

　　胡文轩的心刚刚放下，就看到楚天舒来和他告假，想回南京老家一趟。

　　他带着腼腆的微笑，向自己的上司解释道："再过几天，是我四哥的生日，前次在南京，我和他为了一些小事多有抵牾，也是想趁此机会兄弟和缓一下。不过这个还不是最主要的，自从上次车祸受伤后，家母一直很挂心我的身体恢复情况，其实本无大事，只是在家母那里，估计要亲眼看到活蹦乱跳的儿子，才会真正放下心来吧。"

　　"这个很自然啊，慈母情怀嘛！"胡文轩理解地点点头，他看了看桌子上的日历，沉吟道，"不过天舒，我希望你能在10号前赶回来。"

　　他看到楚天舒不解的目光，意味深长地一笑："你不是和阿梅已经是恋人了吗？不会连她的生日都搞不清楚吧？"

　　楚天舒大窘，瞬间红了脸："这个……竟是我疏忽了！最近事情实在是杂乱……"

　　他继而露出担心的表情："糟了，如果让她知道了，估计该不开心了！"

　　胡文轩不在意地笑笑："所以啊，我也就是提醒你一下而已。那个丫头矫情着呢，你要忘了她的生日，她非闹别扭不可！说来说去，都是被我惯坏了，从来发脾气不分场合，不分大小，也不分轻重。"

　　他笑看楚天舒："此次萧岳一案这个坎儿能安然度过，说明你的话对她很管用啊！小丫头竟然从头到尾是一副乖乖女的样子，没胡说乱动，实属不易呢……所以我算看出来了，一物降一物，对付我的阿梅，还是你这样的大哥哥一样宽容沉稳的对象才是。"

　　听了他这番话，楚天舒有点羞涩，也有点惶恐，更带了一丝柔情回护的意思出来："您言重了，其实沁梅她挺通情达理的，是一个善良听话的女孩。"

胡文轩大笑："好好好！你说她通情达理，善良听话就好啊！看到你们这样，我这个做父亲的只有高兴呐……不过，还有一件事，我要说出来，但愿不让你为难才好？"

"您说？"

"这次阿梅虚岁将满二十，算是个大生日，我要好好给她操办一下……如果有可能，我希望在那天能把你们的事情同时确定下来，来个双喜临门！"

楚天舒听了有点紧张："确定下来？您的意思是……"

"你们不妨在那天宣布订婚吧！"胡文轩看着楚天舒，认真地说道。

"这个……有点太突然了吧？"楚天舒有点没心理准备，说话都磕巴了，"我……我还没有和家里人提起呢……这个事情毕竟不是小事！"

胡文轩走到他面前，用手抚着他的肩膀："所以我想啊，你这次可以借回南京老家之际，把你们的事情和家里说一下。虽然是婚姻大事，必然要征求一下家中老人和兄长们的意见，但是如今已经是文明社会了，你又是留过洋的，应该是婚姻自主主义的践行者吧？你和沁梅可以先把关系确定了，结婚的事情和时机你们自己确定，如今不过是先行个订婚之仪而已。这样，我们这些做长辈的，也终究放下一段心事！"

楚天舒沉吟不语。

胡文轩看着他点头："这次萧岳的事情一出，我更加强烈地希望你们能早些确定关系！反正也算门当户对，又是自由恋爱，感情基础不错，加之这次调查后，你们的关系已经公开，不如定下婚约，大家彼此省心！"

他这番话让楚天舒无法辩驳，不过他仍然不敢马上答应："谢谢站长的关心，不过……毕竟是婚姻大事，我还是真的要问问家中的意见。您是知道的，除了母亲外，我上面还有好几个哥哥呢……何况，还不知道沁梅的意思呢？"

胡文轩理解地说："所以说啊，只是让你们定个婚，一个简单的仪式罢了，离结婚还早得很呢。我之所以这样建议，是想用此事，一是让阿梅那个丫头收收心，明白即将嫁为人妇的道理，二是要堵堵众人的口。"

他带点忧虑的表情看着楚天舒"这次萧岳案可不是一般普通的案子，匪谍案一向是上面重视而且持续跟踪注意的案子呢。这次有关萧岳和阿梅，你也明白，有很多不好的说法，恰巧在萧岳出事的前段时间你们去过南京，我实在不想让阿梅沾染上任何不利的政治色彩。为今之计，你们正式订婚，无疑是个明智和稳妥的办法，会让很多谣言不攻自破！天舒啊，你是我最爱重的下属和后辈，阿梅是我唯一的女儿，我这份心思，你明白吗？"

他停了片刻，继续道："至于阿梅的意思嘛，不妨在你从南京回来后，再告诉她，她是个明事理的孩子，而且我看她如今很依恋你。"

"那……好吧。"楚天舒只好先答应下来，虽然这件事让他纠结得都有些头晕起来。

在楚天舒动身回南京的那个早晨，沁梅来到平日和白鸽约会的那个僻静的公园一角，等着白鸽带给她老家的新指示。

当她看到白鸽的第一眼，就吓了一大跳：不过一个多月没见面，白鸽竟然瘦了一大圈，原本温润的鹅蛋脸变成了尖尖的瓜子脸。她身穿一身黑色的旗袍，素面裸妆，一副弱不禁风的样子，脸色苍白得有点病态。

沁梅忍不住上前握住她的手，心疼道："鸽子姐姐，你生病了吗？怎么瘦成了这个样子了呢？"

白鸽笑了笑，在沁梅看来，那笑容里除了姐姐般的温存外，竟然是满满的凄凉。

她望着沁梅片刻，突然将她一把搂在了怀中，轻声在她耳边道："小梅，这一程，苦了你了！"

沁梅听了这般体贴的话，泪水夺眶而出。

在沁梅眼中，自己在白鸽面前和在虞水蓉面前又有所不同，她们不仅是同辈，而且因为延安抗大的那份共同的经历，白鸽和沁梅，还有萧岳都是师生关系。沁梅觉得白鸽几乎是自己和萧岳短暂爱情的见证人。当着白鸽的面，她不想掩饰什么，让久蓄于心的泪水，像开冻的春江水一般，奔腾洒落在这位亦师亦友的大姐姐面前。

在同一时刻，军统站档案室里，顾倾城突然来找虞水蓉。虞水蓉和沁梅都不在，小芮招呼她坐在外间等候着。

此刻，虞水蓉正在胡文轩的办公室里。

"阿莲，有关阿梅和天舒的事情，就是这样一种情形，我以为你作为特殊的长辈，也应该参与意见，所以……"

虞水蓉没有理会他话里那个"特殊"的含义，只是微皱眉道："这样订婚，有点仓促行事吧？毕竟两个孩子交往时间不算长。而且小梅年龄还小呢，她个人的意思是怎样？"

胡文轩摇摇手："那个丫头的脾气你还不了解么？又倔又歪的？问到她个人意思，还不是和我胡搅蛮缠，指东说西的。"

他无奈笑笑："所以，大事方面，我是一定要用专制手段让她就范，一切都是为她幸福着想！你说，还有比天舒更优秀的婚姻对象吗？甚至我都想感叹，还有比天舒更适合咱们阿梅的男孩吗？"

虞水蓉摇头："婚姻对象莫论优秀与否，关键是合适，是要有缘分。订婚是大事，这样由你单方面仓促间搞定是否轻率了？"

"早定迟定反正要定！何况如何是我单方面？天舒那边也首肯了。不是我长别人志气，灭自家威风，此桩婚事，天舒的态度至关重要。"

他认真看着眼前的女人，娓娓分析着："这次萧岳事件，让我认清了一点，那就是无规矩不成方圆，像阿梅这样单纯善良，而且娇骄二气蛮重的女孩子，更应该早早安定下来才好。我看天舒温文尔雅的样子，倒是能够降住阿梅这匹不驯服的小马。而且我们私下说说看，论人品，论才干，论相貌，论出身，天舒都是配阿梅绰绰有余的吧？我可不能眼看着这样一桩绝妙婚姻和我的女儿失之交臂，必须促成这门千载难逢的好事才行！"

虞水蓉也无力反驳他这番论调，只好沉默不语。

他又将最近围绕萧岳案的一些情况和她讲了，并说明了沁梅要彻底摆脱嫌疑的必要性。虞水蓉终于点头："明白了，你此番叫我来，就是让我劝说一下那个倔强的丫头吧？"

"也是，也不尽然。阿莲，你是我如今最信任的人，你能帮我，我很感激。特别是，一些敏感为难之事……"

"敏感为难之事？"

"此桩婚事几乎木已成舟，依据阿梅往日对天舒的依恋之情，丫头的态度，我倒不是十分担心，但是还有一个人的态度和反应，我却不能不有些小为难……"

"哦？"

"江致远！"胡文轩有些艰涩地说出这个名字，又挠挠头发，"我的那个冤家……"

虞水蓉忍不住微微冷笑之意："不错，世事变迁，不可估量。想当年我和你们二人相识时，你们是唇齿相依、肝胆相照的异姓兄弟；如今，再度相聚，已成陌路、冤家……"

"许多往事阿莲你自然是清楚的，能怪我么？那个江致远……"胡文轩又有点发急。

虞水蓉制止了他："好啦，别总提那些陈芝麻烂谷子的事了。不妨说正题吧，要我做什么？"

胡文轩羞赧笑笑："阿莲啊，冰雪聪明如你，自然明白我的用意？这件事情我是这样考虑的，江致远好歹是阿梅的表叔，也算是这个孩子的一个重要亲属了吧？有关阿梅订婚的事情，怎能不提前知会他一声呢？"

他板起脸，认真说道："虽然，我不是在征求他的意见，我认为，作为养父，我是有充分资格来决定我女儿阿梅的婚姻大事的，当然，还包括你，你是她的干妈，是最亲近的人，也是有资格的，江致远没有理由来质疑这件事情！可是毕竟是一桩喜事，我也不想闹出什么不好的动静来。让阿梅能得到所有的长辈的祝福，这样不好吗？"

虞水蓉沉吟不语，胡文轩却得了鼓励般说得更起劲了："江致远的脾气我们都清楚，自古那就是个难讲话的主儿！虽然我认为，他对楚天舒也是比较欣赏的，不太会贸然反对他和阿梅的婚姻，但是，我总觉得，只要是我胡文轩支持的事情，他一定会站出来裹乱，这是个不争的事实，这么些年来，你想必也清楚？所以，我只能采取迂回的战术，拜托你去和他说明一下，为着阿梅将来的幸福，想来他不会有异议的。"

他带着讨好的笑意望着她："阿梅一向对你是奉若神明，你的话她应该听得进去；而那个别扭猖狂的江致远，由于一段旧情，他对你也是愧疚、痛惜有加，自然会充分给你些面子。所以综上所述，此桩婚事的成败与否，你是关键人物哩！"

"一段旧情？好，胡文轩，好主意，好算计啊！"

虞水蓉冷笑加嘲讽之意让胡文轩再次强烈不安起来："阿莲，你千万别误会啊，我刚才说过了，你是如今我最信任之人！对于你和致远的那段旧情，我更加放心无感了，你相信我。"

虞水蓉扭头不看他，胡文轩忙继续解释着："以前我有过怀疑，但是近来和你相处，尤其是一些事情的发生，让我明白了很多真相。阿莲，难道聪明似你，倒看不出来么？我对你的感情，和他江致远对你的感情，根本就有天壤之别？不说别的，就看看如今一个大家非议的现象吧——那个顾倾城副处长，可是已经公然搬到他的官邸去，和他有滋有味地生活起来了！"

他带点痛惜之色抨击道："不是我背后总爱诋毁这个昔日盟弟，他这种见一个爱一个，爱一个扔一个的毛病，估计这辈子是改不了了！吃锅看盆，背信弃义，哼，我就看不上这样的人！这样的人，如何配得上冰清玉洁的阿莲你呢？"

"好了，既然他在你眼中是如此的不堪，简直是个十恶不赦的小人，这件事情你干脆不必通知他了，你没必要对一个小人讲信义吧！"虞水蓉不高兴起来，却似乎从他的话语里得了有力反击武器般口齿锋利地回击道。

胡文轩看到她生气的样子，又有点着忙："我不是那个意思，我这不是为你打抱不平呢吗？你说他如今和顾倾城这番情形，再联想到以前你们过往种种……是多么的不公平啊！"

"请你不要再说下去了！"虞水蓉忍无可忍地再次打断他的话，"我和你说过很多次了，如今我和他，就是普通朋友关系。他的言行，他的情感，甚至他的女人，他的婚姻，和我没有任何关系。你也没必要和我打什么抱不平，因为这里面根本就没有所谓的什么不平！一切不过是你的胡思乱想，毫无根据的猜忌罢了。我倒认为，你与其有这番闲情逸致去猜测别人，不妨管好你自己的事情，要好多了呢？"她狠狠白了他一眼，将头扭向了一边。

"阿莲，你总是误会我的意思，我是在心疼你，回护你，你看不出来么？那个江致远……"

胡文轩语无伦次的辩解再次被虞水蓉不耐烦地打断："你省省吧！你总是将我和他联系在一起，我不知道你是想对付他呢？还是想羞辱我？"

胡文轩败下阵去："当然不是！是我的错，哦，不，是我的无心之误，阿莲……"

他可怜巴巴地看向这位自己心中毕生珍爱的女人："想让你去和江致远说阿梅订婚的事情，正说明我如今毫不芥蒂你们以前的事情、以前的关系了啊！你要明白我的心才好……唔，我在想，江致远应该会给你面子的，总不至于因为我和他的旧怨，倒耽误孩子的好姻缘不是？阿莲，无论如何，我有说错话的地方，还望你能谅解，我们都是为了阿梅这丫头好呀！她是我的女儿，也是你钟爱的晚辈呢。"

虞水蓉听了这番话，才略微平复了些，她不再搭理胡文轩的絮叨，点头不语，给了他一个算是默许了的意思，胡文轩甚是欣慰，又使出浑身解数哄劝安慰了她一阵。两人相对无言坐了片刻，虞水蓉就告辞出来了。

这边，沁梅和白鸽相拥着流了眼泪，她蓦然记起此次相见的目的来，忙擦了泪水，望着白鸽，急急问道："关于他……萧岳的事情，老家有什么指示，我们该怎样营救呢？"

白鸽直视了沁梅片刻，微微叹了口气："其实，小梅，你已经是个比较成熟的地工人员了，你一定猜到了结果，不是吗？"

沁梅最后一丝希望就这样破灭了，她的泪水又流了出来，她忙悄悄擦去。

白鸽叹气："萧岳给组织的密信中反复强调了不能采取任何营救措施，他是对的！因为至今他并未暴露自己的党员身份，他在敌人面前是强调欲驾机起义，投奔红区的投诚人员身份的。这样的话，他以前发展的组织和人员就可以保存下来，不至于遭受到牵连。萧岳不愧是一名难得的冷静勇敢的优秀红色特工，他将一切都周全考虑到了。党组织经过研究，决定接纳他的建议……当然，这对你们来说，是个残酷的结果！"

"我……一切服从老家的指示。"沁梅抽泣着看向白鸽，"可是……可是，我不忍心，也不甘心！我们就这样放弃了吗？他……他还不满二十三岁啊！你刚才也说过，他是多么优秀的一个战士……"她有点说不下去了，几乎是失声痛哭起来。

白鸽上前搂住沁梅的肩膀，柔声道："我明白你的痛苦，这种感觉我才感同身受过！"

白鸽此刻也泪流满面："很多时候，我们只能付之无可奈何罢了，因为组织的利益永远高于一切！而且，你应该也明白，萧岳陷入的境地，也不是依靠我们的力量能挽救的。"

她擦擦眼泪，打开随身的手袋，拿出一张报纸，递给沁梅。

沁梅接过来一看，是一张半月前的一份《重庆日报》，上面赫然刊登着一篇新闻稿——"共匪"重要头目陆远等10人今日伏法大坪刑场。上面还登有"人犯"的照片。沁梅惊讶地发现，为首的标明是陆远的那个秀气文弱的青年男子，就是她曾经很熟悉的一个人——她和萧岳曾经的抗大老师，白鸽的丈夫孟远帆。

沁梅用手捂住嘴，吃惊而悲伤地看向白鸽："鸽子姐姐，孟老师他……"

白鸽迎向她的眼光中有伤痛和悲哀，但是更有着坚定和决然："他被捕后，我们卧底的同志将这个消息传给了老家，也知会了我。可是迫于情势，为了不必要的牺牲，上级不能采取任何营救措施，我们的组织所能够做到的，就是尽快找机会处决了那个出卖他和同志们的叛徒，以保住更多的同志的安全。"

她回身望着远方，语气深沉而有力："小梅，你知道吗？我也极度痛苦过，甚至还产生过跟了他去的念头，请……不要嘲笑我一时的怯懦和纵情！我和他，实在是感情太深！我们相识于法国，他虽然只比我大两岁，可是他却是我入党的介绍人，是指引我走上这条革命道路的引路人。我曾经无数次为了自己此生能找到这样心心相印的爱人，而感到无比的庆幸和感恩！同为潜伏在白区的革命者，我知道我们的生命就像朝露一样稀薄脆弱，我曾经发誓，我不能和他同年同月同日生，却唯愿能和他同年同月同日死！能像周文雍和陈铁军那样，相依相偎着走上刑场，对我而言，就是很满足的事情了！和他结缡以来，我常常这样想，如果失去了他，我是否有勇气再独自走完这条人生路？一次次我这样恐惧过，纠结过……当这样残酷的结果终于到来之时，我发现我竟然咬牙承受了，只因为存在于我和他心中的，那个相同的宝贵的东西在支撑着我，在引导着我，那就是……我们的信仰！我不能倒下，也无暇悲伤，我只能沿着他的脚印继续走下去，非如此，我就不配做他这样的人的爱人！"

沁梅被她这番话深深打动了，她瞬间几乎忘却了自己的忧伤。她的脑海里回放着这对她一直仰慕的革命夫妻的温馨往事的画面——

在延安宝塔山下，热情洋溢的抗大校园里，同学们围绕在他们的老师——年轻的白鸽夫妇身边。

孟远帆穿着整洁的灰布军服，正在拉手风琴，他年轻帅气的面孔带着充满爱意的微笑，望着身边的白鸽。

同样穿着八路军军装，飒爽秀美的白鸽在学生们的"干一场！干一场！"的呼声中，敞开清亮的嗓音，唱起了那首最受大家欢迎的歌曲《干一场》。

这难忘的温馨画面让沁梅唏嘘涕零。

白鸽搂着她，体恤地说道："今天，我之所以把这个最让我心碎，几乎不愿意再次看到的东西带给你看，就是想让你知道，作为革命者，也许还有很多未知的悲情和伤痛在等着我们！可是，如果痛苦可以彼此分担的话，那么相同的悲伤，感同身受的悲剧，是否可以给你一种别样的慰藉呢？无论怎样，让我们相互扶持，彼此安慰着，走下去吧！"

"鸽子姐！我……懂了！"沁梅紧紧拥住了她。

"我又想起了那首歌……"她望了望周围，带着泪，轻轻哼唱起来：

> "黄河之滨，
> 集合着一群，
> 中华民族优秀的子孙……"

这首《抗日军政大学校歌》，让沁梅和白鸽的思绪，重新飘回到魂牵梦绕的延安，那里有自由，有温暖，有她们火热的青春岁月，有她们永远的亲人：孟远帆，萧岳……

白鸽也禁不住轻声唱和：

> "同学们，努力学习，
> 团结、紧张、严肃、活泼，我们的作风；

同学们，积极工作，

艰苦奋斗，英勇牺牲，我们的传统……"

唱到这句"英勇牺牲"，白鸽和沁梅忍不住再次黯然泪下。

虞水蓉回到档案室，意外地看到顾倾城坐在外间，她今天没有穿军装，一身淡蓝色的西式裙装让她显得格外俏丽动人。

"顾副处长，你是在等我么？"

"柳女士，实在是冒昧啊，我听沁梅说你认识一家旗袍店，衣服做得特别好，我想请你陪我去一趟，也算认识一下，以后说不定我就成了那里的老主顾了？"

她的这番话让虞水蓉心中一动，表面上不露半点神色来。她微微点头："好吧，反正今天我手头工作不多，陪你去一趟好了。"

两人出了上海站，来到南京西路一条僻静的弄堂里，顾倾城看看周围没人，拉住虞水蓉的胳膊，将她带进了一家不起眼的咖啡屋。

进到里间，才发现早有人等在那里，虞水蓉回看顾倾城，只看到她离去的袅娜身影。

那位等候着的男子忙站起身来："来了，莲莲？"

"是的，致远！"

楚天舒和五哥同车来到南京，楚天恺去公司处理事务，他自己就直接回到家中。

一进客厅，就见到自己的四哥田宇一身家居服坐在那里看报纸，看到对方，两人都是吃惊的神色。

"老七，你怎么回来了？"

"哥，大白天的，又不是周日，你怎么在家呢？"

田宇微笑，招呼他在身边坐下："我前一阵旧伤发作几回，总不见好，妈总在唠叨，我也拗不过老人家的意思，就干脆告了假，认真搬回家休养一段时间。"

楚天舒有点担心地望着他："如今情形怎么样，我看你……气色倒也罢了？"

"没什么了，基本复原了。"田宇淡淡道，"你呢，怎么突然想着回来了？"

"我如果说我是为着给你过生日专程赶回来的，估计你不会相信？"

"我为什么不信？你是我弟弟，这个很自然啊！"

看着哥哥恬淡温和的面容，楚天舒突然觉得有种歉疚感涌上心头，他望向哥哥的目光突然间就柔情似水起来。

却不料突然闯入耳际的哥哥的一番话又让他绷紧了心弦："可是，老七，你那个被调查的事情结束了？没留下什么后遗症吧？"

"什么……被调查的事情，还……什么后遗症？"楚天舒一紧张，话说得就磕磕绊绊起来。

田宇仍然是恬淡随和的笑容，但是眼中射出的锐利光芒还是让弟弟无法逼视："小孩子家，没个成算？我的七少爷，你如今好歹是保密局中校军官了，该有的敏感警惕性在哪里？还是你根本想瞒着我什么事呢？我且问你，你无端陷入萧岳匪谍案，接受了一番讯问，你倒全然不放在心上吗？"

楚天舒已然平静下来，自然能够坦然相对："正常排查而已，全无关联，已经有了结论了，我自然难将此等无稽之事放在心头！再说我手头的事情忒多呢，正常工作都忙不过来。"

田宇微微摇头："无风不起浪。总之涉嫌到此等敏感案子中，就让人不安！何况，听说你那个女助手更麻烦些？"

"哥，你都听说了些什么啊？我真以为你安心在家养病呢，却原来……"

"傻小子，正因为我是你哥，才会一次次苦口婆心和你说这些，别人的事我才懒得关注！但是牵连到你，我又怎能无动于衷、袖手旁观？"

"哥，我正告你啊，那件事已经澄清了，不但是我，连你刚才提到的我的那位女助手，也是清白无辜的！"

"好吧，但愿无事就好！哎，老七，那个女助手，你和她的关系？"

"哥，你又来了！我四哥往日是最不是非的人呀，怎么如今这样婆婆妈妈起来，真让人……崩溃！"

"臭小子说话又没大小了！其实吧，我倒懒得管你的私事，尤其是个人感情方面的事情。我们是民主家庭，自然不会互相干涉这些个人隐私。我不过是给你提个醒，你是妈最钟爱的小儿子，你的终身大事，估计要完全自主……也有相当难度！"

"这都哪跟哪呀？根本不是你们想的那样！"楚天舒是又羞又恼。

"好吧，我是善意提醒，你有则改之，无则加勉听听罢了。快先去妈那里打声招呼吧。"田宇无奈摇头，望着这个不省心的弟弟心底暗叹。

好在兄弟俩的对话终于平和结束。

咖啡屋里，江静舟和虞水蓉相对而坐。

听了江静舟的意思，虞水蓉笑了："早知道你急着见我，倒不必这般神神秘秘、遮遮掩掩的了，我如今就有堂而皇之的借口呢！"

她将胡文轩委托她劝说江静舟同意沁梅订婚一事同他简单说明了，江静舟也是一笑："原来如此啊，我这个二哥，也太肯操心了！"

虞水蓉却记起关键之环节来："那个顾……中校，是咱们的人么？"

"不，目前只能算可靠的朋友而已。"

江静舟将顾倾城的身世和这段时间发生的事情都对她讲了，虞水蓉点头不语。

随后，虞水蓉也将沁梅准备订婚的大致情形讲给他听了，江静舟一直紧紧盯着虞水蓉的眼睛，语气中充满信赖之意："一切是经过你的安排和调停，我就没什么不放心的。如今梅儿就等同于你的女儿一般，她在你身边，我是格外心安。"

虞水蓉清浅一笑："丫头什么都好，就是那种倔强脾气……和你一模一样！"

江静舟剑眉微挑，嘴角挂了自嘲的笑意："我的姑娘随我，也没什么不正常呀？不过，小丫头的锋芒太露了些，你经常给她打磨一下倒是好的。"

虞水蓉抿嘴微笑点头："你放心……沈琬姐也该放心。"

江静舟微微蹙眉："估计这次会让你作难了。假订婚，假恋人……我怕梅儿这丫头未必肯接受和维持这样尴尬的关系？毕竟是和一个对手，一个自己的敌对分子做这样的假象，一切都是相当别扭的。我的女儿我清楚，她的个性太强，很像她的母亲，疾恶如仇，眼中不揉沙子，让她做这样的伪情戏，实在是有些难为她了！"

"可是她是江沁梅，是江静舟和沈琬的女儿，是一名红色特工，她自然就会有说服她自己接受这种现状的必然理由和责任，不是吗？"

"看来，你比我更了解这孩子，莲莲！"

"致远，一切都不成为问题，但是你知道吗？最让孩子难过的坎，如今倒不是这个……"她这才用沉痛的语调，将萧岳事件详细告诉了他，当然更言明了萧岳和沁梅的恋人关系。

江静舟吃惊地睁大了眼，他没想到在自己眼中还是孩子的女儿，竟然已经情窦初开，初涉爱河，而且目前很可能还要经历一场痛苦的生离死别。他心中充满内疚之情，自己这阵子也实在是太忙了，几乎没顾得上和女儿有什么交流，父女见面的机会都很少。

想到这里，他低首轻语："我知道梅儿曾经护送过一个潜伏在空军的我党重要地工人员，万没想到他会这样不幸暴露了！而且，他会和梅儿是……"

虞水蓉也很伤感："小梅她，爱得纯粹，爱得深刻，她如今的痛苦，真让我痛惜不已！"

江静舟没再说什么，可是虞水蓉分明从他的眼神中看到一个做父亲的人深深的伤感和痛心。

他深深埋下了头，他此刻想到了什么？是和沈琬的一次次分别和夫妻对面不相认的悲哀，还是和自己曾经的缠绵恻然的往事旧情？

虞水蓉怜惜地看着江静舟，温柔体贴地将一只手伸过去，覆盖在了他的手背上，给他注入自己的体恤和力量。

江静舟感受到这份关怀和同理，他抬起了头，平静地望着虞水蓉："莲莲，我相信梅儿在你身边，你一定是很好地抚慰了她！帮她渡过这场难关……说起来，我这个做父亲的，倒是很不称职，在自己女儿最痛苦的时候，都没有给她一丝安慰和体恤！"

虞水蓉微微苦笑："你也是身不由己啊，你放心，小梅目前在我身边，就是我的女儿一般，我会为你……还有她的母亲，承担这份责任的，你就放心将她交给我好了！"

江静舟感怀着点点头。

虞水蓉："有关小梅和楚天舒订婚一事，我也反复考量过了，不管他胡文轩处于什么心态和动机，起码这件事情，对于我们，对于小梅，对于我们的工作开展，都是有好处的，所以我们不妨顺水推舟，将计就计。"

江静舟有点担忧的神情："只是，丫头的脾气……"

虞水蓉自信地看着他："这一点，你也只管交给我好了，我有把握能说服你的梅儿。"

江静舟点头，但是又有担忧："还有一点就是，你怎样看楚天舒这个人呢？他对于丫头，不会有危险性吗？我记得程睿曾经说过，他直觉楚天舒来历不简单，他的身手，他的才干，似乎都有太多的神秘之处？可是，梅儿她毕竟是个孩子呢……"

虞水蓉微微一笑："刚才不是说过了吗，不管是胡文轩，楚天舒，目前进行的事情，都不是危害小梅的事情呢，我们不妨擦亮眼睛，顺势而为好了。至于楚天舒这个人，从他在濒危时刻下意识舍身救小梅的举动上看，你不觉得他起码是个善良正直的年轻人吗？你对他的看法和直觉，应该心下有数吧？也许，一切都有变数，一切会有真相，也未可知呢！"

她的从容态度给了江静舟很大的安慰和信心，他的心稍稍放下来了，虞水蓉也觉得自己算是完成了任务一般。

"对了，致远，这大半天了，貌似还没说到主题上？你今天急于见我所为何事？"

"唉，莲莲，其实……还是和梅儿丫头有关。"

另一处，白鸽和沁梅久久相拥在一处。

彼此相拥着温暖了对方，也在相同的境遇里分担了苦痛，她们的情绪都渐渐稳定下来。沁梅向她汇报了自己这一段的工作和生活情况，包括那场凶险的车祸，还有目前的困境——和楚天舒的假恋人关系。

白鸽惊讶而担心地握了她的手，有点急切地问："那场车祸……你没有大伤吧？"

沁梅摇摇头。

"那……那你那位保密局上司呢？你说他为了救你，受了伤，他……他的伤严重吗？"白鸽问得有些艰难。

沁梅："他也无大碍，据说他的运动技能超级强啊。反正这次，是全靠他的灵活机动才保全了我们两人！"

白鸽暗暗舒了口气："那就好……"

粗心的沁梅根本没有注意到白鸽的异样反应，她还全副神情都在纠结于和楚天舒的假恋人情节上："我和您提到过的，其实我这个上司是个非常善良的人，只是可惜我们的信仰不同！我和他相处起来，真的是非常矛盾和纠结，甚至是很痛心的感觉！我能够感知他对我的宽容和善意，可是只要一想到他的阶级，他的立场，我就会对他产生无法克制的距离感和抵触情绪！"

白鸽听着她的话，不由得在心底默默念着：我的小弟弟天舒，他原本从小就是一个善良有爱的人呢。

沁梅继续说着自己的困惑和无奈："鸽子姐，不瞒你说啊，我越和他接近，我就越无法抵御一种亲近的感觉，甚至可以看作是一种奇怪的亲情。这一点我实在无法解释？我总是在天真地幻想，如果他是我们这个阵营的同志，那该有多么好？他就像我的亲哥哥一样！"

白鸽默默听着她的陈述，无法接话。

沁梅突然看着白鸽，眼中有激动的火苗在跳动："鸽子姐，你曾经是我的老师，目前又是我的上级和领导，我想请教你一下，你说说看，我有没有可能策反他，将他拉入到我们的阵营里来？"

她显然为自己的想法而激动不已："你不知道他的才华有多出众？电讯专业技能有多拔尖？如果他能够加入到我们的阵线，那会为咱们增加一个强大的有生力量！"

白鸽是动情感性的，但是她也是极度冷静的。在沁梅激动的描述下，她的内心也泛起了涟漪！让才华横溢的亲弟弟也加入到自己的队伍中来，何尝不是她梦寐以求的一件事呢？

但是经验丰富，沉着老道的她瞬间意识到危险的存在，她不能像年轻心热的沁梅一样，激情澎湃下失去理智，她想了想，对沁梅提醒道："一切要顺势而为，万不可轻易暴露自己的身份和目的，尤其是自己肩负的使命！小梅，你要记住，咱们的工作任务永远是首要的，其他的事情都只能相机行事。而且，我们也不能忽略地下斗争的残酷性，两党之间的信仰之争，从来就不是温情脉脉的感情戏！"

她抚住沁梅的肩膀："关于策反你的上司的问题，你要慎重从事，绝不能轻易暴露你的目的和动机。任何情况下，都需保持高度的警惕性和原则性。"

她思索着："关于你们的假恋人状况，我倒觉得你没必要太纠结，一种掩护身份的形式而已，就像是一层必要的伪装。面对这些，只要我们一切从工作出发，心中有坚持就好了，个人的一些东西是可以放在一边的。有时候，我们这样的地工人员的牺牲，是多方面全方位的，包括我们的感情和身份……总之，你要记住，蛰伏和隐蔽是为了更好地尽我们的职责，工作和任务永远高于一切！"

沁梅点头："我知道了！"

沁梅感谢白鸽的冷静提醒，但是倔强自信的她，却不想放弃自己的大胆想法，她觉得自己比他人更加了解楚天舒，她决定要试一下，要在他的身上下下功夫了。这样优秀的人才，我绝不想眼看着他为他那个腐朽堕落的阶级陪葬！沁梅在心中暗暗发誓。

她此刻这番念头的产生，倒无形中契合了胡文轩等人的愿望，那就是她起码对和楚天舒恋人身份的认定，不那样持逆反和抵牾的态度了。

"致远，很少看到你这样为难过，你想说什么，就爽快地说出来吧。你总说，你要处处护我周全，可是，你知道吗？莲莲最喜欢的一件事，也是……为你分忧！"小咖啡馆里，虞水蓉深情望着毕生痴恋的男人，忍不住芳心暗露。

"我怎能不明白？"江静舟长长吁了口气，将前天和沁梅谈崩了的那件事和虞水蓉说了。

"宁松他，和宁兰一般大，还不满十三岁！致远，你真的考虑好了？要带他去东北？我好像有点明白小梅的意思和情感了……这真的是一件值得考量的事情！"

"莲莲，"江静舟伸手握住虞水蓉的手，"我今天选择将这件事求助于你，不仅是相信你如今是梅儿最亲近、最信赖的长辈，你有可能帮我说服这个倔强的丫头，还在于……你毕竟是这个世界上最懂我的人！而且……你也熟知青青，你和她，也有一层姻亲关系……"

他的神色凄楚而迷茫："你和青青接触时间不长，但是我知道你们曾经惺惺相惜过！青青她像崇拜一个偶像大姐姐般膜拜过你。当年，我不知道，当我们的假婚姻正在进行时分，就有一双纯洁善良的眼眸在悄悄注视着我们……"

"是的，青青，那个温柔至极，善良至极的女孩，也令我永生难忘……我总忘不了她唤我的那一声——那声柔柔的'阿莲姐'。"虞水蓉也带着迷离的回忆神色念道。

江静舟伤感地回忆着："青青后来对我说，她当年因为姻亲，认你为姐姐，十分羡慕咱们的神仙眷侣生活。后来，咱们'离异'了，她终于……有机会敞开了自己的心扉……走进了自己的爱情梦幻中。"

他的神情略带羞赧和凄楚，微微垂下头去。这样的他，看在虞水蓉眼中满是心疼。

他仍在喃喃自语般倾诉着："莲莲，虽然我是秉承组织的安排和青青走了新的婚姻之中，但是那个善良的女孩她付出的爱是真诚而纯粹的，纯粹得令人心碎神伤……"

"我明白的，致远！明白青青，也明白你……"

"青青的善良让所有和她接触的人都感叹和信服，她不会伤害任何人，也从不提防任何人。我是带着任务走进这场婚姻的，我的妻子——那个年轻的中尉机要员，竟然是我的策反对象！我曾经纠结极了，我实在是无法运用间谍的手段去对付如此痴情纯净的女人。"说到这里，他更加深深地垂下头去。

虞水蓉温柔地用手梳理着他的乌发："我懂你，致远，你……真的不容易！"

江静舟带泪苦笑对虞水蓉道："我不想在你面前隐瞒什么，或者伪饰什么。即使是那时候，我得到了你'牺牲'的消息，也获知沈琬她早已通过组织和我离异，但是我仍然不能坦然走进一段新的生活。我的心那时已经枯萎了，对爱无感了……青青，她是我的亲人，给了我温暖的家，给了我可爱的孩子，从这点上讲，她永远是我的妻子……但是，却不是我的爱人……

"我在内疚、自责中挣扎着，享用着我的妻子的无限温情……我尽量在任务和良知间寻求着平衡，尽量不伤害到我善良的妻子和她的家人。青青信赖我，依附我，她几乎不顾我和周围所有人的反对，执意要生下我们的孩子。在宁松半岁时，她终于溘然长逝，留下我，独自承担这无尽的愧疚和伤情！"

他的泪水终于滚落下来，虞水蓉递过来手绢，他却将她的手攥在自己手中，不肯放松："我不知道和你说这些是否合适？我只是想和自己内心最贴近的人倾诉我的这番真实感受！"

"致远，什么时候，我们都是对方的心灵依靠和支柱，我们相约过，不是么？"

"是的，莲莲，你如今明白了？为什么我执意要把儿子宁松送回陈家？我最真实的想法是在……还情！我欠青青太多，欠陈家、封家的也太多！"

虞水蓉点头："我能理解。"

"谢谢，莲莲！毕竟有任务摆在面前，梅儿作为我的亲生骨肉，也会有这样的疑问——我江静舟难道不是在打亲情牌，利用孩子，去争取策反封正烈一家？"

他微微苦笑："我在想，如果宁松的出现，能够带给封正烈夫妇别样的亲情，帮助我完成策反他们、加入到我们一方的任务固然很好；但是即使不成功，眼看国共两党决战在即，以后大家再次聚首的机会很是茫然，也许这次就是最后团聚的机会了！我不希望他们留下遗憾，也不希望青青的在天之灵有所遗憾！宁松他……毕竟是陈家唯一的骨血了。"

他轻轻喘了口气，继续这个沉重的话题："宁兰的事情我一直没瞒过你，你是除了我和青青外，唯一知道宁兰身世的人。兰儿的死，给封夫人造成的打击我们都可以想象！如果宁松的回归，能给他们夫妇以情感重生的希望和慰藉，我也算做了一件对得起青青的事了。"

虞水蓉深深凝视着眼前的男人，他的纠结痛苦，他的内疚和伤感，让她格外怜惜痛心，她忍不住柔声劝慰："致远，我以为，这件事不如看作是你的一个善念，一个最原始、最本真的善念，它是亲情、友情、恋情混合而成，它如今化作了一粒种子，在你的心中生根发芽、枝繁叶茂、开花结果……"

"莲莲……"江静舟哽咽难言。心中流淌的都是被心上人理解后的欣慰的快意和感慨。

"真性情，真感情，还有信仰和大义……如何取舍，如何自处？每个人的选择自然不一样，但是此刻，我的选择是，我无条件地相信……那个永藏在我心底的人！"虞水蓉轻声呢喃着。

江静舟默默打量着眼前的女人，双目流动间的温情，让两颗心贴得很近，温暖着彼此。

"可是，"虞水蓉转而一笑，笑容里带着微微的埋怨，"致远，你忽略了一件事情，那就是——你的心不但我懂，其实，你的梅儿……也懂！"

"莲莲？"

虞水蓉温柔地微笑着："致远，你和小梅虽为亲生父女，究竟离别太久，很多沟通并没有做好。你并不知道，小梅她心里也有一份隐情？"

"隐情？是什么？"

虞水蓉微微叹口气："你忘了么？小梅她，和宁松一样，都是在圣地延安长大的孩子，他们在沐浴雨露的同时，也经受过风雨袭击。小梅告诉我过一件事情：当年在延安整风中，有人翻出了宁松档案中的一个问题——孩子的生母，竟然是白匪军官！由此带来的风暴你当可想象得到？"

江静舟呆住了，他默默看着虞水蓉，听她讲述着让他纠结难言的一段往事："宁松的问题得到组织上的质疑，孩子甚至无法继续上学，因为他竟然要为自己从未留下印象的母亲背上耻辱的十字架！

"关键时分，幸有一对勇敢无私的夫妇挺身相护——宁松的养父母，沈琬姐和她的丈夫，一个参加过长征的老干部，他们向上级发出悲愤的申诉——你们只看到他的妈妈是国民党军官，难道忘记了他的父亲是谁吗？他的父亲，是苦守敌营十几年，在刀尖上行走，用生命为我们输送了大量重要情报的红色特工！他的忠诚，他的奉献，他的牺牲，谁又看到了？难道我们要在英雄流血流汗的身上，再狠狠捅上一刀吗？"

虞水蓉的声调哽咽起来，江静舟紧紧咬住嘴唇，剑眉深锁，沉默不语。

"小梅哭着告诉我，沈琬姐当时都气得近乎疯狂，她不允许有人恶意欺辱自己带大的孩子！她像是一个护着自己幼崽的母狼，情绪激动地和每一个质疑她儿子身份的人吵架……

"后来，她写了申请报告，声明要将宁松母亲一栏，改成她的名字。而且，她还说了一句很过激的话，她说如果这里——我们最温暖的大家庭都不能容下这个无辜的孩子，她就宁愿脱了军装，陪着儿子去老百姓中生活！"

听到此处，江静舟忍不住叹息："沈琬她是这样的，平日里温柔似水，其实骨子里刚烈过人……"

"沈琬姐实在是了不起，她几乎准备抛弃自己眼下的一切，也要保护好这个无辜的孩子！"虞水蓉赞叹着，"后来，幸而她的丈夫——那位老红军仗义执言，加之你的一位老上级倾力斡旋，才没有让这件事向悲剧方向发展……"

虞水蓉看着他："你如今当明白了，小梅她为什么执意反对你将宁松带到东北，去和他的外婆认亲？除了对弟弟无限的亲情之爱外，她还考虑到你，还有沈琬姐！"

"梅儿这丫头……"

"致远啊，你的女儿，你并不了解，她有着怎样一副孝女心肠？"虞水蓉动情地诉说着，"小梅她曾经这样对我说过——宁松曾经陷入的困境至今让我记忆犹新，不寒而栗……如果此番他实实在在地接触过他的母亲家的人，那以后，宁松怎样自证清白呢？我的爸爸和妈妈，又怎样自证清白呢？尤其是我的父亲，他的亲情债太多，我不忍心他再因此背负上更多的责难和质疑！"

江静舟再次深深低下了头，沉默片刻，再次直起身来，他的脸上显出一片坚毅、决绝的神情来："莲莲，谢谢你告诉我这些，我究竟是误会丫头了……但是，很多事情，我们其实别无选择！有时候，我们实在无法预料到今后将会发生的事情，我们将要面临的处境和命运。但是还是应该归结于那个总是暗藏于我们心中的那个沉重词汇——祭献，这也算其中的一种吧。当我们投身到这个神圣的事业和伟大的信仰中去的时候，我们就注定要无私无欲、无怨无悔地祭献出我们的一切，除了生命和热血外，还包括名誉、身份，甚至是清白！"

虞水蓉感动地望着他："说得好，致远！不过你们父女目前还是在相互误会中呢。你放心，我会找机会和小梅讲清楚这段纠结。她是个懂事善良的好孩子，她当能明白你的心，你的亲情，无论是对她，对宁松，对宁松的家人，还是对……那些逝去的亲人。只因为我们并非冷血动物，都是有良知、有温情的性情中人！"

"谢谢你，莲莲，你总能给我最贴切的慰藉！"

看着他释然一切，虞水蓉心下大慰，唇边挂了轻松的笑意："那么……估计，你还有别的事情要和我解释吧？"

"唔？莲莲？"江静舟一副不解的样子。

虞水蓉露出顽皮的神色："你要是想不起来的话，我可要走了？"

江静舟自然是敏感的，他猛然醒悟，知道是有关他和顾倾城如今关系的问题，不由得羞涩一笑："那原本不是事，根本无须和你解释吧？你是谁，我又是谁？"

"好自信的江少将！"虞水蓉抿嘴一笑，"这样的你，我欣赏！"

江静舟也欣慰地笑了："其实，真的原本还有一肚子怨言要向你倾诉，但是想想还要做的很多大事，就羞于启齿了。"

他停顿一下，看看眼前朝思暮想的心上人，轻声诉说着："敌营情况的复杂和艰险，我是这么多年一步步走过来了。可是人到中年，还要陷入这种无法言说，无法解释的情感泥潭中，实在是令人羞惭难言的一件事情！虽然，这是一种伪情，可是依旧让我感到难堪和困惑……莲莲，我倍感欣慰的是，幸有你懂我！"

虞水蓉深情地凝望着他，用心去慰藉着毕生痴恋的这个男人："致远，我们这样的人，时时刻刻面临着抉择和挑战，我想只要坚持住自己心中认为是对的东西，就可以冷眼笑看身边的一切事情。有些事，有些人，不便解释，无法解释，那就先放在一边好了，将来自会有拨云见日的那一刻！即使我们将来不幸暴露了，牺牲了，或者是侥幸生存下来，却失去了自辩清白的机会和条件，但是我们依然可以心静如水，泰然处之。和我们目前从事的事业相比，个人的委屈和磨难实在算不了什么！"

江静舟听得频频点头。

"致远，我希望，我这里，永远是你心灵可以栖息的一方港湾。"她说到最后一句，尽管语气很轻，还是有一丝红晕瞬间飘上了面颊。

他们彼此这样凝望着，有那么一段时间，两人似乎做着无言而贴心的心灵交流，一时相对无语。

第二十八章　狱中诀别

爱一个人远比被一个人爱更幸福，更主动、更痛快！这就是我的爱情观！这种痴念就是愚蠢也罢，倒是属下心里的真实想法！所以，老板，我不在乎什么名分，我只要守在他身边就好了，我得到属于我的这份爱，我就心满意足，不作他想了！

来到南京的第二天，楚天舒开始自己的计划。直接来到空军总部，找到了上次接待自己的那位情报处副处长苏岩上校。

听说了楚天舒的来意，苏岩有点为难："这个萧岳案是重案，上面很重视，一般人是不能插手的，更别说见人犯了！而且，楚教官你不觉得应该避嫌，尽量少接触这类敏感人物和话题吗？"

楚天舒笑笑："其实我今天来是有两个原因：第一，我是真心惋惜这个人才，你知道的，前次办电讯培训班我结识的萧岳，他实在是一个才华出众的青年。而且，我总觉得和他有点惺惺相惜的感觉。可能他和我的出身相仿，又都先后在美国学的技术吧……我真的不希望这样一个人才就如此糊里糊涂送了命！我想，我和他谈谈，也许能让他改弦更张，自新做人呢？这样岂不是功德一件，最起码也是大功一件吧？也算是你苏处长的功劳呢。"

苏岩笑着摇头："楚教官你太书生意气了！你不了解这个死硬公子哥的秉性呢？这么多天了，好话歹话说尽，多少大人物走马灯的劝降过他，各种刑罚用尽了，他是软硬不吃，没有供出任何有价值的东西来。反反复复只是那样一句话，自己是个人行为，就是一心投奔匪区！我就奇怪了，你们都是大家公子出身，怎么这么不一样呢？那一位看来是一心求死了！枉费了他的老爹老娘变卖了许多家产为他上下打点，我看他真是鬼迷心窍活腻味了……这共党的歪理邪说实在害死人啊！"

楚天舒平静地笑着："那么第二点我就不多说了，你刚才也提到了，他们萧家也是有名望的大家族，自然是上下疏通，准备救这位大少爷的。我也是受人之托吧……实在是人情难却啊！苏处长，你是知道我四哥的，他为人孤傲，一向不喜欢亲身介入到这样的事情中的，只好由我这个小萝卜头出面，为他抵挡应付一些事情了。"

听他提到了自己的四哥田宇中将，苏岩不能不认真对待了。他明白这位侍从室中将参议的分量所在，他不能贸然得罪这位委座身边的爱将，绝对的实权派人物。他考虑了一下，决定帮助楚天舒一回。

南京江东门外，南京中央军人监狱，这是当时最高级别的监狱，分东、西、中、南四个大监，气氛压抑阴森。

苏岩带着楚天舒进入中监仁字号监室，在该监监狱长的引领下，来到在最尽头，一个独立的牢房前。监狱长打开了监门。

楚天舒边嚼着口香糖，边看向苏岩："苏处，我想单独和他聊聊，几分钟就行。"

苏岩点头："可以。不过楚教官，你掌握好时间，真的不能耽误太久的，我在监狱长办公室等你。"

楚天舒走进了牢房，监狱长从外边上了锁。

他进去时正看到萧岳背对他伫立在窗前，那扇狭小的窗子，将一缕阳光照进了监室，给这个阴森潮湿的地方带来了一丝暖意。

听到监门发出的声音，萧岳回过身来，看到楚天舒，露出微微惊讶的表情。

楚天舒看到萧岳比以前明显瘦了很多，原本颀长结实的身材如今显得有点单弱。他依旧穿着空军的军服，只是徽章和符号都摘去了。在楚天舒的眼中，这失去了军队标识物的军服，显得有些肃杀凄凉的味道。

他注意到萧岳的脸庞还是那样的清俊刚劲，一双细长的眸子依旧闪着火热奔放的光芒。他显然是受过重刑，嘴角上有一大块的瘀青血迹。不过此刻，他的唇边依旧挂上了年轻温润的笑靥："楚教官，您怎么来了？"

楚天舒对他悲悯地笑笑，没有回答他的问题，只是看了看刚才他对着的那扇窗子，嘴里嚼着口香糖，仿佛不经意间问道："你刚才是在看窗外吗？如果我没有记错的话，这个墙外，正好有一丛迎春花。不过十分可惜，现在不是季节，不会有花朵开放的。"

萧岳微微一愣，随即展颜一笑："你说得没错。不过，你想必听说过这样一句诗吧：冬天已经来了，春天还会远吗？"

监狱长办公室里，苏岩百无聊赖地翻着报纸。

监狱长讨好地望着他："苏处，这个中校是什么来历啊？非要见萧岳这个顽固分子？"

苏岩白了他一眼："不该打听的不要乱打听。"

监狱长赧颜笑笑："我就是有点奇怪罢了。这个人，上面几乎已经放弃了，估计处决也就是这几天的事情了。不料还会有军官来会他？"

苏岩想了想，觉得还是和他透露一些信息，以震慑他一下，免得他失口泄露出去。

"你听说过田宇将军吗？"

"知道啊，委座身边的大红人，侍从室高参，最年轻的中将。"监狱长背得还挺溜。

苏岩笑笑："那听说肖云翔这个名字吗？"

监狱长笑了："这个更听说过啊！空军战神，驱逐机司令，你们空军的著名英雄人物嘛！"

苏岩拍拍他的肩膀，俯身在他的耳边："刚才进去的那位，就是他们二人的亲弟弟！"

监狱长嘴巴大张着："老天！这样一个贵人啊？那他……为什么会去见萧岳那个党国叛逆呢？"

苏岩显然和监狱长私交不错，他耐心解释道："可能是兔死狐悲的心理作祟吧，都是大家公子出身嘛，也想再挽救他一次而已。估计萧家也没少使钱呢，我猜这个楚公子也是受人之托，忠人之事罢了。只是看情形，他要白做功了。"

他盯着监狱长："我既然把底透给了你，今天的事情你自己掂量着办吧。如果走漏半点风声，你应该清楚后果……"

监狱长忙点头："您放心，属下明白！"

又过了一会，苏岩抬腕看了看手表："时间差不多了，我们过去看看吧。"

两人走到监室外，在打开牢门的刹那，听到萧岳强硬的声音传来："楚教官，感谢你来送我这最后一程，不过，你的心意估计要白费了！你说得对，我们的很多情况是一致的，同出身于官宦人家，又都曾到美国留过学，但是我们如今走的路是完全不同的。我是觉悟了，不想再为一个腐朽肮脏的旧制度陪葬，而你却至今执迷不悟，身体已然滑到悬崖边缘尚不自知，这有多可悲？"

"你这番话太可笑了，萧上尉！"楚天舒莞尔一笑，仍是积极相劝的味道，"如今你已经到了殒身的前夜，还在嘲笑他人的可悲？我希望你明白，生命对所有的人只有一次，失去了生命，一切都是皮之不存，毛将焉附？你还是丢掉你的信仰和理论，清醒面对现实方为上策。"

萧岳笑着摇头，年轻的面庞上挂着自信的微笑："是的，楚长官，您说得没错，生命对所有的人只有一次，是这样的宝贵……这句话让我记起了您的亲人，我的偶像——肖云翔将军。还记得我们共同的英雄情结么？那样一个热爱生活、关爱亲人的人，为了民族大义毅然决然舍生取义！所以说，信仰的力量无穷！"

"萧岳……"楚天舒静静地望着他，心痛如割。

萧岳始终微笑着，平和的神情像是在自己崇拜的教官的课堂上，他在朗朗回答着教官提出的问题：

"道不同不相为谋。楚教官，我们虽然出身相同的阶级，可是不幸一个做了殉道者，一个必将成为掘墓人！对我来讲，清醒觉悟后的死亡，远比浑浑噩噩的偷生来得愉快和高尚。"

"你太放肆了，死到临头还这样狂妄无知，满脑子都是共党的歪理邪说！"苏岩喝问了他一句，转而看着楚天舒："楚教官，你看到这些赤色分子的冥顽不化了吧，你还需要再费口舌吗？"

楚天舒咬了咬嘴唇，压抑住几乎澎湃而出的心潮，尽量用平静的口吻说道："萧岳，你难道不为你的亲人们考虑一下吗？她，他们……也许会为你的逝去痛苦一生呢！"

他的声音竟然有些发颤，他明白此刻自己的这番话有多残忍！可是，他不能不说，他想为沁梅留下他的一句话，一句诀别之言。他相信萧岳也会明白。

萧岳的眼光中明显闪过一丝痛苦，但是只是瞬间，他就恢复了平静和决绝的神情，他深深看着楚天舒，轻声道："一切都是我自己的选择，当我选择的意义被我的亲人们真正感知后，她……他们都会为我感到骄傲的！"

他显然明白了楚天舒那句话的含义，他带着童真般的微笑望着他："楚教官，你相信吗？对我来说，'曾经拥有'远远比'天长地久'更让我感到满足和欣慰。如果你，某一天，可以再次见到我的亲人，请告诉她……此刻的我……很幸福！"

他含笑说着，年轻英俊的面庞上，闪烁着圣洁的光辉。这一幕，永远印刻在楚天舒的脑海中了。

泪水涌上了楚天舒的眼眶，他深深地望了萧岳一眼，将这个年轻人的最后形象留在了自己的心底，然后掩饰着转身，毅然向门外走去。

"永别了，楚教官！希望你好好考虑并牢记我刚才对你说的那些话！赶快觉醒吧，我对你有信心！走好你的路，做好你自己的事情，你会成功的，你一定会成功！我在天堂等着你的好消息！"

萧岳的大声嘱咐，响彻在他们的身后，两行热泪滚落下楚天舒的面颊。他下意识的用劲嚼着嘴里的口香糖，仿佛要把一腔伤悲嚼碎咽下。

脑海中，不断浮现着萧岳沉着纯净的微笑，还有那次初见时，他青春洋溢的话语："萧岳，字长岭，山东青岛人，空军上尉飞行员。认识您很荣幸，楚教官！"

趁苏岩他们关上牢门，没有注意的间隙，他掩饰着从口袋中取出一张纸巾，吐出口香糖包裹了，借此咬牙忍住这难忍的伤悲，悄悄拭去了泪水，脸上又恢复了以往的镇定和坦然。

此刻沁梅怀着一桩浓浓的心事来到父亲官邸。向婵娟跳着开门，看到她，甜甜唤了声："梅姐姐！"沁梅咧嘴一笑，摸摸她的小脸，就向厨房走去。

顾倾城正忙着在灶前煲汤，忽然听到身后一声"倾城姑姑！"的呼唤，忙狐疑地回头相看。却见沁梅含泪走上前，搂住她的肩膀，将头埋在她的胸前，呢喃着："姑姑！"

"沁梅，你这是……"

沁梅吸口气，稳定一下情绪，认真看着顾倾城："我才从养父那里知道了，您，是方城叔叔的亲妹妹！方叔叔当年抚养了我一场，也像是我的父亲一般。"

女孩拭去眼角泪花："所以我想从此以后，我应该叫您姑姑……您也等于是我的亲人。"

"小梅！"顾倾城伤感极了，也感动极了，转身紧紧搂住女孩。

"姑姑，您知道吗？我养父说，您即将和我表叔一起去东北，他断定您会很快嫁给我表叔。他选择此刻告诉我您的身份，说是想让我从此认您做姑姑，不要叫您……姊姊。"

这句语焉不详的话语，让顾倾城瞬间明白了胡文轩的深刻含义，她忍住心绪，微微点头。

"可是一切是没所谓的，不是么？姑姑？您本来就应该是我的姑姑呀。"女孩诡秘顽皮笑笑，尽管还有挥之不去的忧伤氤氲在她秀丽的大眼睛中。

江静舟回到家中时，看到的是这样一幅场景：餐厅中温馨的灯光下，整洁丰盛的餐桌旁，顾倾城和两个女孩在等候着。

看到沁梅望向自己泫然若泣的眼神，他的心被再次狠狠击痛。

吃罢晚饭，顾倾城借机将向婵娟带走，给江静舟父女留下独处的空间。

"刚才听倾城姑说了，您的任职命令还没下来，不过也很快了……"

"是的，估计就是这一两周的事情。"

"哦，对了，我对倾城阿姨改口了，以后要叫她姑姑，是养父的一种计策吧，倒是误打误撞的……"

女孩抬头看看父亲的脸色，江静舟淡然一笑："这类小事其实没所谓的……他爱在这上面动心思，也是他的算计吧？怀疑我、监控我，也是他的职责所在，关于这一点，我倒常常对他充满同情……"

"其实我也早看出了，我养父他又怎么是您的对手？可叹他陷入茫目自大中昏然不醒罢了……"女孩似赞又叹，刚好是她对两个父亲的感受。

江静舟若有所思地看着女儿，眼中有鼓励的光芒在闪烁："梅儿，你今天一定有什么事情要对我讲？"

沁梅却不接这个话题，似乎在回避着什么："您这次去东北要带娟娟一起去么？"

江静舟断然摇头："不会！虽然娟儿如今也是我的女儿一般，我也感知你向伯伯的情谊，但是孩子小，还是应该生活在母亲身边。我走前，会将她交还给她的父母。"

沁梅点头，又支吾难言："哦……可是……"

"梅儿究竟想说什么？在爸的面前，还不好说吗？……不久咱父女就要分别了，现今没人，丫头随意些吧！"江静舟第一次暗示了女儿，此刻可以尽情用"父女"这样的称呼，在自己家中，这即将离别的前夕。

"爸！"沁梅忍泪叫上一声，满心的愧疚和伤感之情，"我不好，总招您生气，我不是个孝顺的女儿，比起宁兰……我实在是愧疚得很……我甚至都……比不了娟娟！"

"傻丫头，都胡说些什么？"

"爸，您让我说出来，说出我的心声！"沁梅的泪水在眼眶中打转，"干妈都和我说了，有关宁松的事情，您的本意，您的考量，您的伤心！可我……却曾经那样……我行我素、自说自话地伤了您！我真不该……"

"好了，丫头，过去了的事情……"江静舟掏出自己的手绢，递给女儿，"再说那件事根本不怨你，是爸爸误会了你。"

"爸……"沁梅用手绢捂住脸暗泣。

"孩子，眼下爸什么都不在乎，只是想问你一句……你一切还好吗？"

这番体贴亲切的问话让沁梅哽咽中抬起头来，看到父亲关切伤感的眼神，她瞬间明白了父亲的心！

她忍不住想上前伏在父亲怀中，痛痛快快哭上一场，却又记起自己的身份和职责，作为将满二十岁的一名地工人员，沁梅直觉自己应该是坚强而内敛的，即使在自己父亲面前，也应该表现出成熟冷静的一面。

她强忍住伤悲，大眼睛里闪过一丝痛苦和凄凉的神色，倔强地咬了咬嘴唇，摇头道："一切都过去了！剩下的人还要继续做自己的事情，走自己的路，不是吗？爸，我记起您以前和我说过的话……我明白，我们在这样的地方，连放纵悲伤都是不智的……都是会付出代价的！"

"孩子！"江静舟已经忍不住了，他上前一把将沁梅拉到怀中，"是的，你是江静舟和沈琬的女儿，你原本比别人更要坚强！可是，"

他轻抚着女儿的秀发，含泪望着她晶莹的双眸："如今在爸这里，孩子，你选择示弱一次没什么啊，很正常……"泪水突然间堵住了他的话语，坚强如他，少有的显出虚弱无力的一面，他伤心地说不下去，唯有搂住女儿泪水长流。

是的，江静舟是人不是神，他更是一名普通的父亲！他经历过太多的生离死别，他的心坚如磐石！但是如果让他选择，他宁愿自己的心再被凌迟一百次，也不愿看到自己女儿经受这番情感的磨难。天下为人父母之心，即是如此坚强，又是这般脆弱。

此刻，他默默搂住自己的亲生骨肉，任她将一腔痛苦宣泄在自己面前。他不知道如何来安慰女儿，但是他知道此刻父爱亲情就是最好的疗伤剂。

沁梅依偎在父亲的怀中，憋了很久的一汪泪水终于痛痛快快流了出来："爸……我就是有点遗憾……我……我连他的照片都没有一张……我多想给您看看，以后也给妈妈看看，这世上曾有这样一个人，是女儿真心爱过的！"

"丫头，别说了……"

这对沉浸在苦难中的父女相拥取暖，第一次达到了心灵的高度融合。

接下来沁梅和父亲又说到一个新的情况。

"下周是我生日，虚岁二十，养父的意思仿佛要大办……他那里自然还有醉翁之意不在酒的内容，干妈都告诉我了，总之我服从，咬紧牙关也要服从！双方面的要求不同，但是我能做的唯有服从。"

"丫头委屈了！"江静舟拍拍女儿的肩，殷切嘱咐着，"圣人老子曾有名句——知其雄，守其雌，为天下溪；知其白，守其黑，为天下式；知其荣，守其辱，为天下谷。丫头古文功底不弱，自然不必为父者给你解释了？孩子你记住，尤其是中间这句——知其白，守其黑，更应作为我们这些地工人员的座右铭才是。"

沁梅点头微微一笑："是的，深知本性洁白，却甘心守持混沌昏黑的态势……爸，您忍辱负重地做了半辈子了，女儿紧跟在你身后，不会让您失望的！"

江静舟欣慰一笑，望着女儿的眼神充满柔情。

平静下来的父女俩相对而坐，逐渐谈到一个令江静舟一直担忧在心的问题。

"梅儿，你将要演对手戏的那位，那个楚天舒，我很关注。你把和他交往的情况说给我听听，我来品品味道。"

沁梅若有所思地皱起秀气的眉毛："我和他其实好简单，就是以前是上下级，经过那场车祸后，我们处得像兄妹一般……当然以后，还要假扮一阵……那种关系，不过我想，时间也不会太长，依照养父的意思，不就是想让我避嫌吗？避嫌萧岳的案子……那么事情过了，就自然平静了，我和楚天舒，应该还是原来那样吧！"

江静舟却摇头："你说的这些，都是你这边单方面的打算和想法，我关心的是楚天舒那边的意思。"

沁梅看看父亲，有点困惑的表情："他那边，应该没有问题吧？我们交流过的，他也当我为妹妹的，他说过我们就是兄妹情分，有关那种关系，我自己处理不好的，觉得不能解决的事情，都可以推给他的。"

"可是，梅儿，"江静舟明显露出忧心忡忡的神色，"这正是我十分担心的！你千万不该忽视的一点是，楚天舒并不是我们自己的同志！"

他目光炯炯地看着女儿："我们先不考虑他是怎样的一个人？是善良还是伪装善良，单从他目前的身份和立场看，他起码是我们的对手，而且用你以前的话讲，还是一个十分危险和强劲的对手，不是吗？那么，你是否考虑到，他为什么这样帮你呢？难道就是为了你所谓的兄妹情分吗？"

他仔细为女儿分析着："从目前情形看，他一直在配合着你的行为，在做着有利于我们一方的事情，包括这次和你演戏，救你从萧岳案中脱身，都是一种很积极的行为！可是这是为什么？我看不到合理解释所在！"

沁梅望着父亲，深深陷入沉思。

江静舟继续道："说到胡文轩，他之所以计划安排这件对咱们可能有利的事情的原因，我倒是不太担心，因为我清楚，他对你有一定的感情在，以往的养父女情分是他如今善待你、保护你的基础，关于这点我毫不怀疑。可是这个楚天舒，这一段对你的所作所为，我实在有点想不明白啊。如果不是出于爱情，出于相同阶级立场间的同志情、战友情，我实在想象不出，还有什么样的感情，促使他这样心甘情愿，不计得失地做着完全有利于我们的事情来？当然，从胡文轩那方面看去，他会认为是楚天舒在追求你，是爱情使然。可是我们这方面自然明白，你们不过是在做戏而已，实在是一段伪情！要知道，他这样帮你，倒有可能给他自己带来大麻烦。那么，这个楚天舒的动机和目的我就不懂了……这点让我很担心，也很困惑！"

说到此处，他长长吁口气，又认真看看女儿，缓缓道："当然，还有另外一种解释，这个楚天舒，真的是你所说的那种人，一个善良单纯，有爱真诚的人，他的善良和无私，甚至超越了他的阶级和信仰界限！"

沁梅觉得父亲的话似乎也很有道理，但是她还是有点想不明白，就记起虞水蓉的话来："可是……我觉得您和我干妈说的不太一样啊？干妈她几次要求我在一些问题上要信任楚天舒，要像相信她一样相信他，配合他，这究竟是怎么一回事呢？"

"你干妈是这样说过吗？要像相信她一样相信他，配合他？"江静舟暗暗吃惊，看到沁梅有点困惑甚至是紧张的脸，就没有再说下去。他想了想，只好笑着安慰道："那么让我们再做仔细观察好了。总之，你多留个心眼，遇事多思多想一下。"

他又微笑着嘱咐女儿："总之你听你干妈的话是没错的。你目前身陷的处境虽然不易，可是却是身份和任务使然，你要咬牙忍住！记住爸爸一句话，做我们这行的，隐忍是内功。所谓忍字头上一把刀，要忍别人不能忍的事情才值当！"

沁梅郑重地点点头，态度温顺地答应了。

原本她还想向父亲说明自己打算争取策反楚天舒的计划，可是看到父亲刚才对她和楚天舒关系的那份担心，便又将告诉父亲、求教于父亲的这个想法暂时打消了。

此时被他们父女热议着的对象——楚天舒，在自己南京家中也让他的亲人们担心和关注着。

他的精神状况仿佛出了问题，往日那个任性活泼，爱说爱笑的楚小七不见了，他经常一个人独坐沉思，两道生动的眉毛拧成了结，似乎里面藏满了忧愁和孤独。

他的面庞消瘦苍白，加之郁结难开，神情落寞，这样情形的他让母亲和兄姐格外牵心。楚老太太整日守在儿子身边，不时下意识地用手去摸儿子的前额。

"哎呀妈，您这是干什么？我又没发烧！"

"孩子啊，你怎么总是病恹恹的样子呢？让妈怎能放心？"

大姐楚天蕴则指挥家中厨子不断变换花样做各类吃食端到他的面前，再盯着他吃下去。她忍不住摇头："唉，老七，我看你一定是在那场车祸中患了忧郁症吧？你还是调回南京比较稳妥些！"

最后家中达成一致意见：调楚天舒回南京势在必行，母亲甚至郑重和他四哥谈了让他回南京的具体问题。

在田宇的眼里，这次这个别扭矫情的小弟弟总算没再耍固执己见的少爷脾气，他默许了亲人们的关心和安排，但是他提出回上海再短暂工作一段时间，将手头的事情交接清楚，再伺机接受回南京的方案。

为了让家人放心，五哥楚天恺亲自驾车送他回上海。一路上，楚天舒几乎很少说话，他蹙着眉，总像在思索着什么。

楚天恺不时担心地望望他，到了保密局上海站门外，他干脆将车子停在了路边，看着楚天舒："老七，你最近到底怎么了？总是一副魂不守舍的颓废样子，难道真的是那场车祸，让你沉沦如此吗？"

楚天舒面无表情："你们总爱瞎猜，也许我就是…… 工作有点累，人有些倦乏而已！"

楚天恺叹息："瞧瞧你这番无精打采的模样，哪里还有半点往日楚七公子的风采呢？看来家里人意见无疑很对！我昨天晚上听妈和四哥在说起你的问题，还是想让你去空军任职呢。"

空军！楚天舒心中不由一动！萧岳微笑的面庞又浮现在他的脑海，他心头一痛，忍不住闭眼甩了甩头，像是要甩掉某些悲伤的记忆一般。

"随便，无所谓…… 一切随缘吧。"他带点无奈神情低声嘀咕着。却突然记起一段心事，他觉得必须马上和哥哥详谈敲定。

他望着楚天恺，露出一丝羞涩为难的表情："哥，我有点事情想求你，你……可一定要帮我！"

同一时刻的顾倾城陷入尴尬别扭境地，她目前正在胡文轩的办公室。

每月例行报告一直进行着，因着和江静舟的"特殊"亲密关系，如今顾倾城的报告内容自然是丰富多彩。吃饭、跳舞、打高尔夫、散步、逛商场……种种类类，胡文轩如果爱听，顾倾城讲得是事无巨细。

但今天不同，江静舟即将赴东北任职的消息既然已经公开，胡文轩决定和顾倾城摊牌，而顾倾城等待这一天也已很久。

"倾城，哦，或者我应该开始称呼你江太太了？求仁得仁，恭喜啊！"

"站长，在下何时都不敢忘却自己是保密局的人，无论身处何处，都是组织的一颗棋子，听命于您的麾下。"

"你知道吗，倾城？我最欣赏的，不只是你的忠贞无二，还有你这番坦荡胸怀，这般毫无忸怩做作的巾帼须眉风范！"

"老板，您究竟是高看我了……"

胡文轩满意地微笑着，招呼顾倾城一同坐到沙发上："先说任务吧。你这次随江静舟赴东北，身份将有所变化，你不再有情报处副处长的官衔。"

他说到这里，停顿了一下，注意看着对方的表情。

顾倾城脸色平静无波，毫无异样："属下明白，一切听从组织安排。"

"其实这是为了你好，让你安心嫁给江静舟。"胡文轩用手点点顾倾城，"是的，倾城，你的任务就是唯一一个——安安心心嫁给江静舟，那个你一直心仪的人。"

"属下……明白。"

胡文轩轻浅一笑："虽然是得其所哉，但是其中定然有着深意。我只嘱咐一句话，如果他江静舟是党国的忠实信徒，他就是你白头到老的恩爱夫君，反之……"

"属下明白……"顾倾城低下了头。

"爱情是美妙的，是不以人意志为转移的麻醉品，迷魂药，不是每一个人都会为了信仰而割舍爱情，这是人之常情啊！"说到此处，胡文轩搔搔脑袋，似乎很伤感的样子，"但是不幸的是，入了我们这一行，就不是一般人了，不能秉常人之思维，更不能享用常人之幸福，我们有着更高一层的追求！即使是残酷无情的，不近人情的，但也是无上崇高的，更是别无选择的！"

他目光炯炯地望着眼前柔弱温顺的女子："是的，信仰！高于一切，毋庸置疑！"

顾倾城在他的逼视下再次低首敛容："是，老板。"

"倾城你有坚定的信仰吗？告诉我？"

"我想……我有……"

胡文轩苦笑着微微摇头："其实我不是在逼问你，你当明白？"

他带点伤感的语气道："这个问题让我记起一个人来，你的……哥哥。他是那样的优秀，那样的忠诚！他的信仰光辉，总照耀在我的眼前！他的舍身，他的壮烈，都让我一次次坚定自己的抉择。蔷薇啊，无论何时何地，你都不要忘记你哥哥！你当以你哥哥方城为榜样，以他的理想为理想，以他的信仰为信仰！"

不能忘记哥哥，以哥哥方城为榜样，以他的理想为理想，以他的信仰为信仰——这番话却误打误中般拯救了陷入紧张窘迫中的顾倾城，使她在慌乱无主状态下找准了方向，理清了思路。

她大方地抬起头来，面容沉静，眼光坦率安详。她静静地望着自己的上司，语气极其平和镇定，但是却透着坚韧不拔的意味："您说得没错，今日之倾城，当以哥哥的信仰为信仰，当以哥哥的牺牲为榜样！"

"不错，很不错！"胡文轩十分满意，点头赞许，"倾城果然是心胸坦荡、快言快语之人，我没看错你！而且我坚信你必能将对爱情的痴情和执着，转化为对自己的信仰的守贞和奉献，这点尤为重要！"

他眼波一闪，继续谆谆嘱咐道："你是优秀的老军统了，自然很明白组织利益高于一切的道理，这个不用我多说。此次去东北，你要时刻记住的是，任何时候，你都绝不会是单枪匹马、孤军奋战，你的身边，你的外围，都会有我们的同志，他们会时刻暗中帮助你，协助你，完成应有的任务和使命！"

"谢谢组织爱护。"

胡文轩释然一笑："那么，我就更在意另一件事了，你的名分问题！你跟他接触不短了，相交到这种地步，他早该大大方方给你一个说法了？江师长太太的名头就那样金贵吗？还是他心中另有所属呢？"

　　这个问题是顾倾城早就做好的功课，自然手到擒来般应付自如："有关名分问题，请您放宽心吧，属下倒有一番别样认识。"

　　"哦，说来听听！"

　　"您一向知道的，我是暗恋他的，所以，对我来讲，能够生活在自己喜欢的人的身边，就是很满足的一件事情了！从我加入组织的那天起，我就知道，作为军统女人，我们的婚姻是完全由组织决定的，是和任务永远联系在一起的，所以，能有眼下此等结局，倾城自认已经算是命好之人了。

　　"但是他是一个有着情伤的人，他的前番姻缘给他留下的创伤也是显而易见的！毕竟经过了两次的悲剧婚姻，他如今心有顾虑，不愿轻易再入迷局，倒也是人之常情！我跟在他身边，除了感受到他的……爱，还有的，就是他的犹疑、他的无奈，他的纠结！他对婚姻有畏惧，有抵触，他好像很怕再次陷入无法挣脱的婚姻迷网中去……"

　　"哼，恐怕是见异思迁、得陇望蜀的心理作怪吧？这个花心的江致远！"胡文轩在心里暗暗骂道，但是表面却不带出半分，仍是和颜悦色地对着顾倾城："说下去。"

　　"爱一个人远比被一个人爱更幸福，更主动、更痛快，这就是我的爱情观。"顾倾城讲得十分动情，她在逐渐打动着眼前的上司，"这种痴念就是愚蠢也罢，倒是属下心里的真实想法。所以，老板，我不在乎什么名分，我只要守在他身边就好了，我得到属于我的这份爱，我就心满意足，不作他想了。"

　　"好个痴情女子！"胡文轩忍不住拊掌赞叹，"想他江致远何德何能，竟得到这份无私无欲的纯爱呢？"这后面一句话倒是他发自内心深处的感慨。

　　"但是一个前提是不会变的，"顾倾城的神情变得严肃起来，"那就是您刚才讲到的那个原则问题——忠诚！"

　　她柳眉紧锁，语气铿锵有力："我虽然爱他，可以无条件，不记名分地跟着他，照顾他，但是有一个重要的前提条件我要申明，那就是他必须要是一个忠诚党国，精忠报国的军人！如果不是这样，我会明白我该怎样做的。站长，我也许不能保证别人今后的情况发展和走向是什么，我能向您目前保证的是，顾倾城我自己这份效忠党国，效忠组织的心是不会变的。属下自当时刻铭记自己的职责所在，私情是私情，公职是公职，何时何地，倾城绝不敢因私废公！"

　　"太好了！所以我聪慧绝伦的蔷薇已经为自己留下了后路，自己全身而退，回归组织的后路！那个虚荣缥缈的江太太、江夫人的名头，如今看来不要也罢！"胡文轩大加赞赏地高声称赞，"壮哉，我忠诚的部下顾倾城，慧哉，我美丽妖娆的蔷薇花！"

　　敏感多疑如胡文轩，自然不会轻而易举放弃对任何下属的怀疑和甄别，但是目前顾倾城的态度无疑算是给他吃了个定心丸，他姑且信之，以观后效。

顾倾城也暗暗舒了口气，但是耳边却忽闻一条让她再次绷紧心弦的信息："倾城啊，一切都未可期……也许，不久的将来，我们会在东北重聚呢，人生在世，分分合合，也是常态啊。"

胡文轩的话，看似无意懒散，却又暗藏玄机。

这边的车上，楚氏兄弟的对话也充满了玄机和无奈。

"什么？你要订婚？"楚天恺惊了一大跳，"和谁？"

楚天舒低着头，将和沁梅的交往简单说了一下，并说出了自己相求哥哥帮助的情节。

"这事情……也来得太突然了吧？我怎么这么怀疑呢……况且，这样的大事，这两天在家中你为什么不说？母亲知道吗，四哥、大姐他们知道吗？"楚天恺疑惑地盯住楚天舒，急切地问道。

楚天舒摇头，带着十分为难的情绪看看哥哥，又低下了头："不过是……先定个婚而已，她的年龄还小呢，以后的事情也难讲……所以我不想和家里人说起，只怕会有变数，倒枉费他们为我担心，又何必呢？"

"你这叫什么话呢？哦，敢情这事还没个准儿呢？婚姻大事，我看你太游戏了吧？"楚天恺带点责怪的表情，"这样没谱的情况下，你着急定什么婚呢？你才刚满二十五岁，也不用这样着忙吧？"

他看着楚天舒一直垂首不语的样子，突然担心起来："我说老七，你不会是……犯什么事了吧？你说那个是你上司的女儿，你是不是对人家……怎么样了？脱不了手了？"

"犯事？脱不了手？"楚天舒被他说糊涂了，继而突然明白了他所指的是什么，脸一下子红起来，"你胡说什么呢？哥，我在你眼中就那样不堪吗？"

楚天恺点头："我就说你不至于呢……那我就奇怪了，你为什么这样神神秘秘的突然订婚？还不让家里人知道？还搞些奇奇怪怪的花样，让我冒充家长去出席……什么订婚会？"

"你本来就是我亲哥哥啊，怎么算冒充家长呢？哎呀，哥，你只要帮我应付一下就好，不会有麻烦的，将来也不会连累你什么，求你，帮帮我！"

看到弟弟近乎哀求的神情，楚天恺有些心软，但是他觉得这毕竟不是小事，还是摇头："咱们不是普通家庭，虽然一直是婚姻自主，但是还是有一定考量的。而且婚姻大事也绝非你嘴里的什么平常之事！我倒不是怕你连累什么，这样的事情，责任重大，我可是为你负不了责！"

他看着楚天舒又担心又好笑："你也明白自己的身份，楚家少爷也就罢了，关键是你是家中最小的儿子，在这些兄弟中，母亲最疼的就是你和大哥，你的婚姻，不经过她的首肯，可能吗？我看别说我了，就连四哥也未必敢做这个主呢！"

楚天舒急了，就难免口不择言："好吧，你也承认婚姻应该自主，你们几个哥哥的婚姻可都是自己自由选择的呢！有的干脆在国外就自主结了婚的！为什么到我这里就要变了呢？什么家长意见，责任重大啊？……凭什么啊？！"他有点愤愤然。

"又要浑了？"楚天恺笑得有点无奈，"我说七少爷，你在我面前来这套没必要吧？"

他笑指着面红耳赤的弟弟摇头为他剖析理由："你好意思和谁比呢？咱们几个哥哥的婚姻哪个不是经过家里首肯的呢？再说人家各个找的都是世家女，有的还是和青梅竹马的世交联姻，和你的情况能一样吗？"

"那我这个，也算是门当户对的吧，就是我想先定个婚，以后真的要结婚了，肯定会告诉家里啊！"楚天舒辩解道。

他看看哥哥，略微带了点气："你太不仗义了！好歹我是你的亲弟弟。哼，看来我上次说的一点没错，你就是商人重利轻兄弟！我在想，如果我六哥不是远在美国而在这里，他一定会帮我的。"

"你少用激将法啊，你六哥知道这样的情形也未必敢帮你呢。"楚天恺揶揄一笑，他看着楚天舒万般无奈的样子，究竟心下不忍，又仔细想了想，勉强点头道，"这样吧，你把时间地点告诉我，我争取想办法圆你这个面子就成。"

楚天舒激动地上前抱住哥哥："太好了，五哥，谢谢你！"

楚天恺摇头："但愿你不要惹上什么大麻烦才好，你这个一根筋的小书呆子！"

沁梅生日的前一天，订婚的事情基本已经安排好了。

虞水蓉几乎很轻易地说服了沁梅接受这个订婚建议，连她自己都奇怪于沁梅的过于顺从和平静。她不知道沁梅早已暗暗下定了决心，不仅要弄清楚天舒的真实立场和对自己的真实意图，而且一定要将他千方百计拉入到自己的阵营里来。

沁梅的这种打算和态度，无形中让订婚的事情变得顺理成章起来，虞水蓉是欣慰中有困惑，胡文轩却是欣慰中满是得意了。

这天晚上，沁梅和楚天舒在胡文轩官邸，和虞水蓉四人商定了第二天的生日宴会的一些细节问题，看看天色不早，楚天舒和沁梅一起回上海站宿舍。

由于沁梅的手包落在办公室了，楚天舒便陪她一起上楼去取，却不料意外看到苏菲喝醉了酒，坐在他们的办公室外。

看到楚天舒进来，苏菲几乎是瞬间冲到了他的面前，用一双含恨带怨的大眼睛死死盯住他："听说你……明天就要正式订婚了？我……我来祝贺你！"

她酒喝得实在太多，几乎站立不稳，楚天舒小心扶住她，尽量和她保持着距离："苏中尉，你……你怎么喝成这样？唉！"他无奈地看看身边的沁梅，摇头叹气。

苏菲凄楚地一笑："反正也没人怜惜，喝死了……一了百了！"

楚天舒无语，他有点为难地看着沁梅。

站在他们身后的沁梅一向对苏菲是敬而远之。目前看到她如此醉态，倒是有点可怜她，作为女人，理解她是为情所伤，才知道这"剃头挑子一头热"的感情，原本就是这样的悲催。

她向楚天舒轻声道："你看她这样的情形，也没法和她说什么道理了！你干脆直接送她回宿舍好了，她睡一觉也许就好了。"

"这大晚上的……我……"楚天舒可是有点为难。

不过他也明白没有他法，他和沁梅都是一样的心软不忍，他努力搀扶住晃晃悠悠的苏菲，回头对沁梅道："也只好这样了，她这番样子，也是让人不放心呢。你在这里等我一下，我去去就来。"

沁梅笑着点头。

第二十九章　生日惊变

萧岳的心情很平静，也很坦然。他让我告诉你，他……很幸福！因为他曾经拥有过你给予他的真挚爱情。他说对他而言，"曾经拥有"远比"天长地久"更让他感到满足和幸福。他让你好好活着，去走好自己后面的路，去完成自己应该完成的事情！那么，就是对他最深的爱，也是对他最好的纪念……我感觉到了，这样的萧岳，是不希望看到如今情形下的你的！

这个小插曲丝毫不影响第二天的生日会如期进行。

胡文轩的官邸今天是张灯结彩，布置一新，虽然是小范围的私人party，胡文轩没有提前言明订婚的事情，只是以为养女沁梅举办二十岁生日为名举行的这场聚会，但是保密局和守备师的很多高级军官们还是都纷纷到场祝贺。

沁梅身穿一件白色的洋装，在热情接待来宾，作为胡文轩的养女，江静舟的外甥女，很多到场的军官都是她的长辈，她不停地接受着大家的祝福。

此刻，她端了一托盘的红酒，来到江静舟和向晖等人这边，笑着为他们递上了酒杯。

江静舟和胡文轩、向晖三人正在一处，逗着向晖的女儿婵娟玩。

"好吧，致远，既然你是一心在为娟儿打算，我就恭敬不如从命，把丫头领回家了。"向晖笑道。

江静舟摸着婵娟的乌发，点头："大月亮、小月亮都算我的闺女，这是一辈子的缘分呢。可是那边天寒地冻的，我怎么忍心让丫头跟去受罪？"

胡文轩在一旁笑道："致远啊，我看你就是有丫头缘，这女儿是一个接一个啊，幸福的紧！"

"不错，连沁梅都算上，都是我的闺女一般！"江静舟笑着接过沁梅递过来的红酒，笑着大声道。

他的这番霸气抑或是不客气让胡文轩不齿地一笑，正要再嘲讽地说一句，向晖接言了："致远是铁汉柔情呐，对孩子的心好重！"他笑着接过沁梅递过来的酒杯，笑对女孩道："沁梅幸福啊，有两位父辈疼爱？"

"哈哈，"胡文轩看似上来凑趣道，"我想向副师长和致远是老关系了，情同手足，一定也没听说过致远还有如此聪明伶俐的一个后辈吧？"

敏感超慧如向晖，如何听不出他的意思，便不自觉替江静舟掩饰："谁说的？以前和致远在一处时，他当然提到过沁梅，说他这个外甥女乖巧可人，和宁兰一样是他的牵挂呢。"

胡文轩了然大笑起来，也不说话，只是用怪异的眼光盯了江静舟一眼。

沁梅不服气，就出言顶撞起养父来："您怪笑什么呀？当年在上海，您不也没时间照顾我，把我扔给方叔叔经管么？再说，当年我表叔他那样忙，在搞日军情报呢，哪里能顾上我了？可是，他心里一定是关心我的，和您一样！"

"哈？心里关心？这个说法真有趣啊。"胡文轩夸张大笑，"傻丫头，你别自作多情了，别说你表叔他那时有自己的爱女在侧，就是当时那情势，他可是大忙人呢！上蹿下跳地四处搞情报，有日军的，伪军的，也许还有……咳咳咳……哪里又顾得上你小人家了？估计累积起来你都没有见过他几面吧？"

他又转身笑看江静舟："我在想啊，要不是后来这次的重聚，致远啊，你和阿梅的这种亲戚关系估计都要维持不上了吧？"

听着胡文轩这番几乎是带着挑衅，甚至是故意混淆事实，颠倒黑白的话，江静舟似笑非笑地摇头不语。

你说他胡文轩有多无聊啊？遥想当年，明明是他将沁梅控制隐藏起来，不让江静舟和她有丝毫的接触，如今他竟然倒打一耙，说自己不顾亲戚情分，没有抚养照顾沁梅！还利用往事，借机敲山震虎般说出这般夹枪带棒的嘲讽之语，完全是醉翁之意，别有用心！依照江静舟往日的脾气，恨不得想直接拿个茄子塞到他嘴里，堵住他这番谎言才对！

但是目前的江静舟是格外冷静的，他可不再想和胡文轩再打什么嘴仗。一来向晖等人在眼前，大家要彼此存个体面；二来这是沁梅的生日会，他也不想闹出什么不快来，让重情的沁梅夹在两个父亲之间为难；还有更重要的一点，江静舟私下也承认，胡文轩对沁梅的感情是真挚的，他为沁梅做了很多有益的事情，抛开阶级立场，信仰分歧，作为沁梅生身父亲的他，对胡文轩还是存有一些感激之情的。

基于上述想法，他听了胡文轩这些话，没有任何动容的神情，他淡淡一笑，似乎没听懂胡文轩的揶揄讥讽之意，只是带着亲切的表情望向沁梅："你养父的话倒也没错！丫头，看来表叔以后要好好补偿你啦。"

胡文轩听了，有点意外，更有点得意！原来江静舟也有服软的时候啊！胡文轩于是自得极了，他终于在众人面前风光地赢了江静舟一回。

一边沁梅却不干了。每次两个父亲言语交锋，养父胡文轩总处于劣势地位，沁梅虽然佩服自己父亲江静舟的口才，对养父却也是暗中同情叹息。

此次情形分明是养父在混淆视听，倒打一耙，自己父亲却选择沉默不语，让沁梅心生不平之意，忍不住出言为生父辩护："可是我表叔对我的疼爱我是能感受到的，我们就像您说的那样，有一定的血缘关系，那么就是血浓于水，没办法！"

女孩娇嗔着瞪了养父一眼，又对自己父亲甜甜一笑。

江静舟淡淡一笑，也不答言，胡文轩是满腹醋意，就也半真半假地用手指作势弹了养女头一下："喂不熟的丫头，胳膊肘就知道向外拐，我白疼你了！好吧，以后我就是你的白开水，你去和你的'血'黏糊去！"

沁梅将最后一杯酒强塞到他手中："好了，爸，您和您表叔都是我的亲人。您光记得血浓于水的说法吗？我还说过生不如养呢？您忘记了？哼，没良心！"

"死丫头越来越没大小了！"胡文轩拍了沁梅头一下，"没良心的正是你这个小东西呢。"

一旁向晖笑着打岔："我也发现胡站长的父爱很深啊，对沁梅很是宠爱呢。光从这桩完美姻缘看，就是不一般的情意！"他笑看沁梅："刚才你父亲可和我说了，他做主，让你和楚……"

向晖的话音未落，沁梅满面羞红，就欲逃走，被胡文轩一把抓住："丫头害羞什么？爸爸早就计划好了，要给你别人没有的美好生活，更要让你一生幸福。从今天开始，你就会明白我这番话的含义。你马上会得到一个让所有女孩子都羡慕，都可望而不可即的宝贵东西！"

他附在沁梅耳边轻语："所谓易求无价宝，难得有情郎。孩子，你可记住了！"

沁梅有点羞涩地笑了。

看到此情此景，江静舟也是微微一笑。

宴会厅另一侧，楚天舒身着一身白色西服，在招待着守备师的参谋长朱孝义和上海站的任峰书记等军官，因为都是隶属保密局的人，大家似乎更亲热些。

胡府管家进来，将楚天舒拉到一边道："楚少爷，您府上来人了，在外边小客厅候着呢。"

楚天舒听了，忙去找了沁梅，和她耳语一句，笑着作别众人，拉着她向外边走去。大家看到他们这番小儿女情态，都不由笑了。

来到外间小客厅，楚天舒没有看到他意料中的五哥楚天恺，却看到一个老妇人和一个青年捧着东西等在那里。那是在楚家从小将他带大，一直服侍他和他的五哥、六哥的一个老仆人，还有一个年轻仆人。

"黄妈，您怎么来了？我五哥呢？"

黄妈笑道："七少爷！恭喜啊！五少爷昨天专门派人把我从家中接来，说是他今天有要紧事情去办，不能亲自来这里了，所以让我替他来给你送上这份贺礼呢。"她指指身后年轻仆人手中的东西——一大捧玫瑰花，和一个大礼盒。

黄妈将楚天舒拉到一边，低语道："五少爷还有吩咐，让我嘴紧点，说你的这件喜事先不宜张扬，尤其不能让老太太、大小姐、四少爷他们知道，我都记下了，你放心啊！"

楚天舒简直是哭笑不得，又气又叹地哼道："我五哥他……可真够意思啊，真是我的亲哥，哼！"

黄妈不觉，仍对他笑道："事情办妥了，我该走了。"

她正要转身，回头又认真看了看沁梅，忍不住笑着对楚天舒道："这个姑娘，就是未来的七少奶奶吧？真漂亮！和你简直就是天生一对呢！"

沁梅听了这话，脸红到了脖子根。

楚天舒也是不好意思，却也不好出言制止反驳这个几乎从小把他带大的老仆人，只好含糊着笑笑。

送走了黄妈二人，楚天舒和沁梅解释了他五哥的事情，沁梅不在意一笑："这有什么？反正我们也是假的啊。只要你府上算是来过人了，应付过去局面就好了呀。"

楚天舒点头，也是舒了口气。

沁梅去招待井媛媛几个好友去了，楚天舒也回到了保密局几个上司那里。一件意外的事情就在这时候发生，从而在这场生日会上引起轩然大波。

胡府管家又悄悄进来，找到沁梅，将一个贴着红色封条的首饰盒样的东西递给她，低声道："小姐，有件蛮奇怪的事情呢！刚才一个时髦小姐来过，吩咐一定将这个东西交到您手上，还一再叮嘱您赶快打开看看呢。"

沁梅有点诧异，她拆开封条，打开首饰盒，看到里面躺着一张白色手绢样的东西，她展开一看，上面赫然有着六个暗红色的大字，触目惊心：

"楚天舒，我爱你！"

任何明眼人都可以看出来，那是用血写的！井媛媛等人都倒抽一口凉气，议论纷纷。

沁梅的心也咯噔一下，她仔细看看手绢，发现在角落处用丝线挑绣有"Sophie"字样，就明白是苏菲所为。就故意做出不在意的样子浅笑一下，将手绢放到了自己的衣兜里。

她想了想，觉得还是应该让楚天舒知道这件事情，便四下张望了一番，看到楚天舒在屏风那边和朱孝义等人在交谈，就掩饰着倒了几杯咖啡，用托盘端了，向他们这边走来。刚走到屏风后，就听到这样一番对话。

"天舒老弟，听说今天会宣布你的喜事啊？"这是保密局书记任峰的声音。

"哦？是什么呢？难道我们的楚中校又要提前晋升军衔了不成？"警备师参谋长朱孝义的话语里充满调侃的意味。

"两位长官何必取笑属下呢？"楚天舒带笑的话音传来。

"当然有喜事啊，倒不是像你朱参谋长想的那样！所谓'洞房花烛夜'，还是排在'金榜题名时'之前的呢。"任峰打着哈哈，"听说，今天站长要在这里宣布天舒老弟和沁梅小姐的订婚消息，这难道不是一大喜事吗？"

"啊？那倒要好好恭喜一番啦。真是郎才女貌，天生一对啊！"

"是啊是啊，天舒老弟是该有这番喜事来冲冲晦气啊。你说奇怪吧，像天舒这样的党国精英，前几天也会莫名卷入那个目前轰动一时的萧岳叛逆案？空军还下来了调查小组，找天舒问了话的，实在是无聊之极！"任峰似乎在为楚天舒打抱不平。

"怎样会呢？像楚中校这样的出身，这样的人才，怎么可能和叛逆案牵上关系？"朱孝义也是不以为然的口气。

任峰下面的回答是轻松而随意的，甚至可以听出来带有一丝嬉笑之意，可是这句话，却像一把利剑生生戳向了屏风后的沁梅的心！

"也难怪啦，那个萧岳说起来也是大家公子呢，不就是被共党的歪理邪说毒害了吗？整个一个鬼迷心窍、自寻死路啊！好在这个案子是顺利结了，一切尘埃落定。昨天得到内部通报，那个萧岳，今天会在雨花台执行枪决。"

"砰！"

一阵器皿落地打碎的声音吓了几人一大跳。楚天舒推开屏风，看到脸色惨白的沁梅，和一地破碎的茶具。几个人都奇怪地望着沁梅，楚天舒露出心痛担忧的神色。

沁梅忍住刀割一样的心疼感觉，勉强笑道："我，我来给你们送咖啡，不……不小心绊了一下……对不起。"

"烫到了没有？"楚天舒上前搂住沁梅，关切地问道，"走……我陪你上楼换件衣服。"

他紧紧搂住沁梅，带着怜惜安慰的神情望着她，几乎不顾不管地扔下众人，一起上楼去了。

看到两人的恩爱情形，朱孝义等人笑笑戏谑了一阵，就散开了。

朱孝义看到向晖独自在餐桌边倒着红酒，忙走到他的身边。

他看看周围，低声对向晖道："副师长可听说了？咱们师座马上就去东北宽城陆十军任职了，这警备师的第一把交椅非副师长莫属了。"

向晖皱皱眉头："这个……一切还在未知吧？我也是打了报告想去东北的。军人嘛，还是渴望着战场上的酣畅淋漓、挥洒豪情啊。"

朱孝义笑着摇头："据我的内部消息，副师长的任命已经报到了国防部，估计不能圆你这个上战场的梦想了。"

向晖淡淡一笑："参谋长不愧是保密局出身的军官啊，消息倒很灵通。"

朱孝义认真看他："副师长这句话我可以理解为发自肺腑的赞美吗？我知道，江师座一向对我的身份多有忌惮，其实大家都是效忠党国，应该不分什么位置身份才对。我只希望，以后如果有机会和向师长搭档，大家更加和睦相处，精诚合作，不要计较彼此身份才好。"

向晖摇头："你莫要误解猜测江师座，他对党国的忠心日月可鉴！我们中的很多人都曾经是他的部下，是和他一起滚过刀山火海的，自然比别人更加了解他。也许他为人耿直，在一些做法上面失于委婉，但是对于保密局的身份，对于参谋长你，还是充分尊重的。这点我向晖可以打包票！"

朱孝义尴尬地笑笑："是是是，我就是那么一说罢了。"

向晖笑笑："还没有成为定论的事情，还是不要任意猜度吧？而且，我以为，身为警备师高级军官，有时候这样的随意一说，也是会招致风波的呢。"

朱孝义忙点头称是。

楼上沁梅的卧室中，楚天舒在陪沁梅消化着刚才听闻到的那个噩耗。

沁梅坐在床边，将身子埋在楚天舒的怀中，微微颤抖着："哥，哥！我该怎么办？！我以为我能足够坚强，我能够忘却了他。可是，今天我发现，我根本做不到！"

楚天舒紧紧搂着她，安慰着："我明白，我明白！姐，你想哭就赶快哭一场……可是，下面的一切，你还必须咬牙应付下去！"

"不，不！我不要再下去面对任何人！不要……天呐，雨花台！就在今天，我的生日！"她泪流满面，"我已经没有力气再做任何事情了！哥，你如果还可怜我，就让我一个人安静地待一会儿……让我一个人待一会儿！"沁梅浑身战栗着，她挣脱出楚天舒的怀抱，并且用手推着他走开。

楚天舒知道，对于一个未满二十岁的女孩，这样的打击和压力实在是太大了，可是下面还有一大摊事情要靠他们两人来应付处理，他不能只怜惜她，心疼她，他必须想办法让她从速清醒过来。

他咬着嘴唇思了几秒钟，终于破釜沉舟般下定了决心，他扳过沁梅的肩膀，直视着她的眼睛："姐，你想知道萧岳给你留了什么话吗？"

"萧岳？给我留了话？"沁梅带泪的大眼睛里闪过一丝期盼。

"是的。"楚天舒郑重地点头，"我告诉你实情吧。前两天回南京，我想办法见了萧岳一面，在南京军人监狱。"

听了他这番话，沁梅突然抓住楚天舒的臂膀："是真的吗？萧岳他……他说了什么？"

楚天舒缓缓地："萧岳的心情很平静，也很坦然。他让我告诉你，他……很幸福！因为他曾经拥有过你给予他的真挚爱情。他说对他而言，'曾经拥有'远比'天长地久'更让他感到满足和幸福。他让你好好活着，去走好自己后面的路，去完成自己应该完成的事情！那么，就是对他最深的爱，也是对他最好的纪念……我感觉到了，这样的萧岳，是不希望看到如今情形下的你的！"

沁梅默默思索着他的话。

她带点不解和怀疑的神色，再次望向楚天舒："可是……你为什么要去见他？我好奇怪！萧岳……他是大家眼中的党国叛逆，而你呢，是大家嘴里的党国精英，你为什么要去见他？"

好像预知她会有此一问，楚天舒平静地笑笑："我说过的，我和萧岳惺惺相惜，一见如故。我实在不忍心他就此殒命，我希望，我能说服他……珍惜这条生命！可是我失败了，我才知道，信仰的力量是无穷的！虽然他的信仰我未必懂……"

他看着沁梅，真挚地说道："还有一个重要的原因，你不是认我为哥哥吗？不管怎样，反正在我这方面，我一向当你为我的妹妹的。尤其是那场车祸，更让咱们的命运连接在了一起！所以这次，我希望，我能找机会，利用我的家族资源，去见见他，也是为他给你留下一句话，我知道你们的感情，就算是我为自己的妹妹尽一份心吧。"

"天舒哥！"沁梅再次扑在他怀中，"谢谢你……"

楚天舒捧起她的脸："妞，如果你还真当我是你的哥哥，你就听我的话，打起精神来，咬紧牙关，咱们共同过了今天这个坎儿！"

沁梅摇头："可是……我觉得好难，我真的做不到！何况，我如今这样的情形，就是想强颜欢笑，也是会露馅的呀？"

楚天舒看到她哭肿的眼睛，憔悴的神情，默默点了点头。

两人陷入无奈焦灼情绪中。时间在一秒钟一分钟地流逝过去。

沁梅衣袋中无意掉出来那个写着血书的手绢，楚天舒拿过来看了，想了想，突然灵机一动，他俯身沁梅耳边交代着什么。

沁梅擦了擦眼泪，看着他："这行吗……能瞒得过去吗？"

楚天舒自信笑笑："只能这样了，我们不妨一试吧。相信你的天舒哥。关键是……你要狠得下心来！你演得越像，我们就越容易过关！"

沁梅信服地点点头。

时辰已经不早了，两个人还总不见下来，胡文轩有点奇怪，他走到虞水蓉身边，说了自己的困惑。虞水蓉也是纳闷，便上楼来查看情况。

她来到沁梅卧室，看到沁梅刚洗了脸，一脸不高兴的样子，楚天舒手足无措地站在那里看着她。

看到沁梅身上还穿着那件被咖啡弄脏的衣裙，虞水蓉微微皱眉："怎么还没换好衣服呢？下面的人都等着呢。"

沁梅没答言，默默打开衣柜，看了看，取出来一件深色的衣裙来。

虞水蓉摇摇头："你这丫头这是怎么啦？今天是什么日子？怎么能穿这样暗色的裙子呢？"

她走上前，取出一件水红色的衣裙来："穿这件吧，这件喜庆啊，刚好很配天舒这身白西装。"

"不，不！我今天……不要穿红色的！我绝不要穿红色的！"沁梅几乎是哭喊道。

"出什么事了？"虞水蓉惊讶地看着两人。

楚天舒默默走上前，从衣柜里取出一件淡紫色的衣裙，递给沁梅："妞，就这件吧？我喜欢看你穿紫色衣服的样子。"

沁梅接过衣服，顺从地走到里间去换了。这边虞水蓉疑问地看向楚天舒。

沁梅换好了衣服，略施粉黛，走了出来，她望着楚天舒和虞水蓉，默默无语。

她在心里默念道："长岭，亲爱的，对不起！在你赴死的今天，你的梅……还要强颜欢笑，过这样一个生日！可是，你放心，梅送给你一个别样的承诺——从今以后，我江沁梅这一辈子，都不会再过生日了！我要以此作为对你永生的纪念！别了，我的岭旋风，我的山一样伟岸的……恋人！"她的脸上显露出决然的神色，却意外在光线中呈现出一种圣洁的光泽。

这样的沁梅让楚天舒心中一动！就像是什么东西瞬间拨动了他的心弦，他感到了一种异样的情愫在他的心中萌芽绽放。

他不知道，这是他爱上沁梅的开始。

看到虞水蓉搂着沁梅下来，后面跟着有点垂头丧气的楚天舒，大家都露出不解的神情。

尤其看到神色凄然的沁梅，江静舟心下一沉，知道必是有状况发生了，站在他身边的顾倾城也看出来沁梅的异样，她担心地看看江静舟，微微皱眉。

胡文轩并非没有注意到沁梅和楚天舒的神情不大对，只是在他看来，沁梅一向被他骄纵惯了，经常会和楚天舒闹点别扭，使使小性子，也就没多往心里去。今天他也是主角之一，自然要发动主持这一切。

多层大蛋糕已经准备好了，胡文轩招呼沁梅："我们的小寿星，快来切蛋糕啊，大家都等得很久了！"

沁梅仿佛极力隐忍着自己的情绪，但是还是脸上没有一丝笑意地走到蛋糕前，拿起刀来，划了下去。四周响起鼓掌声。

胡文轩得意地笑笑，又望向楚天舒，对他略微示意了一下。

楚天舒木然地和他对视一眼，有些不安，带点迟疑的样子，他将身旁的男仆手中捧着的一个首饰盒打开，拿出一个钻戒来。

胡文轩笑着宣布："至此良辰美景，小女花朝之时，我还要宣布一个喜讯。"

他笑着巡视了众人一番，难掩志得意满的神情，高声道："今天，小女阿梅和楚天舒中校订婚，所谓天作之合，龙凤和谐之时，请各位长辈亲友共同见证！"

他看到楚天舒似乎呆呆地站在那里，没有动作，不由微微蹙眉，暗示道："天舒，该你了！"

楚天舒仿佛才醒悟过来一般，他竟然叹了口气，才走上前去，拉起沁梅的右手，将戒指向她指间戴去。

"不！"沁梅突然大叫，将手甩开，她怔怔地看着楚天舒，挥手将他手中的戒指狠狠打飞！

石破天惊一般！众人都被这惊人的一幕吓呆了，全场寂静一片。

两个当事人心里自然明白。楚天舒心中还是有小小遗憾，他原本和沁梅计划的是，她要狠狠打自己一耳光，可是临到头，沁梅明显是心软了，她无论如何不忍心这样用劲打楚天舒。

打掉了楚天舒手中的戒指，沁梅哭着想跑开，却被虞水蓉和顾倾城拦住了，她们扶着她坐到一旁的沙发上，沁梅不禁趴在虞水蓉怀中失声痛哭。

众人惊讶无语，面面相觑，都不知道这突然的变故从何而来？

胡文轩也很愕然，但是他心中更是懊恼万分！在众人面前，一件天大的喜事竟然横生如此风波，让他颜面尽失。

他看看呆立无语，不知所措的楚天舒，联想到沁梅平日里倔强鲜明的个性，不由得一时愤懑满胸。

他气愤地望向沁梅，厉声道："阿梅！你这个无法无天的丫头，这又是唱得哪一出？！都是我平日里纵容的你，全没有个大家闺秀的体统！你发小姐脾气也不挑时候？这是你的终身大事啊！"

众人听了胡文轩几乎是声嘶力竭的话语，看看沁梅，又看看楚天舒，不明就里，都尴尬地站在那里。

江静舟冷冷地看着这一切，并未开言。

一阵压抑难言的寂静气氛令所有在场的人窒息。

片刻，楚天舒艰难地开口，他满面羞惭的神态令众人讶异："站长……您不要怪沁梅！要怪，您还是怪我吧！都是我的错……"

"唔？"胡文轩疑惑地看着他，"天舒，你此话怎讲？"

楚天舒当着众人的面，按照刚才他和沁梅设计好的一番话，面带羞愧地讲述了事情经过。

昨晚自己送酒醉的苏菲回宿舍，因为太随意，两人行为上过于暧昧亲密，被沁梅无意中撞见，以至于引起误会。因此昨晚沁梅和他就闹起了别扭，经过他百般解释，好容易平息了，不料今天早晨又平地起风波。

说到此处，他从口袋里掏出那张写着血字的手绢——这个刚刚才收到的，直接送到沁梅手中的东西，讲述到这件事情对她的无情刺激。

他低头道："是我没有注意，我太粗心，在有些行为上，没有把握好尺度，所以没有处理好一些事情，让沁梅多次伤心，一切责任在我，都是我的错……"

大家都被楚天舒的话惊到了，那条带着血字的手绢是那样的触目惊心，让人不忍细看。

沁梅伤心地哭泣着，她终于有机会，将自己该洒在今天这个悲惨哀伤的日子里的泪水，堂堂正正地洒了出来。虞水蓉和顾倾城一旁劝慰着她。

胡文轩望着楚天舒，带了恨铁不成钢的语气道："天舒啊，我一向当你为稳重守信，洁身自爱的晚辈，可是这次你却……太令我失望了！"

他长长叹了口气，望着楚天舒，摇头不止。

一直沉默不语的江静舟这时沉着脸走上前来，他看都不看一旁垂首不语的楚天舒一眼，只是冷笑着看向胡文轩，语气冰冷的如同在冷水中浸泡过似的："原来这就是你刚才所说的，给予沁梅的美好生活和一生幸福？胡站长，文轩兄，很遗憾，你实在算不上一个合格的父亲！"

他看了看顾倾城，语气严峻地吩咐："倾城，你帮梅儿穿好外衣！"

他又逼视着胡文轩，再次冷笑道："你刚才说过，以前因为种种原因，我没有对这个丫头尽过长辈的责任，这个我承认！可是我刚才也说过，作为孩子的表叔，我今后会好好补偿她的！"

他回头对沁梅道："梅儿，跟我走！"

他和顾倾城左右搀了沁梅，在众人的惊讶目光中，愤然离去。

胡文轩愣愣地看着三人离去，竟然无颜阻拦，只能让他们扬长而去。他羞愧纠结万分，垂头丧气地叹了口气。

这场精心准备的生日和订婚宴会，就这样不欢而散。

第三十章　东北赴任

在新世界到来的那一刻，我们将携手走进婚姻殿堂，欢庆新中国成立的礼炮在四周响起，那将是我们最美的婚礼奏乐！

那场令人尴尬意外的生日会过去了好一阵，这段风波才慢慢平息下来。所有当事人似乎恢复了常态。

苏菲其实在听到楚天舒和沁梅订婚的消息后，就申请了调离本站工作，在她父亲的斡旋下，调到北平站任职，那场醉酒和那块血书手帕，只不过是她最后的发泄而已。这件事情过后，她没有在上海站再出现过。

虞水蓉看出胡文轩的难堪和沮丧，对他几天来食不甘味、长吁短叹的情形着实怜悯。她认真劝说胡文轩冷处理此事，顺其自然，让两个年轻人去自己处理他们的感情问题。她强调婚姻是有缘分的，强扭的瓜不甜，该终成眷属的，也一定跑不掉。

胡文轩默默接受了她的建议。他看到沁梅周末还是照样到自己官邸吃饭，对他亲切如常，并没有因为订婚风波影响到他们父女感情，而江静舟那里也没有再生出什么事端来，也就放下了心。

他倒是发现在几个当事者之中，楚天舒是最不自在的一个。面对他这位上司，楚天舒是更加拘谨了，经常会有手足无措的神情。

不过他感到欣慰的是，楚天舒的敬业精神却一点不减。经过了这场风波，这个年轻人好像觉得自己心中有愧似的，更加埋头工作，不问他事了。他这一阵子都在加紧那个有关共党地下电台整肃搜查计划的完成，每天在办公室几乎足不出户，到胡文轩这里来，也是谈一些工作的进展，别无他话。

胡文轩还是觉得没有改变对他的一向好感。他后来细细想来，那天订婚风波其实责任也不能全怪楚天舒，作为家世深厚的世家子弟，他觉得楚天舒已经算是很自律而谦恭的了。

唯一令他担心的，是楚天舒和沁梅的关系问题。

经过事后留心观察，他发现他们两人依然亲密和谐，而且好像彼此间还多了一番客气和承让，就微微放下心来。他因此又想起虞水蓉的话，觉得真的是像古人说的那样："不哑不聋，不做阿婆阿公"，也就释然了。

只有两位当事人知道，他们的关系已经发生了微妙变化。

不知道是哪个环节出了问题，江静舟赴东北的任命迟迟未下来。因为生日宴会上的那场风波，沁梅倒意外得到一个能坦然住到自己父亲官邸的机会，她和父亲近距离接触，深沉体贴的父爱在渐渐治疗着姑娘的情伤。

但是在单位遭遇自己那位上司时，沁梅却觉出了一丝丝异样的感觉。往日轻松自然，偶尔俏皮搞点小摩擦的气氛不见，一种奇怪的别扭疏离意味弥漫在两人之间。

单纯的沁梅并不知道，这种状况的产生，首要来源于楚天舒的思想、情绪变化。不知不觉间，他突然意识到自己爱上了这个姑娘！

当这个意念被自己感知后，带给楚天舒的，不是甜蜜和温馨的感受，而是一种痛苦和挣扎，甚至是一种深深的恐惧之情。

他内心很清楚，他的身份和使命，让他无法去从容接受和享用这份情感。楚天舒第一次萌生出对自己的恻然之意！他努力压抑住自己的情感，努力集中精力去完成自己分内的工作，去迎接新的挑战，去面对残酷的现实。

唯一困难的，是他面对沁梅时的情形。

聪明如他，已经看到小姑娘对他的依恋越来越深，看向自己的目光也越来越深情。他在心底悲叹：我决不能让这样纯情得如一头无辜小鹿般的女孩，再次跌入到情感的深渊中去，不能让她吃二道苦，受二茬罪！

他如今能够做到的，就是将自己的情感封闭住，尽量以兄长的情分来面对她，爱护她，甚至是，在某些方面，有意和她保持距离。他看到她不解而困惑的神情，又每每心生不忍。

也许真的像他的四哥说的那样吧，天生的情感弱点，会妨碍自己成为一个钢筋铁骨的保密局军官和……有着特殊身份使命的人！

沁梅很困惑，同时感到很伤心。爱情失去了，这样一份赖以慰藉的异姓兄妹亲情也在疏离淡化中。其实她并不自知，一种埋藏心底，浑然不觉的感情，早就在悄悄等待萌芽的机会。

女孩只遵从内心的直觉，她失去了恋人，可是不想再失去哥哥，那个给了她又一次生命，在无数次绝望中挽救她，给她重生意念的——哥哥！

是的，目前在沁梅心中，楚天舒只是哥哥的形象，所以女孩是心底无私地坦诚相待，她用妹妹的柔情去对待他、期待他，得到的回应，却经常是伤心和愤懑。

在办公室中，他不再像以往那样，轻松自然地和她玩笑；他对她说话更有了上级对下级的指令意味；他几次拒绝了陪她散步逛街的提议；他在机关饭堂吃饭时，不愿像先前一般单独和她在一起；他不再唤她那个亲热有爱的称呼——妞；甚至她发现，他经常在回避她的眼神，不敢和她对视。

沁梅的心中不解而伤感。

从那场订婚会被搅散后，似乎所有人都在回避她和楚天舒关系的这个问题，这点她毫不在意。但是她在意的是，他们两人之间的关系似乎真的出现了瓶颈问题。

恋人身份自然是假的，可是经过生死考验的兄妹情分却曾经是真实的，深厚的。按照她的想法，经过生日会上两人那场出色的临场发挥表演后，他们的关系应该是更加亲密无间，心心相印才对。可是眼下的这一切，是多么的不自然、不和谐？

她还甚至决定趁着生日会上两人相知的这股强劲东风，要进行策反他加入我方阵营的计划，却不料……如今的两人，若即若离，客气拘谨，在外人面前与其说是做戏，不如说是真实的状况更为疏离别扭。两人的心变得远了，当他在无法推辞的情形下和她独处时，就常常显现出一副沉默而忧虑的神情。

最近发生的两件小事更加印证了沁梅的判断。

在生日会过后不久，有次晚饭后沁梅强拉楚天舒去站外小河边散步，她无视他蹙眉勉强的神色，热切地挽住他的臂膀，像撒娇的小妹妹挽着自己哥哥那样亲热。就在这次，在他们以前经常来这里闲逛的小河沿，一场抵牾再次发生。

沁梅显然是有目的带他来这个地方。那次车祸后，两人结成异姓兄妹，在晚饭后，两人经常来此散步、闲话，开心轻松的状态充满温情。可是今天的沁梅却遭遇了寒流。

此刻，她用温柔感激的语调表达了自己的一份心绪，感谢他曾经在萧岳临刑前去见过他一面，为自己留下了恋人的遗言。

"这件事情，让我深深感受到了，你……真的像我的亲哥哥一样！"

楚天舒一直是眉毛紧蹙，面色严峻，此刻沁梅动情的话语也只是让他勉强一笑，并没答言。

沁梅是很激动的表情，她在自说自话般兴奋。她除了热切地表达了自己对哥哥的感佩之情外，还隐晦地问到了萧岳曾经对他说过的话，有关他上次在生日会那天的卧室里，他提到的萧岳和他谈的信仰问题。

她当时明显是想悄悄测试一下他对这个敏感问题的反应。如果一旦发现他略微心有所动，她就会马上抓住机会，和他进一步探讨一番这个深奥而重要的问题。

她没想到自己完全是一厢情愿，甚至她都懊悔地发现自己简直有点自取其辱！她遭遇到一张严酷得几乎有些吓人的面容。

"请你忘掉这件事情，沁梅！哦，为了郑重些，我想此刻唤你一声——郭少尉！如果你不记得了我说给你的那番话，那么我再重复一遍！"

他的语气冰冷而绝情："我是出于两个原因，才会违反保密局的纪律，违背一个党国军人的操守，去死牢里见那个……犯下背叛党国重罪的萧岳的：其一，我是真心怜惜他的才华，不忍心他糊里糊涂为一些不靠谱的虚幻东西而送命；其二，是在尽一份兄妹情分，想为你留下一个垂死之人的话罢了！"

沁梅为他的神色和语气所震慑，几乎没注意听清他究竟说了些什么。

他的面色依旧冷酷得有些吓人："那天生日会上，在那种紧迫情况下，我看你情绪激动，不能自抑，不过是为了圆大家的面子，也为洗清你的嫌疑，才在万般无奈情形下对你说出了实情，但是我绝不希望这件事情有第三人知道。请你一定要记住我的话，忘掉这件事情，也忘掉一些痛苦的经历！人死了一了百了，活着的人还有自己要做的事情。总之我不想你我再和萧岳案子有任何的牵连！"

他扳过女孩的肩膀，认真逼视住她："听懂了么？"

他看到女孩狠狠咬着嘴唇，鼻子呼扇着，眼中闪着泪光，露出万般委屈的表情，但是此刻的他心硬似铁，做出一种毫不心软的样子，并没有像平常那样马上安慰她哄她开心。

他松开抚着她肩膀的手，继续绷着脸，冷冷道："至于你提到的萧岳的信仰问题，我更加无语！实话告诉你，在狱中，我就当面驳斥了他的胡言乱语！有关他的信仰我不感兴趣，也不想去探究和评议，总之人各有志。我倒想提醒你的是，你别忘了自己现在身在何处？我们可都是党国军人！"

他这番罕见的，对自己无情冰冷的语气让沁梅心痛心酸，她的傲气油然而生，她露出在他眼里看来，似乎是气急败坏，万般失望的神情："楚天舒，你究竟算什么人嘛？你凭什么凶巴巴地来教训我？不要以为我认你当哥哥，你就可以胡乱摆谱，指手画脚，冒充家长来……欺负我！"

"又说不讲道理的话！既然是哥哥，是家长，又怎么会……欺负你？"楚天舒被她的表情和口不择言逗得几乎有点绷不住了，他浅笑一下，瞬间又恢复了严肃的表情，"是的，你如果还认我为兄长，就请记住我今天这番话，这是为你好，也是为大家好！"

"我记忆力可不好，记不住这些乱七八糟的东西！哥，我们现在不说这个话题了，以后大家心平气和的时候，我再和你好好理论一番，如何？"

沁梅也不知道如今自己是怎么了，对楚天舒就硬不下心来！她放下平日的骄傲之气，几乎是想再次努力一下。她不计较他目前对自己的冰冷态度，自然露出妹妹对自己哥哥那种撒娇的样子来，拉住了他的手。

没想到眼前这个冷傲的家伙似乎不领情，更没有往昔怜香惜玉的君子风范，他严肃地推开她的手，面容严峻，语气生硬地说道："别闹！我今天和你说的是一个严肃的话题，希望你能认真对待！你记住沁梅，我以后不想再听到你提及上述的话题。要知道，我可以像对待亲妹妹那样宠你，爱你，帮助你，但是你别忘记了，我也是有底线的！"

他说完这句话，吊着脸转身离去，将沁梅一人扔在了小河边。

"楚天舒你个大坏蛋！地地道道的大坏蛋，不折不扣的大坏蛋！"沁梅气得跳脚，冲着那孤傲决绝的背影低声诅咒着，"冷酷残忍，无情无义！我看你出身保密局一点不冤枉，彻头彻尾的铁杆反动派，冥顽不化，不可救药！"

另一件事，更让沁梅愤懑不已。

楚天舒最近在加紧搞那份很令沁梅和她的组织关注的，有关如何监控摧毁我党地下电台的计划。

对于这个计划本身的最终获取，沁梅倒不是十分担心。依照目前她和虞水蓉在楚天舒身边任职的情形，尤其是虞水蓉目前在资料档案室，任何上报材料都要由她来归档，最终搞到这份计划书应该不成问题。

只是沁梅注意到楚天舒身体好像出了一些状况。

首先是他突然间狂热地迷上抽烟，还有愈演愈烈的情形，经常在紧张的工作期间，一支接一支拼命抽着，他的办公室里因此经常是烟雾缭绕。

而他本人似乎患上了咽喉炎之类的症候，经常咳嗽不止，那一阵阵的咳喘声让坐在外屋的沁梅和小芮听着揪心。尤其是沁梅，不知道自己是出于什么样的感情，听着他断断续续的咳嗽声，会有格外担心和心疼的感觉。

所以当某天一阵咳嗽声更加剧烈地传来时，沁梅忍不住推门进去。

她看到满屋烟雾，办公桌的烟灰缸里的烟头几乎满了。楚天舒正趴在桌子边，俯身向下剧烈地咳嗽着，那声音让人听了，似乎担心他会把自己的肺脏都咳出来一般。

"哥！你怎么了？怎么咳成这样呢？"沁梅忙上前一手为他拍着背，一手在他胸前捋着，为他顺气。见他略微平静下来，又起身为他倒了一杯水，递到他面前。

楚天舒抬眼看了沁梅一下，微微摇摇手，却突然意识到自己办公桌上还摊开着资料和计划方案，不觉露出紧张的情绪。他忙扯过一张报纸将资料盖上了，同时带点不耐烦的语气道："谁让你进来的？没看到我正在工作吗？你先出去！"

"哼，好心当成驴肝肺！冷血动物！"沁梅将茶杯狠狠放在了桌上，转身离开。

没想到，下午上班时，她就看到楚天舒的办公室门上贴了一张字条，上面写着一句英文："Staff Only！"

沁梅不解其意，问了小芮，小芮给她翻译为"非请莫入"。

沁梅心中愤愤不平："好心没好报，这算什么人嘛？"

"哼，欺负我不懂英文么？"沁梅嘀咕着，却灵机一动，她决定可以用自己幼时学过的另一种外语来进行反击，如果他看不懂，只当对牛弹琴了。于是，她就在这张字条后面用德语加上了一句："长官，我该相信您的哪一面呢？"

也不知道那个家伙是否看明白了，反正第二天这张字条就失踪了。

事后楚天舒专门为此事和沁梅解释致歉了一下，缓和了两人的关系，但是沁梅还是不能释怀。

她悄悄将这件事告诉了像母亲一样的虞水蓉，虞水蓉笑了："其实你们都没错！你是妹妹关心哥哥的身体，是亲情使然，他是上司对下属的正常约束，是工作使然！"

她笑着告诉沁梅："你究竟不算是保密局的人啊，你不知道他们这些人工作的特殊性。像天舒这样级别的军官，他们的工作内容和一些机密，是不允许任何下级和身边人知道和共享的！哪怕是自己的亲人，甚至是……太太！从这点来说，他做的没有错啊。"

沁梅噘嘴:“我不是在心里把他当作好人来看了嘛?谁知……哼，算我眼拙!”

虞水蓉笑了:“尽说孩子气的话!这和好人坏人是两码事吧?小梅啊，有些事情实在是不能操之过急的，你太耐不住性子了!你已经不是小孩子了，有些事，有些人，你要自己去慢慢品味，自己逐渐体会才对!”

“可是……可是……”沁梅总觉得哪里不对，又说不出来，只好继续纠结着。

于是江沁梅和楚天舒的关系，就这样磕磕碰碰地来到了一九四七的春天。

这一年沁梅将正式满二十岁，遭遇过的几场与亲人别离的场景，在她纯净明媚的心幕上投下了暗影，就像乌云晕染了清朗的天空一般，令人沮丧忧伤。很多的时候，姑娘的心情就像这年初春的气候，春寒料峭，冷气逼人，久久不能回暖。

那山一样的男人——萧岳永远消失在生命的印记中，沁梅的初恋也像美丽的肥皂泡一样破裂了，这种刻骨铭心之痛随着时光的流逝，在紧张的工作中逐渐变得麻木、钝痛。

接着就是父亲江静舟的远赴东北。

在封正烈的催促和斡旋下，江静舟的任职命令终于下达，他将调任陆十军主力师183师任师长，即将赴东北宽城。

各方面的送行宴会举行了多次，江静舟都笑着应付过去了。此时，他正在向晖家参加他为自己安排的告别家宴。餐桌上，他和婵娟、冰轮两姐妹玩耍说笑，其乐融融的样子让向晖感叹不已。

他回头看到向晖这番模样，不禁笑言:“我的大月亮可还给你了啊，不过你可小心帮我带养着，丫头若在你这里受了委屈我可不依!”他说着对养女莞尔一笑，婵娟也回了他一个甜甜的笑容。

向晖也笑着摇头:“好了，我的女儿如今彻底算你家人了，到我这里倒算带养了?”他的话让一旁的夫人谢宛月和顾倾城都笑了。

吃过饭，江静舟拉向晖到一边交谈，和他讲述了一些军中事务，向晖一一点头应和。

却总觉得有什么地方不对。江静舟暗自纳闷:依照向晖的文人气质，加之平日里和自己的感情，眼下应该流露出比自己还要浓烈的离愁别绪才对，可是他看到向晖只是淡淡地笑着，嘱咐自己多保重，一些闲话而已，不禁心下有点不解。

却突然记起令他疑惑的另一件事情来:“对了，老向，你的命令已经到了，怎么会是…… 代理师长呢?这上面在搞什么花样呢?”

向晖没有回答他的疑问，依旧平和地笑笑:“有些事情，随他好了。我曾经对你说过，万事皆有个缘法——仕途起伏，升降调遣，何能尽如人意?再说了，我们两人的交往也是如此，聚散也是缘啊，也许一些玄机是咱们目前还无法参透的呢?总之，大家都是在为党国尽忠尽责，所以终究是值得安慰的。”

这番话貌似有感而发，却又含糊混沌，江静舟听闻笑而不语。久居敌营，他在这个阵营里真正相交相知的朋友少而又少，向晖无疑是很特别的一个。虽然不是自己阵营的同志，但是他的正直、无私、坦率和忠诚，都是令江静舟十分感佩的。可以从某些方面讲，他算是江静舟难得的异党知音。

如今分别在即，他心中自然有着难舍难分之意，想着向晖一向克己待人，估计是怕自己难过才有这番淡然超脱的表情？念及此处，江静舟暗暗感慨。

此时聪明睿智如江静舟，终究未参透一些玄机——他不知道，他和向晖的缘分真的是足够深厚，他更不会料到，不久后在东北，他和他，就要重逢，还有一段永生难忘的悲酸交集、险象丛生的后缘。包括儿子江宁松，都会和向晖结下一段不解之缘。

临走前的两天，顾倾城出面安排了一场家宴，让沁梅带楚天舒回家相聚，沁梅又以自己亲缘之故做主邀请了虞水蓉，这样顺理成章般促成了江静舟和虞水蓉的一场会面。两个当事人其时并不能明白，这场见面对他们的意义。只是当岁月流过，物是人非之后，这场相聚才显示出其特殊含义——它竟然是江、虞二人间令人心碎的永诀。

那天下午，在保密局的办公室里，沁梅和虞水蓉正对着一大捧娇艳欲滴的鲜花议论着，准备着晚上的赴宴事宜，胡文轩突然踱步进来。

"好漂亮的玫瑰花！"他对着这捧粉色的花束感叹着，语气里却不加掩饰地充满酸意，"是去赴宴带的礼物吗？"

他注意到虞水蓉已经脱去了文职人员制服，换上了一身浅紫色的套装，在上衣的领口，有一朵小小的粉红色玫瑰花图案的胸针，似乎和眼前这捧花相映成趣。

虞水蓉自然明白他的心理，笑而不答，沁梅噘噘嘴，却童心大动，要逗逗这个爱吃醋的养父。

"是啊，您看多美啊！娇艳欲滴，象征着这世界上最美好的东西！"女孩挥动着花束，在养父面前晃晃，"您猜猜象征着什么呢？"

"我是个不解风情的刻板人，丫头你一向这样形容为父的，不是么？只知道工作，永远不会矫揉造作地做此俗人之举！"胡文轩及时地泄起私愤来。他又忍不住看着沁梅认真问道，"唔，这花……是丫头送给你表叔的，还是……"他不经意瞟了虞水蓉一眼，难掩的酸意让眼前的两个女子都在心底暗暗好笑着。

"是我买的！"虞水蓉平静地笑道，"我买给主人家的，去人家家赴宴，空着手未免不礼貌吧？"

"唔，玫瑰……粉色的玫瑰……"胡文轩沉吟着。

沁梅终于忍不住了，她有点可怜养父，也有点鄙视他的小心眼，就冲着他撒娇般嚷道："您是不是眼神不好啊？玫瑰、蔷薇都分不清楚？喊！"附带送他一个白眼。

胡文轩认真看了花儿，恍然大悟："哦，果然是蔷薇？"

"果然是暗地里拨小算盘，自己吓自己才对！"沁梅又在抢白他，"我看倒不是您的眼神不好，是心眼太窄所以造成眼神被蒙蔽！"

她的话让胡文轩很难堪，尤其是当着虞水蓉的面，他无奈冲她自嘲地笑笑："你看这个丫头……"

虞水蓉带点同情的表情看了他一眼，貌似无意地解释道："女主人不是闺名'蔷薇'吗？送这花不是很应景？"

胡文轩心下一爽，正欲点头附和，不料一旁的沁梅又在伶牙俐齿："岂止是应景呢？简直太神奇了呢！"

她笑看养父："您知道吗？姑姑他们即将去东北宽城，宽城是个有趣的城市，曾经以这种花为重要一景呢！柔枝纷披，花团锦簇的蔷薇花，又称'长春花'，让宽城又有了另一个美好的名字，叫……"

她的话未说完，胡文轩早笑道："好吧，我的姑娘知识渊博，通古知今，吾心甚慰！"

"什么呀？您可谬夸我了！"女孩娇嗔道，"是我干妈，查了一些古书，什么《吉林通志》之类的，才知道这个典故呢。"

胡文轩意味深长地望向虞水蓉："阿莲你倒有心查起这些起来，莫非……"

虞水蓉微撇嘴，正欲反驳他，却见楚天舒走了进来。

"站长也在……"楚天舒明显露出窘态来，犹疑片刻，才鼓足勇气对沁梅道，"我恐怕得告罪请假了。今晚家兄从南京过来，大家姐等人也随车跟来，我实在分身无术，不能去江师长家赴宴，还请你向他解释一下吧？"

沁梅鼓着眼睛看了他一眼，心下了然，知道他在找借口回避，也不便揭穿，就无所谓一笑："好呀，这个没什么的！我表叔他一向大人大量，不会在意计较的！"

一旁胡文轩也出言为属下开脱："天舒有难处，不去就不去了吧。反正我也没打算去呢。"

"人家又没邀请你！"沁梅心下好笑，但是终究不忍心让自己养父难堪，就没说出口。几句寒暄之余，就将这事掩盖过去了。

于是这晚的家宴其实只有四人：江静舟和顾倾城分坐主人位上，虞水蓉和沁梅倒成了贵宾。

吃过饭，顾倾城借口请沁梅帮助自己收拾东西，将她拉走了，小餐厅里只剩下江静舟和虞水蓉相对而坐。

江静舟默默看了心爱的女人片刻，带着神秘的笑意向她伸出手去："走，莲莲，咱们到书房去，我要送给你一件东西。"

他这番热切激动的神情感染了虞水蓉，她像个娇羞的少女般浅笑着，将纤手递在他手中，由着他握着，引她来到书房中。

她看着他从书柜中取出一个蓝色绒面盒子来，郑重小心地递到自己面前。接过来打开，红色的绸缎里衬中，一枚闪闪发光的勋章静静地躺在其中。

"在这个军队久了，奖章倒也没少得。可是都是不值钱的破铜烂铁，唯有这个，是远征军回来的象征物、纪念物，还算有点价值吧？"

"致远……"

"莲莲，你听我说，我毕竟是个军人，身无长物，想着给心爱的女人留个念想，都不知道该如何是好？其实……我原本想给你买个东西，那个天下女人都知道、都明白的求婚信物……可是转念一想，我们并不是寻常伴侣？所以，我们的纪念物当应该带有我们自己印记才是？"

"致远将军，你不会将这枚勋章，就当成是……你刚才所说的纪念物吧？还是那个……求婚信物……"她脸红了。

江静舟坦然一笑："不错，莲莲，这就是我的求婚信物。那上面印刻的，不是我的荣耀我的功绩，而是我重生的印记！是的，生命的回归，爱情的重生，这枚勋章因此对我意义非凡！莲莲，你难道不认为这个求婚信物更加珍贵、浪漫，而且是浑然天成，命中注定吗？"

"傻子，命中注定的话都说出来了？你我可都是无神论者呵。"虞水蓉幸福地笑了，嘴里还不忘娇嗔地埋怨着。

他没有理会她善意的揶揄，仍旧带着庄重认真的神情望着她："我就要走了，我想在走前把咱们的事情定下来。"

"你说，致远！我都……听你的。"

"莲莲，如果你愿意接受这枚勋章，就意味着答应做我江静舟真正的妻子，让我们许一个美好的未来，一个不远的未来……"

"我愿意……致远，就像咱们以前各自暗中在心底承诺的那样，我们要在一起，心儿早融合在一处了，别的……就期待着不远的未来吧！是的，未来不远，因为胜利不远！一个新的中国已经向咱们微笑招手……"

她美丽动人的大眼睛散发着异彩，她上前握住心上人的手，激动得语调有些发颤："致远，我突然有了个无比美好的念想，想想真是太美了啊！"

"莲莲，你快说！"

"致远，"虞水蓉紧紧盯着他的眼眸，一字一句地说出了自己的期盼之梦，"在新世界到来的那一刻，我们将携手走进婚姻殿堂，欢庆新中国成立的礼炮在四周响起，那将是我们最美的婚礼奏乐！"

她用劲晃了晃他的手："你说这有多么浪漫，又多么有意义啊？致远，这才是我要的婚礼，我要的革命爱情的最完美演绎，也是我们幸福的最高潮旋律！"

"我明白，我答应，我等待……"江静舟的回应声也透着激动的音色。

两人的心在极度的幸福面前颤抖、燃烧，像那决堤的潮水一样同时澎湃起来。他们不约而同地走向对方，像年轻人那样疯狂、热烈地相拥在一起，默默望向对方的眼神里充满柔情蜜意。

空气中有缥缈的花香在涌动，江静舟心潮起伏，他低首吻住了怀中的女人，他感受到她一阵幸福的战栗，女人像温顺的羔羊一样无辜而高洁，她微微闭上双眸，在期待着狂风暴雨般幸福潮水的冲刷。

二十年隐忍的爱情之火熊熊燃烧起来，灼热了彼此的心，爱情终于露出狂狷不羁的面孔！

他的激情瞬间被点燃，一阵疯狂热烈的激吻就像脱缰的野马，在她灿若星河的脸际和身上驰骋奔走。他吻过她黑色瀑布般的秀发，那浓密如小鸟羽翼的双睫，挺直孤傲的鼻端，小湾般恬静舒美的唇线，那有着优美弧线的脖颈、锁骨……这激吻一路滑行着，吻过了高山、峡谷，平川……

这一刻，时光一定是凝固不动的，只有爱情的甘露在空气中流动，一切来得太晚，仿佛已期待了百年，但是幸福毕竟在此刻降临人间！

是人间妙境么？此情此景，倒不如说更像古诗词描写的那样缠绵悱恻，又令人心旷神怡——金风玉露一相逢，便胜却人间无数！

当两人平静下来，相拥而坐时，虞水蓉拿出自己准备好的给他的礼物。

那本紫色绒面日记本让江静舟睁大了清俊的眸子，虞水蓉忍不住笑着捏捏他的鼻子："孩子一样好奇么？"

她将日记本打开，取出一个书签样的东西来，放在一边，先给他解释着日记本的含义："知道这个日记本是你心爱之物，现在还给你，我在你抄录的诗歌后也附了一首小诗，是我的一点感悟罢了，你不许笑话！"

"莲莲，是你写的诗么？"

"是我改写的一首古诗，不过，你现在不能看，留在路上看吧。"

"谨遵妻命！我的浪漫小妻子……"

"贫嘴！""为妻者"娇媚而满足地一笑，又拿起手边的那枚"书签"给他。细细看去，却是一种花瓣做成的标本。

"致远，你还记得那次你和我在雕刻时光茶室见面时，你送我的那束莲花吗？"

"天哪，难道这是……"

"不错，我挑了最美的一个花瓣摘下，带回去又用小剪子仔细裁成了两半，专门制作了两个这样的标本书签，我那里留了一枚，这枚给你……"

"哦，两枚书签，一瓣莲花做成！莲莲，明慧如你，令人感怀。我们各执一半……真好！从今往后，我当日夜期盼那两枚莲花书签聚首的日子！"江静舟的眼眸中含上了激动地泪光，那是希望之光在闪烁。

"我也是一样啊，致远！"虞水蓉的泪水已经滚落腮边，她是微笑着的表情，那泪水一定是甘甜的，那是幸福之泪。

"致远，让咱们记住并相信吧，分别是暂时的，团聚在一起才是此生最美好的期盼和念想！当两瓣花瓣重合时，我们的幸福就圆满了！"

"太好了……莲莲，我……"江静舟感慨着垂下了头，想起那个雨夜，自己对心上人的猜疑和误解，心里有一丝愧疚之浪涌过。

他深吸口气，重新抬起头来，眼中已经有了坚毅平静的内容："莲莲，你也许想不到，这个约定对我的意义？此生无憾！你就是我的妻子，这辈子唯一要牵挂等待的那一个……"

"致远……"

虞水蓉是个骨子里很浪漫乐观的女子，此刻她不愿意自己的幸福时光染上一丝丝悲酸的调子，就忙指着手边的花瓣书签开起了玩笑："不过啊，这个东西，和你的那枚勋章相比，有些轻飘了哦？"

"有谁称过心的分量呢？"江静舟望着心上人，静静地说道。

"致远！"虞水蓉忍不住再次俯身在他怀中，头抵在他的颌下，拼命嗅着他的气息，陶醉着，呢喃着："你要好好的，我也好好的，我们都好好的，我们还有半辈子要过呢。"

"是的，莲莲！"江静舟捧起女人的脸颊，看着这个姣好的面容，心里流淌的都是浓情蜜意，"我们还有半辈子，我们的幸福在前面等着呢……莲莲，等我来正式娶你，娶你这个好像总也拢不到我怀中的小女人！这次我要挑战老天爷，无论如何，也要护你周全！"

"我信，我的狂狷不羁的才子将军！我等着……"虞水蓉幸福而甜蜜地笑了。

这个特殊的日子定下的特殊婚约，变成了两人之间的重要承诺。它支撑了虞水蓉义无反顾的献身，也支撑了江静舟后半生的念想和希望。

其实很少人听闻过这个浪漫甜美的约定，大家并不知道这对革命情侣的最后诀别时的情形。后代们凭着自己的想象，描述着自己心中不同的，对前辈亲人的爱情的联想。

只是虞水蓉留给江静舟的那半朵莲花书签，却成为一段以后流传在江沁梅和江宁松的儿女们中的传说。

他们才明白，自己的爷爷和外公，那个在他们眼中威风凛凛的老军人，老将军，也曾经有过这样的浪漫和温情。江静舟的孙女江海心——一个新时代的年轻女兵，甚至以此为题材写了一首诗《我看见猛虎细嗅蔷薇》，当然这些都是后话了。

三天后，江静舟已经坐在飞往沈阳的飞机上。他倚在机窗前，望着外边的碧空白云沉吟不语。

按照原定计划安排，他们这一行人先乘军机到沈阳，然后换乘汽车赴宽城。而据接到的地下组织传来的消息，江宁松已经先行到了沈阳，在那里等候他的父亲一起赴宽城。

他的身后，许若飞和乔思扬在兴奋地谈论着什么，顾倾城在低头专心织着毛线活。

江静舟已经决定，等到了宽城，就将许若飞安排到部队去，表面上是不耽误他的职务晋升，其实这样更能够发挥他的骨干作用。这个想法他已经和许若飞谈过了。

进步学生出身的乔思扬虽然年轻，却是忠实机灵的一个小伙子。他来到江静舟身边已经快一年了，在许若飞的培养发展下，最近已经加入了地下党组织，成为我们的同志，他将接替许若飞担任江静舟的副官。

而顾倾城……想到此处，江静舟微微蹙眉，有些纠结。

前段时间，顾倾城曾将胡文轩和她临行前的一番谈话，原原本本告知了自己。江静舟当时最直接的考虑就是，应该尽快将她送回解放区。

听到要离开他，顾倾城在他面前当场抹开了眼泪。

"哎，倾城，我是在为你打算。你们保密局的家法你不明白吗？此种情形下，我首先要考虑的是你的绝对安全！嗨……你倒是哭什么？"

"致远哥，我不要离开你！我要跟着你，一辈子！"

"你这是什么话？就是亲兄妹，也不能相守一辈子吧？多大的人了？还是成熟老到的情报军官呢，你看看你如今的思维和语言，倒像是个孩子！"

"不是这样的，致远哥！"顾倾城抹去眼泪，一脸执着，"我是说，在我心中，你和方城哥一样，就是我的亲兄长啊！我如今向你表个态吧，我不但生活中是你的妹妹，而且……我还要加入你们那个组织，总之你在哪里，我就跟在哪里！"

"我们的组织……"江静舟沉吟着摇头，"一切都要慢慢来，先不要在此地说起。倾城，你要了解的事情很多，要学习的地方也很多，我安排你去的地方，就是能让你明白这些道理的地方。"

"不行，我就要跟在你身边！你也可以教我呀？"顾倾城上前认真盯着他，语气格外决绝，"哥哥，你的言行，你的一切，就是我的榜样，我是因为你，才会重新选择自己的信仰的。除了我哥哥方城，我只相信你，你的信仰，就是我的信仰，你的方向，就是我的方向！"

"瞧瞧你说的？"江静舟简直是哭笑不得了，"倒像个孩子般不讲道理起来？哦，我的信仰，我的方向，你一点不明白，不了解其内涵就贸然加入？那你不是和以前一样了吗？懵懵懂懂就加入一些组织，到后来才会悔不当初，如此这般幡然醒悟，然后要重新抉择么？所以，倾城……小薇啊，人生在世，不但要有清醒的头脑，有独立思考的能力和对大是大非的判断能力，还有一种东西至关重要，那就是——觉悟！"

"觉悟？哥……"

"是的，小薇！我要送你去的地方，就是能帮助你提高觉悟的地方。你会逐渐明白，你究竟该选择什么样的道路，应该有着怎样的人生追求？"

江静舟如此这般语重心长，却没想到自己如今遭遇到的是一个外表柔顺，内心刚强的倔强丫头，她接下来的这番话更加噎得他喘不过气来："那我还是不管！我说过，我如今只认你，其他的，统统都与我无关！我不管什么内涵、觉悟的，我要跟着的人是你，我的觉悟就是——跟牢你！哪怕你……你就是黑道上的人，什么帮会老大，甚至是土匪头子什么的，我顾倾城都认了！"

"天呐！小薇，小薇，我该说你什么才好？"江静舟又好气又好笑，皱着眉嘟囔着，"这越说越不成话了！什么黑道中人、帮会老大、土匪头子的都蹦出来了？真是不讲道理，幼稚可笑！哦，依照你这般逻辑，难道我这里是火坑你都闭着眼睛往下跳啊？"

"跳啊！怎么不跳？我肯定跳，都不用闭眼睛的！"顾倾城立马接上茬，一点没给对面江师长喘息的机会，"和自己哥哥难道还需要讲什么道理呀？再说了，致远哥，你难道没有听说过飞蛾扑火这个成语吗？"

江静舟再次被噎得无语。

顾倾城得逞般笑了，她静静看着江静舟在笑，这笑容里有一贯的凄楚，如今更带了欣慰和自得："致远哥，你如今好比那把火，而我呢？就是那只糊里糊涂、总也辨不清方向的笨蛾子，好容易找到这样一丝光明，你说，我能不拼命扑上去吗？与其在黑暗中撞壁而死，不如焚身以火，也许是毁灭，也许是涅槃重生？但是我却无怨无悔！哥哥，你明白了吗？"

这番话深深打动了江静舟，他长叹口气："好了，我明白……可是，小薇，还是刚才那句话，我要送你去的地方，就是我们自己的家，我们的老家，你一样可以在那里找到自己向往的一切！而且，我完成手头的任务后，也会去那里，我们兄妹俩相聚在自由、民主的天地下，那该有多好？"

这声小薇的称呼让顾倾城心热，她委屈的神情舒缓下来，又恢复了往日里平和温顺的语气："好的，哥哥，我明白你的意思，但是小薇也有着自己的考虑。"

她认真为他解释着自己一直以来的担心，以及谋划："想想我如今的身份，就是人家安在你身边的一颗钉子！如果你只顾念我的安危，将我送走了，结果会是什么呢？我的消失，也许就会直接导致你的暴露啊！"

"这个我也想过，我当认真谋划，尽量避免一些情况发生……"江静舟沉吟着。

"可是哥哥你一定肩负着很重要的使命，那么，就请把小薇的安危先放在一边吧，先做好你的事情吧！"她的语气急切而中肯：

"你别忘了，我是一名经过特殊训练的情报人员，我不但会注意自身的安全，还会助你一臂之力的！所以，留我在身边，有百利而无一害，哥哥，你难道不明白么？"

江静舟还想说什么，顾倾城忙用手势制止了他："哥哥，你别再说了，一切就这样定了好吗？算小薇求你听我一次！今后，我跟在你身边，事事都听你的还不行吗？以后，如果有机会，你也不再需要小薇跟在你身边了，或者是……你觉得小薇碍你的事了，我会选择毅然离开，我保证……"

这番入情入理的话语，让江静舟无法出言拒绝，让他不安或者暗暗心惊的是，他分明感受到眼前这个姑娘的倔强和执着，还有那隐隐的一丝无望的痴情。

此刻，在飞往东北的飞机上，看着顾倾城一副安详满足的神态，江静舟暗自心下筹划，他决定先让顾倾城待在自己身边一阵，这样起码她会是安全的，然后还是要找机会将她送到解放区去。

他知道保密局的家规和军纪之严，他绝不忍心她为了掩护自己而丧命。从方城那里算起，他就是她的兄长，有充分的责任保护她的安全。何况，如今的他，也对她已经产生了一种奇怪的骨肉亲情。一定要像对自己的亲姐妹那样爱护她，保护好她，还要找机会安排好她今后的生活，让她拥有一份属于自己的幸福生活——江静舟就这样在心底打定了主意。

想到这里，江静舟忍不住回头打量了她一眼，恰逢女孩从毛线活中抬起头来，她不能猜透他此刻的心思，但是看到他注视着自己的亲切温和的目光，就感到心底暖融融的，她也就对他回了一个亲情笑脸。

这样充满兄妹情谊的微笑让江静舟舒心而感叹。其实聪明如他，早已经发现了这样一种奇怪的现象：有很多的人，就是因为崇拜和追随自己这样的普通共产党人的原因，而义无反顾地加入到我们这个组织当中来的。在他卧底敌营的二十多年时间里，他身边有很多这样的例子，包括顾倾城的哥哥顾方城。

他们也许在加入进来时，还讲不出对我们这个组织更为深刻的认识，但是，在他们的心中，像江静舟这样的人就是党的化身，就是吸引他们走进这个进步组织的动力。江静舟相信，不只是他个人，在咱们共产党的创建和壮大时期，有许多和他一样的党员，他们就像是吸铁石，不断吸引着周边的正义青年们吸附在他们的周围。这种行为也好比是滚雪球，越滚越大，如今几十年过去，滚出了一个强大有力的政党，不久的将来，更将滚出一个壮丽的江山，一片新天地！

江静舟欣喜地看到，如今我们党的发展势头更不一样了，如果说早期还是有许多来自社会底层，受压迫最深的劳苦大众不断加入进来的话，那么如今，更有许多各方面的知识分子、技术人才融入进来，像他身边的许若飞，乔思扬，还有沁梅们非常崇拜的白鸽夫妇等，这样的优秀分子、精英人物，像一股股新鲜血液，如今正源源不断地汇入到我们的事业洪流中来，那么我们还有什么理由不取得这最后的胜利呢？想到这里，江静舟心头升起一股激动和欣慰的豪情。

"师座，您看，沈阳快到了！我们终于来到了东北！"许若飞的喊声将江静舟从沉思中唤醒。

他再次望向窗外，另一段心事又涌上心头。

一张模糊不清的少年面容浮现在他的脑际。同时耳边响起的，是女儿沁梅曾经对自己说过的一段话：

"您一定会好奇宁松如今是什么模样了吧？您一定想象不到，您的儿子是怎样一个可爱、优秀、甚至可以说是神奇的男孩！是的，我弟弟小松他，善良，阳光，大气，真诚！他就像天使一般纯净透亮！在延安时，他曾得到所有接触过他的长辈的喜欢。妈妈也是那样爱他，甚至超过了我这个亲生女儿。说实话，我有时候都有点小小的嫉妒呢……哈，爸，我敢肯定啊，您见过宁松就会为他骄傲，甚至是着迷的！您一定就会将我这个总惹您生气的丫头片子扔在脑后啦……"

女儿娇憨带嗔的玩笑话再次让江静舟暗自摇头微笑。心里却一遍遍充满向往和温情地叩问着：宁松，我的儿子，你到底长成什么模样了？

想起马上要谋面的亲生儿子，江静舟不由得心潮翻滚。

的确像沁梅说的一样，自己根本记不得宁松的具体模样了。如果说他作为沁梅的父亲，是极度不称职的话，那么作为宁松的父亲，他觉得自己简直有罪恶感了。

从生下来到现在，父子的缘分是那样的浅淡：

宁松出生时，他才刚满二十五岁，血气方刚，正在敌营里紧张努力地为自己的组织工作着。家庭、孩子，都不能让他有太多的时间和精力去分心关注。何况当时还有病弱的宁兰在侧，他和妻子陈青瑜都将更多的关心给了这个孤苦的女婴。对自己亲生的骨肉，那个活泼健康的男孩，他总觉得以后会有大把的时间去给他爱抚和照应。

不料孩子半岁时，生母陈青瑜溘然而逝，当时转战军中的他，带着两个半大的幼儿，几乎是手足无措、顾此失彼的状态。

根据组织安排，他决定将两个孩子送回苏区，却因为宁兰的急病，而将她留在了自己的身边。宁松是安宁健康的，所以他注定会继续他离开自己生父的不幸命运。

当和儿子要分别时，紧紧搂住亲生骨血，江静舟突然间感到内心犹如刀戳火燎般剧痛起来，泪眼婆娑中望着这张稚气活泼的小脸。

他仿佛有生以来第一次认真端详自己的亲生儿子，有时间这样抱着他，亲吻着他。男孩浓密的头发，带着乳香味的脸庞、微笑起来明显上翘的嘴角，都是那样可爱动人，深深刺痛了为父者的心！

"儿子，对不起，对不起，对不起！"江静舟将头埋在孩子胖胖的下颌处，拼命嗅着他好闻的味道，忍住锥心之痛在轻声呢喃："如果有缘，咱们父子终归有相见的一天！小松，你要健健康康地成长，别让我和……你泉下的母亲不放心！"

孩子不解离别苦，在交通员的怀中笑着离开了父亲，江静舟却躲在背人处悄悄痛哭了一场。他在心中暗自祈祷："青青，原谅我是不得已而为之……你若在天有灵，当保佑我们的儿子！"

后来很长一段时间，他和儿子彻底失去了联系，那张天真活泼的男童笑脸，一次次在午夜梦回间漂浮在他的面前，他也一次次在心底痛苦地忏悔："青青，你惩罚我吧，我弄丢了咱们的孩子……"

抗战期间，他通过组织，终于有了儿子的确切消息，更加不可思议的是，儿子被送到延安，在前妻沈琬的抚养下长大，度过了他人生中最重要的童年和少年时光。如今，终于要和孩子重逢了，江静舟心中自是万千感慨，不能平静。

总是觉得亏欠别人太多，无时无刻不在无奈自责中纠结、心痛，这仿佛是江静舟前半生心灵的写照。他不能解决这个心理矛盾，也无法无力从这种情感的沼泽地里抽身出来，这种负面情绪影响了这个坚韧、内持的男人一生。

此刻的他，纠结中，幸好还有一丝丝甜美的心绪在滋润，让他不至于太过沮丧和痛苦，那就是那本紫色日记本上的诗歌，和它主人的柔情蜜意，外加其透露出来的钢铁般的意志。

花开彼岸本无岸，芳心未改任在肩。
驾舟不畏烟波浩，驰骋何惧灯火寒。
花叶千年不相见，缘定今生心也甘。
花若解语花颔首，佳期可待证前缘。

"其貌温润如玉，肝肠坚强如铁，心底却晶莹如雪，这就是我的莲莲！"江静舟低声呢喃着，他的心中涌起无比幸福和感佩之情，他像是对自己，又像是对着已经离开越来越远的爱人深情低诉着，"莲莲，佳期可待，相聚不远，我们一定是幸福的……"

就在此刻，爱情的甜蜜神奇地化作了心底陡然升腾的无穷力量，让他信心百倍地投入到一个新的战场中去。

满怀激情的江静舟不会想到，他留在上海的亲生女儿沁梅，此刻正在遭遇着情感的熬煎。如果说父亲的离去，让善感而孤独的沁梅又陷入幼时曾有过的惶惑无依的心境中，那么被她认作兄长的楚天舒的即将离去，更使女孩心底涌现出深深的孤独之意。

消息来源于她的养父。当时沁梅正陷入在父亲离去后的孤寂无依心绪下。

其实她自小和生身父亲江静舟分离，很长一段时间，父亲在她心中，只是一个向往，一个期盼而已。

但是当她在这近两年时间和父亲近身相处时，这份来自血缘的浓浓亲情就强烈地包裹了她，让她生出一种别样的依赖和温情来。

因为彼此工作繁忙，说起来她和父亲接触的时间是少而又少。可是卧底在危机四伏的敌营中，只要想到生身父亲近在身边，沁梅就会觉得有一种踏实的安全感。这点情结让沁梅也百思不得其解。

其实胡文轩也相当于她的另一个父亲，他对她的包容，对她的溺爱，对她的深情，一点不输于父亲江静舟，有时候还甚于他。

但是毕竟是处于两个阵营的人，沁梅对这位养父的感情是纠结而矛盾的，她爱他又防他，亲近他又隔阂他，而且她自己也闹不清是什么心结所致，她总喜欢对他使性子发脾气，将他和自己都拉入到亲情的扭曲情绪中。

比如当下这番情形。

这个周末，她又来到养父官邸吃饭，就闹出了一场别扭。

看出来沁梅最近情绪不高，胡文轩请虞水蓉作陪，让沁梅到家中吃饭。

席间胡文轩又忍不住提起了沁梅和楚天舒的关系问题，他对沁梅温言相劝，告诉她要懂得把握住自己的幸福，楚天舒是个难得的优秀男孩，她实在不应该错过。他借此委婉地说明了一个新情况：楚天舒即将调往空军总部工作，调令已到，等他将手头从事的那项任务完成后，就会动身去南京。沁梅和他的感情何去何从，就要早作打算才是。

这个消息让沁梅愣住了，她咬住筷头不作声，心里却是翻腾起伏不定。

胡文轩当然看出养女的纠结和不安，就用长辈的心疼语气进一步劝说着："丫头，这消息让你慌乱了吧？难道天舒竟然没有单独说给你吗？你们究竟是……怎么一回事呢？唉，我都弄不懂了！我在想啊，你的脾气，估计让天舒太过作难了。那孩子一向是温文儒雅，克己待人，但是好歹人家也是豪门公子，世家子弟，能没有自己的个性么？"

他叹气加摇头："我同你说过多少遍了？千金易求，佳偶难遇！你这丫头总是不听，非要生生断送自己的好姻缘才会罢手？这眼看到手的幸福，就要化作泡影了……"

他的话让席间空气骤然紧张起来，虞水蓉还未来得及向胡文轩使眼色让他不要再说下去时，沁梅的眼泪已经掉了下来。

她满脸通红地扔下饭碗，气急败坏地嚷道："您要是真这样喜欢他，干脆直接认他做干儿子好了，省得您成日担心攀不上这门权贵！不过就希望以后您不要再拿我做借口，我的事情根本不用您管，我的幸福更与您无关！"说完这番话，她擦着眼泪跑了。

胡文轩气愤又伤心，手指着沁梅的背影，瞪着虞水蓉，话都说不利落了："这也太……太不知好歹了！阿莲，你……你都看到了吧？我实在是伤透心了！这个喂不熟的丫头，滚开我身边算了，省得我倒日夜为她悬心，没良心的东西！"

虞水蓉也不接话，只是同情地看着他，蹙眉叹息。

虞水蓉是知道所有内情的人，无论是有关沁梅，还是楚天舒。她深深为他们感到惋惜，但是她也丝毫没办法，只能看着这种充满遗憾，充满误解的情形在发生、发展。这对貌似天作之合的年轻人，似乎注定没有婚姻这个缘分，虞水蓉不由暗自叹息不已。

沁梅跑回了警备师，不由自主来到父亲的办公室前，人去楼空的景象让她更加感伤，她抹着眼泪来到走廊上，望着飘着细雨的天空发呆。

他就是我的哥哥……一个虽然不是自己同志，但是却能体贴包容我的兄长！他善良、温情，他的心胸是那样的博大无私！我恨不起来他，即使他是我的对手……敌人！

可是除了兄妹情分我们还能有什么？信仰不同，政见不同，就是这异姓的兄妹情分，一旦遭遇信念之争，都定然会薄如朝露般不可靠，不坚实！

我的爱情已经死了，随着萧岳的牺牲埋葬了很久。即使，就如干妈所言，我还年轻，路还很长，应该再次拥有一份属于自己的幸福，但是也绝对不会是他！我江沁梅早已发过誓，我的伴侣，最起码应该是自己的同志，战友，革命的同路人！就像我的父母，不，他们……已经分手了；那么就像是父亲和干妈……哦，也不对，他们还没有机会牵手在一起……

唉，命运！命运！！命运！！！

沁梅纠结难言，她在心底狂喊着，发泄着自己一直以来的压抑之情。

回首望着父亲紧锁的办公室，一股亲情的纠结又令她心浪翻滚。想起那即将发生的父子相见一幕，沁梅不由得记起了往昔的几个情景片段。

当年在延安，经过那场"生母身份"之争事件，弟弟江宁松变得沉默寡言起来。他的脸上露出和他年龄不相称的成熟和淡定，但是还是在一个黄昏，姐弟独处时分，他悄悄问出了自己心底的困惑："姐，你是见过爸的。我想知道，他究竟是怎样一个人？"

沁梅当时惊讶地看着弟弟，心里百转千回地翻着浪潮，却不知道该如何问答他。

宁松看出了姐姐的犹疑和困惑，就忙善解人意地退而求其次："姐，我知道，很多事情我不该问，关于爸的事情，他的身份。妈妈曾经对我说，让我记住，我爸爸是个好人就是了。可是姐，我只是想知道……爸长得 ..... 是什么样子？我对他毫无印象啊。"少年说着，低下了毛茸茸的头颅。

沁梅的眼眶瞬间潮湿，她掩饰着在口袋里想掏手绢，无意中碰到一个圆圆的硬物，心里有了主意。

她掏出了那个硬物——一枚小镜子，举到宁松的面前，镜子里印出少年青春朝气的脸庞："喏，小松，看这里，爸的样子，就是这样，好像的！你是他的亲生骨肉啊。"

少年羞涩地笑了，笑容里充满满足和向往。

她又回忆起自己来上海后的一个片段：某次她有机会和父亲单独相处，提到了弟弟宁松。

"唉，我真想象不出，小松他长成什么样子了？虽然，我匆匆看过他的一张照片，但是真的就是匆匆一瞥，照片也不清晰……"沁梅记得当时父亲说着，露出一丝悲酸无奈的苦笑。

她突然记起上次面对宁松的那幕，就从随身带的小坤包里取出那面小圆镜，凑到父亲的面前："爸，您的小松，就是这副模样，青春版的江致远！"

"顽皮！"江静舟笑着点点女儿的额头，却认真凑到女儿手中的镜子前，端详了一番，嘴角绽放了一丝欣慰的笑意。

此刻，有一股热流涌进沁梅的心底，她遥望着东北方向，在心里默默祝福：爸，小松，但愿你们早日相见，父子相亲，弥补这十几来年骨肉分离的遗憾，续上今生难得的亲情缘分。

她站在空空的走廊里，望着户外渐渐沥沥的细雨，想象着，在遥远的东北，白山黑水间，那父子重逢的温馨时刻。

第一部完

若爱重生
原陈志实

围城1947

纳兰香未央 著

九州出版社 JIUZHOUPRESS | 全国百佳图书出版单位

目　录

楔　子

一架军用飞机穿行在关外天高云淡的空中。

机舱中，几位戎装男人军容一般的齐整，神情却是各异。坐在前排的两个青年军人不断对着窗外的景色指指点点，谈笑风生。而坐在中间位置的那位中年将军却眉峰紧锁，望着外边的碧空白云沉吟不语，一副若有所思的神情。在他身后，淡雅俏丽的便装女子正低头忙着手中的毛活儿，安静得如一只温柔的蝶，轻落在绿草间。

紧锁眉峰的江静舟自有一段心事萦绕在心间。

按照原定计划安排，他们这一行人将先乘军机到沈阳，然后换乘汽车赴宽城。而据接到的地下组织传来的消息，他多年未见的儿子江宁松已经先行到了沈阳，在那里等候他一起赴宽城。

"哦，宁松……我的儿子！你如今长成什么样子了呢？"不过是惊鸿一瞥的思绪划过他的心头，他就自然平静地将这缕心情暗暗压抑在心底。

东北如今的态势已如火山口一般，自己肩负的责任自然重于泰山，如何和这边的组织顺利接上关系，自己领导的飓风小组如何在这片如今暗藏玄机的白山黑水间打开工作局面，都是他眼下需要优先思考的问题。亲情永远让位于工作，这种思路永远是不近人情般残酷冷漠，却永远会是他这样身份的人无法推却的单项选择。永远的义无反顾和坚忍决绝，自然会呈现出如窗外冰霜一般冷峻而绚丽的色彩。

他在心底暗暗苦笑了一下，下意识地甩甩头，甩去一切的羁绊和牵挂，搭讪着看向前面——他的两个兴致勃勃的部下兼助手。

"唉，年轻真好呀，看你们两个这般的高兴模样……"

背后传来的这声亲昵幽默的叹息让前面并排坐着的许若飞和乔思扬都抿嘴笑了。乔思扬忍不住回头看看上司，露出理解的笑意，却不吭声，许若飞却快人快语地接上了话茬子。

　　"唉，大哥！瞧您这语气，难得的老气横秋啊。您不会是……预备见儿子了，就急着端出做老子的牌子来了吧？"

　　"臭小子，什么话呀？"当大哥的上司不干了，笑嗔着自己的爱将，"本身我就是当父亲的人呐！儿女们个个都这样大了，这为父者的身份还需要强调吗？这岂是你们这些愣头青们计较得了的？"

　　他笑看着几个属下，语气里带着欣慰和兴奋："我是说，看着你们这样兴致勃勃、信心满满的样子，很好！一个新天地在等着我们去开拓，肯定会有艰难困苦和雨雪风霜，但是一个组织的士气至关重要。这两天，一句话总萦绕在我的心头——如果缺少破土而出并与风雪拼搏的勇气，种子的前途并不比落叶美妙一分。这个道理，值得我们大家品味。"

　　两个年轻人都闻言点头，陷入沉思。不料坐在尾端的沉静女子用幽幽的语气接上了这样一句话："对我来讲，倒是什么都不足虑！只要和你们在一起，我就是安宁并快乐的！"

　　"更是充满希望的！"许若飞热切地望着她，大声鼓励着。三个年轻人更加激昂的情绪感染了中年将军，江静舟也笑着点头。

第一章　父子重逢

看到他的面庞，才会发现毕竟还是个孩子样。轮廓清晰的脸型和五官，秀气而有特色的剑眉，刚劲个性的嘴唇，都让江静舟蓦然有似曾相识的感觉，他仿佛记起自己的青少年时代，那个徜徉在故乡江边的青涩男孩。这就是神奇的血缘因素，毫无征兆间，江静舟从眼前的少年身上，猛然看到记忆中自己的青春年少模样。

三月的关外，竟然还是一片冰天雪地、白雪皑皑的景象。

才出飞机舱口，一股冷风袭来，走在前头的许若飞回头望着江静舟笑道："我怎么觉得咱们像是来到另一个世界了呢？"

程睿和另外两名军官等在悬梯下，见到几乎是跳下机舱的许若飞，两个人忍不住抱在一处乐起来。

程睿不敢先和他肆意玩笑，忙上前迎住江静舟，先是敬了个标准的军礼，唤了声："师座！"看到江静舟带笑的容颜，又咧嘴改了称呼："三叔……真想你们呐！"

江静舟用长辈疼爱的目光打量着他，笑着点头："小睿果然进步不慢，升中校了啊？"

许若飞这才发现，大笑着搂住程睿，说着要请客的话。一行人说笑着向停机坪上的几辆车走去。

程睿是奉封正烈之命特意从宽城赶到沈阳来接江静舟一行的。在他和随行

1

的两名军需官安排下，一行人住进了中街上的一家宾馆。

聪敏体贴的许若飞早已觉察出江静舟思子心切的情绪，刚住下，他就悄悄将程睿拉到一边，低声嘀咕了几句，自己匆匆出门了。

这边程睿指挥着乔思扬和几个卫兵安顿下行李，又亲手打来一盆水，照顾江静舟盥洗。江静舟用热毛巾擦了脸，洗去了征尘，露出容光焕发的神采来，却回头看看，奇怪地问程睿道："若飞呢？"

程睿抿嘴一笑："去和送宁松来的人接头去了。他说，一路上观察您是心神不定的，就猜测您一定是心急火燎地想见儿子呢，他可不能没眼色！"

"这小子……"江静舟被晚辈说中心事，究竟有些不好意思，就微红着脸嘀咕道。

这番情形让程睿觉得好笑，明白内情的他也对自己三叔的父子情有相当大的同情成分，就笑着为他开脱道："这也是人之常情呐！您和小松毕竟分别得那样久了！让人想来都有些辛酸……我记起以前在上海时读到的鲁迅先生的一句诗——无情未必真豪杰，怜子如何不丈夫！就是这个意思吧？"

这番话却勾起往事记忆，引起江静舟更大的感慨。他认真看着侄子，眼中满是疼惜和伤感之意："谁说不是呢？父子缘分，最不能磨灭的亲情……却又不能不让我记起你的父亲，我的大哥！想当年，一起在军校上学，或是在部队服役期间，他也总爱在我面前提到远在老家的你，描述着印刻在他记忆中幼小的你的形象……唉！那番慈父心肠，英雄情结，至今思之，仍不免感佩心酸！"

他的眼眶有些潮湿，掩饰着又用毛巾擦了擦脸："他离家那年，你才多大一点呢？父子缘分，也是那样浅！唉……想想后来的中条山之战，那样的惨烈，他身为少将旅长，也到了自己抢大刀和敌人血拼的地步！每次想到他殉国的情节，我这心里都……"他难过得说不下去了。

程睿也伤感起来，他控制住心绪，忙用话安慰叔父道："往事如烟，不堪回首！不过，父亲若知道我在三叔的引领下，加入到更加正义光明的组织中来，当也含笑九泉了！"

江静舟点点头，又摆摆手："唉！话虽如此，但是即使如你，也不能完全明了我和你父亲的情谊！他是我永远景仰和感恩的大哥，师长！他对我，对沁梅，还有她母亲的恩情，我们此生难偿！"

看他伤感不已，程睿心下不安，忙用话岔开："都怪我，您和小松父子重逢的好日子，竟然说起这样伤心的话题来……对了，三叔，不知道小松长得什么样子？像您吗？"

"唉，我哪里知道？我……"江静舟苦笑着。程睿记起他们父子也是自从宁松半岁一别，再无谋面之缘，不禁暗暗叹了口气。正在这时，响起敲门声，却见顾倾城抱着一包东西进来了。

如今的顾倾城身份不同了，有关如何称呼她的问题，让程睿等人着实有些为难，刚见面时人多可以含糊过去，如今这样迎面碰见，也躲不过去，他的脸微红起来，顾倾城也是满脸不自在。

江静舟勘破内情，也难为情地搔搔头，含糊其辞地吩咐道："小睿，倾城如今算是我的妹妹，从我这方论，你究竟是子侄辈，若愿意随着沁梅叫……该叫她一声姑姑……不过在这里，为了掩人耳目，倒是叫……"

他的这番语焉不详、别别扭扭的解说更让顾倾城脸都快红破了，看着比自己小不了几岁的昔日的上司、同事，她羞涩地低头做无措状："随便吧，我想也不必讲什么辈分，叫名字也可……"

"那可不行！"程睿倒是认真，他一向是个务实笃诚之人，很多素质出自天然，也来源于德国军校的严训结果。此刻他正色道："为了你和我三叔的安全，我们当格外小心才是，一个称呼都马虎不得！从今往后，我要大大方方改口叫你小婶。"

顾倾城闻言难堪极了，忙低下了头，江静舟也脸红起来，两人极不自在的神情，倒让程睿更加难为情，就借口去安排晚饭匆匆走了。

程睿离开后，顾倾城抖开手中的包袱，露出一件藏青色的毛背心来。

"哥，我给你赶着织了件毛坎肩。关外太冷了，你身上有那样多的旧伤，不能受冻，但是又几乎要全天候穿军装的，里面不能穿得很厚，不若把这个东西贴身穿上，倒能强些！"

江静舟温和地看着她，却没有动手接过的意思："不用，我外边有军大衣的，不会太冷。你自己留着穿吧，女孩子家，会更畏寒些！"

"我的师长哥哥，你没看出来这是一件男士衣物吗？颜色、尺码，我如何穿得？"顾倾城撇嘴白眼起来，"别废话了，你快上身试试，看合适不？"

江静舟如今在这个妹妹面前是一点脾气也没有，只好接过背心，嘴里还嘟嘟着："我晚上再试吧…… 其实真的是多此一举！我不爱穿这东西！你该把它给若飞，他最讲究穿着，平日里穿身军装都讲求效果，简直是冻死都不肯加衣的味道呢！哦，对了，要不你给思扬好了，他年纪小，又是南方人，估计更怕冷些……"

顾倾城也不理会他的唠叨，上前命令道："你抬抬胳膊。"

"干什么？我说过我晚上会试……"

"不是，听话，哥，抬胳膊！"

江静舟下意识抬起胳膊，顾倾城上前用手仔细丈量了他的肩膀、胳膊尺寸，抿嘴得意一笑："嗯，好了。"

"小薇你搞什么名堂？"

"哥，你根本就说错了，我才不是多此一举呢，我预谋的是——多此两举！以前我弄不清你的尺寸，才试探着先给你织了件坎肩，这下弄清楚大小了，我马上会动手给你织件毛衣，一件厚毛衣！"

"哎，小薇……"

"没什么哎不哎的，你能做的唯有服从！谁让你是我哥呢？这是当妹妹的应尽的本分而已。以后这类事还多呢，你得学会习惯！"

"这丫头……"江静舟咧嘴，正欲说什么，却被顾倾城的话给截住噎回去："至于你刚才说到的那个建议么……你看着办吧！许若飞、乔思扬是你的副官、秘书，你自己要关怀体贴他们我是无所谓啊，想送礼你随便，大不了我再重新给你织一件就是！哼，谁倒怕谁啊？你送你的，我织我的！你说说，你的部下多了，你还想送谁呢？程睿？还是你的那几个卫兵？小张？小吴？你送多少，我织多少，一直织到你自己乖乖穿上身为止！"

江静舟被噎得说不出话来，只是瞪着眼看她。

"你瞪我也没用！"女孩撇撇嘴，面带微笑扔下一句话转身欲离开，"哥哥，你和小薇较劲，一定会失算的！"

江静舟无奈望着她得意离去的背影，又笑又叹："这个丫头，如今倒把我吃得死死的！这个哥哥，还真不好当呢。"

这句感叹话音未落，江静舟就会尝到另一种当别人兄长的滋味来。如果说做小薇的哥哥是无可奈何，做另一个"她"的哥哥就是一件更加勉为其难的事情了。

许若飞回来了，兴高采烈地比画着："师座，联系上了，人也给你带来了，在隔壁房间！"

江静舟兴奋地："哦？都来了吗？小松，还有……咱们的交通员？"

许若飞点头："嗯，想着交通员有事要和您谈，这不是到吃饭时间了吗？我就让思扬先带宁松去餐厅等着了，程处他们几个也在那边呢。"

江静舟正欲出门，听了此话，微微愣住，略带埋怨地看着自己的属下："小松先去了餐厅？我说若飞，你急什么呀？先把小松带来给我看一眼，再去那边不是？唉，你呀！"

许若飞忍不住莞尔一笑："是您急什么呀？这……不至于吧？这不是等于父子已然聚首，马上又要朝夕相处了，也不急于这一时半刻的吧？"

"哼！不至于？你一个没当过爹的臭小子，懂什么？完全是自作聪明！自以为是！"江静舟嗔笑着瞪他一眼，向隔壁房间走去。

推开隔壁门，进了房间，一个三十岁上下、身着素色旗袍的文秀女子站起身来，带着认真的表情看着他。江静舟一时愣住了。

许若飞忙上前为两人介绍："这位就是咱们飓风小组新来的交通员，代号为露表姐。她同时还即将是咱们小组新任的报务员。对了，同志，我都忘记问你的本姓是？"

"沈冰？怎么会是你？"江静舟不理会许若飞一旁的唠叨，熟门熟路地叫出对方的名字来。

"你好，云表哥同志，沈冰前来向你报到！"女子冷静地伸出纤手，表情是一如既往的严肃刻板。

"冰冰！"江静舟握住她的手，百感交集，一时无语。

"师座，原来你们认识啊？那就更好了！"许若飞感叹着。

一旁的沈冰浅浅地和江静舟握了下手，就忙将手缩回，同时却皱紧了眉头：

5

"我们还是先说任务吧！"

她表情凝重地重新坐下来，对着落座在对面的两人讲述道："半年前，我回老家汇报工作，组织上刚好在找送宁松来东北的人选，就挑上了我。这次我的任务，就是充当你们的交通员，和宽城地下党接上关系，同时，也兼任飓风小组的报务员，及时协助这边和老家取得联系！"

江静舟点着头，看向沈冰的目光带着故人的亲切。但是对方的神态和语气都是平静无波，甚至是带着一贯的冷峻意味：

"还有另外重要的一点，就是彼此身份的问题。云表哥同志，根据以前和你的交往经历，我将继续以你家乡表妹的角色生活在你身边。因此，我名义上就是宁松的表姑，作为他这些年的监护人出现。我们的住处，是假定在了西安，刚好这样可以解释了宁松的口音问题。接到任务后，我专程陪宁松在西安住了两个月，根据老家编好的他的这十年来的履历，我们熟悉了西安的环境，宁松非常聪明懂事，他已经对他的这番假履历倒背如流，所以你可以充分放心！"

"我当然放心，你做事一向周密严谨！"江静舟发自内心地赞美道，对面被赞美者却露出明显不屑的一笑。

她微微偏了下头，似乎压抑住一声唱叹，继续正色道："那么，我对你的称呼，从今天开始，就要改口叫……'哥'了，希望大家彼此适应熟悉一下！"

江静舟望着从小一起长大的邻家小妹，满心都是怜惜和温情。联想到和她姐姐的前缘，一股愧疚之情又总是挥之不去。他无视她的冷漠和赌气别扭，温和笑道："好的，总之这样很好，我还是可以像以前一样叫你冰冰！你对我的称呼嘛，若是不习惯直接叫哥哥，像以前在家那样，叫金子哥也行啊！"

"不可能的！金子哥在我心里早死了！"沈冰毫不犹豫地回绝了他，语气冷得像是才从冰窖中拎出来一般，"我宁愿再绕口也会叫你哥哥的！金子哥这个称呼太金贵，如今的你只怕担不起！"

江静舟被顶得顿时面红耳赤，手足无措。一旁许若飞也看出来眼前的两人必有前愆，他不由得暗地同情起自己的上司和大哥来：何时看到江静舟被话呛到如此尴尬难言的地步了？这个女子不简单呐！

他忙岔开话题为自己的大哥解围："工作谈得差不多了吧？先拣重要的说

说，以后来日方长呢。咱们下去吃饭吧，他们估计等急了。我们师座还没见到宁松呢！"

看到江静舟默然无语，沈冰站起身来："好吧，工作先说到这里。关于宁松，我多说一句，孩子懂事且知礼，虽然年少，有些事情他心底明白……认亲的过程不会有问题。"

江静舟感激地望着她："我明白，谢谢你，冰冰！你如今作为孩子的长辈，以后还要操心不少！"

"这点你放心，又何消吩咐？"沈冰的脸始终板着没一点笑容，"但是我也要言明，我心里自然有着一杆秤！在我看来，孩子们自然都是好样的！沁梅是我姐姐的亲生女儿，宁松是我姐姐心爱的养子，如此而已！"

"好嘛，听听这小姑奶奶的口气，分明是在暗示，在她沈冰的心中，这两个孩子最好都跟我江静舟择开，没任何关系才好！而她，只是因为和姐姐沈琬的血缘亲情才会关注护佑这两个孩子的……沈冰，沈冰！这个倔强过头的女子！"

江静舟在心底嘀咕着，悄然苦笑一下，脸上却依旧挂着温和的笑意，语气也分明是在好脾气地顺着她："好的，你如今做孩子的姑姑很合适，你说的都对！"

这句明显带着退让、亲热的话语却丝毫没有起到升温作用，只见沈冰不满地剜了他一眼，率先转身向外走去。

走在通向餐厅的走廊上，江静舟想起什么，对许若飞指指顾倾城的房间。许若飞明了，一笑："顾姐已经去餐厅了！"

"顾姐……"江静舟咀嚼着他说出的这个词，对他们对顾倾城的这个新称谓显然还有些不习惯，又想起刚才程睿面对她的尴尬纠结神情来，禁不住咬唇一笑。

许若飞瞬间明白他的笑意，就轻声解释道："她如今不是副处长了，您说我和思扬该怎样称呼她才对呢？思来想去，只能称姐吧？我们倒是想公然叫嫂子的，又怕您不自在了？"他说得自己先捂嘴轻笑。

"许若飞你又满嘴胡说？"这话让江静舟恨得牙痒，真想给他头上砸一记爆栗才算解气，"到地儿你赶快离开我身边，滚到基层部队锻炼去！省得这番贫嘴贫舌地招人讨厌！"

两人轻声说笑，一旁走着的沈冰似乎听出来什么，她轻蔑而不屑地一笑，快步走到了前面。

江静舟熟悉她的脾气，只好无奈笑笑。许若飞却很诧异，看到自己的大哥屡次在这个女同志面前吃瘪，心中愤愤不平，就悄声问道："这位什么毛病啊？一直冲着您冷笑，又是哼又是啐的？"

"别胡说！"江静舟拉住心腹爱将，想想还是和他说些实情，省得这个毛头小子为了维护自己，再和这位沈冰姑奶奶锵锵起来，两人都是暴脾气，倒不好了。

"你小子以后嘴上有点把门儿的！我实话告诉你吧，她是……沁梅的亲小姨！你……明白了？"

许若飞愣住了，眨眨眼，想起了自己大哥过往的婚姻轶事，心下明白一些。但想想还是不能服气，就跌足做叹息状："哦，原来是以前的小姨妹啊？可是这也太凶了点儿吧？像个刺猬似的，专门赶来扎人的？"

"许若飞？！你怎么回事？我越解释，紧着嘱咐你倒还来劲了？雨表哥同志，请你随时和露表姐同志搞好关系，这是命令，你给我好好执行，不得讲任何条件！"

看到上级大哥真急眼了，许若飞嘟噜着嘴不敢再说下去。

三人前后脚进了餐厅，里面坐着的几个人都立起身来迎接。

江静舟一进屋，自然第一眼就去寻找宁松，那个多年未曾谋面的儿子，那个已经记不清面目的男孩。

猛然看去，他多少有点吃惊！那个站起身来，向着他们腼腆微笑的男孩，根本不是他原本想象中的瘦弱单薄的少年模样。

这是一个身材颀长、结实挺拔的男孩，他的身量很高，和同龄人比，肯定是出类拔萃的，就是和身旁的乔思扬等中等身材的军官比，也毫不逊色。他身着一件青灰色的棉袍，合体的裁剪更凸显出颀长瘦削的身材。

看到他的面庞，才会发现毕竟还是个孩子样。轮廓清晰的脸型和五官，秀气而有特色的剑眉，刚劲个性的嘴唇，都让江静舟蓦然有似曾相识的感觉，他仿佛记起自己的青少年时代，那个徜徉在故乡江边的青涩男孩。这就是神奇的血缘因素，毫无征兆间，江静舟从眼前的少年身上，猛然看到记忆中自己的青春年少模样。

少年也一直怔怔看着眼前的这个穿着笔挺威武的国军将军制服的中年男子。

关于生身父亲的记忆，他脑海里是一片空白。从他记事起，他的父亲就是那个叫郭清寒的瘦削挺拔的青年军人。从一身洗得发白的红军军装到后来新换上的整洁英武的八路军军装，养父留给他的印象都是俊朗威武的标准的军人风姿。

养父是个性格开朗的人，温文儒雅，和蔼干练，他和养母沈琬感情很好，两人为幼小的孩子营造了一个温馨有爱的家庭氛围。

养父对他和姐姐沁梅都很亲，像自己亲生骨肉般疼爱着。可能由于他和养父母生活的时间更长，几乎在他们身边长大的缘故，夫妇两人都对这个小儿子格外表现出偏爱之情。尤其是养父，爱他是在战友们中间出了名的，父子俩亲亲热热，羡煞旁人。在他成长的记忆中，从来没有见到父亲对他稍有异色，他总是很亲切地微笑着，最爱抚摸着他的头发，时时表现出鼓励、爱护、欣赏的意味。

这就是宁松从小对父亲的记忆，充满了温情和幸福，可以说他的童年生活里从来未曾缺少过父爱，但是关于生父的印记，却是从六岁时开始。

那年他在延安准备上小学，养母沈琬给他讲述了他的身世，他才明白，眼前对他爱护有加的父母，只是自己的养父母而已。

从那时起，小宁松开始幻想自己亲生父母的形象。生母据说是早逝了，不知什么原因，养母沈琬总是在躲闪回避和他谈及这个话题，倒是生父，养父母都详细给他讲过他的事迹。他们告诉他，他的亲生父亲，是一位很了不起的红色特工，长期潜伏敌营，智勇双全，百战不殆。

在延河边上，宝塔山下，小小少年江宁松就一遍遍在心中描绘着自己生身父亲的样子，这一点点堆砌起来的形象设计，让生父在他心中有了个大致的轮廓。但是，由于工作的隐蔽性，生父的照片在延安是绝密的，宁松从未看到过他的照片，所以，在他的拼凑图中，这位父亲的面孔，永远是模糊不清的。

如今眼前这个中年男子让他暗暗惊叹不已。

剑眉朗目，清俊刚劲，那轮廓鲜明的脸庞，棱角分明的五官，都有一种来自天然的熟悉味道，仿佛他和他从未分开过，少年并不知道那是"镜中人"印象，自己和父亲长得是如此相像！

他一身将军呢军服，肩章领花，熠熠生辉。那光芒曾经刺痛过他的姐姐初见父亲时的心，却让眼前的少年没有相同的感受：这陌生的军装并没有让他对他产生太强烈的隔阂疏离感，因为毕竟是穿在自己亲人的身上。让宁松感到奇怪的是，原先担心的尴尬、别扭、不自然、不好意思等情绪，一点没有在此刻他的心中出现。

是的，少年生就温润明朗性格，和他同父异母的姐姐那种纠结倔强的性情大相径庭。他平静而期待地望着生父，直觉眼前这位中年将军威严挺拔的姿态让他不由得要在心底暗暗喝彩：天然的职业军人风范，不怒自威，傲然不群！作为男人，他欣赏；作为自己的父亲，他更感到自豪！

父子就这样深情对望着，久久不发一言，没有任何举动。周围的人也陷入略微尴尬微妙的境地中。

片刻，程睿忍不住推了一下身边的少年："傻小子，发什么呆？快上前叫人呐！"

少年不脱孩子气，当着这些人面，终究有点羞涩局促，又紧张纠结。他微微咬了嘴唇，忍不住回望一眼自己近来跟着的亲人——表姑沈冰的脸色，仿佛在无声地征询她的意见。

沈冰满心怜惜懂事纯孝的男孩，她压抑住心底的不以为然，冷静地吩咐道："小松，那是你爸爸，去招呼一声！"

江静舟心底波澜起伏，有一股热浪瞬间涌入眼眶，他强压制住了它的流淌，只是带着沉静的微笑，望着眼前长身玉立的少年——他朝思暮想的亲生骨肉，张了张嘴，一声"儿子"涌到嘴边，却凝噎住，悄悄滑落到心底。

这个无声的来自父亲的心底呼唤，别人自然无法感知，但是聪敏内秀的宁松却在瞬间捕捉到了！这就是骨肉亲情的绝妙力量，无法解释、不可思议般神奇！

这声被噎住的呼唤让可爱的少年的心瞬间热了，他曾经可望而不可即的来自骨肉血缘的生父之爱就在眼前，还犹豫什么呢？饱读诗书、满腹锦绣的江宁松从来就不是忸怩的孩子，更不是别扭古怪的少年。天生的好性情，一贯的豁达睿智的品格，让他迥异于姐姐沁梅那略带点纠结孤僻、冷傲警惕的性格特征，他觉得和眼前的父亲，竟然像是久别重逢一般，有一种割舍不断的亲情在过去的岁月中仿佛一直将他们维系着，他们从未曾久别过，他们曾经彼此牵挂了许多年——一定是这样！

少年嘴角上弯，形成他自身独有的轮廓特色，让江静舟猛然记起了父子分别时那胖嘟嘟男孩的脸庞，如今这张脸变得秀气俊朗，挂着明朗的笑意，那亲切大方、语调清晰的呼唤声宛若天籁之音飘入他的耳际："爸！"

这声亲情四溢的叫声让江静舟瞬间红了眼眶！他几乎是咬紧牙关才憋住了涌到眼眶中的泪水！他掩饰着走上前，没有搂抱儿子，也没有直接回答他的呼唤，只是笑着双手抚着他还稍显单薄的肩膀，用力拍了拍："好小子！竟然长得这样高了？"

"爸，我都快十四了呢……"少年的笑意浓厚而亲切，软语温馨。

"是的，是的，孩子！爸记着呢！"做父亲的倒显得局促不安，满心歉意。

为了缓解自己的难以抑制的激动情绪，他有意搭讪着和儿子比了比身高，不到 14 岁的少年已经长到了父亲的耳际旁，江静舟欣慰地笑了。

这一个动作自然流畅，不着痕迹，仿佛真的像是生活在一起很久，只是分别了几年的父子那样，他们瞬间找到了彼此的血脉亲情。

江静舟的心中尤其感慨！他没想到，是这还未成年的儿子，用亲切不别扭的温情，唤醒拯救了自己这个做父亲的人的情感，在众目睽睽之下，亲情流淌，水到渠成般自然，化坚冰于热流，将一宗难言难解，甚至是难为情的特殊父子相见的纠结局面，轻轻化解在这浓浓的血缘亲情中去了。

大家这才坐下来开始吃饭。

宁松自然被安排在父亲身旁。江静舟不停地夹各样菜到儿子碗里，同时看不够似的总是找机会打量着他。

顾倾城一向温柔体贴的性情，心肠是格外软，从江静舟进门开始，看着一向坚强内敛的他，如今这般的舐犊情深的情形，早忍不住悄悄抹过几次泪了。

程睿和许若飞是打心眼里为他们的长辈、大哥感到高兴！他不容易啊，亲情对他来讲，仿佛是个奢侈品，总伴随着纠结和别扭存在于他的生活中。如今好了，宁松回来了！少年的温和性情让在场的所有人都心安、感动，就连始终板着脸，一副严肃表情的沈冰，都在不自知间神色稍霁起来。

许若飞不改开朗本性，总要开玩笑："这个宁松就是不带到跟前，走在大街上，扔在人堆里，我也一眼能把他认出来！你们看他，简直是和师座一个模子刻出来的！"

几个人听了他的话，注意看看江静舟，又看看宁松，都笑着点头。

江静舟没理会他的话，也没去注意众人的表情。他一直在贪婪地打量着孩子。是的，也许在外人的眼中，宁松和自己长得是太像了，那轮廓分明的脸型，浓黑生动的剑眉，都是他的鲜明特征，但是只有江静舟心里明白，心中百感交集着他的另外的特征——那双大大的，有着长圆形状的黑亮眸子和笑起来微微上翘的嘴唇，分明是他母亲陈青瑜的翻版。

是的，就连那双眼睛里不自觉地流露出的那番来自天然的、无关乎情绪的淡淡忧伤的味道，都像极了他的生母！

这番孤独忧伤的神情当年曾使他多次不安过！他是个卧底，是经常生活在一起的这群人中间的一个异数，无时无刻，他都需保持着清醒的头脑，警惕的目光，绷紧的思维，别样的冷静。

那个昵称叫青青的女孩，善良温柔至极，对他倾心维护，全身心的相许。可是，也是这位年轻的国军少尉机要员，正是他要策反的对象，起码是他工作的目标，他要从她的手中获取自己组织需要的情报信息，他要让她在有意无意间做出背叛自己组织、自己家族的举动！

这期间残酷的对立矛盾该如何解决？信仰和亲情如何两全？自己的工作对象是自己同床共枕的妻子，是对自己死心塌地般信任的人！这种悲催无奈的情形一次次折磨着他自认是钢铁不侵的内心！

时时刻刻，江静舟就在过着这种走钢丝般险峻的生活，最难面对的，就是那双会说话的无辜的大眼睛。

"致远，我相信你，不管别人如何非议，你在我心中是神圣不可侵犯的！

我的丈夫江静舟，是堂堂正正的党国军人，就算全世界的人都发出异声，我陈青瑜也不改这份痴情！你信我吗，致远？"

"青青，我信，可是……"

"没什么可是，只要你不说'我不爱你了，青青，快从我身边走开吧！'我就会永远守候在你的身边！"

"青青你……"

"致远，你说，你会说出那样绝情的话吗？"

"我……不会的……"

"那就好！"温柔贤淑的小妻子忍不住踮起脚吻了他一下，虽然身为夫妻，这样的亲昵还是让江静舟红了脸："别闹，青青！"

"我没闹！我在等一个甜蜜的回答，你明白的……"年轻妻子脸上显出红晕，她在等着一个自然而然能够从自己深爱着的丈夫嘴里说出的那个约定俗成的"甜言蜜语"，三个字的真经！

自己当年又是多么嘴硬啊！如今想起来，江静舟不由地叹息，他从来就没有满足过妻子这个小小的愿望，那句"我爱你"，他无论如何都说不出口！

是的，他爱过青青吗？也许，是亲人间的赤诚之爱，是朝夕相处的伴侣间的情爱，是夫妻间相濡以沫的真情，但是，都不是那个神仙眷侣般的——爱情！

遭遇过虞水蓉——亲爱的莲莲，江静舟的心已经被带走了！纵使那时他听闻了虞水蓉"牺牲"的传言，他的心也找不回来了，被一起埋葬在她的倩影消失的远方。

他不能骗青青！遵照组织的命令，他娶了她，和她做了夫妻，但是他没法将爱情送给她，不是他不愿意、不舍得，是他的爱情已经死亡了，随着莲莲的离去而消亡，如果莲莲不能复生，他的爱情就没法重生！

除了爱情，他可以给她一切，亲情、友情，甚至是恋情，唯独爱情不可以！

他回避着，躲闪着，用他苦战敌营多年练就的特工本领挣扎着，但是他悲催地发现，青青是个多灵透的女孩，她的善良，不会蒙蔽了她的双眼，她的温柔，不会淡化了她的敏感，她一定感受到了某种真相！

"唉，致远！我知道，你说不出来那三个字……因为我知道我根本就没有真正走进过你的内心！不过，我不会怪你，这一定是我的原因，是我做得不够好！或许，你只是选择了婚姻，我却自作多情般选择了爱情！但是我能等，真的，致远，我能等！总有一天，也许，你会……"

女孩低下温柔如水的面容，深深叹口气，那失望忧伤的神色暴露出自己被击碎的一片芳心，也同时揉碎了他的心。

时过境迁，单纯明净的女孩终于没能等到自己渴求的一切，只是悄悄将一股与生俱来的千古愁情恨意，遗传到亲生骨肉的双眸中。

宁松的眼睛像极了他的母亲！此刻，父子重逢，猛然相对间，看着这熟悉的双瞳，一股悲酸悔愧的潮汐再次袭击了江静舟的心！

"爸，您别夹了，我的碗里都放不下了！"宁松小声提醒着父亲。江静舟猛然从回忆中惊醒，才发现自己不知不觉中，已经将宁松的碗里夹满了菜。

他自嘲地笑笑。为了掩饰这份尴尬，他首先侧身搭讪着向沈冰介绍了身边跟随自己的几个人。

提及顾倾城的身份时，他有点尴尬难言，沈冰却一脸了然神色，只是看着宁松问："小松，知道该如何称呼吗？"

顾倾城红了脸："宁松随沁梅叫好了，叫姑姑罢！"

沈冰摇头："沁梅是沁梅，宁松是宁松，不一样的！小松不妨叫阿姨吧？原该这样叫！"她说着扫了江静舟一眼。

顾倾城好脾气地笑笑："也好，不然咱们两个姑姑，倒让孩子作难，叫不清楚了！"

就这样好歹说笑间将宁松如何称呼顾倾城的难题解决，在别人尚可，江静舟却很是暗暗松了口气。不知为什么，他悲哀地发现，沈冰来了，他不自在的日子也跟着来了！江静舟难免心里发怵，又不能言说。

他又拍着儿子的背，向他重新郑重地介绍了程睿、许若飞、乔思扬等人的身份，包括封正烈派来的那两名军需官："除了小睿你该叫大哥外，余下几位，按理你都该叫叔叔才是！"

许若飞笑了："别人倒罢了，思扬比宁松才大五六岁，应该叫哥哥吧？"

江静舟摇头："从我这里算起，都应该叫叔叔！"

许若飞笑笑："那沁梅可一直叫我若飞哥呢？"

"谁让你在她面前不摆出长辈样子呢，可怪谁来？"江静舟戏谑地对他撇嘴微笑。宁松突然发现自己父亲竟然有着如此顽皮的一面，心里温暖，觉得亲切感更是徜徉在心头。另一种亲近感自然来源于他们刚才话里提到的另一个人，他的一个至亲手足。

"爸，我姐姐她……还好吗？"少年问得语气恬淡温和，却溢满亲情的味道。

江静舟笑着对儿子点头："她很好，也很惦记你呢！"

宁松腼腆一笑："我和姐姐从西安分手后，她去了重庆，好几年没见面了。"

江静舟注意到因为有外人（那两个军官）在场，他很自然地将延安这个地理位置转换到了西安，不由感叹于他的成熟和谨慎，似乎和刚才沈冰说得很相符，这是个懂事稳重的孩子。江静舟心下释然，疼爱地看着他笑笑，宁松也回报给父亲一个灿然笑靥。

"那……还有宁兰呢？我还有个妹妹叫宁兰不是吗？她……"

儿子自然而然问出的这句话令人猝不及防，如利剑般直戳到江静舟的心头。宁兰是他心头永远不能愈合的伤口，任何时候触及，都会引起他的伤感。

"宁松，有些事以后再说吧！快多吃点菜，就不知道你口味如何？可不可口呢？"程睿机灵，忙用闲语岔开这个忧伤的话题。

宁松是敏感懂事的，知道必有蹊跷，于是不再多言，和众人一样，默默吃完了这顿饭。

晚饭后，宁松很自然地跟着父亲来到他的房间。

他们在沈阳只停留一个晚上。江静舟突然冒出个很奇怪的想法，觉得这个晚上，好像在没有再次进入敌营之前似的，是个充满了自由空气的夜晚，他可以敞开心扉，好好和儿子交流一下。

在他们身后，许若飞体贴地将宁松的东西送到了江静舟的房间，笑看他："师座，今晚宁松就住在您这里了！"

江静舟这才发现自己的房间是个套间，里外都有床。他笑着点点头，许若飞识趣地赶快离开了。

江静舟招呼儿子一起坐到沙发上，从口袋里掏出那枚木雕打火机："儿子，你刚才不是问到你的妹妹宁兰吗？这个就是她留给爸爸的东西，她已经……不在了！"

"爸？！"宁松惊讶地瞪大了眼睛，听父亲用略带伤感的语气给他简述了宁兰的往事，以及她的死讯。

"爸！您要想开些……"天性孝顺纯良的少年不知道该如何安慰自己的父亲，却见父亲带着凄楚的神情在望着自己微笑："宁松、宁兰……无论怎样，你们就该是永远连在一起的两个孩子！如今兰儿走了，你的来归，让爸好欣慰，也一定会让一些亲人感到慰藉的！"江静舟目前还无法向儿子说明宁兰的身世，但是他要开始向儿子灌输一些为人子之道——道理和道义。就在这样轻松有爱的氛围中，父子俩几乎彻夜未眠，一直在愉快地聊着。

宁松随身带着的一大包线装古书引起了江静舟的惊异，他问起了这些书的来历，从这个话头开始，他才了解了宁松的过去。

宁松的人生经历也无疑是非常奇特且充满玄机的。

当年，他被交通员送往苏区，不久就遭遇五次反"围剿"失利，红军被迫北上转移。刚满周岁的他又被年轻的交通员送回自己在淮南的老家。

所幸的是，他遭遇到的这个监护人——年轻的交通员是个成熟稳健、负责任、有爱心的地工人员，在两年后，得知中央红军已经在陕北建立了新的根据地后，又不辞劳苦地将他送到了延安。

三岁的他被交给了离开生父后的第一个亲人——父亲的老上级，当年黄埔时期的政治教官阎崇光。这个从此被他称为阎伯伯的人，当时负责着中央情报某机构，虽然工作繁忙，却对他关爱有加，一直带他在身边抚育。

不久，他又遇到了生命中的又一对亲人，从此有了父母的记忆。

养母沈琬被调到阎伯伯手下任职，那时她和丈夫郭清寒跟随红四方面军经过长征，在会宁会师后来到延安，阎崇光伯伯是唯一知道他的生父江静舟婚姻历史的人，他将宁松的情况告知了沈琬。几乎没有任何犹豫，沈琬毅然将三岁的宁松接到了自己的身边。

她的丈夫郭清寒支持并襄助了妻子的此项善举，这对携手两万五千里长征走来的革命夫妻，都有着水晶般的心灵。从此宁松有了温暖的家庭和慈祥的父母。

后来抗战全面爆发，作为某纵队政委的养父郭清寒去了山西抗日前线，养母沈琬则留在延安社会部工作。

他们居住的地方叫王家沟，是陕北一个普通的村子，在这里宁松又结下了一段奇妙的师生缘。

他们母子二人居住的窑洞的房东，是一对老夫妻，为人和善，和沈琬母子处得很好。老先生姓魏，曾经是光绪年间的一名秀才，是这里十里八乡出名的文化人，他无儿无女，却收藏了半个窑洞的古典书籍，经史子集，诸子百家，应有尽有。

沈琬很尊重这两位老人，虽然她当时在社会部任职，工作很忙，但是只要回来，她就像女儿一样和老人聊天，也抽空帮他们挑水扫院子，做一些家务事。老两口也很喜欢这位温和亲切的八路军女干部，经常在她不能回家做饭时，让宁松到他们家中吃饭。

不久，姐姐沁梅也被送到延安，当时宁松正在延安的列宁小学读书。母子三人度过了一段温馨和睦的家庭生活。

后来，沈琬调往抗日军政大学任教，沁梅也在十五岁那年上了抗大，离开了家。不到八岁的宁松因为要继续在附近的列宁小学上学，在老夫妻的一再要求下，就寄养在了他们家。

其实，老两口早就把宁松当作自己的亲孙子看待了。尤其是魏老先生，从五岁起，就开始教宁松古文，从三字经、百家姓开始，随着宁松的长大，又相继在他的辅导下，读了四书五经、诸子百家等历史典籍。

魏老先生对宁松情有独钟，在宁松刚开蒙不久，他就和老伴说，他幸运地发现了一块璞玉！他喜欢的，不只是宁松的聪明和懂事，令他惊异和赞叹的是，这个孩子有一种奇怪的"慧根"。

魏老先生饱读诗书，满腹经纶，是有着自己独特的处世哲学和识人眼光的。他认为虽然人之初，性本善，万物生而平等，但是人的慧根和某些与生俱来的"善果"却是上天的旨意，是神佛的安排。他坚持认为，人间的极少一部分人，是生来完成大使命的，他们肩负拯救众生的职责，所以就表现出特立独行的个性来。

在他的眼里，宁松就是这样一个孩子。

他在宁松很小的时候，就观察到这个孩子的与众不同，他懂事、明理、克己、自尊。他的善意温和的性格仿佛是与生俱来的，他总是快乐自然地帮助别人，用亲和力极强的微笑面对每一张面孔，从不和任何人发生争执，也从不给大人带来任何麻烦。

魏老先生曾经为了观察培养他，故意用一些小事来考验他，却发现这样一个令人感慨的事实：小小的宁松就是这样一个孩子，他将一切善行当作自己乐于去做的事情，当他帮助了别人，成全了别人的时候，他就会感到无上的快乐；可当他哪怕是无意做了他认为不正确的事情时，他就会感到非常沮丧，会自省自责很久。

作为一个孩子，他也许还不可能自觉体味儒家思想的精髓，不知道中庸之道的含义，不明白吾日三省吾身的意义。但是在魏老先生眼中，他的很多自然天成的行为，却无意中契合了"慎独自修""忠恕宽容""至诚尽性"的三个境界。

魏老先生非常感慨于他的天性纯良和天资聪颖，他更加认真地教授他的学业了。就这样，十岁左右，宁松已经在这位先贤的倾力指导教引下，通读了大量的古文经典著作，奠定了深厚的文化根底。

这段独特的求学经历带给宁松毕生的影响力是巨大的，它不仅让这个聪颖敏慧的少年养成了受益一生的勤学笃行的良好习惯，积累了远远超出他的同龄人的学识知识，而且博大了他的胸襟，开拓了他的视野，让他拥有了过人的胆识和见解，所谓"读史让人明智"，江宁松的通才硕学让他在何时何地都能展现出异于他人的品行，卓尔不群，风采难掩。

魏老先生自然找机会和沈琬谈了他对宁松由衷的欣赏和偏爱，对这个孩子的异人天赋和纯良的品行，他是格外赞叹欣慰的，他认为宁松让他的晚年实现了一个很久以来的梦想，那就是圣人所说的人生三大乐事之一的一件事，对读书人来说，也是最高境界的一件乐事——择天下英才而教之。听了老先生的这段话，沈琬不但欣慰，而且是感同身受。

作为孩子的养母，她是感慨万分的：她身边的这两个孩子，性格、禀赋都是那样的迥异，虽然他们有着一个共同的父亲。

可能是源于自小颠沛流离的不寻常的人生经历，女儿沁梅养成了敏感倔强、锋芒毕露、泼辣果敢的性格，很多时候，她就像是一朵带刺的玫瑰，有意无意之间会让周遭的人尝到被刺痛的滋味。

沈琬理解女儿的这种个性的形成，她也尽量用自己的母爱和宽容来引导她、教化她克服身上时常显现的骄娇二气。但是天性使然，而且沁梅年龄已经不小了，要彻底改变她的这种性格，似乎已不大可能，沈琬觉得，只能寄期望于年龄和阅历的增长，来平和和化解她这种年少轻狂的偏激情绪。

于是宁松的品格就很让沈琬感慨了！这个孩子同样生长在骨肉分离、孤苦无依的情形中，但是宁松却生就温婉宁静的性格（那时的沈琬自然不会想到孩子的性格更多地遗传了他的生母陈青瑜的特征），小小年纪，就显现出自己生父的名讳昭示的那种绝高的境界——淡泊明志，宁静致远。

他不似他姐姐那样尖刻敏感，他性情温和，宽容内敛，他的性格就像是一汪清水，不但清澈透亮，而且充满柔和、开放和接纳。

宁松这样乖巧懂事的秉性，给了沈琬很大的精神慰藉。而且她欣喜地看到，他不仅有敏而好学、勤奋务实的品格，而且又具有行为豁达、笃信善良的美德，他的品学兼优的德行得到了周围长辈们的一致夸赞。沈琬一度将儿子当成了自己的骄傲。

其实更应该感到幸运感恩的应该是宁松，因为几乎沦为孤儿的他，遇到了沈琬夫妇这样一对宽厚仁义、大爱无边的父母，这是他一生的幸运。

沈琬是个宽厚而大气的女人，在她的身上，既有农家妹子与生俱来的善良和朴实，又有经历过多次生死磨难后豁达颖悟的智慧。在获知江静舟的真实身份和那场假婚姻的实情后，沈琬陷入深深的自责和悔恨中。误会已经造成，错误不能弥补，当她在延安巧遇前夫的儿子时，她自然而然间将强烈的亲情化作母爱，倾注到这个幼年失母的男孩身上。

她现在的丈夫郭清寒出身书香门第，是个政治觉悟和修养品行都极高的革命者，出于对妻子沈琬的深爱，对自己地工战友的深情，他也将从未挥洒过的博大的父爱，给予了自己的养子。

后来，沈琬曾陪同患肺病的丈夫去上海治病，和江静舟有过谋面，往日恩怨已如烟尘般消散在历史的踪迹中，三人握手相谈，沈琬对前夫有过这样的承诺：

"金子哥，你放心，无论何时何地，何种境况下，宁松都是我和老郭的亲生儿子，你不要有任何牵挂，做好你自己的事情，最好，再……拥有你自己的幸福，这很重要！"

沈琬没有食言。她用自己卓越的母爱，为幼小无依的宁松撑起了一片天。

后来在延安整风运动中，那场因为宁松的生母问题，向他们母子俩排山倒海般压来的灾难，是刻骨铭心的，但是，它却因此拉近了母子的心灵距离，让他们的心贴得更近了。

懂事的宁松在困境中抚慰母亲，成为母亲的精神支柱，他们母子二人依偎着，共同扛过了这场磨难。

遭受了周边人的凌辱和白眼的幼小宁松，原本是惶恐不安，满心委屈的，可是当他面对着正痛苦地承受着来自自己同志的责难，暗地哭泣的母亲，九岁的他油然升起男子汉的气概来，他觉得应该像个男人一样，来保护自己的母亲！他知道母亲最牵挂的是什么，于是他不再哭泣，不再向母亲质问抱怨什么，反而用自己的小手为她擦去了泪水，用微笑鼓励着沈琬。

他这样告诉沈琬："妈妈，您别哭了！我们以后不用再听别人说些什么，我只相信您！古人曰，清者自清，谣言止于智者。您放心吧！我要更加努力地学习，为您争口气，用自己的好成绩来告诉所有的人，我是个好孩子，不是什么狗崽子！"沈琬看着儿子脸上和他年龄不相称的成熟和坚毅的神情，一阵心酸、欣慰难禁，忍不住搂住他失声痛哭。

那次不寻常的磨难过去后，沈琬又有点担心，她害怕这件事情会影响到孩子的身心健康，就曾经和他深谈了一次。

在不违反秘密工作纪律的原则下，她给儿子讲述了他的父亲江静舟的一些往事，告诉了他，他有一个英雄的父亲，他永远应该为这样的父亲感到骄傲。

她又不可避免地，语气艰难地给他讲到了他的生母。沈琬这样告诉宁松，不管的母亲是什么身份的人，她都给了你生命，所以你就要对她感恩，这种母子情缘是与生俱来的，无论什么力量都不可能割裂它！一个连自己的母亲都不敢承认的人，那么他也不配做一个真正的革命者。

小宁松流下了眼泪。懂事而早熟的他读懂了养母的话，觉得自己更加明白了亲情和爱的定义。于是，在这场令人胆战心寒的磨难过后，关于给自己带来了"莫须有羞辱"的生母，宁松的心里没有种下恨，反而栽下了爱的种子。

长大后，他从姐姐口中明白了父亲和养母曾经的婚姻悲剧后，他更加感慨于养母的这种大爱无私和崇高品格，这是一种超越了阶级的大爱，它让宁松明白了作为共产党员母亲的胸怀，明白了什么是真正的"仁义"。逐渐长大的宁松慢慢地和沈琬有了隔代知音的感觉，他随时愿意向母亲敞开心扉，他自己也因此受益终生。沈琬也成了他一生做人的榜样。

后来，成为解放军某大学教授的江宁松写出了他的学术名篇——《论现代化战争中的仁义之师》，这个关于大爱无疆的定义的起源，他归结到他九岁那年，在延安受到的道德心灵启迪，当然此乃后话。

如今，1947年初春的东北，站在江静舟面前未满14岁的宁松，就是这样一个平和稳重，阳光开朗，既内秀于心，又外表谦恭有礼的少年。

和他一席长谈，作为父亲的江静舟既惊喜又欣慰！

宁松用充满感情的话语，描述了他在延安的火热的生活，他对那片圣土的热爱和依恋，也动情地讲述了沈琬夫妇对他的抚育和关爱，他对养父养母的崇拜和爱戴。江静舟不时为他的生动讲述而激动、欣慰、赞叹，甚至是泪下。

后来，宁松又讲到了他的求学经历，在列宁小学、陕甘宁边区中学的学习情况，当然，更告诉了父亲自己和魏老先生的这段师生缘。

江静舟感慨于宁松的丰富学识，他随意翻开了儿子的几本线装书，考了他几个问题，宁松不仅对答如流，还加进去很多自己的观点和见解。江静舟十分满意。看着眼前满肚子古书的儿子，江静舟不由得想起了向晖。

这个他最欣赏崇敬的战友和搭档，就是一个旧式才子儒将形象，经常也是线装书不离手，江静舟经常会向他请教问题。此刻，江静舟多想让儿子有机会可以和自己的这位好友交流一下。不过这个机会马上会到来，也是他目前没有想到的。他更想不到的是，向晖和宁松也会结下一段深情的父子缘。

江静舟如今是这样的庆幸和感怀，他又是如此的满足和欣慰！他没想到宁松会带给他这样的惊喜，这样的感动！这个生于异党夫妻间，略显别扭尴尬婚姻中的孩子，竟然是如此心清义正，天性纯良！就像是一条纠结扭曲的藤上，开出了最绚烂光灿的花朵。

此刻，经过父子俩一番深谈，看着始终挂着亲切微笑的父亲，宁松也觉得自己和他的感情又亲密了几分。

父子间的谈话气氛是这样的温馨随和，宁松甚至大胆地和父亲讨论起目前的局势来，说到他这一路上看到的满目疮痍的景象，宁松表示了自己对战争的憎恶。

他随口念出了几句古诗：

"可怜万里关山道，年年战骨多秋草。"

"去时三十万，独自还长安！"

"泽国江山入战图，生民何计乐樵苏。凭君莫话，封侯事，一将功成万骨枯！"

"生女犹得嫁比邻，生男埋没随百草。君不见青海头，古来白骨无人收。新鬼烦冤旧鬼哭，天阴雨湿声啾啾！"

说到这里，宁松忍不住唏嘘感叹："爸！您听，多么凄凉悲惨的句子！每当我看到这样的诗句，会觉得这里每个字的后面，都躺着一具血淋淋的尸骨，都隐藏着一个家庭破碎的悲情故事呢！"

江静舟点点头，赞同了儿子的悲天悯人情怀。

宁松继续感慨道："这是我在古书上看到的，在抗大去看妈妈和姐姐的时候，我还曾经在他们的图书馆看到好多的书，我记得看到过一个外国人写的句子，也是相同的道理——只有死者才能看到战争的终结！我当时就被深深地震撼了！"

江静舟爱怜地摸了摸儿子的头，善意地调侃道："看来，我们的小才子还是一个战争的绝对反对者呢！"

宁松扬起秀气的眉毛，思索片刻，故作老成地摇头："也不尽然！战争也分为两种，一种是为战争而战争，另外一种，是为了终止战争而发动的战争！

那么第二种显然就是正义的，有时候，也是必需的！而且，如果能够用更明智的方法，阻止战争的延续，更是善莫大焉！"

"不错！"江静舟笑了，接口道，"所以孙子有曰：'百战百胜，非善之善者也；不战而屈人之兵，善之善者也。故上兵伐谋，其次伐交，其次伐兵，其下攻城。'"

"善哉！善哉！是的！是的！"少年宁松好容易遇到了知音，竟然还是自己的父亲，不由得乐得他手舞足蹈起来，显现出孩子的天性来。

他看着父亲，继续说着自己的见解："其实您发现没？中国字里面的这个形容战争的'武'字就蛮有意思的！爸，您看，"

宁松用手蘸了点水，在桌子上写了个"武"字，进一步解释道："这个属于会意字啊，其写法分解开来就是'止''戈'，难道不是说明，中国古代人就意识到——战争的最终目的，应该是停止战争，力争和平？"

"说得好，儿子！"江静舟忍不住再次拍拍他的头，发自内心地赞许道。

父子俩就这样聊了一个通宵，不知不觉中，窗外天色已亮。

后来在宽城两人相处期间，江静舟还经常和儿子一起探讨过很多问题，有关历史、军事、现实，后来来东北的向晖也加入到他们这个讨论组合中。

江静舟和向晖都惊异地发现，宁松实在是一个早慧的少年，他除了读过大量的经史子集外，还曾经涉猎了一些古、近代军事著作，如《孙子兵法》《吴子》《六韬》《尉缭子》，还有曾国藩、胡林翼等人的用兵策略。

宁松谨慎地向向晖解释了自己的博览群书状况源自何处，他简单地说明了在西安的读书经历。其实江静舟心里明白，而且无限感慨，儿子一定是在延安抗大和养母很有限的相聚时刻，抓紧时间读到了这些军事理论著作。

向晖因此对江静舟多次感叹："有子若此，夫复何求？致远呐，不能不说你小子太有福气了！宁松简直就是你生命中的一个奇迹！"

江静舟当然也乐见儿子将来能够从事军事理论的研究。作为父亲，他想的要更久远些。

身为职业军人的江静舟，始终认为自己的孩子们，都应该继承这份军人血统，成为新一代军人。战争终会结束，新政权已经如朝阳般蓬勃欲出。但是无论何时何地，保家卫国的军队，都是这个国家的钢铁长城。

不过，他略微感到遗憾的是，自己有种直觉——宁松生性仁慈宽厚，心地纯良，似乎有点犯了"慈不掌兵"的兵家大忌。

他某次和儿子谈到过这个问题，他认为宁松似乎更可能成为军事理论家，而作为真正的职业军人，应该从基层指挥员做起，这个宁松似乎并不适合。

虽然性格持重老成，究竟是少年气盛，江宁松并不认可父亲的这番话，但是崇尚"君子讷于言而敏于行"的他，并没有当场反驳父亲，他只是在找机会，要用自己的行为，推翻父亲的这番定论。

后来在抗美援朝战场上，18 岁的江宁松成为一名志愿军战士，先是担任班长，后来在上甘岭战役中，他被火线任命为排长，他运用自己卓越的军事才干，用较少的伤亡代价，取得了一次次奇迹般的胜利，带出了一只响当当的钢铁团队，被志愿军总司令授予了"英雄排长"的称号。

江静舟在为儿子感到骄傲的同时，也对儿子再次刮目相看。这些也都是后话了。

此时，在东北，江静舟和儿子相聚的一夜，因为彻夜长谈而让父子两人都感到兴奋莫名。宁松觉得自己和父亲的关系，一夜之间仿佛更加拉近不少。

他看出来父亲对自己的格外关爱，因为他发现了一个细节——

第二天在赴宽城的途中，他和父亲同乘一辆车，都坐在车的后排。他注意到父亲一路上都在下意识地拉着他的手，好像唯恐一松手，就会将心爱的他再次遗失一样。

感受着这样的父爱，宁松很满足，更感到无比的幸福，他贪婪地享受着这对他来说几乎是迟到的奢侈的亲情。

毕竟还是个孩子，一夜未眠，车子开动不久，他就靠在父亲的身上睡着了。

江静舟怜爱地望着酣睡中的儿子，将自己身上的军大衣脱下来，轻轻盖在了他的身上。

第二章　真情难辨

　　她和他两年多来几乎朝夕相处，从冷漠相对，到彼此唇枪舌战，再到冰山融化，两情相吸，生死相依，他们的感情是那样的水到渠成，浑然天成，如鱼饮水，冷暖自知。和楚天舒在一起，沁梅觉得踏实安宁，他对她的包容和宠爱，让她觉得小儿女的情调也竟然是这样的温馨美妙，让人心动不已！

　　如果说江宁松目前正在度过他一生中和父亲相处最温馨的一段时光的话，与之相反，他的姐姐江沁梅，此时却正深深陷入一段忧伤纠结的心绪当中。

　　那天在胡文轩官邸吃饭，因为养父提到了楚天舒的话题，沁梅情急之下狠狠抢白了他几句，又抹着眼泪负气跑出来。她不由自主地来到警备师，在自己父亲曾经的办公室外流连了许久，一腔惆怅孤寂的心绪难解。回到保密局上海站，在宿舍外遇到了来找她的虞水蓉。

　　虞水蓉带着长辈不放心的神色看着沁梅，直到两人进了宿舍，在床边坐下，沁梅都是咬唇不语状态。

　　"唉，你这个孩子！样样都好，就是这脾气……"虞水蓉摇头轻叹，"你妈妈是个多温婉平和的人呐？你怎么一点不随她？"

　　"妈妈给我的也只有一半的遗传基因，那一半……可能遗传印记更明显吧？我更像他！"沁梅和虞水蓉天然母女缘分，走得很近，所以她一向爱向母亲般的虞阿姨撒娇，此刻心情不好的她还不忘绷着小脸调侃一回。说到那个"他"字，她故意俏皮戏谑地盯了虞水蓉一眼。

虞水蓉摇摇头，用纤指轻点了一下女孩的额头："那也是你误读了'他'！何时何地，审时度势，克己隐忍，是一个红色地工人员的必要技能，他尤其做得出色！不然，怎么难为他陷身敌营半生了，还能安然无恙，百毒不侵，百战不殆？"

沁梅感佩地点头："您毕竟算他的知音，我为爸爸欣慰！得您如此评价，他……一切都值了！"

却见虞水蓉微微蹙眉，摆手叹道："你先别说我们，你自己目前的状态倒格外让我悬心！"

沁梅噘嘴："文轩爸爸一定又气又恼，怂恿您来劝我的吧？"

虞水蓉深深看着她："他倒罢了，也是被你顶撞惯了，对你这丫头的将就和耐心也着实可怜！老实讲，这份为父者的痴情，我都替他不平！可是，小梅，你知道，我关心，或者说是担心的并不是这个。"

她揽过女孩的肩膀："说说看吧，你和另一个……那个'他'，究竟是怎么回事？"

沁梅当然明白她口中的这个"他"指的是谁，却不知如何答言，只好默然。

其实沁梅心里清楚，自己这一段以来郁闷的情绪究竟是来源于何处。父亲的离开只是个诱因罢了，对楚天舒的情感的不好把握才是她痛苦纠结的情绪之所在。所以她才会对胡文轩在席间劝说自己要珍惜和楚天舒的感情那番话产生那样大的应激反应。

可是自己究竟该怎样办？沁梅眼下完全找不准方向了！

自从那次小河边再次谈及信仰问题，楚天舒和自己勃然翻脸后，沁梅发现两人的距离一下子变得更远了。他似乎总有躲着她的情形。虽然在工作中，他仍然是和颜悦色地对她，但是沁梅却发现他不再轻易和她说笑调侃，更不再给她任何机会，可以和他谈论到任何敏感话题。

他一如既往的儒雅、温和、内敛、持重，但是折射到她的眼中，满满的都是冷落和疏离！女孩觉得自己的心就像是一团滚烫的火球，被人冷酷无情地浸在了冰水中，温度逐渐在流失掉……

无数次，她提醒自己，这位保密局上司，不过是一个铁杆的国民党特务，是一个死心塌地为他的组织、他的信仰卖命的可悲人物，是自己工作的对手和对头，就根本不用在他那里企盼什么温情，甚至是亲情！

但是一想到他那次车祸危难中对自己的舍命相救，以及那场订婚会上，他为自己做出的那份牺牲，还有这两年来日积月累，逐渐形成的兄妹情谊，她总是会心痛心酸，不甘心，也不忍放弃。难道还有别的什么情绪在吗？

此刻虞水蓉单刀直入的一番恳切直言蓦然惊醒了梦中人："你如今分明是爱上他了！爱上了这个你不愿承认、不愿面对的人！丫头，你究竟是否自知呢？"

虞水蓉望着她的眼睛秀丽温婉如昔，里面折射出的光芒，充满亲情，也充满智者的睿智豁达。

"天呐！干妈，您都说了些什么呀？"沁梅直觉地用反抗语气嚷道，"您怎么会误会如此呢？竟然说我会爱上……楚……那个傲慢可恶的家伙，那个楚大少爷？"沁梅急得脸微红，直摇头，脚也不停地跺着地："怎么会？怎么会？不可能！绝无可能！"

"你这丫头，急什么呀？"虞水蓉觉得好笑，就亲切地拍了拍她的面颊，"什么叫当局者迷，旁观者清呢？我这样讲，自然有我的一番道理！"

沁梅已经忍不住申辩起来："好吧，我承认，我对他是有一份感情在，您是知道的啊，就是那次遇险后形成的兄妹情。我看到他是个善良有爱的人，再加上我一直很仰慕他的才华，我……我就动了糊涂心思，一心想把他拉入到咱们的阵营中来！谁曾想我是一厢情愿呐，我太低估了他那方的势力和影响力了，他根本是个外表随和、内心冷酷的铁杆保密局特务……所以，我才会纠结，才会悔恨！我恨我自己对敌人的顽固性认识不清啊，差点犯了大错误，其实鸽子姐姐提醒过我的……"

虞水蓉静静地听着，清浅一笑："真是这样吗？……可是，如果你仅仅只是这样看待他，看待那个叫楚天舒的青年，你就根本无从纠结！既然想明白了，面对这么一个彻头彻尾的对手，你直接交手就好了，用得着伤心困惑到如今吗？你的伤感和痛悔，其实每一个亲近接触到你的人，都看得出来！你的养父也一定明白，才会用那样恳切的话来相劝你，不过倒被你抢白了一番，你分明是拿他当出气筒了！"

"可是，可是……"沁梅欲辩难言。

虞水蓉同情地看着眼前这个年轻单纯的姑娘，深深叹了一口气，再次揽着她的肩膀，温语道："丫头，你一定是身陷其中不自知呢！究竟还是太过年轻，你完全没有意识到自己心中所想的到底是什么？我这个旁观者给你点醒一下吧：这都多长时间了？你时时刻刻在乎着他的态度和情绪，关心着他的身体和健康，以他的乐为乐，以他的忧为忧。这分明是你心中已经有了他！兄妹情分和恋人感情是完全的两码事，小梅，你真的分得清吗？"

这句话如醍醐灌顶般浇醒了沁梅！第一次有人这样直接点醒女孩——她，竟然早就爱上了他？

沁梅默默体味着虞水蓉的这番话，竟然出乎意料地安静下来，沉默不语。

"当然，这一切，倒也自然！少年钟情，少女怀春，自古亦然！那又是多优秀的一个男孩！"虞水蓉幽幽的语气透着长辈的关怀和感慨。

"可是，干妈！"沁梅终于有机会反驳起她来，"即使您说得不错，我真的是对他动了……那种感情，那也是我一时糊涂了，这是绝对不可能的事情！一万个不可能！"

看到虞水蓉皱起秀长的柳眉，一副"为什么"的疑问神情，沁梅继续自己的心灵抵抗："干妈，您知道吗？我曾经暗暗发过誓的！我的爱人，一定要是我们自己的同志，我们的战友，是我们这个阵营里最坚强的战士！这是个首要条件，也是个绝对条件！原则问题是不能妥协的！所以，我再喜欢楚天舒，再欣赏他，甚至是依恋……他，都是不可能和他成为真正的恋人的！"

女孩的语气决绝坦然，那双漂亮清澈的大眼睛让观者心疼不已。在虞水蓉的眼中，她分明有着自己父母鲜明的遗传特征——沈琬式的外柔内刚般的果决，和江静舟那样的淡定、从容和冷峻。

这番话却无形中噎得虞水蓉无法辩解，她张了张嘴，想反驳她什么，终于没能说出口来，只好望着眼前的女孩，再次叹了口气。

纠结气氛中，女孩的语气变得幽然起来："干妈啊，您一定是懂我的，和我父母一样！您也一定是最坚定的革命者！爱情之花，绝无可能在我和楚天舒之间开放，只因为——我们终究不是一个阵营的人！"

她拉过自己干妈的手，嗫嚅的神情暴露出她内心的挣扎："而且，我爸爸曾经告诫过我，作为一名红色特工，如果动了感情，那是一件十分危险的事情！如果再是两个阵营的人之间产生了情感，那就更加会是一种悲惨的状况了！干妈，您是明白的，这番叮嘱，是我的父亲，用自己的血泪经历教给我的！您说，我还会去重蹈他的覆辙吗？估计这种事情要让我爸知道了，他该有多伤心？又有多失望？"

这番话无疑让虞水蓉心酸不已，她更加说不出话来。

女孩反而转过了情绪，搂住虞水蓉，安慰起自己身边的这位长辈来："不管怎样，干妈，谢谢您来安慰我！我想清楚了，我和他，估计就是这样的缘分了——对手，敌人！那超越阶级爱恨的兄妹情，也不过是昙花一现般的虚幻罢了，毕竟不能太过认真！您放心，从今往后，我会加倍注意的！我会理清自己的情绪，不再妄自纠结困顿了，更不能……像您刚才说的那样，让身边人都看出情绪来，那样的话，我就不是一个称职的地工人员了！"

说起来容易做起来难。第二天中午时分，当江沁梅遇到楚天舒，就发现自己还是放不下这份情缘，即使解释为兄妹缘分，也终究是剪不断，理还乱！

那时天空下着小雨，这淫雨霏霏的天气，更让立在宿舍外廊间的女孩平添几分湿润晦涩的愁绪。

"兄妹情分和恋人感情是完全的两码事，小梅，你真的分得清吗？"虞水蓉昨天的那句话让她回味不止。她不由得默默梳理着自己的情感历程——萧岳、楚天舒，两个名字次第出现，纠缠在一处。

萧岳对她来说，是理想化的爱人——从延安时期，作为小姑娘的她，对他的那种极度崇拜开始，到后来潜伏敌营后，两人有限的几次相聚，其实萧岳和沁梅的接触机会是少得可怜。在沁梅心中，和萧岳的爱情就像是童话故事一样，越幻想勾勒，就越美好出尘。

但是对楚天舒的感情不是这样。她和他两年多来几乎朝夕相处，从冷漠相对，到彼此唇枪舌战，再到冰山融化，两情相吸，生死相依，他们的感情是那样的水到渠成，浑然天成，如鱼饮水，冷暖自知。和楚天舒在一起，沁梅觉得踏实安宁，他对她的包容和宠爱，让她觉得小儿女的情调也竟然是这样的温馨美妙，让人心动不已！

是的，萧岳的爱是神仙般的爱；楚天舒的爱，是凡间的俗爱，真爱——江沁梅第一次有豁然开朗的领悟感，她无奈地在心里悄悄承认，自己对楚天舒毕竟是动过真情的！

勘破真情，就是无言的伤痛！她和他，究竟是两个阵营的人，就像昨天她和虞水蓉谈及的那样，不同阶级、不同阵营间的沟壑，已经像无情的银河一般，将他们牢牢钉在了彼岸。

"楚天舒！请你离我远一点，再远一点！不，也许根本是我应该避开他，离他远一些！我们根本就不是同路人！做兄妹都不合适……此生我们有缘无分！不对，是无缘无分！"

沁梅在心中暗暗发誓，要将这份坚持铭刻在心底，随时提醒自己，如何对付这个——敌人？

却不料就在女孩百转千回地纠结伤感时分，那个熟悉的身影猛然间会闯入她的眼帘——

楚天舒一身湿漉漉地出现在走廊的那一头，他的步履有些蹒跚，身上的军装已然湿透，军帽被他拿在手中，一头乌发被雨水冲刷得像一团浸水的茅草般贴在头上，印衬出格外苍白暗淡的面容，那往日里英俊洒脱、灵动秀雅的一张面庞，如今满满刻上的都是病态，晦暗虚弱，憔悴无力。

"哥，你这是跑哪去了？大雨天不打伞，没事找虐呢？"沁梅瞬间忘却了自己的誓言和决心，上前关切地拉住他，急切喊道。

"妞，没事，我很好……"楚天舒淡然一笑，拨开女孩的手臂，向走廊尽头自己的宿舍走去，步履却有明显的踉跄。

沁梅终究不能放心，就跟上前去。却见那家伙进了房门，直接将自己湿漉漉的身子扔到了床上。

"哎呀！不讲究的家伙！你这样把床弄湿了，今晚还能睡吗？"沁梅急着上前欲拉他，却惊异地看到他的状态明显不对——面色潮红，呼吸急促。忍不住伸手摸摸他的前额，竟然烫得吓人！

"天！你在发高烧？这……"没等她说完自己的惊恐之意，就见床上的人已经陷入昏迷状态。

沁梅顾不得许多了，拉开床上的被子，将他身子严实罩住，又转身飞奔出去找人。如果她知道楚天舒刚才经历了什么，一定会更加吃惊的！

不同于上海那边的淫雨天气，宽城这里虽然春寒料峭，毕竟初春景象次第显现。

江静舟戎装整齐地走在陆十军的驻防大楼中，一身笔挺的军大衣他通常是不系扣的，不过来到军长办公室外，他停了一下，想了想，动手将大衣扣子扣好，又下意识整整军容，才微笑一下，敲响了房门，同时带笑喊了声"报告！"跟随他身后的新任副官乔思扬忙止住脚步，向副官室走去。

"进来！"房间里响起封正烈低沉浑厚的声音，江静舟推门进去，看到老长官正背对着门口，望向墙上的地图，仿佛在思索着什么。

"183 师新任师长江静舟前来报到，军座！"江静舟朗朗道。

"自己找地方坐。"封正烈并不回头，手里拿着个铅笔仍在墙上的地图描画着。

熟知老长官秉性的江静舟莞尔一笑，上前一步，立在封正烈身侧，认真向他敬了个军礼，声音不觉提高了几度："军座，江静舟前来向您报到！"

"你嚷嚷个啥？我还没老到耳朵背的地步呢！"封正烈皱眉摇头，扔了手中的铅笔，转过身来，看着自己最欣赏的部下，又恨又爱地埋怨道，"江师长忙啊，日理万机的，还记得有空来踏踏我这块贱地？不易不易！"

"您不埋汰我心里不舒服是吗？"江静舟在老长官面前永远是放松的神态，他带着亲切的神情假装抱怨道，"我说过多少次了，江静舟永远是您的兵！再说了，前两天在郑司令长官那里和您相见过了，这回我是专门再来恭恭敬敬向您报到的，哦？这份恭谨态度倒让您挑理了？真没天理啊！"他做出仰天长叹状。

"没天理的是你这个臭小子！还有脸在我这里找理呢，亏你张得开这张嘴？"封正烈恨得上前戳戳他额头，"你老实说吧，你敢和我讲理吗？江致远你不亏心吗？"

"我……当然……"江静舟自然知道他指的什么，他不好意思地挠挠头，"我不是这就来向您负荆请罪了吗？"

"这还差不离！"封正烈也才露出放他一马的神情，招呼他来到沙发前坐下。

原来，一周前，江静舟一行来到宽城。首先他向驻守宽城的最高长官郑域国报到，被任命为陆十军主力师——183师师长，同时见到了兼任陆十军军长的封正烈等一众官员。

江静舟闯入到陌生的环境中，不仅没有怯意和不适，反倒是有种"如鱼得水"的兴奋感。

只为他一向认定自己就是一个职业军人，每当回到野战部队这种环境，他就会有强烈的归属感。虽然同样是敌营环境，能够待在野战军队序列中，对他来说，也好过在大上海那种机关加部队的格局。何况，这里还有他的老领导，一众的老部下。

他被任命为师长的陆十军第183师，是全军所辖三个师中的建制最大、人数最多的一个师，也曾是封正烈任过师长的嫡系师。因为当时陆十军副军长位置空缺，183师师长的地位就很微妙了。封正烈将这个重要的位置留给了爱将江静舟，也是早有谋划的，当然他个人做不了主，还是通过了郑域国司令长官的首肯。

但是此时的宽城，已经山雨欲来风满楼，几乎算是一座坐在火山口上的城市。

在东北，国共两军之战已进入白热化阶段。东北民主联军改称东北人民解放军，成立了东北军区。经过保卫四平、三下江南、四保临江等战役，共产党在东北已经建立根据地，进行土地改革和剿匪工作，壮大了军队。东北解放军由抗日战争后之11万人发展到逾100万人。

而国军方面，却是颓势渐显之态。东北国军兵力下降到48万，许多伪满军队因失去生活来源而纷纷加入解放军，大大增加了共产党在东北的实力。

此时东北战场已经成为当时全国五大战场中解放军数量超过国军之战场。国军本着"重点防御"之战略，兵力集中在几个中大城市，而解放军掌握着铁路沿线和广大农村地区，将国军分割开来，国民党军陷于孤立。解放军已逐步掌握战争主动权，攻守态势也随之改变，东北战争进入了解放军攻、国军守之时。

解放军冬季攻势结束后，国军在东北只剩下宽城、沈阳、抚顺、本溪、锦州、葫芦岛等据点，沈阳、宽城之补给全靠飞机运输。郑司令长官抵宽城后，下达了"加固工事，控制机场，巩固内部，搜购粮食"之策。

宽城有很多永久性碉堡和地堡，市中心建筑和街道都有地下坑道相接，构成核心守备，外围设有宽三米深两米之外壕，有纵射火力及铁丝网、地雷、绊索、鹿砦、陷阱等工事。时宽城已是一坚固防御之大城。国军进驻宽城后，又加强了工事。国民党报纸称宽城防御工事"坚冠全国"。

根据老家的指示，解放军即将展开宽城战役。江静舟小组的任务，就是在陆十军内部进行策反分化工作，力争陆十军以及N7军的起义倒戈，同时做好两手准备，一旦策反不成，将要从内部搞到敌人行动方案和宽城驻军的详细情况，力保配合解放军的攻城计划。

江静舟自知身上的担子有多重，虽然陆十军和N7军有他的很多老部下，也有他提前布下的闲棋，如陆十军情报处长程睿等人，但是目前两军的内部情形十分复杂，国军依靠宽城得天独厚的地形攻势，以及先进的美式装备，很多军官和共军决一死战的心态还是较强。

江静舟初来宽城，立即马不停蹄地视察了自己的183师的各个部队，力图摸清情况，早做谋划。

所以，重任在肩的江静舟丝毫不敢懈怠，他顾不上和老长官、老部下们叙旧言情，甚至来不及安顿和处理自己的家务事。顾倾城目前是他的秘书，而且在人前还和他假装有着那层说不清道不明的关系，此时带着宁松住进他的师长官邸就是很顺理成章的一件事；沈冰以他的表妹，孩子的监护人身份也跟着住了进去，这是江静舟的特意安排——沈冰肩负着他们小组和老家的电台联系，在师长官邸接发报都要安全而隐蔽些，正是所谓的灯下黑。这样，江静舟就暂时在宽城有了一个较为稳定的家。起码在外人眼中看来，这个家是很完整很温馨的。人们注意到，在这个少壮派长官——江师长家中，有他的女人、孩子和妹妹，一家人其乐融融，这也无形中是一个很好的伪装。

以上这些家庭琐事都是副官许若飞帮助他安排妥当的，这也是跟随他多年的这位副官为自己长官打理的最后一件事情。

许若飞随江静舟来到宽城，在江静舟的早先谋划下，和封正烈不谋而合，将他任命为直属于陆十军军部的警卫团团长。

许若飞失望极了，在江静舟面前抱怨道："师座啊，我原想在您的 183 师下面的主力团任职，这样活动面就更广了，可以直接拉出一个嫡系团策应在您的身边，如今干上了这个警卫团团长，岂不是要困死在军部了吗？"

江静舟深深望了他一眼，带点恨铁不成钢的语气道："我都不知道该说你什么好了？聪明外露，脑子糊涂！"

他盯着许若飞看了有几秒钟，看到他挠挠头，一副没明白的样子，只好叹口气，继续启发道："未来这场大战，你说是一个团重要呢，还是一个师，甚或一个军更重要呢？如今军座是难得这般信任你，将警卫团交到你手中，许若飞啊许若飞，你一向精明过人，难道竟然看不出这里面的意义所在吗？这真是瞌睡了送上枕头的美事呢，我求都求不来呢！"

许若飞这才心中豁然开朗，他不好意思地笑看江静舟："师座，我……"

"我什么我？许若飞你可给我听好了，陆十军所有最高级别的军官的人身安危和身家性命都攥在你许团长手中了，你给我小心行事吧！"江静舟瞪他一眼，带着又恨又爱的表情摇了摇头。

许若飞忍住笑，郑重地给他敬了礼："师座，我明白了，您就放心吧！"

江静舟也就莞尔一笑："明白了就好，许团长麻溜上任去吧！"

许若飞再次羞赧笑笑，瞬间又想起来一件事情："对了，师座，您这两天带着思扬下部队了，我可是最后一次尽副官之职啊，就按您的事前计划和吩咐，把您的家务事安排好了，顾姐、沈冰和宁松他们已经住进了您的宽城师长官邸，一切都安顿下来了。"

江静舟点头不语，许若飞的这番话勾起他另一段心事。自己来了一周，忙忙碌碌下部队巡查，还没顾得上将一段重要家事向封军座做一交代呢。

"我的老长官，一定在心底暗暗骂娘啦！"江静舟在心底自嘲一笑。

此刻，望着封正烈紧盯住自己的面容，江静舟无奈笑笑："其实，孩子我已经带来了，随时听候您的安排，关键是太太那里……"

封正烈大手一挥，拦住他的这番话头："孩子的事情等会再说，你先老实交代自己那桩屈心的事吧！"

"屈心的事？我江静舟何时做下屈心事了？"江静舟有点困惑起来。

此刻在遥远的上海，楚天舒觉得自己就在做着一件屈心的事。

那天淋雨后，他引发重症肺炎，高烧不止，昏迷了一天一夜才醒转，睁眼就看到那个倔强孤傲的小丫头守候在自己床前。

"唉，你守了我多久？累坏了吧？"他虚弱无力的声音里带着昔日的关心和温情，这个颇具意外的情感回归竟然让女孩胸臆大畅，忍不住调侃着撒娇："何止是累呢？你应该感谢我救了你一命才对！"

女孩边说边冲着他撇嘴："不知你犯了哪股子牛劲了？竟然下雨天跑出去淋了个透心凉？你忘了你前一阵总咳嗽不见好，病根早落下了的？好嘛，这下雪上加霜，差点要了你这条小命呢！"

"咳咳咳……"楚天舒不知如何作答，刚好一阵咳嗽袭来，他用手背捂住嘴，轻咳了几声。

沁梅忙伸手为他拍背，候他平静下来，又顺手为他整整身上的被子，嘴里的数落声可没停歇："还好你强撑着回到站里，又还好恰巧遇上了本姑娘！哼！不然的话，你真要出危险了！"

楚天舒此刻倒是完全清醒过来，自然而然回忆起前情，不由自主地叹息一声。

沁梅误会成他心下愧然，就忙摸摸他的额头，温语安慰道："好了，好了，你别愧疚了，注意将养身子为上，再别别扭就好！"

看到楚天舒始终沉默不语，女孩玩心又起，就继续揶揄着他："而且，也没啥不好意思的吧？以前你救过我一命，这次我帮了你，两两相抵，倒是两不亏欠，两下相安了。"

楚天舒哪里顾得上细听沁梅的软语唠叨，他的心神都还在那天发生的一切上——雨天，墓地，手足抵牾……一切让他黯然神伤，不能自已，忍不住再次喟叹一声。

看着他瘦弱憔悴的面庞挂满伤感之意，沁梅有点心痛了，她上前抓起他的手，用劲握握，像是要传达一份暖意给他，楚天舒任由她握着，不语沉默。

这份温情并没有维持多久，在沁梅眼中，这个不知好歹的家伙又恢复了往日冷漠怪异的神色。

就像当下，当沁梅舀起一勺粥，喂到他唇边时，竟然遭到了一阵无言的抗拒。半靠在床头的楚天舒别过了脸，露出拒绝之意。

　　"又怎么了？医生说你要多吃东西，才可以快些恢复！"

　　"我有手有脚的，又不是瘫痪病人不能动，我自己来！"别扭家伙抢过女孩手中的粥碗，拿勺子向嘴里刨了几口粥，就将碗放在床边桌上。

　　"你什么毛病啊？才能坐起来，就耍少爷脾气？"

　　"是啊，我是少爷，自然会有仆人服侍，如何劳动得起你这位大小姐了？"

　　"哎，楚天舒，你真算是天下第一字号的没良心家伙！你不能起身的时候，怎么不拒绝我服侍你呢？你昏迷时候我咋照顾你的，你知道吗？"

　　"辛苦了，我感恩！不过，如今我好了，你也可以回去了。"

　　"我偏不走，我爱留在这里！"沁梅又气又恨，吊着脸坐在床边。

　　楚天舒也不让步，一改往日随和儒雅之气，露出固执己见的孩子气来："那好吧，我走就是！我惹不起总躲得起吧？"他翻身就要下床，沁梅忙拉住他，正要板脸训斥几句，却见门开了，小芮进来。

　　"这……这是怎么了？楚总……郭少尉？你们？"

　　沁梅还未及答言，楚天舒倒像看到救星一般："哎，小芮，你来得正好！快扶我一把，刚才医生说让我再去拍个片子呢。"

　　小芮怯生生看了沁梅一眼，却又不敢违拗上司的意思，忙上前搀扶了他出门。

　　"楚天舒，你这个家伙！你……屈心不屈心呐？！"

　　身后响起女孩透着委屈，带着哭音的喊叫声，楚天舒咬咬嘴唇，心底长叹一声："丫头，我就在做屈心的事情，你最好躲开我！"

　　留下沁梅独坐病房中，她郁闷之极，走到窗前，背对着门坐下，望着窗外新吐绿芽的柳树发呆。

　　不知过了多久，门开了，似乎那家伙回了病房，沁梅并不回头，恨恨道："你不是要躲开我吗？还回来干什么？这里高级病房有的是啊，你重新换一间休养好了！哼，没良心的楚大少爷！"

　　"错了，是楚家七少爷！"一个陌生冷峻的男音响起在身后，沁梅吓了一大跳，忙回身站起，却见一个中年男子立在面前，身后还跟着一些随从模样的人。

慌乱中沁梅瞥见那男子不过四十上下，俊朗斯文，身着一身深灰色的西服，领带、衣扣一丝不苟。他的面庞很温润儒雅，一双眼睛却让人过目难忘，只为那双眸子极为有特点，蓦然望去，清亮如漆，却又寒冷如冰，直看到人心底。

他若有所思地打量着沁梅，正想再说什么，却见一个随从从门外进来，低语道："属下去问过了，七少爷去拍片室了，您看……"

"好了，我们等他一会儿吧。"中年男子挥挥手，自然洒脱地坐在另一个随从恭顺着为他搬来的椅子上，望着沁梅，轻声相问："如果我没搞错的话，你就是郭沁梅少尉吧？"

"你是？"沁梅疑惑他竟然知道自己的名字和职务。

"天舒的四哥，田宇。很意外能见到你，郭小姐！"那声音客气中带着一丝冷冷的孤傲之意。

宽城封正烈办公室里，上司、下属的相见一如既往充满玄机和亲热，还有那永不疲倦的调侃揶揄。

"军座，除了宁松一事还没有来得及向您汇报外，我倒不明白我还做了啥屈心事？"江静舟轻松笑笑，"也罢，估计您是见了我就想骂骂，过嘴瘾是吧？那您随意好了！"

"哈，江致远？小子又轻狂起来了？你以为如今你是我第一主力师的师长，我就不敢骂你了吗？"

"我可丝毫没那样想过您呐！您损我骂我不是家常便饭吗？什么时候又心慈手软过？我早就有充分的免疫力了！谁让您既是我永远的长官上司，又是如父如兄一般，我这辈子估计是孙猴子逃不出如来佛的手心了！"

"听听吧，我说一句，你就有一百句在等着我呢！你江致远的嘴可从来没省过油哈！"

"不是啊，"江静舟笑着解释，"您经常是高兴也骂，生气也骂，喜欢也骂，讨厌也骂，我都习惯了！何况这次我是的确有把柄在您老手中攥着呢？"

封正烈搔搔头，收住笑意，指着江静舟正色道："的确，这次我是揪住你的小辫子了！说说看吧，你的幸福美满生活？"

"这从何说起？"江静舟不好意思起来，"您是指我和倾城吧？嗨！其实，并不是您想的那样！"

"唔，原来那个女中校闺名倾城啊？"封正烈笑道，"好嘛，我说呢？古语云：一顾倾人城，再顾倾人国！难怪把我们钢筋铁骨的江师座都倾倒了？"

"您瞧瞧您说的这话……"江静舟不依了，"像是长官该说的吗？我的大哥，真的不是你想象的那样！我们……我们……"他却辩解无门，只好摇头。

"我想的哪样啊？"封正烈哂笑道，"我不过是一片痴心呐！就想着我最钟爱的部下能够有个好的感情归宿；我的兄弟，能有个幸福小家庭，身心得以滋养生息一下……哼！却不料，热脸贴人家冷屁股上了！有人跟我打太极，玩虚头巴脑那一套呢？"

"哪能啊？您是我大哥，我……"江静舟更加不好意思起来。

"算了吧！"封正烈直撇嘴，"我真后悔自己是太相信你小子这张嘴了！本来嘛，孤男寡女，男婚女嫁，再正常不过的事情了！可是就是有人爱假清高，假撇清！我问你，上次在上海探病的时候，是谁当时和我说的，这辈子绝对不再找女人了，两次婚姻伤透心了，和这个女下属是一清二白，永远不可能搭界的？致远啊，你说这些话屈心不屈心啊？哼！如今看到这样的情形，我都为你脸红！那个顾小姐眼下可是公然住到你的官邸了呢！"

江静舟大窘，脸色绯红，却明白如今是有嘴说不清，况且他目前也不打算说清楚。他和顾倾城现阶段俨然已经相处得很默契，虽然还不算同志，起码同行间的心有灵犀和刻意回护就很令人心安。江静舟再次意识到，他们之间的相互掩护和保护都是至关重要的。所以，此刻在封正烈面前，他只能哑巴吃黄连，不敢理直气壮地公然为自己辩解什么，这对于一向伶牙俐齿，无理还要抢三分的江静舟来说，简直是一种折磨，他都要憋屈死了！

想到大局，也只好打碎牙齿咽回肚里了。江静舟按捺住性子，既然是无力辩白，也只好望着封正烈嘿嘿一笑。

封正烈嘴上损着他，其实心中是在为他暗暗高兴和欣慰，毕竟这个像他儿子一样总让他牵挂的江静舟，如今也算有个安定的窝了，有个知冷知热的女人照顾了，他也放下一些心。从父兄层面放心，从上级角度也更加释然，封正烈很明白，当时国民党军队高层有个不成文的习俗，对于独身不婚的高级军官，在任用问题上，老头子是有所顾忌的。

他看着江静舟似乎带着愧意，憨憨对着他笑，就不好再纠缠这个问题让他难堪，他转换了话题："如今，再算另一笔账吧？说说孩子的事情。"

江静舟按照事前编造好的经历，把寻找宁松的经过大致说了一遍，他的声情并茂的讲述，让封正烈唏嘘不已。

看到军座动了真情，江静舟又带点真诚，带点无辜地笑笑，主动提到了那个敏感问题："军座，我知道太太那边对我成见颇深，主要还是由于宁松失散一事！这一路上我就在想呢，怎么能找个适当机会，把孩子送到太太那里去认亲呢。毕竟宁松身上有陈家一半的血脉，军座您和太太又一直勒令我一定要找到孩子的…… 所以，这一切都要靠您斡旋呢。如何让孩子进陈家的门，如何认这门亲，我是不敢做主的……我甚至都不敢出头露面的！"

他知道封正烈爱妻是出了名的，宠妻怕妻也是出了名的，所以干脆单刀直入地说出自己的想法和打算，将皮球聪明地踢回到上司面前。

封正烈看着他点头复摇头，有点啼笑皆非，又分明是恨铁不成钢的表情："你个江致远，我就奇怪了！说你笨吧，你还时常玩些乱七八糟的小聪明；说你聪明呢，你有时候又笨得出奇！"

他指指江静舟："我和你说过多少次了？你大姐对你看不过眼，就是因为你弄丢宁松一事！你说你莫名其妙整丢了自己的亲生儿子，又总也找不回来，还指望人家孩子的外婆家对你网开一面，笑脸相迎啊？如今不一样了，你千辛万苦找回了孩子，这个诱因不存在了，谁还和你去计较那些陈芝麻烂谷子的事情？一家人终究是一家人呐！"

他看着江静舟垂首不语的神情，深深感到自己这个爱将实在是孩子般的不争气，就接着数落道："何况你是宁松的生身父亲，自然该你带着孩子去认外婆家，这点你没法躲哈！傻小子啊，难道这种小事也要我为你支着吗？眼下宁兰不在了，你能碰巧把失散多年的宁松找回来，也算天可怜见的，终于遂了你大姐的心愿了！她感激你还来不及呢，怎么会恨？如今你只要大大方方将孩子领进她陈家的门，直接往他姨妈怀里一推，有多大的恩怨过不去的？真是猪脑子，不开窍得很！"

江静舟心下释然，对眼前这位上司加大哥的人是又感激又钦佩，便笑着凑趣："您这次骂得有理，骂得正确，我实在是笨得出奇！怎么就没想到这一层呢，看来生姜还是老的辣啊！不过，主要还是…… 知妻莫如夫吧？"他说到这儿，忍不住摸摸鼻子，偷偷笑了。

封正烈用手指作势虚弹了他脑门一下："浑小子！我替你支着，你倒讽刺挖苦我起来？没大没小的！"

江静舟嬉笑："怎么是讽刺挖苦呢？您和太太的伉俪情深是众所周知的呀，我们羡慕还来不及呢。"

封正烈点头，带点教训的口吻道："不过此言倒也不虚！起码比你这不知好歹，不懂得怜香惜玉的浑小子强多了！想当年你和青青，小猫小狗似的，总有些别别扭扭的，人家青青那样百般温存待你、依恋你，你小子貌似有点冷冰冰，若即若离，装腔作势的，我理解为你年少轻狂，浑不懂事呢？倒害得我们两口子私下里为你们操了多少心……"

"军座，您又提那些事！"江静舟有点埋怨地望着他。

封正烈心下了然他的不自在和纠结所在，就淡淡一笑，不再继续这个虽然年代久远，却依然让当事者难堪加忧伤的话题。

两人沉默片刻，江静舟转移话题，对着他上司痞痞一笑："军座，那我就找个时间，带孩子登门向太太谢罪吧，也等于当面认亲了。"

封正烈点头道："从你一来宽城，我就等着这一出呢。不料你小子倒沉得住气，来了这一阵，才顾及到此。姑且念你是新官上任，军务繁忙吧！看你这阵子不在，我也没敢告诉家里实情，就怕阿紫急着要看孩子，你大嫂如今也住在我府上，两个女人听说了，一准儿沉不住气，立逼着要见小松呢！这样吧，我来安排一下，你明晚带孩子去我那儿吃晚饭，一切就算公开了吧！"

江静舟感激地望着他："是，军座，我一切都听从您的安排！"

上海军医院病房中，江沁梅平静地望着眼前这位不速之客，敏感注意到他刚才和自己招呼时用的是"很意外见到你"而不是"很高兴"，女孩倔强不屈的特性瞬间被激发出来，她嘴角微微抿起，露出一丝不驯服的神色来。

田宇何等聪明之人，自然感受得到。他神色稍霁，语气也和缓下来："令叔父和令尊大人我们都熟识，郭小姐虽然是第一次谋面，却也没有陌生之感呢！"

对于此等客套之语，沁梅轻浅一笑，并不搭言。

田宇沉吟片刻，却有深入谈谈的意思流露出来："郭小姐和舍弟相识更久，听说还有过遇险经历？天舒年轻心热，却有时也莽撞得很，如有得罪郭小姐处，还望莫怪！"

"田将军此言何谓呢？我有点听不大懂！"沁梅直觉不喜欢他的深沉，就冷冷回敬道。

田宇却不罢休地继续着自己的话题："有些事情啊，纷纷扰扰，众说纷纭的，我也不大理会！只是我这个七弟宅心仁厚，冰心如玉，自幼又善良多情，胸无城府，总是不能叫人放心！"

他认真看向沁梅："我平日里对他的管束也是严了些，也是秉承家中高堂之令。唉，总之啊，是真正叫人不能放心！"

他一连声说出的"不放心"让沁梅心生不以为然之意，联想到刚才楚天舒的"恶行"，就更加愤慨难抑，便直言顶撞道："田将军好生奇怪，对着我这个局外人——一个小女子倒讲起自己的家事来？我真听不懂，也搞不懂呢！"

她扬起俏丽的瓜子脸，轻松说笑的口气充满自信和蔑视："楚长官是我的上司，他善良也罢，邪恶也罢，是宅心仁厚还是心存狡诈，是冰心如玉还是心机沉重，都和我毫无关系！军人以服从为天职，这个倒是我明白的！长官为大，长官伟大，如此而已！"说到痛快处，她还忍不住轻哼了一声。

"呃……"以田宇的身份，何尝被人顶撞至此？他无语笑笑，也不好认真和眼前的丫头计较什么，何况他还吃不准自己弟弟和眼前女孩的真正关系呢。

正在尴尬处，楚天舒回来了。看到自己哥哥和沁梅的神情，他猜到了几分，便让小芮先出去了，回身招呼兄长："哥，你怎么来了？"

田宇淡淡一笑："我是碰巧了，原本陪侍从室主任来上海视察，却偶然听闻你病了的消息。你说，我要是不看上你一眼，回去如何向老太太交差？"

楚天舒拉过沁梅，向哥哥半含半露地介绍着："这就是小梅，我和您说过的，就像妹妹一样！这次我病着，多亏她悉心照料！"

田宇笑着点头："刚才我和郭小姐聊过两句，是个直爽干脆的女孩！多谢你对天舒的照顾，下次到南京一定到舍下玩玩！"

沁梅心下还有不平之意，却被楚天舒看出，就自然心生护佑之情，他故意露出近来少见的亲昵表情对女孩道："姐，我刚才照过 X 光了，肺部感染基本控制，医生说再住两天就能出院了！"

"你好了就好……"他亲切的神情让沁梅无法继续冷漠对立下去，含糊着应了这么一声。

楚天舒爱怜地望着她，柔声道："这下你放心了吧？这都多少天了，你守着我也没能休息，不如回去好好歇歇？"

"也好，你们兄弟估计也有体己话要讲，那我先走了！"沁梅格外配合他，温顺地点头，又和田宇笑笑，就离开了病房。

田宇一直似笑非笑地带着审视的目光看着两人这番小儿女情态，此刻见沁梅离开，房间里只剩下弟兄两人，就忍不住问道："老七，你这段……是认真的吗？"

"哥，你都说些什么呀？你认定我是个虚伪矫情的花花公子不成？我和小梅兄妹般相处，以后如何发展，一切随缘吧！"

楚天舒淡淡解释道，又想起刚才进来时的疑问，就看着哥哥，认真问道："你刚才没和她说什么吧？小丫头脾气倔着呢！你要是像对我那样，总板着一副道学面孔，在她面前指手画脚的，估计要被她呛到！"

"好嘛，这就护上了？哎，老七，别说啊，这还真是一个倔强有个性的小姑娘！就是脾气忒生猛火辣了些！"田宇笑着摇头，"不过你也好不到哪里去！在外人面前，装得温文儒雅的，小豹子的利爪只会在自己亲人面前露出来！你们这一对犟脾气的小冤家要是在一个屋檐下生活，指不定闹出什么大动静呢？"

"恋爱婚姻自由！楚天宇不会继续道学面孔吧？"楚天舒认真嘱咐着哥哥，"总之，你以后不要为难这个丫头就好了，我护她护定了，一生一世！"

"没出息的家伙，这媳妇还没进门呢，就急着把自家人扔脑后了？爱咋咋吧，我都懒得管你！"

"我是熟悉她的脾气，又了解你的秉性才好心提醒的……哎，谁让你是我哥？"楚天舒总爱拿这句貌似"不够讲理"的托词回击哥哥的质问，且百试不爽。

准备动身去封正烈府邸赴晚宴的那个黄昏，出发前，江静舟把宁松叫到书房，望着儿子纯净斯文的面容，欲言又止，神情纠结。

宁松看出父亲的难言之隐，平静地望着他："爸，您是想对我说什么吗？一定是想……说说我的母亲对吗？我的生母……"

他微微叹气，那双酷似母亲陈青瑜的大眼睛里，流露出和他年龄不相符合的孤独和忧伤。他低头喋嚅："从来没有人和我真正讲到过我的母亲！沈琬妈妈当年的讲述也是语焉不详…… 我实在是好想知道，我的生母，她究竟是怎样的一个人？"

江静舟怔怔地望着儿子，几乎不忍去面对那双清澈无辜的眼眸。他有点艰涩地组织着自己的语言，来表述一份纠结难言的情绪。

"你的母亲青青，是我见到过的最温柔、最单纯的女子。她无私、豁达，视爱情胜过生命！她爱她的亲人，甘愿为亲情付出自己的心血。此生她最爱的，当是……我们爷仨，你还有宁兰……为了我们，她付出的太多！虽然她无怨无悔，却让活着的人，会为着这份无私无欲的纯爱而感恩，继而衍生出痛悔、纠结、伤感之情！这就是亲情的力量，历久弥深！她是永远值得我们爷俩铭心刻骨的人！虽然我也是慢慢才悟出这个道理的。"

他的语气很平静，但是心中已经波澜阵阵。该给儿子说的道理，他还是要讲透彻才好，毕竟这里是敌营，儿子才 14 岁，他不是特工，无奈他已经身入险境。一路上，沈冰一定认真给他教授了很多应对的技巧和过往经历掩藏的说辞，但是此刻作为父亲，要叮嘱的，要强调的，自然还有很多很多。江静舟是个性情中人，他却也没曾想，眼下自己最想对儿子讲的，竟然不是冠冕堂皇的大道理，却是一份小我而真实的情结。

"小松，虽然你才来爸爸这里没多久，但是我已经看出来，你是一个懂事大气的孩子，也是一个很有胸襟的少年。所以今天我没顾及你的年龄，想和你说前面一番话。你也是知道的，今天，你会去见你母亲娘家的人，不管他们是什么阶级，什么身份，从你的生母的血缘上讲，他们都是你的亲人！无论何时何地，何种境遇下，你母亲的亲人，都是你此生血缘相连，骨肉难断的亲人！这事关人伦孝道，也事关天地良心，饱读诗书的你，当懂得这番道理……可是一些特殊的情形和局面，爸又不能不告诉你。"

江静舟的脸上明显是忧虑和无奈的神色："目前正是处于两党纷争决战的关键时刻，这里毕竟是敌营，一切的莫测风险，一切的波谲云诡的形势；亲人间的信仰之争，骨肉间离，种种的人生悲喜剧，也许是你这个小小年纪无法想象得到的！"

宁松用明澈的大眼睛望着自己的父亲，嘴角勾起一抹温存而理解的微笑："爸，您放心吧，我当然懂！相信我吧，我不会让您为难的，更不会让您失望的！"

他顿了顿，咬着嘴唇，低头沉吟片刻，再抬头时，望向父亲的眼神已经充满了坚定、果敢和决然，当然，江静舟还在那眼神中读懂了他对自己父亲的难得的亲情体贴。

"爸，我知道您的担心所在！可是您只要记住两点，就可以放宽心了——我是江静舟的儿子，我还是红都延安长大的孩子！"

江静舟的眼眶瞬间有些潮湿，他感慨地点点头，儿子自信稳重的微笑，让他觉得格外熨帖和放心。他不想再多说什么了，相信自己的骨肉，相信眼前这个饱读诗书、斯文豁达的少年。江静舟的心中，再次涌动着父爱的感动和满足！

他站起身来，拍拍儿子的肩膀："儿子，不错！像个干脆的爷们儿！那么，咱出发吧？"

两人下楼来到客厅，却见沈冰和顾倾城已经等在门边了。

沈冰上前搂住宁松的肩膀，仔细打量了他的衣着，点头道："小松，记住姑姑以前对你说的话，在外婆家要小心些，能少说话就少说话，言多必失，毕竟他们是……"

顾倾城如今和她厮混得很熟了，俨然姐妹相知，就用调侃语气笑道："你别吓着孩子了，他才多大啊？再说了，就算不是一条路上的人，也是孩子的至亲，能有多大问题呀？"

她看看宁松，记起另一番心思来，倒是有点担心，就回望一眼江静舟，又小心翼翼地对宁松道："小松不会就留在那边了吧？这一来二去的，我们娘几个都厮混熟了，可真有点舍不得！"

刚才沈冰那番吩咐江静舟就有点不以为然，却也不好驳她，此刻就冲着如自己妹妹般温柔的顾倾城露出嗔怪之意来："好了，你们也忒婆婆妈妈的！小松这是去自己外婆家认亲，哪至于想到那样复杂了？就是留在那里住一阵，不也正常？"

　　"哼！毕竟不是自己带大的孩子，敢情不心疼呢！这像是亲爹说的话吗？"沈冰已经在旁边冷笑着接口，"早知如此，就不该将孩子从那边接过来！父子团聚，哼，有名无实！"

　　"冰冰你少说两句罢！"顾倾城忙拉她，又对她使眼色。看到江静舟一副隐忍的神态，顾倾城好生不忍。

　　"你总护着他！"沈冰瞪了顾倾城一眼，对宁松道："一切小心！"就转身上楼了。

　　江静舟悄悄叹了口气，正欲带宁松出门，却又被顾倾城叫住了。

　　她用手在宁松肩膀上比画着，嘴里念叨着："我量一下你的身材，好给你织件毛衣呀！"

　　"不用了，倾城阿姨，"宁松懂事地回答着她，"您前两天给我织的这件，我爸都给我了，今天才上身呢。不用再麻烦了！"

　　他拉开自己的棉袍袖子，给顾倾城看他身上穿的一件藏青色毛衣，正是她几天前熬了几夜为江静舟赶织出来的那件。

　　顾倾城似笑非笑地看着江静舟，江静舟摸摸鼻子，装作咳嗽，不去看她的眼光。

　　她不由得在心底叹气，当着孩子面，也不好说什么，就微笑着为宁松整了整衣领，柔声道："傻孩子，那件毛衣颜色你穿就老气了。你先这么凑合着也行，阿姨赶着重新给你织一件鲜艳的，你再把这件给你爸爸吧。他身上满是旧伤，不能受冻的！"

　　这话让江静舟有点愧疚，便低头不语，脸上挂了尴尬至极的表情。这番神情被聪颖的宁松瞧破，却身为小辈不好说什么，就懂事地对顾倾城微笑着点头："谢谢阿姨！"

　　父子俩终于动身去封府认亲。

第三章　骨肉亲情

　　谁说唯有爱情才是至高无上的？任何真情实感的亲人间的爱，都不输于那令人荡气回肠的爱情！人生在世，良心为第一要务，良心一坏，万事皆休！无论爱情、亲情，勇于付出，少问收获才是正途。也是出于这种深刻的反思，他时常会在心底暗生愧意：也许特工这个职业本身就是反人性的吧？选择了这条道路，祭献的除了自由、安宁，宝贵的生命和绝对的忠诚外，应该还加上——良知。

　　黄昏的病房中，肃穆寂静的气氛格外浓厚，让人莫名产生寂寥孤独、万般惆怅的情绪。

　　楚天舒一人静静陷身在这洒满幽情愁绪的病房中，半倚在床头，任孤独和伤痛爬上自己的心头。

　　没有人知道，这一段时间以来，这个年轻人不仅经受着精神方面的残酷折磨，身体方面也饱受磨难。

　　去年底，他完成了那份针对中共地下党电台的"围剿"整肃的方案预案，上报总局后，得到毛局长的大力推崇，总局指示他尽快完善，做出最新补充方案来，以在各地保密局站推广。因此，这段时间，他在没日没夜地加班加点，想在近期完成手头这项工作，他清楚留给自己的时间不多了。

　　为了提神，大量饮用咖啡，猛烈地抽烟，也损害了他的健康。他咳嗽、失眠还经常会有低烧状况出现。

　　他已经无暇顾及这些，更没想到去医院治疗一下，这一切，不都是在他的计划之中的吗？他苦笑着，感叹着，几乎自虐地看着自己一天天虚弱下去。直到那天早晨，他五哥的一个电话，将他带入另一场亲情纠葛中去。

那天早晨究竟发生了什么事情？将一向沉稳机敏、内持坚强的他，从身心两方面都击伤了？没有几个人知道，沁梅当然更不晓内情。如今，一个人有此独处的时间，楚天舒才能有机会回忆起那天早上难忘的一段经历，在回忆中，暗暗舔舐着自己的伤口……

那天他在办公室加了一夜的班，清晨来临的时候，他忽然觉得自己快要虚脱了，身上一阵阵盗汗，又有发低烧的感觉袭来，他正想回宿舍躺下休息一会儿，却接到五哥天恺从站外门岗处打进来的电话，说有急事找他。

他强撑起身子，用冷水洗了一把脸，以期让自己显得精神一些，但是两兄弟一谋面，他这种病弱颓废的状态，还是让他的兄长吓了一跳。

看到他打开车门，坐进车来，楚天恺盯着他的脸看了一小会儿，担忧地问道："老七，你脸色这样不好，病了吗？"

看着哥哥的一脸担心，楚天舒摇摇头："病倒没有，就是昨晚几乎没睡，感到困倦而已。"

楚天恺点头："那就好，咱们先去把正事办了，回头你赶紧去补个觉吧！"

"正事？什么正事？"楚天舒有点莫名其妙。

楚天恺认真看了他有几秒钟，边摇头边叹气："天！你连今天是什么日子……都会忘了吗？了不得，我看你真的是患上抑郁症了！你这次不想回南京都不行了，我都会马上建议四哥赶快想办法调你回去。"

"今天……是什么日子？"楚天舒神情迷茫地嘟囔着。

楚天恺有点惊异地望着他，无奈摇头，回手指了指车后排那一大束白色玫瑰："这个特殊的日子，我一直认为，咱兄弟几人，最该不能忘的，就属你了……"

他带着凄楚的神情回忆道："那时的你，血气方刚，悲愤交加，和你六哥，拼了命要考入航校，要报仇，雪恨……"

猛然间想起来这个特殊的日子，楚天舒心中既愧且痛，他低下头，喃喃道："是我该死，竟然过得这样迷糊了！大哥殉国的日子，我今年竟会忘得一干二净！我……"他难过自责得几乎说不下去了。

楚天恺理解地点头，发动了车。

楚天恺："我知道你在上海，每年这个日子一定会去祭奠大哥的。这次不是刚好我也在嘛，就想着咱们弟兄一起去……而且，估计你马上就要离开上海了，也未必能年年去那个地方了。"

楚天舒低着头，久久说不出话来。

楚天恺苦笑着回忆："当年大哥殉国后，你和你六哥虽然报考航校未遂，我想从那时起，你的军人情结就结下了？到了还是从美国回来从了军，现在又即将调到空军……这一大圈子绕的，好在终究算是遂你心愿！你不高兴吗？"

楚天舒默默沉思不语，许久望着窗外，幽幽道："空军！空军……还是那个空军吗？"

细雨蒙蒙中，兄弟俩共打着一把伞，抱着花，来到墓地。

在他们大哥肖云翔的墓前，一个瘦弱的女子伫立在那里。毕竟是自己的亲人，光看背影，他们也认得出来那是谁——他们的姐妹楚天歌，孤零零地站在墓碑前。

楚天恺低语弟弟："这一路上我就在想，今天这个日子，也许咱们兄妹三人能在这里遇见？果然，大哥显灵……"

楚天舒默然不语。

看着楚天歌（白鸽）并未打伞，瘦伶伶的身子就那样淋在雨中，楚天恺怜惜地走到妹妹跟前，将雨伞罩到她面前。

白鸽有点惊讶地看到这一兄一弟出现在她面前，她微微扬起秀眉，貌似平静的面容上闪出一丝激动却纠结的神情。

"小歌，太好了！竟然在这里能碰上你……你还好吗？"

"五哥……我……还好！"

楚天舒一直默默站在雨中，看着哥哥姐姐带点尴尬口气在彼此问候着，自己却不发一言。

楚天恺心痛地看着妹妹："你看看你都瘦成什么样子了？小歌，不如跟哥哥回家吧！你……你先生的事情，我们都知道了……不管怎么说，亲人总是亲人，我们不忍心看着你这样下去！"

白鸽听着，沉默着，她并不反驳，也不回答，只是平静的脸上写满了倔强。她默默摇了摇头。

楚天恺叹气："我不懂你们那些信仰啊，主义什么的，我只知道我们是一家人！小鸽，你真忍心和你的娘家，你娘家的阶级，你的兄弟姐妹们永远对峙下去吗？"

他上前搂住白鸽的肩膀："妹妹你听我说，我已经在做准备，咱们全家都移民到国外去生活，你想去哥哥姐姐们都在那里的美国，或者是你曾经待过的法国，都可以，哥哥这里有的是钱，可以让咱们全家人一辈子都衣食无忧！让咱们远离可怕的政治，远离即将再次燃起的战火，一家人团团圆圆聚在一起，该有多好！你说呢？"

白鸽微微苦笑了一下，抬眼看看兄长："哥，你是商人，不懂政治，有些事情你是不会明白的！你这个美好的计划也是不现实的，是海市蜃楼，是空中楼阁！不信，你可以回去问问四哥……或者，你不妨就问问眼前的这位国军军官先生吧，问问他你就会有答案了！你问他可以放弃眼前的一切，放弃对于我们的针对和敌视，放弃他们的立场，去配合实现你其乐融融的计划吗？"她看向自己的弟弟楚天舒，那目光竟然是犀利远远大于温情的。

"老七……你说话啊？快回答你姐姐，快劝她回家！"楚天恺回头示意着楚天舒，向他使着眼色，着急地问道。

楚天舒站在雨地里，虽然他感到身上一阵阵寒战，但是他还是咬牙忍住了，他咽了口吐沫，像是咽下了无尽的悲凉和无奈，尽量平静地望着他的哥哥姐姐，微微摇头："我……我不知道！不过，人各有志！三姐，我……"

白鸽凄楚地笑了："老七，说得好！人各有志！所以身为保密局军官的你，才会如此的敬业！才会如此的冷漠无情！才会一次次暗中跟踪我监视我，将你的亲姐姐当作你的捕猎物一样玩弄在你的股掌之中！"

楚天舒被她骂愣了！不过是瞬间，他突然明白了姐姐的误会所在，他感到心上蓦然像插了一把利刃那样痛！而这番痛却无法解脱！

"不，亲爱的三姐！你是误会你的弟弟了！当我从五哥手里得到了你的地址后，当我知道你的丈夫被害，你陷入万分悲伤的情绪当中时，我是那样的不放心，所以才会一次次暗中跟着你的行踪，一次次默默看着你孤独忧伤的背影黯然神伤，我多想上前去安慰你，抱住你，用手足的温情，弟弟的爱意，帮助你度过这段不堪回首的日子，可是我不能……"

楚天舒在心底呼喊着，表面上却平静如水。他不敢解释，不能解释，也无从解释。

一阵寒风袭过，雨水更加冰冷侵人了。

白鸽打了个寒战，忍不住咳嗽起来。

楚天舒几乎是本能地脱下自己的外衣，上前披到姐姐身上。

白鸽微微一愣，也几乎就在同时，她毫不犹豫地甩开了弟弟的衣服，将它狠狠地扔回到他的身上。

接过衣服，楚天舒才蓦然醒悟过来，他手上拿着的是国军军装外套！看着姐姐望着它一脸憎恶的表情，他呆呆地愣在了那里，泪水慢慢爬上眼际。

楚天恺也瞬间明白了这一切，他没有说话，将手中的雨伞递给楚天舒，然后脱下自己的外衣，给白鸽披上。

白鸽没有再拒绝，只是任由哥哥搂住自己，这暖暖的亲情，让她的泪水尽情滚落。

楚天恺叹气道："我们不要再说下去了吧，在这个特殊的日子！唉……估计这场雨，就是大哥的眼泪，他在天堂也不忍心看到眼前的这一幕吧？"他的泪水也不禁落下脸颊。

片刻，他接过雨伞，对白鸽道："天太冷了，小歌，我送你回去吧！"白鸽没有抗拒，温顺地对着哥哥点了点头。

兄妹三人离开墓地，来到汽车旁。

楚天舒已经全身湿透，他没有上车，他带着忧郁的眼光看了姐姐一眼，尽量用平静的语气对楚天恺道："哥，你先送姐姐回去吧，我想一个人走走。"

"老七！下着雨呢！你不拿伞吗？"

他不理会身后哥哥的叫喊声，也没注意到姐姐明显已带有温情和担心的神情，执意转身走进雨幕中。

此刻，在黄昏暗淡的病房中，楚天舒回忆起前情，依然心痛难耐。他突然觉得浑身发冷，忙裹紧了被子，将自己的一脸泪容藏到没人看见的地方。

宽城的这个黄昏，舒缓得如小夜曲般静谧温馨，空气里流淌着一阵安宁、柔美的味道。

封正烈官邸前，江静舟走下车，轻轻吸了口气，仿佛要将这份安详味道吸入腔内，安抚住自己不安纠结的心绪。

回眼看到跟随他走下车的儿子宁松，倒是一副镇定平和的神态，江静舟不禁暗暗领首。

和陈家的认亲场面，是江宁松一生难以忘却的一幕。他在感受到一份别样浓厚的骨肉亲情外，又收获了另一种母爱。

那个被介绍为他的姨妈的人——封正烈的太太陈紫瑜，是个容貌清丽、气质雍容的女人，给宁松留下了深刻的印象，亲情的感觉是微妙的，宁松瞬间感受到对方母爱光线的折射。

从宁松一进门看到这个孩子的第一眼起，陈紫瑜的眼睛里就蓄满了泪水。当江静舟带着愧疚和羞赧的表情，刚刚将孩子带到她的面前，还未说话，陈紫瑜已经泪水洒落腮边。她一把抓住宁松的手，边端详着他的容貌，边喃喃自语："是小松吗？让我看看……是的，没错，没错！这孩子一点没错！江致远……你……还好没骗我！这孩子的眼睛，和青青的一模一样！是青青的孩子，是我们陈家的孩子！"

这话让江静舟难堪，更有一丝伤感，封正烈忙为他开脱："阿紫你这说的是什么话？我看你是乐糊涂了？致远怎么会骗你？难道你还怀疑他在这里唱一出《狸猫换太子》不成？"

陈紫瑜只顾拉住宁松左看右看，一边擦泪不止，顾不上回答丈夫的嗔怪，一旁她的寡嫂——兄长陈铮瑜的遗孀韩湘玉忙上前来，含泪带笑为小姑分辩道："大妹是太激动，口不择言了，致远莫怪啊！"

江静舟忙向她致意："大嫂，我怎敢？千错万错，都在我一人身上，实在是怪不得别人！只是，您和……太太，身体都还好吧？"他说着，又忙引宁松见过舅母。

封正烈安慰住流泪不止的妻子，又让大家到客厅的沙发上坐下。还未及寒暄几句，陈紫瑜拉宁松起身，对众人道："你们聊着，我先应该带小松上楼去……"她搂住宁松的肩膀，不由分说地拉着他急急地上楼去了。

封正烈看到江静舟露出不解的神情，就笑着解释道："她自然有她的道理，你不用管！咱们先聊咱们的。"

江静舟再次正式问候了昔日长官的遗孀，又向韩湘玉表达了对陈铮瑜的怀念凭吊之意。三人闲话一阵，话题逐渐谈到宁松兄妹身上，韩湘玉忍不住叹息数声。

"其实大妹好可怜！兰儿是她一手带大的，情同母女一般！却不料那样花朵般娇嫩的孩子，又如天使般懂事可爱，小小年纪就……"她忍不住拭泪，江静舟也深深低下头去。

一旁封正烈也叹息："是啊，致远！你莫怪刚才你大姐那番话语……你是不知道啊，兰儿走后，她头发白了多少？曾经好长一段时间都精神恍惚的……"

"是啊，是啊！"韩湘玉忙接口解释着，"幸亏老天保佑我们陈家，竟然让致远把小松找了回来！这下大家的情感都有个释放口了不是？致远呐，你也别怪大妹当年对你狠心狠意地发了那样一句狠誓，她也是心疼孩子，更心疼她早逝的小妹！如今好了，宁松回来了，一切隔膜都不复存在了，从孩子身上论，我们毕竟是亲人，不是吗？"

"我明白……"江静舟始终未曾抬头，一时哽咽难言。

"好了，你们哥俩先聊吧，我去看看晚宴安排得如何了？"韩湘玉离开后，好一阵，江静舟才从悲伤中缓过劲儿来。

他记起一事来，就从随身带来的包裹中取出两件衣物，递到封正烈面前："这个是我离开上海时，阿莲托我带给您和太太的，说是她的一点心意！"

封正烈望着衣物沉吟不语，片刻，神情复杂地看着江静舟："阿莲……那个倔强狠心的丫头！亏她还记得我这个表兄？这都多少年了，我们兄妹再没谋面！"

他不住地点头复摇头，一副对往事感慨万千的样子："前时听说她出狱后，又进了保密局？那样的组织，我是没什么好感！你说阿莲这又是为哪般？唉，话说回来，她也不是当年孤苦无依的小姑娘了，我管得了吗？就是觉得她孤身一女人家，漂泊不定的，总不是个了局！如今不该选择加入一些背景复杂的组织，更不要再介入政治才对！"

他自语着，江静舟默默听着，并不答言。

封正烈却突然盯住他，一副充满狐疑的神情："哎，致远，你是怎么回事？和阿莲？你们当年分手时那样决绝，一副老死不相往来的劲头。后来抗战中听说你们又合作了，似乎恢复了些感情，现在……阿莲依然孤身一人，你身边却有了顾小姐，这究竟……"

"感情这种事……谁讲得清楚，道得明白？"江静舟红着脸低声分辩道，"抗战时期合作那可是家国大事，怎能计较儿女情长？这个岂能拿来说事？再说了，做不成夫妻也不一定就要是仇人吧？唉！总之，一切是缘，缘去缘来，无可奈何，船到桥头自然直……以后的事情，谁说得准呢？除了他老人家！"他指指上天。

"喊！"封正烈不以为然地撇嘴，看了看周围，压低声音继续教训着这个一直让自己悬心，不知天高地厚、桀骜不驯的兄弟，"你这分明是狡辩！这些年据我观察，你小子情感就是一个字——乱！到哪里都有一些女人爱围着你转，弄得你搞不清方向了？臭小子总在走桃花运，艳福不浅呢！难怪当年你那位老同学总爱诋毁你一个词——得陇望蜀，也就是喜新厌旧的意思吧？"

"哎，大哥！"江静舟不干了，好斗的劲头被他激起，虽然不敢大声，语气却急促认真，"您也知道那是诋毁之意，您还当成个话题来说？我怎么情感乱了？婚姻这件事，如鱼饮水，冷暖自知，古人更说得好——子非鱼！哼！我就奇怪了，这世上为什么总有一些人无事生非的，爱站在水边，看我这条鱼如何生活，胡乱猜度我的情感走向、喜怒哀乐呢？我真冤得慌！"

他剑眉微挑，咬牙切齿，气急败坏的样子差点把封正烈逗乐了，几乎要冲淡了刚才的伤感气氛，封正烈忍不住摇头："你这张嘴啊……所谓得了便宜还卖乖，就是你吧？"

片刻，他收住笑，正色道："致远，今天这里没别人，我只想问你一句，你给我说句掏心窝的老实话——不论阿莲，还是顾小姐、某主编等等的什么人，如果青青还在，你会如何选择？"

他认真看着对方，却欣慰地看到对面这个貌似狂傲跋扈的少壮派将军只是微微低首沉思片刻，就抬头平静地看着他，语气沉静而坦然："陈青瑜是我明媒正娶的妻子，她若在，我何谈选择二字？"

"这才是我想象中的江致远！"封正烈颔首微笑。

两人正低声分辩得热闹，就看到陈紫瑜搂着宁松下楼来，少年的眼角还残留着泪痕，让江静舟略感诧异，未及细想，就听到那边韩湘玉在招呼开席了。

陈紫瑜一面不停地为坐在身边的宁松夹菜，一面暗暗打量着坐在对面的江静舟，往事难免浮上心头。

这究竟是怎样一个男人？

当年，自己娇生惯养，在兄姐呵护下长大的小妹陈青瑜，就那样死心塌地、义无反顾地爱上了他！

作为无话不谈的嫡亲姐妹，她知道青青爱上江静舟是在一个极为不合适的时段——那年江静舟和虞水蓉结婚，金童玉女般的神仙眷侣让年仅 17 岁的小妹心驰神往，情愫暗生，痴情的姑娘竟然无可救药地暗恋上了和自己有间接亲戚关系，如今该称呼为"表姐夫"的江静舟。

女孩自然是痛苦难耐，也纠结万分。她唯有将这份羞涩难言的情怀向自己的姐姐倾诉。陈紫瑜安慰小妹，天涯何处无芳草？比他江静舟帅气的军官多了去了，凭着陈家的势力，依着陈青瑜的品貌，怎么会找不到如意郎君？

"可是，姐！我就中意这个……他！哦，上帝，我该怎么办？他，符合我的所有春闺梦想，我的白马王子的梦想！"妹妹陈青瑜楚楚可怜的神态让她至今想起来都痛心不已。

"可是小妹，他已经属于别人了，你醒醒罢！"那时的陈紫瑜简直是恨铁不成钢般的生气和无奈，"难不成你去横刀夺爱，把他抢到手？青青你若有这般气概，我倒欣慰至死了！"

陈青瑜可怜巴巴地看着姐姐："你知道我不成……我哪点比得上阿莲姐了？何况，我也不忍心！抢他？怎么可能？那不是让他为难吗？让他为难的事，我是不会做的！姐，你懂我……我就是个没出息的小女人……"

"你真的是太没出息！"陈紫瑜恨不能当场敲打妹妹一顿，"哪里像我陈家的女儿了？你这个样子，让大哥知道了，非发脾气骂你一顿不可！还有，让你姐夫知道了，也要笑话死了！人家表妹风风光光嫁了，我们陈家小姐还在这里做白日梦呢？"

为了打消这个痴情丫头的傻念头，陈紫瑜忍不住对她讲了一桩秘事——这个江静舟，身份背景有点可疑，有人一直在告发他是共产党卧底！

　　陈青瑜听了直摇头，陈紫瑜以为妹妹不相信她的话，正欲再说从封正烈那里听来的证据，却听闻妹妹说出更让她生气加无语的一句话。

　　"姐，我不是不相信你的话，是我根本觉得无所谓！我爱的是这个人，这个叫江静舟的青年军人！和什么党派有何关系？他是什么人我才懒得分辨，他是什么人我都愿意……愿意此生相随！"女孩声音放得很低，近乎独自呓语，且羞涩地垂下了头。

　　这番话听得陈紫瑜是又气又恨，又觉得其状可怜可笑，就摇头叹气不已，只希望让现实来打消自己妹妹的痴心妄想——没看到人家江静舟和虞水蓉是水乳交融、琴瑟和谐地在那里过自己的小日子呢？

　　谁料想人算不如天算，自己小妹的那段白日梦竟然做成了——三年后，江、虞婚变，青青竟然真有机会成了江静舟夫人！

　　原本这段婚姻陈紫瑜是不赞成的，自己冰清玉洁的小妹凭什么要去给人家做填房？但是青青是铁了心要嫁这个江静舟，和姐姐几乎闹翻后，她说服了大哥陈铮瑜对她的支持，出面和江静舟谈妥了这场婚姻。

　　后来姐妹和解，知道妹妹嫁了此生最爱的男人，生活幸福，她也就释然了。虽然妹妹不顾她的强烈反对，冒着家族病犯的危险为这个男人生儿育女，但是毕竟也算为人丁稀少的陈家延续了一线血脉。

　　生活如河流安静地流淌，谁料想在儿女们半岁时，青青会病发身亡。当时陈紫瑜虽然一直以来对自己妹妹痴情，江静舟淡然的婚姻状况心有警惕和不满，但是她毕竟看到了令她终生难忘的一幕——

　　在自己妹妹的灵柩前，江静舟像变了一个人，神形憔悴，痛不欲生，他默默为妻子守灵，茶饭不思，其状可悯。

　　她又听当时抢救陈青瑜的医务人员告诉她，妹妹就咽气在江静舟怀中，江静舟那时几近疯狂，抱着妻子的遗体整整坐了一夜，谁劝也不听。

　　陈紫瑜暗叹这个男人毕竟还是对小妹用了真情的。当时出于同情江静舟痛苦的状况，就没有按原先计划把宁松兄妹带走，让一双小儿女留在父亲身边，安慰他的丧妻之痛。

却不料风波陡起！没多久，江静舟竟然弄丢了双胞胎兄妹中的男孩！是可忍孰不可忍？当陈紫瑜从满脸愧疚的江静舟手中接过瘦弱的宁兰时，抛给他的只有一句冰冷得让人心头打战的话——不找回宁松，此生不必相见！

如今，虽然天使般善解人意的宁兰走了，但是宁松被找到，送回亲人身边，陈紫瑜内心的宽慰和满足之情难以言表。她不知道该如何和暖和孩子父亲的关系，毕竟十多年的藩篱已经在心中留下了难以磨灭的印记。

她没想到她逝去的妹妹慧灵不散，还要帮助她世上的亲人们找回温暖，让亲情重生。

是宁松提起了一个话题。在饭桌上，宁松告诉父亲，刚才姨妈带他去看过母亲和妹妹了。

看到江静舟惊异不解的目光，封正烈忙解释道："哦，这样的，楼上有一个房间，被阿紫设成了小小的祠堂，陈家的。这不是大嫂如今也住这儿嘛，这样也算陈家祖先有地界祭拜了。"

一旁韩湘玉插言道："陈家也没别人了，我和大妹就商定了，也不用遵从什么古礼了，什么女子不入祠堂的，就把小妹青青母女的灵位也放进去了，这样大家也好随时祭拜。"

"原来是这样！"江静舟感慨不已，又带着恳求之意望向陈紫瑜，"太太，请容我有个不情之请？我能否去看看……她们母女？"

这声"太太"的称呼在此情此景中显得别扭和尴尬，虽然自从陈紫瑜和江静舟决裂后，就逼着后者对自己改了称谓，但是此刻听在众人耳中还是极不自然，宁松看看姨妈，又望望父亲，小脸上写满担忧和伤感。

江静舟的这句哀恳之语已经让陈紫瑜眼中蓄了泪，但口气仍是冰冷如昔："先吃完饭再说吧！"

众人不敢多言，默默吃过了这餐饭。

"姨妈……"离开餐桌大家来到客厅沙发坐下，宁松望着陈紫瑜欲言又止，少年的大眼睛里亮晶晶的，有波光在闪烁着。

"唉，小松啊，你以后别用这样的目光看姨妈吧？看得我心都碎了！就像兰儿当年，她一落泪，我这心就……"陈紫瑜伤感不已。

封正烈上前抚住妻子肩膀，笑劝道："你看不下去不如就遂了孩子心愿得了？宁松的意思你该明白？何况人要讲诚信，当年你是怎么说的？如今孩子回家了，你再埋怨人家当爹的可就不合适了！阿紫啊，你可是基督徒哦，博爱豁达心胸在哪里？"

"这根本就是两回事！"陈紫瑜白了丈夫一眼，又认真看向江静舟，"你真的想见她们？兰儿罢了，我知道那曾是你的掌上明珠！可青青？我那可怜的小妹，已经痴痴在那边等了十多年了！那个不顾死活，只要爱情的傻姑娘！"她再度落泪。

"太太，我……"江静舟面对这番含泪的质询，竟不知该怎样表白剖析自己的心迹？只为长久以来，有关"青青"的话题，总带有一种挥之不去、难以言说的愧意深藏在心底。

他的窘困之态让周围几人不安、怜惜，遂不约而同地相劝起陈紫瑜来。

"好了，阿紫！杀人不过头点地！你不可太过分了啊！"

"是啊，大妹！致远把孩子都给你找到送来了，你还要怎样？"

"姨妈，我能够和爸爸一起再上去看妈妈和妹妹，也算我们一家团聚了……"

众人的话让陈紫瑜无法继续绷住冰冷的面孔，她拭去泪水，又一次认真盯住眼前垂首不语的男子："江致远，我再问你，你如今身边女人也有了，亲人也有了，儿子也回归了，你真的还惦念着那对苦命的母女？"

江静舟终于长叹一声，抬起头来，郑重地看向陈紫瑜，一字一顿地答言："青青是我的妻子，兰儿是我的女儿，您说呢？"

陈紫瑜凝视他片刻，点头叹息："好吧，你随我来！"

小小的祠堂寂静肃穆。江静舟跟着陈紫瑜走到供奉着很多牌位的神案前，看着她上前将一大一小两个牌位再次移到了前排祭奠处。

眼前的情景深深刺痛了江静舟的心！这一大一小的两个木牌难道就代表着自己曾经的两个至亲亲人吗？有一股热流瞬间闯入他的眼际，他咬牙忍住了。

封正烈、韩湘玉带着宁松随后上来，和陈紫瑜一样，都在注视着江静舟的举动。

江静舟却无视射在背后的几双眼睛，他的思绪早已飞驰到过去的岁月中。

那年，他和虞水蓉在无奈中选择"假离婚"，结束了一段熬煎的婚姻岁月，却很快陷入一幕接一幕的悲情剧情中。

组织上带来发妻沈琬早在三年前和他离婚的消息，他未及消化掉这场因误会造成的悲剧，就听闻了另一个让他痛彻心扉的噩耗——虞水蓉的突然"牺牲"。

据当时的消息称，和他分手后，虞水蓉和另一位同志以恋人身份打入国民党中统局，却不料很快暴露，被秘密处决。

虽然后来证实这其实是一条"伪情报"，是中统局为了让六名骨干特工潜入日本培训所放出的假消息，但是当时不明真相的江静舟几乎陷入感情的绝境中。刚刚暗萌心底的爱情之花就这样夭亡，他觉得自己的心已经死亡，随着莲莲的逝去而埋入黄土中了。

江静舟暗暗发誓，经历了和沈琬的婚姻悲剧，和莲莲的爱情悲剧，自己的情感之门已然关闭，此生不会再爱，不会再接纳任何人了。却不料青青就在那时走入到他的生活中。

因着往昔和虞水蓉的"婚姻"关系，他不仅和封正烈逐渐形成如父如兄的上下级关系，也结识了其姻亲——194师师长陈铮瑜兄妹。

他万万没想到的是，他一向仰慕的另一个长官——陈铮瑜会突然建议他和自己的小妹陈青瑜联姻。

在江静舟眼中，当年的陈青瑜还是个不谙世事的小姑娘，因为姻亲关系称呼虞水蓉为"表姐"，把自己叫"表姐夫"，虽然那时的她已经是194师的一名少尉机要员，但是其单纯文静的模样，天真活泼的性格，还是让江静舟总把她当小孩子一般看待。

石破天惊，其长兄竟然郑重其事为自己的小妹做起媒来。他告诉江静舟，自己的妹妹——那个乳名叫青青的女孩早就暗恋上了他，且态度坚决，非他不嫁。

江静舟无比震惊且万般无奈，心中暗暗叫苦不迭。陈铮瑜不同于封正烈，他为人严谨刻板，治军严格，私德很好，一向让江静舟颇为仰慕。但是两人毕竟是隔了一层的姻亲关系，外加上下级，他无法像对封正烈那样随意玩笑，轻言拒绝。

身为地工的他还要考虑到身份问题，他不能和陈铮瑜弄僵关系，只为194师是比自己所任职的封正烈的189师还要建制庞大的国军军队，有很多重要的情报来源。江静舟颇费踌躇，绞尽脑汁地婉拒着这桩姻缘。

却不料"逼婚"形势紧迫，连封正烈，以及自己的盟兄程鹏霖都加入到说客行列，江静舟万般无奈下，向上级组织暗暗请示，建议安排自己择机调离189师和194师周围，以化解这番危机。

他没想到的是，压向他这个已不堪重负的骆驼的最后一根稻草，竟然来自自己的上级组织！当时的情势太需要有同志打入到194师，收集更多的情报，来应付红军最大的对手之一——有虎狼之师名称的194师。江静舟如今面临的困境，无疑是最好的一块敲门砖。

组织上指示他接受这门婚姻，和陈青瑜尽快结婚，争取早日调入194师，接近它的中枢部门。最好能将身为机要员的陈青瑜成功策反，她是能接触到很多核心军事情报的人员，对我方的情报工作很重要。

不能不说江静舟也并非钢铁心肠的机器人，他曾带着强烈的情绪向上级组织抗诉过，但是最终还是选择了服从，只为他的个人利益和组织利益相比，实在是微乎其微。信仰的力量又一次迸发出强烈的动能，将这个红色特工的个人生活轨迹再度改弦更张。

江静舟就这样再次走进了一场尴尬无奈的婚姻中。不同于和沈琬的浑然天成般的青梅竹马初婚，和虞水蓉的"假戏真情"的战友式组合，这场异党夫妻的婚姻，一开始就埋下了悲剧的根苗。

江静舟几乎是身心麻木地走入到这场婚姻中，为了组织的利益，为了任务，甚至是为了自己的生存，自己的潜伏身份，他都没法像当年和虞水蓉那样，可以经营一场"有名无实"的假婚姻。他实实在在娶了陈青瑜，就要和这个女孩过上真实的夫妻生活。江静舟痛苦过，纠结过，他唯有将感情紧紧封闭，如一具行尸走肉般将自己奉献在婚姻祭坛上。

但他很快陷入更加痛苦的漩涡中。只为这个叫青青的女孩竟然如此火热地献出了自己的真情实爱，浓烈的情感像烈焰般瞬间将他缠绕，裹挟着他一起燃烧，是涅槃还是毁灭，谁又能知道？

陈青瑜一定是嫁给了此生最爱的男人，她无怨无悔地付出自己的一切来经营这场看似不够和谐的婚姻。她的温柔、善良、纯净、透明，让江静舟每每心生纠结不忍之情。他不能拒绝她的温情爱意，不能回避她的关切照拂，甚至——无法完成自己的任务！

策反陈青瑜？绝无可能！只为这个女孩就像是一块晶莹剔透的美玉，毫无杂质，纯净璀璨。她不懂政治，不谙世事，在兄姐爱抚包裹中长大的她，根本不解"信仰"为何物！在她的心中，爱情至上，丈夫江静舟就是至高无上的神，她无条件地相信他，无原则地依恋他，无边际地爱慕他。如何将这样的女孩拉入到自己的阵营中，令江静舟颇费踌躇。他不忍心伤害她的善良，也无法亵渎她的纯净，他唯有在心底暗暗祈祷：时光快快划过，单纯的女孩早日长大，变得成熟些，再成熟些，到那时，再……

身为机要员，陈青瑜掌握着大量的军事机密情报，因着夫妻关系之亲近，加之陈青瑜对他的绝对信任，江静舟轻松自如地获得了很多重要情报，其中也包括后来让他蜚声我党地工史的"破解铁桶合围计划"，挽救了十多万红军的生命，建立了不朽的功勋，曾被领袖誉为"胜过几个红军师的作用"，当然这都是后话了。

可是谁能想见，当年的江静舟曾经谨慎地游走在任务和亲情的钢丝绳上，一次次在信仰和亲情间痛苦地抉择，在两难的境地中挣扎。他在出色完成组织任务的同时，无形中等于一次次背叛着他和青青的感情和婚姻。伪饰——就像一把利剑，帮助他披荆斩棘、所向披靡地战斗在隐蔽战线上，为他的信仰奉献才智，也一次次残酷无情地切割凌迟着他的心脏，让他的胸腔里满目疮痍，鲜血淋漓！

他是个性情中人，并非生就的钢铁肚肠，他并非漠视着陈青瑜对自己无私无欲的爱和付出。但是不幸他又是一名卓越的特工，他有着自己特定的生活、工作轨迹。他只有努力在完成任务的同时，尽量呵护着自己明净无私的小妻子的情感，还有维持着那朝夕相处、耳鬓厮磨间产生的无法割裂、不可替代的亲情。这样的生活让他身心俱疲，黯然伤神。

他也曾一次次在心底喟叹：谁说唯有爱情才是至高无上的？任何真情实感的亲人间的爱，都不输于那令人荡气回肠的爱情！人生在世，良心为第一要务，良心一坏，万事皆休！无论爱情、亲情，勇于付出，少问收获才是正途。

也是出于这种深刻的反思，他时常会在心底暗生愧意：也许特工这个职业本身就是反人性的吧？选择了这条道路，祭献的除了自由、安宁、宝贵的生命和绝对的忠诚外，应该还加上——良知。

但是江静舟又是践行自己信仰的绝对忠实者！他也曾做过一些努力，能否完成那项最难完成的任务——将妻子陈青瑜拉入到自己的阵营中来？于公于私，这都是一件两全其美的事情。

于是，在两人婚姻走向和谐的阶段，在陈青瑜身怀有孕的时期，江静舟还曾和她有过这样一番对话，不料却使他收获了一番别样的悲凉之情。

春夜缠绻，小夫妻私语喁喁。江静舟择机向妻子谈到了信仰问题。

"青青，人人都有信仰，你的信仰在哪里？"

"你明知故问呢？致远！我的信仰就是你！"

"别胡说！小丫头拿出正行儿来，好好回答我的问题！"

"你知道不是胡说啊，我也没说假话！青青我的信仰就是——爱情，可是我的爱情，就是——你！"

妻子的话让做丈夫的人啼笑皆非，他不知道怎样再继续这个好容易提及的严肃问题，还要不显山，不露水。

聪颖睿智如江静舟，也实在感到为难。理理思路，稳稳心绪，他语气艰涩地谈及各党派之间的生死较量，又故意以轻松的口吻相问："举个例子吧，如果我们是两个阵营的人，我们的信仰不同，你会怎样选择呢？是选择爱情？还是信仰？"

这话却让做妻子的咯咯笑出声来："致远你真逗啊，总像小孩子一样爱胡思乱想呢！"

女孩咬着指头看着自己深爱的夫君，语气轻松，语义却坚定不移："我如何需要选择？都说过了，我信仰的是爱情，我的爱情就是你，这原本是一回事啊！"

江静舟更加哭笑不得，女孩的"歪论诡辩"却透着无法直视的真情，他都不知道该怎样继续诱导下去，直觉自己简直快成了一个阴险小人了。

但是还是要努力一下，要能讲透一些道理给她，是自己越来越强烈的一个念头——是的，日久生情，不知不觉间，他已经深深爱上了这个纯净无私的女孩——可能不是像和莲莲那般的恍若结缘前世的绝妙爱情，但是浓烈的亲情，却像是万年丛生的古藤，已经将他紧紧缠住，不能挣脱！

咬咬牙，江静舟开始抽丝剥茧："好吧，我再举个例子！我先问你，除了……我，这世上你还爱谁？"

小妻子回答得倒也毫不含糊："大哥，大姐……还有……未来的他！"她羞涩地望望自己的下腹。

因为身材瘦弱纤细，已经怀孕五个月的小母亲还丝毫不显怀，但是那份幸福的神态，已经让人观之心动。

"可是，如果我和你的亲人们，你的哥哥姐姐，不是一个阵营的人，你该如何选择？"

江静舟觉得自己问得残忍，却不料对面的人儿仍是一副轻松应对状态："可是你们本来就是一个阵营的人呐，致远你问这样的问题毫无意义呢！"

"我是说，如果……设想一下，不幸发生了这样的悲剧，呃，很残酷，很无情，对吧？青青？可是我们原本就生存在这样一个残酷无情的世界上！这样的选择绝对不是天方夜谭，是每个人都可能面对的！只要战争一天不结束，对立态势一日不消亡，就会有无数人被逼着要做这样残酷无情的选择！有时候，我们会无奈，会纠结，更会痛苦，心碎……"

他的神情变得严肃起来，陈青瑜也收住了笑容，正色看看丈夫，思索片刻，脸上挂出毅然决然的神情来："致远，非要我选吗？如果……你一定要我来选择，我的选择是——我死！"

"青青你胡说些什么？！"江静舟突然间急了，断然发出的呵斥声几乎吓了自己一跳。

女孩那边却平静无波，她的神情是那样的无助、无辜。

"是真的，致远，我没有说笑！我有多爱你，你一定明白！如果这个世界没有了你，我独活又有什么意义？可是，我也好爱我的家人，我亲爱的哥哥、姐姐！我不能失去他们，他们就是养育我长大的父母！致远，如果可能发生那种悲惨的情形，你和我的兄姐们之间必须选择一方，我肯定不会在你们之间抉择！我会……选择自己消失，你们就当我没出息吧，就算我逃跑好了！"

女孩委屈地低下尖瘦可怜的脸庞，灵动的大眼睛溢满了忧伤："我死了……

就不必做这道让人痛彻心扉的选择题了吧？"

"青青！"江静舟突然上前，将妻子一把拥到怀中，紧紧搂住她，下颌抵住她瘦削的肩膀，含着泪，嘴里梦呓般不停地念叨着："我们不做这种选择！不要！青青！原谅我，原谅我！是我的错，是我太残酷！太无情！我们永远不做这种选择题……"

这是第一次他这样主动拥抱她，亲昵她，陈青瑜一定激动至极，江静舟记得自己那时的感受——女孩的身体一直在他怀中颤抖。

这也是他最后一次和妻子谈到信仰问题，从此他将这种问题永远封在了心底，不再提及。

世事苍凉，一语成谶！这是怎样一场悲剧呢？

如今十多年过去，人到中年的江静舟默默仁立在妻子的灵位前，那隔空飘来的笑语声还响在耳边，却一切斗转星移，世事变迁！曾经的如花美眷，随着无情的逝水流年，幻化成为一块木板上毫无生机，冰冷刻板的三个黑字，即使时间可以疗伤，此情此景，依然叫人伤感痛心万分！

江静舟就这样痴痴地望着妻子的牌位出神，直到陈紫瑜将一个香盒也移到旁边，他才幡然醒悟。

他从旁边的香盒里取出三炷香，点燃了，小心翼翼地插在了牌位前。再次认真看着那牌位上三个黑色的字眼，任万千浪潮一股股冲击着自己的心房。千情万绪，总是无法言说。对于这个痴情到极致，奉献到献身的女人，自己除了愧疚，就是悔恨、痛惜、伤情……

这样的驻足凝望让人心碎神伤，这个男人眼中的哀痛之意也感染了身边的每一个人。

封正烈心下不忍，他是了解江静舟的秉性的，此刻要解围于他，就叹了口气，黯然道："人死如灯灭啊，只要心中想着，也就是应有的情分了！致远呐，你也不要太过伤感了！"

江静舟似乎有点茫然地回望了他一眼，轻轻摇头，又忍不住长长叹了一口气。

他再次认真地回眼看着牌位，突然叫宁松："儿子，你过来！"

宁松听话地来到父亲身边。

江静舟抚着儿子的肩膀，声调里带着些许凄楚的味道："你刚才祭奠你妈妈了吗？"

宁松点头："是的！刚才姨妈带着我，给妈妈上了三炷香，告诉她，她的儿子……终于回家了！"

江静舟忍住泪，拍拍儿子的背，颤声道："好孩子！那么，爸爸对你还有一个请求！现在，你当着爸爸的面，在这些亲人面前，给你妈妈跪下吧！"

宁松有点意外，但是看到父亲眼中含着的泪水，早熟而善良的他，瞬间理解了父亲的苦衷，他依言懂事地跪在了母亲的牌位前。

江静舟声音很轻，却是清晰地说道："你给你妈妈磕三个头吧，代表我，向她表示一份歉意！你告诉你妈妈，就说我对不起她！这么多年了，戎马倥偬，一直没能有机会去她的坟前祭奠！可是……我心中，是永远忘不了她的！将来战争结束了，我一定找机会带你一起去看望她！请她再耐心等一等吧……"他的眼泪终于落下。

宁松磕了三下头，几乎是哭着重复了父亲的话，在自己的生母牌位前。

望着儿子跪在牌位前的身躯，江静舟的泪水如走珠般滚落在胸前，那刻骨铭心的一幕曾经被牢牢禁封在心底，此刻却又一次残酷地呈现在他面前：

那年深秋的夜晚，屋外大雨倾盆。陈青瑜病危，只剩最后一口气，她依偎在江静舟的怀中，惨白无色的脸上，一双大眼睛死死盯着丈夫，痴痴地看着。

江静舟心如刀绞，他紧紧搂住妻子瘦弱的身子，哭泣着相问："青青，你还有话对我说吗？你说，我听着呢，我都听你的……"

陈青瑜虚弱地咧咧嘴，连最后的笑意都完成得如此痛苦艰难："致远，谢谢你，我好幸福，因为我先死……我说过的……你如果不在了，我无法独活！如今……我能先走……真的好快乐！"

江静舟闻言泪如泉涌，他突然意识到妻子应该期盼什么，她一直就在期盼着……他忙低头吻住她被冷汗湿透的鬓角，低声呢喃："还有什么，你想要什么……我如今……都听你的！"

却意外地看到怀里的她挣扎着摇头："我不要……不要你再说那三个字了……真的！我希望……你能……记住这三个字……忘——了——我！这

样……你以后才能……有幸福……我要你……幸……福！"最后那个"福"字她已经无力说出，不过做出了个口型，身子就软软地陷落在丈夫的臂弯中！永远地陷落……

此刻，江静舟凝视住妻子的牌位，锥心之痛仍令他心在颤抖，身子也不由得轻微抖动起来。

爷俩刚才那番对话早已让一旁站立的陈紫瑜和韩湘玉泣不成声，封正烈也流了泪。此时他上前挽扶住他："致远，你要当心自己……"

江静舟回头苦笑着看向自己的大哥："您昨天说的没错，年少轻狂，浑不懂事！现在想来，我亏欠青青的太多，实在是罪不可赦……也许这一切，今生都是我的罪孽，我不知道来生是否还有机会，去弥补一些我的过失和……无情！"

韩湘玉将宁松扶起来，送到陈紫瑜身边。陈紫瑜擦去泪水，望向江静舟的目光已是温情脉脉："过去的事情就不必再提了！致远，我今天要告诉你的是，我原谅你了！其实从孩子一进门，我就原谅你了！无论如何，我们都是亲人，这样一个孩子，就像一条纽带，将咱们紧紧连在一起了！"

江静舟颔首："是的，太太！您和军座对我的大恩大德，静舟此生都难以报答！"

陈紫瑜摇头："你还这样称呼我吗？当着孩子的面……"

"大姐……"

一场别扭的认亲场面终于有了温馨的走向。陈紫瑜将宁兰的一些遗物交给江静舟做念想，又一次引起了他的深刻伤感之情。在他的要求下，众人先退出了，留他独自在妻女的灵位前默默祭拜了许久。

等江静舟擦干眼泪，回到客厅时，陈紫瑜已经在那里等着他来首肯自己的一项动议了。

"致远啊，我有个建议想对你提，却又有点说不出口呢。"陈紫瑜一手拉着宁松，一面笑看江静舟。

江静舟淡淡一笑："大姐的意思，一定是让我把小松给您留下，让您来亲自照顾他，我猜得对吗？"

陈紫瑜被他说中心事，忍不住笑："嗨，致远，难怪我们家这一大一小的都迷恋你，把你当心上宝看待呢，却原来你真是水晶心肝玻璃人儿呐？"

"一大一小？"不但江静舟丈二和尚摸不着头脑，就连封正烈也莫名其妙地看着她。

"这一小自然是过去的青青啦。那一大吗？就是如今的——他！"陈紫瑜指了指封正烈，"他也把你看成是掌上宝，不可或缺呢！"

"瞧瞧你这都是什么比喻嘛，简直是拟于不伦！"封正烈对着太太摇摇头，他又看看江静舟，对太太道，"不过你这个要求我可不能支持，根本就不合情合理么！人家致远和孩子也失散得这样久了，好容易父子团聚，亲香劲儿还没过呢，你就生生把孩子从人家身边抢走，着实过分啊？"

"嗨？你这个人？怎么说我和致远抢孩子呢？我的意思是小松住到我这里来，我能更好地照顾他！反正在一个城市里呢，致远想见他，他随时可以回家的呀！再说了，你不是常常挂在嘴边的，什么局势危急啊，军务繁忙的？他一个大男人家，现今又在你手下任主力师师长，多少事情在等着他处理呢？他哪里有精力经管孩子呀！"陈紫瑜有点急了，对封正烈瞪眼道。一旁韩湘玉忙两边相劝着。

封正烈一心为江静舟着想，就仍不松口："人家致远目前也不是单身了，身边有顾小姐了。再说孩子的姑姑也跟着来东北了，她一直是小松的监护人，怎么就经管不了孩子了？"

"你这人真可恶，你到底……"陈紫瑜还想继续和封正烈理论，江静舟忙温言劝说两人："大哥，大姐，你们别争了，听我说一句吧！"他笑对封正烈道，"其实我明白大哥是顾及我们父子团聚问题，我自然感怀在心！"

他又看向陈紫瑜："大姐您更是一片好心，想替我教管孩子，让我专心军务，我同样心知肚明呢！您二位都是为了属下、弟兄在着想，我还能说什么呢？"

"还是致远心底明白！"陈紫瑜点头赞道，又白了一眼丈夫，然后回头笑着看江静舟，"致远啊，我绝对不是在和你抢孩子呐。你看小松都这样大了，是你的儿子，谁又能抢得走呢？我是想，你刚来东北，军务这样繁忙，一定注意力不在孩子身上。你身边的顾小姐，我虽然没见过，但是听你大哥说起过她；还有你妹妹，孩子的姑姑，她们两个人都太年轻，没当过娘的，如何懂得带孩子呢？我虽然也没有生养过，起码年龄大上她们几岁吧？何况，孩子的舅母也在这里啊，我们老姐俩总比她们有经验吧？小松放在我这里，是不是更合适呢？"

江静舟摸摸鼻子，笑着应对道："您说得不错！"

韩湘玉也笑："大妹你瞧你这张嘴，让人家致远说什么好？不答应都不行了呢。"

陈紫瑜都不理会，只是在得意地笑："我看这样好了，让小松平日里住在我这里，周末回到你那里如何？不耽误你们父子团聚，你想他了，随时一个电话，这里有车就送他回家了！孩子姑姑如果想他了，只管随时来家中玩好了。还有你和顾小姐，经常可以来这里吃晚饭什么的，大家团聚，热热闹闹的有多好啊！如今有这个孩子，我们就是一家人啦！"

封正烈笑道："你倒计划德热闹啊！就算致远抹不开面子拒绝你，你毕竟要问问孩子自己的意见呢。"他回头笑看宁松，"小松，你自己说，是愿意住在姨夫姨妈这里，还是住在父亲家呢？"

宁松本意实在是不想离开父亲，毕竟父子团聚不久，他还没享受够那浓浓的父爱呢。

可是他是一个成熟懂事的孩子，他知道父亲目前的身份和使命，也知道自己的职责和作用，就乖巧地望向父亲，轻声道："我一切听爸爸的安排。"

所有人都看向江静舟。

江静舟望着宁松懂事温顺的面容，心底不禁有些发酸，他抑制住自己的情绪，笑对孩子道："你姨妈如此疼爱你，你就先在这里住上一阵吧！陪陪姨夫、姨妈、舅母。何况，你妈妈的灵位也在这里，就算是守孝，你也可以借此陪陪你妈妈，这也是应当应分的……"他的话，又让几人红了眼圈。

陈紫瑜感动地看着江静舟："致远，你放心，我会像对自己的儿子一样对小松的，你看宁兰和我以往的情形就明白了！以后你也随时过来，大家经常团聚，不是很好吗？我们原本就是一家人呢。"

江静舟勉强笑道："我明白了，大姐！不过小松今天还要和我回去一趟，收拾一下自己的东西，然后再搬过来。您还不知道，光他那些书，就有几大包。"

封正烈好奇："小家伙这样爱看书吗？"

江静舟笑道："可不是，饭都可以不吃，书却一刻也放不下！我们这个傻小子，就是一个小书虫！"

陈紫瑜很高兴："这是好事啊！松儿！"她不知不觉中已经把对孩子的称谓改为了昵称。

"所谓读万卷书，行万里路，真是个胸有大志的孩子，不错不错！"韩湘玉也一旁笑赞。

"赶明儿姨妈和舅母带你去逛宽城里最大的书店，你喜欢什么就买什么！"陈紫瑜亲热地建议道。

宁松腼腆一笑："谢谢姨妈和舅母！"

事情说定了，几个人都松了口气，陈紫瑜更是眉开眼笑，搂着宁松不松手。

封正烈看着太太，微笑摇头，对江静舟道："老娘们家，总爱婆婆妈妈的，真是没有办法！哎，致远，其实我欣慰的倒是这番烦琐的家务事解决了，我们就该腾出精力忙正事了。"

他正色看着属下："现今这般局势，你总要狠狠助我一臂之力才是！这几天走下来，你难道还不明白吗？宽城如今是什么局势？真正是危如累卵！这番危局，我总要借你江致远为左膀右臂，来帮我苦撑！如今既然一切思想情感包袱都放下了，就全力以赴和我征战沙场吧！这场大战，已经迫在眉睫了，箭在弦上，破釜沉舟，我们要打好和共军的这一场生死决战！"

未等江静舟接口，陈紫瑜不满地向丈夫嗔道："好了！实在厌烦你们这群军人动不动就决战、死战，喊打喊杀的！既然是公事，你们以后到办公室再谈不行吗？今天是认亲时间，算是喜事一桩啊，不要说那些动杀机的戾话！"

封正烈对江静舟无奈一笑，只好终止了这个话题。

第二天，江静舟将宁松送回了封府，从此他就常住那里了。沈冰对这项决定十分不满，奈何江静舟主意已定，虽不和她直接交锋抵牾，却也总是巧妙地回避和她谈论这个问题。沈冰心底暗暗生气，却也没办法。

转眼半个月过去，就在江静舟在东北逐渐适应环境，逐步展开工作的时候，远在沪上，飓风小组的留守人员，沁梅等人，也经历了一些工作上的变动。

首先沁梅遭遇了一场伤感的分离，她的偶像上级，大姐姐般亲切体贴的白鸽调走了，一个代号为"木匠"的新的负责人来到了上海。

白鸽走前和沁梅见过一面，她向她介绍了"木匠"同志的情况，告诉她那是一个精通无线电技能的我党的一个老同志，他曾经根据上海地下党提供的，来自敌人内部的情报，将我们地下组织使用的电台的功率进行了改造，虽然是用因地制宜的土办法进行的一项改造，却颇具成效，将电台的功率由原先的100多瓦，降到了10瓦之下，这样使用起来就安全多了。

白鸽没有告诉沁梅，这个关于电台功率的情报，就是她提供给老家的，而她的情报来自于弟弟楚天舒，就是那次微妙的遭遇电台搜查，姐弟相逢时，楚天舒给她的提醒之一。白鸽认为，这是弟弟出于对自己姐姐关爱的一次善举。

想到要和白鸽分离，沁梅伤感不已，白鸽也红了眼圈，不过她依旧拿出与生俱来的豪情和洒脱来，和沁梅相约在新中国相聚。

按照组织纪律，沁梅没有问白鸽的去向，但是她隐约猜到了，因为某次白鸽曾经透露过自己的一个愿望，那就是到丈夫曾经战斗过的地方去工作。两人依依惜别。

世事艰险，身份使然，阴差阳错中，很长一段时间，沁梅并未将自己身边很亲近的两个人——白鸽和楚天舒联系在一起。

倒是那天和白鸽分手时，一件奇怪的事情成为存在于沁梅心头很长时间的一个谜团——

当沁梅无意说出自己最近在医院照顾那个保密局上司时，她看到白鸽的脸上明显闪过一丝痛惜的表情。后来她又有个奇怪的举动，当她们在街上要分手时，白鸽突然又叫住了她。

白鸽在一个水果摊上买了一只当时很少见到的柚子，又细心地用刀划开剥出瓤来，用纸包了，递给沁梅。

沁梅不解其意，白鸽犹豫了片刻，笑着解释："替我送给你正在照顾的那位病人吃吧。你说他曾经救过你，像是你的哥哥一般，那么我也应该感谢他一次，谢谢他救过你，救过我的这个小妹妹！"

一向大大咧咧的沁梅当时丝毫并没有想过这里面的不自然之处。她将柚子带回病房，拿给楚天舒吃。

楚天舒奇怪于沁梅如何知道自己酷爱吃柚子的习惯？沁梅忍不住告诉他实情，当然她隐去了白鸽的真实身份，只是将她描绘成了自己的一个结拜姐姐。楚天舒听后沉思不语。

沁梅离开病房时已是晚上。她不慎将手袋落在了楚天舒床边。当她回去取时却看到很蹊跷的一幕——

楚天舒坐在床上，捧着那只柚子在默默流泪……

很快，另一场令沁梅纠结心痛的分离又已到来。

楚天舒终于完成了他的那份补充方案，他将所有资料整理上报后，动身去了南京。

他没有正式和沁梅告别，只是前面工作中无意流露出要回老家休养病体的意思。看着他日渐消瘦的身体，那断断续续总不见好转的咳嗽，沁梅理解了他的选择。她丝毫没有察觉这就是两人亲密接触历史的终结。

走前，他托小芮将一个盒子交给沁梅。他走后几天，这件礼物才到了沁梅手中。

沁梅疑惑中打开盒子，看到里面装满了花花绿绿的东西——那种楚天舒经常放在办公桌上，总爱嚼吃的口香糖。

盒底有张一寸见宽的纸条，那熟悉的字迹清丽修长："这种东西能帮助人放松神经。这个世界已经很紧张了，我们太需要偶尔放松一下。祝你放松心情，绽放笑容！"

"哼，你走了我就放松了！楚天舒，你最好永远别回来！我永远不要再见到你！"

女孩默默在心底嘶喊，泪水却不觉中滚落腮边。

一周后，她去胡文轩那里吃饭，用餐期间，看到养父放下碗，心事重重地看着她片刻，长叹一声："常言说得好，听人劝，吃饱饭。阿梅啊，你这个丫头太倔了！你可能永远意识不到，你错过的东西，是多么的宝贵！"

沁梅知道他之所指，她佯装不觉，没有回应。

当时她任务在肩，无暇他顾。她从虞水蓉那里得知，楚天舒的那份电台计划的所有详细文件，已经通过贞德之手迅速传回老家，通知各地地下党做好防范措施；而她们小组的任务，是同时通报沪上地下党采取有效的防范手段，防止敌人下一步的电台突击搜查。

另外一些途径也传来消息，楚天舒的这份计划堪称天衣无缝，用胡文轩的话说，是一份"天才之作"，得到了总部，甚至是国防部的通令嘉奖。胡文轩因此得到了一枚云麾勋章，楚天舒这方的奖赏更令人瞠目结舌，他获得再次提前擢升军衔。不过，当他的晋职命令下来时，他已经正式调入空军，所以顺理成章地成为当时少有的最年轻的空军上校。

这天，档案室里，沁梅四顾无人，悄声对虞水蓉笑道："干妈，您知道我最佩服的一个人是谁吗？就是那个——贞德同志！多少次险境、绝境，都是在他的情报指引下，使我们能做到全身而退！哼，某些人算得了什么？什么博士、精英的？在我们红色地工的铁拳下，还不是灰飞烟灭？"

看着虞水蓉笑望着自己，沁梅进一步得意地发表着自己的独特见解："我发现啊，贞德同志就是楚天舒这类人的天敌，是对付他的强劲对手！我们总是战无不胜！"

"贞德是对付楚天舒的天敌？"虞水蓉咀嚼着女孩的话，似笑非笑，表情怪异。只是沁梅粗心，未曾发现而已。

第四章　沈冰心结

　　他继而悲哀又无奈地发现，自己竟然会由此患上了一种奇怪的强迫症——除了对沈冰无原则的将就、忍耐外，还经常爱在夜深人静时分，在记起这段往事的时刻，一遍遍幻想着、逼迫着自己再做出一次选择——是否念及亲情，让三伢子铁舟留在身边？还是遵从组织纪律，拒绝让弟弟从军在这里？

　　顾倾城和沈冰忙碌在厨房间，边做饭边聊天。

　　看着沈冰手脚利落地煎炸烹炒，像变戏法一般一不会儿就弄出了几盘色香味俱全的湘味菜，顾倾城不由得啧啧称赞。

　　"嗨，这有什么呀？我本来就是土生土长的湘妹子，弄几样农家土菜有什么稀奇的？倒是那个许若飞神通广大的，不知道在哪里弄来这许多的湘乡食材来？你瞧，这腊鱼腊肉、烟笋、豆豉……"沈冰笑着摆头。

　　顾倾城还是一脸崇拜地看着她："可是你的手艺好啊！我不成，我就会做几样极普通的家常菜……你是知道的，我是安徽人，打小又生长在湖北，对湘菜可是一点都不在行。我要好好跟你学上几手，你知道的，你哥爱吃……"

　　"嗨，弄半天你的猫腻在这儿啊？"沈冰正将烟笋炒腊肉装盘，此刻扔下锅、铲，摆手道，"甭在我面前总提他！我做这桌菜可不是为他！哼！凭他……我犯得着吗？我可是为着小松今儿个要回来，特意做给孩子吃的！毕竟是我们湖南伢子，应该尝尝地道的湖南土菜呢。以前在西安时，是没机会做给他……"

　　沈冰的满腹怨言让顾倾城笑着摇头："你恐怕是口是心非吧？你刚才泡烟

笋的时候还对我嘀咕呢，说是'他'最爱吃这个……"

"我不过想起往事，顺嘴一提罢了！"沈冰撇嘴，"要我主动做家乡菜给'他'吃，绝无可能！我是为了小松……"

"好了好了！"顾倾城上前拥住她，"别总是这般气鼓鼓的了！我就是奇怪，你和他是从小一起长大的邻家兄妹，如今又是一起工作的战友，你哪儿来对他那样大的成见呢？我看他也可怜，对着你这个妹妹算是将就到底线了。平日里，你怎么挖苦讽刺他都不理会，还总是赔笑对你！我跟着他时间也不算短了，何曾看到过江致远如此这般服软的？真搞不懂你们！"

"搞不懂就别问了！这是组织原则问题，不该问的别问！"沈冰玩笑着拍拍顾倾城的手，"就像上次你问起你的亲哥哥方城。虽然我和他也曾共事过，牵扯到组织原则，有些事我也是不会说的。我只能说，你的哥哥方城，是个好人。他的优秀，他的卓越，你怎么想象都不过分！"

"我明白啊！"顾倾城感慨着。因为和自己哥哥方城的旧缘，她和沈冰能很快成为知心姐妹，但是善良温柔的她还是想尽量做些什么，和缓一下目前自己身边这对"伪装兄妹"的关系，不要那样对立尖锐得让人不安。

"冰冰，你听我说。"虽然比沈冰还要小上两岁，但是由于彼此和江静舟间形成的伪装关系，她目前是沈冰名义上的"嫂子"，所以，一向这样称呼她。

"你哥哥……他……不容易！这里的局势之复杂咱们都明白，他身上的担子有多重你我更清楚！我，目前还算不了你们组织里的人，可是起码也算是你们的帮手吧？我看他整日忙碌、焦虑、运筹帷幄、日理万机的，人是比以前都消瘦了好些，我实在是心疼啊！就算兄妹身份是假的，无论你和他，我和他……但是这份朝夕相处结下的亲情总是真的吧？你别总顶他、呛他好吗？他真的不容易！算我求你啦！"

这番发自肺腑的话语让沈冰也有些动容。她看了眼中波光闪闪的顾倾城一眼，轻叹道："好吧，算我看在你面上……我以后尽量注意。不过，别指望我会像你对他那般温柔！你呀，一定是将对自己亲哥哥方城的情感都移情到他身上了，我可不会……"

"如今他就是我的亲哥哥，永远的……"顾倾城悄悄拭去了眼中的泪花，沈冰望着她也感叹不已。

却不料这份刚刚酿就的温情氛围没维持多久，一场风波就来临了。起因是江静舟回家了，却是孤身一人，并没有带回说好要回家过周末的宁松。

"哥，小松呢？怎么没和你一起回来？"顾倾城先忍不住问道，一边接过他的公文包，又为他拿来拖鞋。

江静舟边脱着军装，语气淡淡地说道："他今天不回来了，封府那边有点事。咱们吃饭吧！"

看到桌上丰盛的菜肴，江静舟有些发愣，抬头看时，正遭遇沈冰愤怒、不解的眼神。

"这么多好吃的呀，还都是家乡菜？这一定是冰冰的杰作了！"江静舟对她笑笑，接过顾倾城盛来的饭，正欲动筷子，却被沈冰伸手拦住了："哎，你说清楚啊，小松为啥不回来？"

江静舟无奈地看了她一眼，温语解释道："小松的舅母病了，他近来一直在床前侍药，这个周末就不回来了！"

话音未落，只见沈冰端起烟笋腊肉等两个菜盘子，向厨房走去。

"哎，冰冰，你在做什么？这两个菜你哥最爱吃，你端到哪儿去？"顾倾城忙追问着。

厨房里传来冷冰冰的声音："我是做给小松吃的！都搞清对象好不好？小松不在就甭吃了，我收起来，明天给孩子送去！"

顾倾城正欲再说，江静舟忙拦住她，随和理解地笑笑："你随她好了，这里不是还有这么多菜吗？"他夹了一筷子菜在碗里，低头刨起饭来。

三人默默不语地吃着。

"哥，明天我和冰冰到封府去看看小松吧？两三周都没见他了，我给他织的毛衣也织好了，正好给他送去。再说了，你刚才提到陈夫人病了？我们也算去探个病吧，从孩子身上论，眼下也是亲戚了。"顾倾城轻声征求着江静舟的意见，后者微微点头。

"要去你去，我可不去！"沈冰放下饭碗，冷冷道，"无端去攀附什么权贵吗？没必要！"

江静舟看了她一眼，并未答言。

"而且，小松和陈家、封家也没必要走得太近吧？认个亲也就罢了，这倒

74

好，成天扎到人家里，公然当起少爷来？小松的脾气我了解，他心里一定不好受！"沈冰双眉紧锁，不满地嘟囔着。

江静舟心底暗暗叹了口气，脸上却没有挂上丝毫不悦的表情。他看着沈冰，仍耐心向她解释着："冰冰，我知道你是关心孩子。可是小松刚和那边认亲，走得近一些也没什么，人之常情吧？况且他也不小了，又性格随和温顺，饱读诗书，孝顺明礼，心里自然有一番坚持和机变，我们就别太担心了！"

"哼！小松才来到这里多久？你这个当爹的总共和孩子待在一处还没几天吧？说得好像你多了解孩子似的？敢情不是你带大的！你能说了解孩子吗？你满心疼他吗？你是真心为他考虑了吗？"

沈冰这番话让顾倾城不安，她不等江静舟反应，就忙插言道："冰冰你这话就不对了！致远哥是孩子的亲生父亲，血脉相关，父子连心，他怎么不疼孩子呢？他又为什么不能了解孩子的性格呢？哪个父亲又不为儿女考虑呢？"

"喊！"沈冰撇撇嘴，"倾城你别一贯制地袒护他了！你也未必了解他，我指的是你这位——哥哥！他的事儿多呀，家口多、亲人多的，顾得过来吗？我看他未必真心稀罕这个儿子！"

江静舟被她抢白惯了，也懒得计较，此刻默默吃着饭，淡淡说了句："好了，都少说一句吧？各人做好该做的事情就对了！"

他又看了沈冰一眼，温语道："你吃完饭到我书房去吧，我们谈谈正事。"

沈冰的火气还没发完，此刻就进一步顶撞道："孩子的事情也算正事吧？一个未成年的孩子，你就那样放心把他扔到那样的地方不管，你真忍心！"

"哪样的地方啊？那是孩子的外婆家，你不要太过敏感了！"江静舟微微提高了声音，"总之，孩子的事情先放下吧，眼下我们有太多的正事要做！"

"在我这里，小松的事就是正事！小松是我姐姐心爱的养子，是她亲手带大的儿子！可你呢？哼……也不想想自己的作为？当年……"

"够了！沈冰！"江静舟终于忍无可忍，起身怒喝了，"你别忘记自己的身份？我们是什么人？目前的正事究竟应该是什么？！"

这压抑已久、突如其来的雷霆之怒让眼前两个女人都愣住了，空气一下子紧张起来。

江静舟盯着沈冰，口气是少见的严厉冷峻："冰冰，作为兄长，我可以忍受你的一些负面情绪——偏激和任性，但是如果你把个人私怨，往昔那些误会、别扭、纠结的东西带到工作中，我就绝不能容忍！请认清你我目前所处的境地，何为重？何为轻？一切的一切，难道还要我来告诉你吗？露表姐同志！"

沈冰吊着脸，并不作声，只是用手狠狠地捏弄着衣角，顾倾城看看两人，不安地起身："你……你们谈正事，我先……"

"小薇，你坐下，好好吃完你的饭！"江静舟压制住怒气，换了平和的口气对顾倾城道，又回望沈冰："你也吃完饭，我们书房谈！"

"是，云表哥同志！"沈冰恨恨地说了句，含着眼泪，转身跑上楼去。

书房中，沈冰吊着脸，默默坐在江静舟对面。

虽然她心中委屈、愤恨情绪未消，但毕竟是一个资深地工人员，该有的纪律和素养还是让她安静地听完了江静舟对这段工作的安排，又就电台设立、密码启用、和宽城地下党联系等问题，认真和她进行了商议。

谈完了工作，江静舟舒了口气，温和地看着沈冰，语气诚恳地问道："好了，工作的事说完了，你还有意见，对我个人？请敞开说吧！"

沈冰别过头去："没什么可说的，我和你如今只剩下上下级关系！就连这个兄妹名分都是假的！"

江静舟深深叹口气："你就这样看待我们几十年形成的手足情分吗？我很失望！真的，冰冰！"

他的眼中满是温情和惆怅："虽然我早已明白，你的偏激情绪来自于某些偏见，而你的任性，又多半来自一些误解和未能解开的心结，但是冰冰，无论怎样，我都视你为我的亲妹妹一般！就如当下的倾城，你们，都是我的妹妹，我的手足……"

"哼，说得轻巧！自以为是，自说自话！"沈冰吊着脸嘟囔着。

江静舟的语气转而沉重起来："以前，你在我身边做联络员，咱们相处了整整三年，可是……一是当时情况特殊，所处环境险峻；加之当时你还太过年轻，所以对于你对我的态度——那份敌视和别扭，我是没精力，也不忍心和你深谈，失去了解释的时机。可是，"他深深盯着沈冰，"如今你已经是个老地工人员了，有着丰富的斗争经验，你的年纪，你的阅历，已经让我们能够心平气和地深谈一次，把以往的纠结事情说清楚，谈明白。总不能生活在一个屋檐下，共同承担着艰巨的任务，还要处得别别扭扭、疙疙瘩瘩的吧？这不仅对咱们的相处境况不利，更会影响到将来的协作、工作！所以，冰冰，我希望你能敞开心扉来，说出你的真实想法！"

"你不觉得你有点明知故问吗？"沈冰的话语和她的名字一样，仍旧一如既往的"冷冰冰"。

江静舟在心中长叹一声，只好自己为她解说："其实，几年前在上海，我和你姐姐相遇，也曾谈及你……的一些纠结问题，你对我的一些看法……无非可以总结为两层意思：两种旧怨？"

他微微苦笑一下："首先是我和你姐姐的婚姻问题，那个阴差阳错的不好结局，让你对心目中的'金子哥'失望了？那年，你还是个十几岁的少女，却亲眼看到自己的姐姐被姐夫背叛的悲剧，这对你的伤害是巨大的……当然，后来，我们都殊途同归地走到革命路上来，你也明白了一些真相，我和你姐姐的婚姻中的误解因素，但是毕竟手足相关，你站在自己姐姐立场上，有一些怨尤之情也在所难免啊！"

沈冰绷着脸默默听着，并不答言。江静舟继续说着，语气却逐渐变得艰涩起来："我了解，其实你对我最大的怨恨之处还不在这里！应该是……是因为三伢子对吧？铁舟，他……"说到此处，他的眼眶蓦然间湿润起来，有雾气笼罩过来。

沈冰早已泪水盈眶。她强忍住了，只是紧紧咬着的嘴唇暴露出她的伤感和动情，江静舟却也暗暗忍住心痛，就要在今天破釜沉舟一番。

"冰冰，我不知道该怎样和你提到这个名字？提到我亲爱的……小弟弟？一切的一切，你姐姐都告诉过我了！我没想到……"

他深深低下了头："是的，我没想到，你和他，会有那样一段旧情！更没想到后来会发生那样的悲剧！还有，就是……这一切，会对你造成那样深的伤害……"

"你不要说了！"沈冰终于忍不住爆发了，她猛然站起身来，面向惊愕中抬起头的这个男人，劈头盖脸地吼出自己压抑已久的愤怒。

"你还有资格提起这个名字——江铁舟？你还有颜面提到这个人吗？还敢

信誓旦旦地说他……是你亲爱的小弟吗?！江静舟,你是个自私自利、冷酷残忍的人,是个毫无手足亲情的冷血动物！不是为了革命,为了任务,我一天也不要待在你的身边！"

有泪水从她的眼中溢出,她不会让眼前的男人看到这样一面的她,就急忙冲了出去。

屋外凉风吹过,吹落了沈冰的泪水,也将那温馨又残酷、浪漫复悲哀的往事吹到她的心头。

那张永远不会消失在脑际,十几年来时常闯入梦境的温润面容,又再次清晰浮现。那个叫江铁舟的男孩总对他微笑着,说着在她看来是没出息,总让她想纠正反驳他的那句话:"冰冰,别怪我大哥！这一切真的不怪他……"

真奇怪啊,这都过去十多年了,这个被她少女时期称作"铁子哥"的男孩,总会在她的梦中对她这样说,似乎冥冥之中,他也不放心他在世上的两个亲人——他的兄长,和他的初恋之人,会有所抵牾和对立?

铁子哥,你总是这般善良,可是……

沈冰每每痛心地隔空和他对话,却总是无法面对他的善良,他的宽容,他无言的委屈和劝说。

往事如烟。

这对小儿女的爱情始于两人的少年时代。当江家的长子金舟和沈家的长外甥女沈琬青梅竹马、天作之合的婚姻得到乡里所有人的瞩目和祝福时,江家最小的儿子——江铁舟和沈家小外甥女沈冰的两情相悦的这段情却深藏冰下,少为人知。

"铁子哥,我知道你喜欢我,当然……我也喜欢你！但是我们的事情,目前还绝对不能让任何人知道呢！"

那时的少女沈冰性格明朗活泼,不像姐姐沈琬那般温柔娴静。她自幼胸襟爽直,敢说敢做,很有点假小子的做派。

江家的小儿子铁舟比她大两岁,长得清秀白皙,性格也活泼中透着文静。他不像大哥金舟那般沉稳多才,也不似二哥银舟那样憨厚木讷,他是个思想跳跃,感情奔放的少年。

这样的男孩自然吸引异性的关注，男孩也在朝夕相处中爱上了邻家的娇憨女子冰冰。

在铁舟心中，大哥金舟和沈琬姐的婚姻就是浑然天成的神仙眷侣，是自己效仿的榜样。从幼时起，才名誉满乡中的大哥就是他崇拜敬仰的对象，如今，在黄埔军校就读的大哥即将和文静贤惠的沈琬姐成婚，而自己又能和嫂子的小妹相恋，这是多么美妙的一件事？却不料遭遇女孩这番令人蹊跷的话语，让少年陷入困惑不解状态。

"冰儿，怎么了？为什么说出这样的话？"

"铁子哥，你不明白的！"少女皱起好看的秀眉，露出一副委屈状，我和姐姐自幼父母双亡，寄居在舅舅家，舅舅舅妈就如同父母一样。金子哥和姐姐的婚姻是大人们早就定好的，自然是皆大欢喜。可是我们……"

她微微轻叹着："舅母好像看出了什么啊，前几天貌似有意在我面前说了这样一番话——现在时代进步了，讲究婚恋自由，可是凡事还是要有个度才好，长辈的意见还是要遵从的。女孩家还是要讲究三从四德，男女授受不亲！这江、沈结亲倒是好事，可是要是依葫芦画瓢再成那么一对儿就要闹笑话了！好像我们何家的外甥女、沈家的闺女没人要了，就惦记着进江家的门儿吗？"

少年闻言分明急了，拉住少女的手，辩解道："我们不要听这些！就连你舅母不是也说了——婚恋自由吗？我们为什么不能走到一起？冰儿，我爱你！一生一世只爱你一人！你一定明白！"

少女垂下被喜悦和娇羞之情染红的脸庞，幸福地嗫嚅着："我明白啊，铁子哥！我也是这样……我们一定要在一起，永世不要分离！"

她也握住男孩的手，深情地望向他："其实我早有成算了！我们先不要声张。在这里，我们要装作毫无瓜葛一般，可是我们就快成人了啊，再过一两年，咱们就可以远走高飞，到可以祝福我们的自由自在的空气下去生活，去大大方方承认和证明我们的爱情！"

"你说得对，冰儿！"男孩也兴奋地手舞足蹈起来，"就像上次咱们计划过的那样，我要像大哥一样，去外地求学，然后……"

"然后，我也找机会跟了去，我们在那边相逢……然后我们……"

"然后我们幸福地相聚，幸福地在一起……"

两个人抢着对方的话头表白着，几个幸福的"然后"之后，是他们幸福的欢声笑语……

沈冰流着泪回忆着，微笑着，又记起了那最后的"幸福时刻"。

那年，她陪着姐姐，抱着一岁的小外甥女沁梅，准备去广州投亲，去投奔自己从小就仰慕的大哥——如今的姐夫江静舟。临行前的那个春夜，这对痴情的小儿女在做着他们心中认定的"小别"。

"铁子哥，我先去广州，你找机会跟了来，咱们相聚在那里，金子哥一定会为我们安排好一切的！我准备见了金子哥——哦，现在我该叫姐夫了，见了他我就会坦白我们的事情，他一定会帮咱们的！"

"没错，冰儿！大哥是最开明善良的人，也是我最爱的人，他又一向最疼顾我，一定会帮咱们的！我们广州见！"

谁曾想，小别却成为永诀！最美好的期待收获的却是最悲伤的结局。一切是命中注定的难逃的劫数吗？一切为什么都生生错过，都向悲剧方向发展。

她亲眼看到自己的姐夫手挽一位貌美如仙的年轻女孩正步入婚姻殿堂，姐姐始而无比震惊，继而痛不欲生的神情让她至今想起来都心碎不忍。

在姐夫的盟兄——那个沉稳憨厚的大哥程鹏霖的开导询问下，姐姐不但私自隐瞒了自己和江静舟的婚姻关系，并接受了程鹏霖的善意，将孩子交给他抚育，自己姐妹两人来到武汉。

其实沈冰明白，当年的她们几乎是走投无路，婚姻的无情背叛，让姐姐无颜回乡，只好暂别女儿，带着妹妹来到异乡求生。

到武汉后，姐姐进了一家工厂做工，而她则在程鹏霖战友的介绍安排下，进入军校女生部学习，成为一名飒爽英姿的新时期女兵。

她没有忘记和铁舟的誓约，一直在打听着他的讯息。

乱世无情。兵荒马乱中，亲人间的讯息是那样的宝贵，也是那样的渺茫，但是最悲惨的事情无过于意外噩耗的闻知。

江铁舟确实如约来到了广州寻亲。但是他没有找到自己恋人的下落，却又被自己的兄长拒绝安排在军中。他按照兄长的意愿返回了乡里，却不幸在随后老家的一次兵祸中丧生。

得到这个确切消息时，事情已经过去好几年了，那时的沈冰已经走到了红色特工这条路上。多情又痴情的她，还是为这个迟来的噩耗大病了一场，并从此将心门关闭，再不曾让爱进驻其间。

如今，年届三旬的她依旧小姑独处，这段旧情伤就像怎么都难以愈合的伤口，碰触时分，还会流出鲜红的血液。

是的，就是眼前这个人，这个自小一起长大，一直是自己偶像大哥般的人物，自己曾经的亲姐夫，一手促成了这场悲剧！

如果说，当年那场伤害了姐姐，给姐姐造成终身不可弥补的情感遗憾的假婚姻是为了革命，是为了任务，他江静舟也做出了牺牲，是无奈中的服从和选择，不能妄加厚非的话，那么自己和江铁舟的恋爱悲剧，就是他江静舟犯下的不可饶恕的错误！

如果作为哥哥的他，当时念及兄弟情分，将小弟铁舟安排在自己身边，也许他就会成长成为一名坚强的战士，就像方城那样，即使难免牺牲、付出生命，也是值得的！也许，就此可以和同样走上革命道路上的她重逢，完成一段佳缘也未可知？

可是这一切生生错过了！铁舟年轻生动的面孔，永远消失在历史的尘埃中，他们的初恋花蕾，还未及含苞怒放，就遭遇风暴而夭折，这一切，怎么不令人痛彻心扉？

沈冰也为此付出了半生的幸福和期待，她对他——始作俑者江静舟的愤恨之情，就可想而知了。

如今，在这关外早春乍暖还寒的夜晚，沈冰痛检了一番心曲，仍旧伤感不已，心潮难平。

同一时刻，江静舟俯身在书房的桌前，也被往事燎伤了心绪。

那年，和虞水蓉假结婚不久，他调入封正烈的189师独立旅情报处，正在绞尽脑汁进行情报收集工作，就遇到小弟来部队投奔他的麻烦事。

他们同胞弟兄三人，分别名：金舟、银舟、铁舟，手足相关，感情笃厚。铁舟乳名"三伢子"，是身为大哥的他最疼爱的幼弟，兄弟俩感情从小就很深厚，他知道弟弟一直仰慕他，也多次流露出想从军的梦想，奈何当时的局势让他无法满足弟弟的愿望。

作为一名红色特工，他刚接受了新的任务，走入一个新的环境，一切都是未知数，不可预知的风险实在是太多太多！敌营形势的复杂，纷繁战事的更迭，让他还无法顾及自己小弟的前途问题。如果让弟弟跟随自己左右，作为一名隐蔽许久的特工，必然要涉及特殊的履历、家世，以及相互身份如何隐藏的问题。弟兄共同任职一处，也必然增加一些暴露的危险因素。这种选择从亲情上讲，他可以无所顾忌，但是从工作上讲，从组织原则论，他必须要逐级请示上级，才能做出决定。

况且当时军阀间混战不停，如果在不暴露自己身份的前提下，只是让弟弟参加到这种旧式军队中，那么他的生命也是无法保证的。江静舟不能不想到，那时他的二弟江银舟已经追随他的步伐从了军，在另一个军队中任职；如果小弟铁舟再从军，那么等于弟兄三人都处在乱世军中，生命完全没有保障，一旦都有个不幸，让年迈孤寡的母亲如何承受？归养更靠何人？

因此，于公于私论，当年的江静舟都十分反对小弟铁舟那时从军入伍。他深爱幼弟，希望不到二十岁的他能过上一种相对平安、安定的生活，不要过早地裹挟到这乱世军中、危险境地中来。他甚至在心里计划着，等到自己的情况再稳定一些，局势有所好转后，再将弟弟召唤到自己身边，指引他走到一条光明之路上去。于是，他好言劝说弟弟回乡，奉养母亲，操持家务，不要过早步两个哥哥的后尘，最起码，能为江家留下一线血脉，一条根苗。

聪颖懂事的弟弟从小信服大哥，虽然万般委屈，却也没有格外抗拒。现在想来，江静舟屡屡痛心自责不已：自己善良单纯的小弟，一定是在兄长面前颇有羞涩之心，竟然没有言明他和沈冰的恋情。在得知沈琬姐妹远走他乡的讯息时，他也只是长叹一声，没有向哥哥说出任何隐情。

往事依稀难辨，却已是"俱往矣"，如今得知前情旧事的江静舟追忆起兄弟俩永诀时的情形，仍然悲情难耐。可爱又可怜的小弟，就那样遵从了兄长的意见，默默踏上了回乡之路。谁能想到，造物弄人，那竟然会是一条不归之路……

后来，小弟逝去多年后，江静舟和沈琬沪上相见，才从她的口中惊悉当年小弟和沈琬的妹妹沈冰会有一场未了的情缘！从那时起，本来就对小弟之死深感内疚的他，又背负上另一层深深的负疚之情。

他多次在一人独处的时刻回忆起往事，暗暗做着一次次的心灵审视：当年自己是否错了？

如果自己当时能够果断一些，将小弟毅然留在身边，继而把他发展成为助手和同志，会不会就从此改变了小弟的命运？也许还会因此成就一段美满的婚姻，不至于酿成如此令人痛惜的悲剧——自己最钟爱的幼弟铁舟不幸夭亡，从小一起长大，还有姻亲关系的邻家小妹沈冰带着情伤守身不嫁……

这一切悲剧，竟然都来源于他当初那个貌似轻率的抉择！江静舟痛定思痛，直觉欠下了不可弥补的一个良心债。

他继而悲哀又无奈地发现，自己竟然会由此患上了一种奇怪的强迫症——除了对沈冰无原则的将就、忍耐外，还经常爱在夜深人静时分，在记起这段往事的时刻，一遍遍幻想着、逼迫着自己再做出一次选择——是否念及亲情，让三伢子铁舟留在身边？还是遵从组织纪律，拒绝让弟弟从军在这里？

一次次痛苦的纠结过后，江静舟发现自己总会做出那种与自身信仰无悔的选择——就因为他始终不会忘却自己的身份职责所在——他是一名久经考验的红色特工！

今晚，他果断选择和沈冰揭开心灵的伤口，就是想和她一起勇敢面对往事纠葛，解开心结，更亲密无间地合作，更好地投入到新的战斗中去。但是沈冰的强烈反应还是深深刺痛了他。他理解她的痛苦和纠结，决定先放下这段心事，继续让时间来证明、淡化、调解这一切。他相信沈冰也一定会逐渐领会到他刚才说过的那番话——

"……把以往的纠结事情说清楚，谈明白，总不能生活在一个屋檐下，共同承担着艰巨的任务，还要处得别别扭扭、疙疙瘩瘩的吧？这不仅对咱们的相处境况不利，更会影响到将来的协作、工作！"

作为资深地工的她，一定会用自己的理智和克制管理好自己的情绪，更好地投入到新的工作中去。对这一点，江静舟从不怀疑。

想到这里，他轻轻吁了一口气，也同时收拾好自己的心绪，考虑起一些颇为烦琐的军务起来。他不由得记起前不久，在封正烈那里得到的一个意外的消息——有两个和自己密切相关的人物也即将来宽城，注定这里的局面会不平静起来。

那天封正烈的办公室里，气氛是沉重而凝滞的。

封正烈和江静舟对着沙盘研究着，思索着，封正烈望望身旁的江静舟，眼中既有落寞，也有期待："致远，你来这里也已经十来天了，该转的地方你也转了，该视察的部队你也视察过了，这宽城城里的防御工事你也都看到了，对于目前的形势你是什么看法？"

江静舟咬着嘴唇沉思着，一言不发。

封正烈有点急了："哎？你倒是说话呀？我等你的这番感想也好几天了，可你倒好，这么些天在我眼前晃过多少圈了？却是沉得住气，一言不发！真有点反常啊！"

江静舟离开沙盘，直接来到左墙前，那里挂着一幅东北三省地图，他查看着，思索着，蹙着眉，微微摇头，仍然不发一言。

又耐心等了他片刻，封正烈有点无奈地苦笑道，"致远呐，你小子是成心熬煎我不是？这不是你一贯的做派吧？江师长，在独个玩深沉呢？我可给你说啊，你要是在我面前整这套虚头巴脑的东西，信不信我能撤了你？"

"您看您又急了？"江静舟回头微微一笑，"军座啊！其实我在计较着怎么开言才好？是实打实地讲出我的肺腑之言呢，还是投您所好，说些虚与委蛇的假话？老实讲，眼下的我，倒真是有口难言！"

"废话，少给我玩儿这个里格楞！"封正烈又冲他一瞪眼，"谁要听你的假话空话大话？当然要听你的实话，大实话！在我这里，你有啥不好讲的？知无不言，言无不尽才对得起我对你的一向倚重呢。"

江静舟点头，拉着封正烈在沙发上坐下，笑道："那好吧，我就直话直说了吧。军座，宽城在我的眼中，目前不过是一座孤城罢了！"

"唔？此话怎讲？"封正烈虽然心下明白，但是被江静舟这样断然说破，他还是蓦然感到心惊。

却见眼前这个心腹爱将淡然一笑，语气平静地道："这样吧，军座，我们先不说眼下这座城市的情况，我先给您分析一下东北目前的局势吧。"

"目前我军在东北有 60 万军队，看起来人数众多，但是实际上被分割于宽城、沈阳、锦州三个孤立的据点，各不相连，首尾难顾。这种态势，势必使部队对后方补给的依赖性变得很大，这对我们是很不利的！所以依我看，目前咱们这边的形势，即使不是命悬一线，也是已成危卵之势！军座啊，您是军事家，也是战略家吧，您打过的仗可比我多多了，您难道看不明白吗？如果我们的交通线一旦被共军切断，那么会是怎样一种可怕的态势呢？我们这些人的结局，无非就是八个字——困守孤城，坐以待毙！"

说到这里，江静舟深深吸了口气，然后又重重叹了口气："所以军座，您要问我对现状的看法，对形势的分析……实话实说，我是绝望加忧虑！在我看来，我军的各路精锐部队看似稳稳驻扎在东北境内，实际上已是困龙之势，危在旦夕！一旦共军想方设法切断咱们与关内的联系，断了咱们的后路，咱们就只能被人家关门打狗、任其宰割了！"

封正烈面色沉重地点头："致远呐，你算看到问题的实质了！其实这个态势我早就发现了，也重视到了，还和郑司令长官商议讨论过，郑司令长官多次进言上方，可是奈何上头不听啊！老头子一意孤行，根本听不进去这些！别说我们这些底下将领的建议了，听说就连美军顾问也曾建议他应该将我军精锐部队撤回关内，避免孤军陷入危境之势，比如说，可以将 N1 军、N6 军撤至关内，或者可以撤到南线同第 5 军、第 18 军会合，都将会给共军造成极大的威胁！可是惜乎老头子丝毫听不进去这些良策啊！"

他有些无奈，有些愤愤然地望着江静舟："上次的国防部扩大会议你也参加了的，你还记得老头子的那番有关东北局势的著名论调吗？"

江静舟笑笑，以自己博闻强记的功力，轻松复述了统帅的话："我们今天要度德量力，不必要求做全面的控制，但必须守住几个重要的据点——如宽城、沈阳和锦州——以象征我们国家力量的存在……"

他冷笑着对封正烈道："您听听这话吧，老头子分明还是把'要面子'放在第一位呢！"

封正烈苦笑道："面子！面子！到时候只怕连'里子'都要输出去呢！"

江静舟默默叹息道："军人以服从为天职，领袖意愿如此，奈何奈何？"

封正烈悲叹："唉！数十万的军队日坐愁城，惶惶不可终日，此局何时可解？谁人能解？前途未卜，各尽天命吧！天意乎？人力乎？"

听了他这番发自肺腑的痛心之言，江静舟认真看了看封正烈的表情，不禁同情地叹了口气，继而莞尔一笑："军座啊，我才发现，作为咱陆十军的第一长官，兼东北剿总的副司令长官，原来您的心态竟然是如此灰暗低迷？不过也难怪啊，经过刚才咱们那样一分析，当前的局势还真的是前途未卜，令人忧心忡忡！唉，看来这仗难打了！"他啧啧叹道。

封正烈对他一瞪眼："这不是咱兄弟俩在私议吗？难道还需要遮遮掩掩、羞羞答答不成？不过一码归一码，我可告诉你啊，致远，在外边你可给我打起一百倍精神来，千万不可流露出一丝一毫的颓情废意来！要知道，你可是我主力师师长，多少将士在看着咱们的言行举止，士气很重要，可鼓不可泄！别这仗还没打，自己先萎靡不振起来！"

江静舟淡然一笑："这个属下明白。"

封正烈挠挠头，强打精神道："其实啊，也不是完全那样悲观的！咱们的优良装备，宽城城内固若金汤的工事要塞，也不是聋子的耳朵，光摆设了！就凭上述两点也够共军喝上一壶的了！我可以这样自信地说，以目前共军的兵力实力，想和我们决战宽城，估计胜算大头还绝对在我们这一方！"

江静舟嘿嘿一笑："既然如此，那您就先别愁肠百结了，咱们就加强工事，积极备战，单等着共军来攻城好了！"

封正烈叹气："你如今明白了我急调你来这里的用意了吧？我是要用你这员虎将，作为我的左膀右臂，准备和共军在此决一死战呢！致远呐，你这次可要给我争口气，打出我们陆十军的威风来！"

江静舟点头："属下一定勉力为之，愿不辱使命吧！"

封正烈想起了什么，果断转移了话题，离开了两人一直议着的沉重话题："哦，对了，我今天找你来，除了想听你说说局势现状外，另外这里还有两件好事等着你呢！给你一个人，一个消息，说吧，想先要哪一个？"

"人？什么人啊？您不会又是……"江静舟似笑非笑地看着自己的长官。

封正烈自然明白他的意思，剜了他一眼："放心，不是给你做媒找女人！再说了，你小子还需要别人给你找女人吗？你自己招惹上的还经常脱不了手呢。"

他看着江静舟，语重心长地嘱咐道："这里不比上海，关外局势复杂，部队情况也很微妙，你身边绝不能没有得力护卫的人！你看我把若飞从你身边要走了，担任警卫团团长，就是看上他不仅是咱们远征军老班底，忠诚可靠，而且身手敏捷，为人机警灵活。让他担任咱们军部的保卫工作，我也可以放心睡觉了。不过，对你可就不利了，我看你目前身边新任的那个副官，叫什么……乔思扬的，太年轻了，不堪重用！据说是学生出身，从你的秘书做起的，他的枪法、身手显然都比程睿、许若飞差远了！你才来关外，这下部队巡视，去阵地视察，城里城外，进进出出，来来往往的，身边只带这么个贴身副官，我是不能放心！"

他拍拍江静舟的肩膀："所以我考虑再三，从我的几个侍从副官中挑了一个忠诚可靠、枪法出众的，准备送给你，我把人已经叫来了，就在门外候着呢。你看了若满意，今天就可以带了去！"他拿起电话正准备叫人，却被江静舟拦住。

"谢谢军座的关爱，不过我觉得没必要呢！思扬虽然年轻，但是为人机警，忠实可靠。他虽然没有野战军作战的历史，但是跟了我这一年多了，若飞也时常在教导着他，无论枪法还是身手都有很大的进步。再说，我自己也是行伍出身的老军人了，自会有防身之策，格外小心的。您身边用惯了的人，还是留在您这里好了！"

"不知好歹的臭小子！我是爱护你你感觉不出来吗？"封正烈用手作势敲敲他脑袋，"你知道吗？前一阵出现好几次军官遇袭案，陆十军、N7军的都有！如今你的身份、地位特殊，你可别在我这里夜郎自大、浑说大话！我的江师长，要知道，目前你的安全可直接关系到我们全军的利益，我就是不心疼你这么个人，还在意你位置的重要性呢！"

江静舟摸摸鼻子，扑哧笑了："原来如此！我说我怎么变得如许重要了？原来是位置重要！"

"别在这里尽耍贫嘴！小子，认真听听我说的吧！我给你的这个副官叫靳鹏，四川人，说起来还应该算是你的小师弟，也是黄埔出身，当然比你晚多了，少校军衔，枪法那是百里挑一！他跟了我三年了，为人可靠，机敏过人，给你当侍从副官再合适不过了。俗话讲，来而不往非礼也。我从你手上相继要走了程睿和许若飞，也知道他们都曾是你的心腹爱将，如今回报你一个这样的人才，也算对得住你了！"

江静舟不好再做推辞，只得答应了。封正烈拨了电话，不一会儿，一个25岁上下身形利落的年轻军人走了进来。

"军座，江师长，少校副官靳鹏前来报到！"年轻人敬了个很规范的军礼。

江静舟看着他，面容清俊，身材适中，军容齐整，动作标准，典型的素质良好的职业军人形象，不由得点点头，貌似随意地问道："刚才听军座讲，你也是黄埔的？几期呢？"

靳鹏恭敬地答道："回师座的话，我是黄埔军校成都分校第8期的，抗战时入的伍！"

江静舟点头："很好！"

封正烈吩咐道："靳少校，从今天起，你就到江师长身边担任侍从副官一职，一定要处处留心，务必保证他的人身安全。江师长身边原有一名乔副官，是经常跟随他的，一些贴身事务就还由他打理。你是主要负责你们长官人身安全的，相当于贴身卫士的角色。总之，你给我把眼睛睁大了，时刻以保障你们长官绝对安全为己任，记清楚了吗？"

"是！请军座放心，卑职一定竭尽全力保护长官的安全！"

封正烈满意地点点头，挥挥手，让他先出去了。

江静舟笑看封正烈："恭敬不如从命，大哥，您的关爱属下唯有后报了！人已经收下，您再接着说另一个好消息吧？"

封正烈笑笑："当然是好消息！我说了，估计你小子要乐得蹦起来呢！"

"那您就快说啊！"江静舟果然好奇。

封正烈笑笑，故意慢条斯理地问道："致远啊，你先回答我一个问题，这么多年了，你的搭档、同僚、朋友、部下一大堆的，你最看重谁？和谁最相得，最谈得来呢？或者换言之，你的所有朋友搭档同僚中，你最喜欢谁？"

"您这不是明知故问吗？当然是向明光！"江静舟不加思考地脱口而出，"他也是您的心腹爱将呐！您忘了从远征军时代我们就是搭档了，而且还是您总爱让他和我搭班子，教给他如何辖制我对付我呢？"他看着封正烈，一脸坏坏的痞笑。

"臭小子，没良心！那是辖制你对付你吗？人家向晖这么多年了，一直做你的副手，都是在协助你、帮你好不好？还有脸说呢，你就瞧瞧你自己那副臭脾气吧，还有你那个犟嘴驴般的德行，给你自己，还有我惹过多少麻烦啊？我也是没办法了，所以时常私下和向晖有交代，必须帮你熄火、消灾、擦屁股！你还不领情呢？在我面前嚷嚷起来？"封正烈恨不得手指戳到他额头上教训着。

江静舟无奈地笑笑："好了，我不过一句玩笑话，倒惹出您老人家这样一大段牢骚出来？"他撇撇嘴："您是谁？我是谁？向明光又是谁？这三人的关系我会搞不清楚吗？其实老实讲，我和明光兄的感情，往昔同甘共苦的一些生死经历，恐怕连您也未必深知？"

封正烈笑着点头："这还差不多，是句良心话！若飞以前也和我提过，在过野人山那段，向晖对你的近身照顾。如今告诉你吧，向晖！没错，就是你最喜欢的搭档老友——向明光，马上要来宽城了！"

"什么？向明光？他要来这里？太好了！"江静舟果然听了兴奋无比，"军座，您快告诉我，这究竟是怎么一回事呢？老向他也来咱们陆十军任职吗？"

"你想得倒美！"封正烈微叹道，"其实我倒也想啊！向晖是除了你之外，我最想招至麾下的一员战将了！可惜啊，他被 N7 军的孙将军看中了，给委座建议，让向晖去那边任职，任 38 师师长，这个 38 师可是精锐之师，原本是孙将军的老班底呢。听说委座前几天接见了向晖，问了他的履历和经历，对他的人品风范是大加赞赏啊！原本想让他直接代理 N7 军副军长的，后来老头子又改变了主意，还是让他全力带好 38 师。不过他代理 N7 军副军长也是迟早的事情了。"

"不错啊！明光兄这次是走红运啦？话说人家 N7 军可比咱陆十军强多了，是嫡系王牌军。在委座那里，简直就是亲生儿和私生子的区别！"江静舟戏谑笑道。

"就你怪话多！"封正烈笑着白他一眼，"你来东北前，明光没有同你说过他的想法吗？"

江静舟不解地摇头。

封正烈："上次在南京见面的时候，向晖听说你可能要到东北任职，就曾向我表示过，也想追随你过来，回到咱们老部队来！向晖这个人你应该最了解了，重情重义，尤其对你江致远可以算得上情深义重，处处维护啊！他多次表示就愿意和你搭档，当你的副手当习惯了！而且，他为人稳重谦和，正派内敛，这么多年了，有他在你身边，我是最放心的了。很多时候，向晖就像是你身边的一个灭火器！可是天不遂人愿呐，他到不了咱们陆十军了！"

江静舟没顾得上注意封正烈的话，他回忆起在上海和向晖告别时候的情景了。当时他就觉得很奇怪，按照自己和向晖的深厚友谊以及向晖的性格特征，两人分别的时候，向晖竟然没有太多伤感和不舍，倒是很洒脱，很淡然的样子，而且还对自己说了一大堆"有缘无缘"的话，现在想起来，估计那时候他一定在计划着来东北任职的事情了。

想到这里，江静舟笑道："看来这次明光兄是要独当一面了！真好！依他的能力，早就该这样了！军座，您虽然一直是他的上司，但是论起对他的了解来，您一定不如我。明光兄他为人谦和低调，事事不爱出头，其实他的各项能力，只有超过我，很少有不及我的呢！就说远征军过野人山那次吧，人人说我这个团长是独立团的主心骨，是大家的希望所在，其实当时我是伤病交加，自顾不暇的，能把这支部队咬着牙、拼了命带出来的，主要是依靠当时任参谋长的明光兄的力量！"

封正烈点头道："你们二人果然是惺惺相惜啊。不过，向晖也当得起你这份情谊！我也曾经十分感慨过，在和你搭档的时候，向晖他可都是极力推崇你，真心实意地护佑你，千方百计维护你的威信的。这一点我看得很清楚啊！"

江静舟感慨道："是啊！所以他这种品质在咱们这里实在是太少了，我和他十几年的兄弟，也算得上肝胆相照了！无论何时何地，明光兄的人品总是让我感服！"

封正烈："好啊好啊！不管怎么说，虽然你们目前不是在一个军里，究竟在一个城市驻防，你们兄弟能相聚总是喜事啊！到时候把咱们远征军老部下们都召集起来，大家好好聚聚！也互相打打气，如今宽城的防卫，就靠咱这两个军了！"

江静舟笑着点头，向晖能来宽城的事情，让他兴奋莫名。

封正烈又想起另外一件烦心的事情来，却和江静舟有关，他又不能不说。

他看看心腹爱将，挠头道："你也别只顾着高兴了，还有件事杵在这儿呢，你听了未必能继续笑出来。"

封正烈皱起眉头，摇头走了几步，看看江静舟，又停下来摇摇头。

江静舟乐了："什么事情让我神勇无敌的老长官都作难了？说出来，属下为您分忧！"

"嘁！你为我分忧？你少惹事我就阿弥陀佛了！"封正烈摇头叹息，"我说致远啊，你可真是个香饽饽，各路义兄义弟的，怎么都冲着你来了？我告诉你吧，你的那个老同学，昔日的盟兄弟——胡文轩，也要来宽城了！"

"哦？"江静舟闻言剑眉微挑，果然是一副感兴趣的模样，"胡站长，文轩兄？他怎样也来了？不会是为了追踪我、调查我、监控我而来吧？哈，若是如此，我江静舟倒真成了个人物了？有这样强大的吸引力？"

"又要贫嘴？我看你还是给我认真对待！"封正烈是一贯的悬心神态，"这个总不会是巧合吧？昨天我得到这个信息，实在是有些意外！"

他搔搔头，斟酌着用语，省得再无端激发了眼前这位桀骜不驯的跋扈部下的怨气来："这么多年了，你们当年义兄弟间这点恩恩怨怨我都懒得听了！鸡零狗碎、婆婆妈妈的，全不成个体统！"

他指指外边："那个胡文轩胡少将，是一门心思认定你有问题，身份可疑，背景不纯！我看他是绞尽脑汁、处心积虑，调查来调查去，可总也拿不出个具体可信的证据来！他倒也不累，还是紧紧咬住你不放，其执着忘我、坚韧不拔的劲头我亦叹服！"

江静舟撇嘴微笑不语。

封正烈看着他顽皮不羁的神情，又有点生气，手指向他："还有你，也是个极不省心的家伙！总爱和那个一根筋的人较劲，针尖麦芒，半斤八两，毫不相让！你们见面就掐的毛病是讨厌极了，太有损各自的威仪！哪里还有党国将军的气派风范？我倒替你们脸红臊得慌！"

"您这么说可就不公正了！"江静舟不服气地顶撞道，"您刚才也说了，他根本就是毫无证据！如此这般居心叵测，十几年如一日地构陷我，破裤子缠腿不依不饶，长鼻犬似的跟了我一路，如今又前后脚地跟到宽城来了？您说，我不反击行吗？哦，坐以待毙，任人宰割？那我江静舟十几年前就死过多少回了，倒也省得您眼下替我操这份心！"

"唉，其实我早看出来了，那胡文轩何时是你江致远的对手了？只是他这般费尽心思、锲而不舍的精神，我倒诧异得很！不过苍蝇不叮无缝的蛋，总是你自己做得不够好，有把柄落在人家眼里，才会有这桩烦心事吧？"

"您说这话我可不爱听！古人道：欲加之罪，何患无辞？却又是天下本无事，庸人自扰之！军座您若也怀疑我，又何必千里迢迢把我召唤来呢？我这个有疑点的人，您用着不闹心吗？"

"你少在我面前嘚瑟拿娇！有无疑点我心里自然有数！臭小子还来将我的军不成？"

封正烈狠狠瞪了爱将一眼："我不过是想给你提个醒：既然人家来得蹊跷，你就要格外留神才对！做好自己的事，倒也不用怕什么，但是言行要谨慎当心，不要再有什么辫子抓到人家手中！"

"您放心吧，对付我这位盟兄，我如今都懒得思考了，见招拆招罢了！"江静舟懒洋洋地回答。

封正烈紧锁眉头："其实我心里也憋屈得紧！你说某些组织真是没名堂吧？在各地军中无孔不入，无所不在，专门盯自己人，整自己人！如今已是大兵压境，决一死战的危难时刻了，他们还盯着我的主力师师长不放？想想真让人要骂娘！"

"一向如此，奈何奈何？不然怎会有'风波亭'和'莫须有'那些历史公案了？"江静舟倒是淡然，"随便他们好了，我是无所谓。是福不是祸，是祸躲不过，听天由命吧！"

"不，致远！你倒不必太过悲观灰心！"封正烈反倒安慰起他来，"这里是宽城，不是上海，更不是南京！你放心吧，只管干好你自己的事情，那个胡文轩你根本不用理会！我看他能怎样造次？他要是敢在我们陆十军里制造摩擦，搞得我军心不稳，瞧我怎样拾掇他！"

江静舟感动地笑笑："您一向护我，我明白，也感恩！"

"那就给我拿出实际行动来，别光耍嘴皮子，光说不练！你江致远要是不给我打好这场大战，不能为我分忧，看我又怎么拾掇你！"

"军座啊，您一向英明睿智，又何出此言呢？所谓谋事在人，成事在天。能否打赢这场大战，不在您，也不在我，甚至都不在……老统帅那里！世事难料，各有天命，水能载舟，亦能覆舟。有些态势不是我们这些人能力挽狂澜的了！"

这句大实话让封正烈无语对答，只是默然。

江静舟却紧接着又给他了希望的念想，只为这位少壮派将军在上司面前又露出他一贯的沉稳、淡定、胸有成竹的风范来。

"可是大哥，我倒可以保证的是——无论任何时候，何种境地，我江静舟都会当您为我的大哥、亲人，和您共进退，同生死，共同创出一条生路来！为我们自己，我们的手足亲人，更为我们手下数十万条生命！请您一定信我！"

江静舟认真说了这番话，语气铿锵有力，更感染封正烈的，是他坚毅从容、诚挚坦然的眼神。

封正烈凝视住他，心下大慰，频频点头。

第五章　宽城重逢

　　很自然的，宁松暗暗将父亲和向晖做了比较：他们某些特质很像，都是血气方刚、热血贲张的虎将猛士，有着洒脱威严的军人风范；但他们的气质又很不同，一个张扬霸气，威风凛凛；一个恬静随和，从容淡定；但是他们都是一样出众的职业军人，他们的钢铁意志已经融化在了血液里。

　　向晖坐在飞机舷窗旁，望着窗外云卷云舒沉吟不语。

　　这位 N7 军 38 师新任师长一贯的儒将风采依旧。白皙秀润的面庞线条柔和，沉稳儒雅的神情总是带着一缕与生俱来的安宁和平和。就是在心绪不宁，情感波动的时分，他也很少将明显的喜怒悲忧情态写在脸上，最多是眉毛轻蹙，嘴角略微抿起，表现出一丝思考和抉择、坚持或放开的心理活动罢了。

　　就像当下，坐在飞往宽城的飞机上，他的心潮起伏不定，面色望去却仍是寻常凝重沉稳之态。作为一名书香仕宦家庭出身，曾为清华高材生，后又经过陆军大学学习的少壮派将军，他十分清楚眼下自己的选择意味着什么。"临危受命"这个成语不时浮现脑际，饱读儒学的他自然明白其出处，那句"临危受命，挽狂澜于既倒"的圣人名句并没有给他些许安慰，倒是诸葛武侯在《出师表》中略显孤傲自许的那句"受任于败军之际，奉命于危难之间"蓦然闪现心头，让他徒生一丝悲凉、悲壮的情绪。

　　我这是怎么了？现今的一切，不正是自己的慨然选择吗？向晖在心底暗暗自责、自叹，又是自嘲地一笑。

　　前两天带着家眷和亲人们相别时的情景不由得重现眼前。

还记得同为军中将领的两个妹夫和自己谈起时局来，竟然都是一副萎靡不振、感叹悲凉的神色，对自己此刻请缨赴东北危局，他们都表示出担心和不理解。

妹夫们毕竟是外人，在大舅哥面前还稍许客套委婉，自己的小妹向敏的话就在不客气中表达了所有亲人的担忧之情："大哥，你真是书生意气，冲动莽撞得很！也不看看时局，大家都在忙着安排后路，自己的，家人的！很多达官贵人在海外、台湾都开始购置产业、土地……可是你呢？却打算毁家纾难，远赴东北？就算你是效忠领袖、建功心切，可是你想到嫂子了吗？还有娟娟两姐妹？"

对于小妹的这番抱怨，当时的他清浅一笑，用"燕雀安知鸿鹄之志哉"这句玩笑话搪塞过去，但是周围人，包括自己的夫人谢宛月脸上的淡淡轻愁，还是让他心生不忍、不安的情绪。

但那时一切已然抉择，身为将军，当有慨然出征的豪情壮志，岂能反做小儿女情态？此刻，让向晖格外纠结的，却不是上面那番家事纠葛，倒是坐在自己身后的那位同行者刚才的一番长谈，让他心中泛起不平静的波澜。

那人正是胡文轩。这也是胡文轩的一次不平凡之旅。

不能不说胡文轩实在算得上是一个尽职尽忠、事业心极强，敏感度极高的保密局军官。

自从江静舟到东北任职后，胡文轩出于自己对党国的赤诚之心，绞尽脑汁写了一个报告，历数了这十几年来自己对江静舟的观察和审视，对江静舟身上诸多疑点的分析和研究，指出了他目前任职东北军队主要职位的令人担忧的因素和应该加以防范的必要性。

这份洋洋洒洒上万字的材料他递到了自己恩师——现任总统府高级参议的贾翊锟处，不知道恩师还将这份计划呈往何处，只是此事不久，他就被贾翊锟招到了南京，师徒两人有一番深谈。

他们兴奋地策划着、议论着，似乎达成了默契和共识。其结果是胡文轩将因工作上的一个失误，失去军统局上海站站长的位置，被贬到关外任保密局宽城站副站长。

贾翊锟看着爱徒写满坚韧不拔、愈战愈勇的豪情的面容，深深感叹："古人有敢于卧薪尝胆、不惧胯下之辱的美德，今日的胡鉴爱徒你，也要上演一部苦肉计，来完成你的夙愿宏业，这当算一个壮举！文轩呐，你对党国的赤诚日月可鉴！作为老师，我为你感到骄傲，也感到无比欣慰！"

胡文轩平静地笑笑："老师谬夸了！实不相瞒，学生毕生最崇拜两个人，一个是老师您，另一个就是我们过去的上司——军统局的创始人戴老板。"

他带着感情回忆着："老师，您和戴老板也相熟，一定对他的生平事迹颇多了解！您知道学生我最佩服他什么吗？不是他雷霆万钧的强硬手腕，也不是他一呼百应的权势和威严，而是他的百折不挠、坚韧不拔的精神，和忍辱负重、不计个人得失的品质。人人都知道他是军统局第一把交椅，可谁知道他政治上的地位有多低？他连部长、次长一类的政务官也没有当过，经军事委员会明文公布的职级看，戴老板仅是副局长，由国民政府公布的军阶看，他也只是个少将，他的局长职级和中将军阶都是在他殉职后才公布的呢。可是想想他老人家生前的能量，不仅在委座面前那是特工第一人，在美国陆、海两大区特工系统中也是赫赫有名的！罗斯福总统都曾经向委座提出要见见他呢。"

胡文轩说到这里，长吸一口气，继续道："所以，相较于前辈，对比党国精英们的英勇感人事迹，学生目前遭遇到的这点损失，实在是算不得什么！只要有利于党国事业，能为党国当好清道夫，挖出和扫除异党分子和不忠人员，胡鉴暂且失去一些小我利益，实在算是一件很无所谓的事情。这也是我毕生的追求和荣耀！"

贾翊锟忍不住鼓掌："壮哉，文轩！你能够这样抛开个人得失，一心为党国尽忠，甚可嘉勉啊！你就大胆地去干吧，老师永远是你的坚强后盾！"

胡文轩感动地点头。

贾翊锟又关切地嘱咐道："刚才咱们议过了，你这次恰好可以搭乘向晖师长任职的飞机去宽城。这是一个绝妙的机会！文轩呐，上次我就嘱咐过你，你一定要和向晖搞好关系，形成统一战线。必要时，你可以打出我们这层关系，我和向晖他们家族的关系，你也是清楚的，你一定要利用好才对！"

胡文轩有点犹豫："老师上次的嘱托我并不敢忘，不过您不了解的是，向晖和江静舟的关系很是亲密。据警备师参谋长朱孝义汇报上来的情况看，向晖和江静舟是搭档已久，惺惺相惜，互相维护得很！在一些问题上，他们明显是一个唱红脸，一个唱白脸，一唱一和，配合紧密，经常让朱孝义的工作陷入困境！"

贾翊锟语重心长地说："那都是过去的事情了，向晖当年一直是江静舟的副手，他们又是远征军经历过生死线的兄弟，最后又同在淞沪警备师任职，感情好，走得近，甚至相互维护这都是很正常的。可是今非昔比！如今向晖是王牌师师长，其地位远在江静舟之上，很可能，他的副军长命令也会很快下来了。这次向晖就职前，委座还亲自接见过了，如今他又和江静舟不在同一个军，他们的关系就会微妙起来。而且，文轩啊，"贾翊锟拍拍胡文轩肩膀，"你还是太不了解他向明光了！此人出身名门，毕业于清华，又在陆大学习过，是委座最欣赏的那类儒将型将军，你看他秉温文儒雅之态，喜怒不形于色，不骄不躁，宠辱不惊，个人修养极高，平日里自是一派和风细雨般的温和，想必你就和他人一样，因此错认他性情柔弱，不堪大任了吧？"

胡文轩闻言微微点头。

"大谬！大谬！"贾翊锟频频摇手，"其实你们真正都是误读了向晖！他的爷爷是我的恩师，他的父亲是我的挚交，没有人比我更了解向晖！"

他看着爱徒，认真为他剖析着："其实，向明光这个人，可谓一个真正忠贞无二的职业军人，党国精英之才，他对党国的赤胆忠心和笃厚忠诚，一点不亚于你胡鉴！从这点上讲，一旦东北局势微妙，江静舟等人露出马脚，向晖就会是你强有力的支持者和同路人！相信我的判断，文轩，也请牢牢记住我今天这番话，一定要和向晖结成统一战线，必要时，将会成为你对付江静舟的有力武器！你要学会制造矛盾，利用矛盾，借力打力，该交的交，该攻的攻，从而实现咱们的既定目标！说起来，你跟踪调查江静舟几十年了，现在也到了图穷匕见的地步了。不最终弄个水落石出来，不仅你咽不下这口气，我都十分不甘心！"

胡文轩点头："谢谢老师指教，我记下了！"

贾翊锟思索着："所谓釜底抽薪，君子可以欺之以方。我想你可以早些把你写的有关江静舟逐项疑点和问题的这份报告拿给向晖看看，先给他一个感性认识。要知道，你这份报告，已经不代表你个人的思想，而是上方对他江静舟的审查要点！我相信聪明如向晖，看了不会不有所感触吧？"

就是记起老师这番嘱托，胡文轩才主动移身向晖旁边座位坐下，和这位斯文淡定的少壮派师长聊起话来。

"向师长此次任职 N7 军，实在是一件可喜可贺的事情！昨天我和老师贾翊锟参议还提到了将军呢。贾参议对将军你是大加赞赏啊！让我一定要竭尽全力，襄助将军大业才是！"

"胡站长太客气了！大家军阶相同，论起资历来，恐怕胡站长还在向晖之上；论起私交来，有贾参议这层关系，大家也算是有缘吧？目前又都在为党国效力，实在谈不上襄助大业的话。向晖不才，唯愿与胡站长精诚合作，互相支持吧！"

向晖淡淡微笑，谦和儒雅的神态依旧，让对方感到舒服平和，胡文轩已经迫不及待地要深入下去了。

"向师长果然是虚怀若谷、胸怀锦绣的名将风范，胡鉴不胜感服！难怪老师一再叮嘱我要和向师长多沟通，多接触，多学习！其实……有些事情，非常微妙，恩师也是想让我尽早和你接触、商讨，而且事关大局，党国事业安危，胡鉴是一丝一毫都不敢懈怠的！"胡文轩含着深意笑笑。

向晖果然惊异，剑眉微微蹙起，露出不解的神态来："这样吗？此话倒让向晖不安！请胡站长不吝赐教？"

胡文轩安慰地拍拍他的手，带着亲热的表情道："倒也不是我在故弄玄虚、危言耸听，有些事非常微妙，有些人……不能不防啊！事关几人的过往交谊、恩怨是非，胡鉴目前都不敢想到'避嫌'两个字了，必须和将军肝胆相照，赤诚相见！"

胡文轩说的是晦涩难言，心有顾忌的样子，向晖心地直白，便有些茫然，又有点关注，忍不住用鼓励和亲切的微笑相问："胡站长不妨明示！况且，今后要同处一城，同为党国效力，既为同僚，当承袍泽之谊！向晖知道和胡站长同庚，以后不妨就以字相称吧，文轩兄？"

"很好，很好！"胡文轩胸臆大快，忙应承道，"明光兄言之有理！"

他趁热打铁，忙从随身所带的公文包中将早已准备好的一份文件取出，递到向晖面前："请明光兄先看看这份东西，我们再深谈不迟……顺便多一句嘴，这也有家师的意思在里面。他老人家说过，有关危害党国利益的事情，绝无小事，向师长是对党国忠诚无二的军人，应该明白一些真相和前因后果才是！"

向晖带点疑惑的表情看看胡文轩，默默点头，接过文件细看起来。

这正是胡文轩呈上贾翊锟有关江静舟问题的一个分析报告，历数了他近十多年来对江静舟问题明察暗访的结果，剖析了其身上的种种疑点。他注意看着向晖的神色反应，等待着他对这件事情的回应。

他不由得全神贯注地审视着眼前这位和自己年龄相当，但因为长相清秀，面容白皙，因此显得比自己小上几岁的将军——

他的面容是清俊而平和的，两道秀气的剑眉微微蹙着，略显刚毅的嘴角轻轻抿着，他的目光中有着疑惑和不解，也有着忧伤和无奈。

认真看过这份文件，向晖沉吟不语。片刻，他合上文件，将它轻轻放在一边，回望着胡文轩。后者发现，这位青年儒将的面容沉静如昔，收起了刚才隐约自然流露出来的稍纵即逝的孤独和哀愁的神情，眼中显现出自信和稳健的光芒来。

"文轩兄，记得江师长给我说过，你们不仅是黄埔时期的老同学、老战友，而且曾经结为盟兄弟？"

他问得轻浅随意，胡文轩此刻正绷紧心弦，不能不神情警惕，以充满狐疑口吻相答："不错，可是，身为党国军人，忠诚尽职当为首务，胡鉴不说是大义灭亲吧，起码能做到法不容情？"

"哦，文轩兄多疑了，我的意思是，你和江师长相识多年，彼此了解颇深。但是我和他的渊源想必文轩兄也听闻了，真正是同生共死，唇齿相依过，我们更曾是患难与共的难友和净友！所以，我对他的认识和了解，自认不会比你这个老同学差？"

"这个嘛，我当然也有所耳闻！"

"那么文轩兄，请恕我直言。江师长一向是我的上级和搭档，是我此生最敬重的人！我和他结识于远征军时期，是生死之交的兄弟，我们一起渡过了人生最艰险灰暗的一幕，我亲眼见证过他的舍生忘死和赤胆忠诚，他是在刀尖火海中滚过几次的人，也是九死一生，从缅北战场捡了一条命回来的人！他对党国的忠贞和奉献不比我向晖少半分！"

他说得义正词严，铿锵有力，胡文轩不免有点难堪，正欲再辩，善解人意、宅心仁厚的向晖已经在勉力为他开脱解围了："文轩兄身怀大局，心忧党国，此情此心当日月可鉴，向晖心下自然明白！但是老同学之间，磕磕绊绊几十年，有些误会、纠葛倒也在所难免。向晖也曾略闻一二，并不深信。只是心下觉得，目前局势堪忧，各方面都该精诚团结、一致对外为上，兄弟阋墙、煮豆燃萁，终究不是幸事！"

"明光兄差矣！"胡文轩回过神来，口齿自是不输于眼前这位文人将军，"楚汉河界，界限分明！有些原则的事情，决不能含糊其辞，以小事、误会、纠葛论的！"

他侃侃而谈，自然也是一番洋洋洒洒，正义凛然的神态："某些人身上所背负的疑点也非一朝一夕，事关党国忠义大事，断不可轻视之！如今已然到了图穷匕见，两党公然对垒抗衡，决一死战之时，如果我们放纵一些可疑人员，疏于监管、防御，一旦造成不可挽回之势，就悔之晚矣！如何对得起领袖栽培？对得起你我肩头这颗将星？"

向晖沉吟不语，不置可否。

胡文轩抑制住激动起来的情绪，继续开导着："至于我和某些人的个人恩怨、往年陈账，自是不必再翻，但是如果涉及黑白道义，各自立场问题，就令人不能忽视！"

向晖微微摇头苦笑："文轩兄自然说的在理，但是我还有点个人看法倒是不吐不快。"

"明光兄但讲无妨！"胡文轩坦诚地望向他，"明光兄为人赤诚笃厚，我是久闻美名，对于你的忠诚和道义，我从未有所怀疑！"

向晖摇摇手："文轩兄，实不相瞒，有关你和致远师长的同窗之谊我早已听说，关于你和他的多年纠结恩怨我也有所耳闻。其实依我的性格，对这些是丝毫不感兴趣的！但是不幸的是，咱们几人总是有缘纠缠到一起，你今天又给我看了这样的一份东西，有些话我就不能不说了。"

他说话的语气还是那样恬淡平和，但是胡文轩却敏感地感受到了那里面的一丝不屑和不满的意味，聪慧机敏如胡文轩，心底有点隐隐的失望之情浮起，不过他还是尽量压抑住自己暗暗发凉的心绪，勉强笑道："明光兄不妨明言，没妨碍的！胡鉴愿意领教一二！"

"文轩兄给我看这份文件的意思我自然明白，其实有些话是老生常谈了，大家都早已心知肚明。一些无法言明、澄清的公案，经常是徒起口舌之争，辩论起来实在没有意思！在说明自己态度之前，我还是先给你讲一个前两天我去见委座时候的一个小插曲吧。"

他语气缓缓地讲述道："前几天，我去南京见委座，小谈了片刻。委座直言对我说：'我看你向明光是我心中的忠诚儒将啊，文人气质，坦诚纯净！可是我怎样还听说了你的一些闲话呢？'我当时很惶惑不安，委座就给我解释道：'有人在我这里汇报，说是向晖有共党之嫌疑，其理由是你洁身自好，平日里不合群，不抽烟喝酒，不玩女人，不贪污腐化，出身名门望族，家中却十分简朴，仅有几架古书，别无长物；夫人也是大家闺秀，却衣着朴实，不戴任何金银首饰，甚至两个女儿也是身着布衣，自己坐黄包车上下学……诸如此类，总之，你向明光和别的国军将领、将军们做派严重不一致，倒是和共党分子的行为和风格蛮搭调的，因此一定是有问题的！'"

向晖看了眼胡文轩，继续讲述道："我听了委座这番话，简直不知道如何作答？如何自辩？委座笑看我说：'你知道吗？明光？我当时就骂了娘希匹！你们这些情报系统都是干什么的？你们心中的党国将领究竟应该是怎样一个标准？难道清正廉洁、洁身自好、卓尔不群、特立独行的人，就是共党嫌疑分子吗？我们国军的将军们就没有这样的人了吗？'说实话，文轩兄，听了委座的这番话，当时我并没有觉得有任何激动感恩和得意骄傲之情，我心中满满的都是凄凉绝望的情绪！而且，我也看出了委座也是这样的心态！我的眼泪都流下来了……"

这个故事听得胡文轩也是满心凄楚，不由得轻叹口气。

向晖低下头，长吸口气，稳定了自己的情绪，恢复到往日平和内敛的神态。他再次看向胡文轩："文轩兄，我讲给你听这个典故，就是想说这样一个意思：像我这样处处谨小慎微，内敛低调，极力规避物议，时刻回避风口浪尖的人，不过是洁身自好，不愿随波逐流，唯愿坐在家中清静读书罢了。这样都会莫名其妙被扣上赤党分子的帽子，那么咱们某些情报机构是否应该反思一下了：这顶红色帽子是否颁发得过于频繁，过于随性，过于荒唐了？有些事情，空穴来风，欲加之罪，让人无法自辩，无法自清，不仅是很可悲的，而且会伤了一大批忠于领袖、效忠党国的忠贞之士的心的！"

他深深叹了一口气，继续道："况且，如今是两军决战之际，所谓疑人不用，用人不疑，我和江静舟身份一样，都是即将上前线与共军决一死战之人，如果身后站着不是一个督战者，而是一个调查者、怀疑者，你认为，这仗还怎么打呢？我们还有什么心情打？"

胡文轩直觉自己低估了眼前这位文人将军的定力和固执己见，目前的一切让他有些灰心丧气，就无奈地摇头叹气："明光兄，我明白你的意思，也知道你和江致远相交笃厚，不会轻易为我做的这份东西而动摇，我只是给你提个醒而已！所谓各司其职吧，你们是战将，是为了党国冲锋陷阵的人，而我们这些人，也是战士，在另一个战场为党国清除异己，消除隐患。我们的任务不相同，但是目的是一致的，那就是党国的利益始终高于一切！我相信你的忠诚，和我怀疑某些人的伪饰的感觉是一样强烈的！我不求你马上同意理解我的观点，我只希望你能睁大眼睛，看我怎样揪出某些异党分子，为党国清除隐患和污垢！"

向晖点头："我尊重你的尽职敬业，不过我想说的是，对一些事情，对一些人，我自会慢慢观察，认真品味，但有一点我必须声明：我是个有着自己做人原则的人，违背良心，两面三刀，阳奉阴违，在朋友背后捅刀子的事情，我向晖也是绝不会做的！"

胡文轩尴尬笑笑，随即仍不甘心不放弃地努力着："那么明光兄，容我大胆追问一句：如果你的友谊和党国利益出现了抵牾和矛盾，你会怎样选择？"

向晖回以淡淡微笑："党国利益永远高于一切！"

此刻，向晖记起刚才和胡文轩的这场交谈，微微叹口气，生生将一丝隐忧压抑在心底，个人荣辱，自身安危倒在其次了，关键是即将走入的这座城市，会发生些什么？带给自己一段怎样的人生经历呢？他不知道，只觉得迷茫、困惑，有期待，更有一种不祥的预感，一份莫名的苍凉。

向晖、胡文轩各怀心思，同机来到东北。他们一行人在沈阳停留了两天，又转机飞往宽城。

当他们的专机在宽城机场降落，向晖等人走下悬梯时，看到N7军除了正卧病的李军长外的军官们，都已经等候在停机坪了。

　　向晖和诸位军官一一握手相识，他正想上来接他的专车时，听到身旁的副官卢筱生对他低语道："师座，您看，那边又来了两辆车呢！"

　　向晖放眼望去，两辆军用吉普快速开来停下，车上走下来几个年轻军人，下车后分别侍立在车身周围，自然形成一种既如严阵以待，又似列队相迎的氛围，接着走下车的那位军官也是戎装齐整，态度凌然。但见他长身玉立，身段挺拔，合体的军大衣勾勒出强健有型的身材，一双马靴透出几分桀骜之气，他一边带着顽皮的笑容望着他向晖，一边利落洒脱、三下五除二地脱去手上的皮手套，似乎在准备随时拥抱对方一般。

　　这人，正是专门赶来接他的江静舟。

　　"这个狂狷不羁的家伙，摆上如此郑重威严的阵势来，不但是表示对老友的隆重欢迎，倒也同时给了某人一个小小的下马威呢！"向晖心里念叨着，心领神会地笑了。随即有点无可奈何地摇摇头，又感慨万分地点点头，回身吩咐手下："筱生跟我上那边的车，其他的人，按原计划上车走吧。"

　　他快步走到江静舟面前，彼此看看，两人狠狠地拥抱在了一处。

　　胡文轩闪身一旁，不动声色地望见这一幕，皱眉叹气，低头上了车。

　　车子离开停机坪，飞快地向城里开去。

　　这辆车上，江静舟和向晖坐在后排，向晖的副官卢筱生坐在前排。

　　向晖忍不住打量着身边江静舟，带着一丝得意的笑意："哎，师座啊，你万没想到有这出儿吧？咱们这样快就重聚了？"

　　江静舟白了他一眼，故意冷笑着回答："你还好意思笑呢？谁要以后在我面前说向明光是个笃厚老成的人我就跟他急！"

　　他挂了顽皮的笑意对着老友："我就纳闷呢，那时在上海分别，我倒是难舍难分，你却是一副无所谓的样子，当时我就在心里嘀咕：这个文人气质、多愁善感的明光兄怎么忽然变得冷淡无情起来？敢情你瞒了这一出儿？深含不露，城府颇深啊？"

　　说到这里，江静舟突然意识到什么，急忙问："哎？等等！明光你刚才称呼我什么来着？"

向晖无意识地回味："怎么了？我刚才称呼你是……师座啊？"

他随即明白过来："哦……嗨！这不习惯了吗？在人前我一向这样叫你叫惯了，这也没什么吧？"

江静舟狡黠一笑，故意逗着他："好吧，你的意思我明白了！我知道你的副军长命令随后也快下来了，你是借此为例，想让我以后人前都叫你一声'军座'吧？"

"江致远！你说你这张嘴？！"向晖有点发急，红着脸辩白道，"你知道我不会有那样的意思！我是什么样的人你难道不清楚吗？我白认识你了！"

看着他这副窘态，江静舟忍不住哈哈大笑："老向啊，你怎么还是这样书呆子气十足？我不过和你开个玩笑罢了，倒这样认真急起来？真没劲！"

"你才没劲呢！有你这样开玩笑的吗？幸好这里没有外人，筱生原先也是你的部下，要是让外人听了去，难道不引起误会吗？口无遮拦的家伙！"他说着，蓦然想起胡文轩给他看的那份"分析报告"来，心中还驱散不了在飞机上一路形成的郁结之气，他心中倒是为好友暗藏不平之意。

江静舟自然不知道前情，没法体会到他的心情，听他提起副官卢筱生，不由看看前排的他，笑道："嘿，我才发现呐？不过分开没几天，筱生已经是少校了？"

副官卢筱生回头笑道："全靠两位师座栽培！"

向晖点头道："筱生跟了我三四年了吧？也是正常晋升啊！想当年我才来上海，还亏你特意从三团挑了他来给我做副官，这么些年我也是得心应手不少。"

江静舟笑笑："其实我本来是想让筱生做我的副官的，那个许若飞不是一直嚷着要去下部队任职吗？后来没想到恰好你来了，身边也缺一个可靠的人，只好把筱生就先给了你了。这也是各人的缘分吧！"

"咦？说起若飞来，我怎么刚才没看到他？"向晖有点诧异，"光看到思扬了，还有另外一个小伙不认识呢，也是你的副官吗？"

江静舟点头解释道："若飞被咱们老长官看上眼了，去当他的警卫团长了，那个新来的副官叫靳鹏，也是老长官给的。"

大家随意说笑着，气氛轻松，江静舟打眼看到向晖脖子上戴着的军用围巾，不由想起一个有趣的话题来，便抿嘴笑道："一看你这围巾，我倒想起典故来了！若飞那个小子太好笑了，一直在嚷着要向你学习如何着装，对你是崇拜之至啊！他说向师长穿军装比别人都要好看，尤其是围上这种围巾。这种围巾军官们是个个都有，但是只有你向师长戴上就和别人不同，有种谁都学不来的气质和风范！我就笑话他，你这不是说的废话？你要是清华毕业生，又在陆军大学学习过，你也会有这种风范吧？他就不吭声了。"

前面的卢筱生忍不住笑出声来。

向晖不好意思了："敢情你们长官、副官没事拿我寻开心呢？对了，致远，我可从来没见你带过这种围巾呢？在上海的时候也就罢了，关外这样冷，你怎样也不带？"

江静舟一挥手："我不爱那玩意儿，碍手碍脚的！哎！都是军人，都是将军，看出文人和野人的区别了吧？"

他的话让大家都笑起来。

那边胡文轩坐在车上，心中郁闷不已。

按照老师的妙计，他第一回合就败下阵来。原想用自己精心准备的材料拉近和向晖的关系，进而引起向晖对江静舟的不满和警惕，没想到，向晖看了材料，反而说了那样冠冕堂皇的一番话，把委座都扯出来说事了，虽然态度和蔼客气，但是话里话外却透着不相信和不以为然，倒像是在暗指他胡文轩在背后捣鬼，构陷江静舟吗？想到此处，胡文轩气愤加懊恼。

尤其是看到江静舟大摇大摆地开着陆十军的车，竟然那样嚣张地来接向晖，来接 N7 军的主战师长，这个狂悖无礼的家伙也太自以为是了吧？可是更令他感到郁闷的是，向晖竟然还如此地配合他江静舟！

你就看这二人见面那副样子吧：又搂又抱的，兄弟情深的情形昭然若揭，全不管一众随从属下军官在旁观着。胡文轩觉得自己没面子极了，不但在飞机上给向晖做的思想工作白做了，而且那个无情无义的家伙当着众人面，对自己这个昔日盟兄、老同学竟然是视若空气，充耳不闻，更让他是羞愤交加。

向明光，你会后悔的！

江致远，咱们走着瞧！

胡文轩在心中咬着牙，跺着脚，发着誓。

不同于那边车上的沉闷气氛，这边江静舟的车上是欢声笑语不断。

江静舟道："你这次来，可是掉在老战友、老部下堆儿里啦，估计光接风宴你就吃不过来了！你先见见那些人，然后找个机会到我家去聚聚，我要让你见一个人！"

向晖抿嘴一笑："是顾小姐吗？老熟人啦，还用见吗？"

"想不到笃厚持重如向明光，也如此不着调吗？"江静舟忍不住瞪他一眼，"坏家伙，想什么呢？我说的可是一个你没见过的人呐。说不定，你还会因此收上一个小徒儿，看看有没有这个缘分吧？"

向晖笑着点头："好吧，一切听你的安排就是！不过要是家宴的话，我建议你等两天。"

"却又是为什么？"江静舟剑眉一挑，露出疑问神情来。

向晖未及回答，前排的卢筱生回头笑着解释道："夫人和两位小姐也要来宽城呢，不过要到后天才能到。"

"哦？"江静舟有点兴奋，"我闺女也要来了吗？我的大月亮，真想她了！"

向晖点点头："是啊，丫头也很想你呢！总说要住到你这里来，想念江爸爸，还有顾娘娘。唉，人说女生外向，我这丫头更没办法，还远没到出阁的年龄啊，就惦记着别人家了！"

"看来你这个亲爹吃醋了？"江静舟嬉笑看他，"谁让你当时大方将丫头送给我的？谁又当年总说我偏疼女孩儿，有女儿缘的？"

向晖带着理解的笑容看他："好吧，就像你刚才说的，这是各人的缘分啊，强求不得，却也逃脱不了的。"

他又想起一事来："说到这里，还有人惦记你呢，你的外甥女，沁梅。知道我这次来关外，托我给你带来好些东西。我原本以为那位胡文轩也同机过来，沁梅会让她爸爸帮她带东西给你，后来看她把东西交给了我，我才记起你和胡文轩站长的那点儿恩怨来！其实……这次，他……胡站长的到来，你稍微留点神吧，别把关系弄得太僵，毕竟要在一个城市中，一个阵地里为党国效

106

力，差不多能过得去就好了，何况你们中间还夹着一个沁梅呢，别让孩子不好做啊！"

江静舟露出有点不耐烦的表情，略皱眉头："今儿个才高高兴兴见面，你能不给我立马添堵吗？"

向晖想起飞机上胡文轩对江静舟那番诋毁之言，觉得他烦厌这个人倒也不全无道理，就带点理解的表情点点头。

"还是继续说开心事，说你家的那两位小天使——大月亮、小月亮，"江静舟笑道，突然，他想起什么来，奇怪地看着向晖，"不对呀，老向？我有点搞不懂你了？前两年咱们在上海，你并没有马上接她们娘仨到身边呢，怎么这次到东北，局势这样紧张，你倒把夫人孩子都带来了？"

向晖的笑容慢慢消失了，他的表情变得严肃起来，那张清俊飘逸的面庞上写满刚毅、决绝的悲壮，还有一丝无奈的凄凉。那眼中让江静舟熟悉万分的百年孤独忧伤之情重新浮了上来，他下面的话像车窗外的冰雪一样寒澈无比，凛然逼人：

"实不相瞒，眼下的局势你我都是清楚的。致远，我选择来东北，除了想和你，还有我的老部队、老部下们同生共死，患难与共之外，还有，就是下了决心和共军决一死战，与这个城市共存亡的！所谓的风萧萧兮易水寒，我就没打算活着回去了！我是带着全家来赴这场国难的！"

他这番悲壮的话，让江静舟背脊瞬间爬满冷汗。

向晖并非务虚之人，上述豪言壮语很快落到了实处。他来到宽城后，首先整肃军队、视察各部，其雷厉风行、快刀斩乱麻的行事作风不仅让 N7 军的所有人瞠目结舌、应接不暇，就连最了解他性格的江静舟也是心生诧异、暗暗敬服。

他仅用了三天的时间完成了对 N7 军 38 师及其他部队的巡查摸底工作，接着实行了一系列合情合理却不乏强硬手段的改革措施，将这个军自李军长因为伤寒病久卧病榻以来，形成的松散拖沓、纪律松弛的作风一扫而尽，换之以严谨整肃、井然有序的军队作风。所有军官知道他的强硬背景，以及即将接任的要职身份，都是唯唯诺诺、唯命是从地执行了他的命令。N7 军风貌由此焕然一新。

江静舟有次见到他，表示了自己对他果敢行为的赞赏和惊讶之意，向晖严肃地望着他，语气沉重地说道："有什么办法呢，致远？你认为留给咱们的时间还多吗？宽城已经危在旦夕了！和共军拼命，拼的不就是咱们这群人吗？没有一支良好作风的军队在手，咱们只怕……殉国都会更快一些呢？"

听了他这番话，江静舟又一次感到一股寒意袭上心头。他是了解向晖——自己的这个挚交好友的，在他儒雅矜持的外表下，是一颗丝毫不弱于自己的顽强坚韧的内心，他对理想和信念的坚持，也丝毫不输于自己半分！

江静舟顿时感到心中的压力仿佛又增大了许多，向晖来宽城，对自己来说，似乎不但不是一件手足相聚的好事，很可能倒是兄弟阋墙的悲剧的开始！江静舟的心中，有悲凉，有紧张，更有恐惧！

这天，江静舟将一份详细的宽城市内军事设施、工程地势的图纸带回家，交到沈冰手上，嘱咐她尽快将这份文件传回我方去，他和她都知道这个文件的重要性，从老家传来的消息已经认定，解放军即将展开对宽城的攻势，这份城防地图无疑是重要凭借物。目前上级领导就要根据这份图拟定军事方案，甚至是还谈不到具体方案，先要商定是否能打，如何打更合理的问题。

他的心情是从来没有过的沉重。这段时间对宽城军事措施的巡查和了解来看，宽城的防御工事虽然不像国民党吹嘘的那样"坚冠全国"，但是其坚固和复杂性也是令人担忧。日本关东军在此修筑了许多永久防御工事，国军进驻宽城后，又加强了工事。

宽城守军以中央大街为界分为两个守备区，东半部归陆十军，西半部归N7军，司令部设在中央银行大楼。以中央银行为核心，以坚固建筑物层层设防，市中心建筑和街道都有地下坑道相接，构成核心守备，外围设有宽三米深两米之外壕，有纵射火力及铁丝网、地雷、绊索、鹿砦、陷阱等工事。在江静舟看来，解放军要集中兵力强攻宽城城区，必然会付出很大的代价。

他将城防图交给沈冰，嘱咐她一定要亲手交到宽城地下党那里，并且要将自己的担忧和考虑传达给上级领导，请他们加以参考。

交代完此事，三人围桌吃饭时，江静舟还是一副皱眉深思的表情，他这种食不下咽的状况让顾倾城不安起来："哥，你怎么总不吃菜啊？是饭菜不合口味么？"

沈冰默默起身，走到厨房里，端了一碟子干炒辣椒过来，放到他的面前，也不说话，自己坐下来继续吃饭。江静舟猛然回过神来，看看那碟辣椒，感激地对沈冰笑笑，夹了一筷子在碗里，大口吃起饭来。

"还是冰冰了解哥哥！"顾倾城笑道，"你们两个湖南人辣子吃得都厉害，我是甘拜下风呀。"

沈冰没接她的话，她瞄了江静舟一眼，微皱眉头，脸上并没有带出任何情感来："有些事情你急也没用！就像你以前爱说的那句话——各人做好自己该做的事情就对了。明天我会和雷表哥去和这里的'家人'见面，那边自然会妥帖安排一切。你现在苦思冥想都是自己折腾自己，何苦来？"

"好的，冰冰，你做事我总是很放心！"江静舟心里感悟到她冷冰冰外表下的一丝关心之情，忙再次对她感激地笑笑。

沈冰却不领情，将脸扭向一边，继续带点不以为然的口吻道："别乱表扬人，又不值钱！这里的小组领导目前是雷表哥，还有骨干成员雨表哥……哼，两个人可都是你的死硬维护者！我不过是个跑腿的罢了，你若要表扬工作成绩，尽管去夸他们好了！"

江静舟随和一笑，并不计较她的情绪态度，语气仍旧温和亲切："可是冰冰你的职责重大，这来来往往的，也要充分注意安全才是！还有倾城也一样！"

他看着两个异姓妹妹，脸上挂了充满关切的神情嘱咐着："宽城城里目前特务分子活动猖獗，胡文轩对咱们家的人盯得尤其紧。你们现在的身份是我的家眷，要知道他这个长鼻犬可不是吃素的，所以平日里大家进出务必都要多长个心眼！"两人听了，都认真地点头。

江静舟此次和向晖先后回到东北部队任职，不仅让封正烈欣慰莫名，同时让这些独立团的弟兄们激动万分。在封正烈的授意下，江静舟组织了原先远征军封正烈师的老部下，准备举办一次宴会，欢迎向晖任职宽城。

这天下午，他处理好手中军务，正准备离开办公室去赴这场宴会，突然看到乔思扬带着抱了一包东西的宁松进来。

乔思扬送宁松进来后，就带上门出去了。江静舟有点惊讶地望着儿子："小松？你怎么会来这里？"

宁松笑看着父亲："姨妈今天带我去城里的博文书店买书，然后她要去教会做礼拜，就先送我到这里看看您，她等会儿会来这里接我！"

江静舟拉着儿子在身边坐下，细细打量着他："儿子，你在那边还住得习惯吗？"

"我一切很好！姨夫、姨妈、舅母对我都很好，爸，您别挂心我！"宁松笑着回答父亲。

他将怀中抱着的包袱打开，取出一本书来，递给父亲："爸，这是您上次和我提到的最想看的一本书——《曾胡用兵语录》，我在书店遇见了，就给您买了来。"

江静舟接过书，还未细看，就见儿子又将包袱抖开，拿出一件衣服来，江静舟认出，是那件顾倾城给他织的毛衣，他上次送给儿子穿的。

宁松看着父亲，语气有点迟疑地："爸，这件毛衣还给您吧。倾城阿姨又给我织了一件。这里天气太冷了，您……您还是把它贴身穿上吧！"

江静舟接过毛衣，放到一边，点头不语。宁松看看他，欲言又止的样子。

江静舟笑问："我家小才子还有话讲？"

宁松带着腼腆的表情道："爸……其实……我想说的是，即使您不喜欢穿这件毛衣，完全可以收起来的啊，千万别再随便给别人了！我觉得，您那样做，会伤倾城阿姨的心的…… 这不好！"

"小孩子家家的，你懂什么啊？"江静舟疼爱地摸摸儿子的脑袋，笑嗔道，"别操心大人的事情！"

宁松认真看着父亲："爸，古人说过，好话一句三冬暖，其实一件小小的事情，哪怕是无意的一个举动，是暖人还是伤人，差别是好大的！我总觉得，不应该随意伤害任何人，也不应该随意辜负别人的善意 …… 爸，您会不会觉得我好迂腐啊？"他带出羞涩的样子来。

江静舟有点惊讶，有点感动，也有丝丝愧疚的情绪涌上心头，他怜爱地看着宁松明净温和的面容，有点难言了："不……儿子，你说的不错，你是个善良有爱的孩子……爸很欣慰！"

父子正说着，乔思扬进来禀报："师座，向师长来了！"

江静舟一愣，随即笑着对宁松道："真巧了呢，我正想让你见他！"他忙对乔思扬道："快请！"

"致远，我算提前到了吗？"向晖笑着走了进来。

江静舟把宁松带到向晖面前。

向晖有点惊异地看着眼前的少年，他以前从江静舟嘴里知道他有一个失散多年的儿子，这次来宽城，又从封正烈那里得知江静舟找到了孩子，还带到了此地。但是望着眼前个子高高、文静内敛，眉宇之间尽得江静舟神韵的男孩，还是露出难以置信的表情来。

"这个，就是你的……那个儿子？"向晖指着宁松笑问，露出不可思议的神情来。

江静舟忍不住笑了："什么这个儿子，那个儿子的？我就这么一个儿子啊！老向，你怎样是一副被吓到了的样子？"

"不是啊，致远！"向晖也好笑，"我想象不出来你竟然有这样大的一个儿子？不可思议！真是不可思议啊！"他说着连连摇头。

江静舟忍住笑，进一步介绍道："江宁松，民国二十二年出生，今年14岁！他不过个儿高一点罢了，也不值得你惊讶到这样吧？"

"不错！不错！长得很好，很舒展的一个少年，模样也和你像极了！致远，不能不让人感叹你的好福气呀！"向晖由衷地称赞道。

"光是感叹吗？没有羡慕、嫉妒？"江静舟得意地笑了，他又向宁松介绍了向晖，有关如何称呼他的问题，还故意打了个磕绊。

"呃？应该称呼你向叔叔，还是向伯伯呢？"

"你少装，也少废话！好歹我大你几天呢？当然该叫伯伯！"

宁松懂事文静地笑笑，不等父亲提示，就忙称呼道："向伯伯好！"

向晖感动地摸摸他的头发，笑对江静舟道："这孩子我喜欢！我一下就看出来了，小家伙可比你强多了，比你随和、谦和，更比你善解人意！"

江静舟笑着点头："这点倒不假。明光我告诉你，其实我和宁松一重逢，就发现一件奇怪的事情，我们家宁松性格好类你呢，你接触几次就明白我这话了!"

"好吧,如果真那么像我的话,不如送与我做义子倒也合适?"

"没问题啊,我正想让他拜你为师呢。你是我最崇拜的大才子,我们家这个小子,也是个一刻也丢不下书的小书虫,跟着你就对啦!"

江静舟又笑:"何况我已经收了你的小公主做干女儿了,现在回送你一个儿子也不为过吧?"

向晖指着他,笑说:"一言为定啊,致远,你可不许后悔!"

江静舟戏谑一笑,搂住儿子,推到向晖跟前:"好了,干干脆脆的,也别什么叔叔伯伯的了,来,小松,直接叫声干爹!我告诉你小子啊,拜这个干爹为师,比你看多少书都强!"

"干爹!"宁松叫得比刚才那个伯伯还利落干脆。

不知为什么,宁松觉得和眼前这位父亲的挚友是那样的有缘,第一次见面,他就对他产生了一种莫名的好感和亲近感。

在父亲和向晖笑谈间,宁松一直在悄悄地打量着向晖——

才一照面,向晖就让宁松心中蓦然浮现出那个美好的成语——玉树临风。

他军装严谨,紧束的腰带,锃亮的马靴,雪白的手套一丝不苟,显现出训练有素的职业军人风范;合体收身的军装,映衬挺拔有型的身材,一条草绿色的围巾松松绕在颈间,衬在军装领内,别有一番韵味;他带着温暖的微笑打量着自己,眼梢挂着长辈关爱亲切的爱意,那微微扬起的秀眉,又带点好奇和探究的意味,隐隐露出一丝难得的孩童般的纯净气来;他身上最有特征的,还是那股浓浓的书卷味儿,这种出自名门、与生俱来的气质,加之后天的修为,岁月的沉淀,显得格外出众和令人沉醉;他的面容线条是柔和的,五官清秀飘逸,尽得风流韵味,作为一个文人,他必是清俊脱俗的那一类;奇怪的是他又偏偏是位将军!久经沙场的经历,多年军旅生涯之锤炼,让他眉宇间自然锁着一种英气,一种少壮派将军身上应有的狂狷气!这身美式将军服相得益彰地展示了他秀挺的身材,他又赋予了这身军装不落俗套的寓意,文武兼修的风尚自然让他卓尔不群,在哪里都是一道夺人眼球的风景!

宁松最着迷于向晖的那双眼睛,一种淡淡的哀愁和孤独似乎如影随形地漂浮在那里,在明眼人那里,也许仅仅读出了那里面隐含的几许傲气和霸气,但是宁松却读得懂它深刻的含义，那是一种高处不胜寒，曲高必寡和的千古惆怅之意！

宁松由此自认自己和向晖会是一类人，是一种忘年的知音相知情分。

很自然的，宁松暗暗将父亲和向晖做了比较：他们某些特质很像，都是血气方刚、热血贲张的虎将猛士，有着洒脱威严的军人风范；但他们的气质又很不同，一个张扬霸气，威风凛凛；一个恬静随和，从容淡定；但是他们都是一样出众的职业军人，他们的钢铁意志已经融化在了血液里。

这是向晖和宁松结缘之始。

如果说，最初宁松只是给向晖留下了一个淡淡的良好印象的话，那么很快，多次的相交相聚，向晖惊喜地发现，宁松几乎是他此生遇到的最有缘、最欣赏的一个晚辈。

是的，向晖就曾这样感慨地告诉江静舟：宁松是你今生的一个奇迹，是我今生的一个奇遇！

送走了宁松，江静舟和向晖来到陆十军军部餐厅，参加老部下相聚的宴会。

到场的军官除了封正烈和江、向两人外，有过去独立团的中高级军官们，如赵晋生、耿进忠、李长安等人，此外还有官职较低的一众军官，他们现在都分别就职于陆十军和N7军。

当年在独立团，江静舟是团长，向晖为参谋长，在副团长李文龙殉国后，就是靠他们两人咬紧牙关，精诚团结，将这支部队带出了令人望而生畏、不堪回首的野人山，最大程度保存了这支抗日军队的建制，让几百名兄弟回归故土。此刻，大家相聚在异乡，别有一番滋味氤氲在每个人心头。现今又一次共同面临一场大战恶战的前夕，这场聚会就显得格外令人喟叹。

起先的话题是轻松而随意的，现任陆十军113团团长的耿进忠率先开起了玩笑："我今天来的时候，有人问起我是去赴什么聚会啊？哪个派系的？黄埔？陆大？还是杂牌军呢？我一下子被问得愣住了。"

"这个是不好回答吧？"现任N7军38师165团团长的赵晋生接口道，"现今国军中爱讲个派系，这种询问倒是再正常不过呢。你们看啊，江师长出身黄埔军校，向师长出身陆军大学，这两个派别算是正门嫡出吧？是老头子最看重的出身呢！其他，咱们几个，最多只能算旁门左道、杂牌军吧？"

"嗨！这种问题有啥不好回答的呢？"目前任 121 团团长的李长安有点不服气道，"你就大大方方地告诉他们，这是远征军弟兄大聚会！远征军，响当当的名头！经过远征军的军队没有弱的，参加过远征军的人也没有一个是孬种！"

"说得好！"封正烈赞道，"咱们远征军的弟兄们一个个都是从血海中拼出来，从刀尖上滚过来的！这份豪情壮志，这种壮怀激烈情怀，岂是寻常之辈所能理解分享的？"

"可惜啊，这种荣誉如今一去不复返了！"赵晋生感慨道，"其实细细想来，我倒羡慕起舍身殉国的李副团长和那些永远回不来的弟兄们了！他们虽然长眠在异国他乡，但是舍身抗倭、为国尽忠的军人荣誉终究保持住了，他们起码是死在了抗日的最前线，可谓死得其所，埋骨土犹香！可如今呢，咱们想要这样光荣的死法而不可得！"

"为什么？"坐在他旁边一个叫李浩的军官问道，"马上我们就要和共军在宽城决一死战了，立功的机会也是有的啊！再说了，军人嘛，血战沙场，马革裹尸。要活难，要死还不容易？"

"哎，那能一样吗？"耿进忠忍不住插话道，"远征军时代，是枪口一致对外，是在打小日本儿，身为军人，死一百回都值得！可如今呢？祸起萧墙，煮豆燃萁！中国人打中国人……你们说说，能一样吗？"

众人听了，默默无语，江静舟暗暗看着向晖，只见他眉毛已经微微蹙起。

耿进忠继续发泄着久久压抑在胸的不满情绪："何况，我和你们的感受更不同，我是东北人，目前国共两军陈兵东北，在这块黑土地上马上要展开血雨腥风的一场大战混战，不管胜败谁家，最后倒霉的，都是我的家人，都是我的父老乡亲！"

另外一名叫陈铎的军官插言道："那咋办？反正这场大战已经无法避免，古人云，匈奴未灭，何以家为？在咱们这里，不就是共党未灭，何以还家吗？当兵吃军粮，就是这个命呗？能活着是福，反之也就只好认命了！"

李长安有点愤愤然接口道："身为军人，倒也早就勘破生死关了。不过总得死得明明白白，死得值当吧？我同意晋生兄和进忠兄的意见，手足相残，自己人打自己人，有意义吗？有道理吗？说来说去，总是一场悲剧！即使因此建功立业，也不是什么值得炫耀的事吧?！反正我们底下的弟兄们常常和我争辩这件事情呢！我们就举个例子来说吧，这些来自关内的弟兄们，家都在那边，家中弟兄两人，哥哥是共军，弟弟是国军，这一上战场，兄弟执戈相见，情何以堪？这不是悲剧又是什么呢？"

赵晋生忙接口："我们那边也一样啊，我们团就有很多这样心态的士兵。还有一些弟兄家在匪区，那里正在搞什么土改，家家都分了地，你让他们这些人，再拿起枪，用枪口对准分给他们家土地的人……他们能有斗志吗，还谈什么战斗力？"

"赵团长！"一直没开言的向晖突然厉声打断了他的话。

他的面容冷峻严酷，语气虽然听出来已经极为克制，但仍透着强烈的不满和不安情绪："赵团长你说话造次了！别忘了你当下的身份！"

他的神情貌似依旧平静如昔，说话的语气已然冰冷侵人："作为我堂堂 N7 军 38 师主力团团长，你刚才那番言论不仅让我心凉，更让我心惊！你是我的老部下，又是一块闯过生死关的兄弟，我自然不能恶意揣测你是在为共军做宣传，但是你这种情绪，却是让我极度不安的！身为党国军人，大战将临，不仅不思退敌良策，群策群力，鼓舞士气，反而妄自菲薄，萎靡不振，消极厌战，动摇军心！你让我如何放心将我的 165 团交付到你手中?！"

向晖的这番声色俱厉的问责让所有人陷入沉默中。

第六章　谁的迷局

兵者不祥之器，非君子之器，不得已而用之；

师之所处，荆棘生焉。大军之后，必有凶年！

陆十军军部餐厅中，眼下的气氛是尴尬中带有一丝紧张。

赵晋生被自己长官严词训诫了这番，顿时满面羞惭，不知所措，他不敢再多说什么，垂头丧气地低下了头。其他军官也不敢再接口。饭桌上的气氛蓦然变了味道。

在属下们的眼中，向晖长官一向是谦和内敛的，也是温和儒雅的，他很少形于色，将极端情绪随意释放出来。

但是刚才诸位军官议论的这些话，让向晖郁闷难耐，胸中愤懑忧心之气填胸。他忍了又忍，实在忍耐不住，当着封正烈的面，又不好随意指责陆十军的军官们，只好拿自己的手下的主将——N7军38师165团团长的赵晋生开刀了。

封正烈也有些惊愕，毕竟向晖在他面前如此声色俱厉还是第一回，他搔搔头，有点不以为然的神情表露出来。

江静舟却清楚向晖的秉性，对于他这番痛心疾首的问责，心里明白其实他心中的伤痛远远大于愤怒——江山颓丧，马蹄声乱，何来擎天之柱，赖以挂其间？

他同情地望了一眼好友，将一声叹息压抑在心底。

向晖心下黯然至极，他巡视了一遍周围的往昔兄弟，长叹了口气，语气与其说是肃然严酷，不如说更多的是蕴含了无奈和忧伤。

"弟兄们，军人以服从为天职！身为党国军人，服从领袖，忠于党国始终是我们这些人时刻应牢记的信念和准则。至于和谁打，何时打，怎么打，自然有上方统筹谋划，你我只要带好自己手下的兵，随时准备尽忠党国就好了，其他的……实在是多说无益吧？刚才那种种的牢骚和私意，让人听了不过徒生郁闷、无奈之情，让大家思想情绪更加暗淡低迷，斗志更加颓丧而已！"

说到这里，他几乎是仰天长叹了："唉！怀着这样情绪的军官，又如何能带得出一支强劲有力、勇猛作战的军队来呢？咱们今后这仗还如何打？我堂堂几十万国军精锐部队，手握最先进的美式装备、武器，难不成就不战自垮，向共军缴械投降不成？！"

这番慷慨激昂的话语让许多人低首不语，更让暗怀心事的江静舟怦然心动！

压抑已久的向晖直抒了胸臆，仿佛长出了一口气，他望着一向尊重的，昔日的老长官封正烈，似乎在无言征求着他的意见，封正烈心中自有自己的一番心思，此刻只是点头不语，唯有长叹而已。

向晖又望向江静舟，这个自己肝胆相照、割头换颈的弟兄，似乎在默默求得他的支持和声援。

就在刚才向晖拍案而起，说出那番痛心疾首、堂堂正正的话时，江静舟就在心中暗叹不已："向明光啊，这书生意气终究会害了你！如今东北的局势，宽城的危情，聪敏睿智如你，难道就没个清醒的认识吗？陆十军、N7 军各部弟兄们长久以来的怀乡思亲、消极厌战的情绪，岂可用一两句呵斥之语，加之长官权威压制得住？这种情绪不会消亡，只会随着时局的恶化愈演愈烈！而你，向明光，如果能顺势而为，顺应民意，方不负铁血儒将之盛名！可是……你会吗？"

江静舟在心中为之喟叹，又想到自身的使命和任务，自己和向晖的知己情谊，以及难以预知的却是必然的信仰和友情的残酷碰撞，他的心中满满都是无法言说的伤感和凄凉！

他心中这般百转千回地折腾着，眼前就对上了好友带着恳切相求的目光。目前的向晖明显陷入孤立无援境地，和大家有点话不投机。望着这个最相知的好友，他体恤他、怜悯他，甚至心疼他！他更理解他——这一番激愤和忧愁不是无的放矢，更不是无病呻吟，是目前不容乐观的形势让刚来宽城履职的他已经陷入纠结难解的危局之中！

但是友情还在，不是吗？此刻自己必须帮他向明光！

于是他勉强笑笑，轻语为书生意气十足的好友解围："好了！明光兄也是心忧党国，赤诚之心可鉴！只是现今咱远征军军官们好容易聚到一起，弟兄们不过是在一处发发牢骚和私意而已，也不必太认真了吧？明光兄你是新官上任，谨慎严肃一些也没错。不过有些事情需要慢慢考量，观察，疏导吧！我建议，春宵苦短，来日方长，今晚只叙兄弟情长，莫论国是是非。大家还是敞开心扉，尽管畅饮、畅叙、畅欢一场如何？"

封正烈点头道："致远说得对！这里只叙老长官、老部下情怀，不必提那些令人烦心的事体！今晚聚会的主题是叙旧，一些有关时局的敏感话题就先放放吧，莫要坏了咱们喝酒的兴致！"

他笑看着江静舟和向晖："按理说，军中禁酒令是我严格制定的，不过今天情况特殊，我宣布，只此一次，大家纵情畅饮，不必拘礼，咱们来个不醉不归！"

副官送上了酒，封正烈这才发现问题："咦？若飞呢？这种场合怎么能少了他？这个出身远征军的小烈驹子？"

他望向江静舟，后者随意笑笑："下午倒碰上小子一回，说是要去东城勘察一处防务，后面估计能赶回来。和这些人欢聚，他不比谁心急？"封正烈方才点头作罢。

其实此刻许若飞正和程睿、沈冰一起与宽城地下党顺利接上了关系，在秘密召开一个特别会议。根据老家指示，他们和宽城地下党负责人，公开身份为博文书店老板的魏先生组成了临时小组——曙光小组，负责飓风小组和城外东北野战军司令部的联系。为了安全起见，飓风小组的负责人江静舟没有暴露身份，不直接和宽城地下党发生任何联系，只是通过曙光小组和几方取得联络，所以曙光小组的负责人为程睿。

四人通过这个简短的碰头会明确了各自分工，布置了任务，又传递了一些新的情报后就迅速解散。许若飞驾车先送程睿去了 N7 军的一个防区，再将沈冰送回江静舟官邸。

沈冰刚走下车，就看到顾倾城抱着个军大衣跑了出来。

"许团长，你知道你们师座在哪里吗？带我去找他！"

许若飞奇怪地看着她："今天远征军老战友们聚会，我这就要赶了去……咦？顾姐你手里拿的是师座的大衣吗？这是要给他送去？"

顾倾城点头："他今天不知道慌个什么劲儿啊，出门时大衣都忘了穿！这天还没回暖，他那副满是旧伤的身子……"

她显然还另有心事，听了许若飞的话，又有点迟疑起来："原来是和那些老战友聚会吗？那我就不去了……若飞你把大衣给他带去……再嘱咐他一定要少喝酒，医生都不让他沾酒的！还有就是，就是……我也有一件重要事情找他，你告诉他，我晚上等他回来再说！"

一旁沈冰不由扑哧笑了："我说你这个妹妹也太肯操心！又是怕他冻着，又是怕他饮酒伤身，又是满心不放心他那旧伤……至于吗？他一向不是神勇无敌、所向披靡的吗？我还以为他江致远不是个凡人，有副钢筋铁打之身呢？哼，硬邦邦的、没温度的、没感情的，就和他的心肠一样硬！"她习惯性地用一副不屑的神情撇撇嘴。

听到这话顾倾城又忍不住要替江静舟辩护，不料未及开言，坐在车里的许若飞已经紧锁眉头，冷冷还击了："他的心肠硬吗？我倒认为这话无论如何轮不上你来说！"

口齿伶俐，直率果敢仿佛就是他许若飞的标签，他也是憋闷许久，此番终于找到机会发泄出按捺在心中已久的一份强烈不满之情。

"露表姐同志，你对他的这种态度早就让我忍无可忍了！凭什么呀？凭什么你可以对他肆意打击、嘲弄；处处和他别扭、较劲；任意拿话噎他、呛他？又凭什么他要百般回护、忍耐、将就你？！别以为我们不知道你们相处的状况，也别以为我们没看出来一些别扭奇怪的情形？云表哥……我大哥他对你的忍让和迁就简直可以用'惨不忍睹'这个词来形容！江致远什么时候吃瘪如此了？我早就愤懑难平了！要不是咱们是一个战壕里的战友，目前又在并肩战斗，我非要好好和你理论一番！你……太过分了！你难道看不出来吗？他不仅是我们的领导，更是我们尊敬亲爱的大哥！你对他的伤害，就是对我们这些人的伤害，这道理你懂吗?！可是，不管怎样你记住，只要有我们这些人在，无论何人——亲人、敌人还是故人，谁伤害他都不行！！"

许若飞滔滔不绝、痛快淋漓地吼出了这番压抑已久的肺腑之言，又恨恨地盯了被他骂愣了的沈冰一眼，扔下一句话："我和程睿早就对这种情形不满和担心了！你等着雷表哥——程睿有空和你详谈吧！"不及看沈冰的反应，他一把拽过顾倾城手中的大衣，驾车一溜烟走了。

许若飞此番少见的声色俱厉的言行让顾倾城也愣住了，她胆怯不安地瞄了一眼沈冰，但见她面色绯红，却也没再说什么。

聚会宴席还在进行中，封正烈宣布的"开禁令"不仅让大家纷纷举起酒杯，在座的军官们似乎也同时放开了胸怀。既然前面某些敏感话题不能提起，那么就只有叙旧怀旧这一个主题了。

在这遥远的东北，在这微妙的大战一触即发的前夜，这些久经沙场、历尽风波、九死一生的兄弟，借着酒劲，在微醺的状态下，又一次回忆起了那个难忘的岁月，那场生死征战，和不知是算幸运还是不幸的劫后余生。

赵晋生扔下手中的酒杯，忍不住率先起头唱起了那首难忘的军歌：

> 君不见，汉终军，弱冠系虏请长缨；
> 君不见，班定远，绝域轻骑催战云！
> 男儿应是重危行，岂让儒冠误此生?
> 况乃国危若累卵，羽檄争驰无少停！

一旁的耿进忠、李长安等人都齐声相和：

> 弃我昔时笔，着我战时衿，
> 一呼同志逾十万，高唱战歌齐从军。
> 齐从军，净胡尘，誓扫倭奴不顾身！
> 忍情轻断思家念，慷慨捧出报国心。

昂然含笑赴沙场，大旗招展日无光。

　　气吹太白入昴月，力挽长矢射天狼。

　　采石一载复金陵，冀鲁吉黑次第平。

　　破波楼船出辽海，蔽天铁鸟扑东京！

　　封正烈、江静舟和向晖几人看着昔日的部下唱起这首让人感慨万千的歌子，不由得都动了情。

　　封正烈不由得感叹："有多久了？我都没听到过这首歌了？可是每每听起来，还是这样让人热血沸腾！"

　　向晖显然深深被感染了，他平日里滴酒不沾，可是今天和往日的生死兄弟再次聚首，生性恬淡平和的他，也纵情一回，连饮了几杯酒，不胜酒力下，更是性情有异于往日，在江静舟等人看来，向晖像是变了一个人似的，显得特别的情绪激动。

　　他边听着歌，边喃喃道："这是我最想听到的一首歌，也是我最怕听到的一首歌！想起那些惨烈悲壮的往事，那些长眠在异国他乡的弟兄们，怎不让人扼腕长叹，摧心裂肝！"

　　"这首歌还会触动我的另一段情思……"他带着苦涩的微笑看看江静舟，又望向封正烈："军座啊，以前每当您因为一些琐事训导致远时，您总爱捎带埋怨我，埋怨我这个他的副手，向着致远、护着致远，您总说我没有原则，江致远说什么都是对的，有一次，您发火了，对我吼过这么一句话，我至今难忘——您当时说：向明光啊，我简直搞不懂你了，你这辈子是欠他江致远什么了吗？"

　　他望着封正烈，笑得有些孩子气般的纯真，也有点凄楚的味道在里面氤氲："今天，咱们兄弟相聚，又是在这个大战将至的前夜，我心里……实在是闷得慌，也感慨得很呐！有些话我一定要说出来，以后，不知道是否还有这样的机会呢？军座啊，我告诉您，我向晖真的是欠江致远的！欠他一条命的人情呢！"

　　"明光兄，看来你真的是喝多了，都胡说八道起来？欠我一条命的话都说出来了？"江静舟多少有点愕然的样子，他笑着摇摇头，关切地拍拍他的背，又让身边的一个军官给他倒杯浓茶来。

封正烈既有点担心他异于常态的情绪，却又好奇于他的这个说法，就用疑惑和不解的目光看着他。

赵晋生等人闻听此言，也觉得是新鲜话题，不由得都停住了歌唱，呆呆看着迥异于往常的向晖——那个在他们心中一向持重老练，处变不惊，很少宣泄自己情绪的老上司。

向晖接过身旁军官递过来的茶水，喝了一口，稳稳情绪，重新看向江静舟，声音里带着些疲惫和伤感："致远，你难道忘记了同古之战吗？那个挣扎于生死线的十二天？那场几乎是险些全团覆没的恶战苦战血战？"随着他带着悲壮声调的讲述，所有人都陷入那场充满硝烟的回忆中去——

缅北战场上。

独立团策应200师坚守同古整整十二天，已经陷入内缺粮弹，外无援兵，伤亡过半的绝境中。

团长江静舟否决了副团长李文龙等人建议他联系师部、撤出阵地以保存建制的建议，执意再次组织敢死队发起一轮新的进攻，因为独立团的荣誉不容玷污。

许若飞来报告，敢死队已经集结完毕。江静舟抢过一挺轻机枪，欲亲自带队上去，一旁的向晖急忙上前拦住他。

"团长，我这个参谋长还没阵亡呢，现在还轮不到你上！"向晖的语调一如既往的平和镇定，脸上甚至挂了一丝轻松的笑意。

江静舟对他一瞪眼："都到这个时候了，还分什么官阶吗？就如戴安澜师长宣誓时所说的那样，无论官兵，唯有战死沙场之份了！"他看看身边手臂负伤的李副团长，对向晖道：

"再说，你和副团长已经组织了几次冲锋了？你看看你自己身上有多少伤了？"

"你瞪我也没用，现在你说了不算！咱们三人有过约定的。"向晖不在意笑笑，"何况我身上都是小伤，不妨碍的！你和李副团长坚守阵地，还是我带人上！"

他抢过江静舟手中的机枪："江致远你要记住，你是一团之长，是全团的灵魂，不到万不得已，不可轻言牺牲你自己！"

　　江静舟无奈地看着这个换命的兄弟，忍住眼泪，几乎是强制性命令道："向明光！如果你还当我是你的长官，你必须执行我的命令！"

　　"不行！咱们战前有过约定的，只要我和副团长还在，就不能让你亲自上！"向晖清俊秀气的面庞上写满倔强，他直视着江静舟，目光如炬。

　　李文龙和诸位军官也齐声劝阻。

　　江静舟摇摇头，他看看众人，将向晖拉到一边，压低声音道："明光，你听我说！我知道，你上衣口袋里有张照片，那上面是你的两个女儿，可爱的孩子们，还都那样小，像稚嫩的花骨朵一般！怎能少了你这位父亲呵护的肩膀？我虽然没见过她们，可是我已经在照片上爱上了她们！我绝不能让这样两个幼小的孩子失去父亲！答应我，活下去，为了你的女儿们！"

　　他抢过枪来，猛然推开向晖，几乎将他推了个踉跄，自己带着敢死队冲了上去……

　　残阳如血，照在凄凉悲壮的战场上，到处是尸体，到处是死亡的气息。

　　向晖、李文龙等人疯狂地在阵地上逡巡着，在尸体堆里寻找着江静舟。

　　突然，趴在一个土丘上，浑身是血，几乎认不出人形的江静舟映入他们的眼帘，那挺机枪还牢牢地抱在他怀中。

　　"团长！"向晖低吼一声，哭着上前，将他抱起，狠狠搂在怀中，心胆俱碎地放声大哭起来。突然间，他感受到江静舟的体腔内似乎还存有一丝微弱的心跳，他疯狂地大喊，将江静舟抱起，向救护所跑去……

　　哽咽抽泣中，语气艰难地讲完这段往事，向晖再次泪流满面："就是那次，致远几乎是代替我搭上了一条命！他的头部和胸部都受了致命的创伤，至今还有两块弹片都未取出来……后来在上海时，我亲眼见到过他旧伤复发时的痛苦！也亲耳听到了医生们诊断——因为位置特殊，这两块弹片可能会伴随他一生了……"

　　听了他的话，在场所有人都流下了眼泪。

　　封正烈擦擦眼眶，叹息道："换命的兄弟！不错，这是谁也替代不了的友情！"

江静舟的眼泪也不知不觉流了下来，他背过身去擦了，用手捶捶向晖的脊背，带笑劝慰道："原来是这个说法啊？我说你吓了我一跳呢！这其实是很小的一件事情吧？在那个时候，还顾得上考虑许多吗？"

　　他顿了顿，为了安慰向晖，便挂了顽皮不羁的笑意在脸上，用轻松揶揄的口吻道："其实啊，我是算过这个账的。你看吧，那时候我是团长，你是参谋长，谁先死谁先抗战革命到底了，两眼一闭，只当长眠休息了，也算值当的了，剩下活着的人，责任更重，还要带好这个部队，再次投入生死恶战中！所以说啊，明光兄，你究竟是言重了！这怎么能算你欠我一条命的人情？哪有那样严重啊？"

　　向晖流泪抽泣不已，也不理会江静舟的说笑。

　　江静舟又笑看大家："照这样推论，我还要说他向明光救过我江静舟一命呢。你们忘了过野人山那次了？"

　　江静舟回头紧紧盯着向晖，再次思绪飞扬，陷入往昔回忆中去——

　　"那次，在野人山，我晕倒后醒来，发现自己躺在明光兄你的怀中，你流着泪告诉我，说是李副团长刚刚殉国了！我当时觉得自己也实在是太累了，真想追随李副团长的足迹，一觉睡过去不再醒来。可是你说'江致远，你不能这样自私，你是团长，我是参谋长，是咱们把这帮弟兄带出国，来到这个异国战场上来的，现在，濒临死亡之境地，你怎么能扔下我们一走了之呢？不行，江致远！你不能这样轻言放弃！你凭什么随随便便丢下我们这些弟兄不管？你凭什么？！'"

　　江静舟的眼泪流了下来，他几乎说不下去了。

　　向晖上前搂住他的肩膀，脸上尽是愧疚之情："我知道当时你的伤势有多重，病痛有多深！死亡在那时，对你，实在算是一件幸福的事情！可是致远，我不能放过你，你是我们所有人的主心骨啊，你是独立团的灵魂，你要是去了，这个团剩下的弟兄，就只能全团覆没在那异国凶险的丛林里去了！"

　　他的眼泪和江静舟的眼泪流在一处。他看着江静舟，声音有些发颤，他忘不了自己曾经的无奈和绝望。

　　"请原谅我，致远！多少年了，我一直没能找到一个合适的机会，我一直想和你说声对不起！你不知道，那时的我，几乎是急疯了，我已经顾不上体味你的伤痛，你的挣扎，你的万般苦楚！我的冷酷和绝情变得让我自己都不认得自己了！我只知道，那时的我，不能没有你，我们整个独立团，不能没有你！我几乎是野蛮地硬拽着你向前走着，可怜你伤病交加，一次次昏倒在我的面前……"他几乎说不下去了。

江静舟擦了一把泪水，看着向晖，强笑道："我怎么会怪你呢，明光兄？是你让我重新萌生了责任感和使命感，从而迸发出强烈的求生欲望，才会有幸从那个死亡之地挣扎出一条命来！从这个意义上来讲，你是不是也算救了我一条命呢？"

刚刚走进来不久的许若飞静静听了片刻，眼下也已经是泪如雨下，他上前看着两位上司，忍不住接上他们的回忆："我还记得，每当宿营的时候，向师长总让我将我们师座搀扶到他身边，让他躺在自己身上，他说丛林中太潮湿，我们师座伤病交加的身子已经不能再受凉了……"

封正烈点头叹道："共同闯过野人山的弟兄，割头换命的情谊！结下的这份情岂是外人可以理解的呢？好在老天有眼，让你们都顺利闯过那道鬼门关，双双成长为党国的将军，栋梁之材！如今，又有缘相聚在这白山黑水，再次获得并肩作战的机会，你们应该珍惜这一辈子难得的缘分啊！"

江静舟和向晖相顾无语，所有在场的军官们也都相看泪眼，无语凝噎。

沉默已久，赵晋生他们擦干眼泪，继续唱起那首刚才没有唱完的军歌来。于是江静舟、向晖和许若飞也加入到这个歌唱行列中去：

> 一夜捣碎倭奴穴，太平洋水尽赤色。
> 富士山头扬汉旗，樱花树下醉胡姜。
> 归来夹道万人看，朵朵鲜花掷马前。
> 门楣生辉笑白发，闾里欢腾骄红颜。
> 国史明标第一功，中华从此号长雄。
> 尚留余威惩不义，要使环球人类同沐大汉风！

这场聚会就这样结束于这慷慨激昂的歌声中，给这些军官们留下了毕生难忘的记忆，也让江静舟感怀良多。回到自己官邸，他连夜赶写了一份报告，将今天看到听到的陆十军和 N7 军各级军官的思想动态，部队士兵们的心态、言行做了一系列分析，形成一份报告。他要给老家最贴切的情报，解放军攻城在即，敌人一方的心态和想法，官兵思想动态情况，有时候比敌人的火力布局、防御设施等内容更为宝贵和重要。随后他又嘱咐沈冰尽快将报告传出宽城，交到东野领导的手中。

接下来举行的一场家宴，倒让江静舟真实看到了向晖心中的另一面——他对局势的准确研判，他内心最大的纠结所在。

这是一场纯私人性质的聚会，顾倾城和沈冰在家中早早做好了准备。向晖带着夫人和两个女儿准时到来，十二岁的长女向婵娟见到义父兴奋莫名，扑到江静舟怀中，缠着他马上兑现以前许下的诺言——带她去骑马。江静舟拉着两个孩子好言劝慰，温语体贴，其耐心程度让沈冰都感动了，不由得低语顾倾城："他对孩子脾气倒好得很呢！"

"你还说他心肠硬吗？那是你真不懂他！或者说是被偏见蒙了眼？"顾倾城对她玩笑道。沈冰不置可否。

封正烈夫妇带着宁松随后进来，向晖迫不及待地拉过宁松，介绍给自己的夫人谢宛月。

谢宛月是个温柔娴雅的女子，她和向晖是青梅竹马的世家之交联的姻，夫妻感情极深。此刻，她看到丈夫向晖对宁松这样喜爱，又听说孤高傲世的丈夫竟然爽快地认下了这个义子，也就格外留神注意眼前这个容貌清俊、灵气逼人的男孩。宁松的儒雅稳重和纯净明快的气质给谢宛月留下了良好的初识印象。

"小松，快到这边来，见见你的两个妹妹！"那边江静舟已经在招呼，向晖也忙推他："是啊，小松，你们义兄妹该认识一下！"宁松点头，听话地走到自己父亲面前。

依偎在父亲身边的两个小女孩映入少年的眼帘，大的不过十一二岁，小的八九岁的光景，穿着式样、颜色一致的粗花呢洋装裙，清丽可爱。

"宁松哥哥你好，我叫向婵娟，妹妹叫向冰轮。我们还有小名，我叫娟娟，她叫妮妮。不过，我俩还有个更有意思的名字——大月亮和小月亮！好听吗？是江爸爸起的！"

年长的向婵娟口齿伶俐地解说着，望着眼前长身玉立的大哥哥，莫名间产生了强烈的好感。

宁松笑笑，自然接口道："大月亮、小月亮，不仅有意思，还很切合你们的名字哦！婵娟、冰轮原本就是古人称呼月亮爱用的词呢。"

"啊？怎么我还没说你就知道了？"向婵娟好惊讶，秀美的小脸上一对小酒窝忽现忽隐，很是可爱，"宁松哥哥你好神奇耶！"

宁松突然记起父亲曾经告诉他的一件事——父亲的这个义女，比自己的妹妹宁兰小两岁，但是容貌、神态、气质却和宁兰很有些神似处。宁松对妹妹毫无印象了，每当想起这个手足，心中总是难免感到一种遗憾和凄凉，此刻认真打量着婵娟，不由得就在脑海里勾勒幻想起自己妹妹的样子来。

看到宁松微微愣神，一旁向晖忙走上前来对义子赞美，同时为女儿解惑："娟儿，你宁松哥哥小小年纪，却博览群书，心中自有一番锦绣天地。你和妮妮都要向哥哥学习才是！"

"好呀！我以后要跟着宁松哥哥学习，哥哥你别不要我啊？我一直有个心愿——自己能有个哥哥，这下终于如愿以偿了！"女孩忍不住拍手。

"怎么会呢？爸爸和干爹都吩咐了，我们就是义兄妹啊，怎么会不要你？"少年的回答也是毫不迟疑。

这份兄妹情从此结下，此情延续了他们的一生。虽然后面有着种种波折，但是情缘胜于血缘，倒也是一段佳话。

此刻，在山雨欲来的宽城，这场三家家庭聚会的气氛是格外温馨的，仿佛预知这是最后的温情一样，一切都散发出异常绚烂的光彩来。

顾倾城和沈冰在厨房里忙碌着，江静舟和封正烈夫妇，还有向夫人谢宛月在客厅和娟娟、妮妮两个孩子一起谈笑着，逗趣着，不留意间，向晖和宁松却悄悄离开了。

宁松请向晖来到书房，他有很多书中的问题要向干爹请教。不知为什么，宁松对向晖有着一种自然而然形成的强烈的亲近感，他几乎是瞬间崇拜爱戴上这个干爹。

向晖也直觉地喜欢宁松。尤其是和宁松探讨了几个古文问题后，他不由对这个早熟而敏慧的少年更平添一份由衷的欣赏。他约宁松有空去他的官邸，因为在那里，有他从关内带来的几百册心爱的古籍图书。宁松欣喜地答应了。

他们这种共同爱好的学业交流从此正常而频繁起来。两人由此结下了深厚的父子情缘。有时父子俩晚上看书交流得晚了，宁松就留宿在向晖官邸。这样，除了主要生活在封正烈府上外，宁松住在向晖家中的次数甚至超过了在自己父亲家。他对向晖的称呼，也由干爹逐渐演变成了更亲昵的——爹爹。

江静舟发现这番情形后，禁不住对向晖玩笑着感叹："完蛋了！我这个儿子算白养了，完全被你收编了呢？"

向晖笑着回应："谁让你说过小松的性格像我甚至超过了像你呢？也是我们父子两人的缘分吧。"

他又深深感叹："致远呐，小松勤奋好学，博闻多才，他的学识和他的年龄极不相称。不能不说你小子太有福气了！有子若此，夫复何求？"

在这次家庭宴会上，不同于家属孩子间的温情脉脉氛围，当吃过饭，江静舟和封正烈、向晖三人来到自己的书房时，他们谈论的话题，又因为涉及时局而变得分外沉重。

封正烈再一次提到了上回他和江静舟探讨过的问题，关于宽城目前孤军守卫的现状。

江静舟意外地看到，也许毕竟是在最亲近的老长官、最挚亲的弟兄面前的缘故吧，不同于前几天远征军兄弟聚会时，向晖表现出的自信满满，强势决然的态势，今天的他，竟然流露出消极颓丧、忧心忡忡的意味，尽管这种意味是微妙而隐含的，但是聪明睿智如江静舟，还是瞬间抓住了！

他们谈到东北境内国军守军现状这个老生常谈的问题时，向晖和封、江二人看法惊人的一致：宽城、沈阳、锦州已成困龙之势！

交通线？生命线！

曾经的隐隐忧惧之情几乎已经变成了目前的极度恐惧之心态！

恐惧的源头就是这条线路能否保持畅通问题。但是致命的关节却是让人忧心如焚，不能安眠的——那就是目前这个问题，主导力量已经不掌握在国军手上！

作为资深军人，出身军校的将官，有多年带兵征战经历的他们，当然明白这意味着什么。共军显然也不是吃素的，他们不会患上眼盲症，看不到这个要害问题的实质和命脉所在？

向晖深深叹息，紧蹙的眉头上满是忧愁和凄凉：领袖的颜面和固执也许会预告着一场决战的兵败如山的前景！

江静舟不能不承认向晖是睿智和敏感的，也是博学而通才的，在和他和封正烈分析东北形势时，向晖甚至向他们对比了国共两党领袖对某些原则问题处理的迥异风格——

最高统帅目前无疑是为了面子，让几十万国军坐困孤城，陷入绝境。沈阳、宽城、锦州的坚守意义何在？一旦共军在东北的目的是先占领锦州来封闭国军撤回关内的大门，一切就江河日下，为时晚矣！

而反观共军一方，同为军事家和领袖的毛泽东，却有令人叹服的"壮士断腕"的气魄。

在国共两党军事实力对比不利于己方时，毛泽东竟然果断下令放弃临沂和延安两个重要城市。尤其是延安，是共党的首府，是他们的精神象征，如今毛泽东一声令下，说放弃就放弃了，胡宗南辛辛苦苦搞的所谓"闪击延安"行动，最后得到的不过是一座空城。

谈到这里，向晖几乎是哀叹道："我曾经看到过共军报纸上刊登过毛泽东对放弃延安的一番精彩说辞——存人失地，人地皆存，存地失人，人地皆失。不能不说这招太厉害了！让我感到从未有过的恐惧感！和这样的人交手，和这样人领导的军队较量，我们又有多大的胜算呢？"

听到他这番发自肺腑的评议，江静舟的心中自然升起由衷的自豪感！国共两党的交手，让双方领袖的军事指挥水平，也得到了充分的展示和对比。正规军校出身的蒋总统显然远逊于实战经验丰富的毛泽东。江静舟此刻不仅为自己的领袖骄傲，更为自己身后这只强大的人民军队而自豪。

听了向晖的深入剖析，封正烈也心绪烦闷。他看着向晖，微嗔道："既如此，你心明镜一般，那么在这次就职前，你曾经在南京被委座召见过，为何不趁机向领袖进一忠言呢？"

他这番话竟然差点让江静舟和向晖同时哑然失笑，他们相顾摇头，哂笑皆非地一起看向封正烈。

"想不到智者千虑，军座啊，您如今竟然天真到如此地步吗？"江静舟不等向晖回答，已经忍不住插言道，"您前番对我曾言到，此类忠言不仅由郑司令长官等人多次劝说过委座，就是老头子自己身边的外国顾问忠告于他，他都听不进去呢，明光兄一个刚刚履职新位置的少将师长，有能力做这件事吗？"

向晖点头："致远说得不错，一切都不是我们能挽回的了。作为军人，我们唯有尽忠报国，明知不可为而为之罢了！"

"可那是几十万的军队啊，几十万条弟兄的生命！"封正烈愤愤然，"你们难道甘心吗？你们就这样忍心吗？！我们千辛万苦，从抗日战场保存下来的这些力量，如今要消亡在这场糊里糊涂的内战中去！日坐愁城，坐以待毙！我实在是不能甘心，更不忍心！"

江静舟点头："还有数百万民众的生命，数百万家庭的悲欢存亡！仅仅一个宽城，就会有不可预知的后果。最近，每当我从这个城市美丽的街道经过时，我都会暗自喟叹：这一切，会毁于这场战火吗？"

封正烈点头："难道历史注定我们要当这个千古罪人吗？"

向晖不再接口两人的话头，他又记起刚才和宁松议论的问题来，那个让他们义父子都感慨万分的两句古语，出自《老子》——

> 兵者不祥之器，非君子之器，不得已而用之；
> 师之所处，荆棘生焉。大军之后，必有凶年！

他望向封正烈和江静舟的目光中充满了忧虑和孤独。

晚宴过后，送走了客人，江静舟来到顾倾城的卧室。

"哥，这么晚了，找我有事吗？"

"倾城，你前两天说的问题我考虑清楚了，你收拾一下，做好准备，随时可能会走，我打算送你出城！"

"出城？去哪里？"

"不是以前告诉过你吗？送你回老家，一个安定的地方，也是我们这些人最向往的地方——我们的家！"

"可是……我也早就说过的，我不会轻易离开你的，我要跟在你身边！"

"倾城，你不是小孩子了，别总是这般任性！这是命令，是哥哥的命令，也是组织的命令！"

顾倾城低下头，泪水慢慢爬上眼际。

"小薇，你别总这样……听哥哥的话！你再待在这里会越来越危险，我实在是不放心！在你的问题上，我不能再犯任何错误，哪怕是极小的闪失……我不能对不起你哥哥，那个我亲如手足的兄弟！"

江静舟伤感地叹口气，望着顾倾城露出一丝恳切的苦笑。

"哥……"顾倾城又感动又伤情，一时说不出话来。

就在前几天，她遇到了一道难以逾越的坎儿，这个坎儿，自然来自刚到宽城的昔日的上司——胡文轩。

自从胡文轩来了宽城，顾倾城心中就感受到莫名的紧张，她预感到胡文轩绝不会轻易放过她这个布局已久的长线。

就在江静舟和远征军战友准备举行晚宴欢迎向晖到任的那个下午，她在官邸突然收到一封不知经何人手送抵的密信，胡文轩约她立刻到保密局宽城站见面。

因为一时也来不及知会江静舟，得到他的指示，顾倾城恐怕胡文轩起疑，并不敢耽误半点，便自作主张地去了站里。

昔日的上司见面和她寒暄几句，问了几句她的现状，就一如既往地对她旁敲侧击，恩威并施起来。他单刀直入地向她问到江静舟来宽城后的一切行径，顾倾城压抑住心内的慌乱，避重就轻地回答了他。

却见外表文静儒雅的上司冷冷一笑，从抽屉里拿出了一份材料，递到她手中。

匆匆浏览过后，顾倾城倒吸一口凉气！江静舟的详细行踪都记载在那份材料上，方方面面，言行举止，事无巨细，详细备至！

胡文轩用探究的神情看着她，略带遗憾地撇嘴笑笑，貌似语重心长地说了这样一番话："蔷薇啊，你是否已经被爱情冲昏了头脑，想就此安安稳稳生活在江致远身边了？那个放荡不羁的家伙又是否答应给你名分了呢？无论如何，你不要太天真才好！你忘却了我的那番忠告了吗，在你离开上海来这里的时候？保密局的家法很严，轻易不要触动这条警戒线！"

他收起笑容，认真看着顾倾城："我给你看这份文件有三个目的：第一，我说过的，会有很多你的战友生活潜伏在你身边，你永远不会是孤军奋战，但是你也不可能轻易摆脱背叛自己的组织；第二，我想得到的情报，永远唾手可得，你不过是我布下的一枚闲子，还没有到用的时候呢！这第三嘛，"他微微冷笑，"我不怕你将我们这番谈话转告江致远，作为党国军官，接受政训部门的监督和审查是非常正常的，不只是他，包括向晖，甚至是封正烈，都在上头监控范围之中！一切只要好自为之，应该不会有及身之祸吧？反之，就不好说了……党国利益高于一切，对于异党分子和擅自造谣生事、动摇军心者，我们这个组织就是最好的清道夫！"

顾倾城的心已经微微颤抖起来，她一直低眉顺目地站着，几乎不敢正视上司的目光。那目光如炬如炽，仿佛总能射穿她的内心，耳边却突然听到了意外的一阵亲切、轻柔之声："蔷薇，我总觉得，你是不会让我失望的？方城的妹妹，就是我的亲妹妹……我甚至已经在心里，为你起草请功报告，规划你的美好前程了。"

顾倾城依旧不敢抬头，那声音就继续漂浮在耳际，让人不知所措。

"聪明如你，难道竟会看不明白吗？你和江致远如今这番不尴不尬的情形？爱情固然崇高无我，但是对于一段不好把握的感情呢？甚至算不上真正爱情的东西，值得付出许多吗？……"

顾倾城几乎带着落荒而逃般的心态离开保密局宽城站。

当天晚上，她就将详情告知了江静舟，又忧心忡忡地提醒道："看来胡文轩原来在我离开上海时说的那番话倒也不是纯粹威胁恐吓之言。保密局的人一定潜伏在我们周围，你目前的安全真令人担心！"

江静舟听后剑眉紧锁，沉吟不语，转而看到她紧张的样子，却又是轻松一笑："那些人是无孔不入的，这么些年我也早已习惯了！静观其变，见招拆招好了！倒是有个问题……"

他突然止住了话题，没有再说什么，只是安慰她别着急，一切由他来想办法应付。

如今，他的办法明确告诉了她。原来他操心的并不是自己的安危，而是她这个妹妹的安全问题，为此他想到了解决的办法，竟然还是那个让她最不满意的结局——让她出城，离开他的身边，她直觉不能接受。

此刻她忍不住要再争取一下，就上前拉住他的手："哥，求你再听一下我的想法吧？"

江静舟点点头，和她在一旁沙发上坐下。

"致远哥，这两天我也考虑了很久，我知道你是为了我的安全考虑，想让我早日脱离险境。可是你千万别忘了，你如今身挑重任，有很多大事在等着你去做。所以眼下我绝不能离开你！也许我没有能力绝对保护你的安全，但起码能在你身边做一层保护色吧？我被你送走了，在这些人眼里失踪了，你也就等于暴露了！你的计划和行动呢，你的使命呢？你如何去完成它们？"

她轻轻叹口气："何况有时候，真假难辨时分，我这方还可以得到胡文轩那边的一些消息也未可知？哥，其实，你应该相信我的能力！你难道不记得了吗？我曾经是特务训练班各项成绩特优生，我曾经有十多年的特工经历！相信我，我不但会保护好自己的安全，我还要为你做些力所能及的事情！答应我吧，哥！就算看在我哥哥——方城的面子上……如果他还活着，一定会支持我的想法的！"

这番入情入理的话让江静舟眼眶发潮，他努力稳定了自己的情绪，正想说什么，机警敏感的顾倾城又用话堵他的嘴，继续表着决心："真的，致远哥，请相信我！局势虽然紧迫，但是宁松他一个孩子还不是都没出城的？我……虽然比不上冰冰那样经验老到，能帮到你，但是我也有我的作用不是？我留在这里，绝对不给哥哥你添麻烦，也会充分保护好自己的！你放心，如果真到了非走不可的程度，我小薇一定乖乖地听从哥哥的安排，我保证！"

她温柔但坚定的目光打动了江静舟的心，对于这个妹妹，他心里只有怜惜和疼爱，他摇头叹息着缴械："好吧，拗不过你这个倔强丫头！凡事小心……以后我再找别的机会安排你出城！"

事情暂时商定，两人心底暗暗松口气，又在各自感叹着彼此间这真切深厚的异姓兄妹情谊。是的，这份纯洁高尚、无怨无悔、生死追随，为两位当事者深知，却很难被外人理解的情分，将注定义薄云天，伴随他们的一生。

曙光小组的工作有条不紊地进行着，在江静舟周围布置了一个坚实的情报通道，将陆十军和N7军的布防情况、内部状况源源不断地传递给东野司令部，为解放军攻城提供了可靠的情报参考。

程睿和沈冰作为重要联络人经常工作在一起，这天，两人从博文书店出来，看看天色还早，程睿约沈冰到附近的一个小公园僻静处，谈及了思虑已久的一个问题。

在曙光小组中，程睿和沈冰关系比较亲密，两人姑侄相称，说话亲切随意。因为当年沈冰和姐姐到广州投奔姐夫江静舟时，遭遇姐夫"新婚"闹剧，姐妹俩走投无路间，幸得程睿父亲——江静舟的盟兄程鹏霖出手相助，一手安排了沈冰姐妹的工作和生活。沈家姐妹一直对此事感恩戴德，沈冰也将程鹏霖当兄长一般崇敬爱戴。如今在工作中和程睿相遇，沈冰不由得将这段崇敬之情化作长辈式的呵护加注到程睿身上，她虽然比程睿大不了几岁，却视他为子侄辈，关爱有加。

程睿也像对自己的姑姑一样尊重沈冰，但是他目前又是她的直接领导，有些工作要相携完成。最令他为难的是，他和许若飞都看出来沈冰和江静舟的别扭关系，总想力争做些工作，加以调解，誓有破冰之举。

此刻，程睿斟酌着语句，支支吾吾地和沈冰谈到了她和江静舟的关系问题，沈冰吊着脸，并未向眼前的晚辈说明她和江静舟往日的纠葛起因，只是郑重其事地向这位年轻的"领导同志"做了自己绝不会因为私我情绪和个人恩怨影响工作的承诺。

程睿认真听完沈冰的话，轻浅笑笑，温语劝说着："您和我三叔都是老地工人员了，是我们的长辈，也是工作上的前辈，我一点不担心您在工作上的自控能力和把握尺度。但是，小姑，我今天实在是想以晚辈的身份劝您一句：请您放松一些情绪，对您自己，对我三叔……虽然我不清楚你们往昔有什么纠葛，也不能单方面武断地要求您忘却一切往事，但是，我想替我三叔说句话——您放下针对他的别扭心绪和态度吧！只因为，他付出的实在是太多，他承受的东西也太过沉重！让我们这些他身边的人为他伤感，为他心疼……我们不忍心他再承受任何来自自己亲人、故人的误解和责难了！"

沈冰不说话，默默地听着，程睿的语气沉重而忧伤："谁能像他那样，苦战敌营二十余年，忍受了太多的离散、伤逝、悼亡……他的委屈，他的伤痛，他的悲情，谁又能真正体味得到？人们永远看到的是他威风凛凛、无比风光的一面，谁能真正走入到他的内心，触摸到他伤痕累累的心灵呢？"

他深深吸了一口气，继续道："是的，所有人都知道，他满身旧伤，有几块弹片至今无法取出，也许今生今世都要留在他的体内了！可是，只有我们这些跟随在他身边的人才能明白，那些弹片带给他的，不过是肉体上的尚能忍受的苦痛，可是真正流着血，永远不会痊愈的，是他内心深处的伤口，那些情伤……来自他的亲人，他的友人，他的同志……"

沈冰听进去了这些话，在默默思索着。程睿也不看她，继续着自己的讲述。

"他有过几次婚姻，但是留下的，唯有刻骨铭心之痛和无法弥补的遗憾和伤情！他有过几个儿女，但是更多享受到的，却是骨肉离散的悲凉和再相见时陌生、隔膜的纠结状态！他经历过最爱的女儿夭亡的惨痛经历，也忍受过亲生骨肉任性的指责和疏离，他还内心纠结着自己亲手送走孩子，自身陷入愧悔交加的悲凉和无奈的境地！"

说到这里，程睿的眼中已经有泪光在闪烁："我三叔是个钢铁铸就的硬汉，卧底敌营几十年，久经考验，百战不殆，任何凶残狡诈的敌人都打不垮他！可是我三叔他又是一个铁骨柔情的男人，任何一点来自骨肉的温情和爱意就能让他心满意足，热泪满面！"

他掩饰着回身擦了泪，叹息着继续说着："其实……跟在他身边久了，我和若飞都有一个共识，我们最怕他流露一种情绪……那种不为人知的一面来，唉！当真是让人心痛不已！"

"一种情绪？不为人知的一面？"沈冰不解地望向他。

程睿点头："那就是——他的愧悔之情！你是否能相信？强势威猛、内持稳健如江致远，会经常流露出虚弱、不堪一击的一面吗？"

沈冰忍不住相问："究竟是怎么回事？小睿你老实告诉我，他……他的那一面？"

程睿叹息着："三叔背负的太多！很多不该他背负的心理负担他总难以放下，也许，他天生就是这样一种人，永远严于律己，总觉得亏欠别人的太多，却唯独忘却了自己心灵的安宁和祥和……"

他忍不住讲起了深藏自己内心深处的一件往事，一个让江静舟终身愧悔难平的心结。

"其实这个悲惨的故事并不是三叔讲给我听的。您还记得我曾经回老家学习过半年吗？我遇到了三叔当年的恩师——他走上革命道路的引路人——阎崇光同志。他一直很挂念昔日的学生、爱将，他知道我和三叔的亲密关系，给我讲述了一段鲜为人知的往事旧情——

"当年，三叔在189师做情报工作，将大量的情报输送回了老家，为根据地的斗争，为红军战友的存亡立下了卓越的功勋。但是就在那时，他自己却遭遇了一场极为惨痛的骨肉永诀的事件……

"他的二弟江银舟是个朴实憨厚的湘中伢子，追随他的脚步来到军营谋生。三叔严格遵循秘密工作的纪律，在亲兄弟面前也没暴露自己的真实身份，他利用关系将弟弟安排在封正烈旅的友邻部队中做文书，后面又千方百计找机会趁着两个部队在和我军一场鏖战的混乱时分，让手下的交通员将弟弟送到了苏区，参加了红军。

"江银舟始终不知道自己的大哥是个红色特工，但是参加红军后不久，他就因为维护一名投诚士兵的权益，被自己的人当作反革命抓捕了。不幸的是，当时正值苏区肃反运动如火如荼，他被押入死牢……

"这个消息被三叔的交通员在一次回老家传递情报时所闻知，他急忙赶回三叔这里，力劝三叔为自己的兄弟讲情。人命关天，刻不容缓！他急切中建议三叔以江静舟的名义给组织上发报，为自己的兄弟辩诬，力求保全银舟年轻的性命……他知道，'江静舟'三个字在老家高级领导的心中还是有着相当分量的，这是一名位置重要，成绩卓著的优秀特工，'江静舟'三个字就代表着忠诚！"

"'江静舟'三个字就代表着忠诚……"沈冰听到此处，忍不住默念着这句话，悄然喟叹，"你三叔他……他肯定是拒绝了？"

程睿盯了她一眼："您一定了解他，也一定知道他会做出怎样的抉择？三叔当时这样回答那位一直跟随在他身边的年轻的交通员——我不可能给老家发这样一通电报，原因就是你刚才说的那句话——'江静舟'三个字就代表着忠诚！"

沈冰的眼眶也湿润了，那个总也忘不掉的男孩面庞又闪现在她的面前。"铁子哥，银子哥……"她心痛得说不出话来。

程睿的声音变得更加沉重、伤痛起来："他的二弟就这样活活失去了年轻的生命，而且是丧失在自己人手中！那个年轻的交通员曾经沉痛万分地向阎崇光同志讲述了后面的情形——在得知弟弟殉难的消息后，三叔他几天不休不眠，茶饭不思，人瘦了一大圈，也老了一大圈！事后，对着和自己有兄弟般情谊的交通员说了这样一番话——

"'你一定认为我是个无情无义的人吧？心硬如铁？全无心肝？就眼睁睁看着自己弟弟失去生命而不施以援手？可是，你知道吗？我本名叫江金舟，从我改名叫"静舟"的那天起，我从了军，也同时走到了革命这条路上来！我一向认为，冥冥之中似有天意，我的名字"江静舟"三字，就是为了革命而生的！它已经不属于我个人，而属于我们的组织，我们的信仰，我们这些人毕生追求的东西！我可以用"江静舟"这三个字为党服务，为老家搜集传递情报，为我们的军队、我们的战友带来生机和胜利，但是唯独不能用它来谋一己私利，来为自己谋求解决哪怕是一丁点的私事……是的，我无权让"江静舟"三个字成为一种砝码，向组织提出额外不恰当的要求。我的岗位在这里，我无权干涉老家的工作，也无权为自己的弟弟辩诬什么……'"

程睿的语气变得哽咽起来："最后，他叹息着说出的一番话，更让闻者心碎神伤、不忍猝听——'作为一名特殊战线上的战士，我自是无怨无悔！可是，作为一名兄长，我却是残忍而绝情的！我是个罪人，对不起我的弟弟们！这种悔愧之情注定要伴随我终生……'"

这番话同样狠狠撞击到沈冰的胸口！她张了张嘴，想说什么，可是不能发出任何声音。只好低下头，将一股澎湃激荡的心潮暗暗压抑在心底。

程睿的话语在继续敲打着她的耳膜："后来，那位交通员感慨万千地对阎崇光首长说，'是致远哥教会了我什么是忠诚？红色特工的忠诚！'"

"忠诚！红色特工的忠诚……"沈冰在心中一遍遍咀嚼回味着这个词汇。

"小姑，这就是我的三叔！别人也许不能理解他，可是我们应该能！因为我们都是他的亲人，更是他相濡以沫的战友！"

他长吸口气，眼神中透出坚韧不拔的光芒："真正是他的战友也都能懂他！您现在应该明白了吧？为什么会有那么多的人这样钦佩他、爱戴他，无怨无悔地追随着他？为什么我们不允许任何人去伤害他，哪怕是这种伤害是无心的，有原因的，甚至是来自他的亲人，他的手足……"

接着，他含泪带笑解释了一个让沈冰更加难以置信的事实："还有件事，您可能也想象不到？您知道当年三叔身边的那个交通员是谁吗？您一定听说过他！他就是后来我们飓风小组的一个隐形成员，一个同样战功赫赫的红色特工——霆表哥，方城同志！"

沈冰果然惊讶万分："是他？倾城的哥哥？"

"是的，榜样的力量果然无穷！他们都建立了各自的殊勋，都是我们这些人学习的楷模！"

程睿的话再次让沈冰陷入深思。

第七章　危机突现

沈冰心中忧急万分，为了让老魏能安心撤离，她露出自信的微笑，望着他的眼光充满坚毅："魏先生，您千万记住，在您那里，情报的安全重于生命，在我这里，云表哥的安全重于生命！让咱们各司其职，完成好彼此的任务吧！"

不同于东北冰冻千尺、寒彻人心的初春时分，上海这个春天是温润而清新的。

过了二十岁的江沁梅个子又悄悄长高了一些，身材也略微丰满起来，青春就这样蓬勃萌发开来，就像那早春的桃枝，遍布着含苞待放的花骨朵，几个暗夜度过，再次展现在人们眼中的，便是繁花满枝的喜悦和芬芳。

可是女孩变化最大的，还是神情的成熟和转变。一直生活在她身边的虞水蓉惊异地发现，眼前这个俏丽的姑娘变得沉静温婉起来，她不再随时将风风火火的劲头写在脸上，而是常常会静坐默思，以手托腮，久久陷落在自己的沉思世界中。

就像当下，当虞水蓉来到宿舍找到她时，女孩正坐在书桌前发呆，手边摆着一本粉红色缎面的日记本。

"梅丫头又在愣什么神儿呢？"她带着长辈的爱意上前用手轻抚着她的秀发，含笑相问。

"呀，干妈？"女孩惊醒过来，边下意识地用手去遮挡日记本，边巧笑撒娇，"您怎么悄没声地就进来了，吓人家一大跳呢。"

"嘿，你还好意思说？我轻轻敲了门，又故意放重了脚步，奈何小丫头你全无反应？我看你是魔怔了？"虞水蓉点着女孩的额头微嗔道。

看到那本日记本，她又摇头笑了："你这丫头鬼灵精！上次非缠着我和你讲些往事、故事，非要逼着问我和……你爸爸的事，如今倒对我这般遮遮掩掩起来？"

沁梅也不好意思地笑了："什么都瞒不过您的慧眼啊？干妈，别笑话我，我是在东施效颦呢。"

原来，自从父亲江静舟和那个别扭却牵挂的家伙楚天舒相继离开上海后，沁梅总感到无言的孤寂时时淹没到自己。她和虞水蓉走得更近了，时常愿意和干妈聊一些往事，尤其是自己父亲的一些故事，聊解思亲之情。

虞水蓉是个外表柔弱细腻，内心却坦率大气的女子，对江静舟的深爱，让她无形中将沁梅当作了自己的亲生女儿一般看待。她和沁梅讲述了他们的一些往事，有次无意提到了那本日记本——她少女时代买下的，总没舍得用，却又无形中记录了她无限相思之意的浅紫色日记本，当年她和他结束那段"假夫妻"生活的时候，曾当作最珍爱的礼物留给了他；后来沪上相逢，那个雨夜，他又带着这个本子来见她，那时候，日记本上已经记载了让他们无数次唏嘘感叹的那首诗——匈牙利爱国诗人裴多菲的《我愿意是激流》，这是他独守爱情空巢十来年的心灵独吟，是他对他们爱情的守候和表白，她自是感慨欣慰万千！不料在形势所迫下，为了自己的任务和使命，她竟然狠心地拒绝了这段爱情的赤诚倾诉。

后来，情伤渐愈，心灵相通的他和她终于有机会聚首，品尝此生难得一见的爱情的甘美滋味。时光却又是那样的短暂，短暂的令人心碎神伤，她和他终究要握手相别，她再次将这本日记本作为特殊的礼物，连同上面的一首自提小诗，一起送给了自己此生唯一的爱人，同时和他相约，许下了一个美好纯真的念想——今日暂别，再聚首时，必定是在新中国、新天地中！到那时，让我们鸳梦重织……

这个有关日记本的故事她讲给了沁梅听，女孩听得泪眼朦胧，紧紧抓住了她的手："干妈，祝福您，也祝福我爸爸！"

如今，小姑娘也效法她的行为拥有了这样一个温馨情调的日记本，她一定是想将这个特殊的礼物，留给那个暗藏在她心底的难以忘却的"他"。

虞水蓉还陷入在沉思中，天生性情豁达爽朗的女孩已经主动地将手中的日记本递到了她的面前："干妈，在您的面前，我没有秘密……"

轻轻翻开日记本，秀气纤丽的字迹下，那直抒胸臆、浓烈婉转的诗句跃然眼前：

> 愿我如星君如月，
> 夜夜流光相皎洁。
> 月暂晦，星常明。
> 留明待月复，
> 三五共盈盈。

抬起头，遭遇到的，却是女孩委屈又带着伤感的面容。

小丫头扯扯嘴，明显想做出一丝从容淡定的笑容来，却不料形成了一副比哭还难看的神情，足以令眼前的长辈心酸、心颤："干妈，我真没出息！怎么总也忘不掉那个别扭的家伙……那个不该惦记的坏人！"

"小梅，你没错！干妈懂你……"将女孩拥入到自己的怀抱，虞水蓉同时将一声叹息暗吞在心底。

女孩并不能知道，那个被她暗暗牵挂惦念着的"别扭家伙"，如今正懒洋洋地半躺在南京自家客厅的沙发上，手拿一张报纸掩盖住自己发呆的表情。

大姐楚天蕴坐在相邻的沙发上，边织着毛衣，边数落着弟弟："老七，我的话你听进去没有？你好好待在空军有多好啊？这才几天呐，你就兴风作浪的？又想去东北？你……怎么就这么不让人省心呢？"

楚天舒也不答话，只用报纸盖着脸继续发呆。

"是啊，是啊，那里天寒地冻的，而且局势又那样的紧张，别人躲避还来不及呢，怎么会想着要去？老七，你脑袋发烧了吗？总这样小孩子性情不改的？"四嫂杨露珺从客厅走来，笑着接话道。

"哼，别说妈了，就是你四哥也不会答应你这样胡来的！"楚天蕴狠狠地对他道。

"是的，天宇他嘴上不说，心里最疼的就是这个小弟了。他一定会妥善处理好这件事的，大姐，你就放宽心吧，千万别让老太太知道了，老七也会挨骂的！"四嫂就着大姐的话相劝着。

两人这边说得热闹，当事人楚天舒仍半躺在那里不动，分明是一副事不关己高高挂起的神态，丝毫不理会她们的质询。

这样子的他让楚天蕴心中火起，她扔下手中的毛线活，上前劈手将他蒙着头的报纸夺下，问责声提高了几分："嘿，真是皇帝不急太监急？老七？我们在问你话呢？瞧你这副懒洋洋、事不关己的样子，我看你就欠你四哥收拾你！等他下次教训你，我也不拦着了，用棍子好好打你一顿才好呢！"她的话让杨露珺捂嘴笑起来。

楚天舒坐起身来，细长的眉毛拧成了麻花状，带着无奈的神情看着姐姐和嫂子，懒懒的口吻中含着一丝不耐烦："你们在想什么呢？真奇怪！我是个军人！军人意味着什么你们懂不懂？上面的调遣指令如何违拗得了？都懒得和你们解释了……"

他站起身来欲溜走，却被姐姐伸手拦下了："不行，今天你不说明白就别想走出家门！我们奇怪？你这猪八戒倒打一耙的功夫才了得！你说说吧，你回来几个月了，成天不着家，不知道在瞎忙些什么？这倒好，说走就又要准备走了？你让老太太怎么自安？别人怎么能不抱怨？这兵荒马乱的，多不安全……"

"我又不是小孩子，又不是小猫小狗的，你们要成天把我关在家里不成？"楚天舒也急了，声音高扬，露出少爷脾气来，"难道成天围在你们身边就安全了？"

正在争执间，四哥田宇回家来，碰上这副情景，忍不住插言道："好了！老七去东北的事情已经定了，你们不必婆婆妈妈的了！"

杨露珺先惊讶起来："天宇？怎么你也支持老七去那边吗？这种时局……"

楚天蕴听闻此言更是义愤填膺了："嗨，老四，这个七小子胆大妄为的，你怎么也这般糊涂起来？东北如今是好去的吗？目前局势下你放心让他出关？哼！你当心妈拦不住他，倒会先教训你一顿！"

田宇先顾不上接姐姐的话，只是认真盯着弟弟相问："我得到的消息倒是你在这里几个月来表现突出，上面很满意。正巧那边空军局势危急，正在紧急加强力量，多次急电上方申请人手。唉，毕竟那里是前沿区域，位置重要，就连老头子心中也要对他们政策倾斜不少呢！所以，这也是个机会……"

楚天舒挠挠头，孩子气一笑："我倒没那样功利的想法，只是身为军人，也是职责使命使然吧？我说过的，我不会给你……和大哥丢脸的！"他收住笑意，表情郑重严肃起来。

田宇却仍微蹙着眉，用担忧和疑虑的眼神看他："而且……这边确实也不太平了，你待在这里我是更揪心！老七，这次你们那边的事情你能独善其身吗？这即将到来的一番惊涛骇浪？"他说着不由得在心头打了一个冷战，好在自身修养城府极深，面上倒不露出一丝一毫痕迹来。

"哥你好事总不想着我？这些乱七八糟的破事倒操心上我了？喊！"楚天舒撇撇嘴，暗地里却强按捺住心头的狂跳，仍用以往的顽劣嬉皮笑容相对。

"没良心的浑小子，我倒愿意操这份心吗？还不是……唉，谁让我是你哥？"田宇近乎哀叹。

这句自己总爱说的话如今从哥哥嘴里吐出，让楚天舒差点哑然失笑，但是目前氤氲在兄弟间这般不安、微妙又紧张的气氛又让他实在是笑不出来。

大姐楚天蕴自然并不能解这般玄机，她只是拉着楚天舒的胳膊转脸向天宇继续唠叨着："老四，如今这里你就算长兄了，你可不能由着这坏小子性子闹！他要真去了东北，老太太那里如何安抚、交代？"

田宇为难地看着姐姐："大姐，你不懂，目前的局势，老七暂时去那边倒也未尝是坏事！空军这边也各种乱呢！况且……"

他看看大姐脸色，忍了忍，终于还是说了出来："你现在知道这个小子是无法无天、胆大妄为了吧？想当初每当我教训他，不都是你和妈拦在头里，又哭又闹的？好了，如今惯出了这个没章法、没成算的七少爷、小霸王，你们又埋怨我顺着他的性子不好了？"

"哎，老四，你这话就不对了！"楚天蕴也不干了，扔下七弟，拉住四弟，"你说这番话毫无责任感啊！他是谁？难道不是我们大家最溺爱的幼弟吗？除了小妹囡囡，家里他最小，哪个能不惯他？可是该管教的时候我们当兄姐的也要负起应有的职责吧？"

"大姐，我没推脱责任啊，可是你和妈……"田宇和大姐认真议论起来，一旁杨露珺两边相劝着。

楚天舒知道大姐的唠叨和四哥的较真，忍住笑抱着胳膊观看了一会儿，看他们一时半会儿还吵不出个结局来，就趁乱悄悄溜走了。

楚家七少爷在自己家中总是游刃有余的，这也是他的特殊身份使然。但是远在上海的沁梅却是孤独幽怨的，纠结情绪难挨，郁闷和惆怅之意盈胸，总也挥之不去。

几乎在几个月间，身边的几个亲人相继离开，让外冷内热的沁梅感到很大的不自在。甚至是对一直让她爱恨交加，说不清什么感情更浓的养父胡文轩的离去，都让她产生一种强烈的离情别绪。

胡文轩离开前，曾经好言安慰了养女一番，沁梅赌气撅了他一句："哼！都走了的好！反正我就是孤儿的命，我谁都不指望！"女孩扔下这句话就走，让自己倒霉的养父孤独地陷落在一片难言的自责和伤感中。

留在上海的沁梅忍住幽怨的情绪，努力让自己忙碌起来。她找出以前跟着楚天舒学习密码知识时的材料，拼命练习着以往他给她布置的那些作业，以期忘却忧愁烦恼。这些作业中自然包括摩斯密码，这是那个天才教官曾经反复叮嘱她必须熟练演习并掌握的一门技术。

"记住，这是另外一种语言，当你陷入无法言说、不能周全的境地，也许它能成为一把钥匙，打开你和外界联系的锁……"沁梅敲击着摩斯密码练习题，耳边不禁回忆起那个难忘的教官的口头语。

当然此刻的沁梅绝对不会想到，这种技能很快就会派上用场，当她和他重逢在那个危机四伏、凶险万分的围城时，这个特殊的"语言工具"果然发挥了无法替代的决定性的作用！

如今的她，愁绪难消，在工作之余，完成自己特殊任务的间隙时段，那些纠结的情绪还是像见缝插针的小虫子，得空就爬满她的心房。

她不自禁地一遍遍回忆起自己和那个"别扭家伙"相识、相对、相熟、相知、相依的一系列过程，当真是百转千回，感慨万千！

她不知道是否如干妈虞水蓉推测的那样，她和他自有一份奇妙的恋情在？

起码在沁梅的心中，他曾经无私地给予了她大哥哥般的温暖和爱护，几回舍命相救，刻意回护，这种情分，也够她回味一生，难以忘却了。

如今就这样分开了，先是心灵上的隔膜和远离，继而是从此不再相见，一切意味着仿佛万缘皆尽，沁梅的心头像是就此插了一把小刀，不动则已，一动仍会有鲜血涌出。

她开始在那本粉色日记本上抄诗，古今中外各式各样的情诗，都让她有着感同身受的味道。"我这是以毒攻毒呢！"女孩自我安慰着。

有次沁梅在去和上海地下党新任负责人"木匠"同志交接情报时，路过城隍庙，她看到有卖一种小孩子带着玩的面具，其中有个是小龙图案的，便忍不住买下了。

回到宿舍，她用红蓝铅笔将小龙涂成了两种颜色，然后将它挂在床头，她默默在心底念叨：

"变色龙！总觉得那家伙就是一条变色龙！一会儿温柔，一会儿凶恶；一会儿热情，一会儿冷漠；一会可爱，一会儿可憎……唉，楚天舒，你究竟是怎样一种人呢？"

正当年轻的沁梅时不时沉湎于这番小儿女情怀中的日子里，一个好消息却在不经意间从天而降。

这天早晨，沁梅在和"木匠"会面后，回到上海站，来到虞水蓉的办公室，她仔细看了看走廊四周，将门紧紧关上了。

虞水蓉惊异地看到沁梅的脸色绯红，嘴唇微微颤抖，脸上是一副按捺不住的激动神色。

她握住干妈的手，使劲摇了摇，笑着低语："有一个天大的好消息！干妈！我都要激动死了！"

虞水蓉是一如既往的平静和矜持，她笑看着沁梅："瞧把你兴奋的！难道是你总惦念的那个别扭家伙突然现身啦？"

"干妈啊！说什么呢？那是多么小我的一件事啊？"沁梅扭身撇嘴，"现在人家在说正经事！告诉您吧，那边有飞机起义了，已经安全飞到咱们老家啦！"

"什么？"虞水蓉也激动地站起身来，她抓住沁梅的臂膀，也狠狠摇摇，

"是真的吗？快告诉我详情！是从南京飞走的吗？"

沁梅点头："一点不错！空军起义！"她又压低了本来就不大的声音："从南京大校场机场飞往咱解放区！木匠同志说了，这是一次壮举！完成这项任务的，是接替萧岳打入空军内部的我党的同志，他的代号是鸿雁！"

"鸿雁？"虞水蓉不禁喃喃咀嚼着这个名字。

"对，鸿雁！"沁梅兴奋地感叹道，"当年萧岳的代号是雄鹰，他播下了种子，目前由鸿雁同志燃起了这熊熊大火！萧岳天上有知，当瞑目了！"一滴清泪滚下了她的面庞。

虞水蓉激动地上前搂住她："还会有更多更猛烈的火会相继燃起，一直到燃尽这个旧世界为止！小梅啊，你难道还没有看出来吗？那个多少人日夜期盼的新天地，已经在向我们招手了！"

就在这个让沁梅和虞水蓉欣喜万分的喜讯传来的半个月后，一个不速之客来找沁梅。沁梅仔细辨认了，才想起来，他是当初为萧岳送信给自己的人——那个叫阿昌的青年。

阿昌见沁梅认出了自己，高兴地笑了，对她说："郭小姐，我带了一个人来见你！"

他向门外招手，一个身着国军少校军服的青年笑吟吟走了进来。

沁梅瞬间愣住了！

那熟悉的高高挺拔的身材，那轮廓分明、英气勃发的面容，那含情脉脉的眸子，那温润可爱的笑靥……一切都像是在梦中一般！

"萧岳？你……竟然还活着？"沁梅瞬间几乎喜极而泣。

青年似乎被她的神情吓了一大跳，露出不解和惊讶之情。

但是很快的，他就明白了她的误会和困惑所在，不由得收住了微笑，脸上现出一丝羞赧和拘束的表情来。他挑挑眉毛，不好意思地咬了咬嘴唇，轻声说道："你是沁梅小姐吧？我是萧岳的弟弟，我叫萧海。"

"哦，不好意思！我……我竟然一时恍惚了。你……你是萧岳的弟弟，就是萧长河对吧？"沁梅回过神来，面带一丝绯红笑着掩饰了自己的失态。

萧海露出有点惊讶的表情来："是的，长河是我的字，已经很久不用了。

没想到哥哥竟然还告诉了你？"

沁梅微笑："长岭，长河，有趣的双胞胎啊！他给我讲过你们兄弟两人的事情呢。"她说着，不觉红了眼圈。

提起已经牺牲的哥哥，萧海也有点伤感地低下了头。

阿昌看看两人，对萧海道："二少爷，您和郭小姐说话吧，我在外边守着。"

萧海点头，阿昌出去后，两人在桌前坐下。

看到出去的阿昌，沁梅自然记起前不久的空军起义来，她问到萧海，萧海和他讲了大致过程，他尤其感慨道："你知道吗？沁梅小……哦，我还是叫你沁梅同志吧。 那个驾机起义飞往解放区的年轻飞行员，就是哥哥当时舍身掩护的那一位！那时，他曾经因为一张私绘的航线图差点暴露身份，是哥哥挺身而出掩护了他，牺牲了自己。这个飞行员一直在等待着机会，来实现自己的夙愿，也等于是实现哥哥的遗愿吧！"萧海说着，又一次难过地低下了头。

沁梅也叹息："我也猜想会是他！"她又看着萧海，露出一丝疑问的神情，"听说是代号为鸿雁的我党的一名优秀特工领导完成了这个任务，也是继承了萧岳的遗志了！我在猜……那个鸿雁不会是你吧？"

她瞬间意识到自己问话的不妥，忙更正道："哦，对不起！我竟然违反了组织纪律！我不该问这话的……"

萧海微微一笑："这个倒没什么的，我可以坦率回答你，我不是鸿雁，我只是鸿雁同志的联络员。你是知道的，因为哥哥的事情，我是不可能再去空军任职了，我只是鸿雁同志的助手，和阿昌一起为他做一些事情。"

他认真看着沁梅："鸿雁同志是咱们老家派遣打入空军的一位经验丰富的特工人员，他的使命就是接替哥哥完成空军起义大事。沁梅同志，我这次来找你，很重要的一个原因就是遵照鸿雁同志的指示，请你和上海地下党取得联系，保护好那位起义飞行员家属的安全，他的母亲和姐姐目前隐居在上海，你们的任务是将他们安全送到解放区去。"

沁梅郑重地点点头，随后萧海将起义飞行员家属的情况和联系方式告诉了沁梅，并和她仔细研究了行动方案。

谈完了这项具体工作，萧海和沁梅都暗暗舒了口气。

萧海看看沁梅，脸上挂了一丝不好意思的表情来："我这次来的另一个目的，也是想看看你……哥哥就义前和我谈到过你，因为哥哥这层关系，我在心中，也早把你当成了一个……亲人，我这次要从南京撤离了，我想在走前看看你！"

沁梅有点激动地看着他："你是说你在萧岳牺牲前见到过他吗？能告诉我，他……那时……是怎样一种情形？"

两个人都意识到这个话题的沉重和忧伤，但是萧海还是讲述了下去：

"哥哥牺牲前，我曾经托关系见了他一面，他和我交代了一些家事……后事。他其中提到了你，他说，他很感激你，因为是你让他体味过爱情的滋味，让23岁的他也不枉来这个世上走一回了！他让我如果有机会带句话给你，他很满足，他谢谢你的这份爱，谢谢你让他带着这份深爱，义无反顾地去殉自己的信仰……"他的泪水终于滚落腮边，忙背过身去，悄悄拭去了。沁梅也瞬间泪流满面。

两人相对流了眼泪，久久沉默着，在共同哀悼着那个年轻的革命者，那个他们共同的挚爱亲人。

片刻，沁梅叹口气，率先擦去了泪水，想转移这个悲伤的话题，她问萧海："你说你要撤离，去哪里呢？"

猛然意识到自己的再次违规，沁梅暗责着自己："你看我，今天老是犯错误！我怎么会问起你的行踪来？这个也是不允许的呢！萧海，你别笑话我啊，我今天实在是不在状态，简直一点不像是一名地工人员！"

萧海再次好脾气地笑笑："我理解……哥哥的消息一定让你心神不定了吧？按规矩，我是不能说出我的具体行踪来。我可以告诉你的是，这次起义之后，阿昌会马上撤离空军去解放区，而我，将会去完成一个新的任务。"

萧海觉得眼前的沁梅真的像是自己的一个亲人一样，当着她的面，他有着一种奇怪的亲近感，就不由得说出了自己的一点私意来："哥哥可能告诉过你？我是陆军学校出身的，我多么想也能像阿昌那样，回到老家，脱掉这身皮，穿上咱们自己的军装，拿起武器，和敌人真刀实枪地干上一场啊！可是目前还做不到，我还要继续穿着这身伪装，接着做这种白皮红心的人呢！"他看着身上穿着的国军少校军服，无奈而自嘲地笑笑。

沁梅笑着鼓励他："会有机会的，萧海，相信我！咱们都一定会有机会的！

你，还有我，穿上自己军队的军装，去生活战斗在自己的战友之中，我想，这一天就快到来了！"

萧海也笑着点头。

萧海当时因为纪律所在，并没有告诉沁梅他此番会去天津，他的使命是完成一项艰难而重要的任务——协助天津地下党盗取城防图，为解放军进攻天津、解放天津做准备。他和他的战友们很好地完成了这个任务。

此时在上海的沁梅，送走了萧海之后，还沉浸在萧岳遗愿完成的兴奋欣慰之中，她没有想到，她马上会投入到一个新的战斗中去。她很快接到上级领导木匠的通知，约她马上去老地方见面。

这次会面，木匠告诉她了一件让她意想不到的事情，她将马上被派遣去南京，准备和水鸟同志一起赴宽城。因为一个突发事件，宽城地下党情报站被破坏，目前组织上着手重建了一个新的联络站，而沁梅的任务，是协助重建的联络站和飓风小组从速密切联系，担任两方间的交通员。她此次赴宽城的代号为——"喜鹊"。

"喜鹊？真好！这真是一条喜讯啊！"沁梅喃喃道，心底乐开了花。又能生活战斗在父亲的身边，让她既激动又兴奋。她并不知道，目前他的父亲和他身边的小组，正陷入怎样的一种困境中。

危机突现！这一切起因于一场风云突变的事件。

胡文轩来到宽城就任保密局副站长一职后，很快他的顶头上司宽城站站长就因故调离，胡文轩实际上掌控了宽城站大权。他踌躇满志地进行了一系列反共防共、肃清"匪谍"的行动。他拿出当年抗战时期在上海对日伪进行情报战的经验，用百倍于当时的热情，投入到反共行动中去。

他成立了好几个特务小组，对一些重要单位和人物进行了全天候监控，每天对大量反馈来的信息进行甄别、分析、梳理、判断，几乎是到了废寝忘食的阶段。

功夫不负有心人，终于，他成功地撕开了一道口子，从而几乎将江静舟和他的飓风小组逼入了绝境中去。

这件事情的起因，是由于宽城地下党一名交通员的被捕和叛变。

胡文轩手下一个名叫纪程的干将，带领他的行动小组，抓获了一名被称为"小巩"的共产党嫌疑分子，经过酷刑逼供，小巩变节投降，供认出自己是宽城地下党负责人老魏的交通员之一，老魏的公开身份是城里博文书店的老板。不过因为宽城地下党分工严格，都是单线联系，小巩只知道自己的上级是老魏，对于其他的上下线却一无所知。

　　正当纪程有点失望，想带着小巩去即刻捕获老魏时，小巩又提到了一个重要信息，他昨天在博文书店和老魏接头时，曾经得到一个指令，明天上午十点，一个重要的共党特工要和老魏在博文书店里接头，传递一份重要情报，然后再由小巩出城将这份情报传到城外东北野战军领导手中。

　　纪程大喜过望，他马上将情况汇报给了胡文轩，胡文轩指示他一定要布下天罗地网，争取将老魏和那名共党特工一网打尽。

　　于是一张诡秘凶险的网就悄悄张开在了博文书店外。

　　那个被小巩无意中供出来的前去和老魏接头的特工人员，正是沈冰。

　　她身上有一份城防图的补充部分，是敌人的重火力分布点，这是江静舟才刚刚搞到手的，让她尽快从老魏这个途径传回东北野战军领导那里去。

　　按照和老魏同志的提前约定，沈冰带着装了图纸的那支钢笔，乘坐一辆黄包车来到博文书店，她从容地走进了书店，没想到却已经踏入到敌人张开的网中。

　　书店的二楼上，两人交接完工作，老魏将那支钢笔揣入怀中，正准备送沈冰下楼时，却发现一切都已经陷入前所未有的险情中。

　　他从临街的窗户中看到书店外突然增加了一群形迹可疑的人，已经将书店四周合围住，只准顾客进来，不允许任何人外出。当看到其中小巩躲躲藏藏的身影时，老魏心底一沉。

　　"糟糕！我的交通员叛变了！敌人已经将这里包围了！"老魏急忙告知沈冰。

　　沈冰也是一惊，但是她毕竟是有经验的老地工人员了，瞬间冷静了下来，她咬紧嘴唇思索了片刻，问老魏："你这里还有紧急暗道吗？"

　　老魏点头："这里有一条暗道经过一楼直接可以走到街上去，可是暗道上面有一个柜子需要移开。咱们从这里下去后，必须在上面恢复原貌，做好伪装，不然的话，敌人会马上发现暗道，追踪过来。"

他将钢笔掏出来，递给沈冰："小巩的叛变，等于我已经暴露了！所以，咱们要赶快分头行动！这样，你从这里的暗道下去，我掩护你，你尽快将这份情报送出城去！"

沈冰摇头，分析道："两个人同时从暗道走显然不现实，别说上面的伪装物无法复原，马上就会暴露暗道，引起追踪，而且即使我们出得了暗道，也难混出城去。况且我刚才进来时，肯定已经被特务盯上，我目前身份特殊，这时候消失等于暴露，会危及云表哥的安全！为今之计，只有你马上带着情报从那里出去，我在上面掩护为上策。"

老魏还想争辩，沈冰制止了他，接着道："何况和城外东野的联系工作一直是由你来做的，我并没有和他们接头的方式，如今只有你可以快速准确地将情报送到东野领导手中！况且如今你已经暴露，更不能束手就擒、坐以待毙！我来掩护你，你从这里下去，我来对付他们！"

老魏急切地望着她："可是你刚才也讲了，你此刻更不能暴露身份啊！我如果因此安然无恙地脱身了，你就危险了，这店里就这么几个人，敌人一加甄别，你也非常容易暴露的！你如果暴露了，云表哥同志就跟着暴露了，那策反起义的工作谁来做？"

两人陷入困境中。

片刻，沈冰心生妙计，她将自己的想法低声告诉了老魏。

老魏担心地看着她："这样行吗？"

沈冰充满自信的说："只能这样一试了，死马当着活马医吧，我们已经没退路了！魏先生，您记住，咱们一步步按计划走。首先我尽量喊叫引起敌人的注意，您一定找机会先击毙那个叛徒，以绝后患！"

老魏点点头，从腰间掏出了枪。

纪程和他的手下将书店四下围住，书店里的顾客都被挡在店里，只许进，不许出。

一个小特务走到他的身旁问道："组长，已经快十点半了，里面都进去十多个人了，可以收网了吗？"

纪程看看手表，正要说什么，突然书店二楼传来一阵桌椅被推倒的声音，紧接着，一声女人惊恐不安的喊叫声传来。

"天哪！你是谁？你想干什么？放开我！救命啊！"

纪程和所有特务们都一愣，不自觉地都拔出了枪，所有的枪口都指向了书店楼上。

书店二楼的窗户前，老魏将沈冰挟持在胸前，用手枪抵住了她的头，沈冰在惊恐地挣扎着，喊叫着："放开我，救命啊！"

老魏沉着地笑着，大声对底下的特务们喊道："都别动！你们给我好好睁大眼睛看着，我手里的这个女人，可不是一般的人，她是你们陆十军 183 师江师长的妹妹！她现在落到我的手中，你们胆敢轻举妄动冲进来，我就一枪打死她！"

所有的特务都愣住了，回头看向他们的组长。

纪程也被这突如其来的事情搞懵了。他将叛徒小巩叫到跟前，让他来辨认，小巩并不认识沈冰，只是指认了老魏就是自己的上级。

说时迟，那时快，老魏手枪一挥，将小巩当场击毙在纪程等人的面前。他和沈冰的身影也瞬间消失在窗口。

特务们正想冲上前，沈冰的哭声又响起："别开枪啊！来人呐！救救我！我是 183 师江师长的妹妹，快救救我呀！"

纪程等特务听了，不觉犹疑起来，一时又不敢贸然冲上去。

正在僵持中，一队巡逻的士兵听到刚才的枪声，冲到这边来。

博文书店位于城内西城区，正好是 N7 军 38 师驻防的部分，这队人就是 38 师的巡逻队。

巡逻队队长姓李，是向晖的部下，他听了纪程等人的描述，得知沈冰喊出了 183 师江师长的名号，就有些踌躇，他自然是知道江静舟的，而且清楚自己师长和这位江师长情意甚笃，就先行做主拦住了特务们的举动："不怕万一，就怕一万，如果真的是党国将军的亲属落在共匪手中，自然是凶多吉少！咱们还是谨慎从事，弄清情况再说！起码要请示一下上方意见吧！"

纪程无奈间，吩咐手下警戒好现场，不能放一个人出入，他到隔壁的一家布店给胡文轩打电话汇报去了。

李队长看到这种情形，也忙到另一处铺子打电话给向晖汇报。

趁着这个间隙，这边书店楼上，沈冰安排老魏抓紧时间快从暗道撤离。她从自己手袋中掏出了手枪，交换了老魏手中的枪。老魏担心地看着沈冰，不忍心这样独自逃生。

沈冰心中忧急万分，为了让老魏能安心撤离，她露出自信的微笑，望着他的眼光充满坚毅："魏先生，您千万记住，在您那里，情报的安全重于生命，在我这里，云表哥的安全重于生命！让咱们各司其职，完成好彼此的任务吧！"

明白了职责所在和必要的"去"和"留"，老魏有些哽咽了，他重重地点了点头，望着眼前这个勇敢而坚强的年轻女同志，说了声"小心保重"，就毅然下了暗道。

沈冰悄悄侧身在窗前，向下面瞭望着，蓦然间，她看到打完电话跑回来的纪程，不由得一愣，她注意到他左脸上有一块明显的红色胎记，沈冰心中顿时警觉万分！

她见过他！

原本已经抱定即刻牺牲自己生命以保全上级安危的沈冰心下踌躇不安，她还要在死前完成一个重要的使命，要把这个刚刚发现的情况，产生的疑虑和警示告诉给江静舟他们。

究竟该如何周全？沈冰咬着嘴唇，痛苦而紧张地思索着。无奈中，她下定了决心。

一切就看命了！

"云表哥……金子哥！老天保佑我还能再见上你一面，只要能说一句话就好！"

沈冰在心底喊道。她稳稳心绪，握着手枪，回身到暗道前，咬紧牙关……

书店楼上没了声音。纪程打电话刚才请示了胡文轩，胡文轩在电话里气急败坏地喊道："混蛋，蠢材！那分明是共党的苦肉计啊！根据我的分析，他江静舟的所谓姐姐妹妹，都脱不掉共党嫌疑！赶紧给我上去抓人！"

纪程忙带特务要冲上楼去，一旁也去打电话请示的李队长跑了回来，急忙拦住他："且慢！我们向师长有令，不可伤害到江师长妹妹的人身安全！他马上赶过来，在这之前，任何人不得轻举妄动！"

纪程刚接到站长胡文轩的指令，立功心切，哪里把38师的巡逻队放在眼中？他一挥枪："我们是保密局的，只听命于我们站长！我们胡站长说了，这是共党的苦肉计！江师长的姐姐妹妹，都有可能是共产党！弟兄们，给我上！"

特务们冲进了书店，几乎在同时，楼上响起了一声清脆的枪声。

等向晖和胡文轩几乎是从不同地方带车赶到博文书店时，看到的是一片令人心惊的场景。

沈冰躺在担架上，被两个士兵抬了出来。

向晖和胡文轩忙上前看视，只见她脸色惨白，身着的蓝色旗袍上血迹斑斑，尤其是前胸心脏部位更是已经被血浸透，形成黑紫色一片。她吃力地呼吸着，显然已经奄奄一息。

"沈冰！沈小姐！你……感觉怎么样？"向晖忙俯身呼唤着她。

沈冰睁眼看着他，吃力地说道："向师长……向大哥！我……我不行了！求你……帮我去找我哥哥！我想……最后见……我哥一面！"

向晖看着她，也是心痛不已，只能温声安慰她："你放心！我已经派人去找你哥哥去了，你要坚持住，我马上让人送你到医院！"

他挥手让手下立刻送沈冰去军医院抢救。胡文轩在一旁让自己的手下跟上一起去。

胡文轩走到向晖面前，低语道："明光兄，你没发现这里面的玄机所在吗？我们接到准确情报，共党重要分子在这里接头，可是江师长的妹妹却突然出现在这里，还莫名其妙地被绑架了？最后的结果是共党分子逃脱了，江师长的妹妹却中弹倒地……这种事情也太巧合太蹊跷了吧？"

向晖不动声色地看着他："文轩兄的意思是什么，我似乎没听明白？请不妨明说好了！"

胡文轩微微冷笑："我们不如把当事者和目击者叫来，还原一下当时的情形吧。"

他叫来了纪程，让他把经过给大家复述了一遍。

胡文轩注意地看着向晖的表情，他发现这个少壮派师长的面容始终是平和的，看不出一丝一毫的感情色彩来。

听完纪程的讲述，向晖将自己手下巡逻队的李队长叫来，语气冷冷地问道："你当时说这个书店里面有共党分子劫持了江师长的妹妹，请示我如何处理，我指示你们在我赶到之前不要轻举妄动，要绝对保护人质的安全。你为什么不听？以至于发生这样的惨剧呢？"

李队长看看胡文轩，又看了看纪程，对向晖报告道："当时我接了您的电话后，就想阻止纪组长他们冲进去，可是纪组长不听，他说……他接了他们胡站长的指示，一定要冲进去，因为胡站长有说过，江师长的姐妹们都可能是共党分子！"

听了这话，向晖微微一愣，转身直视着胡文轩，胡文轩感受到他的目光里有震惊，有疑惑，更多的是不平和不满之意。

饶是胡文轩心中自有定数，可是如今当着向晖这样质询的目光，也不自觉地感到莫名心虚起来，他嘴里支吾道："我……我能说这番话，自有我的一番道理！这是我十多年来的一种直觉，以后我有机会讲给你听！"

"好吧，我目前实在是也没时间听这个！我要跟去医院看看情况。"向晖叹气道。

他仍然是带着埋怨的神色看着胡文轩，甚至有一丝同情的意味都浮现在里面："我倒是在为你文轩兄捏一把汗呢！出了这种事情，以江致远的性格，会做出怎样的反应？我想想都……你们是盟兄弟，又曾是老同学，你想必比我更清楚？唉！你刚才那番姐姐妹妹的话，最好不要传到他的耳朵里才好！"

他的目光转而带着深深的忧伤，他发自内心再次长叹道："唉！何况，今天的事情，这幕惨剧，发生在你的手下，我的防区，我是真心伤痛啊！咱们倒如何向他交代呢？"

军医院的病床上，沈冰已经是奄奄一息。

她毕竟放下了一半心，因为老魏应该是顺利脱险了，她尽量拖延着时间，为他争取了更大可能脱身的机会，当她看到特务们向楼里冲来时，就果断地用老魏的手枪向自己的胸部打了一枪，然后将枪扔到了地道中。

她几乎是向自己致命的部位打了一枪！因为她明白，她的伤情越是严重，就能越洗脱自己身上的嫌疑，其实自己的生死已经无所谓，但是绝不能将嫌疑牵扯到江静舟身上！她已经感到生命的气力，正从自己身上一点点流失，如果她的死，能让云表哥从此安全，那就是值得的。

但是她还有一半的心不能放下，一个重要的情报她还需要当面和江静舟讲。她还不能马上就闭眼逝去，她要和他说上一句至关重要的话。

沈冰挣扎在生死线上，她的神志时而清楚时而模糊，已经明显到弥留状态，她在咬牙坚持着，一定要等到江静舟的到来！身边的人只听到她不停地在喃喃自语："金子哥！哥哥……我要见我哥一面！"

向晖看到此种情况，忧心如焚，他已经派人去通知江静舟，不料他今天出城去查看工事地形，一时半会儿联系不上。最后，他突然想到了宁松，就急忙派人去封正烈官邸接宁松过来。

当陈紫瑜陪着宁松来到沈冰床前之时，沈冰只剩下最后一口气了，她挣扎着望着众人，向晖明白了她的意思，将其他人带离了房间，只留宁松在她的身边。

沈冰让宁松俯身在她的嘴边，用尽全身力气对他嘱咐了几句话，然后就像是长长舒了口气般的，瞬间身体软了下去。

宁松搂着姑姑的身子放声大哭，那悲伤的哭声让门外所有人都流下了眼泪。

当江静舟得知消息带着顾倾城、程睿等人赶到医院时，看到的就是这样一场悲惨凄凉的景象。

沈冰静静地躺在病床上，年轻美丽的生命已经戛然而止，她的身体被一张惨白的被单覆盖着。宁松趴在她的床边，哀哀地哭着。

"冰冰啊！"

顾倾城低喊一声，忍不住冲上前去，搂住她的遗体痛哭失声，程睿、乔思扬等人也泪流满面。

江静舟却像似乎被什么东西定住了一般，只是呆呆地看着被单掩盖着的沈冰的遗体，不发一言，没有流泪，他的面容苍白冷峻，仿佛也同时失去了血色，看上去有点吓人。

众人都担心地望着他，不知如何开口相劝，却见向晖走过来，揽住他的肩膀，将他带到了外间。

向晖简单向他讲述了事情发生的经过，以及沈冰中弹后抢救的情况，江静舟始终没说话，脸色愈见冰冷严酷。

向晖抚着他的肩膀，劝慰道："致远啊，我知道你心里的痛苦！当时看到令妹那样的情形，我也很痛心！但是相信我，这次真的是一个巧合，纯粹是意外情况。共党在那个书店里面接头，被发现后穷凶极恶地要逃离，不巧沈冰她正在那里买书。我刚才问过宁松了，她经常会去那个书店为孩子买书。谁曾想书店老板就是共党头目，他一定是早就掌握了沈冰的身份，所以危急时刻就劫持了她作为挡箭牌！"

他看看江静舟的神情，继续劝道："总之，这是一场偶然发生的悲剧，你一定要节哀！先办理后事吧，人死不能复生，好好安葬也是目下唯一能尽心的事情了。"

江静舟面无任何表情，也不看向晖的脸色，只是语气异常冰冷地问道："我怎么在路上听说，事情虽然发生在你的防区，这次却是保密局进行的一场围捕？他们明知道共党分子劫持了我的家人，却仍然不顾人质死活冲了上去，以至于凶手开枪伤人？这里面有什么玄机？我看不会是一两句话说得清楚的吧？"

向晖无语以对，只是用劲搂搂他的肩膀，以示安慰。

江静舟这才感受到对方的温度一般，他略微回了下神，慢慢看向向晖，露出凄然一笑："明光兄，我家里这点事你自然明白，冰冰虽然是我的堂妹，但从小和我一起长大，就如同我的亲生手足一般！如今为了宁松，她跟着我来到东北，却不料遭此横祸！她活泼泼一条命就这样不明不白丧失了，你让我怎样和家里人交代？你不会认为，一个正当年华的妹妹这样死了，我这个当哥哥的可以不闻不问，稀里糊涂、含糊了事吧？"

向晖忙劝慰："不，不！我绝不是那个意思！致远，我是说，你先忍一下，这件事情我们后面自会调查清楚，只是现在应该先筹划令妹的丧事要紧！"

江静舟再次冷然一笑，剑眉猛地蹙起，像是把一股凌寒之意瞬间笼在了眉端，那决绝冷酷的眼神让向晖突然感受到一股刺骨的凉意，禁不住心头微微打战。

　　"好吧，明光兄，你这个面子我江静舟无论如何得给！不管是血，是泪，还是恨……我今天都咬牙咽下了！如今就依你，先办丧事，其他的么……咱们过后再论！"

　　他转身回到病房，默默走到沈冰的床前，用颤抖的手轻轻揭开被单，那副苍白无色的面容露了出来，她的眼睛好像还没有完全闭上，似乎在期待着什么。此情此景看过，像是被什么重物蓦然击中一般，江静舟的身子猛然一抖，脚下不觉踉跄起来，身旁一直关注着他的程睿眼疾手快，忙上前挽扶住他。

　　在程睿的搀扶下，江静舟蹲身在病床前，他声音喑哑地说了句："都离开，让我们兄妹单独待一会儿！"就将头深深埋在了床边。

　　顾倾城看到这种情形，忙擦着泪水，招呼其他人离开了病房。

　　众人在外间待了一阵，并不能听到里面有什么动静，连哭声都未曾听闻，都有些不放心起来。顾倾城看看周边人，将宁松拉在身边，低声嘱咐了一番，宁松推开门进了病房。

　　他看到父亲还是以那样的姿势俯身在姑姑的遗体旁，从背影望去，竟然像是跪在床前忏悔一般。一阵强烈的恻隐不忍情绪蓦然闯入少年的心头，他流着泪，从后面搂抱住父亲，带着哭声相劝："爸，爸！您要节哀！您一定要挺住！我姑姑她……"

　　"不，小松！你不要安慰爸爸，也不要原谅爸爸！谁都不能原谅我，我就是个罪人！"眼前父亲的几近失态状况让少年惊心。

　　他紧紧搂住父亲的身子，竭力安慰着他："不，您说的不对！爸！我姑姑她原谅您，她临终前念念不忘的一件事……就是原谅您！"

　　少年想让父亲战栗的身子在自己的怀抱中得到放松，感受温暖。又擦去泪水，用清晰低沉的语气向父亲转述这刚才悲伤的一幕："我刚才赶到姑姑面前的时候，她只剩下最后一口气了……她一直在等您，有话想对您讲，可惜她实在是等不及了！"

　　江静舟微微抬起泪眼，望向自己的儿子。

"我姑姑说，见到您，一定帮她带一句话——她已经完全原谅您了，请您也一定要原谅她！她说她好想亲口对您说上一句——对不起！她说这样说您会懂的，因为您是她永远的……金子哥！"他哭得说不下去了。

这句话像重锤一般敲击到江静舟的心房上，他的泪水流得更猛烈了，回望沈冰惨白无血色的遗容，只觉得内心再次经历了一番被凌迟的痛楚。

少年却急着要说出更重要的信息来："可是爸，您先别顾着哀伤，我姑姑她还留下了更重要的话！"

"哦？"

宁松压低声音："姑姑让我告诉您，说是今天追捕她的那个保密局特务头子，她曾经在咱们家门口见过一回，他似乎到过咱们家！他的脸上有个明显的红色胎记！姑姑让我一定要把这句话转告给您，让您和身边的'家人'们千万留神小心！"

江静舟露出一丝震惊的表情，瞬间又隐去了，他默默体味着沈冰留下的这句话，沉思不语。心中纵使有千涛万浪，此刻他也必须咬紧牙关隐忍住，将之幻化成为涓涓细流。是的，眼前形势危急，多少双眼睛在看着他江静舟，他必须将一切个人情感、恩怨放下，再次化身为寒霜不侵，百战不殆的钢筋铁骨之人！

想到这里，他再次贴近沈冰的遗体，握起她早已苍白无温度的手，语气是格外的轻柔温存："冰冰，你安心走！听哥哥的话，全都放下吧，放下一切，相信你的金子哥……一切，还有我！"

门突然被推开了，许若飞听到消息才赶过来，此刻看到这番情形，又惊又悲，禁不住泪涌眼眶。

"沈姐……对不起！我前几天……竟然……"他来到沈冰的遗体前，声音低低地泣诉着。

这番低语却被江静舟冷峻的言语拦下："谁都不要再说这句——对不起了！冰冰不需要这个，我们都不需要！眼下要做的事情还很多！"

他低声嘱咐了许若飞一番话，许若飞听了，面色凝重地离开了病房。

第八章　正面交锋

他的语气愈加急促起来，雷霆之势既起，狂飙之风自然凛冽异常："所谓冤有头，债有主，你既然要屡屡触犯我江静舟忍耐的底线，伤我手足性命，坏我忠义情分，我就不吝惜豁出命去和你对决一回了！今天向师长也在，正好做个见证！姓胡的，我今天就成全了你，咱们杀人偿命，欠债还钱，等我回去亲手处决了杀我妹妹的帮凶，再交出兵权，和你一起去国防部领这个共党嫌疑分子的罪名吧！"

此场风波过去后的一天，向晖的办公室中，胡文轩来访。他给向晖讲述了自己对此次沈冰事件的一些看法。

在说这个话题之前，胡文轩先讲述了当年他目睹江静舟新婚时，其"表妹"沈琬姐妹抱着孩子来到婚礼现场的一番情景。

"明光兄，你难道没听出来此中的一些蹊跷线索吗？一个湘乡农家妹子，抱着孩子，带着妹妹，竟然会千里迢迢跑到广州来寻亲？投靠一个远房表哥？这无论如何不太合情理吧？而且，看到表哥结婚，那女子不是喜悦和祝福，倒是抱着孩子发愣，泪水涟涟？这又说明了什么？"

向晖听了这番话默默不语，片刻问出自己的一些困惑："那据文轩兄刚才所详细描述的那样，你们的盟兄程鹏霖曾将那两位乡下女子带回来询问了一番，可问出什么可疑之处来？"

胡文轩不免有些许沮丧神情露出："那倒没有……奇怪的是那抱孩子的女子口风甚紧，一口咬定是江致远的表妹，对此我却甚是怀疑！还有就是，你不知道的，我那位大哥，心底笃诚，又一向爱偏袒三弟江致远，所以，终究没查个水落石出来，实为一大恨事！"

向晖同情地望他一眼，并不接言。

胡文轩却还有一肚子的话要倒出来："明光兄，事到如今，你我原该肝胆相照、同舟共济才是！有些实情我也不瞒你了！当年那位湘妹子手中所抱的孩子，就是我如今的养女沁梅！"

"哦？怎么会是这样？"向晖果然惊异万分。

胡文轩忍不住回忆道："千真万确！当时那农家姐妹俩莫名其妙投亲不成，在我大哥安排下，远赴武汉谋生。为了减轻她们的生存压力，我大哥将孩子留在了自己身边，后来又择机送回陕西老家，交给其夫人代为抚养。"

"这里我发现一个奇怪的问题啊？"向晖插言，"据文轩兄刚才话里话外的意思，沁梅和江致远似乎有点蹊跷的关系？你又说到了程兄长总是偏袒他江致远，那么他为什么又会将孩子送回自己老家，而不是带在身边，择机交还给致远呢？"

胡文轩不禁暗赞向晖的细心和敏感，他有点为难地解说着："这孩子也不是铁定和江致远有瓜葛……一切不都没得到最确实的证据吗？况且我大哥看致远那时新婚，自然不会让这个才满周岁的孩子缠在他身边裹乱，影响盟弟的婚姻生活，就想出送回自己老家的主意来……这也是长兄爱护弟弟的意思吧？"

"这倒是人之常情！我理解为程鹏霖将军当年也并不能确定那位来找江致远的女子就是他的家眷吧？"向晖感叹着。

"这倒也是。"胡文轩骚搔头，"但是我大哥肯定对此事是有所怀疑的！所以后来他夫人突然病逝，他将自己的亲生儿子程睿安排在乡下亲戚处寄养，却专门派人回乡接沁梅来南方。途中恰逢混战局面，沁梅巧遇我所在的部队，我就将孩子收留在自己身边。后来大哥听说了此事，只是再三嘱托我将孩子好生代养，择机再送回到他的身边。要知道当时我和江致远所属部队是近邻，可是大哥并未让我将孩子送到江致远处。后来，大哥在中条山殉国，孩子从此就生活在我的身边，和他江致远再无牵连。"

"原来如此！"向晖禁不住感慨万分，"沁梅这丫头的身世倒是这样颠沛流离、复杂纠结？小小孩童，令人生怜！"

说到沁梅，胡文轩总是难免真情流露："可是，从此后，我却和孩子结下父女情缘，相濡以沫八年，也是一段天定的缘分吗？"他有点唏嘘感叹起来。

　　向晖也是性情中人，带着同情的神色也附和着点头，却突然记起不妥当处："哎，对了，文轩兄？我们完全说跑题了吧？即使那女子和江致远是有点关系，又能说明什么呢？"

　　"明光兄真是笃厚实诚、书生意气，你难道就没有看出一些玄机吗？如果沁梅真的是江致远的亲生闺女，那么民国十七年的那场婚姻又算什么？家有弱妻幼女，却欣欣然成为别人的乘龙快婿，这绝不是黄埔革命生该有的德行吧？只能说明某些人是践行某些组织共产共妻那一套！也说明他接近一些人，接近我们某些中枢机构是有目的的！"胡文轩此刻反应不慢。

　　不料他看到向晖听了这话却是频频摇头："这实在有点牵强附会了吧？就像你以前对他爱用的那些词语——喜新厌旧，见异思迁什么的，貌似和什么党什么妻的也不沾边吧？"

　　"不，明光兄，你听我继续给你举证！"胡文轩也拿出自己的看家本领——较真劲头来，"我怀疑他江致远也不是一天半日的事情了，上次在来宽城的飞机上我也给你看了有关证据文件。今天我要说的是，有关刚才提到的那两个农家妹子的事情。"

　　他用认真分析的语气道："据闻那姊妹中的小妹，在我大哥的襄助下，曾在武汉军校学习过，后来不知所踪。这位江师长的妹妹——沈冰，和那个女子的相貌十分相像，虽然隔了二十年，女大十八变，我也只是和她有当年的一面之缘，但是我却能认定她们就是一个人！我胡文轩天生有过目不忘的本领，请明光兄务必要相信我这番话。"

　　向晖轻浅一笑："我不是不相信文轩兄你的话，只是你说来说去，并没能指明什么？即使沈冰就是你所说的当年的那位农家妹子，可是不恰好反证了她和江致远的兄妹关系吗？再由此推理上去，她的姐姐，她姐姐的女儿沁梅……"

　　胡文轩简直想抽自己一个嘴巴，说来说去倒是自己自相矛盾起来！他忙稳稳心绪，拉回思路："我没说清意思，我是说，假使沈冰真是江致远的表妹，但是她如何又和他的儿子扯到一起来了？要知道江致远如今的这个儿子可是封军长的姨妹所出，丢失了这么多年，怎么忽然就和一个从来未曾谋面的表姑生活在了一处？这不是一个大大的疑点吗？"

向晖微微摇头："致远倒是和我讲过些情况。自从儿子丢失后，他一直在多方打听寻找，听说那沈冰后来在抗战时期还找到了致远，在他身边生活过几年，那么致远以后委托她打听寻找儿子的讯息，也不是没可能的事吧？"

胡文轩无奈摇头："明光兄啊，我看你倒像喝了江致远给的迷魂酒？处处为他辩护？这其中很多不合情理之处，你真的就视而不见吗？"

"可是我只看重证据！很遗憾啊，文轩兄，至今为止，你并不能给我确证证明致远和他的家眷有任何问题？"向晖的学究气让胡文轩又气又叹，又拿他没有办法。片刻犹豫间，向晖已经将话题拉回到实际中。

"我们还是谈眼下的问题吧，有关江师长妹妹遇害案一事。我觉得在没有证据的情形下，文轩兄你那天处置问题的方法略微欠缺考虑了，尤其是你那句'江师长姐妹有共党嫌疑'的话，会引起太多的风波来，这是眼下最让我忧心的一件事！"

他蹙起眉来，连连叹息。

胡文轩有点沮丧，但是内心的坚定不移又让他自信满满："凭我的经验、我的直觉，这些年来，江致远身上有太多的蛛丝马迹让人心生疑窦，他身边也时常会聚集一些可疑分子，他们的气味和行踪，都会给我留下可疑而不祥的感觉！"

"经验？直觉？"向晖哑然失笑，他原本心中升起的是一丝鄙夷不屑的情绪来，但是他终究是个厚道人，还是以一种同情而悲悯的目光看着胡文轩，"文轩兄，我不知道这些年，你用这样的手段抓获过几名货真价实的共党分子呢？"

"可是，明光兄，你难道对此次的事情一点都不怀疑吗？我去医院调查询问过救治沈冰的医生，她身上挨的那枪，很有可能是自伤行为！为保护同党而实施苦肉计也是共党的惯用伎俩！而且我们在那个书店的二楼还发现了一条暗道，共党头子应该就是通过那条暗道逃之夭夭的。可是在暗道里面我们发现了一把手枪，据鉴定，就是打中沈冰的那把手枪，这一切都说明了什么？你难道看不出来吗？"

向晖微微点头，转而微微一笑："你说的这几点，我也都考量过了，也派人调查过了。你别忘了，我的巡逻队当时也在现场！关于沈冰的伤，我当时就问过医生，如果说是劫持者对被劫持人近距离射击，一样能够造成同样状态的伤势……至于说到那把手枪，很可能是劫持者逃离时匆忙遗落的呀？还有一种可能，干脆是他故意抛弃的！你想啊，他要从暗道出去，再经过大街逃离、出城，身上带着这样一把凶器岂不是很危险吗？"

胡文轩质疑道："那么最根本的问题还没法解释吧？我们得到确切消息，那天上午十点，共党分子会在博文书店接头并传递重要情报，怎么沈冰好好的，会恰好在那个时刻出现在那里？而且，那个书店老板——共党头子又怎么会在那样危急时刻突然认定这个女人就是183师江师长的妹妹，以至于轻而易举地绑架了她，从而以掩护自己顺利脱身？这种种事情叠加到一处，也未免太过巧合了吧？简直像是一场匪夷所思的戏剧情节呢！"

向晖平静的语气一如既往："这个嘛，更是也巧也不巧吧？据我所知，江致远的儿子江宁松经常会去那个书店，他也常常请自己的姑姑帮他在那里买书。我找人去拿来了书店的顾客记录本，发现沈冰、江宁松，甚至是封军长的夫人陈女士，嫂子韩女士都是那里的常客呢！书店老板认识沈冰一点都不奇怪啊？"

他继续讲述自己的调查结果："我还在第一时间询问过宁松，那天的确是他请他的姑姑帮他买一本字典的，所以沈冰那个时间出现在那个书店，并不是一个奇怪的事情，起码有一定的合理性！唉！所谓天命使然，无巧不成书，如果一切巧合都不存在，这世界上的很多悲剧倒是都可以避免了！"

"江宁松是江致远的亲生儿子，他的话如何信得？"胡文轩忍不住撇嘴反驳。

向晖微微一笑："江宁松还是我的义子呢，我自信了解他胜于你文轩兄吧？何况，他和封夫人经常光顾那家书店也是一个不争的事实。文轩兄不信他江静舟倒也罢了，难道一切和江静舟有关的人，包括我、封军长、封夫人，都在你不信任的范围吗？"

"明光兄何出此言？实在是越说越误会了！"胡文轩急忙回应。

他转而笑笑，含有深意地看着向晖："我没想到的是，却原来明光兄也暗中做了这样一番详细调查了？看来你也对这件事情是有过深切怀疑的？不过我感到深深遗憾的是，明光兄你还是太看重和江致远的兄弟情分了，你此番举动，分明是出于对他的深厚情意，在尽力为他们一方释疑开脱啊？

"哦？你竟然这样认为吗？"向晖惊讶地望着胡文轩，深深盯着他许久，转而喟叹道，"文轩兄竟然丝毫体察不到向晖做这番事情的深意吗？"

他看着胡文轩的神情竟然带着几分自嘲："唉，真正感到遗憾的应该是我啊！文轩兄！你刚才这番话让我觉得自己都有些自作多情了！说实话，我之所以调查此事，与其说是为江致远一方洗尽嫌疑，倒不如说是为了你文轩兄开脱解释，以求一些行为合理化呢。"

胡文轩："愿闻其详。"

向晖："其实，相较于你的执着铲共行动，我更看重的是我们这一方目前的稳定和和谐！如今大战在即，我们N7军和陆十军应该精诚团结，共同御敌，你方作为情报监督部门，也应该加入到这个联盟中来。现在我们共同的对手是共军，是盘踞在前方，对宽城虎视眈眈的解放军东北野战军！山雨欲来风满楼，在这个节骨眼上，我们怎么能自断肱骨，祸起萧墙？自己内部先乱起来？"

他深深看着胡文轩："文轩兄，我非常敬佩你的敬业精神和执着作风，可是你的某些做法我实在是不能苟同！我们的眼光应该放得远一些，心胸应该放得更开阔一些，我们要时刻牢记什么是大敌当前，什么是团结协作，什么是一致对外。"

他看到胡文轩沉思不语，就继续分析道："再回到眼前这件事情上来吧。你我和江致远，不管是善交还是恶交，都不是一两天的功夫了，江致远是怎么一个脾气，你应该比我了解。这件事情，我还不知道如何了断，平安度过呢，毕竟是一条人命夹在其中啊！你说，如果我不先行把事情调查了解清楚，又如何给他一个交代，又如何给大家一个合理的解释呢？"

他叹气不已："说实话，我实在为文轩兄捏了一把汗！我希望你能妥善处理此事，不要和江致远再起剧烈冲突为好！一切以和平处理为上策，一切以宽城防御的大事为最高目标吧。文轩兄，在这个大前提下，从这个大原则出发，我向晖愿意和你精诚合作，共渡难关，把这件事情摆平了，不要节外生枝再出什么乱子来！"

胡文轩听了这番话，心下暗服，他正要说话，只见向晖副官卢筱生进来禀报："师座,江师长来了!"

胡文轩心下一惊,看向向晖:"怎么办?那个不好惹的家伙来了,只怕我此刻在这里,会引起误会?倒影响到你们两人之间的关系了?"

向晖坦然一笑:"无碍!文轩兄,只要你心里的确想通了,心怀坦荡,就不必忌惮这些小节问题!何况,你也莫要妄自轻看了我和江致远多年的友谊了!"

胡文轩笑道:"那就恭敬不如从命?"

向晖对卢筱生道:"快请江师长进来!"

江静舟面色严峻地走了进来,看到胡文轩也在,微微一愣,转而莞尔一笑:"很好,原来胡站长也在?那么省得我等会儿再单独知会你了!"

他慢悠悠地摘掉皮手套,在手中玩弄着,好似漫不经心地对向晖道:

"明光兄!不好意思,我先斩后奏了,派人将你的手下,那个巡逻队李队长请到我那里去询问一些情况,关于前两天发生的事情,总需要有个说法吧?哦,对了!还有你,胡站长,都算是知情人吧?我想着把你们几个当事人、知情者都凑到一起,再请封军长做个旁证,咱们把那天的情况还原一下,说说清楚,该还账的还账,该还情的还情,该还命的……要还命!"

说到最后"要还命"这三个字时,他淡淡地瞟了眼胡文轩,努努嘴,竟然还意味深长地痞痞一笑。

他的语调始终平和轻松,脸上也带了一种慵懒的、浑不在意的表情,可是暗藏机锋、暗伏杀机的这几句话,却让眼前的两人顿时绷紧了心弦。

胡文轩不由得看向向晖,露出一丝紧张不忿的情绪来。

向晖把江静舟的狠话听到耳中,把胡文轩的神情也看在眼中,此刻的向晖忧心如焚!他要迅速化解平息这场即将到来的狂风暴雨,他太了解江静舟了,他从他的眼眉间看到一场惊心动魄的雷霆万钧之势已经酝酿成熟。

他忙上前拉住江静舟坐下,劝慰道:"今天胡站长也在,咱们心平气和地谈一些问题吧。致远,关于那天的情况,我也专门派人调查过了,实在是一场非人力可以避免的灾祸!"

他看看胡文轩,又望向江静舟,为他分析道:"那个共党头子是个经验老到的人，你看他危急时刻还不忘击毙那个投诚者，其胆大心细、手段强硬的做派可见一斑！令妹落在他手上，自然是难有生机！我仔细盘问过当时在现场的那几个弟兄，几乎是在胡站长的人冲进去之前，楼上的枪声就响了……所以，致远，请你一定要节哀顺变，一切以大局为重！别忘了咱们如今三人是坐在同一条船上，宽城如今的危局，才是我们这些人应该格外关注的！"

他望着胡文轩，眼光中不由施加了很多的压力和无奈。

胡文轩当然读懂了向晖目光中的含义。虽然他目前心中有千般不忿，万般不甘，也只好先咬牙咽了下去。

此次行动功亏一篑，不仅没抓到共党头目，死了一个投诚者，还惹来一身的官司！他自然了解江静舟的本性，他是无理还要搅三分，这次他那方丧失了一条性命，这个著名的刺头对手、跋扈将军怎么会善罢甘休？

不过想到这里是远在关外的宽城，又是共军节节紧逼、大军压境的态势，江静舟目前手握重兵，权高位重，眼前这个同样掌握重兵的向师长又是他的挚交故友，自己如果太过较劲，就难免陷入险境。

胡文轩不是总一根筋的人，他自然会审时度势。此刻他低低头，既解了江静舟对自己的咄咄威逼之势，又给了明显在做中间和事佬的向晖的面子，让他觉得他胡文轩是有心胸和度量的人，是比他江静舟更顾全大局、委曲求全的。这样的一箭双雕之事，何乐而不为之？

于是，他尴尬笑笑，对着江静舟一抱拳："致远，此次事发突然，我的手下也是责任在肩，抓捕共党分子心切，难免在有些小节上有所闪失，还请你……三弟海涵见谅罢！"

江静舟盯着他看了几秒钟，冷冷一笑："很好，我的文轩二哥！看来这几年的将军生涯让你的见识增长不少啊，如今连人命案都归结为小节问题了？老三我受教了！"

这声"二哥"叫得寒气袭人，让胡文轩无语相对，只能往向晖身上靠："这个……我刚才有和向师长仔细分析过此案，实在是共党分子太过凶残！简直是灭绝人性，在无路可走，狗急跳墙的情势下，连一个弱女子都不肯放过！我也是痛心疾首，义愤填膺！我先才和向师长也表示过了，如今局势危急，须顾全大局，我们不妨摒弃前嫌，精诚合作，先把一些事情放下，同舟共济，共同御敌才是眼前要务！"

"不能够吧？"江静舟看着胡文轩怪异地笑笑：

"我真想掰开二哥你的嘴巴，看看里面的舌头还是肉长的吗？你如今倒说起这番冠冕堂皇的人话来了？摒弃前嫌，精诚合作？你说这话不觉得脸红吗？同舟共济，共同御敌？你不觉得说得言不由衷，口不对心吗？哼！你不觉得无耻我倒替你脸红，你不觉得恶心我倒是快吐了！"

"江致远！你别太过分！"尽管已经放下身段，做出了隐忍退让的姿态，胡文轩如今毕竟也是将军官阶，和眼前的两人的身份旗鼓相当，他不能在他们面前太跌身份，听了江静舟这番话，他愤愤不平道，"老实说，今天我是看在向师长面子上，格外让你几分的！可是你也不要欺人太甚！"

他望着江静舟，又露出往日里见了江静舟所特有的又恨又怕、又气又惧的神态来。

江静舟将手套摔在茶几上，剑眉微挑，怒气瞬间赶走了那股慵懒之态。

"老子今天谁的面子也不看！老子今天还就欺负你，死磕上你了！怎么了？！"江静舟死盯着胡文轩的眼睛，说出来的话比刀子还利：

"是谁说的，我江静舟的姐姐妹妹都有共党嫌疑？又是谁说的，那天的一切都是共党的苦肉计？胡文轩，你长鼻犬般地跟踪了我这些年，不就是想把赤色分子这个帽子稳稳地戴到我头上吗？如今你好计谋呀！你指使手下人，以抓捕共党分子为名，利用危情，借刀杀人，故意刺激嫌疑人，巧借共党分子的手杀害了我妹妹，再回过头来将共党同伙的罪名栽赃到她身上，继而证明我就是她背后的那个共党头目！这个如意算盘你打得真不错啊！不过倒霉的是，你又忘记了很重要的一点……"

他用手指着胡文轩，眼中似乎有着两团火在燃烧："你的对手，你曾经的三弟，从来不是委曲求全、任人宰割的角色，更不是一团由着你拿捏的面团！兄弟缘分既然早已丧失殆尽，我们又何必总是虚与委蛇、言不由衷，顾忌彼此的体面？！"

他的语气愈加急促起来，雷霆之势既起，狂飙之风自然凛冽异常："所谓冤有头，债有主，你既然要屡屡触犯我江静舟忍耐的底线，伤我手足性命，坏我忠义情分，我就不吝惜豁出命去和你对决一回了！今天向师长也在，正好做个见证！姓胡的，我今天就成全了你，咱们杀人偿命，欠债还钱，等我回去亲手处决了杀我妹妹的帮凶，再交出兵权，和你一起去国防部领这个共党嫌疑分子的罪名吧！"

"江致远你？！"胡文轩被噎得无语。

他看看向晖，又转而瞪着江静舟，话都说不利落了："你……你竟敢想随意处决我……我保密局军官，你……你胆大妄为，胆大包天……你眼里还有军令王法吗？"

"军令？王法？"江静舟冷笑了一下，指指向晖，"幸亏这件事出在他向师长防区，如果发生在我那里，"那如刀似戟般锐利的眼神逼视着胡文轩："你那个姓纪的手下早就命丧乱枪之下了！还会等到今日？"

向晖忙制止道："致远，你要冷静！说话不可太过造次！"

江静舟回看向晖，冷笑道："向明光，舍妹可是死在你的防区，我是深知你的为人和秉性，才不想再做任何考量、追究！可是这并不代表我这儿的一条人命就可以白交代在你那里了！！有些问题还是说明白比较好！刚才说过了，我已经让人带走了你的巡逻队长，我要亲自问他的话！"

在向晖眼中，狂怒之下的江静舟突然变得六亲不认起来，他看向自己的目光有一种从来没有过的冷漠和决然。

不及看视向晖的反应，江静舟又逼视住自己往日的盟兄："至于你，胡站长，你的那位部下…… 是叫纪什么的那个组长，也早就被'请'到我那里了，他该担什么责任，咱们审着瞧！总之，事情问清楚了，情况讲明白了，该杀的杀，该放的放！眼下，我不过是先礼后兵，和你们说上这么一声罢了！"

他说完这番话，看着两人冷笑数声，转身扬长而去。

胡文轩恨怒交加，指着江静舟的背影，看着向晖："你…… 你看到了吧？这个野蛮无礼的家伙？简直就是个……跋扈将军！他一向就是这样狂狷无形的！这有个精诚合作的态度吗？"

说完，胡文轩也愤愤然告辞走了。

"唉！"向晖也被江静舟这番雷霆之怒惊到了，而且江静舟从未有过的，对自己的无情责难更是令他百般委屈、不安。他只觉得心神憔悴，长叹一口气，颓然跌坐到沙发上。

情势危急，万般无奈下，向晖找到了封正烈那里，请他婉言劝慰江静舟罢手，低调处理此事。

　　封正烈也是费了浑身解数好言劝说江静舟，甚至将长官权威都放下了，以兄弟情分打动江静舟，让他以大局为重，隐忍私人情怀，放弃个人恩怨，将这件意外事件平息下来，各方面精诚合作，共度危局。

　　他让向晖和胡文轩安排手下涉及此次事件的人员，在陆十军、N7军及保密局军官等众人面前叙述了事情经过，说明白了事件真相，对事件处理不当的责任，向江静舟表示了歉意，并承担了沈冰的所有丧葬费用。胡文轩也代表保密局表示了要和陆十军、N7军通力合作，消除误解，共同御敌的意思。

　　江静舟神情冷漠地接受了这番调停，将胡文轩和向晖手下的人放了，这件事情终于算是平息下来。

　　事后，封正烈把江静舟叫到办公室，私下又解释安抚道："致远啊，我知道你是咽不下这口气，毕竟兄妹情深！不过得饶人处且饶人，尤其是这个节骨眼上，只要他胡文轩低了头，在大家面前服了这个软，相信他以后就不敢造次了。"

　　江静舟冷冷一笑："您相信狗能改了吃屎的毛病吗？"

　　他转而叹气："算了，我这次是看在您的面子上，一切忍了，不然我这位昔日盟兄可就惨了！"他说着还蹙起剑眉，狠狠地咬牙。

　　"小野犊子在我面前还继续炮蹶子呢？"封正烈微微摇头，意味深长地继续劝道，"你只看我的面子吗？好吧，你江致远的脾气我是知道的！我也一直在忍你，宠你，惯你！直到把你生生宠惯成了一个跋扈将军！知道吗？别人如今背后都这样称谓你呢！唉！大敌当前，势如危卵，只要能打硬仗，跋扈就跋扈吧！不过，致远，我对你可有一点不满意……"

　　他用手点点江静舟："你和你的老宿敌胡文轩斗斗也就罢了！怎样连自己的人都不放过了？哦，你和胡文轩断了这昔日盟兄弟情分，可是曾经的生死弟兄也全都翻脸不要了吗？你别用小豹子眼睛瞪我，我可是听说了，你那天骂胡某人的时候，把人家向明光都捎带上了？"

听了这番埋怨，江静舟带点羞赧的神情摸摸鼻子，尴尬地笑笑："明光兄到您这里来诉苦了吗？"

封正烈看着他摇头："他要是能来我这里诉苦就不是向明光了！你还不了解他的个性？什么事情都是自己咬牙扛着，还要顾及你的情绪和心态！我都有点心疼他了……这次的事情，他也是夹在其中难做人，又对你心有愧疚。唉！我明告诉你吧，明光他怕胡文轩做事不合你的意，有关宁松姑姑的丧葬费、善后费用等一切事宜，都是他亲自安排办理的！不过，致远啊，兄弟情分归兄弟情分，明光他顾忌你们以往的感情，对你怎么百般退让和尊重我不过问，我只是想提醒你一句，人家向晖目前的身份毕竟不同了，该给他的面子你终究要给才是！"

江静舟默默点头。

沈冰虽然即刻安葬了，但是头七那天，向晖还是专程到江静舟家祭奠。

他搂住宁松，说出了自己的歉意："虽然你姑姑不是死在我的兵的手上，但是事情毕竟是发生在我的防区内，我心里始终不安！当时我的手下及时请示了我，可是我却没能有效阻止这场悲剧的发生！唉，就是你爸爸不怪我，我自己都不能原谅自己！"

一旁的江静舟听出来他的深意，上前拍拍他的背："好了，明光兄！也怪我当时情绪激动，只顾在胡文轩那个城门楼上点火了，却不料无心中伤了你这个池鱼！一切都过去了，兄弟还是兄弟！"

向晖忧伤地望着他，轻轻摇头："无论如何，这终究是一场悲剧……致远啊，不知道为什么，我总有一种不祥的预感？唉！城未破、人先亡……"他没有再说下去。

江静舟不好多说什么，只是温语安慰了他一番，因为目前江静舟的心思已经不在这里。

沈冰的突然牺牲让江静舟哀痛不已，但是想到肩上的责任，他和他小组的战友们却连尽情悲悼的情绪都不敢有。只为此次突发事件，几乎让和他们联络的宽城地下党交通站破坏殆尽，曙光小组失去了作用。尤为关键的是，飓风小组和城外东野的联络也暂时隔断了。

飓风小组的工作陷入了困境。江静舟心急如焚，形势是那样的紧迫，解放军攻城在即，自己这方的情报不能尽快送出城去，那么他们这些地工人员的"耳朵""眼睛"功效如何发挥？

程睿和许若飞也是万分焦虑，坐卧不宁，江静舟强忍情绪，安慰两人，好在电台联络还算畅通，更为有幸的是，顾倾城的特工技能此刻显现出作用，在此紧急危难时刻，她果断接替了沈冰的报务工作。江静舟劝说众人静待城外老家的最新指令。

转机来临于一个黄昏。顾倾城收到老家新的指示，江静舟召集程睿、许若飞到家中商议。

此次老家的指示主要有三个内容：其一，我党高级秘密特工"水鸟"即将来宽城，他的任务是利用其和封正烈不同寻常的关系，帮助江静舟做好陆十军策反起义的思想推动工作；其二，水鸟同志将带来新的交通员"喜鹊"，担任飓风小组和宽城地下党联络站的交通员；其三，飓风小组一位长期未露面的隐形成员"风表哥"，也将解冻，择机加入飓风小组，外围协助他们做好陆十军和N7军的策反工作，但是风表哥的身份仍将一如既往的是他们小组的隐形成员，不公开和他们联系，必要时经老家批准，才可展露真容。

"唉，风表哥！好神秘，好神奇！"许若飞忍不住感叹，"这有几年了吧，只听说咱们小组有这么一位莫测高深的隐形成员，直到今日，也难睹真容！"

"这有什么好奇怪的？以前的霆表哥不也是如此？后来解密后才知道他竟然是我二叔的贴身副官，倾城姊姊的亲哥哥？"程睿笑着接话。

"嗨，程睿！幸亏顾姐没在眼前，你说这话分明犯忌了！"

"我明白啊，这里不就是咱们三人吗？"

江静舟看着两人在语气轻松的议论，知道是老家的喜讯终于让大家放松了些情绪，也就点头道："干咱们这一行，小心没过逾的！你们说得不错，倾城虽然已经算是自己人，但是一些组织原则和秘密工作纪律还是要的！"

"这个我们肯定都明白啊！请充分放心吧，云表哥同志！"许若飞是个开朗乐观的人，好容易放松情绪，忍不住话就多起来，"哎，大哥，您说那位'风表哥'该是个什么样的人啊？长期冰封不动，老家布下的一颗'闲子'，特工技术高超的独立级特工！嗨，这种种说法都好神奇呐！就像以前在上海时那位神秘莫测的'贞德'一样，都是我们这行的佼佼者！我是真好奇啊，什么时候才能一睹其真容呢？"

"总有那样一天！大不了新中国见呗！"好消息让一向沉稳内持的程睿也露出开心活泼的一面来，"如此这般胡猜无益，我们只要想到还有一位这样技能卓越的战友和我们一起并肩战斗，就令人无比兴奋、欣慰！"

"是啊，小睿说得好——大不了新中国见！让我们都各司其职，和这样卓越优秀的战友们并肩奋战在各自岗位上吧！"江静舟微微眯起眼，脸上露出无限神往的表情来。

三人兴奋地商议着，谁也没想到即将到来的代号为"喜鹊"的新任交通员，就是将要从上海到宽城的沁梅。

自从沈冰牺牲后，东野司令部就在急于建立和飓风小组的新联系。其中交通员至关重要。要熟悉江静舟一方的情况，还要能安全稳妥地在最短时间内插身江静舟身边，这样，在上海警备师和保密局上海站卧底的沁梅就成为最佳人选。

让沁梅紧急赴东北还有一个很好的契机，任职于南京国防部某部副厅长，代号为"水鸟"的我党高级卧底——宋和清同志，即将赴宽城视察陆十军和N7军驻防情况，让沁梅找到他，以赴东北探亲为名，一块儿同行就显得顺理成章了。

宋和清早年在189师独立旅时代，就担任封正烈的参谋长，和他的关系亲若手足。抗战后期，他没有参加封正烈师入缅作战，因机缘巧合，被选到国防部就职。他利用自己的特殊位置，为我党收集了大量的情报。江静舟从缅北战场回国后，受党指派，长期和代号"水鸟"的他保持联系，多次利用职务之便，往返上海和南京，他领导的飓风小组作为重要的交通站，为"水鸟"传递了大量绝密情报回老家。

因为上述军中任职经历，宋和清和江静舟也算老上下级关系，同时他和胡文轩也相熟，此时带上他们二人共同的"亲戚"沁梅去东北投亲，自然是一个顺理成章的事情。

意外的倒是和他们同机来宽城的，还有一位身份不同寻常的客人——那位孤高傲世的女人：中央日报社副主编樊黎翘。

　　沁梅来到宽城，没有急于去陆十军见自己的父亲，而是先行到保密局宽城站来见胡文轩，她知道自己此次来宽城是担任父亲江静舟的交通员，身份敏感，任务艰巨，在这之前先打消养父胡文轩对此事的怀疑，无疑是一件重要的事情。

　　猛然见到沁梅活泼泼地突然出现在自己面前，胡文轩是万般情绪涌上心头，又惊喜，又担忧，又纠结，又怀疑，连他自己也弄不清自己的心态是哪般？

　　其实胡文轩本心是不愿意让沁梅此时来到东北的。他直觉一场大战已经在所难免，他原本为监视江静舟而来，他和那一方的争斗和冲突也必将会白热化。他真心不希望沁梅陷入这种亲情纠葛中来。

　　不过当沁梅拽着他的手，红着眼圈诉说自己在上海孤身寂寞，除了干妈虞水蓉，身边没有任何亲人，日夜思念养父和表叔的情形时，胡文轩又瞬间心软了，眼眶也跟着湿润了。他简直觉得自己太对不起孩子了，好像是他无情抛弃了女儿一般！愧疚之情骤然涌上心头。

　　他直觉他的阿梅被自己娇惯坏了，依照她的性情，是很难相处好一些复杂社会关系的。这个丫头嘴硬心软，不会讨好人，最亲的两个亲人——养父和表叔的相继离开，一定会使她陷入惶恐不安、孤独无依的境地。

　　何况她曾经的恋人楚天舒也早已调离了上海，那么沁梅身边一定是格外孤寂的。毕竟是二十出头的小丫头，在这种情形下，闹着要来东北寻亲就是再正常不过的一件事情了。胡文轩觉得还是自己太过急功近利，跟踪江静舟心切，没有考虑到养女对自己的依恋之情，便又一次在内心中强烈自责自己有点对不起孩子。

　　虽然未能体会到胡文轩这番心思，毕竟是亲情使然，沁梅也在心中暗暗心疼着自己的养父。

　　自己固然是带着使命和目的来见他的，在利用这般父女情来麻痹他，对付他，可是女孩究竟是个性情中人，在她心中，除了信仰和任务，还常常难以摈弃的，是一个做女儿的情怀。当看到仅仅是两个多月的分离，养父明显消瘦了许多的面容时，沁梅还是真心为他担心起来。

她还敏感地发现他神色忧虑，脸色灰暗，精神状态不好，似乎有着很重的心结，就关心地问起原因来。

"还不是拜你那个表叔所赐！"这句话几乎冲到嘴边，胡文轩终究咽了回去。何时何地，他都不忍心伤害沁梅的感情。

有时候，静下心来，胡文轩常常会这样设想，如果他的阿梅真的是江静舟的亲生女儿，自己会怎么做？能割舍这份亲情，快刀斩断这份父女缘吗？

每每想到这里，胡文轩就会自欺欺人地放弃这个疑问，像鸵鸟一样，把自己还算聪明的头颅深深埋在沙堆中，不听，不看，不想，不认……

仿佛一切都是缘，一切又都是命，沁梅注定永远是胡文轩的一个软肋。

反之亦然，似乎谁都难逃这份迷局。

此刻，父女重逢，畅叙了衷肠，沁梅又很自然地问起自己的住宿问题。两个父亲，两个将军官邸，究竟自己应该下榻哪方？

"这次爸爸就不留你在家住了！这里不比上海，我工作忙，几乎不着家，府中又没有得力仆人……再说了，关外形势复杂，你住在军队里比在我这里要安全得多。所以，你还是住到你表叔家去吧，他们家有女人，有孩子，毕竟比我这里热闹些！"

胡文轩真诚地对沁梅说了上述一番话。

这倒也是他此刻的真实想法，还有一层深意，连他自己都没有意识到，这次沈冰事件，让他对江静舟的跋扈张狂又多了层畏惧之意。胡文轩也是个性情中人，他在心底暗暗谋划安慰着自己：

算了，前次纠纷好容易平息，自己还是少去撩拨那个难惹的浑身带刺的家伙，不要让他再挑眼了！只当是他的外甥女，那就住在他那里好了，何必和他争这个短长？只要父女感情在，就是我胡文轩最大的胜利！两情若是长久时，又岂在朝朝暮暮？这句老话，用在我们这对父女情分上，倒也蛮合适的呢。

近来饱受打击的胡文轩站长就这样自己安慰了自己。

"丫头啊，你记住，父女终究是父女，住在哪边都无所谓的，只要你有良心，经常过来看看我，我就知足了！"

他最后含笑说出的这句话，让沁梅又一次红了眼圈。忽然就提出想在养父这里吃过晚饭才过那边去。胡文轩自然开心，忙不迭地吩咐底下人准备吃食。

晚饭前，胡文轩的贴身副官陈玮悄悄将沁梅拉在一旁，简单扼要地告诉了她最近宽城发生的一些事情，尤其是沈冰事件对胡文轩的打击，以及胡文轩的困境所在。

陈玮担忧地嘱咐沁梅："小姐，你有空不妨劝劝站长，他不可再这样宵衣旰食地工作下去了，你看他都瘦成了什么样子了？照这样辛苦下去，共党分子没抓完，他自己该先倒下了！"

于是饭桌上，沁梅婉转说出了自己对养父身体的担心。

胡文轩淡淡地笑笑，没多说话，他自己晚饭没吃几口，倒将沁梅的碗中夹满了各种菜。

饭后，胡文轩用自己的车送沁梅到183师江静舟官邸去。

上车前，沁梅突然回身，看看胡文轩，抽抽鼻子，上前轻轻搂抱了一下他。在胡文轩的记忆中，父女断断续续相处十多年了，这似乎是沁梅第一次主动搂抱他！

此刻，当着秘书、副官们的面，胡文轩对沁梅这番真情流露的举动有片刻的惊讶，甚至是小小的不好意思，但是随即涌上心头的，就是深深的感动和欣慰：他经常牵挂在心的小女儿，出于对他的关心和爱，就分明以这样的举动，表示了不可割舍的亲情。

这次的场景是那样深深印在了胡文轩的心底。

在后来的种种行动中，每当胡文轩和江静舟剑拔弩张的对决时分，他都会下意识地紧张地看看四周是否有沁梅的身影？

他有时也哀叹阿梅这丫头一定是老天派来专门降服他的，因为他真的是拿这个时而野蛮霸道，时而贴心温暖，时而又调皮可爱的小丫头一点办法都没有！

但是刚才那个温馨的分别场景也让胡文轩产生一丝骄傲的自信，沁梅对他的深情绝不亚于对于她的另一个亲人——江静舟！睿智机敏如胡文轩，终究难出自己布下的迷局，所以才会有后来父女纠结的一段后情。

沁梅就这样至少是暂时消除了养父对自己突然来到东北投亲的怀疑，而且私下里，也真实圆满地和养父共享了一段难舍的亲情。她得以堂而皇之地坐着胡文轩的车来到自己父亲的官邸。

顾倾城开的门，看到沁梅的刹那，她不由得惊讶万分，也是惊喜万分地叫了起来。

江静舟是才应酬完刚刚回到家中，连身上的军装还没有来得及换掉，他看着沁梅，也是不可思议般的惊喜。

笑着问候了顾倾城，沁梅大大方方地走到父亲面前，也不在乎顾倾城就在跟前，她上前紧紧拥抱住父亲，将脸贴着父亲宽阔的胸前，嘴里呢喃着："表叔……嗯嗯，不要，今天初次重逢，让我逾规一次吧？我今晚就要痛痛快快叫爸爸……爸，我好想你！"

江静舟笑着搂住女儿，享受着这难得的亲情。过了片刻，他似乎恍然大悟般说道："难怪呀，刚才有人和我说，我回到家就会有惊喜？原来是你这个丫头悄没声跟到东北来啦？"

他笑看着女儿的俏脸："丫头，你是坐宋伯伯的飞机一起来的吧？"

沁梅兴奋地点头，俏皮地看看父亲，又看看顾倾城，笑道："可是，这还不是宋伯伯所指的所谓惊喜的全部含义呢！"

她放开父亲，正正面容，认真地说出了一句诗，也就是指定好的接头暗号："姓名已入飞龙榜，"还没等江静舟回答，顾倾城就在一旁忍不住了，她激动万分地接了下句：

"书信新传喜鹊知。天啦，'喜鹊'竟然是你！沁梅！太好了！"因为联络电文是顾倾城亲手接收的，沈冰逝后，她接替了许多她的工作，此刻的顾倾城俨然已经成为飓风小组的重要联络者之一，所以忙不迭地和沁梅对上了暗号。

沁梅笑着对两人点头。

江静舟感慨万分地看着女儿。

刚才，他从一个应酬晚宴回来。身为国防部要员的宋和清来到宽城，封正烈出面接待了他。欢迎晚宴上除了江静舟、向晖等一众陆十军、N7军高级军官外，还有和宋和清同机抵达的一个特殊客人——《中央日报》副主编樊黎翘。

宾主尽欢。江静舟知道新的我党交通员是和水鸟同时来到宽城的，他在等着宋和清的安排，择机将他（她）交到自己这方。

在这场宴会上，他当然不可能和宋和清有什么这方面的交集，但是他感到宋和清分明知道他的焦急期盼心理，就在觥筹交错间，笑着对他低语道："致远啊，今天你还没回家呢吧？晚上回去，有大惊喜在等着你！"

却原来，新的交通员"喜鹊"竟然是自己的女儿沁梅！此刻的江静舟果然感到自己收到了从天而降的一个"大惊喜"！

楼下的这番动静，惊动了在楼上看书的宁松，他急忙下楼来看。

沈冰遇难后，封正烈夫妇出于安慰江静舟的情绪考虑，主动将宁松暂时送回江静舟家住，嘱咐他多体贴安慰自己的父亲。

此刻，宁松看到沁梅，惊喜地大叫："姐！"几乎是冲下楼来。

看到扑到自己身前的少年，沁梅拉住他看了又看，脸上露出不相信的表情："天哪！小松？几年不见，你怎么长得这样高了？我都快不敢认了呀！"

姐弟俩搂在一起，又蹦又跳的，兴奋得不得了，江静舟在一旁欣慰地笑了。

父女姐弟兴奋地来到客厅坐下，顾倾城为他们端来了茶点。她随口问沁梅是否吃过晚饭，沁梅笑着点头："我在养父那里吃过了。"

她回头向父亲说明了自己见了胡文轩的经过，以及如何打消他的怀疑的，接着笑道："于是我就大摇大摆地坐着文轩爸爸的车子来这里了。我以后可以堂而皇之地住在爸爸这里了，小松你也在啊，真好！我们终于团聚在自己家了！哦，只是我没有小松幸福呐，我还要继续叫您表叔，不过能生活在自己爸爸和弟弟身边，我已经幸福满足得要死啦！"

江静舟忍不住伸手拍拍女儿的脸颊，理解地笑笑。沁梅完全沉浸在父女、姐弟相逢重聚的喜悦中，看不到弟弟宁松眼中蓦然浮起的阴霾，少年此刻已经少有的吊起了脸子。

他认真看向姐姐，脸上露出在父亲江静舟眼中看来，在自己儿子身上少见的愤怒和不屑的表情，沉沉的声音听来也是格外的冰冷严肃。

"文轩爸爸？！姐，你是一直这样称呼胡文轩的吗？我真不能接受！你知不知道……你的这位文轩爸爸，是个十恶不赦的刽子手？！他刚刚杀害了我们共同的亲人……我的姑姑……你的小姨！"

空气一下子变得紧张起来。沁梅疑惑不解地看了看父亲、倾城姑姑，又望向弟弟："小松，你在说什么？你的姑姑？我的小姨？是……被谁……杀害？"

女孩一时不能转过思维来，在这一瞬间，她还不能明白宁松口中的"我们共同的亲人"的含义。却突然记起刚才在胡文轩那里，听到副官陈玮提到的近期这里发生的人命惨案，心里暗暗心惊，难道会是？她忙望向自己的父亲，满脸的惊诧和困惑。

江静舟神情哀痛而无奈，一时不知该如何和女儿解释，只为他知道沈冰作为沁梅的亲小姨，和她的感情有多深！

看到江静舟父子哀伤难抑的情形，顾倾城好生不忍。她揽过沁梅的肩膀，将她拉到了隔壁的小书房中。

父子相对无语。不知过了多久，只听到小书房里传出沁梅悲痛欲绝的一声呼喊："不！小姨啊！"接着就是两个女人的哭泣声。

就在沁梅和父亲、弟弟相聚的同一时刻，樊黎翘也来到胡文轩官邸拜访。

樊黎翘这次来宽城是有着双重目的的。首先，官面上，她想写一些关于宽城防守的战地报道，有关陆十军和N7军的备战临战情况。其次在私下中，她作为委座夫人的密友和亲信，受夫人指派，计划到宽城了解一下驻军的真实情况，包括官兵的思想动态、临战状况等问题，不过是要隐秘地了解到一些暗藏的真实情况。

樊黎翘不得不承认，自己之所以热衷于这时候来宽城，还有一个她自己都不想正面面对的理由，那就是——江静舟在这里！

上次上海的那场不欢而散，曾经伤透了樊黎翘的芳心。她觉得江静舟在她面前无情甚至绝情。

她永远忘不掉那个让她心碎的一幕：顾倾城将头疼病发作的江静舟揽在自己怀中，用手为他按摩着太阳穴，顾倾城心疼得掉泪，江静舟握着她的手安慰她，两人深情对望的样子……任何时候想起这一幕，樊黎翘就会有羞愤交加的感觉涌上心头！

按照樊黎翘的个性，她应该将这个"负心男"永远打入另册，永不想起。

但是不知为什么，一旦得知自己有机会来到他目前任职的宽城，她的心跳骤然加速起来，几乎是瞬间接受下了这个任务和使命。

就在刚才，在封正烈为他们举行的欢迎宴会上，樊黎翘再次见到了江静舟。

谋面之初，樊黎翘没法不觉得气愤又无奈，他江静舟不是得了健忘症就是脸皮实在太厚！你看他来到她的面前敬酒时，竟然还是那般从容和平静，带着老熟人间的亲切笑容，似乎以前他们之间没发生过任何不快一样！

他就没有一丝一毫的愧意吗？他曾经那样伤害过我的感情，那样无情地拒绝过我的一片芳心！这个可恶且可恼的家伙！樊黎翘在心底微微冷笑着，暗暗咬碎了银牙，望着江静舟坦然温和的笑容，她在心里偷偷诅咒着。

千忍万忍，情恨难忍！于是，她趁着别人觥筹交错之际，拿着一杯红酒来到江静舟身旁。

她脸上挂着揶揄的笑意，将酒杯和江静舟手中的杯子轻轻一碰，故意夸张地说道："江师长，好啊？这一阵子啦，我都在等你的喜讯呢！等着你迎娶第三任江夫人的消息传来，我好送上一份厚礼呐？"

听了这醋劲儿十足，挑衅加嘲讽的一番话，江静舟在心底暗笑，他可是有备而来见她的，经过那次近似决裂般的争吵和伤害，他如今已不欠这位樊主编什么情分了，眼下他的心情是格外坦然平静的。

于是他不在意地一笑，语气懒懒地回答道："樊主编有心了，似乎比我们两个当事人还着急呢？其实啊，那不过是一个形式罢了，我一向是个务实的人，似乎不太在意这个！"

樊黎翘摇头，带点冷笑加讥笑的神情："你不是女人，自然不懂女人！一个女人，要衡量自己的男人是否深爱自己，最直接、最有效的标尺，就是——这个男人是否愿意给她婚姻，给她一个最朴实，但是却是一个最真切的保障。名分！对，名分！很俗吗？不过很遗憾，这个最实在也最可靠！"

江静舟继续嬉笑着看她，语气仍然是轻松自如的："唉！看得出来，樊主编是一如既往的自信和强势啊？不过，作为老朋友了，我可不可以直言一句呢？你刚才这番言论，似乎有点失于自以为是、武断霸道了吧？"

他摸摸自己的鼻子，剑眉顽皮地挑了挑，一双锐利锋芒的眸子里瞬间有一丝孩童般的天真和戏耍的神情在跳跃。

他的这种样子最让樊黎翘经受不住，她的痴恋，她的纵情，她的一往情深，刹那间又在胸中燃起熊熊大火，烧得她的胸膛都灼热窒息起来。如果江静舟能参透这一点，估计他早就会正襟危坐，战战兢兢朝向她了，而绝不会像此刻这样嬉皮笑脸、口无遮拦地对付她了。

唉，这个狂狷无忌的家伙！你这个浑身是刺的愣当兵的有啥魅力，竟然让人屡屡沉醉而不可自拔？就算眼下你是位将军了，那又如何呢？我樊黎翘见过的党国将军、精英人物如过江之鲫，可以船载斗量！樊黎翘在心里不服气地计较着、嘀咕着。

可是——唯有对他……这个浑身是毛病的痞痞的、横横的、不知好歹的、不解风情的家伙，自己偏偏不争气地起了这份强烈的心思！不见的时候，下了狠心将他扫除心底脑海，甚至是恨恨地打入另册；可是只要一见面，一切的百般设防，心里早就筑起的樊篱，就会刹那间崩塌，继而灰飞烟灭！

奈何？奈何？聪明颖悟如樊黎翘，也唯剩哀叹的份儿了。也许这就是孽缘吧？樊黎翘有点绝望地想到。

江静舟当然是浑然不觉！他还在自作聪明、不知死活地继续暗藏机锋地回答着她的质疑呢："唉！子非鱼，焉知鱼之乐？我认为所谓姻缘吧，如鱼饮水，冷暖自知。樊主编，一个女人最想要什么？最渴望什么？她目前是否感到幸福和满足？应该只有她自己最清楚吧？婚姻之玄机，从来就不是外人可以参透的呢！只要当事人自己感到一切是圆满的、舒适的、满足的，就不用在意任何外界的评议和质疑吧？"

他用着在樊黎翘眼中，几乎是可恶加可恨的嬉笑表情凑近她，轻声低语道："我知道樊主编和我们家倾城在以前的上海时期就十分相熟，你既然这样肯为她操心，不如亲自问她一问，如今的感受如何？然后再来确定是否应该谴责我也不迟吧？"

樊黎翘狠狠地白了他一眼，转身离去。江静舟得意地嘿嘿一笑。

此刻，坐在胡文轩官邸的客厅沙发上，樊黎翘的思绪还在那场宴会里，在江静舟的身上。

"呃……樊主编？大驾光临，一定是有什么指教吧？胡鉴是不吝赐教，不胜荣幸哪！"胡文轩看着樊黎翘心神不定的样子，心下有点觉得奇怪。

樊黎翘瞬间清醒下来，稳稳神，笑看着胡文轩："胡站长，咱们也算老熟人了！我今天才到宽城，刚才在陆十军军部和封军长等一些高级军官见了面，各个熟人故交都见到了，突然想起这里还有你这么个故人呢，所以就来看看啦！"

胡文轩了然一笑："樊主编出现的地方，一定是关键的部位！从这点来讲，我十分钦佩。如今宽城是风雨满楼，大战将至，樊主编随着宋副厅长来到这里，一定有着自己的使命吧？胡鉴很愿意为樊主编尽些地主之谊呢。"

"很好，多谢啦！"樊黎翘嫣然一笑，"胡站长也是知道的，我一向对一些热点新闻感兴趣，也想用我的笔，宣传一些党国精英们的战功伟绩，就是在这大战在即，危情四溢的前方阵地，才是我最想涉足的呢。"

胡文轩点头："如椽妙笔、生花纸端、大名鼎鼎、如雷贯耳呐！樊主编是我胡鉴非常仰慕的人，不过……"他顿了顿，搔搔头，似乎不好说下去的样子。

樊黎翘看着他，轻轻摇头："因为职业的缘故吧，我认识的人很多，说句狂话，让我记住并欣赏的人不多，胡站长你算一个！你对事业的执着，对党国的忠诚，曾经给我留下了很深的印象！"她用鼓励的目光看向胡文轩。

胡文轩顿时感到有点感动："原来樊主编这样高看胡鉴？实在是荣幸得很呐！我还一直以为，樊主编你是某些人的绝对代言人呢！"

"某些人？什么意思？"樊黎翘警觉道。

"哦，开个小玩笑哈！"胡文轩貌似无意地哈哈一笑，"我是看樊主编为江静舟写过几篇重量级的文章了，几近美化歌颂之至，可以说，他江静舟能有今天，一大半功劳要拜你樊主编所赐呢！所以，就想当然地以为，这次樊主编又要为他江师长炮制新的赞誉之文呢。"

不能不说胡文轩是明锐而警觉的。从樊黎翘来到宽城不久，就到自己这里的情形来看，她一定是有着特殊目的的。作为故人，胡文轩自然知道樊黎翘和江静舟的凤缘，他更深知这个孤芳自赏、高傲不群的女人，曾经暗恋江静舟许久了。

但是前几年在上海，还是隐约听到过一些传闻，貌似由于江静舟和顾倾城的暧昧关系，这个樊主编多少有些醋意大发的情形。似乎她和江静舟之间还发生过什么激烈冲突？总之，樊黎翘对江静舟的温度骤然降温，这是个事实。此刻，胡文轩更想当面做一观察，看看眼下的樊黎翘，对那个飞扬跋扈，不可一世的家伙，究竟是怎么一个态度。

他暗暗心喜地看到，提起江静舟，樊黎翘明显脸上挂了不悦的表情，她似乎不想接这个话题，就淡淡一笑："一切都是过去的事情了，我只做好分内的事情，别人是否知情感恩，就非我所关注的了！再说了，此一时也彼一时也，党国精英原不独他江致远一人？比如你胡站长，再比如 N7 军的向晖师长。"

说到这里，她突然记起，就对胡文轩解释道："哦，现在应该称他为向副军长了！胡站长还不知道吧？这次宋副厅长带来了委任状，向晖现在已经是 N7 军的副军长了，升为中将军衔，眼下李军长卧病，这个新任的向副军长就是 N7 军的实际掌门人了！"

胡文轩点头："向副军长也是我崇敬的人，他和江静舟就不是一类人！虽然他们看似惺惺相惜，有过那么一段共同经历，其实，我心下有数，在对党国的忠诚方面，江静舟和他不可同日而语！"

樊黎翘点头冷笑："所以我们还是不要议起某人这个话题了，有良心的人，终究是有良心的人，反之，我们只好选择无视罢了！"

看来自己判断的没错！樊黎翘如今和江静舟是决裂了。看她的样子，眼下是提都不想提"江静舟"仨字！

胡文轩心下暗喜，但是他的心中有数，当然不肯放过这样联合樊黎翘以对付江静舟的机会！他偏偏要提起江静舟，而且还要大说特说！

"说到底，那个江静舟就是一个没良心的人！"胡文轩旗帜鲜明地说出了自己的观点。

"你看吧，樊主编，抗战胜利后，你在《中央日报》上为他写了一篇远征军经历的专访，让他瞬间驰名军界政界，虽然没有和戴安澜、张自忠等将军齐名，毕竟也是一位名扬四方的抗日英雄了！可是，我并没有看到他对你有什么感激之意呢？起码我没从他嘴里听到过任何赞扬感谢你樊主编的话！"

他继续分析道："还有更重要的问题是，既然他已经是党国树立的英雄人物，我认为，他就此应该自省自律，维护这份军人荣誉才好，可是你看看他的一些做派言行吧，简直是不合规矩，不成体统！他骄横跋扈，不讲团结，目无上级，拥兵自重，对我们保密局秉承上方所做的政训工作横加指责，不但不予以合作，还经常发出一些不利于团结，以下犯上的言论！更不用提他的私生活，那更是混乱奢靡至极！作为一名党国将军，长期和自己身边的女军官不清不白，缠缠绵绵，这在当时的警备师里影响很坏！"

胡文轩聪明地选择了这样一个切入点，很快将樊黎翘拉入了自己想说的话题中。

樊黎翘也正想问到此问题，不过为了面子上好看，她故意做出漫不经心的样子，看看胡文轩："对了，说到这里，我才多句嘴啦，几次去上海，我看到你的那个部下，那个顾倾城中校，总是和江致远腻腻歪歪，纠缠不清的，像是有种暧昧难言的关系？究竟真相如何呢？"

胡文轩正中下怀，瞬间感到精神百倍地来劲起来，他搜肠刮肚地开始数落江静舟的累累劣迹了："樊主编！你我认识江致远时间都不短了！他是个什么样的人，你不清楚吗？他的过往情史，就不用我给你一一列举了吧？哼！顾倾城？当时不过是他手下的一个小小的中校副处长罢了，如何逃得出他的魔掌？"

说到此处，胡文轩恨恨地呸了一声："不是我背后说他江致远的坏话哈？作为他曾经的盟兄，老同学，我简直为他感到耻辱！我们黄埔生的名誉都被他生生破坏尽了！他个人私生活极为混乱，过往情史更是不堪枚举，简直可以算是一个见异思迁的伪君子！哦，不，简直是一个摧花辣手！"

虽然自己心下也暗恨江静舟的无情无义，但是听了胡文轩极力诋毁的这番话，樊黎翘还是有点心里不舒服，连她自己都不知道是为什么。

她微微皱起眉头："唉！以前那些事，说不清道不明的，还提它干什么？不如还是回到眼前话题吧！他……江致远，既然和那个顾倾城已经……可为什么又不结婚呢？"

胡文轩依旧是恨恨的表情："有什么奇怪？他的品行一向如此！吃锅看盆、得陇望蜀，花心得很呐！顾倾城现在已经是他的人啦，可是他绝不会因为要负责任而娶顾倾城的，这点我太清楚了，他根本就是无良小人一个！"

樊黎翘听了，心有所感，低头不语。胡文轩看看火候差不多了，就引入一个更深的主题上去。

"其实吧，上面说的都还是个人私生活小节问题，我最关注的是，他江致远身上，一直有着浓烈的异党气息，我始终怀疑他对党国的忠诚！说白了吧，我一直认为……他极可能是……"

他看看樊黎翘，看到对方没有反对的样子显露出来，就大胆地说了下去："远的就不说了，当年在194师，咱们见面时，我就将他身上的种种无法解释的嫌疑问题向你说明过的。"

说到此处，他感到一种深深的恨意涌上心头："唉，不幸的是，他那时背景硬啊，不但有他的老长官，当时的封旅长对他是青眼相看，信任有加；而且还有194师陈铮瑜师长因为姻亲关系，对这个家伙也是百般袒护，万般欣赏！但是我并没有改变自己的看法，这几十年来，我从来就未放松对他的警惕性！就是近期，他身上也是新旧疑点重重，不好自清呢！樊主编才来宽城，不知道是否听闻最近这里发生的一件奇事呢？"

他忍不住将沈冰事件讲给樊黎翘听，樊黎翘随着他的生动讲述蹙紧了秀眉。

第九章 父女孽缘

　　但是当时年轻气盛，心劲儿颇高，但又是性情中人的胡文轩，实在参悟不到这样一个道理：养育一个孩子，远不是将一枚冰冷棋子放入自己口袋中那样简单！岁月如刀，能割裂人们之间的亲情友情，柔情蜜意；岁月也如梭，同样能织就一张天罗地网，一张亲情之网，将陷落其中的人们狠狠罩住，束缚终身！

　　小书房中，沁梅抱着沈冰的遗像泣不成声。这里不算她的灵堂，只是顾倾城将她的一副小像用素雅的镜框镶了，旁边摆了些白色的花朵，也算是在自己家中有个追思逝者的地方。

　　此刻，沁梅将遗像紧紧抱在怀中，像是当年在重庆分别时那样，紧紧搂住小姨细瘦纤弱的身子。往事点点滴滴到心头，女孩的泪水像散落的珍珠般滚落腮边，怎么也止不住。

　　"小梅，你要坚强！你小姨她，就是一个无比坚强的女子！我在她身上学到了很多……"顾倾城在一旁喃喃回忆着，"后面从那边老家传回来的信息，加之向师长手下的人对当时情景的描述，你爸爸他们大致还原了事实的真相……你的小姨，是为了掩护战友、保护情报牺牲的！她以自己弱女子的身份，保全得太多！也包括……你爸爸的身份安全！"

　　"小姨……"沁梅抱着遗像，说不出话来，唯有流泪。

　　情绪逐渐平复下来，在顾倾城的劝说下，沁梅随她回到客厅。宁松已经上楼，只剩江静舟一人仍坐在沙发中，头靠在椅背上，作闭目沉思状。

"爸！"轻声喊出这么一句，沁梅扑到父亲面前，将身子扎到父亲怀中，泪水又一次溢出眼眶。后面跟着的顾倾城见此情形，抽身避开了。

江静舟猛然睁开眼睛，转而紧紧搂住女儿，用有力的臂弯给女儿最切实的依靠和支持，却没有说一句话。

沁梅静默着流过了泪，仰起脸看着父亲："爸，我是否算一个没原则、没良心的女孩？"

"丫头为何这样说自己？"江静舟微微蹙眉，看着身边的女儿。

沁梅咬着唇，思索片刻，才幽幽道："就在刚才，我才从他……那个人身边过来！杀害我小姨的人，我如何再能叫他一声……爸爸？"

江静舟不吭气，静静地听着女儿述说。

"很久了，我都不知道怎样描述我对他的这份感情？从延安出发时，我心中满满的都是任务，是斗争，是使命！我知道，我们分属两个阶级，如今有着不可调和的矛盾，甚至是一场生死斗争！

"可是，来到上海，从第一次见到他起，他叫着阿梅，将我一把拥到怀中，那份毫不犹豫的霸气，让我感到……他就是我的另一位父亲！是的，不管我们之间有多少无法跨越、不可拆除的藩篱，可是整整八年的父女情分如何磨灭？何能一笔勾销？我的脑海里，许多片段无法忘记，像放电影般一幕幕闪过……

"他曾经用一个男子笨拙的手，为我扎小辫儿，当我使脾气埋怨他总是扎不好，一气之下把辫绳揪下时，他还是满含歉意地轻声安慰我，耐心细致地为我重新梳理……

"有一次我感冒不舒服，整整一天不肯吃饭，他百般相劝无果，竟然也守在我身边一天粒米不沾……

"记得抗战时期，那时候他很忙，就将我送到了外国人办的寄宿学校。我很孤独，总想他能来看我，可是每次他来了，我却不给他好脸色，怨他把我孤零零扔到了这里……他总是和颜悦色地劝说着，解释着，那种父亲的歉意和无奈简直有点低声下气……可是个性倔强的我就是不给他好脸色！某一次，我别扭过分了，陪在一旁的方城叔叔都看不下去了，责怪了我几句，我又委屈又伤心，跺脚大哭起来……他急了，将方叔叔赶了出去，转身搂着我百般好言相劝……其实他不明白，那时的我，是用别扭情绪在撒娇，我一点儿也不怨他，我一点都不忍心……"

女孩含着泪，一口气说了许多，江静舟认真听着，从口袋里掏出手绢，递给女儿。

沁梅擦着泪，继续诉说着："当我回到老家，明白了自己的身世和身份后，就有一种叫'纠结'的东西在我的心中扎根、发芽，蓬蓬勃勃疯长起来！我和他，究竟是什么样的关系？父女？对手？还是……我是一个红色后代，谁应该是我的父亲？我的生父，是一名战功赫赫的红色特工；我在延安的继父，是一名飒飒英姿的八路军指挥员！可是他……在敌对一方的他，又算什么呢？"

说到这里，沁梅拉起了父亲的手："爸，我是否算是一个革命意志不够坚强的人？我简直是一个不可思议的矛盾体！"

她蹙起秀气的眉毛，眉眼中满是困惑："当我在他面前刺探情报，完成我的使命时，我是冷静而决绝的！他就是我的敌人、对手，我工作的对象！他'恶'的一面让我心惊、仇恨：他曾当着我的面，和那个楚天舒研究对犯人用刑的问题；他布下了所谓的天罗地网，要把我们的组织，我们的战友一网打尽；他时时提防着一切，怀疑着一切，谋划着一切，就算对着我——这个他从小亲自带大的女儿也常用语言试探、考量……"

"可是，"女孩悄然叹口气，"在日常生活中，当他流露出父亲式的关怀、体贴和温情时，我的心……又瞬间软了起来，我看出来，他对我的情，是真的！不！有真的，有假的……但是真的时候居多……这点我完全能感受到！我……"

她看向父亲，满脸的不安神色："爸？我的话……会让您生气吗？您的女儿，这般的不争气，竟然会对一个……敌人，温情脉脉。我……一定让您失望了吧？"

江静舟一直未曾开言，只是静静听着女儿的诉说，此刻忙握住女儿的手，微笑看着她："不，梅儿！爸爸很高兴！我们父女俩终于有机会坐到一起，说到这个敏感的话题——这个也总是让我心中时常焦虑的问题！更难得的是，你还如此坦率地向我敞开了心扉……丫头，爸爸真的很欣慰！"

江静舟动情地感慨着，没有人能体味得到他的心绪，能尽快和亲生骨肉交心倾谈，说到一个至关重要的话题，这样的机会对他来说有多难得？局势危急，时不我待，是到了该和女儿深谈这个重要问题的时候了。

沁梅被父亲难得一见的激动情绪所感染，就也认真望着他，想听到他的教诲。

同一时刻，这个江静舟父女口中的绝对男主角——胡文轩站长，也在情绪激动地和来访的樊黎翘讲述着一个他认为疑点重重、证据确凿的突发事件——沈冰遇刺案。

这件事情的经过本身就离奇惊险，经过胡文轩的倾情演绎，让樊黎翘听得是惊心动魄，感慨连连。

胡文轩可不是在说评书、做小说，他要成功地将樊黎翘的注意力集中在江静舟问题的疑点上，所以又接着谈了自己的许多看法。

樊黎翘倒也并非寻常女子，她的注意力不会轻易被人左右，此刻她沉吟着说道："我今天上午在 N7 军，也已经听说了一些有关这个事件的议论。我当时就觉得这是一个有新闻价值的写点！所以也正想和你们几个当事人聊聊，看是否有料可写？我想，下面，我可以找向晖副军长聊聊，甚至是直接问问江静舟一方的说法！不过，听了你刚才那番分析，我也觉得，江静舟在这次事件中，的确是疑点多多！"

胡文轩激动地连连点头："他江静舟的疑点岂止是这些？我来东北后，专门写了一个报告，罗列了一些我观察到的关于陆十军，关于江静舟等人的疑点和异行，樊主编若有兴趣，我可以给你一份看看！我还想请樊主编帮我带回南京，交到您相熟的——贾翊锟参议手中呢！"

"没问题啊，贾参议也算是我的老友啦！"樊黎翘笑笑，"胡站长真的是忠诚敬业，我今天充分见识到了！若果机缘巧合，我倒真想专门为胡站长写篇文章了！"

"谢谢樊主编的盛情！"胡文轩激动极了，"我最感欣慰的，倒不是樊主编要为胡某写什么文章，而是我们终于在江静舟的问题上，站到统一战线上来了！"

樊黎翘莞尔一笑："不错！为了党国利益，我们的目标无疑是一致的！只是，我就是有点奇怪啊，胡站长对……那个人的一切，怎么如此了如指掌呢？"

胡文轩自信一笑："这不奇怪啊！雁过留声，谁让这个人身上的疑点委实这样多呢？作为一名保密局军人，职责所在，我又怎么能熟视无睹不作为？樊主编想象不到我们下的功夫吧？在这个人的身边，里层外围，一直都有我们的人！他的任何行径都逃不出我们的视野！樊主编，你若有心，就等着看我怎样剥开他的画皮，让他显出原形来！"

樊黎翘貌似恍然大悟般，露出有点好奇的样子："顾倾城也算一个吗？"

胡文轩嘿然一笑："顾倾城自有她的作用！目前火候还远远未到……"他不再多说什么，樊黎翘也就不好再问下去。

片刻，胡文轩想起什么，对樊黎翘道："对了，既然樊主编对江氏妹妹遇刺案这样有兴趣，我倒突然萌生一计，可以因此检验一下某人的嘴脸呢！"

他低声对樊黎翘说出了自己的妙计，樊黎翘听后笑了："胡站长啊，我如今想不佩服你都不成啦？"

胡文轩得意地笑了。

看看天色不早，樊黎翘起身告辞。为了以示彼此间的亲密关系，胡文轩又露出偶然记起一事来的样子，向她打听起楚天舒的目前情况，以示对老部下的关心。

他发自内心地感叹道："其实啊，樊主编，你这个外甥，是我最欣赏的部下了！敬业，忠诚，善良，谦和！可惜我们没缘分，不能同僚太久！"

樊黎翘随意地笑笑："你就甭提那个小家伙啦！也不知道他在你们那里是怎么干的？弄得一身的病回到南京，把他妈妈心疼得要死！后来到空军总部任电讯处副处长，倒是在自己家门口，可以经常回家调养，这才慢慢康复了。据说他最近也有可能到这边来？哎，看缘分吧，人生在世，一切随缘，也不过如此！"

胡文轩忙点头："樊主编说得不错！随缘随缘！"

樊黎翘也记起了什么，就带着不经意的微笑问："说到我们楚家那个不省心的七少爷，我倒记起一事来？据说令爱和他还有过一段小小的感情纠葛的？具体的我也不清楚，倒是我那堂姐，天舒的妈妈问过我，我因为没得到确信，倒也不好回答她的！"

"这些事嘛,还是以当事人的回答为确信,不是吗,樊主编?我们都算是过来人哈!"胡文轩倒也机警,"天舒对此事是怎么个说法?"

"这些事,你想那个鬼灵精的坏小子能和我们这些做长辈的交底吗?"樊黎翘忍不住撇嘴笑道。

"樊主编,小女既然和你同机来到这里,也算是缘分吧,以后你当面多指教她就好!"胡文轩打着哈哈把此话题含糊过去了。

此刻,在自己父亲面前的沁梅,却没有她的养父一般轻松。父亲提到的一个严肃问题,让姑娘的心弦紧紧地绷起。

其实有关胡文轩和沁梅的感情问题,一直是江静舟时常观察,暗暗操心,心怀忧虑的一件事情。

首先是胡文轩对沁梅的爱,那种甚至有时是超越了亲生父女情的深爱,曾经让江静舟百思不得其解。作为一个资深的保密局特工,一个执着铲共、几十年追踪自己不放松的敌对分子,能够对分明是满身疑点,来历模糊不清的养女如此动情、溺爱甚至是纵容,这自然很是令江静舟疑心。

即使胡文轩不能够证明并断定沁梅就是江静舟的亲生女儿,起码她也是和他江静舟有着某种亲缘关系的女孩,她的身上,带有江静舟故乡太多的记忆!这样的沁梅,能让胡文轩全然放心当成自己的女儿,养在身边,施以信任和宠爱,似乎并不太设防,这点很是令人匪夷所思,不合常情!作为特务头子,职业特工的胡文轩,会这样麻痹糊涂吗?

再联想起胡文轩和自己的针锋相对,不依不饶的态度,任何时间、任何地点都破裤子缠腿般毫不放松警惕的情形看,江静舟始终在认可胡、梅有着一定真挚父女情的同时,对他一直睁大着警惕的眼睛,时刻认真观察着胡文轩的一举一动!沁梅可以亲情麻痹,娇憨无知,可以某些时间放松对养父的警惕和防范,作为她父亲的江静舟,却始终紧紧绷着这根弦。

其实这次在一定层面上,分明是江静舟误判了胡文轩!

这是一个不好解释的问题,睿智聪慧如江静舟,也并没有参透这个奇异的现象。

从心理学层面分析,胡文轩就是一个智商颇高,情商略弱的,有着明显心理缺陷的人。从他几十年如一日地追逐虞水蓉这件事情上就可看出一些端倪。所有明眼人都可以看出，虞水蓉是从来没有喜欢过他胡文轩的，个中原因完全无关乎江静舟的存在。爱情的缘分和萌芽，就未曾稍稍降落到胡文轩和虞水蓉之间。但是胡文轩不这样认为。他固执己见，丧失理智，几乎是一厢情愿的偏执地认为，是江静舟的存在和蛊惑，让虞水蓉抛弃了自己，背叛了他们的爱情（只有老天知道，他和虞水蓉自始至终就没有萌发过爱情），只要自己能够将江静舟打回原形，揭露出他异党分子的身份，虞水蓉就会彻底摆脱江静舟的魔影，心甘情愿地回到自己身边。

　　但是因此上推论胡文轩是为了纯粹报情仇而死磕上江静舟，也是不确的。作为一名忠诚党国事业的保密局特工，凭着直觉和灵感，认定江静舟身上有诸多不好解释的疑点，从而始终将他列为自己追踪防范的目标，这本身就是胡文轩的一项使命和任务。而能在完成自己理想和任务的同时，也能顺便报了自己的一箭情仇，对胡文轩来说，是件倍感兴奋和安慰的事情。这也是他几十年来，执着跟踪江静舟、调查江静舟、揭露江静舟，久战不怠、愈挫愈勇的精神源泉所在。

　　但是虞水蓉始终是扎在胡文轩心头的一根刺！动一动就会痛彻心扉！为了虞水蓉，他几乎放弃了别的念想！所有的恋爱、成家、娶妻、生子的念头，几十年来，未曾萦绕在他的心中。他就像一个苦行僧般，孤独寂寥地游荡在人间，他的心里充满了悲凉、无奈、伤感的愁思。除了工作外，他几乎没有任何的亲情慰藉，也没有任何家庭的温暖！一切就这样荒凉寂寞下去，胡文轩的心灵慢慢固化成了一片沙漠，直到那个和自己有着不解之缘的小丫头，带着老天注定的一份纠结别扭的父女情分，再次突兀地出现在自己的视野里。

　　可以说，对于沁梅，这个自己无意中收养在身边，带大成人，又亲自起了昵称"阿梅"的姑娘，胡文轩的这份父爱是真爱，是挚爱，是糊里糊涂、不辨是非的溺爱，是不可思议，无法解释的错爱！是情感溺水者抓住的一根希望的稻草，是悲凉旅行者偶然遭遇的亲情旅伴！别人自然无法理解，江静舟也更不会理解，甚至是胡文轩本人都未必能说得清自己这份纠结情缘的对错，都无法鉴定这种不寻常父女情的是非曲直！

　　在沁梅的幼年时代，胡文轩在潜意识里，出于对江静舟身份的怀疑和仇视，是将孩子作为对付江静舟的筹码，牢牢控制在自己手中的。他在冥冥中会有这样的一点私念——如果沁梅真是江静舟的亲闺女，那么自己这一方，无疑间就多了一个对付他的有力砝码！

但是当时年轻气盛，心劲儿颇高，但又是性情中人的胡文轩，实在参悟不到这样一个道理：养育一个孩子，远不是将一枚冰冷棋子放入自己口袋中那样简单！岁月如刀，能割裂人们之间的亲情友情，柔情蜜意；岁月也如梭，同样能织就一张天罗地网，一张亲情之网，将陷落其中的人们狠狠罩住，束缚终身！

是的，就是时间这把梭子，它将每一天平平淡淡的日子作为经线，将朝夕相处的父女感情，那来自天性的舐犊深情作为纬线，织就了一张无形的温情之网，将胡、梅二人牢牢罩住，难以挣脱！……七八年过去，胡文轩沉醉又无奈，悲哀又欣慰地发现，沁梅已经成为他的一个亲人，一个在这个世界上难得的一个亲人，一个不可替代的亲人。这份亲情存在于他的生命中，为缺少爱情、友情、亲情之水浇灌滋润的心灵已成荒漠的他，带来救命甘露般的浸润和布施；让几乎是孤寂生活在这个世界上，除了工作、事业外少有其他乐趣和情趣的他，感受到了一份别样的慰藉和温情。他几乎像是初尝糖果的孩童般，要于绝望中牢牢抓住这短暂的甜蜜！是镜花水月也好，是海市蜃楼也罢，对于情感方面极度缺失和渴求的他来说，瞬间就是永恒！他要尽力抓住这难得的一份亲情、温情，哪怕为此付出沉重的代价，摔很重的跟头！

俗话说得好，不哑不聋，不做阿婆阿公。做父母的，又何尝不是如此？胡文轩为此亲情付出的最大代价就是被蒙蔽了理性和睿智，他像一只鸵鸟一般，将头埋在沙中，心甘情愿地被掩藏和遮盖而不自知。亲情实在是最易蒙蔽愚弄人智商的东西，这世界上的父母，无论他有多睿智明智，面对儿女的事情，又有多少能做到神志清明，智商正常呢？这似乎属于心理学研究的范畴，在生活中，我们看到的这种情形表现出的社会现象就是——父母对儿女无道理无原则的相信和溺爱，是智者千虑必有一失，是当局者迷！

但是旁观者清！江静舟是不能充分体味明白胡文轩这样的感情的，因此在胡、梅情分的问题上，江静舟分明是误读了胡文轩。他只看到了作为资深特工的胡文轩的行为的不合理性，却忘记了作为父亲的胡文轩，其愚钝和痴情痴意的必然性。

只是江静舟毕竟是经验丰富的老特工人员，任何时候保持清醒的头脑和睿智的观察力也是必然之技！此刻，他面对女儿，满怀忧虑地要谈到的，就是这段纠结隐晦、是非难辨的父女情！

"梅儿，你知道吗？有关你和他……你的养父，你们这段不寻常的父女情分，始终是我想和你谈及的一个重要话题！这有多长时间？其实我一直在观察，在深思，在犹豫……我想找机会和你好好谈谈心，交换一下看法。在眼前的形势下，是必要的，也是必需的！"

沁梅没有感到意外，她平静地看着自己的父亲，等待着他说出他隐藏已久的一段心事。虽然她的心中，早已泛起了阵阵涟漪。

年轻的沁梅并不自知，她其实在某些方面，是和胡文轩有着相同特质的人。

幼年的动荡生活，亲人的猝然分离，孤身陷入陌生生存环境中的恐怖和委屈经历，造成了沁梅略带扭曲和纠结的性格的形成。她从来就不是一个随和平静的女孩，她的心河很少能够波澜不兴，安静流淌。她的内心，甚至不是像胡文轩那样，只是简单地渴望亲情和温暖，而是过分敏感地保护自己，宣泄自己的压抑情绪，时常用两面挂满刺的盔甲包裹自己，在刺伤别人的同时，也伤了自己的体肤。

有心理专家分析研究认定，一个人幼年的经历往往会决定了他（她）一生的性格走向。在沁梅身上，这个论点再次被得到证实。

随时随地缺乏安全感——这就是沁梅内心深处的纠结所在，即使是在亲生父亲身边，她有时也难以敞开心扉，直抒胸臆。原因出自自己这方，也出在父亲那里。同处敌营，险象环生，作为父亲的江静舟，自然将女儿的安全放在了温情之上，他绝少在女儿面前直露父亲的宠溺和娇惯，很多情况下，父女俩相处，都要用一定的伪装包裹掩饰自己。这对于阅历深厚、志强心坚的江静舟来说，是自然和适应的，但对于年少稚嫩的沁梅来说，就无形中是一种情感的折磨。

这时候，身为她的另一个父亲的养父胡文轩，在她的生活中再次出现！

其实胡、梅这份不合常理、纠结曲折的父女情，何尝不是时时横亘在沁梅人生道路上的一个重要障碍物？

幼年中彼此磨合形成的，从磕磕绊绊到亲情流淌的父女情，那种在岁月长河慢慢形成的相依相靠的情分，给了小沁梅最初的有关父亲的记忆。

少年时分，非常偶然的机会，她竟然回到了亲生母亲的身边，才蓦然发现，从小抚育自己长大，给了自己无限父爱的那个人——自己的养父——竟然是敌人！是自己父母的相反阵营的人！这种亲情的扭曲和断裂，曾经让少年沁梅痛苦纠结了很长时间。

回到自己母亲身边的女孩，在接受着信仰大义教育的同时，貌似冷酷地将往日那段近似父女深情的东西果断抛开了。其实那时的沁梅没意识到，作为性情中人的她，只是将这份感情冷冻了深藏在心底的一个角落罢了，从来就没有真正将它完全剔出心扉。

当她带着使命，承接着任务再次来到养父身边时，最初的她是勇气百倍，坚毅决绝的。她认为她即将的亲近他，讨好他是特工的本能，是自己藏身的最好的掩护。

但是不幸的是，从两人第一次相逢，在那个咖啡馆里，当养父呼唤着她的名字，带着惊喜的泪水将她霸道地一把搂在怀中的那一刻起，隐藏在心底角落中的那份养父女情分，瞬间复活萌发了。她这才发现，这份情缘就没曾稍稍离开过她的心底。

她再次生活在他的身边，和亲生父亲不同，养父的爱是那样炽烈和赤裸裸！她就是他丢失了许久的一个宝贝，是他失散多年的一个亲人。养父宠她、惯她、将就她、迎合她，相较于儿童时代，对于已长成少女的自己，养父的爱更加博大精深、无微不至。

他竟然给予了她在亲生父亲那里也很少得到的依存感和安全感。她可以随意向他撒娇使性子，可以和他任意顶嘴吵架，甚至是，最重要的，她可以利用他对自己的溺爱和不设防，巧妙地得到自己想要的情报！

那次险中求胜的电台搜查就是个例子！沁梅出格的举动引起了包括楚天舒在内的所有人的怀疑，可是作为情报军官头目的养父，竟然丝毫未加在意，甚至都没询问责怪她半句。沁梅知道自己一直在赌，赌养父对自己的感情，可是直到现在,她都是绝对的赢家。

任性、骄纵、无法无天、率性冲动……沁梅这种形象,出乎意外地让人真假难辨,她丝毫不像一个出身凄苦、身世悲凉的女孩,反倒像长成于锦衣玉食中的大小姐!这种身份的表现和伪装,让她无形中为自己撑上了一把安全之伞。

但是沁梅心中也会时常记起一个纠结的命题,那就是,毕竟是两个阵营的人,有一天,自己会和养父兵戎相见吗?自己又该如何抉择呢?

眼下,亲生父亲江静舟就和她谈起了这个问题。

沁梅安静地看着父亲,听着他对自己和养父这段情分的剖析。

"平心而论,我是理解你和胡文轩的这份感情的,毕竟你们有着十几年的父女情缘。作为一个父亲,我也看得出来,你的养父——胡文轩对你,有一份真爱,是一段真感情!这份情感是出于天性、人性,也许是无关于阶级、立场的!当年在上海,很多情况下,这份父女情是你藏身的最好伪装和掩护,甚至是,我曾经想过,就这样让你多品尝一份父爱,也未必是一件坏事情?毕竟,我看得出来,只要不涉及阶级立场和我们的任务,你和胡文轩的这份亲情,还是正面能量多一些!可是我担心的是,我看到了一种可怕的东西徜徉在其中,那就是……赌!"

沁梅被父亲这样说破心事,还是微微一惊,她再次看了看父亲,咬紧了嘴唇,没有吭声。

江静舟注意到女儿的情绪波动,他没有理会,接着说下去:"你在赌,胡文轩也在赌!你们赌的是同一样的东西,那就是你们之间那份发自天然的父女情!上海时期,相对环境单纯安定一些,能更加安全地潜伏,及时传递情报是首要任务,在这种情形下,你只要小心谨慎,这份赌意,会常常让你如愿以偿,心想事成。可现在情况不同了,在这个孤城,这个数十万军队要力争起义倒戈的时分,一切是那样的凶险莫测,前途未卜!在这样的危情危局中,你们的这场赌局就很微妙了。图穷匕见时刻,就是刀枪相见时分!沉醉于亲情赌局中的你们,谁先觉醒拿起刀枪,谁就可能占尽先机,将对方逼入绝境!梅儿,你考虑好了吗?你准备好了吗?你的手腕,还是那样强健有力吗?还拿得起刀枪吗?"

父亲的这番话，让沁梅有醍醐灌顶般的感觉！她心中滚过一阵惊雷！很久以来，她的确陷在一种温柔的亲情中不能自拔。面对胡文轩的时候，她的理智告诉她这是两个阵营间的对垒，是终究不可调和的矛盾和斗争；可是每每面对胡文轩温情脉脉、溺爱有加的神情，她就会拼命压抑住自己的理性思维，告诉自己，也许一切不会那样糟糕，不会有那样冤家路窄、狭路相逢的时分吧？这种父女情分，也许真能侥幸躲过残酷的战争风雨？

她没有想到，胡文轩和她，都是在玩这场可怕的赌局，一切的温情蜜意，父慈女孝，不过像稀薄的朝露一样不堪一击！一旦遭遇两军对决，遭遇主义信仰之争，一切可以在瞬间灰飞烟灭，留给当事人的，不过是较寻常人更多更深的情殇而已！——听懂了父亲的话，心下暗暗敬服，又重新陷入沉思的沁梅，低首不语。

江静舟看出了女儿的纠结情绪，继续点破着她的这份迷情："其实，谁也不想看到那样惨烈不人道的情形出现，有着多年养父女感情的两个人，出于不同阵营的信念和信仰，狭路相逢，刀枪相见！可是，女儿啊，这就是战争！这就是战场！一些没有人性的残酷东西必然存在和发生，我们不能用温情迷惑了自己的眼睛，麻痹了自己的意志，弄酥了自己的骨头！要知道，两个阵营的斗争，从来就是赤裸裸毫无温情人性可言的！你可以选择成就亲情，放弃自己的原则，甚至是生命，但是你想过没有，很多情况下，也许你这样的牺牲，不仅仅只涉及你一人的生命和安全，一荣俱荣，一损俱损，多米诺骨牌效应般，会牵连到几个、几百个，甚至成千上万条生命的安全！"

他深深吸上一口气，长叹道："就像我们目前要完成的任务，涉及两支军队的道路选择，双方军队的战与和，从而决定了一座城市的存殁，几十万人的生死存亡！无论何时何地，这就是大原则，大是大非问题，相对于这个问题，一些个人的亲情、友情甚至是爱情，都是微不足道，都是可以毅然放弃的！这个重要的抉择，我们应该做得坦坦荡荡，义无反顾！"

说到这里，江静舟仿佛已经不是单纯地在向女儿讲述着什么，而是在默默说服自己一般。

沁梅看出了父亲的沉痛心情，她心疼着自己的父亲，她知道他目前肩上的担子有多沉，他的心理负担有多重！于是她再次握住父亲的手，深情地看向他：

"爸，我懂！您和向晖伯伯间的友情和抉择，心灵的较量和决裂，也是您心底永远的痛！当然，还有小松！和他的母家的亲人们！就在刚才，小松对于我对养父的称呼，反应是那样的激烈，我几乎认不出他了，他曾经是那样一个善良温和的少年，竟然也会……"

江静舟痛心地看着女儿，长叹一声："谁说不是呢？"

他的语气愈加沉重起来："我的儿女们，你，还有小松，注定要经历别人没有经历的别样的纠结和无奈，要品尝别人无法想象的痛苦和折磨，要做出寻常人难以接受的抉择和分裂，要承受一般人难以想象的亲情磨难！作为父亲，我的痛……"他以手捂胸，说不下去了。

"爸，您怎么样？身体有不舒服吗？"沁梅看着父亲的神情有点着急。

江静舟摇摇手，继续对女儿讲述着自己的担心和纠结情绪："就像这次突发的状况——你的小姨，她为了组织的利益，为了情报的安全，为了我……和其他地工战友的生存，毅然决然地献出了自己年轻的生命！就在自己的眼皮底下，自己的同志、手足，一次次阴阳两隔……唉！这样的惨剧，叫人如何经受得住？亲生手足被生生割断的撕心裂肺般的痛楚，再次让我品尝到了……"

"爸！"

江静舟没有理会女儿关切的眼光，微微眯起了眼，动情叙述着："是的，你了解，又不能完全了解，你的小姨沈冰，是一个多么优秀的地工人员？她曾经和我一起工作过，我们相携完成了很多难以想象的艰巨任务……这次，党组织派她来东北协助我的工作，做我的交通员，除了宁松的因素外，就是看中她丰富的地工经验和忠诚坚强的品质！没想到，她竟然……你知道吗？当我看到她血迹斑斑的遗体时，我的心像是被扎了无数刀子那样痛！就是亲生姊妹牺牲也不过如此吧？"

他叹口气，停顿片刻，继续道："我想和你反复说到这场令人痛心的悲剧，就是想提醒你，在我们身边，常常会有这样的危急情况出现发生，在我们的人生中，会常常经历这样的痛别战友和亲人的残酷经历！这么多年了，有多少这样的面孔，在我的眼前闪过？郑教官，方城等同志，他们中的很多人，也同样曾经出现在你的生活中，当然，对你来说，更有萧岳！"

他深深看着女儿："丫头啊，这种隐蔽战场上的斗争之残酷绝非是我们可以臆想得到的！面对这样的牺牲和付出，我们活着的人该怎样抉择呢？就说宁松吧！就像你刚才所说的，他是多么仁慈善良的一个少年！可是当他看到他亲爱的姑姑命丧胡文轩手下人之手时，他曾经是那样的愤怒和决绝！他当时这样对我说，爸爸，我真想得到一支枪，我要消灭那些杀害我姑姑的人，向他们讨还血债！你如今明白了吧，为什么如今听你叫胡文轩为爸爸时，他会是那样一种激愤之情了？有时候，这种残酷的斗争，就是最好的催醒剂，让陷入盲目温情、亲情中的我们，得到觉醒的激发！我时常在想，面对这样的流血和牺牲，我们很多时候，实在是别无选择！我们必须抓住一切时机去完成自己的使命，去用一些看似激烈决绝的手段去制止暴力、制止战争，让更多的人，能选择活下来！小松曾经和我说过这样一句哲理——有关'武'字的解释，止——戈，对！用我们的武力去制止更残酷的战争，更大面积的杀戮和死亡，一切就是值得的！所以，很多时候，我们应该硬起心肠，拿起刀枪……亲情友情，很多时候，只是平常时分的奢侈品，当遭遇信仰碰撞的时候，如何取舍抉择，才方显一名真正共产党员的坚强本色！"

他带着几分悲凉，几分无奈，更有几分坚毅决绝的神情望向自己深爱的女儿："梅儿，爸爸心疼你，却又不能替代你承受这种痛楚——忍心抉择的痛苦！又岂止是你？很多人都在做着这样的残酷抉择！爸爸又何尝不是如此！就譬如你刚才提到的向晖伯伯！他……就几乎是让我难以越过的一道坎！我原先计划的是，通过策反打动他，来带动他麾下的一支军队——N7军的倒戈自新，可是如今我看出来，这点竟然是很难做到了！但是遭遇这样的困境，我不能退缩，也没法退缩！我只能反其道而行之，力争先策反这支军队，再来拉动逼迫他的自新和放弃抵抗！这究竟有多难？有多少成功的把握？有多少不可预知、无法抗拒的困难在前面等着我？我真的不知道！我只能硬着头皮上，走一步，看一步了！我只知道的是，为了更多的人的新生，为了更多的生命能够留存下来，我必须果断放弃一些个人的东西，友谊、亲情、知己情分、知音凤缘……这有多残忍？有多无奈？又有多少背弃自己道德准则和为人良知的悲哀？唉！丫头丫头！谁能理解？谁能知晓？！可是，我终究是……别无选择！"

江静舟一口气说完这番话，禁不住仰天长叹。

沁梅的眼泪流了出来，她抓起父亲的手，贴放在自己的脸颊上，望着父亲严肃沉静的面庞，她用有点艰涩，但是仍然不乏决绝的语气说道："爸，我懂了！请原谅女儿一时的忘情和软弱……也请相信，我终究不会让您感到失望的！您刚才问过我，此刻的我，是否还拿得起刀枪？我想，我能够的！因为何时何地，我都不会忘记，在所有身份之前，我首先是———一名共产党员，一名红色特工！"

江静舟用手轻轻爱抚着女儿年轻的脸庞，望着这张隐隐透着故人熟悉容颜的坚毅面容，在欣慰感动的同时，竟然会有一丝悲凉的情绪氤氲在其中。这种无悔的抉择有多残忍，坚强如江静舟，也忍不住在心底唏嘘感叹！

"梅儿，人非草木，孰能无情？一些事情的复杂性远非我们能想象得到，人的情感之复杂更是少有尺度可以加以衡量！我时常在想，我们共产党人，从来就不是无情无义的！对于一些发自天性的情义，我们也有着自己的认识和抉择！只要心中有自己的坚持，就不怕一些纠结情绪的干扰！梅儿，爸爸相信你能处理好！你一向是个聪明有爱的女孩，也是有着自己信仰和立场的战士，权衡利弊，审时度势，一定会认识并解决好这些问题！"

沁梅认真地点头："爸！哦，不，是表叔，我不应该在任何时候掉以轻心，忘却自己的身份和任务！表叔，请您放心，梅儿记住您今天的这份叮嘱了！"

宁松就在此刻来到父亲和姐姐身旁。

"姐，刚才我过于激动了，完全没有考虑到你的感情呢！"少年红着脸嗫嚅着。

"小松，姐姐怎么会怪你？当我看到小姨的遗像，心中的怒火就怎么也压不住了！姐的这份情感和你一样！"

"可是姐，你还时常生活在胡文轩身边，你要当心，千万别露出你的仇恨来！这很危险……"

"姐明白，其实……"

"其实我懂你，姐！有些事情，不是简单的对与错，黑与白，是与非！人是感情动物不是吗？他究竟是养育了你多年的一个……亲人！很多感情上的东西，也不能简单用立场和阶级来划分！就像我……和我的姨夫、姨妈、舅母，他们是我血脉相连的亲人，但是又是和我们不在一个战线上的人！亲情和立场，温情和原则，有时候我也好纠结，也时常会战战兢兢、如履薄冰……"

"小松，打起精神来！相信姐姐，姐也相信你！这与其说是我们姐弟俩的宿命，不如说是我们无法逃避的人生挑战！我们都要坚强面对，无论有怎样的结果……"

"姐，你说得真好！"

姐弟俩兴奋地说红了脸，没有看到一旁他们的父亲，那饱含万般欣慰、无比感慨的泪眼朦胧的双眼。

第二天早晨，向晖官邸，夫人谢宛月为他的军装上换上中将的肩牌。

向晖一旁默默看着，表情淡淡的样子。

谢宛月有点苦笑道："这次你升职，我怎么有点高兴不起来的样子？局势这样紧张，你这也算临危受命吧？"

向晖点点头，又摇摇头："别操这些心了，一切随缘好了！"

他穿上军装，来到门口，他的副官、秘书们都等在那里了，他们一起上车。

今天向晖是和封正烈、江静舟等人陪宋和清、樊黎翘等人视察宽城城防工事，胡文轩被樊黎翘邀请，要一同采访一些题材，因此也跟随在侧。他们转了陆十军设防的东半区和N7军的防区西半区，又去总司令部所在地的中央银行大楼看过，接着又参观视察了市中心建筑和街道地下坑道。

宋和清赞道："难怪郑司令给国防部的报告说宽城的工事是'坚冠全国'，百闻不如一见啊！"

封正烈笑道："估计共军要想攻城，还要吃不少苦头呢！目前的形势是十万共军对垒十万国军，似乎我们堂堂国军很少面临这样的态势啊？不过，宽城的特殊地理工事，倒是为咱们吃了不小的定心丸！"

宋和清点头，又提出来去部队看看。众人参观了N7军驻军军营，又来到陆十军，看过了军队训练情况，最后在封正烈的建议下，来到183师的射击场。

这里是一个新整修出的射击场，各种设施齐全，一直是封正烈和江静舟引以为豪之处。

封正烈笑着对江静舟道："找几个人，打几枪给宋副厅长看看吧？"

他不等江静舟回答，就回头看看周围跟着的众军官，笑道："我看也不用特意找了，就现成这几个吧！你们这几个副官们比比枪法也好！"

他看着几名年轻副官参谋们笑道："一个个来！不论输赢，重在友谊嘛！来，许若飞先来，谁让你是我的警卫团长？"

许若飞笑着上前拎起枪，轻松打了个10环，宋和清等人不由得鼓掌起来。

江静舟也笑："那军座您继续点兵吧？是陆十军和N7军小赛一把吗？"他说着笑看向晖。

向晖含笑摇手："不成不成！N7军就我们这几个人，如何和你们陆十军这一大帮子比？"

封正烈回身看看众人，又点兵道："你们这几个副官先比划比划也蛮有趣嘛！致远，你和明光的两个副官先来？"

江静舟笑着点头，回身叫站在自己身后的靳鹏上场，一旁的向晖也示意自己的副官卢筱生出列。

封正烈忙拦下："哎，这不行！致远，让你的乔副官上！靳鹏的水平谁不清楚？他和卢副官比？这不公平嘛！何况靳鹏才给了你几天？究竟还应该算是我的人！让你的乔副官和明光的副官比才对！"

江静舟笑着低语身旁的向晖："看出来了吧？老长官究竟是偏向谁？我的向副军长？偷着乐吧？"

"你少来！"向晖笑着横了他一眼，又回头对封正烈道："军座，您还不知道吧？我这个卢副官原先也是致远的手下！所以这样比，致远他还是不能服气吧？"

乔思扬和卢筱生各自打了9.8环和9.9环，几乎是不相上下。

宋和清在一旁笑道："强将手下无弱兵啊！看看几个副官，就知道各自长官的能耐、威力了！"

樊黎翘笑着看看江静舟，又看看向晖，笑道："听说向副军长和江师长远征军时期就是老战友了，如今不比试一下吗？两位文武兼备的铁血儒将，小试牛刀，也让我们开开眼？"

宋和清温和地笑笑："这又是什么说法呢？黄埔生较量陆大生吗？"

向晖摇手笑道："不用比，我肯定一个输字啊！谁不知道他江致远是黄埔生里的神枪手？”

江静舟微微一笑：“明光兄是才子，是儒将，在这种雕虫小技上岂能看出风范来？我甘拜下风的时候倒居多！”

封正烈看到一直站在后面没发言的胡文轩，建议道：“说起黄埔生，胡站长也算一个呀，他才是致远真正的同学呢！怎么样？你们两个老同学比试一把？对了，靳鹏也是黄埔生，也来陪两位长官打上几枪！你们黄埔生是委座的心头肉，嫡系正根正苗！给我们这些杂牌军亮一手难道不应该吗？”

胡文轩自知远不是江静舟的对手，忙摇手拒绝。

江静舟也不理他，径自上前，举起手枪，一边随意地玩弄着手中的枪，一边还扭头和众人说笑着，在大家看来，他根本没有准备射击的意思，因为他几乎就没有认真瞄准，却不料突然间他潇洒利落地一转身，手中的枪划了一道漂亮的弧线，在大家还没反应过来的时刻，已经啪啪连打几枪，枪枪都中在十环上。

众人惊叹不已，樊黎翘不自觉地流露出崇拜和神往的样子来。胡文轩的脸色很难看。

靳鹏也站在靶前，正欲持枪，江静舟拦住他，带着明显回护的笑容道：“不行，这样比不公平，完全显不出我们靳鹏的水平呢。”

他招招手，一旁许若飞自然领悟了他的意思，微微一笑。

许若飞看看四周地下，随手捡起一个石块，对着靳鹏示了下意，靳鹏明白，笑着点头。

只见许若飞将石块用劲高高抛向空中，人们随着石块的上行而伫望着，却见靳鹏好像随手一挥间，一枪打去，将石块击得粉碎，众人还来不及欢呼喝彩，只见他又一次扬手一挥，一只偶然飞过的飞鸟也应声落地，掉在众人面前。

所有人都惊呆了，然后纷纷鼓起掌来。

向晖笑着感叹：“果然神枪手啊，见识了！”

江静舟笑着看他：“看到了吧，强中自有强中手！论枪法，我是不敢和我的这位靳副官比！”

向晖忍不住赞赏不已，看着靳鹏，不住地点头：“真是一名难得的好手！

致远，你有福气呐！"

封正烈看到他对靳鹏如此喜爱，心中已有了主意，就笑着上前对江静舟道："我说你这个江致远，这次该你割爱了！谁让你爱显摆亮宝？这回亮出来可就收不回去啦！干脆你把靳副官给了明光吧！他如今身边也需要得力的护卫！赶明儿我再另外挑一个副官给你！"

"这怎么行？"江静舟闻言一愣，忙上前将靳鹏拉到自己身后，真像是怕有人抢走了他似的，"不带这样抢人的吧？！靳鹏才在我这里没几天呢！甭惦记！甭惦记！"他那带点孩子气的护犊子样子让在场的所有人都笑了。

他嬉笑着看封正烈："军座大人，您身边卫士副官可是一大把呢，再挑一个给明光兄得了！拿我这个副官送人情可不成！"

向晖笑个不停，连连摆手："不用！不用！军座，我身边人也多呢！原本致远已给了我个最优秀的副官了，岂可再二再三乎？他该心疼得睡不着觉了！"

封正烈无奈指指江静舟："瞧你这个抠门儿德行吧！是谁原先还不想要我给的人？如今倒当成宝了？也罢，明光，甭理会这个吝啬小子，我一准儿给你挑一个更好的！"

从靶场出来，封正烈要单独和宋和清聊聊，就让其他人随意，只要全力接待好樊主编就行。于是向晖约樊黎翘到他那里去吃午饭，请江静舟、胡文轩作陪。

饭桌上，按照和胡文轩原定的计划，樊黎翘将话题很快引到了前一阵发生的沈冰事件上来。

第十章　唇枪舌战

江静舟看着沁梅，说出至关重要的内容："梅儿，你千万记准了！你明天要传递的这条情报的内容是：大房身机场！"沁梅不解地看着父亲："就这么简单的内容吗？东野的领导们能明白您的意思吗？"江静舟笑笑，眼神中尽是自信果敢的光芒："五个字足矣了！目前这里所有的军事指挥者，双方的指挥员们，当都能明白这五个字的含义！"

N7 军军部餐厅中，围桌而坐的四个人各怀心思，气氛玄妙。

向晖是主人，不光以他的平和恬静的性格论，就是出于对当前大局的忧患和不安的认识，他也极想凭借一己之力，促各方安宁和平。此刻，他格外热切地招呼着几人，想尽力营造出一派和谐随意的聚餐氛围。

胡文轩目前是成竹在胸，自信满满。如果说，他在气势和言论上多次败北于江静舟，但是愈战愈勇，不揭露某人的真面目决不罢休的顽强意志何时何地都充溢于他的胸间。更何况，今非昔比，目今有一位重量级的人物——樊黎翘主编还成了自己的同盟军，眼下这种局势么……胡站长悄悄在心底笑了。

樊黎翘可没有他这般轻松如意。昨日和胡文轩的一番长谈固然出气解恨，但是当直面这个狂狷无礼的家伙时，樊黎翘的芳心不受控制地又一次凌乱了！你看刚才在靶场上，眼前这人的气势、霸气和威仪，那份舍我其谁的将军范儿，那种嬉笑怒骂皆出于至真性情的可爱复可敬的做派，让樊大主编不能不再次感情沦陷，无力自拔！唉，江致远，你当真就是我的劫数吗？

相较于以上三人，江静舟倒是格外平和沉静的。时时刻刻会面临无法预

205

知、不可抗拒的各种情感漩涡、各种危机情态已经是他生活的常态了，所谓兵来将挡水来土掩，他的素养，他的修为，他的职业特性，都让他能随时保持自己冷静的思考能力，果决睿智的判断力，杀伐决断于一瞬间的特殊本领！三人？三十人、三百人又如何？只管放马过来，不过见招拆招而已！江静舟将淡淡的冷笑绽放在心底，唇边却挂上了一丝无所谓的浅笑。

酒过三巡，樊黎翘还是依照原定计划出牌了："今天老友重聚，原该说些开心随意之话题，何况如今在这个局势微妙的城池中？但是既是老友会面，这里都是故交，并无外人，我就说点体己话？致远，令妹的不幸我听说了，当对你格外表示一番哀悼才是！"

江静舟并无表情，只是微微颔首表示领情之意："樊主编有心了！"

樊黎翘看似无比同情地望着他，喟叹道："致远，我真心替你难过！这次来宽城，关于文章选题问题，我原本想还是写写你，或者是向副军长这些临战将士的风采，后来一想，这样的题材似乎没什么新意？刚好，我听到了前几天发生的这场悲剧，倒是有了写作的灵感了，我说出来，你们大家帮我议议如何？"

她悄悄瞟了胡文轩一眼，后者不动声色，却心领神会。

江静舟沉默片刻，冷然一笑："樊主编这番话恐有点拟于不伦吧？既然说是替我难过，言明了这是一场悲剧，如何又欣欣然列为灵感？恕我军人思维，直线愚钝，有点搞不懂你们文人这番曲折深意了！"

江静舟话语里揶揄意味明显，还略微夹有一丝丝火药味，这种氛围的领会让身旁的两个明眼人都心动起来：胡文轩很满意，向晖却很焦虑，所以不等樊黎翘有所反应，个性笃厚坦诚的向晖就忙插言道：

"我在想，这个事件无疑就是悲剧！如果樊主编想写，也并不是没有东西可写？在此我想谈点个人看法，是否能给樊主编以参考？通过这个事件，我看到了身边的一些党国将领的高风亮节、高尚情操，比如江师长，在个人失去至亲的情况下，能以大局为重，不念私仇、不计旧怨，坦荡胸襟令人感佩！还有胡站长，忍辱负重、尽职尽责，又顾全大局、委曲求全，总之，一切都让我感佩莫名！在大战降临的微妙时刻，这种团结协作、共同御敌的作风，都是值得樊主编大书特书一笔的！比你只单独刻画宣传某一人士，岂不更有意义些？也不枉你樊主编此次万里赴戎机的壮怀豪情了！"

向晖这番话无疑让在座的三个人都极不满意！胡文轩正想看樊黎翘和江静舟起争论呢，越闹得凶才越好，对己有力；樊黎翘已经提前接受了胡文轩的计谋，正想一步步试探撩拨江静舟的意思；江静舟则认为向晖一向爱和稀泥，这次也不例外。

三人都各怀心思，谁也没接向晖的话。空气就有些凝滞。

片刻，樊黎翘莞尔一笑，看着向晖道："向副军长说得也有道理，不过我倒是有另外一个很好的思路，不妨说出来大家议议？"

她认真地看着江静舟，尽量用明显同情的口吻道："致远，令妹我虽然没有见过，却听说是正当年华，极美丽温柔的一个女孩子。不料在光天化日之下的宽城城区里，不过是进书店买本书而已，却遭遇杀身横祸，实实令人扼腕叹息！这两天，我也听到了不同的人给我描述的沈冰小姐遇难时的惨状，真是让人不忍听闻！都是女人，我的同情心、怜悯心应更胜于诸位！我在想，要用自己的笔，为惨死的沈冰小姐讨个公道！"

她边说边紧紧盯着江静舟的表情。

江静舟毫无表情挂在脸上。此刻听了樊黎翘这番话，只是淡淡反诘道："无论如何，樊主编对此案的关注和同理之心，我充分心领了。不知道樊主编如何用笔为舍妹讨个公道？我倒是愿闻其详？"

樊黎翘义正词严，侃侃而谈："用笔做武器向共党分子讨还血债啊！对于这种惨无人道的暴行，我可以用我的文章表示鞭笞！共党分子在行径暴露、无路可逃的情况下，劫持我军官家属，杀害无辜良民，实在是罪不可赦！江师长，你作为受害者亲属，当是更加义愤填膺，痛彻心扉吧？现在，你不妨和我谈谈你的真实感想，以受害者亲属的身份，对共党分子这一残忍行为有什么看法？该如何谴责？你不妨都说出来，我想以你的身份和口气，作一篇檄文，发表在各大报纸上，揭露共党假民主、真暴政的嘴脸，让更多的人认识到这个问题，不要再轻易上共党宣传的当！"

"不错！"一旁胡文轩急忙接口道，"共产党不是一直标榜自己是劳苦大众的代表，是贫苦人群的救星吗？如今在咱们眼皮底下，两军对峙，还未交火，他们就在宽城城里任意涂炭百姓，滥杀无辜，伤害平民，我们几方应该联合起来，着力宣传扩大这件事情，作为一枚有力的炮弹，砸向共军一方！这种舆论宣传攻势，一向是共党所擅长的，我们今天不妨借鉴一下，以其人之道还治其人之身！"

樊黎翘点头："对的，致远！既然咱们是老熟人了，你如今不仅是党国高级军官，更是这次凶案受害者的直系亲属，你就敞开胸怀，和我说说你的真实感想吧？我将代表你的身份写一份控诉共党暴行的文章，在《中央日报》上公开发表，向共党分子提出强烈抗议！"

两人连珠炮式的慷慨陈词让宴会的气氛陡然"壮怀激烈"起来，向晖带点忧虑的神情望向江静舟，后者微微低首，不过片刻沉吟之态，就硬碰硬接上了话头。

与此同时，这个城市的另一边——陆十军封正烈办公室内间中，封正烈正和宋和清促膝密谈。

两人搭档已久，感情一直深厚异于他人，值此危难时期，自然有说不完的话。在封正烈眼中，宋和清是雪中送炭来了，起码从感情上讲，他的身份地位特殊，在重大抉择方面能助自己一臂之力。

虽然是分属两个党派，但是宋和清一直仰慕钦佩封正烈的为人，知道他是一个纯粹的军人，刚直不阿，直率坦诚，他更愿意以一己之薄力，促成封正烈做出正确选择，将他的军队带到我们这个光明大道上来。

此刻，封正烈刚刚将自己对宽城现状的种种忧虑之意，都倾情告诉给了这位老搭档，包括他前些时和江静舟、向晖等人的议论和分析。仿佛将所有的苦水都倾诉出来，封正烈长长出了一口气。

宋和清理解地望着他，也为他讲述了目前国军在内地各个战场的不利形势，两人相对哀叹不已。

封正烈只有在这个知己老友面前，才能敞开胸臆，说出自己内心深处的一些真实想法。他不由得又谈到自己对最高统帅的做法的一贯不满："唉，老宋啊，你是了解的，我对老头子的做派一向最不满的有两条：第一，严重的偏心眼子！作为一个领袖，缺乏宽广胸怀，重视嫡系轻视旁系，厚此薄彼倾向太严重！在他的眼中，只有黄埔、陆大出身的才是他的心头肉，其他的都不入他的法眼！你也清楚，这些年来，咱们东征西战，打了多少苦仗恶仗，可是比起那些嫡系部队来，无论从人员补充、粮饷补给、武器装备等各方面，都是有着天壤之别的！不说别的，你今天也看了N7军那边的情况，对比咱们的老班底——陆十军，不是差别很大吗？人家N7军是老头子的嫡系部队，咱们呢，是旁门杂支，各方面条件是不可同日而语啊！各位军官口里不说，心中都如明镜儿似的！个个心下不服，都有一本账呢！将来打起仗来，这统一协调、协同作战之举如何完成？唉！军队内部派系林立，无法协同作战；人心不齐，大战时各系人马各有小算盘，屡屡出现友军危险时按兵不动的情形——这种状况，你我见得还少吗？"

宋和清认真听着，默不作声。

封正烈继续发着牢骚："第二点，老头子最好越级指挥！他并未作过中下级军官，也没有战场实战经验，只是坐在指挥部里，全凭心血来潮，揣测臆断行事！经常爱将指令越过多少级直接发到基层指挥者手里，这样打仗，全无法规准则，怎么能打赢？其实啊，咱们这些人心里都知道，听他老人家指挥吧，必打败仗；可是不听他的吧，更会出乱子，那么老头子这个毛病就会形成这样一个恶果：各级军官都不想负责任，让委员长亲自指挥，吃了败仗也是他责任自担，大家反而没了责任！长此以往，大家都没了干劲儿，这仗如何打？怎么赢？唉！这也是咱们军队越打越少，共军军队越打越多的原因所在吧？"

听到这里，宋和清笑道："我的老长官啊，你可是把老头子的特性都总结到家啦！唉！其实不单是你啊，我接触了多少将官们，他们的怨言只会多过你呢！"

封正烈认真地看着他，充满信任地问道："今天我请你来，不光是听我倒苦水、诉衷肠的！我是想让你帮我拿拿主意！如今宽城危在旦夕，我们是日坐愁城啊，究竟该如何破这个僵局呢？"

宋和清淡淡一笑："关于宽城的形势，乃至东北的形势，你这两天也和我讲得不少了，的确让人心忧啊！对了，你身边就没有一个可以经常分析局势，说说真心话的部下吗？"

封正烈挠挠头："要说有，就是那头你我都心知肚明的倔嘴驴子啊！那小子头脑灵光，思想活跃，还经常能给我出个主意。就是脾气拧，骄狂跋扈，爱给我惹个祸什么的！"

"你说的是江致远吗？这次来，我还没有和他好好谈谈呢！"宋和清笑道。

"这个简单呀！咱们说到这里，也不妨让他参与个意见呢！"封正烈才想起来似的，他回身打了个电话，让副官去N7军向晖那里请江静舟回来。

N7军餐厅这边正气氛微妙，连空气中都漂浮着一丝诡异的火药味，虽然，面前的四人仍在觥筹交错中。

听了樊黎翘刚才那番慷慨激昂的话，再冷眼旁观胡文轩如今掩藏不住的暗自得意的神情，江静舟心里已经了然。他在心底微微冷笑，面上却仍挂出平和恬静的笑意。

"樊主编这番豪言壮语让我感佩不已啊！这中央社副主编的位置不是形同虚设，该社文笔头把交椅也绝非浪得虚名！光看这份伶牙俐齿的劲头，就知道回去一定会'下笔如有神'了！况且这种义愤填膺、仗义执言的情分也让静舟感激不尽！"

樊黎翘娇然一笑："致远你说话总是顽皮的紧！貌似言不由衷，明褒实贬呢？哼！你若想真心夸我，当年你开玩笑间给我起的那个'樊梨花'的绰号貌似还算真诚，我还受用些！"

"当年樊主编一派真诚，静舟何敢不拿出真意来？"江静舟微微一笑，"樊梨花，女中豪杰、闺阁丈夫，果然是樊主编的最好写照！不过，遗憾的是，我看樊主编巾帼不让须眉，樊主编倒把静舟当成了一个娘们儿了吗？"

他眼波一转，露出一丝顽皮的笑意来。

"江致远，此话怎解？"樊黎翘扬起秀眉，眼睛也睁大了起来。

向晖机敏，早用话相拦："哎！致远，说你顽皮你还当真顽皮的紧，怎么说话呢？樊主编纵然可算女中豪杰，毕竟是位女士，你用词要礼貌些才好！"

江静舟明白，明显羞涩一笑，对向晖抱抱拳："明光兄提醒的有理！不过，你不清楚我和樊主编的凤缘呢。刚才人家樊主编也说了，我们是老熟人了，彼此说话没那样多顾忌！何况在我心中，樊主编就是女人中的男子汉，常年蹲点在军营中的，总不会忌讳我们这些军中粗人的直言快语吧？"

"这个可恶的家伙，究竟想干什么？"樊黎翘心底暗暗计较着。

她面上倒是不动声色，只是悠闲地抱着胳膊，挂了戏谑之色，望着他微微一笑："致远，你究竟想说些什么？既是故交，不妨直言，我不会在意的！"

她同时在心底冷笑，看你江静舟如何应招？难不成你能把黑的说成白的？

江静舟嘿然："我就是就刚才樊主编那个话题说说我的看法吧！这次舍妹无辜被害，其中各类隐情，我自然了解的是清清楚楚、明明白白。这一点，向副军长和胡站长也心下有数！"

他看看向、胡二人，接着说："依我江静舟的脾气秉性，必将凶手碎尸万段方解我心头之恨！不过樊主编刚才为我支的那招，却分明是娘们儿做派呢？"

"江致远你？"樊黎翘杏眼圆睁，直瞪着他。

"樊主编少安毋躁，听我把话说完！我刚才说过了，樊主编一向是巾帼不让须眉的大将之风，这种主意断不像是你的风范气质呀？"他说着瞟了一眼一旁的胡文轩，胡文轩马上将眼睛移向别处，江静舟心下明白，冷冷一笑。

江静舟看着樊黎翘，继续解释道："你看吧，我是个军人，将军决战应该是在疆场上！如果真的是共党分子杀了舍妹，我必将这笔深仇大恨记在他们账上！目前我们和共军两军对垒，决战之态势已经昭然若揭！一旦开战，我将用我手中的枪，我的炮火，为我的亲人报仇！"

他目光犀利，决绝凛然，看了胡文轩、樊黎翘一眼，又望向向晖："明光兄当明白我的这番心思吧？我们只有将百倍的精神和精力，投入到备战、迎战中去，才是真正的男人行为，军人行为！才可能真正为我们的亲人报上一箭之仇！"

他看到向晖微微点头，就又笑看樊黎翘："这样是否比樊主编刚才那番主意更高明，更有力一些，也更像个爷们儿所为呢？"

他貌似认真地分析道："如果像樊主编建议的那样，我在你面前控诉、谴责、抗议，甚至是骂街，像一个怨妇那样哭哭啼啼、骂骂咧咧，有用吗？光说不练地说上一大通废话、假话、空话，又岂能折损共军一兵一将？共军是靠我们的控诉、哭骂就能退兵的吗？如果那样能成，不用你樊主编建议，我江静舟早就带上媳妇、孩子站到宽城城门楼上去叫阵骂娘去了！我可以天天骂，日日骂，如果能骂退共军，解了宽城之危机，我江静舟骂到肝脑涂地死而后已的地步都无悔呐！毕竟这是功德无量！唉，可是……"

他的两道剑眉微微扬起，形成两条好看的线条："有用吗？估计大家都心知肚明吧。那么……如果没用，我又何必而为之？！"

"江致远，你这分明是偷换概念吧？"胡文轩忍耐不住，接口驳斥道，"刚才樊主编说的是舆论的力量，和你说的这一套分明是两个概念！仗要打，舆论攻势也要做！揭露共党暴行，公布事件真相，很多时候，也是打击共党的有力武器和工具！"

"可是我是军人！只懂得打仗，不关心什么别的武器、工具！"江静舟身板一挺，傲然回应，"我就知道，共军要靠我们这些人用枪炮去击退，而不会被你所谓的几句骂词而自动退兵，更不会被你口中那些可以杀人，也可自损的工具而消亡！"

胡文轩冷笑："舆论当然也可以杀人！起码可以打击一些组织的嚣张气焰，揭露他们丑恶的本质！根据我的经验，如果有人不想或者不敢利用这种工具，说出一些真相，一些真话，估计还是自己心内有鬼，言不由衷吧？"

江静舟微笑，看向胡文轩的眼神像利剑一般锐利："不好意思，道不同不相为谋！我再次强调，我就是个纯粹的军人，凡事是爱用枪杆子解决问题！对于党国的敌人，还有杀害我亲人的凶手一样，我唯一解决的途径，就是消灭他们！不用废话，绝不可能像某些人那样，心底阴暗，总爱在背地里搞些阴谋诡计，遇到事，就像个怨妇般委委屈屈，絮絮叨叨，靠这个工具、那个舆论为自己解决问题！"

他看看向晖："明光兄虽为文人气质的儒将，但是也是久经沙场的老兵了，都是职业军人，当能体会我这番心态！"

他又看向胡文轩，脸上满是揶揄不屑的笑意："至于你胡站长嘛……出身黄埔，入了特务机关这一行，也久没上过战场了吧？我觉得，你是不能体味这份豪情啦！所以才会有这番几近娘们儿腔调的话语呢？"

他脸上的笑意更深了，接着说出的话来却更加尖刻锐利："咦？我怎么突然发现，樊主编刚才那番建议，像是你胡站长的思维逻辑呢？和你的一贯做派那是一脉相承啊！不会是你出的主意吧？"

胡文轩不堪他的话语相激，赌气一昂头："就是我的主意，却又怎样？"他看着江静舟，露出决斗的态势。

一旁樊黎翘一直在看着两人的唇枪舌战，一半为江静舟暗暗喝彩，一半为胡文轩沮丧叹息：这个胡文轩，实在是可怜可悲加可气，明明有理，却会被江静舟驳斥得心烦意乱，词不达意，丢掉本意，跑了主题！

自己还怎么和他合作下去？何况，我会真正忍得下心来对付江静舟吗？樊黎翘暗自思忖，于是就不发一言，只在旁边围观而已。

向晖自然明白江静舟一贯制的强势威猛，伶牙俐齿。对于他和胡文轩的一向恩怨，自己也无力多加调节，只要不影响到大局就是了。

此刻听出两人话语中火药味浓起来，他不能像樊黎翘那样袖手旁观，就微微皱眉，相劝道："你们两个老同学可真有意思！针尖麦芒一贯制，就不累吗？樊主编一句话，倒招致你们这样一番无谓争论起来！有点本末倒置了吧？今天，我们是欢迎樊主编，一些题外话就不必说了！"

江静舟对向晖眨眨眼，看到后者对他使眼色又摇头，他明明知道向晖的意思，却做出浑然不觉的样子嘿嘿一笑，就着胡文轩刚才的话题，换上一种轻松玩笑的口吻道："我一猜就知道是你文轩老兄的主意！我说过了，樊主编虽然是女流，却是个女中豪杰，断不会做这种小儿女姿态，写这种扭捏作态的文章的！哈！这番情形，倒让我想起一首诗来了！樊主编，我念给你听吧："

他朗朗念道：

> 吾侪妇女们，愿往沙场死。
>
> 将我巾帼裳，换你征衣去。

他瞟了胡文轩一眼，带笑看樊黎翘："开个玩笑哈！如今大战在即，樊主编不妨和胡站长互换征衣红装，换换位置角色，让他去写那种骂大街的文章，你来这里和我们并肩作战如何？"

"好个江致远！你呀！你呀！"樊黎翘听了，忍不住捂嘴笑了起来。

"江致远你？！"胡文轩气得站起来，看着江静舟，后者用挑衅无畏的眼神正直视着自己，他又无计可施，只好无奈何地颓然坐下。

向晖想笑又不敢笑，总是怕胡文轩太过难堪，就忍笑打岔道："这玩笑有点过啊，致远你一个将军，顽皮若此，实在是不应该！人家文轩兄大人大量，都不屑和你计较！快来吧，罚你三杯酒，你快自己饮了，向你二哥赔罪！"

他给江静舟连倒了三杯酒，放到他的面前，使使眼色对他，又对胡文轩一努嘴。江静舟不在乎一笑，端起酒杯正要一气饮尽，再顺着揶揄胡文轩几句，却见封正烈的副官进来，传达了封正烈的命令，让江静舟火速回陆十军，有急事。

江静舟放下酒杯，对着樊黎翘笑笑："不好意思，樊主编，军令在前，不能继续陪诸位玩儿了，你们接着娱乐！"

他又笑对向晖："明光兄辛苦，替我们好好招待樊主编吧！"

说完他笑着扬长而去。

看着江静舟的身影消失了，胡文轩才活过来似的，气愤不已地说道："满嘴胡言，狂悖无理，没有素质的野蛮家伙！"

向晖不在意笑笑："致远就是这样的脾气，直来直去的，还经常好耍些孩子脾气，别认真和他计较吧！"

"他都多大了？还孩子脾气？对于我这个昔日盟弟的秉性，谁还会比我更了解？！他此番歪论邪说完全是心怀叵测，别有用心！"胡文轩不满地看看向晖。

"我倒觉得他是别有一种军人的豪气、傲气、霸气！有些事情…… 再往后看吧！"樊黎翘幽幽地道。

听了她的话，胡文轩突然觉得有种强烈的挫败感涌上心头。既生瑜，何生亮？一向英武神勇、睿智精明的胡文轩站长，再次将"忍辱负重"的一场正戏演化成了"忍气吞声"的一出闹剧。

江静舟来到封正烈办公室内间，只见封正烈和宋和清正谈得兴起。

看到江静舟，宋和清笑道："倔嘴驴子来了！"

封正烈招呼江静舟坐下，把他们谈话的内容告诉了他。

江静舟抿嘴乐了："您二位在考虑宽城的前途问题呢？这个……属下不好随意插嘴吧？长官们决策的事情……我们就等着执行好了！"

他戏谑地笑笑，故意做出不关己事，不想过问的样子来。在封正烈看来，这又是江静舟狂傲的另一个证据了。

封正烈爱恨交加，指着他，对宋和清笑道："感觉出来了吗？这头倔嘴驴子如今可有个新外号了，还好听得很呢！"

宋和清好奇："是什么？"

封正烈对江静舟挥挥手："你自己对你的老长官招认吧！"

江静舟无奈一笑，面带羞赧的表情："这个……莫名其妙的，他们突然叫我跋扈将军起来……"

"莫名其妙？还突然？"封正烈冷笑看他，"江致远你还真有脸说！你如今的狂劲可非同一般呐！"

他对着宋和清控诉道："这个浑小子火起来可是六亲不认哪！骄横气盛，不可一世！上次和胡文轩斗法，他好好的，把人家原本暗中向着他，护着他的向明光都捎带骂上了！哼！如果向晖不是你兄弟，他又不是那样一副性情，我看人家早和你翻脸了！就这一件事，就足以让咱们陆十军和他们 N7 军结下梁子了！如今你还装作没事人一般？最后还不是我给你擦的屁股？"

江静舟痞痞一笑："明光兄不会的，我心里有数！至于 N7 军嘛，既然如今归明光兄节制，很多事情我们应该好协调吧？"

宋和清看着江静舟，脸带严肃，语带双关地敲打他："这个我可要认真批评你了，致远！我知道你和向晖感情深厚，情同手足，可是此一时，彼一时，人家目前毕竟已经是 N7 军的实际掌门人了，身份如今和你们军长都差不多。而且 N7 军是委员长的嫡系部队，孙立人将军的老班底，孙将军多次在我面前说，实在想把自己空投到宽城，他要亲自带着他的老部队决战宽城呢！孙将军也是看中了向晖的文武才干和极强的凝聚力，才在委座跟前推荐他到 N7 军履职。目前宽城危急，就要靠你们陆十军和 N7 军通力协作，共同防守，你们目前两军可是一条绳上的两只蚂蚱，唇齿相依啊！"

说到这里，他目光炯炯地逼视着自己最亲密的战友："我的意思，你明白吗，致远？你应该利用你和向晖的过往友情，苦撑危局，时时为咱们老长官分忧才是！"

江静舟自然心下明白宋和清这番话的深意，从哪方面讲，这个都是目前的一个重要话题。于是他也就换上认真严肃的表情："是，我记住了，参谋长！"

听他喊出了宋和清以前的官衔称谓，封正烈不胜感慨，他一手拉住江静舟，一手挽了宋和清，叹息道："还是老部队、老部下有感情啊！这种情况下，危急危难中，老宋你不辞劳苦，来这里为我们出谋划策，我自是感激不尽！"

说到这里，他想起刚才和宋和清谈到的问题，就对江静舟道："我刚才和宋副厅长说到了一个至关重要的问题，也是一个敏感问题，那就是一旦宽城被共军包围，加之锦州失守，我们被断了退回关内的后路，整个陆十军该如何抉择呢？"

江静舟看了一眼宋和清，犹豫道："这个……属下不好说吧？"

封正烈没看他，自言自语道："我刚才和宋副厅长有过商议，无非两条路可走：一，固守宽城，和共军拼个鱼死网破、玉石俱焚；还有一条路，就是率部突围，向沈阳方向撤退……"

他来到地图前看看，回头问两人："还有第三条路好走吗？"

江静舟笑笑："车到山前必有路！到时候才会生急智吧？"

宋和清也笑对封正烈："老长官啊，所谓后生可畏！真到了那个时候，你就去逼他江致远，向他要个出路！"

封正烈看看江静舟，一撇嘴："他？靠得住吗？恐怕到时候他也束手无策了！"

他看着地图，猛敲了一下一个位置："大房身机场！这个地方太重要了！致远啊，我想让你给我拟个作战计划，关于防守大房身机场的问题！"

江静舟点头："这个属下明白！不过那里是我们和N7军共同防守区域，有些行动计划还要和他们协商才是。"

封正烈点头："这就是你和明光的事情了！你现在明白为什么我紧张你和向晖的关系了吧？你不能光靠老关系来维系啊？毕竟目前是两军协调作战的事情！可你倒好，一点没把人家N7军新任掌门人——向晖副军长放在眼中！还是兄弟间嘻嘻哈哈、打打闹闹的没个正形！刚才在靶场，我让你把靳鹏给他做副官，也就是一个顺水人情罢了，你瞧你那副抠门儿的样子？真给我丢脸！"

江静舟嘿嘿一笑，又换了严肃的表情："别的倒也罢了，把靳鹏给明光做副官这件事情可不成！我留着靳鹏有大用处呢！"

封正烈指指他，一副恨铁不成钢的表情，恨恨瞪他一眼，也只好罢了。

三个人又研究议论了一番局势，很晚了，封正烈让江静舟和许若飞送宋和清回他下榻的 N7 军招待所。

路上，江静舟又接上了程睿，几人就在车里开了个短会。

大家分析了眼前陆十军和 N7 军的动态，制定了相应的应对措施。

宋和清把老家交代的关于宽城地下党新的联系处——春来米店的联系方式通知了大家，目前主要让沁梅担任交通员，许若飞和乔思扬做紧急策应。

大房身机场的问题让宋和清格外重视，江静舟告诉他上次他给东野司令部提交的宽城攻城方案中，已经反复强调了这个地点的重要意义，东野领导也反馈了他们的作战方案。

宋和清点头，但是他还是提醒江静舟，一定要再次通知强调一次，提醒我军领导注意占据这个地点的至关重要性。

江静舟明白，他正准备将这个任务，作为和新的宽城地下党交通站取得联系后发回老家的第一份情报。

十万火急，却也志在必得！

江静舟回到家中，来不及脱去军装，就将沁梅和顾倾城叫到书房，布置了下一步任务。

目前最主要的，是沁梅明天必须通过新的交通站，将一份十万火急的情报送出城去，交给东野司令部。

这个情报只是五个字，江静舟让沁梅用口头传话的方式，来递送这份情报。

"不就是五个字吗？我直接发报不是更安全更省事吗？"顾倾城不解地问道。

江静舟摇头："万全起见，这次不用电讯手段，更不必用纸来记录这条重要情报！"

沁梅点头："您放心吧，明天我就去春来米店。"

江静舟又看着顾倾城："你明天陪着梅儿走一遭，装作逛街为她买衣服的样子，总之要多加小心！沈冰事件之后，胡文轩那方对咱们家的监视必然更紧了！"

顾倾城和沁梅都郑重地点头。

江静舟看着沁梅，说出至关重要的内容："梅儿，你千万记准了！你明天要传递的这条情报的内容是：大房身机场！"

"大房身机场？"沁梅不解地看着父亲，"就这么简单的内容吗？东野的领导们能明白您的意思吗？"

江静舟笑笑，眼神中尽是自信果敢的光芒："五个字足矣了！目前这里所有的军事指挥者，双方的指挥员们，当都能明白这五个字的含义！"

"好吧！"沁梅笑了，"保证完成任务，云表哥同志！"

"我充分相信，我的虹表妹同志！哦，如今，该叫我们的小喜鹊！报春来的可爱小鸟儿！"江静舟忍不住捏捏女儿粉嫩的脸颊。

宋和清一行在宽城待了三天，准备回南京。

樊黎翘离开宽城之前，胡文轩专门去她的下榻处回访。

胡文轩交给了樊黎翘一份报告，请她转交给贾翊锟参议。胡文轩暗示了这是一份有关江静舟等可疑人员的情况汇报，其中的大量事实都是他和他的部下这段时间通过跟踪、暗查等手段，分析研究形成的结果，绝对不是捕风捉影之谈。樊黎翘表示了理解，愿意代为他转交给贾参议。

胡文轩感觉出樊黎翘对付江静舟的兴趣似乎陡然锐减，就抱着一线希望提醒道："樊主编，我知道你怀疑我的情报出处和来源，在这里我无法向你解释，不过你既然和贾参议交情不浅，有些情况，你若问他，他自然会说给你听的。"

樊黎翘点头："我明白了，有些事情，我们真的需要认真观察，加以甄别。无论如何，我非常佩服胡站长你的敬业精神和超强的责任心！"

胡文轩认真地看向她："既然我选择了党国的'异类分子清道夫'这个职业，就唯有鞠躬尽瘁死而后已了！即使粉身碎骨肝脑涂地也毫不足惜，不揭开某些人的真实面目，我是死不瞑目！"

听着他嘴里不自觉逸出的一连串血腥不祥的词语，樊黎翘心底无端打了个冷战，觉得在大战将临的宽城，简直就是不吉利的预兆！

这是个凶兆吗？这个城市注定要流很多血吗？

樊黎翘迷茫中在心底哀叹。

带着这样的不安宁情绪，樊黎翘和宋和清同机离开宽城回南京。

陆十军和N7军的高级军官在封正烈和向晖的带领下，都至机场送行。樊黎翘没有在送行的人群中看到江静舟的身影。

趁封正烈和宋和清握手言别之际，向晖来到樊黎翘面前告别，他特意说明了江静舟不能来的原因。根据郑司令长官的指示，江静舟将于今天呈上一份重要军事计划，所以他此刻是无法分身的。

向晖笑道："江师长特意让我向宋副厅长和樊主编表达他的歉意。樊主编是他的老熟人了，想必更知道他和宋副厅长之间的感情？这次实在是事出有因，不然他无论如何也不会不来送送老长官和樊主编您的！"

他说着向一旁招招手，靳鹏提着两大包东西走近前来。

向晖解释道："你看，致远特意买了很多宽城特产，让他的副官专程赶着送来！"

樊黎翘微微笑道："江师长有心了，向副军长也有心了！"她指示随从收下了礼物。

她凝神想了片刻，对向晖道："我想请副军长给江师长带句话呢？"

向晖点头："这是小事情，樊主编不妨请讲！"

樊黎翘含有深意地笑笑，似乎在仔细斟酌着词句一般："这次和江师长，还有向副军长在宽城的相聚，让我受益匪浅！尤其是江师长那天在你那里席间的一番话，让我茅塞顿开，醍醐灌顶般颖悟！向副军长，请这样告诉江致远，就说我感谢他帮我做了一个重要抉择，在一个关键时刻！"

"哦？"向晖的眉毛挑了挑，露出困惑不解的神情，随即笑笑，问道："就是这样一句话吗？致远他能明白意思吧？"

樊黎翘傲然一笑："如果他真的像你说的那样，算是我的老熟人，但愿他早晚能明白我这句话的意思！"

向晖觉得她的话里充满玄机，但是他也无意打听，就随和地笑笑，用近乎调侃的语气道："好吧，你们两个老熟人就打着哑谜吧！原话传递——向晖定不辱使命！"

不幸的是江静舟听了这番"原话传递",一点都整不明白!

他带着困惑的表情望着从机场回来就来办公室找他的向晖,皱着眉嘟囔道:"这都什么意思啊?奇奇怪怪的!什么'重要抉择'?什么'关键时期'?"

向晖觉着好笑:"你都不明白,我哪会懂啊?你们是故人,我们是新交,我才是一头雾水!"

江静舟此刻可没有时间,也没有兴趣来打这个哑谜!他甩甩头,像是要甩掉这份疑惑不解一般。他拉着向晖,正想说他的作战计划的事情,却不料向晖接着说出的一句话,又让他陷入困惑当中。

"总而言之吧,樊主编对你的刻意回护倒是显而易见的,不然我估计你江致远纵然有几张嘴来狡辩,都要陷入麻烦之中了!"向晖的语调里有强忍的笑意。

"唔,不是啊?向副军长,您这又是什么意思呢?"江静舟的嘴边挂起了一丝戏谑嘻哈的表情。

知道他必然是浑然不觉的,向晖也就不计较他的揶揄口气,只是微微冷笑道:"致远啊,你自然是伶牙俐齿的,嘴里也是不饶人惯了的。可是,你也要注意……凡事……不要犯忌才好!"

他把"不要犯忌"四个字说得很重,看着依然不明就里的江静舟,继续说道,半分调侃,半分认真的口气:

"这次是樊主编刻意回护不点破你,我是装聋作哑不吭气,那个胡文轩胡站长呢,估计盛怒之下,就没注意听?还是他没听懂就不可而知了?"

江静舟听了这话,自然更是不明白,就换上一副认真的表情看着他:"哎!老向,你究竟什么意思啊?说来说去,我就没听出个子丑寅卯来?"

向晖默默盯着他片刻,无奈地摇摇头:"你呀,一向是口没遮拦惯了的!我问你,那天在席间,你和胡文轩斗气争嘴,随口吟出的那首诗,到底是什么?"

江静舟想了下,笑道:"哦?那首开玩笑的诗啊?我是气不过他姓胡的腻腻歪歪、阴险卑劣的假娘们儿腔调罢了,所以有此嘲讽,怎么了?"

"怎么了?"向晖冷笑,"你那天吟出的是那首诗的后半阕,我替你补上这前半阕吧!"

他缓缓吟出：

妄自称男儿，甘受倭奴气。

不战送山河，万世同羞耻。

他看着故交，微微摇头："这首诗，是当年抗战时期何香凝女士写来讽刺委座的。你说，这不是犯忌又是什么？"

江静舟明白，笑了，还是一如既往地强辩："廖仲恺夫人何香凝女士，那是咱国民党的元老级人物啊，我引用一下她老人家的诗句也没什么吧？"他摸摸鼻子，又撇撇嘴。

向晖轻叹道："唉，你在我这里狡辩无所谓啊，我当时听了倒替你捏了把汗呢！那樊主编是知名文人，如何不知道这首当时名噪一时的诗？她若因此挑眼，你岂不是很被动？更哪堪还有一位总爱挑眼的，昔日你的盟兄在一旁虎视眈眈呢？"

说到这里，他禁不住笑了："也是你傻人傻福，倒顺利过关了？所以我才会说，胡文轩他一定是没认真听这首诗，他也不是一般鲁莽武夫，胸无半点文墨？你的二哥你明白，人家当年也是文采出众之人，这次一定是急火攻心，心智暂迷罢了！而说到那位樊主编么……只能理解为对你的刻意回护了！"

江静舟笑了，有点不好意思地看看向晖："我是顺嘴一说，没想到那么多忌讳的，你今日的提醒倒也对头！起码对于那位文轩二哥，我还是小心为上，虽然我根本不屑他！"

他又想起樊黎翘走前说的那句话："至于樊主编嘛，我也觉得是个蛮奇怪的人！忽左忽右，忽阴忽晴的！也许女人都这样？有才的女人更加难以捉摸吧？你听听她让你带给我的这句话，简直是莫名其妙，让人不得要领！"

他低头看着自己手中的那份作战计划，瞬间记起此刻要和他相商的要务来，就拉住向晖，认真道："算了！不扯闲篇了！你快来看看我刚刚拟定的这份作战计划，有什么需要补充的，赶快搞定！然后你把N7军部分加入进来，这份计划就算完成了。郑司令在急着等咱们的汇报呢！"

向晖点头，两人于是认真研究起作战方案来，也就自然把樊黎翘那番话揭篇过去了。

其实樊黎翘是知道那时的江静舟一定听不懂她的那番话的！她也原本没打算让他明白，那话不过是她发泄自己当时心中的一些感想罢了，她愿意在冥冥之中将江静舟看作是自己的一个知己朋友。

她和宋和清几乎是最后一批造访宽城的中央要员。因为当他们离开后，宽城大房身机场就陷落解放军东北野战军之手，宽城守军对外联络的重要交通线——空中航线全线崩溃，宽城由此成为一座孤城。

几个月后，在艰难困苦的宽城围城期间，樊黎翘还曾有机会跟着总裁及随从众要员飞来过沈阳，但是那时候宽城已经被解放军东北野战军十万精兵重重包围，他们这些人只能望着宽城兴叹，而不可任意进入了。

在那种无奈而急切的情形下，樊黎翘在沈阳和江静舟通了电话，不仅告知了他，自己将要做出的一项重大决定——有关她的归处问题，而且她还给江静舟留下了一番晦涩难懂的暗语。

这番被江静舟敏锐参透的暗语，无形中给了江静舟一个切切实实的大帮助！很多时候，江静舟会认为是樊黎翘这些话间接救了他的一条命！

但是有关樊黎翘在这年离开宽城之前，通过向晖之口传给江静舟的那句话，以及樊黎翘当时的一些真实想法，她的某些奇妙经历，却是在四十多年后的1980年代，才由她自己明明白白地为江静舟揭秘的。

那时，两人都已年过古稀，樊黎翘从海外归来，特意去看望了江静舟，当着江静舟和顾倾城的面，说出了让他们唏嘘感叹的一段隐情。当然这一切都是后话了。

江静舟和向晖联合拟定的这份陆十军和N7军联合作战的计划，得到东北"剿总"郑域国司令的嘉许，后来在第一兵团副司令长官兼陆十军军长的封正烈的具体指挥下，准备实施。

这份计划是根据当时的严酷形势作出的反应。解放军东北野战军主力南下，攻打锦州，以期截断国民党东北守军从陆上完整退守关内的企图。不久，东北野战军攻克重镇四平，截断了沈阳至宽城间的铁路运输，宽城国军补给开始由空运承担。

当时宽城共有两座机场，分别为东郊的宽城机场和西郊的大房身机场。宽城机场已废弃不用，N7军、陆十军和部分民众给养均靠来自东北"剿总"的运输机运至宽城大房身机场补给。

宽城守军在解放军逼近宽城，缩小包围的形势下，为了应付即将到来的围城之势，出城寻找粮食和保护机场，这两项任务就至关重要。

江静舟和向晖拟定的这项联合作战计划，其实质就是为保持外围防地和确保机场的安全，以N7军一个半师、陆十军一个师，向宽城西北出击，进攻小合隆附近之解放军十二纵36师，试图赶走解放军，确保大房身机场在解放军炮火射程之外。

江静舟通过宽城地下党将这份计划及时传给了东野司令部，从而为东野进行下一步战役提供了有力的情报保障。

这场战役发生在5月上旬。N7军38师主力、暂61师以及陆十军183师攻击宽城西北60里外的小合隆镇，并占领了此处，国军构筑工事，守卫此地的大房身机场，同时出击四乡八村搜集粮草，为可能存在的被围困局面准备囤积粮食和物资。

东北野战军早在收到飓风小组传递的情报后，就仔细分析了态势，制定了相应措施。

东野司令部认为宽城守军的出动带来了战机，东野领导兴奋莫名："宽城守军一直窝在宽城的碉堡里，我们自然奈何不了他们，现在他们既然出来了，就要听我军调遣指挥了！"

司令部随即立即命令各纵队奔袭小合隆镇进行合围，以期吸引宽城守军出城增援，而后集中东北野战军主力攻击宽城。

东北野战军为实行空中封锁，以一纵、六纵、十二纵三十四师、三十五师、独立第7、10师，奔袭小合隆和大房身机场。

东野一纵发动坚决的攻击，国军暂61师被迫向北撤退。与此同时，东野六纵对宽城大房身机场展开了攻击，六纵16师47团半小时即全歼N7军暂56师两个团约六千余人，俘获副师长王正国，夺取机场战役胜利，解放军占领大房身机场。

大房身机场防地的失守，让第一兵团司令部里一片哗然！机场的丢失，意味着宽城守军的空中给养线丧失，宽城与外界的重要联系渠道已经被截断。郑司令忧急万分，他命令担任总指挥的副总司令封正烈向N7军副军长向晖发出指令，急命他亲自指挥N7军38师两个团进行反击。

　　向晖指挥的N7军38师反击初有成效，步步逼近机场，双方正殊死酣战之时，东野一纵主力突然从侧翼杀到，担任新38师右翼掩护的N7军暂61师根本挡不住野战军的猛烈进攻，很快被击溃。东北野战军一纵已逼近师部，向晖所在的师部陷入危机当中。

　　宽城守军指挥部里，封正烈忧心如焚。他像头困兽般走来走去。

　　一旁的N7军及陆十军的诸位师长们也束手无策，看着长官垂首不语。

　　江静舟自然心中也满是忧虑！按照他提供给解放军东北野战军的宽城守军作战计划，他明白东野此番进攻必是周密安排，有备而来。而我军一纵、六纵的兵力部署和攻击能量也是他心知肚明的。

　　他的183师在攻占小合隆之战中损失较大，在郑司令全力依靠N7军夺回机场的战役方针下，封正烈虽然身为副总司令，出于保存自己部队实力考虑，此刻断然不会命令陆十军各师轻率参战。

　　但是向晖目前身陷危机，江静舟自然不能坐视不救！他深知向晖的脾气，他平日里看似文静随和，骨子里却有一股职业军人的犟劲，从前线传回来的消息显示，向晖拒绝了身边一些军官提出的撤退建议，几乎是失去理智地固守在那里。

　　江静舟觉得自己不能再等下去了！再迟一步，估计向晖和他的师部，就会在我军一纵的强烈打击下灰飞烟灭！无论从个人的私谊来讲，还是从即将进行的策反N7军的计划来讲，江静舟知道自己都必须果断出手了。

　　他望着封正烈，建议道："副司令！此战态势已明，向副军长目前的坚持已经毫无意义！应该急令他带着38师师部从速撤回城里才是！"

　　封正烈喟叹："我已经和向明光通过电话，建议他急速撤军，奈何这小子是打急眼了？竟然一口回绝！"

　　江静舟正色道："您若以司令部的命令传达于他，明光兄他定然不敢违背军令啊！"

封正烈无奈搔搔头，将江静舟拉到一边，低语道："唉！你小子也不是不清楚？这次向晖亲率38师去反击共军，夺回机场这战，是郑司令亲自部署下令的，他亲自点的向晖的将！这如今没得到郑司令的命令，谁敢下这样的撤退命令呢？"

他叹气："我也是心疼向明光这个人才！所以建议他先率师部主动撤回，先回来再说，当面向郑司令说明危势，也就罢了。谁知道这个家伙平日里温和儒雅的一个人，却是这般犟劲！竟然和我说，要和他的N7军几个团共存亡！真是一个不知进退的糊涂小子！"

封正烈骂着，心里自然是心疼加心忧。

江静舟看出来这点，他自己也何尝不是如此！他急切道："明光兄的心事你还不知道？共军夺占大房身机场让他损失不小，目前他深入共军防区，虽然身陷危境，可是只要他此刻退却，他先头派遣的那两个团就算完了！整个就是被共军包了饺子的结局！你让明光兄他怎生忍得？"

封正烈长叹："天命不济啊！38师先前的反击初有成效，已经逼近机场，共军损失也不小，可是怎么忽然局势逆转，到了此刻无力回天的地步呢？"

江静舟也叹："N7军已经不是当年孙将军时代的虎狼之师了！它的38师固然厉害，这次也是让共军尝到了不少苦头，可是另外两个师几乎都是散兵游勇组建的杂牌师，一旦大兵团作战，根本靠不住！您看，向明光亲率的38师正打得顺利，共军一纵主力突然从侧翼杀到，担任新38师右翼掩护的暂61师根本挡不住共军的猛烈进攻，很快被击溃！这样的态势，就是必然将38师拖入独木难支、孤立无援的绝地！"

他眼波一闪，拉住封正烈，低语道："为今之计，只有分两条路来做，方能挽救明光兄和他的师部！第一，您赶快再次请示郑司令长官，说明38师面临的绝境，命令他们从速撤出战事，不可为一时莽撞逞强造成更大的损失；第二，我亲自带人组织一个敢死队，加入到援助38师的增援团中去，到阵地上去把明光他拉回来！您放心，我绑也把他绑回来！"

封正烈听了他这番建议，点头又摇头："第一点你不说，我也会马上去请示郑司令长官！这第二点嘛，可行也不可行！"

他认真盯着江静舟："在郑司令下撤退令之前，你可以实施你拉回向晖的计划，不过要找合适人选，你自己坚决不可去！你忘了自己的身份了？你如今是我陆十军的主力师师长，如何敢轻举妄动，身陷险境？何况，你这样的身份去做这件事，也是坏了规矩，让人诟病陆十军干涉 N7 军的军务了？你给我想清楚了！"

江静舟思索片刻，点头道："军座您说的也对！不过……"

"没什么不过！"封正烈打断他，"这样吧，我目前是第一兵团的副司令，可以用我的警卫团的名义先去做这件事！毕竟，他 N7 军也是我们第一兵团的下属军队吧？我看这样，我把许若飞给你……"

"太好了！我正想说这个意思呢！"江静舟兴奋道，"我那里还有个合适人选！这件事情，您交给我办就齐活了！"

封正烈点头："我也马上去见郑司令长官！"

第十一章　呕心沥血

向晖眼睛失神地望着远方，喃喃自语着，他走到沙盘前，俯身看着宽城地形图，他用红笔划出大房身机场位置，又回身来到地图前，用红笔勾出宽城、沈阳两个地名，看着这三个地点的联系画线，自然而然的，那个被所有知情人担忧已久且沉重已久的心事撞击到他的胸口，此刻的他，只觉得阵阵剧疼袭过心头，有股咸腥的热浪瞬间涌到唇边。一口鲜红的血从他的口中喷出，溅到地图上。

这边 38 师战时指挥所里，气氛是空前压抑紧张。

所有的军官都希望向晖做出师部撤退的命令，因为解放军的猛烈攻势已经接近师部所在地。

向晖铁青着脸，一言不发。

师长陈明恳切地建议道："军座，俗话说，留得青山在，不怕没柴烧！现在撤退回宽城，38 师一切都还有希望！也罢，您要是担心前面进攻的两个团陷入孤境，可以采取折中的办法，您先带着师部撤离，我率部再坚守一阵，等待后援团接应！"

向晖摇头："我们此刻只要一退，位于最前面的两个团就完了，所以必须不惜一切坚决顶住，然后等待司令部的下一步指令，现在我命令炮兵集中火力还击，并投入预备队全力增援！"

陈师长愤愤然地叹了口气，继续苦劝道："军座啊，实在是不能再硬撑下去了，咱们也算尽全力而为之了！您心里是清楚的，造成眼下这种局面的原因是什么？光靠咱38师硬拼有用吗？咱们军的那两方，暂56师、暂61师，那帮瘟犊子哪个是能靠得住的？好好的战局战况生生让他们破坏殆尽！"

"你放肆了，陈师长！你别忘了，虽然我曾经是38师师长，可是如今我是N7军的副军长！在这种情形下，你说这样的话有意义吗？"向晖冷冷呵斥道。

看着一向温和儒雅的长官如今一副性情大变、心硬如铁的模样，诸位军官知道他是打红眼了，都嗫嚅不敢再言。

沉默片刻，一旁的参谋长忍不住，硬着头皮上前劝说道："目前这种态势下，咱38师的官兵斗志已经露出颓态，硬拼估计……军座，我建议，咱们不妨再请示一下上方的意见吧？眼下这样的战况，这样的士气，怎样继续打下去啊！"

"哦？"向晖微微冷笑，"既然如此，你们还竟然建议我先行撤退？我在这里督战着呢，都是这般不堪的颓态，我要撤下了，估计马上就是兵败如山倒的结果了吧？"

他转身厉声吩咐副官卢筱生："把我的被褥拿上，跟我来！"他转身出了指挥所。

众人忙跟了出去。卢筱生不明就里，看向晖语气严酷，也不敢违命，从指挥所旁边的向晖寝室里抱出了他的被褥。

向晖指着通向宽城方向的一条路，命令道："卢副官，你把我的被褥铺在这里，我今晚就睡在这儿了！哼！我倒要看看，我的38精锐师，是如何狼狈不堪、损兵折将地退回城里的？！"

众人震惊不语，都低下了头。

正在这时，卫兵来报，增援团到了。

向晖精神一振，忙急步回到指挥所中。

向晖惊讶地看到了跟着增援团来到这里的许若飞，还有一个青年军官，竟然是江静舟的副官，那个他认识的神枪手靳鹏。

许若飞向他传达了封正烈的指示，向晖思索片刻，很敏感地指出他的话语里的漏洞："你是说，这是封副司令的建议？建议我38师师部撤回城里，不是司令部的命令吧？"

他目光犀利地盯着许若飞的眼睛，脸上满是怀疑的神色。

纵然许若飞一向机敏善言，面对这样的目光，也是有点语气支吾："是……副司令的建议，不过……据说他已经去请示郑司令长官，马上就会有司令部的正式命令！"

"马上？"向晖微微一笑，"那好吧，我们就在这里等着这个马上要来的正式命令，再确定下一步如何行事吧！"

许若飞忙劝道："军座，情势危急，您不可再等了！您和师部人员先行一步回城，后面部队撤退自然会遵照司令部的命令行事的！"

向晖断然摇头："不接到司令部的正式命令，我不会先行撤退的！依我看，眼下背水一战，还未必没有生机？我相信司令部也不可能随意下达这种命令！我们这样撤了？目前意味着什么？你们难道不清楚吗？"

他看了一旁站着的靳鹏一眼，苦笑道："致远的副官也来了？这个让我撤退回宽城的主意，不会也有你们江师长的份吧？"

靳鹏嗫嚅难言，许若飞正要解释，突然桌上的电话铃响了，陈师长接了电话，回身对向晖道："司令部传达郑司令长官的命令，让您带着师部先行撤回城里，我们几人组织部队再顶上一阵，等司令部命令，再有计划撤退。"

"你要敢假传军令我毙了你！"向晖几乎是失去理智的大叫，"你给我要通郑司令长官办公室的电话，我要当面请示！此时一撤，我的N7军几个团……就全扔给共军了！"

陈师长看着他悲痛欲绝的神情，默默拿起了电话。

一旁的许若飞和靳鹏使了个眼色，两人突然上前，一左一右地架扶住向晖。

"你们要干什么？"向晖一惊，旁边的师部军官也大惊，但是瞬间就明白了他们的意思。

许若飞劝道："我们是奉命请向副军长回城，请您配合！"

"许若飞，你太放肆了！这里是N7军，不是你们陆十军！"向晖挣扎着怒吼道，但是他无论如何挣脱不掉两人的束缚。

许若飞仍然笑劝道："您错了！封副司令可是第一兵团副司令兼陆十军军长，我等于是奉司令部的命令来请您回城！向副军长，您就别难为属下了吧？"

一旁向晖的部下也正中下怀,随着许若飞等人几乎是将向晖"绑架"回城。

这场战役以东北野战军的完胜而告终。

两天后,在 N7 军的军部,向晖听着陈明师长向他汇报整个战况。

陈师长带着为难的神情,艰难地讲述着,尤其是后面的收尾工作。他讲讲停停,不断加以无法抑制的哀叹声。

听着陈师长的这一番汇报,站在一旁的副官卢筱生敏感地发现,向晖的脸色在逐渐失去血色,变得愈来愈加苍白起来,他修长的眉毛紧紧锁起,微微轻咬的嘴唇也变得失去了血色般发白。

站在另一边的向晖的秘书李箐显然也看出来这番沉痛之言给自己长官带来的痛楚,他看看陈师长,暗暗对他使了个眼色,轻轻摇了摇头。

陈师长瞬间明白了他的意思,便不再往下说细节,只是望着向晖,请示道:"大致情况就是如此,军座您还有什么指示?"

向晖的目光有些空洞和茫然,他几乎是在喃喃自语:"你们最后这一撤,也就意味着大房身机场……彻底丢给共军了?"

陈师长咽了口吐沫,艰难地说道:"这是郑司令长官的命令……不过,就是不撤,也最终是个全师覆没的结局罢了……"

一阵锥心之痛直刺向晖胸口,这痛楚是那样的深切浓厚,不仅让他的额上瞬间挂起了汗珠,也让一汪泪水同时涌入了他的眼眶中。

"我的 56 师、两个团、六千名弟兄、一个副师长……说没就没了?"

向晖几乎是用绝望的语气呢喃着,他忍住泪,对陈师长挥挥手:"好了,你先回去休整一下吧。"

陈师长带着同情和悲凉的眼光看看自己的长官,敬了个礼,默默出去了。

李秘书担心地看着向晖,轻声劝道:"军座,您已经一天一夜没吃东西,也没合眼了。要不然,您也先回官邸休息一下?"

向晖摇摇头,吩咐道:"你速去准备战后总结材料,我明天去向郑司令长官汇报!"

李秘书答应着出去了。

"大房身机场？大房身机场！大房身机场……"

向晖眼睛失神地望着远方，喃喃自语着，他走到沙盘前，俯身看着宽城地形图，他用红笔划出大房身机场位置，又回身来到地图前，用红笔勾出宽城、沈阳两个地名，看着这三个地点的联系画线，自然而然的，那个被所有知情人担忧已久且沉重已久的心事撞击到他的胸口，此刻的他，只觉得阵阵剧疼袭过心头，有股咸腥的热浪瞬间涌到唇边。

一口鲜红的血从向晖口中喷出，溅到地图上。

"军座！"卢筱生见状大骇，惊呼一声，上前搀扶住向晖，只见向晖微微露出一丝苦笑，就晕厥在他的怀中。

安静得有些凄清的病房中，向晖昏迷不醒地躺在床上。

他的面容苍白憔悴，像是一夜之间老了几岁，双颊都凹陷下去，人显得瘦了一大圈。

江静舟默默坐在他的床前，执着好友的一只手，痴痴地望着这张熟悉的面庞。

此情此景下，一种说不清、道不明的恐惧忧虑情绪，始终占据着他的脑海。

其实目前的他原本应该是欣喜加欣慰的，我军夺取大房身机场的胜利，不就是他所代表的飓风小组写给东北野战军宽城战役计划中的重要部分吗？

这次机场争夺战一直以来是江静舟的心头之结，曾经让他百转千回地担心、忧虑和期盼过。

从东野传来的指示看，有关宽城战役怎么打，宽城怎么破的问题，一直也是东野司令部，甚至是党中央的纠结犹豫之所在。

目前的形势是攻打宽城之我军，与守城之国军兵力相当，十万解放军对垒十万国军。东北野战军的本意准备围城打援，以部分部队进攻宽城，吸引沈阳廖耀湘团北上救援，然后在途中将廖兵团围歼。但是情势却不是那样乐观，目前两军兵力相当，我军的装备又不如国军，而廖兵团又拒绝北上援救，加之根据飓风小组提供的有关宽城防御工事的详图来看，宽城的守备工事坚固复杂，易守难攻，所以东野对强攻宽城一直未能下最后决心。

江静舟曾经根据宽城的兵力、军事设施、守军思想状态等方面，做出了一份详尽材料，交给了东野司令部，建议我军可采取先攻下锦州，切断留守东北的国军南逃之路，将东北国军滞留在东北战场，逐个消灭的方针，对宽城实施围而不攻的措施。如此一来，断绝宽城与外界的联系就成为重要环节。首先是切断宽城守军与沈阳空中运输，大房身机场就成为两军必争之目标。

这次机场争夺战解放军的完胜，使宽城守军与沈阳空中运输中断，预示着宽城已经完完全全变成了一座孤城。这场胜利，也让江静舟完成了他的一个重要计划，使他多日以来的担忧和焦虑心绪有所缓解。江静舟自然喜悦欣慰。

但是目前的他却是悲伤而忧虑的。当他听到向晖吐血晕倒的消息后，那种胜利的喜悦心情刹那间竟然不翼而飞。

他第一时间赶到病房，看到向晖身陷于病榻的情态时，瞬间感觉到一种强烈的心痛填满了他的心房。他自然明白，作为这场争夺战的直接参与者来说，大房身机场的易手，作为我方的他有多欢喜多欣慰，那么眼前病榻上的好友就有多悲伤多绝望！

更加摧人心肝的是，他知道这种惨烈痛心的较量已经开始，友情和信仰的碰撞和纠缠，会不停地迸溅出这样的鲜血和泪水！

曾经的情有多重，眼前的担心就有多深，今后的伤害就有多烈！

江静舟曾经是自信的——他有过小小的痴念，向晖毕竟是他卧底敌营几十年来，少有的情投意合、惺惺相惜的异党朋友，是不同道路和信仰的知音。他曾经以自己的人品和操守感动过这个好友，他们一样的襟怀磊落，铮铮铁骨，一样的舍生忘死、手足情深，他们如愿地结为了毕生难分的挚友知己。他已经敏锐地看出来，以向晖的人品和修为，早已和国民党这个整体腐朽的政党格格不入，已经毫无前途可言！他多么希望能有机会将他拉入到自己的阵营中来，弃暗投明，让他能够认识并认同自己服务的这个新政权，这个带着新鲜血液，即将开拓出一片新天地的政党！

但是江静舟也是不自信的——随着友谊的深入，彼此肝胆相照，敞开情怀，他几乎是绝望地发现，向晖对自身信仰的执着，对自己组织的忠诚丝毫不亚于他江静舟！如果这一方是刚性的，是山般的伟岸和坚韧，那么向晖一方就是柔性的，是水般的无形和包容。你固然不能随意撼动一座山的形象，可你又能剪断一汪水的柔韧和执着吗？所谓抽刀断水水更流，这种无形而隐藏的坚持才是最无法改变的。江静舟深深读懂了向晖，也就明白了他们友谊的必然的悲剧走向。为了信仰和任务，他必须义无反顾地采取着"瞒天过海"的手段，将这份情深义重的知音情谊含泪祭献在自己的主义和信仰的祭坛上。

可他终究又是不甘心的——他要尽可能地多守候这友情长一点，再长一点！他要用自己赤诚的心，为好友尽量多遮一些风雨，担当一份痛楚。

其实这次夺取大房身机场的战役也是我军的一次试打，东北野战军也想测试一下宽城国军守军的战斗实力，在这次战役中，虽然我军最终占领了进攻目标——大房身机场，但是也付出了损失两千余人的沉重代价，检验出了N7军38师的极强战斗实力。从而使东野司令部明白了飓风小组提供的计划的必要性和准确性，那就是应该调整策略，此时硬攻宽城，以己之短，攻人之长，没有必胜把握。故打宽城不可猛攻，只能改强攻为围困，先重兵围困宽城，相机攻城。

东北解放军总指挥部随即发布命令，围城部队严密封锁宽城，堵塞宽城近郊一切道路，严禁粮食入城和人员出城，强调"要使宽城成为孤城"。同时，指示宽城地下党及飓风小组积极做好陆十军和N7军的策反工作，争取两部放下武器，弃暗投明。

鉴于此等形势，江静舟必须再次认真考虑有关陆十军和N7军的出路问题。如何按照自己的原定计划成功策反这两支军队？让宽城兵不血刃地得以夺取？这副重担让江静舟此刻感到已经压在自己和战友们身上！尤其是N7军以及向晖的前途问题，更让他感到是一块难啃的骨头。他要顶住种种压力再一次做出努力，力争让这个心硬如铁、志坚如钢的挚友和他的军队，能够有一个新生的机会。

怀揣着无法排解的忧虑和积郁，江静舟就这样默默坐在向晖病床前，守候着骤然因精神伤痛而倒下的好友，像是在无语守候着他们长久以往的这份知己情谊。

向晖夫人谢宛月回到病房，她刚才去医生那里询问了向晖的病情，回到丈夫床前，看到江静舟还是以自己离开时候的姿势守候在病榻边，禁不住心下感动不已。

她轻声劝慰道："江师长，我刚才问过大夫了，明光他并无大恙，只是这两日指挥打仗太过劳累，食宿不周全，又加之急火攻心，才会有此一病！你也守了这样久了，还是回去休息一下吧！"

江静舟看看她，微微摇头："我不累……唉！嫂夫人，你都不知道，我这算什么？当年我们从野人山出来，我伤病交加，被送到野战医院，明光兄他在我身边整整守了七天七夜，直到我醒来，他才放心去睡了一觉。"

谢宛月温柔一笑："我知道你们是比亲兄弟还要亲的手足！我有点担心的是，这次明光他有点反常啊！江师长，你是了解他的个性的，他打过多少恶仗险仗啊？一贯他都是镇定自若的，很少激动愤懑以至于急火攻心。这次，究竟是怎么了？"

江静舟叹口气，简单地将 38 军溃败，大房身机场丢失的情况告诉了她。

谢宛月的脸色瞬间变得惨白："那就是说，如今的宽城已经变成了一座孤城了吗？"

江静舟点点头，看到她紧张担心的面容，又忍不住安慰道："也许没有那样悲观，一切还会有转机……"他自己都说得有点艰难和言不由衷。

"那起码以后……不可能再乘飞机来宽城了吧？也不可能从宽城再飞往外边了？"谢宛月轻声问道。

江静舟沉重地点头："暂时是这个情况。起码空中交通目前是断绝了。"

"谢天谢地！"谢宛月突然说出的这个词让江静舟一惊，他带着疑惑的表情望向她。

谢宛月不好意思地笑笑，小巧秀美的脸庞有些潮红，她看出了对方的不解和疑问，就解释道："幸亏我们早跟着明光来到这里，如果晚一阵，到这个时候，岂不是进不来城了吗？"

江静舟摇摇头："嫂子，我有点弄不明白你的意思了？"

谢宛月比江静舟要小上几岁，不过因着向晖的关系，江静舟一直当面称她为嫂子。此刻，看到她脸上尽是无助而凄凉的神色，又听她说出带着万幸口气的话，江静舟倒是感到迷惑不解起来。

谢宛月显然猜透了他的疑惑，就温声向他解释道："唉！江师长，其实我早就想给你解释了！上次在你们家的接风宴上，我听到你在责怪明光，认为他在这样大战将至的危难时刻，还将我们母女三人带到这里，带进这个危城，无疑是不理智的？你当时还半开玩笑半认真地指责他狠心狠意！当时人多，我没好向你解释，你实在是错怪明光了！其实他在准备任职东北前，是极力反对我们娘仨跟他来的，他不愿意让我们身涉险地。是我坚持要来的，我几乎是用自己的性命来逼迫他答应我这个请求！我认为，无论何时何地，我们全家都要在一起！如果有难，就一起承受好了，承受这个不可抗拒的命运！"

"嫂子，我自然了解你和明光兄的感情，可是这样的安排，对两个孩子是不公平的啊！"江静舟叹气，"大月亮、小月亮还小，多可爱的两个小天使！你难道忍心，让她们……也承受这也许是残酷决绝的命运吗？"

谢宛月忍不住潸然泪下。她偷偷拭去泪水，强笑着看着江静舟："可是我又有什么办法呢？对于我来说，失去了明光，就失去了一切！如果他不在了，我剩下的日子，就是黑暗无光的！我一定要和他生死在一起！可是我也不忍心两个孩子跟着我们……走这条也许会是殉葬的路啊！我曾经想过把她们托付给亲戚们，可是，如今这种局势，江师长，你也是清楚的，大厦将倾……唉！反正南京城里，人心早乱了，达官贵人们都纷纷找归宿，很多人逐步撤去了台湾。明光的两个妹妹也将随着她们的夫婿移居台湾，我本来想将两个女儿托付给她们，可是，一听说要离开父母，跟着姑姑们走，娟娟和妮妮两个丫头是宁死不从啊！孩子们的哭声，把我们夫妇的心都揉碎了！最后，我只好狠狠心，将她们带到了这里……"

她心如刀割，哭得说不下去了。

江静舟的眼眶也湿润了，他只好忍悲劝道："嫂子，你也别太伤心，也许，一切不会是那样悲观！而且……即使局势再会恶化，我们也许能够想办法，给孩子们找一条生路！"他的语气有些艰难，但是不乏信心和力量，而且传递过来的信息，让谢宛月瞬间看到了希望。

"是真的吗？"谢宛月紧紧盯着江静舟的眼睛，声音激动得都有些颤抖，"江师长？你说的是真话吗？哦，还有宁松，他们都是孩子呢！你真的能在将来危急险恶的情况下，给他们找一条生路吗？"

江静舟看着她，用力点点头，他要给眼前这个绝望的母亲一个足够的信心和安慰："嫂子，如果你还相信我，相信我和明光兄的感情，就请放宽心！我今天郑重对你承诺，如果后面局势继续危急恶化下去，我会想尽一切办法，把孩子们先送出城去，送到一个安全的地方！"

"谢谢你，江师长！"谢宛月激动得话音都有些微微颤抖，"我怎么会不相信你？你和明光是生死之交啊！而且，你和娟娟、妮妮的感情又一向那样深！尤其是娟娟那丫头，一直就嚷着自己有两个爸爸，说江爸爸比她爸爸还宠她！"

她紧紧咬着朱唇，面上勉强带出一丝笑颜："江师长，谢谢你，谢谢你！你可能都想象不到，你这番话对我的意义？来宽城有些日子了，我每天都生活在恐惧和悔恨中……我不后悔随着明光同生共死，却实在是后悔将两个女儿带来，让她们也过这种提心吊胆等死的生活……如今好了，你愿意帮我们，如果……你送宁松和她们一起走，那就是再好不过的了！宁松是那样懂事的孩子，我和明光都非常喜欢他！娟娟和妮妮能跟着哥哥在一起，我也放心了！"像是溺水的人猛然抓到了救生圈一般，她几乎是喜极而泣。

"放心吧，嫂子！你好好照顾明光兄就是了。这次对他的打击实在是太大了！其他的事情，就交给我好了！"江静舟用肯定的语气再次安慰她。

想了想，他又建议道："不过，这个将来择机送孩子们出城的计划，还是先不要告诉明光兄吧？反正到时候，一切机会成熟再知会他也不迟啊！"

谢宛月点头："我明白！我明白！他目前为了战事，已经焦头烂额了，我也从不拿我们娘仨的事去干扰他，总之，江师长，我感谢你，也相信你！"

江静舟微微一笑："放心吧，嫂子！正如你看到的，大月亮和小月亮也等于是我的女儿一般，和宁松一样，我会给他们安排好出路的！这算是我给你的承诺吧？"

谢宛月理解地说："承诺太重了，就算是咱们的一个约定好了！不管结果如何，我和明光都会感激你的！"

两人正说着，乔思扬进了病房，告诉江静舟封正烈来电话，让他过去一趟，江静舟又来到向晖床边，看看仍然昏睡着的他，叹口气，只能先离开了。

封正烈也是在关心向晖的病情，想了解他目前的情况而已。听了江静舟的讲述，他无奈地摇头叹道："怎么都是这个毛病？吐血？昏迷？你那年在上海不是也玩儿了这么一出险情？好嘛，如今他向明光也来这个？唉！总之，你们这些年轻气盛、心高气傲的少壮派将军们啊，都是遇事冲动，急火攻心，不堪一击呐！"

他的语气略带调侃，本来是想活跃一下气氛，可是如今这番情势，不但他自己笑不出来，江静舟更是脸色凝重，冷峻严肃。

封正烈盯着他看了片刻，苦笑道："致远，这大房身机场一失守，很快就要应了咱们先前那番不祥的推论了！对于这种态势，你是如何考虑的呢？"

江静舟垂首不语，片刻长叹一声："困守孤城……也许一切不幸，才刚刚开始呢！"

看着一向乐观积极的江静舟如此颓废绝望的语气，封正烈心底掠过一阵悲凉情绪，他摇摇手，想说什么，终究没有说出来。

当天晚上，在江静舟家中的小书房召开了秘密会议。程睿、许若飞、沁梅、乔思扬等人一起研究下一步工作安排。顾倾城还不是党员，坐在外边客厅里织着毛线活，为他们担任警戒工作。

程睿来东北有段时间了，已经在陆十军和N7军中发展了一些基层党员，为了组织安全，实行严格的上下线工作制度，这些基干成员只和自己有所联系，不公开江静舟等人的身份线索。许若飞也在警卫团里面暗暗发展组织，大家都向江静舟汇报了自己的工作进展情况。

这次碰头会主要由沁梅传达了刚刚从宽城地下党那里传来的东野司令部的指示，飓风小组目前的主要任务，就是针对陆十军、N7军的策反问题。

解放军在对宽城实施了成功围困后，采取了一系列措施，里外夹攻，向宽城守军展开各种形式的攻势。首先，围城部队为防止宽城守军突然突围外撤，在城外构筑了数道坚固工事，尤其是在封锁机场的阵地上和西南铁路口假想主要的突围方向上，部署了战斗力极强的兵力，在纵深有利的地域控制机动部队，一旦宽城守军主力部队突破前沿阵地，就在运动中消耗国军有生力量，在宽城这个弹丸之地形成"城外城"的围城布局。

其次，为了扰乱城中国军军心，围城解放军部队对宽城实行了严密的经济封锁，在方圆45公里的封锁区内，禁止粮食、燃料、蔬菜等一切生活物资运入市内，禁止市内各人员出城。这一举措，将十万国军的命运就掌握在我军手中，同时数十万宽城市民的生活重担也压在了宽城守军身上。这一切，必将让宽城守城的陆十军、N7军压力过大，逼迫他们放下武器，走上自新这条路。如果他们不堪重负，又不甘向解放军投诚缴械，选择向外突围这条路，那么出城即会落入解放军的天罗地网中去，也几乎是死路一条。

沁梅认真向大家传达了东野的围城精神："我军目前采取的围城方针为：攻心为上，攻城为下；心战为上，兵战为下，具体有'三位一体'指导方针，有关这个问题，等会儿我表叔会具体解释。"她微笑着看了一眼自己的父亲，继续道：

"东北人民解放军前委敌工委员会还专门作出了《关于全面开展对敌政治攻势的决定》，对城内的陆十军、N7军的政治攻势尤为重视，他们特别指示宽城地下党配合我们，利用一切有利条件，在陆十军和N7军中开展政治攻心工作，宣传解放军政策，争取从内部动摇敌人军心，加快他们的内部分化，促使他们放下武器，向解放军投诚。东北局和东北军区也专门成立了'党政军民联合斗争委员会'，将城内地下组织和城外围城部队有机结合起来，在城外解放军组织严密封锁和不断军事打击的同时，通过城内地下组织，发动市民，应付即将到来的资源紧锁造成的困境。总之，围困就是相逼，我们最终极的目标，就是要逼着陆十军和N7军官兵放下武器，放弃抵抗，弃暗投明！"

江静舟点头，接口道："对，围困就是相逼！我军目前已经放弃强攻硬攻宽城的计划，对宽城的策略就是采取长围久困措施，逼着敌人缴械投诚，让宽城能够兵不血刃地得到解放！沁梅昨天带回来的围城前委的文件我看了，我军目前采取的'三位一体'的围城方针的要点为：军事上，紧锁包围，控制要点，封锁机场，打击出城骚扰、抢粮及企图突围之敌；政治上，利用敌军内部矛盾和恐慌心理，全面开展政治攻势，做好瓦解敌军工作；经济上，主要是封锁敌人空投，和敌人抢空投，防止粮草进城。"

他看看众人："具体到我们这个小组的任务，目前还是集中在两点：一，积极收集情报，对敌人试图突围的行动和计划要格外警惕关注；第二，这点更为重要，我们要随时注意身边陆十军、N7军官兵的思想动态，巧妙地做好敌人内部的策反工作，在绝对不要轻易暴露自己身份的前提下，攻心为上，积极发展咱们的力量，配合城外解放军的政治攻势，在敌军内部起到分化瓦解的作用！"

许若飞笑道："我看啊，这样发展下去，很快N7军和陆十军这两支部队，就会陷入'四面楚歌'的境地了！"

程睿思索着："我觉得密切注意敌军突围苗头这点至关重要！尤其是N7军，仗着自己是老蒋的嫡系部队班底，装备好，条件得天独厚，一定不会轻易甘心放下武器，放弃抵抗，他们更不会坐以待毙，必然会采取一些试图冲出重围的措施，我们要严加防范，尽早获得这方面的情报和信息！"

"是啊！N7军！哼，你看他们的头子就不是好争取的主儿呢！"乔思扬看了江静舟一眼，忍不住说出自己的担心来，"那个向副军长，就是头一号不好惹的死硬派！就看这次机场争夺战，他那股顽固嚣张的劲头……虽然他和咱们师座交情深，情意重，可是这毕竟是两个阵营的殊死斗争啊，你们别怨我悲观，反正我是看不出有什么把握咱们能将他策反成功？"

他的这番大实话，让在场的所有人勾起了忧虑之情，江静舟当然更不例外。但是他不愿在此情此景之下让大家纠结困顿，就甩甩头，扬起剑眉，挂上一丝自信坚毅的微笑来："一支军队的转变固然不易，但是也不要太过于强调某些个人的力量了！大势所趋下，万事当可谋划，一切皆可作为！"

他看看身边的战友，鼓励道："就像刚才大家提到的N7军的装备、实力问题，其实我早已考虑过了，坏事变好事，这也许是一个不小的突破口呢！"

他目光炯炯地望着他的战友们："你们看，陆十军和N7军共同防守宽城，两支部队的待遇却相差悬殊，几乎有着天渊之别！随着围城形势的紧迫，这种情形会继续演化分裂下去，我们完全可以在这上面做些文章，在官兵思想层面下些功夫，慢慢宣传我们的政策，让他们认清旧政权的腐败腐朽本质，从而给他们指明一条生路，让他们获得新生。"

"对！利用陆十军和N7军的矛盾，我们真的可以大作文章嘞！这些日子，我听到、看到的事情也不少！陆十军官兵对老蒋重嫡系轻旁系的做派是怨声载道啊！加之这支军队远守关外，背井离乡，思亲怀故，愁肠百结！这就好比一堆干柴堆在这里，我们只要狠狠燃上一把火，就可以烈焰冲天了！我们要让陆十军官兵对蒋家政权失去信心，对现状不满，从而奋起抗争，重新选择他们的道路！"许若飞兴奋地说。

江静舟点头，不忘叮嘱道："对的！思路是这样的，不过，一切须小心从事，不能操之过急，过早显露出自己的意图，继而引起自己身份的暴露，那样就危险了！"

大家议论得情绪激动，气氛热烈，江静舟注意到一旁坐着的沁梅，是托着腮，一副若有所思的状态，就不由看着她问道："沁梅，你还有什么想说的吗？"

沁梅欲言又止，支吾道："没……没什么……"江静舟是何等机敏之人，女儿的这番犹疑神情又怎能逃过他敏锐的目光？想着她定是有什么难言之隐，当着众人面，他也不再追问，大家又研究了几点需注意的问题，就散去了。

等几个地工战友走了以后，沁梅回到自己的卧室，她在书桌前坐下来。不由自主打开抽屉，拿出那个粉红色日记本来，望着上面新抄的一首诗发呆。这首诗是她前几天从宁松那里借来的一本诗集上发现，一下子喜欢上并抄录下来的：

> 第一最好不相见，如此便可不相恋。
> 第二最好不相知，如此便可不相思。
> 第三最好不相伴，如此便可不相欠。
> 第四最好不相惜，如此便可不相忆。
> ……
> 第九最好不相依，如此便可不相偎。
> 第十最好不相遇，如此便可不相聚。
> 但曾相见便相知，相见何如不见时。
> 安得与君相决绝，免教生死作相思。

读着这缠绵悱恻却令人有醍醐灌顶般感觉的诗句，沁梅的眼前又出现了那个熟悉的身影——

他竟然穿着她熟悉的空军制服。这身衣服沁梅曾在萧岳身上见过，可是两人穿起来风格是不同的。此刻穿到眼前这个人身上，除了挺拔威武、板正有型外，还格外有一种冷峻肃然之感觉！

他坐在敞篷吉普车的后座上，周围都是谈笑风生的年轻的空军军官们，其中军衔最高的他郁郁寡欢的样子，满脸的寂寥落寞……

回想着，回味着，沁梅觉得自己的心又一次泛起了强烈的涟漪。此刻她就这样痴痴地坐着，直到听到了敲门声。

江静舟来到沁梅卧房，敲门进去后，他发现沁梅正慌乱间将一本日记本塞到抽屉里。

江静舟装作浑然不觉的样子，在女儿对面的椅子上坐下，看着她，温和地问道："梅儿，你究竟有什么心事？说出来，我们一起来解决它？"

沁梅默默看了父亲片刻，红着脸，嗫嚅着："其实也不算什么心事…… 也许……这根本算不上什么大事？只是……我不知道这是否算作一个情报？"

她抬眼看了父亲的脸色，迟疑着："我……我今天去春来米店接头时，回来的路上，看到一个人……"

"一个人？是谁？"江静舟警惕地问。

"楚天舒！"这三个字仿佛有千钧重量，让沁梅说得格外艰难。

"哦？"江静舟也是意外，剑眉微微挑起，他思索片刻，分析道："他不是调往南京空军总部了吗？怎样会突然出现在这已呈围困之势的宽城呢？"

"我也弄不清楚啊！只是看到他和一群穿着空军军装的人，坐在一辆敞篷吉普上，就那样一下子从我身侧开过去了，他没有看到我，我刚开始以为是自己看错了，后来我回头注意了那辆车的车牌，是空军的，而且，他们几个人都穿着空军军装呢，不是他，还能是谁？而且，他的样子，那种心不在焉、若有所思的样子我实在是太熟悉了啊，怎会错认？"

江静舟点头，认真看着女儿："于是你就心烦意乱起来？甚至搞不清自己的任务和使命了？梅儿，我真的不敢相信，你和他……究竟是怎样一种关系？"

听着父亲话语里明显带着责备的语气，沁梅更紧张纠结了，她感觉到自己的自尊心受到了伤害，就忍不住辩解道："我没有！我和他只是普通的同事关系！还是曾经的！也许，最多…… 我们算兄妹关系吧？我也根本没有忘记自己肩上的任务，更没有忘记自己的使命！"她几乎是低声喊叫道，眼中已有泪光闪烁。

看着女儿激动娇羞外加激愤无比的神情，江静舟微微摇头，他稳稳心绪，尽量让自己的语气平和一些："如果你还没有忘却你的身份，你是一个红色特工，是一个重要地区重要联络员的身份，你当知你刚才说的这个线索，是否应该算作一条重要情报？"

　　他忍不住伸手拍拍女儿的手背，像是安抚了她一下的样子，然后继续认真为她分析道："楚天舒的身份你自然很清楚，他此刻出现在宽城，应该引起我们足够的注意！毕竟在上海时候，他和我们这个小组有过很多交集，那份你们传出来的有关针对我党地下电台的围剿方案，就是他做的吧？我认为，最起码，在刚才的会上，你应该将这个消息通报给你的这几位敌营战友，让他们都加以防范！尤其是，你倾城姑姑目前负责咱们和东野司令部以及围城前委的电讯联系，楚天舒的到来，你更应该在第一时间对她提出警示！这些，你都做了吗？我看到的，只是在小组会议上，你心不在焉的神情，这样的你，实在有些令我失望！"

　　听了父亲的话，沁梅垂首不语，她心里暗暗承认父亲的眼光是敏锐犀利的，思维也是正确理智的。她懊恼地发现，真的如同父亲所说的那样，当楚天舒再一次出现在自己的眼前时，自己竟然不知不觉中就陷入小儿女的情思当中去了！在这样紧迫的情况下，这是有多不应该？沁梅不由得自责和难过起来。

　　江静舟看出来一向倔强的女儿听了他的这番话，不再抗辩，她低头不语，心下暗服，又带点羞愧纠结的神情让他莫名心疼。他的心微微软了一下，但是瞬间又恢复了强硬。他并不像以往那样，出于对她的怜爱，放松对她的苛责，也随着她的情绪流露出父亲的温情来。不行，目前严酷的形势不允许，眼下即将到来的殊死斗争更不允许！面对当下这样的危局，任何掉以轻心、漫不经心，甚至是盲目的温情蜜意，都会带来不幸甚至是血腥的结果，久战敌营的江静舟，自然明白这样一个道理！

　　他也知道沁梅灵透过人，敏感细腻，一切只要点到为止即可，相信女儿必能幡然醒悟，领会到父亲的这番苦心。

　　他认真看着女儿，口气变为和缓轻柔起来："好了，我知道梅儿你已经不是才来沪上的那个懵懂青涩的小丫头了。如今的你，经历了许多事情，已然变身为承受过风雨侵袭的成熟地工人员。你说过，你是江静舟和沈琬的女儿，你原该比别人更坚强些！好好把握，谨慎行事，我其实充满信心，充分相信我的女儿！"

"表叔，梅儿不会让您失望的！"

沁梅娇声喊了这么一句，沉默片刻，下决心般地将日记本从抽屉里拿出来，放到父亲面前。

"这个是我的一点小私意，可是，我觉得我恐怕是太脆弱了，总是不能很好地控制自己的情绪，那么不如请您帮我来监督规范一下！"

女孩红着脸，说得很认真："我知道您和我干妈之间也有一个类似的东西———本珍藏的日记本，那是你们感情历程的忠实记录。任务和私情，信仰和爱情，你们却能处理得如许完美，真是我的榜样啊！表叔，今天梅儿把这个本子放到您面前起誓，从今往后，在革命胜利之前，我不会碰这样东西了！我把它锁在抽屉里，也等于把不可捉摸、不可自控的感情封锁在心中！一切以任务为重，一切以使命为重，请您相信我！"

她蓦然间提起的虞水蓉和代表着他们爱情信物的日记本，让做父亲的人竟然有点不好意思起来。眼前女儿的誓言又是那样郑重其事，那双纯净明透的大眼睛正紧紧地盯住自己。江静舟又难为情又好笑，心里还有对女儿的欣慰和满意，就只好含糊其辞地应道："傻丫头，表叔当然相信你！梅儿，我们都忍耐一下吧，曙光就在前面了……一切都未尝不可期？"

"可是我和楚天舒会有未来吗？"沁梅心里嘀咕着，但是并没有说出来，自己的感情经历就是当着亲生父亲也难以启齿，她只好也是含糊地应承着，父女俩在这种略显尴尬的情境中结束了这次恳谈。

艰苦卓绝的围城岁月就这样开始了。

饥饿——成为威胁这座城市的最大猛兽。围城一开始，宽城城内的饥饿就开始蔓延，坐镇宽城的国民党"东北剿总"副总司令兼第一兵团司令长官郑域国，对市内50余万人的存粮做了一个统计，只能勉强维持到7月底。军队虽然囤积了较多粮草，但仍旧是越吃越少的局面。

在大房身机场失守后，国军宽城守军的粮食供应只能靠空投，但是这也几乎是杯水车薪，无济于事。据当时美联社分析，一天要出动四十架次飞机进行空投，才能满足宽城守军的需要，但实际情况根本做不到，而且由于空投飞机受到解放军炮兵和高射机枪射击，运输机不敢飞低，到了宽城上空，乱投一气，本来就少，结果一半还飘到解放军阵地上去了，空投变成了投空。

在围城初期，宽城国民党守军司令部顾及军心士气面子，不准百姓离城，郑域国大搞舆论宣传，号召："人人种地，日日练兵！""军民同舟共济，保卫宽城"。他宣称"在台湾国军正在训练大批美械新军，即将开赴东北地区大举反攻，宽城国军只要守住半年左右，大局就能扭转。"

不久，宽城市内出现一种奇怪的现象，士兵们、市民们人手一把锄头，掘去沥青的马路，播种庄稼。这场生产运动播种了幻想，收获的还是幻想。即使柏油马路上都种上庄稼，也要到秋后才能收获到粮食，其实平常百姓围城一二十天就断了粮。

随即郑域国组织了战时粮食管制委员会并颁布《战时宽城粮食管制暂行办法》，规定市民自留口粮数量只许维持 3 个月，其余必须按限定价格卖给市政府以保证守军需求，否则一旦查获将没收粮食并严惩。守军在城内抢夺民粮。

宽城城里，粮食奇缺，粮荒严重，物价暴涨，货币贬值。国民党发行的"东北流通券"几同废纸一般。由于城内粮食极度缺乏，加上有人投机倒把，城内粮价飞涨，从几元一斤涨至一万元一斤。中央银行宽城分行不得已发行本票，面值由几十万一张发展到几十亿甚至几百亿一张。猪肉卖到 2 亿多元钱一斤，高粱米每斤卖到 1 亿几千万元。很多时候，还是有价无市，无粮可卖，甚至一个金戒指只能换来一个馒头。

宽城大批饥民冲破国民党军队的警戒，砸开伪康德会馆后院粮库，抢粮充饥。国民党军警开枪镇压，死伤多人。

郑域国遵从南京方面的命令，疏散宽城哨卡内人口，只准出哨卡，不准进哨卡，将大量居民疏散出城，以降低市内粮食消耗。郑域国看到情况越来越危急，决定采取"杀民养兵"政策，下令疏散市民出城。出城时，守军挨个搜身，带的粮食全部没收，然后出了国军防线就不准再回城。

驻守宽城的国军因囤积了粮食，几乎没有饿死的士兵，但军粮也仅够维持不饿死。因为守城官兵每人每天的定量是 3 两大米，3 两高粱，加少量的豆饼、酒糟。N7 军和陆十军的待遇不同，N7 军作为嫡系部队，每人每天可多得 3 两大米。但是即使如此,士兵们仍不可能吃饱,一个个饿得面黄肌瘦,两腿浮肿。很多士兵实在无法忍受,偷偷携枪装成难民当了逃兵。由此,N7 军和陆十军的矛盾愈演愈烈。

极度饥饿引发动乱,空投的粮食成为祸乱的源头。抢粮很快由民乱上升至军乱,原本不睦的 N7 军、陆十军因哄抢空投粮食,爆发局部械斗。郑城国不得不亲自签名张贴告示:"倘有不顾法纪仍敢擅自抢藏者,一经查获,就地枪决!"

针对宽城守军的混乱不堪状况,东北野战军围城部队也全面展开了攻心之战。

围城之初,趁着小商小贩还被允许进城,解放军采取"夹带"的方式,将宣传单、《蒋军投诚官兵通行证》等宣传品,伪装在商品中带进城去。

宽城地下党组织市民和国军抢空投,市民们把家中的存粮坚壁清野,用一点,取一点,尽量不让守军搜刮走。

开始驱民出城后,围城解放军各部遵照上级指示,尽力节省下粮食、衣物,建立难民收容所,收容出城难民 15 万多人,发放救济粮 4000 多吨。这些工作和宽城城中国军守军驱民抢民的行为产生强烈对比,难民们纷纷捎信给城中亲友,宣传共产党政策,直接或间接瓦解了守军军心。

对于偷偷出城前来投诚的国军军官,以及伪装成难民出城的国军军官家属,解放军更采取优待措施,省出最好的大米白面给他们吃,腾出最好的房子给他们住。对于一些实在饿得受不了,偷偷溜出城到我军阵地讨吃食的国军守军,围城部队也是来者不拒地给他们提供粮食,让他们吃饱喝足后,再放他们悄悄回去。这一来二去的,竟然变成国军守军和围城部队战士间的不定期"联谊"活动,经过多次这样的活动,很多国军官兵直接投诚过来,加入了解放军。

围城解放军的另一个厉害的攻心策略是"索夫叫子"运动。当时 N7 军除了 38 师以外,其余各师的官兵大多是东北本地人,陆十军中也有很多东北籍新兵。解放军发动他们的亲属到阵地喊话,对自己的丈夫和儿子做动员,宣传我军政策,瓦解敌军斗志,力争让更多的国军守军向解放军投诚。

一些伪装成难民的国军家属在受到解放军的优待后,也纷纷致信自己的丈夫亲人，呼唤他们放下武器，早日走出这座"死城"。

解放军的这些攻心战术取得了极大的成功，宽城守军人心浮动，经常有一个班，甚至是一个排的官兵，趁执行军务之际溜出宽城，投诚解放军。在宽城内部坚守的陆十军、N7军军中，也经常弥漫着消极厌战、向往出城的情绪。更有一些中高级军官，对解放军的政策产生好感，散布一些牢骚之语，从而使部队中经常充斥着这种不寻常的亲共厌战的风气。以上情形，让郑域国等高级军官深为忧虑，他们把解放军这种心战攻势视为洪水猛兽，惊惧不安，国军内部的整肃和清洗，也异常惨烈起来。在这种情形下，胡文轩等人又到了大显身手的时候。

其实在围城之初，胡文轩就迎来了他的一个强劲助手，他的保密局同事，原任淞沪警备师参谋长的朱孝义。对于宽城守军的政治训导工作，也引起国防部的重视。朱孝义在机场失守后，伪装成小摊贩混进宽城，带来了国防部和保密局的新的任命：胡文轩升任保密局宽城站站长，兼任陆十军政训处处长；朱孝义被任命为宽城站副站长，兼任N7军政训处处长。他们将在这个时期，怀揣尚方宝剑，对宽城这两支国军守军，采取严厉有效的政治督导工作，严防亲共、投共思潮在军中的蔓延。

听了朱孝义的精神传达和职务任命，胡文轩胸臆大快，踌躇满志。很久以来，他对陆十军、N7军中的一些萎靡不振、投共嫌疑泛滥的情形就忧心忡忡，愤懑难平，惜乎没有绝对权力在手，无法严加控制。眼看党国事业受损，自己却只能旁观，束手无策，胡文轩实在是憋屈懊恼极了。

如今之势可谓久旱逢甘雨，他终于如愿以偿地获得了这把尚方宝剑，他决定要立即行动，大展拳脚了。他拿出自己早就拟定好的军队在此紧急状态下的政训方案，和朱孝义研究讨论了一个通宵后，将这份计划书上报到郑域国司令那里，不出意料之外地受到了郑司令的高度称赞。郑司令委托封正烈发布命令，立即按照这份计划书方案在两军中实施。

根据胡文轩的这份计划，主要在以下四个方面严控军队：

一、加强特务控制，每班增配一名"政训员"，暗中监视控制官兵言行；

二、实行"连坐法"，三人编为一组，一人逃跑，另外两个人受罚；两人若逃跑，剩下一人枪毙；每逃跑三人以上者，连长送交军法处惩办；

三、加强政治宣传，强化思想控制，要求每个官兵须明誓"为党国英勇作战，危急关头于其傲保持气节，必要时要杀身成仁"。平日官兵上下要抵制共军宣传，不信谣，不传谣，违者军令惩处。

四、严厉制裁企图逃跑的官兵，军政人员凡超越哨卡 30 米以外，射杀勿论，抓回的逃兵一律枪决。组织十多个谍报队，分布宽城四周，每组 3—5 人，带着武器，除了刺探共军情报外，专门堵截射杀逃兵。

以上四条，被胡文轩得意解读为"非常时期对付共军心战之措施"。这些严厉措施在陆十军、N7 军中实施后，白色恐怖气氛蔓延，人人自危，个个心惊。虽然在表面上压制了官兵们的投共思潮，但迫于宽城日益严峻的缺粮形势，很多官兵不堪忍受，继续铤而走险，反倒因为这份严酷的政训令，使这些逃亡官兵走得更加决绝。陆十军某连连长奉命带领全连在宽城火车站附近拆毁民房，连里有 5 名士兵逃跑投解放军，连长因怕回去后自己受"连坐法"惩处，干脆带领全连官兵直接投诚解放军；N7 军一个排长因为接到夫人从城外捎来的书信，宣传解放军的政策，不巧被部下看见，为了避祸，该排长当晚就混出城去直接投共。

面对这种形势，郑域国大为光火，对陆十军、N7 军严加整肃。

陆十军暂编第 21 师 2 团 1 营 1 连 1 排的一个班，因为不满饥饿，对 N7 军和陆十军的不同待遇颇有微词，发了几句牢骚，不幸被排里蹲守的胡文轩手下的小特务告了密，第二天，竟然被第一兵团司令郑域国亲自下令全部枪毙了。得知消息后，不仅身为第一兵团副司令兼陆十军军长的封正烈郁闷难言，江静舟等军官也是愤懑难平。不过大家没料到，这才是杀鸡给猴看的一个小序曲，一周后，N7 军这边又出了惊天大案！

第十二章 兄弟阋墙

他恨恨地冷笑着，看着向晖的目光里满是悲悯和愤怒："不过，情况发展到如今，陆十军和 N7 军也快没什么差别了，都临近弹尽粮绝的地步了，所谓嫡系旁系，亲儿子私生子，都挤在一条快要沉没的破船上，大家早晚死在一块儿！所以，向副军长，你何妨心胸放宽一些，高抬贵手？就别再对自己的弟兄赶尽杀绝了！省得大家一起饿死、困死之前，你还背上一个杀害自家兄弟的恶名！何苦来？！"

封正烈的办公室里，陆十军耿进忠、李长安等几个团长三三两两在一起议论着，大家都是愤愤不平、群情激奋的模样。许若飞在向封正烈讲述着事情经过。

原来，N7 军 38 师 165 团 3 营 1 连 1 排副排长在执行任务时，从城外带回了一张解放军传单，看后和几个士兵私下议论，说了句"解放军真是仁义之师"的话，不料被担任政训员的保密局特务侦知，汇报到胡文轩处，胡文轩直接上报到郑总司令面前，郑司令大怒，下令直接逮捕了那名副排长和几个在场议论的士兵，关入死牢待决。

3 营营长闻听此事后，汇报给了团长赵晋生，两人激愤之下，找人将那个告密的训导员痛打了一顿，却因此触动军法，被人告到向晖处，将二人关押起来，等候军部会议议定再做处置。同时被关的还有 N7 军一名军需官，他的夫人装成难民出城后，给他写来家书，讲了一些犯忌的话，也被人告发。

N7 军中有许若飞发展的党员。其中 165 团 2 营营长林枫就是许若飞的湖北老乡，和赵晋生等人都是远征军时代的战友，他是N7军中第一个被许若飞发展的党员。他得到赵晋生等人被拘的消息后，连忙找到许若飞，托他想办法救人。

许若飞第一时间向江静舟做了汇报，江静舟知道情况危急，指示许若飞联系陆十军中几位赵晋生的战友，现任团长的耿进忠、李长安等人，一起想办法，让他们以搭救远征军战友的名义，先去探探封正烈对此事的态度，随后自己再出面介入此事。

此刻许若飞向封正烈讲述了赵晋生事件的经过，然后和耿进忠等人都急切地看着长官的表情，等待着他的反应。

封正烈心中又忧又恨，禁不住骂道："活该！赵晋生那小子一向狂傲自得，他和他的手下都是嘴上没把门儿的？现在是什么时期？大家都在绝路上挣扎啊！他倒好，还有工夫逞一时之快？竟然敢惹那些保密局的训导员们？那些人，目前都是郑司令的红人啊！"

许若飞嗫嚅着："其实……晋生手下的那个副排长不过错说了一句话而已，就被关入了死牢？晋生也是护犊子心切，才在气愤不过的情形下教训了那个告密的特务！如今，局势紧张，郑司令军法从严，只怕晋生他们几个难逃厄运！想来毕竟都是远征军的老部下，军座，您还是要出手搭救才是啊！"

耿进忠和李长安等人也纷纷接口："是啊，为了一句话，牵扯到这么多人，抓了一个战功赫赫的主力团团长，让人实在心寒啊！"

"我们都是当团长的，如果不护着底下这些当兵的，将来上了战场，弟兄们如何为你卖命打仗啊？"

"我们是军人，如何玩儿得过那些搞政工的？因言获罪，岂不是冤枉吗？"

"够了！都给我闭嘴！你们一个个我看都是不想要命了？"封正烈瞪起眼睛怒喝众人，"欲加之罪，何患无辞？难道你们不懂吗？咱们2团1营1连1排的一个班，为什么说枪毙，就全体被枪毙了，你们都忘了这个惨痛教训了吗？谁要再敢在这里散布牢骚，胡言乱语，小心我军法从事！"

众人不敢再言，却都是愤愤不平状。

封正烈放缓语气道："咱们都是当兵的，以服从为天职！有些不该讲的牢骚话都给我烂在肚子里好了！你们的任务，是好好带好自己手下的兵。"

耿进忠嘟囔道："关键是目前我都不知道该怎样带兵了？吃不饱饭，嫡系旁系，两样待遇不说，如今更是战战兢兢的，生怕一句话说错，脑袋就该搬家了！长官也不好干，底下的兵逃跑了，或者说了所谓大逆不道的话，自己也会莫名其妙牵连进去！总之，这兵实在没法带了，军座，您干脆撤了我吧！省得哪天稀里糊涂的，我就成为赵晋生第二了！"

李长安也接口道："进忠说的没错！军座，弟兄们已经饿得端不动枪了，再这样任意虐待杀戮下去，只怕不用共军攻城，咱们自己内部先垮了！"他说得众人都摇头叹气。

许若飞上前道："这些是闲话牢骚了！咱们赶快说主题，军座，晋生他们如今已经被打入死牢，危在旦夕，请您看在都是远征军老部下的份上，一定要救他们呀！"

众人也纷纷附和："是啊，军座！咱们都是一起闯过生死关的远征军弟兄，不能这样冤枉受死啊！您救救晋生他们吧！"

"军座！您快出手吧，再晚就来不及了！"

封正烈看着众人，摇头叹息："你们一个个都是团长了，就全不长脑子吗？！我如何救得了他们？如今N7军是N7军，陆十军是陆十军，互不干涉军务！即使我是第一兵团的副司令，可是如今这类案子都是郑司令亲手抓的，我是鞭长莫及呀！"他忍不住仰天长叹。

耿进忠急了："可是，您可以去向郑司令求情啊，军座！"

"事关匪谍案，郑司令先前三令五申让我和他保持一致，我如何敢求情？何况前次枪毙我陆十军官兵，他都是事后才知会我一声。如今倒为了人家N7军的几个军官案子，去腆着我这张老脸求情？开玩笑么！这里是军队，你们以为是过家家呢？"

李长安愤然道："难道我们就眼睁睁看着晋生这样毙命吗？我实在是不甘心啊！逼急了，我……"他咽回去了半句话。

"长安兄，不可造次！"许若飞也忙用话拦他。

"逼急了，你想怎样？我看你们一个个都想造反不成？！还要不要项上脑袋了？！滚！滚！滚！都给我滚蛋！滚回你们各自团中去！给我老老实实地把兵带好！再乱说乱动，我真撤了你们！"他挥挥手，赶众人出去。

许若飞看封正烈目前气急败坏的样子，知道再说下去无益，就给几人使了眼色，准备出去。

"许若飞你小子先站下！"封正烈吩咐道。

江静舟来到封正烈办公室门口，正看到耿进忠等人垂头丧气地出来。大家看到江静舟，像见到救命稻草一般，纷纷上前请求道："师座，您终于来了！您快想办法救救晋生他们吧！"

江静舟问起他们向封正烈求情的情况，众人七嘴八舌向他讲述。江静舟听了讲述，微微一笑："我在想，君子可欺以其方……"

办公室里，封正烈盯着许若飞看了看，片刻道："关于这件事情，你怎么打算的？"

许若飞苦笑道："我敢如何打算啊？您作为我们的最高长官都准备袖手旁观，我一个小小的警卫团长又能怎样？我在合计着，如何给我这几个兄弟买个好棺木吧……唉！只是如今这座城里，民房都拆得差不多了，全做了燃料用了，只怕连一副棺材板都买不齐活了！"他是唉声叹气，像霜打的茄子一般。

"你少给我来这套！你小子能这样让我省心倒好了！"封正烈冷笑着看他，"平日里你和赵晋生那帮人好得穿一条裤子都嫌肥，这件事情你能随随便便放弃？鬼才相信！不过我可警告你许若飞！你不可给我暗中干些什么勾当！要知道如今你是我警卫团团长，万万不可干出些无法无天的事情来！连略微出格的事情都不许做！这有一阵子了，陆十军和 N7 军是矛盾重重啊，更哪堪你们这帮人再添油加醋起来？唉！我知道这几年你在江致远身边待的，这性子野了，胆儿也肥了！真让我不能放心！"

说到这里，他忽然想起："咦？说起这话来，我倒诧异了？江致远呢？今天这种找事闹事的情形，他小子怎么会不露面呢？"

他正说着这话，就看到江静舟走了进来。

江静舟默默看了封正烈一眼，并不作声，他来到沙发前坐下。许若飞知道他们必有话谈，便悄悄离开了。

封正烈注意盯着他看了片刻，忍不住先问道："致远，你怎么不说话？刚才那一个个的，轮番上阵，都把我聒噪死了！你也是为了赵晋生的事情来的吧？"

江静舟微微淡笑一下："您已经拒绝他们了，不是吗？其实，一切……也无所谓了！"

"你这是什么表情？"封正烈不满地横了他一眼，"又是什么态度？什么叫一切无所谓？你这是和谁耍态度呢？"

"军座啊，我的亲大哥！您能不挤对我吗？我其实是在体恤您呐！"江静舟赔笑道，"刚才的事情我都听说了！您看吧，如今这种形势，让您亲自出面去向郑司令长官求情，以救下赵晋生那些人，这主意谁出的啊？真不咋的！简直是把您放在火上烤嘛！一准儿是耿进忠那帮浑小子！简直太没脑子了，我刚才在门口把那几个家伙都好好骂了一顿！一个两个的，都不知道姓甚名谁了？威胁起咱老长官来了，这还得了？"

封正烈有点意外他这番态度，他想着江静舟来自己这里肯定会更加言辞激烈才对，不料他竟然一脸平和，还在为自己叫屈抱怨，真是难得！看来关键时候，还是这个看似骄狂、实则细心的小子跟自己亲啊！——封正烈心底感慨道。

等等，打住！这不会是这个一向狡猾的小子以退为进的计策吧？封正烈又有点怀疑，他认真看看江静舟，后者依然一副漫不经心、满不在乎的表情，封正烈倒真是有点奇怪了："哎？不对啊？致远！你一向护犊子是出了名的，尤其是对你的远征军那帮弟兄们！赵晋生曾经是你最钟爱的干将之一啊？怎么如今他有大难，你反而是一副无所谓的样子？"

"护犊子？嘁！"江静舟苦笑一下，自嘲道，"我如今倒是想护来着，可护得住吗？别说他赵晋生如今不是咱们陆十军的人，就如耿进忠、李长安那些人，说是我183师的主力团长们，如果碰上这样憋屈的事情，如今我一样没辙啊？事关匪谍案，人人自危，人人自保不暇，谁还敢揽那等闲事呢？就譬如说您吧！您一向是爱兵如子的，可是那天咱们2团1营1连1排的一个班，几个棒小伙子，就为了几句闲话，说枪毙就枪毙了，谁事先知会您了？谁又给您个合理说法了？"

这番大实话说得封正烈无语相对，他长叹口气："情势逼人啊！这样发展下去……可怎么好？我都不知道该怎样对上级交代，对下属负责了？"他是愤懑难抑，回头看看江静舟的样子，又转瞬间来了气！

江静舟撇撇嘴，伸伸懒腰，半躺在沙发上简直是一副慵懒闲散的神情，一切仿佛随遇而安的状态。封正烈看了，恨不得揪起他来，狠狠抽上两耳光呢！

你就听这个家伙说话更懒散可气："所以我才要说无所谓。早晚是个死，早死早投胎！如今这般境况，饥饿可以死人，和共军对抗可以被打死，想逃跑被抓回是个死，不留神说一句话，可以被同类举报杀掉，等到城破那天，更是分分秒秒可以死人……这样的日子，可以用生不如死来形容！其实死亡倒并不令人畏惧，这种等死的日子，才如毒针沁骨般令人难耐！所以我要说，大家都是这一条船上的人，都在等死而已，那么不妨想开些，死则死矣，不过是前后脚罢了，没必要去多加关注了吧？"

"你这叫什么话？"封正烈气愤地望着他，"这简直不是你江致远的一贯做派啊？你什么时候这样萎靡不振了？别说一切还没最后绝望，就是千军万马已经陷入绝境，咱们做长官的，也要咬紧牙关，把这帮生死弟兄带到一条生路上去！你……真令我失望！"他恨铁不成钢地用手戳了戳他的额头。

江静舟无奈一笑："不说咱们这些人早已经深陷孤城，前景堪忧了吧？就是如今在这个城里，咱们又有多少生路呢？譬如赵晋生等人，一点点不满情绪的流露，竟然会带来杀身之祸！一个主力团团长，说绑就绑了，一个班的士兵，因为一句牢骚话，说毙就全毙了？这些人，都是活生生的棒小伙啊！他们中的很多人，还是您亲自带出来的兵！经历过远征军艰苦岁月的英雄们！这一切，怎不叫人寒心？您还怎么叫我们爱护兵士，将他们往生路上带呢？"

封正烈沉痛地点头："这一段时间以来，我也是痛苦极了！简直是看不到生路的感觉！如今……唉！不说了！还是顾眼前的吧！赵晋生毕竟是跟着咱们经历过远征军征战的老人了，咱们不能看着他这样白白地死了！太屈了！必须想办法救他！"

他搔搔头发，思索了片刻："这样吧，我去找找郑司令！不过，很多主动权还是在N7军！关键是向明光的态度！他要是力保这几个人，应该有很大的生机！所以，你还是从速去拜访一下你的明光兄吧！但愿他能给你面子！"

江静舟无奈一笑："那个书呆子，您又不是不知道？有时候别扭起来，也有个犟劲，我可别不过他！而且我是听说了，最近 N7 军官兵逃亡投共现象严重，消极厌战情绪蔓延，明光也是气急交加，据说他多次在军部会议上说要杀一儆百，用严厉手段制裁呢，万不料这次赵晋生倒霉就撞到他枪口上了！也罢，我只能勉力为之，恩威并施了，想他向明光就是不念我们的友情，也当念咱们远征军那份缘分吧？"

他看着封正烈，又是招牌式的痞痞一笑："实在不行，我带人去抢人吧？从他向晖的枪下抢回自己的弟兄来？"

江静舟说完此话，料定必要挨封正烈一番教训和怒斥，没想到封正烈听了，无奈摇头，竟然笑道："那我就不管了，随你咋整吧！反正给我救回人来为上！再说了，你不是绰号跛疐将军吗？名声在外，已经败坏了，就不妨再当一回恶人，也没什么吧？毕竟是人命关天的事情，也值当了！"

"什么什么？敢情您早准备好了……牺牲我了？"这回轮到江静舟委屈加郁闷了。

说是准备去抢人，其实目前还是玩笑话，因为毕竟还没到那一步，江静舟几乎是单枪匹马来到 N7 军军部，身后只跟着副官乔思扬。

向晖正在召集军部高级军官开会，江静舟被拦在了会议室外。

向晖副官卢筱生听了门外卫兵请示，忙出来迎上江静舟："江师长，我们军座正在召开军部师团级军官开会，请您还是先到他的办公室等他吧？"他欲引江静舟到隔壁向晖办公室，江静舟拦住了他："这个会，是在研究你们 165 团赵团长的生死问题吧？"

"这个……属下不清楚。"卢筱生支吾回答，他抬头看见江静舟严峻质询的目光，毕竟是自己的老上级，卢筱生怯怯地低下了头："也许……是吧。"

"那烦请你再进去通报一下，告诉你们向副军长，就说我有十万火急军情相商，请他务必出来一下！"江静舟的语气不容置疑。

卢筱生有点为难，可是又不敢违拗江静舟的意思，只好又进去了。

一旁乔思扬凑到江静舟面前低语道："师座，里面正在开高级军官会议，估计向副军长不好分身出来呢？咱们先去他办公室等也行啊，反正等会儿您要有时间从容和他说那件事才好吧？"

"你懂什么？"江静舟横他一眼，"他们一准儿正在研究赵晋生这个案子呢！所谓人命关天，先发制人，我现在恨不得找由头进去搅了他们这个会才好！我必须先和他沟通了才能占尽先机，否则……"

却见卢筱生出来，说了向晖的意思："军座请江师长少安毋躁，在办公室等他一会儿，会议结束后他马上来见您。如果江师长军务繁忙，无暇等候，那么军座他过后去拜望您好了。"

江静舟微微一笑："我正是为了一件紧急军务来见他，事关N7军和陆十军的协作问题，不便等候，我还是打扰一下贵方会议吧！"他说着，拨开卢筱生，径直走进了会议室。

江静舟的突然闯入，让在会的几名N7军师团长们吃了一惊，向晖也是一脸惊讶的表情，他无奈摇摇头，将脸上闪过的一丝忧心忧虑情绪悄悄隐去，不让人察觉到。

坐在他一侧的政训处处长朱孝义不满地皱皱眉，低语向晖："军座，这是咱们N7军高级军官会议，他陆十军的一个师长就这样贸然闯入，不太合适吧？您得有说法了！"

江静舟听不见朱孝义说些什么，直觉他也不会有好话，就冷冷一笑，也不瞧他一眼，只是看着向晖正色道："不好意思，向副军长！我奉第一兵团封副司令之命，有一件紧急军务要和你相商，事关重大，不好延误！你看，是让你这些属下们在这里听呢，还是咱们单独谈？"

对于江静舟此刻的来意，向晖心里明镜似的。但是他一向尊重将就江静舟惯了，此时只是微微皱了下眉，压抑住自己的情绪，用平静的语气对大家说："好了，今天的会议议题也大体结束，关于赵晋生等人的惩处问题，就按刚才议的方案上报，有不同意见的，先可以保留。我意已决，大家不必多言了！既然江师长有重要军情相商，大家先散了吧。"

众军官退下后，向晖起身，示意江静舟和他一起到沙发处坐下。

向晖看着他苦笑道："我知道你早晚会来找我，只是没想到你如此憋不住性子，直接搅了我的军官会议？唉！致远，你这脾气，啥时候能改改呢？"

江静舟未带笑容，他紧紧盯着向晖的面庞，看了足足有几秒钟，然后深深叹了一口气。

向晖被他看得莫名其妙，也很不自在，就尴尬笑笑："你这都是啥眼神啊？"

江静舟收回目光，淡然一笑，嘴角不自觉勾起一抹嘲讽之色："我是在认真看，仔细品，我面前这个人，是否还是那个我熟悉的向明光呢？你问我的脾气啥时候能改？你就甭指望了！老话常说，江山易改，本性难移！我这辈子就这样了……不过话又说回来了，这老话也对也不对！就譬如用在你老向身上，如今就不确了！你向明光如今是多变呐！变来变去，变得连我都难以认清你了，何况他人？而且我好困惑！我不知道，这一切是我的错觉呢？还是……"

向晖不由得失笑了，他低下头，沉思片刻，再次抬头望着江静舟，无奈又委屈的样子："致远啊，你是知道的，我一向是笨嘴笨舌，啥时候在你面前赢过一次？你就不必绕着圈子讽刺挖苦我了！你的来意，我很清楚，你刚才这话的深意，我更明白！致远，咱们不妨直话直说吧！你今天就是为了赵晋生之事来的，我自然心知肚明！不错，你我是兄弟，可咱们更是党国军人！在一些大原则前提下，在一些大是大非面前，是不是该保持应有的冷静和节操呢？"

江静舟也认真看向他："痛快！好一个直话直说！我不明白你所谓的大原则是什么？大是大非又是指什么？那赵晋生几人又是触犯了哪条天庭法则呢？"

向晖冷静地为他分析道："在目前情形下，保持党国军人操守，为党国尽忠，对共党的反动宣传积极抵御，坚决和共党决战到底，直至拼到最后一兵一卒，舍生取义，以身殉国，这就是大原则！是亲共还是反共；是投降、逃避还是坚持、抵抗，这就是大是大非问题！赵晋生身为我 38 师 165 主力团团长，是我 N7 军的主力干将，却心怀犹疑，治兵无方，不但纵容手下兵士无视军纪军规，出言放肆，为共党宣传，扰乱军心，且他身为团长，对执行训导职责的保密局军官滥施暴力……这种行为，要放在你们陆十军，放在你们 183 师，你会怎样处罚？"

江静舟微微冷笑："赵晋生是怎样的人，相信明光兄和我一样清楚！血战缅北，苦守同古、腾冲，他几番死里逃生，他对党国的忠诚当不输于你我？至于说到眼下的事件嘛，你我心下更明白，他不过是看不惯那些在军中横行霸道，巧立名目，千方百计算计自己弟兄，靠告密揭发他人升官发财的那些特务们的行径，为了维护自己手下弟兄的利益，做出了一些出格的事情罢了，总不至于犯下了滔天大罪吧？"

"致远，你好糊涂啊！"向晖有点痛心疾首了，"听听你刚才那番定义，有关政训员们的那番定义，有多可怕？这要传出去，会惹大麻烦的！不错！那些政训员们有时候行事是有些矫枉过正，但是他们的存在是十分必要的！这也是郑司令目前甚为倚重的！原因何在？你心下自然明白！"

他几乎是语重心长地对江静舟分析道："目前宽城几乎是危在旦夕，饥饿快要击垮这座城市了，共军不费一枪一弹，就是想将咱们困死饿死在这里！你看看他们如今的宣传攻势吧，是无所不用之极！这种内部的暗暗分化瓦解，比饥饿和死亡更能摧毁一支部队的战斗力。如果我们再不加强政治督导，不强化军纪军规，对一些亲共投共思想苗头不加以遏制的话，马上就会有全军覆没之灾了！"

江静舟看着他，微微摇头："你太迷信所谓的政治督导作用了！明光兄！你难道没有看出来吗？自从各部队实行了那所谓的四项条令以来，自从咱们身边有了政训员的督导，部队里面开小差、亲共投共的现象减少了吗？不，恰恰相反！我统计过，反而是愈演愈烈的形势出现了！以前，咱们的士兵们只要抵御饥饿的侵蚀，尚能抱得住枪，如今可倒好，士兵们不但要忍饥挨饿，还要小心翼翼，出言谨慎，生怕因言获罪，脑袋不保！每个人都生活在别人的监视之下，一举一动都被人分析着，猜忌着，你说，这样的日子怎么过？我的士兵们纷纷这样向我悲叹：长官，我们如今哪里像党国军人呐？完全是党国囚徒的感觉！"

这番话触动了向晖的愁肠，他自然也能感同身受这番无奈，但是此刻，他还要相劝江静舟："虽然如此，我们还是要服从大局才对！毕竟困居孤城，士兵的士气和军队的纯洁性不能放松！根据我的观察，共军的攻心战术太可怕了！他们在想方设法从内部涣散咱们的军心。非常时期，必用重典！不对一些心生异念、动摇妥协的分子开开杀戒，以儆效尤，我们还怎么带这支军队？"

江静舟正要反驳，却见向晖的秘书李箐走进来，拿着一个文件夹，他来到向晖面前，取出一份文件，报告道："军座！38师165团3营1连1排副排长和几个涉案的士兵，名单由咱们这里上报到总司令部，郑司令长官亲批八个字：

严惩不贷，就地枪毙。这几个人已经在今天早晨被集体执行枪决了，这是发回来的处决报告，请您签字存档。"

江静舟心下一惊，转而暗暗嗟叹：又是几条鲜活的生命瞬间消失，而他们仅仅是因为一句牢骚话而已！

他注意看着向晖的反应，后者的平静和自然神情刺痛了他的心，让他心中蓦然燃起怒火，那种绝地反弹、愈战愈勇的劲头又在胸中跃跃欲试了。

向晖似乎没有察觉对面人的心潮澎湃情形，他仍然是往日的儒雅和温和。他微微扬起眉毛，脸上看不出一丝一毫痛惜伤感的情绪，接过李秘书手中的笔，平静地在处决文件上签了名，然后用严酷决绝的口吻对李箐吩咐道："在存档前，将这份处决书给各师、各团、各营，甚至是每个士兵都传阅看看！再传达我的命令——从即日起，凡我N7军中，各位军官兵士，再敢有动摇军心、亲共投共，为共党做宣传的，一律照此办理，格杀勿论！"

他的话让屋里的空气瞬间变得紧张起来。

等李秘书退出后，江静舟才冷冷开言："向明光！我真的不敢相信！这样的冷酷无情！这样的草菅人命！唉，老向！如果不是亲眼所见，亲耳所闻，我实在不敢想象是你之所为！"

向晖镇静地望着江静舟的一脸痛惜和震惊，也能感受到坐在对面的他，燃烧于心的熊熊大火。他却是无所畏惧的神情，直视江静舟片刻，缓缓道："我不过是在履行一个党国军人的职责罢了！惩戒亲共动摇分子，净化内部，整肃秩序，这难道不是维护党国军纪，天经地义的一件事吗？"

江静舟针锋相对："可是老向啊，你想过没有？这些刚刚被夺去生命的人，不是别个，正是我们亲自带出来的弟兄们、子弟兵啊？他们是罪大恶极，罪不可赦的吗？不！他们不过是说了一句牢骚话，或者是一句无心的闲话而已！唉！你们这不是草菅人命又是什么？"江静舟说得几乎泪下。

向晖依旧是平和而沉静的，他的语气中也不闻波澜："致远，我刚才已经和你解释过了，非常时期，当用重典！不这样不足以震慑军队、警示兵士！古人有云，慈不掌兵，你在野战部队的时间比我长，而且你出身黄埔，是从军校读出来的，我进陆大，倒是半路出家，有关这点军事常识你比我应该更清楚更明白！"

"非常时期？"江静舟冷笑，压抑住怒火看着向晖，"非常时期，你就可以心硬如铁，视生命如草芥？你就可以泯灭人性，丧心病狂，任意由着别人拿自己的属下开刀？你就可以将那把带血的屠刀，随时架在自己的兵士、自己的弟兄头上吗？说实话，这样的向明光，让我意外，让我陌生，让我心寒，更让我不齿！"

"江致远！你太过分了！"饶是向晖涵养再好，再顾忌彼此的交情，此刻也冷静不了了，"你一个陆十军的师长，凭什么跑到我N7军军部来撒野胡闹？搅了我的军部会议，随意评议我军军务？我是百般忍耐，你却步步紧逼！你今天来的目的不就是为赵晋生案子来说情的吗？我现在可以明明白白地告诉你，这是我N7军的军务，不劳你陆十军的人来操心，更不允许你们到这里来指手画脚，横加干涉！"

他愤然站起身来，想赶走江静舟却又不忍心，开不了这个口，只好自己避开为上。他整整军装，忍气道："我还有别的军务要处理，恕不奉陪了！"他转身欲走，却被江静舟伸手拦住。

向晖又好气又好笑，看着江静舟直摇头："致远，适可而止吧！这里是N7军军部，不是你陆十军，你要要横可以回到你自己的营盘去要！这里也不是你府上。我舍下弟兄间打打闹闹，使个性子，撒欢撒野都无所谓！身为党国高级将领，大家彼此都存个体统吧？赵晋生的事情，你不必插手了，我自然有我的处理原则。况且刚才的会议，你也看见了，方案大家都议定了，你在这里缠着我也没意思，明天一早我将此方案上报总司令部，这事就算翻篇过去了！"

江静舟几乎是怒不可遏的样子，他抓住向晖的胳膊，眼中似有怒火在燃烧："翻篇过去？自己弟兄的一条生命，能这样轻松翻篇过去？向明光你还有良心没有？赵晋生是什么人，你难道忘了吗？他是和咱们一起经历过异国战场九死一生的兄弟，他曾经是咱们手下最忠诚勇猛的部下，他为你负过伤吧？他也为我挡过子弹！如今为了一件小事，你就狠心将他送上断头台，你还有人味儿吗？"

向晖的犟脾气也上来了，他可以解释，却不想解释，或者说是不屑于解释。

他咬咬嘴唇，猛然推开江静舟的手，再次郑重其事地重申自己的理由："小事？事关党国大业，哪里有什么小事？包庇部下，散布传播亲共言论，派人殴打政训干部，这样的事情在你们陆十军竟然算小事吗？说实话，致远，我简直对你失望之至！难怪人家说陆十军军心涣散，纪律松弛，不堪一击！你去听听宽城百姓给你们陆十军起的绰号吧，叫什么——'陆十熊'！大街上哄抢空投粮食，到平民百姓家中抢吃抢喝，大白天溜到对面共军阵地要吃要喝，回到城里又替共军做宣传……毫无军纪军规可言，没有信仰，无法无天！致远，我今天可把话说到这里了，我早就想告诫你了，再这样下去，不用共军动手，你们陆十军，你的 183 师就该自己彻底玩儿完了！"

向晖也是被逼急了，失去了往日镇静自若的态度，对江静舟说了一番平日里不敢说的狠话，这些话，让江静舟心中不屑地冷笑，所谓急不择言，心绪大乱——他知道眼前这个袍泽兄弟，已经被自己逼在了墙角上，他要再烧上一把火，让他必须放弃自己愚蠢残忍的做法。

于是，江静舟再次狠狠地抓住向晖的胳膊，冷笑着看他："'陆十熊'？不错！那么让我告诉你，这一切是为什么？陆十军、N7 军共守宽城，嫡系旁系，两样待遇！你们 N7 军将士一天几两粮？我们陆十军官兵一天几两粮？你不清楚吗？我问你，凭什么啊？！你们 N7 军是委员长的亲生儿子，我们陆十军是小老婆姨娘养的？粮食不够吃，拿着钞票大街上都买不到吃食，你让弟兄们怎么活？不偷不抢，不求不要，你让他们等死吗？"

他恨恨地冷笑着，看着向晖的目光里满是悲悯和愤怒："不过，情况发展到如今，陆十军和 N7 军也快没什么差别了，都临近弹尽粮绝的地步了，所谓嫡系旁系，亲儿子私生子，都挤在一条快要沉没的破船上，大家早晚死在一块儿！所以，向副军长，你何妨心胸放宽一些，高抬贵手？就别再对自己的弟兄赶尽杀绝了！省得大家一起饿死、困死之前，你还背上一个杀害自家兄弟的恶名！何苦来？！"

向晖气得心都在颤抖，他无语对答，片刻，几乎是绝望般地悲叹道："江致远，我看你今天真的是疯了！"

"不错，我是疯了！"江静舟放开了手，带着愤怒决绝的神情紧紧盯着自己的知己好友，吐出了最后一句比刀子还要利的话。

"向明光我告诉你！如果你这次不放过赵晋生，咱们之间的关系也完了！从此恩断义绝！也别论什么手足弟兄、袍泽之谊了！以后再相见，你就是杀害我兄弟的凶手，是我不共戴天的敌人！"

这句无情决绝的狠话瞬间将向晖击伤了！他气得身子发抖，脸色惨白。自从上次吐血晕厥后，他一直常有胸闷难耐的感觉，此刻听了这番话，一种不适的闷痛感再次向他胸腔袭来，他忍不住低低呻吟一声，皱着眉，用手按了按自己的胸口。

江静舟看到他这番情形，心下一软，也是暗暗担心，暗责自己的话说太狠，有些逼急了他。但是此刻他又不便服软，就甩了句："你考虑一下，好自为之吧，告辞！"毅然摔门出去。

就在离开的那一瞬间，江静舟在心中对自己暗暗发誓道："N7军！哼，这支军队老子要定了！向明光，你早晚必须跟我走！"

卢筱生送了江静舟回来，看到向晖已经回到自己的办公室在看文件，就忙上前关切地问："军座？您怎么样了？身体有不舒服吗？"

向晖摇头不语。

卢筱生担心地看着他："刚才江师长走时吩咐我，让我进来看看您，说是担心您的身体……"

向晖闻言苦笑了一下："担心我身体？哼，以后不被他江致远活活气死，就算我的造化了！"

卢筱生劝道："哪能呀？您和江师长的情谊，别人不清楚，我还不了解吗？可是军座，我想不明白的是，您为什么不直接向江师长说明您的态度呢？对于赵团长这件事，您有多为难？您已经尽了最大的努力了，何况已经是最轻处罚了，命起码是保住了呀！"

他看看自己长官的脸色，嘟囔道："刚才送江师长走的时候，当着他的面，我真想说一句，江师长，您是误会我们军座了！可我又没敢……"

向晖点头："不错！这是我们N7军的军务，我不想外人来干涉，更没必要向外人解释！"

卢筱生是知道江静舟脾气的，也是了解向晖性格的，此时唯有长叹一声。

其实事后想来，向晖觉得江静舟这一场闹也算没白闹，当时他做了一个方案，建议赵晋生案从轻处理，起码要保住他的项上人头。他将这个方案拿到军部会议上议定，政训处处长朱孝义似乎有不同看法，但还没来得及商议，就被江静舟闯进来搅了局。向晖正好就坡下驴，将这个方案一言敲定。随后他又亲自到郑司令那里解释说明了，加之封正烈也做了些工作，终于此案算是完美结案。赵晋生被降职两级，担任 3 营营长，原先的 3 营长降职到 1 连任连长，那个军需官被罚做火头军。总算让所有人松了一口气。

事后江静舟得知了此案后期处理的前因后果，知道自己终究是误会向晖了，心下不安，在某个晚上，来到向晖官邸，想和他当面说开，却不料向晖竟然避而不见他。

向夫人谢宛月面带尴尬之色，招呼他在客厅坐下，赔笑解释道："江师长，实在不好意思啊！明光他今天有点感冒，早早睡下了……"

她记起什么，笑道："对了，宁松现在在这里呢，就在楼上看书呐，我叫他下来吧？"

"不用了，嫂子！"江静舟不在意笑笑，"我是特意来看明光兄的！他既然身体不适，我改天来好了。也不必叫宁松了，我知道，他就喜欢在你们家书房啃明光的那些古书呢。"

江静舟告辞出来，谢宛月送他到门口。大女儿向婵娟一向向着她的江爸爸，趁妈妈没注意，和他咬耳朵道："江爸爸，您是不是和我爸闹别扭了呀？他怎么躲着不见您呢？我悄悄告诉您吧，我爸才没病呐，他正在楼上和宁松哥哥一起看书说话呢！"

江静舟理解地笑了，拍拍她的头："没关系的，明天我去他办公室找他！看他还怎样躲？"

处理完这件闹心的事情，江静舟又在考虑封正烈交代给他的一件难事了。

封正烈这件事是私事，也是他思考了很久才向江静舟启齿的，这件事情是由于陈紫瑜的信仰引发而来。

原来，封正烈夫人陈紫瑜是一名虔诚的基督教徒。依她的出身和学识，她本不应该是一名常年生活在军中的女子。

陈紫瑜期盼的理想生活其实很简单：在自家的洋房前，有一个美丽的花园，在阳光温暖的季节，她能够坐在花园长廊的紫薇藤下，安静阅读着她心爱的《圣经》。

从小生长于绮罗丛中，又如愿嫁给了一名党国高级军官的她，自认这样的理想生活应该不算是痴望，而本应是唾手可得的，但是她却悲哀地看到，几十年过去了，这竟然还只是一个可望而不可即的梦想。一切的一切，都是因为她不幸嫁给了一个军人，一名将军，又恰逢在这样一个风雨飘摇的乱世中。

她只能无奈地跟随着她深爱的夫君，辗转于各地他任职的军营中。她没有后悔过，因为她和他夫妻恩爱，蹀躞情深，她愿意相随他一生，即使没有一男半女的状况曾经稍稍让他们感到一丝憾意，但是陈紫瑜却将它认定是上帝的另一种美意，让她可以因此免却儿女的羁绊，更加全心全意地相伴在封正烈身旁。

所有熟悉的人都知道封正烈将军有个"惧内"的毛病，其实婚姻如履，合不合脚只有两个当事人自己心里明白。很多时候，"惧"源于"爱"，爱极则宠极以至于近似于"惧"，唯怕心上人受一丝丝委屈，有一点点不如意。

何况可称为文坛泰斗的北大校长胡适老先生早有"怕老婆"宏论云："一个国家，怕老婆的故事多，则容易民主；反之则否。德国文学极少怕老婆的故事，故不易民主；中国怕老婆的故事特多，故将来必能民主。"

我们的封军座不但极为崇尚胡大校长这一番诙谐有爱的名言，而且更是身体力行般践行着胡博士的"三从四得（德）"：太太出门要跟从，太太命令要服从，太太说错了要盲从；太太化妆要等得，太太生日要记得，太太打骂要忍得，太太花钱要舍得。

此乃戏言。但是封正烈对陈紫瑜的恩爱确实是有口皆碑，发自内心的。他自然感佩于夫人几十年来的生死相随、甘苦与共的情意，但就是这份深情，让此刻的他陷入深深的困境中去。

首先源于宽城如今日益恶化、摇摇欲坠的艰难形势。进入 8 月以来，城里的饥荒情况愈演愈烈，达到令人神经崩溃的边缘。不但粮食成为稀缺物，放眼城市中心，一切木质结构，大到房架，小到交通标志牌，乃至沥青路面，或用于修筑工事，或充作燃料，都毁坏殆尽。往日人口熙熙，繁华宽阔的宽城，已经像一个久病之人，几近恹恹待毙状态。

这里已经近似于一座"死城"！

为了减轻城中压力，郑司令长官下了死命令疏散城中人口，将市民强行赶出宽城，欲将这个几十万人口吃饭的大包袱扔给对面围城的解放军。在这些疏散人口中，成分越来越复杂，起先只是城市平民，后面随着形势的恶化，粮食的进一步紧缺，司令部下令将一些军队后勤、文职人员、军官家属，也混到这些逃难人群中，一并疏散。

作为封正烈这一级军官的家眷，挨饿倒不至于，自然也不会被轻易遣散出城。但是日益紧张恶化的局势，却让封正烈不得不考虑到自己家眷的安置问题，陈紫瑜纤弱文静，寡嫂韩湘玉体弱多病，在这个随时面临死亡的孤城中，她们的安全和出路就是目前最令封正烈担忧和心焦的事情。

不料他还没有来得及和夫人相商他们姑嫂的安置问题，陈紫瑜先向他提出自己的困惑和不满。

作为一名虔诚的基督教徒，陈紫瑜反对一切战争和杀戮。常年在军旅军营生活的经历，让她无奈于一些刀光剑影、流血死亡的事情时常在自己身边发生。于是每到一处驻地，她就积极联系上当地的教会组织，做祷告，做礼拜，为苍生祈福，为丈夫求愿，为家人祈求平安。

但是如今的这座孤城，让她实在住不下去了！遍街的饿殍，满目的疮痍，让信奉上帝的她的那颗仁慈有爱的心在颤抖，她的善良和博爱，让她已经无法再面对这人间地狱惨剧频发的现状。

这天下午，她一个人心情愁苦，无法排解，就在书房中反复诵念着圣经里的句子：

> 无人有权力掌管生命，将生命留住；
> 也无人有权力掌管死期。

这场争战，无人能免，邪恶也不能救那好行邪恶的人。

这时候，宁松回来了，带回的一个悲惨消息再次深深刺痛了陈紫瑜善良高贵的心灵，那份惨烈的描述几令她神经崩溃，情感失控。

第十三章　寻找生机

　　宁松在她怀里喃喃自语着："在这个世界上，为什么会有战争呢？为什么会有这样的惨剧呢？又为什么会有这样的罪恶？姨妈，我仿佛是在哪里看到过这样的一句话——战争也爱吃精美的食品，他带走好人，留下坏人……"

　　宁松一直在陈紫瑜的安排下在一个教会下的学校上学，围城形势紧张后，这个教会学校停办了。为了让宁松的学业不至于中断，陈紫瑜请一名年轻的外国牧师一直在继续教宁松英语。

　　这个下午，去教会上完英语课的宁松一回到家，陈紫瑜就发现他脸色不对。平日温润可亲的少年似乎失去了一贯的平和儒雅神态，他的面色苍白，双眉紧蹙，眼睛里饱含着极度恐惧和忧伤的神色。

　　陈紫瑜忙拉他坐到自己身边，问起缘由，开始宁松怎么也不说，后来看陈紫瑜急了，以为他生病了，宁松才吞吞吐吐地说了句："姨妈！我以后不想再出门了！我实在是受不了了！"

　　陈紫瑜自然明白善良的宁松的心事。很久以来，宁松就时常和她讨论自己听说的一些悲惨传闻：城里出现饿死的人，人们从开始的害怕死尸到后来的司空见惯，抬抬脚就从死人身上过去了，饥饿把人们的心变得坚硬似铁。某家卖熟肉的铺子突然被军队查封了，老板也被郑司令下令枪决了。据说他们竟然卖的是人肉……虽然难辨真假，但是城里的恐慌情绪蔓延，人心难安。

　　陈紫瑜几乎每晚都睡不着觉，每当她听到这样恐怖的消息，就心跳加速，心神不宁，只能靠不自觉地诵念起圣经里的句子，来暂时安慰自己慈悲的心灵。

不过今天宁松的异常还是让她更加忧虑，她抓住少年颤抖的手，安慰鼓励他："松儿！别怕！和姨妈说说，到底出了什么事情？你又看到什么悲惨的事情了？别自己憋着，你还小呢，看把自己憋坏了！你说出来，姨妈可以祷告，我们请求主来帮助我们！"

她边说着，边将宁松揽在怀中，不停地抚弄着他的头发，像母亲那样亲昵地安抚他。

在姨妈温暖的怀中，虽然心智比同龄人成熟很多，但是毕竟还是一个孩子的宁松放松了浑身一直紧绷的神经，忍不住失声痛哭起来。

哭了一阵，终于暂时缓解了这一路的焦虑和恐惧心绪，宁松抽抽搭搭和姨妈讲述了今天在学校里听闻的一桩惨事：附近一家烧饼铺的老板带着自己的小女儿去抢空投的粮食，被一个士兵开枪误伤了女孩，流血过多，不治身亡。

宁松和这家烧饼铺很熟悉，那个无辜死亡的小姑娘有一个好听的名字叫小花。他以前总爱在他们家买烧饼吃，小花似乎很喜欢这个文气的大哥哥，每次看到他来，总会挑一个最大的烧饼递给他。宁松也经常偷偷带些糖果塞给她，当小花接过这些穷苦人家孩子少见的东西时，总是甜甜一笑，圆圆的脸上蓦然现出两个漂亮的小酒窝。

今天在学校里听到这个惨剧，宁松心下一震，一股不祥的预感袭上心头！好容易挨到下课，他抓起书包，飞快地向烧饼铺跑去。

众人围着的烧饼铺前，哀声阵阵。宁松颤抖着身子，握着拳，拼命压抑着心中狂跳，透过人群，看到铺前的一块门板上，血迹斑斑的被单下，那副小小身躯的轮廓……

听完宁松的讲述，陈紫瑜已经是泪流满面，她和宁松相拥而泣。

宁松在她怀里喃喃自语着："在这个世界上，为什么会有战争呢？为什么会有这样的惨剧呢？又为什么会有这样的罪恶？姨妈，我仿佛是在哪里看到过这样的一句话——战争也爱吃精美的食品，他带走好人，留下坏人……"

陈紫瑜的心头满是悲凉！她似乎第一次觉得，自己深爱的丈夫，和这些罪恶竟然有着千丝万缕的联系！想到这里，她悚然而惊，一种不寒而栗的感觉掠过心头！她的脑海里，闪过她读过千百遍的那段话——

邪恶的敌人以他们的暴虐和专制让正义的人们感到四面楚歌。

然而那些以博爱和善良的名义，

引领弱小者穿越黑暗峡谷的勇士，

必将得到神的护佑，

因为他是他的同胞的真正的守护者和迷失孩童的挽救者……

她觉得要和丈夫好好谈一下自己的看法，要给他以启迪，以思索，以选择。

不知道手握一本《圣经》的封夫人和自己的丈夫究竟谈了些什么，反正第二天一大早，封正烈就将江静舟叫到了自己的办公室。

几乎没有任何寒暄和托词，封正烈直接向江静舟提到了一个任务，想让他设法和"那边"联系沟通一下，安排陈紫瑜姑嫂出城去沈阳。

听了他的话，江静舟愣在了那里，半晌接不上话来。

封正烈默默看着自己最欣赏最钟爱的部下，微微叹气道："致远啊，你一定很奇怪吧？我为什么交给你这样一件不近情理、难以完成的重任？甚至，你会在心底嘲笑我、咒骂我，质疑我是否有背叛党国，投降共军的企图？"

这话说得很重了，为了不让他疑心，江静舟不敢继续报之以沉默。但是目前因为不了解封正烈的真实意图，他也不能贸然接话，暴露自己，所以只能模棱两可地回答道："军座您怎么会这样想？您是谁？我又是谁？就是把我江静舟的脑袋抵在枪口下，我也不会想到您会投降、背叛这上面啊！"

封正烈点头："致远，我明白你的忠心！你对我，对我们这个家族的情义我始终心有感悟！我只不过是想和你说清楚这件事情的来龙去脉而已！"

他在房间里走来走去，似乎在组织着自己的语言，以更好更清楚地表达出自己的真实想法和意图：

"致远啊，你是知道的，你大姐她是个虔诚的基督徒，心地善良，敏感柔弱，我一直在为她尽量撑起一片天地，为她遮挡风雨，让她少受些这个风雨飘摇的乱世带来的风吹雨浸。可是你看看如今的宽城……唉，我实在不忍心她还在这个炼狱中熬煎！战事凶险莫测呐，作为军人，咱们责无旁贷，可以随时牺牲殉职，可是作为丈夫，我不忍心看着自己的家眷在这里等死煎熬！何况你也知道的，你大嫂她体弱多病，这些年和我们夫妇生活在一处，每年都要进几趟医院的。你说，如今这个情形，陷落在这个孤立无援、缺粮少药的死城，一旦有个好歹，我们又如何对得起死去的大哥？我是万万担不起这个责任啊！"

他又叹气："况且，像咱们这样人的眷属，不同于一般低级军官的家眷，可以藏到难民堆里，混出城去，奔一条生路。咱们的亲眷一旦贸然出城，被共军当成人质扣押起来，不仅让咱们被动，也会给咱们这一方在舆论上带来负面影响。所以，我思前想后，只能走这样一条路——在咱这里，低调沉默，就说送陈铮瑜将军的遗孀去沈阳治病，几个女人计划化妆成难民出城；而在人家共军那边呢，则需要实话实说，请求对方的通融协助，走冠冕堂皇的路子，把她们姑嫂安置出去方为妥当。你看呢？"

江静舟瞬间明白了他的意思，这正是他工作突破的口子所在！自从来到东北，将近半年了，他一直在寻找着这样一个万全无虞的突破口，今天，终于蓦然出现在他的眼前！

封军座，您终于上了我们这条道儿了！

江静舟兴奋莫名。他压抑住内心的激动和欣喜，尽量用平静稳重的目光望着封正烈，语气凝重地回答："我懂，军座！"

封正烈挠挠头，看着江静舟苦笑道："其实，不管是何党何派，打仗争地盘，都是咱们老爷们儿的事情，这些妇孺女眷们何辜，要陪着一起遭罪呢？我在想，给她们早早安排一条生路，不仅是作为男人应尽的职责，而且也为咱们消除了后顾之忧。以后，该杀身成仁，该舍生取义，就是无所谓的事情了！"

江静舟听着封正烈的话，心下暗暗计较着，他在权衡着对方话语中，透露出多少对自己有利的信息。

其实几十年相处下来，江静舟对封正烈还是颇为了解的。

封正烈就是一个纯粹的职业军人。他不像向晖那样的文人军官，对自己信奉的信仰有着执着的追求，他是一名标准的军人，始终把服从上级指示，带好兵，为国尽忠作为己任；他很少对政事留心，也不会为了升官发财去刻意迎合上司，做一些鸡鸣狗盗的事情；他为人忠勇，正气凛然，时刻保持军人应有的尊严和气度；他行侠仗义、江湖气浓厚，对自己手下的兵和身边的弟兄，襟怀坦荡，肝胆相照。

但是他的这份做派，和国民党军队的风气格格不入，再加上常年处于非嫡系序列，也受了不少气，坐了很长时间冷板凳，其职务和军衔都远远比不上和他同期为官，却善于逢迎媚上之徒。从湘西赣南"剿共"，到抗战时期几番血战，再到赴缅北作战，直至最后来到这重兵压境，大战一触即发的东北战场，封正烈和他的军队，仗没少打，罪没少受，血没少流，功没少立，但最后却因为嫡系旁系之分，长期以来被排挤和压榨在国民党军队的下层。所以他心中的委屈和积郁，一直压抑了不少在心头。

这种情绪和思潮，一直是江静舟随时加以关注，并准备关键时候想充分利用的。但是目前的他，还看不出封正烈找自己去办这件棘手事情的缘由，难道仅仅是自己和他最贴心、最亲近这个理由吗？他正在揣想、苦思当中，封正烈好像看出了他的心事一般，直接说出了自己的理由。

"致远啊，你一定在疑惑为什么我会突然想到求助于'那边'，将家眷送出城去？我又为什么找你来办这件事情吧？听我告诉你缘由。"

原来，上次宋和清来宽城，曾经和封正烈有过一次长时间的密谈。

宋和清作为封正烈多年的搭档，两人有着长达几十年生死与共、非比寻常的友谊和兄弟情分。封正烈只有在宋和清面前，才敢充分敞开心扉，畅述衷肠。封正烈向宋和清讲述了自己的苦闷和对前途渺茫的悲观情绪，宋和清表示了理解，他为封正烈指出了一条奇异的路子，那就是——在局势继续恶化，不可收拾的地步；在情况危急，自己亟须帮助的时候；在抉择档口，无路可走的绝望时刻，可以求助于一个"非常朋友"。

宋和清所说的"非常朋友"指的竟然是共产党的重要领导人之一的周恩来！

原来，在抗战胜利之后，封正烈在重庆开会期间，曾经结识了这位卓越的共产党精英人物。他和宋和清曾专门到曾家岩 50 号见过周公，封正烈当面表示了自己一直以来对周公的敬仰之情，他念起当时国民党元老续范亭为他赋的诗：

站正立场理不穷，樽俎折冲难重重。

奸雄满腹欺凌意，早在周郎一笑中。

宾主相谈甚欢，周公也表达了对封正烈抗日功绩的肯定和钦佩。三人谈了很久，最后，周恩来表示愿意交封正烈这个朋友，并给了他一张自己的名片，让他在需要帮助的时候，记起自己还有共产党这个朋友。

当下，封正烈准备将自己的家眷送出被共产党围困的宽城，最直接最安全稳妥的方法，莫过于求助于周公这条捷径。

听了封正烈的这番话，江静舟抿嘴笑了："军座啊，您也太牛了吧？直接找周公！不错，据闻连对面军队的最高长官们，都是周公的部下呢！"

江静舟心下有底了，他会牢牢抓住这个机缘，将策反陆十军的口子撕开！目前，一切的一切，就从封正烈转移家眷这件事情上着手。

封正烈望着眼前这个心腹爱将，点头叹道："其实致远，我本不该叫你来办这件棘手之事，我知道，这么多年了，胡文轩等人一直盯着你不放，匪谍的帽子一直飘浮在你头顶上！如今这件事情，也许会给你带来麻烦的！"

他转而伤感："可是，我也是没有办法的事情了！你看看我身边，走的走，死的死，还剩下几个得用之人了？目前你是我最信任的人，宋副厅长也屡次在我面前说你的好，让我在关键时候，要重用你；在需要抉择和帮助的时候，多问问你的主意和看法。其实，我也一直是信任你，倚重你的！我希望，在这个艰苦卓绝的时期，在这个几近灭亡覆没的危险时刻，你能诚心诚意地帮助我！当然，将你大姐她们姑嫂送走，是我的私事，别看我和周公只有一面之交，但依照我对周公人品的认识，他一定会帮我解决这个难题的，我有充分信心和把握！我今天要和你说的重点倒是后续的事情——关于咱们这些人的前途问题！这次送家眷出城，只不过是一块探路石，在圆满完成这件事情后，你就能继续找机会、找关系，和'那边'试着接触沟通一下，为我们自己，为我们这些兄弟们，也为我们的军队，看能不能探出一条生路来？你，能明白我的深意吗？"

江静舟感怀，一股豪情和责任感油然而生，他自信而亲切地看着如父如兄的老长官，郑重其事地表态道："您放心吧，这件事情的意义，我明白了！我一定竭尽全力，将您交代的事情办好！如果，我们能将陆十军的弟兄们带到一条生路上去，也不枉大家背井离乡跟随咱们一场了！军座，如今咱军中士兵里流传着这样一句话：流在抗日前线的血是倍加荣耀的，流在内战战场上的血是格外悲哀的！这些情绪和感想，我想，当引起我们这些做长官的注意才是！"

封正烈点头："是啊！你知道吗，昨天你大姐给我读了两段话，对我启迪不少：一个是宁松告诉她的，一个14岁的少年啊，饱读诗书，也明白这样的道理，那就是——争地之战，杀人盈野；争城以战，杀人盈城，此所谓率土地而食人肉，罪不容于死。"

封正烈解释道："估计你都未曾听到过这句话吧？这话出自《孟子》，意思就是：在争夺土地的战争中，被杀死的人布满战场之地；在争夺城池的战争中，被杀死的人遍布城中，这就仿佛是有人率领这土地来吃人，罪行已经大到就算将他处死刑罚也太轻的地步了！"

他顿了顿，继续道："还有一段话出自《圣经》：你们中间的争战、斗殴，是从哪里来的？不是从你们百体中战斗之私欲来的吗？"

说到此处，他深深长叹："致远啊，这么多年了，这仗我是越打越厌倦了！身为军人，将外族侵略者赶出了国境，但仍干戈未休，究竟何处是尽头呢？你大姐昨天流着泪劝我，让我早日退出这场看似静态，实则残暴不亚于任何血战的围城守城僵持之争。她作为基督徒，信奉的是'战争是罪的后果'，她说上帝告诉人们：'收刀入鞘吧！凡动刀的，必死在刀下。'作为一名军人的妻子，当她看到宽城眼下的惨状时，会时刻有着痛不欲生的感觉，她认为我身上背负的血债太多了，最终会沦落到走不动路的地步！听了她的话，昨晚我想了很久啊，致远，你不要笑话我吧，我老了，已不复往昔壮志，更不想再永远纠缠在这自己的国人生生死死的拼杀中。我也绝不忍心将我带出来的这些子弟兵们，推进到同胞间自我残杀的这个大绞肉机中去！所以……是该想想咱们这些人归处的时候了！"

江静舟同情地望着他，安慰道："军座，一切还不至于完全绝望！我始终认为，一个军队统帅的清醒和睿智头脑，对这个军队来讲，是最大的福祉所在！您审时度势，忠勇仁慈，一定会为我们这支队伍找到一条生路，甚至是光明之路的！为此，静舟一定生死追随在您的身边，襄助帮衬您，虽肝脑涂地亦不足惜！"

封正烈点头："嗯，我明白你的忠诚！其实，致远哪，有时候我在想，如果……我是说如果，你真的如他胡文轩一直怀疑的那样，是'那边'的人，我倒可以放下心了，目前正可以倚重于你……"封正烈笑笑，带着真诚的语气和笑意让江静舟感慨不已。

虽然感君情怀，机敏干练如江静舟，此刻却是滴水不漏，顽皮一笑而已："您也不必懊恼我不是'那边'的人，只要我是您忠实的部下就好了呀？反正，您都能牵上周公这条线，我也一定费尽全身解数，完成您交代好的任务就是了！"

他凑近封正烈，暗笑道："军座啊，您是有所不知呢。眼前这种形势下，不但咱们军，就是N7军内部，包括总司令部郑长官身边，都难保没有人和'那边'勾勾搭搭，私相传递呢？谁都不傻，毕竟要给自己找一条后路吧？"

"哦？"封正烈诧异地扬扬眉毛，随即感叹，"也罢，懒得管别家了，你全力办好咱们自己的事情就对了！"

两人又议论了一下形势，封正烈猛然记起的样子："对了！昨天郑司令长官找我去谈军务，明光也在那里，好像两人在谈什么突围计划，据说要以N7军为先锋，实施突围行动，也是试探一下共军的态度和兵力吧！"

江静舟听了心中一惊，注意到这个重要情报，表面上却不带出来半分，只是嘻嘻一笑："这个……还需要试探吗？郑司令和向明光不会愚蠢到认为，共军此次围城，是在和咱们玩儿小孩子的打仗游戏吧？突出重围？那边不是坚决予以消灭，还等什么呢？"

私底下在心里，江静舟却对这个情报格外重视。

"您没听明白他们准备什么时候实施这个大胆计划呢？其实我注意到的是，为什么这次是N7军单独承担这次突围行动，没通知咱们陆十军配合呢？"江静舟暗中点着火。

封正烈摇头："管他！不是和你刚才说过了吗？老子早就厌倦这一套了！什么嫡系旁系，重用谁，轻视谁，用谁家的兵去打仗？只要是打仗，就要死人，就要消耗实力，让他们去折腾吧！就像你刚才说的那样，共军也绝不是吃素的！这么多年了，打来打去，咱们的地盘就剩下这几个孤岛了！突围，谈何容易？突出城去，往何处去？就是侥幸不落入共军的包围圈，也整不出个生路来。实话告诉你吧，致远！我早看出来了，不管是咱陆十军，还是他N7军，困在城中，咱们这些长官们尚能维持住这支队伍，只要出了城，人心一下子就散了，我看他们这队伍还咋带?！"

江静舟笑了，一抱拳："军座，生姜真的还是老的辣啊！您这番分析，是准确到家了！"

封正烈笑骂道："都啥时候了，你小子还在这里给我戴高帽子，灌迷魂药呢? 你好好去办我交代给你的事，为咱们这些人谋划出一条生路，要好多了呢！"

"属下自然明白！"江静舟没法不笑。他强忍住笑再次宣誓般地说道："您老就放一百个心吧！有您高屋建瓴般掌着舵，有我江静舟在前面冲锋陷阵，再加上程睿、耿进忠、李长安、许若飞那帮小子们一路相随，咱陆十军绝不了后路！"

"不错！"封正烈满意地点头，"夫妻本是同林鸟，大难来时各自飞，何况两支军队乎? 他们突围他们的，咱们找咱们自己的路，自求多福，各保平安吧！"

江静舟微微一笑，摇摇头，"可是，您不心疼您的另一位爱将了? 向明光可是在N7军呢? 要能拉着他一起奔这条生路，该有多好? 何况N7军中咱们老部下还多着呢，赵晋生那几个?"

"向明光?"封正烈摇头："我看难！你就看这小子在最近这几件事上，那个古怪的别扭劲儿吧? 我看呐，他这个书生气十足的少壮派人物，有时候比你这个犟嘴驴子还难缠呢！对了，致远，我要郑重提醒你，你要当心，绝不可只念兄弟情分，将咱们刚才计划的那些绝密事情无原则透露给他！要知道；向晖不但人犟脾气拧，毕竟目前他还是N7军掌门人呢，凡事要长个心眼儿才是！"

江静舟不满地剜了他一眼："您看您……您干脆把我当傻子卖了得了！"

封正烈宠溺地对他笑笑，想了想，接着道："我也在掂量，有机会我要去探望一下他们正卧病在床的李军长，我和他的私谊一向不错。到了关键时分，他向晖别扭过了头，我们可以找找这位李军长，毕竟他才是N7军的正主官！"

江静舟似乎没认真听他下面的话，向晖的问题再次让他纠结愤懑。

"向明光！向明光……"江静舟嘴里念叨着，当着封正烈的面，他咽下了后半句嘟囔，"上次我可发过誓了！N7军！哼，老子迟早要把它拉过来！向明光你这头倔驴就等着挨我的鞭子吧！狠抽猛打着也要让你走到我这条道儿上来！"

第二天傍晚，江静舟小组在他的书房中召开紧急会议，研究封正烈眷属出城问题。大家都明白，这是争取封正烈以及策反陆十军最重要的突破口。

很快他们拟定了方案，通过和围城司令部联系，在宽城地下党协助下，由沁梅陪同护送封夫人姑嫂二人化妆成逃难的难民，混出城去，先到沈阳，再等候下一步安排。给这边第一兵团司令部和郑域国的解释为，封夫人要陪同嫂子到沈阳治病，为了迷惑共军，不引人注意，不带任何卫士副官，女人们化装成老百姓的面目出城赴沈阳。出了宽城后，那边有解放军便衣接应，再暗中护送他们去沈阳。

江静舟和程睿、许若飞、乔思扬一起反复敲定了这个方案，直至考虑到任何可能发生的情况和细节问题，力争万无一失。

在这个计划中，沁梅的担子很重，江静舟反复交代了注意事项，让她提前做好行动准备。

研究完行动方案，江静舟又临时进行了分工，让乔思扬替代沁梅，做好和宽城地下党的接头工作。看看时间还早，江静舟让乔思扬陪沁梅一起去一趟春来米店，争取早点将行动计划通过地下党，传出城去，交给围城司令部领导，早作准备。

江静舟和程睿、许若飞两人研究另一个重要情报——有关N7军突围计划的获取问题。

许若飞谈到了一些新情况。自从那次赵晋生被拘案后，N7军中有几名高级军官被许若飞发展的下线党员——165团2营营长林枫成功策动，积极投向这边，其中包括赵晋生和那个和他一起坐牢的原一营营长。目前，只要N7军的突围计划传达到团长一级时，许若飞就可以通过林枫这条线搞到手。

江静舟很满意，让许若飞要趁着官兵这股厌战亲共情绪的热度，尽量在N7军中发展我们的力量。

程睿也谈到了在陆十军这边，包括几个主力团团长在内的数名军官，已经思想转变，不想再固守死城为蒋家王朝卖命了。耿进忠、李长安等人，暗中已经多次派人试图联系共产党组织，为自己和部队找出路，只要封正烈这边策反成功，整个拉走陆十军倒戈问题不大。目前完成宽城军队缴械任务，重点还是在 N7 军方面。

江静舟谈到一个令人兴奋的消息，顾倾城昨晚收到东野方面的密电，鉴于上次江静舟情报中提到的 N7 军策反的难点问题，老家已经决定派一名特工经验丰富，和 N7 军以及孙立人有着一定渊源的同志，来宽城协助江静舟小组做好 N7 军的策反工作，这名红色特工的代号为"云雀"。江静舟分析，可能由于围城形势紧张，从外边混进城中不易，"云雀"同志可能还不能马上到来。

"总之，老家非常关注 N7 军和陆十军的策动问题，留给咱们的时间不多了，咱们争取要在更短的时间内完成任务，要知道多延误一天，宽城的解放就会推迟一天，宽城就会多死多少百姓啊！"江静舟忧心忡忡地说。

正说着，顾倾城敲门进来，告诉江静舟，向晖的副官卢筱生来了。

同一时刻，在向晖官邸中，谢宛月和两个女儿，还有宁松正围坐在餐桌旁。

餐桌上，是几碗米饭，两样素菜，还有两听平常难见到的牛肉罐头。

自从粮荒开始后，像江静舟、向晖这样级别的军官家中自然不会断顿，但是也是仅能吃饱而已，餐食水平和过去比大相径庭。

这天，军里的军需官给向晖送来了几听空投来的牛肉罐头，这可是目前难得的稀罕物。向晖除了分给江静舟那里一些外，又嘱咐谢宛月叫宁松来家吃饭。

谢宛月打开了一听罐头，娟娟和妮妮两个丫头欢快地叫起来，孩子们也好久没吃肉了，谢宛月心下感到一丝酸楚，曾几何时，这两个从小锦衣玉食的小丫头还经常为挑食挨妈妈训呢，可来宽城没有多久，姐妹俩就为能吃到一听牛肉罐头而欢欣鼓舞起来。回头看，宁松却苦着一张小脸，愣愣地坐在那里，谢宛月不由得心下奇怪。

"小松，你怎么啦？还愣着干什么呀，你先动筷子，带着妹妹们吃肉啊！"谢宛月柔声道。

宁松摇摇头："干妈，我吃不下……"

"为什么呀？"谢宛月迷惑不解。

宁松犹豫了片刻，在谢宛月和娟娟、妮妮的一再催促追问下，讲述了小花的悲惨故事。

"干妈，您知道吗？那个小花……比妮妮还要小几岁呢！"宁松说完最后这一句，眼泪流了下来。

谢宛月母女三人也早已泪流满面，餐桌前的空气突然变得异常沉闷凄清。

"我也不想吃这个了……小花太可怜了！"娟娟擦着眼泪说。

"我好想把我的这碗饭，还有这个罐头，送给小花吃啊……可是她都死了……"妮妮也放下了筷子。

谢宛月看着眼前流泪不止的三个孩子，心酸心痛无比。作为一位母亲，宁松讲述的这个悲惨故事，更是触动了她的一段愁肠。

当向晖回到家中来到餐厅时，看到的就是这样一幅令他震惊和迷惑不解的场景。

江静舟官邸中，卢筱生正是来给他送这些牛肉罐头的。

卢筱生笑道："罐头我们军座那边一共是得了八听，他让分给您一半拿来，这里是四听，您收好，目前这也算稀罕物了！"

江静舟笑着点头："如今在这宽城里，一个金戒指都换不来一个玉米面窝头了！这四听肉罐头，得多大一份情啊？你替我谢谢明光兄！我留一听就好，剩下的你拿回去吧，你们军座家有两个孩子呢。"

卢筱生笑着道："不是两个，是三个！宁松少爷也在我们那边，军座特意让夫人留他在家里吃饭。不过罐头您还是留下吧，说句话您别挑眼，您也知道的，我们那边比咱们这边究竟情况好些。"

江静舟点头，让一旁的顾倾城收下了罐头。他想了想，又问道："你们军座就没别的话吗？"

卢筱生有点尴尬的神情，笑笑："看来什么都瞒不过您。我们军座让我给您传的话，其实都是玩笑话，不必当真的，我也就没说……"

"玩笑话？说来听听！"江静舟一挑剑眉，带笑问道。

卢筱生未说先红了脸，支吾着："军座说，让您用这罐头补养一下身体……好有劲头……有良心再去损他、气他！"

江静舟闻言大笑："瞧瞧你们主子的那点心胸和出息吧，还记仇呢？小心眼子！"

不同于这边的轻松温馨场景，如今的向晖官邸中，温馨的橘色灯光下，气氛却是凄清而冰冷的。

孩子们都吃完饭上楼了，谢宛月拉住向晖，将宁松刚才讲过的那个悲伤故事告诉了他。

向晖紧紧皱着眉头，沉默不语。

片刻，他叹了口气，望着心爱的女人："后悔了吧？……唉！你，我就不说了，患难与共，生死相依……我自然明白你的心思，也知道你的脾气，可让孩子们也跟着来到这个绝地，总归是我们做父母的无奈和悲哀！"

谢宛月搂住他的胳膊，将头贴在他的臂弯上，默默不语。

向晖沉思片刻，下决心道："这样吧，我找找机会，送你们娘仨出城，不能在这里等死！"

谢宛月摇头："我不会走的，我说过的，无论什么情形下，我都要陪在你的身边！只是……"

她抬起头来，用秀美的大眼睛凝望着丈夫，幽幽道："我真的是后悔将两个女儿带到这个绝地来了！明光啊，咱们的女儿们太可怜了……"她说着潸然泪下。

向晖的眼眶也湿润了，他紧紧搂住夫人，不知道该怎样回答。

谢宛月鼓足勇气，说出了自己的计划："上次你生病的时候，江师长来看望你，我和他无意中谈到过这个问题，他说他可以帮咱们！他的儿子小松也在这里啊，他会在合适时候，将小松和咱们的女儿一起送出城去！"

"致远？"向晖微微诧异，"送出城？怎样出去？出了城，又去哪里？"

谢宛月摇头："一切应该还没有详细计划。不过我相信凭着你和他的感情，他会帮咱们这个忙的！至于去哪里，我不去想了，只要孩子们安全，有口饱饭吃，能活下去就成了！何况你也是了解小松、喜爱小松的？让他带着妹妹们在一起，我们也就放心了！这样，我就能无牵无挂地陪着你去……"

她抹了抹泪水，定定地看着丈夫："明光，你要答应我，只当是给孩子们寻条活路了？求你同意这件事情！"

向晖望着绝望无助的妻子，心痛难忍。片刻，他慨然长叹道："好吧，我就不插手这件事了。我了解致远，他承诺的事情，一定会完成，他要想做的事情，也一定会做好的！无论在何种境地，在何种情形下，将孩子们交给致远，我都是一万个放心的！好了，你不要告诉他，我知道这件事了，随他去安排好了。也许你说得对，只当给孩子们求条活路吧！只是，在孩子们走之前，你悄悄告诉我一声，我好再抱抱咱们的女儿们……"他的泪水终于落下，他此刻已无法维持住往日的镇定自若的神情，有点冲动地狠狠将夫人搂入怀中，夫妻相拥而泣。

江静舟这边，待卢筱生走后，沁梅和乔思扬也回来了，他们已经和宽城地下党联系上了，会将刚才拟定的护送封正烈家眷出城的计划从速上报围城司令部。

几人松了口气，看看天色已晚，正准备散去，江静舟叫住了他们。

"来来来！所谓见一面，分一半，个个有份！"他嬉笑着，让顾倾城拿来了那几听罐头。

他递给程睿一听，让他回去和耿进忠、李长安等几个兄弟分而食之；又给了许若飞一听，让他和他的警卫团属下一起分享；给乔思扬的那听，专门言明是让他和靳鹏一起吃；最后那听他递还给顾倾城，留着宁松回来他们全家享用。

程睿等人都不肯要，大家知道目前这个东西的金贵，建议江静舟给自己和孩子们留着。

江静舟一瞪眼："好了，都别扭扭捏捏的啦！这东西再好，也是杯水车薪，大家过一次嘴瘾而已，于事何补呢？所谓同甘共苦，这苦可长着呢，这点甘又算什么？"

大家只好收了，纷纷离开。

乔思扬走在最后，还是悄悄将罐头放回到沙发上。江静舟发现了，将罐头强塞在他手中，揶揄笑道："你小子实在不想吃，就全给靳鹏好了。他可比你们都勤奋多了，我看他经常有空就苦练枪法，体能消耗大，正好让他补补！"

"凭什么呀？"乔思扬嘟起嘴，不满地瞪着江静舟，"我是心疼您！您多操心啊？才应该好好补补呢！还有宁松，正长身体呢！您倒好，全给他靳鹏吃？我看您就是太偏他了！他不就是枪法好一些吗？又不是咱们的同志，您至于这样护着他、向着他吗？我可知道一些事情哦，您前几天还把自己的口粮偷偷给他呢！哼，十足的偏心眼儿！"

"呦嘿，乔思扬？你越来越出息了哈？是非，嫉妒，心胸狭窄，牢骚满腹？"江静舟拍了乔思扬头一下："你懂什么呀？正因为靳鹏不是咱们的同志，才应该格外关心他才是！你有没有起码的觉悟啊？他许若飞口口声声说你是他带出来的得意弟子，你回去给我问问他，怎样教你的？太没出息了！没一点我江静舟副官的气度！"

"那您干脆让靳鹏一人当您的副官好了，我下部队当兵去！"乔思扬嘟囔着顶了他一句，怕江静舟再骂他，笑着拿着罐头赶紧跑了。

江静舟回头看看身旁的顾倾城，无奈摇头苦笑："哎？你说这一个个都谁惯得呀？嘴皮子都不省油，就爱和自己的长官顶个嘴、耍个横什么的？"

顾倾城看着他一笑，有点幸灾乐祸的味道在其中："谁知道呢？江师座的副官们，嘴巴皮，脾气横，似乎也是出了名的！就不知道像谁呢？"她的话让一旁的沁梅大笑起来。

却突然想到一个问题，顾倾城忍笑正色看着江静舟："不过，哥，我也觉得你对那个靳鹏副官似乎关心过逾了，小心别的部下会不满呢。"

"我的表叔大人就是偏心他那个靳副官，这点连我都看出来了！一样副官，两种态度，难怪刚才小乔同志要说怪话啦？"沁梅嘻嘻笑着，剜了父亲一眼，匆匆上楼去了。

"你们一个个的……都懂什么呀？"江静舟蹙起剑眉，微微撇嘴，他看到沁梅溜了，只好对着顾倾城发态度："女娃娃家的，就知道是是非非的，简直没一点气度心胸！"他说完也吊着脸上楼去了。

"哼！"顾倾城对着他的背影�’噘噘嘴，"还好意思问这些副官脾气冲的原因呢？谁的兵随谁，一点都不假！"

一周后，江静舟小组的计划得到围城司令部的批准，并指示各方面积极配合这件事情。

东野司令部甚至通过江静舟这条线传话过来，对封正烈的请求提供全力支持和帮助，并声明这是周副主席亲自委托他们办理的。封正烈感动莫名。

三人很快准备出城。原本陈紫瑜坚持要带宁松一起走，可是封正烈和江静舟商议了，认为宁松目前还不宜和她们一起出城，一是目标太大，容易引起自己这边人的怀疑；再说江静舟已经告诉了封正烈，他准备下一批再送宁松和向晖的孩子们一起走，他答应过向夫人，让宁松和妹妹们同行，因此他无法此刻让宁松先行撤离。

封正烈无奈地看着江静舟，笑道："致远你知道你的优点是什么，缺点又是什么吗？都是同一个东西——情深义重，太看重感情！你是一厢情愿地在计划安排，可是向明光他是否乐意让你如愿地将他的宝贝女儿们送出城呢？万一咱们这边有一些特殊的情况，比如说一种另类抉择，我是说万一……而向明光的N7军却有另外的想法和打算，你这样做了，会不会让向晖觉得你是在拿他的孩子们当人质呢？致远啊，我说你是时而聪明，时而糊涂，做一些事情全不考虑后果吗？"

江静舟坦然一笑："我不管别的原因，我只知道大月亮、小月亮也算是我的女儿，我不能眼看着她们困居在这座孤城里等死！就是他向明光准备杀身成仁了，向夫人决定以身殉夫，孩子们究竟是无辜的，也绝没有陪父母殉葬的道理！"

他笑着，尽管这笑容里充满了伤感和无奈，看在封正烈眼里，却满满的都是感动和理解："军座啊，您终究是了解我的。就算'看重感情'是我的缺点，算我的短板吧，我也认了！想想那两个花骨朵儿般的女孩子我就心疼，别说他们还叫了我几年爸爸呢！就算向夫人不托我，我也迟早会找机会，主动建议她让我把孩子们送到生路上去。至于向明光他如何想？将来对我的动机是否起疑心？我才懒得管！孩子的生命高于一切，不是吗？何况，依据我对明光的了解，他不会这样恶意揣测我的，就像我永远不会怀疑他的人品一样。政见是政见，良知是良知，我的朋友，我的手足，我的知己，我当然懂他！"

封正烈也被他的话打动了："唉，这都什么世道嘛？好好的兄弟，还在一个阵营里待着呢，都要常常剑拔弩张的？倒让人扼腕叹息！"

当然，此时此刻，还有另一个让江静舟无比牵挂的女儿——他的亲生骨肉——沁梅，即将肩负任务奔赴另一个战场，这点让江静舟尤为心绪不安，依依难舍。

走前的晚上，江静舟来到沁梅的房间，嘱咐了她一些注意事项，沁梅一一记下了。

江静舟深情地看着女儿："丫头啊，这次任务完成了，如果组织上没有别的交代和使命，你就回老家吧，不要再冒险进这座死城了！"

沁梅摇头："不可以的，表叔，我要和您战斗在一起！这里的情况这样凶险莫测，您身上的担子这样重，我是您不可或缺的助手啊！何况，小松还没撤离呢，我一定要争取回来，回来帮您！让咱们父女一起完成这个艰巨任务！"

望着果敢英气的女儿，江静舟万分感慨，他忍不住一把将女儿拉入怀中，狠狠拥抱着她，拥抱得很紧很紧。

这种在自己亲生父亲身上少有显露的热切霸道的父爱让沁梅既惊又喜，于是，一行悲喜交加的热泪从女儿眼眶中滑出，滚落在父亲的脖颈上……

第十四章　遭遇暗杀

晴朗的天空，仿佛有万丈惊雷滚过！万钧雷霆和暴风骤雨过后，就像有一股清激的激流蓦然闯进了江静舟的心扉，那惊喜和感慨之情直逼得他近乎潸然泪下！

酷热难耐的夏天过去，秋天来临，在这万物充满收获的季节，围城中的宽城依然是死寂一片。

东北的危势也引起国民党当局的重视，蒋总统率众飞临沈阳召开军事会议，调整新的军事策略。国防部致电第一兵团司令郑域国，令其组织N7军和陆十军趁东北野战军南下攻锦州，围困宽城力量空虚，伺机突围；同时通知将有一名国防部前线督查特派员，赴宽城督导检查N7军及陆十军的军务防务。

江静舟得知消息后觉得奇怪，宽城目前铁路、航空皆断，唯一的公路也被解放军东北野战军牢牢控制，宽城已成孤岛之势，那位督查特派员如何大摇大摆进入宽城呢？难道像空投一袋大米一样将特派员空投到宽城吗？

不过他来不及细想这件事情，因为他遭遇了另一件让他感到万分蹊跷的事情，樊黎翘竟然从沈阳给他打来一通电话，说了一番让他陷入云里雾里的话语。

他那时自然不知道，樊黎翘这次是随着委座督战东北的采访来到了沈阳。

上次从宽城回南京后，樊黎翘因为向贾翊锟转交胡文轩的那份报告，曾和贾翊锟谈起过江静舟，从而得到的一些细节问题，让樊黎翘暗暗心惊：原来江静舟竟然身处危境，几乎是随时随刻可以毙命的凶险地步！

究竟该怎么办？是假装不知，借机报复一下那个无情狂傲的"跋扈将军"，还是念及旧情，对他果断警示一番呢？樊黎翘几乎没有犹豫，就做出了自己的选择。当然，在这个选择之前，樊黎翘已经将自己的人生道路，做了一番重新选择。

江静舟接到樊黎翘打自沈阳的电话，匆匆问候后，樊黎翘不可思议地竟然像是和他扯上了闲篇：

"致远，这几天，我总在回忆咱们初见那段经历，那段美妙的时光！你还记得吗？当年我到194师采访你，总爱跟你和青青，你们小两口聊天，那时你爱谈古论今的，你的小媳妇就那样不眨眼地盯着你，一副崇拜无比的样子……你还记得吗？咱们也曾闲聊说到文学作品，你说你不是文人，看的闲书不多，小说里面看得最认真仔细的就是那部《三国演义》？"

"樊主编，好好的，你怎么说起这个了？不好意思，现在我实在没心思听你说这个，这里一大堆军务等着我去处理呢！再说了，这是军用长途，聊这个，似乎不妥……"江静舟在电话这头欲打断她。

"致远！别打断我，你认真听我说！"樊黎翘的语气很急切也很郑重，"我马上要离开这个地方，咱们以后见面的机会很渺茫。毕竟是相交十多年的老朋友了，请给我这最后的几分钟！请你认真听我说！致远，你一定要重视我下面所说的，并一定要记住！"

她似乎停顿了片刻，换上刚才的舒缓口气，在外人听来，就像是在聊闲话一般。

"致远，记得当时咱们就讨论过《三国演义》，你告诉我说，在整个三国里面，你最喜欢的人物是关云长。我当时故意逗你，说可惜你不像关羽，倒像是张飞呢！你那时不屑地白我一眼，我明白，你是气我把你比作脾气暴躁、胸无文墨的莽张飞了！其实致远啊，你当时就误会了我的意思！历史上的张飞张翼德并非像小说中写的那样，是鲁莽战将，真实的张翼德文武全才，粗中有细，且人品高洁、义薄云天，是我心中真正的英雄！"

她笑了笑，继续说着，语气却更加沉重了，几乎是咬文嚼字般说着："致远，我喜欢张飞，也想把他比作你！可是，我实在不想你有他那样的结局！致远，要记住，生逢乱世，又陷孤城，一切要小心为上！你可千万别成为第二个张翼德！致远，记住了，我永远为你祝福，我的英雄！我……最亲爱的将军！"

说到"最亲爱的将军"几个字时，樊黎翘的语气有些哽咽，也带有一丝羞涩难言的深情，电话却在这时断了，不知道是线路的问题，还是对方果断地压下了话筒。

"这说的都是些什么呀？什么三国演义？关羽张飞的？真是莫名其妙！"江静舟不解地嘟囔着。

不过江静舟究竟是睿智聪慧过人的，身居敌营的经历和经验，让他从来不放过任何蛛丝马迹的现象。樊黎翘不辞劳苦、不避嫌疑地从沈阳给自己打这通电话，绝对不会仅仅是扯闲篇而已！聪颖明慧如樊黎翘，在这个时候打这个电话，必然是话有玄机，似乎在向他暗示着什么。

不能不说樊黎翘是情商过人的女子，她选择了很好的一个话题切入点，一部《三国演义》正好是江静舟最熟悉的东西。也不能不说咱们江师长智力超群，不过是半个时辰，他就基本参悟了樊黎翘这番话的深意。

江静舟于是尽快做了两件事情，第一，让许若飞马上到他办公室来了一趟，经过半个小时的密谈，许若飞铁青着脸，神色凝重地离开这里。

接着，江静舟又指示顾倾城马上给老家发报，这里出现未知险情，建议我党新的特工人员"云雀"暂缓进城。

就在江静舟这边紧张布局之时，胡文轩这边却突现不速之客。

胡文轩正在办公室草拟文件，卫士进来禀报，说是国防部派来的前线督查特派员来见他。

"什么？快请！"胡文轩大惊。关于督查特派员要来宽城的事情，在宽城的几路守军，包括保密局宽城站中人人皆知，只是鉴于目前的围城之势，特派员如何进城，倒成为大家热议的话题。胡文轩没想到的是，督察特派员竟然已经到达宽城，而且还突然出现在自己这里。

不过令他更加没有想到，而且惊异的事情还在后面。当身着便装的特派员被卫士带进来，站在他面前时，他惊讶万分，嘴巴大张的神情让来者忍不住失笑了。

"不好意思啊，胡站长，我吓到您了吗？"

进来的人竟然是——楚天舒！

通过一席详谈，胡文轩才弄清楚其中原委——身为空军上校的楚天舒在围城之前，为加强重要防地——宽城空军电讯方面的力量，从南京调到了宽城，不料5月大房身机场的丢失，不仅让宽城和外界的空中航线断绝，也让宽城空军部队形同虚设。接到空军总部命令，楚天舒只好原地待命。

正好国防部近来急需派遣前线督察特派员来宽城检查督导 N7 军及陆十军的防务，指导他们择机突围的行动，但是鉴于宽城被围困的现状，可谓人好找，城难进。得知楚天舒现状的他的四哥田宇参议就向国防部推荐了弟弟，各方面条件自然是十分吻合，只是空军变陆军而已。国防部马上致电楚天舒，已将他的委任状用电报形式通知了第一兵团司令部，指示他从速前去履职。

楚天舒接着向胡文轩解释了自己先来宽城站的原因，一是听说胡文轩已经来到这里，他想在就职前先来看望一下老长官；二是想就便借身军装，自己总不好穿着空军军服出现在第一兵团各军队中。虽然也可以到 N7 军或者陆十军中去找身衣服，但是想到毕竟自己曾经是保密局的人，还是回老家来换装比较好。

楚天舒这番重情重义，充满感情色彩的话让胡文轩鼻头发酸，他看着自己一向爱重的原部下，现在身担要职来到这危机重重的宽城，不由得心中大快："太好了，天舒！哦，不！现在该改口了，应该叫你楚特派员！你能这时候来这里实在是太好了！目前宽城暗流涌动，微妙得很呐。你来了，我们加强政训工作就更有力了，我真是太高兴了！"

楚天舒笑笑，俊朗斯文的脸上依旧是往昔的谦和儒雅，甚至还略带一丝羞涩："您还是像以前那样，叫我天舒好了。无论如何，您总是前辈！"

胡文轩感慨地点头，但同时却摇摇手："这可不行。所谓名不正，言不顺，私下倒也罢了，在正式场合还是要讲究一定规矩的！你现在代表的是国防部，甚至是委座本人……虽然军衔低于一些人，但你目前的特殊身份可是高于一切呀！"

看着依旧英姿勃发、帅气逼人的楚天舒，胡文轩既欣慰又伤感，他不能不记起一段心事，于是忍不住发了点私意："可惜啊，阿梅如今不在这里，她送封军长的眷属去沈阳医病去了，不然你们倒可以在这里见面了！"

楚天舒听他提起这个话题，微微蹙起眉毛，露出有些难堪甚至是局促不安的神情，胡文轩于是不再继续说下去，岔开话题，问楚天舒还有什么要求，自己这边会全力配合。

楚天舒笑答："请您帮我派辆车吧，换好军装，我马上要去总司令部见郑域国司令长官。"

楚天舒作为国防部专指的督查特派员突然出现在宽城，让很多人意外震惊，尤其是那些认识他的老熟人们。江静舟、向晖等人自然是暗自思量，各有打算。

震惊意外过后，是平静的服从和接受。这天在郑域国的司令部中，N7军和陆十军的高级军官们召开了军事会议。会后，受郑司令和封副司令的委托，向晖和江静舟分别代表N7军和陆十军，陪同楚天舒到宽城各处守军处巡查了一番，在陆十军防地，不料却遭遇到一场惊心动魄的险情。

起初大家相处的氛围是融洽热切的，毕竟是老熟人了，彼此打起交道来就少了很多拘束。江静舟授意耿进忠带头领着众人去勘察他们陆十军的防地，一行人边聊边看着，轻松随意。

一路上，江静舟忍不住默默打量着身边的楚天舒，敏感地发现他和在上海时期不大一样了，具体的变化也说不上来，只是从外表打量去，他似乎更加注重军容仪表了，一身崭新的上校军装打理得一丝不苟，领带、腰带都系得纹丝不乱，身板挺直，面容沉静，不若往昔给人耍帅玩酷的感觉，倒像是在无声地强调自己如今威严不群的特殊身份的感觉。

想到此处，江静舟又回身看了看走在自己另一边的向晖。向晖和楚天舒原本不同，他一向就是拘谨自律的，无论何时何地，只要穿上军装，向晖永远是军容风纪极为严谨的，甚至是有些刻板和固执。你看此刻的他，不仅军容整齐，连别人容易忽略的白手套细节，他都没忘记。"这个严肃刻板的书呆子将军！"江静舟禁不住莞尔一笑。

楚天舒自然察觉到江静舟的神情，便笑看着他："江师长是在打量我这身军装吧，我也不知道是否合身呢？也是匆忙间在胡站长那里找了这样一身，先凑合再说吧。总好过我穿着空军制服，在这里站着岂不是很扎眼吗？"

　　江静舟笑着摇手："我不是指这个，我是有我的说法。咦？许若飞呢？"他四处打量一番。

　　一旁向晖嗤地一笑："好好的你又找他做什么？他如今又不是你的副官了，还能老和你形影不离不成？你忘了，刚才从司令部出来，副司令好像叫他陪着去东城了？"

　　江静舟一拍头："我忘了这个茬儿了！"他又看向楚天舒，随意笑笑："我就是想起若飞那家伙的笑话来。你们不知道啊，那个小子在我身边当副官的时候，是爱臭美出了名的！在上海的时候，他总说最喜欢两个人的着装，一个是向副军长，一个就是你楚特派员。他成天叨叨你们二人穿军装最好看，就连戴围巾的风范都和别人不同呢。现在刚好二位都在现场，偏偏他倒不在跟前，若是他许若飞团长在这里，我倒要当面问问他，你们两人，究竟是谁更胜一筹呢？"

　　楚天舒听了，有点不好意思起来，带着羞赧的表情笑道："这如何比得？向副军长是有名的儒将，天舒不过一黄口小儿，论仪容风范，怎敢和向副军长相提并论？"

　　向晖摇头："特派员不必过谦！在上海时，向晖就领教过特派员的夺人风采，尤其是超强的专业素养，所谓秀外慧中，令人不胜感佩！何况自古英雄出少年，廉颇老矣，怎敢相比呢？"

　　楚天舒谦逊地摇摇手，笑对向晖道："说到这里，我还记起一事来。上次就是在警备师执行公务时，向副军长曾提到了二家兄是您的同学的？后来我曾写信和家兄谈到过此事，家兄再三嘱我一定代他向您致意！"

　　向晖也笑应："其实上次我还没来得及告诉你，我和令兄不但是清华同窗，还曾是无话不谈的挚友呢！特派员哪天请到我那里畅述一番，我正想问问令兄的现况的。"

　　"那是再好不过了！本来这两天我也要单独拜访向副军长，还有江师长的。"楚天舒谦和地说。

众人就这样边聊着，边来到陆十军防守的城墙下，谁会料想，就在街道的一个拐角处，一场出人意料之外的突如其来的险情出现了！

　　他们一行人走着，江静舟和向晖并排，身边跟着他们各自的副官，江静舟的左侧身后，是楚天舒，在他身后，是耿进忠、李长安等军官。眼看走到这个路口的拐弯处，只听砰的两声，距离众人50多米的两间沿街二层楼上，左右相隔数米远的两扇窗户突然同时被撞开，两只乌黑的枪口突然伸了出来。

　　众人一愣，还没看出这枪口在瞄准谁时，枪声已经响起！

　　"师座，当心！"只见一直跟在江静舟身旁的靳鹏反应灵敏，他一边飞身挡在江静舟的身前，一边扬手挥枪向右边窗口射去！

　　原来那两支枪都是在向着江静舟射击，靳鹏判断准确迅速，奈何他只是单枪，所以危急时分，只能一面向右边方向还击，同时用自己的身躯为江静舟挡住了左边方向射来的子弹。

　　随着靳鹏的枪响，右边窗口应声跌下一个人，而靳鹏也同时被左边的袭击者击中了颈部。

　　江静舟急忙抱住滑落在他身前的靳鹏，跟在他们身后的一众军官，纷纷掏枪向射中靳鹏的左边窗口齐射。周围的副官卫士们此刻才都反应过来，都迅速围拢过来，将几名长官护在身后。

　　大家各种慌乱中，却不料意外险情又突现！众人未曾察觉，只是听到身后一声枪响，和刚才这两个窗口相反的方向，在街口的另一面，又一个窗口中应声摔下一人。

　　大家回身看去，才发现这一枪是跟在江静舟身后的楚天舒开的，楚天舒看着手中的配枪，吹了口气，有点懊恼地嘟囔道："糟了，没留神一定是打准了！其实应该留下活口的……"

　　江静舟顾不得这些，他紧紧抱住倒在自己身前的靳鹏，看见他脖子处血流如注，忙用手紧紧按住他的伤口，痛心地喊道："靳鹏！靳鹏！你怎么样？你要挺住！"

　　向晖和后面的耿进忠、李长安等人忙招呼来车，准备马上送伤者到医院急救。

　　靳鹏的伤势显然很重，他却不顾不管般，只是挣扎着望着自己的长官江静舟，似乎很不安地喘息着，嘴里努力在说着什么。

江静舟俯身他嘴边，却听不懂他说的意思，众人也是面面相觑。楚天舒也俯身看视他，却瞬间听懂了他的意思。

望着眼前重伤濒危，却仍心有牵挂的副官，楚天舒忍不住劝慰着他，声音很轻，却是果断自信的语气："你是说梯队吗？放心，我已经干掉了！"

靳鹏冲他点了点下颌，那血却流得更猛烈了，他几乎拼尽全身的力气说了句："谢……谢谢……特派员！"身子一软，就晕厥过去。

靳鹏伤势严重，子弹擦到了颈部大动脉，幸亏抢救及时，保住了性命。刺客是两死一逃，似乎断了线索。N7军和陆十军中都是议论纷纷，郑司令也很震惊，勒令严查真相。

第二天上午，当江静舟处理完手中军务，正想离开办公室去医院看视靳鹏的时候，却不料楚天舒突然造访。

楚天舒委婉地表示是专程来拜访江师长，就昨天的袭击案件交换一下彼此的看法。

江静舟淡淡一笑，似乎很不在意一般："如今的宽城，法度早乱，鱼龙混杂，多次发生过军官遇袭案，我们都早已是见怪不怪了。"

楚天舒摇头："江师长此言差矣！您不觉得昨天的袭击案很蹊跷吗？依我看，起码不像一般的士兵内讧引起的袭击军官案。您看啊，咱们数十名军官在场，可是那几个凶手好像就是冲着您来的呢？昨天那种情形，刺客明显是有备而来，而且目标明确！换个角度，若是像有的人分析的那样，是共党地下党组织要暗杀我军军官，那么，按理说，论军衔，向副军长为首；若论身份敏感，属下虚领督察特派员一职，当更为对方所关注才对？可是，奇怪的是，那几个凶手都似乎专门冲着您来了……此种情形，岂不怪哉？"

不知他这番话意在何为？江静舟明显暗生警惕！这个楚天舒的身份和过往经历，都让江静舟格外敏感。既然他开始有此旁敲侧击的审查，甚至是挑衅之举，江静舟就无法漠视和忍耐了。

江静舟淡然一笑，语气却带机锋："奇怪的事情何止这些？昨天特派员的行为也很不好解释啊？事出紧急，各位职业军人都来不及反应，可是楚特派员却出手敏捷，在瞬间立毙第三方凶手，那种应急反应，似乎非同寻常？还有，靳鹏和你说的那个词，什么梯队？究竟又是什么意思呢？"

听了他这番话，楚天舒仿佛哑然失笑般，他半认真半戏谑地望向江静舟："江师长在怀疑什么吗？怀疑属下？"

"不错！"江静舟突然决定此刻要先发制人，用非常手段将眼前这个身份不一般的人物制服，否则他的行动必然会给自己造成被动。

"楚特派员的身份究竟是什么？江某也一直疑惑在心！先不论你昨天那番条件反射般的举动，充分暴露了你绝非先前给人留下的电讯专业人才，不谙军事的印象，就连前次你和我的外甥女沁梅遭遇车祸时你的太过出色表现，也让人心生疑窦，不可思议！"

"江师长是在暗示……"

"我不是暗示，是明示！"江静舟斩钉截铁地应声道，"特派员定然是有着特殊身份的人！"

楚天舒收去戏谑不羁的微笑，垂下头去，思索片刻，抬眼平静地看向江静舟："您猜得一点没错，楚天舒就是您猜测的那种人，是……一名特工！"

他能这样轻易承认自己的身份，再次让江静舟诧异不已！既然话已挑明，江静舟顿生破釜沉舟、一追到底的念头，他暗自咬咬牙，再次紧逼一步："难怪！我还曾听过这样的闲话，说是当年军统局戴老板曾选派数名高级特工赴美国集训，楚特派员又恰恰曾来自美国，难道……"

楚天舒平静地望着江静舟，嘴角始终挂着闲适安详的笑意，他再次点头："您猜得都对，我就曾是戴老板亲选的那些高级特工之一！"

江静舟禁不住倒吸一口凉气，微微有些愣怔在那里，他更奇怪的是对方的无所谓的表情和平静的语气。

楚天舒望着江静舟震惊的面容，几乎是带着顽皮的笑容加上一句："江师长，咱们的渊源还深得很呢，这个您将来就会明白了！"

他起身来到办公室门前，向外看了看，反身将门认真关上。

江静舟不动声色地看着他的举动，暗暗将手抄在衣兜里，那里面有一只从不离身的备用袖珍手枪。

楚天舒回身坐回到江静舟面前，似乎不经意地说道："江师长既然知道属下来自国外，请容我在此狂放一回吧？不知道您是否听过这样一首诗？"

不等江静舟答言，他已经开始朗朗背诵道：

> 整个大地和大气，
> 响彻你婉转的歌喉，
> 仿佛在荒凉的黑夜，
> 从一片孤云背后，
> 明月射出光芒，清辉洋溢宇宙。

像是被什么东西猛然击中般，江静舟瞬间愣在了那里，他睁大眼睛，不可置信地望着对面这个年轻人。

楚天舒并不看他的神情，只是认真地朗诵着，仿佛陶醉在其中一般：

> 我们不知，你是什么，
> 什么和你最为相似？
> 从霓虹似的彩霞，
> 也降不下这样美的雨，
> 能和当你出现时降下的乐曲甘霖相比。
>
> 可是，即使我们能摈弃
> 憎恨、傲慢和恐惧，
> 即使我们生来不会
> 抛洒一滴眼泪，
> 我也不知，怎能接近于你的欢愉。
> ……

晴朗的天空，仿佛有万丈惊雷滚过！万钧雷霆和暴风骤雨过后，就像有一股清澈的激流蓦然闯进了江静舟的心扉，那惊喜和感慨之情直逼得他近乎潸然泪下！

江静舟强压住澎湃的心潮，几乎是用心在低叹："雪莱的诗！强烈的反叛与斗争精神，又具有浪漫主义色彩！相较于这首《致云雀》，我其实更喜欢他的另一首诗……"

　　楚天舒笑了："是《西风颂》吗？是那个名句——如果冬天来了，春天还会远吗？"

　　看似不可思议，却是合情合理，一切就这样天衣无缝地对上了。是的，那因为彼此身份的特殊，所拟定的略显烦琐难记的暗号完全对上了！

　　江静舟瞬间几乎泪下，他望着楚天舒，叹息着，呢喃着："我实在是没想到啊，天舒！天舒！云雀——竟然会是你？！"

　　楚天舒脸上依然是温润平和的笑靥，只是如果细看，你会发现在他那细长的眸子里，有一股浓厚的水汽在氤氲。

　　他掩饰着用手背拭了拭眼眶，泪光中将一抹温暖的笑意勾上了唇边："是的，云表哥同志！"

　　就在此刻，一首高亢婉转、浪漫唯美的雪莱的名诗《致云雀》，让两个优秀的红色特工互揭了面纱，露出真容。江静舟暗叹着，充满感情地看着眼前意气风发的年轻人，笑说："来，重新握一次手吧，我的云雀同志？"

　　楚天舒含泪点头不语，急忙走上前，两双手紧紧握在了一起。

　　还没松开彼此握着的手，只听楚天舒带着幽叹的语气问道："我想…… 能和您拥抱一下吗？云表哥同志？"

　　江静舟微微一愣，瞬间理解地笑笑，他主动伸开臂膀，两人紧紧地拥抱在了一起。

　　伏在江静舟的肩膀上，楚天舒不禁流下了泪水。

　　其实就连眼前的江静舟，这个卧底了近二十年的资深特工，也无法真正理解楚天舒此时心中的沉重感觉。

　　作为一名红色特工，楚天舒的经历中最深刻的词，竟然是——孤独！

　　当年17岁的他，身为一名热血青年，正值长兄为国捐躯不久，既满腔报国热情，又不满于国民党军队节节败退、抗战情绪低落萎靡的现状，受到学校共产党地下党员的思想影响，他和几个同学偷偷来到重庆曾家岩50号的周公馆，见到了这位被各界尊称为周公的共产党的领袖人物。

楚天舒和周公曾有过一面之缘，那就是在他大哥肖云翔的葬礼上。当时周公代表共产党的领袖为这个抗日民族英雄献了花圈。此时他和同学们来找周公，目的很单纯，就是被共产党的精神所感召，为共产主义的信仰所吸引，决心要加入中国共产党，在共产党的领导下为了民族独立和解放而献身。他们最想去的地方是延安。

和他同去的几个同学如愿以偿地奔赴了延安，他却被单独留下了。

他记得当时周公亲自找他谈了话，先从他的大哥肖云翔谈起。周公盛赞了作为中国空军战神的大哥的抗战功绩，当听说他坚持要加入共产党时，周公笑了，告诉他在任何阵线上都可以为国家做事情，为抗日做贡献。作为这样特殊家庭出身的青年，他可以利用家族资源，选择更加有利的条件学到一些本领和技能，来为我们的民族复兴做出贡献。比如说，他提到的军统局选派特工赴美集训的这个特殊条件和机遇。周公笑着鼓励他，信仰的力量是无穷的，信仰是一条人生之路的选择，也是一种意志的考验和意念的坚持。信仰的光辉将随着时间的考验而变得更加光芒四射！周公最后这样向他承诺，共产党的大门，永远会为他敞开。

他记住了周公的嘱托，他暗暗在心中入了党。

当他七年后从美国归来，已经是集电讯技术及高级特工技能为一身的特殊人才。他没有丝毫犹豫和重新选择的意念，他的信仰依然是那样的坚定和明晰。他在重庆再次见到了周公，并如愿成了周公直接领导下的一名红色特工。

在周公的周密安排下，他成为这样一个另类地工人员——作为一枚闲子，他被布局在国民党内部的最深处，他的任务，是蛰伏，是伺机而动，是"行至水穷处，坐看云起时"的一个必要等待。

他是周公直接领导下的少数高级特工之一，是最核心地下组织"迎春花"小组成员，没有组织指令，他不能和任何我党小组和人员发生横向、纵向关系。就这样，从一个热血青年，一个出身名门望族的七少爷，一个优秀的海归，他化身为了一个鲜为人知的绝密独立级特工。

这条路注定布满艰辛和磨难，还有那未知的艰险和……孤独！

他的第一次接头对象是虞水蓉，因此上，他入党后的第一个战友，唯一知道他真实身份的人，就是虞水蓉。

那次，在军统头子胡文轩的眼皮底下，他用迎春花和彼岸花的双重暗语，和刚从军统监狱被放出来的虞水蓉接上了关系。在胡文轩跑下去给他们煮咖啡那半个小时里，他和虞水蓉迅速讨论交代了工作，从此虞水蓉将作为他的下级和助手出现在他的身边。

在楚天舒的心中，虞水蓉是异性的长辈，是工作中的前辈，他尊重她，她服从他，但是军统内部等级森严，敌营环境紧张严酷，他们平日里不可能有更多的交集，以传递战友间的情谊。

他的第二次工作对象是萧岳。在萧岳牺牲前夕，为了能及时准确获取到萧岳在空军内部发展的地下组织关系，他利用家族关系，冒险进入南京陆军军人监狱，和萧岳接上了头。

面对这个同样年轻、坚毅的共产党员，他的战友，他多想上前狠狠抱住他，给他以同志式的鼓励和温情，也同样让自己感受到那难得的，来自自己阵营的人的温暖！可是他不能，他和他没有这样的机会！

在那个阴森潮湿的监室中，两个年轻的共产党员利用短暂而宝贵的时间交接了任务和使命，甚至来不及畅述一番战友同志间的衷肠。他忘不了的，是萧岳最后留给他的那句感叹："楚教官，看到您这样的精英人物，也是我们阵营的同志，你知道我有多欣慰吗？这样越来越多的优秀人才都汇入到我们的事业中来，咱们的革命怎么能不成功？楚教官，萧岳死而无憾！"

是的，萧岳的代号是"雄鹰"，他完成了难以完成的任务，在空军内部埋下了粒粒火种；而他的代号是"鸿雁"，他接替萧岳，潜入空军，在最短的时间，完成了难以想象的壮举——先后策动三拨飞行员起义，飞向解放区。

在他多次出色完成任务的背后，是个人情感的隐忍和压抑，是孤独灵魂的独走潜行。

他忍心压抑过亲情，手足情分。面对"同志相逢不相认"的自己亲姐姐的质疑和蔑视，他暗吞下泪水，硬下心肠，冷静决绝地将有关电讯方面的漏洞给她指出，期盼她能将这份暗示提醒带回到组织中去。他也曾直面自己战友的误解和敌意：在那次保密局搜查淞沪警备师电台的危急时分，机敏睿智的他首先巧妙地以落在办公桌上的纸条，向沁梅暗示了胡文轩即将对淞沪警备师进行的电台搜查；接着他舌战副师长向晖，取得了独自搜检电台的权利，最后的结果是有惊无险，但是谁又知道他曾面临的险境？——唐玉警惕的眼神，程睿决绝的目光，还有那个握在自己战友手中的，随时会向他射击的枪口……

他更亲手埋葬过刚刚萌芽于心的爱情幼苗！对着沁梅一次次热情渴望的眸子，一次次对他的积极策反和真情打动，他不但要无动于衷，不为所动，为了彼此的安全，为了任务和使命，他更要做出决绝无情的态度，拒绝她，疏远她，甚至要狠下心来，用冰冷的颜面和无情的话语去一次次对付和伤害那个爱他的姑娘！

楚天舒是悲伤的，也是无奈的，更多的时候，他是生活在疯狂的自虐中。为了能有合适自然的理由调到空军，去完成萧岳遗留下的任务，他几乎破釜沉舟般采取了自虐其身的方法，让自己身心一点点憔悴下去，借助于家族势力和父兄亲情，如愿达到了目的，潜伏到自己应该去的新的岗位上。

楚天舒是自嘲的，也是怅惘的。几回回梦醒时分，他都会暗自发问：今天的我是谁？明天的我又是何人？

是的，他曾经是鸿雁，现在是云雀，更早之前他还是……以后他又是什么形象？楚天舒觉得自己就像是一团泥巴，随着他的任务在变换着形状，重新塑造成不同的形象。

每当任务在肩，他会变得心坚如铁，志坚如钢，他会无暇顾及自己的身心，暂别自己的别情愁绪；可是每当一个人静静独处的时候，他就觉得自己的灵魂都寂寞得流起泪来！别人在敌营中可以拥有战友、助手和亲人，只有他，永远是独行者，永远要站在远离自己战友的方向。

那无法排遣，时刻徜徉在心头的孤独感啊，让年轻心热的他黯然神伤，他曾经偷偷写下过这样一个忧伤的句子：

    我欲问魂魄何依？
    我只合独葬荒丘……

怀着这样的心绪，此刻，我们史上最忧郁孤独的红色特工——楚天舒同志，第一次在战友的拥抱中感受到组织的温暖，感觉到家人的温馨，他又怎么能忍得住这种喜极而泣的热泪？！

两人拥抱了很久才分开，看着坐回到对面沙发上，仍在悄悄拭泪的楚天舒，江静舟心内感慨不已。江静舟是感性而体贴的，身处敌营几十年的经历，让他格外理解和同情对面这个年轻革命者的心情和感受。他默默看着这个年轻人，对方脸上是难以隐藏压抑住的喜悦和伤感交集的复杂神色，他不由得微微叹气道："天舒啊，我明白，这些年，你太不容易了！很多坎儿，你一定迈得很艰难吧？"

这番贴心温暖的话语又差点让楚天舒泪下。他轻轻咬住下唇，压抑住悲情和惆怅，尽量平静下自己的情绪，看着江静舟道："对不起，云表哥同志！我一时有点忘情了，也脆弱了……一切都过去了，能和您，还有很多的卧底在这里的同志战斗在一起，我如今只会感到幸福和温暖！"

两人开始认真地谈到了工作，谈到了目前的形势和 N7 军、陆十军的动态，尤其是 N7 军即将展开的突围行动，让他们都感到了沉重和压力。

谈到工作，楚天舒立即恢复到镇定坦然的神态，他带着自信的微笑对江静舟道："您放心吧，明天我就计划去拜会向晖将军，这次组织派我来宽城，主要的任务就是关于 N7 军的策动问题。我知道您和向将军的私谊旧情，这方面您把握好尺度就好，绝不宜过早向他暴露您的身份和真实意图！"

他向江静舟解释道："您是知道的，向将军和我的二哥是同窗好友，我的四哥和孙立人将军也是清华的师兄弟，虽非同届，却师出一门，私交很好。而且，N7 军 38 师的一些高级军官，都和我四哥有一定渊源，我在想，这是一个难得的资源，我会加以利用的。"

江静舟点头："我明白了，这也是组织上急于派你来的原因所在。"

"是啊，不料歪打正着，我还意外顶着个督察特派员的身份进来了，这样更可以有回旋的余地了！"

江静舟还是有一丝忧虑："可是你一直在宽城，一定没接到我们才发向老家的预警信息？我这里局势微妙，有很不确定的不安全因素，我曾经建议你暂缓来这里。"

楚天舒摇头："情势危急，已经顾不上很多了！即使我接到这样的信息，还是会坚持来的！N7 军的问题目前是老家格外关注的一个焦点问题，就必须引起咱们这边的高度重视。刚才谈到的他们组织突围的事情，我想，明天我去见向副军长，就一定要拿到他们的具体突围计划！"

江静舟兴奋地说："太好了，拿到他们的突围计划，一旦他们敢轻举妄动，就必须予以狠狠的打击！只有打疼他们，才会让更多的人认清形势，让N7军、陆十军，包括郑域国本人，都清醒过来，负隅顽抗只会是死路一条！"

楚天舒也兴奋起来："您说得对，必须打！还要打得他们不敢再次轻举妄动，不能再存有非分之想！"

江静舟沉吟片刻，和楚天舒分析阐明自己许久以来的一条思路："天舒啊，我有个想法，你帮我也掂量一下吧？关于向明光的问题！我原先计划的是，先策反向晖本人，让他放弃反动立场，从而争取带动整个N7军的自新。可是通过这些时间的观察、试探和碰撞，我发现我这个计划估计多半会泡汤。向明光的执拗和偏狭，目前看连我都难以扭转！所以我打算反其道而行之，我先策反他的部将，他的军队，反过来，咱们再回身拉他这头犟牛！"

楚天舒忍不住笑了："还是您了解他，也还亏您有招对付他。"他接着道："这就刚好扣上我才说的那个话题了，我会利用N7军，尤其是其主力38师的人际关系，协助您做好这项工作。"

江静舟欣喜地点头道："天舒，你不知道今天我有多高兴？我着实没想到，你竟然是我们自己的同志？一个这样优秀的专业人才，又是这样的年轻有为，我太为我们的党高兴了！正因为有你们这样的精英分子源源不断地加入到我们的革命事业当中来，我们的前途才会是一片光明！你看吧，一个光辉灿烂的新中国已经在向我们招手了！"

楚天舒也被他乐观热情的情绪深深感染了，他激动地说："我是有多盼望这一天的来到！您是不知道啊，云表哥同志？当年，我多么向往能去延安，去看看革命圣地的风貌？总是生活在国统区，蛰伏在敌营里，我觉得自己的骨头缝都快生锈了，发霉了！我实在想有一天，能痛痛快快生活在自己人中间，自由自在地呼吸着清新畅快的空气！可是，我不知道，这样的愿望是否能实现？"他笑了，带着孩子般梦幻期盼的神情。

"怎么不能实现？你才多大啊？"江静舟微微笑睇着看他，"将来整个新中国，都是你们年轻人的！天舒，让咱们一起期待着那一天吧！"

他望着楚天舒，换上严肃的神情："不过这黎明前的黑暗，我们还要小心趟过才是！天舒，鉴于你的特殊身份和安全问题，我建议，你和卧底在这里的自己的同志间也暂不发生关系，由我和你单线联系，你说呢？"

楚天舒信任地望着他，带点轻松顽皮的神情笑笑："一切听您的好了。从今天开始，楚天舒就是您江师长的兵！其实，我早就是飓风小组中的一员了！"

"飓风小组？你难道是？"江静舟略有些醒悟。

楚天舒笑着点头："您是飓风小组的负责人，风表哥奉组织密令向您报到！"

"原来如此……"江静舟忍不住感叹，"风表哥！唉，终于解开了神秘面纱！天舒啊，你还有多少秘密藏在身上啊？"

楚天舒笑而不答。江静舟接着点头："组织原则，不该说的绝对不能说。天舒，你的到来，让我几多欣慰呐！"

楚天舒又露出孩子气的羞赧表情："能和您这样的地工前辈并肩作战，实在是天舒之福分！您收下我这个兵就好！"

江静舟一摇手，笑道："那可不行！从明面上讲，你是督察特派员，身份特殊得很呢。从咱们这方面论，我们这里接到的上级指示是，你可是老家派来的特使，总之，咱们以后凡事商量着来吧！"

楚天舒也笑了："可是您忘了还有私下的情分啦？您毕竟是我们这一行的前辈，从另一方论，您的外甥女沁梅，曾经和我有过兄妹之谊，无论如何，您都是当然的长辈了！"

"是的，沁梅……"提到女儿，作为父亲的江静舟心头跳跃起别样的情绪火苗来。他不禁又暗暗打量了一下楚天舒，看着眼前这个英姿勃发、帅气逼人的青年军官，自己优秀的红色地工战友，蓦然记起女儿曾经对他的那份纠结情愫来。眼前这个还不脱大男孩气的年轻人，一定还未曾察觉得到一个女孩的幽幽情思吧？算了，孩子们的事情，由他们自己去发展好了！目前局势这样紧张，任何个人的事情都必须放开，任务和使命才是唯一的！江静舟定定神，又和楚天舒谈论起靳鹏的事来。

当楚天舒告辞的时候，他又顽皮地匆匆拥抱了江静舟一下："这种感觉真幸福，我又一次体验到找到组织的快乐了！谢谢您，从此我也是有家的人啦！"

他的话，让江静舟再次湿了眼眶。

送走楚天舒，江静舟来到医院。

靳鹏躺在病床上依然昏迷不醒，原本年轻俊朗的脸庞如今异常苍白，几无血色。

守在床边的乔思扬看到江静舟进来，忙站起身来，江静舟对他摇摇手，来到床前坐下，默默地看着这个舍命救了自己的副官，沉吟不语。

"师座！这次靳鹏……实在是太令人感动了！想起以前我对他的一些微词，我真愧疚！"乔思扬嗫嚅道。

江静舟回眼看看自己这个更加年轻的副官，微微叹了口气："思扬啊，你在我这里时间也不算短了，对待一些事情，一些人，必须学会自己独立思考，分辨是非！时刻保持独立判断的能力，这点对于咱们这样身份的人，是至关重要的！"

乔思扬点头，正要再说什么，却见许若飞走了进来。

"还没醒过来吗？"许若飞问。

乔思扬解释："还没有，医生刚才说了，他失血太多，估计要有一段时间的昏迷期。"

许若飞点头："你这两天就守在这里好了，一旦他醒过来，务必第一时间通知我，我有要紧事情要问他。"

他又看着江静舟："师座，我给您挑了两名卫士，这几天跟着您吧？让思扬守在这里比较好。"

江静舟没有顾及他所说的给他找卫士的话，只是就着他刚才给乔思扬说的话题道："若飞，你要问靳鹏问题的事情，不妨暂缓一缓吧，你看他如今的情形，虚弱到什么样子了。一切往后放放再说吧！"

"那可不行！"许若飞语气坚决地说，"目前您的安全是第一位的，别的问题和一些顾忌才应该往后放一放！师座，您不用管了，一切按咱们的先前计划来吧。这点我要全权负责，不能依着您！"

江静舟看着他，无奈地摇头："那你总不能不讲感情，不讲人性吧！靳鹏毕竟是为了我而负的重伤，几乎差点送了命！咱们做事情不但要顾及原则，还要讲究情分吧？"

许若飞却是少见的固执和坚决，他神情严肃，语气更是异常的坚定，毫无商量的余地："您不用多说了，在我这里，目前您的安全至高无上，这是我的职责和使命！我可以正告您，无论从咱们目前身处的敌营这边论，还是从咱们老家那边论，长官、领导们可都给我下了死命令的。您的安全事关重大，万不可掉以轻心！所以，请您无条件配合我的工作吧，云表哥同志！"

江静舟又气又笑又无奈地看着自己一手培养起来的副官，如今竟然这样和自己认真较劲起来，却也明白他的职责在肩，自己不能强求，只好恨恨地白了他一眼，微嗔道："好吧，许若飞，我看你如今真的是翅膀硬了哈？和我都龇牙咧嘴起来！"

"您怎么看我想我都无所谓，这件事情总之没商量！"许若飞苦笑一下，仍然脸定得平平的，"师座啊，我的亲大哥！这次您的遇险，就是我工作的严重失职，我都懊悔死了！我知道老家的特使云雀同志就要来了，我准备接受更上一级领导的批评！"

听他提起云雀，江静舟触动一段心事，于是吩咐道："对了，我让你在你们警卫团挑选的那几名人员，你都给我选好了吗？"

"挑好了，个个身手不凡！"

"好，等会我就去见军座！"江静舟满意地点头，又嘱咐许若飞，"在这几人中挑一个最出色的，给楚特派员送去。是做副官还是卫士，由他说了算！"

"给楚特派员？为什么？"许若飞不解。

"让你送你就送，哪这么多话呢？我看你狂得连规矩都忘了！"江静舟白他一眼，许若飞嘿嘿一笑。

一旁乔思扬笑着插嘴："若飞哥团里的那些人水平能力再高，估计都未必入那个楚特派员的法眼吧？您看那天特派员的那个机敏劲儿，还有那枪法……啧啧啧！貌似不是一般人哦？"

江静舟微微摇头，对许若飞正色道："这些话留着再说！你只管送个卫士给他就好，要胆大心细的，更重要的是要绝对忠诚可靠！"

许若飞点头："明白了！"

江静舟又不觉自言自语道："既然特派员是专门来督查咱们宽城守军的军务、防务的，那么由咱们陆十军派去个人跟随他、保护他，也属正常吧？"

他并没有等两人回答，边说边站起身来，吩咐乔思扬道："你别忘了给你顾姐打个电话，等靳鹏醒了，让她煲些营养的粥水来吧！"他要立即去见封正烈。

第十五章　中秋情殇

"前几天我在城里办公事，一个相熟的旅社掌柜对我说：当你们初来东北时，全东三省的百姓们都欢迎你们，就连老奶奶也顶喜欢瞧瞧中央军！毕竟东北沦陷十四年，大家盼国军盼得眼都绿了！可是瞧瞧你们来后的行径做派吧？再看看你们如今在这片黑土地上的所作所为？实话实说，如果现在让老百姓来投票，谁不愿意八路来？！"

封正烈对这次江静舟遇袭案自然格外注意和关心，看到江静舟的到来，他首先问到靳鹏的伤势，江静舟详细地告诉了他。

封正烈感叹："靳鹏好样的，我没看错他！想当初，我把他给你的时候，你还不想要呢？如今咋样？小子！别看你外边威风凛凛、聪颖外露的样子，其实考虑处理起问题来，还是要我们这些老朽来提醒把关吧？"

江静舟自然心中极明白其中隐情真相的，但是目前他并不能和封正烈说出缘由，只为时机还不到。他只好继续装聋作哑地一贯制对老长官顺毛捋着："您当然是老谋深算的，我哪点可以和您相比了？只是……"

他换了痞痞不羁的笑容，望向这个对他一直宠溺有加的上司，几乎是用着恃宠而骄的耍赖语气说道："那我求您继续关照怜惜属下呗？您再送我个贴身卫士如何？"

"唔？你小子又看上谁了？"封正烈不解。

江静舟嘿嘿一笑："我听靳鹏给我说过，他有个师兄，和他的枪法不相上下的，也在您的身边，叫秦旭峰的？我在想，您是否可以为属下继续割爱呢？"

"哼！你想都别想！"封正烈狠狠地白了他一眼，"倒不是那个叫秦旭峰的副官让我有什么不可以割舍的，我是看不惯你如今这种猖狂劲儿！哦，还跑到我面前来任意点菜啦？我的人，你指名道姓就想要走？门儿都没有！还有那个靳鹏，也是个白眼狼，没良心的种子！这才到你身边几天呀？就这样向着你起来？还帮着你来挖我的墙角？"

"您好好的，想骂我随便骂，反正我已经习惯了！您别骂人家靳鹏啊，他可还躺在那里昏迷不醒呢！您不心疼我心疼！至于说那个秦副官嘛，我只是和靳鹏闲聊的时候，听他提起过，我就是那样一说罢了，您爱给不给！不给就算！只当我没说好了！"

他看看封正烈，知道他也没生气，只是故意在呕自己而已，就有意反话相激道："反正您也知道，您交代给我的事情，个个都是敏感紧急的，我也是想带上个身手和枪法都好的副官来来往往比较省心罢了。我的命原本不值钱，您的大事才是关键！也罢，一切看天命吧？该活死不了，该死活不旺！为了您的大业我就是献上这条小命也值当了。谁让我这命原本就是您救下来的呢？"

封正烈听了他这番话，倒想起这次这个骨鲠在喉的袭击案，就忙问道："你先少说这番没用的牢骚话吧！我来问你，这次这桩案子，你怎样看？有什么重要线索吗？大家是如何评议判断的？"

江静舟也换了严肃的表情："这件事情，我觉得答案就是现成的。有些人说成是自己兵士积怨火并，欲谋杀军官，或者说是共党地下组织的暗杀队，在袭击党国军官，我看纯粹都是在扯淡！"

他认真为封正烈分析道："军座您看吧，如果是像某些人传说的那样，陆十军和N7军旧怨，引发N7军谋杀这边军官的话，为什么这些人会选择在陆十军防地来进行袭击呢？不但不好隐蔽躲藏，得手后脱身也难呀？要干也应该在我们才走过的N7军防地或者两军驻防中间地带呀？"

江静舟越分析越来劲："再说另一种说法吧。共党袭击？据说在那两名被击毙的凶犯身上，搜出来共党传单，我听了倒觉好笑！就如刚才楚特派员给我分析的那样：若是共党想杀害咱们高级军官，那天最应遭到袭击的，应该是楚特派员和向明光才对！他们两人从军衔到身份，对共党来讲，都比我更具有吸引力。何况，既然身为冒险刺杀者，还公然将本党传单放在身上，岂不是此地无银之举吗？共党如果当真愚笨至此，也不劳蒋委员长如此费心费力，几十年下来也剿灭不尽了！"

封正烈点头："有道理，这也是我这几天想到的。我觉得，这场袭击案就是冲着你来的！如果是这样的话，一定有着深刻的背景呢？致远啊，你小子脾气是燥了点，狂也狂了点，可是并没有苛待属下、得罪同僚的问题呀？谁会对你下这种狠手呢？除非……"他咽下后面的话。

江静舟微微冷笑："您也算品过味儿来了吧？某些人，一直欲置我于死地而后快呢。您又不是不清楚啊？"

封正烈心中自是焦虑和不安，他正色对江静舟道："唉！有的人一直对你在怀疑、揣测、试探、跟踪，如今竟然上升到追杀地步？实在是令人心惊！说到这里，由不得老子不骂娘！正值围城危难时期，党国大业目前已呈倒悬之势，还有人不遗余力地搞些内耗，对着自己人痛下杀手，真是令人是可忍，孰不可忍？"

他气得在屋里来回走了两圈，站定，看着江静舟，叹息道："我是怕，如今倒是由于我托你办的一些事情，让你身陷险境？前次送家眷出城，再加上和'那边'有所接触……只怕被胡文轩那些长鼻犬们嗅出了什么异味也未可知？如此看来，这场明显针对你的袭击案，其内幕就昭然若揭了！"

"那又怎样？"江静舟傲然冷笑一声，转而对封正烈笑道，"他胡文轩那点阴暗心思我早心知肚明，这几十年来，我何曾怕过他半分？如今他既然狗急跳墙，行此龌龊下流之手段，只能说明他是真正抓不住我的把柄，如今只好用他们保密局惯用的下三烂手段来消除异己了！"

他认真对封正烈道："这些都是小事而已！咱们上次谋划的那些才是正事，是大事！事关咱们陆十军数万弟兄的生命和咱们这些军官的前途，不能有这几个蛞蝲蛄叫，咱们倒不种庄稼了？您放心，我不会因为这些卑鄙无耻的小动作，就轻易放弃您交给我的任务的！"

封正烈点头，叹道："我自然对你放心，才会将那些有关身家性命的事情交给你去办。只是，你凡事也不可掉以轻心才对？你目前的人身安全至关重要！我也反复交代给许若飞的，他的警卫团不仅要做好军部的安全保卫工作，重要的是，要重点留意你的安全！你千万不可小看保密局的那些人，他们下三滥的手段可有的是呢。更哪堪你那个盟兄还和你有着好长一段旧怨呢？"

江静舟听了这番话，联想到许若飞刚才的执拗态度，不由得微微一笑。

封正烈挠挠头，看着江静舟，面带关心的神情："也罢，我把那个秦旭峰副官给你，你今天就可以带了他去，他的枪法和本事当不弱于靳鹏！有他接替靳鹏在你身边，我也可放心很多！"

江静舟心下好笑，暗暗在心里嘀咕："只怕这话要反着说呢！"但是他表面并不带出一点来，只是对着封正烈感激一笑："谢谢军座！还是您心疼我，爱护我！若此番不能完成您的嘱托，真没脸再见您了！"

想了想，他又正色对封正烈道："不过您手下的人，接二连三都给了我，您的安全也让我揪心。所以我让许若飞留意选择了几名身手不凡的卫士，准备配在您身边的，不怕万一，就怕一万，您这里安全了，咱们陆十军才可能有生路可谈！"

封正烈点头："一切依你就是。"

江静舟又笑着请示道："我还让若飞挑了个卫士送给楚特派员的。宽城如今形势这样复杂，他身边也需要一个贴身保护的人才是！"

封正烈赞许地点头："很好，你们想得很周全！对了，致远，"他记起重要的事来，"那个特派员，小楚，听说在上海时候和你也有过交集，你看他这人如何？"

"很正派的一个人呀！虽然出身豪门，却无娇骄二气，待人真诚，为人随和，和各种人都相处得不错的！"江静舟认真道。

"那就好！"封正烈点头，"他目前身份特殊，毕竟是代表国防部下来督战的人，咱们不可小觑！你尽量和他搞好关系吧！起码，莫要影响到我陆十军的一些军务防务……甚至是一些问题吧！"

"属下明白！特派员那边，您就交给我好了！"江静舟忍不住在心底笑了。

其实，这次无论是封正烈，还是江静舟，都误会了胡文轩，这次袭击案是由保密局宽城站策划执行的，就是针对江静舟而来的一场绝杀，但是却不是出自胡文轩之手。

这事过去后的某一天，胡文轩和副站长朱孝义就这个问题还有过争论。

胡文轩带着怨气看着朱孝义说："朱副站长，你此次行动完全是擅自做主，先斩后奏，可曾将我这个站长放在眼中了？咱们保密局的家规，你还要不要了？"

朱孝义微微一笑："站长不必多疑，此事我是提前上报过上峰的。之所以未能让您及时知晓，实在是事发突然啊！我并不知道，站长您也是有过谋划的？属下是偶然得知您的计划，灵机一动，略微改变了计划实施的方案罢了！其实目的都是一致的，不是吗？对于江静舟这样浑身疑点的人，在这样危急重重的时刻，与其是耐下性子仔细甄别，不如快刀斩乱麻，一劳永逸，让他肉体消失，一了百了！我们都是清楚的，江静舟本身并不是关键人物，关键人物是封正烈，是他麾下的陆十军！绝不能有一丝一毫的不安定因素存在于陆十军中，在封正烈身边！"

他看着胡文轩，貌似真诚地分析道："要是江静舟真的是共党，那么尽快除掉他，就是保证陆十军纯洁性的必要的一步！即使他不是共党，作为封正烈的重要左右手，他的态度也很微妙。万一他有亲共投共意念，那么同样会成为一个危险的定时炸弹！所以，无论如何，除掉江静舟势在必行！在陆十军防地，在 N7 军和陆十军诸位高级军官面前，冒充共党分子击毙江静舟，不但可以除去咱们的心腹之患，还可嫁祸共党，引起陆十军军官的强烈不满；同时又可警示两军军官共党的凶残暴虐，实可谓一石三鸟之策啊。只可惜……唉！我是万万没有料到，竟然没有能够得手？！那天有两个人我们是忽视了，一个是那个靳鹏副官，还有就是楚特派员，他的身手……总之是我疏忽大意了！"

胡文轩摇头："这件事情没那么简单！疏忽了？你简直是破坏了我的绝好计划，反而给了封正烈那里以攻击我保密局的口实！而且，你这样贸然地暴露咱们的意图，打草惊蛇，给江静舟以警示，都属于得不偿失之举！"

朱孝义不解："站长何出此言？此次袭击虽然没有得手，可是并没有落下证据，说明此事和我保密局有所关联？咱们事先做好的功课，倒是可以充分将线索指向共党地下组织那里！"

胡文轩盯着他妄自尊大的面容，微微冷笑道："朱副站长你也太有点自我感觉良好了吧？就凭你那些雕虫小技，在刺客身上放上几张共党的传单，就可以准确地嫁祸于人、万事大吉了？你分明太小瞧了封正烈等人的智商了！还有那个江静舟，若是像你所说的那样好蒙蔽，我在二十年前就可以将他的面具扯下，绳之以法了，还等得到今天？"

他愤愤地埋怨道："你们这样的鲁莽行动，只会引起陆十军和N7军官兵的不满和不安情绪蔓延！实话告诉你吧，今天郑域国司令长官已经电告我，很多军官都纷纷猜测这次袭击案是咱们国军内部人所为，是消除异己之举！郑司令长官令我从速追查原因，还声明要从咱们保密局查起！"

他恨恨地咽了口唾沫，看着朱孝义，后者低首不语。

胡文轩继续发难："还有封正烈那边，也是向司令部提出疑问，施加压力，还竟然指桑骂槐、含沙射影地将此事联系上咱们这方！他们怀疑的根据就是刺客的暗杀手段，完全是咱们保密局的老一套！对了，还有那个向晖副军长。虽然这次没有涉及他N7军什么事，他也跟着瞎起哄，和N7军的师团级军官们提出联名抗议，要求保护高级军官的人身安全，此事让郑司令很是上火闹心！唉，总之此事完全是偷鸡不成蚀把米，触了大霉头了！我的朱副站长，你这不是犯了家法的问题，简直是让咱们保密局犯了众怒了！"

朱孝义沉吟片刻，觉得事情确实棘手，看着胡文轩怒气未消的样子，知道自己终究不好过关，于是只好抬出强硬后台来为自己解围。

他貌似谦恭，实则软中有硬地低声道："站长息怒，卑职也是心急，想着早日为党国除去异己分子为要！那个江静舟实在是狂妄骄矜，不可一世，我是怕他的颜色复杂，终究会影响到封正烈和陆十军的态度问题！有关此项计划，我是提前请示了毛局长，他授权给我全权处理，必要时，须采取绝对措施以绝后患。至于具体行动计划，没有和站长您提前沟通，也是属下的一点失误，还请站长谅解为是！"

胡文轩听他提起了大家都敬畏的顶头上司来，知道这也算是保密局的一些暗箱操作的特殊家规，朱孝义有此强劲后台，难怪他处处要自作主张。此时此刻，他也不便再次深究，目前要从大局考虑，合力就保密局陷入的困境化解才是，更重要的是要安抚稳定宽城守军的军心。于是他暗暗压下自己不满的抑郁之气，倒好言劝慰了朱孝义几句。

当朱孝义离去时，望着他的背影，胡文轩暗暗唾弃道："蠢猪一头！分明破坏了本站长一招好棋，还要伤我肱骨！真是成事不足败事有余的愚蠢家伙！"

就在保密局宽城站正副掌门人在展开各自为政的较量时，身为督查特派员的楚天舒也来到 N7 军拜会向晖。

寒暄过后，向晖知道楚天舒目前的身份及使命所在，就主动向他展示了自己拟定的突围计划，请他提出指示和意见。

楚天舒认真看了作战计划，点头笑道："既然是向副军长亲自拟定的，又得到郑司令的默许，当是万无一失了，天舒并非有野战军经历，对战略战术不是很精通，并不敢有什么枉评。"

谈过军事行动事宜，楚天舒主动提到了自己来这里的契机："其实天舒能有机会虚领这个特派员的名衔到这里来履职，主要是在 N7 军而非陆十军。您是知道的，38 师曾经是孙将军的老班底，孙将军对这个老部队是情有独钟啊！孙将军和四家兄是莫逆之交，得知我将来宽城，孙将军竟然落了泪！"

他看看向晖，停了片刻，才继续道："听家兄说，孙将军曾经致电委座，想请委座派军用飞机将他空投至宽城，他要亲自带领他的老部下们突围，其情其景，让人感慨心酸呐！"

向晖将头深深埋在臂弯中，久久没有答言。

沉默片刻，向晖抬起头来，楚天舒惊异地发现，眼前的这名将军已是泪眼婆娑，他声音低沉得有些暗哑："我明白……总之是向晖无能，不能很好地统帅 N7 军，将其带到一条生路上去，有负委座信任，也辜负了孙将军的谆谆嘱托！想到南京和孙将军相别时候的情景，向晖惭愧至死，实有万箭穿心之感！"

他哽咽难言，再次将头深深埋下。

楚天舒同情地望着眼前这名战将，真诚劝慰道："向副军长也不必过于自责纠结，天舒说此话的意思，只是想告诉将军，N7 军的前途，为孙将军等老将们所日夜牵挂，希望能有个好的结果吧？不过审时度势，如今这种形势下，大厦将倾，覆巢之下，种种颓势逆境，岂能靠一人力挽狂澜呢？终究是独木难支啊！向副军长的勉力维持，大家也都看在眼中了，此次突围，估计也是无奈挣扎之举，但愿能闯出条生路来？只是……又有多少弟兄会因此丧命九泉呢？每念及此，天舒都是心痛莫名……也许，所谓的慈不掌兵，天舒究竟还算不得一个称职的职业军人吧？"

向晖点头复摇头："我又何尝不知此次突围行动必是凶多吉少？只是，困守至此，再不做挣扎决战之态，恐怕咱们这两支守军，都会被共军轻轻松松吞噬掉，谈笑间灰飞烟灭，还不费一枪一弹！想想我国军坐拥十万雄兵，手握最先进的美式装备武器，不战自灭，我实在是不能甘心！这样也太便宜共军了，又置我38精锐师面子何在？又置老长官孙将军威名何在？"向晖含泪的眼中，射出决绝不甘的光芒。

楚天舒认真看着他，淡然一笑："我很钦佩向副军长的一腔忠贞和一身胆气！可是……以我的拙见，依我对孙将军的了解和认识，倒觉得有点个人的想法想同副军长商榷一二。"

向晖听了，忙正襟危坐起来，看着楚天舒："特派员不妨明示？我也知道的，特派员家族和孙将军向有渊源，请不吝赐教！"

楚天舒语调平静地述说："其实孙将军的履历，您也是知道的，他和您一样，都是出身清华，孙将军后又赴美留学，和天舒相似，受到美式教育，难免把生命价值看到至高无上的地位。所以说，孙将军在国军将领中也可算一个异数！他被称为'小兵之父'，对兵士爱护有加，尤其是视兵士的生命高于一切。故每遇战事，总是令炮火齐射，先行开路，再令士兵出击，以免部队人员伤亡过大。我在想，正因为孙将军爱护手下和部将心切，对老部队更是常系心中，才有上述欲亲临宽城率部突围之言论，我想面对宽城如此围困窘境，孙将军当会做出何等抉择？是选择玉石俱焚，还是曲意保全？实在是非咱们这些人可以妄加揣测的吧？"

向晖听了这番话，心下明显有所触动，点头不语。沉默片刻，方道："谢谢特派员的提醒！其实向晖也曾考虑到此层！如何更好地保全38师，以至于保全N7军，也是向晖日夜思量，不能成眠的原因所在！关于此次突围，也必要做到量力而行，审时度势，顺势而为才是！"

楚天舒赞许地点头道："副军长仁慈心怀，爱兵如子，定能感动上苍，给咱们N7军谋划出一条生路来！"

向晖摇头："特派员有所不知啊，其实向晖心中何尝不进退两难？不拼死抗争，对不起领袖之托付信任，不忍气保全，对不起这数万弟兄的身家性命！难道向晖生来就是个无情无义之人吗？唉，个中隐情纠结，只是不为人知罢了！也罢！如今我只视 N7 军的维护保全为重，那些玉碎的念想……也终究是个人所应持节操罢了！犯不着将所有兄弟都逼上绝路！"

楚天舒心下安慰不少，但是听他的语气，却又为他个人安危担心起来，便想着将话题转入到私人方面来："好了，副军长，时事艰险，咱们不妨从长计议吧。天舒此来，还有一番私谊要和副军长畅述呢！"

他微笑着向向晖转达了自己的二哥对他的问候，又讲述了二哥在美国的生活状态。

向晖点头："还是令兄明白啊，青年才俊，才高八斗，钻研技术，不问政事，倒也洒脱！不像向晖执拗，走上这条从军之路，几乎将自己逼到了绝境中来！"他自嘲地笑笑，在楚天舒看来，是无比凄凉的苦笑而已。

楚天舒同情地望着向晖，轻语道："一切终将过去，等到战争过去，风平浪静，天下安定的那天，副军长可以再次选择自己的道路就好！就像天舒本人，到那个时候，也是想回归书房，当一介书生，好好读几本自己心爱的书籍，写上几篇文章，方为人生之快事呢！"

向晖点头："其实说到底，依咱们的出身，咱们的学识、经历，你我二人原本都该是这样的文人才对！只是乱世风雨，飘摇难定，所谓百无一用是书生，哪里又有一张可以静读冥思的书桌呢？统统是被逼到这个份上了！唉，你的想法固然诱人，只是不知道你我是否还有这般福分呐？"

楚天舒哈哈大笑起来，良久，他半认真半戏谑地对向晖道："放下屠刀，立地成佛，何时都不算晚吧？天舒和副军长悄悄共勉如何？"

向晖也无奈地撇嘴一笑。

从向晖处出来，楚天舒径直来到江静舟办公室，他对江静舟点点头，也不说话，只是拿过办公桌上的纸笔，微蹙着眉头，边回忆着，边将那份突围计划的要点默写下来，随后连图形都画了出来。

他拿起这份复写下来的报告，认真看了两遍，笑着递给江静舟："师座，应该没有问题的，要点都在上面了。"

江静舟赞许地看看，点头道："这样长的一份计划书，你竟然能全凭默记复述下来，包括地形图，真了不得！"

楚天舒笑笑："您又忘了我是做什么的了？这原本就是干我们这行的基本技能之一呀。何况，我还是学密码破译出身的，从小就对速记感兴趣呢！"

江静舟点头："有了这份详细军事计划，38师这场突围必然是流产在即了！"他在欣慰的同时，又蓦然记起这是向晖拟定的计划，也是向晖目前甚为倚重的一场军事行动，不自觉中一种悲悯之情油然而生！可是形势紧张，已是迫在眉睫之举，不能有丝毫犹豫和退却。江静舟忍不住狠狠地甩了甩头，像是要甩掉那份纠结和私意一般。

却不料身旁的楚天舒幽幽地来了句："师座啊，您别怨我怀有同情对手，心慈手软的糊涂心思吧？那个向副军长，方正笃厚，刚直不阿，着实让人敬重，让人竟然狠不下心来对付他！我尚如此，何况和他情同手足的您呢？您……太不容易了！"

江静舟默默地看着他，嘴角涌现一丝苦笑，终究什么话也没说出来。

这份突围计划经由宽城地下党传到东野围城指挥部，解放军张网以待。38师向宽城西北方向作试探性突围，部队刚从城内出来，就遭受到早已埋伏好的解放军伏兵的攻击，无奈只好退回城中。N7军另外两个师也配合38师的行动，在宽城西部进行出击，经过3天激战，突围部队被解放军予以痛击，损失不小，只好撤回宽城，突围计划遂告全面失败。

经过这场出击突围战，向晖绝望地看到了自己军队不可挽回的颓势。他在给郑域国的报告中哀叹道："现在是师长有师长的算盘，士兵有士兵的想法，简直是离心离德！如今圈在城里还能这样守着，一出城出击，人心就散了，几成无可收拾之态！"

在一片哀叹声中，中秋节到了。

中秋节傍晚，江静舟和向晖带着一众军官在城门上巡视。

"月明星稀，乌鹊南飞。绕树三匝，何枝可依？"向晖看着天上一轮皎月，被乌云遮盖着若隐若现，再回首望城下苍茫暮色，禁不住心有感触，喃喃自语地吟诵道。

江静舟随口接道："山不厌高，海不厌深。周公吐哺，天下归心！就不知道这个止戈息武的太平之世，何日能够到来呢？"

向晖长叹一声，凝神不语。

城下一阵骚动，似乎人来人往。江静舟回身望望跟在自己身后的耿进忠："下边在干什么呢，人声喧哗的？"耿进忠忙亲身下去查看，等了一会儿回来时，看着江静舟、向晖的脸色，却不敢开言。

江静舟用审视的目光看着他，耿进忠嗫嚅道："是……是那边的共军阵地来人，给咱们这里的守城兄弟送月饼来了！"

江静舟不由瞄了向晖一眼，回头看着自己的几个属下，露出恨铁不成钢的表情来，冷笑道："这可倒好了，难怪人家叫咱们陆十军为'陆十熊'？去老百姓家蹭吃蹭喝倒也罢了，如今公正道明地问共军要起吃喝来？还送月饼？你们这是和共军打仗对垒呢，还是拉亲戚搞联欢？"

耿进忠强笑道："师座，您有所不知，咱们这边早断粮了，弟兄们经常饿肚子，连枪都端不住了！那帮空军瘪犊子们惧怕共军炮火，空投粮食时不敢低飞，就乱扔一气，经常把粮食扔到共军的阵地上去了！人家共军又不缺粮！实在是没办法呐，这边的弟兄就试探性向共军那交涉，想要回些粮食来，没曾想人家共军竟然一口答应了，经常派人将粮食送回来……"他悄悄瞄了一眼向晖，嘟囔道："何况，又不只是咱们陆十军这样。"

江静舟无奈地摇头，回头看看跟在自己身后的几位团长，戏谑地一笑："好吧，你们一个个的，如今是公然替共党做起宣传来了？这向副军长还在这里呢！你们这分明是陷我于尴尬被动、难堪无言的境地，让友军长官看看我江静舟治军无方，纵容部下？再往深处讲，几乎是犯下通共的大罪了！"

向晖噗地一笑："好了，致远，你就别在我面前矫情了！如今什么形势我能不明白吗？刚才耿团长讲的那些情形，估计不只是存在于陆十军吧？只怕我N7军也有份！我有什么不明白的？如今连郑司令都睁只眼闭只眼了，奈何奈何？"

未等江静舟回答，一旁跟随向晖的38师陈师长笑着接言："军座说得不错！如今我们这些做长官的，也只好装聋作哑罢了，总好过看着弟兄们饿死呐！"

一旁的李长安笑说："今天是中秋节，共军才想着给这边弟兄送来了月饼，那边 N7 军防地也送了不少！"

江静舟嬉笑道："俗话说得好啊，吃人家的嘴短，这样一来，倒让咱们如何训导下属，严格军人操守？"

耿进忠笑说："几位长官请恕属下斗胆多句嘴。要论军人操守，那分明是填饱肚子以后才可以顾及的事情吧？师座您刚才提到的'陆十熊'的绰号，我倒要替弟兄们抱屈！这军纪败坏的情形也不是一天两天了，也不独咱陆十军！"

说到这里，他瞅瞅向晖，继续道："前几天我在城里办公事，一个相熟的旅社掌柜对我说：当你们初来东北时，全东三省的百姓们都欢迎你们，就连老奶奶也顶喜欢瞧瞧中央军！毕竟东北沦陷十四年，大家盼国军盼得眼都绿了！可是瞧瞧你们来后的行径做派吧？再看看你们如今在这片黑土地上的所作所为？实话实说，如果现在让老百姓来投票，谁不愿意八路来？！"

他这番出乎意料的大胆的话，让在场所有军官都震撼无语。江静舟注意看看向晖的神情，后者一副痛心无奈的样子，只是沉吟无言。

这时候，城下突然响起一阵苍凉悱恻的音乐声来。大家凝神辨认，是用梆笛和排箫吹奏的民乐，有云南民歌《绣荷包》，还有陕北民歌《走西口》等。在这佳节黄昏，就着这苍茫夜色听来，格外的凄楚悲凉。

"不知何处吹芦管，一夜征人尽望乡！"李长安幽幽地叹道，众人皆满是思乡愁绪别情涌上心头。

"好吧，整个一个'汉兵已略地，四面楚歌声'了！唉……"向晖摇摇手，无心再听下去，走到江静舟面前低语道，"走，到你家去坐坐吧！"

江静舟有点诧异："今儿个可是中秋佳节啊？你家大月亮、小月亮……哦，总共有三个月亮在等着你呢，倒想上我那里去？"

向晖低叹："正是这样的夜晚，我才不知道如何面对她母女三人！"他匆匆走下城去，江静舟紧跟上他。

同一时刻，在病房中，靳鹏倚床而卧，他的伤势已经稳定下来，只是还不能下床。却见顾倾城提着一个保温桶匆匆进来。

靳鹏示意想起身，守在一旁的乔思扬忙上前扶他坐起来。

"顾姐，我的伤已经大好了，您不必天天给我送这些营养汤水了！"靳鹏带着不安和羞赧的神情道。

顾倾城微微一笑，边将汤水从保温桶中倒出来，边回答他："这是你们师座交代的事情呢，我可不敢违拗他。再说，如今的宽城，也实在是没有什么东西可以匙摸了，不过是一些普通的粥水罢了！你能借助这个营养身体，早日恢复就好。"

她说着将碗递给乔思扬，乔思扬接过来，坐在靳鹏床边喂他。

顾倾城从口袋里掏出一封信来，问靳鹏道："靳副官，你有个姐姐在沈阳吗？"

靳鹏有点意外，也很诧异："是的，那是我在这世上唯一的亲人了。姐姐她在沈阳教书。"

顾倾城点头："这就对了！今天，有人来师座官邸送了一封信，说是你的姐姐从沈阳托他带给你的，等会儿你喝完粥，让乔副官拆给你看吧。"说着她将信放在靳鹏枕边。

顾倾城拿着保温桶走后，靳鹏忍耐不住，对乔思扬要求马上要看这封信。乔思扬拗不过他，只好先将手中的碗放下了，将信拆开，递到他手中。

靳鹏看着信，手在不停地颤抖，最后，竟然执着信开始流泪。起初是暗泣，泪流不止，继而放声大哭起来，他的身子在不停地颤抖，乔思扬怕他伤感过头影响到伤口，忙上前搂住他的肩膀安慰他，靳鹏一把抱住乔思扬的胳膊，痛哭失声，几近晕厥过去。

却见许若飞神情严肃地走了进来。

江静舟和向晖回到自己的官邸，看到顾倾城刚从医院给靳鹏送饭回来，就问道："家中还有什么现成吃的没有？我和向副军长还没吃晚饭呢。"

顾倾城忙道："我去厨房找找看，给你们凑合整两个菜，好歹今天是中秋啊！"

向晖微微一笑："有劳顾小姐了！"他回头看着江静舟，带点祈求的语气："你这里还有酒吗？今儿过节，咱们喝两杯如何？也不算违了军令？"

江静舟点头，正要说什么，宁松握着一本书从楼上下来了，看到向晖，叫了声："爹爹！"

宁松自从认了向晖为干爹,几乎是将他当作师傅来崇拜敬仰的,他们二人兴趣爱好相投,连看书的品位都近似,两人只要在一处,就有说不完的话。向晖从关内带来了几百册心爱的古籍书册,成为宁松重要的精神食粮,他像一个掉进书堆的小书虫一般,尽情啃食着这些书籍,经常还可以就近向向晖请教,父子感情日益深厚。

　　此刻,向晖招手宁松近前,搂着他的肩膀问:"你干妈给你留了月饼的,你啥时候去我那里吃吧?"

　　宁松笑道:"干妈已经让人给我送来了,我都吃过了。爹爹,这样晚了,你们怎样还没吃晚饭呢?您前一阵子那样大病过一场,干妈说您一直恢复得不好,要注意身子才是啊!"

　　向晖还未答言,江静舟一旁笑道:"好好好!父慈子孝的,羡煞旁人啊!看来我倒像是个局外人了?我先躲一会儿,让你们父子腻味完了再来?"

　　宁松有点不好意思的:"爸,还有您呢,胃一直不好,也不能忽视!"

　　向晖笑着拉住宁松:"别理他,小心眼子,还吃这种不相干的飞醋?咱们父子间的话题就没他的份儿!对了,儿子,在看什么书呢?"

　　他翻翻宁松手中的书,见是一本《贞观政要》,看到宁松正看到的一页,不觉念道:"贞观四年,林邑献火珠,有司以其表辞不顺,请出兵讨伐,唐太宗说:'兵者,凶器,不得已而用之。故汉光武云:'每一发兵,不觉头须为白。'自古以来,穷兵极武,未有不亡者也……'"

　　向晖念及此处,摸摸宁松的头发,带着怜惜的表情道:"在这兵荒马乱的时代,在这个危机四伏的孤城中,连孩子们都要关心起军事、战争来!小松最近尽看这些东西,让人叹息啊!儿子,你还是个孩子呢,别这样操心,让爹爹看着心疼!"

　　江静舟一旁苦笑着插言:"孩子也绕不开战争啊。我倒觉得,只要是战争,就是残酷无情的!它伤害最深的,往往并不是咱们这样的军人,而是咱们的亲人们!咱们的父母,咱们的孩子,咱们的女人……"

　　宁松一噘嘴:"何况我也不算是孩子了吧?"他拉住向晖,"爹爹,您看我说得对不对呢?我正在读这个《贞观政要》论征伐篇,唐太宗李世民是英勇善战的开国帝王,可谓智仁勇强一体承当,但是《贞观政要》中多处却记载他拒绝用兵的事例。这表明了，自古以来，许多先贤皆认为'兵者凶器，不得已而用之'，说明儒家思想的精髓在于——以德服人！即使用武力打败对手，也并不能够达到这个目的，所以我以为儒家思想的终极目标是扩展仁义道德的领域，而非穷兵黩武的争权夺利之举！"

"儿子你说得很对！"向晖啧啧赞道，"我们小松实在不能算孩子了，有如此精辟的个人见解！看你这个钻研劲儿，将来若要从军，必是文武兼得的儒将啊，一准儿超过你爸爸和爹爹！"

"哈！我若将来从军，也是要打那种制止战争的战争！"宁松忍不住咬文嚼字起来，"人家国外的大文豪雨果就说过，鲜血不是甘露，用它灌溉的土地不会有好收成。咱老祖先孟子也说过，杀一无辜，得天下不为也！作为军人，炫耀武力，只是津津乐道于克敌制胜的战略战术，也不是什么值得骄傲的事情吧？"

向晖有点惊异地看着眼前的睿智少年，暗暗感慨，回身对江静舟道："老天，我又要嫉妒你江致远的好运了！你何德何能，竟然有福气拥有如此聪颖过人、智勇通达的儿子？"

江静舟笑谑着看他："他难道不算你的儿子不成？你听那一声声'爹爹、爹爹'地叫着，连我都有点小嫉妒！何况也是你教得好呀，所谓教子有方，小松总说这段时间得你真传不少，对你崇拜得很！"

向晖也不理江静舟的戏谑加溢美话语，只是注意在宁松刚才所说的话题上，他对宁松点头道："是啊，兵者不祥之器，非君子之器，不得已而用之！"

他停顿了片刻，自嘲般笑笑："这自古以来，无奈用兵之举，就非仁者之乐为，所以才会有你刚才看到的那段话——汉光武帝刘秀的那份感叹——每一发兵，不觉头须为白！"说到这里，他不自觉地搔搔头发。

江静舟闻言已在抿嘴微笑，此番看到向晖这番动作，不觉更加莞尔，便忙对宁松道："儿子，快！去数数你爹爹头上有多少根白发了？"

向晖笑回："你莫笑我吧？你难道不是统兵的不成？五十步笑百步，好得意吗？"

三人正在笑谈，顾倾城来叫他们去吃饭。江静舟拍拍儿子肩膀："好了，小书虫继续去读你的之乎者也去吧，我和你爹爹还有话说。"

宁松点头上楼去了，两人来到餐厅吃饭。

时世艰难，桌上不过是一盘炒鸡蛋，一碟油炸花生米，一碗菜汤，这如今已经算是宽城中难得的佳肴了。江静舟知道顾倾城已经是将家中珍藏的东西都拿出来了，对她嘉许地点点头。顾倾城拿出了一小瓶白酒和两只小酒杯，为他们斟好了酒，就带上门出去了。

向晖举起酒杯，和江静舟碰了一下，自己仰脖喝了。一连三杯，都是如此，也不说话，也不吃菜。当他将手伸向酒瓶要倒第四杯酒时，被江静舟按住了手。

江静舟嬉笑着看他："你这是什么阵势啊？闷头喝酒，一醉方休？还是借酒浇愁，醉死过去，一了百了？我说向明光，你不知道你的酒量吗？你如今的身体……自己不清楚吗？这是给自己找罪受呢？"

向晖看着江静舟，不觉露出一丝孩子般无辜的表情来："致远，你就让我放纵一回行吗？我不在你这里放松，可在哪里可以放松随意呢？你是我兄弟呀，比亲兄弟还要亲的……亲人，不是吗？你就将就我一回，惯着我一回，成吗？"

江静舟看着他的样子，知道他这阵子也是憋闷坏了，心中的愁苦实在无处发泄，才会有如此状态。在他眼里心中，向晖一向是儒雅文静的，也是内敛自律的，何曾有过这种颓丧放纵之态了？想到这里，江静舟心中涌起一阵不忍加心疼的感觉，他不自觉地松开了手。

向晖又拿起了酒瓶，这次他干脆都不和江静舟碰杯了，自己连饮了几杯，不觉已是微醺状态。

江静舟给他夹了菜，逼着他吃了几口，向晖又拿起酒杯，仰脖喝下，却被呛到一般剧烈咳嗽起来。

他伏在桌上，剧烈地咳嗽着，几乎喘不上气来。江静舟忙俯身在他身边，为他捶着背，劝慰道："好了吧，喝过瘾了吧？发泄过了，也该舒服些了吧？唉，老向啊，你这样变相折腾自己，又何苦来？酒入愁肠，愁思更长，你醒醒吧！"

向晖抬起头来，脸色已经绯红，醉眼迷离般。他望着江静舟，微微一笑：

"俗话说，酒壮英雄胆，在我这里，应该改成是酒壮庸人胆才对！我向晖，分明庸人一个……致远，对吧？在你的心中，我一定也是个……没用的庸人罢？"他喃喃自语着。

紧紧盯着江静舟，他又是苦笑一下："那天楚特派员来见我，聊了好久。他告诉我说，孙将军……他不甘心他的老班底，他的38师，他的旧部，就这样，毁在我这个……庸人的手里，他竟然想……想乘军用飞机，被空投到这里，带领他的老部下们突出重围！致远，你说，我还有什么脸……再统帅这38精锐师，这号称委座嫡系的N7军呢？"

江静舟看着他痛苦纠结的面容，忍不住温言相劝道："孙将军的话我们也都听闻了。我理解的是，他是在心疼老部队、老部下！如今的局势，岂是你向明光一人可以扭转乾坤的？宽城的危难，也绝非哪支部队，哪个将军可以力挽狂澜的？明光，你不可太胶鼓瑟柱了！书呆子气会害死你，也会害了你的部下，害垮你的军队的！"

江静舟摇晃着向晖的臂膀，有点痛心疾首地望着他喊道："你听明白了吗？你这个宁折不弯、死心眼子的书呆子！"

向晖点点头，又接着摇摇头："书呆子？不！不！你太给我面子了，你都不忍心唾骂我吗？致远啊，我知道，在你的眼中，我不仅是个没用的庸人，更像一段不开窍的榆木疙瘩！不只是你，还有很多人，包括38师中，我的一些部下们，都是这样看我的……书生意气，效死愚忠！可是谁能告诉我，如今这种情境，我该怎样办？致远，你能告诉我吗？日坐愁城，坐以待毙！不率众突围，对不起领袖栽培，长官提携嘱托；不曲意周全，维持部队建制，对不起数十万士兵的生命！是'进亦忧，退亦忧'！不战，不和，不降，不死……我都不知道下一步该怎样迈了？"

江静舟认真看着他，斟酌着语句："其实，目前所有被围在这个孤城的军人们，都在想着这个问题。只是，作为军队的长官，我们要考虑的，不仅仅是个人生死节操问题，而是我们麾下的这支军队，数万名弟兄的生命如何保全？任何人，都无权轻率决定数十万生命的存殁问题，这事关良知，事关人性！"

向晖点头："那天特派员也和我讲了这样一番道理……我这几天也都在思考这个问题，是玉碎还是瓦全？唉，生，还是死？这真的是一个千古难解的复杂纠结的问题！"

他拿起酒杯，又连饮了两杯，将手中杯子扔了，似乎痛下决心一般，愣愣看着江静舟："算了！那个问题太大太深奥了！一时半会儿的我们也梳理不清，就不提它了！致远，我今天借酒盖面，其实还有个重要的目的，是涉及咱们兄弟手足间的一个话题！我……想要你江致远的一句话！"

江静舟心中一动，似有感悟般，他表面不动声色的："什么话？"

"实话！真话！心底话！"向晖凑近江静舟，看着他的脸，露出孩子气般的纯真意味，"兄弟间的掏心窝子的话！致远，你懂我？你应该懂我的意思？"

江静舟已经预感到他今天逼问的深意所在！前面种种类类不过是铺垫而已，纵情畅饮也不过是手段罢了，今天的向明光，就在此刻，要和他江静舟摊牌！

江静舟自然感到一丝紧张的意味。不过久战敌营的丰富经验，良好强大的职业素养，此时都帮到了他，瞬间他就打定了主意，带着平和稳健的神情望着眼前的知己兄弟，淡然笑笑："明光，如果你确定你还清醒，不是在说醉话，你就明示吧，你想问什么？"

向晖微微点头："我当然清醒，我刚才告诉过你，我不过是以酒盖面罢了，不然，我实在是问不出那句话……那句压在我心底很久的话…… 致远，你应该懂得！"

江静舟冷静地摇头："你问吧，我等着呢！"

向晖分明此刻误读了江静舟。他是在万般无奈间，耍了个小小的诡计：他认为依照江静舟的性情，他应该是绷不住，会接过话头，主动挑破这个令两人难堪的话题；不料江静舟以不变应万变，反而将他逼在了无法收回话语的墙角。

可是，向晖此刻也是清醒的，这话题他也不想收，也没法收！时事紧迫，留给彼此相互试探、半真半假的游戏猜测的时间已经不多了，一切就要快刀斩乱麻，在今天，破釜沉舟，图穷匕见！

向晖怔怔看着江静舟，许久不作声，他摇着头，轻叹着，声音几乎听不清楚的一样微弱："致远啊，你真是狠心！就不肯稍稍顾及咱们兄弟情分，让我半分吗？非逼我做此不仁不义之举吗？也罢，既然是肝胆相照的兄弟，我又好歹大你几天，不妨就让我来……挑头……做这个恶人吧，无论如何，今天既然问出这句话，从兄弟情分上说，就算我向晖对不住兄弟你了！"

他深深吸了一口气，仿佛给自己汲取了一股力量般的无奈和纠结，他不敢再看江静舟的眼睛，用几乎是勉强能听到的微弱声音，问出了至关重要的那句话。

"致远，你……究竟是和我们一条心吗？"

这句话蓦然听闻貌似轻描淡写，甚至是语焉不详，但是在两个当事人心中，已经像扔下了一枚惊雷，所有的痛苦、纠结、难堪、疑虑、担心、恐惧、悲哀、决绝……种种的情绪，都在这一刻绽放出或缤纷或狰狞的面目！

江静舟微微仰着脸，从表面上看不出任何慌乱、紧张的表情，尽管他的内心，已经卷起万丈狂澜！他当然知道向晖这句问话的深刻含义，他更明白此种境地下他这番问话的意义所在！身为 N7 军主官的向晖，他这是在摸他的底细，在拷问他的身份，他的真实面目，这就绝非兄弟猜忌这般简单了。他的身份的确认，不仅是这段兄弟情谊的感情思绪安放所在，更可能会影响到向晖下一步的抉择，他和他的军队，数十万条生命的抉择！

那么如今他——江静舟的回答有多重要，有多敏感微妙，就是一件不言而喻的事情了。

江静舟明白，无论从自身安全，还是从策反大局上讲，他的回答都只能有一个，而且要斩钉截铁般毅然决然地回答对方！可是，此情此景下，所谓的知音情谊，兄弟情分，兄弟手足间的真实、坦诚、信赖的情结，也是让江静舟心潮难平，纠结难言。

江静舟看着向晖，后者自从问过这个问题后，就一直垂着头，似乎心中有愧，很怕和他对视一般。江静舟心中不由得既疼惜又埋怨："这个书呆子，难为他期期艾艾问出这样的一句话，仿佛自己比回答者还要纠结一万分！唉，这又何苦来？"

可是江静舟也明白这句问话对眼前这个挚友弟兄的重要性。与其说向晖在等着一个真相，不如说他在为自己找一种信心，一种救赎的同理之情！

想到这里，机智敏锐如江静舟，反而心情格外平静下来。是的，在他的心中，信仰的力量永远是无穷的，也是无敌的。为了任务，为了使命，他不会原谅和容忍自己的半点犹豫和懦弱！更何况，如今在他们的面前，还横亘着一座城池的安危，双方军队的战与和，数十万条生命的存殁？

江静舟永远是在最窘迫危急的时刻，会顿生愈战愈勇的豪气和智慧。此刻，他用清晰平和的语气，坦然回答着他的生死兄弟。

"明光，我不知道该如何回答你这个问题。俗话说，兄弟同心，其利断金！我明白你此刻问这句话的含义，你不必自责不安，我也不会纠结难言。我只想说的是，在这个危难时刻，我们手中可能攥着数十万人的性命！我们除了肝胆相照，同舟共济外，还能做什么？从这个层面上讲，你说，我们是一条心吗？"

向晖抬起头来，痴痴望着江静舟："那么我可以理解为，我们是一如既往的肝胆相照、荣辱与共的兄弟吗？永远不存在欺骗、讹诈、背叛、伤害……"

江静舟点头："从刚才说的大义上讲，我们必须襟怀坦荡，相互依存！别无其他选择之可能！我当然希望能和你同荣辱，共进退，包括封军座在内，也都希望陆十军能和N7军一起，绝境逢生，获得生机，保全了这数十万弟兄的生命！"

向晖认真地点着头，但是他仍呆呆地看着江静舟，好像要从他的脸上再看出一份答案，一重保证。

江静舟的脸色平静如水，他那细长锐利的眸子里，也满是水波不兴的安宁神色。

"好的，致远，我信你！"向晖轻轻舒了口气，略带孩子气般满足而释然地笑了。

"明光啊，我理解你，知道你目前纠结愤懑的情绪所在。可是，在一些大原则、大方向、大抉择方面，我希望你……能慎之又慎！还是刚才所说的，在我的心中，顺应形势，审时度势，如何最大限度地保全这座城市的百姓的生命，这数十万部下、弟兄的性命，就是我们目前最应该关注和重视的事情！其他的一切，小我的荣誉，个人的私谊，和这几十万条生命，一座城池的安危相比，都是微不足道的！如果说到祭献，说到殉道，我愿意心甘情愿地献出这样的东西，去义无反顾地殉这样的道义！你真的明白我的意思了吗？老向？"

向晖默默盯着江静舟，微微颔首："但是兄弟究竟是兄弟？这份真情本不应该掺杂太多的别的色彩的东西？"他甩甩头，下了很大的决心一般："不管其他了，致远，反正我选择相信你！无论怎样，我都会和你站在一起！"

他这番话说得斩钉截铁般决绝，这原本应该是江静舟最想得到的结局，可是参透内情的江静舟心中莫名涌起的，都是凄凉不安的情绪，他一时竟然无话可答。他似乎已经悲伤地预感到，他和向晖的友情间，已经埋下了一颗令人担心和忧虑的定时炸弹。

在向晖那里却是另一番感受。好像放下了千斤担子一般，向晖长长嘘了口气，激动的情绪略微平复了些，他心里又涌起一丝愧对面前兄弟——江静舟的歉意来。

他捡起被自己扔在桌子上的酒杯，重新为两人斟好酒："来，致远，为你刚才那句'兄弟同心，其利断金'咱们再干一杯，一切都在酒中了！"

喝完这杯，江静舟把他的酒杯夺了过来，不再让他碰酒了，又逼着他吃了些菜，喝了一碗汤。看他已是酒醉无力的样子，江静舟体贴地劝慰道："好了，你今晚就歇在我这儿吧，我去给嫂子打个电话。"

向晖拉住他："不行，不行！你刚才在城门那里都说了，今天是中秋啊，我家还有三个月亮在等着我呢？"他嘻嘻笑着，对江静舟摇摇头。

顾倾城进来，看着向晖异于往常的样子，觉得有点吃惊，她低声对江静舟道："卢副官来了，来接副军长的。"

江静舟点头，对她道："你去叫宁松也过来吧。"

宁松进来，看到向晖酒醉的状态，也是吃了一惊："爸，爹爹他……怎么喝了这么多酒？"

"他难得放纵一回啊！你们不知道，他的压力太大了！"江静舟郑重嘱咐儿子，"这样，小松，你陪你爹爹回家，今晚就住在他家吧，好好照顾着他，路上也要小心些！"

宁松点点头，和进来的卢筱生，还有一个卫士一起，将向晖扶到了车上。

"爸，您放心吧，我会好好照顾爹爹的！"宁松对父亲说了句，也上了车。

看到车开走了，江静舟还在沉思中，他不知道，今晚两个人之间的交心之谈，会在他和向晖的情谊史上意味着怎样一种转折？是转机，还是……根本就是一种可怕的陷阱？

一旁顾倾城幽幽说道:"这是怎么了? 这么多年了,从上海到东北,我还是第一次看到向将军这般状态呢。"

江静舟微微叹气,没有回答她,看着她忧心不安的神情,倒想起另一桩心事来,便低声道:"倾城,你跟我来,我有话同你说。"

第十六章　会议狂飙

　　"小薇啊，我们失去的战友和亲人太多了，我们的心都痛得麻木了，只要有条件、有机会，在这个黎明前的早晨，我们都应该选择活下来，去迎接胜利，共同分享革命成功的喜悦！答应我，小薇，无论将来发生什么事，哪怕我……我们这些人都不在了，你也一定要完成我的这个念想，好好活着，亲眼看看咱们的新中国，代替方城，代替我们中的很多人，去看一眼那个美好的新天地！"

　　小书房中，江静舟向顾倾城说明了他的想法，准备送她到解放区去。

　　"什么？最近吗？马上？让我……离开你？"顾倾城惊得站起身来。

　　江静舟忍不住横了她一眼，微嗔道："你看这丫头的话，什么叫离开我？是离开险境！懂不懂啊？"

　　他换了和缓的口气道："也不是马上，但是会是在最近。小薇，我说给你这话，是让你做好准备，随时可以走！"

　　"不行，我不走！最起码在你的大事完成前我不能走！"顾倾城重新坐下来，嘟着脸，一副赌气的模样，也不再看对面人的脸色。

　　江静舟看着她直摇头，耐下性子劝道："近期我身边发生的一些事，你也看到了，一些危局险境，你也心下明白？更重要的是，你现在还算是保密局的人，你难道看不出你目前面临的危险是什么吗？下一步，胡文轩就会利用你来对付我，或者是利用你来要挟辖制我，这一点，想必你也清楚？我让若飞找你谈，他告诉你真相了吗？"

顾倾城低下了头，嘟囔道："他都和我说了……"

江静舟带点埋怨的神色望着她，摇头叹气："唉，你看你，我还以为若飞没来得及告诉你，既然你知道了一切内情，怎样还是这般不服从？这个别扭劲儿，哪像个军人？还特工呢？毫无警惕性和预见性！"

顾倾城心里明白，但是情意难解，就挣扎着辩解道："哥，我了解你的难处，可是，我自会想办法化解这种不利形势！你说得对，我是个特工，那么我就有我的专业素养和应变能力，我会对付胡文轩和他的组织的！而且，现在是危急时刻，步步惊心，留我在身边，多少会帮到你的！哥，求你，让我留下来，我要跟着你！"

此时的一声声"哥"虽然依旧叫得情深意切，却没能像往常那样打动江静舟的心，目前的艰险形势，让江静舟心硬似铁。他摇摇头，决然道："不行，这次的局势不比往常，不可预料的情况太多了！你留下，很可能不是帮我，而是在制约我！何况，毕竟是个女人，我不会让你身涉险境的。这无论如何都不行，小薇，你必须走！"

"致远哥，求求你让我留下来吧！我说过的，我要永远跟着你，你就是我的亲哥哥！哥？哥！"顾倾城急切下，娇唤声声。

"再叫哥也没用，如今就是叫叔叔，你也得走！"江静舟硬下心肠不看她殷切期盼的神情，摇头道，"小薇，服从吧，一切服从大局！如果你真的想加入我们这个组织，那么从现在起，你当要学会以大局为重！"

看着他坚毅冷峻的面容，顾倾城最后的一丝希望也破灭了。她怨念着瞪着江静舟，眼泪哗哗地流了下来，她伤心地俯下身去。

看着捂住脸抽泣不已的顾倾城，江静舟心中也不好受，他沉思片刻，走上前去，拍拍顾倾城的肩膀，语气放缓道："小薇，你听我说，有句话放在我心里已经很久了，既然分别在即，今天我就说给你听。你知道的，你的哥哥方城，他不仅是我的同志，我最亲密的战友，还曾是我最贴心信任的亲人！他就像是我的亲兄弟一样，伴随我度过了多少艰难凶险的卧底岁月！他跟在我身边，完成了许多危险艰难的任务，最后，竟然是由于我的决策失误，让他……这一直以来是我心底永远的痛！我欠我这个兄弟的，永远有一份歉意横亘在我的心头！"

江静舟的眼眶湿润了，他看着顾倾城，语气沉重而有力："什么时候想起方城，我都心痛难忍！你是她的亲妹妹，也就等于是我的亲妹妹！自从你来到我身边的那天起，我就发誓要好好保护你，代替你的哥哥，护你今生安全！后来，你又加入到我们的工作中来，你更是我的战友和同志。无论从哪方面论，我们如今都是亲人！你和沈冰都是我的妹妹，我绝不允许悲剧重现，你再蹈她的覆辙，遭遇任何不测，失去鲜活的生命！小薇啊，我们失去的战友和亲人太多了，我们的心都痛得麻木了，只要有条件、有机会，在这个黎明前的早晨，我们都应该选择活下来，去迎接胜利，共同分享革命成功的喜悦！答应我，小薇，无论将来发生什么事，哪怕我……我们这些人都不在了，你也一定要完成我的这个念想，好好活着，亲眼看看咱们的新中国，代替方城，代替我们中的很多人，去看一眼那个美好的新天地！"

"哥！"顾倾城再也忍耐不住，她回身抱住江静舟，匍匐在他的怀中，哽咽着说，"哥，我听你的，一切都听你的！"

江静舟拍着她的背，劝慰着："你做好准备吧，这次你们会是几个人一起走，你身上还肩负着任务呢。"

顾倾城擦干眼泪，直起身来，望着江静舟的目光变得坚毅起来："哥，你放心，你交代的事情，我都会不打任何折扣的去完成！只希望……你自己要多保重，我们一定还会相聚的！"

江静舟自信地笑了："那当然，我也想亲眼看看咱们的新中国呐！"

随着解放军重兵压境，东北战局发生了急剧变化。蒋总裁曾三次发布手令，措辞严厉，急令郑域国部实施突围。郑司令召集 N7 军和陆十军高级军官召开军事会议，研究突围事宜，除了封正烈、向晖、江静舟以及 N7 军、陆十军师以上军官外，督查特派员楚天舒和保密局宽城站的胡文轩、朱孝义也到会。

会议进行了一段时间，诸位军官都是无精打采、垂头丧气状。个个沉默不语，心怀忧戚。会上数度冷场，一股无法排遣的萎靡不振的颓丧悲凉气氛充斥其间。

郑域国看看众人，长叹数声，转而看着身旁坐着的楚天舒，轻声道："委座对近来我部突围不利的形势颇有微词，尤其是前次 38 师突击出城，几乎是不战自溃，委座极为震怒，据闻有所特别训示，请特派员指示一二？"

众人都看向楚天舒，听着这个话题，又不由自主地看看向晖，向晖脸色严峻异常。

楚天舒面带尴尬、不忍之态，沉吟片刻，看看郑域国，对众人轻声细语道："前次突围失利，原因自是多方面的，目前形势窘迫之态，想必中央是有耳闻而无亲见。天舒来到宽城也有段日子了，对眼下局势也算亲眼看见吧，如今城外共军兵力雄厚，而我军是围困已久，粮草缺乏，兵无斗志，要谈突围实属不易！我在想，会尽快做出报告，向国防部以及委座进言，说明困顿状态，以求再图之策？"

郑域国微微摇头："特派员毕竟年轻，心慈面软呐！也算是给我们第一兵团的这两个军留够面子了？无论如何，总是我们辜负了领袖托付，未能完成剿共大业，反而身陷孤城，几近垂亡之态！委座严令云——现共军纵队被我军吸引于辽西方面，你部应立即实施突围行动，现机油两缺，尔后即令守军全成饿殍，亦无再有转进之机会！如再延迟，坐失良机，致陷全般战局于不利，你部副司令、军长、师长等即以违抗命令论罪，会受到最严厉之军法制裁！"

众位军官听了，都是面露不甘激愤之色，却又不敢多言，均垂首不语。

郑域国又望向封正烈："封副司令如何看待委座手令？"

封正烈勉强笑说："既然是委座下了死命令，我们作为部将还有何话说？军人以服从为天职！眼前的部队状况司令也不是不知？总之突围是死，不突围亦是死，横竖是死，索性拼死向外突吧？大不了和这里的诸位一起玉碎罢了，倒也落得个'党国忠臣'的名声！"他说罢，自谑一笑。

郑域国摇头："正烈兄这话实在是悲观透顶了！作为军事主官，怀揣着这样必死无疑的颓废思想，又如何去指挥部队，鼓舞士气？这仗还怎样打呢？"

封正烈笑道："司令莫怪属下悲观颓丧吧，您难道看不到眼前这个客观现实吗？属下不过是实话实说罢了！就拿我们陆十军来说，目前已经是怎么一种状态了？"

他转身回看江静舟："致远，你是我主力183师师长，我这两天让你去基层部队考察情况，究竟是怎样一种状态，你来给司令长官说说吧，就说说你看到的真相？"

江静舟点头："是！我军断粮已久，士兵几成饿殍，思想委顿不堪，人心浮动。依照目前军队的状态，就算能够侥幸突出城去，即便不落入共军包围圈中，这七八百里地，中间没个国军接应，估计也是个非亡即散的结局。况且，城中饥馑状况已久，我军官兵目前大都腿脚浮肿，不要说打仗，就是光行军走路都成为问题！所以种种表象说明，正如刚才封军长所说的那样，待在城里固然是个死，突出去……却也未必有生机！"

听了他的话，诸位军官触动心思，交头接耳中，不由纷纷点头叹息。

胡文轩却蓦然冷笑起来，不由得跳出来发难："那该怎样办？按照江师长的意思，守也不能守，突也不能突，莫非只有一条路好走了？不如就地缴械，投降共军？"

他看看众人，再次对着江静舟冷笑数声道："这恐怕是某些亲共分子的思维逻辑吧？甚至我可以怀疑是共党嫌疑分子日积月累做下的功课吧？所谓千里长堤，毁于蚁穴，堡垒往往都是从内部攻陷的！老话更说得好，雪里终究埋不住死尸，江师长在这样危急时刻说出此等话语，再联系上以往在你身上出现的种种不好解释的现象，我看很耐人寻味呀？诸位长官同僚在此明鉴，恐怕如今江师长想要自清不易！"

"哦，是吗？"江静舟一挑剑眉，坦然笑道，"现在都到什么时候了，胡站长还是一如既往的尽职尽责，拿着共党嫌疑分子的大帽子在到处找买主呢？你对我的恶意诽谤、无中生有的诬陷迫害也不是一天半日的了，在座各位心里多少都有一本账！既然你如此处心积虑地一定要将这共匪的红色烙印刻在江某脸上，何不来个干脆利落的？就在当下，就当着司令长官的面，将江某抓了？反正你也跟没头苍蝇般忙了这大半年了，整日嘴里喊着剿共防共，到末了却从未抓获过一个真材实料有价值的共党分子！我分析啊，估计不冤枉错杀几个，你是不好向你的上头交差吧？"

"江致远，你？你以为我不敢吗？"胡文轩气得站起身来正欲进一步回击，坐在他对面江静舟身旁的封正烈已经拍案而起："这也太过分了！这是在研究军事战略战术问题，你一个政训人员在这里大放厥词，对我临战军官肆意进行人身攻击，是何道理？"

他看向郑域国："司令，不知今天下面的话题还是否有关军事布局？如若不然，我等不如先行告退，回去切实研究些对策，也好过在这里听一些逆耳的闲话、废话、气话!"

郑域国用手做了个安抚他的姿势:"封副司令先消消气,少安毋躁!今天是大家议议目前亟须采取的军事行动,也是在座诸位的前途命运问题,我自然格外要看重你们这些军事主官的意见,大家都需要心平气和些吧!"

他又看向胡文轩:"胡站长,凡是要讲求证据,不可胡语妄言!你们一个个的,还是要顾忌体统,都是在一条船上行走的人,都是党国高级将领,说话要有礼有节,有凭有据!何况,国防部的督查特派员还在这里呢!"他看看身边的楚天舒,微叹了口气,白了众人一眼。

楚天舒平静地一笑,暗暗咬住了嘴唇,似乎在看一场好戏一般。

向晖一直沉思不语,郑域国此刻却看向了他:"目前是在商议如何突围的问题,我自然要看重带兵将领们的意见!"

他的这番话,让胡文轩泄了气般地坐下来,坐在他身旁的朱孝义也不满意地皱皱眉。

郑域国看着向晖,直言逼问道:"向副军长,有关突围的事情,你怎样看?"

所有人都看向向晖,向晖颔首沉默,片刻抬起头来,语气近乎没精打采、有气无力状:"司令长官是想听属下的心里话吗?"

"当然!我要听实话!你心里的实话,你们在座诸位将领的心里话!"郑域国几乎是低声吼道。

向晖用无奈和悲悯的目光巡视了一番众人,微叹道:"老实说,现在突围是根本突不出去了!这点不用向晖多言,在座诸位心中自然都是明镜似的?如果勉力为之,不过是以卵击石……无辜死伤数万弟兄罢了!"

听了他的话,郑域国颓然以手敷面,长叹不语。诸位军官也是感同身受,长吁短叹,个个做无奈悲催状。

一旁朱孝义早就坐不住了,此刻他忍不住站起来高声诘问道:"为何作此颓丧不堪之语?列位都是党国将军,还有点军人骨气和气节吗?"

他几乎是扑到向晖面前,用激动得有点变调的声音喊道:"向副军长,我是N7军政训处处长,实在是遗憾你——N7军现任军事主官是这般状态!你莫要被共党的嚣张气焰吓破了胆,我们要和他们血战到底!我们必须突围!拖也要把队伍拖到长白山上去打游击!是的,共党不是靠打游击起家的吗?我们今天就来个效仿之，以其人之道还治其人之身！"

向晖听了此话，微微冷笑，并不答言。众位军官也是漠然，一些军官显然对他这番话不以为然，摇头不已。江静舟甚至公然甩给他一个轻蔑的眼神，仿佛在无声地说："你这个不会带兵的家伙，又懂得什么？"

朱孝义看到这样的情形，多少有点恼羞成怒的感觉，他顾不上别人，只是用发红的眼睛紧紧盯着向晖的脸，牙缝里挤出一句哀怨之声："38师，赫赫有名的精锐之师啊，昔日抗日战场上的虎贲之师！名将孙将军的麾下老班底！如今竟然……哼！难道N7军就这样无用吗？！"

是可忍，孰不可忍？向晖闻言，猛然站起身来，他的脸色严峻冷酷得有些吓人，他并不发一言，只是用利刃般的眼神狠狠瞪了朱孝义一眼，起身略整军装，然后愤然拂袖而去。

郑域国和诸位在场的军官都愣住了，他们似乎没想到一向斯文儒雅、内敛谦和的向晖会有此等决绝之态。江静舟在心中暗暗点头感慨：向明光啊，你今天终于清醒了罢？

朱孝义被向晖的愤然离去弄得有些尴尬难堪，他凑到郑域国面前，像个怨妇般低声絮叨着："您看看，这都是什么态度嘛？司令啊，说句实话，我军能落到如今这般不堪境地，就是长期不重视政训工作的恶果！思想不统一，意识不纯洁，立场不坚定！某些带异党可疑色彩的人，公然混迹在我们中间！而某些人呢，又竟然和共党嫌疑分子长期划不清界限！况且，这些带兵的将领，骄矜自大，跋扈狂妄，从来不把我们这些号称异党分子清道夫的政训人员放在眼里……"

郑域国目前心中全部装的都是突围大事，也无心去听他这番牢骚话，只是挥挥手，暗示他坐回自己的座位上去。

胡文轩看到朱孝义吃瘪，觉得自己不便再沉默下去，便跟着进言道："司令，不管怎样，依卑职的想法，我们必须要贯彻执行委座的训令，力争突围，哪怕拼至一兵一卒，也在所不惜！决不能向共军妥协，必要和他们拼个鱼死网破！"

江静舟闻言，忍不住摸着鼻子笑了："鱼死网破？大白天说梦话！依目前形势看，分明是鱼必死，网却未必破……"

一众军官听了，都深以为然，众人交头接耳，边苦笑着边点头附和。

胡文轩大窘，恨恨道："江致远，你这是公然为共军张目，你意在何为？！"

江静舟一拍桌子站了起来，愤愤然朗声道："刚才总司令说了，目前是在问策于带兵将领们的意见，他要听的是实话，真话，是在座诸位的心里话！如今城里城外的形势如何？我军各部兵士的状况如何？共军的威逼形态如何？远不是你们这些坐在办公室搞搞密信密件，在部队中互相猜忌、打打小报告的政训人员所能了解的吧？就算是突围，也是我们这些人冲在头里，迎着共军的炮火上！你们这些躲在我们身后的人，有什么资格在这样的军事会议上大放厥词，指手画脚，不可一世，上蹿下跳？说来说去，净说些没用的空话、假话！不关痛痒的虚话！站着说话不腰疼的风凉话！"

　　"就是！能不能突围出去，寻一条生路，只有我们这些具体带兵打仗的人才心里明白，光在这里喊一些高调的口号有用吗？"

　　"突围？怎么突啊？凭哪样突啊？这阵势，哪里算鱼死网破啊，明明是以卵击石嘛！"

　　"弟兄们各个面黄肌瘦，腹中空空，还有什么气力来突围呦？"

　　听了江静舟这番话，在座的诸位军官们是齐声附和，各怀心事，摇头叹息，一片哀叹之声。

　　郑城国也是心绪大乱，心灰意冷，看着众人这般颓丧之态，怨声载道的情态，也无暇细究，只是紧锁眉毛，沉默不语。

　　胡文轩原本是极为尽职尽责之人，对自己的政训职能甚为看重，此时看到他和朱孝义都未能占到上风，反而是江静舟的消极论调引起在座军官的广泛共鸣，心中是愤懑不平，恨意暗生——想他江静舟一个昭然若揭的共党嫌疑分子，竟然在此危难时刻，在国军内部暗箱操作，扰乱军心，意图不轨，必将对党国大业造成不可挽回的损失！虑及此，胡文轩是心急如焚！

　　于是，他不顾众位将领的纷纷议论，再次站起身来，毅然决然地对郑城国建议道："司令，正值党国危难时分，我们政训人员必要临阵发挥中流砥柱作用，从思想上统一认识，加强政治训导，严格军风军纪，严防共党分子散布流言蜚语，渲染畏战避战情绪！我建议，危急敏感时期，当采取必要手段！对某些动摇退却分子、萎靡消极人员可用重典予以惩戒，对一些心怀不轨，危害党国大业的人更可杀一儆百，以儆效尤！司令，您看……"

　　江静舟听了这话，微微冷笑，看看封正烈，后者早就按捺不住，此刻站起身对郑域国道："既然目前说到政训工作而非军事布局，我等军事主官就告退了吧？各位部队里还有一大摊子军务在等着处理呢！"

郑域国忙出言拦住封正烈："正烈兄先莫走，这政训工作也事关各个部队，更需各位军事主官协调配合，我看……"

胡文轩也附和道："司令说得是，各位不妨听听我们这方的想法……"

几方正在争执辩论中，却不料一旁一直默默不语，平静看着这一切的督查特派员楚天舒突然发难了。

"够了！诸位都太过放肆了，莫再这般争执较量下去了！"楚天舒突然高声喝道，他的语气高亢严厉，自然有一种特殊的震慑力。

事发突然，包括郑域国在内的诸位军官都愣住了，所有人的目光都投向这个年轻的督查特派员身上！

楚天舒的神情严酷冷峻，一层不怒自威的冰霜之气挂满在他俊朗秀气的面庞，细长的眸子里也射出寒气逼人的光芒。他稍稍放低了声音，但语气却依旧是冰冷浸人，像是才从冰窖中拎出来一般："刚才郑司令长官曾经有言，谓天舒年轻，心慈面软？其实我不过是因身处危城已久，了然局势，不忍肆意行使威权，加责苛求诸位军事长官罢了！不料听了刚才诸位一番争论，委实让人无法容忍，难再缄默！"

他用严厉的目光扫过众人，语气仍然带有令人心悸的威慑力："目前共军大军压境，委座再三布局谋划 N7 军、陆十军突围未果，局势堪危，几成倒悬！谁曾想，诸位将领不思精诚团结，一心御敌，反而萧墙祸起，兄弟倾轧？都到眼前迫在眉睫的地步了，还在为一些个人私利，旧时恩怨喋喋不休？！以这样离心离德，各自为政，相互猜忌，互相攻讦的局面，试问如何抵御得了共军的虎狼之师？哼！依我看，此役不必败于饥馑，不是屈于共军强大攻势，只需这般自我消耗、倾轧之举，就足以毁我长城，毁我党国大业！军官尚且如此，兵士的颓丧作风更可想见一斑！真所谓为渊驱鱼，为丛驱雀！难道诸位就想这样继续闹腾下去，内部先自崩溃瓦解，然后坐等共军来攻城略地不成？！"

他回看郑域国，郑重地说道："郑司令，属下实难继续容忍下去！贵部目前之状况着实令人齿冷心寒！难不成我要将今天听到、看到的这一切，如实笔录下来，形成报告，上报国防部，呈上委座跟前吗？纵观贵部各位部将今日之行径，让天舒心有戚戚，坐立不安！说句唐突无情的话吧——我替委座寒心，更替诸位汗颜！我先告辞，你们继续！"

他说完，愤然转身而去，扔下诸位军官面面相觑，不知所措。大家似乎才发现，也才明白过来，原来这个看似谦和儒雅、文质彬彬的年轻督查特派员也是有着这样大的脾气的！

郑域国望着他毅然离去的背影，不禁哀叹："这样下去，终究如何是好？唉……"他挥了挥手，解散了这次军事会议。

楚天舒出了司令部大门，和他的卫士正向外走，忽听旁边有人唤："七少爷！"他回头一看，一名青年军官向他走来。

看着这名微笑着向自己走来的年轻军官，一名少校，楚天舒微微愣住了，他辨认了半晌，才记起是出自他们楚家的一名青年。

"怎么会是你，楚成？你怎么也来东北了？"

楚成笑着向楚天舒解释了他的一番经历。

他原是楚家世袭的一个老仆人之子，后来在楚天舒的四哥田宇中将提拔下，做了他的卫士，之后因为枪法身手都出众，田宇将他送给了孙将军。当他随着孙将军视察N7军时，又被李军长看中，从孙将军那里讨来做了自己的副官。随后，跟随N7军来到东北，李军长卧病，就将他推荐给了郑域国司令做卫士营营长。

听了他这番讲述，楚天舒笑了："你是一仆几主啊？我都被你说晕头了！"

楚成笑着解释："不管走到哪里，我都忘不了楚家这个根呐！尤其是四少爷对我的提携，终生不敢忘怀的！还有您，七少爷……"

楚天舒笑笑："你如今是郑司令的卫士营营长了，责任重大，好好干吧！"

楚成忙点头："我记住了，七少爷！"猛然又记起彼此的军人身份，忙立正敬礼："是，特派员！"

楚天舒淡然一笑，挥挥手走了。

晚上，江静舟在办公室和楚天舒聚谈，议论了白天的会议情形，正说着，程睿来了。

江静舟笑道:"是我叫程处长来的,原本说只是咱俩单线联系,以确保你的安全,目前任务艰巨啊,必须要咱们几个人碰头议议了,所以我挑了程睿进入咱们这个圈子。"

程睿看着楚天舒,微笑着招呼:"云雀同志,您好!我们一直盼着您来呢。"

楚天舒也笑:"能和程处这样坦白身份相见,我也很高兴啊!起码不会像在上海那时的剑拔弩张了?"他戏谑笑笑,露出孩子气的顽皮神情来。

想起前情,程睿也忍俊不禁:"是啊,是啊!那时候,差点闹出大误会、大乱子来呢!那次你来我们警备师搜查电台,那种气氛……啧啧啧!"程睿是又好笑又后怕。

"是的,我至今都记得程处你当年的那副神情。你看着我几乎要冒火的眼神,还有你的手始终放在口袋里,我都猜得出那里面的那只乌黑手枪的狰狞样子……"楚天舒笑起来。

"唉,幸亏啊!真是后怕!要是当时继续误会下去,无意中伤了你,我……简直是万劫不复,罪不可赦了!"程睿轻叹。

"何至于?"听了两人的回忆讲述,江静舟大笑,"你们二人都是最优秀的特工,自然能从容化解这些险情的吧!何况当时天舒是明白内情的,知道你程睿是自己人,依他的专业素养和这一身的本领,自会轻松自如地采取措施,不但自保,且要保全你呢!"

程睿听了,信服地点头。

江静舟又对楚天舒道:"不过,当年倒是程睿第一个发现你的异样,向我提出了警示的。毕竟你们都是受到过专业训练的,自然嗅觉比别人敏感些!"

"所谓殊途同归吧?"楚天舒笑了,对着程睿幽默地一抱拳,"能这么快识破天舒真面目,实在是让在下佩服!"

"我当时也不过是一番猜测而已!你这位高级特工,技艺高超,神龙见首不见尾的,我们都被你瞒了好久!"程睿也笑,"无论如何,如今总是一个战壕的战友了,甚慰!甚慰!"

三人说笑着,将话题自然转入到近期工作上。

楚天舒向江静舟和程睿说到自己这段时间以来在N7军所做的工作,从38师陈师长开始,他已经联络上了N7军各位高级将领,摸清了大家目前的想法,都对突围几乎不抱幻想，希望能有机会和"对面"接触一下，谋求生路。程睿也谈到陆十军诸名师团级军官已基本统一了思想，准备和解放军和谈。封正烈已将具体和谈任务交给了江静舟和程睿。

程睿笑道："这也太有意思了！要是我和师座去谈，岂不是共产党和共产党在谈判吗？"

江静舟嘱咐道："关键是和谈条件。你先拟出来，请军座看了以后再说。这边的和谈代表倒也罢了，都在咱们可以掌控的范围内，可是那边的老家代表，这来去安全的问题，就要格外注意留心了！"

他又看着楚天舒："目前着重先解决陆十军问题，这边的情况相对要单纯些，毕竟封副司令已经思想转变过来，愿意积极迈出这一步。那边N7军，要重视师团一级将领思想工作，对向明光，还是不能太操之过急，只怕物极必反，不能过早暴露咱们的具体计划。"

楚天舒点头道："目前他的思想触动很大，起码对突围行动很有抵触情绪，也愿意在最大保全部队建制情形下进行一些努力。但是，距离走上和解放军和谈，走上自新道路，还有一段距离。"

江静舟沉吟："前两天，封军座已经去探望了正卧病在床的N7军的主官李军长，也摸清了些情况，做了些工作，加之天舒的一些努力，目前看，N7军上下拒绝继续突围、放弃拼死抵抗已经是达成共识，我在想，只要陆十军这边和老家的和谈进展顺利，一旦起义成功，那么顺着解决N7军的问题应该是有把握的！当然，咱们这两天还要加紧这方面联络工作，再加上一把火！"

他看着楚天舒："不过，我现在要说的，还有另外一个问题。天舒，你这边对N7军部分重要军官的联络沟通问题已经完成，下面，你就把具体实施的问题交给程睿去办理，其他再进一步的工作，你不宜再进行下去吧？毕竟你的身份特殊，目前你还绝对不能有丝毫暴露之嫌！况且，也许……你还须做好接受新任务的准备？"

楚天舒敏感地看了他一眼，默契地点头，微笑道："您是接到老家什么指令了吧？"

江静舟点头："不错。昨天收到老家指示，云雀同志的使命已经完成，希望我们配合你择机离开宽城。"

楚天舒轻叹一声，脸上露出一丝羞赧的神情来，他认真坦诚地为眼前两个战友解释道：

"其实老家这条指令是基于我目前在国民党这边的身份而言。我的四哥，主要是出于兄弟情分，加之家慈的压力，已经和国防部打过招呼，招我回南京。你们知道的，目前这边已经到了最后拼死阶段，他们认为督察特派员的指导作用已经意义不大，所以调我回去。"

说到这里，他自嘲地笑笑："昨天我四哥和我通了电话，按照他目前承受的亲情压力，他恨不能从沈阳派架军用直升机快速直接地将我接出宽城……迫于此等形势，我向组织发电请示了，老家指示可以顺势而为，让我回到南京或者上海，去担负新的任务。"

"唉！"他忍不住微微叹气，"可是，你们不知道啊，我是有多想和大家能够继续战斗在一起？能亲眼看到宽城守军的倒戈起义，宽城迎来黎明！"

江静舟理解地点头："我也认为，按照你的身份和条件，在目前各个战场最微妙的时刻，应该有更重要的任务在等着你。天舒啊，服从上级安排吧！今天我找程睿来。也是想让你把手头 N7 军的工作交接一下，你已经很好地完成了你在这边的任务了。尤其是你利用家族资源，对向明光以及 N7 军高级将领所做的思想工作，是颇有成效！现在的形势对我们很有利，可谓万事俱备，只欠东风！这个东风，就是陆十军和咱们那边的顺利和谈！总之，大局已定，天舒，你就放心地走吧！"

楚天舒点头，沉吟不语。

江静舟笑笑，看着他继续鼓励道："我时常在想，我们这些人，就像那一块块砖头一样，经常会依据任务和使命，搬砌在我们革命事业大厦的任何地方，任何角落。我们要做的，就是永远的坦坦荡荡，心甘情愿！"

他这番话，感染打动了两个年轻的地工战友，他们都点头不已。

程睿看着楚天舒："天舒，你打算什么时候动身？"

楚天舒思索着："再过两天吧，我今天在司令部意外碰到一个人，他是我们家的一个仆人之子，目前在郑域国的卫士营任营长，我想，我要找机会在他身上也做做功课，在关键时刻也许会派上用场？"

另一场离别却已到来。

江静舟官邸中，顾倾城在不停地向乔思扬交代着事项。最后，她拿出一个白色的小药瓶，递给乔思扬："这个是止疼药，应付头疼病的。你也知道，每逢阴雨天，他的旧伤会时常发作，他身上是带有这种药的，可是我还是常常会在自己身边备上一瓶，以防万一。不过，这种药也是有副作用的，不能长期服用，能不用时最好别用，你要提醒他，提醒他吃药，也提醒他尽量少吃药！"

乔思扬不由咧嘴："你把我都闹糊涂了，顾姐？究竟是让师座吃药，还是不吃药啊？"

顾倾城的眼泪却不争气地流下来，她忙扭脸拭去。

乔思扬同情地望着她："顾姐，你别难过了，你放心走吧，我会照顾好师座的！我保证，向你，向所有人！"

顾倾城恨恨地剜了乔思扬一眼，语气酸酸地："你知道吗？乔思扬？我现在最嫉妒的人就是你了！我恨不能……咱们互换一下身份角色！"她的眼泪又流出来，却看到江静舟走了过来。

看到乔思扬离开了，江静舟盯着顾倾城的脸看了片刻，看到她脸上的泪痕，心中也自是不好受。近三年时间的朝夕相处，顾倾城真的像他亲妹妹般体贴和温柔，曾经带给他无限温情，让他有了家的感觉。如今这场分别，也带给他骨肉分离的深刻痛苦。

他默默看着顾倾城，勉强笑道："小薇，一路上要小心，毕竟你们带着几个孩子，你和靳鹏的担子不小！不过，好在你两人都是经过特殊训练的人，枪法身手都很出众，我也放心不少。"

"有那么多人接应，我们这一行倒是没有什么的。哥，我是担心你这边！"顾倾城紧紧盯着江静舟，眼泪忍不住再次滑落，"现如今你这里才是龙潭虎穴，一切都未知……那些人，针对的主要目标就是你了，我是一万个不放心，也不甘心！"说到伤心处，她忍不住嘤嘤地哭出声来。

江静舟上前拍拍她的肩膀，笑着劝慰道："好了，好了！小薇！你这样子一路娇气起来，都让我认不出当年那个飒爽英姿的女特工形象了？你看，目前我又不是孤身战斗在这里，有这么多的战友围绕在我身边，你又担心什么？"

他笑着打趣道："你没看到吗？那个许若飞许大团长成日就在盯着我的安

全呢？他如今看我的眼神都冒着绿光，恨不得把我装在套子里，背在他背上才放心呢！"

顾倾城听了这话，联想到许若飞近期对江静舟安全的紧张劲头，不由得破涕而笑。

江静舟欣慰地望着她，真诚地说道："小薇，你要去的地方，是你一直想去的地方，也是一片新天地，希望你能在那里开始自己的新生活。你要对自己有信心，什么时候都要记住，你如今是站在了人民大众的行列中，你永远不会感到孤独的！"

"可是，如果不是在你的身边，我永远会感到孤独，一种无法言说的孤独！"顾倾城深深地看着他，"我是跟着你走上这条路的！对于我来说，你就是革命，你就是方向！你还是……我此生最崇拜最信赖的兄长！哥哥，答应我，你一定要平安归来！我希望，我能有机会再次跟着你……跟在你的身边……我期待着，我们再次相聚的那一天！"她说着，眼泪又流了下来。

江静舟感动地点点头。顾倾城从口袋中掏出了那个金笔，递到江静舟面前："哥哥，这个是你给方城哥哥的纪念品，也曾经是他最珍爱的东西，后来又成为我们兄妹结缘的信物。如今分别在即，我想把它还给你……"

"不，小薇，这支笔是你方城哥哥留给你的唯一遗物，它也见证了我们尊贵的兄妹缘分。还是你带在身边最合适！"

"哥，你一定要留下它……因为，因为……"

"小薇？"

顾倾城的脸蓦然红起来："哥你别骂小薇迷信糊涂啊？这支笔……离开上海时，我在庙里去……做了法事的，等于是护身符的功效呢！我要它保佑你平平安安，我要它保佑我们兄妹早日重逢相见！"

江静舟无奈接过钢笔，又怜又叹地看着这位义妹："你这丫头……唉，总是这样执拗，真拿你没办法！好吧，哥哥就留下它，等到我们重逢时，我再还给你！"

"谢谢哥！"顾倾城开心地笑了，眼里还含着一汪泪花。

兄妹俩正依依惜别间，却听得几声娇嫩的孩童声传来。

"爸！"

"江爸爸!"

随着几声孩子的呼唤,宁松和向晖的两个女儿,婵娟和妮妮跑了进来,靳鹏跟在他们身后。

江静舟上前搂住婵娟和妮妮,带笑问她们:"大月亮,小月亮,你们这次要和哥哥一起出趟远门,都准备好了吗?一路上要听倾城阿姨,靳鹏叔叔的话,要高兴啊,不要想家,也不要闹着要爸爸妈妈,好吗?"

妮妮笑着接口:"和哥哥在一起,我们好快乐的,不会想家想爸爸妈妈的!"

婵娟究竟大两岁,她若有所思地看着义父,轻声问道:"妈妈说,小孩子要先走一步的,爸爸妈妈和江爸爸随后也会来找我们,是这样吗?"

江静舟点头:"你妈妈说得对。等大人办完了这边的事情,一定会去找你们的!"

妮妮笑着嚷道:"妮妮和姐姐都好高兴啊,离开家时一点都没有哭呢!可是⋯⋯ 可是妮妮不明白的是,昨天晚上爸爸为什么哭了呢?他搂着我,好紧好紧,都快让我喘不过气来了!他的眼泪都滴在我的脖子上了!"

江静舟听了,一阵心酸,不由得摸摸妮妮的笑脸,强笑道:"爸爸自然是舍不得你们了,不过你们一定会很快见面的!"

婵娟也有点小难过的样子:"还有妈妈,今天早上我们过来的时候,妈妈躲在楼上哭,都没下来送我们⋯⋯江爸爸,你什么时候能和爸爸妈妈一起来找我们呢?"

江静舟眼眶发酸,他搂着两个孩子,认真向她们承诺:"好孩子们,你们放心,江爸爸一定要把你们的爸爸妈妈安全给你们送去⋯⋯哪怕是舍了我这条命⋯⋯我也要护你们的爸爸⋯⋯周全无恙!"

他放开两个孩子,看向靳鹏。

靳鹏伤已经基本痊愈,只是脖子上还缠着纱布。

"靳鹏,你的伤没大碍了吗?这一路劳顿,你要当心身体!"江静舟疼爱地看着自己的副官。

靳鹏笑道:"我已经没事了,师座,您放心吧!"

江静舟深深望着他:"靳鹏,别的话我就不说了,这几天我们已经谈得很多。你能走上这条新的道路,比别人更加艰难不易!我希望你能成为我们阵营里智勇双全的战士，一如你当时舍身救我那样，对我们的组织献出你的忠诚！"

靳鹏重重点头道："靳鹏明白！师座，您对我说过的话，靳鹏当永记心头，此生不敢忘怀！"

江静舟握着他的手说："我把这几个孩子就交到你手上了，一路上千万小心！"

靳鹏发誓："师座，您对靳鹏的信任，靳鹏铭感在心，您放心，我的伤在脖颈上，我的枪法和身手都丝毫不受影响！靳鹏定会豁出自己的命来保护这几个孩子的安全！"

顾倾城搂过两个女孩，又对靳鹏使了个眼色："咱们先出去一会儿，让他们父子俩说几句体己话吧！"

当房间里只剩下江静舟父子的时候，空气似乎瞬间变得温馨而凝滞起来。

江静舟默默看着身材颀长，已经长成结实英俊少年的儿子，心中感慨万千。

他轻声说道："再过几天，就是你十五岁生日了，小松，爸爸提前祝你生日快乐，这一路顺风顺水，万事皆安！"说到这里，他的眼中不禁蒙上了一层雾气，心中有一股浅浅的清流划过。

"爸，我没想到，您还这样清楚记得我的生日？我……"少年低下了头，他不愿意父亲看到自己眼中马上要滴落的泪水，坎坷的身世，让他远比同龄的孩子要坚强许多，他似乎不习惯在最挚爱的人面前显露自己的情感和脆弱。

江静舟深深看着他，目光中有宠溺，有心酸，甚至还有一丝丝怨念："傻小子，你这是什么话呐？哪个父母不心牵自己的儿女？对于孩子的事情，只要条件允许，做父母的都会付出一切！只是……爸爸常常是心有余而力不足罢了！"

宁松知道父亲是误会自己了，抬眼看着他勉强一笑："怨我没表达清楚自己的意思吧！爸？我不是抱怨是惊讶罢了！这种惊讶来自于理解，我理解您，您是太忙了，也……太辛劳，太心神交瘁了！您不是一位普通的父亲，您首先是名战士，是个肩负着特殊使命的人，所以您顾不上亲情，尤其是一些随常的小事情，也是非常正常的！儿子又怎么忍心有怨言呢？如今我对您，只有心疼！爸，种种类类，儿子都看在眼里，您太不容易了！"

这番来自自己骨肉的贴心话语，让铁骨钢筋的父亲瞬间眼泪夺眶而出。他转身悄悄拭去了泪水，再说不出一句话来，只是回头痴痴地望着儿子温润的笑脸，痴痴地看着，像是要把儿子的一举一动、一颦一笑都在瞬间刻在心底一般。

宁松低头微微叹气："爸，您自己千万要当心，现在宽城已经是个危在旦夕的孤城了，您肩上的担子又那样重，我好不忍心……总觉得，我们做儿女的都安全出城了，却留您们在这里……继续征战，继续危险……"少年说得动情，唏嘘难言起来。

江静舟含泪点头，他走到儿子身边，用手抚摸着儿子的脖颈："爸明白！爸明白！你一直是个孝顺有爱的好孩子！这一路上，你还要多照顾两个妹妹，她们年纪这样小，又乍离父母，已经很可怜了，替我照顾好她们，也不枉你爹爹、干妈疼爱你一场，也算是为爸爸分忧了！"

"我知道，爸！您放心！只是…… 我倒有点不放心一件事。"

"嗯？儿子你说？"

"就是关于我爹爹！您能让我爹爹也最后变成咱们这边的人吗？我好期盼啊！爸，我心疼您，也同样好心疼我爹爹！您不会最后……和爹爹…… 反目成仇吧？"宁松的脸上满是忧虑之情。

江静舟看着敏感早熟的儿子，心情愈加沉重。他不知道如何给儿子以信心，以宽心，换句话说，是他不知道如何给自己以信心和宽心。

他只能长吁口气，一字一句地，有些艰难地说道："有些事情，爸爸说不准，也把握不住。不过，爸爸能告诉你的是，我必会拿出百倍的努力，去努力完成这个心愿，这个你的心愿，我们大家的心愿！"

宁松懂事地点头，他有些期期艾艾地望着父亲，面带犹豫之色，似乎另有一种渴望的神情徜徉在他秀气俊朗的面庞上。

"嗯？儿子，你还想说什么？"江静舟一向敏感。

宁松不好意思地笑了，脸上飞起一片红云，十五岁少年乍现的羞赧表情让人心疼。

"小松，和爸还拘束吗？傻儿子，咱们父子可是分别在即啊，你别错过机会，不说出自己想说的话，将来走到路上，你都会后悔的呦？"江静舟忍不住打趣儿子。

宁松没有答言，片刻，他咬咬嘴唇，似乎下了决心般，突然走上前去，张开双臂，紧紧搂抱住了父亲，将头抵在父亲的肩上狠狠蹭了蹭，像是要将一腔父爱蹭到自己身上，从此刻在自己心田一般。

江静舟猛然一愣，紧接着他就明白过来，不觉又好笑又欣喜又满足，忙也下意识地伸手，搂住儿子还稍显稚嫩单薄的身板。

在这短暂的拥抱过程中，年轻的儿子将嘴抵到父亲的耳边，轻声道："爸，我爱您，你要多保重！"

少年难得地表露了这份亲情，似乎不好意思一般，匆忙间放开了父亲，他没有再去对视父亲的目光，低头说了句："我去外边看看，若飞叔叔马上要来接我们了！"就急忙跑出去了。

江静舟也被儿子瞬间流露的火热亲情击蒙了，他既欣慰又心酸地摇摇头，望着儿子匆忙跑开的背影，嘴里咕噜了一句："这个傻小子……"

满满的幸福亲情浪潮刹那间将江静舟的心中填满。这是这对父子此生第一次的拥抱，从此也深深印刻在彼此的心底。

许若飞带着一个精悍的小伙子进来，给江静舟介绍说是宽城地下党的交通员，他叫易龙，和他的胞弟易虎，都是专门负责江静舟这方和东野围城司令部联系的。大家平日称呼他们为"大龙"、"小虎"。

"上次沁梅护送封军座眷属出城，就是大龙和小虎负责安排的。"许若飞告诉江静舟。

"辛苦了！"江静舟上前握住大龙的手，"这次还要靠你们妥善安排，将这几个同志和孩子们安全送出城去！"

大龙憨憨一笑："应该的！江师长，您放心，这条交通线非常安全！"

他又记起什么，对江静舟和许若飞道："上次出城的喜鹊同志，哦，就是你们刚才说到的沁梅，已经回到了对面咱们的司令部，近期将会再次找机会进城，会是随着咱们的谈判代表一起来。"

"太好了！曙光初现，终于要盼到和谈这一天了！"许若飞感叹道，听到他提起沁梅，不由看看江静舟。

江静舟点头道："已经到了最关键的时刻，千钧重担万不可掉以轻心！咱这个时候，每个环节，每处细节我们都要小心考量，万万出不得一点纰漏！"

顾倾城带着几个孩子跟随大龙从后门出去，上了一辆带着伪装的车子。为了不引人注目，江静舟没有出去。

靳鹏走在这些人之后，他正欲上车，突然又想起什么似的，反身跑回官邸。

江静舟站在门里默默看着这些人离去，却见靳鹏跑了回来，正在疑惑中，就看到靳鹏已经在自己面前双膝跪下。

靳鹏跪在江静舟面前，泪流满面，只喊了声"师座！"就哽咽难言。

江静舟自然明白他的意思，忙上前扶住他："靳鹏，你这是做什么？不是和你说过了吗？你如今也算我们的人了，不兴这个……"

靳鹏流泪道："您对我来说，如再生父母一般，是您给了我这样一条生路！师座，可是我知道您现在的处境有多危险？我这心里……我实在……不想离开您的身边！"

他抽泣着望向江静舟，乞求道："现在还来得及啊，师座！您再考虑一下，能否继续让我守在您身边？"

江静舟笑着摇头，耐心劝慰道："一切情况许若飞团长一定都和你讲清楚，也讲透彻了吧？你如今留在这里，会有多大危险？到时候，不仅你可能无法护我周全，反而会断送你这条命呢！靳鹏，听大哥一句话，放心地走，这里一切都会安全的，离我们在那边相聚的日子也不会远了！"

他伸手拉起靳鹏，带着无比自信和安慰的神情对靳鹏点点头，靳鹏擦去泪水，一步一回头地离开了。

不久，解放军东北野战军攻占了锦州，全歼锦州十余万国军，东北"剿匪"总部副总司令兼锦州指挥所主任范汉杰、第六兵团司令官卢浚泉被俘。锦州的解放，使东北国军从陆路撤退的道路完全被解放军所切断，等于关闭了数十万国军退回关内的大门，东北战场形势剧变。

与此同时，封正烈派出了陆十军情报处处长程睿和113团团长耿进忠出城，和解放军围城部队进行了接触，提出了己方的和谈事宜。

第十七章　父女对决

　　怎么会是这样？会是……阿梅？这个让自己已经逐渐放松警惕的养女？她不是出城了吗？她不是已经让自己放心地离开了这个是非纠结之地了吗？她怎么能突然变身为……这个共党嫌疑犯？自己钟爱的养女竟然是共党分子，她正握枪与自己对峙而立！胡文轩感到一阵致命的眩晕向他袭来，这突如其来的意外和重大打击几乎将他击倒在地！一股咸腥味的潮水从胸膛涌入到他的口中，他咬牙吞下了，他知道他咽下的，是自己心口猛然绽裂涌出的血水，伴随着自己心碎后的碎片。

　　在封正烈的办公室里，程睿和耿进忠在汇报着这次和解放军联络的经过，除了江静舟外，陆十军暂编21师龙师长以及暂编52师黄师长也在座。

　　程睿汇报了此次去解放军东野围城部队那里提出的和谈条件，主要是和对方要协商好以下四个问题：第一点，要明确部队起义的时间点、行进的方向、路线和到达的地点；第二点，为了避免两军误会，双方应规定好通信联络的方式和口令信号；第三点，是要解决好起义部队的服装、粮秣给养等问题；第四点，提出这边的建议，希望起义后不要把部队分散打乱编制。程睿表示，对方已经完全同意了以上几点条件和方案，期待着进一步详谈。

　　封正烈听了点头，对眼前三个师长道："这是经过我首肯的四项条件，没想到对方完全同意，从这点来看，也可以说明他们是有着充分诚意的！"

　　江静舟点头笑道："也是军座的诚意让对方军队看到了！这次程处长和耿团长带去的不仅有这些意见，还有我们几人——军座和我们三个师长的联名签写的起义声明，作为咱们全军准备起义的凭证。只要双方都秉承和谈诚意，一切就不会有问题了！"他说着笑看另两位师长，两人也都颔首微笑。

耿进忠笑道："还有咱暂编21师龙师长更痛快呢！我走前，曾问过三位师长还有何动议？龙师长说，咱们如今这是弃暗投明，是去参加革命，没什么条件好讲！人家解放军长官对这句话大为赞赏！"他说着，大家一齐看向龙师长，都心领神会地笑了起来。

龙师长有点不好意思，看着封正烈和几位同僚、下属道："本来嘛，大家都憋闷已久了！如今好容易有了一线生机，弟兄们都坚决和军座站在一起，去投奔生路，也投奔光明！"

"参加革命，投奔光明！说得好！"江静舟高声称赞道，"龙师长这是更高一层次的觉悟了！"

一旁的暂编52师黄师长也笑着附和："我们一定跟随军座，不离不弃，保全咱几万弟兄的生命，投奔到仁义之师——解放军的行列中去，每个人都是欢欣鼓舞咧！"

封正烈挥了挥手："大方向大原则是没有错的，只是咱们还必须小心行事！"

他看向江静舟："致远，你是代表我全权负责这次谈判的，一定要格外注意目前所潜在的不安全因素！那些人，胡文轩、朱孝义之徒，那天在郑司令的军事会议上的公然发难，你们也都看到了？都是到了千钧一发、生死抉择的时候了，这是赌命拼命的事情，那些顽固的特务组织、政训人员是绝不会轻易妥协，善罢甘休的！"

江静舟点头："我明白，您放心，我已有安排。等会儿有关这个问题，我会单独向您汇报！"

程睿："已经和对面解放军围城部队的长官们说定了，他们会尽快派和谈代表进城，和军座和几位师座当面谈判。"

耿进忠接口道："人家解放军真是仁义之师，大气磅礴，慷慨仁慈！想到咱们这里形势复杂，毕竟不是咱陆十军一军独守宽城，还有N7军的羁绊在，加之特务组织穷凶极恶，防范甚严，考虑到封军座和诸位师座不宜出城，所以特意提出由他们派来相当级别的和谈代表，进城来与咱们谈判！"

"种种情形表明，解放军实在是够朋友，咱们这条路没选错！"封正烈慨叹道。

他转而看着江静舟："人家既然诚意来和谈，可以说是帮衬咱们来的。和谈代表的安全，就要格外留意！我已和许若飞反复交代过。他是你调教出来的人，毕竟年轻些，在此关键时期，你要时刻从旁监督提醒才是，万不可出一点纰漏！如若不然，咱们一是对不住朋友，更重要的是，会断送咱这个军队的生机的！"

江静舟："是，军座！您放心，我会拼全力周全此事！"

封正烈刚刚舒了口气，程睿继续说出的一番话，又让他陷入纠结中去。

"还有个问题。解放军长官提出，N7军的进一步抉择问题，包括郑域国本人的方向、立场选择，是目前的瓶颈问题！如果咱们陆十军起义后，他们能认清形势，顺应潮流，也加入到这个行列中，当然是一个最理想的状态。但是，一旦他们冥顽不化，决定负隅顽抗到底，必将给咱们的起义后局面造成极大威胁！未雨绸缪，咱们也要做好这方面的防御工作，最好能拿出详细的应对措施来！"

众人听了，都是心情沉重，点头不语。

程睿继续道："对方解放军长官建议，一旦争取N7军策反不成，我们就要做好'打'的准备！"

"对，打！消灭那帮狗日的！"龙师长愤愤不平，"都到这个点上了，不能再往后坐了！必须做好应对防御措施！如果郑司令和N7军不但不自救自新，还危及咱们的大事，咱们必须坚决消灭之！也可作为咱们陆十军投向那边立下的第一功吧？"

一旁的黄师长也附和道："是的，N7军仗着自己是委座的嫡系王牌军，向来不把咱们这些杂牌军放在眼中！如今咱们要起义，他们如果反对，必然要和咱们白刃相见，咱们不能心慈手软，早做准备为上！"

封正烈沉吟不语，片刻苦笑道："唉，哪有那样简单？我和你们不一样啊，毕竟和他们情分不同！在我的眼中，郑司令是个老好先生，李军长目前又在重病中，我们在一块儿相处这么长时间了，怎么忍心下手呢？更何况，还有那个书生意气十足的，我的昔日爱将、老部下向晖向明光！"

他望向江静舟："你江致远难道会忍心下这个手吗？我估计，你只会更纠结更痛苦呢！依着你的性情，是宁可自己死，也不愿亲手对付自己的兄弟对吧？我没说错吧？"

江静舟压抑住自己的百感交集，望望另外两个盯着他看的师长，觉得眼下不能只顾自己的兄弟情分，而去随意伤害他们刚刚萌发的"革命"热情，何况他们如今虑及的，也是一件很重要的情形！

他语气沉稳地为大家分析道："无论从公义，从私谊上讲，我们都不可能太轻率地处理郑司令和N7军的问题。我们要将争取他们和咱们同道，作为最重要目标，然后付出百倍的努力来！有关这一点，因为军座早有吩咐嘱托，我也一直在做这项工作。目前看，明光兄的思想已有明显转变，不是没有临阵倒戈的希望！至于郑司令长官嘛……"

他看看众人，微微露出自信的笑容来："只要陆十军和N7军大局已定，走上自新之路，放下武器，投奔解放军，那郑司令就是孤家寡人一个，不由他不和咱们一条心！"

他又看看封正烈，然后注意盯着另外两名师长，用一种毅然、干脆的口气道："刚才龙师长、黄师长担忧的问题也是正理。我是这样想的，我们要随时做好两手准备，不能太过软弱无力，屈从郑司令和N7军的态度！如果他们坚持抵抗，不跟着咱们走，那咱们就要考虑他们下一步的行动了！会是怎样一种形势呢？为了自保和突围，他们必然会当咱们为敌人，调转枪头来对付我们！咱们这方就要足够重视一下如下问题：部队要出城起义，宽城市内的治安谁来维持？宽城市几十万人民的生命财产安全如何保障？许多公私物资、门市、建筑及军政军需物资仓库怎样保护？咱们具体该怎么办？都应该提前做思想和行动上的准备，应该提前拿出一个行之有效的防御预案来，方为万全之策！"

众人听了他这番分析，都是感服地点头。

封正烈搔搔脑袋，看着江静舟道："你说得很对。这件事，就交由你具体谋划了！还有马上和进城的解放军代表和谈的问题，处于避嫌和安全考虑，和谈地点可以放在耿进忠他们团部，你，我，程睿和几个团长参加就行。龙师长和黄师长各自回到防地，时刻加强戒备，做好起义工作，这样人员分散些，也可避免保密局那帮家伙侦知了去，惹出麻烦来！"

"是，军座！"几人纷纷领命而去。

封正烈将江静舟带到隔壁房间，谈他刚才提到的要单独向他汇报的有关安全的问题。

约十几分钟后，守候在外边还没来得及离开的程睿和耿进忠听到屋里响起杯子砸碎的声音，接着传来封正烈的怒吼声："保密局，一群王八蛋！老子这次是反定了！"

两人不知所以，面面相觑。

目前一切问题的关键环节，就在于宽城的这次和谈。陆十军的高级军官们在翘首期盼着解放军代表的到来。

江静舟和他的地工战友们自然更是心向往之，但是同时，他们还要格外操心这次代表进城的安全问题，还有和谈的安保工作，也是一件令人棘手的事情。

江静舟私下和程睿、许若飞商谈了很多次，将一些细节问题做了周密规划，以确保诸事万无一失。

江静舟接着又和楚天舒密会。他向楚天舒谈及陆十军即将进行的和谈，楚天舒也向他讲述了自己的工作进展。目前他已经将 N7 军几名高级军官的思想做通，使其发生了根本的转变，大家都表示愿意放下武器，根据形势，选择自己的生路；他也通过程睿、许若飞的途径，将 N7 军内部我党潜伏同志的工作布置完毕，他们这些卧底敌人核心部位的火种们，将在 N7 军内部蓄势待发，随时准备点燃熊熊大火，燃烧出一个新局面！他们将会策应陆十军的起义，在关键时刻，在 N7 军内部展开反戈一击的行动。同时，尤为难能可贵的是，楚天舒还成功地将郑域国卫士营营长楚成策动，在关键时候，他将会牢牢盯在郑域国的身边，注意他的一举一动，保护他的安全，尽量制止他的一些偏激抵抗行为。

江静舟心怀钦佩，又有些感慨："一切都布置好了，就看如何踢那临门一脚了。天舒，咱们就快要成功完成任务了，天也快亮了！"

楚天舒也幸福地笑了："是啊，我觉得自己都已经看到宽城的曙光了！"

"是新中国的曙光！"江静舟憧憬着说，他又关切地望着楚天舒，"目前已经是决战时分。你什么时候离开宽城，你的安全也让我挂心呢！天舒啊，你是云雀，就是老家派来的特使，也算是我们的领导了，你身上肩负的新使命还很重！"

楚天舒平静地笑笑："您放心，我近期会择机离开，不过，走前，我是想尽量能多帮您做些工作罢了。您知道的，我作为云雀——老家特使的使命已经完成了，您现在就把我看成是一名普通的地工战友好了，是您的晚辈，我也想能为宽城的和平解放多出一份力！"

江静舟感动地点头不语。

他没有想到，马上一场暴风骤雨就要劈头盖脸地向他们袭来。一场难以化解的危机，会让某些人的命运发生急转弯！这是命运吗？如果一定要这样说，也是命定的祭献！

一切突变来源于解放军和谈代表的进城。

江静舟和楚天舒都没想到，这次是由沁梅具体负责，和大龙、小虎配合，护送和谈代表入城，他们更没想到的是，这次行动会引起一场可怕的危机。

胡文轩坐在办公桌前，看着一桌子铺开的文件微微发愣。

不知为什么，这一早晨了，他都有不安的感觉，总觉得有一阵阵莫名其妙的难耐的心慌向他不断袭来，昭示着似乎有什么不幸的事情将会发生一样。

如今的宽城，已呈累卵之势，局势如脱缰的野马般不可控，那种无力回天的感觉常常让胡文轩心痛、沮丧和无奈。就在前几天，他和恩师贾翊锟通了电话，贾翊锟告诉他，已经设法准备将他召回南京总部。他知道这是老师的好意，在回护他的安全，甚至是他的颜面，毕竟大势已去，宽城的局势恶化而不可控，委座的几次手令都无法执行下去。

"文轩哪，我知道你已经尽力了，可是奈何独木难支，你个人是无法扭转乾坤的！我已经通过侍从室的关系，将你调回总部，你还是去你的上海站老位置任职吧，目前那里也有艰巨的任务等待你完成。那里有大量的知识分子、民主人士需要疏散到台湾去，某些人受共党宣传影响蛊惑，内心彷徨，难以抉择，只怕会有异动，这些人现今成为我们和共党争取和争夺的目标了，需要保密局配合，加以监视督促。你回来吧，在这里也可以建功立业，何苦陷在东北那滩浑水中不自拔，还可能有殉葬之虞呢？"

胡文轩无法违拗老师的安排，他也不能拒绝恩师的美意，但是一想到宽城如今的局势，江静舟等人的狂傲嚣张之举，就恨意难耐！难道就这样无功而返，灰溜溜地退出这场角逐吗？

胡文轩心烦意乱，除了他的副官陈玮外，谁也不知道贾翊锟这番意思，他犹豫着，纠结着。

其实目前宽城站的另一番局面他也早已看清楚了。

朱孝义仗着自己和毛局长的亲密关系，越来越不把他这个站长放到眼中。据陈玮向他密报，朱孝义为了争功，多次秘密组织一些行动，不让胡文轩闻知。这个小人的嘴脸已经昭然若揭，自己如今俨然已经成为人家建功立业的绊脚石了。

想到种种这般情形，胡文轩是心灰意冷，愁肠郁结。这一早上了，他都处于这种惶惶不安、不知所为的状态中。

却突然看到他的亲信干将纪程跑来向他汇报，西城门发现共军探子迹象，好像和前两天侦知的陆十军异动迹象有关，目前嫌疑人已经被我方跟踪到一个貌似他们联络处的春来米店，双方发生枪战，目前似乎处于胶着状态。

"西城门？"胡文轩沉吟，"不就是我们这组监控的地方吗？"

他忙问纪程："朱副站长那组是否介入？"

"还没有！所以手下赶快回来向您汇报，就怕他们又来抢功！"

"走！赶快去看看！"胡文轩从抽屉里拿出配枪，和纪程一起，向春来米店赶去。

就在前两天，一场意外使胡文轩和他的组织，获得了陆十军和共军接触频繁的绝密消息。

耿进忠手下有一位军需官，是他的表兄，也算亲信，耿进忠就密令他为和谈布置地点做准备。谁料这名军需官在一次意外得到一听罐头和一瓶酒后，和几个手下偷偷饮酒时，醉后失言，隐晦地泄露了陆十军和解放军有所接触，准备和谈的消息。不料此信息被胡文轩安插在陆十军中的特务侦知，报到胡文轩面前。

胡文轩和朱孝义商量分析后，认为陆十军完全有可能有此叛变投敌行为，联络私通城外解放军。两人决定先不向郑域国举报此信息，而是要抓住铁证，人赃俱获，才能彻底粉碎陆十军的叛党之罪！他们认定，共军和谈代表进城，只有两个通道，一个是宽城西城门，一个是宽城东城门。

两人于是很快商定了对策，他们不动声色，悄悄布局，暗定胡文轩带着一组人员守候西城门，朱孝义这组守候东城门，务必要将共军分子一举捕获。

此刻，听到自己负责的西城门这边发现情况，胡文轩自然要重视万分。

当胡文轩等人赶到现场，激战刚刚平息，纪程手下的小特务来到胡文轩的车前汇报情况：里面有一男一女两个共党嫌疑分子，那个男的好像已经中弹身亡，目前有一阵没枪声了，估计里面人没有子弹了，大家正准备冲进去活捉另一名女嫌疑人。

"笨蛋！这还用迟疑吗？还不赶快给我冲进去抓捕？共党分子一向诡计多端，你们这种大喘气玩儿着，是等着他们闹出新花样来吗？"胡文轩责骂道。

他边诅咒着，边掏出配枪带头冲进米店，没想到迎头遭遇一只乌黑的手枪正和自己对峙的局面！

一向坚强自信，自持力极强的胡文轩几乎当场被震晕在地，他面对的……竟然是沁梅！

沁梅将陈紫瑜姑嫂二人送到沈阳后，交给沈阳地下党保护起来，她返回宽城围城司令部，接受了新的任务——护送和陆十军和谈的代表，我军某部政治部主任李晟潜入宽城。宽城地下党交通员大龙负责和她一起执行这项任务。

他们这一行人，包括李晟主任和他的警卫员，还有一名文员，加上沁梅和大龙，共计五人，按照事先和城里江静舟小组的约定，将从东城门入城，到时候许若飞自会带人在入城处接应。

当他们来到距离宽城不到两公里处，碰到了许若飞派来的交通员小虎，说明了两个城门处今天都突然增设了保密局人员检查，许若飞请他们暂缓进城，自己正在想办法，如何尽快引开这些保密局特务，摆脱监视。

等待了大半天后，城里并无准确安全信息传来，大家都有点暗暗着急。沁梅和李主任、大龙商量过，认为形势紧迫，南京那边每天都有加急电报催促宽城守军展开突围自救，封正烈那里十分为难，陆十军早一天起义，就多一重胜利的把握。和谈代表不能在城外耽搁下去。

最后，沁梅想到一计，她建议由她和小虎从西城门入城，故意露出蛛丝马迹，将敌人引开，同时闹出些大的动静来，最好能将东城门那里的特务注意力也吸引过来。沁梅分析，这样做，最起码能造成混乱局势，这样大龙可以护送李主任一行趁机从东城门混进城，那里有许若飞的人接应，自当安全无恙。

沁梅俯身小虎耳边，和他说了自己的具体计划，小虎连连点头。

李主任听了这个计划，沉吟不语。他知道沁梅所说的由他们引开敌人的这一招计策，会给他们自身带来很大的危险，他看着沁梅和小虎年轻坚毅的面容，怎么也不肯答应他们去冒这个险。

"首长，请您别再犹豫了！多耽误半天时间，有可能造成不可收拾的局面。如今宽城每天都要死多少人？不仅陆十军等不起，咱们也等不起呀！"沁梅诚恳地要求道。

大龙思索着："这倒也不失为没办法中的一个办法，我所担心的是，如果东城门的特务不为你们那里的动静所吸引，你们不就是白白暴露了吗？"

沁梅笑道："你们没有在保密局待过吧，尤其是不了解宽城保密局特务间的矛盾？这一阵子了，我因为常去我的养父那里，早看出来，如今宽城站矛盾尖锐对立，作为站长的我养父和那个姓朱的副站长已是水火之势！他们争功心切，只要我们能闹出相当的动静来，不怕他们不上钩！而且，关于在哪里，闹出什么样的响动来，我刚才都和小虎商量好了，也计划周全了！首长，大龙哥，你们放心吧，相信我们！何况那边雨表哥也是老特工了，在东门接应你们，应付局面，也是很稳妥的！"

李主任仍没松口："可是，你一个小姑娘家，去冒这个风险，我……"

"首长，您错了！"沁梅打断他的话，"我已经不是什么小姑娘了，我是经历过很多次生死危情的红色特工！对于我来说，任务第一，生命第二，使命是至高无上的，个人安全要放在其后！"

她看看众人，果断地说："对不起了，我现在必须行使自己的权力了！我是这次护送小组的负责人，在这一路上，一切我说了算！"

她这番神情像极了她的生父江静舟，总是在危急关头镇定自若，挺身而出独当一面。她望着李主任，认真说道："首长，您的权力在谈判桌上，到那时候，一切您说了算！目前，你们都要听从我的安排！"

小虎也从旁附和道："同意！我在想组织上让沁梅负责这次护送领导的任务，一定是经过慎重考虑的，沁梅的能力也得到了上级领导的认可！我们兄弟和沁梅对宽城的情况比较熟悉，一切就按这个计划来吧！"

于是一切就这样开始行动。

沁梅为了提防保密局一些特务认识自己，故意用围巾半掩着面，和小虎扮作夫妻，从西城门入城。西城区是 N7 军的防地，其中春来米店是我党地下交通站，目前其人员已经全部撤离了。沁梅和小虎在入城不久，就故意露出行迹，让蹲守在城门处的特务们引起怀疑，一路跟踪他们到春来米店。

沁梅和小虎进入米店后，就拿出在暗处以前藏匿的武器，果断击毙了尾随的两个特务。随后他们没有马上撤离，继续和来增援的特务交上了火，故意造成大的声势来。一时间，西城发现入城共军的消息传遍全城。在西城驻防的 N7 军部队看到是保密局在抓共军，竟然都做不屑一顾、熟视无睹状，大家都是持消极态度，各个长官勒令手下严阵以待，不许施以援手。

保密局人员自然是责任在肩，不敢懈怠。守在东门的朱孝义手下小组也自然争功心切，留下一名小特务继续监视，剩下的人都向西城扑来。

大龙和刘主任一行，听到西门枪响，也按计划来到东门，在许若飞的接应掩护下，顺利进城。

此刻，春来米店里，小虎为了掩护沁梅，已经中弹牺牲。沁梅顾不上悲伤，她知道自己的手枪内，就剩下一颗子弹了，她准备留给自己。

她在提出这个无奈的进城计划时，就想到了这种结局的可能性。但是她别无选择。

她今年才刚过 20 岁，花样年华，她不想死，她多么想亲眼看到革命胜利的那一天！可是她又不能不准备就牺牲在当下，在这个黎明前的黑夜中。她是我党资深特工江静舟和沈琬的女儿，她本身也是一名红色特工，她永远会选择为自己的党献出一切！

想到这里，沁梅的心情格外的平静，她甚至用手拢了拢头发，又牵了牵衣襟，似乎最后打理了一下自己的容颜。

"爸爸，妈妈，女儿先走了，能为自己的信仰奉献出一切，女儿此生无憾！请你们为我骄傲吧！"沁梅默默在心中念叨着，她看看手中的枪，准备抬手对准自己的太阳穴。

突然，外边传来一阵车声，紧接着，听到几个特务喊道："纪组长，您来了！"

沁梅微微一怔，她放下手腕，侧身隐在窗前向外瞭望，看到那个叫纪程的特务小头目正从车上跑下来。

她原本不认识纪程。是在沈冰遇害后，她来到宽城，从宁松嘴里听到了这个名字。宁松恨恨地告诉她，是一个叫纪程的特务杀害了他亲爱的姑姑，也是姐姐的亲小姨，他早晚要向他讨还血债！

后来多次来到胡文轩处时，沁梅就悄悄认下了这个胡文轩的亲信，了解到他是个凶残的特务，手上沾满了共产党员的鲜血，沁梅在想，一定要找机会除掉这个家伙，为小姨报仇，了却自己姐弟俩的一个心愿。

此刻，看到正是纪程带人来围捕自己，沁梅瞬间改变了计划，她不动声色的等待着，等着纪程闯进来之时，她要用这最后一颗子弹打穿他的头颅，然后……纪程手下的特务一定会乱枪射向自己……哼！横竖都是个死，打死这个特务小头目只当是额外收入，更划算了！

"小松，姐姐要走了，在走之前，看我如何为你我了却心愿，为咱们的亲人报仇！"沁梅微微笑了。

她万万没想到的是，会有另一种意外情形等待着她。

她刚才没来得及看到，紧接着走下车的还有胡文轩，带着人冲到前面，用枪指向她的，不是纪程，竟然会是胡文轩！

此刻，在血迹斑斑的春来米店中，狭路相逢，拔枪相向的，竟然就是这对父女！

沁梅惊呆了，她没想到胡文轩会亲自带人出现在这里。她该怎么办，沁梅的手在随着内心的起伏微微颤抖，秀美的面颊上，一抹苍白掩去了血色，那双会说话的大眸子也瞬间失去了灵动的光彩。

她猛然记起父亲江静舟对她说过的那句话，当时生父的神情是那样的担忧和痛惜——"当你们这对不同阵营的养父女，从这种纠缠至深的情分中惊醒时，谁先觉悟，谁先拿起刀枪，谁就会占尽先机！"

　　眼下的情形，却是父女这无情的拔枪相对，在互相拷问着亲情！谁又比谁能占尽这诡异的先机呢？

　　比她震惊百倍的当属胡文轩！胡文轩握枪的手几乎如木棍一般僵在了那里。

　　怎么会是这样？会是……阿梅？这个让自己已经逐渐放松警惕的养女？她不是出城了吗？她不是已经让自己放心地离开了这个是非纠结之地了吗？她怎么能突然变身为……这个共党嫌疑犯？

　　自己钟爱的养女竟然是共党分子，她正握枪与自己对峙而立！

　　胡文轩感到一阵致命的眩晕向他袭来，这突如其来的意外和重大打击几乎将他击倒在地！一股咸腥味的潮水从胸腔涌入到他的口中，他咬牙吞下了，他知道他咽下的，是自己心口猛然绽裂涌出的血水，伴随着自己心碎后的碎片。

　　"阿梅？阿梅！你……你果然是？你究竟还是这般让我……心碎至死了？！"胡文轩话都说不囫囵了，他的嘴唇都在哆嗦。

　　沁梅不答一言，只是泪水溢满了眼眶，她倔强地凝视着胡文轩，手中的枪依然握得很紧。

　　"天哪！女共党竟然是小姐？！"站在胡文轩身旁的纪程大惊失色，他有点失态地大叫起来。

　　这喊声惊醒了瞬间陷入迷茫纠结中的沁梅，也阴差阳错决定了他自己命运的终结。

　　"你现在认清，一点都不晚！"沁梅冷冷一笑，果断将枪口稍移，微点处，枪声响过，纪程脑门中弹，轰然倒下。她出手是如此敏捷，众人都一时还未反应过来。

　　"住手！"胡文轩红着眼大喊道，他这及时一喊，与其说是冲着沁梅怒斥，不如说有效制止住了身旁特务们清醒后有可能射向沁梅的子弹。

　　沁梅冷冷一笑，将手中已无子弹的手枪扔在地上，笑看着胡文轩："您可以开枪了！能死在您的枪下，我了无遗憾！"

胡文轩嘴唇颤抖着，执枪的右手颤抖着……似乎全身都在微微颤抖着，他带着伤心、痛悔，甚至是绝望的神情望着沁梅，压抑住几乎要夺眶而出的泪水，缓缓将持枪的手放下，动作迟缓地将枪插回腰间，然后，他颤抖不已的手慢慢握成了拳，狠狠捶了自己额头一下，仿佛在打醒梦游般的自己。

片刻死寂，所有的人都仿佛入定般无语，一屋子泥塑人一般。胡文轩仰天长叹一声，走上前去，来到沁梅面前，望着自己的养女一脸倔强平静的面容，他不可置信地点点头，又摇摇头，猛然间他低吼一声，挥起右手，重重扇向沁梅的脸颊。

沁梅被他这一掌打得摔倒在地，胡文轩也没有理会，他转身向外走去，身后扔下一句冷冷的命令："把这个死丫头给我带回去！"

许若飞匆匆来到江静舟的办公室，看到他的大哥坐在一片烟雾缭绕中，他来到他的身边，发现桌上的烟灰缸里已经堆满了烟蒂，而那人仍在狠吸着手中的烟卷。

"大哥！"许若飞带着痛惜和伤感的语气喊道，"您怎么又抽上烟了？您忘了宁兰的嘱托了？"

这句话脱口而出，许若飞就后悔、自责不已：自己怎么会在这种情形下提到让他伤感的话题？

唉！女儿，女儿！女儿……许若飞忙止住口，伤感万分地垂下了头，聪颖、体贴如他，也不知眼下如何安慰自己的上司、兄长，只为他充分理解眼前人此刻的伤痛和悲哀。

此刻提起宁兰，果然让江静舟心里猛然一痛，他不由自主地摸摸口袋里一直随身带着的那枚木雕打火机。

不过片刻沉默间，他已经调整好自己的情绪。一面掐灭了手中的烟头，一面用手背狠狠揉了下双目，以期使自己显得清醒、精神些，回望自己的部下，已经是平静自若的神色："若飞，你回来了？一切都安排妥当了吗？"

许若飞压抑住心中的伤感，认真汇报着："都安排好了，万无一失。耿进忠那里显然不安全了，我已经把我军代表安排在了李长安团里，有特别的措施保护起来，您就放心吧！"

江静舟欣慰地点点头："那就好，一切都要格外小心，不可再出任何纰漏了！会谈时间还是不变吗？"

"是的，军座说不能再拖了，一切按原计划进行。"

江静舟点头："对，按原计划进行。你和我再把具体和谈的流程过一下吧，以备万一。"

"可是……师座，沁梅她……"

一丝难以抑制的伤痛之情划过江静舟的眼际，痛得他面颊都抽动了一下，他紧紧咬了下嘴唇，稳定住情绪，平静地望着许若飞："别的事情都先放一放，先说正事要紧，你来看……"江静舟拿出了和谈方案。

"大哥！我……我忍不住啊！您知道，小虎已经牺牲了，沁梅现在是在胡文轩手中啊！虽然他们有养父女情分，可是如今已是决战时分！何况胡文轩可能知道了沁梅的真实身份，他又怎么可能放得过她？大哥，我们起码应该赶快想办法救救沁梅……要不然就来不及了！"许若飞急切地望向江静舟。

江静舟挥了挥手："许若飞，先做好你手头的工作吧，你如今的职责有多大你心里应该清楚！有关沁梅的事情……我想办法解决，你就不必管了！"他的神情是格外严肃认真的。

许若飞还想说什么，江静舟看向他的犀利严酷的眼神制止了他的话出口，他只能叹口气，和江静舟仔细研究起方案来。

不觉已是掌灯时分。两人谈完了工作，许若飞看着江静舟一天之间仿佛瘦削憔悴下来的面庞，心疼地说道："师座，您今天都没好好吃饭吧？我让思扬给您弄点吃的去？"

江静舟摇头："我一点都不饿，你别管这些了，快去忙你手头的事吧，一切都要马上落实，不能耽搁了！"

"可是您的身体……"许若飞还想再劝，江静舟已经转身进了里间。许若飞只好怅怅地叹息一声，离开了江静舟这里。

江静舟躺在里间的小床上，微微闭上眼，努力想让自己平静一些，尽量多想和谈的正事，不要让自己的那份纠结痛苦的私事扰乱了心绪。他是陆十军的和谈代表，也是我军的联络人员，更是这次会议的实际操作者，一肩的重担，让他劳神费力，更哪堪再遭遇此种亲情的磨难。爱女被捕给他带来的折磨像是疾风骇浪般凶猛无情，让这段时间心力交瘁的江静舟觉得刹那间绝望和无奈，他几乎都要扛不住了。

他用手慢慢揉着自己的额头，缓解着隐隐袭来的头痛感觉：我不能倒下，在这个关键的时刻！我一定不能有一丝一毫的脆弱和懈怠，江静舟默默在心底念叨着，从上衣口袋中掏出了止疼药，强咽了一片。

止疼片可以止住旧伤引起的伤痛，却无法减轻心中的苦痛。

不知不觉中，他又掏出了那枚打火机，痴痴地看着。

自从宁兰逝去后，这枚纪念品就一直怀揣在他的口袋里，未曾离身。此刻看到它，心中涌起的，都是为父者的悲情和无奈——

兰儿，梅儿，你们都是我的好女儿，你们都宛若天使般纯净可爱！可是，造物弄人，这父女情缘却为何如此的坎坷波折？一次次让我的孩子们陷入危险的绝境，让我这个父亲，屡屡品尝忧虑、孤独、恐惧、不安的滋味？

那株娇嫩的兰花在残忍无情的命运风暴中夭折了，如今这枝刚刚吐蕊绽放的梅花，又要经受一场狂风骤雨吗？梅儿，你如今深陷险境，生命是否能够保全？我怎能忍得住这种撕心裂肺般的亲情痛楚？

江静舟的心在滴血，他甚至能听到那滴滴答答流淌到心河中的声音，是那样的凄楚、无奈。

但是猛然间，他却又真切地感受到女儿对自己的轻声劝慰般的呼唤："爸，别为我担心，和谈的事情是大事，陆十军起义是大事，女儿自身安危微不足道！"

大龙和李主任在和江静舟见面时，讲述了沁梅此次的舍生忘死的抉择。江静舟为女儿感到自豪和骄傲的同时，作为父亲的他还有更多的伤感和痛心。是的，作为地工战友，他完全能够理解和赞同女儿的选择，但是作为父亲，他永远不忍心孩子遭遇这样的磨难和牺牲。我的梅儿，我的女儿！如果可能，爸爸愿意替代你，去死一千回，一万回，只要能换来你的安然无恙，你的平安脱身！

一行心酸无奈的泪水流过江静舟的脸颊，他仿佛在泪光中看到前妻沈琬的泪流满面的形容："致远，我们的女儿，她为了完成任务就这样陷入敌手，我不是埋怨你，我只求你能想想办法，搭救她，救救我们的孩子！"

江静舟蓦然坐起身来，他决定马上去见胡文轩，就在此刻和他摊牌，让他一切冲自己来，放过沁梅！他整整军装，来到门口，却又猛然站住了——使命，责任，起义，胜利……这一连串的东西此刻闯入他的脑海，使热血沸腾的他瞬间冷静清醒下来。

是的，想想我们的付出，我们的牺牲；包括这次和沁梅在一起在掩护和谈代表时献出生命的易虎同志；再想想这已经千疮百孔、满目疮痍的孤城，以及无数挣扎在生死线上的百姓们，自己有什么理由先去顾及私情，怜惜拯救自己的骨肉呢？

江静舟，你真混呐！他痛苦万分地狠捶了一下自己的脑门。

他默默坐回到办公桌前，望着和谈计划，哀哀低诉道："梅儿，原谅爸爸吧……"

却见乔思扬进来，向他禀报："师座，特派员来见您！"

"快请！"江静舟忙打起精神，稳稳神。

楚天舒带着一如既往平静的神情走了进来，他深深看着江静舟，直接说明了来意："师座，我是为了沁梅的事情来的，我可以去救她，马上去见胡文轩！"

第十八章　暗定巧计

　　沁梅难以置信眼前的一切，却又不能不相信这一切！往日两人交往的一幕幕情景如放电影般从她的脑际划过，那种曾经让自己难以抗拒、难以释怀、难以理解的亲近感、依赖感，如今都得到了最合理的解释！但是在此种凶险莫测、四处耳目，蕴含着死亡气息的监室里，他们连直抒胸臆、消除误解的机会都不会有！一切都不可说！唯有泪眼相望，无语凝咽。

　　此时此刻，胡文轩也在万分纠结痛苦中。

　　将沁梅带回宽城站后，胡文轩就将她关进了特别禁闭室中。胡文轩回到办公室，半天都回不过神来，愤怒和悲伤的情绪完全主宰了他的心灵，前情种种浮现眼前，下午发生的一切，让他觉得自己仿佛梦游了一场。

　　七年的养育之情，十多年的父女感情，三年来的朝夕相处，竟然在今朝一旦灰飞烟灭，如肥皂泡一般幻灭！

　　他不是没有怀疑过沁梅的身份——她和江静舟的血缘疑点，她的身世迷雾重重，她是共党特工的可能性——一切都有蛛丝马迹，一切皆是昭然若揭！可是他胡文轩却一直陷落在自欺欺人的状态中不可自拔。他一厢情愿地任由自己的睿智判断力失聪失明，只为勉力维护这薄如朝露的可怜亲情。

　　沁梅会受江静舟蛊惑，也许为共党做事，这点他心中早有准备，但是她在自己心中，更是一个单纯敏感、情深义重的女孩，是个无辜的孩子，她不会，也不该有什么异党信仰！胡文轩始终认为自己对她的真情、宠惯、溺爱、关爱，一定会打动她，感染她，让她在这番亲情面前自有感悟，自会抉择。

胡文轩甚至幻想，一旦有机会，他就会带小女儿逃离这个迷局险境，让她生活在单纯明净的环境中，不要战争，不要阶级，不要仇恨，不要流血……胡文轩无数次神往着，能带上自己的爱人——虞水蓉，加上自己的女儿——阿梅，一起生活在一个与世无争的环境中，享受一下难得的天伦之乐，该是他毕生的理想之一，除了坚定的信仰和职责，能支撑他义无反顾地喋血疆场，运筹帷幄，奋力拼杀，和共党分子决战到底的，就是这份理想的精神生活了。

不幸的是，一切的一切，在今天，都成为泡影！这个倔强的丫头，可恶地背叛了他，残忍地用她纤弱的手，撕碎了他作为慈父的心！胡文轩被这种残酷的打击直逼得生生地呕了血。回到办公室不久，他终于没能再忍住，直到吐出了一口血，才觉得被烈火灼烧着的心得到了释放般好受了一些。

擦去了唇边的血迹，忍住心疼，努力中，渐渐的，他使自己的心绪一点一点平复下来，他决定要亲自去问问这个绝情的丫头：这种无情的背叛，究竟是为什么？

他刚刚起身，就见副官陈玮进来低声禀报："站长，朱副站长来了！"胡文轩微微一愣，突然意识到，自己在见沁梅之前，要先解决这个"麻烦"。

"天舒，这无论如何不行！"江静舟这里，望着楚天舒明净的眼神，他毅然决然地摇着头："你不清楚你目前的身份吗？沁梅这件事情你是不便插手的！如果让胡文轩因此怀疑起你的身份来，一切就不可收拾了！如果你能有效地掩藏好自己的身份，单从亲情讲，你难道认为胡文轩会为了你，放了沁梅吗？"

楚天舒沉吟着，思量着："我在想，我可以尝试着见见他，试探一下？其实，您和我都明白，目前已经无计可施，总不能眼睁睁看着沁梅身陷绝境吧？"

他望着江静舟，轻声道："我们可以分析一下，依照胡文轩的性情，和他对沁梅的感情，他不至于马上会要沁梅的性命。但是，目前毕竟是危急时刻，特殊情境下一些违背常态的事情也是不可避免，我们不能存任何侥幸之心！胡文轩至少不会轻易放掉沁梅，他也许会想其他方法将沁梅带到我们找不到的地方去，何况还有朱孝义可能对他实施的压力呐？"

江静舟听了，沉思不语，他何尝没考虑过此种情形的存在？只是眼前的他，实在是没能有更好的办法来解决此危机。

楚天舒继续道："前两天我和胡文轩有过一次接触，他提到过最近他会奉令回南京复命，他知道我也在准备走，就曾约我同行。您看，胡文轩离开宽城已经是定局，在此之前，遭遇沁梅事情，他会怎样快刀斩乱麻地解决问题，我们是一无所知，但是必须提高警惕！"

　　他吁了口气，看着江静舟的眼神已经带有祈求之意："师座，您让我试试吧，我已经初步有了个构想，争取能将沁梅平安救出来，再让胡文轩提前离开宽城，也避免了他那方针对咱们和谈的威胁，应该算一石二鸟之计吧？"

　　江静舟看着他微微摇头，他已经决定说明一些真相，他不能为了一己私情，让这样一名优秀的战友涉身危境。

　　"天舒啊，咱们如今已是生死战友，一些事我就不瞒你了！沁梅她本姓不是郭，而是……江，她叫江沁梅，是我的亲生女儿！"

　　闻听此言，楚天舒惊愕地睁大了眼睛，看着江静舟愣住了。

　　江静舟转而苦笑："你明白我说这番话的意思了吧？在这种危难时刻，在这大业将举的关键时分，我是不会让我的战友，我身肩重任的同志，去舍身冒险救我的女儿的！你明白吗？天舒？你的任务已经完成，你应该马上遵照上级的指示，离开宽城，去你新的工作岗位！"

　　楚天舒坚决地摇头："您的意思我明白了。可是我想说的是，您如果听一下我的构想，我的计划，您就会了解到，我此番救沁梅，并没有忘却自己的任务和使命，我自然会有我的坚持和取舍！云表哥同志，请您给我这样一个机会吧！除了工作和任务，我可不可以也会顾及自己的一份私情在？沁梅她，除了是您的女儿外，还是我的妹妹，我的亲妹妹，我的一个亲人？"

　　他的话让江静舟眼睛发酸，却见眼前这个英俊青年含笑望着自己："亲爱的江师长，我的云表哥同志，请您静下心来听一下我的营救计划吧！"

　　保密局胡文轩的办公室里，此刻的气氛是阴冷凝滞的。

　　胡文轩微微冷笑着对朱孝义道："副站长不必太过操心了吧？关于这个抓获的女嫌疑犯，应该按规矩由我们这组处理，你管好你们组的事情就好了！"

　　朱孝义毫不示弱："站长，我刚才已经和您说过了，此乃危急敏感时刻，对一些事情咱们应该快刀斩乱麻才对！我建议，将女共匪马上公开处决，以警示陆十军、N7军那些妄想和共军接触，蠢蠢欲动的人！你组我组都是保密局的人员，分那样清做什么？我们应该共同加强防务才是！"

胡文轩心头冒火，嘴上不免挂上一丝冷笑："既然有所分工，就要令行禁止执行下去，责任明确，才会荣辱自担！何况，抓获的女嫌疑人身份还未最后确定？朱副站长有点操之过急了吧？"

朱孝义目前私欲膨胀，已经不可遏制，他自持后台强劲，又暗闻胡文轩即将调离，毛局长暗示让他接手宽城站工作，于是心中更不把这位站长上司放在眼中。此刻，他微微讪笑道："身份没有确定？哈哈……不过她的有一重身份应该已经确定了吧？那就是——她是您的养女？"

"你？！"胡文轩又惊又怒，便也毫不示弱，冷笑道："不错，她是我的养女，我养了十多年的孩子，我自然能为她打包票，她不过是误入险境，被共党利用做了人质而已，岂可就此认定她就是共党分子？总之，这件事情我自会处理，无须朱副站长劳心！我还有军务，请便吧！"

"好吧，胡站长和令爱都能自清就最好！我想，今天下午的围捕现场并非只有一两人亲见，您的那个手下纪程少校，也不应该死得不明不白？您自己看着办吧！"他说完愤愤告辞而去。

胡文轩长出一口气，摇摇头，转身向特别禁闭室走去。

江静舟仔细听楚天舒讲述了他的计划，沉默不语。

楚天舒认真看着他："请您相信我，我不仅是一名专业特工，而且还受到过相当程度的特殊训练，自当会注意细节，权衡利弊，规避风险。此事可谓顺势而为，应该成功的把握很大！"

江静舟叹息："只是毕竟是让你身陷危境，这点我心下终究不安！"

楚天舒笑笑："身为地工，我们何时能说自己处于万全之境呢？有件事您可能不知道，在我何时离开宽城这个问题上，老家给我的指示是八个字'顺应形势，自我度量'，其实我一直在纠结于能否多在这里做一些工作？眼下，如果我的这个计划得以顺利实施，沁梅不仅能够代替我先离开宽城，赴上海完成既定任务，而且我还在考虑，我是否可以在这里多留几天，相帮您完成和谈事宜，几方衡量下来，这岂不是万全之策？师座，您不该再有一丝丝犹疑了，咱们就这样干吧！"

江静舟还在思虑中："可是，还是有些细节问题值得商榷。比如说，你可能会有机会见到沁梅，可是如何让沁梅能在短时间内相信你，信任你，从而无条件配合你的计划，这就是一个未可确定的问题？"

他接着苦笑道："那个丫头的脾气你是了解的，因为你的身份问题，她一直和你相处得疙疙瘩瘩的，在那个特殊的环境里，四面都是耳目，你又如何说服她相信你，相信你是我们自己人呢？"

楚天舒自信地笑了："这个毫无问题，我已经得到很有把握的证据！您放心，只是目前我需要一个得力的帮手，您让程睿处长配合我就好了。请您一定相信我的能力，我会努力做到最好的。总之，一切值得我们去试，就是有着冒险成分也值当！因为一切结果不会比我们如今不作为更糟！"

他的自信，和最后这样入情入理的一句话，让江静舟放弃了坚持。他心里感佩万分，忍不住上前握住楚天舒的手，真诚望着他："谢谢你，天舒！不管从哪方面……你懂！"

"我也感谢您对我的信任，对您，对沁梅，我永远都会有亲人的感觉！"楚天舒露出标志性的略带羞赧的微笑。

胡文轩默默看着沁梅。

女孩左脸上还有一个模糊的巴掌印，是他下午在她脸上的杰作。但是她的面容是沉静的，上面看不出慌乱，恐惧，纠结……甚至没有悔恨！

胡文轩望着这张纯净秀美的脸庞，心中一阵阵酸苦之意袭来。他的眼前，又浮现女孩平日里在自己面前的娇憨之态，她的娇嗔，她的任性，她的体贴，她的温情。

尤其是刚来宽城时，她第一时间来见自己时，那副委屈、欣喜的模样，父女分别时，女孩就那样当着众人面，紧紧搂住了他："爸，您瘦了许多，我好担心呢！"

一汪泪水涌进胡文轩的眼眶，他回身掩饰着拭去了，他重新用诘问质询的眼光看着沁梅，问出来的话里竟然满是凄楚和无奈："丫头，我再问你一次，你有将我当作你的父亲吗？有过吗？"

沁梅心头也是百感交集，不过此刻已经冷静下来的她，想到的绝不是自身的安危，而是自己没能如愿死于围捕现场，而反倒被捕后所形成的不利局面。最重要的是，如何能消除自己的身份暴露带给亲生父亲的负面影响，尤其是在这即将和谈的千钧一发之关键时期？目前是最令沁梅忧虑的事情。

　　在此大关节下，沁梅已经顾不上往昔的小儿女温情了。是的——爸爸！沁梅这样叫着父亲江静舟，诉说着自己的百般感触——在这生死对决的时刻，我没有辜负您往日的提醒和嘱托！我就是提前清醒过来的那一方，我已经毅然决然拿起了刀枪，做好了应对之策！这一切，不为别个，只为咱们的大业，为了战火的早日平息，为了能拯救更多条生命！

　　大方向定下来，沁梅的主意已定，她觉得自己目前不仅心静如水，而且意志坚强如钢。她安静地望着处于狂怒咆哮状态中的胡文轩，和对手战斗的勇气胜过了女儿对养父的悲悯亲情。

　　"你这个没良心、喂不熟的丫头片子！你回答我，你，究竟是否拿我当过你的父亲？"胡文轩再次逼问道，他努力想让自己的语气坚硬些，能够形成威逼严问之势，奈何强烈的心伤已经弄乱了他的神经，他无奈地听到自己的这句追问的语气飘浮无力。

　　沁梅静静地望着他的脸庞，眼前这个中年男子的脸上写满了哀伤和心痛！毕竟有着多年父女情，坚强如沁梅还是瞬间感受到了心疼和心酸——像是有一把重锤狠狠敲击了自己的心口，敲裂了心房，流出的都是疼痛而酸楚的液体。

　　她转移了目光，忍住涌入眼眶的泪水，带着赌气和决裂的语气道："还有必要问这个问题吗？我觉得已经无所谓了，反正您已经没当我是女儿了，要杀要剐，您随心所愿就好！"

　　"你？！死丫头你还有良心吗？"胡文轩再次愤怒了！听着沁梅在他看来近乎是倒打一耙的回答，胡文轩怒恨交加，"我现在明白了，你一定是江静舟那个异党分子的女儿！一定是的！太像了，你太像他了！胡搅蛮缠，混淆黑白，信口开河，倒打一耙！你和他简直如出一辙，一模一样！是我瞎了眼，也是猪油蒙了心，才会相信咱们这段可笑的父女情缘？这么多年了，悔不当初！我是养了一头小狼啊，养大了，就转过头来咬她的父亲了！"

　　冷静下来的沁梅永远是伶牙俐齿的，胡文轩说得也没错，沁梅的确继承了生父江静舟的某些特质，总会在危急时刻，在语言上占尽先机。她冷冷一笑，看着悲痛欲绝的自己的养父，吐出的话语冷静决绝得连她自己也有些诧异。

"您说得一点没错，我也早就应该想到您就是这样的无聊和无耻！对自己养了多年的女儿，您何时又真正放过心？江静舟？我表叔？是我的生父？你一直以来就这样莫名其妙的猜测着，恶意诽谤着！您口口声声叫我做女儿，其实您一时半刻也没停住对我身世的怀疑和调查！您总是在寻找证据，将我和我表叔捆绑成一对父女，其目的是想做什么？您以为我不知道吗？您处心积虑地不是为我找生父，而是想找一些蛛丝马迹的莫须有罪名，来证明我表叔是共产党！您这种做法太卑鄙下作了，您真让我感到恶心！"

"混蛋！你给我住口！你这是女儿对父亲讲话的口气吗？"胡文轩果然被刺激的心神大乱，竟然又作茧自缚般绕回到父女情分上来。说出这句话，他自己都想抽自己一耳光：怎么到此时了，自己还在和她父女相称呢？

他急忙改口："你给我老实交代，你是否是……共党？"

沁梅无所谓一笑："我不想回答这个问题，您就当我是好了！刚才我不是讲明白了吗？您一直在追查我表叔的身份，千方百计想坐实他是共党分子。按照您的这个逻辑，您这样努力将我和他联系在一处，想方设法地将我绑成他的女儿，那么，我也一定顺茬就是共党，您干脆一锅烩了了事吧！也符合您的心愿、您的追求——对共党分子不但无情杀戮，而且斩草除根！"

"你？！"胡文轩指着沁梅，嘴唇乱抖，说不出话来。

片刻，他伤心绝望地长叹一声，盯着养女，一字一句地说了下面的话："死丫头你给我记好了！往昔你是我的女儿，我自然对你是百般疼惜，千般怜爱，将我的心掏给你吃我都不会皱一下眉！可是如今若坐实你是共党分子，那你就是我的死敌，别指望我会对你心生怜惜，网开一面！"

却见沁梅微微一笑，神情是那样的凄楚和无辜："您好歹养育我一场，俗话说得好，生不如养！就算我报答您的养育之情吧，您就把我当成共党分子拾掇了好了，您交得了差，完成了任务，我也算以命相报了！反正我如今也是孤儿，父母双亡，在这个世界上早已没有任何留恋了，不如，成全您……好歹我叫过您几年爸爸呢？"

沁梅的泪水流了下来，这不是完全伪饰的泪水，其中蕴含的几多真情，只有当事人心中明了。这番带着赌气意味的话语首先悄悄弄酸了沁梅的心。她不能不在心底暗暗承认，面对眼前这个男人——敌人，又是曾经相依为命过的亲人，她的心底最柔软的部分，永远会有一个角落，为他守候，驻足。但是，眼下，决战前夜，死生关头，个人的安危已经不足为惜，何况这小我的亲情？沁梅狠狠地咬咬下唇，硬下心来，将冰冷的目光对向了眼前的人。

这番话却让胡文轩几乎情绪崩溃，想不顾不管地上前，一把搂住沁梅抱头痛哭了！他的小女儿，就这样成了他的阶下囚！这个世界究竟是怎么了？

但是，下午血淋淋的现实又浮现在胡文轩的脑际，钢铁般强硬的职业素养此刻显现出来。他压抑住自己的情感，冷言逼问道："哼！小丫头，你莫要再次巧言善变了！你说，为什么你会出现在我们追杀共党分子的现场？你那样狠毒地杀害了我的手下，难道这一切也是你轻描淡写，能随便抵赖过去的吗？"

沁梅早已想好应对之词，此时唯剩侃侃而谈的份了："好吧，反正是一死而已，我在死前不妨对您说出真相。我从沈阳返回宽城，路上遇到同乡，他邀我同行入城，谁知道一进西城门，就遭遇匪徒恶意跟踪？联想到如今的宽城早已法度混乱，生命难保，我自然格外惊心！幸好那个同乡拉着我跑到一家米店，不知道他们怎样在那里藏有武器，我当然要拿出来抵抗！我也算是名军人，遇到追杀，难道不能持枪自卫吗？难道您希望我坐以待毙不成，您不会乐意看到我莫名其妙地变成一具血淋淋的尸体吧？"

她看了眼胡文轩，不管他是否相信，自己一如既往，振振有词地吐出一连串编好的托词："至于说到我杀的那个你的属下嘛…… 他是叫纪程对吧？实话告诉您，我早就想杀他了！您忘记了吗，前不久，就是他带人围捕杀害了我的一个亲人——我的表姨沈冰！我一直在找机会报这个仇！今天他竟然当面再次诬陷我是共党，我此时不杀他，难保下次他不杀我？我不会做被他构陷的第二个冤死鬼！如此而已！"

"狡辩！全是狡辩！我不会再相信你！你这个没良心的丫头，你一定是被某些人利用了，去相帮一些无良组织，去做这些违法乱纪的狂悖之事！你……太令我失望了！不，你让我绝望了！我这次不能放过你！"胡文轩失态般大叫道。

沁梅静静看着他，悲悯地一笑："随便！我说过了，我这条命交到您手中了，你随意处置，我郭沁梅毫无怨言！"

胡文轩气得浑身止不住颤抖，他撂下一句话，转身逃离而去，只为不让眼前这个没良心的丫头看到他滚落腮边的泪水："阿梅，你这个狠心狠意的丫头！你若不忏悔，没人能救你！"

　　回到办公室的胡文轩，意外碰上了匆忙来拜访他的楚天舒。

　　"这大晚上的，天舒，你怎么跑来了？宽城如今可不太平，你的身份又这样特殊，怎么能孤身一人，连个副官、卫士都不带呢？"

　　"站长，您应该明白的，我是为了沁梅而来……"

　　"我应该说是特派员嗅觉灵敏呢，还是楚公子情深义重？"

　　"您只该叫我天舒！沁梅是您的女儿，她也是我终究心中难以放下的……恋人！"

　　胡文轩带楚天舒来到里间坐下，默默看着眼前的这个年轻人："天舒！天舒！如果你还当我为长辈，我要狠狠埋怨你几句了！那时……你为什么那样无情地离开了，将阿梅生生扔在了半路上？你知道她是个敏感内向的孩子，她一定曾是伤心欲碎的，我理解她……"

　　他的语气沉重而伤感，满是痛心疾首和悔不当初之情："你知道吗？那丫头一准儿是伤透了心，以至于到了自暴自弃的地步？哀莫大于心死，她曾是个乖乖女，单纯敏感，因为情伤，她才会选择走岔路，以至于参加某些邪恶组织，做出一些无法无天的事情！"胡文轩自己都说不清楚此番推论和指责是否正确无误，只是目前心碎神伤的自己，要找一个理由、一个出口宣泄情绪罢了。

　　楚天舒似乎很同情他，且暗怀自责之情，他满含羞愧之意垂下了头，片刻才接言道："您说得对，是我的错，一切都是我的错！那时我和沁梅闹了一点小别扭，加之家里一直在积极活动让我回南京任职，母命难违，兄命更难违！我怕这段感情终究会没有结果，徒增两人苦痛，就狠心离开了沁梅，甚至都没有和她告别一声……"

　　他有点哽咽难言起来："可是回到南京以后，随着时光的推移，我这才发现，我根本是忘不了这份情的！我忘不了沁梅！她的一颦一笑，一举一动，都如影随形地出现在我的脑海里，我的睡梦中…… 只缘感君一回顾，使我思君朝与暮！这刻骨的相思，让我实在无法排遣……"

楚天舒就这样喃喃自语般叙述着，这种情感却不是他信口胡说，空穴来风。虽然这是他营救沁梅计划中的一套重要说辞，一个关键环节，却是他的一段真实的情感描述。

是的，27岁的楚天舒还没有真正品尝过恋爱的滋味，沁梅是他刚刚萌芽的初恋，只为身份特殊，路险任重，他不得不放弃了这段感情的发展，亲手埋葬了自己的初恋嫩芽。

他和她还有缘分吗？不知道，也许……如果他们都能有幸存活下来，迎接新中国的诞生……那么，到那时，再痛痛快快地向心爱的姑娘畅述情怀吧！楚天舒曾经无数次这样憧憬着，向往着，祈祷着……

但是，作为职业高级特工他也明白，在现如今的情形下，这种恋情只可作为他制定的营救计划的一部分。楚天舒动情地向胡文轩讲述着，感叹着，他的深情让有着同样心结、感性而情伤累累的胡文轩忍不住欷歔不已。

"天舒啊！你是个有情有义的好孩子，可是阿梅她……她不争气，她配不上你！"

胡文轩没意识到，自己的角色依旧转换不成功，他完全还是以父亲的感情在发泄着，倾诉着，带着愤愤不平、恨铁不成钢，外加痛彻心扉的情绪向楚天舒讲述了今天下午那令人震惊的一幕。

这番艰难的讲述听得楚天舒凝眉不语。他紧紧盯着胡文轩的脸庞，露出难以置信的表情来："不管您怎么说，我都不相信沁梅会是共党分子！一定是哪里误会了？一定是的！"

眼下是胡文轩要同情起楚天舒了："我原以为只有我这个做父亲的痴情，痴情到了可笑的地步，已经悔不当初了！却不料你这个……也是这样实心实意的！唉，天舒，我们都叫这个不知好歹的死丫头骗了！还骗得好惨！"

他对楚天舒叹道："是我亲手捕获的她，她还当着我的面开枪杀人！她已经不是我的阿梅了，不是那个善良有爱、羞怯娇弱的小女儿了！"

"可她永远是我喜欢的沁梅，是我心爱的姑娘！"楚天舒激动地对胡文轩宣泄道，"您可以不认她为女儿，可我永远当她为我的爱人！"

"天舒，你……"胡文轩既意外又感动，更纠结伤感，"她和咱们不是一条道上的人啊，她和咱们根本不是一条心！她如今已是党国的敌人，是咱们的阶下囚，你……该如何认她为你的爱人？"

楚天舒的眼光有些茫然："我想……也许……最多她是被人利用，误入歧途而已！"

胡文轩也无奈地颔首："她如今究竟是一只迷途的羔羊，还是一只爪子尖尖的小狼？连我都分不清了！即使，天舒，她是可以救赎的，我们又能做什么？"

"我们可以联手？是的，一切并不是绝望至极，我想……"楚天舒看向胡文轩的目光坚毅而执着，"您，和我，我们联手来拯救她！如今宽城已是危在旦夕，每个人都在想着自己的出路，自己的生机！您和我都要马上离开这个是非之地，在这个特殊时期，我们完全不必以常态来处理一些问题。"

他的思维缜密而明晰："您看，血浓于水，沁梅她虽然不是您的亲生骨肉，但是十来年的父女情分也是一个难以割舍的夙缘！您能放弃吗？我不相信，如果您已经在内心将她抛弃了，您也许在今天下午的围捕现场，就可以选择将她当场击毙！再加上您提到的，来自你的下属的压力，您完全可以将她作共党分子来上演一出大义灭亲的好戏！可是您没有，您舍不得，舍不得这个和自己牵心牵肺的小女儿，您在纠结于如何处理这场难以化解的危机？"

胡文轩的心被触动了，他悲叹："唉，天舒！天舒！还是你懂我！那个没良心的孩子，要是有你一半的良知和温情，就好了……"他的眼眶湿润了。

楚天舒摇头："我们的心是相通的！您一定在打算如何救她，只是您还没想好一个万全之策罢了？天舒愚钝，却为了自己所爱的人也纠结了一下午，想出了一个不是办法的办法，愿意和您商榷一下！"

胡文轩不由心中一动："你快说！"

楚天舒："我在想，沁梅毕竟是个单纯的姑娘，她对您的感情一直很深。即使这次她真的是被共党利用了，做了一些逆天之事，也必定是一时糊涂，走岔了路而已！这只迷途的羔羊，还要我们一起来拯救和救赎，尤其是您，您是父亲，更应该劝自己的孩子迷途知返，施以援手才对！"

胡文轩认真地听着，为楚天舒的真情和理智所感动，不住地点头。

"您和我都即将离开宽城，咱们不妨考虑将沁梅也带走，远离这个是非之地，用真情和亲情，将她拉回到咱们这边来！即使，很不幸，她就是货真价实的共党分子，咱们将她牢牢绑在身边，也等于断绝了她和她的组织联系的道路。难道不是吗？共产党是个严密的组织，一旦摆脱了这个组织的约束和联系，郭沁梅，一个二十出头的小丫头，还会干出什么惊天动地、大逆不道的事情来？慢慢地，她只能做回您往昔的乖乖女，我挚爱的娇弱羞怯的小爱人！您难道没这番信心吗？反正我是有！"

胡文轩心下感服，也有绝处逢生之快感！他正困于亲情，不知道该如何处理沁梅这件事情，又不忍心贸然割断这份自己珍藏十多年的父女情分，楚天舒的计策让他豁然开朗，心头一松。

可是毕竟这还只是两个人的如意算盘，那个倔强的丫头是否愿意入局，还是一个大大的难题。

"天舒啊，你对阿梅的这份深情，这份用心，我十分感动！可是，她的性情你也是知道的，天生的孤拐牛心眼，倔得很呢！你如何说服她听咱们的话，乖乖跟咱们走呢？这一路出城，千险万难的，她要是中途溜跑了，或者是联合共军来对付咱们，咱们不是自找没趣，惹祸上身吗？此事还要商榷！"

楚天舒微微笑了，自信的神情令人心安："这个您就交给我好了！我自认……还是能把握得住沁梅的情感的，那丫头一直对我很依恋，"说到此处，他的脸上现出一丝羞涩的红晕来，"有些具体的话我也不好说，总之……恋人之间那种感觉，相信您也懂……"

胡文轩初听还有些疑惑，再联想到两人往日曾经的那种打打闹闹却又黏黏糊糊，有时纠结有时又相依的小儿女状态来，尤其是骄纵任性的沁梅，总是在楚天舒哥哥般的哄劝下表现出的服服帖帖、温柔娇嗔的样子，让胡文轩不由得暗暗心服。

"好吧，这个主意真不算坏！天舒，你可以尽快去见见那个丫头，早点点醒她，今晚已经晚了，明天早上如何？"

"如果您不介意，我想马上见到她……"楚天舒的急切情形让胡文轩有点好笑，但是也就理解了，"好吧，我马上带你去见她！"

不过作为老牌特务头子，他自然也还有他的道德底线和职业特性，他看着楚天舒："可是，天舒，你要记住一点，有些原则问题咱们还要坚持！比如说，如果你说动了阿梅，和咱们走，那她还要履行一些手续，比如说写个声明什么的，要和共党组织彻底脱离关系，坚决洗心革面才对！"

胡文轩的思路也是缜密的，这份"自首书"的要求合情合理，也是他对沁梅的另一重考验，对沁梅重新站到自己这方的一重保证。

但是他不知道，他目前的对手已经不是沁梅，而是专业素养和睿智头脑都更胜他一筹，且经过极为严格高级训练的特工楚天舒。他如今提出的这个条件，已经在楚天舒的计划当中，是楚天舒要利用的步骤之一罢了。

所以他没想到楚天舒听了他的要求，竟然微微一笑："您要那玩意干吗呀？自己女儿的自白书对您来说有意义吗？一不留神外泄出去，倒替您招祸！毕竟这不是一件光荣体面的事情吧？某些人抓您的把柄还来不及呢？"

"那……"胡文轩还想辩解，楚天舒拦住他的话头，"我给您想了更保险的！您不是认定沁梅和共党沾边吗？那么此番我去见她，会竭尽我全力争取她，劝导她，打动她。我要让她真诚的悔过，她毕竟还小呢，从她的嘴里应该能得到一些咱们想要的东西来，或是联络方式，或是共党动态，也许还会有秘密文件什么的？一切事情我来做，你别勉强她，您就悄悄将这一切，算作她悔罪的凭借物好了。总之，在咱们走前，一定能争取挖掘点东西出来，您还有功可立呢！刚好也可谓您离开宽城前的一次完美收官。让某些觊觎您位置，居心叵测的人看看，您终究是强大无敌的！在您这里，轻轻松松破获共党重要机密，就弹弹指头，留待给这些小人们去邀功请赏吧！"

"天舒啊，你真可算我的知音呐！"听了这番话，胡文轩如饮甘酪般舒坦、心醉，他不由点头慨叹，"就不知道，此番回到内地，咱们还是否有同僚之幸？"

楚天舒坦然一笑，似乎所答非所问，但是细细想去，寓意深远："您只要原谅沁梅，善待沁梅就好了！她……和我原不可分！"他的笑容中有一丝羞涩之情。

"明白了！明白了！"胡文轩哈哈大笑，"天舒天舒，你真是一个痴情种子啊！好吧，我喜欢这样专情的你！我相信凭借你的能力和魅力，一定能将那只歧路羔羊拉回正途上来！走，我们马上去见那个丫头！"

和楚天舒走在去特别禁闭室的路上，胡文轩的心绪竟然飘浮到了很远的地方，他又记起了自己那个美好的幻梦——橘黄的灯光下，他、虞水蓉、阿梅、楚天舒在欢笑着共进晚餐。哦，阿莲目前正在上海，一切都未尝不可期！胡文轩不由微微地笑了。

朦黄的灯光下，特别禁闭室其实并不凄凉寒冷，桌上放着的饭食，在如今饥荒蔓延的宽城也算难得。这自然来自于胡文轩的暗中交代，他终究是不忍心苛待了这个叫了自己十几年父亲的养女。只是沁梅并没有动筷子，她的倔强和纠结，使她绝不愿在任何方面对胡文轩妥协。

当胡文轩和楚天舒走进这间四处没有窗户的斗室，看到的就是这样一副情形。

"死丫头，你还得理了不成？和我玩儿绝食这一套吗？你忘了你这是在什么地方，换个身份，你早生不如死了！"胡文轩看到沁梅没吃饭，禁不住又恨又急，低声骂道。

"站长，您……您先消消气，还是让我和沁梅来谈谈吧！"楚天舒轻语道，看向沁梅的神情是怜惜万分的样子。

胡文轩点头："你好好和她说，你先替我问问，这背叛的缘由？这没良心的举动所为何来？"

"好了，好了，您先去歇息，这忙了大半天了，您要当心身体！一切交给我好了！"楚天舒忙出言相劝，只怕胡文轩越说越气起来。

"哼！"胡文轩狠狠地剜了沁梅一眼，愤然离开。

门关上了，斗室里剩下两个年轻人。

楚天舒饱含怜惜之情看着沁梅，他心中暗恋的姑娘，明显比半年前分别时清瘦了很多，原本就小小的瓜子脸更尖了，尖得令人心疼。她的面容是沉静坚毅的，在看到他第一眼时，这张秀美的小脸上瞬间闪过一丝惊诧，一丝困惑，还有一丝欣喜，可是那是稍纵即逝的，接着换上的神情，是了然，是不屑，是蔑视！只是她的心里一定是痛苦而纠结的，因为她的一双大眼睛出卖了她的情感，那里面分明溢满了眷恋和伤悲。聪颖明慧的楚天舒读懂了她的真实心情，几乎泪下！

可是眼前还不能丝毫放纵自己的情感，自己的计划必须一步步完成，哪个环节都出不得纰漏。

"妞，你还好吧？我……也许我是来晚了，但是我会选择从此守候在你的身旁，再不离开！"

这声"妞"的称呼已经带有"往昔如梦"的色彩，生生让沁梅的心狂跳了一下，有朦胧潮湿的东西瞬间闯入女孩眼帘。她咬牙忍住了，沉静冷漠的神色始终挂在面上。楚天舒这番满含深情的开场表白让女孩丝毫没有深陷情网，反而是异常清醒起来。

当这个人突然出现在这里，在自己面前，沁梅是无比的惊讶和困惑。眼前这个风一样潇洒的男人，在自己情思刚萌时节骤然无情离去，都没有做任何形式的告别，曾使年轻心热的沁梅感到伤心和绝望。

可是自己终究是难以将他忘怀的，在紧张的工作和任务间隙，女孩总会痴痴回忆起两人相处的那几年经历，一遍遍咀嚼那种曾经是因为太年轻，而浑然不觉的欢喜冤家的情分。

但是谁能料想得到？在自己面临生死的今天，会再次看到他温润如玉的容颜？

是的，他就是那样的男人——郎颜如玉，温润晶莹，不染尘世暗尘。他的微笑仍是那样亲切动人，他的话语仍是那样体贴温存，他的眼睛里，仍然有着摄人心魄的爱意徜徉。

不，一切必定是和昨日不同了！他仍然穿回了陆军的军服，那份挺拔俊朗的英气犹在，只是细看下，那军衔已经是上校徽章星辉闪烁，昭示着他的春风得意和超然功绩。他和这身美式军服是那样的相得益彰，他就像天生应该是这个阵营的精英。

而自己呢？已然或明或暗地显示出是他对立阵营的战士，是他们这个阶级的掘墓人！

想到这里，沁梅没有感到悲伤和哀怨，她的内心如今坚韧如钢。既然已经到了决战时刻，狭路相逢勇者胜，她觉得有一股力量油然而生，战斗的勇气倍增！她不要再伪装下去，不要再虚与委蛇，她就要在此刻向他有力的回击。

他在说什么？

"我会选择从此守候在你的身旁，再不离开！"？

笑话！我们本是两个世界的人，是两个阵营的坚守者，谁会相信并接受你这番可笑复可悲的柔情蜜意?

沁梅在唇边挂起一丝无所谓的笑意,语带讥讽之味道:"楚长官这是在和我说话吗?你确定你没弄错对象?你当年像扔一块抹布一样,将一个傻傻依恋着兄妹情分的女孩抛弃不顾,如今倒想着到这里来找补了?不是你来得晚不晚的问题,是你根本走错地方了!这里是保密局的监室,不是站长官邸!"

楚天舒没心理会沁梅的嘲讽之语,他的注意力都在留心观察这间监室的环境上。沁梅不解地看到他敏捷的四处查找着,最后对她做了个"此屋内有监听器,说话小心!"的手势。

他在做什么?装神弄鬼吗?沁梅鄙夷地白了他一眼。

楚天舒不理会她的神情,他将她拉到桌前相对坐下,一边大声说着哄劝她的软语,一边在做着一件十分奇怪的事情。

"妞,你恨我很正常,以前都是我的错!年少轻狂,不知好歹,没有好好珍惜咱们之间的感情!你能再给我一次机会吗?一次爱你的机会,一次救你的机会?"

伴随着这番话,他麻利地掏出一块手绢铺在桌子上,然后用手在上面轻轻敲击着。

他这是?

身为特工的沁梅是敏感的:他是在敲出摩斯密码!这也是自己在上海时反复练习的一项技能。沁梅迅速仔细地辨认着他的手型,在心中默默读出他敲出的内容:

"沁—梅—你—还—记—得—我—教—给—你—的—摩—斯—密—码—吗?"

沁梅惊异地想要开口回答,却见楚天舒将食指竖在嘴边制止了她,他接着敲击道:"屋里有窃听装置,请用摩斯密码和我对话,表面上的敷衍话也要同时应和,沁梅,你行的!"

沁梅半信半疑地看着他这番奇怪动作,却在他温和亲切的微笑鼓励下,不由自主地听从了他的指令。她敲击的第一行回应密码内容是:"你究竟是什么人？我为什么要听你的？"

楚天舒再次绽放开朗笑颜，他纤白细长的手指继续敲着密码，像跳舞一般灵动："我是和你一样身份的人，我是来救你的！请配合我，虹表妹同志！"

虹表妹？他竟然知道我这个代号？怎么可能？难道他是？

沁梅觉得自己的心脏都不会跳动了！这一切究竟是怎么回事？！

一切还需再做测试！两个人的指上交流在继续。

"什么红表妹、绿表妹的？我听不懂你在说什么！"

"虹表妹，我是风表哥！"

又是一声石破天惊般的巨响，像春雷炸响在沁梅心头！他竟然是风表哥？！沁梅在程睿和许若飞的口中，都听到过飓风小组这个神奇的隐形成员的代号，没想到，竟然会是……

一阵犹疑困惑的思绪未散，一个再次令她震惊的东西又亮明在她的眼前。

楚天舒从上衣口袋中拿出一个物件，默默递到沁梅面前。

看清楚这个物件，沁梅几乎要惊得晕厥过去——是那个玉观音，那个自己父母新婚的纪念品！后来，沁梅又将它作为定情物，送给了自己的初恋情人——萧岳。如今，它怎么会突然出现在这个人手里？

楚天舒的手上在继续敲打着密码："这是我的战友牺牲前交付给我的一件信物，作为我和他的同志联系的凭证，我凭借它完成了组织上交付给我的任务。他告诉过我，这个玉坠来自于你！"

原来，他……真的是自己的同志！

沁梅清楚地记得，当她一往深情地为萧岳挂上这枚玉坠时，萧岳曾向她说了这样一番话："我会像珍惜自己的眼睛一般，爱护你的这个特殊礼物！我会让它永远陪在我的身边！梅，你记住，如果某一天，遇到了什么紧急的情况，我不得不将它交给别的人，那也一定是我最信任的人，你可以像信任我一样去信任那个人！"

楚天舒说是他的战友——萧岳交给他的信物，他凭借它完成了他的使命？那他一定就是我们自己人！他竟然会是…… 鸿雁？是的，一定是这样的！他是风表哥，又是鸿雁！楚天舒原来是我们自己的同志！他是我们党的人！

泪水就这样突然从沁梅的眼中滑落！她呆呆地望着楚天舒，久久地、痴痴地望着！望着他英俊的脸，俊朗的眉，温润的眼，还有那挂着温暖笑意的唇……后者也带着理解和鼓励的神情回望着她，眼中闪过的爱意像一股暖流将她包裹，将她温暖。

沁梅难以置信眼前的一切，却又不能不相信这一切！往日两人交往的一幕幕情景如放电影般从她的脑际划过，那种曾经让自己难以抗拒、难以释怀、难以理解的亲近感、依赖感，如今都得到了最合理的解释！但是在此种凶险莫测、四处耳目，蕴含着死亡气息的监室里，他们连直抒胸臆、消除误解的机会都不会有！

一切都不可说！唯有泪眼相望，无语凝咽。

沁梅轻轻摇着头，那泪水一行行，一阵阵，怎么也止不住，像开封的冰河在流淌，无声无息，绵延不绝。

楚天舒也含着泪，但是他始终微笑着望着眼前的女孩，他的手一直不停息地敲着……他的嘴里也始终喃喃诉说着对她一直以来的情思，这话语掩护着他上面敲击密码表达着的内容。他的言语和手语表达的完全是两种意思，两个概念，却配合得那样协调自然，丝毫不乱，显现出他超强的专业素质。

沁梅说不出话来，也再敲不出任何密码来。她的泪水不停地流着，流出的是欣慰，是惊喜，是悔恨，是伤感？她自己也说不清楚！她只是在心中一遍遍对自己说：原来他竟然是我们的同志，是我的战友？！原来如此！真好！真好……

在隔壁的监听室中，胡文轩戴着耳机听着，思索着。他听出来楚天舒在和风细语般和沁梅诉说着衷情，那一声声的"妞"的甜蜜呼唤，无形中在一点点打动着心爱的姑娘，只听见沁梅不停的抽泣声，女孩却是温顺得不发一言。

这丫头终究是沉浸在爱情的柔情蜜意中了！胡文轩满意地点点头，听了一会儿，就悄悄离开了，准备回到自己办公室静待佳音。他知道，楚天舒是有着独特魅力的，他一定会说服打动那个倔强的丫头，只为爱情的力量太过强大，谁也不可轻易挣扎出来！

不错，爱情的力量是无敌的，比如说对他胡文轩而言，对虞水蓉的痴爱支撑了他半生的念想，他至今不悔！

想起了虞水蓉，胡文轩心中顿觉温馨柔软起来，是的，一定要让楚天舒的计划成功，一定要尽早带着阿梅离开这个危机重重的孤城！

去你的江静舟！去你的封正烈！去你的陆十军，N7 军！去你的朱孝义！老子不玩了，也不奉陪了！

想到带走阿梅，从此过上父慈女孝的幸福生活，就是对江静舟的致命打击！不管阿梅是你的亲生女儿也好，是侄女、外甥女也罢，只要从此和你江静舟断绝关系，划清界限，就是我胡文轩至高无上的成功！我和你的对垒较量，最终还是我胡文轩赢了！

念及此处，胡文轩从心底笑了。

这边的监室中，特殊的双重交流还在继续着。

楚天舒用密码向沁梅简述了自己的计划，和她应该配合的细节，沁梅边流泪边点头。

楚天舒长长舒了一口气，他停住了敲打密码的手，轻轻拍了一下沁梅的脸颊，微笑着大声说道："只要想明白，就一切 ok 啦。妞，一切按照哥哥说的办吧？"

他收起了那方手帕，放回到衣袋中，笑看沁梅："已经很晚了，我还要去站长那里谈谈。你现在要做的，是好好吃饭，明天一切就好了！"

沁梅擦着泪水，用力点点头。

楚天舒准备告辞："我出去让人给你重新送些热饭过来，好好吃饭，然后乖乖安心睡觉，听到了吗？"

沁梅哭着点头。楚天舒正欲离身，沁梅突然跑上前来，从背后搂住了他，狠狠搂着，眼泪又一次不停地洒落着，她哽咽着却说不出话来。

楚天舒心头也是酸楚，他回身搂住沁梅，扳着她的脸庞仔细看看，微微一笑，在她的额前轻轻印上一吻。

沁梅俯身他的耳边，轻语道："这一切会不会有危险？我不要你…… 天舒哥你再为我冒一点点的险！"

楚天舒也在她耳边轻声回答："放心，一切交给我！妞，你必须安全离开这里，好好活下来，你爸爸还在等你呢！我们明天见！"

他掰开沁梅紧搂着他的双臂，忍住泪水，决然离开了禁闭室。

第十九章　李代桃僵

"您忘了我上次和您接头时对您说过的那句话吗，我和您，渊源还深着呢？也许，这是上天的安排，我竟然和您莫名其妙长得这样相像！您总会让我想起我最爱最崇拜的一个亲人……请您服从这样的大局吧，数十万人的生命如今都在咱们手中握着呢，宽城一定要在这两天迎来新生！曙光已在前头，云表哥同志，我最亲爱的战友，我们已经别无选择！"

第二天早晨，沁梅在胡文轩副官陈玮的带领下，来到胡文轩办公室。看到养父已经换好了便装，等候在那里。

沁梅看了看他，用几乎听不见声音的音调唤了声："爸！"

胡文轩点头："一切都不说了，今天你的表现，就是咱们父女情分的再次考验。我真心希望，天舒对你的博大深沉的爱情能拯救了你，也拯救咱们这份父女情缘！"

沁梅乖乖地没有作声，脸上仍不自觉的挂出了往日倔强冷漠的神色。

今天不比往日，沁梅的这份神情倒让胡文轩放心，这丫头一定是还在记恨自己昨天打她的那幕，父女断断续续相处十来年了，她何曾挨过自己的半根指头之染？只为昨日她的行为实在是罪不容恕！

胡文轩压抑住自己忍不住想上前安慰她的举动，板着脸说了句："那咱们走吧，一切要迅速、隐秘！"他带头向门外走去。

上了车，沁梅故意四顾一下，怯怯问了句："天舒哥呢？"

胡文轩淡淡地回答:"天舒身份特殊,今天的行动不能让他出面。你放心,丫头,拿到咱们想要的东西,天舒自会出现在你面前,最晚明天,咱们就要一起离开这里了,只要你彻彻底底觉悟过来,我想,天舒会和你有个美满结果的,你们还有一辈子岁月要过呢!丫头,你要想明白了!"

沁梅没有看他,沉默片刻,只是低声嘟嚷了一句:"反正如今我只相信我天舒哥!"

胡文轩点点头,第一次对她露出笑意:"你要能这样想就对了!这才听话,也才像我的女儿!"

车子向春来米店开去。

到了目的地,为了避免暴露目标,引起不必要的危险来,胡文轩吩咐司机将车子停在稍远的胡同外,然后只带了陈玮在身边,和沁梅一起,进了米店。

米店里空旷无人,废弃很久的样子,昨天的枪战现场也已打扫干净。

胡文轩暗示陈玮守在门口,自己带沁梅上楼。

楼上有五六间房子,沁梅将他带到了貌似原来做过主人卧室的里间,指了指墙边的一排衣柜:"就在柜子里的右下角被褥下面。"她不等胡文轩说话,就主动上前,在指定的地方摸找着,最后拿出了一叠文件样的东西来。

她将文件递给胡文轩,胡文轩接过来,匆匆浏览了一遍,不由惊得倒抽一口凉气:"可恶!原来陆十军和共军早有勾结?!"他的脸色变得阴狠冷酷,却突然记起什么,他忙换了温和的表情,看了看身旁的沁梅,满意而欣慰地点头:"很好,很好!阿梅,这次你终于没有让爸爸失望!"

他释然了,便忍不住搂住沁梅的肩膀,怜惜道:"丫头,爸爸明白你的心了!你终究是我听话的女儿!昨天打你也是一时忘情了,你别记恨吧?脸上还疼吗?"

沁梅噘起嘴来:"脸上不疼,心里疼!"

胡文轩正要再劝慰她几句,却见她露出有点紧张害怕的神情:"爸,咱们还是赶快离开这里吧!我有点怕……毕竟这里昨天死了人!何况我如今,算是背叛了那边吗?他们能放过我吗?"她禁不住打了个寒战。

胡文轩点头:"好吧,东西已经拿到,咱们马上离开!"

两人出了里间，才发现已经陷入危机中，一只乌黑的手枪正对着他们，执枪的是一个灰衣蒙面者！

"啊……"沁梅受了惊吓忍不住大叫，却被灰衣人厉声喝止了："住口！再喊一枪打死你！"

沁梅捂住嘴，回身望着胡文轩，身子发着抖。

胡文轩毕竟身经百战，虽然大惊，却未失色，他搂住战栗不停的沁梅，直面灰衣人道："朋友，能告诉我你的路数吗？只要不是共党，一切皆可谈！"

灰衣人蒙着面，看不清他的表情，却可以感受到他一定在冷笑，因为他的语气里全是阵阵寒意在徜徉："少废话，老子就是共党！放下你手中的东西，将这个叛徒留在这里，我可以放你一条生路！"

胡文轩苦笑道："哪里有什么叛徒？她是我的女儿！有事好商量！"他挥挥手中的文件："你看，如今我们国军的部队，N7军、陆十军都在准备和贵军谈判呢，还有什么不可以商量的事情呢？"他边说着，边暗暗用背后搂着沁梅的手，摸向自己的腰间。

"你最好莫要轻举妄动！请回头看看，小心有子弹打穿你们父女的脑袋！"灰衣人朗声喊道。

胡文轩僵住了想要掏枪的手，回身望去，十米开外的楼梯边，一个黑衣蒙面人执枪正瞄准着自己。他不由得沮丧地叹了口气。

沁梅嘤嘤哭了出来："爸，您自己走吧，留我在这里好了，可是……我好怕！"

胡文轩正要安慰她，却见灰衣人紧张地望了眼身旁窗外的楼下，对黑衣人叫道："下面好像来人了，我们先解决了他们！"

"不！"胡文轩不甘心地大叫一声，好像是他的喊叫震动了杀手一般，枪声就在这时响了，胡文轩意识到是身后的黑衣人对自己打了一枪，他只觉得后颈一凉，不由自主摔倒下去。

"爸！"沁梅扑到他身上哭喊道，在胡文轩失去意识之前，他听到了沁梅声嘶力竭的一句话："你们杀了我父亲，我和你们拼了！"

看到胡文轩不再动弹，灰衣人和黑衣人都从不同方向跑过来，灰衣人俯身仔细检查了胡文轩一番，黑衣人则上前拉起了沁梅。他们解开了罩面，灰衣人是大龙，黑衣人正是楚天舒。

大龙笑道："这一枪真准啊，打得恰到好处！"

楚天舒一笑："生命自然无碍，但是至少昏迷两小时以上！"

他看着沁梅："咱们进行下一步吧，程睿还在下面处理那陈副官呢。"

沁梅俯身看看胡文轩，又摸摸他的胸口，不放心地看向楚天舒："真的不会伤他性命吗？天舒哥你昨天晚上答应过我的，不杀他……"

楚天舒还未答言，一旁大龙笑着向他解释："沁梅啊，你要相信云雀同志的枪法，他可不是一般人呢！这一枪既然是用心打的，肯定不会害他性命！"

"云雀？你居然还是云雀？"沁梅难以置信地望着楚天舒，幽幽道，"天舒哥，你究竟有多少个身份啊？我都看不懂你了！"

楚天舒淡淡一笑："还多着呢，等到我们再见时我一一告诉你吧，只要是不违反秘密工作纪律的事情，我以后都可以慢慢讲给你听！"

他俯身检查了一下胡文轩的状况，接言安慰沁梅："放心吧，他的伤并不重。我知道你的心思，毕竟多年养育情，你对他自然还有一份女儿情分在！"

他又笑道："何况如今他也万万死不得，后面你们还要再续一段父女情呢。"说到这里，他忍不住对她俏皮地眨眨眼，想起他昨天告诉她的计划，沁梅信赖地点点头。

她神情复杂地看着他："只是，我一直像是在做梦一般，从昨天到今天……最不可思议的是，天舒哥你会从天而降，还竟然是我们的特使——云雀？"

"是的！我也是昨晚商议今天的行动计划时，才知道他是云雀同志的！"大龙踢了踢昏迷中的胡文轩，接口道，"一切为了下一步任务，我们只好先放了他一马，以图后事！不然的话，我真想此刻就杀了他，为小虎报仇！"

想起昨天牺牲在这里的小虎，三人都心情沉重。楚天舒忙制止了这种情绪："时间紧迫，我们进行下一步吧！"

大龙和楚天舒将中枪昏迷的胡文轩和被先前程睿打晕的陈玮抬上一辆准备好的吉普车上，沁梅也跟着上了车，车子向医院飞奔而去。

江静舟站在办公室的窗前，默默望着外边，沉吟不语。他抬起手腕，看看表，皱起眉来。

身后响起脚步声来。"情况怎么样？"江静舟边问边转身过来。

许若飞有点奇怪地看他："还有半个小时就可以出发了，我刚才告诉过您了呀？一切正常！"

江静舟自嘲一笑："是你啊？我以为是程睿回来了！"

许若飞："一大早程处就出去了，像是有什么任务？需要我去找找他吗？"

"不必！"江静舟严肃地说道，"咱们这边的事情才是大事情！对了，N7军那几位师、团长们如何说？"

许若飞："根据林枫和赵晋生的情况反馈，目前以38师陈师长为首的军官，都提出想和解放军联络。我在想，今天咱们的和谈结束，能否安排N7军那边几名可靠的军官，和老家来的我军和谈代表也接触一下呢？"

江静舟断然摇头："不行！在咱陆十军起义完成前，还不能贸然扩大和我军和谈代表接触这个范围！N7军情况复杂，那个朱孝义是比胡文轩还要疯狂几倍的特务头目，他对N7军的监视和防范是很严酷的，我看向晖和他的矛盾也逐渐尖锐起来。我们对他们那边的形势要考虑得周全些，千万不可麻痹大意。"

"向副军长目前的真实意图究竟如何？"许若飞不解地问道。

江静舟蹙眉道："他早已放弃了突围的念头。昨晚他又到我那儿谈了半宿，他流露出到了无路可走的地步，他希望能和我步调一致，最大程度保全两只军队的建制和弟兄们的生命。"

许若飞惊喜地打断他的话："那这么说向将军终于同意和谈了？"

江静舟摇头："他虽然流露出这么个意思来，可是也没明确表示，起码目前看，咱陆十军是主动起义，这点N7军还做不到！在咱们事成后，用这方压力迫使N7军那边缴械投诚，也许并不是办不到的事情！"

"管他们是起义还是投诚，只要把部队拉过来就好了吧？"许若飞大咧咧笑道，"依照向副军长那个顽固劲儿，您能说动他放下武器，放弃抵抗，就是不易的事情了！"

江静舟叹息："也非我一人的力量，是大家努力的结果。关键是形势所逼，由不得他负隅顽抗到底了！"他若有所思地说："也许你说得对，不管是起义，还是随着咱们的起义而被迫投诚，从速解决 N7 军问题是关键！"

却见程睿匆匆进来，对着江静舟点头："计划进行顺利，他们现在已经出城了！"

江静舟暗暗舒了口气。

宽城东门外，那辆程睿开的吉普车，现在由身着国军军装的大龙开着，停在了路边。另一辆车是楚天舒开的，停在相反方向一边。

吉普车后厢里，已经被取出子弹，包扎好伤口的胡文轩躺在担架上，因为麻药的作用，他还处于深度昏迷状态。

他的身边，副官陈玮守在一旁。他摸着自己的后颈，苦笑着对坐在驾驶座上的大龙诉苦："这些共党分子太狡猾狠毒了，我还没反应什么呢，就被人从背后打晕了！幸亏特派员早有防范措施，要不然站长和小姐就没命了！"

大龙同情地望着他："所以我认为我们特派员的安排是天衣无缝了，什么时候都是万无一失啊！就像当下，安排咱们及早出城，也是明智之举！你看到那份共军绝密材料了吧，这宽城快变天了，就在这两天！咱们这些人，何苦殉葬于此呢？"

陈玮望望不远处的宽城城门，感慨地点头："是啊，早走早解脱，简直是挣命出来的感觉！我了解，我们站长其实也早就接到了出城回南京的密电的，但是他……如今他是昏迷着不省人事，倒也省事了。不然他要是得到这份陆十军和共军和谈的密件，再要犯了牛脾气，一时不离开宽城，和共党较量到底……也许就会到不可挽回的地步了！"

说到这里，陈玮都有些庆幸胡文轩这次的重伤了。他是胡文轩的贴身副官，也是他的亲信，只有他知道胡文轩是接过贾翙锟密电，让他撤回南京的。如今胡文轩重伤在身，自己作为副官就替他做主了，听从楚天舒的安排，先去沈阳，从那里搭乘飞机回南京。胡文轩伤情较重，从哪方面论，都必须赶紧离开这座危城！

陈玮悄悄舒了口气，看看不远处喁喁私语的楚天舒和沁梅，又疑惑地问大龙："现在宽城危在旦夕，怎样特派员还突然改变主意，不和咱们一起走了？留在这座孤城，那是相当的危险啊！"

大龙叹气："特派员是发现了这个共党密件，关于陆十军和共军马上要和谈的消息，他为职责所在，必须马上去和郑司令长官商量对策，做出防范措施来，所以恐怕要迟走一步了。"

在离车子不远处的地方，楚天舒和沁梅告着别。

沁梅怨念地望着他："天舒哥你说话不算数！你怎么突然决定不和我们一起走了？你又骗我！"她的眼泪又滴了下来。

楚天舒上前为她擦去了泪水，笑着安慰道："我这边突然接到组织的命令，还有一个小任务要马上完成。等我完成了这项工作，会马上到上海来找你的！"

他又笑着嘱咐道："你放心走，这一路都安排好了，大龙会一直将你们护送到沈阳。那边的专机，是我四哥亲自安排来接我的，一切都很妥当！"

楚天舒的神情是安详平静的，语气也是舒缓从容的，其实他的心中正压抑着焦急不安的情绪。就在今早行动前，他得到他安插在保密局的一条内线的密报，朱孝义正在组织对江静舟的另一场暗杀！陆十军今天下午就要和我军代表和谈，江静舟作为主要负责人职责重大，他的安危至关重要！所以楚天舒更加坚定了自己留下来的决心，他要马上去向江静舟预警，可能的话，他要助他一臂之力，度过此次危机。

他匆忙和沁梅告别道："好了，我马上要去执行任务，就在这里别过吧。记住，沁梅，到南京后，和你干妈赶紧联系上，争取早日去上海，那边的任务也很紧迫！"

"可是，你昨天告诉我，上海的任务是你来负责的，我只是当你的下手……"沁梅有些疑惑。

楚天舒耐心解释道："如果我能顺利完成这边任务，我自会马上赴上海，但是如果……我是说如果有些特殊情况发生，有些小意外……那么你就按照我刚才和你说的那个预备方案进行，你和你干妈可以迅速联络上海地下党，展开工作！"

沁梅猛然抓住他的手，急急地盯住他："特殊情况？小意外？什么意思？天舒哥你不会……有什么危险吧？"

楚天舒果断地摇头："没事的，放心！你忘了你爸爸还在这里呢？等完成任务，我也许可以和他一起撤离……妞，你放心吧！"他拍拍她的小手，以示安慰。

沁梅带着信任和依恋的神情凝望着他细长的眸子，在那里她读出了怜爱、鼓励和坚毅。她觉得自己的心突然变得好痛，她从来没有这样依恋他、不舍他，她真想让时光从此刻凝固住，她要永远和她的天舒哥在一起！

望着沁梅深情凝视他的眼睛，楚天舒也一时忘情，似乎有点按捺不住的样子，将她一把搂在怀中。

沁梅闭着眼期待着，心底的河床，奔流的都是甜蜜温馨的水浪……最后，楚天舒还是像昨天那样，只是轻轻吻了下她的额头。

沁梅有点小失望——他终究只是当自己为妹妹吗？

楚天舒心底划过一丝小纠结——等着我，我心上的姑娘！如果胜利的那天，我还活着，我再和你……

只是片刻的停滞，这温情的凝滞时光。楚天舒不敢再耽搁下去了，毕竟时间紧迫，他要马上返城去找江静舟。

他松开搂着沁梅的手，再次毅然决然地告别道："好了，快走吧！期待着我们再次相见，那时候我会仔仔细细和你聊的，聊以往的种种类类，是是非非，长篇大论的，咱们聊它个三天三夜如何？到时候只怕你都会听烦了呢！"他顽皮地眨眨眼，孩子气地笑了。

他对沁梅挥挥手，沁梅也回应他摇手告别，转身向那边车子走去。

走了两步，沁梅又折身回来，将那枚玉观音塞在他手上："这个还是你先拿着，等下次见面，你再还给我好了！"说完沁梅不再回头，一直到上了吉普车。

沁梅坐在车上，趴在车窗边痴痴地凝望着不远处站着的那个人，凝神看着。

车子开动了，那个修长挺拔的身影在一点点变小，慢慢模糊消失掉了。

楚天舒送走了胡文轩、沁梅一行，忙驾车进城，向江静舟的 183 师赶来。

江静舟的办公室中，程睿向江静舟简要汇报了他们前面行动的经过，许若飞跑进来："师座，车子已经等在外边了！"

江静舟会意，抬腕看了下表，对程睿和许若飞道："准备出发吧！"

许若飞看着程睿："程处，您陪着师座先走，我在后面，一切按咱们商量的计划来！"

程睿点头，正欲再说什么，却见乔思扬和封正烈身边的刘副官一起进来，脸上都挂着焦急的神情。

刘副官看着江静舟："江师长，刚才接到总司令部命令，郑司令召集军座和您马上去 61 师 541 团团部开紧急会议，让你们不得延误，马上前往！"

乔思扬接口："我们这边也是刚接到相同的命令。"

听了此话，众人都是一愣。

"什么？ 541 团防地在郊外，离这里不算近，总司令怎么会在那里召集会议呢？"程睿和许若飞几乎异口同声提出疑问。

刘副官："据说是为了安全吧？郑司令目前也正在那里巡查，这种情况以前也有过，在咱们陆十军的团部开现场会议。"

许若飞："可是这种形势下，风声鹤唳，还是不能不有所防备吧？"他望向江静舟。

江静舟皱起剑眉，看着刘副官："军座是怎样说？"

刘副官："军座也很意外，想着和谈在即，已经没时间耽搁了，又怕这里面会有什么隐情，所以急命我马上来见您，说是一切听您的安排行事。军座就说了一句建议，让我带给您，如果已经暴露，更要马上和谈，从速起义，不行的话现在就和那边翻脸了，不去开这个会也罢！"

江静舟摇头："此刻若是不去，等于提前暴露我们的意图！毕竟还没有正式和那边接触和谈，一些起义的重要问题还没有协调好，此时翻脸还不是最佳选择！"

他转而望向程睿："会有消息泄露的可能吗？云雀那里，处理得干净了吗？"

程睿自然知道他问话的意思所在，就自信地点头道："那边是我和云雀、大龙做的，一切干脆利落，任何线索都掐断了，应该问题不会出自那里！我在想，据云雀同志早上告诉我的一个情况看，他设在保密局中的内线密报，最近是朱孝义那方频繁出没在郑司令那里，我估计他们这次未必抓到咱们什么确凿证据，只不过是一场摸底考察而已！"

江静舟点头，又看着乔思扬："这次通知要去开会的，N7 军那边的军官都有谁？"

乔思扬说："我刚才接到命令，就多了个心眼，假装不清楚会议具体时间，打电话问了向副军长的副官卢筱生，听说那边也接到通知，原本是通知李军长和向副军长一起去开会的，只是李军长久病卧床，自然去不得，所以只有向副军长能去了！"

许若飞听了不禁敏感起来："那边没通知师长一级的去吗？"

乔思扬摇头。

许若飞转而看江静舟："这就有问题了，不会又是针对您的一场阴谋吧？"

程睿分析道："也不尽然，毕竟咱们陆十军目前没有副军长呢，师座是主力师师长，通知他同去也不是没道理的。"

江静舟点头："总之一切皆有可能。不过这倒让我想出个办法来！"

他看着刘副官："你不妨回去对军座说，让他也装病，不能前去开会，咱们这方我一人做代表，去见郑司令就是！"

他又看着程睿、许若飞："和谈时间马上就要到了，一切按照原定计划行事，军座可以先去，我从郑司令那里回来，再直接去和谈地。"

"可是，我总觉得这里面有猫腻，您的安全……"许若飞急切地插言，"您如今是咱们这方谈判的重要长官，而且您是这次和谈的实际组织者呢，您若不在，很多事情……"

江静舟心中也是明白，但是目前情势万分紧迫，他无法再顾忌太多，他挥挥手，制止住许若飞的话，神情严肃坚毅地看向程睿："如果一旦有什么不可控制避免的变故发生，程睿就接替我的一切职责，务必要确保和谈的顺利进行！"

"师座！不行！"程睿急切道。

"江师长，您不可轻易冒险，如今咱陆十军起义大事还全仰仗您呢！"

"是的，师座，您是我们的主心骨……"

"师座，无论如何您不可轻涉危境，何况541驻地离城里很远，这一来二去的，时间上也来不及啊，您赶不上这边的和谈，可如何是好？"

其他几个人都七嘴八舌嚷起来。

"好了！现在都什么时候了？你们一个个还婆婆妈妈的？"江静舟火了，瞪眼扬眉，"一切按我说的办！"

他胸有成竹地一一指挥道："程睿，代替我陪军座正式进行和谈；许若飞还是确保和谈安保问题，不可出任何纰漏！乔思扬随我去 541 团开会！"

他注视着刘副官："刘副官，你马上回去把我的安排转告军座，就说不管我是否能赶回来参加和谈，一切都要按计划进行。我已经把所有事情都安排好了，有无我江静舟在，无碍大局！和谈要从速进行，咱陆十军起义也要提前，万不可贻误良机，功亏一篑！"

刘副官领命而去。

这边江静舟整整军装，准备出发。他看着程睿和许若飞都嘟着脸，挂着难过加担心的神情，不由得埋怨道："你们俩也都算老党员了，怎么关键时刻还是这样沉不住气，如此犹疑不定呢？真不让我放心！"

他叹口气，放缓语气相劝道："好了，我知道你们是担心我的安危，可是要看看眼下到什么地步了？千钧一发啊！程睿！许若飞！你们都给我打起精神来，去完成你们应该承担的任务和使命！"

"是，师座！"两人几乎都是含泪高声应道，却见卫兵进来急急禀报："师座，楚特派员急着要见您！"

"快请他进来！"江静舟话音未落，楚天舒已经跨进门来。

楚天舒看看屋里众人，望着江静舟道："江师长，目前已是危急关头，我们就不借一步说话了！我的身份可以对这里的同志们公开了吧？"

江静舟对他点头，又看看许若飞等人道："这里都没有外人，若飞、思扬，楚特派员是我们自己的同志，他就是老家派来的特使——云雀同志！"

这话让许若飞和乔思扬多少有些意外，他们带着难以置信的惊讶加惊喜表情看着楚天舒，后者对他们微笑点头致意。

然后楚天舒忙将自己得知的保密局针对江静舟的暗杀计划这个消息说了出来。大家都是倒抽一口凉气。

"好险！"许若飞叹道，"所以师座，您无论如何不可去 541 团！那里分明摆的就是鸿门宴，是一个陷阱！"

程睿也点头道："是啊，师座！已经是图穷匕见的时刻，不用再理会其他，咱们直接去谈判会场就好，接着从速起义，让那帮家伙白计划忙活一场！"

江静舟摇头："不行，和谈还需要时间，在此期间，如果我和封军长都拒不出席司令长官会议，不听调令，朱孝义之徒马上会察觉咱们陆十军有异动，他必将谗言于总司令面前，且会千方百计挟天子以令诸侯，借助司令长官的命令，紧急调遣城里的 N7 军和咱们对抗，这就麻烦了，因为 N7 军的问题还没有眉目，如果被这些人裹挟着兵变，枪口对准咱们陆十军，而咱们这里的起义工作还未来得及进行，一切就会陷入混乱状态！这样的局面就很糟糕了！"

"对的！"楚天舒接口道，"这样宽城就会发生混战局面，这也是我们最不想看到的事情！我们目前力求稳中求胜，而朱孝义之类正希望是趁火打劫，乱中浑水摸鱼呢！"

"可是那该怎么办才好呢？师座如果去开会，明明就是去赴一场鸿门宴呐，且不说安全毫无保证，就是谈判桌上，我们也失去了最重要的主心骨！"许若飞急切道。

江静舟沉稳说道："还是按照我刚才的吩咐行事，不要过多强调我个人的力量！权衡各项利弊，我去赴会敷衍一下，是十分必要的，是一场重要的掩护，你们不必再多说了！"

他看看楚天舒："天舒，你来了就更好了！你也去参加和谈，协助程睿处理好咱们这边的事宜。"

楚天舒笑着摇头："师座，您忘了，我并不是陆十军的人，代表陆十军参加和谈是不合适的？要是代表老家一方，目前过早暴露身份给陆十军和 N7 军一些军官，也未必是合适的？所以，您不妨听我献上一计吧。"

"你说，天舒！"江静舟认真看向他，程睿、许若飞、乔思扬三人也满怀希望望着他。

楚天舒微微一笑，竟然是用顽皮的口吻说起这个严肃危急的问题来："我个人认为，江师长完全应该去 541 团开会，这样才可有效麻痹敌人，为和谈争取时间，做最好的掩护……可是，大家刚才的建议也没错，陆十军和我军代表的和谈，也万万不可少了您这个擎天大柱！所以目前的您，没有其他更好的选择，两个地方你都要同时去，缺一不可！您必须去开会，也必须出现在和谈会场！"

众人听了他的话都是一头雾水，乔思扬更是忍不住叫道："特派员，哦，是云雀同志，您这说的都是什么呀？咱师座难道还有分身术不成？"

楚天舒笑了："没有分身术，可以有障眼法呀！李代桃僵的故事大家听过没有？"

"李代桃僵？你的意思是？"几个年轻人都在纳闷猜测中，江静舟似乎已明白了几分，他看着楚天舒，微微摇头，已经做出"我不会许可，坚决不会答应"的表情来。

楚天舒诚恳地望着江静舟，笑着恳求道："您先别急着做决定，听我多说一句吧。刚才这样做的重要性我已经跟您分析过了，现在我要说的是，我们必须分工协作，共同演好这出戏，瞒天过海，方能万无一失！"

"你们这说的都是啥意思啊？师座到底是该去哪一方？"乔思扬正欲细问，程睿忙止住了他，大家都认真听江静舟和楚天舒两人的对话。

程睿和许若飞跟着江静舟时间久了，自然明白其中的玄机所在。他们看着长相相像的两个人——一个儒雅沉稳的中年将军，一个英气勃发的青年军官，他们的长相、神韵很有神似之处，他们的执拗态度如今也如出一辙。

"不行！天舒，这次无论如何不行！你这个计划是想当然，是你单方面的想法和动议，我不会同意！绝不会！"

"师座，您知道是可行的？您只是在担心我的安全而已！可是两害相权取其轻，同样是去冒险，我冒这个险就比您去冒这个险更值得，也更必要！"

"可是这也是很不确定的一场冒险？是的，也许在别人眼中，咱俩长相、身材都有相似之处，但是究竟是完全不同的两个人！你瞒得过这一路，可是到了目的地，图穷匕见，你如何圆这个局？如何向司令长官解释这替代的动机和目的？你如何继续掩藏自己的身份？天舒，你考虑过吗？这简直是小孩子过家家的想法！"

"师座！您明白的，其实危局也许就在身边，就在我一出这个大门，在去541团的路上！至于到了目的地，您放心，我自会有合理的解释。"

"唉，天舒，天舒！你是太明白了！可你也是逼着我和你上火了！你说的一点不错！危机就在这出门后的分分秒秒间！是的，这是一条危险之路，也许会是一场赴死之局？我们相处不短时间了，你不了解我江静舟的性格吗？你认为我会那样做吗？"

"江师长，您这时需要理智，而不是感情用事！危急时刻，分秒必争，机会稍纵即逝，您是老特工了，我尊重您，也相信您的判断力和决断力！"

"不行！如果你还当我为前辈，你就不必再说下去！我自有我的原则！我决不允许你代替我去冒这个极大的风险！绝不！"

"云表哥同志，请您配合我的工作！这是组织利益的最优化抉择！您无权固执己见！"

"对不起，云雀同志！你说过的，你作为特使云雀的任务已经完成，所以现在你应该服从我的领导。我是这次和谈行动的总指挥，你准备去你该去的新的位置，接受新任务！"

乔思扬这才听明白了两人争议的问题实质，原来楚天舒的建议竟然是，由他代替江静舟去司令部参加会议。他看看程睿和许若飞，他们听着江静舟和楚天舒的激烈争辩，也是又感动又纠结，外加焦急万分，都插不了嘴劝说。

看着楚天舒固执决绝的神态，江静舟无奈摇头，看向许若飞："你把那些隐蔽的情况告诉天舒吧！"

许若飞知道江静舟的意思，将楚天舒拉到一边，低声用简明扼要的话说明了自己掌握的特殊情况和危险之态。

楚天舒平静听完，微微一笑："你说的情况我完全想象得到。上次靳鹏副官中枪那回，我正在现场不是吗？唯有我听懂了靳鹏的暗语，江师长，您忘了吗？一切，也许比你们想到的更凶险万分！可是，你们也应该明白，我曾经是保密局军官，还是受过特殊训练的特工，我自然比你们更熟悉保密局那个套路！由我去应付这场危局，要比江师长您胜算大得多！"

他看着程睿："雷表哥，我们都是一类人，你自然更明白这些，快帮我一起说服师座！"

程睿看看江静舟，又看楚天舒："也许，云雀同志的建议有一定道理，可是……"

"没什么道理，也没什么可是！"江静舟不满地横了程睿一眼，正视楚天舒道，"你这是准备替我去赴死啊？可是即使有这个情谊，也没这个道理！天舒，你不必再说了，我意已决！思扬，准备出发！"他招呼了一声，转身欲走，却被楚天舒猛然抓住了胳膊。

"您这是逼着我亮明身份了？"楚天舒剑眉紧锁，望望众人，喟叹道，"也罢，我也曾事先请示过组织的，在营救沁梅的前夕！云表哥、雷表哥、雨表哥，我们原本早已是一个战壕的战友，我也是飓风小组的成员之一——风表哥！"

"原来如此！"

"天舒，你竟然会是……"

程睿、许若飞几人惊愕无比，也惊喜万分。

楚天舒却显得很平静："所以，我肩负着特殊使命，目前我认为，我最应该做的，就是保全云表哥您的安全！"

更平静的却是一旁的江静舟："好的，天舒，再次欢迎你这个'老战友'归队到我们小组来！不过，你别忘了，飓风小组的负责人是我？特殊情况下，我将行使最后抉择权？这条秘密工作的纪律你更当懂得？"

楚天舒语塞，露出无奈的苦笑，江静舟却轻松顽皮地一笑，拍拍他的肩膀，再次准备离开。

楚天舒焦急万分，情急之下，他决定破釜沉舟一试了。

他伸手拦住江静舟，静静望向他，嘴角挂起一丝略带稚气戏谑的笑意，不像是彼此战友，倒像是晚辈对长辈的纠缠哀求语气："那么，请您再最后听我一句话，成么？"

他这样孩子气的无辜表情让江静舟实在无法拒绝，只好点头。楚天舒得寸进尺般笑对他道："这话事关个人私密，我请您借一步说话？"

江静舟看着他童真般祈求的笑脸，也是恨不得爱不得，只好和他一起来到里间。

掩上门，楚天舒来到江静舟身边，他的脸上已经收起顽皮笑容，变得异常严肃认真起来。他深深望着江静舟，咬咬嘴唇，似乎下了很大决心一般，俯身江静舟耳边，低声说了一句话，江静舟听了，猛然一愣，面露惊诧之色！他难以置信地看着楚天舒，一时无话对答。

楚天舒对他不好意思地笑笑，勉强板正了脸色，语气郑重地说道："云表哥同志，那么我这次能否提出要求，请您配合我的工作？"

看着江静舟百感交集望向自己的面容，楚天舒毕竟年轻，不好意思继续这样刻板生硬下去，但是指令究竟是要在此刻生效的！于是他略带羞涩的表情看看江静舟的脸色，几乎是怯生生的样子："换句话说，请您……执行我的命令吧？"

江静舟深深吸了一口气，默默看向楚天舒，眼中有水气在氤氲。

"您放心吧！"楚天舒温和耐心地向他分析道，"您知道的，那些人针对的是您，想要真正对付的是您，真正到了那种紧急关头，我可比您多个制胜法宝——我的特派员身份！只要我亮明身份，他们不敢轻易对我下手的！所以由我作为您的替身，去赴这场险局，是最合适的！"

接下来说出的话，可以听出来他的声音因为激动而有些颤抖："您忘了我上次和您接头时对您说过的那句话吗？我和您，渊源还深着呢！也许，这是上天的安排？我竟然和您莫名其妙长得这样相像？您总会让我想起我最爱最崇拜的一个亲人——我的大哥！"

不过瞬间，他已恢复平静，真诚地请求江静舟："请您服从这样的大局吧，数十万人的生命如今都在咱们手中握着呢，宽城一定要在这两天迎来新生！曙光已在前头，云表哥同志，我最亲爱的战友，我们已经别无选择！"

江静舟已经无力再反驳他的话，望着这张年轻坚毅的面容，他默默点了点头。

楚天舒无比喜悦地松了口气，那种稚气的得意表情瞬间回归。他急切地说道："时间已经过了，咱们赶快各自出发吧，对了，先要换装啊？我需要换上您的将军服。"楚天舒说着，已经开始动手解自己的上衣纽扣。

江静舟也无奈苦笑一下，几乎是机械般地解开自己的军装衣扣。

当两个人再次出现时，程睿等人都微微愣住了。

楚天舒已经换上了江静舟的将军服，他望着三人，脸上又挂了往常顽皮不羁的笑容。

他笑看三人："你们三人都跟着师座很久了，看看，可以以假乱真不？还有哪里不像之处？"

看着镇定自若，谈笑风生如往常的他，程睿和许若飞都说不出话来，只是心中涌起感动加难受的感觉，

"打眼一看，还真有几分神似！"乔思扬毕竟年轻些，笑着接口道，"外边穿上大衣，再戴上一副墨镜，更没问题了！"他取出江静舟的大衣和平日里带着的墨镜，一起递给楚天舒。

"ok，那咱们出发吧！"楚天舒穿好大衣，戴上墨镜，又将大衣衣领竖了起来，看看众人，又对江静舟笑笑，从他手中接过了自己那身军装，"这个放在车里，也许有备用。"

江静舟吸了口气，稳定了一下自己的情绪，看着许若飞："你陪在天舒身边，一定要确保他的安全！"

许若飞还未答言，楚天舒摇头："许团长如今是陆十军军部警卫团长，应该跟在封军座身边才对！我和乔副官去就成，加上外边还有等着的秦旭峰副官，这才是您平日的阵势。咱们不妨按部就班吧？何苦一出门就遭人怀疑？"

"可是，刚才卢副官电话中说，咱们师座出发时，给他电话，经过 N7 军军部时，向副军长等在那里，和师座一起去开会。"乔思扬接言。

程睿和许若飞听了都有些紧张："你怎么不早说这个情况？这咋办？天舒这样，瞒得过别人，可如何瞒得过向副军长？这不是一下子就露馅了吗？"

楚天舒略一沉吟，笑道："无碍！我坐在车里不下车，乔副官去招呼一下就好了，向副军长也是坐自己的车去，应该掩盖得过去。"

总算这样商定了，每个人心头却都不轻松。楚天舒不愿太过纠缠，让大家伤感不安，就忙催促着乔思扬出发了。

江静舟长长叹了口气，来到窗口，看着楚天舒和乔思扬上了自己的专车，等在院子里的秦旭峰和一些卫士忙上了后边的车，车子开了出去。

江静舟回头命令道："咱们也马上出发！"

路过 N7 军军部，楚天舒坐的车子停下了，坐在前排的乔思扬回头对楚天舒点点头，下了车。这边楚天舒心下也略微紧张，他将衣领竖得高高的，想了想，又将自己的那条军用围巾抽出来，围在脖子上，尽量遮住了自己的脸，他没想到这点却是败笔，只为他不知道江静舟是从来不戴围巾的！

向晖军装严整地从楼里走了出来，乔思扬迎上了他，笑着解释道："副军长，我们师座今天有点感冒，就不下车了，他说反正大家等会儿要见面。时间不早了，咱们快走吧？"

向晖微微一笑："听说你们封军长病了，不能去开会，却怎样致远也病了吗？"他说着走上前去，想和江静舟招呼一声，乔思扬冷汗都要急出来了，又不敢拦他。

向晖走到江静舟车前，隔着窗户看到"江静舟"侧脸向他挥挥手，他笑着也向他挥了挥手，却突然看到"江静舟"的颈上带着围巾，不由一愣。

向晖何等机敏之人，他又看了车里的"江静舟"一眼，心下顿生疑心，他微微一愣怔，也没有继续上前，转身回到自己的车旁，上了车。

坐在车里的向晖沉吟不语。司机启动了车，向晖低声吩咐道："和前面江师长的几辆车拉开距离，开慢些！"

一旁的卢筱生不解地望着他。车子开了一段距离，向晖接着指挥："在前面的路口，掉头，去陆十军 183 师。"

这边的车上，乔思扬从车后窗看到向晖的车子没跟上来，也觉奇怪，就告诉了楚天舒。

楚天舒摇头："先不管这些了，我估计这一路上有麻烦可遇呢！"

江静舟坐在车上，身旁是许若飞和程睿，他一直在凝眉思索着，突然他叫了句"停车！"

许若飞忙指挥司机将车停下，他和程睿都不解地望着江静舟。

江静舟的面容沉静严峻："若飞，你赶快带几个人去跟上天舒他们！有个细节咱们都忽略了！前面为了保密，某些隐秘情况思扬都不太清楚？这一路毕竟是太危险了！你还是跟上前去，一定要保护好云雀同志的安全！"

许若飞点头，忙下车，带上几个人，驾着另一部车往回赶。

向晖的车来到 183 师防地，他没下车，对卢筱生低声吩咐了一句，卢筱生会意，开车门下车，进了师部大楼中。

向晖沉吟片刻，忍不住也下了车，站在院子里凝望着四周，远处的操场上，没有了往常经常可见到的士兵们训练的场景，院落里面一片沉寂，在这深秋季节竟然有一丝凄清寂寥之意。

卢筱生匆匆从楼里出来，来到向晖身边低语道："江师长确实动身去 541团开会去了！"

向晖点点头，转身上了汽车。

第二十章　暗杀迷局

"我的任务已然完成……我的使命已经结束……现在的我……只想做回本真我！楚……天……舒，楚家的一个孩子！"楚天舒明显意识不清起来，他的脸色白得近乎透明起来，仿佛像水晶雕刻的一样透亮清澈，他的眼光已经微弱下去，那往日生动的眉毛此刻因难忍的痛苦而纠结在一起，他喘息着看着楚成，那失去血色的唇边依然挂着温润的笑靥，他笑得那样纯真稚气。

楚天舒坐的江静舟的专车行进到郊区一片树林地带，离541团部不远了。预料之中的险境出现了。

前方路上出现了障碍物，车子的速度慢了下来，突然有四五个人从路旁的丛林中跃出，每人手中都是一挺冲锋枪，突然向车子射击，司机中弹身亡。

面对这场突然袭击，众人都是吃了一惊，楚天舒和乔思扬急忙边附身下去，边拔枪还击。后面卫士队卡车上急刹住车，兵士们纷纷跳下来，在秦旭峰的指挥下匆忙抵抗。

这样抵挡了一阵，秦旭峰来到楚天舒所乘的车子前，拉开车门，大叫："乔副官，你留在这里指挥卫士队，我掩护师座从这边树林中穿过去，抄近路，很快就到541团了，那边听到枪响也自会接应的！"

他对戴着墨镜、竖着衣领半遮着面的楚天舒道："师座，快跟我来！"说着动手搀扶他，楚天舒对乔思扬一点头，顺势跟着秦旭峰下了车，进了路边林子中。

这片树林是一个小山坡地带，树木茂盛浓密，秦旭峰在前面引路，楚天舒紧跟其后。

来到一个中间地带，秦旭峰突然站住了，他缓缓转过身来。

许若飞带着人正焦急地向这边赶来，隐约可辨的枪声让他心急如焚，他的车子追上了向晖带领的几辆车。

几辆车停了下来，向晖拉开车窗，向许若飞询问情况。

许若飞面带忧虑回答道："我们师座在前面的车上，估计是遇到袭击了！"

"那还等什么？！咱们赶快过去！"向晖急命道。两路人马合二为一，向激战处赶去。

树林中，秦旭峰突然转身，同时将枪对准了身后之人，嘴里捎带吐出的话语阴冷而无奈：

"师座，对不住了！我也是职责所在……"

话音未落，他就愣住了，因为他看到自己也是正面对着一支乌黑的枪口。跟在他身后的"江静舟"的动作之敏捷也出乎他意料之外，身为特工的他竟然没有占尽先机！

两人持枪对立。

秦旭峰看到对面的"江静舟"用左手摘了墨镜，露出真容来：竟然是楚天舒！他再次愣怔，差点手中的枪都落地："怎么会是……您……特派员？"

楚天舒看着他，冷冷一笑："保密局的手段，不错，很熟悉的套路呢！只是，你明白你要杀的人是什么身份吗？一个党国将军！你好大胆！"

"是的！"秦旭峰垂首，"我也很纠结啊！可是您一定明白，这是上峰的指令啊，我怎敢抗命不遵？不然……就会像靳鹏那样……突然消失了吧？"

楚天舒平静笑笑："那如今你怎样办呢？你分明是跟错了对象，一样是玩忽职守罪了！秦副官如何自处呢？不然，你杀了楚某去充数？"

"我怎么敢？别说您是特派员，我不能伤您，就是我真想伤您，也未必是您的对手啊！您和我都是保密局的人，您的身手，在上次江师长遇袭案中就在我们这里传开了，您一定不是一般的人！"

秦旭峰绝望地哀叹："我不知道您是怎样识破我的？您又为何要冒充江师长出现在这里？也许，是江师长早已识破了我吧？是的，我和靳鹏都是保密局的人，都是奉命监视封军长的……后来又莫名其妙来到江师长身边，接受了暗杀他的任务。靳鹏上次竟然挺身护主，分明是已经背叛了组织！这次行动其实已经计划很久，一直找不到合适的机会，上峰又不敢让我在陆十军防地对江师长下手，唯恐因此激起兵变来！好容易才谋划到这样一个契机，可是……唉！人算不如天算！我此次任务这样失败，自知也必定是死路一条了！"

秦旭峰竟然露出绝望的神情，他望着楚天舒几乎是哀叹道："您也是保密局出身的，一切规矩您自然懂。您就给我一个自我了断的机会吧？"

同为保密局特工，楚天舒自然明白如今身陷任务失败境遇下秦旭峰的绝望和无奈，他有点不忍心，就不由得含糊其辞地劝告了一声："目前局势危急，这几天就变天也未可知！秦副官不妨暂时避避风头，看看有无一个了局吧？"

秦旭峰摇头，面带凄楚之色："宽城就是姓了共军的姓，秦某也是个死罢了！不如殉职于此，倒也干脆，起码是对自己组织效忠到底了！"

他看看周围，又看向楚天舒："特派员赶紧离开此处吧，您还需要脱了身上这身将军服才安全！"

楚天舒盯着他："保密局的路数我懂，这次又安排了几个梯队来暗杀江师长呢？"

"您知道按规矩这是不能说的……"秦旭峰苦笑道，但是他思索片刻，还是伸出左手，暗暗对楚天舒做了个"三"的手势，又指了指自己，摇手，楚天舒瞬间明白。

看着年轻精干的秦旭峰，楚天舒心中满是痛惜不忍之情，他忍不住对他低声喊道："秦旭峰，你清醒一下，先找个地方躲两天，等着，也许会有一线生机！"

"谢谢您，特派员！我不知道您究竟是什么身份？可是对我来说都是没意义的了！完不成此次任务，秦某唯有一死而已，我也是早就立了军令状的！可是悲哀的是，我至今都不知道，我为什么会被要求执行这个命令？为什么要暗杀江师长？唉，现在一切，对我来说，也没必要知道了！"

"您快走吧！再耽搁下去，我怕……"他急切地对楚天舒道，"记住，一定脱掉您身上这件将军服！"

楚天舒深深地看了他一眼，长长叹口气，转身离开。

才走了几步，他的身后响起一声沉闷的枪声。楚天舒知道是秦旭峰了结了自己，他几乎没有停顿，微微叹气，继续向山下走去。

这里，前面诸多谜团已然揭开。

靳鹏和秦旭峰都是保密局人员，在胡文轩来宽城任职前，他们就按照前任站长之命，奉命潜伏在封正烈身边，他们的任务是监视封正烈和陆十军，定期向保密局汇报情况，如果封正烈有何异动，必要时将按照上峰的命令，选择机会近身除掉之！

江静舟来到宽城担任183师师长后，封正烈出于对他的爱护，为了保护他的安全，将自己身边枪法出色的副官靳鹏送给了他，此举可谓误打误撞，让接手宽城站的胡文轩欣喜莫名。原本他安插在江静舟外围的也有保密局的人，但是此番靳鹏作为江静舟的贴身副官，无疑更有优势获取情报。胡文轩指示靳鹏将江静舟的一言一行都汇报上来，所以才有了胡文轩上次在顾倾城面前的夸口——他随时了解江静舟的一切动态。

不料靳鹏还是有所行迹败露。一次胡文轩的亲信纪程竟然在不留神中到江静舟官邸找靳鹏拿情报，被沈冰撞见了，纪程脸上的胎记给沈冰留下了印象。

后来在围捕沈冰现场，沈冰自然认出了纪程，就敏感地意识到江静舟身边似乎潜伏有保密局的人。她在临死前挣扎着通过宁松的口，向江静舟提出了警示。

江静舟听了沈冰的遗言，心生疑惑，第一时间将情况告诉了许若飞，让他暗中调查自己身边的人，很快，靳鹏落入到他们怀疑的视线中。

后来，樊黎翘对江静舟的提醒也坐实了江静舟的怀疑。

樊黎翘回到南京后，在和贾翊锟的交谈中无意得知，在江静舟的身边人中，早就有保密局安插的特工，如今更是有特殊人选，能贴近江静舟身侧，且手段高超，他不仅监视着江静舟的一言一行，而且会在关键时候对江静舟下手！樊黎翘忧心如焚，她利用在沈阳和江静舟通电话的机会，故意提到了被自己身边部将所杀的张飞的典故，聪明地向江静舟警示了他身边的危情。通过沈冰和樊黎翘的双重暗示和预警，江静舟和许若飞判定了靳鹏应该是那个潜伏的暗探。

在靳鹏这边，内心也在进行着激烈的斗争。当初他被前任站长派在封正烈身边任卫士，主要是起到监视封正烈和陆十军的任务，后来阴差阳错来到江静舟身边担任副官，他又接受新任站长胡文轩的指令，监视江静舟的言行。通过和江静舟近距离接触，江静舟的人格魅力和博大胸襟深深感染打动了他。

是的，江静舟像兄长一样，时时关爱照顾着身为副官的他，在方方面面回护着他。尤其让靳鹏感动的是，在粮食短缺阶段，江静舟还竟然节省下自己的口粮送给他吃，这些事都让靳鹏的良心遭受着慢性折磨。

靳鹏和秦旭峰一样，虽然身为保密局特工，身怀绝技，但是由于长期在野战部队，不似保密局其他人员一般尔虞我诈，争权夺利，他们的心底比较单纯善良。他们和胡文轩、朱孝义的渊源并不深，不是他们的心腹，只是在执行着保密局的任务而已。

其实胡文轩并未让靳鹏马上暗杀江静舟，他甚至还准备策划一场虚假的刺杀江静舟行动，同时让跟在江静舟身边的靳鹏挺身救主，这样做无疑有一石二鸟的作用，一是警示威胁江静舟，二是让江静舟更加信任靳鹏，以便到危急时刻，身为江静舟亲信的靳鹏可以控制制裁江静舟。但是因为时机不成熟，胡文轩一直没有确定何时来实施这场"假暗杀"行动方案。

但是胡文轩这场计划被朱孝义得知后，就利用此方案，组织了一场对江静舟货真价实的暗杀行动。事先得知内情的秦旭峰将消息悄悄透露给了靳鹏，希望他能注意防范，以免祸及自身。

靳鹏得知此情报后万分纠结！他不敢向江静舟一方提醒，因为他感受到自己已经引起了江静舟这方的怀疑，许若飞或明或暗地正在调查自己；另一方面，他又不忍心自己爱戴的长官这样无辜送命。思来想去，万般无奈下，在那个危急时刻，靳鹏只能选择挺身救主，准备用牺牲自己的生命来换取江静舟的安全。

靳鹏有幸重伤未死，那动用三个梯队来暗杀江静舟的杀手，他只来得及杀了一名，另外用自己的身躯为江静舟抵挡住了一颗子弹，第三者幸得楚天舒出手相助加以果断击毙，这才避免了一场危局。

与此同时，许若飞也将靳鹏的身世和家庭情况调查清楚。通过沈阳地下党的关系，他们找到了靳鹏的唯一亲人——在沈阳教书的姐姐，动员思想进步的她给靳鹏写了一封情真意切的家书，力劝胞弟弃暗投明，加入到共产党这方来。

根据靳鹏吞吞吐吐的暗示，江静舟得知封正烈身边的另一个神枪手副官秦旭峰，是靳鹏的师兄，江静舟和许若飞因此分析秦旭峰也有可能会是保密局的人。为了保证封正烈的安全，江静舟故意将秦旭峰从封正烈身边要到自己这里。许若飞曾充满忧虑和感动地提醒江静舟，他把一切可疑危险人物都留下在自己身边了，不等于是把自己陷入危境里了？江静舟告诉他，只要咱们这里睁大眼睛，提高警惕就好，毕竟那些人已经在明处了，总比他们暗伏在封正烈等人身边要好些吧。

许若飞这才明白江静舟的一些小心思。当时他们小组已经对靳鹏产生了怀疑，所以那次为迎接宋和清副厅长在靶场打靶时，当向晖看上了靳鹏，封正烈也准备动员江静舟将靳鹏送给向晖时，江静舟却执意不从，拒绝了他们的要求。他这样做的目的，就是怕身为保密局特工的靳鹏会对向晖造成人身威胁。

当收到姐姐的来信后，已经完全被感化的靳鹏在医院中向许若飞供述了保密局的一切阴谋，包括胡文轩下一步准备让靳鹏监视逼迫顾倾城，在关键时候对江静舟下手。江静舟获知此内情后作出决定，当机立断地将已经暴露的靳鹏和顾倾城一起送往了解放区。

这次临出发前，许若飞告诉了楚天舒那个秦旭峰副官的真实身份，楚天舒决定将计就计，要找机会除掉江静舟身边这个隐患。刚才，听了秦旭峰无奈的坦白，楚天舒明白了保密局针对江静舟的谋刺计划，他暗暗庆幸自己设计提前将兼任陆十军政训处长的胡文轩骗出了城，不但避免了他针对陆十军起义的威胁，如今看来也减少了来自胡文轩一方对江静舟安全的威胁。

但是朱孝义此方的阴谋也不能忽视，这场途中谋杀也是有计划有周密安排的。好在从秦旭峰口中得知了确情，起码知道了他们是在按照保密局的老方法，几个梯队在执行这项刺暗杀任务。楚天舒明白，这无疑是朱孝义一伙的最后的疯狂！

目前杀手一定还埋伏在周边，楚天舒突然做出了一项决定，他将断然采取

"引蛇出洞"的方案，以自身为目标，将隐藏在这幽幽树林，躲在暗处的杀手引诱出来，再尽力消灭他们，这样江静舟才能真正安全，正在进行的陆十军和我军的和谈，以及即将进行的 N7 军倒戈行动才会有掌舵人。

作为高级特工，楚天舒自然明白，此番行动几乎将自己暴露在明处，用自身当诱饵去引出暗中的敌人，这是一件多么危险的事情，但是他已经别无选择！危急关头，千钧一发，他自然迅速权衡了利弊，做出了这样的选择。

他重新戴好墨镜，将军大衣领子高高竖起，迈着沉稳的步伐朝着来时的公路方向走去。

这边公路上，许若飞和向晖的几辆车已经赶到，和乔思扬这些人汇合，将那四五个暗杀分子全部击毙。许若飞和向晖看到江静舟车里已经无人，都有些着急。

当着向晖的面，许若飞无法明言，只好急拉着乔思扬问道："师座呢？"

乔思扬指着路边树林道："秦副官保护着师座从小路去 541 团了！"

"乔思扬，你混蛋！你这个副官是怎么当的？竟然敢擅自离开师座身边？！"许若飞惊骂道。

乔思扬又委屈又不解："秦旭峰也是师座的副官啊，而且他的枪法那样好，有他保护师座……"

"好了，你守在这里，我去找师座！"许若飞打断他的话，又看向向晖，"向副军长，您先去 541 团吧，我和师座汇合后，马上赶去！"

向晖点头："好在这几个刺客已经消灭掉了，不过你们还是要多加小心才是！"他转身上车离去。

楚天舒在树林中穿行着，他的面容看似平静，心情其实格外紧张！他的一双耳朵始终竖起，在分辨着身边的任何响动。他的手里攥着枪，手心中已经全是汗水。

"咕咕……"一阵鸟叫声响起，楚天舒凝神倾听，突然他扬手向左后方射出了一发子弹，一个黑衣人从树上摔落下来。

楚天舒上前看了看，冷笑一声，然后继续前行。

但是，几乎是在同时，一发来自相对方向的子弹，也瞬间向他射来。

楚天舒是敏捷而灵活的，他在击毙一个偷袭者的同时，也瞬间扭身跃起，刚刚来得及躲避着另一颗突然射向他的子弹，那颗原本射向他心脏部位的枪弹如今打在了他的右胸上。而他突然转向回击的枪弹也同时将对方击中。

毕竟是连续出枪击毙偷袭者，并且在突然中弹间还进行了还击，他在刚才一跃间立身不稳，身子向后仰去，摔倒在地，不幸的事情终究发生了，他的身后恰好有一块岩石，他的头重重地磕了上去……

随着枪声赶来的许若飞，看到的是让他触目惊心的一幕：两个身着黑衣，蒙着面的杀手横尸地上，而另一面，楚天舒也仰面倒地。

许若飞忙上前先检查了两个杀手，确认他们已经中枪身亡，接着赶紧跑到楚天舒的身旁，只见他面色苍白，牙关紧咬，右胸处鲜血奔涌，人倒是还未昏迷。

"天舒，你怎么样？"许若飞忙上前将他扶起，抱在怀中，一边用手捂住他的伤口，一边急切相问。

楚天舒咧咧嘴："好悬！不过……危情应该算过去了！"

许若飞扶他靠坐在岩石边，撩起自己的军装，三下五除二地将军衬衣撕下一大块，为他裹好右胸的伤口，又要检查他的头部："这里也出血了，不过伤口好像不太深。"

楚天舒忍住痛，还是尽量露出轻松的笑意来："估计没伤到要害处，随便裹裹就好……咱们快下去，还有多少正事要办呢！"

许若飞看他精神还好，就放下一半心来，又撕下一块衣料，为他裹了头上的伤口，搀扶他下山来。

来到公路车旁时，他身子沉重，步履蹒跚起来。

许若飞挥挥手，招呼乔思扬和他一起将楚天舒搀扶到了吉普车上。

"天舒，我马上送你回城，到医院处理伤口，你的右胸虽然没伤到要害，但是流血太多，还是要进医院处理！"许若飞正欲上吉普车驾驶台，却被楚天舒制止住了：

"若飞，想什么呢？我目前必须马上赶到 541 团才对！还有很多戏份我们要继续演下去呢！"

"可是你的伤……"许若飞和乔思扬不约而同地喊道。

楚天舒摇摇头，脸上现出坚毅的神色："你们现在都要听我安排——若飞，你和思扬马上回去到和谈地见江师长，按照时间推算，和谈应该快结束了，你转告江师长，陆十军必须提前起义，控制住局面，然后可以争取在明天解决N7军问题！刺客已经消灭，朱孝义那里就是要再次组织暗杀也未必来得及，江师长目前应该安全了！后面只要N7军动了，一切就没有问题了！"

"那你呢？"

"回城路更长，我只怕坚持不住！你们放心走吧，和谈那边是关键所在！而且这里离541团团部不远了，我自己开车过去，到了那里，自然会得到救护的！"

"可是，你的伤……行吗？"许若飞担心地看着他。

"没问题！"楚天舒面色苍白，但是精神依旧很好的样子，"你们别忘了，我是受过特殊训练的人？这点小伤无碍……你们赶快离开，记住一点，江师长是在来开会的途中，遭遇保密局袭击，所以提前回城了！这样大家都可以合理解释身份了，也就都安全了！"

他回头招呼："思扬，你到咱们来的车上把我准备好的那身军装拿来！"又强撑起身子，坐到吉普车的驾驶台上。

许若飞搀扶他坐好，又仔细检查了他前胸和脑后的伤口包扎带，不放心地叹口气。

楚天舒明白他的意思，拉过他的手，用劲握握，表示自己的强有力。

随即他接过乔思扬递过来的军装，换好了，抬头望着两个战友，露出亲切的笑容来：

"好了，放心吧，一切都会好的，相信我！其实我最高兴的是咱们终究以战友面目相见了！尤其是若飞，雨表哥，你知道吗，在上海时，咱们暗中合作了多少次？你在明，我在暗……你和程睿，总爱和沁梅化妆成情侣传送情报，其中很多次，都是经过我的手，传回老家的。所以亲爱的雨表哥，我比你更有福气呢，早就知道咱们是并肩战斗的战友！"

看着许若飞迷惑不解的神情，楚天舒笑着低声对他说出了一句话。

许若飞微微愣住了："原来如此！你……你竟然不早说！"他的泪水就不停

的流着，抓着楚天舒的手不肯放松。

楚天舒又挂出他的招牌笑容，真诚中带点戏谑和稚气："那么，请按照我的指令行事吧，雨表哥同志！"楚天舒带着他标志性的顽皮不羁的笑容，半真半假地命令着。

这句深沉有力的嘱托让许若飞神色郑重起来，他默默向楚天舒敬了个军礼，和乔思扬转身向那边车跑去。

看着战友们离去，楚天舒深深吸了口气，忍住伤痛，积聚全身的力量发动了吉普车。

他就这样一路咬牙坚持着，完全靠着顽强毅力支撑着，将车子开到 541 团部楼前，刚刚停下车来，他就坚持不住了，浑身瘫软着趴在了方向盘上。

守卫在楼前的郑域国卫队营营长楚成跑了过来，他拉开车门，看到脸色惨白，几近昏厥状态的楚天舒，吓了一大跳。

"特派员！特派员！七少爷！您怎么啦？"他大叫着，上前扶抱住楚天舒的身子，让他依偎在自己怀中。

楚天舒缓缓睁开眼睛，看着楚成，点头微笑："竟然是你吗？很好！很好！"

"七少爷！您是受伤了吧？伤在哪里？我马上送您到医务所！"楚成低声喊着，欲抱起楚天舒来。

楚天舒摇头："阿成！你听我交代你办一件重要的事情，要注意听清，要快！"他边喘息着边说。

楚成心痛如割，紧紧将楚天舒搂在怀中，哽咽着："您说，我听着呢！"

"你赶快进去同郑司令说明一个情况，江师长在来开会的途中，遭遇刺杀，我们击毙了几名杀手，这里面的人有我认识的，因此可以确定他们都是保密局的人，他们还误伤了同行的我！想到此处已经不安全，我就让卫士和副官们护送江师长回城了……你告诉郑司令，保密局继续搞暗杀……只会逼反了宽城的守军，必须严令制止这种愚蠢残忍的行径！"　一口气说了这样长的一些话，楚天舒感觉到气都喘不上来了，他闭着眼喘息着。

"是，我马上去！我让人也赶快送您去团医务所吧！"他不顾楚天舒是否同意，已经挥手将几个随从叫过来。

等到楚成完成楚天舒的嘱托，赶到医务所时，看到医生凝重的面容。

医生将楚成拉到一边，讲述了楚天舒的伤情。情况很不乐观，右胸被子弹穿透，但是弹片没留在体内，血已经止住，伤势尚可控制，但是据他们检查，他的后脑似乎遭遇了重击，伤情无法估计判断。最好能马上送到宽城医院进一步治疗，否则不堪设想！但是病人如今的情形，如何经受住车辆颠簸，这路上再出意外……

两人正充满焦虑地相议着，护士来叫楚成，楚天舒在找他。

楚成来到病床前，看到楚天舒脸色灰白，一下子憔悴得不成人形，他颤抖着嘴唇，招呼楚成俯身在自己身边。

"阿成，我恐怕不起，还有事情嘱咐你，你要牢记在心，想办法帮我做到！"

"七少爷，您不会的！我们马上送您回宽城，一定会没事的！"楚成话音里带了哭腔。

楚天舒勉强在唇边扯出一丝微笑："傻子，别哭！我这不还没死呢？你记住，帮我办正经事为要！你定定神，认真听我说……"

"您说，我听着呢！"

"首要的一件事，是你的道路选择问题！阿成，你是我信赖的人……前几天我和你的谈话，你要牢牢记在心里！到了关键时期，你不但要保护好郑司令的人身安全，还要……选择好自己该走的路！记住了？"

"我记住了，七少爷！"

"还有……就是，"楚天舒无力抬起胳膊，示意楚成解开他的内衣口袋，掏出了玉坠和一封信，灰色的信封上已经沾染了鲜血。

他颤抖着手，摸了摸那枚玉坠，递给楚成："找机会……帮我把这个交给陆十军183师的江师长，请他将它……还给一个叫郭沁梅的女孩……"

楚成郑重地接过来，放在衣兜中。

他又指着那个带血的信封，示意给楚成："这封信……是给我四哥的……帮我寄到……南京去……"

他的嘴角勾起一丝凄楚的苦笑，一滴泪水滚下了他的面颊："我的四哥！我明白……他对我的心最重……只是我终究是辜负了……他的一片苦心！这次我没上他……专门派来……接我的飞机，这一定会……让他伤透心了？他该暗暗恨我吧？"

"不，七少爷！四少爷的心事楚成也能够明白！他最疼您，您是他的幼弟呀，他怎么会恨？可是，都怪楚成没用啊，竟然在这里……没有保护好七少爷您！我对不起四少爷！"楚成看到楚天舒重伤状态，心痛如割，禁不住号啕起来。

楚天舒摇摇头，喘息了片刻，看着他道："别哭，我的话……还没完……这封给我……四哥的信，你可以……找机会先给……郑司令看看……不过要在关键时刻……在我上次和你说到的……关键时刻……你再拿给他看……也许会对他有用……对你也有用……"

楚成泣不成声地说："您放心，我都记下了！"他突然擦去泪水，决然道："七少爷，我们马上回宽城，我一定要保您平安！"

他站起身来，正欲出去找医生，却突然看到床上的病人神情明显不对，楚天舒浑身微微抽搐起来。他的脸色愈加惨白，眼神也涣散起来。

"阿成，我不要去医院，我要……回家！"

"七少爷！您怎么了？"

"我的任务已然完成……我的使命已经结束……现在的我……只想做回本真的我，楚……天……舒，楚家的一个孩子！"楚天舒明显意识不清起来，他的脸色白得近乎透明起来，仿佛像水晶雕刻的一样透亮清澈，他的眼光已经微弱下去，那往日生动的眉毛此刻因难忍的痛苦而纠结在一起，他喘息着看着楚成，那失去血色的唇边依然挂着温润的笑靥，他笑得那样纯真稚气。

"七少爷，您要挺住！"楚成又惊又痛，上前将他揽在怀里，听到他吐出含糊不清的一句话，就深深陷入昏迷中："姆妈……四哥……三姐……小妹姣姣……天舒爱你们！"

陆十军121团防地的会议室中，和谈刚刚结束。许若飞带着警卫团的人，守在会议室外，听到里面结束的欢声笑语，不由微微笑了。

会议室里，解放军和谈代表李晟主任走到封正烈面前，双手握着他的手笑道："我们欢迎陆十军起义，封军长刚才提到的那几条要求和双方需要协调的一些具体问题，我马上会去加以协商落实，请放心！从今天起，您就是中国人民解放军中的一员了！我代表东北野战军指挥部，代表周副主席，欢迎您！您能在这个关键时期，选择站到人民群众队伍中来，是一件可喜可贺的事情！"

封正烈也紧紧握着他的手："感谢解放军对我，对我们陆十军的关怀和拯救！终于能走上这条光明之路，我们也感到万分高兴！尤其是李主任，您还为我带来了周公的亲笔书信，更是令我感佩万分，终生难忘啊！"

李晟回头看看江静舟，笑着对封正烈道："按照刚才商议的方案，咱们陆十军的起义提前几个小时，放在午夜零点如何？我马上动身出城，做好那边的接应工作。"

封正烈点头："没问题的！我和江师长都商量好了，我们这边已经安排了程睿处长和耿进忠团长护送您出城，一切万无一失！"

李晟笑着，和在场的几名军官一一握手，告辞并预祝起义成功，他对每一个师、团长都热情地说："欢迎！欢迎加入解放军！"

最后，他来到江静舟身边，深情地凝望着他，两个人对视着笑了。他露出询问的神情来，江静舟明白，微微点头。

李晟握住江静舟的手，感慨万千地说道："欢迎您，欢迎您归队！江静舟同志！"

"我盼望这一天，也实在是太久了！"江静舟眼含热泪，两人对视着，不约而同拥抱在一起。

一时众人都愣住了。只有程睿和后面进来的许若飞暗暗抿嘴笑着。

李晟回头看着大家，笑着朗声道："是的，你们的江师长他是我们的同志，是我们最忠诚的战友！我们之所以选择这个时机告诉大家真相，也是想给诸位再吃上一枚定心丸！陆十军加入解放军，等于是加入到一个温暖有爱的革命大家庭，大家一起为新中国的诞生而努力奋斗吧！"

他这番热情洋溢的话语不仅让大家才逐渐明白过来真相，更增添了众人热情高涨的情绪。

耿进忠首先忍不住大叫起来："我说呢，师座您瞒得弟兄们好苦！早知道您是那边的人，弟兄们早就走到这条道上来了！"

"这下可好了，我们更加放心了！"李长安也欣慰地感叹道，"总算师座带着我们走到生路上来了！加入解放军，一起解放宽城！"

江静舟笑着对他们摆摆手，略带了羞涩的笑容，来到封正烈面前。

他抬眼望着如父如兄的老长官，有点难为情，也有点期盼地微笑着说："军座啊，其实我们都是跟在您的麾下，选择到这条光明之路上的！您能审时度势，力挽狂澜，为了几万弟兄的生命，和宽城数十万老百姓的安危为重，投奔革命，投向光明，您才是我们真正的领头羊呢！"

"江致远啊江致远！你好！你好……"封正烈微微点着头，手指着他，百感交集，竟然不知从何说起，"你小子瞒得我好啊！其实我早就心有感悟！你小子和别人就是不同么！奈何煮熟的鸭子你嘴最硬！多少次了？我明敲暗打地问着你，你给我一推二六五，撇清的好呀！不过，前几天你悄悄告诉我，说那个秦旭峰和以前我给你的靳鹏一样，都是保密局派到我身边潜伏的特务，你倒花言巧语从我这里将他们都要了去，就是为了保证我的安全！这一回回，一件件的事情，我逐渐想明白了，你小子到底就不是一般人！果然啊！原来你竟然是……那边的人！"他不胜感叹。

听了他这番亦怨亦赞的话语，江静舟不好意思地低头暗笑，不停地用手摸自己的鼻子。

封正烈用手点点他的头，心中又爱又怨，正想再好好揶揄取笑他一番，突然记起场合不对！毕竟不是两人单独相处，一众的属下搁眼前看着，何况，还有解放军代表在面前站着呢！

封正烈马上尴尬地清清嗓子，改换了语气，正色道："很好，致远！有你这番身份的认定，等于是给咱们陆十军的弟兄们吃了一个大大的定心丸，咱们更加亲密有加了！"

耿进忠、李长安、程睿等陆十军部下们，听了这番话都偷偷笑了。

李晟掏出一封信，递给江静舟："这是周副主席写给郑域国司令的信，周副主席和他有着黄埔师生谊。盼着郑司令能念及这段情谊，真正弘扬孙先生倡导的黄埔精神，在关键时刻站到广大民众中来！可惜我时间紧张，情势也比较微妙，不能亲自将这封信递交到郑司令手中了。还是请你们转交吧！"

他又对封正烈请求道："有关 N7 军的问题，目前也需要加紧。还有就是郑司令他本人的问题，这一切，还要拜托封军长和诸位斡旋成功！"

他望着江静舟："我先回去处理好陆十军起义接应问题。如果 N7 军也需要和我军和谈，我明天早晨可以再次入城。"

"不，您还是先全力接应好陆十军的起义事项吧！目前宽城毕竟还有很多特务组织，他们也处于最后的疯狂阶段，暗杀，破坏，无所不用至极。这里十分不安全，我建议 N7 军和我军接触的事情，由我们这里地下组织同志完成。"江静舟认真建议道。

李晟点头："我马上回去向围城司令部汇报，你们就等着组织上的电令吧！"

大家分别，各自去准备起义事项。

江静舟从师里巡视回来，走到办公室前，已经快晚上九点了，离起义时间只剩三个钟头了。他看到 N7 军的 165 团的林枫和赵晋生等候在他的办公室门口。

林枫是许若飞发展的党员，在 N7 军中层军官中做了不少的工作，如今他和思想激进的赵晋生代表 38 师陈师长来陆十军找许若飞，商量想和解放军接触的事情。不巧遍寻不到许若飞，林枫实在没法，想着事情紧急，就直接来找江静舟了。

虽然林枫并不清楚江静舟的真实身份，但是如今陆十军和解放军接触，已是这些 N7 军进步军官所深知的事情了，江静舟又是赵晋生一直崇敬追随的老上级，他们自然想请江静舟为 N7 军的问题把把舵。

江静舟仔细听闻了两人对 N7 军现状的介绍，他还是格外关注向晖如今的态度。

"师座啊，我们军座的脾气您又不是不知道？心思缜密，深藏不露，他成日吊着脸子，这下属们都不敢惹他！不过，从 38 师陈师长论起，几个师长都已经决定要和共军接触了。我们在想，如果能由咱们这边牵线，就更加稳妥了。"赵晋生急切地对江静舟说道。

江静舟好笑："你们这一个个的，血气方刚，怒目圆睁，如今竟要上演一出逼宫好戏不成？"

赵晋生叹气："那又有什么法子呢？您不知道，我们军座前几天召开军官会议，说到和共军妥协缴械的问题，他将自己的配枪都拍在桌子上了，说是谁要想和共军不战而降，就先用这枪打死他！你说吧，他是我的老长官，我实在不知道该怎样对付他了！"

林枫也苦笑道："是啊！眼下是生死存亡之际，就算弟兄们敬畏我们军座的人品学识，不忍心逼他，终究也要为自己谋条生路不是？所以大家私底下商议了，我们先和那边接触，谈好了，大家寻到活路了，我们就逼着我们军座和大家一起走这条路，也未为不可？"

江静舟也知道终究是自己这边的功夫做到位了，N7军如今已是上下思动，一触即发了，他沉吟着："你们陈师长几个有什么动意吗？你们有什么具体打算？说来听听？"

赵晋生："陈师长想请咱们这边帮助我们和共军那边联络上，不管情况如何，明天早晨七点，陈师长会悄悄召集我们军中高级军官开会，统一思想，拿出一个具体方案来。"

林枫接口道："如果有那边的代表能到场和我们这边接触一下，就是最理想不过的了！如果来不及，我们自己也要想办法有破冰之举，一定要和那边建立联系！"

江静舟点头："好了，我知道你们的意思了，有些事情，许若飞做得比较细致妥帖，等他回来，我会将你们的意思告诉给他，让他从速和你们联系。"

"太好了！谢谢老长官！"赵晋生激动地说，"陈师长和我们，我们这些N7军的弟兄们都能睡个好觉了！不过，"

他望着江静舟，有点难堪的表情："我知道您和我们军座情厚，只是……如今我们做的这一切，都是瞒着他的！陈师长说，等到大局已定，再去劝说甚至是逼迫军座，可能会有把握，不然的话……"

江静舟怨念地盯了他一眼："你小子心眼倒多！什么时候对你们军座这样严防死守起来？其实你也未必真懂他！好吧，如今连我你都不相信起来了？我自然知道轻重的，倒需要你来嘱咐吗？"

赵晋生在江静舟面前也是随便惯了，此刻不好意思挠挠头，笑了。

三人又谈论了一番N7军军官思想统一问题，江静舟嘱咐了两人几句，他们就告辞了。

江静舟独自一人坐在办公室中，不由从刚才的话又想到向晖身上，他的脑海中又浮现几天前，向晖来见他时，两人的一番对话。

那天向晖来见他，开门见山就提到了一个问题："致远，如果有一天，咱们真的走上那条路，放弃眼下的一切，向共军缴械了，你我又该如何自处呢？"

江静舟深深望着他，淡然一笑："我们终究是军人，当然选择和自己的部队在一起！"

"不，绝不！"向晖摇头，清俊的脸上写满倔强和无奈，"我在想，你我不如脱去这身戎装，带着咱们的家眷，隐居起来可好？"

他认真看向江静舟，积极建议着，丝毫没有说笑的意味："你看吧，咱们也戎马半生了，一身征尘，满身伤痕，是否应该为咱们的家人着想一下了？孩子们不能没有父亲，女人们不能失去丈夫！咱们既然理想破灭，信仰有亏，不如从此绝迹于这个官场、军界也罢！"

他的语气坚定而深沉："致远啊，我认你为我最亲的兄弟！我希望永远和你站在一起，同进退，共荣辱，咱们既然为了保全这两个军弟兄们的生命，选择放弃个人的名节和信仰，从此后，又何必还要另事新主，苟且偷生呢？我已经替咱们打算好了，等着到了那万不得已的一天，我们就脱了这身军服，带着家眷远走高飞。去一个人烟稀少的地方，对了，就像桃花源那样的地方，过上男耕女织的农夫生活，所谓'采菊东篱下，悠然见南山'，岂不乐哉？"他竟然带着神往的表情微笑了。

江静舟望着这样书呆子气十足的好友，心中是又敬又叹，又恨又怜，他戏谑一笑："嘁！又犯起你那书呆子的轴劲儿了！"

向晖瞪着眼看他："我说的是真话呀，致远你莫笑我才是！我在想，宁松是你的爱子，他又是那样明慧出众，我要是和他潜心教下去，必定还你一个著名儒生呢，你信不？"

"我信，我当然信，我的才子将军！"江静舟莞尔一笑，"不过你刚才描述的那份美景我倒不敢苟同！"

他也认真向向晖分析道："明光，我明白你的心思，你的坚持！可是我想告诉你的是，如果这以后的世道是清平盛世，你我又何须作此遁世之举？正该为这个民族复兴尽一份绵薄之力，方不负你我少年从军，半生征战之苦！若是

414

这今后的世道依然是烽烟迭起，乱世凄惶，你和我，我们的亲人们，能躲到哪里才能实现你的美好梦想呢？满目疮痍，山河破碎，你到哪里去寻找你口中那真正的桃花源呢？你这番蓝图无疑是痴人说梦罢了！"

一席话说得向晖哑口无言，半晌他轻叹："可是，终究放弃自己平生的信仰，你我无疑就是一具行尸走肉的皮囊罢了，此生又有何乐趣可言呢？"

江静舟摇头："我倒觉得，那种不能为大多数人谋幸福，而只是为一个私姓王朝，破败政府效忠的信仰，不要也罢！身为军人，我们应该站到大多数人这一边，为天下苍生谋福利，而不是效死愚忠于一个没有民主，没有人权，没有和平的腐朽政权！所以，有时我在想，究竟是几本书害了你，那种愚忠愚孝的可悲意念终究是束缚了你，蒙蔽了你的眼，让你看不清形势，认不明方向！明光，你实在是应该梦醒一下，看看现实，重新思考看待一些问题，你就会发现，有些路就是死胡同，是走不通的，根本是条绝路！是和大多数人背道而驰的路，是自我毁灭的不归之路！"

向晖认真盯着江静舟看了几秒钟，哂然一笑："致远啊致远，听听你这番话，多奇怪！你这么多年坚持的东西在哪里？你我兄弟手足，我实在是不好怀疑……你如果不是共产党，就一定是个没有理想，没有信仰的人？其实……我倒希望你是后者呢。"

江静舟冷冷白了他一眼："你又来！你怎样揣测我没用，关键是我们眼下不仅要走好自己脚下的路，作为长官，还要把手下弟兄们都带到一条生路上去！这才是正理！光纠结且死抱着不放手你所谓的那个空洞信仰，最终只能是害人害己，一起毁灭！"

向晖被他说得无言，只是垂首而已。

江静舟紧逼上一句："现在谈你的所谓信仰，所谓遁世桃源都是不智之举！围城旦旦，苍生涂炭，这目前面临的问题是，生与死、战与和，你究竟如何选择？"

向晖抬头，眼中还是尽现倔强之色："致远啊，如果让我 N7 军数万人，守着全副武装的美式装备，和共军不发一枪一弹，就拱手将城池相让，我向晖怎能甘心?！我倒不如一口气上不来，呕血而死罢了！"

江静舟心头火起，揍他一顿的心思都有了。他暗暗压住火气，冷笑道："那你意欲何为呢？非要再拼死一战？搭上数万兄弟生命，你就心清气爽，火气全无了吗？向明光，你真是个……愚钝又残忍的书呆子！"

"你骂得不错！致远！我心下难受得很，正想有人唾骂我一顿呢！不过，"他微微苦笑，"我早已放弃了突围之举，就是为了避免更大的伤亡！可是，我一直在考虑，究竟怎么个结果呢？思来想去的，我终究是咽不下这口浊气啊！致远，我们不如静待共军来攻城吧！拼死一战，战不过，就是缴械了，也算咱们尽力了，不枉领袖提携栽培一场？总好过这样悄没声息地就投降共军！想想看，你我都是党国将军，这样做了，咱们的颜面何在？尊严何在？总之，不战而降，在我这里是通不过的！我已经说给我那些师长团长们了，你们若想和共军一枪不发就束手缴械言和，除非我死了！或者，你们干脆直接用枪打死我好了，你们再去走你们的所谓自新之路！"

"向明光，你个混蛋！"江静舟心里暗暗骂道，他咬牙忍住气，失望加痛惜之情盈胸。他知道无法再继续劝说这个固执的好友，只能按着自己的既定方案行事了——策反 N7 军，再反过来逼迫他向晖就范，他清楚他的战友们已经做了大量的这种工作，目前 N7 军中高级军官已经和向晖背道而驰了。此刻多说无益，反而言多必失，让机敏聪慧的向晖察觉到异动倒是不利之举，江静舟于是不再和他继续争执下去，又说了些闲话，就分手了。

此刻，想到向晖这般前情，再看看刚才赵晋生他们的态度和决定，江静舟心中唏嘘感叹，局势是这样的明朗，是非前程已经这样的明晰可辨，自己这个手足兄弟为何还是这般冥顽不灵、食古不化呢？江静舟内心纠结难耐。

正在他郁闷不已的时候，却见许若飞低头走了进来。他的神色凄恻伤感，眼角似乎还挂有泪痕。

江静舟敏感地望着他："出什么事了？"

"云表哥同志！我……是我的错！您处罚我好了！可是怎样处罚我……都弥补不了这样的损失啊！"

第二十一章　迎接黎明

　　江静舟没有笑，他看着前面的万丈曙光，已经映红了大半个天边；不禁又回望了一下身后满目疮痍的那座城池，一股潮气蒙上了眼睛。他在心底默念着：再见，我的敌营生涯，再见，我永生的战友们！

　　听到许若飞很正式地用"云表哥"来称呼自己，江静舟心下暗暗一惊，难道是自己阵营这边出什么事了？

　　"到底发生什么事了？你快说！"江静舟冷峻急切的语气让许若飞的泪水先流了下来：

　　"是……是天舒！他……我刚才得到消息，天舒……云雀同志他……他失踪了！多半已经……"

　　"什么？"江静舟大惊，猛然立起身来，死死盯着许若飞，"你不是回来给我说，他受了伤，但是坚持去541团开会去了吗？你和思扬都平安回来了……究竟是怎么回事？许若飞，你……你给我讲清楚？！"

　　"是，师座！"许若飞泪流满面，"都怪我！我竟然疏忽了……他受了伤，但是坚持让我们离开，说是那样才可以掩护好彼此的身份，他还是想伪装了您去开会，遇袭后中途返回的假象。他也牵挂着这边的和谈，我们也是，只好遵照他的指令先回来了。他一直在强调他的伤不重，自己去541团就可以得到救护。而且他还亮明了他的身份，他是……"

　　许若飞哭出了声："我糊涂啊，我竟然都没坚持自己的初衷，把受伤的他从速送回城来！我以为，马上他就可以到541团了，一切都不成为问题……谁

417

想到？回来后，我看到您正在忙于会谈问题，安排起义事项，也没来得及和您细说！可是我心中总是有点不安的感觉！于是和谈结束后，我就出去打听情况了，遇到从541团回来的人，才知道！他伤势严重，被连夜送到宽城了。可是我到宽城几家医院查看打听，全都没有他的踪迹！我也问过541团的人，说是他伤情严重，多半……多半……"他说不下去了。

"许若飞，你混蛋！！"江静舟大怒，他被这突如其来的噩耗击蒙了，泪水缓缓滚落面颊，他无力跌坐在办公桌旁，双手掩面，沉默良久，才猛然从心底低喊出一句话："你还我天舒！还我云雀！"

两人都陷入深深的悲伤中去，相对泪流不止。

"我也没想到啊，在那个关键的时刻，他会向我说出身份！他竟然是……"许若飞呜咽着，呢喃着，在他的又悔又痛的追忆中，江静舟也记起楚天舒离开这里时候，把自己拉到里间小屋里说出的那句话。

"云表哥同志，我要不好意思地再告诉您一个真相，您明白这个了，就知道该怎样去做了！您可能不知道，也没想到。在上海时期，我们就曾经是战斗在一个特工小组的战友了——我就是贞德！"

江静舟还记得他说出这番话时的表情，有无奈，有羞涩，还带点固执，就这样，他亮明了自己的特殊身份，从而让眼前的战友无法拒绝他的动议——他将作为他的替身，去赴一场危机四伏的会议……

"他竟然是贞德！他就是我们小组在任何情况下都要全力配合的独立级特工！我是明白了这个，才不能不坚决果断地执行他的指令！可是……我竟然……总之一切都是我的错！师座，您处罚我吧！不！我请求上级领导的更严厉的处罚……"许若飞几乎泣不成声道。

"唉，我处罚你有用吗？天舒他……"江静舟冷静下来，他擦去泪水，看着许若飞，"你马上让思扬和老家联系，再同时加派人手在宽城继续寻找！不管怎样，一定要找到天舒的下落！就是……他不幸了，也要找到……"他有些说不下去了。

"是，师座，您放心吧！"

"若飞，这边还有很多事情要做！现在是千钧重担在肩，一触即发的危急时刻，勇气比泪水更有用！好了，你先控制一下自己的情绪！只有把这些大事完成好了，天舒他们的血才不会白流！许若飞，你给我打起精神来！"

他的脸色冷峻严酷得有些吓人："我们不能再有一丝一毫的犹疑和妥协！N7军的事情必须在明早得以解决，要处理一切顽固抵抗的因素和……人！"

乔思扬匆忙进来，看到面带泪痕，神情悲切的两人，不由得愣住了。

他嗫嚅着："师座，老家来电了……"

"讲！"江静舟长吸口气，压抑住悲情，正色道。

乔思扬："根据老家指示，同意您的意见，N7军那边的接触和谈，由您代表老家出面，全权处理，一定要保证宽城的两支守军不发生任何摩擦，力争宽城兵不血刃得到解放！你这次谈判是代表东北野战军围城司令部，您目前的身份是……"乔思扬认真仔细地传达了老家电文精神。

江静舟听了，面色变得凝重起来："今晚子夜陆十军起义后，要密切注意N7军那里的动态！明早7点，你二人陪我到N7军，正式谈判，N7军必须放下武器，跟咱们走！"

许若飞和乔思扬看着他坚毅决绝的神情，都不约而同立正答道："是！"

子夜时分，陆十军在封正烈带领下正式宣布起义，随后按照东北人民解放军第1兵团的命令，国民党陆十军撤离宽城，向九台方向开进；与此同时，东北人民解放军独立第6、第7、第9、第11师的先头部队，在夜色中悄然进入宽城市区东半部，接收陆十军的防地。独立第7师第8团从宽城北面迅速跨过铁路，进入市区，顺利地接收了从火车站至宝山百货店一线防地，占领有利地形，加修工事，防止N7军突围。独立第9师第2团2营作为先头部队，当夜从宽城东南的小南岭进入宽城市区，接收了中正大街以东、自由大路至中正广场的陆十军防地。解放军其他各部队也遵照指挥部的命令陆续开入市区。凌晨时分，宽城市区东半部已完全在解放军控制之下。

此时，解放军对继续顽抗的国民党军的对策是：依托与巩固第陆十军的原阵地，从城内外包围压缩守军，广泛开展政治攻势，逼其放下武器投诚；如守军拒绝投诚，再攻击歼灭之。

当黎明的曙光照向宽城城头时，驻防在西半区的 N7 军官兵惊恐地发现，一夜之间，半个宽城就变成了东北解放军的防守阵地，东半城已经飘扬起解放军的红旗，对面三十公尺的半面城池转瞬间已经成了解放军的阵地。

陆十军起义后，宽城的整个防御体系已一劈两半，陆十军的枪口对着 N7 军的尾部，既不能再守，也无法再逃，除了起义，都是死路。早晨 6 点多，N7 军几名师团长汇聚在 38 师师部，商议 N7 军的出路问题。大家谈起昨晚陆十军的"兵变"，无不骇然叹息，各有所思。

陈师长的副官匆忙进来，附身他的耳边："刚才得到消息，军座不知怎样得到了消息，已经赶往这里……"

陈师长一惊，忙看向身边的赵晋生等人："这消息是如何走漏出去的？唉，也罢！图穷匕首见，终究也瞒不了多久！"

话音未落，向晖已经带着副官卢筱生走了进来。

所有在场军官都站起身来，向晖面容沉静，走到会议桌前坐下，挥挥手，示意大家坐下。

一阵难堪的沉默，向晖淡淡说道："昨夜的事情，想必大家已经知晓了？也许终究是意料之中的事情罢了！天要下雨，娘要嫁人，如之奈何？只是诸位目前齐聚此处，是要商议一个对策呢？还是……"

所有人都望向陈师长，只为在这些人里，除了向晖，就是他的官阶高，位置重要了。

陈师长显然是早已下定了决心，此刻态度淡定地说道："军座，目前突围和固守都没有前途，弟兄们对突围是早没有信心了，但是困在围城，也终究是死路一条！现在，驻防东半城的陆十军已然向共军妥协，联手接管宽城东半区，我们如今是独木难支啊！再继续等待下去，局面不可收拾，大家都没有活路了！"

"是的，军座！我们不愿意坐以待毙，您就放弟兄们一条活路吧！"

"我们要和对面共军也和谈，争取保全弟兄们的生命！"

"军座，我们已经失去了再战的机遇和条件了，目前唯有效仿陆十军，方可奔向一条生路呀！"

"军座！您应该去听听咱N7军广大兵士的呼声啊，不能再打了！"

"军座啊，您就顺应广大官兵弟兄们的心愿吧！"

数名军官们都像是联合好了一般，顺着陈师长的话头，轮番向他们的最高长官呼吁着，请求着，甚至是含泪相劝道。

向晖心底一片寒意，他似乎看到了自己的悲凉结局：目前的N7军，他分明已经指挥不动了！如果他还是一意孤行，恐怕瞬间便有兵变之灾！

他暗暗叹口气，心灰意冷之至！无奈中，他望向众人，苦笑道："我如今明白了，你们今天分明是开这个会，就决定咱们N7军的前途了！我还有什么话讲？我这个副军长，看来该交权了！"

"军座啊！请恕属下直言犯上了！"陈师长坦诚相劝，"您一直是我们敬重的长官！您的人品，学识，胆魄，忠诚，都是我们这些人顶礼膜拜的对象！但是，如今您的固执和偏狭，也许会将弟兄们带到绝路上去，就莫怪属下们要做此等越级犯上之举了！人命关天的事情，您不能一意孤行下去了！我们N7军现有军官达成一致意向，有意声明率部退出内战，与解放军商议停战！"

竟然有军官们马上相和，赵晋生站起身来，走到向晖面前，竟然跪下了："军座，您是我的老长官了！从远征军时代，我们这些人就追随在您和江师长的身边！您和我们的情分，不是晋生一条命可以交代了的！可是，目前是数十万军队和民众的生命，都在倒悬之下，请恕属下行这般狂悖之举了！我实话告诉您吧！昨天我们已经去探望了咱们N7军的李军长，他虽然卧病不起，却是头脑清醒的，他表示，支持弟兄们走上和共军和谈之路，如果走上这条道了，他愿意躺在担架上，和N7军，和弟兄们走在一起！"

向晖感慨万分，他看着跪在自己面前的老部下，不知道是该伤心还是愤怒，抑或是绝望？他长长叹口气，含泪道："好，很好！你们既然已经走到这一步了！我无话可说！听说你们已经和那边联系上了？马上就会有人来和谈？好吧，我究竟还是N7军的副军长吧？我倒要看看，咱们怎样奔出一条生路来？"他的语气竟然是柔弱无力的，似乎伤心之至以至于完全放弃挣扎的态势，在场军官们都觉暗暗松了口气，正要交头接耳议论一番，却见卫士来报，解放军和谈代表来了！

众人正在翘首盼望时，只见江静舟带着许若飞和乔思扬走了进来。

"致远，你怎么来了？"不只是向晖惊讶万分，众位军官也是面面相觑，不知所以然。

江静舟脸上挂了沉稳平静的微笑，走到大家面前："我是来和谈的。"

其实江静舟一进门，心中也咯噔了一下，根据来前的情况反馈，他绝没想到向晖此刻也在这里！但是已然是没有退路，江静舟再次萌发出他过人的素质光彩：愈是遭遇危急和不可预知掌控的局面，愈生出慨然一搏、绝地逢生的勇气和力量！

在场军官也是议论纷纷：

"这是怎么回事呢？为何是江师长……"

"难道是陆十军加入共军系列，委派江师长来和咱们谈判吗？"

……

向晖默然不语，他似乎预感到什么，秀长的眉毛骤然锁起，面色也逐渐有些苍白。

陈师长望望向晖，又和几位军官对视了一下，带着略微纠结迟疑的笑容道："江师长，我们知道贵军已然和对方军队……可是，我们这边也是希望能见到对面解放军的代表……毕竟是事关 N7 军生死存亡的大事！如今，我们向副军长也是有这层意思了！您看……"

江静舟再次微微一笑，声音很轻但却是铿锵有力地说道："我就是代表中国人民解放军东北野战军，来和贵军谈判的！"

身后许若飞朗声道："不错！现在站在诸位面前的，是我们东北野战军某部江静舟参谋长！他负责代表我人民解放军，和贵军进行沟通谈判，解决 N7 军出路问题！"

这句话如石破天惊，让整个会议厅陷入一片死寂中去。仿佛所有人都入定一般，变成了一堆泥塑人。

江静舟压抑住内心的狂潮，巡视众人一周，当他看到向晖时，他的心还是禁不住颤抖了一下。

向晖的脸色已是惨白如雪！

"原来如此！江师长！您原来是……"片刻，陈师长等人才明白过来，大家恍然大悟，竟然许多人都是额手称庆状：

"这下好了，更放心了……"

"我们跟着陆十军一样，应该是没有问题的了！"

"江师长如果带领大家，也走陆十军的路，那是再好不过的了！"

……

大家低声议论着，突然看到陈师长用眼神制止了众人，在场的人此刻才发现，他们的主官——向晖副军长的脸色冷峻惨淡得吓人！他和眼前这位江师长的交情也是众人皆知的，此刻看到自己长官的这副形容，大家也是心有戚戚，不敢多言，不约而同都垂首下去，不敢也不忍再看这尴尬难堪的一幕。

又是一片难言的死寂，所有人似乎都屏住了呼吸一般。

江静舟既伤感又期盼地望着向晖，他的心中不是没有愧疚和纠结之情！只为值此危急玄妙时分，他不能将半分私情萦绕羁绊心头，他的战友们——楚天舒刚刚流过的鲜血，交通员易虎、沈冰洒下的热血，还有宽城数十万百姓的生死存亡，在这些大义面前，他江静舟怎能以私谊害公义，稍加犹疑，甚至是委顿不前呢？

向明光，此时此刻，这种情境下，我如何周全你这份手足情分……江静舟心中暗叹道。

许若飞是机警而果断的，他感受到这窘迫逼人的气氛，早对乔思扬暗暗使了个眼色，后者心领神会，趁人不备间，悄悄走到了向晖身后。

听了江静舟和许若飞的话，向晖瞬间有些思维短路，当他突然明白了其中的含义时，竟然真实地听到了一种奇怪的声音——是一种发自自己体内的响声，那是心碎成片的惨烈声！

这颗心早已是伤痕累累，疲惫不堪，在江静舟走进这间房间之前，他就已经是身心憔悴，满目伤痕，此刻不过是伤口上面再插上一把刀而已！

江致远，既然如此，我此刻就还你这份兄弟手足情！

向晖面容平静无波，心中已是血流成河。

"原以为丢失信仰在即，我早已是万念俱灰！却原来所谓的手足情深、换命之交也是镜花水月般的一场梦幻？！罢！罢！罢！江致远！你今天全部拿去倒也省心！实在算是成全我了！"他在心底流泪念叨着，将手伸向了腰间的佩枪。

向晖突然拔出配枪，举座皆惊！

所有人都僵住了一般不知所措，眼看着一场喋血事件难以避免。

站在江静舟身后的许若飞是机敏警惕的，他一直在注视着向晖的一举一动，但是此刻他无法选择将手中的枪断然指向面前这位痛心疾首的将军，无奈间他只能下意识飞身扑到江静舟面前，准备用自己的身躯抵挡住预想之中的那颗将要射向江静舟的子弹！

可是他终究是误读了向晖！所有在场的人都误解了这个看似孤傲决绝的将军！

但见向晖将拔出的配枪猛然指向了自己的头颅——原来他不过是想结束自己的生命而已！

说时迟那时快，站在他身后的两个敏捷果断的副官——卢筱生和乔思扬像是早有准备一般，双双扑上前去，用力扳住了向晖持枪的手！

"砰！"的一声，被两名副官强行扳开的手已经抠响了扳机，一颗子弹呼啸着射入了天花板中。

所有人先是大惊失色，随后也都暗暗松了口气。

乔思扬迅速敏捷地抢过了向晖的配枪，惊魂未定地喘着气，将枪藏到了身后。

卢筱生用力搂住自己的长官，含泪哽咽着劝道："军座！您这是做什么？！"

江静舟的眼眶也瞬间蒙上了一层厚厚的雾气，那种锥心之痛，从他进入这个房间，看到神情憔悴的向晖第一眼起，就阵阵袭向他的心头，此刻，目睹了这惊心动魄的一幕，他更加伤感痛心之至！

我的兄弟，我的手足，差一点，就饮弹喋血在我的面前！向明光呐向明光，你是要让我活活疼死吗？

江静舟的心中血泪交流，他的脸上，闪过了一丝令人不易察觉的惶恐和内疚的神色，但是瞬间又隐去了，那重现于面上的，是坚韧不拔和志在必得的坚定神情。

江静舟挥挥手，似乎安抚了一下众人。又转身深深望着向晖，语气迟缓沉痛地问了句:"明光兄!你……这又是何必?"

"江致远,你竟然不懂吗?我是白认识你了!"向晖凄然望着他,脸上平静诡异的笑容有点骇人。

江静舟又痛又怜地望着挚友,看到他苍白的面颊上分明写满了绝望、痛悔和悲哀,每一个含义都足以令江静舟心潮难平。读懂了这番悲情,坚强如铁似江静舟,也终觉难以自持,像是有万把利刃在一点点凌迟着自己的心!

但是目前的一切,都容不得江静舟顾忌太多私情私谊,大局当前,多少人生死抉择时分——江静舟永远能在绝境中清楚明白自己的职责,掌控好自己的情绪。

他咬牙忍着这难以耐受的伤痛之情,尽量用平和的语气对着几乎陷入目瞪口呆、不知所措情形下的陈师长等人道:"时间紧迫,我们可以开始了吗?"

陈师长望望向晖,欲言又止:"军座,我们……"

哀莫大于心死,向晖如今竟然是格外的平静,他对着陈师长微微点头:"按你的原定计划进行吧,既然你们已经拟好了方案……你莫管我的态度吧!"

江静舟认真听取他们的方案,并回答了他们提出的诸项疑虑问题,了解到他们和陆十军的想法几乎是如出一辙,主要还是这边部队在放下武器后,如何和解放军联络,通信联络的方式和口令信号,部队的服装、粮秣给养等问题,其中有一项重要建议,那就是希望起义后不要把原部队分散打乱编制。

双方商量了具体方案,每条意向在决定时,陈师长都尊重地看看向晖,征询他的意见,向晖面无表情,不看江静舟,也不看下属的表情,只是眼睛望着远处空洞的地方,嘴里淡淡吐出相同的一个字:"准!"

会谈气氛紧张而别扭,看看已是重点问题都谈过了,向晖站起身来,对着众人道:"我没有别的意见,只有一条我想纠正一下,也是声明一下——N7军是投诚,而非你们先前议论的如陆十军那样的起义,这点请诸位心里有数就好!其他的,你们再议吧。"

他转身向门外走去,乔思扬将手中一直拿着的向晖配枪悄悄递还给跟在他身后的卢筱生。

向晖走出会议室,来到院子中,才10月中旬刚过,竟突然下起了小雪,地面已经铺上了一层薄薄的雪花。一阵寒风袭面，不仅触动他的一番愁肠，只觉得连五脏六腑都跟着搅动起来。那在屋中憋闷已久的一股热血瞬间涌到喉间，直冲嘴边。

"哇！"的一声，一口鲜血从他的口中直喷到地上，血红雪白，分外刺眼，望之令人触目惊心！

"军座！"卢筱生大叫一声，上前一把搀住了摇摇欲坠的向晖，将他扶抱于胸前，"您……您怎样了？"

听到这声大喊，屋里的人也都奔涌而出，江静舟抢在前面，他冲到向晖面前，搀扶住他的身子，痛心地喊道："老向！明光！明光兄！"

向晖强撑起身子，推开他的手臂，淡然一笑："别！江师长！向晖福薄，担不起你这样的兄弟情分！"

江静舟顿时语塞，万箭穿心般难过。不觉中泪水滑落眼角，他悄悄拭去了。

一旁陈师长一招手，两个卫士上前，和卢筱生一起，搀扶着向晖离开了。

谈判继续进行下去。

江静舟调整了情绪，决定必须快刀斩乱麻，从速解决 N7 军问题，以防夜长梦多，变生肘腋。他正色道："我们人民解放军完全相信你们谈判的诚意，事实上你们绝大多数的官兵已不愿再打了，特别是锦州解放，陆十军起义之后，就更加打不起来，突围当然更是幻想。为了减少宽城军民的无谓牺牲，我们欢迎你们放下武器。如果我军要打的话，首先今晨一进城就可以把你们全部解决，我军之所以一枪未放，正是从实际行动中对你们一个有宽大的表示。"

陈师长等军官已经是心下暗服，只是究竟面露难堪纠结之色。江静舟看透了他们的心理，进一步要解除他们的疑虑和爱面子的问题："此次你们放下武器，并不是耻辱，而是很光荣的一件事。你们这样做，是解决宽城问题的一种办法，不仅能让大家从此走上一条光明之路，也是保全宽城这座城市和数十万市民生命和财产安全的大好事！这是一件功德无量的大善事！不必纠结！革命不分先后，我代表人民解放军，欢迎大家加入到我们这个正义之师中来！"

他看了看众人，从许若飞手中拿过刚才拟定的方案，铿锵有力地声明道：

"刚才你们重点提出的问题和要求，我归纳为三点，我方完全接受同意，大家可以充分放心：

第一，N7军放下武器后，解放军应负责保障其自兵团司令官以下之官佐士兵生命安全；

第二，N7军官兵投诚后，愿意继续服役与否，全凭国军官兵志愿；不愿继续服役者，解放军应如下处置之：官兵愿回原籍者送回原籍；保证放下武器以后，个人财物生命的安全，官佐准带随从伙夫；对集中官佐生活维持与解放军同等待遇；医院暂保持现状，其医务人员及将来伤愈官兵同此待遇；

第三，投诚后的部队不打散编制。"

诸位军官听了这番话，心中都暗暗放下了一块石头。

陈师长点头道："感谢贵军的诚意和善意，我们愿意配合贵军的一切行动，和陆十军一样接受贵军的调遣和安置。"

江静舟点头，拿出另一页方案，宣读了解放军向N7军提出放下武器前后的要求：

一、立即给全体官兵下达放下武器，停止抵抗之命令；

二、N7军所部驻守中央据点，首先全部撤出，并由N7军派代表直接将解放军部队带至该处控制，以便保护N7军官兵及官兵之家属和建筑物；

三、保证在指定时间内将全部放下武器之人员集中于指定地点；

四、将放下之武器弹药及一切军用品分别集中于适当地点；

五、所有仓库及建筑物在解放军一时不能控制时，由N7军保护，不得有任何破坏或丢损，并由N7军派代表交解放军管理；

六、东北"剿总"第1兵团司令部及N7军所属电台和机要密码全部交出，不得有任何损坏和私存。

双方达成协议，签订了如上条款，N7军顺利向解放军投诚。

从早晨开始，N7军开始以营为单位放下武器。缴械仅仅一个小时，仅38师的武器就堆放了四个篮球场那么大，仿佛四座小山。

解放军受降部队随后在N7军代表引导下，从四面八方开入市区，整个宽城市只剩下一座中央银行大楼尚为国军占领。这里是郑域国最后坚守的据点。

郑域国坐在办公室中，已是呆若木鸡状态，他的面前，放着几份书信电文，他已经不知道看了多少遍了。

封正烈给他的起义通电言辞直接犀利：

"本军为谋官兵之生路，求战祸之消弭，免生民于涂炭，已宣布反蒋起义。此非我等之寡情，实乃政府之负德，置我等于死地而不恤也。尚冀兄等见义勇为，共襄义举，庶免覆军杀将、身败名裂之祸。"

他的手边，还有一封特殊的书信，那是他昔日的黄埔恩师，现今共产党的领导人周恩来的亲笔信，字字句句充满往日情谊：

"域国兄鉴：陆十军现已率部起义，兄亦在考虑中。目前，全国胜负之局已定。远者不论，近一月，济南、锦州相继解放，二十万大军全部覆没……即足以证明人民解放军必将取得全国胜利已无疑义。兄今孤处危城，人心士气久已背离，蒋介石纵数令兄部突围。但已遭解放军重重包围，何能逃脱。陆十军此次举义，已为兄开，为人民立功自赎之门。兄宜回念当年黄埔之革命初衷，率领宽城全部守军，反对国民党反动统治，加入中国人民解放军行列。则我敢保证，中国人民及其解放军必将依照中国共产党的宽大政策；不咎既往，欢迎兄部起义…… 时机急迫，顾念旧谊，特电促速下决心。"

他读着这些信件电文，回头看着另外几封蒋介石严词督令他必须突围的电报，心中百转千回。

思虑片刻，他仰天长叹道："也罢，不成功，便成仁！我这条命就交付给老总统好了，也算报答他的知遇之恩了！"

他拉开抽屉准备拿配枪自杀，却发现枪已经不翼而飞。

"来人呐！"他气急败坏的大声叫道。一直守在外边的贴身副官，他的外甥郑猛急忙跑了进来。

看到司令这番情形，郑猛明白了他的意思，忙苦劝道："司令啊，如今陆十军、N7军都已经反水，宽城已然是共军的天下了！咱们坐守孤岛，何时才是了局？您……"

郑域国哀叹："你们走你们的生路，我唯今只有一死，才可报答党国深恩……"他潸然泪下。

郑猛无奈地看着长官，突然记起前天卫队营营长楚成暗中告诉他的一番话来，就忙从怀中掏出来一封信——那封楚天舒准备寄给他四哥的信，双手递到了郑域国的面前。

郑域国满脸疑惑，听了郑猛的解释说明，他展开了那张薄薄的信纸，一首用刚劲纤丽笔迹写就的长诗呈现在他的面前。

> 别了，我最亲爱的哥哥，
> 二十年来手足的爱和怜，
> 二十年来的保护和抚养，
> 请在这最后的一滴泪水里，
> 收回吧，作为噩梦一场。
>
> 你诚意的教导使我感激，
> 你牺牲的培植使我钦佩，
> 但这不能留住我不向你告别，
> 我不能不向别方转变。
>
> 在你的一方，哟，哥哥，
> 有的是，安逸，功业和名号，
> 是治者们荣赏的爵禄，
> 或是薄纸糊成的高帽。
>
> 只要我，答应一声说，
> "我进去听指示的圈套，"
> 我很容易能够获得一切，
> 从名号直至纸帽。
>
> 但你的弟弟现在饥渴，
> 饥渴着的是永久的真理，
> 不要荣誉，不要功建，

只望向真理的王国敬礼。

因此机械的悲鸣扰了他的美梦，
因此劳苦群众的呼号震动心灵，
因此他尽日尽夜地忧愁，
想做个 Prometheus 偷给人间以光明。

真理和愤怒使他强硬，
他再不怕天帝的咆哮，
他要牺牲去他的生命，
更不要那纸糊的高帽。

这，就是你弟弟的前途，
这前途满站着危崖荆棘，
又有的是黑的死，和白的骨，
又有的是砭人肌筋的冰雹风雪。

但他决心要踏上前去，
真理的伟光在地平线下闪照，
死的恐怖都辟易远退，
热的心火会把冰雪溶消。

别了，哥哥，别了，
此后各走前途，
再见的机会是在，
当我们和你隶属着的阶级交了战火。

此刻的郑域国只是从郑猛嘴里知道这是特派员楚天舒准备寄给自己哥哥的
一封信，他并不能明白这不是楚天舒的原创作品，他是抄录了左翼诗人殷夫的名篇《别了，哥哥》。

是的，楚天舒和他的四哥，以及他的家庭所代表阶级的关系，正巧和殷夫当年面临一切的是那样的相似。

但是郑域国却很明确地了解到这首诗的含义，明白了楚天舒的真实面目和身份。

他不由得愣住了，许久说不出一句话来，最后，他一声哀叹：

"楚天舒，特派员，党国精英？唉！天意乎？人意乎？连这样的青年，竟然都是那边的人……共产党该得天下！"

凌晨，据守宽城中央银行大楼的郑域国警卫部队放下了武器投诚，宽城获得了解放。

大街小巷，红旗飘扬。江静舟和程睿、许若飞、乔思扬走出宽大的城门，准备迎接解放军大部队进城。

"师座，哦，不是，现在该改口了，是参谋长！您看，那片红云多好看呐？"乔思扬兴奋地指着远方天边对江静舟喊道。

"傻子，那哪里是红云，明明是曙光好不好？"许若飞哂笑道。

"'凄风淅沥飞严霜，苍鹰上击翻曙光！'，咱们的飓风小组，终于迎来了这炫美无比的黎明时分！"程睿油然而生的诗情画意把身边的两个年轻战友都逗乐了。

江静舟没有笑，他看着前面的万丈曙光，已经映红了大半个天边；不禁又回望了一下身后满目疮痍的那座城池，一股潮气蒙上了眼睛。他在心底默念着：再见，我的敌营生涯，再见，我永生的战友们！

尾　声

宽城城外，已经是初冬的景致，百草凋零，但是难得还有一轮鸭蛋黄般的太阳挂在天边，带给人一丝微弱的暖意。

N7 军已经换装完毕。

在所有已经换上解放军军服的起义部队中，身着国民党将军制服的向晖显得格外醒目。

他军装肃然，一丝不苟，那条草绿色的军用围巾松松围在颈间，衬着笔挺的美式军服，依旧让他显得儒雅端庄，英气勃勃。

他的眼中依然傲气霸气十足，他冷冷地扫视着周边，看到昔日的同僚、部下们身着的簇新的解放军军服，在三三两两地说笑着，每个人都带着轻松愉快的表情。

向晖显然像个异类，他的脸上刻满忧伤和无奈，嘴角似有似无地挂上一丝微微的嘲讽的笑意。

身着解放军军服的江静舟走到他的面前。

江静舟默默看着眼前这个昔日的挚友手足，眼中有安慰，有爱惜更有伤悲。他知道一道不可逾越的鸿沟已经将两人深深隔开，往日的知己情分，浓情厚谊，如今都化作了无情的伤害和疏离。

向晖看到江静舟走到他面前，他迎上了他的目光，对视了片刻，两边都有雾气分别弄潮了彼此的眼眶。

向晖自嘲地一笑，将目光移开，望向遥远的前方，幽幽叹道："我做梦也不会想到，咱们有一天会这样彼此相见？不同的军装，不同的阵营，不同的城府，不同的心机！致远，这一切都是梦吗？你一定千百次嘲笑过我？向晖就是天字第一号的大傻瓜！竟然会相信友情重于彼此的信念和坚持？"

江静舟摇头："是你太过偏执了！你死抱着自己也未必认可相信的东西不放，还将身边所有的亲人、友人和部下，都差点牵扯到一场无尽的深渊中去！是的，就是深渊！即使你看清楚了结局，也不愿意放缓你的速度和方向，去避免一场可以预见的悲剧！向明光，从这点来说，你就是你自己定义的那种人！"

"好了，致远，成王败寇，结局已然看见，我不想再多说什么。我们的情分止于此，我们的恩怨也止于此，相知相遇，不如相忘于江湖。大家彼此珍摄吧！如今再多说什么，终究也是无益了！"

"老向，不，请允许我再叫你一声——明光兄！你能再听我一言，好好考虑一下吗？就算不为你自己，为了嫂夫人，为了娟娟和妮妮两个孩子，你也……"

"你不用说了！我刚才说过了，我们的情谊已经完结！你也不必再为我做什么打算，我也不敢再接受你的任何情分馈赠！人各有志，各走一方，彼此珍重吧！只是，请你帮我带一句话给宁松，虽然他是你的儿子，可是我们爷俩有缘，我也始终把他看作是我自己的孩子一般。你告诉小松，就说他是个好孩子，爹爹永远爱他！如果他不嫌弃，我那座官邸里面所有的书籍，就都留给他好了，也算我们父子一场的纪念品吧。江致远，我们的情分和缘分就只限于此了，缘已尽，人难留！"

"我记住了，我替小松谢谢你！谢谢你给他的这份父爱！可是，"江静舟的眼中已经有泪水在闪烁，"明光兄！我不管你怎样看我，怎样看待我们之间曾经的生死情谊，有句话我都要提醒你，你一定要听！你这次选择不去解放区而去香港，我无话可说，而且我遵照你的意思，已然斡旋好了的，娟娟和妮妮两个孩子，马上会到这里和你相聚。可是，明光，我有多担心你知道吗？！你要踏上的是一条险路啊！如果，你就此去海外的任何一个国家，我都祝福你！可是，你万万不可选择去——台湾！！"

听到此处，向晖带着奇怪的神情看了他一眼，嗤地笑了起来："你如今……怎样还肯操这样的心？我的生死前程，还和你有关吗？你不会可笑地认为，我还能听你的吧？还当你为我的……手足兄弟？"他的语气貌似平静，心中已是百恨千怨涌上心头，眼泪夺眶而出，却不愿意对方看见，便扭身掩饰着擦去了。

这泪水让江静舟心如刀绞，他又心疼又着急，忍气道："听不听在你，说不说在我！向明光，你不是傻子，你也不糊涂，为什么要一次次生生把自己往死路上逼？！你这个效死愚忠的书呆子，你给我快醒醒吧！"江静舟几乎是痛心疾首地喊了起来。

喊出此话，看着向晖万念俱灰、垂首不语的模样，江静舟的心瞬间软了下来，他忍不住上前，强拉过向晖的手："我再说上一遍，你如今的情形，千万不可去台湾！前尘旧事，是非恩怨，你恨我怨我没关系，可是眼前只求你答应我这个要求！明光兄，求你答应我！"

向晖轻轻拨开江静舟的手，微微一笑，他的眼中流露出一丝光芒，这光芒足以让江静舟后半生都难以忘怀，那是伤心、失望、痛悔、决绝的光芒！他的语调决绝而沉痛："江致远，我原来以为你不懂得友谊，不知道什么是知音情分？今天我才明白了，你竟然也不懂——什么是信仰！"

江静舟淡然一笑："我纠正你一句，不是我不懂信仰，是有个老话预示了咱们这场悲剧的起点所在——道不同不相为谋！可是这一切，这种手足相残，让人撕心裂肺的悲剧，又是怎样造成的呢？！"

这彼此留下的最后一句对话，像两块大石头，从此压在他们二人的心中，再也无法移开了！

此时此刻的南京，原本低调神秘的楚家别墅区，四周一片寂寥，隐隐有难以抑制的哭声传出来。田宇坐在书房中，神色憔悴不堪，面带悲戚之色。他的耳边，传来隔壁房间女眷令人心碎的哭泣声，手头，是弟弟楚天舒那封带血的来信。

> 别了，我最亲爱的哥哥，
> 二十年来手足的爱和怜，
> 二十年来的保护和抚养，
> 请在这最后的一滴泪水里，

收回吧，作为噩梦一场。

你诚意的教导使我感激，
你牺牲的培植使我钦佩，
但这不能留住我不向你告别，
我不能不向别方转变。

……
别了，哥哥，别了，
此后各走前途，
再见的机会是在，
当我们和你隶属着的阶级交了战火。

他拿着信封的手在颤抖，心中的颤抖更像是飓风般猛烈。一声长叹，悲酸交集的泪水潜然而下：

"你这个狠心狠意的小子！这一切……究竟是为什么？为什么？"

门突然被撞开了，他的五弟楚天恺闯了进来，满面泪痕，泣不成声："四哥，老七他……竟然会失踪了？这究竟是怎么回事？！"

田宇擦去泪水，面色平静地说道："他是党国军人，身居督察特派员要职，在叛军作乱的围城，重伤失踪，从目前情形看，定是已以身殉国……我已经上报国防部，请求褒奖……抚恤……"他这番话安慰不了对面的弟弟，连自己都无法抚慰，眼泪止不住奔涌而出，一阵锥心的疼痛袭来，几乎将他击倒，他忍不住俯身桌上，暗暗啜泣。

楚天恺看着自己的哥哥，流泪摇头："我不要听你这些冠冕堂皇的说辞……我只知道，也许我们已经永远失去了他！失去了我们最疼爱的……小弟弟！"他哭泣着跑开了。

这时的上海，春寒料峭，寒气逼人。
比这天气还冷酷的，是那一条突如其来的噩耗。

沁梅俯身在虞水蓉的怀中，没有眼泪，神情是愣愣的。虞水蓉痛惜担忧地看着她，用手不停抚摸着她的头发。

　　"你知道的，小梅，他曾是我的上级，我们配合得是那样的默契和谐……但是我也深知你们俩的这份情谊。你在不知道他的真实身份情况下，已经和他结下了深厚的兄妹情！我从老家那里得知了他失踪的消息，一直没敢告诉你，是因为咱们目前的任务还很重，不能有任何私情杂念萦绕在心！是的，咱们如今要完成的，就是天舒他原本应该肩负的任务——把大批向往光明，拥护共产党的民主人士，安全转移护送到解放区去！小梅啊，我们是女人，更是战士，你应该明白，我们该何去何从？"

　　沁梅若有所思地点头，还是没有眼泪流下来。她突然觉得自己仿佛不会哭泣了。昨天，胡文轩把她叫到家中，安慰了一番，期期艾艾地和她讲述了有关楚天舒的噩耗——他身受重伤，在陆十军和 N7 军叛乱之中失踪，全无踪迹，按照形势分析，当按以身殉国论处，他的四哥田宇中将已经为他申请到国防部的嘉奖。

　　胡文轩担心地看到沁梅被这个噩耗几乎击懵了，没有流泪也没有哭泣，她就那样呆呆地看了自己一眼，转身回了自己的房间。

　　胡文轩请来了虞水蓉劝说安慰沁梅。自己回到书房去黯然伤神，一切的一切，都这样逝去了，包括他的追求和信仰，他的平生宏愿。

　　最是仓皇辞庙日，教坊犹奏别离歌。

　　他的江山，马蹄声乱，夕阳西下，大厦将倾。

　　沁梅又来到小河边，那是当年她和楚天舒经常傍晚散步的地方。景色依旧，斯人已去。

　　沁梅很纠结，她不知道自己这段感情是爱情还是兄妹情分？只为她不知道楚天舒有没有对自己动过情？哪怕一点点？一瞬间？

　　那天在特别禁闭室中，他高调说出了对自己的深爱，但是那分明是权宜之计，他的手下，他不断敲击出的一行行摩斯密码，还是在谈工作，谈计划……

　　他始终将我当妹妹吗？也许终究是我自己一厢情愿的一往情深！

　　可是这兄妹情分就足够自己一生回味珍藏的了！还有，自己想悄悄祭奠一下自己的"单向爱情"。

是的，我是爱他的！爱得那样深沉，那样纠结，更是那样的隐蔽和不自知……

我曾经发过誓言，此生我的爱人，应该是我的战友，我的同志，我革命事业的同路人！这是个原则问题，我无法妥协让步，他神秘莫测的身份，无疑曾是我们之间难以逾越的一条鸿沟！

当我惊愕地发现，他竟然是我们阵营中的人，是我们这个战线上最优秀，最坚决，最纯粹的战士时，我们却很可能已经失去了彼此沟通解释的机会，更失去了再爱一次的契机！

造物弄人，天命如此！

沁梅突然觉得自己的心河解冻了，那冰封的泪水瞬间奔涌而出，她跪在河边，痴痴地望着河水，想大声呼喊一个名字，一个永生难忘的名字，她就那样大声喊了出来，她自己都没意识到，她喊出的，竟是那样悲伤绝望的一句话——

"哥哥，别走……"

平津战役前线，身为东北野战军某部参谋长的江静舟正在俯身地图前查看战役进展情况，只见通讯员进来道："参谋长，有人找您！"

江静舟刚从一大摞地图中抬起头来，就看到一位身着洋服套装的中年女子走了进来。

"沈琬？怎么会是你？"

"金子哥，我们终于又见面了！"沈琬笑着向他伸出手来。

江静舟疾步上前握住她的手，惊喜地看着她："你怎么会到这里来了？你不是陪老郭在苏联治病吗？老郭如今身体怎样？"

"他……病逝了，在苏联……"沈琬黯然伤神，垂下了头。

江静舟惊异地看着她，半天说不出话来，不知道该怎样安慰她。

倒是沈琬很快控制住情绪，轻声道："逝者已矣，活着的人，还有太多的事情要做！在这胜利来临的前夕，我们尤其要勉力为之，不可懈怠！"

"小琬，你比以前更坚强，更从容了！"江静舟忍不住感叹。

两人来到桌前坐下，江静舟倒了一杯水，放到沈琬面前。

沈琬微笑着打量他："金子哥，你黑了，也瘦了！不过精神很好啊！"

江静舟也笑着说："那当然了，好容易回到自己部队，生活在同志们中间，我每天做梦都在笑呢！精神怎么会不好？"

沈琬理解地点头，随即回答他前面的问题："我这次是准备去北平执行新的任务，特意绕道这里来看看你！主要是，我是想来碰碰运气，看看能否也遇上她们？我们几个也是好多年没见面了呢！"

"他们？他们是谁？"江静舟奇怪道。

沈琬惊讶地看着他："水蓉和沁梅呀！怎么，梅儿没写信告诉你吗？她和水蓉这几天会到这里来？"

"她们两人？"江静舟更加诧异，"没收到梅儿的信呐！她和……她？为什么要来这里？"

沈琬怨念着瞪了江静舟一眼："江参谋长，你这话问得稀奇！江沁梅是你的女儿，她完成了任务回归老家，特意先来看望你这个父亲一下，不是很正常的嘛？"

她又白了江静舟一眼，忍住笑意，故意揶揄他："至于水蓉嘛，你更应该明白她来这里的原因吧？"

江静舟大窘，嘴上仍旧强辩道："你们一个个奇奇怪怪、神神秘秘的，我哪里知道是什么原因？"他的脸瞬间竟然绯红起来。

沈琬笑着冲他点头道："好好好！金子哥，别人都在玩儿神秘，就是你最坦诚，行了吧？哼！就不知道那个所谓的'半朵莲花书签约定'算不算神秘的事情呢？"她看着江静舟涨红的脸，忍不住捂嘴笑了。

"小琬！你……多大的人了，还是这样顽皮！"江静舟更加不自在起来，轻声嘟囔着。

"好了好了！逗你玩呢，傻子！"沈琬爱怨交加地望着江静舟，这个自己曾经深爱过，现在已经能以平常同志战友之情相处的亲人，"梅儿都告诉我了，水蓉也和我有过书信呢。哪像你，一个大老爷们儿，还这样扭扭捏捏的，没劲！"

"好吧，背着我，你们几个倒是串通好了！"江静舟故意做出不满的神情来，却是忍不住泄露出来都是欣喜的表情："那……她们什么时候能来呢？"

沈琬摇头："不知道。可是我不能在这里等了，我的任务不等人啊！这样吧，金子哥，你见了她们，代我向她们问好，反正胜利在即，我们就在新中国见吧！"

沈琬走后的第三天，沁梅果然来了，不过，仅仅是她一个人。

她流着泪，上前狠狠搂住了父亲。虽然父女才分别了不过几个月，可是其中经历了生死之关，经历了太多的事情。

她告诉江静舟，因为胡文轩被调遣提前赴台湾，她接到上级指示，找机会撤回老家。

莲莲呢？江静舟心中疑问顿起。

沁梅没再多说什么，只是掏出了一封信，交给了父亲。那是她临行时，她的干妈托她带来的一封信。她知道，她的干妈自会解释，她的任务，她的新使命。

"爸！如今我可以正大光明、坦坦荡荡地叫您爸爸了！前次我回老家见到宁松他们了，小松很好，已经准备参军了，虽然他的年龄还不够呢…… 还有倾城姑姑！姑姑她有喜事，您要不要听？"

"哦，你倾城姑姑的喜事？快说来听听！"

沁梅神秘一笑："姑姑有对象啦，是一名英武俊朗的解放军军官，他们好相配呢！"

"是吗？太好了！这下我就放心了！你姑姑也将有自己的小家庭了！唉，她的事情我最悬心，这下终于好了！"江静舟心下大慰。

沁梅挽住父亲的臂膀："姑姑心里其实都明白的，她悄悄告诉我了，说是一切都是您暗中托人安排的，您还装局外人呢？"

江静舟在女儿面前还是红了脸："你们这些女人啊……事真多！心里都藏不住事？还都是是非非的……"

他支支吾吾的神情逗得女儿大笑起来。

夜晚，开完会回到宿地的江静舟，再次摸出虞水蓉那封信，看了又看。那

张温柔的面庞又一次浮现在他的脑际。那轻柔如夜曲的诉说,像潺潺流水般浅吟低唱,一遍遍抚慰着他的心:

"致远,当我每一次接受了老家派遣的新任务时,我总是能够生出一个红色特工的骄傲和自豪感来,那是组织对我的信任,对我的肯定!可是,在此刻,我的心中也溢满了对你的愧疚之情。原谅我,亲爱的!我要再次食言了,不能兑现那个咱们曾经的美好约定——让新中国的礼炮声,作为我们婚礼的背景乐!我还要远走一次,我想,这一定是最后一次,因为整个中国都要插遍红旗了,这最后的胜利就要到来!为了更完全、更彻底的解放,我要再次远行一次!请等着我吧,在新中国的新天地中,等着你的莲莲,完成任务后,回到你的身边……"

江静舟放下信,来到屋外,远方的天空,一轮皎月散发着清辉,好似那个冰清玉洁的女子,在深情凝望着爱人。江静舟的眼眶湿润了,他觉得他读懂了这世界上最美、最高贵的那颗心灵——

莲莲,我一定等你!

后记:虞水蓉潜伏台湾,曾和台湾地下党战友们,包括卧底在国民党中枢神经区的几名将军一起,获取了大量的情报,传回到自己组织手中。

这些情报被送到中南海案头。最高领袖在看到他们收集的有关舟山群岛布防情况的详细情报后,感慨万分地说:"这些同志太不简单了,要为他们记上一功!"

他欣然题诗赞道:

惊涛拍孤岛,

碧波映天晓;

虎穴藏忠魂,

曙光迎来早。

第二部完

若爱重生
原名陈志贵

彼岸芬芳

纳兰香未央

著

九州出版社 全国百佳图书出版单位

目　录

楔　子

那年的宽城城外，秋色迷离。昏黄的天空下，远处高大的城门筑成一道略带离愁别绪的背景。

"昔年种柳，依依汉南；今看摇落，凄怆江潭；树犹如此，人何以堪！"不知为什么，沁梅的心中，突然涌起这段古诗句来。

站在她面前的楚天舒神情依旧温和镇定，望向她的眸子里，却悄悄跃动着爱的激流，他掩饰不住，她捕捉到了。

但是分别在即，他不能放任彼此的心河爱意横流、波涛翻滚。

"好了，妞，就此别过吧。所谓送君千里，终有一别。记住，到南京后，和你干妈赶紧联系上，争取早日去上海，那边的任务也很紧迫！"

"可是，你昨天告诉过我，上海的任务是你来负责的，我只是当你的下手……"沁梅有些疑惑，更有无限的不舍之情。

楚天舒耐心解释道："如果我能顺利完成这边任务，我自会马上赴上海，但是如果……我是说如果有些特殊情况发生，有些小意外……那么你就按照我刚才和你说的那个预备方案进行，你和你干妈可以迅速联络上海地下党，展开工作！"

沁梅猛然抓住他的手，急急地盯住他："特殊情况？小意外？什么意思？天舒哥你不会……有什么危险吧？"

楚天舒果断地摇头："没事的，放心！你忘了你爸爸还在这里呢？等完成任务，我也许可以和他一起撤离……妞，你放心吧！"他拍拍她的小手，以示安慰。

沁梅带着信任和依恋的神情凝望着他细长的眸子，在那里她读出了怜爱、鼓励和坚毅。她觉得自己的心突然变得好痛，她从来没有这样依恋他、不舍他，她真想让时光从此刻凝固住，她要永远和她的天舒哥在一起！

望着沁梅深情凝视他的眼睛，楚天舒也一时忘情，似乎有点按捺不住的样子，将她一把搂在怀中。

沁梅闭着眼期待着，心底的河床，奔流的都是甜蜜温馨的水浪……最后，楚天舒还是像昨天那样，只是轻轻吻了下她的额头。

沁梅有点小失望——他终究只是当自己为妹妹吗？

楚天舒心底划过一丝小纠结——等着我，我心上的姑娘，如果胜利的那天，我还活着，我再和你……

只是片刻的停滞，这温情的凝滞时光。楚天舒不敢再耽搁下去了，毕竟时间紧迫，他要马上返城去找江静舟。

他松开搂着沁梅的手，再次毅然决然地告别道："好了，快走吧！期待着我们再次相见，那时候我会仔仔细细和你聊的，聊以往的种种类类，是是非非，长篇大论的，咱们聊它个三天三夜如何？到时候只怕你都会听烦了呢！"他顽皮地眨眨眼，孩子气地笑了。

他对沁梅挥挥手，沁梅也回应他摇手告别，转身向那边车子走去。

走了两步，沁梅又折身回来，将那枚玉观音塞在他手上："这个还是你先拿着，等下次见面，你再还给我好了！"说完沁梅不再回头，一直到上了吉普车。

沁梅坐在车上，趴在车窗边痴痴地凝望着不远处站着的那个人，凝神看着。

车子开动了，那个修长挺拔的身影在一点点变小，慢慢模糊消失掉了。

谁料想会有后面的变故呢？楚天舒在宽城解围之时竟然重伤失踪！

回到上海养伤的胡文轩支支吾吾告知了沁梅这个"噩耗"，他不敢，也不忍去看养女的神情，微微垂下头去。等他再次抬起眼来，却发现女孩已经悄然离去。

沁梅又来到小河边，那是当年她和楚天舒经常傍晚散步的地方。景色依旧，斯人已去。

她很纠结，只为不能确定自己的这段感情，是爱情还是兄妹情分？她不知道楚天舒有没有对自己动过情？哪怕一点点？一瞬间？

那天在特别禁闭室中，他高调说出了对自己的深爱，但是那分明是权宜之计，他的手下，他不断敲击出的一行行摩斯密码，还是在谈工作，谈计划……

他始终将我当妹妹吗？也许终究是我自己一厢情愿的一往情深！

可是这兄妹情分就足够自己一生回味珍藏的了！还有，自己想悄悄祭奠一下自己的"单向爱情"。

是的，我是爱他的！爱得那样深沉，那样纠结，更是那样的隐蔽和不自知……

我曾经发过誓言，此生我的爱人，应该是我的战友，我的同志，我革命事业的同路人！这是个原则问题，我无法妥协让步，他神秘莫测的身份，无疑曾是我们之间难以逾越的一条鸿沟！

当我惊愕地发现，他竟然是我们阵营中的人，是我们这个战线上最优秀、最坚决、最纯粹的战士时，我们却很可能已经失去了彼此沟通解释的机会，更失去了再爱一次的契机！

造物弄人，天命如此！

沁梅突然觉得自己的心河解冻了，那冰封的泪水瞬间奔涌而出，她跪在河边，痴痴地望着河水，想大声呼喊一个名字，一个永生难忘的名字，她就那样大声喊了出来，她自己都没意识到，她喊出的，竟是那样悲伤绝望的一句话——"哥哥，别走……"

第一章　惊闻噩耗

这句"天舒泉下有知"的话，像是一把利剑，将沁梅的心划了一道口子，流出的鲜血在面颊上幻化作了一汪热泪。这个由自己父亲说出来的真相，是那样真实准确地击中了女儿的内心。赫然在目的这枚玉观音，也明明白白告诉了她自己，亲切温婉的天舒哥永远回不来了！

有关楚天舒已逝的消息传来，是在一个沉闷的周末黄昏时分。

1950 年春天的北京，到处是建政之初欣欣向荣、百废待兴的景象，每个人的脸上都挂着明朗兴奋的笑容，每个人的步态都是那样的轻盈，又暗藏着昂然进取的韵律。

身着一身利索整洁的军装的沁梅，就以这样的步调走在北京的街道上，心里涌动的，都是暖暖的春意。在这片新天地下，她常常会不自觉深深吸上一口气，再缓缓吐出，微闭上眼，尽情感受着宁静祥和的气息。每当此时，她就会深深感受到自己和那些幸存的地工战友们是幸运的，仿佛从容踏过了往昔岁月的暗流，来到了芬芳四溢的彼岸，幸福是那样的悠长又甜蜜。

看着周边三三两两擦身而过的人群，她不由得在心里默默低叹：生活在新世界中的人们呐，是否能理解这些从隐蔽战线中奋战过，又侥幸存活下来的人的情感？和平是这样的宝贵，回家的感觉真好，真好！

可是还有那样多的人，永远留在了暗夜中，睁着明亮的眼睛，永远凝视着天幕，青春的鲜活气息却在那些瞳仁里凝固成永恒……

　　你们的身体还挣扎着想要回返，
　　而无名的野花已在头上开满。

伴随着这条难忘的诗句跃上心头，一张青春激昂的面孔蓦然间闯入她的心扉。那心心念念的脸庞是那样的灵动鲜活，像一把华丽的匕首轻轻刺破她的芳心，有种略带咸苦味的液体流了出来，湿了她的心底，也浸润了她的面庞。

两行泪水流到唇边，沁梅用手背悄然拭去，摇摇头，晃去刻骨铭心的追思之情，稳稳心绪，大踏步向前走去。

迈着逐渐平静轻快下来的步子踏进家门，沁梅看到客厅里，父亲江静舟正和一帮老部下、老战友畅叙在一处，她打过招呼，就来到厨房。今天家里举行宴会，母亲沈琬和姑姑顾倾城一定正在忙碌中，自己该去搭把手，没想到走到厨房门外，就听到了里面的一场对话。

"沈姐啊，您能放心沁梅一个人留在北京吗？我看她这一阵子，都是郁郁寡欢的没个笑脸。话少点也就罢了，你看她如今饭吃得那样少，比以前更瘦了，我看着都心疼呢！"

"又有什么办法呢？我和致远都在愁这件事呢！我原本想，带沁梅去南方工作一段时间；或者让她跟她爸爸一起到西北去，可是这丫头执拗得很呐，死活不答应。她如今，满脑子是找人，找她的那个'天舒哥'！她说现在大部分地方都解放了，北京又是新成立的共和国的首都，她在这里，一定会有他的消息的。"

听到这里，沁梅停住脚步，咬着指头沉默不语。她何尝不知道厨房里这两位女性长辈对自己的爱护和关心？她的心里，这些天也弥漫着浓浓的离愁别绪——

目前，父亲江静舟已经被任命为西北军政委员会委员，一周后就将赴金城任职；母亲沈琬参加了南下工作组，也将马上到南方去工作；父亲的义妹顾倾城刚从解放区来到北京，和她的对象，一个叫何平均的青年军人，也要相随江静舟到西北军区工作；其他的人也将各自奔赴新的工作岗位：程睿要去西南C市，许若飞去湖南，乔思扬去天津……大家各自即将分别，都有一股难分难舍的心绪。

此刻又想到自己的弟弟——在解放区参了军，现在远在东北的宁松，沁梅不由得暗自伤感，却听到厨房里母亲和倾城姑姑的议论又起：

"倾城啊，提起那个叫楚天舒的年轻人，我正有事情想问你呢。"母亲沈琬依旧是温婉平和的语调，但是细细品来，却有着一丝忧心和伤感之意。

"沈姐，您问吧。虽然那个小楚同志我不是很熟悉，但是在东北毕竟是见过几面的。"

"我在想啊，这件事情不大靠谱啊。沁梅的性格我了解，丫头是不撞南墙不回头的心思，况且这次重逢，致远他也和我讲述了两个孩子之间的那份曲折奇特的缘分……但是，我怎么心里总涌动着一股不祥的预感呢？倾城，你帮我品品看，我这份担心是不是多虑？前些时候听许若飞讲了当年楚天舒的重伤情况，加之那个乱世时分啊，一切都凶险难测，如今再联想到这一年多的毫无音讯，我只怕他早已不在人世了……"

"唉，其实我是不敢说，沈姐，我也早有这样的预感啊。虽然那时我已经离开了宽城，但是当年城中的那份险情，就令人思之都不堪回首！我是万万想不到楚天舒竟然是我们的高级特工，肩负着那样重的任务，他后来又遭遇险情，负了那样重的伤，只怕真的……"

话音未落，她就惊讶得捂住了嘴巴，看到沁梅已经吊着脸走了进来。

沁梅也不吭气，走到水池边，将一把择好的青菜洗干净，晾在一边，又接过顾倾城手中没刮完的土豆仔细刮净了皮，将土豆细细切了丝，看着母亲准备下锅，她才洗了手准备出去。

走到门边，她回头看看一直带着关切目光盯着她的一举一动，也不敢贸然开言的两位长辈，轻声说了句："妈，姑姑，我知道你们都是为了我好，在一直为我悬着心。但是，我也有着自己的一份预感——天舒哥不会死的，他一定正在哪个角落里养伤呢。等他能走动了，就一定回来找我的。他一定能找得到我，因为他的本事可大了，他可是个有着超级本领的特工！"

扔下这句充满自信的话，女孩低头匆匆离开厨房，她根本没勇气再看那两个亲人的表情。沈琬的眼里蓄起了泪花，善感的顾倾城早已泪流满面，捂脸躲到了一旁去抽泣。

但是噩耗的来临，却是那样的猝不及防！

晚宴的气氛原本是温馨而平静的。一大桌子的人围坐在一起，大家都看向江静舟，等着他发动起来。江静舟举起手中的酒杯，面带微笑提议："让咱们都举起酒杯，庆祝并祝福……为了咱们刚刚诞生的新中国，也为了能幸运地看到新中国的咱们！更为了那些……没能看到今天的战友们！"

说到这里，大家都有些感怀，江静舟甩甩头，意气风发地说道："来吧，让我们都先干了这第一杯，为了我们的理想终于实现，我们的信仰得以完成！"
这杯酒，仿佛有千钧重，让每一个在场的人都心潮澎湃。

刚刚落座，就见他的通讯员小张走了进来："参谋长，外边有人找！"

江静舟带着满脸的疑问神情看向他。

小张说："是从东北来的一个同志，他说他叫楚成！"

所有在场知道这个名字的人都是一惊，仿佛心灵感应般，并不熟悉这个名字的沁梅放下酒杯，第一个站起身来。

江静舟忙激动地道："快请他进来！"

很快所有的人都陷入沉默悲痛中去，楚成带来的竟然是一个让人震惊的消息。

他从怀中掏出了那枚玉观音，递到江静舟面前："这个，是七哥临终前交到我手上的东西，他嘱咐我一定要亲手交到江师长您的手中，说是请您替他还给一个叫沁梅的姑娘，他说他永远忘不了和她在那段艰难困苦中结下的兄妹情分！"说到这里，他回身看了看身旁的沁梅，露出有点猜测的神情。

"临终……"江静舟也被这个蓦然降临的噩耗击蒙了，他颤抖着手接过玉观音，用悲悯的眼神看了女儿一眼，努力压抑着自己的情绪问楚成："我在宽城时听天舒说起过你，你是从他们楚家出来的人，后来，你一直跟在天舒身旁吗？天舒他……究竟怎样？"

楚成含泪点头："是的，宽城起义后，我去了解放区，一直在打听他的消息，碰巧机缘，找到了重伤待治的他……当时，因为解放区医疗条件所限，上级领导决定送他到苏联治病，我就护送重伤在身的他一起去了苏联……可是他的伤实在是太重了，右肺被切除了大半，这还不是最致命的，关键是他头上的内伤……最后，他伤重不治，在苏联南部病逝了……"

江静舟、顾倾城、程睿、许若飞、乔思扬等人听了，都禁不住潸然泪下，沈琬的心也在颤抖，只有沁梅没有流泪，她怔怔地看着楚成，一副听不懂他话的神情。沈琬含泪上前搂住女儿，摩挲着，抚慰着她。

沁梅定定地看着楚成，毅然摇头道："不会的，天舒哥他不会死的！我经常会在梦中见到他，他每次都告诉我说，他的伤快痊愈了，就快要来见我了！你一定是在骗我们！一定的！"

楚成擦了一把眼泪："您一定就是沁梅小姐了？请相信我！我虽然是楚家的

一个仆人之子，但是七哥从小就和我要好，我们只差半岁，几乎是一起长大的！我原先一直叫他七少爷的，这次在解放区见面，才知道，他原来是……这边的人！他说我们现在是同志了，不能再用旧称呼来相称，他比我大半岁，让我叫他七哥。你不知道，他的伤……实在是太重了，洋大夫们也是回天无力……"

"不！我不相信！我绝不相信，天舒哥……他不会这样走的！你的话，我不要再听下去了，一句也不要听！"沁梅冷冷地说了一句，横了楚成一眼，转身出去。沈琬不放心，忙跟了上去。

傍晚，在沁梅的卧室里，江静舟和沈琬守着女儿无语。

看着始终咬唇不语、面上尽是倔强神情的女儿，江静舟轻叹一声，默默开口："丫头，现在爸爸妈妈都在你的身边，你要是想痛痛快快地哭上一场，倒不是坏事情，起码你会好受些……"

"我为什么要哭？天舒哥他又没死！"沁梅摇头，打断父亲的话，"我一点也不相信那个人的话，那个叫楚成的人的话！"

"可是，女儿，你终究要面对现实呀！"沈琬含泪劝道，"你说过，你不是个小丫头了，你是一个经受过风雨，经历过多次生死关隘的战士，你当明白，很多时候，面对这惨烈的牺牲，面对着亲人的猝然离去，我们是无可奈何的，也是无法挽回的！我想，天舒他，只是无数名倒在咱们前面的战友之一，有他们的鲜血挥洒灌溉，才孕育出这样一个新世界！他，他们，永远是我们的骄傲，是我们永生的亲人！"

江静舟掏出那枚玉观音，也直言相劝："这枚玉观音对你的意义应该不同，看到它，你应该明白天舒终究是回不来了！其实爸也和你一样，经常会在梦中相会天舒，我永生难忘他那次替我去赴险局时的从容模样！而且我更明白，像天舒这样优秀的红色特工，他不只是为了我江静舟个人的安危去身陷危境，他是为着更大目标的实现，为了宽城当年几十万军队和百姓的生命安危，而将自己的生命置之度外的！无论何时何地，想到这样的天舒，这样的战友们，我的心中迸发的，都是继续他们事业的澎湃热情！丫头啊，你的伤心爸爸妈妈能体味明白，但是我们绝不愿意看到你的消沉！我知道，天舒如果泉下有知，也是不会愿意看到这样的你的！"

这句"天舒泉下有知"的话，像是一把利剑，将沁梅的心划了一道口子，流出的鲜血在面颊上幻化作了一汪热泪。这个由自己父亲说出来的真相，是那样真实准确地击中了女儿的内心。赫然在目的这枚玉观音，也明明白白告诉了她自己，亲切温婉的天舒哥永远回不来了！

沁梅的心河突然解冻了，泪水奔涌而出，她俯身在母亲怀中泣不成声："妈，爸！女儿的命为啥这样苦？前面有萧岳，现在是天舒哥……"

江静舟和沈琬闻言都是心痛如割，但是他们说不出来任何话，在这个残酷的现实下，任何安慰的语言都是苍白无力的。唯有让女儿尽情地哭上一场，也许是缓解她伤情的最佳途径。江静舟和沈琬就这样一人执了女儿的一只手，努力将一份父母亲情传递给悲痛欲绝的亲生骨肉。

狠狠地哭过一场，沁梅觉得心中好受了些，她看着父母，轻轻摇头，任泪水落满清瘦秀丽的面庞：

"天舒哥他太狠心了，竟然病逝在那样遥远的地方！我连到他的坟前去祭拜一下都不可能！他为什么不守信用？他说过要和我重聚，要给我讲以往的故事……爸，妈！女儿以前太任性了，曾经一次次地伤害过他，一次次和他别扭着，纠结着，我任意享用着他对我的温情和容忍、关怀和宠溺，回报给他的却是因为身份、阵营的猜测而产生的隔阂和蔑视！可是，当我终于明白我是误会了他，误读了他的一切时，我多想弥补和挽回啊，可是他……却不给我机会了！这究竟是老天无情还是他无情呢？不，不怪他，都怪我！他一定是伤透了心，不想再给我这个机会了吧？这难道是他对我的惩罚么……"沁梅自语般地絮叨着，默念着，任泪水成串地滴落襟前。

沈琬搂着女儿泪流满面，江静舟也是黯然泪下。这个夜晚，注定很多人都无法安眠。

一周后，沈琬离开北京南下，她走前对女儿千叮咛万嘱咐，看到女儿坚毅倔强的面容，做母亲的她唯有长叹一声，怀着一肚子心思登上了南下的列车。

两周后江静舟一行也动身赴西北。沁梅去车站送行，她的情绪已然平复下来，但是眉间却从此锁上了淡淡的哀愁。

站台上，看到许若飞等人和江静舟围在一处依依惜别，顾倾城悄悄拉住沁梅走到一边，认真嘱咐道："沁梅啊，你别嫌姑姑唠叨，我真的是放心不下你。你真倔强啊，不肯跟你妈走，也不愿和我们去金城！唉，总之自己要想开点吧？你要是一直不开心，就不妨来金城，在你爸爸和我们那里住些时候，在自己的亲人身边终究会好些……听到没有？"

沁梅浅浅一笑："我记住了，姑姑。我怎么会嫌您唠叨？从爸爸当年一再叮咛我叫您姑姑，嘱咐我把您当亲姑姑待的那天起，您就是我的一个重要亲人了呀。我明白您的苦心！"

　　她看了一眼站在一旁和众人告别的何平均，笑对顾倾城道："我还要提前祝福您呢。您和何叔叔将会在西北举行婚礼，我虽然不能参加，也会遥祝你们幸福的！而且，我还要拜托你们一件重要的事情哦。"

　　"小梅啊，你讲。"

　　"是我爸爸啊……西北风沙大，我不知道他的身体是否适应？何况如今他孤身一人，身体又有旧伤，工作起来又总是不要命的劲头，我真担心呐！姑姑，您和何叔叔在他身边，请经常提醒着他一些。"

　　"傻丫头，这何消你吩咐？我是你姑姑，当然就是他的亲妹妹一般。哥哥的身体，我自然会挂心照料，放心啊。"

　　汽笛响了，顾倾城等人上了车，江静舟离开众人，走到女儿面前，伸出手臂，将女儿紧紧搂在怀中："丫头，好好工作，好好生活！你还年轻，前面的路还长着呢。如果有什么难言的心事，就和爸爸来讲，有机会经常来看看爸爸，爸爸那里，永远是你的家！"

　　沁梅默默点头，将一汪热泪洒到父亲怀中。

第二章　东北疗伤

你可能还不能体会我的感情，对于我来说，除了自己的至亲外，我的组织，也是我的家，我的战友们，就是我的亲人。能回到祖国的怀抱，能将来长眠于这片热土，对我来说，就是一件幸福的事情。这就是我刚才和你说到的想家、回家的概念啊！

1950 年 5 月初，东北哈尔滨某军队医院中。

露台上，一个瘦削病弱的身躯陷落在藤椅中，那张憔悴苍白的面颊上面挂满了阴郁和沉闷。这个身着病号服的年轻人，正是刚从苏联回国的楚天舒。

一个身材娇小的护士来到他身边，俯身他的面前看看他的神色，关切地低声道："首长，天色已暗，也起风了，您坐的时间不短，该回病房休息，不然等会儿大夫们看见，该骂我不小心了！"

楚天舒看着小护士，微微一笑："小杜，我说了多次了，别叫我首长，我听着不习惯呢。"

"可是您就是首长啊！"这个叫杜鹃的小护士赧然笑笑，"很多比您年轻、比您官衔低的病员听了这种称呼都没说什么呀？再说，我不习惯叫您楚同志呢。干脆，我叫您楚大哥好吗？您给我的感觉，就像是一个亲切的大哥哥！"

"楚大哥……天舒哥……"楚天舒在心底默念着，沁梅顽皮俏丽的影子突然闪现在眼前，他心里暗痛了一下。

杜鹃只有十七岁，还体味不到楚天舒的感怀，她自言自语道："不过这种称呼也只能私下里叫叫罢了，让大夫们和护士长听到了，也是会批评我的。"她嘟起了嘴，这副娇憨模样又让楚天舒蓦然记起了自己的小妹楚天姣。

"唉……"楚天舒禁不住喟叹一声，难道真的像别人说的那样，久病思亲吗？自己刚从死亡线上挣扎出来，又陷入这份病体沉重、身不由己的痛苦中去。此种愁思忧怀，几人能解？

听到他的叹息声，杜鹃有些紧张，上前扶住他："您怎么了？哪里不舒服吗？我去叫医生来……"

"别……"楚天舒笑着制止她，"小杜，我没事，咱们进去吧。"

杜鹃上前搀扶他，楚天舒刚立起身来，一阵致命眩晕向他袭来，他又跌坐回藤椅中。

"楚大哥！"杜鹃大叫道。

楚天舒闭着眼稳稳神，调匀了呼吸，对杜鹃摆摆手："可能是坐的久了些，我身子沉重得很，你弄不动我的，去叫小言来吧！"

杜鹃点头，叫来了一直跟在楚天舒身边的他的秘书言涛来。两人几乎是架扶着楚天舒回到病房，又安置他在床上躺下。

楚天舒沉沉地睡了几个钟头，醒来时已经是黑夜。他刚醒来，就听到身边有人说道："七哥，您终于醒了！我们才熬了些粥，您喝点吧？"睁眼一看，竟然是楚成坐在他的床前。

"楚成？你什么时候回来的？"他急忙想坐起来，楚成和言涛上前扶他靠在床头。

楚成："我到了有一阵啦。您一直睡着，我就在床前守着您，想着您一醒来就能让您马上看到我。"

楚天舒紧紧地盯着他："事情都办妥了？没出什么岔子吧？一切是按照我吩咐你的说的吗？她……你见到了吗？她相信你的话了么？"

楚成怜惜地看着他，微微摇头："七哥，等我慢慢再讲给您听吧。据说您中午饭都没好好吃？现在都晚上了，您先喝了这碗粥，我再告诉您详情？"

他接过言涛手中的粥碗，用小勺舀了粥，欲喂楚天舒。

楚天舒直摇头："楚成你是知道我的脾气的，你不回答完我这些问题，我是不会吃的。"

楚成也不容分说地坚持着："您忘了泰山同志的嘱咐了？在照顾您身体这方面，我是您的领导，您必须服从！"他再次将粥勺喂到楚天舒的唇边。

楚天舒气得呼吸急促起来，他扭脸不再看楚成。言涛看到这份情形，忙上前打圆场："好了，大家都妥协一步吧，咱们边吃饭边说如何？"

他边说边上前扶起楚天舒，让他舒服地靠在自己肩头，又努努嘴暗示楚成喂粥。

楚成只好开始讲述自己的这趟"苦差事"，他先是抱怨道："七哥，您说您都吩咐我的这是什么差事啊？让我整个从头到尾都是提心吊胆的，生怕哪处不留神再露馅了？"

楚天舒边由着他喂自己喝粥，边苦笑着安慰他："是难为你了，可是……这不是没有办法的事吗？"

楚成细心给他喂着粥，带着心痛的神色看他："七哥，您又是何苦？您一定是知道的呀，那个叫沁梅的姑娘有多爱您？看着她那副痛不欲生的样子，我这心……都碎成了片片！七哥，我知道您这样做是为了她好，可是，终究是太狠心了些！"

"咳……咳……"楚天舒听了这番话，心急心痛中，不由呛了口粥，大咳起来，直咳得喘不上气来。楚成忙扔下碗，和言涛一起为他捶背揉胸，好一阵慌乱，才渐渐平息下来。

想到他肺部受过重创，几乎切除了右边大半个肺叶，两人还是好一阵紧张，忙扶他平卧床上，楚成跪在他身边，为他轻轻抚着胸口，让他慢慢将息着。等楚天舒渐渐缓过劲来，他还是坚持让楚成将这一番去北京见江静舟和沁梅等人的经过仔细讲给了他听。

听罢楚成详细的讲述，楚天舒心底在流泪，他不再说话，微微闭上了眼睛。

楚成安慰着他："七哥呐，我觉得我懂你，又不懂你！这样一份深情，您和她……说放弃就能放弃吗？别说你们两个当事人了，就是我们这些旁观者也伤感得不行呀！"

他俯身笑看楚天舒："七哥，我这次看出来了，那个叫沁梅的女孩是真心爱你的！听到你不幸的消息，她那种痛彻心扉的神情，让我都不忍心继续瞒下去了！我是暗暗咬紧牙关，才坚持把谎言说到底的。还有江师长，和他的那些属下们，个个是泪流满面……我觉得我在他们面前，简直像一个罪人一样！"

他的笑容里已经含上了泪水，他望着闭目不语的楚天舒，轻劝道："别人如何也就罢了，您真的不该那样欺瞒沁梅小姐的！您就是说因为自己病重要和她分手也好呀，总好过这种生离死别！何况，就是她真的爱您，愿意来看望您，照顾您，也是你们的一份缘分啊，何必狠心绝情如此……"

"你懂什么，楚成？你还是个没遭遇爱情的愣头青呢。"楚天舒睁眼看着眼前这个朴实忠厚的弟兄，淡淡苦笑着，"你看我如今这个样子，生活几乎不能自理，怎么能忍心拖累她？沁梅，那个丫头，我自然懂她，如果知道我目前卧病在这里，她一定会马上赶过来的！可是，我如今给不了她一丝一毫的幸福，只能带给她无尽的麻烦……你是知道的，苏联大夫们曾经做过定论，说我的情况有可能持续恶化下去，将来也许会瘫痪在床……想着让她从此伺候在我的床前，照顾我这样一个病人，我又怎么能忍心？"

他长长叹口气，嘴边挂上温润的笑靥："所以长痛不如短痛。她还小呢，应该有更理想的选择。况且如今解放了，环境安定下来，她又在自己父母跟前，当能得到很好的安慰吧？即使……重情如她，时间也终将是一副最好的良药，只要断了我这边的念想，她慢慢就走出痛苦了！这是我目前唯一能为她做的事了，也是我对她的深爱使然……楚成，等将来你有了心上的人，就明白我这番话的含义了。爱她，就要给她最深远、最真切的幸福！"

他一连说了这样长一段话，又微微急喘起来，楚成心疼无比，收回了愣怔，忙继续为他轻揉着胸口。

"七哥，您也别太悲观了。您只要慢慢休养，一定会康复的！您还年轻啊，一切都不是那样绝望的！"

"傻子，你是和我去过苏联的，你虽然听不懂俄文，可是医生们的态度你猜也猜出了几分吧？我的这个伤病，是太严重了，几乎是废人一个了。目前不过苟延残喘罢了，哪里指望康复呢？"

"我不准您这样说自己！"楚成的泪水流了下来，"您一定会好起来的！咱们在苏联治不好，就回国治！咱们的中医说不定有办法呢！我和言涛都商量好了，我们会四处打听，为您寻找秘方的。"

重新端了一碗药进来的言涛闻言附和："是的，您看，这就是一个中医老方子，我问过医生了，可以试试呢。"

楚成擦去眼泪，上前扶抱起楚天舒来，两人照顾他喝了药。

当房间里又剩下他们两人时，看着床上恹恹病卧的楚天舒，楚成忍不住摇头："您总是不听劝啊！原本上级领导安排您在苏联多休养一段时间，可是您非要急着回国，不管怎么说，那里的医疗条件总是要好很多，咱们这边一切才百废待兴啊。"

楚天舒闭着眼将息着，回答着他的话："我如今的身体状况我明白，所谓医得了病，医不了命。已然是如此，又何必多花国家的钱，在异国他乡僵卧病榻？何况，我也真的是想家，我想回家！"

"可是何处是家？"楚成叹息，"您的亲人们都已经移居海外，或是去了台湾，这里就剩下孤零零的您一人了……就是有个心上人，您也忍心断了关系！七哥，您……您也太苦着自己了。"他说着又忍不住掉泪。

"你看你，越来越像小孩了，动不动就掉泪！"楚天舒看着他难过的样子，心下不忍，就含笑劝慰道，"都和你说过多少次了，你如今不是楚家的仆人了，也不是某个长官私人的随从，你现在是参加了革命，应该有独立的意识和觉悟才是啊。"

他蹙起眉毛，微微喘息了片刻，继续轻声道："你可能还不能体会我的感情，对于我来说，除了自己的至亲外，我的组织，也是我的家，我的战友们，就是我的亲人。能回到祖国的怀抱，能将来长眠于这片热土，对我来说，就是一件幸福的事情。这就是我刚才和你说到的想家、回家的概念啊！"

楚成感动地点头，说不出话来。

忍耐片刻，他还是终究说出了自己的担忧："七哥，我还有件事情实在想不明白呐？您对自己的身体状况这样没信心，都忍心斩断自己难舍的一段情，可是为什么又几次让言涛替您打报告，请求组织上给您安排工作呢？您的身体，怎么能够再劳累？"

楚天舒微微笑了，略带孩子气地点点头："坏小子，你这分明是将我一军？唉，你哪里懂得？我的身体已然是这样了，与其躺在病榻上等死，不如趁着自己的脑子还清醒时，用我所学过的知识，再为我们的党做些工作？"

他认真为楚成解释道："就像你刚才说的那样，新中国刚刚成立，百废待兴，大家都在为着新政权建设出力流汗，我怎么能闲得住呢？我希望，在我有生之年，能多做些工作，也不枉我当年在美国勤奋攻读之苦，这些年在敌营中压抑克制的一番隐忍之功了。我觉得，我的专业技能，一定会对咱们的事业有帮助的。我能做多少，就做多少吧。"

楚成感动加感慨，他叹着气看向楚天舒："您太苦了，七哥！既然我现在跟在您身边了，就让我好好照顾您，尽量把身子养好一些吧，这样您也能为组织多做贡献，也等于是我为新中国做贡献了！"

楚天舒感动地拍拍他的手："我明白你的心，不过我提出的申请还没定论。如果涉及秘密单位，你未必能一直跟随在我身边。楚成，记住，不管在哪里，你都可以为我们这个国家做出自己应有的贡献。"

"那不行！您现在的身子怎么能离得了人？我一定要留在您身边伺候您！只要您一天不好起来，我就守着您一步也不离开，我要伺候您一辈子！"

"傻子，你多大了？不娶媳妇了？你还有你自己的生活呢。"楚天舒又感动又好笑。

楚成一扬脖："媳妇当然要娶啊，到时候我们一起来伺候您！"

"唉，你这说的是哪朝哪代的话呀？像个参加了革命工作的人该说的吗？貌似你把我当成你们家老太爷了吧？"楚天舒无奈地笑了。

一周后的一天上午，天气晴朗，杜鹃建议楚天舒到阳台上晒晒太阳，他随和地答应了。

杜鹃欣喜地跑到阳台上将躺椅放好，楚成和言涛搀扶楚天舒出来坐下，五月的阳光温暖刺目，让久病之人略微不适，他眯起眼，带着微笑，享受着这难得的阳光照射。

杜鹃跑回屋里，等她再回到楚天舒身边时，像是变戏法一般从身后拿出一束怒放的桃花："楚大哥，好看吗？我今早特意到后山为您采来的！"

"真好看！"楚天舒由衷的称赞道，"这里的桃花现在才开吗？在我们家乡，三月份花儿就开了呢。"

杜鹃笑道："是啊，我记得您说过您是南京人？那里气候和这边不同吧？"

她带着崇敬和爱慕的神情望着楚天舒："我们这里的小护士们都在悄悄议论您呢，觉得您的身份好神秘！不过，总之大家都知道您是个了不起的人！院长说过，您是为革命立了大功的人，是英雄啊！我没想到，您这样的英雄，还会这样喜欢花儿？"

楚天舒听了她前面的话，有点惊讶和不好意思，听了她后面这句话，又忍不住笑起来："你这个小丫头真有意思。第一，我只是个普通战士，不是你说的什么英雄，是了不起的人；第二，好奇怪的说法呀？即使是英雄，就不可以喜欢花吗？"

杜鹃也不好意思地笑了："我以为英雄都是顶天立地的人，不会喜欢这些花花草草的东西！可是我发现，您很爱看花呀？也好，不管是不是英雄，您现在总是伤病员吧？医生说了，病人多看看美好的花草对身体很有好处的！"

一旁的言涛忍不住调侃小护士："谁告诉你我们首长爱花花草草的啦？"

杜鹃白了他一眼，好看的圆脸上露出两个小酒窝："我观察到的呀。前次楚大哥还不能起床的时候，我曾经给他采过梅花，放在他的床边，他是看了又看啊。而且我发现，只要他醒来时，总是盯着那花儿默默出神呢！"

楚成听了大笑："那是梅花呀，傻丫头！不一样的，意义不同，你不会懂！"他对言涛挤挤眼，后者也笑了。

"那为什么呀？"杜鹃不解地看着他们。

两人也不回答她，只是盯着楚天舒戏谑顽皮地笑。

楚天舒心下明白自己这两个弟兄的善意调侃之意，只装作不加理会的样子，咬着嘴唇微笑摇头。

"楚大哥，你告诉我好不好？梅花和别的花有什么不同吗？您特别喜欢梅花吗？"杜鹃娇憨地笑着，一迭声地追问着楚天舒。

楚天舒腼腆一笑："也没什么不同的，这两个坏小子逗你玩呢，别理他们才是！小杜，你忙你的去，去照顾其他的病员吧，有他们两个在我这里就好了。"

杜鹃笑着摇头："我是专门护理您的，您又忘了呀？您是我们医院重要看护的病人，这也是上级领导特意交代的哦。"

她为楚天舒整整披着的外衣，笑着道："好啦，我先去为您熬药了，等会我来喂您喝药吧。我发现呀，每次我喂您，您的药是喝得又快又好，不像他们两个……哼！"她对楚成他们抽抽鼻子，撇撇嘴。

楚成和言涛"幸灾乐祸"般地直点头，都是乐不可支的嬉笑表情："你说得太对了！就不知道这是夸他呢还是变相批评他呢？"

中午时分，言涛去接了电话，回来时，脸色阴郁得像是雷雨前的天空一般，随时可以拧出水来。楚成看出来这份异常，趁着楚天舒午睡，拉他到阳台上询问了缘由。

"你说咋办呢？我要不要跟他实话实说？"言涛发愁，"可是他的身子……我怕他可受不住！"

楚成叹气："你早晚要说的，你没发现，他一直盯着问这件事吗？你如何瞒得住呢？"

两人踌躇不已，只是拿不定主意。

但是他们犹犹豫豫的不豫之色还是被机敏过人的楚天舒所察觉，在他的一再追问下，言涛破釜沉舟般期期艾艾地说出了实情。

楚天舒的脸色瞬间变得有些苍白，楚成和言涛担心地盯着他，不住地用别的话开导着他，安慰着他，楚天舒没有理会，几乎也没有再说什么。

看到他渐渐平静下来的神情，楚成和言涛暗暗松了口气，觉得总算过了一个难关，以后的事情，再说好了，目前楚天舒的康复问题才是他们的心头大事。

不料他们还是低估了这件事情对楚天舒的打击程度。因为在晚饭时分，楚天舒在没有任何征兆的情形下，突然晕厥过去！

第三章　意外打击

他竟然埋身在苏联南部……好遥远的地方啊！就不知道他还能不能找到回故乡的路？无论如何，咱们中国人讲究叶落归根，魂兮归来，我想，有了这个类似于衣冠冢的纪念墓，天舒哥的魂魄回到故乡，也就有个落脚之处了。

当时杜鹃正在给楚天舒喂饭。

杜鹃是个热情有爱的小女兵，她虽然只有十七岁，却已经是有三年军龄的老护士了。她护理过很多的伤病员，但是她觉得楚天舒是很独特的一个。

楚天舒从苏联回国后，直接住进了这个军队医院，他来的时候情况不太好，几乎不能离开床，根据院长指示，杜鹃作为他的特别护士，来到他的身边。

从见到楚天舒的第一眼起，杜鹃就暗暗有一种心疼的感觉：他是那样的年轻（杜鹃翻看过他的病历，知道他的真实年龄，可是她觉得他看上去比他的实际年龄起码要小好几岁）；他又是那样的病弱无助，苍白秀气的面颊上，总是笼罩着一股淡淡的孤独和忧伤的味道。

近距离接触他，护理起他的生活，杜鹃发现他的性格原来是那样的儒雅温和。

在这个医院中，杜鹃护理过形形色色的军人病员，他们大多数是在战场上负了伤，是英雄，但是脾气也很大，经常把杜鹃这样的小护士看作是什么也不懂的小丫头片子，有的脾气暴躁的领导、军官们，还经常会发发牛脾气。

可是楚天舒却是一个异数。杜鹃很快看出来，楚天舒是个很自然随性的人，有着与生俱来的谦和平静、温润可亲的气质，一点没有所谓的领导架子。

杜鹃从院长和护士长那里听到了一些楚天舒的不凡经历，其实他们也不是很清楚楚天舒过往的经历和功勋，只是上级领导交代过，他是隐蔽战线的一个战功赫赫的英雄，一个级别很高的红色特工。这种说法无疑为楚天舒罩上了一层神秘的色彩。

小护士们只是从跟随楚天舒的两个年轻军人这点上分析，他应该是一个有着相当级别的人。言涛是他的秘书，楚成相当于警卫员或公务员的角色，在部队中，拥有这两种随从的人，身份一定很特殊重要。

但是他却有着和别人不一样的风范：他不喜欢护士们称呼他为首长（要知道很多军官伤病员恰好很在意这点呢），他很嘉许一个姓张的小护士率先带头叫他的那个称呼——楚同志；他很自觉自律，换句话说，也是有点害羞的因素吧，他从来不让杜鹃为他做贴身身体护理，即使在他卧床不起的时期，只要他清醒着，就决不让杜鹃伺候他大小便、为他擦身子，而只会让楚成或言涛来做这些事情；在他输液的时候，每当杜鹃为他扎上针时，他都会微笑对她道一声谢谢。

最让杜鹃感动和难忘的事情，就是某个夜晚为他输液的一次经历。当时因为病房光线黯淡，杜鹃在楚天舒的胳膊上连扎几针都没能扎到血管，守在一旁的楚成都心疼地叫起来。可是静静躺在床上的楚天舒，还是一副温和恬淡的神情。

他制止了楚成的焦急喊叫，微笑着劝慰杜鹃："小杜，别着急，慢慢来。我这个人，一向对疼痛不敏感，你只当在我身上练练手好了，大胆些，以后你就会多一份经验了。"

是的，他的举止就是这样与众不同，他的态度永远是温和亲切的，他的话语总是轻声柔气的，年轻心热的小护士杜鹃很快就崇拜爱戴上了这个大哥哥般的首长，她愿意为他做一切体贴周到的事情。也经常会用小妹妹的身份，逼迫有时候不够听话的他按时休息，好好吃饭、吃药。

所以，在这个傍晚，当看到楚天舒又是一副不舒服的恹恹状态，杜鹃就主动从楚成手中接过饭碗，坐到他的床前，用小妹妹的态度哄着、劝着他吃饭。

楚天舒的心情灰暗极了，今天下午言涛说出的那番话，让他有种万念俱灰、心神俱伤的感觉，他觉得胸闷，心口也隐隐作痛，实在吃不下去任何东西，但是看到杜鹃担心、亲切的面容，又狠不下心来拒绝这个小丫头，只好强忍着难受咽了几口饭。

终究还是有点捱不过去了，楚天舒对杜鹃摇摇头，轻喘着，带着歉意苦笑道："对不起，我实在是吃不下去，我……"他话音未落，一阵强烈的恶心感涌上心头，他急忙推开杜鹃喂饭的手，直扑向床边，头埋在那里，哗哗地吐了起来。

"楚大哥！"杜鹃大惊之下忙放下手中的碗，去扶他的身子，一旁的楚成和言涛也奔到床前去为他捶背。只见楚天舒吐了几口，就身子软软地晕倒在床边……

楚天舒的主治医生叫胡彬，是一个三十来岁的女医生，她是从苏联留学归来的技术较为过硬的一名大夫，为人也很严肃认真，一丝不苟，其他大夫和护士们都有点怕她，但是她一直对楚天舒比较和蔼亲切，杜鹃曾惊异地看到楚天舒用外语和她进行过交谈，虽然她听不懂两人说了些什么，但是明显感到两人的神情都很愉悦，胡彬也难得露出一丝温柔的笑容。

此刻，胡彬仔细查看了昏迷不醒的楚天舒的情况，将言涛叫到了自己的办公室。

言涛迟迟疑疑地说明了一些前情，关于最真实的理由却咽下没说，但是胡彬也因此了解到了大概的情况。

她皱着眉对言涛道："他目前的状况很不稳定，尤其是脑外伤的后遗症非常明显，所以不能受到强烈的刺激了。你们作为下属和随从，应该避免这种情况的发生才对。不料这次倒是由于你们自己言语不当所致，我真的表示遗憾！"

她带着明显的埋怨神情看着眼前年轻的秘书："你们首长的病情有这样的反复，应该引起你们的足够重视！希望能够避免类似的情况发生吧，多留心他这几天的情绪，多安慰他，让他心情放松起来，对他的身体会有好处。"

言涛心情沉重地点头。

楚成坐在楚天舒的床前，望着依然昏睡不醒的他黯然伤神。他能够充分理解楚天舒的痛苦和纠结，因为他太了解自己的这位七哥的情怀。

是的，楚天舒可以抛开个人的私念、亲情，可以忍心斩断自己的情愫，可以忍耐病痛的无情折磨，但是他不能接受一个让他意外，也让所有跟随他、了解他的人意外的一个现实——他不能再为他的党工作了！

他一回到国内，病体刚刚有略微好转，就让言涛为他向上级组织打了报告，请求能分配工作。后来，经过组织研究，决定让他到电讯秘密单位从事密码破译工作，但是要求他必须在身体休养较好的情况下，才可到任。

但是不料风云突变。昨天言涛接到上级通知，暂缓楚天舒同志的工作安排，原因是经过政治审查，发现楚天舒的身份有待认定：组织上竟然遍寻不到他的入党表格——这就意味着他当年没有履行正常的入党手续，那么他就无从证明自己是一名真正的共产党员！

不是党员，他就绝对不可能到一些秘密单位从事密码工作。而且经过组织审核，一直跟在他身边的楚成，也是国民党投诚人员，更不可能跟随他到这些秘密单位去任职。

这件事对楚天舒的刺激是显而易见的——失去了亲情、爱情的他，再次被剥夺了为自己组织工作的权利，甚至他的党员身份的遗失——这份沉重的打击，让他病弱的身躯轰然倒下。

楚成就这样默默守护着他，担心着，祈祷着，希望他羸弱的身躯能够顺利迈过这道残酷的人生之坎。

楚成和言涛目前是跟随在楚天舒身边最亲近的人了，他们私下谋划了一番，做了一个大胆的出格之举，用言涛的话说，是"碰碰运气"，楚成干脆用上了一句不很体面的形容语——只当死马认作活马医好了。当然，他们是不敢提前向楚天舒透露一点内情的。

其实楚成和言涛都是低估了楚天舒的抗挫折能力，只为他们忘却了如今躺在他们眼前的这位病弱的青年，曾经是一位经受过特殊训练，久战沙场，经历过无数次风侵雨浸的红色特工人员。

因为性格原因，楚天舒与生俱来有一种淡淡的哀愁和孤独，但是他的内心之强大，也是旁人所无法想象的，更何况，对信仰的执着追求，完全彻底的奉献意识，坦坦荡荡的革命精神，让他又拥有着比一般人更豁达、更广博的胸襟和情怀。

楚成和言涛惊异又惊喜地发现，当这件事情过去两三天后，楚天舒的心情就完全恢复了平静，他仍然安静地生活着，治疗着，不再和任何人谈到前面遇到的这个纠结的问题。他依然很温馨有爱地回应着小护士杜鹃的关爱，当她端着药碗来到自己面前，他总是很配合地喝了下去，从不执拗。

这期间还发生了一个小插曲。

楚天舒昏迷醒来已经是第二天早晨，他虚弱无力地躺在床上不能起身，杜鹃一直守在他的身边，一会儿给他喂两口水，一会儿摸摸他的前额是否发烧。

看着在自己床前不停地忙碌着的杜鹃，楚天舒带点歉意地微笑道："小杜，听说昨晚你守了我一夜，我现在好多了，这里有楚成和小言，你快去休息一下吧，去睡一会。"

杜鹃摇头："我不累。只要你没事了，我就开心啦。我必须守着你，他们两个又不懂医……我可不放心！"她白了旁边两人一眼。

楚成觉得好笑："哦，你倒是懂医呢，给病人喂着饭，把人能喂到呕吐、昏迷？"

"你？！"杜鹃气得小脸通红。

楚天舒忙制止楚成："你胡说什么呀，是我自己的问题，怎么倒怪起人家小杜来？"

言涛也插言："不过您以后难受了就要及时说。如果身子不舒服实在吃不下去饭，就别勉强自己，那样吃了也不受用。"

楚成笑看杜鹃，嘴里不饶的："哼，某医务人员把某同志当北京烤鸭来填食呢，某同志又是个好性子好脾气，怎么能不出状况？"

杜鹃狠狠瞪了他一眼，俯身在楚天舒身边柔声道："楚大哥，对不起，以后我再不强逼你吃饭了！你要是不舒服，一定要第一时间告诉我哟。"

楚天舒笑着点头："小杜，你别理他们两个，他们是嘴巴上皮惯了的人，在逗你玩呢。你做得很好，我知道的！"

"我才懒得理别个！"杜鹃抽抽鼻子，带着顽皮的笑容看着楚天舒，"我只要楚大哥你没事就好了。"

她说着拿过一个切开的苹果，用小勺不停刮了果泥喂楚天舒吃。

几个人正说笑着，忽听隔壁房间响起一阵喧哗声，似乎有一个强劲的男声在高喊着什么。言涛忍不住过去查看，过了一会儿回来说明了情况。

原来隔壁住着个东北野战军的营长，是大腿负伤，今天在换药时候，和护士们起了点摩擦，正在发脾气。最后，还是胡彬大夫过去安抚住了，平息了这场争执。

杜鹃听了言涛的话，嘟起嘴巴道："那个营长姓张，我以前护理过，他是个著名战斗英雄，负过好多次伤，我们其实都好崇拜他啊，可是就是他的脾气太臭了，一点都不尊重我们医务人员，经常没事找事就嚷嚷，还总爱把自己身上的各种伤疤展示给我们看，弄得大家都不敢惹他。这真是没脾气的霸道啊，叫人真心受不了！"

楚天舒听了，忙温语劝道："小杜，你这话说得也有点偏颇。要知道伤病在身的人，脾气是不会太好太平和的，你也算老护士了吧，多体谅一些吧！"

"那您怎么永远态度温和？我们几个护士都私下议论，为啥从不见您发脾气呢？您的伤病，还是这样重的……"杜鹃说得自己都有点难过起来，她用充满心疼的目光盯着楚天舒看。

"我？唉……"听了她这番话，楚天舒有点脸红起来，他很难为情，又不知道该如何解释，只好无奈何地摇头，带着求助的微笑望向身边的楚成和言涛。

言涛笑而不答，楚成可忍不住："他呀，只会憋屈自己，什么苦什么难，都是狠狠憋在心中，然后才会弄到动不动就让自己昏倒的地步！"

"说得有道理！"刚刚正好走进病房的胡彬大夫听了此言接口道，"这也不是个好习惯，也要认真改了才是，不然你这病就好不利落！"她边说边为楚天舒检查身体。

"胡医生，我……"楚天舒的脸更红了，"我的毛病其实真的不少，您批评得没错。"

胡彬脸色平静无波："你的教养和修为自然是好的，可是这隐忍克己的性格，算是优秀品质，但却对你的健康无益，何况如今你还重病在身！对自己好一点，对自己宽容一些，甚至是稍微自私一些，对你倒是大有裨益。"

她的话让楚成和言涛频频点头，却让杜鹃不是完全明白，有点小愣怔在那里。楚成赶忙加上一句："还有那好强的毛病，不，简直是逞强的毛病……"

言涛看楚天舒如做错事的孩子一样垂首无语，一脸羞赧尴尬的样子，总归不忍心，忙暗暗拉了楚成一把："你少说两句吧，他才好了些……"

胡彬板着脸为楚天舒检查完毕，轻轻为他盖好被子，继续开导嘱咐道："好好放宽心。对你来讲，目前一切都没有比自己的健康更重要！任何崇高的理想和伟大的抱负，都要有一个健全的体魄才可以承载，不是吗？"

她终于微微一笑，这在她似乎是非常难得的："我刚才在隔壁和张营长也说了一番话——你的伤在腿上，可是我看出来你的脑袋里也有病需要医治！如果你始终仗着自己是战斗英雄摆谱，躺在功劳簿上吆三喝四的显摆，那我倒要质疑你的革命功利性了。咱们这些人，摆脱一切的东西，投入到这场轰轰烈烈的革命洪流中来，最终的目的是为什么？是功成名就后的得意忘形、吹嘘骄傲？还是将个人的利益，小我的得失牢牢铭刻在心间斤斤计较，睚眦必报？是为了在生活中，工作中处处要证明自己参加革命的正确性和先进性？还是不能忍受来自自己组织的丝毫的委屈和质疑，甚至是必要的审查、约束和监管？这一切问题，难道不值得我们每个人深刻反思么？"

她的这番长篇大论让在场的人都无语沉思。胡彬淡淡一笑，很自然地收起听诊器，转身离开了病房。楚天舒若有所思。

和平温暖的日子过得很快，转眼大半年过去了，1951年初的北京，到处张贴着"抗美援朝，保家卫国"的标语，大街小巷响彻着"雄赳赳，气昂昂，跨过鸭绿江"的歌声。

沁梅的心里，也回荡着这铿锵有力的乐曲声，更有一番豪情壮志充溢在她的心间。她已经得到领导批准，将代表他们报社赴朝鲜前线采访，一周后就要出发。

今天，她又意外地接到父亲江静舟的电话，原来他这几天来北京开军事会议，约她到自己下榻的招待所见面。所以一下班，沁梅就骑上车子赶过来了。

父女又大半年没见面了，再次相见都很欣慰，彼此的精神面貌都比以前更好了。江静舟尤其放心满意，沁梅的心绪看起来明显好转，目前她已经基本走出了个人的情伤，全身心投入到即将再次上前线的兴奋中去了。

江静舟和沁梅首先谈到了宁松，他在去年底已经赴朝参战，此次，沁梅期盼能有机会在战场上见到自己的弟弟。

江静舟深深望着女儿，亲切地嘱咐道："丫头，别的话爸爸就不说了，总之，你也算是老战士了，一切小心留意吧，爸爸等着你凯旋的消息！对了，还有宁松！如果你有机会见到他，就告诉他说，爸爸很满意，我的那个以前只会纸上谈兵的小才子儿子，如今终于有了实战演练的机会，爸爸相信他一定会有出色的表现。因为啊，他是我江静舟的儿子！"

"哎呀，江司令员！"沁梅娇嗔着望向父亲，她知道父亲到金城后，接着同时被任命为西北某军区的司令员，这次见面，就故意以这个新的职务来称呼他："不带这么偏心眼的吧？您这简直是封建思想作祟呢！男女有别呀？凭什么认为只有江宁松才是您的骄傲啦？"她故意绷起脸，不满地瞪着父亲。

江静舟此刻的心情也很好，就笑着打趣自家姑娘："小丫头，倒会撒娇？你还吃你亲弟弟的醋么？你看看你这个口吻，哪有个当姐姐的样儿？我的意思是，宁松终究是战斗在一线前沿啊，是不是更艰苦更危险呢？何况，我们父子都快有两年没见了……"

"您这还是老观念！"沁梅反驳道，"告诉您吧，我们这些当记者的，这次也会去一线阵地，大家的分工不同而已！不过，您要相信，我也不会弱于宁松的，我终究也是江静舟的女儿呐！"

江静舟哈哈大笑："不错，不错，你们姐弟俩都是爸爸的骄傲！"

他对着女儿无比感慨："好孩子，真好！看到你如今的样子，爸爸感觉到了，你成熟了，也更坚强了！你知道爸爸心里有多高兴、多欣慰吗？"

沁梅点头："爸，我知道您和妈妈都为我操了大半年的心了，担心我从天舒哥的事情中走不出来……其实我也是很久以来才慢慢挣扎出这个痛苦的漩涡的。不过，爸，女儿还有个心愿，我想等我从前线回来后，要去天舒哥的老家为他修一座纪念墓。"

江静舟看着女儿不作声，静静地听着她讲下去。

沁梅从随身带的手提包中取出了一个小小的木匣子，当着父亲的面，打开了，里面躺着那块玉观音，还有一张素笺。

沁梅向自己的父亲解释道："这张素笺上面有一首诗，我觉得它真实地映照了我和天舒哥之间的感情，我亲手抄录下来，和这块玉观音放在一起，我把它们看作是天舒哥的化身！爸，我现在想把这些交给您……如果我从朝鲜战场平安归来，我会去您那里拿回它们，然后去南京，去完成我的夙愿……我知道天舒哥是一个思乡情重的人，我希望能以这种方式让他回家！"

她清瘦秀丽的面庞上满是怅惘和哀伤："他竟然埋身在苏联南部……好遥远的地方啊！就不知道他还能不能找到回故乡的路？无论如何，咱们中国人讲究叶落归根，魂兮归来，我想，有了这个类似于衣冠冢的纪念墓，天舒哥的魂魄回到故乡，也就有个落脚之处了。"

听着女儿动情的话，江静舟的眼眶不禁湿润了。

沁梅凄然一笑，继续道："如果……爸！咱们都是军人，您也是久经沙场的战将了，女儿就狠心说出下面的话：如果我不幸牺牲在异国他乡，您就找一件女儿的遗物，和这两样东西埋在一起吧，等于将我和天舒哥埋在了一起，我要生生世世和他在一起！"

江静舟的眼泪终于滚落腮边，他上前抱住女儿，用劲搂住她细瘦的身子，像是要把无限的父爱和祝福传导到那里："傻丫头，爸爸记住了！可是……你一定要健健康康、活活泼泼地回到爸爸的身边来，一定要！到那时，爸陪着你去南京，我们父女俩一起去完成那个心愿……"

父女俩含泪相拥，又彼此鼓励着，擦干了对方的眼泪。

第四章　战地黄花

　　你的幸福，对我们很重要，对爸爸妈妈，对我，因为我们都爱你！甚至是……对他们也很重要，对萧岳，对楚天舒！因为他们都曾经真正地爱过你，就一定会在九泉下期待着你的幸福！这个道理是我最近才悟出来的，就在这个战场上。我虽然没有谈过恋爱，可是我在想，如果我有个心上人，我会祈祷能给她最深刻的爱护和祝福。如果我在战场上牺牲，我也希望她能获得另一份真爱，她的幸福就是我的幸福！不如此，怎么谈得上算是彼此深爱的爱人呢？

　　江沁梅就这样告别了祖国，来到了冰天雪地的异国战场。

　　她坚强柔韧的品格再次散发异彩，作为采访记者中唯一的女性，她出色地完成了许多难度大、危险程度极高的采访任务。在她的一再请求下，她又肩负了一项新的任务——去某前沿阵地采访一个志愿军著名英雄，某部猛虎团团长冀勇。

　　当沁梅乘着吉普车来到猛虎团团部时，却没有如愿见到那位传奇团长。留守团部的干事告诉她，他们团长很少在团部待着，几乎都是泡在最前线呢。

　　沁梅顾不上休息，不由分说地逼着那名干事带自己去前沿阵地找他们的团长。在这个团即将发动攻击的前沿阵地上，沁梅终于见到了自己的采访对象。

　　二十多岁的年轻团长长身玉立，一身志愿军军服干练地穿在他的身上，他正侧着脸对身边的军官说着什么，脸上被硝烟熏得很黑，看不清真颜。

　　沁梅默默站在他的身后，听到他正用决绝犀利的口吻传达着命令："给我命令一营长马上组织新一轮攻击，无论付出什么代价，一个小时内一定要把对面的几个碉堡给我拿下！你这样告诉他，完不成任务，就叫他来这里当团长，我去他那个一营当营长！"

传令兵似乎很清楚自己团长的脾气，不打磕绊地得令后跑开。

"哈哈，有点不讲道理的命令呐，倒也霸气得很！"沁梅忍不住拊掌喝彩，赞出了声。

年轻团长回头匆匆扫了身后一眼，厉声道："这是谁搞的名堂？怎么会允许女同志到这里来？乱弹琴！给我下去！"

带着沁梅来这里的文书显然被自己的团长的态度吓着了，忙拉沁梅："我说不能来的吧？你非要……"

沁梅倔强地推开他的手，朗声对着那清瘦颀长的背影喊道："冀团长，我是来采访您的军报记者，不是你们猛虎团的兵！您无权这样命令我！"

"你？！"年轻团长气恼万分地回过头来，正想好好教训身后的这位不知天高地厚的女兵一番，却猛然间愣住了。他看清了沁梅的面容，瞬间换了惊喜的笑容："咦？怎么会是你呢？沁梅？"

"你是……你怎么知道我的名字？"沁梅看着这张被硝烟熏得黧黑的"陌生"面容，满脸不解地问道。

团长上前走了两步，冲着她微笑，一口亮白的牙齿闪耀在黧黑的脸庞上，分外醒目："嗨，你真的不认识我了？"

沁梅又仔细打量了他，狐疑地摇头："你是冀勇冀团长，我知道的呀，你是我此次的采访对象。可是……我们以前见过吗？"

团长还想再说，一旁的警卫员拉了拉他的衣襟，低声笑道："团长，您看您的脸，熏得五马六道的，我都快认不出了，何况人家女同志呢？"

年轻团长这才明白过来，不好意思地挠挠头，爽朗地笑笑："哎，沁梅，是我呀，我是萧海！"

"萧海？……天！怎么会是你？"沁梅也是十分惊喜，忙上前再次仔细辨认，总算看出来一丝熟悉的轮廓来："哈？好家伙呀，果然有点像……你！"

这番可笑的话语逗乐了萧海，他摆摆手："好了，战斗马上要开始了，我没时间和你细细掰扯这些啦，你先回团部等我。打完这场仗，我好好洗把脸，再请你验明正身吧，我的江大记者同志？"

沁梅实在想留在这里看他如何指挥战斗，可是想到这个叫"冀勇"的团长竟然是萧海，是萧岳的同胞弟弟，就觉得自己此刻似乎不能不给他一个面子，服从他的指令。何况，从刚才的情形看，这个冀团长，哦，不，应该是萧团长，脾气还大得很呢。沁梅于是不再执拗，跟着文书回到了团部。

当萧海挂着胜利的笑容，带着他的搭档和部下——他的政委和一群参谋们回到团部时，沁梅已经铺好纸笔在那里等候他多时了。

萧海对她笑笑，顾不上说话，忙来到脸盆前洗脸。一旁小警卫员还贴心地递上了平日这里很少能用上的香皂。等他洗尽了硝烟征尘，来到沁梅面前坐下时，沁梅终于释然地笑了。

果然是萧海！那轮廓分明的脸庞上剑眉微挑，清俊刚劲的容颜上有沁梅熟悉的特质——他的同胞哥哥萧岳的英俊潇洒，却又比萧岳多了份开朗和明净的笑靥。

"天呐，真的是你啊，萧海！可是……为啥你的名字会改成冀勇了？"沁梅不解地问道。

萧海顽皮地努努嘴，露出一份童真般的笑容："这个是我的化名。你是知道的呀，当年我在南京的时候，是做地工工作的。尤其在哥哥牺牲后，为了避嫌，我就改了这个名字。后来我到天津去从事地下工作，再后来跟着解放天津的部队归队，就一直在使用这个名字。我想，等所有的仗都打完了，和平年代了，我再改回本名吧！"

"可是，可是……"沁梅欲言又止，萧海奇怪地望着她。

沁梅扑哧一笑，横下心来说出真话："我觉得你不仅名字改了，人也变了好多！"

这话让萧海露出一脸困惑的样子。

沁梅便笑着解释道："你看吧，上次咱们在上海见面，你虽然也是穿着军装，当然，是敌人的军服，可是终究给我留下的是一个文质彬彬的知识青年的模样。可如今，你……"她说得有点迟疑，终究不好意思直抒胸臆。

"文人变粗人了吗？"萧海却瞬间明白了她之所谓，满不在乎地一笑，"说明你还是不大了解我呐，而且分明把我当成哥哥的影子了？其实我们虽然是双胞胎兄弟，我和哥哥从小就是截然不同的性格。他内向，我外向，一贯如此！再说了，我本身学的就是纯军事，是个职业军人啊。当年潜伏在敌营，都快把我憋屈死了！"

沁梅也笑了："我来之前，听说了你的好多事迹，有些简直是传奇了！谁都知道猛虎团冀勇团长智勇双全，百战无敌！现今知道原来竟是我的一个老熟人，总感到有点不适应哈！"

她又记起一段前情来："还有啊，你忘了上次在上海相见的时候，你也曾说到自己心里的憋闷感，期盼能有一天回到家中，穿上自己军队的军装！如今，这个愿望是实现了，咱们都穿上了这让人有着亲切感的军装，有多开心？"两人不由得相互看了看彼此身着的军装，都会心地笑了。

"不错，这也是一种特别的军装。中国人民志愿军，本身就是一支特殊的正义仁义之师！"萧海的嗓音很好听，他说话总给人以铿锵有力的感觉。

沁梅很兴奋，发现可能是由于萧岳的前缘吧，两人一见面，就有种莫名的亲近感，不觉中聊了好久。

沁梅原先计划只在猛虎团待两天，就返回后方司令部，不料因连日突降大雪，加之来时的一段公路桥被敌人炸毁，因天气原因还一时不能修复，她竟然被意外地困在了这里。

沁梅倒也安心，这几天她除了采访了萧海和他的政委等人外，还抽空和一些战士们聊天，她临时改变计划，想写一篇长篇战地报道，将猛虎团的事迹详实地记录下来。

萧海却很为沁梅担心，他发现这个女孩子身上有一种奇怪的勇气和胆量，她经常不顾他的劝阻，执意跟随他一起到最前沿阵地巡查。

对于沁梅的这种"一不怕苦，二不怕死，誓死跟定猛虎团长"的劲头，萧海是万般无奈，有苦难言。他为了她的安全，也为了避免别人的善意调侃议论，对沁梅的行为是采取了的各项措施——千方百计阻拦过，好言好语劝告过，甚至瞪起眼睛威胁过，却都不奏效，沁梅回答他的总是一句经典句子："你萧海能去的地方，我江沁梅就能去！"

萧海绝望地摇头叹气，又担心又无奈，却又不好真心和沁梅发脾气，心中倒是对她暗暗佩服称赞。跟在他身边的警卫员、通讯员们看到这种情形，都私下里交头接耳，各个"幸灾乐祸"："这下好玩了，我们的猛虎团长终于也遇到克星了！"

这天，沁梅正在和萧海，以及他的政委罗向文交谈，却见通讯员进来报告，新来的参谋长到了。

萧海和罗向文忙站起身来，一个清瘦的青年已经大步流星地走了进来。

"冀团长，罗政委！参谋长林枫前来报到！"青年敬了个标准的军礼。

三人正握手相见，一旁的沁梅在仔细辨认了青年的模样后，欣喜地叫道："林枫啊？原来真的是你这个林枫！"

"沁梅，怎么是你啊？"林枫也认出了沁梅，激动地上前和她握手。看到萧海一脸困惑的神情，林枫笑着向他和政委解释："我们是老熟人了，当年在宽城N7军时，我的入党介绍人就是他父亲的部下。"

他回头笑看沁梅："许若飞呢？这小子我也好久没见到了！宽城起义后，我也是从他的嘴里才知道，你原来是江师长的亲闺女啊？"

沁梅笑笑："他去湖南了，走前我们在北京见过。"

林枫点头笑道："不过沁梅，说起你爸爸，我们倒是才见过面。这次在北京开会，我和在东北军区任职的耿进忠、赵晋生几个遇到了刚刚就任西北军区司令员的令尊，我们几个陆十军、N7军的老熟人都要激动死了，围着当年的江师长是又蹦又跳啊！"

沁梅自然想得到那种情形，不由得抿嘴笑了。

萧海也乐了，看着沁梅："好巧吧？如今你来这里是掉到熟人堆里了！"

沁梅在猛虎团待了两周后，基本上把采访大纲完成了，还写了几万字的战地报道。她对自己的工作很满意，这才记起一件私事来。

某天，她正在团部和萧海、林枫等人一起吃晚饭，不由地说起这个隐藏心中已久的话题："对了，向诸位领导打听个事哈？林参谋长是才来，肯定不熟悉人员情况，冀团长和罗政委是否认识听说过一个人？一个叫江宁松的战士，据说他也来到503高地这边了，具体是哪个部队我还不清楚……"

她的话音未落，萧海和罗向文两人已经露出惊异的表情来，相互看看，又望向沁梅，几乎是异口同声问道："江宁松？你怎么认识他？"

"宁松也来朝鲜了吗？"林枫也惊讶地问。

沁梅没理会他的问话，只是看着萧海和罗向文："是的，江宁松，湖南人，今年虚岁十八岁！"

罗向文笑着点头，看着萧海："看来不是同名同姓啦，还就是咱们的这一个！"

萧海也点头，望着沁梅："江宁松，你认识？"

沁梅笑了："他是我弟弟。"

"不会吧？"萧海眼睛瞪得好大，看看沁梅，又望向政委，"好啊，这小子，敢骗咱们啊，看我怎么收拾他！"

罗向文捂嘴大笑："收拾他？我看你舍得？"

沁梅很是不解："骗？宁松他骗什么了？"

罗向文边笑边指萧海："你问他好了，江宁松可是他的心头爱将！"

萧海笑着解释："这个江宁松是个好小伙子，能打硬仗，脑袋瓜子也特别好使。别看他年纪不大，已经完成了好几次重要任务了。这一年多来，他从战士到班长，再到副排长、排长，是几级跳啊，尤其是这个新的排长之职，更是在火线上紧急任命的！"

罗向文笑着补充道："关键地方你都没和人家江记者说，他的身份？江宁松，他目前是我们猛虎团一营三连一排排长，是我们的兵！"

"哈，这也太巧了吧？"沁梅惊喜地叫道。

林枫也笑："难怪昨天团长要喊叫这里是熟人扎堆了！"

"可是，你们刚才说宁松他骗了你们什么？"沁梅又想起这个话头来。

萧海无奈地对着罗向文、林枫一笑："这小子也太鬼了！难为他整日在前沿阵地也爱捧本古书看，研究些战略、战术也就罢了，如今还用瞒天过海的手法对付起咱们来。"

他冲着沁梅解释道："上次战役中，他们排长牺牲了，我火线任命他为代理排长，他很好地完成了任务。在团里庆功宴上，我和他闲聊，问起他的籍贯家庭来，他说他是湖南人，父母都是农民，在老家种地。哈，却原来？这小子是怕我们知道他是司令员之子呢！"

沁梅释然笑了："原来如此，宁松这话也不完全是谎言呀！我父亲参军前，就是湖南的一个农民之子。宁松一向心高好强，满心要靠自己的本事建功立业，在实战中检验一下自己的军事理论，自然不想沾父亲任何光。"

"切！那他江宁松也分明是误读我们这些人了！"萧海一撇嘴，"不管是司令员之子还是农民的儿子，在我们这里都是一样的！能打仗就给我好好干，不能打好仗，打硬仗，就给我离开猛虎团！我们这里可不出孬种！"

沁梅忍不住横了他一眼，微笑点头："我看你这份狂猖气，简直像煞某人！这份倔强的骨子里的傲气呢，又和他江宁松有一拼！"

萧海不解地看她："那你说的某人又是谁？"

沁梅笑而不答。林枫却明白，附到萧海耳边告诉了他，萧海竟然微微脸红起来。

因为宁松驻守的阵地在猛虎团的最前沿，他们姐弟俩重聚都是在半月后的一场战役间隙时。

大家在一起吃过了晚饭，又聊了好一会，林枫对萧海使了眼色："让人家姐弟俩单独聚聚吧。"萧海点头，笑着拍了拍宁松的肩膀，带着这些人离开了。

看着高大威猛，已经长成结实青年的弟弟，沁梅眼眶发潮，等萧海一众人离开后，只剩下姐弟两人时，沁梅忍不住上前搂住弟弟的肩膀，流下了热泪。

宁松微笑着看着姐姐，理解地安慰她："姐，能在这里见到你，实在是太好了！其实我一直和妈妈通信来着，家里的事情我都知道，还知道了你和那个……楚大哥的事情，我真为你担了很大的心！姐，一切都过去了，我希望你能快快活活的！"

听他提到楚天舒，沁梅还是心头发酸，便连忙转移了话题，将江静舟的话转达给宁松。

宁松笑了："爸可真有意思，总像小孩子一样爱较劲！在东北时，我和他一议论兵书兵法，他就笑话我说我是纸上谈兵。如今我一定要用实际行动给他瞧瞧，起码不给司令员同志丢脸才是啊！"

沁梅笑嗔道："其实咱爸对你很有信心的，傻小子你是不知道呀，江司令员说起你江宁松来，那一副满足的样子呐？你永远是爸爸妈妈的骄傲，也是姐姐的骄傲！"

她笑着和弟弟讲述了萧海等领导对他的高度评价，又提到了萧海埋怨宁松隐瞒出身的事情，姐弟笑成一团。

宁松露出孩子气来："我们团长可爱吧？姐你不知道，他可是我的新偶像！以前我最崇拜的军人是咱爸，现在要加上这位猛虎团长了！"

沁梅也乐不可支的："他是蛮有意思的啊。前次我告诉他，他这份狂狷气好类一个人——就像咱爸？像不像？他好像没听明白。"

宁松点头大笑："有那么点意思！不过我们团长的脾气可比咱爸好多了，他是在战场上霸气万分，其实私下里他很孩子气的，也很随和，而且他也是军校出身，文的武的都能来一套，论起军事学术问题，他可一点不逊于……"他笑着指指自己。

"哈，江宁松！先不说你背后抬高领导贬低自己父亲的可恶之举吧，光你现今这份做派，就很异乎寻常了！那个儒雅谦虚的宁松哪里去了？如今你这份狂劲儿，可是很像你们团长的！真是谁的兵像谁，一点不假！"

"哎呀，我的老姐！"宁松上前搂住姐姐的肩膀，"这是在战场上啊！儒雅斯文能打仗吗？谦虚温和咋带兵呢？你还说着了呢，上级领导对我们团的至高评价就是——'猛虎精神'！我们团的每一个兵，拉出去都像我们的团长一样，威猛无敌，见了敌人嗷嗷叫，这叫部队的独特气质！你知道吗？等我打完仗回国，一定好好写一篇文章，就诠释出这种气质、这种精神来！"

沁梅笑着摇头："那你只管跟着你的崇拜偶像冲锋陷阵吧，然后你们就这样惺惺相惜下去，最后成为一对……狂狷之士！等到战争结束回国后，再一起去见另一位狂狷将领吧。"

她笑着解释："你们团长和我说，很希望有机会能见见咱爸，他是久闻大名而不得一见。"

宁松大笑，意味深长地望着姐姐："不错的建议！我想……也许这三个狂狷人儿还会成为一家子？"他调皮地眨眨眼。

"一家子？什么一家子？"沁梅先是不明白，继而明白了他之所指，一片红云飞上了脸颊，"坏小子！说什么呢？胡言乱语，越大越没有规矩了！"

宁松不在意笑笑："姐，你别急呀，我不过是比较敏感罢了。刚才我可观察到了，我们团长看你的眼神……貌似很有内容？"

"臭小子，你还胡说？"沁梅真急了。

宁松认真看着姐姐："不是我崇拜我们团长才替他说话哈，我江宁松更没有给别人保媒的习惯！我是觉得，凭直觉讲，你们真的好般配！也许真有一段缘分也未可知？"

"那么让我告诉你我们有什么样的缘分吧。"沁梅用手指点点宁松的额头，将冀勇本名是萧海，以及他和萧岳的关系，还有自己和萧岳的一份前缘讲给了他听。

宁松听完那段往事，带着同情的神情望向姐姐："这很好呀，他们是孪生兄弟，必然有着相同的特质在，你们应该更好相处了！姐，我也看出来了，你一定也是蛮欣赏我们团长的吧？"

"这根本是两码事。萧岳是萧岳，萧海是萧海！相貌相似，性格迥异，没有任何相似点。再说，爱情是可以这样同理移情的吗？"

沁梅认真向他解释着："我欣赏他，和我爱上他，又是两码事！起码，在目前，我心中，还忘不了天舒哥！我怎么总不相信他就这样逝去了呢？不见到他的坟墓，我可能永远不会死心！"

"可是楚大哥他终究是逝去了，去了另外一个世界，这是一个不争的事实，姐姐你肯定还应该有自己的生活！即使你不和我们团长好，你也应该有自己新的选择。你的幸福，对我们很重要，对爸爸妈妈，对我，因为我们都爱你！甚至是……对他们也很重要，对萧岳，对楚天舒！因为他们都曾经真正地爱过你，就一定会在九泉下期待着你的幸福！这个道理是我最近才悟出来的，就在这个战场上。我虽然没有谈过恋爱，可是我在想，如果我有个心上人，我会祈祷能给她最深刻的爱护和祝福。如果我在战场上牺牲，我也希望她能获得另一份真爱，她的幸福就是我的幸福！不如此，怎么谈得上算是彼此深爱的爱人？"

弟弟的话让沁梅摇头，但是却让她深思起来。

第五章　此心向月

　　是的，十来年的隐忍之功未曾消磨英雄壮志，他始终守住心尖一点温热的血液，使之不至冷却，只为他心有高山大海，延绵不绝，生生不息！

　　不知道是不是受自己弟弟的暗示影响，再见萧海时，沁梅变得有点局促不安起来，不再敢任意和他嬉笑顽劣了。她发现，弟弟说的也没错，萧海明显表示出对自己的一份别样的关爱和瞩目。

　　沁梅心下很纠结，她不希望这种尴尬的局面持续下去，也不想让萧海陷入一场单恋的情愫中去。她在找机会从容谈清这段感情，终于有一天，她得到了和萧海谈到楚天舒的时机。

　　其实沁梅知道萧海和楚天舒也是有一段旧缘的。

　　当年萧岳牺牲后，楚天舒设法调往空军总部任职，接替了萧岳的使命，欲在空军内部策动起义，驾机飞向解放区，他那时的一个重要助手，就是萧海。

　　在朝鲜的这个冬日的夜晚，沁梅和萧海忆起故人，不知不觉讲到了楚天舒的身上。

　　话题是从萧海的一份细心观察上开始的。

　　"沁梅，过几天你就要走了，有句话我一直想对你说。"

　　"嗯？萧海？你……说吧。"

　　"虽然咱们以前只见过一面，但是你给我留下了很深的印象。我直觉你是一个开朗明快的女孩，豁达而大气……可是，这次相见，这段时间相处下来，我发现你变了许多！虽然你还是很爱笑，很诙谐，可是我总觉得……你的眉端似乎笼上了一层淡淡的哀愁，你的心里一定是不开心的。我不喜欢看到这样的你，希望……我能有机会……让你重新快乐起来！"

"萧海，你的直觉不错。以前那个快乐的没心没肺的沁梅，已经死了，都埋葬了很长一段时间了……我的快乐不会再有，因为我的爱人死了，我的心，也就死了……"

沁梅不由自主向他提起了楚天舒，萧海很惊讶，也很意外："是啊，我认识他！不对，岂止是认识呢，他曾是我的上级，是我很崇敬的一个战友，更是我的一位兄长！"提到楚天舒，萧海深情地回忆道。他的脑海里，又浮现出和楚天舒第一次见面时的情景。

在南京的莫愁湖边，身着便装的萧海等来了和自己接头的上级——公开身份为空军总部电讯处副处长的楚天舒。

楚天舒穿着空军的军装，上校军衔熠熠闪光，笔挺的制服映衬的，是他清癯温润的面庞。当对上了暗号，从彼此看到的第一眼起，萧海就注意到了对方眼中的脉脉深情的目光。

谈完了工作，楚天舒微笑着对萧海道："实在是太像了，你和你哥哥！我刚才都有点恍惚的意味……冀勇啊，我不知道你的本名是什么，可是你是萧岳的弟弟，就给我有一种亲人的感觉！"

萧海当时也很感怀："鸿雁同志，我知道您在哥哥牺牲前见到过他，听说您将要代替他来到空军，继续这份使命，我的心里，也是有着异常感慨的一份情绪呢。"

楚天舒笑了："鸿雁是代号，私下里，你就叫我天舒吧，我好像比你大上两岁？"

"天舒兄！"萧海脱口而出，"希望我们能成功地完成任务，完成…… 哥哥的遗愿！"

他的眼中已经有泪光闪烁："从今天起，您是我的领导，也是我的……大哥！"

"好兄弟！"楚天舒忍不住上前握住了他的手。

萧海向沁梅回忆了这段往事，惊异地看到她已经泪流满面。

擦着泪水，沁梅对萧海哽咽道："你的这位天舒兄，他曾经是我的哥哥，是我的恋人，也是我今生难以忘却的人！所有的人都说他死了，不在了，可是我总是不相信！我要一直等下去，哪怕能多守候一段时间也好……守候慰藉着他的魂魄，让他从此在那个世界里，也不再孤独！"

她擦擦眼泪，看着眼前的人："萧海，经过了和你哥哥的那段短暂难忘的初恋，再经过和天舒哥这段生死情缘，我的心已经死了，不会再渴求什么新的爱情……尤其是和天舒哥，我甚至没能向他说出这份情，我对不起他，我会用一生来殉葬我们的这段爱情！"她说得泣不成声。

"沁梅……"萧海明白了她的意思，知道这个冰雪聪明的女孩就这样婉转地拒绝了自己的一份刚刚发出试探信息的爱情，他难过得低下头。

沉默片刻，萧海认真地望向沁梅，神情坚定倔强："我理解你的想法，虽然我未必赞成你的这种殉情想法……但是我尊重你的选择！我只希望，你不要完全封闭自己的心门，让时间来决定一切吧，时间是最好的裁判师！请你给自己一个机会，也给别人一丝希望……"

这个冬夜很冷，但是更冷的，是彼此刚刚贴近的心。

雪停了，几天后，公路桥也修复了，沁梅准备回去，在临走前，她去团部向萧海告别，却得知他又一如既往地去了前沿阵地。

沁梅突然觉得自己必须见上他一面，也许，今后为了躲避这份深情，她也会尽量避免和他再见面，那么，就悄悄做个告别吧。于是她上了最前沿阵地，不料和萧海还未来得及说上几句话，就遭遇了一场险情。

对面的敌人突然对我方阵地发动炮击，成片的炮弹排山倒海般向这里袭来。一发炮弹就落在沁梅身旁不远处！在这危急时刻，萧海推开了身边掩护他的警卫员，自己毅然扑到了她的身上……

沁梅安然无恙，萧海头部却被弹片击伤，好在没有伤到内部，但是由于伤口较深，流血过多，他仍然昏迷了很久。沁梅默默守在他的床前，一直守候到他醒来。

萧海的脸色因失血变得苍白憔悴，但是他的笑容依旧温暖，亲切而体贴。他看到沁梅明显哭红的眼睛，笑问道："小丫头，你，不会是为我而哭红了眼吧？"

沁梅微微瞪他："你还笑？你这次……差点因为救护我而光荣了！猛虎团团长同志，我可担当不起！"

萧海咧嘴笑笑："哪里就这样严重了？这种情况我遇到的多了！打仗嘛，生死也就是一瞬间的事情，没那么多讲究的！"

沁梅突然心中一动，那句"生死一瞬间"蓦然打动了她的心扉！

是啊，眼前躺着的，就是经常生死悬于瞬间的一位战将，自己那天晚上不该无情拒绝了他的一份真情。即使自己不爱他，也可以彼此结下一份亲人缘吧，哪怕是联想到萧岳的那段缘分，最起码，也可以给这个整日里沉浸在苦战恶战中的战友一份别样的温情吧？

想到这里，沁梅心热了，她用手轻轻抚着萧海的额头："唉，大夫说了，这里也许会留下一道疤痕……"

萧海大咧咧一笑："管他！我又不急着相亲，就算小毁容什么的也无所谓吧？"

沁梅撇嘴，半玩笑半安慰地对他低语道："以后的事情，谁知道呢？如果你将来能遇到一个真心爱你的姑娘，她当然是不会计较这个的！"

这话引得萧海咧嘴一笑，心中却同时暗暗发着誓："沁梅，你跑不掉的！从上次在上海第一次和你见面起，我就悄悄喜欢上了你……我那时就发过誓，以后要找机会找到你，代替我哥哥，好好爱护你，狠狠地给你一份幸福！哼哼……被我萧海看上的女孩，是不可能逃掉的！也许一切都是才开始呢，咱们走着瞧吧。"想到这里，一种自信而霸气的感觉油然而生，他不由得嘿嘿笑出声来。

沁梅很奇怪地看着他："你的伤口不疼吗？这样傻笑干什么？"

"我在想一个深奥的哲学问题——真爱究竟是什么？"萧海眨眨眼。

"那么让我来回答你吧，冀勇团长！你的真爱就是——你的部队，是你的猛虎团！"

"你真是我的知音！"萧海诡秘地笑了。

当江沁梅在遥远的异国战场上遭遇人生另一段温情碰撞的同时，身在东北的楚天舒，也迈过了人生重要的一道关口。

人生道路的莫测玄妙之处，就在于那常常不能预料和规划的东西太多。所谓"行至水穷处，坐看云起时"，很多时候，一个人内心的平静安宁和执着坚持，远比呼天喊地、悲天悯人的一腔激愤，更能带给人运气和善报。

楚天舒生就恬淡随和的个性，沉浮敌营多年的隐忍之功，又为他的强大内心锻造了更深厚的基石。以前的临危不惧和如今的宠辱不惊，一样成为他性格中过人的标志性特质。在经过了那场被自己的组织质疑党员身份的风波后，楚天舒很快就冷静下来，所有萦系于心的委屈、疑问、愤懑、难过，都像过眼云烟，未曾在他干净明朗的心幕上留下一丝丝痕迹。

他无数次地在想，自己革命的动机是什么？目的是为哪般？十七岁，他就心存摆脱家庭桎梏和阶级羁绊的勃勃雄心，毅然决然地投身到波谲云诡、吉凶难料的革命洪流中来。从那时起，他失去的，就是在别人眼中各种羡慕嫉妒恨的"含着金匙出生的"，与生俱来的荣华富贵，和一切唾手可得的功名利禄。他要推翻和改造的，是他的父兄们千方百计维持保护的阶级利益，是他的家族们赖以享受一切权益的重要保障。而他做这一切的目的，只是为了心中一个执着坚持的信仰——为天下苍生谋福利，为他的同胞们描绘出一个没有剥削，没有压迫，人人平等，世界大同的美好新画卷。

当这个新世界在共和国成立的礼炮声中，缓缓向他走来的时候，楚天舒感到前所未有的骄傲和自豪。是的，还有什么比自己毕生追求的理想骤然间实现，而更令人感到兴奋和欣慰的事呢？比起这朗朗乾坤，煌煌盛世，一切个人小我的利益和私欲，委屈和磨难，实在是不足挂齿的！

——我的理想已然渐渐变为现实，我的上下求索之路已经看到了曙光，这就是我心愿得偿、志得意满的快乐！其他的荣誉和利益，实在不必萦绕于心！楚天舒你打碎的，就是自己曾经拥有的一切，难道还想重新将一个私我的锁链再次强加于自身吗？你已然将身心奉献给了你的组织你的信仰，那么何时何地，都应该做到襟怀磊落，无私无欲！母亲可以考验儿女的忠诚，儿女们却不可以质疑慈母的衷肠！

楚天舒就这样一遍遍在心中懊悔着，自责着，蔑视嘲笑着自己曾经的脆弱和彷徨。他尤其想到了自己当年和同学们第一次去见周公时的情景，从那时起，到抗战刚结束回到祖国，在美国的七年多时间，自己也不曾正式加入到共产党这个组织中，但是那时血气方刚的他，早已悄悄抱定了心中入党的执着信念！就是这种信念，支撑着他在美国刻苦学习专业技术和技能，并在回国后，第一时间再次投入到组织温暖的怀抱中。

如今硝烟散尽，一纸薄薄的入党表格，又怎能击碎自己多年坚持的信念和追求？何时何地，入党都是用实际行动而非口说言道，聪敏豁达如楚天舒，当很快想明白了这个道理。

学会放下！放下一切私欲，放下一切纠结，放下一切抱怨、激辩、解释和申诉的念头，更要放下从此颓丧沮丧的意念！我心自是像明月，何与他人辩清辉？

年轻的共产主义信仰的信奉追随者——楚天舒，他也许未曾钻研过佛家的豁达宽仁之精髓，也未曾涉猎过道家清静无为的意境，只是丰富的学识，良好的自身道德教养，就让他能够从容面对滚滚红尘中的风雨雷霆，凡俗纠葛，再加上自身经历的坎坷艰辛——那隐蔽战线上的腥风血雨、风暴狂潮让他百炼成钢！

是的，十来年的隐忍之功未曾消磨英雄壮志，他始终守住心尖一点温热的血液，使之不至冷却，只为他心有高山大海，延绵不绝，生生不息！

他的情绪就这样很快地平复下来，他的心河，又恢复了缓缓流淌、波澜不惊的状态，往昔温润平和的神情又回到了他的脸上。

在医护人员的精心治疗看护下，在中医药方的养护下，他的病体逐渐好转起来，这一点让守候在他身边的人都很欣慰。杜鹃最开心，虽然她并不清楚前次楚天舒突然发病的真正缘由，只是看到她崇拜爱戴的楚大哥的身体一天比一天好起来，她就心满意足了。

这天，在阳光灿烂的病房中，胡彬认真为楚天舒检查了身体，笑着对他点头，忍不住蹦出一句俄语："哈拉硕（好）！"

楚天舒直觉笑应道："斯巴西吧（谢谢）。"

他又笑看着胡彬道："胡大夫，我的俄语不够好，您每次和我用俄语对话我都好紧张！"

胡彬也笑了："这很正常呀？就像是上次咱们用英文谈雪莱的诗，用法语谈莫泊桑的小说，我也是很紧张跟不上你的节奏呢。我的小楚同志，所谓术业有专攻，任何人都不是万能的，所以太优秀的人，反而会有太多的怅惘和忧伤，那常常是来自于自己内心的纠结和彷徨。"

楚天舒点头："实在是承教了。胡医生，您的话总是能给我以启迪，以思考，继而是醍醐灌顶般的彻悟，让我学会放下……"

胡彬开心地笑了："不错，我感觉到了你的变化，最重要的，就是你的放下！你看，如今你的身体状况明显是好转多了，这个比啥都让人开心。"

她笑看周围几人："看看你的这几个随从们，护理人员们，最近是经常笑口常开，面带喜色的，可见他们也都真心为你高兴。"

言涛忙笑着接口："是啊，大哥的身体好转，我看是几个因素在起作用：第一，是他自己身心的放松，对治疗积极配合，第二是医生护士们的辛勤治疗和看护，第三，也许还是要提一下上次那个老中医秘方……"

"不管什么第一第二第三了，只要七哥能早日康复了，就是大喜事！"楚成急忙打断他的话，喜滋滋地说道。

胡彬摇头："离康复还有很大一段距离，只能说目前情况稳定了些，不过还是不可掉以轻心，什么事都要有个循序渐进的过程，养病更是如此！你们几个注意了，天气好的时候，可以陪着他去花园散散步，这样对他病体的恢复更有好处。"

"哈，太好了！楚大哥可以出去了！"杜鹃忍不住先欢呼起来。

"好吧，你们几个如今嘴里倒是随便得很哪，什么大哥七哥的，一个个倒叫得欢呢？小心别人听了去，又该有说法了！小杜护士貌似为这个也没少挨批评，只是就改不了啊？"胡彬不由地嘟囔了一句，笑着摇头离开了病房。

"关键是楚大哥身体一天天这样好起来，大家才乐得忘了规矩的呀。"看到她出去了，杜鹃才小声辩解道。

三个人都是眉开眼笑的样子，仿佛得了开禁令一般，都建议楚天舒马上出去走走，看到大家这样高兴的样子，楚天舒自然也是开心。大家围着他放风似地在医院的花园里散了一会儿步，还是在杜鹃的一再提醒下，才回到病房。

其实在楚天舒心中，还有一重自我安慰的情绪在，那就是自己对一些事情的确已经彻底"放下"，自己的内心又一次成功突围，摆脱了困境。

在他看来，做到"内心彻底放下"之标志，不是他绝口不再提他的党员身份遗失以及失去工作机会这个纠结问题，而是他能够心境平和地和言涛、楚成两人谈这个话题了。

这天上午，吃过午饭，楚天舒自觉身体轻松不少，就提出想到离医院不远的松花江边去看看。

想到他自从来到哈尔滨以来，几个月间几乎大半时间都是卧床不起，足不出户的状态，也必定是憋闷已久，需要放松一下，言涛和楚成商量了，决定偷偷陪着他出去一趟。

他们趁着杜鹃去吃午饭的机会，对楚天舒谎称已说好让杜鹃作掩护，撺掇着楚天舒出去了。

三人来到松花江畔，辽阔清朗的江天景色让人陶醉，楚天舒露出孩子般欣喜奔放的样子来，他徜徉在江边，心中格外舒畅。

他痴迷地注视着波涛粼粼的江水，嘴唇微微翕动着，像是在低吟着什么，他那依然病容深重的面颊上悄悄挂上了一丝红晕，细长的眸子里满是激动和惬意的水波在荡漾。

楚成嬉笑着看他："哈，七哥，原来你这样爱水呀？我今天才发现！"

楚天舒回头笑着看了他一眼："嗨，你忘了咱们老家在哪里啦？天下江河是一家，看到这松花江水，我怎能不忆起咱们家门口的长江水？"

"是啊，想起长江，心里就像记起了自己的母亲一样！"言涛也笑着接言感叹道。他是湖北人，对长江也是有着一份特殊的感情。

我住长江头，君住长江尾。
日日思君不见君，共饮长江水。

楚天舒喃喃自语般吟道，望着水天一色的远方，他的眼光变得幽远而深邃。

言涛笑着接口道：

此水几时休，此恨何时已。
只愿君心似我心，定不负相思意。

他笑看着自己的领导和兄长："大哥，您养好身子，咱们可以回老家去，回到咱们长江边上去。到那时，您再和您心上的姑娘来个浪漫重聚吧！"

楚天舒轻轻摇头，此刻他吟诵这首诗，只是一种感怀而已，不想涉入到某个具体话题间，他的心情如今很明净，放下了所有的情感纠结，当然也包括了那段难忘的爱情。

他笑着看向楚成和言涛："虽然革命不分地域，作为革命者也不该一味恋着自己的故乡，可是，如果有可能，我还是期盼着能回到自己的家乡，回到咱们的母亲河身边。小言，我这几天有个念头冒了出来，我也许可以做些别的事情？比如说，回到老家去教书？大学、中学，甚至是小学都可以，我可以教数学呀，我的数学水平可不差呦。"

楚成奇怪地看他，急忙插言："去当小学老师？七哥您可真逗！您不觉得这样对您是大材小用了吗？"

楚天舒用手点了点他，摇头："所以说楚成呀楚成，你一定要好好学习，才可能进步，也才能跟上形势。在新社会里，人人平等，无高低贵贱之分，任何正当职业都是高尚的，都是需要有人去奉献。在我看来，在新中国的天地下，能作为一个自食其力的劳动者，不管干什么，对我来说都是愉快的。如果，我还能教书育人，桃李满天下，那更是让人开心的事情啦！"

言涛点头："您说得也有道理，孟子有云，人生三大乐事，最高之境界也是——得天下英才而教之。在新中国，新社会，当个老师更是无上光荣！可是，您毕竟是特殊人才，组织上说将进一步审查完毕后，还是会给您一个更合适恰当的工作岗位的！我觉得您目前的首要任务，就是养好自己的身体，然后等待着新的岗位，一个重要的岗位，一个对我们的国家更有作为的岗位。"

"说得好，言大秘书，为你鼓掌！"楚成拊掌大笑。言涛微微红了脸。

言涛比楚天舒小几岁，他是学生出身，解放战争期间参加的解放军。因为学的是俄语，在东北解放区工作时，被组织上调到当时伤重的楚天舒身边当秘书，负责护送他到苏联治病。

他是楚天舒和党组织间的联系人，也是他亲密的伴随者。通过近三年在楚天舒身边的经历，他已经完全为楚天舒的人格魅力和独特的风范所折服，从而真心实意地爱护他，守护着他，除了战友情、同志谊以外，两人已经结下了深厚的兄弟情分。他痛惜楚天舒不被自己组织认可的纠结情形，他决定和楚成一样，要用自己微薄的力量，相帮他渡过难关。所以，随时随地的鼓励和安慰，就是他目前经常做的一件事了。

言涛这番话倒勾起楚成一段心事，看到如今楚天舒意气风发的良好状态，他不由想说出一直暗藏已久的一段心事，他先是和言涛使了个眼色，然后看着楚天舒，斟酌着语句："其实，七哥呀，既然又提到这个曾经纠结的话题，我们早就想对您提一番建议了……七哥，前一阵您身子不好，我们不敢说，如今您逐渐硬朗了，我们……"他望着楚天舒，把话头停下了。

楚天舒认真地听着，用温和的目光鼓励他说下去。

楚成还是说得磕磕绊绊："那个有关您的党员身份认定的问题，您……究竟是咋想的呢？您不觉得憋屈吗？"

楚天舒看着他，微微抿嘴，轻笑道："你觉得我应该感到很憋屈对吧？"

"那当然！我，我们都为您感到憋屈呢！"楚成认真道，"您看哪，没有人比我更清楚您的过往经历了吧？您的出身，您的家庭？"

他忍不住长叹一口气："想当年，咱们楚家是什么样的家庭呀？那种赫赫盛名之家族，您是娇生惯养的七少爷，集万千宠爱于一身呐，您缺什么呢？荣华富贵，功名利禄，这一切，对别人来说，是非分之想之难事，在您，不是唾手可得的吗？谁曾想，您竟然会脱离家庭，走上了革命的道路！其实，以前我实在是不能明白啊，当年在宽城，当我猜出您的真实身份的时候，我怎么也想不通，您这样的人，为什么要革命？"

楚天舒静静地望着他，一言不发，心静如水的样子，言涛也听愣了。

楚成："后来我参加了革命，才想明白了，你这是为了大家所说的那种——信仰！为了信仰，您才走到这条艰辛万苦的路上。您和我不同，不是中途参加革命，您几乎是青少年时期，就投身到革命阵营中来了。这么些年，卧底敌营，您可谓历经艰险，九死一生吧？怎么到如今，革命胜利了，新中国也成立了，倒说起您的党员身份不存在了？这搁谁不憋屈啊？"

看着楚天舒笑而不答的样子，言涛也插言道："咱们如今先不提憋屈不憋屈的话吧，我认为，对一些重要的历史问题，必要的申诉还是要的。"

他认真看着楚天舒，建议道："我和楚成都有一个想法，我们觉得这个问题您完全是可以说清楚的呀？我曾经为您写过好几次经历、自述，包括您向组织上汇报的，您在敌营工作时的详情，知道您的入党介绍人不仅清楚可辨，而且……是咱们党的一位重要领导人啊，您是他亲自发展的一个秘密党员，您完全应该向组织上申诉这一点。甚至，您应该求助于那位领导人！也许只要给他写封信，一切问题不就迎刃而解了吗？"

"是啊是啊！"楚成忙接口道，"您是不是党员，您的党员身份是否属实？您是何时何地参加党组织的？都可以有一个铁证的！这关系到您的前途问题，甚至一定是影响您一生的问题！"

言涛："这个问题可以说都不是您个人的问题了，是一段历史……"

楚成："就算是为了您自己，说清楚一些历史问题，那也是相当必要的呀！我们想不到也就罢了，想到了，却没提醒您，相帮您，我们会感到惭愧的……"

两个人你一句我一句说着，却见楚天舒只是微笑不语，不由得分别止住了口。

"还有吗？"楚天舒笑看两人，几乎带着顽皮的笑容问道。

两个年轻人互相看看，又同时望向比他们大不了几岁的兄长和上司，都愣住了。

楚天舒看着两人微微点头："好了，你们说完了，我也来说几句吧。你们的意思我明白了，可是我有我的想法和……做法！首先说说楚成刚才提到的憋屈问题。"

他笑着解释："要说当时心中一点委屈没有，那是瞎话！可是当我冷静下来，换了一个角度来想问题，心中一切就都豁然开朗了。"

他向前走了两步，望着烟波浩渺的江面，剑眉微锁，仿佛在思考着什么："正如楚成刚才说的那样，我参加革命的目的其实很简单，就是为了自己毕生追求的信仰。这个信仰如今得以实现，就是我人生最大的快乐！其他小我的东西，真的都变得不重要了。与其纠结于一些无法改变的历史细节纠纷，不如坦坦荡荡地重新用自己的实际行为，再次选择靠近加入我们的党！这个温暖的大家庭从来没有为我们吝啬敞开她的大门，那么我们现今的实际行为，就是再次检验自己究竟是否是一个干净的、纯粹的革命者的一块试金石了！我说的这番话，你们能明白吗？"他回头望着两个部下，带着询问的笑意。

两人似懂非懂，都沉思着，看着他不语。

楚天舒再次微微一笑，满是纯净明朗的神色："下面就说到小言刚才提到的那个问题——我的入党介绍人……如今新中国刚刚成立，百废俱兴，许多人都在日理万机，他的身份你们明白了，当更应该理解！有多少国家大事在等着他去处理？何况，像我这样的情况，不会是个例吧？难道大家都要拿自己的这个极小的私事去纠缠打扰他吗？这种也许很小我的事情，目前牵扯到大原则问题，不是不可为，而是不能为！你们不必再提此种建议，我有我的坚持，我心中已有定数。"他的神情变得严肃起来。

看到楚天舒的这种神态，联想到自己和言涛的"大胆之举"，楚成有点紧张起来，他望着楚天舒支支吾吾："其实……我们……我们已经……我们想……"

言涛机警，忙用话拦他，唯恐他此刻沉不住气，泄露天机："好了，既然大哥不让说这个话题了，咱们就别说了，他身体才好些，别为一些小事再烦恼才是……"他暗暗和楚成瞪瞪眼。

楚成明白，也用别的话岔开自己几乎说漏嘴的话头来："好吧，我也许不是全明白您刚才所说的那些话，我目前最在意的，只有一点，就是您的康复问题！前次从解放区到苏联治病之前，您的老上级，泰山同志可是专门嘱咐过我的，让我守护好您，管住您，在您治病期间，一切要以您的健康为最高原则，我身上可是有任务的！现在只要您心情好，对健康有利，一切就好了。其他的，我才懒得管，那些应该都是他言大秘书的事情吧？"他笑着对言涛挤挤眼。

言涛就笑："我也只是做些上通下达的协调工作呀，只要能为您分忧就好。楚成说得对，目前一切事情都可以先放下，还是您的健康最重要！"

"我明白，我明白，真的是难为你们两个了！"楚天舒心中徜徉着对两个弟兄的感激之情，不由得感慨着，"守着我这个病人一年多了，这精心看护，扶上扶下的，有时候比护士还操劳呢。唉，煎药喂饭，擦身护理，这些伺候病人的琐碎事情，原本也不是你们这样年轻男孩子应该做的呀。"

"哈哈哈……"楚成和言涛对视一下，不约而同笑了出来。

看到楚天舒不解地看着他们，秀气的眉毛在额间画了两个问号，楚成忙笑着解释："您这个口气，好像自己已经七老八十似的？您比我们才大几岁呀？何况这一客气起来，也有点太见外太搞笑了吧？我是真不习惯呢，七哥？"

"是啊，而且您这个语气……跟着您这么长时间了，第一次让我觉得是首长的口吻呢？"言涛也忍不住笑道。

"哦？我……"楚天舒感到十分不好意思，他脸微微红起来，一阵江风袭来，毕竟久病的身子虚弱，他又忍不住用手扣住胸口，俯下身子咳嗽起来。

楚成见了，立马有点小紧张，忙上前搀扶了他，边为他拍背，边劝道："咱们还是赶紧回去吧，这江边风大，您的肺不好，再吹感冒了就不得了了。"

"是啊是啊，您才好点，这要是再加重病情，我们就罪该万死了！"言涛也在另一边扶了楚天舒，两人不由分说，将他拉回医院。

第六章　再次回归

在场的所有人都被华刚这番话打动了，楚天舒终于放弃了内心的挣扎，在外人看来，是少有的放纵了一次自己的情感，他将头深深埋在军装里，失声痛哭起来。

进了病区，正值病人午休期，一切都静悄悄的。三人回到病房，却见杜鹃正俯身桌子上，身体抽动着，明显在哭着。

楚成和言涛心下明白，笑着相对吐舌。楚天舒是不明就里，忙上前看视她："小杜，你怎么了？"

杜鹃抬起哭红的眼睛，看着走到自己身边的楚天舒，认真注视了他片刻，突然站起身来，上前搂住他的腰，将头贴在他的胸前，呜呜大哭起来。吓得楚成赶忙关了房门，唯恐别人听见。

楚天舒十分紧张，忙拉开她抱着自己的手，扶着她的胳膊，看着她的脸，哄劝着问道："到底怎么了？小杜？出什么事了？"

"楚大哥！呜呜……"杜鹃只摇着头，再次扑到楚天舒怀中，双手紧紧搂住他，像是搂住失而复得的一件宝贝般的，边哭边说道，"您怎么招呼不打一声就失踪了？您这是跑哪里去了？我……我又不敢声张……怕为您招祸……呜呜……又怕大夫们骂 ……骂我弄丢了首长……可是我又好担心！您虽然好些了，可是……身体还是好弱的！万一——万一……呜呜呜……"她哭得说不下去了。

"唉，我没事的！这到底咋回事呀？"楚天舒被杜鹃紧紧搂着不能脱身，只好回头看着两个部下，"你们不是说和人家小杜护士请过假了吗？还说请她为咱们偷偷打掩护的？这到底是……"

楚成和言涛都是满面羞惭："我们……想着和她说了更惹事啊。小丫头家的，嘴不稳，万一说出去，我们带您去了江边，让那位严肃刻板的胡医生知道了，又该挨训了！所以……就压根没和她说……"

杜鹃听了，哭得更伤心了："什么？您……您竟然跑去江边？您的身子情况如何您不清楚吗？这两个坏家伙不清楚吗？！"

她边哭边回头狠狠瞪了两人一眼，又扭脸冲着楚天舒抽泣着："江边的风那样大，这要是吹感冒了，再发高烧起来，您的肺不好……谁负得了这个责任？他们两个是浑小子不懂事！可是您……您是首长啊，怎么还这样不守纪律？"

"是是是，都是我们的错啊。"楚天舒满脸歉意，柔声安慰着杜鹃，"小杜，你说得对，这不怪他俩，全是我的错！他们是我的下属，我来负这个责。我们今天做得实在是不对，以后坚决改正，你快别哭了！"

好说歹说，楚成和言涛也上前道歉劝说，这才让杜鹃松开了紧搂着楚天舒的手。

"您……您有没有不舒服的感觉啊？"杜鹃最关心的永远是楚天舒的病体，她旁若无人地拉过楚天舒的手，摸了摸，又踮起脚尖，摸了摸他的额头，确定他没有发热，才松口气。看到他这样平平安安、健健康康地回来，杜鹃已经觉得很庆幸，不过还是心有余悸罢了。

"我没事，真的没事！"楚天舒笑看着哭花了脸的她，轻声安慰道，"你看，这不是好好的吗？你放心，我再次向你保证，绝对下不为例！"

杜鹃几乎不再看另外两人，只是拉着楚天舒到病床边，强令他躺下，她悉心为他盖好了被子："楚大哥，您睡一会儿吧，睡一觉就没事了，这件事情就算过去了，我不会告诉医生们的，您放心！我就在这里，守着您睡，睡起来您该喝药了。"

然后她俯身在他的床前，守着他，还一手抓住了他的手，生怕他再次逃走一般。楚成和言涛看到她趴在楚天舒身边，一副严防死守、戒备森严的样子，相互吐吐舌，悄悄溜走了。

杜鹃这次的反应如此激烈，不仅楚成和言涛没想到，楚天舒也有点意外。从眼前姑娘的眼中看出了关心、爱护、依恋……还有一丝火热的爱慕之情，楚天舒第一次感到暗暗心惊，他突然觉得自己不能再像对待不懂事的小妹妹那样对待杜鹃了。

这丫头……唉！我该怎么办？楚天舒又发起愁来。

两周后，两个特殊的人物来到医院看望楚天舒，其中一位四十多岁，身穿灰色的中山装，另外一个二十岁出头，显然是随从模样。他们没有直接来到楚天舒的病房，先是找到院长了解了一些情况，当院长带着中年人来到楚天舒的病房时，就很专业地将楚成和言涛叫出了病房，加上和中年人一起来的那位年轻人，大家都等在院子里，只留中年人和楚天舒在谈话。

　　中年人首先介绍了自己的身份，饶是受过专业特工训练，心静如水，以稳健持重见长的楚天舒，也是大吃一惊，继而心潮难平，他用手捂住自己的胸口，狠狠喘了口气，泪水已经悄悄涌入眼眶。

　　中年人理解地看着他，眼中尽是关怀和怜惜之意，他将手放在楚天舒的肩上，温声道："天舒同志，你平静一下，当心身体！我刚才问过医生了，你的身体还很虚弱。"

　　楚天舒点头，几乎说不出话来。

　　这位中年人就是当年迎春花小组的主要负责人之一——华刚。

　　迎春花是周公亲自领导的绝密特工小组，成员都为独立级特工，华刚和代号泰山的同志是这个小组的两名直接负责人。作为这个小组的成员，楚天舒对他们是只闻其名，不见其人，除了早期他直接接受在 C 市的周公领导外，就是在华刚和泰山的领导下，进行潜伏和情报传输工作。

　　上次重伤回到解放区后，楚天舒见到了泰山同志的真面目，他安排楚天舒到苏联治病事宜，并专门说明是周公指示由他负责完成的一项任务。

　　这次华刚专程来见楚天舒，不但和周公有关，还和楚天舒的工作安排有关联。

　　原来，华刚目前是湖南某地 703 研究所的所长。703 研究所表面上是一个电讯技术研究所，其实还承担着破译敌台密码的重要任务，属于部队编制的绝密单位。

　　新中国刚成立，大量潜伏的特务和海外的敌对势力联系密切，他们重要的联络手段就是电台，密码破译任务就成为重中之重的一项任务。根据楚天舒的个人条件和革命经历，他无疑是这方面难得的人才。在他从苏联回国后，就多次向组织提出申请，希望能安排工作。华刚得知此讯，自然是欣喜万分！虽然他和楚天舒未曾谋面，但是多年的情报合作让他对楚天舒的能力和觉悟倍加赞赏。他向上级部门提出了申请，希望在楚天舒身体休养较好后，能将他调入

703所工作，担任总破译师的职务。

不料正常的政审出了问题，竟然到处找不到楚天舒的入党记录！华刚多次和泰山同志联络，但是对方也无法直接提供楚天舒的入党证明材料。

华刚并未气馁，他决定要到北京有关部门找到相关证明，实在不行，他甚至和泰山同志相约，联合为楚天舒做出党员身份说明，将楚天舒当年的工作情况形成材料，上报上级机关审核。

正在此时，柳暗花明又一村。北京方面传来喜讯，楚天舒的党员身份已经搞清楚，周公亲自做了说明，而且有亲笔批示——楚天舒同志"是一个没有办理过正式入党手续的共产党员，他的行动是对党的最忠诚的誓言"。

这究竟是怎么一回事呢？华刚和泰山同志也是百思不得其解，后来才知道了其中的秘密：原来这一切，都是由楚天舒身边的两个下属之"大胆所为"。

原来，前一阵得知楚天舒政审出了问题，党员身份无法证明，从而不能到秘密单位工作之事后，楚成和言涛都为他抱不平，尤其他们看到楚天舒听闻此事后备受打击，以至于晕厥在床的情景后，两人更是心急如焚。

言涛想到了向上级申诉这条路，而楚成则意外记起了一个玄机。

这次楚成受楚天舒指派去北京见江静舟、沁梅等人，给他们带去自己病故消息，楚成曾在北京逗留了几天，见到了许多东北起义时的老上级老战友。其中封正烈是他前去拜访的老首长之一。

当年因为是郑域国司令的卫士营营长，楚成和封正烈较为熟悉，此次他听说封正烈由香港回到北京，就专程前去探望他。在聊天时，封正烈无意说起了，此次是周公特邀他回来参加政协会议，并担任政协委员一职。临别时，念旧的封正烈还给楚成留下了联系方式。

此时，联想到言涛悄悄说出的秘密——楚天舒当年是周公亲自发展的秘密党员一事，楚成和言涛私下商议后，由言涛执笔写了一份申诉材料，楚成亲自将这封信封好，寄给了封正烈，请他找机会直接递给周公。

两个小人物的材料竟然得到周公的重视，这才有了上述的证明文件和批示，并转到泰山同志处处理。

华刚在和楚天舒详细讲述了组织上对他的工作安排后，又感慨万分地和他说起了他的两个随从此次的"大胆之举"："天舒啊，想不到咱们这样见面了？你这两个手下不错，敢作敢为的，阴差阳错地提前帮助我们解决了一个大难题啊！"

楚天舒的心中早已为这个难得的喜讯填满了——我又能为党工作了！他几乎没心思留意其他话题。他心潮澎湃，激动无语，片刻才忍住一汪热泪，低声道："想到从此能为党开始工作了，我……我实在除了是兴奋……还是兴奋……"他哽咽难语。

华刚忍不住拍拍他的肩膀："别激动，别太兴奋，当心身体！天舒啊，我刚才问过院长了，你的身体还没有完全恢复，我建议，再给你半年休养时间，把身子养好了，再好好投入工作。"

"不，华所长？我的身体已经好多了，您不知道，这卧床的两年多时间，把我快憋闷坏了，我真想马上投入工作中去！我的病如今也是慢性病了，我可以慢慢休养，边工作边休养，这样一来，心情好了，说不定恢复起来更快呢。"楚天舒抬起头，祈求般看向这位老领导，脸上挂了孩童般的笑意来。

华刚笑着摇头："那不行，最起码你还需要再休养三个月，这已经是医生们说的底线了。"

楚天舒生就不是个别扭性子的人，和领导较劲更非他之强项，此刻他唯有低头不语、黯然伤神的样子。

华刚看出他的抵触情绪，忙将手搭在他肩上，耐心劝道："天舒啊，你别急，刚才我和你说到了，这次你所担任的，是一个非常重要的工作，健康，你的健康，目前有多重要？要知道，这关乎革命工作，你一定要充分重视起来！眼下，你要将治病养病和为党工作这两点结合起来，不可掉以轻心。我希望，你能早日以一副好的身体，走到这个重要的领导岗位上来。这也是很多人的希望！很多……你的老领导们……你应当懂！"

楚天舒听了老领导这番语重心长的话语，感动地点点头。当华刚进一步告诉他，经过组织审查认定，一直跟在他身边的楚成是宽城起义人员，而非先前认定的国民党投诚人员，所以也将随他调入703所工作，可以作为他的助手，以便照顾他的身体和生活时，楚天舒心下更加感到宽慰。

看到楚天舒的情绪逐渐平静下来，华刚将随他来的秘书小张叫了进来，楚成和言涛也跟着进了病房。华刚接过小张从随身带的包里取出的一件东西，郑重地递到楚天舒面前。

竟然是一套崭新的解放军军装！

楚天舒咬紧牙关，忍住澎湃的心潮翻滚，也就忍住了又一次奔涌到眼眶中的泪水，默默无语，双手略微有些颤抖地接过了这身军装，华刚体贴而温情的话让所有人也动了情：

"天舒啊，这身军装是专门带来给你的！我们是部队编制，但是因为工作身份特殊，大家平日里都是着便装，可是我明白你的特殊心结，你一定是很渴望有这样一身我们军队的军装吧？"

他回头看看楚成和言涛："你俩也是军人，当年在解放区就经常穿着咱们的军装，可是……听说当时天舒回归咱们队伍时是重伤卧床不起，那么他一定还未有机会穿上咱们自己队伍的军装？"

他深情地望着楚天舒："我们都理解你的心情。送上军装，再代表我们703所全体人员，代表咱这些老领导，老战友，郑重说上一句——欢迎你的归队，天舒同志！"

在场的所有人都被华刚这番话打动了，楚天舒终于放弃了内心的挣扎，在外人看来，是少有的放纵了一次自己的情感，他将头深深埋在军装里，失声痛哭起来。

华刚所长等人离开后很久，言涛和楚成还陷入在激动和兴奋的情绪中，他们的心情是那样的舒畅，不仅是压在心头许久的那块大石头落地，而且此事还有如此意想不到完美结局，自然是意外之喜，两人在楚天舒面前叽叽喳喳，手舞足蹈，有点得意忘形起来，却看到楚天舒望着他们，表情严肃、沉默不语的样子，不由都愣住了。

还是言涛先想起这件事的起因——他们没经他同意，越级向上级提交申诉材料的胆大之举来，心里紧张，忙拉了一下楚成，对他使了个眼色。

楚成也明白过来，和言涛对视一下，压抑住喜悦，换了一副愁容满面的样子出来，嗫嚅着："七哥……对不起！我们没经过您的同意，就擅自行此大胆之举，实在是……胆大妄为，无组织无纪律，目无领导，不尊重上级，无规无矩，无法无天，最起码说，从私情上面讲，也是不尊重自己大哥的意愿……总之是犯下了严重错误……我们……很惶恐，七哥，您要打要骂，冲我来好了，都是我的坏主意，言秘书没责任！"

"不！我也起码是……胁从犯吧？"言涛也是一副犯了错误的悔恨之态，"是的，我们都知道错了！您上次在江边说的那番话，更让我们明白自己肯定是做错了！您放心，一定不会有下次了！我们保证，拿党性原则……来保证！"

"是的，七哥！您只管狠狠批评我们好了，就是自己别气着身子就好！"

"是啊是啊！还有就是……人家华所长都说了，让我们和您一起去703所工作，您……您可别因为这事……不要我们了……不让我们跟在您身边了……"

他们争先恐后认错，又急于辩解的这番话，让楚天舒绷不住严肃面孔了，他扭脸偷笑起来，然后勉强正色道："看来你们一点都不糊涂呀？心里很清楚自己做事的后果和严重性嘛？"

他忍不住感叹道："我何尝不知道你们这份苦心，你们对我的这份情谊？只是……好了，不说了，一切都是定局了，还是你们最希望看到的结果，也是对我最大的成全！我要是再忍心责怪你们，就不近人情了！不过，我还是想说一点，让咱们共勉吧！"

"您说您说，我们听着！"楚成和言涛异口同声说道。

"以后咱们做任何事，都要记着首先把党员的准则放在心里，将组织利益放在前头，不必太计较个人得失，更不能时时刻刻为自己的小我利益斤斤计较！唉，这个说起来容易，做起来很难，让咱们一起努力吧！"楚天舒真诚地说道。

"明白了，您放心吧，这次的事情，保证下不为例！"言涛郑重地表态。

楚成心里是根本压抑不住兴奋和激动之情，他打心眼里为楚天舒感到高兴，所以看到他目前已经是放松状态，忍不住逗他："七哥，我们都记住了！哦，不，是楚总工！还是楚处长？我们以后该如何称呼您呢？"他笑着拿华刚刚才提到的楚天舒的新任职务开起了玩笑。

"又这样没正形起来？唉，楚成你……"楚天舒脸唰地红了，他掩饰着捂嘴咳嗽了几声，却正好被端着一碗药进来的杜鹃看见，她忙将药碗递给楚成，上前为楚天舒拍着背："楚大哥，您今天上午也坐了很久了，快吃完药赶紧躺躺吧？"

楚天舒温和地笑笑，顺从地喝了药，躺下休息起来。

晚上，楚成独自守在病房，看到楚天舒仍不时看看放在枕边的那套新军装，用手摸摸，然后孩子气地抿嘴笑着，自己沉浸在遐想世界的样子，理解地笑："七哥啊，我真想看到您穿解放军军装的样子！"

楚天舒没有接他这个话题，看着他一小会儿，微微叹息道："唉，亏你还笑得出来呢？你竟然去求助了封正烈参议……唉，楚成啊，你这分明是将我还活在人世的消息告诉了她啊！"

楚成一时想起，忙狠拍了自己脑袋一下："我……我一着急，倒忘了这个茬了！"他又辩解道，"不过，您现在身体好多了，马上又要走上新的工作岗位了。即使让她知道了这个消息，也不一定是坏事吧？"

他凑近楚天舒，笑笑："七哥，那个沁梅姑娘真的和您好般配！这段姻缘，您估计逃不掉呢？"

楚天舒摇头："我自己的身体状况我最清楚，一切并不像你们想的那样乐观！如今的楚天舒早已不是当年那个楚天舒……我真的不能拖累到她！此事已定，你不必再多说了。"

楚成看到他露出少有的别扭固执神情，不敢继续说下去了。

三个月后，楚天舒不顾院长和胡彬医生的反对，执意出院去湖南。当他准备离开医院的时候，才惊异地发现，随行人员中竟然有杜鹃！

看到他疑惑不解、纠结不安的神情，杜鹃顽皮一笑："其实我三个月前就知道啦，我会和您一起调往湖南工作！这个是上级领导的决定呢。楚大哥，您去问问院长就知道了呀！"

看到楚天舒带着困惑的表情去院长办公室了，杜鹃对楚成和言涛得意地笑笑："咱们以后就是同事了！"

"怎么还要带上你这样一条小尾巴？真烦！"楚成故意丢给她一个白眼。

"你才是尾巴呢！"杜鹃横他一眼，"楚大哥都说过的，我和他是有缘分的！"

楚成也回瞪她："你才是胡说八道，七哥咋会说出这样的话来？小丫头片子，自我感觉倒良好！"

杜鹃很不服气，气呼呼地问言涛："言秘书，你帮我作证啊。那天我第一次来见你们，楚成有事不在楚大哥身边，你可是在他跟前的！那时楚大哥是刚来我们医院，还躺在床上不能动的时候？他说过我们的缘分，有关我的名字？"

言涛记起来，只好为她作证道："哦，这个倒是真的。当时杜护士被派到大哥身边担任特护，大哥问到她的名字来，她说叫杜鹃，是一种花的名字，也是一种鸟的名字，杜鹃鸟。大哥就开玩笑说，怎么这样巧？他当年做地工时，他们这个系列的战友们的代号就是以各种鸟来命名的，他曾经叫鸿雁，也叫过云雀。"

"怎么样，我没胡说吧？我就是和楚大哥有缘分！我要跟在他的身边，我要照顾好他的身体。院长说了，他是有着特殊本领的人，他的身体对革命工作很重要。嘁，楚成，你懂啥呀？不但不是学医的，从你对同志的态度来看，政治觉悟看来也不咋的！"杜鹃摇头哂笑道。

楚成正要再说，却见楚天舒回来了，对众人解释道："小杜护士是调入 703

所担任医务工作，也是为充实那边的医疗力量。这是华所长的安排。"

"而且我还同时担负一个很重要的任务，就是照顾好您的身体！"杜鹃认真声明道，楚天舒尴尬笑笑，心底暗暗叹了口气，不再说什么了。于是几个人很快踏上了奔赴新单位的征程。

楚天舒和楚成担心的问题终究未曾发生，封正烈五十年代初期在北京参加了政协会议后，曾因为陪夫人治病到香港去住了一段时间，而江静舟那时又远在金城，所以楚天舒还健在的消息始终未曾被沁梅得知。

第七章　喜闻重生

　　爸，我要去守护他，一如当年他无数次爱护关怀我那样！疾病算得了什么？死亡也不曾把我们分开！我要和他共渡难关，这次我是他的守护神。相信我，爸爸！

　　1951 年底沁梅从朝鲜回国后，就投入到紧张的工作中。她和萧海一直保持通信往来，关注着萧海和宁松在朝鲜前线的生活和战斗情况。萧海在每封来信中都巧妙地暗示了自己对沁梅的爱恋和追求之意，沁梅为了安慰拼杀在遥远的异国战场上的战友，没有正面回应拒绝，而是含糊应付了事。

　　热情奔放而霸气十足的萧海在每封信的结尾，都会加上这样一句话：可爱的姑娘，一切等我从战场归来……

　　善良有爱的沁梅总是这样在信中回答他：啥都别说了，冀大团长，首先你必须活活泼泼、健健康康地从战场归来！

　　于是，萧海觉得自己和心上的姑娘就有了个美好的约定。

　　凯旋的日子终于到来。1953 年夏季，萧海和宁松双双带着"战斗英雄"的光荣称号荣归祖国。他们跟随英模代表团来到北京，受到领袖的接见。

　　江静舟正巧到北京出席会议，已经好几年没见过儿子宁松的沈琬是特地请假从工作单位广州赶来北京，于是一家四口风雨几十年，迎来第一次团聚。

　　虽然江静舟和沈琬早已经离异多年，但是一双儿女矗立眼前，这四口之家依然温馨如旧。看着高大英俊的宁松，分明已经是一名成熟稳健的青年军人形象，江静舟和沈琬都倍感欣慰。江静舟尤其满意，他曾经书生气十足、儒雅有余、勇猛不足的儿子，经过异国战火的洗礼，如今已然成长为一名刚劲英武、霸气勇气加身的我军基层指挥员，一名名副其实的职业军人。

沈琬也感慨于女儿的变化。眼前的沁梅变得温柔而细腻起来，往日青涩倔强、孤傲炽烈的女孩，如今有了文静柔和的模样，她经常带着温和沉静的表情，坐在一旁，看着父母和弟弟在热切地谈论着，不发一言，只是露出淡淡的微笑。

　　沈琬直觉女儿一定是有了一段稳定踏实的感情经历，她从宁松的家书中得知了萧海的情况，心下十分满意，尤其当这次见到了萧海本人，沈琬几乎一下子就喜欢上了这个英气逼人的男孩，他的开朗热情性格，他对沁梅不加掩饰的爱慕之情，都让沈琬感动和欣慰。尤其她听宁松动情地讲述了朝鲜战场萧海舍命救沁梅的那次经历，更是心生爱意。宁松发现，母亲看着萧海的样子，分明已经是丈母娘看女婿的神态。

　　江静舟也欣赏萧海。这次当宁松将自己的上级，自己的军中偶像——荣立个人一等功的英雄团长萧海领到了父母面前时，不过短短的接触和交谈，江静舟就惊异地发现，眼前这个年轻军人像极了自己的青年时代。宁松是自己的儿子，他的相貌是公认的像自己，但是宁松的性格却和自己大相径庭。而萧海的性格，竟然奇妙地很像自己——倔强、勇敢、执着、大胆……甚至是由于特殊的自信和刚强，以至于展现在别人眼中口中的毛病——激昂狂狷、跋扈霸气……江静舟明白，这样性格的男孩，实在是很招惹异性的倾心爱慕，何况，这位眼下被各种荣誉光环笼罩着的青年团长，除了睿智豁达、霸气外泄的性格特征外，还有着健康阳光、帅气逼人的外表英姿。

　　"萧海的确优秀。这样的男孩子，很难让女孩抑制住芳心暗许！"当听到沈琬说出从宁松那里听来的，沁梅和萧海在朝鲜的一段经历缘分后，江静舟由衷地感叹道。

　　沈琬也赞同着："他又碰巧是萧岳的亲弟弟！如果从此让沁梅彻底走出感情的低谷，拥有这样一份踏实完美的爱情，我们也就能够放心了！"

　　但是很快沈琬却又揪心起来，因为她在和沁梅谈过一次心后，发现女儿是心坚如冰般固执。

　　"妈妈，请原谅，我知道您和爸爸都为我的感情经历操了不少的心。是的，我也看出来了，您，和爸爸，甚至是宁松，都希望我能开始一段新的感情生活。而且，现在就有一个大家都满意的对象杵在那里……萧海！我承认，他很优秀，优秀得甚至我有时都会去仰视他……我也看出来他对我的一片真情！就在昨天，他和我明确表示了，希望能和我确定关系……"

　　她微微叹口气，认真地看着自己的母亲："可是，妈妈，我不能欺骗自己的感情。眼下在我的心里，还装不下别人，天舒哥的影子还满满地充溢在我的心中！我总有种幻觉，他并没有远去，似乎在某个地方生活着，在等着我……妈，原谅女儿，原谅我还要让您继续操心下去！我现在还无法接受任何人，我还有没有为天舒哥办完的事情。”

沈琬将这番话告诉了江静舟，江静舟理解地点头：“我明白孩子的打算和念想！”他于是和沁梅主动谈到以前她计划给天舒在他的老家南京修建纪念墓的事情。

沁梅感激地望着父亲：“爸，明年清明吧！等到那时，我会重新整理一下自己的情感，我不知道会是怎样一种结果？也许我会埋葬一段感情，让自己的心再次活过来？也许将我的爱情和心永远封存在那个地方……”

她看着父母：“爸，妈，请允许女儿不孝地固执一回，让我自己决定我以后的生活，以后的情感归依吧……”

江静舟默然，沈琬伤感。

沁梅自然把这种想法明确告诉了萧海，没想到萧海竟然毫不气馁，没有露出一点颓丧的样子来。他咧嘴微笑，露出整齐洁白的牙齿来：“那么算上我一个！明年清明节，我也和你一起去为天舒兄建墓。你是知道的，他也是我的兄长，是我曾经生死与共的战友和手足，如果能为他做一些事情，我会很开心！想到他在南京和我一起做地工时，对我的百般爱护和照顾，我就很感慨，很多时候，我把他和萧岳哥看成了一体。是的，他也是我的一个哥哥，我的亲人！”

沁梅黯然：“你说得不错，天舒哥他就是一个永远把别人想到他前头的人，他总是把痛苦留给自己，默默咽下，然后笑对他人。萧海，你了解了他的一切，就应该能理解我和他之间的感情？我想你当能体味我的感受？一想到天舒哥，我何时何地都是心疼心碎的感觉！我想，我已经不可能再坦然接受任何一种新感情……所以，原谅我，萧海！”

萧海唇边挂着理解的微笑，用亮晶晶的眼睛看着她：“当然，沁梅，我想曾经相似的身份，共同的经历，让我能懂他，也能懂你，懂你们！我说过，我会尊重你的意愿和想法，不会勉强你接受一份感情。但是沁梅，我也不想隐瞒自己的想法，你也应该理解和尊重我的做法，你无法阻止我的情感宣泄和释放，那就是，我想坦率地告诉你——我爱你，我会这样一直……等你！让时间来决定一切吧。对的，时间是最好的裁判者，让它来裁决一切！”

沁梅看着他执着倔强的面容，既心酸感动又纠结无奈，只好摇头叹息："你这个……傻子！"

一切转机来自于两个月后封正烈的回京。1953 年秋天，封正烈和夫人回到北京定居。年底，又正值他六十大寿，一些昔日的部下和老友纷纷为他贺寿，江静舟利用来北京出差的机会，也和顾倾城赶来和他们相聚。

聚会中，当封正烈无意中提到楚天舒还健在的消息时，江静舟大吃一惊！

封正烈也吃惊于他们似乎都不知道这个讯息！江静舟拉住他，详细询问楚天舒的情况，封正烈知道的也并不多，只是隐约得知楚天舒离开东北后，去了湖南一个军事部门工作。

但是他告诉江静舟一个令人振奋的消息：过两天，在湖南某部队工作的许若飞会来京看望他，而许若飞也许会有楚天舒的消息。

因为和沈琬联系紧密，知道沁梅和萧海现状的顾倾城有点着急起来。她劝说江静舟先不要把这个消息告诉同样在京的沁梅，毕竟还没得到楚天舒的准确消息，何必让沁梅再次经受情感的风暴？对于这个可怜的刚刚爬出情感沼泽的女孩，作为长辈们，应该替她遮挡一些风雨……江静舟闻言默默点头。

两天后，许若飞的到京，揭开了一切秘密。

原来楚天舒任职的 703 研究所，也正是许若飞的工作单位。

1951 年秋天，身为 703 研究所保卫处处长的许若飞接受了一项任务：一名著名电讯专家将要从东北来这里工作，具体职位是 703 所的总工程师兼电讯处副处长。许若飞负责他的接待工作。

得知这位专家名字竟然叫楚天舒，许若飞心中震惊万分，他在想是否是同名同姓的一个人？但是当他在长沙车站迎接到东北来客时，却惊异地发现，正是自己难以忘却的那位故人！

当面带病容、身形瘦削得有些脱形的楚天舒出现在许若飞的面前时，两个当事人都呆住了！时间在那一刻仿佛凝滞不动，四目相对，泪水滑落，然后是久久地相拥在一起。

"天舒？天舒！这一切是真的吗？你还活着啊？太好了，实在是太好了！"许若飞热泪横流，他搂着楚天舒的身子，直觉他瘦削得让人心疼，"可是……你怎么瘦成了这个样子？你的伤？"

楚天舒也擦了擦泪水，强笑道："若飞？竟然是你吗？是的，都怪我，当时伤病沉重，几乎不起，我是怕你们担心，所以竟然违心地编造了自己逝去的谎言……却不料，我们还能如此相见？若飞啊，我也实在是高兴！"

"不仅是相见，以后咱们还是一起工作的同事呢！"

"是吗？太好了！我……我都不知道该怎样表达我的心情了！总之，若飞，太好了！"

此刻，在北京，许若飞和封正烈、江静舟等人回忆起自己和楚天舒在湖南重逢时的情形，想着当时那样的情景，众人都感慨不已，一边坐着的顾倾城，早抹开了眼泪。

许若飞继续讲述着："后来，我才明白天舒的情况，他当时的病体并未恢复，只是稍稍好转了一些，他就迫不及待来到新的工作岗位。组织上原本安排他担任总工程师兼电讯处处长，但是他考虑到自己的身体状况，为了专心研究电讯业务，执意辞让了电讯处处长一职，只兼任副处长。"

"但是他的工作任务依然很重，他又是一个工作起来不要命的人，这两年来，他的病体就不见好转，一直是边休养、边强撑病体坚持工作的状态。他几次晕倒在办公室里，每次休养几天，就又回到办公室里来，就是华所长也拿他没办法。有次，我去苦劝他要当心爱护身体，他苦笑着对我说了实话——若飞啊，老实和你说吧，我自己的身体我清楚，也许坚持不了多久了…… 只当还愿好了，你就让我为党再多做一些事情吧，一些我力所能及的事情。你看这煌煌的新中国，新社会，前景多迷人啊！可是我的身体太不争气了，竟然不能让我为她——咱们的母亲，咱们的国家做更多的贡献，我实在是不甘心呐！"

许若飞说到这里，泪水滚了出来："这个工作起来不要命的拼命三郎，就这样病病歪歪地坚持着，却不料……"他难过得说不下去了。

"怎么了？天舒他如今……？"江静舟和封正烈等人都是忧心伤感地问道。

许若飞擦去泪水："就在上个月，他又一次晕倒了，这次病发严重，他竟然昏迷了一周才醒来！如今情况很不好，几乎吃不下任何东西，连床都下不了了…… 医院下了几次病重通知书，我们那里的医生们都是束手无策了，说是他目前的状况，不过是挨日子罢了……华所长急了，通过总部联系了北京一名专家，这次让我将他的病历带来会诊，再看看有无可能请一位医学专家到我们那里去……"

众人听了，心情都格外沉重。封正烈忙和许若飞商量起请专家会诊的事情。

诸项事宜安排好后，许若飞将江静舟拉到一旁，面带为难之色："大哥，我知道您一定会埋怨我没早将天舒健在的消息告诉您，我也是没办法啊！从和天舒第一次见面开始，他就反复叮嘱我，不能将他还活着的信息告诉您和……您周围的人。我明白，他就是怕让沁梅知道这个消息！要知道，如今的楚天舒，已经不复以往那副容姿勃发、英气逼人的形象！眼下的他，是一个缠绵床榻、病骨支离、行动都需人扶持的病弱之人！有一次，在他的病床前，他伤感地对我说，他的病，当年苏联专家就有过定论，是无法治愈了，而且此生不能再过上健康人的生活，他的生命甚至随时会戛然而止。他绝不愿意拖累沁梅，而且更不忍让她再次经历有可能失去他的痛苦！您是了解天舒个性的，也是明白他的经历和所受到过的特殊训练的，他外表随和恬淡，可是内心刚强如铁！我拗不过他……可是，我也实实在在了解沁梅对他的一份深情，我真的好为难。"

　　他长叹一声，看着江静舟严峻的脸色，继续道："如今天舒病情危重，我实在不忍心继续瞒下去了！是否让他们再见上一面？也许会是最后一面了……不过想想沁梅经历的那些苦楚，这等于是让她再次陷入情感的苦海中，我也不忍！一切由您来决定吧！"

　　江静舟无语相对，只是默默点点头。

　　许若飞没来得及参加完封正烈的寿宴，就陪同医学专家匆忙赶回湖南。

　　江静舟挂念楚天舒的病情，原本准备即刻赶赴湖南去探望他，却不料接到自己所在军区的电报，有重要任务需马上赶回金城。

　　沁梅和宁松买了很多北京特产，来招待所送别父亲和顾倾城姑姑，萧海也来了，他即将赴南方军中任职，也是来向江静舟等人辞别的。

　　顾倾城似乎看出了江静舟的心思，悄悄将他拉到一边，私语道："哥，你可千万别把天舒还活着的消息告诉沁梅啊！我昨天和沈姐通了电话，我们两个意见都一致。你为沁梅想想吧？这孩子有多可怜，为了天舒的事情，几年了，都走不出感情的阴霾来！好容易现在逐渐走出过去的情感阴影了，又有幸遇上这样阳光健康、体贴深情的萧海，你怎么能忍心让她再经受一次情感的磨难呢？"

　　她看着江静舟，泪水滚落："我虽然不是孩子的亲姑姑，可是我们共同经历的太多，自有一份感情在呐，我是好可怜沁梅！那天许若飞说起天舒的现状，你是清楚的，他如今又是挣扎在死亡边缘……如果让他们见了面，天舒再有个好歹，你还让沁梅活吗？这好比拿一把刀子，第二次凌迟她的心！你是她的亲生父亲，又怎生忍得？"

听了她的话，江静舟一声长叹，眼眶也濡湿了。

顾倾城拉住他的手，用劲摇了摇："哥，算我求你了，我也替沈姐求你了，千万别对沁梅提起这个！萧海马上去南方任职了，我听宁松悄悄告诉我，萧海在暗暗做工作，将沁梅也调过去，这样，他们也许会有一段美好的婚姻……这对沁梅来说，可能是最好的结果了。"

"那么天舒呢？你们想到过天舒如今的状况没有？此刻他身边没有亲人，就一身伤病，孤零零地躺在那里，躺在遥远的那个地方！一个正当年华的有为青年，在绝望中默默等待死亡的来临……一想到这里，我的心就像刀割一般痛啊！"

江静舟叹息着："你刚才说得不错，我们共同经历的太多！天舒也是我们的亲人，我现在实在想一步就跨到他的床前，给他以安慰，给他以亲情的爱抚！久病之人，他的心底有多伤感，有多悲哀，有多无助？我们能真切体味到吗？"

顾倾城点头："这个我和沈姐在电话中也商量过了，我提了个建议，你不妨听听？你看，你如今军务在身，无法赴湖南探望天舒，目前沁梅也不宜去，我毕竟在解放区学过几天医，不如我代替大家走一趟，去探望照顾病中的他。你放心，我会像对待自己的亲人一样，去伺候服侍他，只当为你尽责，为沁梅……"

江静舟看着顾倾城真诚的眼睛，微微摇头："我知道你的善意，也明白你和沈琬的意思，更理解你们作为沁梅的母亲和姑姑的想法。你们对她的关心和爱护我能不知道吗？不过小薇，爱情这件事情，远比亲情更微妙和不可捉摸。我认为，沁梅有权知道真相，无论从哪方面讲，沁梅都有权知道真相！至于她如今的抉择，是天舒还是萧海，让我们遵从她的意愿吧。"

"你真是天下……最狠心狠意的父亲！"顾倾城无奈地瞪他。

出乎所有知情者意料之外，这件事情对于沁梅来说，不存在"抉择"！

当听到父亲讲述了楚天舒的消息——他还活着，但病势危重，又几乎是危在旦夕时——沁梅觉得自己再次经受了冰火两重天！

他果然还活在人世间！老天，真好！真好！沁梅觉得自己的心都不跳动了，她用手狠狠按住心脏，将脸深深埋在臂弯中，久久不能抬起。

江静舟上前抚摸着女儿的秀发："我知道你的心情，孩子！可是你也要有充分的心理准备，天舒他如今……几乎只剩下半条命了！他的病情很重……也许会……有些事情，爸爸选择这时候告诉你，就是想让你有一个抉择，一个遵从自己内心的选择……我知道目前萧海在追求你，你对他也有一份感情在……"

他扳起女儿的脸，认真凝视着她的眼睛："丫头，你是坚强的，也是成熟的，很多事情自然会有自己的选择。是的，现在的情形是：一边是病卧床榻，生活几乎不能自理的天舒，一边是健康阳光、深情脉脉的萧海，究竟如何取舍，你自己拿好主意！"

沁梅看着父亲关切的面容，坦然一笑："爸爸，谢谢您，谢谢您告诉了我这个消息！您终究是懂我的，您知道女儿最深切的想法！可是……"

她对着父亲微微摇头："您又不够懂我！您难道不知道，您刚才所说的问题，在我这里就不存在吗？选择？取舍？不，不！不存在什么选择！更不存在任何取舍！天舒哥就从未走出过我的内心，谈何选择？谈何取舍？"

她坚毅的神情让江静舟熟悉而感慨，她的话语仍然是那样幽然却坚定："至于他的病，他的将来……我不在乎，我在乎的是现在还活着！我在乎的是，我怎样能尽快赶到他身边？"

说到这里，她几乎猛然醒悟般地跳了起来："是的，爸，我要马上去湖南，我要去见他！见我的天舒哥！"

她的眼里溢满不容置疑的自信光芒，照得江静舟心中也瞬间燃起了希望。

"爸，我要去守护他，一如当年他无数次爱护关怀我那样！疾病算得了什么？死亡也不曾把我们分开！我要和他共渡难关，这次我是他的守护神。相信我，爸爸！"

江静舟无比感动和欣慰地点头："丫头，爸懂你，也相信你，更支持你！沁梅你永远是爸爸的骄傲！"

沁梅用最快的速度向单位请了假，买了去湖南的车票，她决定马上赶去那里，赶到那个病危人的床前。她拒绝了顾倾城想陪她一起前往的建议，但是却无法拒绝另一个固执的人和她一起去湖南——一个和她一样倔强的人——萧海！

"沁梅，听我说！我已经向将去报到的单位打电报请了假，我也要去探望一下天舒兄。我记得我对你说过我和他之间的感情，之所以和你同行，你只当碰巧了好吧？我保证绝对不影响到你……你和他！你去见你的天舒哥，我去探望我的天舒兄，咱们互不相扰。谁也无权阻止别人的行为，不是吗？"

　　看着他脸上童真般的明朗笑意，沁梅无言以对，只是无奈而幽怨地盯了他一眼，轻轻摇头。

　　"唉，沁梅，很遗憾你终究还是不能懂我！其实，我觉得，你应该相信我……"萧海幽幽地叹道，两道剑眉微微蹙起。

　　两人结伴踏上了征程。

第八章　咫尺难见

楚天舒虚弱无力地陷身在杜鹃的怀中。要在以往，遭遇这种情形，只要自己还有一丝力气，他都会理智地尽量摆脱她的这种亲昵举动。但此刻的他，只是安静地躺着，任由女孩温柔的手掌一下下轻抚过他的胸膛。这种情形，看在外人眼中，仿佛这就是一种常态，她是习惯性地关爱他，体贴他，服侍他，用她浑然天成、无所顾忌的爱，帮助病弱无助的他，就这样一次次度过他的病痛时刻。

楚天舒半倚在病床上，身后垫着被子，他手里拿着一叠电文纸，在为床边的两个年轻人讲解着："这个密码翻译的错误，还是出在秘钥上……我记得上次和你们说到过的，有关对称密钥与非对称密钥的问题……"说到这里，他突然呛咳起来，而且越咳越烈，有止不住的情形。面前的两个年轻人忙上前扶着他，为他捶着背，担心地问道："楚总，您怎样了？先歇歇吧！"

正端着一碗中药进来的杜鹃看到此情形，忙放下手中药碗，接过两人的手，上前扶住楚天舒的身子，用劲为他捋背，好一阵，他才平复下来。她扶他半靠在被子上，从他的手边抢过那叠电文纸，语气强硬地说道："我就没见过像您这样不守纪律的病人，更没见过比您更不爱惜自己身体的人！"

她回头望着两个年轻人："小李，小陈，我也曾和你们说过多次了，如果你们还想让你们的楚天舒总工，让你们的楚副处长能有更多的时间和机会教导你们，给你们讲解，解决难题，就该知道首先要保住他这条命吧？"

这话说得很重，两个年轻人脸红了，都低头不敢说话，楚天舒心里不安，忙辩解道："小杜，你这是做什么？不怪他们，是我硬把他们叫来的，是我的责任！"

杜鹃幽怨地看着他，眼中已是满含泪水："您知道您现在都病到了什么状况吗？您多少天都没好好吃上一顿饭？您现在虚弱得连床都下不了了，可是您……居然还在谈工作……您觉得自己的命真的是一钱不值吗？"她的泪水夺眶而出。

小李和小陈惶恐地站起身来，对楚天舒道："楚总，杜护士说得对，您是应该安心养病的！都怪我们……实在是不应该再打搅您的，我们先回去了。"

楚天舒无奈点点头，示意他们拿走那叠译电纸："你们回去就按刚才我说的思路再译一遍，然后再请吴处长帮忙看看。"

看着两个属下默然退出，楚天舒不好意思地回望杜鹃，强笑道："好了，小杜，我知道你是担心我的身体，我下次一定注意，一定改，好吧？"

杜鹃扭过脸，擦着泪："下次？下次……您都给我承诺了多少次个'下次'了？我一次次相信您，最后换来的，就是您的身体每况愈下，您一次比一次凶险的晕倒，昏迷！楚大哥，我真的对您失望极了！"

她好看的俏脸上，挂满对心中敬爱仰慕之人的痛惜之情："我对您的这种不要命的劲头早都绝望了，甚至是麻木了！我真的好后悔，后悔跟着您来到这里！"

"我……"楚天舒心怀愧疚，说不出话来，又一阵呛咳袭来，他俯身咳喘着。杜鹃摇头叹气，忍不住上前为他轻轻拍着背，摸着他高高耸起的瘦削的脊背，她的泪水怎么也止不住，擦不尽："早知道您这样不爱惜自己，我何必跟着您来这里？看着您受罪，我更受罪！看着我最……敬爱的人一天天……我……我的心都……已经揉碎过几回了？"她抽泣难言。

楚天舒慢慢平息下来，忍悲含愧劝解道："对不起，小杜……真的是我的错，是我的身体太不争气！不，是我自己太不注意了，我接受你的批评。从今天起，我好好休息，绝不碰工作了，我保证！小杜，你别哭了，你哭得我心都碎了……"

杜鹃心里最大的痛就是楚天舒的身体状况，目前他几近灯枯油尽之势！

多少次，已经分明暗恋上他的杜鹃一夜夜失眠，她不敢想象楚天舒有天离去后，自己如何承受？可是更痛苦的是，自己这片芳心却无法对他言说！年轻的杜鹃心痛纠结难忍，暗中流泪，就成为她这大半年来的常态。

——我要守护他，贴心照顾他，哪怕到了他生命的最后一刻！这是什么缘分？我也说不清道不明，我只知道的是，他是我此生第一个爱上的人，也是我终生难忘的一个亲人！

每当楚天舒昏迷不醒或者熟睡时，杜鹃就这样守在他的床边，握着他的一只手，看着他因为病痛折磨变得瘦弱凹陷，却仍不失清癯俊雅的脸庞，这样痴痴地想着，念着。

此刻，看到楚天舒苍白虚弱的面容，他的脸上挂满羞愧的神情，他在喃喃自语般认着错，杜鹃不忍心继续和他赌气下去，她擦去泪水，将那碗药端着走到床前。

楚天舒撑起身子欲接药碗，被杜鹃伸手拦住："快躺着别动，我来喂您。"

看着小姑娘泪痕犹在的脸，楚天舒苦笑一下，顺从地配合着，由着她喂自己喝药。

许若飞走进病房时，杜鹃正好喂完最后一勺药，端着碗离开了。

当许若飞语气艰难地讲述了一个消息——自己刚才接到了江静舟的电话，沁梅明早就会到这里。楚天舒听了先是一愣，接着就面色凝重，沉默不语起来。他那两道秀气的眉毛紧紧锁着，微抿的嘴唇现出一丝强硬执拗的神情来。

许若飞带点担心和愧疚的表情看着他的脸色，轻声劝慰道："天舒，我知道你一定在生气我将你还健在的消息告诉了他们？可是我总觉得这事终究是瞒不过去的！依我看，你和沁梅自然有种缘分在。你知道吗？当她听闻你还活着的消息时，几乎是喜极而泣，欣喜若狂！又听说你卧床不起，她第一时间就赶过来，要看望你，照顾你！天舒，你真的不要再别扭下去了，千万别伤了她的心！这是一个多么痴情爱着你的女孩……"

楚天舒平静地望着他，轻轻摇头："若飞，你别说了，我的意思上次也和你说明白了。我和她此生是不可能的了，我不会再见她，绝不会！"

"天舒你？"许若飞有些气起来，看着他病容深重的面颊，又不忍心发脾气，依然耐心劝说着，"那她人马上就到了，你说怎么办？总不能将她拒之门外吧？你忍心吗？"

"那就是你的问题了！若飞，既然你能够违背咱们的誓约，将一些信息擅自透露给她，你就应该考虑到将会产生的后果。眼下这一切，和我无关，自然该交由你处理。"

"什么什么？和你无关？交由我处理？这是你们两人感情上的事啊！好吧，天舒，我如今要你一句话，你让我怎样处理？"

"你问我要意见？那我告诉你，我的态度是……请你好言劝她，就说我身体已经好转，不过目前正在从事一项秘密工作，不方便会客，请她回去吧。"

"不方便会客？沁梅她……对你……是客吗？楚天舒，你现在没发烧说胡话吧？"许若飞忍不住摇头，上前夸张地摸摸他的额头，又气又笑道。

楚天舒推开他的手，露出少有的强横别扭劲来："我现在一点和你开玩笑的心情也没有！这件事情只能这样办，我不会见江沁梅的！请你帮我相机行事，劝她回去！"

"天舒，你也太……别扭了吧？不看你病怏怏的样子，我都要狠狠骂你了……你这个绝情的家伙！"许若飞已经忍不住生起气来。

楚天舒冷冷一笑："是的，我如今就是一个病秧子，又如何配得上她……一个司令员的女儿？相见徒增伤情又无裨益，何不相忘于江湖倒更洒脱？若飞，如果你还当我是兄弟，是挚友，就请你帮我这个忙，劝她回去！我不要见她，我不要让她看到我这副病歪歪的样子。你只当给我留下一份自尊行吗？一份继续生活下去的尊严和脸面！"

许若飞听了这话，忍不住上前握起他的手："我知道这不是你的真心话。天舒，我们这些人都明白，你和她自是有一份真情在！既然是相亲相爱，共同承担过风雨的恋人，又怎么会在乎疾病这样的外在因素？天舒，我还是那句话，前几天劝你的那句话——缘分是躲不过去的！我知道你做这一切，都是为了沁梅的幸福着想，是为她好。可是从另一方面讲，你是否也太自我了一点？你是否考虑过沁梅的想法？作为一个年轻女孩，她的心理承受能力？"

楚天舒蹙眉不语。

许若飞摇头："我一向觉得你不是那样别扭的人呀？我了解你，更了解沁梅！沁梅不会在意你的病体，更不会在意一些外界的庸俗的看法。她是一个敢作敢当的女孩子，我也敢为你们的事情来做个见证！"

"你能了解什么？还为我们作见证？哈哈，简直是大言不惭！对了，我记起来了，你曾说过，从江司令员这方面论，沁梅应该叫你叔叔才对？你不会因此认为和你同岁的我，也应该把你看成是一个长辈吧？"

在许若飞眼中，楚天舒显然是气急了，竟然和平日儒雅温和的他判若两人，说话刻薄而霸道无理："若飞，若飞，说实话，我对你实在是失望极了！你竟然不顾我们的友情，违背约定，擅自作为！你考虑过我的感受吗？你还让我以后如何相信你？何况，真可笑，又是谁告诉你，我和她是恋人？我承认过吗？"

面对这样一连串冷酷无理的指责和嘲笑，一向沉稳，且爱护楚天舒如兄弟的许若飞也忍不住爆发了："楚天舒，你未免太狠心了吧？好吧，就算我许若飞食言了，将秘密泄露出去，可是我也是出于好心呐。我就是想让你们见上一面，无论如何，这样才对得起那个女孩子的一片痴情！如果你亲眼见到过沁梅听到你的死讯后那副痛不欲生的样子，你就会明白当年你那样做——用一条诈死的消息欺瞒她，有多残忍多绝情？不管你出于什么原因，可对于沁梅来讲，那就等于是拿刀子直捅她的心！如今，听说你还活着，又这样病着，她满含痴情，千里迢迢赶来看你，你竟然是这副面孔，这种态度？我……我实在是为沁梅感到寒心！如果不是看到你还病着，我非……"

他忍了忍，实在是难以咽下这口气，继续质问道："你们不是恋人吗？那么当年你凭哪条去胡文轩的大牢里救她出来？沁梅那个玉观音又为什么会在你的身上？当她得知你死去的消息，为什么会那样痛不欲生？天舒啊，你不是这样无情无义的人呀？我认识的那个温和有爱、善良体贴的天舒到哪里去了？！"

楚天舒淡淡一笑："若飞，你说得没错，我就是无情无义的人！实话告诉你吧，我和江沁梅就是普通的兄妹情分。起码从我这方面讲，我一向分得很清楚！所以你真的不必为我们再做些什么了。你很吃力，我也不领情，又何苦来？！"

"好好好，楚天舒！我们的楚大专家，楚总工程师，你够狠，够绝情！唉，说句实话吧，我真替沁梅不值！就是兄妹情分，也没有你这样冷酷无情的吧？"

"对不起，时过境迁，对于当年那份兄妹情分，我如今也看得淡极了！至于你刚才提到的我从狱中救沁梅出来一事，对的，当时我是伪装成和她是恋人，才能从胡文轩手中救出她来！可是，你没做过地工吗？不懂得伪装吗？不知道什么叫伪情吗？我和沁梅，很多时候就是伪装成恋人的，甚至在我的身份还未暴露给她的时候。我们之间就是一场伪情！这很奇怪吗？许处长？"

"天舒，你再听我一句劝……"

"你不必说了，若飞！无论如何，江沁梅我是不会见的，你请她自便吧！"

"你真能狠下心来不见这一面？你真的忍心我赶她走？"

"不错！我如今心硬如铁！你们以前都是误读我了！"

"江沁梅把你当哥哥，当恋人！你这样做是在伤她、害她、杀她！你忍心看到她再次心碎成片？"

"我和江沁梅已经没有任何关系，安慰她、照顾她、劝阻她应该是你的事情！是你的消息把她招来的，你当负起这个责任！"

"楚天舒，你混蛋！"

"不错我就是混蛋，还是个无情无义的混蛋！我……"

说到这里，楚天舒突然激动地大声咳喘起来，他咳得满脸通红，几乎喘不上气来。

许若飞大惊，忙上前扶抱住他，边为他捶背，边含泪劝道："好了，天舒，你别激动！唉，都怪我！你镇定一些……"

杜鹃突然跑进来，她似乎在门外站了很久，他们先前的对话她都听到了。此刻她顾不上别的，只是冲上前去，扶住楚天舒，边为他揉胸捶背，边含泪大叫道："您别急，楚大哥，放松一点，快深呼吸！"

楚天舒渐渐平息下来，许若飞和杜鹃一起扶他躺下，杜鹃回望许若飞，眼中带泪："许处长，楚大哥他身子很弱，不能激动，更不能大声争吵！您……您就别再……刺激他了！"

许若飞闻言，看着躺在床上喘息不定的病人，心下又急又愧又痛。

楚天舒上气不接下气地在那里急喘，一时半会停不下来，就像一条濒死的鱼儿张着嘴在祈求氧气的救助。他的嘴唇抖动着，脸上和唇上都毫无血色，青筋暴露的手用劲抓着病号服的前襟，仿佛在极力忍受着无法言说的痛苦。

这番病弱无助的他看得杜鹃心急如焚！她不顾身旁有人，急忙俯身在床前，用劲将他的上身抱起，一手揽他在怀，一手为他轻揉着胸口："楚大哥，您平息一下，慢慢地……放松……没事……没事的……我在这里守着您。"

楚天舒虚弱无力地陷身在杜鹃的怀中。要在以往，遭遇这种情形，只要自己还有一丝力气，他都会理智地尽量摆脱她的这种亲昵举动。但此刻的他，只是安静地躺着，任由女孩温柔的手掌一下下轻抚过他的胸膛。这种情形，看在外人眼中，仿佛这就是一种常态，她是习惯性地关爱他，体贴他，服侍他，用她浑然天成、无所顾忌的爱，帮助病弱无助的他，就这样一次次度过他的病痛时刻。

看到两人这份旁若无人的深情相依的样子，许若飞有点吃惊，继而是若有所思。

楚天舒闭目喘息片刻，慢慢平复了下来，他微睁眼睛，望着抱着他、一脸痛惜怜爱之情挂在脸上的姑娘，轻语道："小杜，我没事了，你先出去吧，我还有话和许处长说呢。"

杜鹃温顺地点头，将他的身子小心地放回枕上，又用手摸了摸他的前额：

"好吧,我先去给您熬点粥,一会儿我来喂您吃…… 您记住,千万不可再激动了啊?"

楚天舒温柔一笑,颔首不语。

看到杜鹃出去,楚天舒盯着许若飞,一字一句说出了下面的话:"若飞,算我求你,我如今的身体,实在是扛不住了!你就当放过我吧,帮助我……劝她回去!回到她父母身边去,去开始她的新生活……而这个新生活中,注定没有我的影子。我和她,就没有婚姻这个缘分!帮帮我,若飞,我真的,不爱她!以前没爱过,如今不会爱,将来……我们更没有将来!"

听到他这番痛彻心扉的话语,联想到自己刚才看到的那幕温馨有爱的情景,许若飞心底深深叹息,忍不住微微苦笑着对楚天舒道:"我竟然忽略了,那个杜鹃护士……天舒?那不会是你的……又一段兄妹情吧?"

楚天舒淡然一笑:"是又如何?你也看到了,我如今这身子,身边须臾离不得人。她是学医的,曾经是我的特护,一直跟在我身边…… 是的,我这个妹妹,她不容易,这有三年多了吧,她费尽心力,一直这样精心照顾着我,尽心尽力伺候我这样经常是瘫卧床上的病人。一个女孩儿家,实在是难为她了……"

"难怪……难怪,她会跟着你,千里迢迢从东北来到这里!也难怪你……"许若飞长叹一声,眼中似乎有泪水在闪烁,"天舒,你如今病着,刚才怨我混,不该和你吵…… 现在我明白了,也许是我错了,沁梅那丫头更是错到家了!她的那份痴情,可笑复可悲……"

他几乎是一声悲叹:"唉,也罢!你负情,我负义,我们谁都别埋怨笑话谁!为了你,你们,也为了沁梅,我会替你……尽力打点一些事的。你好好休养吧!"

他用万般失望和哀怨的神情深深盯了楚天舒一眼,苦笑数声,转身离开了。

"你们都没错……一切错在我……"楚天舒看着他离去,才感到心底如刀割般疼痛,"只要能让她忘了我,对我死心了,我就是将来在九泉之下也心安了!"他的泪水夺眶而出。

沁梅和萧海到这里已经两天了,却没办法见到楚天舒。许若飞一直拿他在特护病房,医生不让任何人见面的理由来搪塞她。何况这里毕竟是秘密单位,身为军人的他们,自然明白纪律的重要和不可抗拒,所以只能焦急等待着。

沁梅心急如焚,泪水都快哭干了,这天傍晚,她拽住许若飞,几乎是用微弱的声音哀求："若飞哥，求你，帮我想办法见他一面，哪怕让我看他一眼也好！他的病体现在究竟怎么样了？我……我能去照顾他一次吗？哪怕是在他的床前待十分钟就好，不，五分钟！让我看看他……"

看着眼前性情大变，失去往昔骄娇之气，唯剩一心伤感深情的痴情姑娘，许若飞忍住泪水，解释道："他的情况不太稳定，肺部疾患严重。最可怕的，还是脑伤后遗症的强烈发作，医生说他目前不能再受任何刺激了！所以所里领导曾下过死命令，为了他的病体安危，没有特批，任何人都不得去会见他、打搅他。何况，我昨天就你的事情，也请示过领导了，也和他主治医生商量过了，他们一致认为，以他如今这番状态，实在是不宜和你见面，见面徒增激动、刺激，对他的病体是很不利的。"

停顿片刻，他有点艰涩地继续劝道："不然这样吧，沁梅，你们先回去，反正已经知道天舒他无恙就好了。医生说，再有几个月，他的病情也许就能平稳些了，到那时，你们再见面也不迟。总之，沁梅，你知道他还活着就好啊？"

"若飞哥，你难道不懂我和他的……不见到他的面，不当面看视他的病况，你想我能安心回去吗？若飞哥，难道你也……如此狠心吗？"沁梅掩面而泣。

许若飞也泪下，但是想到那天楚天舒那番不容置疑的绝情状态，只好咬紧牙关坚持着，继续好言相劝着。

一旁一直沉默不语的萧海早已忍耐不住，沁梅伤心欲绝的神情这两天都像一把刀在慢慢割他的心。此刻他站起身来，对许若飞正色道："许处长，我们知道你有难处，可是凡事都有个通融余地吧？你和沁梅相处得比我久得多，沁梅对天舒兄的情谊，你当心知肚明？如果不让她见上这一面，她能安心回去吗？"

他无奈中，采用了自己原本最不想用的方法，拉出江静舟来打动许若飞："就凭着你和江司令员以前的那份深厚情分，你也该帮她一把？就算，你不念老首长的面子，你总是沁梅曾经的生死战友吧？你怎么忍心，忍心她这般伤心……无助？如果……实在不能通融，我就要采取非常措施了！"他的脸上显现出一丝强硬神情来。

许若飞摇头，表情严肃："萧海，你我都是军人，沁梅是军人，天舒也是军人！我们……还是以军人的身份想一些事情吧。703所是什么单位，你们也应该清楚，你千万不可造次！"

沁梅看着萧海，微微摇头："你别添乱啊，这里又不是你的猛虎团……"

许若飞思索片刻，下定决心般对萧海道："我有些话要单独和沁梅谈谈！"

萧海点头，出去了。

许若飞小心地选择着语言，将那天楚天舒说的那番话，有关他和沁梅只是兄妹情分，以及目前不想再次相见的话，都告诉了沁梅。他看看沁梅的脸色，又小心翼翼地把自己那天在楚天舒病房看到的一幕告诉了沁梅，那个叫杜鹃的小护士，她对楚天舒的温情照顾，楚天舒因为伤病，如今对她的依赖之情，都讲给了沁梅听。

他红着脸，支支吾吾形容了他亲眼看到的那一幕：那个叫杜鹃的小护士将病弱的楚天舒搂在怀中，用一腔温情抚慰着被病魔折腾中的那个人。

说清楚了这番情形，许若飞觉得等于向沁梅揭露了真相，虽然残酷些，毕竟可以让这个痴情的姑娘清醒过来，她该死心了吧？

许若飞有点担心地看着沁梅的反应，却不料沁梅摇头，根本一点不相信的样子："不会的，天舒哥一定是在做戏！他想通过这种方式，让你告诉我，他变心了，所以让我退却…… 可是他为什么要这样做？"

她愣愣地看着许若飞，突然醒悟的样子，几乎是跳了起来："一定是他的身体，他的病！他的病目前很严重是吧？他分明是怕拖累到我，所以想用这种方式让我离开他！一定是这样！我太了解他了，他就是这样一个人！"

她一把抓住许若飞的手，急急问道："若飞哥，你老实告诉我，天舒哥他如今究竟怎样了？他的病……究竟严重到什么地步了？"

"唉，沁梅啊。"许若飞看着痴情的女孩，叹气摇头，"你如今……什么都不相信了吗？谁的话都不听了吗？"

沁梅摇头："我不信，除非让我亲眼见到天舒哥，我要亲耳听到他对我的解释，除此之外……是的，我谁的话都不信！"

许若飞绝望无奈地摇头。

第九章　相见时难

　　她长叹一声："你真的变了，不是我以前认识的天舒哥了！或者……我以前就没真正读懂过你？是的，是的！我几乎忘了，你是一个经受过特殊训练的人！一个技术高超、身份诡秘的高级特工……"

　　傍晚的病房中，楚天舒静静地听完了许若飞的叙述，不觉凄然一笑："这个傻丫头……怎么这样死心眼！"他的泪水悄悄滑落，又悄悄擦去。

　　许若飞悲叹："你们两个都是一根筋的人，这下遇到一处了！唉，天舒，如今我都不知道该怎样办了，我扛不住了！"

　　"她既然这样较劲，我只好亲自和她摊牌了。原本不想太伤她，奈何终究绕不过这道坎？唉，这都是啥劫数啊？"楚天舒喃喃自语。

　　许若飞认真看着楚天舒："天舒，我现在都有点怀疑了，沁梅不相信也是有道理的！那天你那番话，我回去冷静想了想，不是你平日的为人呀。你……你当真是在演戏吧？拒绝她，是因为你的身体，你的病？"

　　他上前扶住楚天舒的肩膀，凝视着他："你告诉我真情，我来帮你，天舒！你别太苦了你自己，你如今是个重病在身之人呐！"

　　楚天舒苦笑摇头："你别问那样多了，若飞，既然你是我的挚友，求你帮我，让沁梅死了这条心，她应该有她的幸福，她的未来！她该拥有美满的婚姻，健康体贴的爱人，活泼可爱的孩子。"

　　他握住许若飞的手，用劲摇了摇："她不是执意要见我吗？好吧，我同意见她，你听我说……"

　　沁梅被同意明早单独去见楚天舒，她闻讯几乎欣喜若狂。回头看到有点失落的萧海，忙柔声安慰他："好了，虽然只批准了我一人去见他，你也应该为我高兴才对？放心，我一定带去你的问候给他，给你天舒兄！别有意见了……"

萧海点头："替我问候他，说我永远忘不了和他一起奋战敌营的日子，我们都期望他快些好起来，也盼着和他能再次相聚！"

沁梅看着他，柔情似水："谢谢，萧海，我明白你的心！"

早晨的病房，阳光灿烂。

楚天舒坐在床上，手里拿着个镜子照着，问身边的杜鹃："小杜，我的脸色太差了，你有办法让我变得红润些、精神些吗？"

杜鹃看了他一眼，沉默不语。

楚天舒没注意她的表情，继续自言自语道："还有……你把柜子里我那身军装拿来，哦，还有那件厚毛衣，那样穿会显得胖一些吧？"

杜鹃没吭气，默默从柜子里拿出衣服，服侍他换上，又出去接了一盆热水进来，绞了条毛巾，递到他手上。

看到楚天舒疑问地看着她，杜鹃咧嘴笑笑，却像哭一样难看："您不是想脸色好看些吗？用这个热水手巾，多捂捂脸，狠狠捂……"

楚天舒对着她孩子气的一笑，果然接过毛巾，用劲捂脸。

"我想……喝一杯热牛奶，还有……再给我几片面包，不管怎么样，总要增加些能量才行！"他微微噘嘴巴，又是充满孩子气般的嘟囔。

杜鹃默默照办。她看到楚天舒一口气将牛奶饮下，吃面包的时候，却有点为难，估计他是实在没胃口，强咽了几次，才咽下去，然后用手摁住胃部，闭了眼，微微喘息的样子，她含着泪，上前扶住他，为他揉着胸口："您……这是何必？"

楚天舒微微一笑："你不是一直担心我吃不下东西吗？今早我可吃了不少！"

他示意杜鹃搀扶他坐到旁边书桌旁去，可是杜鹃搀着他刚起身，他就头晕起来，几乎摔倒。刚好楚成进来，忙上前一把扶住他。楚天舒用手指了指书桌，两人不敢违拗，搀扶他坐到桌子前。

楚成担心地看着他："七哥，您多久没下床了？撑得住吗？"

楚天舒点头微笑："我没事，谢谢你们协助我……过了这关吧。"

"我等会可要藏起来！我是没脸见那个沁梅姑娘的！我……"楚成嘟囔道。

楚天舒忍不住笑了："瞧你那点出息啊。她是个聪明伶俐的人呐，要怪也只会怪我，又与你什么相干？也罢，你杵在这里也没用，小杜等会儿进来就好。"

"好吧，等会儿该我进来时，我会进来的！"杜鹃板起脸出去了。

"七哥，您发现了吗？小杜今天好奇怪，一大早就是满脸不高兴的样子？"楚成不解。

楚天舒低声呢喃："唉……总之，都是我的错！"

"您又犯那个自己和自己较劲别扭的毛病了吧？"楚成看着病弱无力的他，又是难过又是心疼。

许若飞带着沁梅来到楚天舒的病房前，向她指指房间："这里是特护病房，里面是可以兼做办公室的。他正在里面，你自己进去吧。"沁梅点头，许若飞离开了。沁梅轻轻推开房门，进了病房。

这是一间面积较大的病房，除了一张病床外，还有文件柜、书桌等家具。一切和沁梅想象的不一样。她原本以为，病中的天舒一定是虚弱无力地躺卧在床上，恹恹的情形令人痛心。可是第一眼望去，病床上竟然空无一人。回眼望去，才发现病房一角的书桌前，坐着正在工作中的楚天舒。

沁梅压抑住内心的激动，拼命透过泪眼望向那个自己朝思暮想的人：

他穿着一身笔挺的军装，正坐在书桌前写着什么，他的脸色很平静，从神态上看不出来是久病之人，起码那精神气是足够的。他瘦多了，但是军装的魅力是奇特的，尤其是像楚天舒这样高挑瘦削身材的男子，就是天生应该穿制服的衣架子。军装会让他们的优点更突出，而缺点悄然化为无形——军装会掩盖虚弱无力，会遮挡枯瘦萎靡，那闪亮的徽章和胸前佩戴的标识符号，又能奇妙地淡化脸色的苍白憔悴。于是，此刻的江沁梅，看到的依然是一个神态自如，神情安详，不能算神采奕奕，但是也是精神气儿不减当年的楚天舒。

——他的身体……并不像想象得那样糟糕呀？那他为什么抵死不见我呢？这究竟是为什么？

沁梅心下疑惑，但是此刻毕竟幸福喜悦远远大于困惑忧伤，朝思暮想的心上人就在眼前，还是"死而复生"的心上人！她的心潮涌动，她的泪水盈眶，她听见自己心底有什么东西已经绽放，那发出的声音，竟然不像是发自自己的口中："天舒哥！"

沁梅坐在楚天舒对面的椅子上，痴痴地望着他的天舒哥。

近处细细看去，才发现他一定还是久病的缘故，脸上憔悴消瘦得厉害，沁梅心里酸楚，觉得有千言万语说不出来，她原本以为一见面，她就该扑到他的怀中，去搂着他，抱着他，依偎着他……甚至是亲吻他……

可是什么都没发生！一种无形的隔膜就突然横亘在他们之间，沁梅开始想不通是为什么，后来逐渐回味过来了，是出自他的问题，他的表情，他的神态，他的态度……

是的，他依旧是温润如玉的风貌，依然是恬静柔和的微笑，但是骨子里却散发出一种冷冷淡淡的味道，一种孤傲不群的神色，一种拒人于千里之外的感觉来。

他微笑着看她："沁梅你还好吧？听说你成为一名军中记者，我真为你高兴。是的，沁梅，我了解你，相信你很适合这个岗位，一定会做出一番成绩的！"

他的笑容不可谓不真诚，但是投射到沁梅眼中，却有着一股疏离冷漠的味道。

沁梅压抑住内心失望伤心之情，充满感情地重新望向他，她没有接住他的话题，她想说的话太多，一时竟然不知该从哪里说起？她只是下意识地看着他，慢慢倾倒着自己的心曲。

"天舒！我想我以后就这样叫你好吗？你没有死，你竟然还活在人世？你知道这对我意味着什么吗？你可能想象不到！这意味着——我也和你一起重新活过来了！天舒，你知道吗，在你'死去'的这段日子里，我的心也跟着你死了。没有知觉，没有感觉，像一块朽木一样麻木……如今好了，你竟然还活着，我也能得到重生了！"她的泪水滚落面颊，竟然都没感知，只是痴痴地望着他，仿佛永远望不够的神情。

这番话已经让楚天舒心底泪流成河，血流成河！

——我最爱的姑娘，你为何如此痴情，如此温柔善良？你这段话无疑将我再次逼入绝境，我要用怎样的力量，才可以斩断这千年的相思藤，万年的孽缘根？

毕竟久病虚弱，心中的隐痛让楚天舒的身子微微颤抖起来，他的后背冷汗涔涔，一股强烈的闷痛叩击着胸膛。他暗暗捏紧拳头，强撑住几乎倒下的病体，几乎是用意志，还有多年修炼的特工的良好心理素质，让他撑住了危局。

楚天舒淡淡一笑："不，沁梅，我不习惯你这样叫我，你还是叫天舒哥吧。或者是……天舒同志都可以。革命成功了，我们的使命也完成了，以前在那段峥嵘岁月中结下的兄妹情分，我会铭记一辈子！但是，毕竟现在新中国才成立，咱们还有很多工作要去做,应该把主要精力放在工作上。你看你,知道我活着就好了,至于千里迢迢跑这一趟?自己耽误工作不说,还不顾组织劝阻,非要见我一面?要知道,我手头有多少工作在等着呢?我们这个单位,我们这些人的身份,是有着特殊性质的,你作为军人,作为曾经的红色特工,当能懂得?"

他微微叹气:"唉,你这个丫头啊,总是这样任性!你看你多大的人啦?再过一阵,你就要找婆家了,也可以这样继续任性随意吗?作为兄长,我可替你担着一份心呢!"

他的话语虽轻,却像重锤一样敲击到沁梅心头,姑娘的泪水,一下子流了出来:"你……你说什么?你埋怨我来看你吗?你说……我任性?我知道你还活着,难道不应该……来看看你吗?天舒哥,你好忍心?"

楚天舒微蹙着眉:"我是说……我还活着,既然许若飞告知了你,你知道了也就是了,没必要……马上跑这一趟吧?"

沁梅的泪水像断线的珠子一样纷纷落下,怎么也止不住,她看着他摇头不止:"天舒……哥,我不明白你的意思?你如今的态度好奇怪啊?你认为你的死讯对我是小事吗?我应该无动于衷吗? 还有,就是,你忘了你曾经答应我的话了吗?在宽城分别的时候?你说你完成任务就会来找我,会给我讲以前你的故事,你的一切,你给我承诺过的!你说,一切等到革命胜利了,我们就……你难道忘了吗?不!我就要叫你天舒!你不是我的哥哥,我也不要当你的妹妹,我们是……"

她突然说不下去了,只是愣愣地盯着他看,盯着他的表情,不放过一丝一毫的蛛丝马迹。不料,她绝望地看到对面的他始终是平静如水的神情,悲哀地听到了飘浮到耳际的绝情话语:

"是的,我答应过你,等革命成功了,我就去找你,给你讲我的经历。因为我始终把你当作妹妹,比亲妹妹还要亲的小妹!沁梅,你懂的,我是一个原则性很强的人,我完全分得清亲情友情,还有……那种感情!我明白你的心,但是,很遗憾,我不能欺骗自己的感情,你不是我心目中合适的伴侣,我们今生注定,最多只有兄妹情分…… 哦,我记起来了,当年你被胡文轩拘捕,为了救你,我和你父亲定下计策,以你的恋人的身份,去将你解救出来,在胡文轩的牢里,我对你说了很甜蜜的话,说了……我自己现在都想不起来的甜言蜜语,那只为了能成功实施营救你的方案。你当记得,我当时是同时用手敲击着摩斯密码,在提醒你配合我们的计划,利用你和胡文轩的亲情,解脱自己,继续潜伏！难道你忘了吗？那些甜言蜜语只不过是烟幕弹啊，我要表达的真实意思，其实都藏在摩斯密码中了。沁梅，你忘记了吗？难道这个会引起你的误会吗？误会我和你……"

说到此处，他竟然微微笑了，可恶的微笑，残忍的微笑！

沁梅的心在流血，泪水却渐渐干涸了，她猛然记起往事：不错！他从来没有对自己表示过爱意，恋人间的爱意，哪怕是一点点！几次分别，他将自己搂在怀中，当自己充满期待地盼望着的时候，他留给自己的，竟然只是额头上的轻轻一吻！是的，这是对妹妹的吻，绝不是对恋人的！

——我，难道果然是一厢情愿的单恋吗？沁梅在纠结疑惑中伤感不已。

她的此番神情怎能逃得出楚天舒的眼睛！楚天舒不敢看姑娘的双眸，只是硬下心肠继续加温自己的绝情之举："如果说，我以前有过行为不当，给你造成了误解，我向你道歉！毕竟我大你几岁，责任都在我这里……沁梅，我们就做兄妹吧，你永远是我疼爱的小妹妹，就像我和你提到过的我的亲妹妹——我的四妹姣姣。好了，丫头，你看到我现在好好的，这下可以放心了吧？赶快回去吧，回去做好你的工作！如果明年有假期，我会去北京看你。对了，也请你代我向你父亲问好，说我很想念他！"

多么冠冕堂皇的话，又多客气多周全？沁梅再次陷入迷茫。

——我原以为，他是因为自己病体沉重，不愿拖累我，才拼命拒绝和我相见，可如今，他分明病体已逐渐好转，身体并没有坏到那种卧床不起，不可收拾的地步！那他凭什么这样对我？这是为什么？

"还是有哪点不大对？"沁梅仔细看着楚天舒的脸色，思索片刻，半信半疑地摇头，"不对！我总觉得天舒哥你哪里变了？你是不是在掩饰什么，你不是……又在骗我什么吧？若飞哥上次说，你的病很重，你究竟……"

楚天舒笑了："我刚才说了，我是你哥哥，我能骗你什么呀？是的，前一阵，我的旧伤发作，是有点严重，但也不是大问题，后来北京来的专家专门给我会诊了，说是没大碍的！你能信若飞的？你不知道他总是爱夸张的吗？我记得你爸爸以前还批评过他这个毛病呢！看看如今他都是处长了，还是这样沉不住气，说话不靠谱，真拿他没办法！"他的语气轻松随意，由不得人不信。

他继续以哥哥的口气劝说着："我原以为经过这几年磨炼，你应该成熟了，理智了，毕竟你都是二十多岁的大姑娘了。你的眼界会不断开阔起来，会明白这世上还有很多你没有见过的风景，会发现你的世界并不应当只有我一个。所谓一叶障目，不见森林，就是这个道理！"

他再次深深看着沁梅，轻语道："沁梅，听哥哥的话，看到我，你也放心了，回去吧，你如今是新中国的军人了，有多少工作要做呢？我这里也有一大堆的工作等着我处理。明后天我就该出院了，紧接着会进一个密码小组。你肯定是见不到我的，留在这里又有何意义？"

沁梅沉吟不语，她舍不得离开他，可是又为他的话黯然伤神。这时，杜鹃端着医疗器械进来了。

"楚大哥，您该量血压了，也该吃药了。"

杜鹃上前，为楚天舒量了血压，又将药递给他吃，笑着道："楚大哥，一切很正常，您恢复得很好！张医生说，最迟后天您就可以出院了。他说反正有我跟在您身边，随时可以照顾监控您的健康，他们很放心，让我监督您好好吃药，很快就复原啦！"

"谢谢你，小杜！"楚天舒笑着对她说，又似乎猛然记起沁梅的样子，就为她们二人做了介绍。

杜鹃用崇拜的目光看着沁梅："您就是江沁梅姐姐呀？楚大哥总在我面前提起您，说您是他一个可爱而勇敢的妹妹。他给我讲了很多你们并肩战斗在敌营的故事，真精彩！从东北到这里，我都听上瘾了呢。就是没想到，能这样快地见到您。我可以叫您……梅姐姐吗？"

"当然可以。"沁梅勉强地笑笑，"还要谢谢你…… 这一路照顾……天舒哥！"

"应该的呀，他是革命的功臣呢！"杜鹃纯净的笑脸像花儿一样明媚，"他是我们这些人的偶像！他是首长，又没有架子，就像大哥哥一样，所以，我一直偷偷叫他楚大哥……哈，我为此挨了不少批呢。我也想改来着，就是总也改不掉！"

听着小姑娘叽叽喳喳的笑语，沁梅脑海中浮现出许若飞为她描述的场景：就是眼前这个俏丽活泼的小护士，满怀柔情地将她的天舒哥搂在怀中，安抚着他的病痛。沁梅觉得自己的心再次碎成了片。

楚天舒笑着止住了笑语连连的杜鹃："好了，小杜，你先去忙，我和你梅姐姐还有话讲。"杜鹃听话地点头，转身端了医疗器械走了。

沁梅沉默片刻，凄然一笑："天舒哥，你到哪里，都是人家注意的对象呢。"

楚天舒一皱眉："又说孩子气的话来？杜鹃和你一样啊，都是我的妹妹一般，她还小呢……"

"是的，都是哥哥……妹妹……楚大哥？天舒哥？竟然是我误解了？"沁梅呢喃着，心中感受不到疼痛，只觉得麻木，"天舒哥，你肯定觉得我很可笑吧？既傻又痴？一厢情愿？自作多情？你该在心中无数次嘲笑过我吧？"

"沁梅，别说淘气话了。我说过了，你永远都是我的妹妹！"

"不，不！我也说过了，如今的我，不要当你的妹妹，不要！"她站起身来，摇头笑道，"何况，今非昔比呀？你变了，我变了，大家都变了！你从楚长官变成了楚首长，楚处长，楚总工！而我呢？我不是学医的，如今连当你的妹妹都不如别人称职呢！"

"沁梅，越说越不像话了啊？有这样和自己哥哥说话的……妹妹吗？"楚天舒故意板起脸来，其实他心中正暗抑着一股难言的绞痛，这阵痛楚让他额头上挂满了冷汗，只是沁梅已经是意乱神迷状态，无暇看到而已。

楚天舒换了和缓的口气："小丫头，你如今好歹是个成熟稳健的女军官了，别耍孩子性子了，听话啊？我让许若飞给你定回北京的票。"

"不用你费心了，我自己会和若飞哥说的！"沁梅的口气突然间冰冷沁人，"你日理万机的，留神保重自己的身子就好！楚总！你是特殊人才，所以会享受特殊待遇，也自会有人来照顾你，重视你……我不该来打搅你的工作，我好后悔……"

她忍住一阵上涌的悲情，长吸一口气，继续冷冷解释道："还有件事，我是受人之托，所以也必须和你提上一句，这次和我一起来看你的，还有一个人，你昔日的助手和部下——萧海，他曾经化名冀勇，这次也千里迢迢来看望你，却被挡在了门外……他让我替他问候你，祝你早日痊愈！"

楚天舒微微眯起眼，回忆着："冀勇……不错，我记得，记得那个英俊挺拔、热情洋溢的小伙子，他告诉过我说他本名萧海，是萧岳的亲弟弟，他们兄弟俩，一个长岭，一个长河……是的，萧长河，那是一个优秀的青年！和他哥哥一样俊朗，和他哥哥一样勇敢，我很喜欢他！你也替我……问候他吧！"

他默默看着沁梅，嘴边挂了温润的笑意来："很好！很好！沁梅，有萧海陪你一起回北京，我就放心了！回去吧，努力工作，好好生活，沁梅，你会幸福的！我相信……也祝福你！"

沁梅看着他，突然怪异地笑起来："谢谢你的祝福，哥哥的祝福，好温暖，好真诚！可是……我怎么体味到的都是……冷酷……残忍……可笑……悲哀？"

她长叹一声："你真的变了，不是我以前认识的天舒哥了！或者……我以前就没真正读懂过你？是的，是的！我几乎忘了，你是一个经受过特殊训练的人！一个技术高超、身份诡秘的高级特工……"

　　她再次深深看了他一眼，仿佛是永别一般，将他的身影从此留在心底："我走了，以前的天舒哥，还是死了，我已经把他埋葬了…… 不，也许他永远活在我的梦里吧！"她头也不回地离开了病房。

第十章　爱情告白

他们谈了很久，最后，萧海握住楚天舒的手，说了这样一句话："天舒兄，我始终认为，爱情，从来就是双方面的事情。任何一方的独断专行都是对另一方的不尊重，也是对爱情的不尊重，不管是以什么名义！"这句话深深震撼了楚天舒的心灵。

回到招待所的沁梅神情严肃，她一声不吭，默默地开始收拾行李。萧海奇怪地看着她，问她话她也不答，却见许若飞走来，递给两人车票。

"天舒兄既然病重，沁梅……你不留下来？也许，过两天还有机会见他呢？起码，能照顾他一下最好，我明白你的感情，你们的感情……"

他看看沁梅的神情，继续劝道："你的心事那样重，对他更是情深义重！如今既然知道他的病况，这一回北京，天远地远的，你又如何抵御这心灵熬煎呢？沁梅，你留在这里，再等等机会吧，我先回去，绕道北京，去你单位帮你请个长假，说明一下情况，你就安心留在这里好了，找机会看能否去亲自照顾一下天舒兄？这对病中的他，是一种安慰，对你，也是最期盼的事啊。"

"够了，萧海！你烦不烦呐？"沁梅突然爆发了，对着萧海大喊起来，"这是我和他的事情，关你什么事？要你来插嘴？我去不去照顾他和你有关吗？你凭哪样认定他需要我去照顾？他如今是什么样身份的人你清楚吗？有多少人围着他宠着他伺候他安慰他你知道吗？可笑你我……天字第一号第二号两个大傻瓜，千里迢迢跑来……多管闲事，自作多情，自取其辱……"她说着，不觉泪流满面。

萧海被她的过激反应吓愣了，呆呆地站在那里不知所措。许若飞知道内情，暗暗拉他出去了。沁梅俯身床上，失声痛哭起来。

如果沁梅知道她走后，楚天舒这里发生了什么，一定会更加心痛难忍。

沁梅刚离开病房，楚天舒就像散了架的木偶般轰然倒下。他趴在桌上，浑身瘫软，冷汗淋漓，连招呼人的力气都没有了。

等杜鹃跑进房间，楚天舒已接近晕厥状态，话都说不出来了，他嘴唇颤抖着，低低喘息，脸色像纸一样白。看到杜鹃来到身边欲扶他，他无力地摇摇手，指指门外。杜鹃明白了他的意思，刚才她试着搀了把他瘫软无力的身子，知道目前的他虚弱至极，已经不能挪动半步，便忙跑去喊了楚成来。

他此刻几近虚脱的样子让楚成又惊又痛，他含泪上前抱起他，轻轻放到病床上。当给他脱去了军装和厚厚的毛衣后，两人才惊异地发现，他浑身已经被冷汗浸透，内衣完全濡湿了，身子竟像是从水里捞起来一般！谁能想象得出，他经历了怎样一番痛苦的坚持和挣扎？

看到这种情形，两人都忍不住掉泪了，杜鹃更是哭出了声："楚大哥，您这又是何苦啊？"

"别……别让她知道…… 让她安心回……北京……"几乎是挣扎着低语了这句话，楚天舒就昏迷了过去。

第二天早晨，沁梅和萧海动身回北京，许若飞开车送他们到车站。

一路上，气氛沉默凝重，沁梅是表情木然，不发一言，开朗热情的萧海也似乎有了很大的心事一般，蹙眉不语。许若飞只好绞尽脑汁地搜罗一些话题来问沁梅，以活跃气氛。

"哎，沁梅，我可要给你交代一项任务了！我最近给你爸爸寄了一大包中药，都是我们这边的一个老中医开的偏方，专门治旧伤复发的。你爸爸身上那两块没取出来的弹片，一直让我们这些身边人悬心！你也写封信嘱咐他一定要按时服用，吃完了我再给他寄去。对了，你最好和你倾城姑姑提一句，她目前能管得住我们的老首长！

"还有啊，沁梅，乔思扬在天津，你离他那里近，如果看到他，告诉他记得来封信。哼，估计这小子当了团长就尾巴翘到天上去了，把我的这个师傅忘脑后去了吧？"

许若飞不停地唠叨着，沁梅还是不答一言，她的表情仿佛都凝固住了。昨天从病房回来，一直到现在，她都是这样一副木然无所谓的样子，让人想起那句俗语——哀莫大于心死。萧海看在眼里，暗暗叹气。

到了车站，两人下了车，萧海接过沁梅手中的行李，又将它放回车上。沁梅奇怪地看着他。萧海微微一笑，将手中自己的行李递给许若飞："许处长，请你帮我拿一下，反正时间还早，我想和沁梅说几句话。"

"萧海你搞什么名堂呀？有话不能车上再说吗？"沁梅皱眉道。

萧海又是标准的笑容，开心明朗，露出一排整齐好看的白牙："你跟我过来，我自有说法！"他拉住沁梅，走到一旁无人角落。许若飞理解地笑笑，转身上车等候。

"什么？怎么可能呢？萧海？你昨晚悄悄去见了……他？"听了萧海的话，沁梅大吃一惊，秀气的脸庞上挂满疑惑、不解的神情。

"是的，我不仅见了他，还在他床前待了一晚上呢。我们谈了话……虽然，他那时虚弱到说话都要喘息不定的地步……我还和他身边的人也谈了，问了情况。我知道了真相，我必须告诉你，沁梅！因为我知道，这个对你很重要！"

萧海开始讲述自己昨晚的经历。

昨天中午，看到沁梅从病房回来后，一副伤心欲绝、万念俱灰的样子，萧海暗暗心急，他决定自己冒一次险，去见楚天舒，要搞清楚事情的真相。

好容易挨到傍晚，萧海开始行动了。他毕竟是学军事出身，也干过侦察兵、地工，所以轻而易举地搞了身白大褂，戴上口罩，装成一名进修医生的模样，就混进了医院。

来到楚天舒病房时，正值楚天舒昏迷之时，他不仅偷听到会诊的医生对他病情的论述，而且看到了他真实的状况。

他看到他瘦削的身体陷在被单下，几若无物。他沉沉地昏睡着，气息微弱，苍白的面颊没有生气，只有灰暗和憔悴。他身边的一男一女两个守护着他的人，都是眼圈红红的。他们在喂他喝药，因他深度昏迷，人事不知，一勺药喂了很久也喂不进去，那个护士模样的小姑娘"哇"的一声哭了出来，放下勺子，蒙着脸跑出去了。

看到曾经英姿勃发的兄长如今这般病弱模样，萧海的眼睛也发潮了。他定定神，略一思索，便追着那个小护士来到花园中，不仅拿出了军官证，亮明了自己的身份，而且还和她说了自己和沁梅从北京来专门探病的过程。

杜鹃明白了眼前这个年轻军官的来历，就忍不住流着泪向他讲述了一切真相，楚天舒的真实病情，他拒绝沁梅的原因，以及今天上午他和沁梅见面的经过。

萧海没有回招待所，他整晚一直守候在楚天舒的病床前。他默默地和楚成、杜鹃一直照顾着昏迷的病人，为他冷敷，为他擦身、喂水，直到凌晨时分，楚天舒苏醒过来。

看到萧海，楚天舒露出温和亲切的微笑，萧海握住他的手，安慰着他，轻声和他讲述自己这些年的经历，一些旧友故知的情况。故人重新相会，给久病之人带来温暖和力量，在杜鹃的照顾下喝了一小杯牛肉汁后，楚天舒精神恢复了些，他让萧海扶他半坐起来，倚在床头和他说着话。

萧海看到他神色安详，就悄悄将话题转移到沁梅身上，却不料楚天舒欠身握了他的手，几乎是用哀求的口气道："萧海，你应该能明白我此刻的心情。沁梅不可能再和我有任何瓜葛了，我这样子的身体除了带给她拖累和痛苦，一无长物！如果你还念我和你的一段战友情谊，手足缘分，当会帮我？聪明如你，也明白怎样可以帮到我？"

他秀长的眼睛紧紧盯着眼前这个血气方刚、健康明朗的年轻弟兄，嘴边的微笑温润而和善："沁梅是个好姑娘！是个难得的有情有义、勇敢坚强的女孩，你应该也懂得？她现在最需要的，是一段健康明快的新生活，你能给她……我明白……也期盼！"

他望着萧海，现出一丝羞涩的表情来，让病中显得文弱的他，又露出几分无辜的孩子气："我……我也听说了，听若飞讲了，你和她的缘分，你们在朝鲜战场上的生死情……我知道，你也一定是喜欢她……爱慕她的，对吧？"

萧海坦然地笑笑，一点不避讳，直言道："是的，她是一个特别的女孩，是我遇到过的最有性格的姑娘！也是……我此生第一次爱上的人！"

狂狷而奔放的萧海，快言快语倒让细腻温和的楚天舒红了脸："是的……她值得你去爱！她的一切都值得……有人去宠她，呵护她，爱恋她！"

萧海抿嘴笑了："可是爱情是微妙的，这个缘妙不可言！我直觉她不会接受我了，因为她的心中已经满满地住了别人！天舒兄，你是我见到过的最聪颖睿智的人，你对爱情的敏感度当远胜于我？沁梅爱的是谁？她又是怎样一副执着？她会为这份执着付出怎样的代价？你应该都懂……"

"但是没有健康和未来的爱情是痛苦的，是束缚，是牢笼！我绝不愿意我爱的人生活在绝望和无助中！"楚天舒的声音很轻，但是语气坚定决绝。

萧海摇头："可是爱情的色调不一定都是健康明快的基色，爱情的味道只有当事者才可准确地品尝出来，并回味着，铭记着。爱情中的苦与甜，外人是无法勘破，也是不能妄加评论的！天舒兄，我要告诉你一些真相，一些可能连你自己都未必想象得到的真相。"

他详细地讲述了自己看到的一切，沁梅对楚天舒的感情，她曾经的打算——为他建墓，为他守候，甚至是为他……心灵的殉葬！

尽管很多事情是楚天舒完全想象得到的，从萧海嘴里说出的真相，还是让他震撼于心，百转千回般感慨。他数度落泪。

他们谈了很久，最后，萧海握住楚天舒的手，说了这样一句话："天舒兄，我始终认为，爱情，从来就是双方面的事情。任何一方的独断专行都是对另一方的不尊重，也是对爱情的不尊重，不管是以什么名义！"这句话深深震撼了楚天舒的心灵。

此刻，向沁梅说明了前情经过，萧海长长出了一口气，沁梅惊呆了，她的泪水又滚落下来。

萧海温和地笑着说："你明白了前因后果，就懂得了天舒兄，也知道自己该怎样做了吧？"

"谢谢你，萧海！谢谢你……你为什么……这么好？"沁梅抽泣着哽咽着。

"嗨，你别把我想得那样无私伟大好吧？这样我会有心理负担的呦！"萧海爽朗地笑着，掩盖着心中的酸楚感觉。

"刚才一路上，我都在心里斗争，要不要把真相都告诉你，我也知道啊，告诉你这一切，意味着……"他露出顽皮的笑容，"我萧海的爱情就寿终正寝了，没救了！"

"你看你……又没正形儿了！"沁梅破涕为笑。

萧海换上严肃的表情："我这个人，没别的优点，就一样，很现实，很理智，对一些纠结难解的事情，我的唯一处理办法就是——快刀斩乱麻。或者用咱们军人的术语讲，叫壮士断腕，绝不拖泥带水！"

他微微带点苦笑："其实你明白我的想法，我对你的感情？我一向认为，我萧海看上的女孩，是不可能逃掉的！可是，却不幸遭遇了千年大情痴的你——江沁梅！我改句古诗来形容你吧—— 一逢楚郎情似海，从此他姓是路人。我的爱情，就这样夭亡了，几乎是无疾而终。"他自嘲着笑了笑。

沁梅面带愧色，也有几分不忍之色："其实，萧海，你很优秀，我有时觉得自己真的都配不上你！你会遇到一个真心相爱的姑娘的，一个全心全意爱你的姑娘，她没有受过情伤，会更加纯洁、明朗地接受你这份纯美的爱情。相信我，萧海！"

"我相信你，沁梅，我只是想告诉你一些真相罢了。"萧海点头，"你就像我的一个亲人，从萧岳哥那里算起，我们就算是亲人，不是吗？哈，说到这里，我又要大发感慨了！沁梅？貌似咱俩注定就只能有……亲戚的缘分吧？从萧岳哥到天舒兄，注定你只能做我的……嫂嫂！"

他的脸微红起来："其实昨天和天舒兄见面前，我还始终抱有一丝幻想——这是在我得知天舒兄还活在人世，而他又重病在身的消息后，一直偷偷存在自己内心深处的一个痴念——我了解天舒兄的个性，他一定是怕拖累你才会选择隐身起来。那么你，沁梅，你有没有可能给自己一个选择的机会，在我和他之间，做一次选择？我还在想，如果你有一丝一毫的犹豫，犹豫于这种选择，我就会提出一个建议——让我们走到一起，一起来照顾天舒兄好了，服侍病弱在床的他，伺候他一辈子，我们把他当作亲哥哥，永远生活在一起！"

他深深看着沁梅："请原谅，沁梅，这就是我一个很私我的想法…… 可是，看到你俩那番情形，你的痴情，对应着他的无私，你的缠绵，映衬着他的拒绝……你们其实都是深爱对方的唯一！是的，我明白了，你们这就是人们传说的那种神仙眷侣，这世界上没有任何东西能将你们真正分开，死亡也不可以！那么，我就懂你了，沁梅，你一定从来就没有起过选择的念头——在我和他之间？既然明白了这个真相，那么，是否应该轮到我来选择了呢？我只能选择——放手，离开。"

沁梅感动难言，只是深情地看着他。

萧海握起她的手，真诚地说了下去："可是，即使我离开了，我们还是亲人，和你，和天舒兄！你也把我当作是你的另一个哥哥好了，沁梅，记住，天舒兄眼下的情况还不是太好，你要用你的这份感天动地的爱情去鼓励他，扶持他，和他一起创造奇迹！你们前面的路注定还很艰辛，你身上这份担子还很重，如果有一天，你独自挑不动了，就喊我一声，我来帮你一起挑，我始终是你的哥哥，是你的亲人！"

"萧海哥！"沁梅动情地喊了一句，忍不住上前紧紧拥住了他，她的泪水，第一次洒落在他宽阔温暖的怀抱中。

回到车子旁，从许若飞手中接过自己的行李，萧海最后用轻松快乐的语气嘱咐着沁梅："快回到你天舒哥身边去吧，无论他是昏迷着还是清醒着，他的心一定都在悄悄等待着你！他前面的别扭、纠结、无情和抗拒，你如今明白了，那是出于爱，你该拿出咱巾帼女杰的豪情和胸怀来，原谅他，包容他，就当成是一个病中的大孩子，在不自觉地发泄痛苦和无助的情绪吧！沁梅，你原是个冰雪聪明的有文学气质的女孩啊，难道还要我这个——你眼里、嘴里的军中'野人'给你支着吗？"

他的笑容明朗纯真，引得沁梅也开心地笑了，不觉又想起他们在朝鲜战场初次重逢时的情景。

"好吧，看萧海哥给你个锦囊妙计吧，去打败收服我们才智超群的卓越的独立级高级特工楚天舒同志。"他伏在沁梅耳边低语一句，沁梅红着脸抿嘴笑了。

"真的，你信我一回，他看了那个，就会明白一切了！"萧海自信地说道。

他笑着冲她眨眨眼睛，又冲许若飞挥挥手告别，转身潇洒地走了。

沁梅回到了楚天舒的病床前。

他沉沉地睡着，守在他身边的杜鹃告诉沁梅，因为一大早咳喘不停，医生为他注射了镇静剂，所以估计还要睡几个时辰。

沁梅笑着摇头："没关系，我就这样守着他，等他醒来。"杜鹃感动地对她笑笑，离开了病房。

沁梅俯身在病床前，动情地打量着眼前这个人的脸，认真仔细地看着他生动的眉，他紧闭的眼，他挺直的鼻，他微抿的唇……如初见般认真、深情，又像是凝视着一件失而复得的宝贝那样倾心沉醉。

这张脸，比记忆中消瘦了，憔悴了，却比无数次梦中相见的要鲜活和真实。沁梅记起那年他和自己遭遇车祸时，楚天舒为了救她而受伤，也是这样静静地躺在病床上，她守着他，凝视着他，用手轻抚着他，直到他醒来，露出灿烂的笑容。

她又记起萧海走前说的那番话，就从随身带的包里掏出了那本粉色绒面日记本，那上面早已记满了诗词。

"天舒，你知道吗？当年你离开上海，几乎是不辞而别，我有多惆怅多伤感吗？我突然发现我爱上了你，无可救药地爱上了你！不是以前那种兄妹之爱，是真正的……爱情！我不管这段爱情是否只是我单方面的？我也要如实地记录下来。"她俯身在他的床边，握了他的手，深情诉说着。

"每当想你的时候，我就翻一本古诗集，那是我在上海一个书店买到的，里面有很多的描写爱情的诗句，我觉得，我只有拼命抄着这些或悲情，或伤感，或忠贞，或决绝的诗句时，心中才能好受些……"

　　他沉睡着，她轻语着："后来，到了东北，我在宁松那里又找到了另一本诗集，一本更凄美的爱情诗集，我继续抄着，就好像是在和你默默对话一样。"

　　她用手轻轻抚摸着他苍白的面颊："天舒，你知道吗? 有时候，我想你想得心都疼起来! 你看了这个就明白了，我的笔下分明有血又有泪啊，你听听这几句——

　　　　——鱼沈雁杳天涯路，始信人间别离苦。
　　　　——相恨不如潮有信，相思始觉海非深。
　　　　——忆君心似西江水，日夜东流无歇时。
　　　　——他生莫作有情痴，人间无地著相思。"

　　她的泪流下来，她将脸贴上他的面颊，抽泣着："天舒，当年我最常写的一句是——愿我如星君如月。是的，我多想做一颗星星，哪怕是一颗最小的、最微弱的，甚至是不那么发亮的星星，只要你，像月亮的你，能永远和我在一起，相守相望，就好，就好!"

　　她就这样依偎着他，一遍遍喃喃自语着："唉，你什么时候才能醒来呢，来应答我? 我知道，你一醒来，就会应答我的! 我们错过的太多，等待的太久……"

　　"愿我如星君如月…… 愿我如星君如月…… 愿我如星君如月……"

　　沁梅俯身在病床前，呓语般念叨着，直到听到那个熟悉的好听的低沉男声响起——虽然中气不足，虚弱无力，但是在沁梅听来，却无异于天籁之声——

　　"……夜夜流光相皎洁!"

　　她惊喜地望向床前，看到他——真的醒了!

第十一章　纠结前情

　　他纠结难言。楚天舒原本是一个很羞怯也很内向的人，他几乎无法直言自己的情思和隐情，他无助地看向沁梅，几乎是可怜巴巴的样子，他觉得沁梅一定懂了他的意思，他的愧疚，他的婉转道歉，他的曲语传情，他就这样盯着沁梅的眼睛，期盼心上姑娘的温柔谅解，她和自己的情意相合之意……

　　楚天舒一睁开眼睛，就迫不及待地在找寻那张脸，那张无数次出现在自己梦中，永生刻在记忆深处的脸。

　　那张面庞清秀如初，像一颗不染俗世尘埃的寒星，隐隐散发着温润柔和的光芒。不是俏丽如花，不是妖娆如卉；甚至不炽烈如阳，不皎洁如月，只像那挂在天边的孤星，带着百年孤独和清愁，在等着与自己的伴侣的清辉相合。

　　"沁梅，是你吗？"

　　"天舒哥，我在这儿！"

　　就在那人苏醒的那一刻，强烈的惊喜、欣慰、激动、伤感，种种情绪像电流一样一阵阵激荡过沁梅的心底，她与生俱来的性格特征这一刻竟然占据了上风。孤傲、冷僻、多疑、自尊、纠结、各色……还有那隐隐的委屈、倔强和强烈的自我保护意识，让沁梅不由自主地选择了此刻的感情定位和态度。

　　楚天舒自然是浑然不觉。此刻他的心中，放下了伪饰和压抑，自然留存在心中的，都是愧疚、心痛和释然的快乐！他用深情脉脉的眼光凝视住沁梅的脸，向她伸出一只手，期盼的呢喃着："沁梅……"

　　尽管心中有千般纠结，万种委屈，看着眼前这张病容深重的脸，沁梅还是心下不忍，就上前接住他那只手，再次用同样的话温语应答："天舒哥，我在这儿。"

只是后面说出的话却让病床上的那人不安起来："你终于醒了？唉，真好！大家可都担心许久了，我去叫他们进来高兴一下。"不等楚天舒出言阻拦，她已经出去将楚成和杜鹃叫了进来。

　　"七哥，你醒了？太好了！你这次昏迷时间可不短。江……江记者一直守在你身边，实在是辛苦了！"楚成叫出的沁梅的称谓，似乎又别扭又自然。在楚天舒的暗示下，他扶他坐起身来，半倚在床头。

　　杜鹃是一如既往的激动，她上前仔细看看楚天舒的脸："是啊，楚大哥，你醒来我们就放心了。梅姐姐都着急死了！"

　　沁梅脸上仍是淡淡的笑意，她几乎不去看楚天舒的脸色，只是笑对杜鹃："大家都是一样的着急，他这样昏迷着，每个人心都悬着！对了，杜鹃，你说给他准备了吃的，就等他醒来了，是什么啊？"

　　杜鹃笑着："是一点白粥。楚大哥脾胃弱，不能吃油腻的东西，医生嘱咐让经常给他准备些粥水，我怕食堂的大锅饭不好吃，才有时在宿舍里给他熬点粥的。对了，许处长的爱人，也经常给他煲些粥送过来的，她也是楚大哥的老战友呢。"

　　沁梅知道她说的是许若飞的妻子唐玉，便点头道："是啊，这次来得匆忙，好些老战友都还没顾得上见面，我知道唐玉也在这里。"

　　楚天舒轻语为她解释道："唐玉现在是我们所的档案室主任，她和若飞的孩子都三岁了，叫蓓蓓，一个很可爱的小天使！"

　　沁梅没接他的话头，对杜鹃道："你快去拿粥来吧，他这场昏迷，一弄就是一天一宿的，估计也该补些能量了。"

　　"遵命，梅姐姐！"杜鹃笑应着，忙起身出去，走到门口，又回身拉了楚成一把，对他使个眼色，楚成才恍然大悟，忙也跟着出去了。

　　病房里又剩下两个人，楚天舒感觉出沁梅的冷淡情绪，此刻他心中没有埋怨和伤感，只有愧疚和不安。

　　"沁梅，你没有走？……我……我……"

　　"天舒哥，你别想那样多，安心养病吧。我明白你的意思，我永远是你的妹妹，你现在病情不稳定，我这个妹妹现在是在照顾自己病重的哥哥，一件很自然很正常的事情吧？"

　　"沁梅，我不是那个意思！我是想说……"

　　"你啥也别说了！对了，忘记告诉你了，在你昏迷的时候，你们的领导都来看望过你。那个华所长，和我谈了很久，他让我在这里多照顾你一段时间，虽然我不是学医的，但是华所长说了，你身边没有任何亲人，既然我担着妹妹的名儿，在这特殊时期，守在你身边，伺候你，安慰你，也很必要吧？"

"沁梅，你知道的，我……我以前太别扭了，对不起，我……"

"没事的，天舒哥，我理解，你是病人啊，偶尔要要性子也没什么吧？放心，我不计较！我是遵照华所长的嘱咐留下来照顾你的。你放心，只要你病体一好转，我立马就走，我保证。"

"沁梅，你知道我不是那个意思，我……"

楚天舒都不知道自己该如何进一步解释了，他满面羞惭地低了头，沉默不语。

沁梅却是一副若无其事的样子，她很自然地上前为他整了整被子，微笑轻语："你刚醒来，别多说话，小心劳神。没事闭目养神也好。"

两人无语，气氛中流动着一丝丝疏离别扭的意味，那一声声"天舒哥"的称呼，如今听来，是那样的客气而淡漠。

杜鹃和楚成端了粥和药进来。她盛了粥，递给沁梅："梅姐姐，医生说了，这个药不能空腹吃，要先吃点东西，才可以喝药的。喏，给您。"

沁梅没接碗，奇怪地看她："给我做什么？不会是把这粥给我吃吧？"

杜鹃扑哧笑了："您可真逗！没想到您也是这样顽皮的？当然是给楚大哥的呀。您来照顾他吃啊。"

沁梅笑着摇手，也不接那碗："我笨手笨脚的，不会喂人吃东西。你照顾他惯了的，你还是你来。"

"梅姐姐，别说笑了，您快喂楚大哥喝粥吧，看一会儿该凉了呢。"杜鹃悄笑道。

沁梅摇头，略带认真的表情说："我说的是真话。你照顾他久了，自然知道他的状况，我是不成。"沁梅闪到一边，抱着胳膊笑看杜鹃。

杜鹃露出为难的样子来，她不由得看看楚天舒。

刚才她们这番议论时，楚天舒已经是在万般尴尬难堪地苦笑，此刻忙欠身道："我……我还是自己来吧，我可以的。"

杜鹃还想阻拦，沁梅已经表示赞同之意，她上前接过杜鹃手中的碗，递到楚成手里，又将勺子递给楚天舒："楚成，你端着粥，天舒哥，你慢慢吃，不着急。不过你一定要全部吃完它，然后咱们再吃药。"

楚天舒像个做错事的孩子一般，露出无措加愧疚的样子。他听话地点头，强撑起身体，打起精神来，慢慢地将一碗粥和一碗药都吃了下去。所有人都松了口气，楚成和杜鹃相视一眼，暗中偷笑。

照顾他吃了饭，沁梅又让楚成端来一盆温水，自己亲自动手为他擦了脸，连脖颈都没忽略。扶他躺稳后，沁梅温声道："好了，你目前身子还很弱，该先休息一会儿了。杜护士和楚成在这里守着你，我出去一下。"

楚天舒点头，温柔地看着她："你守了我一夜，是该赶快去睡一下的。沁梅，你快回招待所好好休息一下吧……等你休息好了，你来，我……我还有话对你讲……"他竟然流露出孩子般留恋依赖情绪来，望着沁梅的眼神恋恋不舍、含情脉脉。

看到他这样的神色，沁梅心下一颤，几乎坚持不下去了，但是她硬下心来，继续着自己的计划，她拍拍他的手："好了，我明白。我在这里还要照顾你几天呢，有话等你精神更好些时候再说吧。我知道的，你这个当哥哥的，总对我这个不懂事的小丫头训诫有词的。不过，眼下……也等你病再好些，有更大的劲头再训话吧？你说呢，天舒哥？"

这句话又是将楚天舒噎得无语。沁梅戏谑一笑，转身走了。

沁梅来到许若飞家，和唐玉激动相见，看到他们三岁的女儿蓓蓓，一个古怪精灵、像朵花儿似的小姑娘。沁梅几乎瞬间爱上了她，和她一起开心玩耍起来。

唐玉不由得叹息："可见是缘分了，你也这样爱蓓蓓！你知道吗，沁梅？天舒他最爱蓓蓓了，每次见了她都搂着不肯放手呢。蓓蓓也最喜欢这个楚叔叔，天舒脾气好，将就她呀，不像若飞，没那样大的耐心的！"

她笑看沁梅："我发现天舒好喜欢孩子，他也真是个性情中人！这次他病重，就嘱咐我和若飞不要像以往那样，带蓓蓓去医院看他。他说他不想让蓓蓓看到他病重的样子，怕孩子难过！若飞就悄悄对我讲，你看天舒这个人，多细心又多善良多体贴人？一个三岁的娃娃呢，他都替她想了太多！"

沁梅摸着蓓蓓微卷的头发，叹气道："我不知道这算是他的优点呢，还是缺点？他如今这一身的病痛，一直都好不利落，除了因他不要命的工作状况外，就是这个脾气性格所致了。思虑太多，在乎太多，不能释怀的太多，又怎么能展开心胸，淡定安然地养病？"

唐玉戏谑地笑看她："这下好了呀，如今你来到她的身边了，一切都不一样了！若飞和我讲了你们之间的一些事情，一些纠葛，我在想，以你沁梅的心性，一定会慢慢改变他许多！你呀，如今分明是医治他疾病的一剂良药，对他的病体恢复必然很有帮助！我们这些人可都看出来这点了，连华所长都这样说！"

沁梅不好意思地摇摇头，又偷偷笑了，她忍不住和唐玉讲了自己的打算，又绘声绘色讲述了今天楚天舒醒来后，自己对付他的一番情形。

唐玉也笑，但是还是不忘相劝道："你也真忍心！前两天你是不分昼夜地守在人家床前，流着泪地期盼他快点苏醒过来。如今好容易盼得人家醒来了，尤其难得的是，人家那思想目前分明也已经是转过弯来，这有多难得啊？可是你倒脸一变，公然搭起架子来，就那样狠心地拿软钉子给他碰？沁梅啊，我告诉你，你可小心！他那副身子，如今可真的是弱不禁风呢！你千万悠着点，别过分了。记住，过犹不及啊！"

沁梅认真道："正是为了他的身体能够更好地恢复，我才先要治了他那副别扭性子！不然他的病就好不利落！"

她想起一件事来，就问起唐玉附近哪里有菜场，哪里可以方便做饭。

"看来，你是贤惠起来啦，想给我们的楚总工做私家饭菜呀？好吧，你想做的时候就来我家好了，随时欢迎！"

沁梅没有辩解，只是笑笑点头。

沁梅精心照料起楚天舒的生活来。她事必躬亲，为他做着一切，煮粥熬药，端茶送饭，擦身换衣，扶上扶下，只是很明显是以一个妹妹的身份照料他的身体，不再提及任何那种私情话题。

楚成和杜鹃都惊喜万分地看到，楚天舒的状况一天天好转起来，有沁梅在身边，他简直可以用"服服帖帖，完全配合"几个字来形容目前的情形。他不再敢偷着召集自己的属下来他病床前谈工作；也不再别扭纠结于自己的身体病况，他格外顺从地配合着医生们的治疗方案，用积极的态度去接受治疗、喝药，甚至是吃饭。

虽然他的胃口依然不好，这天，当杜鹃将一碗鸡汤粥端到他面前时，他是一如既往地流露出厌食情绪来，用手按住胸口，微微蹙眉："我……现在没有胃口，可不可以等会再吃？"

杜鹃忍住笑，轻声道："您好歹尝一两口吧？这个可是梅姐姐熬了两个小时的呢。"

听了此言，楚天舒不再坚持，忙从杜鹃手中接过小勺舀了，慢慢喝着，边自言自语道："嗯，味道不错，好吃！"

一旁楚成和杜鹃都忍不住偷笑起来。杜鹃忙将碗凑到他面前："好吃就多吃点吧。"

沁梅心里也觉得好笑，不过她还是正着脸，柔声道："你能吃多少就吃多少吧，既然没胃口，就别太勉强自己，不然强吃下去心里也会不受用的。"

天舒笑笑，仍然一口口吃着，眼看吃到一半，毕竟体虚无力，他有点撑不住了，就不自主地停了下来，放下勺子，半倚在床头，喘息着笑道："这粥……真好吃，我歇歇再吃。"

杜鹃心有不忍，忙偷偷看沁梅一眼，似有哀恳之意。

沁梅当然明白小护士的意思，其实她自己心中也早怜惜上眼前这人的病弱状，不由得叹口气，上前从杜鹃手中接过碗来，侧身坐到他床边："身子又不舒服了吗？唉，好啦，你靠着歇歇吧，我来喂你。哼，我说过的，我从来不会喂人吃东西。不过，我也知道从我决定留下照顾你的那天起，自己就是个丫鬟命了！"

"梅姐姐你说得不对啊，那照这样理解起来，我们这些护士们，都是丫鬟啦？"杜鹃笑着打趣她。

"哦，小杜，你梅姐姐是在开玩笑呢。"楚天舒忙接言道，他偷偷看看沁梅的脸色，微微叹气，"终归还是怪我，是我身体不争气，拖累了这一大群的人……"

沁梅嗔他一眼，冷冷道："又来了！你这个人真有意思啊？总是爱将原本不属于自己的责任强拉过来，然后背在自己身上？像这样随时随地的自我谴责、自我折磨、自我虐心、自我纠结，你很快乐，很开心是吗？"

楚天舒垂首不语。

沁梅继续出击，望着他似有感悟、带着愧疚之意的面容，她重重甩了句："哼，你这个毛病还真令人不敢恭维呢，简直是自虐狂！虐待自己，也让周围人未必舒服！"

她盯着他的眼睛，一点不放松："楚总工，我正告你，目前根据你们所领导的指示，你的任务只有一个，那就是——静心养病！所以，你只要能好好配合，不但要配合医生们的治疗，更要配合我们这些人对你生活的管理和照顾。你要能做到这一点，我们就阿弥陀佛、谢天谢地了，倒也讲不到你上面说的什么——身体争不争气的话来！记住你目前任务——好好吃饭，好好睡觉，好好休养，好好精心养神，这些对你来说，是'革命的首要问题'。其他的都请给我扔到一边去！你早点好起来，总比你总是说些莫名其妙的自责道歉的废话有用吧？"

楚天舒满面愧疚、羞惭之意，让人难以察觉地点点头，像小学生挨了老师训一般驯服。

看他这副神情，沁梅不再说下去，嘟着脸，舀了一勺粥，喂到他嘴边，楚天舒抬起头来，深情地看着她，几乎是不引人注意地微叹口气，乖乖张开嘴，咽下这勺粥。

楚成和杜鹃看到两人这番情形，对视一笑，又吐吐舌，都急忙悄悄离开了。

喝完粥，沁梅又打水为他擦了脸，当她欲扶他躺下时，楚天舒突然抓住了她的手："沁梅，咱们谈谈好吗？"

沁梅由着他握住自己的手，平静看着他："好的，你说吧！"

"沁梅，我……我不知道该怎样说才好？我……前几天曾经那样伤害过你！我当时，觉得自己是那样的理直气壮，我以为……那样就是……就是……其实，后来我明白了，我是太自私了，我……我都有点恨自己了！沁梅，你懂的，你一定懂……"

他纠结难言。楚天舒原本是一个很羞怯也很内向的人，他几乎无法直言自己的情思和隐情，他无助地看向沁梅，几乎是可怜巴巴的样子，他觉得沁梅一定懂了他的意思，他的愧疚，他的婉转道歉，他的曲语传情，他就这样盯着沁梅的眼睛，期盼心上姑娘的温柔谅解，她和自己的情意相合之意……

他却很快就失望了，因为他看到眼前的温柔女孩仍然是一副淡淡温情，却淡淡疏离的神情。

沁梅用手抚了抚他的额头："还好呀，今天一整天了，你的体温都正常，没再像以往那样总发低烧……你刚才说什么？哦？什么对不起？没什么的，天舒哥，你没啥对不起我的，是我不懂事，哥哥病了，做妹妹的还对你发了那样大的脾气，该道歉的貌似应该是我吧？"

"可是，沁梅……"

她笑着制止住他："我刚才说过了，你目前的任务就是要放宽心，好好养病，其他一切都扔在脑后！你的病好了，咱们再做理论吧？就是吵架，也要等你身体强壮起来才有劲和我吵吧？就像以前那样……要不然，让外人看了，还以为我江沁梅欺负你楚天舒呢？好端端欺负一个病人……哼，我可不想落下那种恶名！"她说着忍不住得意地笑了，悄悄白他一眼，难免露出孩子般的置气神情来。

楚天舒也瞬间领悟到自己是被这个丫头要了，却原来这阵子她这副疏离淡漠的样子，是对自己以前行为的报复和回击呀？可是又有什么办法呢？楚天舒暗自叹息悔恨，自己无理在先，谁让自己那时那样深地伤害过人家呢？咎由自取，自作自受，自己挖坑埋自己，脚下的泡都是自己走出来的——楚天舒自己暗骂自己，何况，面对眼前这样心上的姑娘，他也绝不忍心再让她受一点点委屈啊。聪颖明慧、才智过人的曾经的高级特工楚天舒同志，于是也在悄悄想办法了。

"呃……沁梅，我有一事不明，倒想求教一二，不然骨鲠在喉，我是没法静心养病的！"

"你说吧。"

"谢谢你留了下来，沁梅，你一定是明白了我的……心吧？虽然我是做错了，可是你终究是原谅了我的！因为，你毅然留下来，就是证明，我……没说错吧，沁梅？这个可不是兄妹情分可以解释得通的。"

"嗯，好吧，楚天舒总工，你的自我感觉是一贯良好呀，我是领教过多次了。不过，这次，很遗憾，和你前几天认定的那样，我们就是纯洁崇高的兄妹情分！眼下我就是为了照顾自己哥哥的病才留下来的，你真的不用想很多，思虑过多，既伤神更伤身。天舒哥，你如今静心休养比啥都重要。"

"可是……我昏迷的时候，总感觉你在我身边哭呢，哭得我心都碎了！沁梅，我懂你的情意……你的深情！"

"这个很正常呀。哥哥病得那样人事不知的，作为妹妹的我，怎么可以做到麻木不仁、无动于衷呢？天舒哥…… 难道你会是那样无情无义的人吗？何况，当时在你面前哭泣流泪的不止我一个呀，杜鹃护士，楚成，你的秘书言涛，甚至是你的科研小组的那几个属下，有男有女的，看到你昏迷不醒的样子，都忍不住黯然泪下。你何以认定就是我在你身边哭呢？"

沁梅是得意的笑，楚天舒却是难堪极了。

楚天舒咬咬牙，打起十二万分精神来，披挂再战，莫忘了他可是经受过特殊训练的高级特工呢，他自认手上还有一个"制胜法宝"。

"但是，有一个细节终究不好解释。我在苏醒的刹那，分明是听到一个姑娘伏在我耳边吟诗呢？就是那句——愿我如星君如月……可是，杜鹃还小呢，她可是一点诗词都不懂的，这点我最清楚！"

他说完这句，觉得自己是扔出了杀手锏，必将所向披靡，一举攻城！因此不免得意起来，他孩子气地鼓鼓腮，扬起自己那两道生动活泼的眉毛，撇着嘴巴嬉笑着看着沁梅，俊朗清秀的脸上满是志得意满、志在必得的豪情壮志。同时，他的眼睛可是紧紧盯着姑娘的双眸，不放过一丝一毫她的表情变化。

"唉，我们的这位楚大专家，楚总工程师，楚大处长呀……"沁梅在心里念叨，"你的智商没人比，情商可一般般啊，那个爱情的智商更不可高看一筹呢。"

按压住心中嘲弄好笑之意，沁梅冷冷一笑，四两拨千斤般的坚决回击道："啊，那一定是你病中幻觉了，哦，不，应该是幻听吧？还姑娘念诗，星啊月啊的？哇，好酸！"

她冲着他直撇嘴："哼哼，实话告诉你吧，我们的楚大才子！我江沁梅可是个军人，就是喜欢诗词曲赋，也爱的是那种'大江东去……'的豪迈词句！那些卿卿我我、缠缠绵绵的腻歪东西还是不要了，矫情死了！"

她嬉笑着白了分明已经红了脸的他一眼，继续狠狠进行着她的打击报复："哈，天舒哥，你实在是多情哦，都病到昏迷不醒的地步了，还能梦到姑娘给你念诗呢？呃……这就是传说中的情圣吧？嘁！"

楚天舒被她这番话噎得面红耳赤，羞愧难言，又好笑又难为情，只好一言不发，假装没听懂的样子，好在自己目前在病中，可以公然装出身子倦乏的状态来，他微微皱眉吸气，频频摇头。

"你又不舒服了吗？那还是话说多了！快歇歇吧。"她也装作没看到他的尴尬难为情之态，强按他睡下。

第十二章　冰释前嫌

　　有一个有爱的细节被很多知情的人口口相传着，善意地取笑着他们。后来，他们的儿女们也曾为此问过自己的父母。最得楚天舒疼爱的他们的长女楚江雪，就曾认真向自己的父亲打听过这个故事，一个有关于"糖芋苗"的温馨故事，楚天舒望着爱女，笑而不答，但是楚江雪分明看到，父亲的脸上露出年轻恋人才有的幸福而羞涩的表情来。

　　但是就在楚天舒一筹莫展，不知道该怎样打开这横亘在两人间的冰封缺口时，一件事情让他绝地逢生，峰回路转。

　　这天晚上当沁梅离开病房后，楚天舒发现一本日记本落在自己枕边，他打开一看，里面密密麻麻抄满了情诗句子，他默默读着，也很快看出那都是沁梅的笔迹。

　　那些诗句经过千古流传，自然带了无数份血泪和哀愁，让人读来心酸而悲切。何况，敏锐聪慧如他，还看出在那一页页纸张上，留有很多淡淡的水迹——那分明是泪水留下的印迹。

　　读下去，楚天舒的心屡屡被这些沉痛哀婉的诗句重重击痛了，他下意识地按住胸口，平息了一下自己的情绪，又继续翻看着、体味着，一个女孩曾经的情伤和那无法排解的……思念！

　　却突然发现日记的封皮口袋里鼓鼓的似有异物，他疑惑着掏出来看，见是一张诗笺包着的……那枚信物，那个沁梅曾经送给他，后来他又让楚成还给她的玉观音！楚天舒展开包裹玉观音的诗笺，默默读着：

　　第一最好不相见，如此便可不相恋。

第二最好不相知，如此便可不相思。

第三最好不相伴，如此便可不相欠。

第四最好不相惜，如此便可不相忆。

……

第九最好不相依，如此便可不相偎。

第十最好不相遇，如此便可不相聚。

但曾相见便相知，相见何如不见时。

安得与君相决绝，免教生死作相思。

在这张诗笺上，更是布满泪痕点点，有的字迹都被水迹晕染得模糊了。只要略微想想它的主人当时的悲情和深情，无奈和无助的那份纠结痛苦，楚天舒就觉得心如刀割，肝胆俱裂，甚至有一种强烈的悔罪感涌上心头。

当然，聪慧机敏如他自然知道这件事一定是沁梅有意为之，姑娘必是以这本看似无意落下的笔记本为契机，含蓄婉转地再次表明了心迹。

"唉，楚天舒，楚天舒，你若再继续麻木不仁地苦撑苦熬下去，为了所谓的面子忍心敷衍着，试探着，犹疑着，你，还能算人吗?！"

他在心底低吼着，把日记本紧紧抱在胸前，像是抱住了心上的姑娘一般，任由心酸又欣慰的热泪在脸上纵横。

第二天早上，沁梅又和以往一样，服侍他吃完早饭，又喝了药，楚天舒已经下了决心，要和她表明心迹。他趁病房中只剩他们两人，认真看着沁梅，轻声道："沁梅，你能坐下来吗？我有要紧话想对你说。"

沁梅听了，也不答言，只是温顺地坐到他床边。

楚天舒握了她的手，深深看着她的眼睛："我有个故事，想讲给你听。"

沁梅回望着他，微微点头。

楚天舒回忆着，他的思绪，又飘荡到遥远的东北，在那个寒冷的冬夜晚上。

"那年，我从苏联回国，身体状况很不好，几乎是终日躺在病床上。有一天，杜鹃护士采了一大束腊梅花送到我的床前。你不知道啊，沁梅，那个小丫头啊，好像特别喜欢花儿，也是她的一片好意吧，估计是为了让病中的我能有个好心情，她总是变着法子采各种花放在我的床前。"

他的嘴角挂着微笑："可是，就是这束花，这束怒放的腊梅花，却意外拨动了我的心弦，格外让我动情！当时，我就盯着它看呐，怎么也看不够的样子，估计是我的那副神情太专注了吧？我分明看到楚成和言涛都在悄悄笑我……"

说到这里，他露出不好意思的神色来："楚成他们自从知道了你，知道了你的名字——沁梅，就明白我为什么格外爱重梅花了。是的，沁梅，你也许想象不到，在异乡的我，在病中的我，不，不！应该是在何时何地，一个'梅'字，都能触动我的情怀！我把它，当作了你，你的化身！沁梅，你明白我的意思吗？其实我……"

他咽回去了几乎冲到嘴边的话语，看着眼前低首不语的沁梅，红着脸继续讲述着："就在那天晚上，不知道是否是身边有这束梅花的缘故，我的梦中都是……梅花！都是……你的影子！往昔我们相识相处的那一幕幕，点点滴滴，如今都涌上心头……"

他认真看着沁梅，看出来彼此眼中都含了晶莹剔透的东西："沁梅，你是否读到过那首诗呢？'相思一夜梅花发，忽到窗前疑是君。'是的，我似乎真的看到窗外暗影浮动，就像是你的影子晃动在窗前。我在想，如果那真是你的倩影，是你来到了我的身边，该有多好啊！"

他自嘲一笑："我自觉也算痴情的了，我还曾自我嘲笑，甚至是自怜过。可是，沁梅，"他从枕下拿出那本日记本，再次握紧了姑娘的手，"当我看到这里面的点点滴滴……这里的每句诗都在敲打震撼着我的心扉，尤其是那句——'唯将终夜长开眼，报答平生未展眉。'沁梅，我……在这些句子的面前，在你的面前，又怎能算得上痴情？算得上用情至深？又怎样不算是一个……薄幸的人？"

他的泪水滚落腮边，眼前的沁梅已经泣不成声。她心痛难忍，只是纠结别扭的情绪仍然难以抑制。为了掩饰自己的失态，她挣脱掉他的手，拭去泪水，摇头道："天舒哥，你别说了，你如今病着，不宜做此伤感之态，我……我先出去一下！"

她拿起那本日记本，起身欲离开，却被楚天舒一把抓住："沁梅，我明白，我错了！萧海说得没错，爱情是两个人的事情，任何一方的独断专行都是对另一方的不尊重，也是对爱情的不尊重。哪怕这种自以为是的单方面决定，是借着爱的名义！沁梅，你……真的就不原谅我了吗？"

这番话让沁梅蓦然记起过去这几年的岁月，那失去了他，自己痛苦万状的生活情感经历；自己夜不能寐，夜夜流泪到天明的曾经；记起了就在前几天，就在这里，他那份绝情的样子，那份冷漠的话语，自己离开病房时那种满满于心的毁灭性的绝望和无助……一切的一切，让沁梅泪如泉涌，心痛如割！她毅然决然地想抽身离开，她要一个人跑到角落去哭泣，去宣泄，去舔舐自己的伤口！

"沁梅，你别走！你……"身后响起那人急切的呼唤，随即这声音却被一阵抑制不住的呻吟声替代。

沁梅回过头来，看到楚天舒手捂着胸口，艰难地喘息着，一副难受的样子。他的眉紧蹙着，下唇紧咬着，好像在拼命忍住一种深深的痛苦。

这情景让她心惊又心痛，瞬间忘却了自己的伤感，忙跑回床前，一把扶抱住他，急切地问道："你怎样了，天舒哥？哪里不舒服？你……你先忍一下，我马上去找医生！"

她抽身欲走，却被楚天舒牢牢抓住，他喘息着呻吟道："我没什么……沁梅，你别离开……我！"

搂着陷在痛苦中的他，沁梅心疼如割，她边给他揉胸拍背，边温语劝慰着："那你放松一些，是又胸闷起来了？还是心口疼呢？大夫们都说了，你的肺脏功能不好，一定要注意，不仅不能着凉感冒，也不宜情绪激动引起呼吸急促，要注意肺！何况你还受过脑外伤的，更不能太思虑过甚，大惊大怒，大悲大喜，容易引发旧疾，你一定要时刻注意才是啊，你这个傻子！也怪我啊，惹你伤感了，我……"

楚天舒实在装不下去了，不但是不忍心装下去了，而且他的笑怎么也憋不住了："沁梅呀，你还曾经感叹自己不是学医的呢，如今看你这满嘴的医学术语的……"

"天舒哥，你？"沁梅先是被他说愣住了，继而看看他的神情，才明白过来。她又气又笑，却暗暗松了口气，不由得推开他的身体，吊着脸气呼呼地指着他嗔道："嗨，楚天舒！你是骗我上瘾吗？！"

一场喜剧风波就这样结束了。楚天舒带着释然的微笑半倚在床头，深情地看着依偎在自己怀中的姑娘。

沁梅伏身在他的胸前，感受着他的心跳，低嗅着他的体温，心中安然温馨，如春之花园，尽是阳光，尽是安详，尽是芬芳……

"傻子，你就是个傻子！能把梅花都当成我了？'相思一夜梅花发，忽到窗前疑是君。'"她抽抽鼻头，抬起头来剜了他一眼，"你这分明是叶公好龙嘛！哦，看到梅花，都会联想到我，见到真人了，反倒冷酷无情起来？哼，你那天的表现，就像是一个冰冷残忍的冷血动物！是的，就是残忍！你这个傻子，残忍的傻子，虐人又虐己，把自己搞得一身病痛的傻子……"沁梅嘟着嘴，幸福地呢喃着。

"那么你呢？"楚天舒宠溺地搂住她的身子，扳过她的俏脸细细看着，"'唯将终夜长开眼，报答平生未展眉。'唉，沁梅，你这才是另一种残忍啊！这是让人看去，一种虐死人的状态！想着你曾经的那份痛苦，如今的我，唯有深深的愧疚感、罪恶感。长夜寂寂，夜不成眠，那些难熬的日子，实在是……太难为你了！沁梅啊，你该后悔当年结识我了吧？结下这样一段……痛心的缘！"

听了他的话，沁梅又有想流泪的感觉。她掩饰着抬起身来，忍不住用双手一遍遍抚着楚天舒的眉毛，抚着那两道俊逸而生动的眉毛，嘴里喃喃道："你懂啥呀？我才不悔呢！我就要这样，就要这样……用我的温情，用我的爱意，去抚平你这两道——'平生未展眉'！"

这句话让楚天舒瞬间近乎石化！片刻沉默后，他深深凝视着女孩痴情的眸子，她也深情回望着他，双颊飘上了一丝红晕来。

一阵醉人的芳香在空气中涌动、蔓延、流荡，他的唇已经轻轻印上了她的唇。一切误解、纠结、别扭、坎坷和磨难，如今都融化在这深情一吻中了。

这一刻，就是百年！

"天舒，和你商量点事情。有关这枚玉观音，我想把它捐赠到纪念馆去。让更多的人，记住这段历史，记住曾经的艰难困苦和无畏牺牲，记住那些永远长眠的英雄们……"

"不错，沁梅，我完全同意。"

"还有就是……等你好些了，我们到湘江边走走吧？去看看水……你知道吗？当年在上海，得知你失踪的消息，我绝望极了！我就跑到咱们经常散步的那条小河边，跪在地上，拼命对着河对岸喊——哥哥，别走！如今，我果然把你喊回来了，而我们一起，又有幸携手走入到新天地里，就像越过了那条河流，来到幸福和平的彼岸，有一种重生的感觉！"

"是的，沁梅！我也能感受到这种重生，从身体到心灵！还记得你的干妈吗？她曾经给我讲过一个故事，一个有关彼岸花的故事。我在想，我们这些幸存者，不就是踏过了命运的暗流，重生在这新天地下的彼岸了吗？"

"对的，对的！天舒，如今你的身体也要快快恢复啊，让我们一起享受这彼岸的春意，彼岸的芬芳吧……"

楚天舒和江沁梅由此进入到他们的温馨浪漫时代。

有一个有爱的细节被很多知情的人口口相传着，善意地取笑着他们。后来，他们的儿女们也曾为此问过自己的父母。最得楚天舒疼爱的他们的长女楚江雪，就曾认真向自己的父亲打听过这个故事，一个有关于"糖芋苗"的温馨故事，楚天舒望着爱女，笑而不答，但是楚江雪分明看到，父亲的脸上露出年轻恋人才有的幸福而羞涩的表情来。

那年，在深秋的湖南，楚天辽阔，湘江深流，层林尽染的日子里，沁梅用自己的温情和体贴，让楚天舒的病体有了很大的起色。

首先是爱情的力量，这里，就上演了那一出温馨故事。

某天中午，楚天舒输完了液，倚在床头歇息，却见沁梅抱着个保温桶匆匆赶来。

"天舒，饿了吗？我今天来得有点晚了。"

楚天舒看着她额头上汗水闪着光，心疼道："我说过多少次了，我现在好多了，可以在这里的食堂定饭吃的，你不用每天这样跑来跑去的，多累呀。"

沁梅从保温桶中舀出一碗粥状物来，先没端过来，只是走到床边望着他笑："你别管，我愿意！你看大家都说你近来比以前胖了几斤吧？再不是那种瘦弱的几乎弱不禁风的地步了。哼，食堂的饭，也可以这样养胖你吗？"

"可是……"

"没什么可是，你要听话，必须。现在我要你闭上眼睛！"

楚天舒反而睁大了眼："为啥呀？"

沁梅上前用手盖住他的眼睛："你又不听话了？快闭上眼睛！"

听到女孩软语娇柔，明显带着撒娇的语气，楚天舒心头掠过一阵暖流爱意，他笑了笑，温顺地闭上双眼。

"张开嘴……不准睁眼哦。一直要到我同意你睁眼时，你才可以睁开眼睛。"沁梅端过碗来，拿勺子舀了一勺，喂到他嘴里。

"好吃吗？猜得出是什么东西吗？"

"天哪，这……这竟然是……不可能呀，沁梅，再给我来一口，我要仔细品品！"楚天舒惊讶地感叹着，仍然守约不敢睁眼。

沁梅偷笑着，又舀了一勺喂到他嘴里。

"糖芋苗？真的是糖芋苗，没错的！沁梅，我可以睁眼了吗？"

"你这个傻子，嘴巴倒不笨呢，一尝一个准儿。睁眼看看吧！"

楚天舒睁开眼睛，看到沁梅手里捧着一个碗，里面是暗红色的稀饭样的东西，隐隐的还有些白色胖胖圆圆的球状物浮在里面。沁梅在一旁得意地笑呢。

"这个……是你做的吗？"

"简直是废话。不是我做的，还是天上掉下来的？变戏法变出来的？"

"嗨，天呐！沁梅，我真的在猜测在奇怪呢，你会变戏法吗？竟然给我变出了糖芋苗来……再说我更吃惊的是——你咋知道我最爱吃这个？"

"啊？"沁梅收住得意的笑，换上吃惊的样子来，"应该叫天的人是我才对吧？你竟然最爱吃这个？真是太巧了……我这才是瞎猫碰个死耗子！"

后来，听了沁梅的讲述，楚天舒才弄清楚事情原委。

原来，自从得知楚天舒"病逝"的消息后，沁梅一直陷落在悲痛伤感的情绪中无法自拔。她曾经无数次痴痴回忆着和楚天舒交往的点点滴滴，对和他有关的一切，都采取了格外关注以至于同理之情。

当时沁梅在编辑部的一个叫苏云的好友是南京人，她为了安慰沁梅，拉她到家中吃饭，为她做了几样南京小吃，其中就有著名的鸭血粉丝汤和糖芋苗。

沁梅吃着这些南京美食，又想起祖籍是南京的楚天舒来，再次伤心落泪。苏云搂住她安慰，沁梅却含着泪请她教自己做这几样小吃。

沁梅是有着自己的打算的。她早已经决定将在南京为楚天舒建一座纪念墓，她想她要学会做这几种南京小吃，等到墓建好的那天，她要亲手做了它们，祭奠在墓前。她知道天舒是个亲情很重的人，她希望他的魂魄回归故土的那一天，能够在那个世界吃上自己亲手做的他的家乡美食。

沁梅于是学会了制作这几种南京点心。她也没想到还会有这一天，能够亲手为"活着"的他做这种吃食！她照顾他有一阵子了，发现他的胃口不好，总是不大吃得下东西，就突然想起试着给他做一点这种家乡的美味来。她托了梦馨好久，才搞到了一些芋仔，精心烹制了这道甜食。

她更没想到误打误撞，这个竟会是楚天舒最喜欢吃的东西！她笑看他几乎是一口气吃完了它，嘴角还挂着红色的粥汁，就绽放了孩子般满足的笑容。

接下来的日子里，沁梅化身为神奇大厨，绞尽脑汁为楚天舒做着各种美味吃食，尤其是他家乡的美食，在带给他好心情的同时，久违的乡土风味食物也让他胃口大开，增进了他的康复进程。

其实"糖芋苗事件"只不过是这两位年轻恋人间很平常的一件事，只是碰巧被小护士杜鹃发现，再告诉了楚成等人，口口相传，就成为楚天舒和江沁梅恩爱的重要证据了。

在这年的秋天，楚天舒的病体奇迹般康复了，除了爱情的力量外，还要归功于一个老中医的妙手仁心。

许若飞曾经因机缘巧合认识了当地的一位老中医，他看到西医对楚天舒的伤病似乎没有太大的作用，只是稳定病情而已，就记起这位他熟悉的中医专家来，他也曾请他为旧伤在身的江静舟开过药方。

如今，他大胆推荐这位老中医为楚天舒诊病，在得到所领导和医院医学专家同意后，将他带到了楚天舒的病床前。

老中医在为楚天舒号过几次脉之后，又仔细研究了他的病况，开出了一张药方，对此，老中医向楚天舒身边的人们说出了自己的信心和疑虑。

据他看来，楚天舒的病并非不可治，只是需要时间来悉心调养，起码恢复到正常人生活状态是很有希望的。

他的话不仅让沁梅几乎当场喜极而泣，连华所长和许若飞、楚成、杜鹃都是额手称庆。

不过他接下来的话，却让人们心头浮现一丝隐忧。在他的这张药方中，有一味重要的药引，名为凤吟草，是当地的一种草本植物，有较大的毒性，一般很少使用。这种草在此药方中却不可或缺，但是正因为它很少被用来为人治病，所以它的使用剂量不好掌控。用量不够，药效不足；用量过逾，则恐伤害病体，况且是用在目前体虚病弱的楚天舒身上，格外叫人不敢轻易尝试。

沁梅心急，就拉着老中医和大家商量起来，所有人都在斟酌献策，没人注意杜鹃悄悄溜出去了。

三天后，杜鹃闹出了大动静，她上吐下泻，几乎虚脱，被送到病房抢救。在医生的一再追问下，她才吞吞吐吐说出自己此番急症的缘由——她这几天都在偷偷吃凤吟草！

沁梅来到她的床前，看着一脸病容的小护士，微微摇头，握住了她的手。杜鹃既紧张又羞涩，她期期艾艾的神情让人心疼不已。

"小杜，你老实告诉我，你偷偷吃凤吟草，是在尝药吗？为他的那味药方以身试之？是这样的吗？"

"梅姐姐，我……我在想，楚大哥他是电讯专家啊，他的作用好大，对革命，对工作！你不知道啊，这些年，他带着手下，破译了多少敌人的密码呢！

华所长都说了，他以前是革命的功臣，现在也是，将来更是！"

她认真望着沁梅："他的病体一直是大家忧心的事情啊，他一日不好转，我……我们都放不下心来！如今既然有方子可以治他的病了，就让我们看到了希望。不是吗，梅姐姐？我想，我也做不了别的，就为他尝试一下这种草，不，是这种药引子，也没什么吧？"

听了这番话，沁梅已经忍不住泪下。

看着她落泪，杜鹃不好意思地笑了："梅姐姐，您别哭呀！我……我刚才问过许处长了，我这次真的不是白试！那位老中医说是可以根据我试药的情况，来斟酌处理楚大哥药方的用量了……我好开心！我终于为他……哦，也是为组织做了一点点贡献吧？"

沁梅感动地握住她的手，擦着泪埋怨道："傻妹妹，你这样做多危险啊？"

杜鹃笑着摇头："我说过了，和他的康复大事相比，这个完全是值得的呀！梅姐姐，我想求你一件事，你不要把这件事告诉楚大哥好吗？我……不想让他担心、难过……"

沁梅深深吸了一口气，回头看看周围没人，就笑着看杜鹃，轻声问道："你也是喜欢他的是吗？不，应该是……爱？"

她预料之中地看到杜鹃脸上飘起了红云，女孩微微低了头。

不过让沁梅没想到的是，小姑娘不过垂首沉思片刻，就抬起年轻纯净的脸庞，坦然看着她直言道："是的，梅姐姐，我爱他，他是我这辈子遇上的第一位……爱慕的异性！"

她说着上前拉住沁梅的胳膊，用劲晃晃："我要告诉您真相，虽然，我怕您会想到别处去……"

她认真看着沁梅，从后者脸上也看到了平静和坦然，还有善意的鼓励的微笑，就继续坦诚地说道："梅姐姐，虽然我很爱楚大哥，但是我早就知道我们之间根本是不可能的！从楚成他们嘴里，我知道了您的名字，我知道您就是住在楚大哥心中的那位幸运的姑娘。他将您当作心肝宝贝般珍藏在心里，无论是曾经的深爱，还是曾经的无奈无私的伤害，都是一种神仙眷侣般的情分……"

小姑娘脸上满是柔情："可是您知道我有多爱楚大哥吗？梅姐姐，您肯定想象不到！是的，您一定不知道这种爱的程度有多深？深得我自己都曾经理不清呢。"她的俏脸上瞬间又挂上了惶惑和迷茫。

她看着沁梅，微微露出笑意："这个程度……我自己也是才品味过来的呀。

您知道吗？检验这个程度的标准就是——我对您的爱！"

听到这里，轮到沁梅露出惶惑的表情来。

"是的，我爱他，如今让我自己都感到不可思议，我竟然能真正做到爱屋及乌！您是他的最爱，看到你们蹀躞情深的样子，我心里没有难过，竟然满满的是感动和温馨！尤其是，看到楚大哥在您的照顾下一天天强壮起来，我就逐渐感到自己也同时深深爱上了您。"杜鹃的语调轻柔婉转，在沁梅听来，如云雀般低吟浅唱，"梅姐姐，我今天好想和您说一句贴心的话。"

"你说吧，杜鹃妹妹！"

"我知道他有多爱你！如果你也像他爱你那样深爱他，我就会爱你，像爱他一样……可是如果某一天，因为什么原因，你不爱他了，你一定要告诉我，让我知道……那么我就会接替你爱他，爱他到死……"

"你这个傻丫头！"沁梅又感动又心酸，忍不住上前将她紧紧拥到怀中，流下了热泪。

在这个中医偏方的养护调节下，楚天舒的病体竟然出现奇迹，经过一段时间的调养，几近痊愈。在来到他身边不久的时候，沁梅已申请调入703所政治处任干事，她不顾当时还未完全治愈病体的楚天舒的反对，在华所长的支持下，和他结了婚。

第十三章　倾城之殇

　　但是如今一切都被狠狠击碎了！所谓悲剧，就是把美好的东西打碎在爱它的人的面前。他看到他倾心维护的义妹，那个像蔷薇花一样娇嫩明媚，像无辜的羊羔一样善良的女子，在这短短的几天，在这难熬的几天，迅速枯萎消瘦下去！江静舟感觉到像有无数把小刀在切割自己的心脏，痛不堪言，鲜血淋漓。

　　就在楚天舒和江沁梅逐渐走入婚姻之佳境时，另一桩婚姻却遭遇了可怕的风暴。

　　顾倾城和恋人何平均来到金城西北某军区工作，并结为了夫妇。在江静舟担任司令员的军区大院里，顾倾城由于在解放区改学了医学专业，成为军区门诊部的大夫。何平均作为保卫干事，工作积极上进，很快当上了保卫处副处长。

　　生活像一条波澜不兴的小河，平静而温馨地流淌着。每个周末，顾倾城夫妇都会来到江静舟所住的将军楼，三人愉快地聚餐一回。其实就是这座楼的主人——江静舟本人，也是周末才会真正有回家的感觉。平日里他工作忙，经常会到各个部队检查工作，和兵们待在一起，他习惯于吃在部队，住在部队。和平年代了，江静舟终于实现了自己做一名职业军人的梦想，把带兵、训练当作神圣而恒常的状态来享受自己的后半生。

　　每当周末，江静舟总是给家里的公务员放假，顾倾城小两口回到这座小楼，江静舟拉住何平均下棋，顾倾城忙碌着下厨做饭。三个军人平日里工作忙，几乎都在吃食堂，周末这餐的营养就格外令人关注。一个兄长，一个丈夫，如今都是顾倾城心甘情愿饲养的"孩子"。

　　何平均是个性情腼腆的人，和他平日里从事的工作性质不同，打打杀杀不是他的特长所在，他更喜欢安静地捧着一本书看。除此之外，回到将军楼，和将军大舅哥黑白对弈，厮杀一盘，就是他的另一个爱好了。

江静舟也很看顾这位妹夫。当年，他暗中托解放区的同志给义妹顾倾城介绍对象，谈过几个人，据说顾倾城都不动心。后来，一个来自太行山的老大姐为她介绍了年纪相仿的一位青年军官——何平均，倒是似乎和她有缘，两人自自然然地交往了下来。

后来，他们二人在江静舟的建议和斡旋下，跟随他一同到西北来工作，在风沙弥漫的西北著名古城——金城，总算建立起一个温馨有爱的小家庭。

看到顾倾城有了这样一个安稳的归宿，江静舟心里颇感安慰，他觉得自己终于对于那个生死之交的弟兄——方城烈士有了交代。他关心爱护着这小两口，对何平均更是青眼相看，待他像亲兄弟一般。

何平均对有着老革命资历的江静舟充满崇敬之意，何况他目前还是自己单位的最高领导，德高望重，一言九鼎，这更让何平均对他敬畏有加。

但是两年多时间相处下来，他发现这位江司令员完全是个性情中人，虽然霸气威猛，在工作中对下属要求很严，但是生活中却随和恬淡，极易相处。更为可贵的是，在这位年近半百的军旅硬汉身上，还有一种令人着迷的孩童气质，纯净通透，不染尘埃。比如说下棋这件事，不仅可以看出，他作为湖南汉子的霸蛮气质，不达目的不罢休，不破楼兰终不还，而且分明还是童心烂漫，不仅讨厌别人让棋于他，还很搞笑地经常为悔一步棋而顽皮耍赖。

这样没大没小、没上没下地戏耍玩笑着，嘻嘻哈哈地厮杀过几回，何平均在江司令员面前越发放松，完全是哥俩好的格局。尤其是两人对弈时，大呼小叫，全无上下级之分。这天，当顾倾城端着一盘烧好的干烧黄鱼走出厨房来到客厅，就看到丈夫正在义正词严地对自己的将军哥哥训话："您怎么又悔棋呢？说话还算不算数了？哼，还是司令员呢……"

顾倾城笑嗔他："小盒子你怎么说话的呀，对自己的兄长全无规矩了？"

何平均还未答言，江静舟已经大手一挥："小薇，你别插嘴，我们俩男爷们较量，你个女孩家掺和什么？"

他搔搔头发，对着妹夫谐谑笑笑："不过，小何子你也太不仗义了，不就是一步棋吗，我这边手还没落子呢，你就在那边叫嚷起来，至于吗？"他一向亲热地称呼他为小何子，被顾倾城戏谑为"小盒子"，小两口经常以此玩笑。此刻的小何子却一脸正经，全不给将军大舅哥面子。

"怎么不至于啊？棋盘如战场，就讲个雷厉风行，干脆利索！"何平均撇撇嘴，"司令员大哥您什么都好，真的！哪哪儿都没毛病，是我们这些人心中的偶像将军啊。就是这下棋爱悔棋的毛病……啧啧啧……实在是不敢恭维，嘿！"

他冲着领导翻白眼，该领导还没脾气，红着脸认错："好吧，我说不过你，这盘不算，咱们再重新来过。"

"凭什么呀？这局眼看我就攻城略地，胜利在望了，您……"何平均正要制止他的"狡猾逃脱"毛病，却不料手下的棋盘已经被一只纤手搅乱。

回头看，是顾倾城笑着搅了这场局："哎呀，好了，两个男爷们，该吃饭了，吃完饭再接着疯吧？"三人笑着来到餐厅吃饭。

坐到桌上，看看几样菜品，做兄长的人却板起来脸："怎么回事啊，小薇？哥的话全不作数是吧？"

他指指四菜一汤，依次点评着："干烧黄鱼，烟笋腊肉，辣椒炒蛋，小米椒炖米豆腐……哦，还有这个酸辣肚丝汤？你这是无菜不辣呀，你让人家小何子怎么吃？"

顾倾城看了眼丈夫，笑着狡辩："是他说要学着吃辣菜的，不怪我……"

何平均也忙帮着媳妇说话："是怪不着小薇，我让她这样烧的。我在想啊，咱们家三口人，你们一个湖南，一个湖北，都能吃辣，单剩我一个，也要少数服从多数不是？所以我决定从今天起，开始向这些辣菜进攻，争取早日向你们靠拢！"

江静舟摇头："这吃辣的功夫也不是一天半天就能练成的呀，小何子你也太心急了些。"

他又回头看顾倾城："上周我就嘱咐过你，每次烧菜要考虑到小何子的口味，你总不听，这下更是变本加厉起来。哼，不听话的丫头，真是指望不上你。"他说着起身来到厨房，自己翻出两听肉罐头，用起子叮咚撬起来。

"哥，我来吧。"顾倾城跟过来要帮忙，江静舟挡住了她："好了，你女孩子家使不上劲。"他撬开罐头，递给顾倾城装到盘子里，端到餐厅。

三人坐下吃饭，没尝过几口辣菜，何平均已经在那里不停吸溜嘴巴。江静舟又好笑又好气，用筷子指指顾倾城，对她翻了个白眼。却见那小子在那里没出息地用行动护着自己的媳妇，一边不停地夹着碗里的菜来吃，一边嘴里还自我鼓励着："嗯，好吃，不错，有味道……"

三人温馨有爱的生活常态继续着。期间还发生过一次江静舟旧伤复发，病重住院的事情。

那次，因为连续在野战部队和战士们一起进行实战演习，加之气温骤降，江静舟旧伤发作，高烧不止，被紧急送往医院。

虽然有秘书、公务员守在他身边，何平均和顾倾城两口还是承担了重要的护理任务。顾倾城在家中做可口的饭菜送到医院，何平均一直守在他的病床前，晚上他也不放心年轻的公务员守候，坚持自己护理病人。

整整一周下来，江静舟康复出院，何平均的脸却整整瘦了一大圈。江静舟感慨在心，用劲拍拍他的肩膀，什么也没说。何平均回敬他一个理解的笑脸，两个男人间的友谊心照不宣，从此愈加亲密。

日子就这样风轻云淡地过下去，谁料想平地惊雷，一件让所有人意想不到的事情竟然发生，不仅让两个戎装男人的友谊蒙上了不和谐的影子，也摧毁了顾倾城玫瑰色的婚姻之梦。

原来何平均在老家是有过一次婚姻的，不仅有结发的妻子，还有三个阶梯状依次排列的儿子！

这件事情的暴露是来自他家乡的一封揭发信。这封并非来自群众，而是以闽西偏远山村的村委会名义发出的信，更像是一份战斗檄文，一个血泪控诉状子，历数了这位乳名阿驹，现在学名叫何平均的年轻军官的种种大逆不道、数典忘祖、忘恩负义、道德败坏的行径。

原来何平均十五岁即在家乡娶妻，二十岁离家参加革命时，已经和名叫阿芳的妻子生育了三个儿子，最小的孩子在他离家时还未满周岁。

他向组织隐瞒了自己已婚的情况，后来在解放区，他遇到了温婉贤淑的顾倾城，一见倾心，对她展开了热烈的追求，终于俘获芳心，从此走入了新的一段婚恋中。

后来他瞒着顾倾城，曾经找机会悄悄回了老家一次，准备和阿芳协商离婚，解除在他心中横亘已久的"封建婚姻"桎梏，但是此举却遭遇了发妻的断然拒绝和拼死抵抗。两人交恶中，他冷心冷面地丢下妻儿，也扔下一纸绝交信，抽身回了金城。却不料阿芳也是个刚烈倔强的女子，在丈夫不告而别后，她选择了带着最小的儿子吞服农药自尽的方式，来控诉丈夫对自己和孩子们的背叛。幸而被人发现，她被及时抢救过来，但是他们的小儿子却从此落下终身残疾。

这场婚姻悲剧震撼了那个偏僻的小山村。何平均成了人们口诛笔伐的罪恶之人。"当代陈世美"、"大军中的败类"等称谓从家乡飞出，借助村委会盖着大红章子的一纸诉状，飞到了部队，放在了江静舟等领导的案头。

军区成立了调查组，将此事做了彻查，获知结果的那天，江静舟铁青着脸回到家中，看着坐在客厅沙发上的两个女人，久久无语。最后，他长长叹了口气，自己进了书房中。

当时沈琬正好休假从广州来金城看望江静舟和顾倾城，遭遇此事，她成了顾倾城最贴切的安慰者。秉承江静舟的意思，她接顾倾城一起住进了将军楼，温语轻言地安慰着她。自从何平均重婚罪事发后，顾倾城就和他暂时分居了。

沈琬紧紧攥住顾倾城的手，一遍遍抚摸着她冰冷的指头，安慰的话这两天已经说尽，她知道说什么都不足以真正慰藉到眼前女子的心：她从江静舟那里听过这位乳名叫小薇的女子的曲折身世，知道她当年被江静舟送到解放区后，曾经倔强地拒绝了一次次上级、战友们的婚姻安排。可是当她终于下决心走入到一桩婚姻中去，并准备和某人安安静静地相守一生时，却遭遇了这样一场莫名的难堪和羞辱，还有那难言的……背叛！她能体味到她此刻的悲凉和无助，甚至是一种深深的绝望。

"沈姐，您说，我为什么要开始这桩婚姻呢？我不知道我是否爱过他？但是当我想要好好地爱他一回，踏踏实实地和他相守过这下半生的时候，他却注定要从我的生活中蒸发掉了？这是一场梦？还是一场游戏呢？沈姐，您告诉我……"

顾倾城睁着迷蒙的大眼睛，愣愣地望着沈琬，原本秀丽的面庞，在这几天的打击中变得憔悴而灰暗。她反手握着沈琬的手，嘴里呢喃着，唇边始终挂了一丝淡淡的苦笑。

这样的顾倾城让沈琬心碎神伤，作为一个曾经经历过最惨痛情伤的女人，她对她格外地同情和爱怜。她不知道如何回答她失魂落魄的询问之语，只能含着眼泪，用劲握了她冰冷沁人的纤手，想将自己的一份体温传递到那上面。

这样的顾倾城也让江静舟黯然伤神，心痛如割。他一遍遍拷问自己对她曾经的"照顾"是否出于无私之心？还是为了避嫌，为躲避一场令人尴尬的单恋情缘，自己自私地将那个痴情温柔的女子，送入了一场错误的婚姻中，从而带给她今天这样一种难言的背叛，收获了一种另类的痛苦？

是的，为了他的战友——方城，他曾经发誓要好好照顾这位异姓妹妹，他要把她当作自己的亲妹妹来护佑她一生。可是当年，当他敏感察觉了她对自己的那份"依恋"，来自她芳心难抑的真情时，他是纠结而抗拒的。他要维护好这份纯净的兄妹情，又要挽救她的芳心，让她不至于陷入无望的"单恋苦海"中不能自拔！他小心翼翼地和她相处着，亲近而不亲密，亲爱而不狎昵。

后来，他感受到她的灵慧可人，她看清楚他对自己的感情处理方式后，选择了自己的退和进。退出这段无望的感情，却进入到温馨有爱的兄妹情缘中。

他欣慰并感慨，更加坚定要护佑她一生，护佑她幸福的念想。身在宽城的他，不忘托护送她出城的交通员，给远在解放区的战友带去了信件，托他们照顾这个"烈士的妹妹"，也托付他们为她寻找一份属于她自己的幸福。

几经波折，终于她遇到令她心仪之人——何平均，他欣慰地看着她成了家，在他祝福的眼光里，拥有了一份幸福和安宁。他和那个成为他妹夫的人也逐渐惺惺相惜，三人度过了许多温馨难忘的日子。

但是如今一切都被狠狠击碎了！所谓悲剧，就是把美好的东西打碎在爱它的人的面前。他看到他倾心维护的义妹，那个像蔷薇花一样娇嫩明媚，像无辜的羊羔一样善良的女子，在这短短的几天，在这难熬的几天，迅速枯萎消瘦下去！江静舟感觉到像有无数把小刀在切割自己的心脏，痛不堪言，鲜血淋漓。

就在这个黄昏，在饭桌上，沈琬苦苦劝说顾倾城吃了这三天中的第一口饭，没想到她刚刚咽下这口薄粥，就会引发一场撕心裂肺的呕吐。

她边吐边喘，边喘边泣："哥，沈姐……我……尝不出饭的味道了……我的嘴里好苦……让我好好……吐吐……"

沈琬搂住她，抱在怀里，两人相拥而泣。这女子间的悲泣共鸣声击伤了江静舟的心，他沉着脸扔了饭碗，穿了军装外套就冲出门去。

没有人知道那天深夜，在江静舟的办公室里发生了什么。何平均低着头进去，再出来时，额头上有伤，嘴角也血迹斑斑。

何平均没有悬念地接受了组织上的严肃处理，建政之初，百废待兴，无数双群众的眼睛在盯着共产党人的施政行为。对于这样造成极坏政治影响的军人重婚事件，处理的结果是严肃而无情的。何平均失去了军籍，被发配回原籍重新安排工作。后来听说，是由于江静舟的极力斡旋，他得以在家乡某县城武装部安置了工作，起码还是从事和"兵"沾边的工作。

他不知道的是，他离开金城后，江静舟也接受了一个来自组织的处分，这还源于江静舟他自己的一份检查，他曾经忘却了军人、上级的身份，对下属何平均有过过激的惩罚行动。

何平均离开金城前，曾想和顾倾城见上一面，他内心里充满对她的愧疚之情。他不期望能得到她的谅解，只是想对她当面说一句"对不起"。但是后者拒绝了他的请求，只是将一封书信带给了他，作为永诀。

是的，在她的心里，只能是永诀。虽然，她明白她的心中，是有着这个"小盒子"的一席地位的，他不是她的初恋，也不是她毕生最爱的人，却是她动了情感，准备终身托付的人。但是她更清楚的是，自己内心的那份坚持——她是个外表柔弱、内心刚强的"别扭人"，她无法接受一份不纯净的欺骗"恋情"，更重要的是，她不能自私地占有原本属于别人的东西。

说出她的真实想法，是在这件事情过去的大半年后。那也是一个周末黄昏，将军楼里，她和义兄坐在晚饭桌前说着闲话。江静舟拿出了一封信，告知她来自遥远的闽西。

"小薇啊，那件事已经过去许久了，我知道你已经渐渐走出了阴影。有些事情，哥哥还是想告诉你——其实，我一直和何平均通信，他时常会和我说到他在故乡的生活、工作情况。他目前还好，一切都很稳定，很……平静，孩子们也好，一切都……恢复了正常。"

他说的语气还是有点艰难，似乎在竭力寻找着合适的字眼，来说明一段纠结难言的心理。顾倾城垂着眼皮吃饭，没有回应他的话语。

"但是，有些事情，我思前想后，还是决定要告诉你。"江静舟咬咬嘴唇，认真看着义妹，破釜沉舟般说出了一段真相，"小何离开时，想见你一面，你没给他机会。他无奈之下，跑来找我。那时……他嘴角和额头，还带着我给造成的伤痕……"

他说着叹息："那也是个犟种，平日里看着随和儒雅，还有点女孩子气，我一向总笑话他没主见，爱听你摆布……不料，那次，他倒是动了倔强脾气。他对我说，他对不起你，他知道这场婚姻对你的无情伤害，他是咎由自取。但是，他同时向我表达了另外一层意思，他说他是真心爱你的，你是他此生遇到的，真正意义上的爱人！他犯了错误，应该接受组织上的惩罚，但是从爱情方面讲，他没有错，他不后悔！"

顾倾城听着，依旧低着头，用筷子狠狠扒拉着碗里的米饭，一下下扒拉着，像是要把那些米粒绞碎，再肢解成泥。她不答言，眼皮都未曾抬起稍许。

江静舟静静望着她，叹口气，继续说着："就在那天，离别前夕，他对我说出了自己深藏心中的一段心语。他说，如果你对他……还有一丝……留恋和牵挂，可以……等着他，他会用时间去完成自己应尽的职责，自己作为丈夫、父亲的职责，然后……再想办法……获得自由身。你们……也许还有机会……"他说得磕磕巴巴，这件事在他心里斗争了很久，直觉他不应该给她说这个，这个他自己都不认可的一个观念。但是，同时，他又受人之托，而且这个托付之人——小何子，曾是他倾心相交的一个好友，一个有过几年亲人之缘的青年！

江静舟在矛盾困扰中犹豫彷徨了大半年，才选择在此刻告诉义妹这个真相，他边叹息，边挣扎着说出了这段晦涩难言的话语，不料抬眼对上的，是义妹冷静决绝的眼神。

"哥，你别说了，这是不可能的，而且我已经完全正式地回绝过他了。"顾倾城幽幽说道。

望着义兄关切温情的目光，她口齿清晰地说明了自己的曾经抉择："哥，我知道你在为我们惋惜，想有机会替我们挽回点……什么，哪怕这也是有违你的道德规范的东西，而且，我明白，你是为我好。但是，哥，"她的语气变得严肃认真起来，"你还是不真正懂小薇的心！对于我来说，自尊、自立、自强，是比爱情更高的东西。也许别人会说我痴，说我傻，说我不通时务，不解风情，甚至是不讲情分，一切都无所谓，我必须说出我自己内心真实的想法！"

她轻轻缓口气，接着道："我顾倾城不喜欢拿别人的东西。世界这样大，我为什么要去抢别人的东西？"她深深低下头，就忍住了不由自主汪到眼眶中的一副热泪，"是的……男人，别人的男人，打上了标签，签订了责任的人家的男人，我不会去争去抢到自己身边！绝不可能！所以，这桩婚姻，散了就是散了，绝无复合的可能。从大义上讲，我不能让一个无辜的女人失去丈夫，让几个可怜的孩子失去父亲。他该去尽他的职责，他和我的这段爱情，存在着欺骗和隐瞒，就是无根之树，无果之花，没有任何继续的意义。把自己的幸福建立在别人的痛苦之上，不是我顾倾城的作为。而且，如果，他何平均还不能意识到这些，还在自私自利地构想着自己的爱情和梦幻，这样的男人，更非我应该爱怜和……留恋！"

她说得决绝而平静，这样的神情震撼了江静舟，他第一次发现，柔软婉转如顾倾城，还有如此倔强刚烈的一面。不知道该如何回答她的话语，他只能深深叹了一口气。

"哥，我相信你能理解我。一切都过去了，目前，工作就是我的生活重心，我很快乐，真的，哥，你不必为我担心，你看看我如今的情形就应该放心了呀？"

江静舟默默点头。他知道她说的不全是推脱掩饰之词。和何平均平静分手后，顾倾城很快将全部精力投入到工作中去。沈琬陪了她几天就回南方去了，她神色平静地上班，周末依旧来到将军楼为义兄做饭，收拾家务。兄妹俩相对聚餐，绝口不提那件让大家都纠结伤神的事件，他们平静温馨地相处着，江静舟默默呵护着妹妹走出情伤，顾倾城坚强恬静地恢复了往日的生活状态。

　　她体形更瘦了一圈，但精神很好，她穿着整洁的白大褂，忙碌在军区门诊部里。态度和蔼可亲地接待每一个伤病员。她没时间理会那些投向她的或关切或审视，或探寻或同情的目光，她认真、细致地工作着，平静、优雅地生活着，渐渐地，有关她的婚姻的话题，就逐渐在军区大院里烟消云散了。

　　只是在今天，当义兄又提起这个话题时，她的心中还是漾过一阵小小的涟漪。但是她很快压抑住内心的波动，咬咬秀唇，带着沉静如水的神情看向义兄："其实在我给他的那封诀别信中，我就说明白了上述意思，他肯定也明白了我的意思。哥，这里面有个时间段的误会在。你和我说到的，是何平均在临走前的晚上对你畅述的心曲。但是第二天，他离开金城时，我曾经托人交给他一封信，就和他讲清楚了我的想法和决定，完完全全地和他诀别过了。我知道，依照他的个性，他不会勉强我的，他其实也是一个自律且自尊的男人。所以……后来，他才会语气平静地跟你通信，说些你刚才提到的，他的生活、工作状态……"

　　她深深吸了一口气，看到对面坐的义兄惊讶地睁大了眼睛，就略带凄楚地一笑，继续说道："哥，都怪我，是我没给你早讲清楚这些事，讲清楚我们之间自然而然的约定——今生无缘，只能诀别，才会引起你的误会。你总在纠结于是否该把何平均离开前夕，对你说的那番话，转告于我？无论讲与不讲，什么时间讲，一定都让你为难了？我更清楚的是，你这样都是在为我打算，是为了我好……"她说得有些娇羞，红晕涌上脸庞，就微微低下了头。

　　这番话让江静舟感慨万分。他沉默了片刻，才微微叹了口气，或者说，是悄悄松了口气："好，真好！你和小何子，都是没有让我失望的人！而且……小薇啊。"

　　他认真看着义妹，眼中尽是欣慰爱护的目光："你真的比以前更成熟了，也更理智了，哥哥真为你高兴，我的妹妹，真的是最棒的！"

　　"哥，谢谢……我永远不会忘记，我是方城的妹妹，也是江静舟的妹妹，有这样两位优秀的兄长，我有什么理由不迅速成长、坚强起来？"

"嗯，小薇，你的坚强和豁达，还有那无私和善良，这些优秀的品质都让哥哥自豪而欣慰！但是小薇你记住，以后遇到事情，别自己死扛，别太委屈了自己！你还有个亲哥哥呢。"

"哥，我懂……"

倾城之殇，终于有了一个令人心安的舒缓温和的结局。

第十四章　久别重逢

　　只是这次不如江静舟司令员所愿，这个不成为事情的事情，还真是一件"事情"！这件"很正常"的事情，竟然有了不太正常的走向，一种好笑纠结的情形马上要出现在这个家庭的聚会上，问题出自于一个"不可思议"的原因——楚天舒同志面对江静舟同志，不能正常自如地开口叫"爸爸"！

　　日子过得很快，转眼 1955 年春节来临。楚天舒和江沁梅夫妇回金城休假，这也是他们结婚后第一次去见江静舟，距离楚天舒和江静舟在宽城分别，已经整整八年了。

　　这也是江静舟一家难得的一次大团聚，这个家庭因为工作单位都是天各一方，难得聚到一处，今年说好沁梅夫妇和宁松都会回金城家中过年，不但江静舟、顾倾城很高兴，在准备着一家聚会，远在广州工作的沈琬也休了年假，兴冲冲赶过来了。

　　因为江静舟军务在身，无法分身去湖南参加女儿的婚礼，沈琬于是代表长辈在他们结婚时去过湖南，探望了女儿，也第一次见到了女婿楚天舒。她对楚天舒印象很好，觉得小伙子儒雅、亲切、稳重、务实，尤其看到小两口那种恩爱情深的样子，沈琬心里格外安慰，她看出来女儿如今生活在幸福满足之中，她毕竟是找到了此生最爱的人！在她的眼中，爱情的力量是这样的强大，往昔倔强孤僻的女孩，如今俨然是温柔贤惠的小妻子模样，对刚刚恢复健康的夫君关爱照顾有加，而楚天舒对自己妻子的那份深情，那份将就和爱护，也让岳母大人欣慰不少。更何况沈琬看出来了，生性温存体贴的天舒一定是爱沁梅至深的缘故，因而对岳母沈琬也流露出一种自然而然的亲切和温情，像对待自己母亲那样对她照顾和她亲热相处。

此刻，在金城的将军楼中，沈琬向江静舟和顾倾城描述着沁梅夫妇生活的现状，尤其对女婿楚天舒是赞不绝口。

顾倾城听了忍不住笑："俗话说，丈母娘看女婿，是越看越欢喜啊！沈姐你如今这番情形就是这句话实实在在的验证了。"

江静舟笑着插言："天舒本来各方面就很优秀啊！沁梅往昔也是太任性了些，但愿能和天舒生活在一起久了，受些好的影响，逐渐变得更成熟些吧。"

沈琬点头："我看她现在已经改了不少，尤其是那执拗的脾气和刚烈的性子。毕竟天舒大病才愈，沁梅对他的照顾是格外的精心呀。咱们的那个倔丫头，如今俨然是一个贤惠小妻子的模样呢。"

顾倾城早就开始思绪乱飞起来，忍不住憧憬道："天舒如今身子恢复了，他们什么时候会有喜讯呢？我盼望着，早日升格再做一层老辈子啦！"

"你倒想得深远啊。"沈琬笑起来，"不过你说得倒也没错，他俩的年龄可都不小了。"

顾倾城又笑问："天舒叫你妈了吗？"

"你这不是废话，他是沁梅的爱人，不叫我妈倒叫什么？"

"我是想问啊，他叫你一声妈妈，你当时有啥感想呢？"

"啥感想？很正常的一件事啊，就觉得从此我又多一个儿子啦。我乐还来不及，哪顾得上想那样多？"

沈琬笑着说了这番话，又逗顾倾城："反正你也是老辈子，等他们回来了，自然也要叫你姑姑的，你再体味是啥感想吧。"

"叫姑姑是无所谓呀，这个不刺激。"顾倾城咯咯笑个不停，她瞟了江静舟一眼，"我是关心某人的感想呀。当一个自己平日里就好欣赏的小伙子，又曾经是并肩战斗、情深意切的一个年轻战友，某一天，会突然要叫自己一声'爸爸'，这……会有啥奇异的感想呢？我很好奇！"

沈琬听了，也捂住嘴望着江静舟笑起来。

"哪来那么多好奇？"江静舟微微有点脸红，忍不住白了两人一眼，"我看你们俩根本就不能凑到一处，凑到一处就再没正经话好说了？"

他清清嗓子，正色道："你们刚才也说了，这原本是很正常的一件事吧，你们也要拿来取笑玩耍？都多大的人了……称呼？这个再正常不过了，中国几千年传下来的老传统、老称谓啊，没啥可奇怪的吧？这就是根本不成为事情的事情，你们也嘻嘻哈哈在说，真无聊！"

只是这次不如江静舟司令员所愿，这个不成为事情的事情，还真是一件"事情"！这件"很正常"的事情，竟然有了不太正常的走向，一种好笑纠结的情形马上要出现在这个家庭的聚会上，问题出自于一个"不可思议"的原因——楚天舒同志面对江静舟同志，不能正常自如地开口叫"爸爸"！

沁梅夫妇这次是婚后第一次休假，前些时候两人结婚的时候，由于种种原因没能休婚假，这次他们就决定将二十天军官探亲假都休完，在金城好好和父母聚聚。

当他们进了家门，刚放下行李，大叫了声"爸！"，沁梅就像只快乐的小燕子一样飞到父亲的面前，搂住父亲转了转圈，笑道："爸，我回来了！咱们又是快一年多没见啦。"

江静舟瞬间感受到女儿如今的良好心境和状态，心下大慰，就笑着打趣她："看看你都多大的人了，还是这般懵懵懂懂、跌跌撞撞的呀？好了，好了，别撒娇了。天舒呢？快让我看看天舒！"

楚天舒站在沁梅身后文静地笑着，看着江静舟的脸上充满激动和亲切的神情。

此情此景，让江静舟蓦然记起两人在宽城分别时的那一幕——就是眼前这个儒雅谦和的青年，在危急时分，毅然决然地替代自己去赴一场险局！也就是在那次，他身负重伤，几乎丧命，后来又因为那场重伤的后遗症，磕磕绊绊地卧病了这几年。

想到这里，江静舟的眼眶瞬间湿润了，他走上前去，伸出强有力的胳膊，将年轻人紧紧拥抱住，这个亲切自然的动作，又让两人都不约而同地记起曾经的那场接头，两人亮明彼此身份那场接头，那场用名诗《致云雀》做媒介物——接头暗号的浪漫接头，当时，他们也曾这样相拥过。

"天舒，天舒！你还好吗？身体恢复得怎么样了？"边问候着，江静舟边暗暗拭去了滚落腮边的泪珠。

楚天舒眼中也是濡湿一片，他哽咽着道："我还好，您呢？您的身体也硬朗如昔吧？"

江静舟松开拥抱楚天舒的手，在近处细细打量着他——

他仍然是标志性的瘦，但挺拔依旧，白皙的面庞清俊如昔，历经过岁月的沉淀，经受住病痛的磨难，反而使他的面容如今多了一份沉静和忧郁，还有一种若隐若现的安详和了然；加之他与生俱来的那百年孤独的愁思，总是轻轻笼在秀长的眉端，从而让他更加现出另类迷人的风采。因为在休假期，他和沁梅都没穿军装，他如今是一袭黑色大衣，勾勒出顾长秀挺的身材，淡灰色的围巾松松绕在颈间，平添几分书卷气。

江静舟笑着点头："看你如今的气色，的确好多了，真好！天舒，你还年轻，身体是革命的本钱啊，你也要格外注意才行。"

楚天舒感慨着应答："您说得对，我也在慢慢调整，不管是身体，还是精神方面的，这些沁梅也帮我不少。"

他回头笑看爱妻一眼，继续笑对江静舟："司令员，我记住您的嘱咐了。"

"什么？什么？你叫他什么？你叫我爸什么？"沁梅不满地大声嚷嚷起来。

她的激动神情不仅让毫无思想准备的江静舟和楚天舒都红了脸，连一旁站着的沈琬和顾倾城都忍不住笑起来。

沈琬看天舒难堪，忙上前为他解围："你看沁梅有多好笑吧？都是夫妻了，还说'我爸'，倒怪人家天舒没叫对呢？"

顾倾城也笑着凑趣："是啊，应该说'咱爸'才对呢。"

楚天舒脸更红了："妈，姑姑，不怪沁梅，是我……"

沁梅戏谑地笑，又对着丈夫点头："妈倒叫得顺溜，这声姑姑更是无师自通！可是，楚天舒同志，你该怎样称呼江静舟同志呢？"

"这……我……"楚天舒窘迫万分，他抬眼看到江静舟亲切关爱的目光，更是心下紧张、纠结、不安、羞涩、愧疚……那个"爸"字更是叫不出口了。

"好了好了，叫啥不一样啊，何必讲这种形式主义呢？天舒，没事的，来，先坐下，一路上你们也累了吧？"江静舟看出楚天舒的窘态，心下不忍，忙抹开僵局。

"哼，你呀！……"沁梅又气又笑，狠狠白了丈夫一眼，撅起了嘴巴。

晚上，小两口独处时，沁梅还纠结在这声称呼上。

"你到底怎么回事呀？天舒，叫一声'爸'就这样让你为难吗？这大半天了，我看出来爸爸那样子，有多希望你叫上他一声呢？你呀！这都是啥毛病呐？"

"我……我也不知道，就是叫不出这声来，我自己都恨自己，可是没办法……"

"那让咱们分析一下原因吧?"沁梅认真看着他,"第一,估计是你曾经对我讲过的,你幼年丧父,就没太多机会叫爸爸的?"

楚天舒沉默不语。

沁梅继续分析:"你还说过的,你一直觉得我爸,哦,不对,是咱爸!咱爸和你逝去的大哥很像?你是不是总有这样的幻觉呢?就是觉得爸像大哥的影子?"

楚天舒点头:"你分析的也不无道理。"

"你倒是给个杆就爬?有道理也是没道理!"沁梅白他一眼,"这俗话说得好,长兄如父。大哥对你来讲,和父亲也类似吧?就算爸爸像哥哥,也不至于这声爸怎么都叫不出口啊?"

楚天舒被她抢白得没脾气,只好缴械:"好吧,你让我缓缓,我私下练上它一晚上,我就不信了?还有我楚天舒攻不下的堡垒?"

他龇龇牙,露出孩子气的狠劲来:"沁梅,你放心,明天我一准儿就能叫出口来!"他又自我安慰般嘟囔道:"不就是一咬牙、一跺脚的事情吗?哼哼……"

听了他的"豪言壮语",沁梅就放心地又一次给他提供了机会,精心营造了温馨有爱的"叫爸氛围"——

第二天中午,沁梅请顾倾城姑姑炒了几个菜,和父母们一起聚餐,她为江静舟和楚天舒各斟了一杯酒,然后在底下踹了丈夫一脚。

楚天舒端起酒杯,未语脸先红了,他偷眼望江静舟,看到对方分明也是好不自然,有点羞涩尴尬的样子,心里更觉紧张,原先自认为已牢牢驻扎于心头的豪情壮志都消失得无影无踪,那暗中操练了无数次的"温柔一叫",也瞬间飞到爪哇国去了:"我……我敬您一杯酒,我……我……"

"这个脸皮薄、嘴巴笨的坏家伙!"沁梅低声嘟囔着,看到他又一次没出息地僵在了这里,她是又恨又怜,又气又笑。

"好吧,我来当老师,做一个示范吧。"她拿过一个酒杯,斟上酒,向父亲举起杯来,"爸,我们敬您一杯酒,祝您工作顺利,健康长寿!"

她用肘弯碰碰天舒,向他暗示着:"楚天舒同学,跟着我说一遍呀。"

楚天舒脸红得都快破了,他无奈笑看着沁梅:"你都替我说过了……是'我们'呀?那还用我再说啥呀?哦,对,对……祝您工作顺利,健康长寿!"

"哎呀,我的楚天舒专家,楚天舒上校!没有你这样省略主题的吧?还是极重要的主题!天呐,天呐,我该怎么办?看来你是无可救药了!"沁梅仰天长叹，悲声阵阵，"哼！还好意思说是一咬牙一跺脚的事情？我看如今这情形，就是拿枪抵到你腰上，你都开不了这个金口？真没用，也真气人！"

看着小两口如此这般的"活宝剧"，一旁坐着的沈琬和顾倾城早已经是笑得喘不过气来了。

江静舟也是哭笑不得，又着实心疼天舒，怕他难堪，就直对沁梅摇头摆手。

沁梅恨恨地瞪了丈夫一眼，拽他坐下，又附在江静舟身边嬉笑道："爸，看来您只能大人大量了，谁让女儿给您找了个这样笨嘴笨舌的女婿？"

她戏谑地看着楚天舒："枉费你以前还代号云雀？现在看起来简直是严重的名不副实！你应该申请代号为'笨嘴鸭'才对！"

楚天舒带着愧疚的浅笑垂首不语，江静舟对这个女婿有一种奇异的偏爱和欣赏，这个印象和习惯从此刻重逢开始，一直贯穿了他的终身。此刻看到楚天舒这种神情，江静舟自然是心疼无比，再展眼看到沁梅是伶牙俐齿，愈战愈勇，一副得理不饶人的架势，就有点坐不住了，忙为女婿开脱道："好了，沁梅，你就别老纠结在这个极小的问题上了，天舒也是一样哈。其实叫什么都无所谓吧？咱们是革命者，从来不讲究那些繁文缛节、清规戒律的！"

他笑看着女婿："天舒，你千万别自责别难受了，也别理会沁梅的态度，你爱叫啥就叫啥！你是军人，按职务叫也没啥不对的，或者叫同志都可以，咱家没那样多的规矩！"

他说着大手一挥。沈琬和顾倾城也纷纷在一旁附和：

"天舒啊，你别为难了，听你爸的，顺其自然吧。"

"就是，一家人，随意些好呀，再说了，时间长了，没准哪天嘴一顺溜，就麻溜过了这道坎了！"

"唉，完蛋了！我可是看出来了呀，楚天舒同志已经成功收服眼前江家三位重要长辈！什么规矩礼仪的，如今倒都可以完全忽略不计了，凭什么呀？"沁梅苦着脸哀叹，其实心里是格外美滋滋、甜丝丝。

经过这一番巧语化解，这件事情才算别别扭扭地告一段落。

事后沁梅拉住父亲悄悄问："您真的不计较这个吗？我可是您唯一的女儿，这唯一的女婿不叫您爸，您不会暗地里伤心吧？"

"傻丫头，你也太小瞧你爸了！"江静舟听了哈哈大笑，"我为啥要伤心啊？我一向认为，本质胜于形式。他小楚娶了我闺女，就是我的女婿啊！那么走到天涯海角，我都是他的老丈人，这个关系任谁也改变不了吧？那么，他叫不叫得出来这声'爸'，有所谓吗？"

"哈，司令员同志就是心胸宽广，我是万分地佩服加崇拜啊！"沁梅也乐了。

江静舟得意地对着女儿一撇嘴："你才知道你老爸的厉害？哼，丫头，你该向你老爸学的地方还多着呢！还有天舒，这孩子我实在是喜欢，他的各方面优点都很突出，沁梅，你也要好好向他学习才是！"

"好吧，我向他学习，也不叫您爸了！"沁梅俏皮地顶了父亲一句，就笑着跑开了。

父女俩在逗着乐子，没想到他们目前议论着纠结着的"有关楚天舒叫不出爸爸"的问题，会意外地马上得到解决，一切都源于——宁松回来了。

宁松回来了，风暴也来了。

第十五章 改口趣闻

事后宁松绝望地对姐姐说："多好的局呀，一句话的事情，某人是愣不上路，拽都拽不过来！唉，我亲爱的老姐呀！您老人家千挑万选还真找了个钢筋铁骨、铁嘴钢牙的卓越特工！打死都不改这个口？我江宁松如今真的是服了您亲爱的夫君楚上校了！我算是江郎才尽了！"

江宁松是在过年前两天才从北京赶回来的，他还同时带来了一个特殊的客人，也是江静舟久盼的一个晚辈亲人——宁松的义妹，江静舟的义女，向晖的长女向婵娟。

向婵娟的经历也很有意思。那年宽城起义前，她和妹妹向冰轮和义兄宁松一起，在顾倾城和靳鹏的带领下，经过东野部队的疏通和掩护，来到沈阳。

宽城起义后，顾倾城和靳鹏以及宁松去了解放区，而N7军投诚后，根据向晖的要求，向婵娟姐妹被送回到父母身边，一起去了香港。

五十年代初，向晖夫妇决定去台湾，可能是预测到前途凶险莫测，再加上忆起在宽城围困时的惨痛教训，向晖夫妇决定不带女儿们一起赴台，而将她们托付给了自己的长妹——即将随夫君去美国定居的向颖，欲将姐妹俩也带到美国去生活。

向冰轮答应和姑姑赴美读书，而向婵娟则拒绝了父母的安排，选择留在香港。

当时封正烈的夫人陈紫瑜也在香港治病，向婵娟姐妹在港期间，经常出入宣府，早已认了陈紫瑜为干妈。此时向婵娟决定留在香港，就自然而然地生活在了陈紫瑜的身边。也许女孩潜意识里，留在宣府，生活在宣夫人身边，就是一种契机和等待，她在等待着那个命中注定的亲人，自己一直心中暗暗恋着的人——江宁松。

那年向婵娟才刚满十四岁，几乎还是个情窦初开的女孩，她并不一定真正了悟了爱情的真谛，只是潜意识里，对义兄宁松有一种天然的亲近感和依附感。她相信，作为陈紫瑜的心肝宝贝，亲外甥的宁松，一定会在这里——宣府，和自己重聚。

1953 年，封正烈夫妇决定回大陆定居，向婵娟也随义父母一起来到了北京，在这里，婵娟如愿见到了朝思暮想的心上人——宁松。

那时宁松才带着"战斗英雄"的光荣称号从朝鲜战场上荣归不久，进入北京的一家军校学习。他经常会在周末回到宣家吃饭。

即将年满二十岁的宁松，雄姿英发，高大威猛，既才气逼人又温柔可亲，已然成长为婵娟眼中的完美型白马王子、梦中情人式的如意郎君。单纯善良的婵娟毫不掩饰自己对宁松哥哥的爱慕之情，愿意和他亲近，想方设法为他做任何琐碎事。宁松是襟怀坦荡，浑然不觉，完全是把婵娟当妹妹一样宠爱着。

封正烈夫妇是过来人，看出了婵娟的心思，他们在给江静舟的电话中，将两个年轻人相处的情形告诉了他。

江静舟自然很感慨继而十分赞成。在他的心中，婵娟和沁梅一样，都是他心爱的女儿，何况还有和向晖那场旧情，那份恩怨，甚至是那缕歉疚心痛的经历，这一切让他如今格外心疼爱护义女婵娟，在某些方面，对于婵娟，江静舟倾注了比对亲生女儿沁梅更深的感情。他希望婵娟能万事皆顺，有一份稳定如意的婚姻和甜美安详的感情生活。

宁松自然可以给她！

江静舟了解儿子的性情，宁松善良、稳重、重情、温和，再加之他和婵娟有一段共同生活的经历，兄妹情分转化为恋人身份，似乎是很美满如意的一件事。婵娟深深爱恋着宁松，宁松能够带给婵娟幸福，两人结缡，婵娟自然而然、名正言顺地从义女变成自己的儿媳，可以得到这个大家庭的关爱，尤其是自己对她的这份偏爱，不仅能给这个孤独寂寥的女孩最贴心的好运和幸福，更能稍稍弥补老一辈人的遗憾和情感缺失。一切都似乎很圆满很温馨，江静舟和封正烈夫妇都感到欣慰不已。

考虑到如今婵娟年龄尚小，宁松还在读军校，几位长辈就没挑破这层关系，想让这对年轻人自由发展下去。在他们的心中，这是一场必然的美满婚姻。

一晃两年过去，宁松年满二十二岁，婵娟也十八岁了，陈紫瑜才意外惊异地发现，宁松竟然有了自己的心上人，不是所有长辈期盼的合适对象向婵娟，而是在一次联欢中结识的一个部队医院的护士——十九岁的名叫叶小弯的女孩。

陈紫瑜自然心里忧虑万分！她和封正烈私下商量后，马上致电江静舟，说明了这里发生的一切变故。江静舟也暗暗心惊，但他表面上不动声色，只是让宁松春节带婵娟回金城家中过年，自己再准备和他好好谈谈。

宁松和婵娟到家的时候正好是晚饭时分，家里人都在。沈琬见到宁松自然是高兴，婵娟她是第一次见，可是因为听江静舟讲了很多往事，对这个女孩也很好奇，她看到这是一个文静温柔的姑娘，对着人爱甜甜的微笑，她和顾倾城明显很熟，如今跟着宁松改口叫姑姑，对自己，则按南方习俗叫娘娘。

江静舟也是有七八没见到婵娟了，父女重逢，让人唏嘘感叹，婵娟含泪叫了声"江爸爸"，就像小时候那样扑到了他的怀中，紧紧搂住他，潸然泪下。

江静舟也万分感慨地搂着义女，嘴里呼唤着她的小名"娟儿，我的大月亮！"，看到记忆中的小女孩已然长成窈窕淑女，江静舟心里不禁感叹，而且分明从女孩的样貌中看到了他的生父、自己曾经的挚友、手足——向晖的模样，难免更是心痛难忍，泪水难收。

两人相拥泣过，江静舟几乎没去看儿子宁松一眼，只是拉住婵娟的手，迫不及待地问起向晖的情况来。

"好孩子！我都听你封伯伯封伯母说了，你和他们从香港回来的，你爸爸和你分手时，他……他那时的情形是怎样的？他的身体没大碍吧？那年，在宽城，他竟然得了那样的吐血症候……"江静舟难受得几乎说不下去了。

婵娟拼命想忍住伤悲，但是泪水却怎么也止不住，她哽咽难言："他……还好，就是越来越瘦……不过精神尚好！其实爸爸他看我不随姑姑和妹妹去美国，执意留在宣伯伯那里，就知道我会怎样选择的……可是他没有阻拦我，他几次望着我欲言又止的样子，让我知道他一定是有话要嘱托我，可是他终究什么也没说出来……"

"他……他就是这样的人，永远善解人意，为他人着想的太多，却决不会为难别人、伤害别人……"江静舟也是挥泪不止。

见此悲情，周围人都是肃然。宁松忍不住上前劝解父亲："爸，您和娟儿才见面啊，别总纠缠于这个伤感话题吧？弄得大家都好无措的样子。"他上前欲搀父亲。江静舟甩开他的手，淡淡说了句："小松，最不应该忘记你干爹的人，还应该加上一个——就是你。你别忘了，他当年对你的那份特殊疼爱之情，父子情分，不是简单的缘分可以诠释的！"他深深望着儿子，那神情似乎是话里有话、别有深意的样子，宁松感觉到了，不敢再劝，低了头不语。

眼前所有人自然理解这段纠结难言的往事和情感，都担心地看着这父子父女三人。为了江静舟、婵娟不至于太过伤感，宁松不至于太过难堪，顾倾城忙对沁梅使了个眼色。

沁梅心下明白，就故意拉了天舒上前，介绍给婵娟："宁松是见过姐夫的，娟娟还没见过吧？来，认识一下！"

楚天舒虽然和向晖熟识，但是当年来到宽城时，婵娟姐妹和宁松已经出城了，所以他和婵娟也是初次见面。

婵娟擦了泪水，对天舒亲切地唤了声："姐夫好！"天舒笑着点头。

宁松在姐姐沁梅结婚前，曾经利用出差的机会去过一次湖南，见到过自己未曾谋面的准姐夫楚天舒，此刻在家中重逢，大家都很亲热。眼下，为了缓和刚才那种哀痛伤感的氛围，宁松只好借着和姐夫搭讪，来活跃气氛：

"那年在湖南，姐姐、姐夫还没结婚呢，我看缘分已定，就心急着先叫了声姐夫，姐姐是万般不好意思，非逼着我改叫'楚大哥'！如今，我估计再叫'楚大哥'，姐肯定又不高兴了？就不知道这一声姐夫叫了，姐姐给点啥好处？有改口费没有啊？"

"还改口费呢，赏你个大耳刮子还差不离！"沁梅笑骂他，"我是情况特殊，你呢？你为啥这两年都不回家过年，让这些老辈子们一直记挂你？"

宁松偷看江静舟一眼，笑道："不是刚上军校嘛，功课好紧，所以……"

江静舟没理会他，只是笑对婵娟道："娟儿以后每年也都回来过年。只要你宁松哥哥回家，你也就一块回来？"

婵娟支吾答应着，偷瞄了宁松一眼，宁松好不自在。

沁梅揽住婵娟，笑着低语："爸一直在盼着你们呢。尤其是你，念叨了多少次了，说是娟娟第一次回家过年，一定要你开开心心的。你喜欢吃什么，赶快说出来，请姑姑做给你吃！咱姑姑的手艺那可是天下一绝！"

她最后这句话故意把声调放高，所有人听了都笑，顾倾城更是又摆手又摇头的，这样一打岔，才把那股不自然的气氛掩饰过去了。

吃过晚饭，沁梅拉着宁松到书房闲聊，将天舒叫不出爸爸一事说了一遍。

　　宁松大笑："怎么会有这样搞笑的事情呢？姐夫和咱爸不是老战友吗？又不是不熟悉，还改不了口？"

　　沁梅一撇嘴："我看呐，就是坏在这个熟悉上面了，他是怎么也完成不了这个角色转换！小松，你这个小鬼头主意多，你来帮你姐夫攻破这个堡垒吧？"

　　宁松自信点头："没问题，就包在我身上了！且看江上尉如何搞定楚上校吧？"

　　小舅子为了帮助姐夫渡过改口难关，设计了很多情景桥段：比如父子翁婿三人一同散步，一同聊天，一同各种互动等，但是都不成功，江静舟和楚天舒惺惺相惜，相处和睦亲热，可是楚天舒同志的钢嘴铁牙丝毫未开，那声"爸"终究是没叫出口来，宁松也是百般挠头。

　　于是，宁松想到了最后一招——下棋。

　　沁梅悄悄表示反对："嗨，小子，你又不是不了解咱老爸的脾性？湖南霸蛮！那句咱家乡话咋说的？'吃得苦，耐得烦，不怕死，霸得蛮。'简直就是江静舟同志的真实标签啊！他的棋风我可晓得，就是'霸蛮精神'的集中体现。赢了倒罢，输了，就缠着对手一直下下去，直到对手体力不支、精疲力竭，最终败北！"

　　沁梅噘嘴笑看宁松："你忘了当年在东北，他和向伯伯，就是你爹爹，下棋时的趣事啦？向伯伯的棋艺明显是胜过老爸的，可是却很少能赢他。每次向伯伯疲惫不堪、无奈投降的时候，都会指着咱爸说——你个湖南霸蛮，我算服了你了！你难道忘了吗？"

　　她吐吐舌头，巧笑道："你姐夫如今可是大病刚愈，我可舍不得他苦战咱们这位湖南霸蛮老爸同志！所以说，你这招根本行不通！"

　　"唉，难怪说，女生向外？老姐，你如今眼中只有小楚同志了吧，把老江同志是扔到九霄云外啦！"宁松戏言道，"你放心，我怎么会让爸和姐夫搞车轮战？我又不让他们下围棋、下象棋，我们来个轻松愉快、实战性强的军棋大战吧。我的目的只有一个，那就是让姐夫顺着改口，不别扭、不难堪，自然而然，水到渠成还不露痕迹！而且我保证时间控制好，绝对不会伤及你的夫君半点健康，你该充分放心了吧？"

　　"哼，你就这样狂狷嘻哈下去吧，我看你如今只剩下贫嘴贫舌了！"沁梅白他一眼，"你可当心啊，你自己的事情还没有搞定呢！"

她看看周围，换了认真的语气低声问宁松："你和婵娟究竟是咋回事？到底你们之间……别说我不警告你，咱爸可是有着执着坚韧计划的！他不仅是想让娟娟当义女，他老人家可是早就已经把她看成了没过门的儿媳妇了！何况还有你姨夫姨妈在那里狂敲边鼓呢？"

宁松也认真地看着姐姐："姐，这话可不能胡说！我和娟娟就是兄妹情分，任谁说破大天也是如此！姐，这件事情你应该最能理解，你可要帮我，必须！"

沁梅知道一些隐情，难免为弟弟担着一份心。此刻她同情地看着弟弟，长叹一声，拍拍他的肩膀，不再说什么。

这天晚饭后，宁松拿出来一副军棋，铺开棋谱，又招呼父亲和姐夫："来来来，今天你们两位高级军官下上一场明棋吧，我来当裁判。"江静舟和天舒相视一笑，走了过来。

当时军队的娱乐活动不多，除了象棋外，就是流行下军棋。军棋有两种下法，一种是走明棋，一种叫下暗棋，其中下暗棋是通行的军棋下法，可是走明棋却是当年的军队人员更喜欢的一种玩法：

和暗棋不同的是，明棋中的黑白双方的棋子，从司令到军长、师长、旅长、团长……以此类推到排长、工兵，不是首先各自暗扣住，翻出来分阵营较量；而是黑白双方将各自的棋子在自己营盘布好阵法，双方背对背相撞火拼，然后由第三者当裁判，根据各自背对火拼的棋子所代表的职务大小定输赢，赢者存，输者亡，其后以拔取对方的军旗为最终获胜。这种各自布阵相较量的套数更像将军排兵布阵，决战一方的玩法，因而很得军人们推崇，在当年的军队中风靡一时。

此刻宁松建议父亲和姐夫下此种棋法，自然有他的如意打算，他要一举帮助姐夫突破"叫爸"难关。宁松的计划能设于此，全凭这个军棋棋子称谓上的特殊玄机！

江静舟和楚天舒各自很快布好阵法，全力厮杀起来，宁松带笑坐在一旁，认真做着裁判。

很快到了楚天舒攻坚阶段，宁松开始进行他的小计划，他在语言上启发诱导着天舒："姐夫，你的工兵成功挖雷几回了？目前你要获胜，必须把咱爸的司令先干掉，你才可以所向披靡地斩关夺旗！"

他故意把"咱爸的司令"放慢说，重点说，口气咬得很重地说，就是想提醒楚天舒跟着接上一句"爸的司令……"或者"咱爸的司令……"，他在一旁最后再点醒一下，不就等于是楚天舒无意中叫了爸了？不显山不露水的就大功告成了！

无奈人算不如天算，楚天舒同志目前完全是一根筋的认真劲头。只见他全神贯注地沉浸在棋路拼杀布局中，虽然出于无意识状态，那口风仍然紧紧的纹丝不动，毫无动摇之势。你就听听他的接话吧，在宁松听来，是要多可气有多可气——

"没错啊，小松，我也是这样打算的！可是司令员的司令可不好干掉呢……要是拿下司令员的司令，不就一举攻城了吗？如今看来有点难……"

宁松哭笑不得，只能继续用心诱导着："姐夫，爸的司令……是咱—爸—的—司—令！你，你一定要注意拿下，上你的炸弹呀！"他都快急眼了。

"是啊，司令员的司令真的是不好搞定呀。"楚天舒丝毫不觉，他用手撑着下巴，蹙起两条黑长的眉毛，边思考边嘟囔道，"让我寻思一下……如何尽快干掉司令员……他的司令，然后还要避免更大的伤亡？唔唔唔……"

宁松泄气，不由得好笑："唉，亲爱的姐夫啊，你是在说绕口令吗？一口一个'司令员的司令'，'司令员的司令'……最后还'司令员……他的司令'？你……你说得不累吗？不咬舌头吧？"

"本来嘛，对方的最高统帅就是司令员的司令呀？"楚天舒仍然书生气十足地愣怔着，他的脑海里还全装的是这局棋的走势，"小松，你啥意思呢？如今我琢磨着最应该对付并干掉的，不该是司令员的司令吗？"

"好好好，我的才子姐夫，我真服了你了！您就继续'司令员的司令'下去吧！唉，老天呀……"

楚天舒嘟嘟嘴，不解地看看小舅子，又挠挠头。一旁的江静舟早听出来了，既好笑儿子的小算盘，也好笑女婿的浑然不觉、憨态可掬，就笑嗔儿子："行了，小松，你这个裁判当得实在不咋的！多嘴多舌的，还有规矩吗？"

宁松一吐舌，不敢再说了。

事后宁松绝望地对姐姐说："多好的局呀，一句话的事情，某人硬是不上路，拽都拽不过来！唉，我亲爱的老姐呀！您老人家千挑万选还真找了个钢筋铁骨、铁嘴钢牙的卓越特工！打死都不改这个口？我江宁松如今真的是服了您亲爱的夫君楚上校了！我算是江郎才尽了！"

"哼，你就是名副其实的'江郎才尽'！还所谓的著名才子呢？徒有虚名，不过如此!"沁梅失望又无奈地白他一眼。

这样火花四溅的温馨日子在大年初三结束了,因为江静舟父子的对决开始了。

初三傍晚吃过饭,沁梅陪着婵娟出去散步,江静舟将儿子叫到了楼下书房中。

沈琬和顾倾城自然知道父子俩会谈及什么话题,都暗暗揪心。

两人在客厅里坐着,耳朵竖起来,听着书房那边的动静,果然不大一会,就听到激烈的声音传来。

顾倾城凝神听了一阵,担心地对沈琬道:"沈姐,你听,光是他爸爸的喊叫声,小松咋一言不出?不会有事吧?"

沈琬摇头:"你说这件事情,咱们也不好劝的?昨天我悄悄和致远交流过了,我刚说了句孩子也是想着'恋爱自由'吧,他可倒好,就对我瞪眼睛起来,说什么'你少管,如今他都多大了?你不许再惯着那小子'的话来,顶得我是没话讲!"

顾倾城叹息:"我知道这宁松和婵娟的事情,终究也是致远哥的一件心事。他的那份重情重义的劲儿,你还不清楚吗?何况,婵娟又是向晖将军的女儿……唉,说实话,我是怕宁松这关不好过!"

沈琬也忧心忡忡地说:"谁说不是?这对父子若较起劲来,可实在令人担心!你哥的脾气你是知晓的,小松可是跟着我长大的,那孩子,随和、谦恭、开朗、孝顺,是没话讲,可是,他骨子里的那股犟劲、牛脾气,倒极得他爸真传!这下万一父子俩杠上了,没回旋余地了,可如何是好?"

两人都担心不已。

第十六章　父子冲突

　　宁松绝望地看着父亲，流泪摇头，纵然他一向平和内敛，自持力较强，孝顺而豁达，但是眼下面临危境，已呈箭在弦上之势，自己爱情的生死在此一瞬间，毕竟是年轻气盛，他心急如焚、万般无奈中竟然口不择言，脱口而出的一句话，无意间让他的姐夫天舒在慌乱中对江静舟叫出了那声"爸"，也让他自己和父亲的感情进入一个长达三年的冰冻期。

不出两人所料，目前书房里，空气异常紧张，像是暴雨前的天空，酝酿滚动着一股令人不安的气氛。

宁松坐在父亲对面的沙发上，头低垂，一言不发。

江静舟仍在逼问儿子，口气异常的冷峻："你给我说清楚，你究竟是咋想的？"

宁松沉默片刻，抬头看向父亲："爸，我和婵娟，真的就是兄妹情分！我从小，就把她们姐妹当作自己的亲妹妹！我从来没有想到过会和她……爸，您真的别要求我做我自己不能做的事情吧？我真的做不到！我和娟娟，永远只能是兄妹！"

江静舟紧紧盯着儿子："这是你的想法吧，你单方面的决定？娟娟她的意思你明白吗？小松，你是我的儿子，你的性格我太了解了。你一直是个善解人意的孩子，也是个有担当、负责任，仁爱宽容的孩子，你应该明白娟娟对你的那份感情？就连你姨夫姨妈都看出来她对你的那一往情深！"

"可是爸，爱情这件事情，不是双方面的吗？她爱我，并不代表我就爱她？谁能替代彼此的感情？如果始终走不进对方的心灵之中去，这样的感情有意义吗？这样的婚姻是恰当的吗？"

"儿子，我说过，你是个有担当的孩子！在这个世界上，我们作为男人，要承受的太多！有时候，很多义务和责任，不会以个人的好恶，更不以人意志为转移，就别无选择地加注在我们肩上。你自然明白娟娟的身世，她如今的境地？你难道就不能敞开胸怀，给她一份真爱？一分慰藉？要知道，你在她心中意味着什么？亲人，爱人！你就是她如今的天！你的姨夫姨妈都告诉我了娟娟的想法，那孩子我了解，善良、温柔、克己、自尊……她的性格太像她父亲了……太像你爹爹了！"

提到向晖，两人都不免湿了眼眶。

"爸，我明白您的感情，对娟娟，对我爹爹！可是，您要明白，儿子也是一个有血有肉、活生生的人啊，我有追求自己幸福和爱情的权利吧？"宁松的语气变得严肃起来，"什么都可以妥协，唯有这个，爱情，爸，儿子无法当作礼物去馈赠他人！"

"混账！"江静舟大怒，"什么叫把爱情当礼物馈赠他人？你就这样理解一个女孩子对你的感情？你就这样报答你爹爹当年对你的那份父子情？我说过了，作为男人，有时候是要付出很多，承担很多，你太让我失望了！原指望你读了那样多的书，会善解人意，心胸开阔，没想到你竟然如此偏狭、自私、冷酷？真让我寒心！"

刚才江静舟那声怒吼让客厅里坐着的两位女性长辈忍不住了！顾倾城说了句"我去找天舒来劝他"，就跑上楼去。

不知道宁松又回答了父亲一句什么，只听得江静舟再次大骂："你这小子混账！"

沈琬实在担心，就推门进去婉言相劝："你们父子俩好好说话不行吗？这样剑拔弩张地叫嚷着，顶着牛，等会儿娟娟回来听见多不好？"

却见江静舟叉着腰，眼睛红着对沈琬叫道："你去帮我守在门外，别让娟娟先进来！我今天一定要问出这小子的态度来！"

沈琬劝着："那也要心平气和地说呀，儿子不小了，你也得听听孩子的心里话吧？"

江静舟气呼呼道："我如何心平气和？你看看他如今这番不懂事不合作的态度？我不被他活活气死就算造化了！往大的方面去说，这浑小子简直可以算得上是不忠不孝、不仁不义！"

"哎哎哎？有这样说自己亲生儿子的吗？"沈琬不干了。

"你少护着他！"江静舟横沈琬一眼，"哼，他如今就是翅膀硬了，谁都不放在他眼里了，他才敢麻起胆子去做这种无情无义的人呢！还怨我说呢？这就是你惯出来的好儿子！"

沈琬被他的话气笑了："你这人还讲不讲理呀？好吧，看你是气头上，我不和你计较了。我去找能和你较量的人来对付你！再说了，倾城告诉我，说你最近因为旧伤的缘故，查出来心脏不大好，你别太动气了吧？毕竟不是年轻人了，我提醒你，身体可是自己的！"她无奈地摇头，退出房间。

楚天舒和顾倾城一起下楼来，沈琬把宁松父子如今的纠葛问题和他大致讲了一下。天舒点头不语。其实昨天晚上沁梅已经和他讲述了宁松目前遭遇的困境，他和婵娟的感情问题。沁梅和天舒都从内心里同情宁松的无奈，也可怜和担心婵娟的心理承受问题，更忧心的是江静舟的态度和反应。

此刻，天舒有点犹豫，按理说岳父和小舅子在关起门来争论家事，尤其是个人感情问题，自己毕竟是个外姓之人，贸然闯进去劝解不是很合适，但是看到沈琬和顾倾城为难担心的神情，他又无法拒绝，正在犹疑中，听到江静舟又一声怒吼："你简直是混蛋，没良心的小混蛋！"

三个人都听不下去了，天舒只好推门进了书房。

但见江静舟气得直喘粗气，半天说不上话来，天舒忙上前扶他坐下来："您先别激动，当心身体。都是自家人，咱有话慢慢说？"

江静舟指着宁松对天舒道："好吧，天舒，你也不是外人，你是最懂理的！你帮我问问这个浑小子，问问他的良心何在？我说他怎么突然变得这样绝情，百般不听劝？却原来，他早变心了，已经和别的姑娘好上了！所以才对人家娟娟那样全无心肝、无情无义的！唉，真没想到啊，我最引以为豪的饱读诗书的儿子竟然是这样不争气的家伙！我们江家出了个让人不齿的陈世美？"他说着，气得身子都哆嗦起来，天舒忙上前为他抚着背，劝慰着。

宁松抬起头来，眼中已含了泪："爸，您别生气了，都是儿子不孝！可是爸，您说我是陈世美我不能承认。我和娟娟从未定过情缘，一直是清清白白的，就是兄妹情分！现如今我有了自己心爱的恋人，您怎么能颠倒因果，倒责怪儿子是负心之人呢？婚约既无前订，何谈负心二字？"

"小松，你先少说一句！都是亲父子，有啥话说不开的？何必弄到如此较劲纠结地步？你看……"楚天舒忙向他示意，暗示江静舟已经是狂怒状态，令人担心忧虑他的身体。

宁松心中虽然是委屈痛苦之至，但是他一向是个孝顺随和的人，对父亲的爱远远大于对他的敬畏。他也看出父亲眼下都气得有点失去理智了，格外担心他的身体状况，就趁着姐夫的规劝，忙点头起身，露出和缓之意来："爸，姐夫说得对，咱亲父子，一家人，有话好好说，现在您正在气头上，我先出去。等哪天大家心平气和的时候，我们再谈好吗？"

"不行，你小子别想走！"江静舟作势拦住他，"今天你必须给我一个明确答复！你究竟听不听劝？好好和娟娟……恋爱？对，恋爱！你说你们是兄妹情，不是恋人？那好，从今天起，你们就开始恋爱，就在我眼皮底下！你给我好好待娟娟，不许三心二意，再生异心！"

楚天舒看着江静舟像小孩子一般较劲起来，也不好深劝，只能两边勉力维持着、敷衍着，以期平息战火，谁料那火却越烧越旺起来。

宁松重新坐回沙发，神色平静，语气轻缓地对父亲道："爸，我也明确回答您，我做不到！因为我心中已经有了恋人，自己的爱情对象！其实我刚才已经说明白了，就算没有那个女孩，我也很难和娟娟成为……恋人！爸，您也是过来人了，当知道爱情的概念和……玄机？那不是以人的意志为转移的，也是不能掌控的。那是一种来自心灵的渴求和相互吸引，美妙，不可捉摸，不能抑制，无法摆脱！"

他深深吸了口气："已经有一个女孩的影子占据了我的心灵，满满的、全方位地占据，我又哪里还有地方再让娟娟进入？这先来后到的道理上，都说不过去呀！何况爱情是不能和任何人分享的，甚至我认为，就是有一丝丝选择和犹豫，都不能算是真正的爱情！就像我姐姐和姐夫当年那样，旁若无人、无私无欲、唯一纯真的爱情，羡煞旁人，也感动众人！"他深情地望向姐夫，天舒也被他的话感染了，微微点头叹息。

江静舟已是气急，仍然沿用一贯思路相逼道："我不管什么先来后到，何况谁能证明谁先谁后？我再问你，谁允许你这样暗自偷着找对象，悄没声地就擅自做主决定了自己的婚姻大事？这些原则性的大事情你和父母商量了吗？我和你妈都还没死呢，你提前打个招呼就这样难吗？"

"天呐……爸？！"看到父亲近乎不讲理之势，说话蛮横无理异于常态，宁松忍不住哑然失笑，继而苦笑摇头，"我……我一向以为，您是个开明的父亲，您的睿智，您的豁达，您的博爱，都让我觉得，婚姻自主这点，在您这里，在我妈那里，都不会成为问题的！"

他无奈地看了姐夫一眼："何况姐夫在这里呢。当年姐姐的婚姻，您有多开明？实在是让人感动之至！可轮到我，您怎么就……"

这话让楚天舒红了脸，看看岳父，又看看小舅子，一副不好插言的样子。

"你小子少来这一套！一会儿给我戴一堆的高帽子，一会儿又话里有话，暗藏机锋！我如今正告你，你今天就是说破大天来我也由不得你做主自己婚姻这件事！"江静舟是毫不松口，"宁松，你给我记住了，这件事实在是由不得你，娟娟的想法在我这里高于一切！她的幸福如今就是我的最大心愿！我对她的关注度，远远超过了你和你姐姐，你必须给她一个说法！如果她坚持……爱你的心不变，你就要接受这个现实，这个婚姻！江宁松，我告诉你，今天我就专断霸道一回了，你的婚姻大事我包办到底了！"

宁松突然站起身来，神情肃穆地盯着父亲看了片刻，声音很轻，但是很决然地道："爸，那也请您原谅儿子不孝！什么事我都能依您，就是婚姻大事我不能屈从于您！您刚才提到的责任原没错，我如今也有了心爱的姑娘，我已然和她定下了海誓山盟，我也要对她负责，对我们真正的爱情负责！"

楚天舒敏锐地感觉到空气再次紧张窘迫起来。为了避免眼前这爷俩再起更加激烈的冲突，就果断上前轻声打岔道："宁松，你有话婉转一些说，或者过几天再说吧？"他对宁松使了个眼色，微微摇头，又看向江静舟，温语劝道："您心脏不好，咱今天真的不能再说下去了，有事以后再议好了。"

江静舟摇头，没理会女婿的相劝，认真看着儿子："那谁对娟娟负责？对娟娟的这片痴情负责？你爹爹他如今音讯全无，总叫我悬心。如今他的女儿，要是再遭遇感情不幸，你让我心里如何忍得？"

宁松含泪摇头："我了解您对我爹爹的一份情意，可是，爸，我更了解我爹爹的性格和脾气，还有他对我的那份深爱！如果……如果……今天他在场，他一定不会……这样忍心逼我！"

江静舟潸然泪下："江宁松你不傻也不痴啊？我看你更不健忘！你既然明白你爹爹对你的这份情谊，就该知道眼下你应如何抉择？就算牺牲一点小我之利，能成全他的女儿，是多么必要的一件事情？儿子啊，如果你还有一点点良心，你自己明白该怎样做！"

宁松绝望地看着父亲，流泪摇头，纵然他一向平和内敛，自持力较强，孝顺而豁达，但是眼下面临危境，已呈箭在弦上之势，自己爱情的生死在此一瞬间，毕竟是年轻气盛，他心急如焚、万般无奈中竟然口不择言，脱口而出的一句话，无意间让他的姐夫天舒在慌乱中对江静舟叫出了那声"爸"，也让他自己和父亲的感情进入一个长达三年的冰冻期。

"爸，您……让我绝望了！我知道您对我爹爹的感情，也知道一些往事纠葛。可是爸，无论怎样，您不能因为觉得曾经有愧于我爹爹，就要用我的婚姻去补偿……去忏悔…… 去还账！"

这句话像是一记重锤砸到江静舟身上，他猛然站起身来，怒视着儿子，嘴唇抖了抖，却没说出话来，他的脸色瞬间变得煞白，双手直抖。一旁的天舒也被宁松的决绝的话吓住了，一时也是手足无措。

江静舟瞪着眼，喘着粗气，四处张望了一下，猛然从书桌上拿起一个镇纸，就要向宁松身上打去。

"爸！"危急时刻，猛然惊醒过来的楚天舒大叫一声，飞身上前拦住他，抓住他的胳膊，几乎将他环抱住，拦住了这对父子的决战姿态，他口中同时连声相劝着叫道，"爸，爸！您别……"

女婿这几声情急之下脱口而出的叫爸之声让江静舟猛然愣在那里。他举着镇纸的手也蓦然间僵住了。楚天舒无暇顾及自己在这种情形下无意过了叫爸这道坎的尴尬羞赧之情，眼下他满心担忧的都是江静舟父子的冲突和决裂之势！他趁江静舟愣怔之时，从他的手中抢过镇纸，又用另一只手挽扶住他的身子："爸，您消消气，当心自己身体！"

"好吧，江宁松，你这番话我记下了！"江静舟冲着儿子淡淡冷笑一声，不再多看他一眼，转身踉跄着离开书房，天舒忙跟上去扶住他，一起走了出去。

因为和儿子置气，江静舟第二天一整天把自己关在楼上卧室里不出来，饭也不肯吃，任谁劝都不听。所有人都心急如焚，却也无计可施。

大家首推楚天舒上去劝解，只为江静舟如今最看重这个女婿。楚天舒端着一碗面条在门外劝解了有半个钟头，江静舟也不开门，只是在里面回答道："天舒，我知道你是孝顺孩子，你别劝了，我和那浑小子的这场较量才开始！你和沁梅都别掺和，如今我是铁了心了，要么他低头，要么我和他从此断了这个父子关系！"楚天舒也是第一次见识岳父大人的倔强脾气，无奈败下阵来。

眼看到了傍晚，担心江静舟一天水米未进，沈琬和顾倾城是忧心忡忡，万般无奈之下，只好偷偷将实情告诉了婵娟。

婵娟哭着来到江静舟卧室外，哀求义父开门，江静舟的声音依旧是坚定如初："娟儿好孩子，你别难受，看江爸爸如何为你讨回这个公道！"

婵娟抽泣难言："我不要什么公道，这件事真的不怨宁松哥哥！只要您好好的，身体别气坏了，我就……"

江静舟的声音悲凉伤感："唉，那个浑小子要有你的一半体贴和懂事，我就满足了！这不行，这件事情你不用管了，这已经是我们父子间的问题了！只要他还姓江，还认我这个爸，我就不会让他随心所欲地做这些绝情之事！"

婵娟又急又愧，哭着跑下楼，伏在顾倾城怀中痛哭起来。

沁梅知道宁松也是把自己锁在楼下书房中不肯出来，两父子是着实杠上劲儿了，无奈叹气不语。

众人一筹莫展之时，楚天舒记起一事来，就伏在沁梅耳边低语了一句。沁梅脸瞬间红了，微嗔道："你这都是啥主意嘛？让人难为情死了！"

天舒对爱妻微微苦笑："这不是没办法了吗？总不能让这爷俩永远这样僵持下去吧？再说了，宁松小伙子倒没啥呀，爸不是心脏最近不大好吗？这一天水米不打牙的，让人多担心！何况……"他也羞赧一笑，"这事情也瞒不了太久吧？"

沁梅虽然这样嗔怪着丈夫，终究是担心父亲和弟弟的现状，也觉得此刻顾不得许多了，就含羞伏在母亲耳边说了句什么。

沈琬先是一惊，转而就是一喜，忙作势拍了女儿头一下："这孩子，这样大的事情你回来都多长时间了，为啥不言语一声？"

她上下将女儿打量一番："几个月了？"

沁梅羞涩一笑："还早呢……"

沈琬又回头看女婿一眼："天舒这孩子也嘴紧，怎么也不透露一下啊？你们小两口可真是的，一对傻孩子！"

顾倾城才听出意思来，忙劝住怀中哭泣的婵娟，站起身来，拉住沁梅："是沁梅有喜了吗？这是天大的喜事啊。好了，这下所有人都有救了！"

她拉着沈琬走上楼去，对着江静舟卧室紧闭的门高声喊道："哥，你开开门吧，有件大事情必须告诉你啊，告诉你这位江家大家长知晓——沁梅这丫头有喜了，你马上要当外公了！"

里面并没有声回应。

沈琬正想敲门，顾倾城拉住她，暗暗一笑，继续对门里道："哥你就自己看着办吧。你是一天不吃饭，沁梅那丫头孝顺，也在这里陪着你一天没吃东西！如今她可是双身子，饿坏你的宝贝女儿你无所谓，饿坏你的未见过面的宝贝孙子，估计你该心疼了吧？"

里面还是没有动静。

沈琬招手对刚上来的沁梅夫妇，又使了个眼色，沁梅会意，就高声喊道："爸，我就在这里守着您哈！你要是再不开门，我今晚就搬个凳子坐在这里陪您了！我是心疼您的，心疼您这位老爸，反正我看出来了，您如今心硬啊，一生气六亲不认啦！那好吧，我今儿个也算豁出去了，既然您都不疼您闺女，我又何必疼惜这个小东西……这个没见过面的……孩子呢？"

门终于开了。

在大家的苦劝下，江静舟虽然吃了饭，仍然愁眉不展，哀叹阵阵。婵娟提出想单独和义父谈谈，江静舟默默点头。

来到小书房里，婵娟扶江静舟坐下，自己跪在了他的面前。

"孩子，你这是做什么？"江静舟一惊，正想拉她起身，却见婵娟已是泪水涟涟。

"爸爸，我以后就这样叫您好吗？从今天开始，您不是我的义父了，您就是我的亲爸爸！"

婵娟擦了把泪，看向江静舟："从我决定不去美国而留在香港起，我就知道，我有一天会回到您的身边！是的，我是爱过宁松哥哥，从我小的时候起，我就莫名其妙地爱上了他。那时候，根本不是爱情，就是亲情，是亲生手足的感觉……等我大一些了，我才发现，我是把他当作了青梅竹马的伴侣，我以为我们会约定俗成地走到一起，可是我错了！爸，是我的错，不干宁松哥哥的事情，是我误会了这段感情！我原先好幼稚啊，竟然不知道爱情是两个人的事情，我不知道宁松哥哥他是一直将我当作妹妹看待，从来没有将我当成自己的……恋人！"

她的情绪渐渐平静下来："这次回金城之前，我和他有过一次深谈，我们彼此坦白了自己的感情历程，宁松哥哥他没有骗我，他诚恳地向我说明白了他对我一直以来的兄妹情分，也说到了他目前的感情经历，他的真正恋人，他的火热爱情。"

"爸，我承认当时我很痛苦，我也好失望，我竟然从未曾走进过他的内心，我多年的自以为是的恋情不过是一场可笑的单恋而已！"婵娟的话沉痛而明晰，"但是，痛苦过后，我能够理解他，理解宁松哥哥。这件事情，他不应该负什么责任，他没有和我订下任何约定，是我一直误读了我们这段感情！爸，我知道您今天所做的一切，都是为了我好，您真心在心疼我，爱护我，可是，您因此相逼宁松哥哥，其实我更痛苦啊！"

江静舟摸着婵娟的头发，叹息着："娟儿，爸爸知道你的善良和隐忍。可是孩子，爱情和婚姻是一辈子的大事，如今你既然叫我为爸爸，你的亲生父母又不在身边，我就要为你做主，让你一辈子幸福！娟儿，你不用管其他了，你今天就对爸讲，你是真心爱你宁松哥哥的对吧？只要你还对他这段感情不变，爸爸就会成全你，你放心，爸爸说到做到！"

"不，不！爸，爱情绝不是靠施舍能得来的，爱情更不能用强权来获取！爸，请您原谅，我用了强权这个词，我懂您的心，可是我不要原本就不属于我的爱情！爸，请给女儿留一份自尊和颜面吧，我不需要任何人的施舍和怜悯，我有我自己的坚持和选择！"

"你的坚持和选择？快告诉爸爸？"江静舟期待地看着婵娟。

婵娟温柔一笑，上前握住江静舟的手："爸，我来之前都想好了，也和我义父义母说过了，我这次来，就不想走了，不再回北京了，我想生活在您的身边，做您的女儿！沁梅姐姐他们远在湖南，宁松哥哥也不在您身边，我就替他们在您跟前尽孝吧？是的，我就做您的乖女儿，一辈子不嫁人又如何？我伺候您，还有姑姑，我们三个生活在一起，我……我也算有个自己的家了！我在想，就是我爸爸他听说了，也该放心了罢？"她的泪水终于再次夺眶而出，她扑到江静舟怀中，搂住他低声哭泣。

这最后一句话，已经狠狠戳痛了江静舟的心！他搂住义女，任泪水飞落两颊："娟儿，从今以后，你就是我的亲闺女！沁梅就是你的亲姐姐，那个浑小子，你就别再认他为哥哥了，他不配！"

婵娟哭泣着抬头："爸，您如果爱我，就请原谅宁松哥哥好吗？求您了！"

江静舟毅然决然地摇头："你不用多说了，我心下有数，爸爸绝不能让你白受这番委屈！"

第十七章　姻缘天成

　　唉，我可怜的儿子！其实爸爸心里明白，我这是用强权逼你做一种残酷的祭献呐！可是，人生在世，有比自己的私欲和私利还更重要的东西，那就是承诺和责任！无辜的祭献固然可怜，甚至是可悲，但是宁人负我，我不负人的理念必然会在咱们父子的血脉中延续传承，奔流不息。作为江静舟的儿子，你实在是别无选择！

　　这场风波表面上平静了下去，因为沁梅有孕在身的喜讯，意外冲淡了那股父子争端的不祥和气氛，但是有些事情还是起了微妙的变化。

　　最明显的就是，江静舟不再搭理儿子宁松，无论宁松如何流着泪认错，和父亲婉言道歉，也不管沈琬、沁梅，甚至是天舒、婵娟如何苦劝，江静舟都是一副淡然冷漠的样子。在他这里，宁松变成了透明人，他对他视而不见。

　　宁松在初五那天提前回北京，他是流着眼泪离开家的。他的父亲对他的临别赠言——通过姐姐沁梅的口传达给他，竟然是——"婵娟一天不找到自己的幸福归宿，你就不用回家了，也不用做我的儿子了！"

　　沁梅夫妇节后也动身返回湖南，几个长辈对他们是千叮咛万嘱咐，要孕中的沁梅一定当心。沁梅是带着对父亲和弟弟的担心之情离开家的，她很久都不能释怀，天舒一直在宽慰她。

　　1955 年的秋天，他们的长子楚江岭在湖南出生。这是一个异常健壮的男婴，有着一双酷似父亲的细长眼睛，和一张和母亲相似的微微上翘的嘴唇。初生子的降临，使初为人母的他们欣喜莫名。

　　关于孩子的取名问题，两人也不谋而合地想起了一个令他们难忘的故人。"楚江岭"这个名字取来水到渠成般自然，令所有人满意。

远在西北的外祖父江静舟也很感慨。这毕竟也是这个戎马一生的将军第三代中的第一人，他似乎记起了自己对儿女们的无奈亏欠——沁梅和宁松都没能有机会在他身边长成。如今第三代降临了，鉴于楚天舒的身体恢复问题，沁梅的工作生活忙碌问题，加之顾倾城对孩子异乎寻常的痴爱和渴求，都让大家商议了一个决定——小江岭才过一岁半，就被送到金城的外公身边抚养。后面他曾经回到湖南父母身边上小学，但是随后又回到外公身边上中学，在后面的岁月里，祖孙两代人还发生了一连串的有趣事件，这当然都是后话了。

天舒和沁梅的第二个孩子是个雪团样的女孩，出生于 1957 年初。那是一个春寒料峭的夜晚，即将临盆的沁梅做了一场梦，梦到自己来到一个陌生的水边，眼前是一幅绝妙的古诗意境图画——

　　千山鸟飞绝，万径人踪灭。
　　孤舟蓑笠翁，独钓寒江雪。

几个小时后，她生下了他们的长女。

沁梅事后将这番梦境告诉了丈夫，楚天舒灵机一动，就将自己刚刚出生的长女命名为楚江雪，既巧妙地暗含了父母双方的姓，又照应了母亲的那番奇异梦境。

楚江雪不仅容貌酷似父亲，性格也是更像父亲多一些，从小就显出温柔宁静、克己内持的秉性特征，她不仅深得父母疼爱，而且得到了家族中所有长辈的格外偏宠，尤其是江静舟，最欣赏和喜爱这个长外孙女。后来在江静舟的坚持下，十四岁的江雪来到爷爷身边读军校。

天舒和沁梅的另外两个孩子分别出生于 1960 年底和 1963 年的春天，他们是三女楚江莲和小儿子楚江潮，几个孩子的相继到来，让倔强刚直的沁梅慢慢演变成了一个温柔细腻的母亲。

沁梅夫妇的生活安宁而温馨，而婵娟的个人问题，一直为几个长辈所挂心，当然，这也牵扯到宁松的婚恋问题。

那年宁松回北京后，婵娟留在了金城生活。当时她十八岁，正好高中毕业准备参加工作，江静舟原本想安排她去军队护校学习，参军，学习几年再回到军区医院工作，同为医务工作者的顾倾城也很赞同这个计划。

但是婵娟却有自己的想法，她想尽早参加工作，而且最好是一种很平凡的工作，比如说做一名工人，对参军——这个当时青年人趋之若鹜的事情，婵娟不太感兴趣，她不希望凭借义父的权利为自己争取什么机遇和地位。从这一点看，江静舟发现了她酷似自己生父的那种淡泊宁静的性格特征，心中格外赞赏，越发打心眼里疼爱她。

后来恰逢机缘巧合，军区幼儿园招聘老师，能写会画，又弹得一手好钢琴的婵娟自然中选，成为一名幼儿教师。这是她个人非常满意的一种职业，她干得开心和惬意，和孩子们生活在一起，让她何时何地都感到无比的快乐和满足！江静舟和顾倾城都惊喜地发现，开朗的笑容，明媚的神采，重新浮现在这个女孩脸上。

婵娟原先在顾倾城的陪伴下，住在江静舟的将军楼中，后来参加工作后，她分到了单身宿舍，就想搬出去住，江静舟却执意不允。这天，他们三人吃晚饭时，又谈到这个问题。

傍晚，将军楼的餐厅里，橘黄色的灯光温馨安静。

婵娟拿出一把钥匙，告诉江静舟自己已经分到了一间单身宿舍，想搬出去，每个周末都可以回到这里陪爸爸。

江静舟是连连摇头："丫头，我说过多次，这就是你的家，只要你一天没成家，爸爸就不放心你搬出去单住！"

婵娟如今心态已经平和安宁，就和父亲逗乐："那完蛋了，我说过我不嫁人的，将来您老了，我要在您身边陪着您，照顾您。那看来我是要一辈子赖在这里不走了！"

江静舟也笑："你赖在这里爸爸不嫌烦，只是你这不嫁人的想法可不成！哪有丫头一辈子守着老爸过的？"

顾倾城在一旁笑叹："娟儿你是玩笑话，你爸可是别扭得紧呐。这都两年了吧，他都不准人家宁松回家的，这父子真成陌路了！"

婵娟也趁机劝说着，用女儿撒娇的口气："爸，事情都过去那么久了，求您别憋着这口气了好吗？让宁松哥哥回家来看看吧？他都打过多少次电话向您问候加道歉的，您一回都不接！唉，爸，您可真狠心！"

江静舟淡淡一笑，拍拍婵娟的脸颊："这件事情你就别管了，我和他有过约定的。"

"可是事情终究是因我而起的呀！"婵娟很不安，"因为我，让您和宁松哥父子反目，老死不相往来，我……我这心里如何过得去？"

顾倾城忍不住笑："那丫头你赶快嫁了吧，你嫁了，幸福了，你爸就开心了，你宁松哥也能回家了。"

婵娟上前握住江静舟的手："是真的吗，爸？您说的和宁松哥的约定……竟然是这个？"她是第一次听说这个约定，心下更觉不安起来。

江静舟微微瞪了顾倾城一眼，又笑看婵娟："就是有这个约定也没错。娟儿，爸爸目前最看重的就是你的幸福了。虽然你年龄还小，自己的事情也要上心了。我听你姑姑说，如今有好几个不错的小伙子在追你呢，有看得上眼的吗？要是有，领回家给爸爸过过目，也为你把把关！"

婵娟含羞低下头，又忙摇摇头。

顾倾城笑着点头："我们娟娟才貌双全，如今在军区大院也算出了名的俏姑娘，可以放开眼来好好挑挑。不过啊，就是别求全责备挑花了眼才是。"

后来，江静舟利用去北京开会的机会，去看望了在京定居的封正烈夫妇，又一次谈到了宁松和婵娟这场感情纠葛，和目前各自的生活状况。

封正烈笑着劝江静舟："好了，时过境迁，娟娟如今也有了如意的工作，安定的生活，又生活在你的身边，我们大家都能放心了！那么，宁松呢？你们父子也该和解了吧？"

陈紫瑜也忙插言："就是，就是，致远啊，你也太拗了些吧？这一晃两年多了，就不认儿子到底了？可怜宁松，有家不敢回，有个女朋友也是偷偷摸摸的，要不是我们三番两次要求，都不敢带给我们看！宁松太孝顺了，说是爸爸一天不原谅他，他就一天不会正式将女友公之于众。"

江静舟轻轻挥手，淡淡笑道："那浑小子要是孝顺，就不会做出这种无情无义、先斩后奏的事情了。"

封正烈摇头："这事咱们可要公平来说！致远啊，其实细细想来，当年是咱们几个因为担心爱护娟娟的感情，也算昏了头吧，竟然公然干出包办婚姻的事情来！"

他挠挠头，笑说："这恋爱自由，婚姻自主，是从民国以来就提倡的新思想新观念啊，何况如今是新社会了？是咱们不自觉做了错事，宁松实在是无辜的！孩子就想找个自己心爱的姑娘，又有哪点错了？"

陈紫瑜更着急："是啊！那个叫叶小弯的女孩我见过了，很不错的一个孩子，和宁松好般配！我如今是日夜悬心，就盼望着他们能早日修成正果！可是这个决定权如今不是掌握在宁松那里，而是在你江司令员这儿！哎，致远，你可不准再别扭下去了。你再这样继续执拗下去，可真要耽误我们老两口的大事了！"

听了这话，江静舟既好笑又不解，忙笑问道："大姐，您的话把我弄糊涂了！我怎么耽误您和我大哥的事情了？还是大事情？"

陈紫瑜皱眉瞪眼："你在装糊涂吧？你看啊，你的沁梅都为你生了两个可爱的小孙孙了，你是有含饴弄孙之乐了，可我们这边呢？膝下荒凉呐！这宁松一日不结婚，我们就一日没指望！你总不会忍心我们老两口在蹬腿闭眼前，看不到孙子辈吧？"

"原来如此啊，我说您说得这样吓人！"江静舟忍不住笑。

封正烈也笑道："你大姐这有一阵子了，是整天催着我给你打电话，让你同意了宁松的这桩婚事！致远啊，算了，自己的亲生儿子，大家都下一个台阶吧？我打电话让宁松过来，在我这里，你们父子和解了算了？"

江静舟正摆手，陈紫瑜已经笑了："实话告诉你们，我已经打过电话了，宁松马上就到！不过，为了照顾你江司令员的情绪和面子，我没让他带他那个女友来。"

话音未落，门铃响起，陈紫瑜喜滋滋地去开门，将宁松引进客厅来。

身着上尉军装，军容整齐，面色拘谨严肃的宁松来到父亲面前，轻声唤了句："爸！"

江静舟脸定得平平的，没有丝毫理儿子的意思。

宁松有点尴尬，回头看看封正烈夫妇。封正烈明白，忙拉陈紫瑜出去："我们先出去，你们父子快好好谈谈！宁松你一直觉得当年说错了话，那么这下就该敞开心扉好好和父亲说，认认真真、诚诚恳恳地向你老爸认个错！致远你也不可太摆老辈子的架子了，应该拿出老辈子的胸怀才对！"两人离开了，剩父子二人在客厅。

宁松蹲下身子，伏在父亲身前，望着父亲的面容，嗫嚅难言。他看到父亲的双鬓已有丝丝白发，那清癯的脸庞也刻上了深深浅浅的细纹。是的，记忆中永远像小伙子般精神的父亲，已经逐渐满目沧桑。而这些皱纹和沧桑感中，又有几许是自己的伤害，给父亲印刻下的呢？念及此处，他心中涌起的都是愧悔和心疼的感觉。从小饱读儒家典籍，崇尚孝道，善良而感性的宁松这两年来尤其感到心痛和内疚，他也是憋闷太久。

怀揣着诚挚的悔意和深爱，宁松上前握起父亲的手，带着内疚的语气艰涩困顿，微微打着颤："爸？您……原谅儿子吧！那年我说出的那句话，实在是荒谬之极、混蛋之至！每当我事后想起来，悔得肠子都青了！爸，千不该万不该，我不该去那样触动伤害您最心痛的部位。我真浑啊，我应该是最懂您的人，最懂您和我……爹爹那段情分的人！可是，我竟然对您说出了那样一句浑话！儿子实在是不孝，您怎么惩罚我都没错！"

江静舟仍然一副淡然的表情，丝毫没有松动的样子。

宁松带泪继续忏悔着："爸，您怎么惩罚我，我都没意见，可是……儿子就求您两件事情——求您千万别总憋着这口气在胸，伤害了自己的身体！还有……求您别不理儿子了，就给儿子一个改错的机会吧？"

江静舟咬着嘴唇摇头，虽然他的心中此刻也是卷起千层浪。他抽回被儿子握着的手，语气还是和两年前一样的冷漠淡然："你不用多说了，你要做什么尽管去做，可是我的原则是不会改变的。婵娟如今就是我的亲生女儿，是比亲生骨肉还要重要的人，她的幸福在我这里重于一切！等到我看到某一天，她能够敞开心扉接纳自己的幸福和爱情，能开始自己的新生活了，我才会有精力有心情，甚至是……有兴趣去关注你的一切。你如果真心忏悔，真的是懂我，就该明白我这番话的意义？"

宁松将头埋在父亲膝前，哽咽着点头："我明白！我服从！爸，您放心，我一定不会再次伤您的心！我能等，我和……小弯也商量过的，您一天不原谅我，我们不会在一起的！您只要别生闷气了，注意保重身体就好。您的健康，是儿子最挂心的事情！"

他抽泣着抬眼望向父亲："爸，如果儿子今天没有穿这身军装，就会跪在您面前，给您磕头了！不管您现在是否能原谅我，我都要向您表示我的忏悔和愧疚！这种愧悔之意说出来了，我心里也就舒坦了……但愿爸，您也能从此放宽心！爸，我想说……我爱您，和从前一样！"

江静舟几乎控制不住自己的感情浪潮冲击拍打着心扉，一汪泪水已经逼在了眼际！看着眼前高高大大，却俯身在自己身前垂泪的儿子，他有将他突然拥入怀中的冲动！

——唉，我可怜的儿子！其实爸爸心里明白，我这是用强权逼你做一种残酷的祭献呐！可是，人生在世，有比自己的私欲和私利还更重要的东西，那就是承诺和责任！无辜的祭献固然可怜，甚至是可悲，但是宁人负我，我不负人的理念必然会在咱们父子的血脉中延续传承，奔流不息。作为江静舟的儿子，你实在是别无选择！

想到这里，江静舟克制住了自己，望着儿子年轻温润的脸庞，长叹一声："你好自为之吧，但愿大家……都有个善果！"

这次在北京，封正烈还和江静舟谈到了一个问题，那就是向婵娟的身份问题。封正烈提出让婵娟改姓封，就以他的养女身份来进一步理顺她的过往经历，以尽量回避她的生父带给她的影响和牵连。也许即将到来的政治风暴，让他们这些久经风浪的人们更具有一种超出常人的预感和警惕。江静舟明白了他的意思，劝慰他宽心，他已经决定让婵娟改姓江，就作为他的女儿落户在他家中，封正烈感慨地点头，关于这个女孩的保护问题，大家心照不宣自然而然达成了一种默契。

江静舟回到金城，就得到一个令他振奋的好消息：顾倾城悄悄告诉他，婵娟有心上人了，而且是非常满意的意中人！江静舟欣慰莫名，和顾倾城商量，要让婵娟尽快告诉他们实情。

这天晚饭后，江静舟和顾倾城坐在灯下，带着长辈宠溺和关爱的微笑，向年轻的女孩询问她的这份情缘。

婵娟面对如今最亲近的两位亲人，红着脸，磕磕巴巴地解释着："其实，就是才确定关系嘛……哦，不，还没得到爸爸和姑姑的首肯，不能算确定关系……只是我们私下说定了……可以以……那种身份以后交往了。"女孩脸红得像三月的桃花，在灯光下闪现着青春的桃粉色。

江静舟理解地微笑："还是我们娟儿孝顺懂事，知道体贴大人的心！可是娟儿，感情的事情是你自己内心的最切实的感受和呼应，一切还是以你自己的想法为准。爸爸和姑姑，还有别的长辈，也只能给你一些参考意见，大主意还要你自己拿。总之，你自己喜欢最重要！"

听到这里，顾倾城扑哧笑出声来。

江静舟回头看她，奇怪地问："小薇，你笑什么，我说得不对吗？"

"对，你说得很对。"顾倾城就忍不住笑，"可是，哥，你的标准还经常有变呀？对于不同的孩子，你有不同的标准吗？"

江静舟明白她之所指，心中也觉好笑，此刻唯有忍住，刻板到底，他正色道："不错，男孩子有他自身的责任在肩，自然不同些！"

他又嗔怪着看着顾倾城："现在是在说娟儿的大事，你这个当姑姑的应该操心正事才对。倒说起奇奇怪怪的俏皮话来，真扫兴！"

顾倾城忙笑着对婵娟道："是啊是啊，娟儿你快给我们说说你的大事，你的对象的具体情况？姓名？年龄？小伙子的职业？越详细越好，我们都急不可耐了！尤其是你爸爸，你看他眼睛里满是笑意，也满是期待呢？"

婵娟羞赧地笑笑，低头沉思片刻，抬头看见两位长辈都带着询问和期盼的目光看着自己，便半含半露地支吾道："姓名嘛，容孩儿先保密好吗？我……我和他有过约定的，先不告诉彼此家人一些具体的情况，我们两人先确定关系，相处一段时间，到了一定时候，才对大家公开一些事情吧……主要是我这边，我至今没有和他说明咱们家的关系，我说我是一个工人家出身的女孩，我不想在自己的婚姻中掺杂太多其他的因素。"

她又看着江静舟，带点撒娇的语气道："不告诉您姓名还有一个原因呢，我知道爸爸宠我爱我关心我，有关我的终身大事是格外上心的，我说了他的姓名，您一定会千方百计调查的，因为他也是一名军人……可是我希望我们之间的交往能单纯些，再单纯些，我希望能用自己的眼睛和心灵……去认识和感知他，接受他。"

江静舟赞许地点头："我的娟儿真的长大了，爸爸真高兴！"

顾倾城关心的是另一面："他也是个军人吗？太好了，你爸爸这下更高兴了。"

江静舟也笑了："其实职业是没所谓的，关键是人品，是和你的感情！但是娟儿，你能找一名军人，爸爸还是很开心很欣慰。军人身份意味着责任和奉献，但是很多时候，也是一种品质和素养的保证，爸爸相信你的眼光，我女儿看上的军人，一定是个铁骨铮铮的汉子，对吧？"

婵娟自信地笑了，笑容里还含着深深的满足和心仪的味道："不瞒爸爸和姑姑说，他是个英雄！在我心中，他是个了不起的英雄！我们的认识是那样的奇妙和……浪漫，我竟然有幸在和平年代发现了一个英雄，而且我还能因此和他有这段缘分，真让我万分的满足和欣慰。爸，姑姑，我们认识的过程将来有机会我会讲给你们听的，我现在想说的倒是两个让我纠结的问题，想请两位长辈为我把把关吧！"

"我们娟儿竟然找到了自己心仪的一位英雄，可喜可贺！"江静舟心下大慰，忙问道，"还有什么难解的纠结事情，丫头说出来听听？"

婵娟笑着解释："有两件事情，我不知道你们二位是否能接受呢？从而接受他？第一，他年龄要比我大很多，我第一次见到他，差点叫他解放军叔叔呢……"

"什么什么？娟儿啊，你……你找了个多大年龄的人啊？"顾倾城沉不住气，叫了起来，"年龄相差太大，会不会有……问题呀？"

江静舟没接话，带着信任的微笑看着婵娟。

婵娟的脸腾地红起来，她一紧张说话都有些不利落了："不是的，姑姑，怪我没说清楚 啊！他……他虽然大我十二三岁吧，可是他很年轻的，真的，不骗你们！他很开朗，很健康活泼的，看上去好小的样子，貌似和我几乎差不多大的…… 他真的不是你们想的那样……那样老的……"

"大十二三岁，也就是三十出头吧，别忘了咱们娟儿小呢。倒也罢了，年龄倒不是最主要的，关键是人品和性格。"江静舟思忖着嘀咕道。

顾倾城也松口气，直拍胸脯："唉，你这丫头，不带这样吓人的！什么解放军叔叔都出来了？"

婵娟也格格笑了："怪我没说清楚啊！我是说我们第一次相遇时，因为事发突然，在那种紧急情形下，他像英雄般出现了，简直就像是救世主横空出世！他当时穿着军装，他的军衔是那样高的，是个上校，我以为……他就应该算是…… 解放军叔叔的。后来我们熟识了，又是那样一层关系了，他还笑话我说，要是当时我真的喊上一句解放军叔叔，他如今该钻地缝了！"

"上校军衔？在咱们这里吗？我应该都认识的……"江静舟露出思索的表情。

婵娟是无意间说漏嘴的样子，忙笑着解释道："不是的，爸！他是在南方部队任职的，当时是出差来到这里。好吧，看来他的年龄问题两位长辈都接受了？那么就是这第二点了，他不是本地工作呀，如果我们……我们将来要是……成了，我该咋办呀？我可不想离开这里，不想离开家。我说过我要照顾陪伴爸爸和姑姑一辈子的。"

"爱情来了可不由人呦，我的傻姑娘！"顾倾城笑叹。

江静舟也点头："你姑姑说得没错，爱情是首要因素。只要你能找到自己的真爱，在哪里都是幸福的。再说，哪有女儿一辈子守着自己父母的道理呢？咱中国不是有句老话吗？嫁鸡随鸡嫁狗随狗，嫁个扁担抱着走。只要是你真心爱恋的人，也是值得你爱的人，娟儿，其他因素你就别纠结啦。年龄不是问题，地域更不是问题！"

说到这里，他又想起另一个问题来，就有点担心地继续问道："他是外地的？那么你们只有一面之缘了？这么少的接触，你能把握住这种感情吗？"

婵娟笑了："也不只是一面之缘了，大半年前我们相识，就有过一周左右的接触的，然后，我们开始了书信来往，后来，您忘了吗？上个月我被派往南方去学习，刚好紧挨他所在的那个城市，他有来看我的，每周都会来两次……其实我们接触的时间不算短了，关键是，我觉得……我和他好像是很熟悉的样子，就好像……我们前生认识一样，第一次近距离接触就有奇怪的熟悉感觉，不仅是我，他也觉得是那样的！我不知道，这有没有问题呀？"

江静舟笑了："傻孩子，这就是人们所说的缘分吧，爸爸听了你这话，也莫名其妙放了不少。你看呢？"他望向顾倾城。

顾倾城抿嘴笑道："都是心目中的英雄了，还会有问题吗？哥哥你如今就彻底放心了罢？"

江静舟含笑点头。

婵娟很开心，笑着道："太好了，谢谢爸爸，谢谢姑姑！我实在是……太高兴了，我才是彻底放下心来了！如果得不到你们的首肯和认定，我会怀疑和犹豫自己这段感情呢。我一直认为，我的爱情，一定要得到最爱我的和我最爱的长辈们的祝福。现在……真好！我爱你们！"

江静舟对着顾倾城感慨着："我说的没错吧？这些个孩子里，还是我的娟儿最懂事最贴心！她这个脾气和秉性，总让我想起她的爸爸……明光兄他就是一贯这样的克己待人，极重感情……"

他的话让人感到伤感，顾倾城忙对婵娟使了个眼色，又努努嘴。聪敏过人的婵娟意识到什么，也明白了她的意思，就忙笑着坐到江静舟身边，挽住他的胳膊，用撒娇的口吻道："爸，您看女儿如今找到自己的幸福和真爱了，您为我高兴吧？可是，您能再给女儿一层幸福吗？"

"唔？是什么？孩子，你说。"江静舟宠溺地看着她。

"我要我的亲人都幸福。我的哥哥，宁松，他的幸福对我也很重要！当然，对您也很重要，不是吗，爸爸？"婵娟一字一句地说道。

江静舟沉吟："他……"

顾倾城忙插言："娟儿说得不错，哥哥你要遵守自己的诺言才是！既然娟儿都找到自己的幸福归宿了，你和宁松也该父子和解了吧？这样大家就都圆满了！沈姐，沁梅，天舒他们，也都放心了。"

婵娟趁热打铁："爸，过年让宁松哥哥回家好吗？过了年，正好是您的五十大寿呀，我们等于提前团聚为您祝寿了。到时候……我们，我和那个他……也会一起来见您的。咱们是名副其实的大团聚，有多好？"

江静舟还顾着面子呢，不会马上就松口："再说吧，你先让我见了你那个他再说。"

婵娟摇头："那不行，您不答应我，我就不带他给您看！你只有原谅宁松哥哥了，我才能放下心来，才好意思带他回来见自己的亲人呀！爸，您是最疼我的，求您给女儿这个面子吧？让宁松哥哥回家过年！"

江静舟被她缠得无奈，只好笑应："好吧，小薇，你给那个浑小子打个电话，让他回来过年。"

"不是他，是他们！还有小弯姐姐。"婵娟认真纠正着。

江静舟不解："小弯又是谁？"

顾倾城和婵娟都笑了。婵娟看着父亲，解释道："是宁松哥哥的女朋友呀，叫叶小弯，是一个部队医院的护士，很漂亮的！"

江静舟哂笑道："你这丫头，说得倒热闹啊。你又没见过她，怎么知道的那样清楚？"

婵娟也笑："我见过照片呀，我们都见过照片的，除了您！您等等。"她跑到卧室，取了一张照片递给江静舟看。照片上是一个清秀俏丽的女兵形象。

江静舟看了，望着顾倾城："原来你们知道的比我清楚啊？"

顾倾城撇嘴："看你今天这样开心，我才敢说呢！我们为什么不能知道得清楚些？这是宁松的女朋友啊，是我们大家都关心的人，包括沈姐和沁梅夫妇！嗨，我们又没干包办别人婚姻的事情……"她捂着嘴笑了。

江静舟无奈地看着她，叹气摇头。

顾倾城又道："娟娟知道得更多呢，她一直有和她宁松哥通信来着。"

婵娟点头："我们兄妹一直在通信往来呢，宁松哥总是嘱咐我多照顾您的身体，替他尽孝……还有忏悔和道歉！其实宁松哥哥他原本没错，爸，您也没错的，大家都是误会了嘛！如今一切都好了。宁松哥哥也想这次回家能见见我的那个……大家到时候都认识一下，多开心！"

江静舟终于点头："好吧，一切你们去安排吧。不过时间上我有点小要求。

娟儿，你记住，你的那个男友到家见面后，才可以让宁松和他的……那个对象进门的，这点不能含糊！所以，你告诉你哥哥具体时间，让他安排好掌握好，别到了跟前，他先到家，我是不会让他先进家门的。要是赶他们先去住招待所，估计他就该难堪了！"

他的这番倔强和古板让身边这两人哑然失笑。

顾倾城忍不住感叹加调侃："唉，江司令员，按理说您不老呀？我怎么看到了一个封建老家长的模样？"

无论如何，这件困惑江家近三年的事情，终于有了一个良好的结局。

1959 年的春节，江静舟家格外热闹。这年是江静舟五十大寿，所以儿女们都赶回来过节加祝寿的意思。

大年二十九，婵娟将男友领进了家门，但是出乎所有人的意外，这个男友，竟然会是——萧海！

第十八章　祖孙情深

　　成年后的沁梅和宁松，也曾短暂地生活在他的身边过，但是成年人之间的爱是理性而矜持的，缺少一种无理的宠溺和偏疼。时光荏苒，如今，年过半百的江静舟将军，终于有机会将他封存已久的父爱加祖辈之爱解冻，以眼前这两个小外孙为宣泄对象，尽情放射出他炙热的深爱和深情。

　　婵娟的热恋男友正是萧海，他们相识的经历也很传奇，这个容当后表。此时，1959年春节前两天，萧海应婵娟的邀请，来到金城，准备见她的家长，他们决定一切顺利的话，会在这年的下半年结婚。

　　这天一大早，婵娟就去火车站接萧海去了，她走前特意跑到父亲江静舟面前告诉他，要做好审查女婿的准备。当然，当时家里所有的人，听了她的话，都带着兴奋和期盼的心情，等着新姑爷上门，包括顾倾城和特意从南方赶来相聚的沈琬，还有沁梅一家四口。

　　沁梅和天舒是提前一周回家的，带着他们花朵般的女儿——刚满两岁的楚江雪。长子楚江岭这年三岁多了，在金城外公身边生活有两年了，也是第一次见到自己的妹妹，两个小家伙很快亲亲热热地成了最佳玩伴，在将军楼里跑上跑下，欢闹嬉戏，给三个进入祖辈角色的人带来了无尽的快乐。沈琬和顾倾城两人见了沁梅新添的女儿自然是兴高采烈，爱不释手，最激动和兴奋的还要数江静舟。

　　就像顾倾城发现并认定的那样，江静舟有一种偏爱——喜欢姑娘胜过小子，这种情结也许来自于当年他第一次做爸爸的特殊经历。

　　当年，自己和亲生女儿沁梅第一次相见，就是在他和虞水蓉"假婚礼"的典礼上。刚满周岁的沁梅，静静地依偎在母亲沈琬的怀里，懵懂无辜地看着身着新郎礼服、英姿勃发的父亲。那双稚嫩纯净的眼神，深切地拨动了他初为人父之情怀！一种神奇的爱怜之情在江静舟心里播下了种子，更何况当年的他，正处于纠结难言的境地中，对自己的发妻和女儿，有着无法言说的愧疚和痛惜之情。

因为特殊的身份和经历，他的两个儿女——沁梅和宁松的幼年，他都几乎未曾染指过。唯一生活在他身边的宁兰，曾经带给他无限的亲情慰藉，但是后面的夭亡，也让他留下了终生的伤痛印记。

暗波汹涌、险不可测的敌营生涯让他的父爱无法酣畅淋漓地宣泄，就像一条奔流的大河，常年没有泄洪，遭遇冰封，就慢慢凝固住了，随着岁月的更迭，渐渐冻成了心头的一条冰河。

成年后的沁梅和宁松，也曾短暂地生活在他的身边过，但是成年人之间的爱是理性而矜持的，缺少一种无理的宠溺和偏疼。时光荏苒，如今，年过半百的江静舟将军，终于有机会将他封存已久的父爱加祖辈之爱解冻，以眼前这两个小外孙为宣泄对象，尽情放射出他炙热的深爱和深情。

沁梅既高兴又无奈地看到，父亲将自己的两个孩子当作了人间至宝，无原则地宠爱和迁就迎合着她们，他都不忍心两个小家伙走出他的视线，他陪他们吃饭，哄他们睡觉，和他们做游戏，甚至是，和他们一起在院子里堆雪人，一玩就是大半天。沁梅实在很感叹父亲因此萌发的一颗童心。

作为久经沙场的老将，一位职业军人，父亲平日里给下属的印象是威严肃穆的，也许是近几年上了年龄的缘故吧，即使在自己亲人面前，他也经常带点刻板和较真的样子，脾气似乎变得更加倔强固执起来。沁梅发现母亲沈琬和倾城姑姑如今私下爱嘀咕议论着这样一个观点：唉，看他如今是旧伤在身，心脏也不大好，就只当让着他罢了，懒得和他认真计较！

可是如今在两个小外孙的面前，父亲竟然完全像一个孩子般纯真、快乐，作为祖父，他的坏脾气都不翼而飞，显得格外随和和耐心。

作为佐证，沁梅曾经偷听过父亲和女儿江雪的一段有趣对话。

沁梅让两个孩子叫江静舟爷爷，不叫外公，也是想让他们更亲密些。江岭虽然年长些，但是小子顽皮好动，嘴巴却倔强，不懂得迎合长辈；江雪明慧可人，性格乖巧，小嘴巴甜甜腻腻的，回家没几天，就成了爷爷的心上宝，掌上珠，开心果。

这天，江静舟在书房陪她玩积木，祖孙俩有趣的对话让门外的沁梅忍俊不禁。

"雪儿，爷爷陪你玩积木，你爱不爱爷爷啊？"

"雪儿爱爷爷！"江雪边玩边奶声奶气地回答道。

江静舟忍不住上前亲了外孙女一口，接着启发道："那爷爷问雪儿，雪儿心里面最爱的人是谁呀？"

"爸爸！"小姑娘回答得嘎嘣脆，丝毫不打磕绊。

"唔唔唔？昨天雪儿把手弄脏了，妈妈要骂雪儿了，是谁护着雪儿，不让妈妈骂呀？"江静舟循循善诱的样子很执着很感人。

江雪上前搂住爷爷亲了一下："是爷爷！"

"那雪儿爱不爱爷爷呢？"

"雪儿爱爷爷！"

"那爷爷再问一遍，雪儿心里面最爱的人是谁啊？"

"爸爸！"

从终点又回到起点。不仅江静舟无奈地笑了起来，门外的沁梅也笑出了声。

"哎，爸，您就别威逼利诱啦，这个小丫头片子简直一点良心都没有！从来只认她爸爸的，也不知道天舒给她灌了什么迷魂药了？"

似乎为了证明自己的论调，沁梅笑着走进来，拉住女儿问道："雪儿，妈妈问你，谁给你做饭吃，做花衣服给你穿，睡觉前给你讲童话故事呀？"

江雪忽闪着纯净明亮的大眼睛回答道："是妈妈！"

沁梅撇撇嘴，继续问："咱们家里，谁总是不按时下班回家，好几天都不露面，成天就知道待在办公室，经常让我们的雪儿都见不到面的呀？"

江雪想了想，回答道："是爸爸！"

沁梅点头，继续问下一个实质性问题："那妈妈再问你啊，雪儿心里最爱的人是谁呢？"

"爸爸！"小女孩的回答始终坚定无疑，不过估计突然意识到这是大人的计谋，外加考虑到自己目前的处境，聪颖过人的小江雪马上乖巧的加上句："还有妈妈……"她又看着江静舟："还有爷爷……"她又指着外边："还有婆婆，姑婆，小姨……"女孩边眨着眼边数着人数，拼命说着，唯恐漏下谁。

"你个小白眼狼！"沁梅假装生气，用手指点点她的额头，对江静舟说："爸，您看到了吧，这个小东西真没良心，最爱的还是那个很少管她生活的爸爸呢！"

江静舟笑着感叹："孩子的心是最纯净的，孩子的嘴里可没假话呢！我知道，天舒是太忙了，顾不上家罢了，其实他对孩子的爱大家都看在眼里！"

他笑嗔女儿："况且天舒脾气肯定比你好呀。回来这几天的情形，我都看到了，他带孩子可比你更有耐心！难怪咱雪儿最爱爸爸，孩子心中自有一本账！"

他笑着搂过江雪，将她抱在怀中，亲切地问道："雪儿说的没错，就应该最爱爸爸，爷爷也爱你爸爸！雪儿能告诉爷爷，为啥最爱爸爸呢？"

女孩偏着头，认真想了想，皱着小眉毛的样子像极了楚天舒。她一条条认真阐述着对自己父亲的爱：

"爸爸最爱雪儿！妈妈凶雪儿，爸爸救雪儿！"

"雪儿错了，妈妈打雪儿手手，爸爸亲雪儿手手，说亲了，手手就不痛了……"

"雪儿捣乱怕妈妈，不怕爸爸！"

毕竟才不到两岁，小女孩的语言表达还有限，说得语法混乱，语焉不详，但是还是完整地表达出了自己的意思。江静舟和沁梅相视而笑。

沁梅笑着叹气："爸，您听出来了吧？在教育孩子的问题上，楚天舒同志简直就像个叛徒！还是个到处收买人心的叛徒！"

江静舟也笑着摇头："我倒是觉得，在教育孩子的问题上，天舒比你懂孩子的心，更有策略，所以才会有这样坚实的群众基础！"他又亲了孙女一口，哈哈笑起来。

江雪搂着爷爷回亲一下，奶声奶气却很认真地说道："爷爷也救雪儿，和爸爸一样！雪儿也爱爷爷，和爸爸一样！"

一句童真无邪、充满真情的话，竟然让江静舟生生红了眼圈。两个可爱的孩子就这样让江静舟难得地享受着祖孙情爱和家庭温馨的氛围。

看着他们祖孙三人又笑又闹的兴奋样子，沈琬和顾倾城是既欣慰又担心，因为当时江静舟正是大病初愈、身体虚弱时期。

一个月前，军区举行了一场阅兵式，江静舟是最高领导，身先士卒，在寒风中整整站了五个小时，因此引发身上的旧疾，高烧不止，在医院中住了半个月病情才稳定下来。目前，他在家休养，身体刚刚复原，却因着对两个孙辈的疼爱，再次忙碌兴奋起来，他不听顾倾城和沈琬的劝阻，执意和孩子们厮混着，嬉闹着。

就像昨天下午，祖孙三人在寒风中堆了雪人，撒了欢，到了晚上他就发起低烧来，他又不愿意再次到医院诊治，无奈之下，顾倾城只好把输液器械带回了家，在家中为他打点滴。

今天早晨，婵娟去火车站后，顾倾城又准备为他输液，江静舟坚持来到客厅，半卧在沙发上，赔笑着对顾倾城道："你给我把点滴速度弄快点，早点输完了事，等会娟儿的男友该进门了，看着我这样躺着输液多不好？"

顾倾城不由失笑道："首长同志，您的这条指示我可不敢执行！这输液的速度是有一定规矩的，何况你的心脏不好，最忌讳的，就是点滴速度加快呢！你说是你的面子重要，还是你的命重要？"

沁梅从楼上下来，听了这话，忙接口道："姑姑说得对！爸，您的身体要紧，娟娟的男友马上就是咱自己人了，一家人就别那样讲究啦！"

她走到父亲身边，拿了个小凳子坐下，对顾倾城道："姑姑，我在这里看着爸输液，您去忙吧。我知道，今儿个新姑爷上门，您这个大厨可是准备了一大堆食材在厨房，看来准备大显身手了？"

顾倾城笑了，努嘴暗指江静舟："你爸爸早几天就反复交代过了，我的耳朵都听出茧子啦！"

她为江静舟扎上了针，调整好速度，又仔细嘱咐沁梅："你在这里守着他，千万别让他自己胡调整这点滴速度，他是个急脾气，这可不是闹着玩的！"

"放心，我来监控老爸！顺便为他老人家按按胳膊按按腿，孝顺孝顺他，我也难得有这个机会！"沁梅对她眨眨眼。

沁梅边为父亲按摩着身子，边和他聊天。

"爸，其实咱们父女这样闲闲地聊天真的算难得，尤其是我现在常年在外地，又有家务、孩子缠身。您的身体不是很好，我也总挂心，就是心有余而力不足！"

"我明白丫头的孝心，"江静舟笑着看女儿，"不过你也别牵心我这里，爸一切好着呢。倒是你和天舒，工作都忙，又带着这样小的孩子，让人不放心！丫头，你姑姑也和我说过多次了，想动员你把雪儿也留在这里，她帮你带。目前岭子上幼儿园了，你姑姑说一只羊是赶，两只羊也一块赶得了。雪儿再过半年就到了上幼儿园的年纪，你工作忙，天舒毕竟身体受过大伤，也要定时注意调养，你照顾好他的身体最为重要！再说，娟娟如今在幼儿园工作，也是得天独厚的条件啊。你和天舒商量一下，不行这次就把雪儿也给我留下吧？"

"哎哟爸，知道您爱孩子，可是您好歹给我们留下点吧？不待这样见一个抢一个的？"沁梅笑着和父亲打趣，"岭子前次送到您这里，我们可是好一阵子不习惯呢！后来有了雪儿，才好些。你知道天舒爱孩子如命啊，尤其是雪儿，简直是他的心头肉！况且，眼下我的工作还好，能自己带得了的。天舒工作是太忙了，经常是心力交瘁的感觉，雪儿就像是他的开心果，我可不忍心拆散他们父女呢！再说到娟娟，她也许就快随她的那个男友去南方生活了，也顾不上这边了呀？"

说到这里，沁梅赶紧抓住重要想说的话题，趁父亲此刻这般安详的状态说："爸，说到娟娟，我想起一件重要事情来，必须提前给您打个预防针！您看吧，这下娟娟也找到幸福归宿了，您一定也是从心里原谅宁松了？这次既然同意宁松带女友回来过年，那您可要注意自己的态度了！起码不能再在外人面前给自己儿子摆脸子，要不然，宁松该多没面子呀？"

江静舟微微闭着眼，享受着女儿温柔的按摩，此刻听了她这番话，哼了声："先别提这个话题了，一切要等娟儿的对象进门认亲后才可以说其他的！对了，你别总在我这儿了，两个娃娃谁照顾呢？"

沁梅笑道："我妈在楼上哄着他们呢，我不让那两个小东西再聒噪您了，您看就是他们又把您折腾病了。天舒昨天都怪我了，说是要留意您的身体呢。"

"天舒这孩子就是孝顺，又细心！"江静舟感叹道，"我刚才看到他出去了，是去做什么？"

沁梅笑笑："他去给您买药去了，就是若飞哥上次给的那个方子。姑姑说治您的旧伤不错，金城这边也可以配上药的。这快过年了，您把公务员、炊事员、警卫员都放假了，这跑腿的事情只有我们自己干了。"

又见说起两个小外孙，江静舟满眼是笑意："等会还是让岭子和雪儿下来玩，也陪陪我，我才不会怕他们聒噪，我喜欢还来不及呢！尤其是雪儿，小嘴吧真甜，一听她娇娇的声音叫爷爷，我这心都醉了！"

沁梅抿嘴笑："这就是人们常说的隔辈疼吧？我和宁松可都没享受过这般待遇呢？"

她的一张俏脸挂满了对着父亲撒娇和揶揄的笑："而且我还看出来了，两个孩子中，您还更偏疼雪儿一些呢？"

"谁说的？手心手背那不都是肉？"江静舟笑笑，"岭子是男孩子，打小要粗养才有出息。雪儿女孩儿家，花骨朵一般，最可人疼了！丫头的性格也好，小小年纪，竟然懂事极了！关键是你瞧她那个小模样，和天舒简直是一个模子刻出来的。我看她以后那个性子也随她爸爸，比你强些！"

沁梅挽住父亲的胳膊咯咯笑起来："原来猫腻在这里呀？我说您那样宠雪儿呢？原来竟然是她像天舒？好嘛，看来您是疼爱天舒胜过我哈？哼，爸，我有点小嫉妒哦！"

江静舟看着女儿无奈笑了："你这个醋吃得太没道理了吧？对别人尚可，那楚天舒可是你当年一门心思、死心塌地要嫁的人呐？哦，如今我心疼他你倒不乐意了？说句实话，天舒各方面是比你强，你还别不服气！"

说到这里，江静舟想起什么来："就是他的身体，现在怎么样了？那些旧伤没再发作吧？天舒也是有个毛病，不爱惜身体，工作太拼命。对了，你上次电话中和我提到的，他的工作问题？好像你有些想法？"

沁梅手下为父亲不停地按摩着，点头道："是的，他的身体状况始终是我的一块心病！虽说是基本痊愈了，但是当年的伤是太重了，毕竟算是伤了大元气，身体和健康人还是有区别的。"

她皱着眉，心事重重的样子："这个也是原因之一吧，但是还有重要的一点就是，您是知道的，天舒是书生意气太重了！以前他偏重搞业务还无所谓，如今他担任了副所长，行政上的事务繁重了，我看他压力蛮大的。天舒他是个特别淡泊名利的人，将一些事情看得很淡，但是如果拿自己的这种思想去要求规范别人，似乎就有点不合时宜、求全责备了。"

"哦？他如今工作上不开心吗？遇到什么困难了？"江静舟感觉出什么，忙追问道。

沁梅摇头："工作上的事情他很少和我说，这也是他恪守的组织纪律之一吧。尤其是人员管理方面的，他更是守口如瓶。只是我侧面观察到他的压力很大，经常泡在办公室不说，回家话说得也少了。除了逗逗孩子还能开心笑笑外，其他时候他都是一副心事重重的样子。"

江静舟点头沉吟："是啊，他如今分管的干部管理这一块，可是不好干。这个似乎也不是他的强项？"

沁梅："我也是从若飞哥夫妇他们那里侧面听到了一些说法，703所不是世外桃源，人多嘴杂，大家想法都不一样啊！和平年代，反而不像战争年代那样单纯的人际关系……就拿前两年授衔这件事情来说吧，有些人是很在乎计较的。唐玉就悄悄对我说过，楚天舒副所长可以自己放弃大校军衔，低就上校军衔，可是不能要求每个人都有这样的觉悟吧？"

江静舟很理解："所以毛主席就军队授衔这件事，才会有那样一句评语啊——男儿有泪不轻弹，只是未到授衔时！唉，以天舒那个个性，估计应付这样的局面很难，有些时候，事关己身利益，并不是个人带个头就可以消除矛盾，解决问题的。"

沁梅知道父亲这句话是有感而发。当年授衔时候，父亲也遇到过类似问题，如果按照起义将领待遇，他可以被授予上将军衔，但是作为老党员，我方人员只能授以中将军衔。

关于他的军衔问题上级领导曾经和他当面征求过意见，江静舟向他们明确表态："和平建国，我就该功成身退了，还在乎什么虚名？何况我就是我方人员长期潜伏敌营，又怎能以起义将领名义接受更高的军衔呢？对于我江静舟来说，我看重我的党员身份要远远高于这个军衔！"

他诚恳地对有关领导说："您是最了解我的人，我投身革命本来就不是为着功名利禄，想想那些早已牺牲的战友，我们都是幸运者，任何名利和荣誉之争都是可耻的。能回到党的怀抱，成为一名普通的党员就是我的最高荣誉！"在他的一再坚持下，只接受了中将军衔，此举得到了上方的高度赞誉："江静舟同志要党员不要上将！"

可是，毕竟还有一些人曾经为了军衔问题和组织提条件，闹情绪，当时也是一种比较严重的倾向，才会引起上述领袖的那番感慨之语。

沁梅叹息："天舒其实是个思想很单纯的人，政治智商更是一般般。我也觉得他应该从事单纯的业务比较好。前一阵，他说了一点想法，目前 703 的一些工作也根据形势有所调整，天舒想换个环境，最近刚好有军校想请他去当教授，从事他的老本行——电讯通讯专业，我是蛮赞成的，高校环境相对单纯，时间也自由充裕些，从各方面讲，更适合天舒……爸，您看呢？"

江静舟沉思无语。片刻，他望着女儿，轻声道："这些事情，主意要你们自己拿，尤其是天舒个人的想法，只要他自己觉得对的事情，就大胆去做，我对他是充分放心的！"

沁梅笑嗔道："您总是这样无条件偏心他，信任他，对我都没这番待遇！"

江静舟也笑着逗她："老实讲，你还别不高兴，你比天舒，还总是差那么一点！"

那边江静舟父女温情对话，这边婵娟已经接到了萧海，两人向家里赶来。

来到军区大院门口，萧海有点意外："你的家怎么会在这里面？你不是说……"

婵娟顽皮一笑："是啊，我父亲家就在这里，怎么了？"

想到军区里面也有很多工人编制身份的人，萧海没多想，就宽和一笑："没什么，我就是奇怪，这里我也来过的，也算故地重游吧！"

"那好吧，以后你会经常重游此处的！"婵娟笑笑，挽起他的胳膊，准备拉他进院。

萧海忙轻轻推开她的手，看着婵娟稍稍不解，也有点略微不快和不好意思的样子，他忙解释："我穿着军装呢，得注意军容风纪，大街上挽个姑娘，多不好……"

婵娟也是在军队大院里工作，又生活在极重视军容风纪的江静舟身边，自然明白他的苦衷，心里暗暗赞同，表面上还是有点难为情，就微微白了他一眼。

萧海嘿嘿一笑，悄声道："等会门口的士兵会敬礼的，你总不希望他对我敬完礼后，再认真来一句：'上校，请注意您的军容军风吧？'那时候咱俩才是难为情呢！"

两人走进院子，不知不觉来到一片小楼区。

"这里是将军楼呀，我来过的！"萧海感叹。

婵娟好笑："上校同志，这里是营区，你是军人，来过不奇怪吧？"

萧海笑笑："我是说，我认识的一个老首长也住在这里，我曾经来过他们家。"

婵娟拉他站住，认真看着他："好了，萧海，快到家了，有件事情我要向你坦白。"

萧海望着她，点头。

婵娟表情装得好严肃的样子："我以前告诉过你，我是出身工人家庭的女孩，其实我没说具体，我的父母就在这片将军楼里工作，我的父亲是一位将军家的厨师，母亲是一个保姆。而你，萧海，毕竟是一个相当级别的军官了，你如果考虑到门第观念，现在后悔还来得及！没见过双方父母，你可以选择向后转，重新选择一下……选择你自己的终身大事，这可是一辈子的事情。"

"娟娟？"萧海凑近认真看了看她，微微摇头，叹气，"好吧，我是要选择，选择有点生气！不，不是有点，是我很生气！"

婵娟很惶惑，也有点不安："你后悔了？"

萧海看着婵娟的眼睛，那双秀丽的眸子里跃动的紧张和纠结的火苗让他心疼，也让他心安和激动，他有突然拥她入怀的念头——他想将心上人揽于怀中，这个像只小白兔一样无辜和纯净的女孩，然后亲切地安抚她那颗惴惴不安的心。

"娟娟，我以为，你是懂了我的心的，也是明白我对你的爱情？可是，咱们都到了这个地步了，你还在怀疑我吗？"萧海叹气道，不过他可不忍心责怪心爱的姑娘，就忙加上一句，"还是我做得不够好哈！如果说你对我的信心不足，或者说是对我们之间的爱情信心不足，那一定是我这边出了问题，是我做得还不够好！"

"傻子！"婵娟被他的真诚和挚爱再次打动了心扉，不由得拉住他的手，笑道，"我逗你玩的，我怎么会不相信你？可是，萧海，如果……我欺骗了你，考验了你，也是出于爱！我想你会原谅我的，对吧？什么时候你都会无条件原谅我的？"

"这句话还差不多，不枉费我死心塌地爱你这一场！"萧海的性格基调就是明快灿烂的，此刻三十多岁的他，竟然像个孩子一样开心活泼，"按理说吧，去见岳父母大人，我应该紧张才是？可是一想到他们是你的父母，我就已经觉得他们像是我的久违的亲人一般，没什么可怕的啦！"

婵娟笑着看他："还有你怕的事情吗？我觉得你一向是所向披靡，无所畏惧的！因为……你就是我的英雄！何况在我眼里，某人胆子又大，主意又正，脸皮又厚……"婵娟笑得说不下去了。

"好呀，小丫头片子，竟然嘲笑诋毁解放军叔叔……"

两人嘻嘻哈哈边说边笑，继续向家中走去。

来到江静舟家楼前，婵娟掏出了钥匙，萧海惊讶不已："这是……我来过这里呀！这是……"

"哎呀，这几栋将军楼的样子都长得差不多的！"婵娟不等他说完，就拉他进了家门。

"沁梅？"

"萧海？"

"司令员？"

进了客厅，还未容婵娟给他们介绍，几个人都惊呆了，然后同时喊出了声。

第十九章　相逢奇缘

这番来自晚辈的体贴话语，让一向内持的江静舟瞬间眼泪夺眶而出，他的心中，满满浮现的，都是娟娟清秀温柔的面庞，还有她的生父——向晖的清俊刚劲又温存儒雅的面容。斯人何在？情缘已断，情谊依旧，思念依旧，缘分依旧！即使分别隔膜了，他的血脉，他的亲生骨肉，仍然时时带给自己最贴心最温存的相依相守。

沁梅冲到萧海面前，直直地看着他："怎么会是你呢，萧海？天呐！你不会是娟娟的……那个对象吧？"

不用解释，萧海意外不解但是那标志性带点顽皮的笑，以及婵娟微微涨红的脸，已经充分说明了答案。

本来半倚在沙发上正输液的江静舟，此刻不顾不管地已经自己拽掉了针头，站起身来，萧海迎上前去，先是认真给他敬了个军礼，又赶忙上前握住江静舟的手："是啊，真的好巧，司令员，您好！没想到会是您家……"

江静舟也是惊讶复惊喜："怎么回事？萧海，你和娟娟是？"

萧海当然也很意外，他先礼貌地问候了江静舟："司令员，您的身体还好吧？"然后又笑着招呼沁梅："沁梅，你好吗？天舒兄呢？这次也一起回家来了吧？"

沁梅惊喜地解释着："回来了，他去给我爸买中药去了。哎，萧海，你……你是怎么和娟娟认识的呢？这也……太巧了吧？"

萧海笑着点头："这话说来长了，以后我再告诉你！"他看看一旁的婵娟，低语道："我和司令员一家是老熟人了。不过，今天情况特殊，我们是不是先去见重要人物，然后再……"

婵娟如今是既难为情又格外意外，外加好笑，就低头不语，只是捂嘴笑个不停。

萧海奇怪地看她，不明就里，只好自己对江静舟道："司令员，我也很想你们呢，咱们过后好好聊吧。我想，应该先见见娟娟的父母……"

"娟娟的父母？"江静舟和沁梅都是丈二和尚摸不到头脑。

萧海真诚地表示着自己的意思："娟娟都和我说了，她的父母是在这里工作的。我是第一次上门，想先见见两位老人家，然后咱们再叙旧，这是起码的礼仪……也是礼貌吧？是对娟娟和她的父母的尊重啊。"

他又笑对江静舟解释道："我知道，他的父亲是您的厨师，她的母亲是……"

沁梅聪明，一下子明白过来，大笑道："江婵娟同志，你是这样和萧海同志说的吗？"

婵娟的脸都快红破了，她悄悄拉了萧海一把，嘀咕道："你这个人怎么这样讨厌啊？又傻又笨，废话还多！"

萧海不明白地看看她，又望向众人。江静舟也猜出是怎么回事，只是抿嘴笑不语。

"哼！娟娟你还好意思怪人家萧海呢？"沁梅忍住笑，正色道，"还不赶快重新介绍一下？唉，萧海真可怜，像小孩子一样被你戏耍欺负呢！"

婵娟不吭气，忙拉了萧海，走到江静舟跟前，低语着："这就是我爸……"

吃过午饭，一家人围坐在客厅里，听了萧海讲述了他和婵娟相识的传奇经历，都唏嘘感叹不已。楚天舒望着萧海，真诚地赞美道："萧海就是天然的英雄，无论在哪个年代！"

萧海脸红了，忙摇手："我算啥呀，当年我可是在天舒兄您的手下执行任务的！更何况，目前还有革命老前辈在这里呢？"他笑看一眼江静舟。

江静舟笑笑："我也时常在考虑这个问题，谁是真正的英雄？想想当年的峥嵘岁月，豪杰辈出，大浪淘沙，我们这些活着的人，起码都是幸运的，也是平凡的。那些长眠于地下的英雄们，才永远值得我们去追忆，去讴歌，去铭记！"

所有人都感慨地点头。曾经的岁月，共同的经历，让如今相聚在和平年代的他们，格外感怀和深思。

沁梅由此记起自己的一桩心事来，就看向萧海："听说南京雨花台陈列有萧岳的事迹，我和天舒一直想去看看。"

萧海点头："是的，有哥哥的一些遗物和相片。哥哥就义十周年的时候，我去祭奠过一次，那时候你才生了孩子不久，我就没通知你。"

沁梅说："我这里还保存有他的一些遗物：他送给我的那个血符，还有那枚玉观音……我想，把它们都捐到烈士纪念馆去，让更多的人感受那份壮烈和凝重。"提起那个逝去的初恋情人，她还是忍不住落泪了，尤其是看到酷似萧岳的萧海坐在面前。

本来依偎在楚天舒怀中的江雪看到母亲掉泪，忙跑到她面前，为她拭着眼泪，天真地问道："妈妈，你怎么哭了？"

沁梅搂过女儿，耐心地和她讲述道："妈妈想起一位牺牲的叔叔，就是爸爸妈妈告诉过你的那位大英雄，心里难过了……"

江雪睁着天真无邪的大眼睛，看着母亲："是妈妈不过生日的英雄吗？"

这又是一句童真版的病句，因而让在场的人都听不大懂。作为父亲的天舒自然懂得，就忙笑着解释女儿的意思："因为萧岳的殉难日恰巧是沁梅的生日，所以这些年来她从不过自己的生日。前次雪儿过两岁生日的时候，我给孩子讲了这个故事，难为小丫头倒记住了！"

萧海很感动，他深深看了沁梅一眼，又看着粉妆玉砌的小江雪，心里涌起一阵爱怜之情，就对小姑娘伸出手来："雪儿，到叔叔这里来，让我抱抱！"

天舒笑着对女儿道："雪儿快去，这位叔叔就是那个大英雄的弟弟！对了，你不应该再叫他叔叔了，应该叫小姨夫才对呀！"他的话让在场的所有人都会心地笑了。

晚上，江静舟找了个机会，将萧海叫到书房中，关上门，仔细和他讲述了婵娟的身世背景，又简单地说明了自己和向晖的交往经历。

江静舟认真看着萧海，语气坦诚地说道："萧海，我知道你和娟娟感情已经很深，但是我选择把这一切告诉你，就是让你心里有个准备，有个选择。毕竟，娟娟的生父，当年虽然参加了 N7 军的投诚，但是他最终又选择返回了自己那个阵营中去！在这里，我不想评价一个旧式军人、一个知识分子的前途抉择的正误，以及他的性格，他的立场，甚至是他的信仰的对错，我只想告诉你这样一个事实。"

萧海沉默不语。

江静舟看了他一眼，继续道："娟娟是个很单纯的孩子，可以说她基本上不懂政治，更感受不到政治的波谲云诡和残酷无情。她是个自尊自强、善良温情的姑娘，她的想法幼稚单纯极了，只是不想让我的身份和目前的地位，给她的恋爱问题带来困扰和不纯粹的背景。她是希望自己的爱情能更纯净些，再纯净些……所以，你如今应该明白了，她会选择对你做那样一番考验？这孩子也算用心良苦！"

江静舟微微叹息着："是的，在娟娟这个丫头心里，如今这就是她的家，我就是他的父亲！她已改姓为'江'，年轻懵懂的她不会想到自己的生父对她的影响作用。我在想，依照她善良和无私的性格，如果她早勘破了这种政治上的危险因素，她决然不会选择将爱情的绣球抛给你！我的女儿，我自然懂她……但是萧海，作为父亲，作为长辈，更作为一名老军人，我却必须有责任有义务来提醒你！只为你的身份也比较特殊，比较敏感！唉，娟娟如果找一个普普通通的人，我倒放心。可是如今和你……萧海，毕竟你是一个相当级别的高级军官，这事关你的前途……你要考虑好，把握好！"

萧海还是皱着眉，沉默着。

江静舟点头："如果你现在选择退缩，倒也来得及。只要你我配合，能做到尽量少伤害到她的情感就好！长痛不如短痛，总比将来到了无法挽回、不可收拾的地步为强？"

"不，我不会退缩的，我爱娟娟！"一直沉默不语的萧海，此刻听到江静舟问及感情抉择问题，在此关头，这样的一句话脱口而出，几乎没有任何迟疑，"是的，我爱她！"

"可是……"江静舟深深地看着他，"你是否做好了准备？选择了娟娟，就选择了承受我上面所说的一切！也许会给你的仕途、你的前程带来很不确定的因素？萧海，你确定你决定承受这即将到来的一切吗？我想要你一句话，以一个父亲的身份！"

"是的，司令员。"萧海的神情平静自若，眼中满是水波不兴的宁静，"我爱娟娟，当我们相识的那天，一种奇怪的熟识感就让我暗暗心惊！我们仿佛相识在从前，甚至是前生？又仿佛在茫茫人海中沉浮多年，就是在彼此默默等待着对方，等待这奇迹般的相遇……司令员，您是了解的，我曾经对沁梅动过情，那是我的初恋，是对一个女孩火热般的恋情，即使是单方面的。但是和娟娟却不同，我们也许没有炙热的碰撞，却像是一场命定的温柔的等待，等来了一个前生约定好的缘分！是的，我们俩就像是前生相识的熟人，此生遇见，百感交集、万般欣慰中，就自然选择牵手，彼此深爱，彼此深信，没有任何逃避和拒绝的理由！我们都是唯物主义者，司令员，原谅我的犹疑和困惑，我实在难以参透这其中的玄机！"

"唉！这就是所谓的缘分吧？"江静舟深深感叹，"你这样的感受，我也听娟娟说起过，很神奇，但是很真实！我相信她，也相信你，更相信你们这段感情！"

"所以，司令员，我可以负责任地请求您，将娟娟放心交给我吧！我会守护她、爱护她、保护她一辈子！此刻，我是选择了我的爱人，为她挥洒了我的爱情，那么，一些其他因素，不在我的考虑范围之内！我想，即使遭遇风浪和未知的险境，我也该毫不犹豫地选择和她一起面对！哦，不！是我应该挡在她身前，用我男人的肩，去为她遮风挡雨！是的，我爱她，这就是一切理由，无关乎其他！祸福共享，患难与共，不是很正常也很平常的一件事吗？不如此，何谈是彼此相互深爱之人？"

江静舟上前扶住他的肩膀："好吧，萧海，虽然你现今叫我为司令员，我还是要以娟娟父亲的身份对你说几句话，如果不妥，请你念在一个父亲的痴情上，别在意吧？"

"怎么会？您说吧，我听着！"

"娟娟虽然是我的义女，但是我对她的感情不亚于沁梅。她的婚姻和幸福，如今就是我心中的最大牵挂！哦，不只是我，对于这个善良无辜的女孩，由于他父亲这份夙缘，有一批关心爱护她的人，在默默守护着她。有你认识的人，像前次在北京时你见过的封正烈参议夫妇；有你曾经的上级，即将成为你姐夫的天舒；还有你认识的许若飞、程睿、乔思扬等人……所以，如果娟娟受到了伤害，会有很多人不答应的，也断不会原谅那个伤害她的人！"他的神色变得严峻起来，锐利如剑的目光像他年轻时候一样锋芒逼人，直视着眼前的青年军人。

看着这样犀利质询的目光，听着这近乎是不客气的"威胁警告"之语，萧海的心中没有气恼，更没有畏缩和不满。他坦然一笑，望着江静舟的神色宁静淡泊，又充满诚意："您放心，我理解您的心情，也感激您对娟娟这份深爱！虽然之前我并不知道娟娟如今口中的父亲就是您，但是从她的幸福描述中，我知道她有一位深爱她、将她当成掌上明珠般宠爱的父亲！如今您的那番话，让我更加了解到您对她的那份超出寻常父女情分的无私大爱！"

他看着江静舟，剑眉轻挑，细长的眼眸中闪现出激动和果敢的光芒："我想说的是，您一直肩负着这样一份重担，用你的厚爱，为这个孤单柔弱的女孩撑起了一片天！如今，我可不可以，请求您将这份责任分一部分给我？给更加年轻的我？让我和您一起来守护她，给她一份更深切更踏实的爱？"

他的脸盘上竟然微微露出羞涩的红晕，这在大方爽朗的萧海这里是少见的表情："我……我的肩膀也许还不够壮实，但是我愿意和您一起挑这份重担，为了我……心爱的姑娘！也为着让您，能稍稍轻松一些，歇歇您的肩膀。司令员，我明白，守护这样一份情分，您，实在是太不容易了！总之，请您相信我吧！"

这番来自晚辈的体贴话语，让一向内持的江静舟瞬间眼泪夺眶而出，他的心中，满满浮现的，都是娟娟清秀温柔的面庞，还有她的生父——向晖的清俊刚劲又温存儒雅的面容。

斯人何在？情缘已断，情谊依旧，思念依旧，缘分依旧！即使分别隔膜了，他的血脉，他的亲生骨肉，仍然时时带给自己最贴心最温存的相依相守。

是的，江静舟不能忘记，这两年，婵娟在自己身边，像亲生女儿一样，给了他可贵的亲情，难得的慰藉。现在，这个女孩未来的夫君，又对自己发自肺腑、自然而然地说出了这样动情体谅的话语！纵使是亲生儿女，也不过如此吧？

"唉，明光兄，我们俩，究竟是怎样一种割舍不断、绵延不绝的情分啊？"念及此处，江静舟不能自持，几乎是泪流满面。

萧海有点紧张，也有些困惑，他还不能完全理解江静舟的心情，只是看到他哀伤不能自拔的神情，心下不安，就上前扶住他，轻声劝道："司令员，我……有说错了吗？请您原谅……"

没料想江静舟突然一把抱住他，几乎是失声痛哭起来！萧海惶惑而同情地任由他抱住自己的双肩，暗暗将无声的慰藉传递给眼前的这位往日里刚正威武，很少如此宣泄感情的将军！

"萧海啊萧海……你不会明白你这几句话对我的意义！你也不知道因为我对于你过往的了解，对你人品和素质的深知，从而萌生出来的——对你即将成为娟娟的爱人——我的欣慰和满足之情！你永远不会深刻理解的！没有人会完全明白理解，除了我和他——那个永生难忘的知己兄弟！"江静舟在心中默默自语。

宣泄过自己的情绪，他放开萧海，望着他年轻爽朗的面庞，充满感情地说道:"萧海,我了解你,也格外欣赏你,无论从前,还是如今!将娟娟交给你,爸爸放心,一万个放心!"

他这个后面自己自然而然改换的称呼,让萧海瞬间红了眼圈,他郑重地点头,两个男人强有力的大手就这样紧紧地握在了一起,而且注定将要相握一生!

大年三十的下午,宁松带着女友叶小弯回来了。这个北方籍的俏丽飒爽女兵,很快融入这个温暖有爱的大家庭中。沈琬、顾倾城、沁梅、娟娟几个女性亲属都很喜欢她直率又温和、秀外又慧中的性格,大家嘻嘻哈哈很快打成一片,尤其是娟娟和小弯,年龄近似,更是很快成为一对腻友。

江静舟对姑娘没表示意见,只是客气而温和地和她谈了几句话,问了些她的工作情况,顾倾城和沈琬都敏感地觉出江静舟是满意的,因为他的表情舒展而亲和。

但是他和儿子宁松的关系还是很难恢复到以前,父子间客气而疏离,宁松对父亲莫名增添了一份因愧疚而产生的敬畏之意,父子如此相处的情形让别人少有察觉,却难逃沁梅的眼睛。

其实宁松回家进门那幕也很戏剧化,也是因为萧海的缘故。当意外看到娟娟的男友竟然是萧海,宁松的震惊程度更胜于任何人!

萧海不仅是他的老领导,更是他的崇拜偶像。在朝鲜战场上的近三年的生死战友情,让宁松和萧海的感情非比寻常,情深义重。

还没等沁梅笑着用调侃的语气介绍完萧海的身份,宁松已经扔掉手中的行李,一把将萧海抱住,大叫:"团长,团长!我想死你了……"

萧海笑着任由他紧搂着自己,一边用手轻轻拍着他的背脊,感慨无语。

弄清楚了萧海如今的身份,他和娟娟的关系,宁松拉着萧海的手还没有松开,在众人惊讶的目光注视下,他又再次扑在萧海身上放声大哭起来。

宁松这番异于常态的举动让在场所有人既感怀又讶异,毕竟往日里的他留给大家的,还是儒雅矜持、自制力极强的一面。

如今的宁松,近乎在众人面前肆意号啕,不仅让周边的人莫名其妙地想随他流泪,也让所有知情人感慨于他此刻的极端行为——他压抑得太久,隐忍得太多,得到得太难,失去得太痛!他的委屈,他的辛酸,他的愧疚,他的无奈,即使是他的亲人，也未必能体味至深。

亲人毕竟是亲人，当事人婵娟自是泣不成声，沈琬、沁梅、顾倾城等人频频拭泪，楚天舒、叶小弯也是眼眶潮湿，就连心中还略有芥蒂萦怀的江静舟，也背过身去，掩饰着自己的伤感情绪。

宁松痛痛快快地哭着，萧海也随着他的泪雨滂沱而无声地流着泪，他的心里除了感怀外，就是无奈的自嘲和好笑：瞧我这个亲认的，简直成了人家江家的超级催泪弹了！惹得这父子俩怎么都是一样的情形，抱着自己这一通号啕痛哭？萧海心下是又欣慰又赧然。

这个春节江家是空前的大团圆，因为江静舟和宁松父子的冰释前嫌，也因为婵娟和萧海的美满姻缘，大家的心情都格外的好。

锦上添花的是，因为过完年就是江静舟的五十大寿，在湖南的许若飞约了在C市的程睿、在天津的乔思扬，利用春节后面几天假期，一起来金城看望老首长，也隐含为他贺寿之意。他们也知道江静舟是从不允许手下为他张罗生日的，趁着春节假期来，似乎让他没有话说。于是初三这天，将军楼里就格外热闹起来。

吃过晚饭，一帮人围着江静舟聊天打趣，说着说着，就说到萧海和婵娟的奇妙姻缘上了，于是众人都怂恿萧海和婵娟讲述一下相识的经过。

婵娟满面羞涩，脸色绯红："哎呀，前两天我都讲给爸爸、娘娘、姑姑，还有姐姐、姐夫听了的，真的没什么好讲的啦！"

许若飞看着她笑："可是我们这些叔叔们没在场呢，我们可没有听到？"

"哎，等等，"沁梅机敏，忙插言道，"这称谓不对呀？叔叔？若飞哥，娟娟可以叫你叔叔，在宽城时她们姐儿俩就这样叫的。可是如今萧海不能这样叫你吧，你才比人家大不到两岁呢？还有程睿大哥，也能乱称叔叔吗？"

乔思扬也笑："我一向就觉得我们这里称谓好乱，只因为辈分好乱……"

许若飞打断他的话："辈分和称谓的问题，是大关节，是大是大非的问题，容当后论，有空我们必须好好掰扯一番，再请咱司令员做裁判认定一下哈！"

他嬉笑着看看江静舟，又认真建议："目前在说娟娟和萧海的相识奇缘。快点如实招来吧，究竟谁来讲？准新郎还是准新娘子？萧海你要是不自告奋勇，我可要为难你未来的小媳妇了！"

江静舟笑着摇头："唉，你们几个家伙遇到一起，嘴上再没把门的了？不管咋说，别欺负我们娟儿就好，她还是小姑娘，不许难为她！"

宁松知道父亲最护着婵娟，就笑着悄悄附在程睿耳边说了句什么。

程睿坐在江静舟身边，一直微笑不语，此刻看着萧海道："估计娟娟是女孩子，人多不好张口，萧海来讲吧！"

萧海看看娟娟，顽皮一笑，做出豁出去的样子来："说就说，这个没啥难为情的，因为完全就是一场巧遇啊！"

第二十章　佳缘天成

有亮晶晶的东西滴入水中，宁松知道那是自己的泪。他不愿抬头，让父亲看见自己如今百感交集的神情。江静舟感受到他的情绪，他何尝不欣慰于当下这徜徉在父子间的久违三年的亲情呢？江静舟眼中也有泪，只是他狠狠地忍住了。

根据萧海的讲述，大家才弄清楚这一段姻缘的来龙去脉。

原来，一年多前，在南方某部任副师长的萧海来西部参加一个军事学习班，学习结束后，他想起居住在此城的江静舟来，就准备专程去探望。

那天萧海乘坐的吉普车在去江静舟家的途中突然遭遇一群围观人群，好像附近发生了什么事情一样，敏捷机警的萧海忙让司机停车，和警卫员小王一起下车走进人群中去查看。他没料到自己即将进入一场惊险的危情当中去。

在一个家属楼前，人们聚集着，观望着，萧海顺着人们的视线望去，看到让他心跳蓦然加速的一幕：在四楼的一个打开的窗台上，爬着一个小孩！那是个最多不超过三岁的小男孩，不知道他自己怎么爬到了窗台上，推开了没锁上的窗户，就那样危险地挂在窗户边上……

底下群众惊愕着，叹息着，紧张着，也无措着。这里面就有婵娟。

婵娟是骑着自行车，刚从外边办事回家的路上遇到这一幕险情的。作为幼儿园老师的她，对孩子格外上心，她虽然不认识这个孩子，但是凭着经验，结合周边人的讲述和推测，她大致明白了真相：估计这家的大人有事外出了，将孩子反锁在家中，谁曾想孩子自己在家中害怕，为了找妈妈，就想爬出来，无意中爬到了窗台上，而窗户恰好又没锁上！如今的情形是：孩子的家长无法联系上，家中大门是紧锁着，外人无法进入，破门而入，如果动静太大，反而惊了窗边的孩子造成不测！一切迫在眉睫，人命关天。善良的娟娟急得眼泪都出来了。

正在这时，她惊喜地看到一辆军车停在了路边，两个军人跑下车来。

"解放军同志来了，这下好了！"

"解放军来了，孩子就有救了！"

人们纷纷议论着，期盼着。

婵娟忙迎到两名军人面前，她看到为首的那名军人是个上校，急切之下，几乎脱口喊出"解放军叔叔！"，却猛然看到为首的上校那张青春洋溢的剑眉朗目的面容，她称呼后面的"叔叔"两个字生生地咽回了肚子里：

"解放军……呃，同志！请快想办法救救孩子吧！"

来的人正是萧海，他看到眼前姑娘含泪焦急的面容，在这一瞬间将她认定为孩子的亲属。

萧海是机敏灵活的，也是干练稳健的，他一瞬间就了解到危情所在，马上像他当年在炮火硝烟的战场上当指挥员那样淡定从容地发号施令起来。

在他的命令下，一些人迅速回家拿来了几床被子，拉开接在楼下，他的警卫员小王是特种兵出身，他吩咐他上楼，尽量用最轻的动作捅开房门。

正当人们暗暗松了口气时，突然有人小声惊呼一声，原来小孩又向前爬了一步，大半个身子几乎都吊在了窗台上！

不幸的事情突然出现，萧海和婵娟同时猛然发现，楼下的一排栅栏直接影响到在地下展开被子，准备接着孩子的人们的行动。

还没等婵娟再说什么，只见萧海已经跑上前去，几乎就在同时，窗台上的孩子突然失身滑了下来，像个自由落体的物件坠落而下，人群中蓦然一片惊呼，展开被子的人们，因为无法靠前，几乎个个都是绝望的念头涌上心间，很多妇女更是恐惧地闭上了眼！

说时迟那时快，只见萧海一点没有犹豫，他飞身上前，伸开双臂，向坠落的孩子迎去……

坠落的儿童稳稳砸落在萧海的怀中，安然无恙，浑身连一点小伤都没有，萧海却被巨大的冲击力砸昏在地，他的右臂几乎是粉碎性骨折。

当他在医院的病床上醒来时，看到刚才那个女孩守在自己床前，一脸关切的表情。

"你的……孩子怎样了？"他醒来第一句话就这样问得她面红耳赤。

"谁的孩子啊？你这人……"婵娟又气又笑，却突然意识到眼前是个舍己救人的英雄，忙改口安慰道，"孩子没事的，连点皮都没碰破，你放心！"

萧海欣慰地点头，心里也有些好笑：眼前明明是个小丫头呀，自己还以为人家是孩子的妈妈。原因就在于当时婵娟眼泪汪汪的，表现出太强烈的感情了。

两人就这样结识了。

萧海在医院住了一个多星期，为了不让江静舟知道了担心，他没让警卫员小王去告诉江静舟自己受伤的消息，只是悄然取消了去看他的计划。

婵娟不知道自己是否出于内心深处的英雄崇拜情结，她专门向单位请了几天假，悉心照顾在他的床前。萧海羞涩地看着小姑娘在自己床前忙碌着，为他做着一些琐事，甚至是擦脸、喂饭这样的贴身事情。他红着脸推脱着，想方设法回避着，但是婵娟温柔却不乏固执的坚持，让他感动，也让他无法拒绝她对自己的照料。

"你知道的呀，我是一名幼儿老师，喜欢孩子是我的天性，而你恰巧是为了救孩子负的伤！虽然你救的不是我……们幼儿园的孩子，但是也是我心目中了不起的英雄！萧副师长，请给我一个照顾英雄的机会吧！"听了姑娘动情的这番话，萧海无法再固执己见，只好默默接受着她的温情和善意。

这无形中形成的耳鬓厮磨的情形，使两人很快熟识起来。期间他们愉快地谈心，谈工作，谈理想，似乎两人之间有着很强的默契感。谁都没说明这样一种奇妙的感觉：当他们相遇时，因为身处危急时刻，都没顾得上好好看看彼此的容颜。但是当在医院近距离接触，尤其是在萧海昏迷时分，婵娟望着他轮廓分明、俊朗秀逸的面庞，心头竟然涌起一阵恍惚的熟悉感觉！而萧海在醒来的一刹那，看清楚守候在身边的女孩面容，也有类似的似曾相识的感受！

我们曾经认识吗？我们是否有过前缘？

这个念头不约而同地从两人心底冒出来。

一种微妙的情愫在两人心中慢慢发芽。一天，当萧海熟睡时分，婵娟愣愣地看着他熟睡的样子，突然注意到他额上那道旧疤痕，就不由自主地用手抚摸起来。

正在此刻，萧海醒了，看着婵娟微微一笑。

婵娟很不好意思，她红着脸掩饰道："我……我看你这道疤痕好奇怪，很深的样子，当时受伤时，一定很痛吧？"

萧海抿着嘴，孩子气地笑着："早忘了！估计不痛啊，要不然就不会忘记了。"

婵娟调侃着他："是你小时候顽皮摔的吗，所以你才会记不得了？你小时候一定很顽皮吧？"

萧海笑笑，算是默认。

一旁警卫员小王正好进来，听了她这话忙纠正道："才不是呢。这个伤疤是我们副师长在朝鲜前线留下来的，他当时是猛虎团的团长，是为了救一名战地女记者负的伤！"

婵娟惊异地睁大了秀美的眼睛："天呐，萧副师长，您真了不起！您怎么何时何地总能当英雄呢？"

萧海笑了："嗨，你叫我萧海好了，别总是副师长、副师长的，叫得既绕口又别扭！你又不是我的兵！"

这话让婵娟想起一件事，不由得捂着嘴弯下腰笑起来，萧海奇怪地看着她。

婵娟边笑边把自己那天见面差点脱口叫他"解放军叔叔"的话说了。

"啊？小江老师，你有点夸张吧？我……我有那样老吗？啧啧啧……"萧海大叫起来，露出他活泼开朗的天性来。

"不是，不是！"婵娟忙摇手，微红着脸解释，称谓上也将"您"悄悄换成了"你"，"我是猛然看到你的军衔，看你是位上校啊，所以以为你……其实吧，你一点不老！你好年轻，看上去和我差不多，真的，不骗你！"

"虽然我大你好多岁，可是你这话我还是爱听，嘻嘻！"萧海又得意地笑了。

"哼，看你这番嘻嘻哈哈哈没正行儿的样子，哪有一点点首长的派头呀？"婵娟也感叹着，然后她忍不住真心赞美道，"你是一位年轻的英雄，还是一位平易近人、没有架子、不爱炫耀自己功绩的英雄。我喜欢这样的英雄！"

姑娘不假思索、脱口而出的这句话天真烂漫，让豁达爽朗的萧海都猛然间愣住了，他的脸上倏地飘起了红云，眼睛里放射出别样的神采。

突然觉得自己的话颇有歧义，或者是自己都在毫无意识状态下袒露了心曲，暴露了私意？婵娟羞愧难当，捂着脸跑出了病房。

两人就这样开始了亲密交往。一周后，胳膊打着石膏的萧海执意出院返回了部队，临走前他和婵娟互相留下了联系方式，从此鸿雁传书，情思绵长的甜蜜生活就开始了。

听了萧海这番绘声绘色的叙述，大家都感慨不已。

江静舟感叹着："难怪那天我们几个听了他们这番认识经历，天舒由衷地赞美萧海是天生的英雄，我看不错！过去是战斗英雄，如今和平年代又能舍身救人，萧海真汉子也！"

大家听了他这话，都笑起来。沈琬抿嘴笑："你如今是老丈人看女婿，只剩下满心欢喜了吧？前两天爷俩还躲在书房里嘀嘀咕咕了一晚上呢，不知道说啥体己话呦？"

顾倾城也笑，又看了眼宁松："而且某同志偏心女婿也是一贯制的！从天舒开始，现在加上萧海了！"

程睿一向内向稳重，此刻他认真地看着江静舟，忍笑分析道："其实也没错呀，我算听出来了，萧海此番能够遭遇娟娟，还是靠我三叔暗中牵线的缘分呢！"

"这话怎讲？"众人都是不解。

程睿笑着解释："你们看呐，刚才萧海自己都承认了，他是在去看三叔的途中遭遇那场救孩子风波的，同时偶遇回家途中一起想救人的娟娟。这份缘说来说去，还是发端于三叔他这里呀！"大家心里琢磨，都纷纷点头称是。

"不错，不错！如此说来，这个称谓问题，也从这里开始理顺吧？所谓无规矩不成方圆呐！"许若飞看看众人，和程睿、乔思扬、宁松等人眨眨眼，半认真半玩笑地对萧海道，"你和娟娟就要领证了，估计办婚礼的时候，我们大家可未必有时间都聚到一起。不如你今天就改口吧？当着我们这些人的面儿，认认真真、真情实意，好好地叫我们司令员一声，让他老人家也高兴一下？让我们大家也兴奋兴奋如何？"他的话让所有人都笑了。

萧海忍笑不语，婵娟瞬间红了脸。

沁梅出来打抱不平："人家毕竟还没结婚呢，怎么好意思嘛？何况还当着这一众人？不公平哈！萧海，别理他们！"

许若飞不依："沁梅这个可不干你的事啊，你管好你们家楚首长就得了！"说者无心，听者有意，他的话让坐在沁梅身边的楚天舒想起自己那番可笑的"叫爸"经历来，忍不住暗暗偷笑。

许若飞继续激萧海道："既然你和娟娟已经在这里认了亲，早叫晚叫都是一个叫。还不如当着大家面改了口，我们就都放心了呀？何况对于曾经是猛虎团团长的你，这点事情简直是小菜一碟！叫声爸总不会难过炸敌人一个碉堡，打赢一场战役吧？"

他这番玩笑话倒暗暗触动了萧海的情思，尤其是"放心"两个字更让他心弦暗动！他记起了那天在书房和江静舟的谈话，江静舟那时的"不放心"和隐忧所在。念及此处，性情直爽豪迈、感性而体贴的萧海不由地望向江静舟，但见后者含笑不语，平静地望着自己，那目光中包含的信任和期待让他心生感慨。

他又记起当时江静舟最后对他说出的那句话："萧海，我了解你，也格外欣赏你，无论从前，还是如今！将娟娟交给你，爸爸放心，一万个放心！"那最后他自动说出的"爸爸"的称谓，包含着对自己的几许爱护和嘱托，更有浓浓的期待！

想到这里，一股暖流涌过萧海的心底，他豪爽豁达的本性再次显现出来。他看看众人，绽放出一个明朗阳光的笑容，大咧咧地说了句："改就改，不就是一句称呼吗？有啥难的？你们呀，未免太小看我萧海了吧？"大家听了他这话都欢呼鼓掌起来。

"快，快！上道具！"许若飞一把拽住萧海，猛对乔思扬使眼色，乔思扬自然明白他的意思，笑着忙起身倒了一杯茶，递了过来。

许若飞将茶杯塞到萧海手中，认真鼓励着："太爽快了，真爷们，萧海！快以茶代酒，麻溜改了这称呼吧？"

婵娟暗中拉了萧海一把，眼下情形，是阻挡不是，同意也不妥，她满面羞红，又扔下萧海，转身拉了沁梅求助："姐，你看他们这闹的……"

沁梅笑个不停："你别管，这帮人一向是顽皮惯了的，都是我爸当年给惯的！不，他们是互相惯，互相没大没小的！"

萧海也不理众人或好奇或兴奋或难堪或担心的神情，只见他捧着茶，来到江静舟面前，面色平静持重，双手恭恭敬敬地将手中的杯子奉上，大大方方叫了句："爸，请您用茶！"

他的目光真诚亲切，流露出的亲情和深意让江静舟瞬间感受到了。江静舟暗暗赞叹：萧海是懂我的，他这是用这样表面玩笑的举动，来真心表达了他对我们那天在书房所谈的，有关娟娟幸福问题的郑重承诺！

——这孩子，实在是优秀！既真诚坦率又豪迈洒脱，外加细腻温柔，体贴入微，娟娟没看错人，这丫头好福气呀！

江静舟心里自语着，他是那样的满足和欣慰。那个只属于他和萧海两个男人之间的完美承诺。

江静舟压抑住内心澎湃的狂潮，望着眼前挂着明朗率真笑容的年轻人，眼眶微微湿润，他轻轻接过茶杯，温声道："谢谢，萧海，谢谢！爸懂你！"

　　虽然他们之间心领神会的神情别人未曾破解，他们的秘密约定没人知晓，这个叫爸的玄机的确微妙，但是这番真情还是让所有在场的年轻人都鼓掌叫好起来。上了年纪的沈琬和顾倾城心中自然感怀，都不觉眼眶湿润了。

　　婵娟心中是又喜又羞，女孩子家的脸皮是格外薄的，她忍不住故意绷着脸看向萧海，嘟囔了句："嗨，你这人……脸皮也忒厚了点吧？人家一起哄，给个杆你就真爬呀？也不管别人的脸面过不过得去……"

　　沁梅早笑得直不起腰来，她伏在天舒肩上，也是故意对着丈夫大声地抱怨，倒像是和婵娟唱着反调呢：

　　"你看看人家萧海，多直爽多大方？再想想以前的你，哼！那个纠结别扭劲儿呀……简直让人不堪回首！"

　　楚天舒也笑个不停，再次由衷赞美："我说过的，萧海就是天然的英雄！"

　　然后又说起其他人的称谓问题，气氛是更加热烈幽默了。

　　萧海分别给沈琬和顾倾城两位长辈敬过茶后，许若飞将他拉到一边，嬉笑着看他："剩下的其他亲眷，你可咋办呢？"他说完皱着眉，故意做出同情的表情来："剩下几个……除了天舒和程睿外，貌似都不大好办……"

　　"有啥不好办的呀？"萧海爽朗一笑，"该咋办就咋办！我说过的，不就一称谓嘛？你们还想听什么？我都一一改口，绝不含糊！"

　　他这番豪爽无羁、胸无芥蒂的样子，倒让一心要逗他出洋相的几个同辈年轻人没辙加倍闹了。许若飞、乔思扬等人都挠头，无奈笑笑；沈琬、顾倾城、程睿等人只是抿嘴笑，也不言语；江静舟和楚天舒何等聪明，自然明白萧海如今采用的以攻为守计策，都心里暗暗钦佩他的大智若愚、腹有锦绣般的真聪明！

　　沁梅忙摇手，她才不忍心为难萧海："我们夫妇就免了哈，萧海你叫天舒为哥哥或者姐夫都行，至于我嘛，咱们还是互称名字更自然爽快！"

　　宁松深以为然，正要狂赞姐姐的说法，却被许若飞一把拉住，继续着他的计划："沁梅倒罢了，宁松可是娟娟的亲哥哥一般！两人经历了战火风雨的洗礼，多少年的兄妹情分了，这个称呼可决不能含糊！"

　　萧海看看宁松，笑得更爽了："这个我明白呀，宁松这边，更好说！我应该随着娟娟叫……"

"哎，打住！千万打住！求您啦！"宁松忙跳出来制止道，"我最亲爱的团长，您可别折杀我了！别说什么年龄辈分了，就冲咱们以前的情分，我也不敢承受你这么一声啊！何况，让咱们猛虎团那些弟兄们知道了，还不个个跳出来吃了我？"他的话让大家都笑喷了，萧海也会心地笑了。

一旁江静舟笑着总结道："不管是宁松还是沁梅，以后和萧海随便名字相称就好了，想开玩笑叫上几句哥哥姐姐的也没什么。我一向认为，称谓就是一种形式上的东西吧？我们何必苛求在意？关键是情！情若在，缘就在！"他的话让所有人陷入沉思。

大家狂欢了一天，直到很晚了，程睿、许若飞等人才回招待所。

江静舟劳累一天，自从这次感冒以来，他的身体一直就没好利索。此刻他感到身体有点劳累不适，却又不愿意让别人看出来，只说想一个人看看报纸，静一下，就独自待在客厅里。

却见沁梅和天舒走来，沁梅关切地看着他："爸，您今天够累的了，况且身体一直没复原，该早点休息才是？"

小两口像是有什么秘密一样配合默契。天舒上前欲搀扶江静舟，沁梅笑着道："天舒先陪您回卧室，我等会还要和您说一句重要的话呢！"

江静舟的确觉得身子发软，就没拒绝女婿的搀扶，他边起身边问女儿："两个小家伙睡了吗？你们小夫妻又找我说什么？"

"妈和姑姑像抢宝一般，早一人搂着一个睡了！我们嘛，也不是说什么重要的事情，都是家事啊。"沁梅忙赔笑道。

江静舟看着女儿的神情，瞬间明白过来："又是说宁松的事情吗？我说过的，我不管了！反正萧海和娟娟的事情也定了，我没什么心事了，他们爱怎么办就怎么办好了！"

沁梅和天舒悄悄对视一眼，没敢再说。天舒暗暗向沁梅伸出手指，比了个二的手势，沁梅心下明白，这是说按照他们商量好的第二步方案直接进行，就微微点头。她转身去找宁松，这边天舒扶着江静舟回楼上卧室。

支走了女婿，江静舟一人坐在卧室的小沙发上闭目养神，宁松悄悄推门进来，手里还端着个盆子，手边搭了个毛巾。

他来到江静舟面前，轻声唤了句："爸！"

江静舟猛然睁眼，看到儿子含笑站在面前，便露出疑问的神情来。

宁松蹲下身子，将装了热水的盆子放在江静舟脚边，抬头笑看父亲："您这阵子感冒一直没好，又闹腾了这一天，身子一定乏了吧？我给您打了盆热水，您泡泡脚，会舒服些。"

江静舟点头，就要动手脱鞋袜，宁松忙拦住："爸，我来！您继续闭目养养神，让儿子伺候您！"他边说边欲为父亲脱鞋。

江静舟不依，忙挡他的手道："不用，不用！我自己来，我还没老到不能动，要人伺候的地步！再说我也不习惯别人帮我洗脚……"

"哎呀，爸！您儿子是别人吗？您就只当成全儿子一回吧，让我有这点机会对您尽尽孝心好吗？"宁松的犟脾气也上来了，他推开父亲的手，执意帮父亲脱了鞋袜，将他的双脚放入水中，轻轻按摩起来："爸，水温合适吗？"

江静舟点头不语，有湿漉漉的东西爬上眼际。宁松默默为父亲搓揉着双足，也不言语。

江静舟看着儿子浓密的头发在自己膝前蠕动，不由地叹口气，忍不住用手抚摸了儿子的头一下："唉，你这个犟小子，爸爸如今也不敢说全懂你了？"

"爸，我还是我，是您的儿子。总让您操心的不争气的儿子，总惹您生气、不孝的儿子！爸，您该后悔当年找我回到您身边了吧？"宁松抬头，强笑着和父亲说着，半认真半开玩笑的样子让江静舟暗暗心酸心疼。

"傻小子，枉费你读了那样多的书，还说出这样没心没肺的话来？"江静舟看着儿子，一副又恨又怜、又疼又怨的样子。

沉默许久，江静舟忍不住叹息道："以前的事情……过去了就不提了，人要不断地向前看不是？小松，爸爸知道你不容易，既然如此，你就要格外注意把握好自己。你的幸福，你的……一切！"

有亮晶晶的东西滴入水中，宁松知道那是自己的泪。他不愿抬头，让父亲看见自己如今百感交集的神情。江静舟感受到他的情绪，他何尝不欣慰于当下这徜徉在父子间的久违三年的亲情呢？江静舟眼中也有泪，只是他狠狠地忍住了。

"小弯是个好姑娘，好好待人家……你自己的一切，也好好操心经营吧。你是大了，也离得远，爸爸如今就是想操你一份心，都是心有余而力不足了……"

江静舟的话音未落，宁松已经无法自持，他伏在父亲膝上失声痛哭起来。

三年的隔阂，今朝终于冰雪消融。

第二十一章　寻找白鸽

　　得到姐姐牺牲的确切消息的那个傍晚，楚天舒沉默了许久，他将自己关在书房中，晚饭也没有吃。沁梅不放心，进来看他。当她温柔地揽住他的头，将他拥入怀中给他默默的、柔情似水般的妻子的温存时，只听到丈夫幽幽长叹一声："沁梅，我想去一趟 C 市，我要去看看那个孩子，那个叫林小华的孩子，姐姐的唯一骨血……"

原本江家人都明白，从期待婵娟带萧海来家认亲，准许宁松带女友回家过年这几件事起，江静舟和宁松父子之间的心结已经慢慢解开。但是毕竟是三年的隔阂别扭，一时半时这父子俩的关系还不能马上恢复到往日的亲密和谐地步。

　　沁梅是最操心这件事情的人。父女连心，姐弟情深，她恨不能将父亲和弟弟拉到自己面前，将他们的手紧紧扣住，让一份血脉温情马上重新回到他们中间。

　　必须立竿见影、快刀斩乱麻地解决这个家庭纠结问题，自己的假期有限，机会不可失！——因为同情弟弟，更心疼父亲，沁梅几乎是含着一副急切的热泪，将自己的忧虑和无奈告诉了丈夫。

　　楚天舒是理智而明慧的，他用一句简简单单的话就为妻子指点了迷津："其实一切芥蒂都不存在了，咱爸就缺一个台阶罢了。是的，台阶！"

　　他笑着搂住爱妻，在她耳边笑语道："宁松毕竟是儿子，儿子给老子主动递上一个台阶不丢人呀，也是必需的。宁松是纯孝之人，当能懂得！"

　　沁梅大悟："你这个鬼灵精！快给那个小书呆子支着去呀。"

　　于是有了这场洗脚的重场戏。

伏在父亲的膝头痛快哭过一场，宁松心头一松，仿佛卸下了千钧重担。江静舟也长长松了口气，他用手轻轻抚弄着儿子毛茸茸的头发，将一份最浓最深的爱意，传递到儿子身上，还有那一层无法言说的长辈的悔意和愧意。

父子情缘竟然会是如此的微妙，这样经过一场磨难、伤害和误解，又温馨和解过来，父子之间的深情和爱意仿佛又加深了一层。尤其是宁松，对父亲的理解和爱重更加浓厚了。

此刻望着父亲带着病容的脸，宁松心下暗暗心痛。他擦去泪水，为父亲擦干了脚，又执意搀扶父亲到床边，服侍他脱去衣衫，照顾他躺下，为他盖好了被子。

宁松平静自然地做着这一切，用一个儿子的虔诚孝心。江静舟也不作声，没有任何往日的别扭和各色举动，是格外顺从地任由儿子伺候着自己，让儿子以这种方式宣泄着他的愧疚和伤感情绪，也同时以这种姿态，把自己对孩子的歉意表达出来。不知不觉间，江静舟父子间的感情又重新回到最温馨时代。

毕竟年轻人单纯轻松，经过这场父子温情相处，压在宁松心头三年的大石头搬开了，他心情舒畅地睡了个好觉。

但是江静舟是有年纪的人了，加之最近身体一直处于不适状态，昨晚和儿子倾情和解后，一晚上百感交集，辗转反侧，几乎是彻夜未眠，那些陈年旧事，故人逝者的面容都放电影般浮现在眼前。这样硬扛到早上，他又开始发起烧来，恹恹地躺在床上不能起身。

家里人都急了，顾倾城和沈琬自是一贯的担心和操心，围在他床前的沁梅夫妇和宁松也都是一副心忧心急的样子。

江静舟倒很镇定自若，他强打精神，语气故作轻松地说：“就是这场感冒没好利索而已，没大碍的。你们别草木皆兵，我自己心里有数！”

“爸，您的心脏一向不大好，咱小心一点吧，还是上医院去！”沁梅很揪心。

江静舟摇头：“大过年的，我上那儿干啥去呀？丫头，没事的，你别急！再说你姑姑还在跟前的，她就是医生呀。”

他看了顾倾城一眼：“你还是像往常那样帮我继续输上液吧，没大事的！”顾倾城点头，去取器械。

宁松守在床头，正用手搭在父亲额头上试温度，此时便笑着接口：“还有小弯呢，她也是学医的呀！我才让她下去给您熬点清淡的白粥去。我这就去换她来，目前这种状况，还是让她守着您比较好，她可是专业护士哦。”

"哎哎哎，不行，不行！你可别……我好着呢，别让人家孩子……唉！小弯如今还算客人呢……小松，你你你……别胡闹！"听了儿子的话，江静舟急了，忙一迭声地出言劝阻，几乎激动得要坐起身来，他的表情既尴尬又难受，总之是不自然极了。

沈琬深谙他的性格，此刻笑了起来，对宁松道："傻小子，你还不了解你爸的性格？小弯一个没过门的儿媳妇，你让她守在你爸床前？你这不是伺候你爸的病，倒是在为他招病呦！"她的话让大家都笑起来。

沁梅上前按住父亲，扶他躺好，对宁松笑道："我可知道咱爸的古怪毛病哈，连我这个亲生闺女有些事他都避嫌得很呢！那天他烧得厉害，我打了盆水，想给他擦擦身子，他是死活不允呐，几乎都和我急起来！最后还是天舒替下我来伺候他，他倒服服帖帖地没话说了！唉，如今我看这样好了，这么些人都围在这里也不是个事，不如就留两个人在爸这里好了，一个你，一个他。"她指指宁松，又指指天舒。

正说着，婵娟和萧海闻讯赶过来，婵娟正好听到沁梅这最后一句话，忙接口道："我也要守着爸，我来照顾他！"

沁梅笑道："可见你没听到我前面说的话，你更不成！好了，我知道爸稀罕谁。"她笑着低头问父亲，"除了天舒外，萧海和宁松您选一个吧？"

一旁宁松悄悄拉住婵娟低语了句什么，婵娟笑着出去了。

江静舟摇头叹气："选啥选，我都说了的，我这儿真没事！萧海，你和娟娟等会该出去逛逛去。还有小松，也带人家小弯去逛逛街什么的，大过年的，都守在我这里算什么？还有程睿、许若飞那几个，别同他们说我病了，又搞得兴师动众的，我反而是躺不安生了。"

这边宁松来到床边，对父亲道："爸，不管咋说，您现在病着，就要听大家的安排。小弯是您未来的儿媳妇，又是专业护士，您就给她个孝顺您的机会吧？"

江静舟对儿子一瞪眼："胡说，你妈刚才说的没错，你小子这哪是为我治病，简直是把你老爸放在火上烤呢！我……"他话音未落，只好咽下去了，因为看到叶小弯已经和婵娟一起来到自己的床前。

叶小弯带着甜甜的微笑，用字正腔圆的北京话温声道："江伯伯，让我来为您扎针好吗？"江静舟脸微红，正要推辞，却见顾倾城已经含笑将手中输液器械递到叶小弯手中。宁松忍笑劝父亲："爸，您尝试一下小弯的手艺，只当您考考她的技能好了。"

"浑小子，用词都不准！这是吃大餐呢？还品尝……手艺？"江静舟笑嗔儿子，要不是众人站在跟前，小叶姑娘也在眼前，他真想抬手敲儿子一下。

却猛然看到身边的亲人们都挂着了然的笑意，还彼此间眨着眼睛，各个忍住笑的样子，就明白了这是大家都故意商量好的一出戏。聪敏多智如江司令员，如今奈何寡不敌众，也只好败下阵来，他无奈笑笑，一副无可奈何的表情。

顾倾城继续笑着呕他道："司令员同志您还别不情愿的样子，人家小弯是北京著名军医院的护士，还是模范护士呢，给您老同志扎针，您应该感到荣幸才对！"

婵娟也笑说："爸，小弯姐姐是超级模范护士啊，听说还有个美丽的绰号，叫'叶一针'，意思是再难扎的血管在她的手上都是一针！爸，您试一回啊，一定不痛的！"

叶小弯听了众人的赞誉，脸上飞起红云，忙笑道："大家都说得夸张了，哪有那样好的？"

她轻轻拉住江静舟的手背，声音柔柔地说道："江伯伯您放松一些，我尽量手轻一点，应该不会痛的。"她白皙修长的手灵活机动，操作手法娴熟轻柔，几乎是眨眼间，就扎好了。

"谢谢，很好！"江静舟对她笑着点头，又抬头看顾倾城，像年轻人一般顽皮笑笑，故意呕她，"是比你扎得强些！"

顾倾城捂嘴乐了："那当然了，估计和你说多少遍你都不信，总要亲自试过才知道吧？"她又笑看宁松："哥，这下你该承认人家小松给你找的这个儿媳妇不错了吧？"

"就是不错他也会熬着不说！"沈琬笑着接口揭穿他，"江静舟同志总是绝对正确，一贯没错的呀！还最爱在人家小松面前摆老辈子的架子！哼，这个人，偏心眼！疼完女儿疼姑爷，疼完姑爷疼外孙，就是不够疼儿子！"

宁松忍不住笑起来，沁梅也笑拉妈妈："哎呀，妈，我爸病着呢，您就少说一句嘛。"

江静舟做哀叹无奈状："唉，你们是不知道啊，如今你们的妈妈和姑姑聚到一处，再没别的话题好讲了，就以贬损我批斗我为乐呢！"他的话让大家再次笑了起来。

江静舟看儿女们都围在床前，自是欣慰无比，又不忍心让他们只顾这样守着自己，就再次劝道："好了，我的针也扎上了，你们也该放心了，该干吗干吗去吧。就按我刚才说的办，年轻人都成双成对地出去玩玩吧！"

沁梅也相应和："爸说得对，你们的假期也快到了，都去逛逛街，买买东西吧。留我和天舒在这里伺候爸就好了，反正我们有小孩子缠着，也出不去。"

江静舟听了，突然问顾倾城："我这个感冒……不传染吧？"众人听了他这话都是一愣，不解其意。

顾倾城虽然也不知道他这句问话的意思，只好回答："你这是普通感冒，况且又到了尾期了，不会传染的。"

叶小弯听了，忙笑着进一步解释："江伯伯，感冒分两种的，一种叫流行性感冒，简称'流感'，另一种是普通感冒，俗称'伤风'。它们的感染源和传播途径和范围都不同，您眼下得的是后一种，这个是不会传染的。而且姑姑说的对，您这场感冒也到后期了，好好养一下就会痊愈的。"

江静舟笑着对她点点头："小弯这孩子很敬业，就从她刚才那几下就显现出来了。专业技能过硬，专业术语解释得也很规范，这是非常难得的品质！"

大家都抿嘴笑，看着宁松和叶小弯点头。两人既开心又有些不好意思。

接着江静舟进一步说出自己的意思来："你们都去吧，留天舒在这里陪我说说话。既然不传染，沁梅你把雪儿给我抱来，让他们父女两个陪着我就好了！"

众人这才明白他绕了一大圈问话的目的，都忍不住笑起来。

婵娟拉住沁梅巧笑道："我看哪，如今，除了我们的白雪公主，谁都不算咱爸最上心的人呢！"

温馨的日子过得格外快，一晃春节假期就结束了。江静舟的身体基本康复了，儿女们也纷纷准备离家返回单位。别的倒还罢了，江静舟尤其舍不得小外孙女江雪。孩子和父母走的那一天，江静舟特意避开没在家，顾倾城和婵娟将沁梅夫妇送上去火车站的车。

顾倾城拉住沁梅的手，悄悄嘱咐着："你爸估计是怕这个分别的场面，就推说单位有事出去了。丫头，前天你妈走的时候也吩咐过了，让我提醒你们，经常给你爸来个电话，让雪儿和爷爷在电话中说说话！"

沁梅点头，眼中已含了泪。

顾倾城又低声笑道："你爸才有意思呢，今早和我就反复交代一句话，让我转告给你，说让你对雪儿耐心些，别总凶孩子！他说如果你不耐烦孩子了，就给他送回来，他来带，两个外孙都在跟前他才喜欢呢！总之啊，让你别难为了他孙女！你听听这话，再瞧瞧这像是他的平日性格吗？江司令员一向是雷厉风行，从不婆婆妈妈的，这话说得像小孩子一般，和谁赌气较劲呢？他呀，如今简直有点像老小孩了！"

沁梅的泪水已经滚出了眼眶："我爸他……不容易，一辈子形只影单的！如今和平时代了，他也渐渐上年纪，却还是独身一人这样熬着，守着和我干妈的那个约定，实实苦坏了他自己！外人看到的，都是他目前的显赫身份，中将司令员，威风凛凛的外表，多么风光，多么强势？可是他心里的孤寂和酸苦，谁能体味，谁又能相帮？就是我们这些做儿女的，也是白白心疼他，终究是没办法呐！"

顾倾城听了，也不觉落泪："这就是没办法的事啊，他那个倔强性子你还不清楚吗？再说，那样难逢难遇的至深爱情，让人怎么丢得开手呢……咱们这一帮人再同情他，心疼他，可也是治标不治本的事！唉，都是命……"

沁梅擦了把泪，搂住顾倾城低语："这个老小孩……就烦劳姑姑您多操心，替我们照顾将就一下吧！"顾倾城含泪点头。

转眼间1959年的夏天来到，萧海和婵娟结了婚，婚后婵娟随军去了南方，离开了江静舟的身边，开始自己新的生活。

楚天舒的工作也有变动，他调去了某军校任电讯专业的教授兼系主任，工作环境变得轻松自如，对一直担心他的身体状况的沁梅来说，是一件好事。其实楚天舒本人心里也很安慰，脱离了政治环境复杂的地方，摆脱了在一些人眼中看来是进步阶梯的位置的困扰和纠缠，他在人到中年时分，终于实现了自己梦寐以求的理想——教书育人，桃李不言，下自成蹊，可以期待展望未来桃李满天下的前景。

沁梅欣慰地看到，丈夫的精神状态变得放松而惬意。她自然明白他的性格和理念：楚天舒从来就不是一个热衷于功名利禄，看重锦绣前程的人，他生性恬淡随意，崇尚"非淡泊无以明志，非宁静无以致远"的人生信条，他青年时代毅然决然选择背叛家庭，参加革命的目的纯粹而坦诚，革命胜利后的选择自然就是格外的轻松自如——做一个普通的知识分子，有一张平静的书桌，读几本好书，写几篇心爱的文章，用自己的学识才智，教出一些弟子学生来，此生当无憾也！

实现了自己平实朴素理想的楚天舒心静如水，他因此又记起了另一桩埋藏心底已久的心事——寻找自己的胞姐楚天歌，这也是自己在大陆唯一的亲人了。

解放后，先是由于自己重病在身，自顾不暇；接着病未愈就投入到紧张的工作，加之703所特殊的工作背景，楚天舒无暇顾及找寻三姐的事宜。他知道姐姐是我们这边的人，从当年她托沁梅带给自己的那个柚子起，楚天舒猜测到姐姐和沁梅也有交集。

和沁梅相恋结婚后，两人谈了一些往事，才将白鸽——楚天歌这条线索勾勒清楚。但是由于当年地下工作的单线联系规则，从白鸽离开上海起，沁梅这方也完全失去了和她的联系。

解放后，尤其在和楚天舒结婚以后，沁梅因念及丈夫的亲情渴求，加之自己也曾经和白鸽的深情厚谊，考虑到丈夫工作繁忙，沁梅主动承担了寻找姐姐的工作。她托人多方打听白鸽的下落，却都毫无结果，没有任何线索，一个活生生的人似乎人间蒸发一般，又像水滴入海，无影无踪。沁梅心里隐隐有种不好的预感：也许白鸽早已不在人世了！为了不让丈夫伤心，她未敢将自己的这种感觉告诉他。

其实楚天舒的这种预感更加强烈！当年斗争的严酷性他心里自然清楚，这么多年查找音讯全无，那么结果也许是很清楚而严酷的。不过他还有一线希望，一个念想——即使姐姐早已牺牲，如果能找到姐姐当年在延安生下的那个男孩，此生舅甥相见一场，也算对得起姐姐的在天之灵了。

这种揪心的寻亲行为在1959年深秋得到了确信——在西南C市某部任职的程睿给沁梅夫妇来了信，他查找到了白鸽的踪迹。

原来，当年白鸽离开上海后，再次化名来到丈夫战斗牺牲之地的C市，继续从事地下工作，不幸于1949年10月底，在C市解放前夕牺牲在著名的歌悦山监狱。她的事迹被作为重要部分陈列在监狱纪念馆，因为牺牲时用的是和延安时期、上海时期都不同的化名，所以一直不为她当年的战友查找到。

程睿同时传递给他们的一条重要信息：白鸽在来C市从事地工工作时，为了掩护身份，通过组织协助，曾将生活在延安的儿子接到自己身边。后来在被捕前，她将五岁的幼子托付给了一位进步工友。她牺牲后，孩子一直随养父母生活在C市至今，目前在C市上中学，今年已经十五岁了。

得到姐姐牺牲的确切消息的那个傍晚，楚天舒沉默了许久，他将自己关在书房中，晚饭也没有吃。沁梅不放心，进来看他。当她温柔地揽住他的头，将他拥入怀中给他默默的、柔情似水般的妻子的温存时，只听到丈夫幽幽长叹一声："沁梅，我想去一趟 C 市，我要去看看那个孩子，那个叫林小华的孩子，姐姐的唯一骨血……"

沁梅马上订了车票，又将女儿江雪托付给许若飞唐玉夫妇照料，就陪同丈夫踏上了奔向西南的火车。

在 C 市，程睿、齐芳夫妇热情款待了他们，又最快安排了楚家舅甥之间的会面。

在程睿单位的招待所里，楚天舒见到了自己从未谋面的亲外甥——林小华。

那是个身材高挑瘦弱的男孩，眉眼清秀，脸上略带羞赧不安的神色。楚天舒注意到他一直在用手玩弄着自己的衣角，猜出他是紧张而激动的。他带着亲切的微笑拉孩子坐下，握着他的手，问他一些生活学习问题。为了让甥舅两人更轻松自如地谈话，沁梅和程睿悄悄离开了。

楚天舒边和孩子说着话，边仔细打量着孩子的面容：他一定是相貌酷似生父。关于孩子的父亲，自己的姐夫，那个本名叫林志华，牺牲时化名为陆远的铁骨铮铮的烈士，楚天舒知道的信息很少。当年就是在自己四哥那里看到了他的一张一寸大的相片，依稀记得那是个文弱清俊的读书人模样，印象最深的就是他的年轻。是的，那定格在历史一瞬间的面容是那样的青春四溢、神采飞扬，也因此格外让人痛惜伤感！楚天舒猜测着，那张逝去的年轻的容颜一定酷似眼前这张清秀的面庞，只为孩子像自己母亲的地方很少，楚天舒只是从孩子细长明亮的眸子和微挺的鼻梁上，看出自己姐姐依稀的模样。

看着坐在自己面前的少年，自己姐姐存世的唯一骨血，楚天舒心中百感交集，万般怜爱。他的眼前，不停回放着那些难忘的情景：

码头上遭遇电台搜查，自己不动声色地帮了姐姐一把，驾车送她出城，姐弟分手时，来不及留恋于姐姐那分明含泪的双眼，一瞬间，她背对自己而立，留下的，是一个故作冷漠的冰冷的脊背。

在大哥的墓前，那个雨天的清晨，自己将身上的国军军装给姐姐披上，姐姐愤然扔回衣服，同时扔回给自己的，还有那种"恨铁不成钢"的失望的眼神。

还有那一次次的温情跟踪——姐夫被害后，自己多少回徘徊在姐姐的住处周围，只是想看一眼那失去至亲后孤单悲伤的身影……

同处一个阵营，同为地工战友，却同志相逢不相认，手足相见如陌路，这份悲情，这种无奈，曾经像毒蛇一样暗暗啃噬着他的心灵！

对了，还有那个柚子，那个姐姐托沁梅带给自己的柚子，带着亲人的体温和爱意，曾给予自己几多慰藉和感伤？

想到这里，楚天舒泪水滚落，不能自抑。

眼前的林小华有点诧异，他看着这似乎从天而降的亲人，既想亲热相依，又心有距离。

"舅舅……您……"孩子按照大人的嘱咐对眼前亲人的称呼还有点迟疑，但是那双明亮的眸子里射出的亲情渴求一下子打动了楚天舒的心！他忍不住上前将少年拥到怀中："好孩子，没什么，舅舅找到你……真好！"

第二十二章 手足情殇

　　时年二十九岁的白鸽，定格在早已逝去的残酷岁月中，照片上的她依然如活着时那样青春飞扬地笑着，清秀俊美的脸庞，青春灵动的眼眸，飘扬洒脱的短发，都在亲人的眼中变得温情生动起来！

　　毕竟是血缘相连，不过半天的工夫，天舒和小华舅甥俩就格外亲近起来。恰巧正值周末，在天舒的要求下，小华留宿在舅舅这里。

　　吃过晚饭，天舒、沁梅和小华在房间里聊天，少年期期艾艾说出了自己期盼已久的一点想法："舅舅，我想您能和我讲讲我妈妈的事情吗？妈妈牺牲的时候我还小，对她的印象好模糊！而且，那时和妈妈生活在 C 市的时候，她好忙，每天都外出，我几乎是跟着家中的保姆长大的……我好想知道妈妈的事情，一切事情…… 有关她的任何事情！"

　　他望着舅舅的笑容真诚而带点凄凉："我想，您告诉我妈妈的一些事情，我记下来，就可以在脑海里拼凑出她的模样了。"

　　这话让楚天舒鼻子发酸，他点点头，招呼小华坐到自己身边，搂住他的肩膀，让思绪飞扬，把他们一起带到往昔岁月中去……

　　"我们同胞的兄弟姐妹有十一人，七男四女，男女分别排行，你的妈妈，是我的三姐，当时人们称她做楚家三小姐……

　　"你妈妈长得很秀气，是四姐妹中最文弱的一个，但是她的性格却像是男孩子一样果敢倔强！当年，我的大哥，就是你的大舅舅，是一名国军飞行员，抗战时期，他驾机多次击落日军飞机，被誉为空军战神，所有的兄弟姐妹都敬仰他，也有点怕他，毕竟他是长兄，父亲不在了，长兄就如同父亲一样。可是唯独你妈妈不怕他，曾经逼着大哥带她乘坐他的战机升空转了几圈，在亲友中传为奇谈。但是大哥事后对人讲，我这个妹妹，有胆量有魄力，将来定是个巾帼女杰！

"后来大哥殉国了，你妈妈在哥哥的追悼会上，咬破了手指，写下血书，誓言要加入空军，成为第一名战机女飞行员，要驾机打日本，为哥哥报仇！她是这样说的，也准备这样做了，她准备离家去报考空军，被家人拦下了，为了打消她这番让人看来是不可思议的念头，家里人将她送到法国……

"我的二哥是个很认真刻板的人，他承担了驯服你妈妈的重任。唉，说来好笑，你的这位二舅那时几乎是将你妈妈押送去了法国，送她进了学校读书。一年多过去了，当他以为自己的妹妹已经驯服，老老实实在国外读起书来的时候，就放心地去美国了。没想到，他刚离开法国，你妈妈也随即回国，并从此和家人失去了联系。后来家里人才知道，你妈妈她在法国认识了一位男友，就是你的父亲，双双在法国加入了共产党，又一起回国，去了延安……

"小华，虽然我们兄弟姐妹众多，因为你妈妈和我排行最近，她只大我一岁多，所以我和她，还有我们的小妹妹，就是你的小姨姣姣，我们三人感情最深。我小时候很淘气，总爱把妹妹惹哭，每当我妈妈和哥哥姐姐们问起来的时候，总是我的小姐姐，你的妈妈袒护我，承担责任……

"在你妈妈离开家，准备到法国读书前的那个晚上，她到我的房间来找我，告诉那时还在读高中的我，让我过两年去法国找她，我们姐弟俩可以生活在一起……可是还没等我去，她就匆匆回国并和家中失去了联系……后来我也出国了，姐姐不在的法国，对我一点吸引力也没有了，我于是去了美国……

"等到我从美国回来后，我们姐弟在上海偶然相遇，可是一切都不同了，我们不能相认，不能相聚，甚至不能随意相见……"

楚天舒的语气始终是平和宁静的，带有一丝丝往昔的微黄色的忧伤和怅惘，沁梅和小华听了，都莫名流下了眼泪。

听到此处，小华忍不住插言道："舅舅，为啥呀？您是共产党员，我妈妈也是啊！为啥你们不能相认？"

孩子的话让楚天舒无语凝咽。沁梅忙安抚住孩子，轻声解释道："小华，你还小，不懂得地下工作是有一定的规定的。你舅舅和妈妈虽然都是党员，也是至亲手足，但是按照组织的原则和秘密工作的纪律，是不能随便相认的，这样会给双方带来危险！何况，你舅舅那时还是一位秘密党员，他的身份你妈妈并不知晓……"

小华点头，看着天舒："舅舅，您再讲讲我妈妈在上海时期的事情吧，我想听……"

"我……"楚天舒闻言语塞。

沁梅机敏，忙笑着道："刚才舅妈有告诉过你呀，当时你舅舅和你妈妈是分属两个组织系列的，所以他并不十分清楚你妈妈的一些工作。刚好舅妈可以给你讲这段的，当年舅妈就是你妈妈的直接下属，我对你妈妈的很多情况很熟悉，我来告诉你吧！"

她看看楚天舒，又带着温柔的笑容看着小华："还有，你妈妈在延安时，是我的老师呢。我可以给你讲一些你妈妈，哦，对了，还有你爸爸在延安时的情况。"

"太好了，舅妈！"小华激动得脸红起来，他抓住沁梅的手，"爸爸妈妈离开延安时我才不到两岁，对他们那时的印象几乎是一片空白。尤其是我爸爸，我都记不得他的模样了！舅妈，您竟然还见过我爸爸？求您，快讲讲，讲讲他们在延安时的事情吧！"

"没问题。"沁梅笑着拍拍孩子的脸，"你的爸爸、妈妈都是我在抗大时的老师。我记得你爸爸是个北方人，很高很帅，我们当年都好崇拜他，因为他几乎琴棋书画样样精通！我对他印象最深的一点就是，他是个热爱生活，很有生活情趣的人，因为他每天的军装都是平平整整的，他经常会拉着手风琴，给你妈妈伴奏，笑看着你妈妈展开她嘹亮清脆的歌喉……"带着深情回忆的笑容，沁梅开始娓娓讲述。

楚天舒看着他们，淡淡一笑，轻声说了句："你们先说着，我出去一趟……"就离开了房间。

沁梅动情地为小华讲述着往事，她努力为眼前这个少年回忆着她记忆中的他的父母的点点滴滴，他们的往日风采。讲述者一往情深，倾听者满含深情，两人时而会心微笑，时而泪眼婆娑。

"舅妈，谢谢您，谢谢您告诉我这么多，有关我父母的往事！让我知道了，我有这样鲜活生动的父母，他们不再像是挂在纪念馆墙上的那两张照片了，他们又活在我心中了！舅妈，谢谢您！"少年泪流满面，沁梅忍不住上前把他揽到怀中，用母亲的手，抚摸着他的头发。

却突然听到门外一阵剧烈的咳嗽声传来，是天舒的声音。

沁梅和小华都出来看，只见天舒俯身趴在墙上，猛烈地咳嗽着，全身都在痛苦地抖动，身旁烟雾缭绕，他的指间，还夹着一只燃烧着的香烟。沁梅上前搀扶了他，轻轻为他拍着背，小华也在另一边扶住舅舅，将他搀到房间里坐下。

坐在桌前的楚天舒仍然咳喘不定，他的脸涨得通红，沁梅俯身在他的面前，边用手为他抚着胸口，边柔声劝慰："放松些，天舒！放松！"

却突然看到他手上仍然冒着烟的香烟，沁梅似乎这才反应过来。她又急又气，忍不住一把将烟夺了过来，掐灭烟头，狠狠扔到垃圾桶里，回头看着他，一副怨怼的神情："楚天舒你不要命了吗？医生说过，你绝对不可以碰香烟的！你不记得了吗？"

楚天舒的咳喘渐渐平静下来，抬眼看着妻子，露出一丝愧疚的笑容。此情此景，沁梅也不忍心再责怪他，只是向他摊开手："给我吧！"

楚天舒无奈地摇头，从口袋里掏出一包刚开封的香烟，递给了妻子。

第二天早上，小华回学校上学去了，楚天舒建议和沁梅去歌悦山烈士陵园。

沁梅很踌躇纠结。原来，他们一到 C 市，程睿就私下悄悄告诉沁梅，先安排他们见天舒的外甥小华，有关去烈士纪念馆祭奠白鸽的事情，还是缓行。

程睿语气沉重地说道："沁梅，你是知道的，有关烈士的一些宣传，我们当然还是着重于阶级教育性方面的，所以一些东西……可能就比较……当然，对别人的教育和启发是主要的目的，但是对于一些至亲的人来讲，也许会是很残酷的东西……所以，你还是尽量劝阻天舒去纪念馆找他姐姐的踪迹吧？"他语焉不详，支支吾吾的语气让沁梅心生疑惑，她心里也很为难，不知道如何去劝阻丈夫？他们此行的目的除了见孩子，就是这个呀！

程睿当然懂得沁梅的为难，他不由地叹息："我明天有个重要的会议要出席，不能陪你们，你和天舒就说等我一下，过两天我陪你们上歌悦山，天舒也许应该以烈士的亲属身份去瞻仰纪念馆的……总之，你先别让他自己贸然去！"

此刻，沁梅向丈夫讲述了程睿的意思，天舒微微摇头："我们已经很麻烦他了，目前他工作很忙，咱们不能总打搅才是？何况，沁梅，我不想以什么烈士亲眷身份去看望姐姐，我想，就咱们俩，就在今天，咱们上歌悦山吧！她是我的姐姐，我知道，你和她也曾经是情深义重，姐妹情分加上战友同志情谊，和亲姊妹相比，也是有过之而无不及吧！那么就现在吧，好吗，沁梅？我们一起去看她……悄悄地去看看她就好！我知道，她一定是早已盼望许久了……"

他的神情哀伤而孤独，让沁梅心生强烈的不忍和怜意，她含泪默默点头。夫妻俩上了歌悦山。

这座位于 C 市西北部的山上树木茂密，郁郁葱葱，无愧于"西南第一峰，山城绿宝石"之美誉。楚天舒一路上默默念叨着从程睿那里听到的有关这条山脉的名字由来——因大禹治水，召众宾歌悦于此，此山因此被命名为歌悦山。

"沁梅啊，你听一下这个地名——歌悦山，是不是很有玄机呢？"他的目光深远而幽谧，好像蒙上了一层雾气，嘴边挂上了一丝凄楚的笑意，"楚天歌在这里殉了她的信仰和主义，后又埋身于此青山之中，她心中一定会感到快乐的吧？"

沁梅忍不住握住了丈夫的手，用自己的手去温暖那只略显冰凉的手："天舒，答应我，你要放松一些，我不要你此刻选择坚强！你如果心里痛苦，就对我说出来，我知道你对姐姐的感情，你的痛苦和哀伤，我不要你自己扛！有我在你身边，天舒，你要记住……"

楚天舒微笑着望着妻子："我明白，沁梅。见过了小华，我的心里已经平静多了。我只是想在姐姐的埋骨地平静地待上一会儿，对她说上一句体己话，我们姐弟间的体己话……你放心吧！"

沁梅看着他平静的神色，微微点头，紧紧挽住他，将自己的头依偎在他的胸前。

但是没能预想的残酷还是那样不期而遇！

在烈士纪念馆中，夫妻俩很容易就找到了白鸽的照片，她的事迹陈列在一个醒目的位置，她的化名，她在 C 市时期的事迹都是那样让人感到陌生，但是那副贴在首要位置的大照片还是让两人感到了一丝久违的亲切！

时年二十九岁的白鸽，定格在早已逝去的残酷岁月中，照片上的她依然如活着时那样青春飞扬地笑着，清秀俊美的脸庞，青春灵动的眼眸，飘扬洒脱的短发，都在亲人的眼中变得温情生动起来！

楚天舒痴痴地凝视着姐姐的容颜，嘴唇微微抖动，似乎喃喃自语，在诉说着什么。沁梅却早已忍不住泪水滑落，面对着昔日情同手足的上级、姐妹、战友，今天的亲人的容颜，性情率真的她忍不住泣诉着自己的心声：

"鸽子姐姐，我……我们终于找到你了！十多年了，才找到你，对不起，你一定等得着急了吧？我在想，如果你知道我今天能和天舒走到一起，一定会格外开心的……是的，我爱你，一如你爱我一样！我和天舒，从此以后，会经常来看你的……小华我们也见到了，天舒想带他回湖南，我们还没和他说呢。现在先告诉你，是想让你放心，我们会照顾好他的……"

她抹去泪水，却突然看到天舒的神情不对，他的目光有些极度的吃惊和哀伤，他的呼吸有点急促起来！沁梅顺着他的目光下移，看到白鸽的那张大照片下，还有一张小照片，上面竟然是……

看了照片旁边的文字介绍，沁梅才知道那竟然是白鸽的遗体照片！她被害几个月后遗体才被挖出来，自然是惨不忍睹，遗体呈现"巨人观"，面目全非，看后让人感官极度不适，尤其是和上面大照片上的清秀女子判若两人！沁梅不知道这样的照片放在此处意义何在？却在瞬间，她又想明白其中的含义：一定是要以这鲜明的对比，来进行更好的阶级教育，唤醒民众对反动派、刽子手残暴手段的仇恨，所谓"不忘阶级苦，牢记阶级恨"！可是这一切，对于烈士的亲人来讲，未免有些残忍和血腥。

沁梅突然记起程睿的话来，她心底微微叹气，上前挽住丈夫的胳膊，柔声劝慰道："我们走吧，去墓区祭奠一下。你不是有话要和姐姐说吗？在她的墓前去说吧？"

天舒自然明白妻子的意思，他在心底长长叹息一声，再次无比留恋地看了一眼姐姐的大照片，在妻子的挽扶，准备离开。

却不料恰在此时，一队小学生在老师的带领下，来到了白鸽的事迹展板前，走在队伍前面的那位女讲解员慷慨激昂的讲述，无形中揭露出一段残酷的真相，从而将楚天舒推入到痛苦的感情深渊中去。

因为听到是在讲述自己姐姐的事迹，楚天舒拍拍沁梅的手，暗示她驻足倾听一下，夫妻俩站在学生队伍的后面，静静地听着。

女讲解员在讲述了白鸽的生平事迹后，指着白鸽的遗体照片，神情悲愤，语调铿锵地讲述着："我们的这位红色特工、女英雄就这样被敌人残酷地杀害了！解放后，C市人民在清理歌悦山烈士遗迹时发现了她的遗体，当时她的身上还戴着手铐和脚镣！这张烈士遗体的惨不忍睹的照片，充分说明了国民党反动派屠杀革命志士的残暴行径令人发指！同学们，更残忍的事实还在后面！我还要告诉大家一个令人震惊的事情：你们知道杀害我们这位女英雄的真正幕后凶手是谁吗？"

学生们可能已经都被这张烈士遗体的悲惨照片震撼了，很多张小脸上露出激愤的神情。此刻听到女讲解员的反问，大家都议论纷纷，许多双眼睛都怒目圆睁着，个个小拳头都捏紧了。

沁梅注意到天舒显然也被女讲解员的这句发问吸引住了，他睁大了细长的眼睛，认真地盯着她的嘴唇，似乎在等待着她说出的那个真相。

那残忍到极致的史实，随着女讲解员悲愤激昂的话语，就那样毫无征兆地闯入了天舒沁梅两人的耳际："根据解放后我们搜缴的敌人档案显示：杀害我们女英雄的幕后凶手竟然是她的至亲手足！是的，是她的亲哥哥，一位国民党将军！"

这句话让所有在场的人都深感意外！学生们激动地交头接耳起来。

这句话更像一声焦雷炸响在天舒和沁梅头顶！沁梅除了万般震惊外就是强烈的担心，她急急望向丈夫，只见他的脸色瞬间变为惨白无色，那眼神似乎也如定住了一样涣散无神。

这该是怎样一种沉重不堪的打击？杀害自己亲姐姐的凶手，竟然是自己的亲哥哥！人间惨事，莫过于此！

沁梅感到锥心的疼痛，她更明白这种打击对自己的丈夫有多深！她心中满是疼惜和爱怜之情，悄悄上前搀住了他，将他的手紧紧握住，像是要把一种生命和爱的力气传递给他。

楚天舒觉得自己的大脑在那一瞬间已变为空白，一切身边的事物似乎都漂浮起来，变得虚化而不真实。他的脑海里，只有两张熟悉亲切的面孔在交替显现——三姐楚天歌妩媚秀丽的脸庞，四哥楚天宇（田宇）清俊刚劲的笑脸。

——不可能的，这是不可能的！这怎么可能呢……

楚天舒在心底暗暗低喊着，绝望地抵挡着这种说法，耳边那残忍的声音却蓦然打碎了他的挣扎和幻想，女讲解员的音调是那样的铿锵有力、悲愤激昂："同学们，当我们从敌人的档案中发现这个史实时，每个人都感到万分震惊，同时更加感到无比的愤怒！大家都记住吧，这个杀害自己亲妹妹的凶手叫田宇，他是国民党反动集团的忠实走狗！为了捍卫自己阶级的利益，竟然不惜对自己的亲人痛下杀手！现在有充分确凿的证据显示，就是这个当年国民党高官亲自签署了处决令，在C市解放的前夕，命令手下的特务，将自己的亲妹妹活埋在这座山的后山上！同学们，这个血淋淋的事实说明了什么？说明了阶级斗争的残酷性和必要性！我们不能对敌人有丝毫的手软和怜悯！我们要牢记这个血泪仇，和一切反动派斗争到底！"

"打倒反动派！"

"不忘阶级仇，牢记阶级恨！"

学生们在老师的带领下，喊出了愤怒的口号，楚天舒在一片口号声中几乎是落荒而逃。

沁梅急急追了出去，看到天舒伏在纪念馆的石柱旁，剧烈地喘息着，他像一条离开了水的鱼儿，艰难地张着嘴吸着空气，那痛苦到极点的隐忍和挣扎之态，让沁梅心疼得几乎掉泪。

她怀着一腔柔情上前扶抱住他，不知道该用什么语言来安慰，只有含泪一遍遍低声唤着："天舒！天舒……"

楚天舒急促地喘息着，用手狠狠压住胸口，似乎在压抑着自己猛烈跳动的心脏。是的，此刻他的心脏像是在热油中滚过一般疼痛，痛得全身都麻木了。一股热浪突然由心口涌向喉间，他知道那是什么，就悄悄从口袋中掏出手绢，捂住嘴，低低咳喘着。

将一口咸腥的东西吐在手绢里，他不动声色地捏住手绢塞回衣兜，掩饰着不让妻子发觉。

沁梅抱着他开始流泪："我知道，天舒，你想哭就哭一场吧，我理解你眼下的心情！天舒，你……"

楚天舒表情有点木然，像是没有听懂妻子的话一般，他微微摇头，暗暗咬紧牙关，抵御着那一阵阵来自身体内部的疼痛。他听到来自于自己身体深处发出的声音——那是心脏断裂的清脆响声，伴随着这声音的，是撕心裂肺的疼痛，和血浆奔流而出的汹涌……表面上，他的神情却平静如水，只有那惨白灰暗的面颊，仿佛透露出他如今的心灵极度失血这个小秘密。

沁梅扶着他坐在旁边的石阶上，不停用手为他捋着后背，按捏着他的肩膀，楚天舒任由这温柔的抚摸划过自己的身体，寂静无言。夫妻依偎了片刻，他的呼吸渐渐平复下来，脸庞也微微挂上了层淡淡的血色。

"天舒，好些了吗？"沁梅关切地看着他，竟然看到他对自己露出微微一笑，现出孩子般的祈求神情。

"沁梅，想求你件事情？"

"你说，天舒？"沁梅急急地应答，此刻她愿意为心爱的人做任何事情，只要他能好受一些。

"我……我想抽支烟……就一支，好吗？我实在是……好累的感觉！"

沁梅深深看他一眼，低叹一声，默默起身向不远处的那个小卖部走去。

拆开烟盒，沁梅抽出一支香烟，在递给丈夫之前，她停顿了一下，将烟掰成了两截："天舒，听话，你的肺……真的不能！咱们就抽半支好吗？"

楚天舒急促地点点头，迫不及待地从妻子手中抢过半截香烟，用颤抖的手点燃，狠狠地吸了一大口。

他急急地将这口烟吐出，然后又猛吸上一口，那神情竟然像孩子吞咽美食般贪婪……不一会半支烟就吸到了头。他转眼看向妻子，带着愧意的笑，想再要那半支烟，却惊讶地看到令他心发颤的一幕：

沁梅用打火机点燃了那剩下的半支烟，凑到自己唇边，也学样般狠狠地吸了一口，不会抽烟的她瞬间就被呛住，猛然咳了起来。

她的这番举动将楚天舒吓了一跳，他原本愣愣地看着她，此刻忙用手为她捶着背，心疼地责怪道："你这是干什么？你……是第一次吧？"

沁梅擦去呛咳带出的眼泪，看着他苦笑道："当然……我从来没想到我还会去抽烟？我只是想体会一下抽烟的感受，尤其是在当下，我想和你一起，体味你的感受，和你……同甘共苦！天舒，如果此时我能分担一下你的痛苦，那我该有多欣慰？总之，我就是要和你有相同的感受，随时随地，无时无刻！"

她将烟重新凑到嘴边准备再抽一口，却被天舒劈手夺了过来："你这个傻丫头！你……唉！"

沁梅凄楚地笑笑，不回答，只是含情脉脉地盯着丈夫的脸庞，眼中流露出复杂的神情：疼惜、哀恳、伤感、同情……这副款款深情的模样让楚天舒黯然心碎。他无奈摇头，嘴边扯出一丝凄然的笑意，将那半截香烟掐灭了，揉成一团，又伸出有力的胳膊，将妻子揽在怀中，两人就这样依偎着，坐了很久。

缓过情绪，楚天舒和沁梅来到墓区，才发现原来竟然没有什么单人墓，几百名烈士埋在一起，一个大冢已经芳草萋萋。

天舒和沁梅在墓前伫立了许久，默默无言。最后，沁梅上前挽扶住丈夫，幽幽道："刚才，我都悄悄告诉三姐了，你的身份，你的过往经历，你所完成的功勋！最重要的是，我知道你的心，我告诉姐姐一个最重要的事情——她最心爱的小弟弟，从来就是和她一样的人！同样是一位白皮红心的优秀特工，是一个和她有着一致的坚定信仰的人！你们此生应该感到骄傲和无憾，因为你们曾经是一个战壕的战友，是——同志！"

沁梅的泪水再次滚落，她悄悄拭去了，深情地望着丈夫："我想，姐姐知道了这些，如今应该感到欣慰极了！在九泉下，她一定会开心地笑了……"

楚天舒始终没有流泪，他也没有接过妻子的话头，他只是默默望着远方，声音轻柔而悠远："唉！我相信，无论如何，楚天歌——在这美丽的歌悦山上殉了她的信仰，她一定心中充满喜悦！"

楚天舒吐血的隐情还是被沁梅很快察觉。回到招待所，他身心俱乏，就早早睡下了。那块藏在衣兜里的手绢他还没来得及处理，就让沁梅发现了。

看着那手绢上的一片殷虹，沁梅暗暗心惊。她守在他的身边，几乎一夜未眠。

第二天早上，她悄悄联系上程睿，说明了前情。程睿也是既吃惊又担心，和齐芳一起马上赶到招待所，不由分说地将天舒拉到了驻地的一所军队医院，做了全面检查。所幸是有惊无险，医生诊断为肺部旧创，急火攻心引发的偶然吐血情形，沁梅才暗暗放下心来。

在程睿夫妇的执意挽留下，也为了楚天舒的身体能将息一下，他们夫妻在C市多待了两天。

但是解决小华的问题却遭遇了麻烦，按照楚天舒的想法，希望能将姐姐的遗孤带在自己身边，让小华和他们回湖南生活。但是小华本人却不愿意，毕竟在养父母家中生活了十年，彼此感情都很深了。经过反复协商，楚天舒只好尊重外甥的意见，将他留在了C市。

从C市回到湖南后，楚天舒像变了一个人似的，绝口不再提及任何涉及三姐的话题。每当沁梅有意无意间提起，他总是闪烁回避，沉默不语。沁梅因此明白了他的心：在三姐牺牲的壮烈背景下面，隐藏着一个手足相残的人间惨事，三姐的事情从此成为丈夫心中永远不可触摸的伤痛！

某个晚上，天色已经很晚了，沁梅看到天舒还坐在书房里，对着一张纸发呆，她走过去，看到了那熟悉的笔迹抄写的一首词，哀婉凄绝，她只记住了后半阕：

> 我是人间惆怅客，
> 知君何事泪纵横。
> 断肠声里忆平生。

从此有关白鸽的事情变得很微妙，不轻易提及这个话题成为他们夫妻之间的一个默契。

与之相关的现象和事情还有如下两件：沁梅发现，楚天舒变得酷爱鸽子，每当看到学校广场上成群的白鸽飞翔，他都会久久凝望，目光深情而隽永；

再就是有关柚子的禁忌：沁梅发现，丈夫不再愿意触碰那个他曾经从小最爱吃的水果，从此在沁梅的小心保护下，他们家从不买柚子来吃。直到多年后，他们的儿女们，无意间破了这个例，触犯了父亲的这个禁忌。

第二十三章　历尽劫波

　　他的眼中闪烁着长者睿智和豁达的光芒，在这对小儿女面前闪耀着父爱的光辉："孩子们，一张婚书又能说明得了什么？爱情是存在于两个人心中的不朽情感！对这些形式上的东西，我们不妨看淡一些，洒脱一些，我们就给那些当权派们上演一出好戏吧。等度过了这场严冬，你们的爱情花蕾一定会重新绽放，就像那经历过寒冬的梅花，会更加香味扑鼻！相信爸爸吧，相信一个过来人的真实感受！"

　　那都是发生在 20 世纪 70 年代初的事情了。风云变幻最猛烈的时代渐渐过去，每个人心中都种下了伤痛的种子，动一动仍会心里渗血，伤痛难耐。

　　其实无论如何那时的沁梅还是暗中庆幸的，在那样一个动荡不安的时代，他们这个小家庭还算幸运安定。

　　当时，很多像她和天舒这样的红色特工身份的人，都在政治上受到不同程度的冲击。楚天舒的过往经历，加之他的出身，以及复杂微妙的家庭人员成分和目前的归处，都让他很容易处于风口浪尖之上！好在天舒目前正在从事一项被国家和军队列为机密的军事科研攻关项目，这相当于是军队内部的一项绝密任务，所参加的人员都受到中央及军委的特殊保护，况且从 703 所调出后，楚天舒就早已离开了政治身份敏感的领导地位，化身为一名普通科技工作者，这几项因素使楚天舒能够侥幸逃脱了政治上的猛烈冲击。

　　父亲江静舟因为特殊的经历，曾经的情报功绩曾得到过最高领袖的赞誉，原先直接的领导如今刻意保全回护，加之身在部队，幸未受到大的冲击，只是因被扣上"抓军事，不抓政治"的帽子被降为副司令员，几乎是赋闲靠边站的地步，毕竟没有陷入更大的风暴危机中。而沁梅自己，也因在部队，工作能力强，人缘好，没有被列为清扫对象。

但是某些冲击和无奈还是不期而至。沁梅接到在上海定居的齐茹的来信，红卫兵们砸毁了上海的一些国军墓地，对一些烈士的墓地也进行了清查和横扫。她已经将方城烈士墓陷入危机的消息通知了顾倾城，江静舟获知消息后，派在他手下任保卫处处长的靳鹏陪同顾倾城一起赴沪，将方城烈士的遗骨火化后带回了金城，安葬在一个僻静的墓园中。

齐茹还期期艾艾地告诉了沁梅一个信息：楚天舒的大哥肖云翔，那个著名的国军航空烈士的墓也被同时捣毁了，据闻是群众的激愤之举，声明是捣毁了一处国民党军走狗的墓地，大快人心，当地报纸还做了大幅报道。

沁梅看信后，心头掠过一层凄凉，她犹豫再三，还是将这个消息告诉了丈夫。天舒听了，微微愣怔了一下，就默默无语地走开了。

晚上，沁梅走进丈夫的书房，看着沉默不语、黯然神伤的丈夫，轻声劝道："我知道你和大哥的感情很深，大哥不仅是你的亲人，更是你的人生偶像！可是如今这局面，又哪里是有良知的人可以掌控的呢？相信我，天舒，公道自在人心！总有一天，像大哥这样的民族英雄，会被人们重新记起并焕发出光彩的！"

天舒淡淡一笑，对妻子点头，示意她可以放心："别担心，我没事！其实现在想来，一切都是冥冥之中自有天意啊！想当年，大哥殉国，驾机坠江，尸骨无存，我的母亲和兄妹们当时是那样的痛心疾首，心痛如割！大哥的属下、学生和战友们，为了寄托哀思，只好找了件他的飞行服为他在江边做了个纪念墓……如今看来，这竟然是坏事变好事了！毁身殉义，英魂入江，倒也落得个干干净净，彻彻底底！在如今这个世道，倒不必受一番掘墓鞭尸之辱了！"他长叹一声，眼中满是凄凉。

沁梅上前依偎住他："还有三姐姐！我是不放心，曾去信请程睿哥夫妇帮咱们打听三姐那里的情况，但是没想到程大哥他……他竟然自身都没能保全！唉，后来我托另外一个家在 C 市的同事打听到了一些情况：正因为三姐的事迹关系到亲属间的阶级对立问题，为了做个反面教材，倒没有受到任何冲击和质疑……总之，不管他们出于什么目的，想如何折腾，只要能够让逝者安安静静不受打扰就好了，对于我们这些亲人来讲，如今就这点奢望了！"

无意间提起了程睿夫妇，天舒和沁梅都黯然伤神。沁梅含泪叹息："程大哥就如同我的亲哥哥，在那些卧底敌营、危机四伏的日子里，多次和我一起完成任务，相依相携，生死与共！他和齐芳姐姐的婚恋曾是让多少战友都羡慕的传奇啊？谁料想，像他这样奋战敌营，出生入死，百战不殆的勇士，和平年代，竟然会死在自己人的枪下……"

天舒听了，也是叹然无语，低首默哀。

沁梅拭了拭眼中的泪水，再次感叹："爸爸为了程大哥的事情，狠狠犯过一次病的！据姑姑来信说，当时听闻程大哥的死讯，爸一激动伤感间竟然吐血晕倒，醒来就只是失神地呢喃着一句话——'小睿，三叔没有照顾好你，对不住你爸爸'……"

天舒也是泪流满面，他站起身来，将沁梅搂在怀里，轻轻抚摸着她的肩膀，两人啜泣在一起。

就这样相拥着用泪水哀悼过往昔的战友和兄弟，楚天舒心底闪过另一个名字。

"对了，还有萧岳呢？萧岳那里不会有什么问题吧？"天舒紧紧盯住沁梅，急切问道。

沁梅轻轻摇头："不知道，我都好久没有萧海他们的消息了！你放心吧，我会托南京的战友们打听一下，如果萧岳也受到冲击了，我想无论是我们，还是萧海，都有责任将他接回来，接回家来……"她的眼泪再度洒落腮边，天舒又一次紧紧搂住了妻子。

相较于天舒、沁梅夫妇的平静生活，在这个混乱的时代，宁松夫妇和萧海夫妇受到的磨难要沉重得多。但是对比先后丧命的程睿夫妇，他们又是幸运的，毕竟他们两对夫妇侥幸闯过了那段黑暗的河流，有重新沐浴在阳光下的运气。

在那段不堪回首的岁月中，首先是宁松遇到了他人生道路上重要的一道暗流险滩。

从军校毕业后，宁松进入一军事研究机构工作，主要从事军史研究。他发表了大量的论文，在业界渐渐崭露头角。不料，在这个动荡的时期，他的一篇军史论文，有关红色特工研究史的文章为他招来了祸事，他被扣上"为历史上我党诸多叛徒张目翻案"的帽子，被打成右派，停职检查。后来，有"警惕性极高"的好事者翻出历史旧账，指明江宁松的生母是出身反动军阀家庭的国民党女军官，宁松的处境就更加窘迫微妙了。他被剥夺了军籍公职，并被通知随时将要下放到偏远农村进行改造。

妻子叶小弯当时已是某著名军队医院的总护士长，是多次荣获优秀护士的先进人物。因为受丈夫牵连，也被降职，撤销职务，改到护工岗位上工作，他们的三个儿女：长子海川九岁，次子海天五岁，小女儿海心还未满周岁，看着年轻的妻子，年幼的儿女，为了不至于更进一步牵连到他们，宁松毅然向小弯提出了离婚。

　　"小弯你听我说，孩子们还小，你的父母也有年纪了，你本身出身很好，工作也很优秀，可是就是因为我的缘故，连累你要受此屈辱！小弯，听我的，咱们离婚吧，这样我就可以了无牵挂、放心地去农场劳动改造了。你带着孩子们回娘家……如果你一个人带三个孩子顾不过来，可以将一两个孩子送回金城，爸和姑姑那里会妥善抚养他们的。总之，小弯，你要轻松地生活，要像以往那样，明明朗朗、快快活活地工作、生活！"某天晚上，宁松和小弯这样商量着。

　　叶小弯的脸涨得通红，看着丈夫的眼神充满哀怨："江宁松你说的这是什么话？你如何看待我叶小弯的？难道在你的心中，我是那样一个虚荣的女子吗？还是我们的爱情基础就不牢固呢？我可是……都和你有三个孩子了！"

　　"小弯你知道我不是那个意思……"

　　"我知道你是什么意思，但是你的意思不代表我的意思！这个婚，你想离？哼，想都别想！"

　　看着丈夫愧疚无奈，加上一丝哀伤的神情，叶小弯上前温柔地挽住他的胳膊，语气是一如既往的宁静柔和、波澜不惊："宁松，你还记得你给我讲过的一个凄美绝伦又崇高伟大的故事吗？对，就是那个十二月党人的妻子们的故事。"

　　她秀美俊丽的面庞上满满的都是温柔体贴、化不开的浓情蜜意："十二月党人是英雄，自觉地献身于自己的政治信仰，'杀身成仁，舍生取义'，而他们的妻子们同样的伟大而高尚！她们献身的，是自己纯洁无私的爱情。面对自己的丈夫被流放到遥远的西伯利亚，这些曾经锦衣玉食的贵族女性们，选择了义无反顾地相随相依。面对沙皇的迫害，上层阶级的威逼利诱，甚至是至亲的善意规劝，她们没有退缩，毅然决定殉身她们纯美的爱情！"

　　她抬眼望着丈夫："宁松，我是个出身平民家庭的女孩，也许没有十二月党人妻子那样的高贵身份和谈吐教养，可是我选择对自己爱情的忠贞坚守的心，自信和她们是一样的。别说你如今只是脱去了军装，要到农场去接受改造，就是你如今被判了刑，下了大狱我也毫不在意！我知道你是对的，你写的文章，都是你多年精心研究的结果，你说的话，也都是大实话，是良心话！我叶小弯跟你跟定了，这一辈子的夫妻缘分你是逃不掉的！除非……除非你变心了，不再爱我了！"

宁松忍不住一把搂过妻子，将脸紧紧贴住她的秀发，深深地嗅着，依恋着，许久才哽咽着说道："你这个傻丫头，都是三个孩子的妈妈了，还说这样的话来……"

小弯笑看丈夫，眼中也有晶莹的东西在闪耀："明明是你先无情地说了那样一番话，简直是对咱们爱情的亵渎呢。离婚？多伤人的字眼，无论是出于什么样的理由！就是咱们三个孩子大了，也会不原谅你的！会记恨你这个不够坚强的父亲……"她带着泪水甜甜地笑着，嘴角微微勾起，带给自己心上人一个慰藉的笑意。

两人相拥在一起，彼此都是带泪的微笑模样。片刻，小弯安慰他："孩子们你放心吧，都跟在我身边，这里还有我娘家一家人呢。我爸我妈都表示了，要和咱们一起共渡难关！要和他们最钟爱的女婿同甘共苦！妈还说了，让你明天回家吃饭，她为你准备好了一些你爱吃的小吃，还有一些可以保存的干货，专门留着让你带到路上吃的。还有，你的换洗衣裳我也早就给你准备好了……"

宁松感慨着，他不愿意妻子看到自己无法掩饰的泪眼，只是低首无语。

小弯依偎着丈夫，呢喃着："宁松，还记得你给我朗诵过那首普希金写的赞美十二月党人和他们的妻子的诗吗？我想再听一遍，你现在读给我听好吗？我要用心记住它！"

宁松点头，朗朗诵读着：

> 在西伯利亚矿坑的深处，
> 望你们保持高傲的容忍，
> 你们悲惨的劳动，
> 崇高的志向不会消泯。
> 不幸的忠实姐妹——希望
> 在阴暗的地窖之中，
> 会唤起锐气和欢欣，
> 憧憬的时辰即将来临。
> 穿过阴暗的牢门，
> 爱情和友谊会达到你们身边。

......

他感叹着对妻子言道："是的，这些贵族和他们的妻子，因为真理而抗争，因为理想而流放，却最后因为坚贞不渝的爱情而使生命得到了升华！"

后来，宁松的事情得到了封正烈夫妇的帮助，封正烈为此专门求助到高层那里，终于有惊无险，宁松的问题得以澄清，他恢复了军籍和公职，继续留在原单位接受审查。

江宁松的婚姻就这样经受住了考验，萧海和婵娟的爱情历程上却留下一丝丝遗憾，毕竟他们真正办理过离婚手续。

婵娟和萧海结婚后，随军来到南方。两人伉俪情深，和美如意，婚后他们有了一对双胞胎儿子，大名为萧纪岳和萧念岳，小名叫南征、北战。

在那场每个人都无法回避的动乱年代，萧海因过往红色特工经历，被反复调查，联系到他的同胞哥哥萧岳，已经被定性为"向国民党自首的叛徒"，加之他们兄弟出身于大资本家家庭，"萧家二少爷"的帽子很多当地人都熟知，如今这也成为他的一项罪状。种种情形相加，这个当年的著名战斗英雄，如今被定性为"历史有污点的人"，继而在升级的阶级斗争运动中，被打成右派，即将发放到崇明岛劳改农场劳动改造。

和宁松的情形相似，萧海也在这个关键时刻选择了向妻子婵娟提出离婚。他目前的处境比宁松的还要凶险，毕竟他要时刻考虑到婵娟母子的安全问题。因为婵娟是随军来到南方，她又改姓了"江"，这里的当权者们并不了解她的生父的真实情况。可是如果萧海离开他们母子身边，失去了他对她一贯的刻意保护，一旦有人揭发出婵娟生父的真相，那么他们母子的处境就岌岌可危了！

按照萧海的磊落豁达性格，他不在乎介意婵娟的身世暴露会给自己带来更大的灾祸，但是却绝对不忍心因为自己的问题牵连到婵娟，让某些别有用心之人进一步调查研究婵娟的身世，从而给她带来无妄之灾！

想到此处，萧海心急如焚，忧心忡忡，他力劝婵娟和自己离婚，带着孩子回到江静舟身边去生活。只有这样，婵娟母子才可保平安，自己也才可以放心去崇明岛劳改农场。

婵娟自然是万般不依，对丈夫的深爱让她无论如何不能接受"离婚"这个现实！她决定带着孩子也跟随丈夫去农场生活，她要守着他，守着这个毕生挚爱的人。

萧海有苦难言，他不能和妻子说明自己的真实担忧所在，万般无奈下，他给江静舟去了电话，讲了自己眼下遇到的困境。

三天后，让人意外的是，江静舟突然赶到了他们这里。婵娟和萧海都是既吃惊又感动。婵娟上前拥住父亲，诉说了自己愿意追随丈夫到天涯海角的决心，又气愤萧海的离婚建议，她要请父亲为自己做主。

江静舟自然懂得萧海的意思，在和他单独长谈了一夜后，江静舟又单独把婵娟叫到了自己房间，出乎婵娟意料之外的是，一向最疼爱她的父亲，竟然也主张她和萧海离婚！

婵娟泪水长流，不能自抑。江静舟轻声劝着女儿："你知道萧海对你的心有多重吗？还有孩子们，都是他最大的牵挂！娟儿，听爸爸的话，那个农场的环境不是你们娘仨待得的，你这样只会加重萧海的思想负担！"

"可是爸，爱情不是应该不离不弃，生死相依的吗？'山无棱，江水为竭，冬雷阵阵夏雨雪，天地合，乃敢与君绝？'我从嫁给他的那天起，就发过这样的重誓！别说如今他只是遭遇这点磨难，就是生死关头，我都不会放弃的，我会和他相依相偎，去共这样一个命运！"

江静舟的眼泪也流下面颊，忍不住摇头低叹："你这个痴情的孩子……真像你的母亲！当年，明知道来宽城就是身陷孤城，她仍旧带着你们姐妹生死相随在你父亲的身边！"

婵娟握住父亲的手，泪流满面："所以爸，您应该是懂我的呀？我的妈妈，她就给了我这样的遗传基因！您不知道的是，后来在香港的时候，他们本来拥有富裕安定的生活，可是当我父亲为了他的一点……念想，选择去……台湾的时候，明知道是龙潭虎穴，我妈妈她义无反顾，再次决定和我爸爸一起去赴难，夫妻同行，夫妻同心，夫妻同运！"

她的泪水和江静舟的泪水流在了一处："爸爸，萧海是女儿毕生最爱的人，我知道他此刻和我离婚是为了我好，为了孩子们好，可是我不能接受他这样的安排！爸，求您支持我吧，您帮我去说服他，让我和他永远在一起！"

养女这番泣血带泪的话语让江静舟心颤，他几乎要放弃自己昨天晚上和萧海的约定和计策，想顺着孩子的心意放弃自己的计划！

但是江静舟毕竟是格外冷静的，身经百战、多年卧底敌营形成的坚韧决绝个性，让他清楚意识到目前局势的复杂和凶险。必须不惜一切代价保全婵娟，这已经不仅仅是他们翁婿两人之间的默契和约定，不，这是更多的昔日战友们共同的心愿！

念及此处，江静舟冷静下来，他知道，如果从怕受到萧海的连累，单方面劝婵娟离开丈夫这点来劝说，恐怕很难说服女儿，只有反其道而行之，让婵娟感到不能因为她自己的敏感身世连累到丈夫这一点来做工作，恐怕倒会有效果。对于这个多年生活在自己身边、又相识了几十年的养女，他太了解她的个性了。

于是，他擦去泪水，面色凝重地看着婵娟，抛出了自己准备好的一个杀手锏来："娟儿，听爸爸给你讲一句吧！我知道你和萧海伉俪情深，夫妻踪躞，可是孩子，眼下这个形势下，我们要采取一些非常措施，才可以保住彼此的安全和一切！你刚才提到你的亲生父母，那么我就要告诉你这样一个事实：娟儿，你考虑过自己的真实出身情况的暴露，会给萧海带来一些新的麻烦吗？"

他的这番话，让婵娟一下子愣住了。江静舟怜惜地看看她，咬牙继续讲下去："萧海目前已经身陷危机当中，我们不能再让一丝丝不利于他的因素，加注到他的身上！孩子，爸爸知道你的善良和无私，为了你最亲的亲人能够更加平安，你应该能够做出这种牺牲？"

婵娟听了这番话，想到自己微妙的出身，自己父亲目前身在何处，不由得暗暗心惊。

江静舟继续劝慰道："我也看出来萧海很爱你。从结婚那天起，他就丝毫不在意你的过往身世，他对你的爱是纯粹而无私的，是一种旷世大爱！如今，为了权宜之计，你们不妨听从爸爸的计策，暂时咬咬牙，演足这个离婚的戏份，让彼此更加安全些，我们等待时机，等待再次相聚的那一天的来临。好孩子，相信爸爸，乌云蔽日不会长久，冬天的后面，就是春天，希望永远不会灭绝！"

这时，萧海也走了进来，江静舟一手握了萧海，一手拉住婵娟："娟儿啊，我和你丈夫都是做过地工工作的人，当年我们最大的技艺就是一个——装！那么，在如今这个不正常的世道中，就让我们再次施展我们练就的本领吧！"

他亲切地看着婵娟："丫头你也需要锻炼这种技能，目前这就要算一种生存技能了，也包括是你们的爱情保全技能！挺过这最难熬的危难时分，最大限度地保全自己，保全我们的亲人，在目前是我们首先要考虑的问题！"

他的眼中闪烁着长者睿智和豁达的光芒，在这对小儿女面前闪耀着父爱的光辉："孩子们，一张婚书又能说明得了什么？爱情是存在于两个人心中的不朽情感！对这些形式上的东西，我们不妨看淡一些，洒脱一些，我们就给那些当权派们上演一出好戏吧。等度过了这场严冬，你们的爱情花蕾一定会重新绽放，就像那经历过寒冬的梅花，会更加香味扑鼻！相信爸爸吧，相信一个过来人的真实感受！"

萧海和婵娟都被他的话所打动了。他们也依稀听到过有关父亲的情感经历，他们相信，这是智慧超群又情深义重的父亲，为他们送上的最真切的祝福！

萧海上前拥住婵娟，微笑着嘱咐道："娟儿你放心，在我萧海的心中，你永远是唯一的，是侵占我心房的那独一份！好好跟着爸爸回家吧，带好我们的两个孩子，等着我，等着我回到你们身边的那一天！"

婵娟哭着扑倒在丈夫怀中："萧海，我爱你，你永远都不会知道我爱你有多深！我对你的这份爱，让我选择——我永远都听你的，你的安排，你的嘱托！"

很快，在江静舟的注视下，萧海和婵娟平静地办理了离婚手续。按照萧海的预先用意，完全掐断了婵娟和自己这边的一切联系。婵娟作为江家的女儿，带着两个儿子，跟着父亲回了金城。

这份凄美的爱情，在江静舟的勉力回护下，得到了休养生息般的冬眠过程。十年浩劫过后，萧海夫妇第一时间复了婚，他们的爱情，进入到一个崭新的阶段，这也是后话了。

第二十四章　祖孙龃龉

　　这样的情形让顾倾城心底顿感悲凉。两个往昔和爷爷最亲近的孙辈，此刻看到他如今发病虚弱的模样，却连一句贴心安慰的话都没有……现今正在轰轰烈烈进行着的这场革命，真的能够如此泯灭亲情，让人变得冷酷无情起来吗？百思不得其解间，她眼眶发潮，伤感极了。

　　在婵娟母子三人到来前的几年中，金城江静舟的将军楼里，已经住着两个半大不小的孩子，不满十七岁的楚江岭和比他小半岁的程雨林。两个正值顽劣不羁年龄的男孩，又生逢动乱时代，已经让身边的长辈们挠头不已了。

　　楚江岭很小就被送到金城外公身边生活，后来回湖南上完小学后，他向父母提出想回金城上中学。也许从小就有当兵情结的男孩总觉得父母工作的军事学院不像真正的野战部队那样像"军营"，他一直向往着如同外公江静舟那样的职业军人生活氛围。他尤其崇拜自己的舅舅宁松和小姨夫萧海，因为他们作为军人，真正上过前线，并且还获得了"战斗英雄"的光荣称号。生长在军人世家的楚江岭有一个远大抱负——成为一名职业军人，那么选择重新回到儿时成长的军区大院，在老牌职业军人——外公江静舟的身边生活，无疑是目前很必要的一个选择。

　　考虑到父亲身边孤寂无人的状况，沁梅夫妇曾有所动心。但转而想到江岭极强的个性，他们又担心会困扰到父亲的生活，所以一直举棋不定。

　　可是这个乳名叫"岭子"的男孩却生就不达目的不罢休的倔强性格，小小年纪的他，竟然偷偷给外公江静舟写信诉说了自己的志向和要求。江静舟当然欣慰于长外孙从小从军报国的远大志向，更对这个从小带大的孩子惦念不已。他马上写信给女儿女婿，敦促他们将孩子尽快送到金城。沁梅夫妇还未及回信，一天黄昏，顾倾城突然出现在他们的面前。

原来，江静舟和顾倾城讲述了江岭想来金城生活的事情，顾倾城听了比他还要兴奋，她决定马上亲自去接孩子。来到湖南后，她向沁梅夫妇讲明了自己的想法：自从江岭回到湖南父母身边上小学后，江静舟又恢复了长年独身一人生活的状态。他几乎吃住都在基层部队，将军楼里冷冷清清，不到周末不开火。毕竟他的年龄一天天大起来，因为旧伤在身，身体也不大好，尤其是这些年常犯心脏病，长此以往，他的健康情形令人担忧。

"现在好了呀，让岭子和我回金城，我以照顾孩子的名义，就可以搬进将军楼了。这样也能名正言顺地照顾爷孙俩，让你爸工作之余，回家也有口家常热饭吃吃，也能享受点家庭的温暖啊！就像岭子小的时候那样，起码可以给爷爷一点亲情慰藉？"

顾倾城对沁梅夫妇念叨着，叹息着："不然啊，依着你爸那别扭脾气，总觉得孤男寡女的，相处不便，我也不好老去将军楼照料他的生活……"

沁梅和天舒听得直点头，于是这件事情就算定了下来。三天后，顾倾城带着江岭回了金城。从此，男孩再次来到外公身边生活。江静舟一向很喜欢这个长外孙，祖孙俩重逢，其乐融融。

不久，另一个同龄的男孩也被送到江静舟这里。这位叫程雨林的少年是程睿和齐芳的独生子。程睿作为 C 市解放军某部的保卫处处长，在 C 市武斗最激烈的那一年，为了保护部队军械不被造反派抢夺，被对方开枪打死。据闻现场令人惨不忍睹，解放军驻地遭到冲击，身着军装的程睿为了保护军械库，以及周边战士和军属，只身上前与造反派谈判，却被对方用手枪击中头部，当场殒命。

当时他的爱人齐芳因为右派身份正在农场劳动改造，体弱多病之下又闻噩耗，半个月后郁郁而终，留下年仅十一岁的儿子程雨林，被闻讯赶来的乔思扬带到了金城，送到江静舟身边。

程睿的无辜惨死令江静舟痛不欲生。自从义兄程鹏霖殉国后，他想方设法将其遗孤接到身边，抚养其长大，又发展他成为一名红色特工。他们相携奋战敌营，情同父子一般。听闻噩耗，江静舟万般震惊，又无比悲愤，急火攻心竟至吐血晕倒，整整三天水米不进，让顾倾城十分忧心。

后来，是程雨林俯身在他的床边，一口一个爷爷地唤着，劝着，他才咬牙挺了过来，搂住孩子的肩膀老泪纵横。从此程雨林也作为另一个孙儿生活在他的身边。江静舟对他比对自己的亲外孙江岭还要上心。两个孩子目前正是顽皮逆反的年龄，加之学校几乎停课，小子们成日里在外边游荡不着家。江静舟抽空就教育孩子们不要出去乱跑，要静下心来在家中自学文化知识，但是男孩们却不以为然，把爷爷的话当作不合时宜的老生常谈，仍旧我行我素地加入到当时哄哄闹闹的所谓的学生运动中。

后来婵娟母子也被江静舟接到金城，将军楼里一下子更热闹起来。四个男孩几乎是小半个班的建制，让将军楼充满生机，也暗伏危机。

危机的最主要源头自然是那个四个孩子的头领——江岭。其实不止在家中的四个男孩中，在整个军区大院里，江岭一贯都是孩子王。他生就领导天赋，一言一行都禀赋了自己外公的军事指挥才能，从初中起，就带领一帮孩子打打杀杀，玩着当时流行的各式打仗游戏。

上高中后，学校几乎是停课闹革命状态，后来虽然遵照中央有关精神复了课，但是仍然处于"半天上课，半天革命"的状况。江岭很快成为学校里一个红卫兵组织的中坚人物，他每天很忙碌，带着程雨林神出鬼没，几乎不着家。

这样的情形自然引起江静舟的忧虑。但是他从主抓军事管理、训练的主官位置上被边缘化之后，并没有赋闲在家，而是在自己相熟的军区卫戍部队中继续实践着自己的军事管理理念，带领战士们正常出操、进行军事训练，忙碌得经常顾不得回家，对两个神龙见首不见尾的小子自是没有时间认真调教。倾城和婵娟都是温柔性情，对几个孩子关爱有加，却不忍严加管制，其实若论她们的手腕和做派，也并不能让江岭这样倔强的孩子就范，只是听来絮絮叨叨，空被男孩们当作耳旁风吹过罢了。

不过顾倾城还是担心孩子们和爷爷江静舟起冲突，他们顽劣不羁的行为会激惹得性情刚直的他不高兴，所以她总是尽量做些缓解矛盾、调和气氛的工作。这天正值周末，江静舟打电话说要回来吃晚饭，顾倾城一边和下班回家的婵娟一起准备饭菜，一边匆匆让南征和北战想办法把江岭和雨林两个哥哥找回家来。

饭桌上，一家人难得聚会，开始的气氛还不错。男孩们也是好久没聚到一起了，南征和北战一直缠着两个大哥哥打听他们红卫兵组织的行动和战绩，江岭感到很得意，就口若悬河、手舞足蹈地讲述起来。不能不承认他的口才很好，说话极具感染力，用生动传神的语言描述了近期参与的革命行动，尤其是在校内校外完成的两件壮举——

就在前几天，他们给自己的班主任老师开了一场批斗会，批判了她一贯制推行的师道尊严的白专道路思想，尤其是他们几个班干部带劲极了，几人煽动起班里的全体同学都上去控诉，最后生生将那个女老师训哭了。但是他们仍不罢休，直到勒令该教师写下三千字的深刻的认罪书才放她脱身。

随后，他们又联合市里一个著名的红卫兵组织去学校附近的一个走资派家中抄家，砸碎了他们家中的那些代表四旧的瓶瓶罐罐。他们开心地看到，那个被他们赶到一边的走资派和他的老婆吓得浑身发抖，几乎当场尿裤子。

说着当时的革命场景，两个大男孩仍然激动得难以自持，他们饭都不吃了，边讲边手舞足蹈，乐不可支，似乎他们干了两件惊天伟业一般。一旁的两个小男孩露出羡慕的表情，停了筷子听得入神。

几个男孩都处于极度兴奋中，没有注意到身旁的几位长辈脸色都渐渐沉了下来。讲述者江岭正在兴头上，自然是浑然不觉，他心里燃烧的，都是青春之火幻化成的"革命激情"，自然而然地无暇顾及他人的感受。他依旧沉浸在兴高采烈、热情澎湃的情境中。

婵娟是敏感而忧虑的，这些洋溢着革命热情的话语听到她耳边是格外别扭，不舒服，她感觉到身旁的义父也在压抑着自己的情绪，就有点担心。她忙出言招呼孩子们吃饭，来转移大家的话题。但是性情温柔的她自然不敢制止江岭和雨林这样的"革命言辞"，只好不停地叮嘱自己的那对双胞胎："南征，北战，不许说话，快好好吃饭，看姑婆做了这样多的好菜呢……"

江岭的倾情演讲被小姨的"废话"打断，就露出不满的样子来："哎呀，小姨，您怎么不注意听这样重要的话题，就知道叫孩子吃啊吃的，多无聊？"

顾倾城已经担心地看到，随着江岭的讲述，对面坐着的江静舟的脸色变得越来越难看，他是在竭力压抑着自己的情绪，此刻听到江岭指责婵娟的话，他的脸色更阴沉了，几乎就要准备对小子发难了。顾倾城看出危机，就赶忙用话来拦截，总想化解这番紧张氛围于无形，不让冲突乍起。她柔声柔气地对江岭劝道："岭子，你小姨说的没错，咱先别说这些无关紧要的话，好好吃饭要紧……"

"什么什么？无关紧要？"谁料她的话却马上被那个倔强的小子无情堵截了，"哎哟姑婆，您怎么也这样没觉悟？更没原则的？我们在说正事呢，是在讲革命！革命，您懂不懂？"

坐在他身旁的程雨林马上随声附和："就是的！难道革命不比吃饭更重要吗？"

两个小子的狂妄之语终于让江静舟忍无可忍，他将筷子重重地拍在桌子上，盯着为首的江岭道："你们以为你们就懂革命吗？而且，这是在家里，在饭桌上！当着几位长辈，你们还有点起码的做小辈的规矩吗？"

他指指饭桌子上的菜品："你们姑婆和小姨忙碌了一下午，做了这些你们爱吃的饭菜，我可注意到了，你们自从回家，进这个门，就没有说一句感谢的话！如今更是硬邦邦顶撞起长辈来，没家教，没道理！"

雨林性情和顺些，又有点畏惧爷爷，看到他老人家动了气，就一缩脖不吭气了，乖乖扶起筷子吃饭，江岭却是天生牛脾气，又一向仗着是爷爷打小最疼爱的长外孙，便梗着脖子，不满地嘟囔道："吃饭如今都是小事情，革命才是硬道理。爷爷，您都是老革命了，连这点道理都不懂吗？"

这话让顾倾城不安，忙暗中拉拉他的衣角，劝阻道："岭子，少说一句，不许对爷爷没礼貌。"

江岭很不耐烦地翻着白眼："你们大人总爱用长辈的身份压制人，难怪要革命……领袖的话没错的，哪里有压迫，哪里就有反抗……"

毕竟是当着一向极有权威的爷爷的面，他这番话说得还是低声又含糊，但是江静舟还是听了个大概，忍不住摇头叹息。

他认真看着外孙，苦口婆心地开始了他的劝导之词："好吧，就说说你心心念念放不下的革命……岭子，我想问你，你知道革命的概念吗？首先，你知道革命的对象是谁吗？"

"是一切资产阶级反动派和他们的走狗！"江岭立马接上这么一句，又看看一旁的雨林，后者扶扶鼻梁上的近视眼镜，也接了句："还有一切修正主义分子、走资派、牛鬼蛇神、地主、官僚阶级，和他们的代言人，拥趸者……"

江岭右手猛然一挥："总之，一切和无产阶级为敌的人，都是我们的敌人，是我们横扫、践踏、革命的对象！"

"那好吧，"江静舟微微点头，"那你刚才提到的那位老师，你们的班主任，她能算你们革命的对象吗？"

江岭对答如流，一副成竹在胸的神情："怎么不算？她讲究师道尊严，主张白专道路，唯成绩论，思想上早就滑到无产阶级对立面去了！"

他看看旁边，雨林就忙接话："她的毛病还多了去了呢。她爱打扮，臭美，总是盯着我们不放，讲句粗话她都要训斥，还总让我们学习，学习……光学习不革命行吗？"

"光学习不革命有屁用？政治上糊涂，业务上进步，那是扯淡！……"江岭自然而然地骂出来一连串粗话，让几个长辈都惊呆了。

"岭子，不能胡说脏话，你怎么……"顾倾城吓得忙制止他，却回首看到江静舟已经气得脸都抽搐起来，说出的话有些打颤："小小年纪，竟然这样冷酷无情？还……满嘴脏话？这都从哪里学来的？唉，革命，革命！都革到自己的老师头上了？连一位对自己传道、授业、解惑的人……都不放过，还是一位女同志？谁教给你们这副德行的？"

他压抑住满腔的愤懑之情训斥着两个毛头小子，却自己都觉得这番反驳孙辈的话有些不够火力，但又能怎样呢？除了那不堪听闻的脏字脏话，两个小子说的"革命话语"却都是从报纸上学来的，他江静舟能直截了当、旗帜鲜明地反驳吗？能说得有理有据，让这两个不知天高地厚的小子们心服口服吗？江静舟自己都不能确定了。往日里在敌营，他言语如剑，锋芒毕露，胸中自有百万兵，不惧任何枪林弹雨般的冲击。但是如今，面对自己挚爱的两个孙辈，他竟然是言语犹疑迟钝，不知如何应对。这样的情形憋坏了他，一股又急又气的冷汗嗖地窜上了他的背脊。

婵娟和倾城都看出了他的无奈和纠结，当然也明白他目前的处境，就忙着用眼神劝说两个小子住口，不要再激惹爷爷了，但是如今的江岭革命豪情盈胸，分明是"艺高人胆大"的境界，他决定就在此刻，要对自己的爷爷说出憋闷在自己心中很久的不满之意，要挽救自己的将军前辈。

江岭和雨林两个小子一唱一和地向几个长辈阐述了自己革命行为的合法性和必要性，接着就讲到了他们认识到的爷爷目前存在的问题。

在他们的眼中，作为一名老军人，爷爷的思想已经严重落伍了。据他们看来，其原因一定是爷爷最近放松了政治学习的缘故！他们很认真地为他分析了原因——爷爷肯定是好久没有看过毛主席著作了。因为他们早就发现，家中书柜里尽是些军事书籍、古代兵书之类的东西，这些在他们眼中，都是很不合时宜的东西。目前，政治应该是首位的，不顾政治，只会埋头学习业务简直是一种闭门造车的愚蠢行为！（说到闭门造车这个成语，两个小子竟然得意地笑起来）爷爷作为军区司令员，却没有贯彻执行中央的精神，没有听毛主席的话，这是让他们感到十分痛心的事情！他们希望能够用红卫兵小将的热情，感染爷爷，帮助爷爷重新觉悟起来，回到正确的革命道路上来。

两个少年的神情是那样的认真，态度是那样的强硬，语气是那样的霸道，听得身边的几位长辈是面面相觑，啼笑皆非。这还是自己亲手带大的孙辈吗？江静舟看看倾城和婵娟，无语苦笑。目前社会大环境的不平静，他们是清楚的，但是却没想到自己身边的孙辈，竟然也被这股不可抗拒的潮流卷进了漩涡，裹挟到这股可笑、可叹、可悲的政治泥潭中去了，几乎是谈笑间，就轻轻松松丢掉了这个正统严谨的军人家庭一直以来的优良传统教育。

苦笑过之后，江静舟感到了锥心的疼痛。看着眼前青春年少、无所畏惧、满嘴大话套话的两个外孙，江静舟蓦然记起当年在东北，第一次见到自己的儿子宁松时候的情景了。那时的宁松，比眼前这两个孩子还要小两岁，可是他当时禀赋的才学和修养，那种谦谦君子的模样，让江静舟至今想起来，都是那样的感慨万千！

想到此处，江静舟按捺住性子，忍不住语重心长地再次和岭子、小林讲起了他们父辈们的往事，告诉他们应该具有怎样的文化素养，才会成为一个优秀的人才。楚天舒，江宁松，程睿，萧海，他们个个优秀，不论是在军事业务方面还是在部队基层实践中，这些人都不是空谈高论的人，而是踏踏实实，脚踏实地的军队基层人才。

他还特意以宁松为例，讲述文化知识和军事实践相结合，才能造就一个真正军人的道理。他提到了宁松从小的博学勤奋，少年时期就文才出类拔萃，后来从军后，作为一名职业军人，他有意从基层指挥员干起，磨炼自己的意志，在实践中检验自己学到的军事理论。他在朝鲜战场上，屡立战功，取得了战斗英雄——这一军人最高的荣誉。

江静舟声情并茂地向两个孙子讲述着，以期感染打动眼前这两个不知天高地厚的小子。他当然清楚江岭从小就怀揣的"职业军人"梦想，更明白孩子都有逆反心理，就意不提他们的父亲，而是以江岭从小就崇拜的舅舅宁松为例，来企图说服他，激发起他成为职业军人的雄心大志，告诉他只有储备了坚实的文化知识，才能成长为新一代的职业军人。

但是他没料想到的是，世事变迁，目前大环境对孩子们的影响不可小觑。在这些半大不小的男孩心里，狂热的革命热情，已经和曾经的军旅梦想混淆在一起，他们不再想遵循传统，按部就班、安安静静地坐在书桌前了，他们恨不得通过造反，经过革命，一步跨入到梦想的绿色军营。于是老将军爷爷的这番老生常谈，这次注定会遭遇两个孩子的强烈反对。

"爷爷您错了！"江岭朗朗而谈，毫不犹豫地对着爷爷开始反驳，"我曾经钦佩过我舅舅,还有小姨夫那样的战斗英雄们,但是时过境迁,如今我长大了,革命了,就发现其中谬误很多。"

江岭说到这里,看了一眼对面坐着的小姨婵娟,还有两个表弟。婵娟听他们的争论提到了萧海,心里惶恐,眼里已经禁不住露出担心忧伤的神情。

看到婵娟的不安,以及她的两个孩子的惶惑好奇神情,江静舟心里不忍,就嘱咐道:"娟儿,你先带两个小的回屋吧。哥哥们的话,小孩子也听不懂,倒让他们糊涂。"

顾倾城起身,用一个盘子盛了各式菜品,吩咐南征和北战各自端了自己的碗,上楼回屋。

安抚了婵娟母子,回到餐厅时,她的心脏又提到了嗓子眼:爷孙三人的争论更加趋于白热化,江岭的话越来越不好听了:"爷爷,我说了这么多,您难道还没明白吗?我舅舅他就是走资派的典型苗子,迟早会被革命群众发现并揪出,以清算他的倒行逆施罪行的!回想起以前他教育我的那些话,我有充足理由相信,他就是一贯遵从孔夫子那套腐朽没落思想的危险分子!即使他曾经是著名的战斗英雄,也终究难逃革命运动的冲击和清扫!"

"就是,就是,爷爷,我们都觉得宁松叔叔好危险啊!"一旁文文静静坐在那里的雨林急忙助阵插言。

"能大义灭亲,方显英雄本色!爷爷,您说呢?"

看到爷爷沉默不语,脸色越发难看,两个小子还不肯罢休,语气强硬地向他建议着,两双炯炯有神的眸子紧紧盯着曾经崇拜的爷爷不放松。

顾倾城担忧地看着这一幕,发现江静舟的脸色渐渐变得苍白无血色,仿佛瞬间老了几岁,那伤心欲绝的眼神尤其令人心碎!面对眼前侃侃而谈的两个孙辈,一向口齿伶俐,惯于舌战群儒的他竟然露出无力答言、无法辩驳的悲凉之态!看到爷爷沉默不语,江岭和雨林却毫无收兵之意,他们还在那里板着小脸,固执地等着爷爷表态呢。

"你们的话,都说完了吧?"江静舟沉默许久,长长吁了口气,正欲打起精神辩驳几句,却不料一阵剧烈的心绞痛袭来,他身子一抖,眉头紧缩,一只手用劲按住了胸口。

顾倾城见状暗暗心惊,忙上前看视,摸摸他的手,只觉得冰凉彻骨,心里分外忧急,却强自镇定地安慰着他:"哥,心脏又不舒服了吗?别急,你缓缓,我去拿药。"这些年来,由于旧伤缘故,加之年纪愈来愈大,及始终无法停歇下来的操劳紧张的军营生活，让江静舟的心脏状况逐渐变差，经常要靠药物来维持。

顾倾城拿来了硝酸甘油，倒出两粒，喂到他口里，又端来水杯，让他喝了两口。江静舟疲乏地将头靠在椅背上，眼睛微微闭上，在暗地调匀自己的呼吸。

江岭和雨林对视了一下，仿佛被这意外的情形吓住了，两个小子还有很多革命道理要讲给爷爷听，但此刻的情景让他们不觉住了口。

看到两个男孩呆呆地坐在那里，一副闯祸后不知如何收拾残局的模样，顾倾城心里叹息，就低声暗示道："两个小子都少说话吧，看把爷爷气得身子都不舒服了……"

"姑婆，不怪我们……"江岭忙抢先辩解道，"我们说的可都是革命道理吧？分明是爷爷思想保守，听不进去，才会无故动气……"最后这句近乎含糊嘟囔，但是江静舟却听到耳里，不仅刺耳，更觉刺心。但是此刻他连生气的力气都没有了，身子发虚，两手发软，只好闭着眼，对顾倾城摆摆手，制止她再说下去。

"那我们……先回屋了……"雨林怯生生说了这么一句，赶紧拉着江岭上楼了。

这样的情形让顾倾城心底顿感悲凉。两个往昔和爷爷最亲近的孙辈，此刻看到他如今发病虚弱的模样，却连一句贴心安慰的话都没有……现今正在轰轰烈烈进行着的这场革命，真的能够如此泯灭亲情，让人变得冷酷无情起来吗？百思不得其解间，她眼眶发潮，伤感极了。

闻讯下楼的婵娟却被义父的模样吓了一大跳。她俯身在父亲身前，用手不停为他捋着胸口顺气，含泪相问："爸，您怎样了？您好好缓缓……然后，咱们上医院吧？"

江静舟摇摇头，又休息了一会儿，才觉得心里平稳些，就睁开眼睛看着婵娟："娟儿啊，南征、北战呢？两个孩子今天没有吓着吧？"

"哪里会啊？那两个小子还小，迷瞪着呢。"婵娟忙安慰他，"再说您都这样了，就别管其他了，注意自己的身体才是啊！"

"唉，迷瞪点好，迷瞪点好啊……"江静舟喃喃自语着，又歇了片刻，勉强起身，倾城和婵娟一边一个搀扶了他，送他回卧室休息。

第二十五章　风波又起

　　江静舟冷冷地看着他，江岭第一次从爷爷眼里看出了深深的寒意，那是失望至极的含义。但是此刻的他，已经无所畏惧："爷爷，您甭这样看我。我说的这些人里，并不包括您！您当年卧底敌营，功勋卓著，据说都得到过毛主席的表扬呢！可是，我爸呢？临解放那时，他的行踪好诡秘？他的一些历史问题能说清楚吗？"

　　这两个温柔娴静的女人搞不清楚这场轰轰烈烈的群众运动意义何在，只是因为它搅乱了她们和她们最亲的人的温馨和谐的家庭生活，两人就从心里厌恶和排斥这场运动。但是她们绝对料不到，更大的亲情风暴还在后头。

　　江岭和雨林在上次饭桌上和爷爷多有龃龉后，并没有任何收敛行为，还是在外边东奔西走地忙着"革命活动"，几乎是把家里当作了旅店，甚至是还不如旅店，因为最近一段时间，两个小子晚上都有夜不归宿的时候，尤其是江岭，几乎一周都没露面了。雨林倒是天天回家，还常提一大包资料样的东西回来，钻到自己的屋子里一整天都不出来，连饭都顾不上吃。顾倾城不放心，几次去叫他下来吃饭，雨林答应了，出来时却神秘地将自己的房间锁上了。

　　江静舟这段时间在周边部队视察，这两周也没在家，等他回到家时，江岭也刚好出现了，所以一家人终于有机会坐在一起吃了一顿晚饭。还没等顾倾城暗自庆幸江岭这几天不着家的事情没有被爷爷发现，一场可怕的家庭风暴就不可避免地发生了。

　　起因是饭桌上江岭的突然发难。

　　大家正在安静地吃着晚饭，江岭突然放下手中的饭碗，向爷爷提出了一个要求，他和雨林都想改名。因此要向爷爷要户口本。

当时的军人家庭，有个普遍现象，常常因为父母都是双军人，家里的户口本是孩子为户主。他们家的情况也是如此。江岭、雨林，还有南征、北战为了上学方便，户口都落在了爷爷这里，因为江静舟是军人，家中的户口本就是江岭为户主，当然他户口本上的名字为大名楚江岭。

江静舟听了孙子的话，似乎预感到什么，姑且不动声色，只是貌似随意地问了一句："好好的，改什么名字啊？"

江岭和雨林交换了一下眼色，好像互相鼓励打气了一番似的，江岭大着胆子说出了自己的理由："首先这个姓——楚，我不想要了，小林也一样！我们都想随着爷爷您的姓，姓江！"

"自己的姓都不想要了？"江静舟简直是莫名其妙，又隐隐来气，就耐住性子看着两个小子，尽量平静地问道，"为什么呀？"

江岭的嘴撅得老高："为了革命呗，我们想做一个彻底的革命者！爷爷，我和小林都仔细研究过了，您和姥姥都是出身农家的革命者，根红苗正，家世清白！所以江这个姓，很好！"

"江这个姓很好……"江静舟沉吟着，剑眉一挑，看向孙子，"那你那个楚姓，又怎么不好了？"

江岭无所畏惧地和爷爷对视着，语言清晰，语调平和："楚姓当然不好！我爸他们楚家，是怎么一个家庭，出了哪些人，爷爷难道您不清楚吗？"

他看看身旁的雨林，后者扶扶眼镜，点头附和："楚伯伯的出身极有问题，但是貌似他少年时期就背叛了自己的阶级，成为反动家庭的叛逆者，所以，某些事，姑且存疑……"

这番认真考究式的语气让江静舟啼笑皆非，又暗暗来气，他瞪了雨林一眼，没有说什么。江岭却急着为弟弟辩护道："爷爷您不必瞪眼啊，小林如今在研究革命史，手里有很多一手资料，等某一天，我们会对您公开的，到那时您就不会这样小瞧我们了。"

说到这里，他意识到有点跑题，就赶紧言归正传："还是说这个楚姓！据我们考证，我爸爸他们家，是地道的资本家，军阀，反动派！家族里除了我爸外，几乎就没一个好人！您说，我继续姓楚，憋屈不？还有革命意志，造反精神吗？"

"一个姓氏，和革命、造反有何关联？简直是莫名其妙！"江静舟蹙起眉毛，脸上的肌肉都绷紧了。他看看桌子旁的倾城和婵娟母子，那几个人也是一脸困惑，一脸忧虑。

"怎么没有呢？"雨林接口了。他的性格没有江岭刚烈桀骜，但是文质彬彬中，也隐含着一丝倔强，他推推鼻梁上的眼镜，举起右手，做出宣誓状，看着爷爷认真道，"爷爷，我郑重声明，我也要改姓，绝不姓程了！我研究过了，我爸他们家，也是反动军阀！尤其是我……爸的……父亲，更是一个不折不扣的国民党军官，反动派！"

此话一出，举座震惊。倾城和婵娟都忧心忡忡地看向江静舟，两人都在他身边生活许久，知道他刚烈耿直的个性，更知道的是，他和那个早逝的义兄的情分。因为这些旧缘，江静舟对雨林格外爱怜，像亲孙子一样带养着，却比亲孙子还要宠溺些。估计要是江岭说出刚才那番话，头上早挨爷爷的巴掌了。

她们猜测的没错，出于对程鹏霖的敬爱，对程睿的痛惜之情，江静舟虽然听了这些大逆不道话心中愤懑，但是还是强压怒火，耐心劝诫道："小林，你这孩子是怎么说话的？你爸的父亲？你应该称呼什么？"

雨林的倔强个性此刻也被激发出来，他仰着脸，一副理所应当、无所谓的表情："爷爷，您别抓我的话把儿好吗？我说过了，程鹏霖是反动军阀，我不想叫他爷爷！"

"臭小子还敢说混账话？"江静舟忍耐不住了，他举起手中的筷子，抖了抖，却没有打向雨林，只是重重地拍在了桌上，"这就是你们革命的结果？连祖宗、亲人都不认了？"

"毛主席说过的，没有调查，就没有发言权。我们的革命言论也是经过调查研究的！爷爷您不能犯官僚主义！"江岭在一旁直着脖子喊道。

顾倾城正要出言制止他，却被江静舟用眼神拦住了。他强压怒火，平静地望向那两双单纯又执着的眼睛："一个人姓什么，和革命有什么关系？你们还调查研究过？在哪里调查的？又在何处研究的？"

他摇摇头，认真盯住江岭道："岭子，你年龄大些，不带着弟弟们好好学习，走正道，却满脑子歪理邪说，胡搅蛮缠，还抬出什么官僚主义的大帽子，哼，小子，你这番话让你父母听到了，非好好教训你们不可！连自己的姓都不想要了，岂不是数典忘祖吗？"

"爷爷，您还别不承认，您这就是官僚主义，官大一级压死人！"江岭是毫不畏惧，愈战愈勇，说得站起身来，"实话告诉您吧，前一阵，我们去南京串联了。那里的红卫兵战友们抄了市档案馆，搜集到很多资料呢。我带回来和小林都研究好多天了。关于一些历史问题，我们是有充分发言权的！"

"岭子哥说得没错！"雨林赶紧声援他，"我们就从家族里的一个著名人物开始，公布一下我们的研究成果吧，"他说着指指一旁的南征、北战道："他们的伯父——萧岳，据考证，就是一个有着严重历史问题的假烈士！"

这话听来诛心，几个长辈都是一愣。婵娟已经感到不安，她忙拉着两个儿子站起身来，强笑着看向义父："爸，我……先带孩子们上楼……"

江静舟还未来得及回答，南征已经冲上去和自己的哥哥们理论起来，十岁的孩子也是一股倔强脾气："小林哥你胡说，我伯伯萧岳是真烈士，是大英雄！他在雨花台的墙上，我们都去看过他！"

北战也随即附和着哥哥："就是，爸爸还给我们讲过伯伯的事迹，他就是了不起的英雄！"

"噗！"江岭不屑地冷笑，冲着这对双胞胎表弟大声喊道，"萧岳是叛徒！是自己向敌人投降的叛徒，我们都查清他的面目了！南征，北战，我想起你们俩的大名了，萧纪岳，萧念岳，都是反动的，都要改掉！"

"还有你们的姓！"雨林也激动地在一旁帮腔，"你们爷爷家，萧家，也是万恶的资本家，这个萧姓也不革命，不纯洁！"

"够了！"江静舟拍桌子怒喝，"两个小混蛋越发不像话了！"他强忍住气，先看看婵娟："娟儿，你先带两个孩子上楼，别让他们听这些混账话，再带坏了我的南征、北战，如何对得起萧海呢？"

"爸，您消消气，孩子们小，不懂事……"婵娟的大眼睛里含上了泪花，她担心地劝着义父。江静舟对她拼命摇手，催她将两个孩子带上了楼。

顾倾城也起身欲拉两个大男孩："你们两个吃好了吗？吃好了也回屋吧，别在这里耍小孩子脾气了，小心再气着爷爷……"

江岭不耐烦地推开姑婆的手，横了她一眼："哎呀，姑婆，您一贯是和稀泥，一点政治觉悟都没有！而且，我们还有对您的话没讲呢，等会再说，现在我们想和爷爷好好谈谈！"

顾倾城还想再劝，江静舟忙拦住她："小薇，你别管了，你也先上楼吧。看来两个小子今天是有备而来的？那么我欢迎，咱们祖孙三人今天就好好理论一番！"

顾倾城如何放心离开？她悄悄坐在角落中，听着他们辩论。

"好吧，江岭大些，你先说，就说说你们刚才提到的研究结果？"江静舟沉稳地问道。

江岭和雨林交换了一下目光，重新看向爷爷，侃侃而谈："我和小林早就对咱们家的一些问题有所怀疑了。您看，除了您以外，我姥姥、我爸我妈都曾经做过地下党，就是您以前和我们讲过的那种白皮红心的人。可是我们发现，很多你们所说的这类人，其实历史上都有很多疑点。比如刚才提到的，南征、北战的伯父——萧岳！"

"等等！"江静舟目光炯炯地看着两个孙子，"萧岳两个字是你们该叫的吗？就算你们怀疑他的烈士身份，作为一个长辈，一位故人，你们能这样没礼数、没教养地直呼其名吗？"

他忍不住回头看看身后坐着的顾倾城，唇边挂起一丝无奈的苦笑："这要让沁梅那丫头听到，不狠揍这小子才怪！"

"爷爷，您不仅是官僚主义，而且还是极端形式主义！"江岭一贯的伶牙俐齿，此刻也不肯放松语气，"称谓是小事情，革命的纯洁性才是大原则！关于萧岳……的问题，小林有发言权，他手上有详尽可靠的资料。"他回头看看同盟军，雨林忙坐直身子，清清嗓子，开始他慷慨激昂的长篇宏论。

"前面岭子哥都说了，革命战友查抄了不少类似档案馆的地方，包括国民党监狱档案都有收集到。根据可靠的证据显示，萧岳根本不是你们所说的什么红色特工！他是一个国民党反动军官，他想驾机起义，向咱们这边投诚，可是临到头又害怕了，退缩了，就向国民党政府自首，不料却被他的主子无情杀掉了！"

江岭一边马上接口："这说明了一切叛徒都没有好下场！"

江静舟和顾倾城惊愕地对视了一番，他的脸色变得难看起来，他正想说话，顾倾城忙抢过他的话头，对两个孩子温声解释道："岭子啊，有关你萧岳伯伯的事情，你妈妈最清楚。她以前在家里多次讲到过他的事迹，那真是一个了不起的英雄！要不然也不会在雨花台烈士纪念馆有他的重点介绍呢？"

江岭嗤地一笑："雨花台的烈士里面，有很多都是叛徒和内奸呢，我们两地红卫兵组织已经开始对他们逐个进行批判了！根据我们研究的成果，萧岳就是个彻头彻尾的反动派，最起码是个被自己同党消灭了的可怜虫！"

"你给我住口！"江静舟忍不住拍案而起，"你才多大啊？一个毛孩子，竟然敢这样口出狂言，随随便便就侮辱先烈，对一个牺牲多年的烈士恶语相加？而且……这个烈士还是和你们的父母有着千丝万缕联系的……亲人？！"

他伤心地看着长外孙："你知道吗？为了这位叫萧岳的烈士，你妈妈几十年来就没过过自己的生日？只因为，她的生日，刚巧也是这位烈士的殉难日！如今，你竟然这样不孝不肖，说出这种混账话，让你的父母听到，该有多么伤心？"

江岭不能服气，越发出言顶撞道："爷爷，您是老革命，政治觉悟又在哪里？到底是父母亲情重要，还是革命事业重要？我总不能因为萧岳和我父母有关系，就丧失阶级立场，闭着眼睛将一个反动军官美化成一个革命烈士吧？"

"你…… 混蛋！"江静舟实在忍无可忍，扬手欲上前打他们，被顾倾城上前拦下了。她一边为义兄抚胸顺气，一边轻声劝说着："哥，孩子们小呢，你和他们慢慢讲道理啊！你自己心脏不好，也要当心！"她边劝江静舟，边暗中对江岭使眼色让他住口。

如今的江岭才不会采纳姑婆的意见，他吊着脸，撅着嘴："爷爷您总是在我们面前耍大人的威风，一点没有民主、开明的风度！您还让不让我们说话了？"

雨林也跟着嘟囔："就是嘛，有理说理，总抬出家长作风也是四旧思想残余作祟！毛主席都说过，真理是越辩越明的！"

江静舟重重喘了口气，他推开顾倾城的手，看着两个孙子："好，你们继续说！我倒要听听你们这两个毛娃娃还能折腾出什么奇谈怪论来？"

江岭横了一眼雨林，怂恿道："小林，轮到你了，说说你想改名的理由吧。"

雨林到底性情柔弱些，有些畏惧爷爷眼下的暴怒神色，就磕磕巴巴地哼唧道："我爸爸家……据我分析研究，就是……反动军阀家庭，我……那个……爷爷是……反动军官！虽然他早死了，但是不能改变……他是反动军官……这个史实！"

"反动军官……"江静舟痛心疾首地念叨着这个词汇，心底一片悲凉。他长吸口气，压抑住心底的悲愤之情，伸手拉雨林近前："来，小林，你别学你岭子哥那样疯狂、不理智。听爷爷告诉你……你的亲爷爷，他是怎样一个人？"

他痛惜地看着眼前这个和自己没有血缘关系，却一向最被自己疼惜的孙辈，尽量用平和的语气和他讲述着："当年，你爷爷是牺牲在抗日前线的，作为一个少将旅长，在危急时刻，他亲手操起大刀，冲向敌群，是在和鬼子拼刺刀时壮烈殉国的！中条山！中条山……你听过这个地名吗？"

雨林惊异地看着爷爷激动得有点扭曲的脸庞，直觉推开他拉住自己的手，嗫嚅着："可是爷爷，他不管死在哪里，总是国民党军官身份对吧？总不是我们的人对吧？"

"这……"江静舟一时语塞，他知道无法和孩子们用简单的语言讲清楚这番大道理，因为他们曾经接受到的教育理念，已经打上了太多太深的这样的阶级烙印。

"不管是什么党，那时是全民族统一战线，联合抗日！只要是因为杀鬼子而牺牲的中国人，都是民族英雄！"他语气沉重地吐出这样一句话，却不料激起两个孙辈的强烈反击。

首先江岭就大声叫嚷起来："国民党军官怎么能算好人呢？爷爷您的阶级立场到哪里去了？"

"就是啊，爷爷，您怎么能说出这样可怕的话来？要让人听去，会认为您也是……"雨林也直摇头，"不，总之，我不要认当反动军官的人为爷爷！我不要姓程，我不要叫雨林。"他很沮丧地嘟囔着："妈妈以前告诉我，我爸给我起这个名字，就是纪念那个人，雨林，合起来就是个'霖'字。可是，我长到今天才明白，我的名字，竟然是纪念一个反动军官？"

他用哀恳的目光看向江静舟："爷爷，我要跟您姓，您要是不要我，我都想好了，我改姓我妈的姓，我姓齐！"

"浑小子啊……"江静舟痛心地看着孩子，对于雨林，他心里充满痛惜之情，从他纯净的脸庞上，无辜的眼神中，他总能看到两个故人的影子，那个他崇敬和爱戴的义兄，还有那个他视为亲子，后来惨死在动乱中的侄儿。

他的眼眶湿润了，他掩饰着擦擦，狠狠抓住雨林的手，用劲握了，却再说不出指责他的话来。

江岭也靠近爷爷身边，认真看着他："爷爷，请您支持我们的革命行为吧！我们要从改名换姓开始，做一个完全、彻底的无产阶级接班人！"

"革命……从改名换姓开始？"江静舟痛心疾首，却又无可奈何，怒极反乐，带着揶揄的神情看着两个孙辈，"你们就是这样理解革命的含义的？好吧，说说看，你们要改成什么名字？"

这话让两个小子一下子来了情绪，江岭马上眉飞色舞起来："小林的名字我都替他想好了。我俩不是属猴的么？他又姓齐，干脆叫齐大圣好了！齐天大圣，多神气，又多提劲！"

"原来是想做孙悟空啊……"江静舟啼笑皆非，又笑又叹地看看顾倾城，后者也捂嘴笑了。

"孙悟空有什么不好？敢造玉皇大帝的反，革命得很呢！"江岭简直是摇头晃脑般得意。

"千刀当剐唐僧肉，一拔何亏大圣毛！"雨林干脆吟起诗来，频频点头，"就是它了，以后请叫我——齐大圣！"

他们的无知和狂悖让江静舟气不得恨不得，他无奈摇头，又看向长外孙："你呢，你想改什么名儿呢？"

江岭故意不理会爷爷明显的揶揄神情，认真说道："我的，更是早想好了，江卫东！怎么样，很有寓意，又很有力量吧？"雨林赶紧拍手称快。

"江卫东……"顾倾城咀嚼着这个名字，看着江岭，"哎呀，其实名字不就是一个符号吗？孩子们愿意改就改了吧，哥你也不必和他们争论了？"她看看江静舟，尽量劝和着，又看着两个小子："在家不是都叫小名吗？就像岭子，是叫惯了的……"

"不行，姑婆！您以后别这样叫我了。"江岭忙打断她的话，抗议道，"我很小的时候，我爸就告诉过我，因为萧岳字长岭，他才和妈妈为我起了个这名字。江岭的'岭'字，就是纪念那个……人的意思，如今我才不要！您以后叫我卫东吧。"

顾倾城摇头："姑婆年纪大了，恐怕记不住呢……"

"小薇啊，你也真是的！"江静舟缓缓开口，"人家革命得既不要父母，也不要亲人，继而发展到把自己的名字都革完了，你还有什么道理要和他们来讲？不过啊，小子，"他看向长外孙，"你可以任意改名，但是别姓江！我们江家供不起你这位六亲不认的革命者！"

江岭听出爷爷的揶揄之意，忍不住红着脸高声抗辩道："爷爷您不必讽刺我，我才不怕的。"他笑看雨林，使了个眼色给他，于是两个人异口同声地唱起来：

东风吹，

战鼓擂，

这世界究竟谁怕谁！

他们无知无畏的神情，倒把江静舟和顾倾城都气笑了。

"好吧，你们可以无所畏惧，但是我不能没有自己的家规。这个家，我说了算，你们还没满十八岁呢，监护权还在爷爷这里。名字想改，我要知会你爸爸妈妈一声。"

他用手指指长外孙："明天我就给你爸写信，说明你的意思，看他如何回答。"

"我爸能有什么回答？他自己的历史问题还有点说不清呢……"江岭不服气地嘟囔了一句。

这话让顾倾城听了心惊，忙伸手拉他："小子别胡说啊。"

江岭甩开她的手，一噘嘴："本来就是嘛。刚才都说过了，咱们家的人好复杂，反动出身，所谓的白皮红心……很多人都经得住考察吗？"

"浑小子，你在说什么？"江静舟剑眉紧锁，盯着他问道。

雨林早就不敢吭声了，但是江岭却无所畏惧，他一向和爷爷亲近随便，而且他生性倔强又直率，很多话憋了许久，此刻万万忍耐不住了："就像我爸爸，小姨夫这些人……以往的身份，都很可疑的，所谓白皮红心，谁讲得清楚？"

江静舟冷冷地看着他，江岭第一次从爷爷眼里看出了深深的寒意，那是失望至极的含义。

但是此刻的他，已经无所畏惧："爷爷，您甭这样看我。我说的这些人里，并不包括您！您当年卧底敌营，功勋卓著，据说都得到过毛主席的表扬呢！可是，我爸呢？临解放那时，他的行踪好诡秘？他的一些历史问题能说清楚吗？"

"楚天舒是什么身份？我们的组织早有定论！轮不到你这个小娃娃来胡言乱语！"江静舟义正词严地说道。

"好吧，知道您会生气我说这个！"江岭朗声抗辩道，"那么咱们家的另一个人，我小姨，她的身份背景，您不会不清楚吧？"

"什么？"这话让江静舟和顾倾城更是心中大惊。

江岭得意一笑，对着雨林一摆头，雨林看了一眼两个长辈，怯怯地道："我们……看到一封群众揭发信，说……娟娟小姨……她的父亲是个最大的……反动军官！"

"你们给我住口！"江静舟腾地站起身来，浑身乱颤，一手指着两个小子，嘴唇抖动着，却说不出话来，另一只手紧紧按住自己的胸口，喘息不定。顾倾城见状忙上前搀扶，正在相劝中，却听到身后传来一阵压抑的哭声。众人回头望，但见婵娟瘦削的身影一闪，匆匆跑上楼去。

"小薇……快……快去看看娟儿……"江静舟坐下身来，缓过一口闷气，对顾倾城道。她忙答应着，上楼看婵娟，劝慰过她，不放心江静舟的情形，忙又下楼来，照顾他服了心脏救急的药，又急急相劝着："哥，孩子们说话不懂事，你千万别当真啊……"

"不，小薇，从今天起，我命令你，替我看住这两个浑小子！不允许他们再走出家门一步，给我老老实实地待在家里，学文化，学规矩！不许给我出去……鬼混了！"

"爷爷！"

两个小子大叫起来，江岭更是跳脚："您难道要监禁我们？我们又不是反革命！"

"在我这里不谈革命！你们都是我的孙子，我当爷爷的，在管教自己的孙儿，没道理可讲！"江静舟脸色冷峻得吓人，他看着义妹："我的话，小薇你记下了么？"

"哥？……我记住了。"顾倾城慑于他的威严，忙应声道。又连忙对这两个小子使眼色，暗示他们不可再说下去了，"两个小家伙听话啊，爷爷心脏不好，都少说两句吧！"

"我们人小道理可不小！唉，我真伤心，革命怎么就这样难？！"江岭看了一眼姑婆，嘟囔道，"我们早就不是什么小家伙了，自己的是非观念和……革命立场！而且，我还有话对姑婆您说呢。"

"好好好，你们有话只管对姑婆说。"顾倾城看了一眼江静舟，想把话题引到自己身上，不至于将祖孙矛盾进一步激化。却不料善良温柔的她，却收获到此生最让她伤心欲绝的一番对答。

"姑婆，我和小林以后不想吃……您做的饭了！"

"没错，我们以后吃食堂！"雨林忙在一旁附和，虽然声音低低的。

"为什么呀？是姑婆做的饭不合你们的口味吗？"顾倾城自然不解，依旧柔声问道。

"不是饭菜不合口味……是我们……做了决定，还发过誓，以后坚决不吃……军统女特务做的饭！"

江岭的话音未落，一只饭碗就砸到他身上。他还来不及对着向他扔来饭碗的爷爷表示惊讶和抗议，就听到姑婆变调的声音炸响在耳边："哥，哥！你怎么啦？娟儿，快来……你爸晕倒了！"

第二十六章　巧定妙计

　　能成为一名身穿绿色军装，佩戴红色五角星的革命军人，是那个时代所有青年的最高梦想！作为出身于军人世家，长在军营的弟兄俩，更是将当兵作为一件梦寐以求的必然事情，他们常常埋怨自己长得太慢了，还不满十八岁，不能马上当兵。如今爷爷竟然同意提前送他们进部队，两人高兴得都快要疯了。

江静舟心脏病发作住进了医院。经过一番抢救和治疗，病情稳定下来。顾倾城和婵娟守在他身边，精心护理着。

江岭和雨林也被爷爷的发病吓到了，他们流着眼泪站在爷爷病床前，倔强地不肯离开，却不说一句道歉和服软的话。顾倾城看江静舟闭着眼总不理会孩子，就忙安慰两兄弟："好了，爷爷没事了，你们别担心。不如先回去吧？"

江岭抬起衣袖擦擦泪水，倔强的表情依旧："我们要伺候爷爷，我们不走。"

"好吧，你们就乖乖坐下来，守着爷爷，别再胡言乱语的，招他老人家生气了。"

两个小子也不答言，不理会小姨婵娟为他们搬来的小凳子，还是直直地站着。顾倾城看了微微叹气，也不知如何是好。

婵娟注意到江静舟静静地躺在那里，微闭眼睛，蹙着剑眉，似乎在思考着什么深奥的问题，对身边的这些对话没做任何反应。

顾倾城却敏感地看出来，他像是在计划着什么，因为他那天从昏迷中一醒过来，就让她叫来了他的秘书小邹，吩咐他了一些事情，这两天小邹不停地来到他的病床前汇报着情况。直到身为军区野战训练团团长的靳鹏进来，才打破僵局。

"司令员您好福气呀？这一病倒，看床前围了这么些人。"靳鹏俯身看视老首长，亲切地对他说道。

江静舟这才睁开眼，轻声吩咐："你先把这两个小子给我弄出去，就这样总站在我跟前，看得我眼晕！我还有重要话对你讲呢。"

靳鹏抿嘴一笑，看着两个男孩："孝顺爷爷是应该的。如今爷爷病着，听他的话，顺他的心，也是孝顺的表现啊？好啦，都听我号令——立正，向后转，齐步走！"

靳鹏是两个少年崇拜的人，他正是直接带兵的人。他们野战团搞训练时，江岭和雨林总趴在操场的铁丝网上观看，对极具职业军人风范的靳鹏钦佩有加。此刻，听了他的号令，两个少年不自觉地转身出了病房，倾城和婵娟也跟着出来，又带上了门。

不知道那天这对老上下级在病房里说了什么，一直守在江静舟身边的两个女子都发现他的情绪逐渐好转了。他的眉头舒展开来，当两个小子再来到他床前看视时，他也能平静地和他们搭话了。但是所有人都闭口不谈前次发生冲突的事情。正在江静舟身体渐渐恢复时，楚天舒带着长女江雪来到金城。

当女孩来到爷爷床前，用柔白细嫩的小手握住爷爷的大手，温柔体贴地问着他的情况时，江静舟才记起前不久，江雪提出的要来金城上护校的事情。他慈爱地看着最宠爱的外孙女，唇边挂的都是微笑："雪儿啊，你来了？太好了，你爸爸妈妈到底转过这道弯了？"他说着笑看站在女孩身后的女婿楚天舒。

"爷爷，我好想您啊。"江雪上前吻吻爷爷的额头，这才笑着为自己的父亲辩护起来，"可是您说的不对呢，是我妈才转过弯来，我爸根本就是我的同盟军啊！不过是悄悄的，是卧底，不能算是思想转弯呢！"女孩巧笑盼兮，腮边一对小酒窝若隐若现。

楚天舒怜爱地拍了一下女儿的头，抿嘴笑着不语。

江静舟也跟着笑了："是喽，知道你爸是你这伙的！可是你妈这次能同意你过来，也是不容易的一件事哈？"

江雪文静地微笑，细声细气地宽着爷爷的心："是爷爷您给我妈写的那封信起了大作用呀，她最听您的，所以还算爷爷帮了雪儿的大忙呢！"

"唉，终究是我的雪儿像小棉袄，贴爷爷的心哦……"江静舟大发感慨，引得旁边的几人都笑了。倾城凑趣道："这下好了，雪儿来了，你爷爷的病就更好得快了！"

楚天舒这才有机会问道："爸，您这次怎么又发病了？这年纪一天天大了，平日里该格外注意才是。"

他无心问道，却被几个有心人听了红了脸。江岭和雨林低头不语，神情尴尬。楚天舒看出些苗头，也不再问。

很快他就弄清楚前几天那场家庭风波的情形。将军楼里，南征和北战被大姨夫这么和蔼一问，早把妈妈交代不能多嘴的事情忘到九霄云外。两人激动地讲述了那天发生在饭桌上的事情，学说了哥哥们顶撞爷爷的"大逆不道"之语。两个小男孩当时躲在楼梯间，看到了哥哥们和爷爷的舌战，也看到了自己母亲婵娟的泪容。

楚天舒蹙紧了眉头，没有插话，任由两个小男孩七嘴八舌地描述了当时的情形，等到晚上从医院再次回到家里，就单独把长子江岭叫到自己的卧房。

江岭从小顽皮，没少挨妈妈的责罚，爸爸却总是和颜悦色地和他讲道理，但是不知为什么，这样的爸爸，却经常给他一种别样的震慑力，原因是爸爸的道理永远比妈妈的责骂更让他心服口服，无法抗拒。

此刻，做父亲的人依旧是语气平和地招呼他坐在自己身边，用手摸摸他毛茸茸的头发，发自内心地感叹道："一晃眼，我们岭子都这样大了，再过一两年，个头都要超过爸爸了？"

少小离家的儿子突然感受到浓烈的父爱，即使是江岭这样大大咧咧、感情线条比较粗犷的男孩也心底悸动，鼻头酸酸。他悄悄吸了口气，咬咬嘴唇，倔强地偏了一下头，好像无意间摆脱了父亲的温情抚摸，依旧用无所谓的语气道："爸，您想说什么？我知道的。您干脆骂我一顿好了，是我不懂事，把爷爷气病了。"

楚天舒自然敏感地意识到儿子的细微"逆反"举动，他淡淡一笑。接着他的话题说，神情还是那样的风轻云淡："所以我感叹的没错，我的儿子是长大了！你看，你已经懂得反思自己的行为了，在我看来，这就是绝大的一个进步。"

他故意偏着头，笑着盯着儿子："你还记得你上小学时，闯了祸，你妈拎着鸡毛掸追打你，你却怎么也不肯认错低头的事么？"

这话勾起前情，让儿子也弯了嘴角微笑，但是瞬间又记起眼前事，少年再次垂下了眼眉："可是，如今不同，是……"

"有什么不同？不都是一点家务事？家里人发生点争执，很正常的事啊。"

父亲却机敏地打断了儿子，继续启发他："好了，岭子。爷爷病了后你的表现，姑婆和小姨都告诉我了。我知道你心里的愧疚和不安，但是作为父亲，我更了解你的迷茫和困惑。那么，来吧，儿子，今晚没事，咱们父子二人可以好好聊聊。你们不是对爷爷说过那句伟人的教导——真理是越辩越明的吗？那么我们今天就来个明辩会，这里又没有外人，咱们可以畅所欲言。"

父亲的话让江岭心态平和下来，又燃起求知的欲望。对着父亲亲切又诚挚的面容，他把自己这段时间以来的困惑都讲出来，尤其是让他和雨林最为愤懑难平，又纠结万分的事情——家庭出身问题，家里这些白皮红心的长辈们的身份认证问题……

楚天舒静静地听着，一直没有打断儿子。当少年讲述完毕自己的观点，他没有置评，却征得他的同意，用舒缓的语调，为他讲述起几段往事。

萧岳的故事，白鸽的故事。为父者不愧是教授、学者，讲述得客观清晰，又言语平实无华，绝无虚夸、拔高、主观代入等诸多的诟病。这样的讲述让听者很容易信服，不自觉地被带入了特定的情境中。

江岭听得入迷。他第一次详细听到这样的家族往事，那些曾经或闪光耀眼，或抽象空洞的名字，都化作活生生的人物，立在他的面前。

狱中和萧岳的痛心诀别；萧岳给沁梅留下的绝笔书信；在码头白鸽遭遇审查时，自己貌似"无意"的相助；那个雨天，在大哥的墓地，同一阵营，却无法亮明身份的姐弟间的"仇视"和"对立"……当然，还有两个难忘的物件——那块作为接头信物的玉观音，那枚凝聚了无法言明的姐弟情深的柚子……

讲述者的语气是那样的平静安详，但是聆听者的眼中已经蒙上了轻雾。

江岭垂下头去，久久没有抬起。楚天舒轻轻一叹，把手放在儿子虽然稚嫩却已经有了强健轮廓的肩上，继续说道："这些，有你听过的，但是一定没有今天听到的这样详细？那么，我还想给你讲述一段你没有听过的故事。"

他用更加幽远的语气说到自己家族的一个人物——那个让他终生难忘，总在梦里重逢的亲人——他的大哥肖云翔。

当少年在父亲的讲述中，脑海里涌现出那句震撼人心灵的誓言时，他的眼眶不觉润湿了："'我们的身体飞机和炸弹，当与敌人的兵舰阵地同归于尽！'……爸，当年他……我的大伯父，他们架着飞机，向敌机冲撞而去的时候，当然是神勇无敌的，他们是英雄！"

楚天舒也认真看着儿子："国难当头，大敌当前，只要是真正有血性的中国人，都会义无反顾地这样冲向敌人，舍生取义！儿子，对于一些事，一些人，你想弄清楚他们的身份，历史轨迹，这原没错，但是别忘了，任何时候，都要保持清醒的头脑，要有自己独立思考的习惯，这样你才不会盲从，不会偏狭，更不会陷入偏激、极端的泥坑中。"

这个晚上的父子对话在江岭心中深深烙下了印记，少年激愤昂扬的血液仿佛冷静下来，他一夜之间成熟了许多，这种嬗变他没有察觉，但是周遭的人都感觉到了。

楚天舒抽空还和雨林有过一番谈心。对于这个内向而明慧的孩子，楚天舒打心眼里喜欢。他的语气更加温和，用平心静气的笑容安慰了纠结不安的少年。他也给他讲述了一个往昔真实的小故事——当年他和少年的父亲程睿战友相逢不相识，在军统局对警备师秘密电台的突击搜查时，两人的那番惊险较量。他搂着少年的肩膀，对他描述着他的父亲——年轻的红色特工程睿的机敏和决绝，尤其是他曾经表现出的大无畏的牺牲精神。

"小林啊，你知道吗？那时，你父亲一直跟在我的身后，手就插在军装口袋里，那里面有他上了镗的一把手枪。"

雨林听得睁大了眼睛，楚天舒也不看他，眯着眼睛在深情回忆着："是的，一把枪！就牢牢握在他的手中！随时会拔枪在手，子弹出膛！事后我们回忆时，你爸爸对我说，如果，当时贞德同志真的暴露了，他就会用这把枪来为他打出最后一条生路来！小林啊，你知道这意味着什么吗？"他看向男孩，雨林茫然地摇头，却看到眼前的楚伯伯嘴角勾起一道温和的苦笑，"他准备牺牲掉自己的生命，去保护上级特工同志的安全！"

他继续讲述着："再联想到你父亲最后的殉职。在和平年代，为了保护战友，保护军械，还有群众的安全，他终究是献出了自己宝贵的生命！"

说到此处，他重重地拍拍少年的肩膀，语气充满鼓励："这就是你的父亲，他的勇敢无畏和赤胆忠诚，难道不令你感到骄傲吗？小林，记住，你是程睿的儿子！你当继承他的优秀品质，忠诚、坦荡、无私、无畏，除了这些坚定的革命信念外，还有他睿智的思想，机敏过人的才智！"

"楚伯伯，我……"

"小林啊，你的名字——雨林，正是你爸爸为你起的，你认为，这样的父亲，会以自己独生儿子的名字，去纪念一个不应该纪念的人吗？"

雨林咬着嘴唇，默默思索着这些话，没有作声。

楚天舒再次拍拍他的肩膀，轻松一笑："好了，其实楚伯伯知道你的聪颖才干，远在你岭子哥之上。那么，伯伯更相信，你会坚持自己的兴趣爱好，并有意识地把它演化成为自己的职业、事业！研究历史，搞清楚一些事情不是一件简单的事情，但是只要你能持之以恒、锲而不舍地坚持下去，且能逐步提高自己的识别能力，做到兼听而不盲从，那么总有一天，你会找到令你信服的答案的。"

给两个少年谈过心，楚天舒心里轻松不少，再次来到岳父床前探望时，他的脸上挂了淡然平和的笑容。

江静舟的心情可没有这样轻松，但是因为已经有了自己的"降服孙辈"的计划，他倒是沉静下来。不过有些事情，还是想和自己最欣赏的女婿言说一二。

刚好此刻病房里只剩下翁婿两人，他看着坐在他床边的天舒，微微叹息道："听雪儿说，那天发生在将军楼里的事情，你都知道了？别的倒还罢了，我只觉得对不起你和沁梅。唉，你们倒也罢了，我觉得最对不起的，就是已经不在人世的小睿夫妇……"

听他提到这个令人伤心的话题，楚天舒忙出言相劝："爸，您别想这么多，身体才好些，别再过度忧虑才是！其实啊，情况也不是到了不可收拾的地步，两个小子虽然犯浑，倒也……"

他笑着讲述了自己和两个孩子恳谈的情形，借此宽慰着卧床不起的老人："所以爸，您放宽心，等您病好了，再好好修理那两个小子，我预感呐，应该感觉不一样了？"

江静舟沉吟不语，楚天舒继续道："我认真和他们说到认错的问题，对您，对倾城姑姑，还有娟娟，他们两人必须道歉。两个小家伙没言语，脸上倒是露出不好意思的样子。唉，您也是了解您的两个孙儿的呀？面皮薄，一时半会地还拉不下这脸面来。没有反对，等于默认了。但是就不知道这个古怪性情何时才能别过来？"

江静舟笑笑，微微摆手道："这个形式上的事情嘛，再说。关键是这次的事情倒是提醒我，甚至是教育我了。唉，怪我以前太忙，忽视了如今这个大环境对孩子们的影响力。发生现在这样的事情，也不能全怪孩子。但是亡羊补牢，未为晚也！我就不相信我江静舟的两个孙儿，会是如今社会上到处充斥的那类人——满嘴大话、狂妄无知却又胆大妄为、无法无天？"

楚天舒抿嘴笑了："看来，您老人家是心里有了招数了？本来嘛，对付这样的小子，您是完全不在话下的。只是隔辈亲的情结束缚住您了？"

江静舟心情很好，就想和女婿来个轻松的招式："天舒啊，我想聪明如你，也能猜出我的意思来？这样吧，咱们学学古人，看看能否不谋而合？"

他示意楚天舒拿过床头柜上的一支笔，自己背了他，在手心写了一个字，又将笔递给他，楚天舒也心领神会，拿笔在自己手掌里也写了一个字，两人同时摊开手掌，都是一个"军"字在上面，禁不住同时大笑起来。

"天舒啊，果然咱们爷俩想到一处了！你不用管了，我已经有计划安排，这两个小子就交给我来调教。其实我也观察过了，两个小子浑是浑了点，倒是当兵的好苗子！相信爸爸，不出个三五年，一定锻炼出两个优秀的军人来！"

楚天舒看着岳父自信而坚毅的面庞，感动地点了点头。在金城又待了两天，他就回湖南了。

江静舟放下心事，身体恢复的进度也有所加快。这期间，义妹顾倾城成了主要护理他生活的人。

因为家中还有两个上学的孩子，顾倾城和婵娟有了分工，她主要忙病房，婵娟照顾家里四个男孩的起居。

顾倾城很快发现，自己的义兄性情有所改变，起码对她来讲是个好事，他不再那样古怪别扭了，拒绝自己对他的贴身护理。

往年江静舟也曾因身上的旧伤闹过几场病，几乎每次都要因此和顾倾城闹别扭。他不愿意自己的义妹贴身照顾他，而他的公务员和秘书又都是愣头青小伙子，顾倾城也不能放心，所以兄妹间总要为照顾和反照顾呕上几回气。

某次他旧伤发作严重，在医院里昏迷了三天，醒来发现顾倾城在为他擦身子，就黑着脸闹起了脾气。到了吃饭的时候，他坚持要让自己的公务员小鲁来照顾自己，顾倾城心里憋屈，抹着泪走了。

再次来到病房的顾倾城手里挥动着那支记录了两人兄妹情缘的金笔，她嘟着脸对义兄道："这都什么岁数了，看来你把我当亲妹妹这句话都是假的，难为我还傻乎乎信了大半生！喏，这支笔还给你，原本也是物归原主，得其所哉！我干脆到南边沈琬姐那里住一段时间，省得看着自己哥哥生病，不能伺候在身旁，又憋屈又伤心的……"

"唉，可是你说的？都多大年纪了，你还和我要这种小孩子脾气呢？好了，我怕了你了! 这次我没事了,下次,若是再生病,你来照顾好不好?"他说来无奈又纠结,像个孩子般带着沮丧的神情对自己的亲人妥协,想了又想,还是不便如此吞声咽气,江司令员什么时候如此吃瘪了? 就扔了个白眼给妹妹,嘟囔道:"哼,小薇啊,以后不许耍小孩子脾气,动不动拉你沈姐做坚强后盾! 哦,你是吃准我惹不起你们这两员女将是吧?"

这话逗笑了倾城,她捂嘴笑过,但是还没忘在取得绝对胜利后找出他说话的问题所在。

"哎,呸呸呸! 哪有自己咒自己再得病的? 哥你也没个忌讳?"她终究不改温柔和顺性情,就坡下驴,缴械投降。看着义兄病弱憔悴的面容,怎么也不忍心继续和他怄气下去。

但是聪明如她,也看出义兄的谨慎和自律,甚至是这充满别扭劲儿的避嫌是他的性格所致,也是当时生活状态的冷静选择。毕竟是孤男寡女的异姓兄妹,又因为各自原因,都是单身独处状况,为避免闲言碎语,招致不必要的麻烦,这点小心翼翼做人、做事的态度还是很必要的。所以在江岭、雨林,以及婵娟母子三人来金城之前,顾倾城一直住在自己的单身宿舍,只有周末才会来将军楼给义兄收拾家务,做顿饭改善一下伙食。后来几个孩子和婵娟的到来,才打破这种僵局,将军楼里逐渐有了浓烈的家庭生活气息。

接着整个社会就陷入十几年的动荡时期。江静舟作为一个嗅觉异常灵敏的老特工,自然闻到了危险的气息,未雨绸缪地对有着复杂历史背景的义妹采取了保护措施。

顾倾城在未满五十岁那年提前退休,脱去军装,又将自己的单身宿舍也上交了,完全搬到将军楼生活,和江岭、雨林一起,和江静舟组织了一个关系特殊的家庭。顾倾城遵照义兄的嘱咐,尽量低调地生活,完全以家庭妇女形象默默存在于军区大院里,从而避免了人们针对她展开的任何可能的革命行动。

所以,当前几天江岭说出那段"军统女特务"的大逆不道的话语后,江静舟才会那样愤怒和吃惊,他将饭碗狠狠砸在了一向最为疼爱的长外孙身上,随即晕厥过去的他,在那失去意识的刹那,心中涌现的,都是对义妹的愧疚之情。

躺在医院的病床上,他这次竟然默默接受了义妹对自己一如既往的殷勤照料,不再像早先那般纠结别扭。顾倾城自然聪慧过人,知道他是以这种方式,表达着对自己孙辈对她的不敬行为的道歉之意。她也不揭穿他,将错就错,暗自庆幸又好笑,更加认真地服侍在他的床前,照顾他的病体尽早康复。

江静舟出院回家后，就开始实施自己的"驯孙"计划。一天吃过晚饭，他对江岭和雨林说出了一项建议：可以提前送他们到部队当兵去。

天呐，提前去当兵？两兄弟闻言高兴得蹦了起来！

能成为一名身穿绿色军装、佩戴红色五角星的革命军人，是那个时代所有青年的最高梦想！作为出身于军人世家，长在军营的弟兄俩，更是将当兵作为一件梦寐以求的必然事情，他们常常埋怨自己长得太慢了，还不满十八岁，不能马上当兵。如今爷爷竟然同意提前送他们进部队，两人高兴得都快要疯了。

江静舟淡淡地看着兴奋的两兄弟，微微一笑："不过，我不认为你们目前适合去当兵。我估计你俩一定吃不了部队的苦，到时候当了逃兵，不仅丢了你们自己的脸，连爷爷面子上都挂不住呢！"

"爷爷，您怎么这样看不起人？"

"爷爷，我们抗议！抗议您小看革命下一代！"

两个孩子大呼小叫，不停地跳脚。

看着两个孙子的猴急样子，江静舟胸有成竹地又是一笑："那么，咱们爷孙三个打个赌，做个实验如何？如果你们能过了爷爷的'三三制考验'——顺利通过三天、三月、三年的三道坎，那么爷爷就不但收回上面的话，承认你们都是好兵，而且还郑重地向你们道歉！"

"爷爷，您是司令员，会向我们真诚道歉吗？太好了！"江岭和雨林都激动地直拍手。

"等等哈，你们还没听到我的这个'三三制考验'是什么呢？再说，如果你们过不了，该怎样惩罚？"

江岭充满信心地拍拍胸脯："什么坎儿都难不倒我们这些革命小将！只要能当兵，我们什么苦都能吃！别说三个，就是三十个，三百个，三千三万个，都没问题！"

雨林也自信满满地接口："岭子哥说得对！我们是坚不可摧的新一代，也是爷爷您这位将军的孙子！如果过不了您说的三道坎，我们就算输了，永远听您的话，您说咋办就咋办！"

"对，如果输了，我们就一切听爷爷的话，心服口服，再也不想着改什么名字……那些事了！"

"好吧，一言为定！三个大男人，说话算数，吐个吐沫都是个钉！"江静舟和两个孙子击掌为誓。

第二十七章　特殊训练

后来，看到两个孙辈的骄人成绩，年近古稀的江静舟曾倍感欣慰，他还有一个念想，就是当年和孙子们打的那个赌，他希望有时间能够兑现诺言——他这个老将军要向这两个优秀的年轻军人道个歉——爷爷当年真的是看走眼了，小瞧了你们这两个好兵苗子，可是他无奈地发现，两个犟小子却始终不给他这个机会。

第二天，两个小子开始过他们当兵前的头一道坎，那个"三三制考验"中的第一个"三"——部队常规训练三天。

这个是江静舟暗中让靳鹏安排好的，将江岭和雨林交给了军区警卫连连长，对他们进行了为期三天的特殊军事训练。每天的具体科目有：负重跑五千米；训练挂钩梯上下二百回；穿越三十米铁丝网来回二百趟；投掷手榴弹数一百次，每次须超过五十米；训练射靶一个小时，平举着步枪，枪口用绳子吊着一块砖头，一动不动晒一个小时；俯卧撑二百个，仰卧起坐二百个……

第一天勉强完成，两个小子几乎是瘫在了床上。第二天雨林就有点坚持不下来了，江岭拽着他，不停为他打着气："我们不能让老同志看不起咱们吧？咱们还等着江司令员给咱们道歉呢！"

几乎是连滚带爬地完成了三天训练。两人又到食堂吃大灶，味同嚼蜡，累困交加，几乎难以下咽。三天过去，两人都黑瘦了一大圈，几乎脱形了。

回到家中，顾倾城看了，心疼得差点掉下泪来。她赶忙跑出去买了一大堆食材，在厨房里乒乒乓乓地忙碌起来。婵娟也忙着给她打下手，两人很快弄出一大桌菜来。

江静舟回到家时，桌子上已经摆好了饭菜，色香味俱全，勾人食欲。南征和北战围在桌前，不停地吸溜着鼻子，婵娟忙叮嘱儿子们："不许动手啊，两个哥哥还没下楼呢。他们这几天训练太苦了，劳苦功高，该给他们好好补补！"

江静舟却笑着对女儿道："依我看啊，你和你倾城姑姑才是劳苦功高。做这样一大桌饭菜，得花多少时间呐？唉，等会啊，南征、北战两个小家伙可要多吃点，他们正在长身体，不能委屈我这两个小孙子！"

婵娟忙提醒重点："爸，岭子和小林才回来，在楼上歇着呢。两个孩子是真累坏了，再不吃点好的，我们都心疼死了！您还只惦记着这两个小的？"

江静舟还未及接女儿的话，一旁南征已经插嘴："岭子哥和小林哥不爱吃姑婆做的饭，是雪儿姐姐说的。"

"哎，你这孩子，胡说什么啊？"婵娟忙呵斥儿子，却被江静舟笑着制止了。恰好江雪走下楼来，江静舟拉她到身边，低声嘱咐了一句什么，江雪抿嘴笑着，跑到厨房取了两个空饭盒出门了。

等到大家在餐桌前坐好，江岭和雨林一脸疲惫地下楼来，远远看到桌上丰盛的饭菜，两人的眼睛都突然放亮，不约而同地舔舔嘴唇，然后使劲地咽了咽吐沫，眨眼间，两个小子齐齐冲到了餐桌前坐下。

好容易等到爷爷慢吞吞地举起了筷子，两个小子就赶忙向各自瞄准好的目标下手了。江岭的主攻方向是那盘红烧排骨，雨林的筷子则急忙伸向了不远处的糖醋带鱼。

"哎，等等！"江静舟突然喊道，伸出筷子挡住了他们的"迫不及待"，他不慌不满地将几个肉菜从弟兄俩面前挪开，又将手边的两个饭盒打开，示意给他们看。江岭和雨林伸脖子一看，不仅大倒胃口，还有点困惑不解。饭盒里装的是两份食堂大灶菜。

"我记得你们说过，以后不想吃姑婆做的饭了？所以我特意叫你们的妹妹去食堂打了菜，你俩就吃这个吧。其他的菜，就不必动筷子了，这些都是出自你们姑婆之手呢。"

爷爷说得轻松自然，两个大孙子是面面相觑，万般沮丧，委屈得噘嘴巴，奋拉眉，两张小脸瞬间变绿了。

顾倾城急了，忙打抱不平起来："哥，你这是干什么呀？都是当爷爷的人啦，还和小孩子置气吗？我早忘了那档子事了，你让孩子们好好吃顿饭吧。"

"是啊，是啊，爸，今天这顿饭，就是为两个大小子做的。您不让他们吃，我们如何下筷子啊？"婵娟也急忙劝道，又瞪了自己儿子南征一眼。

江静舟摇头："这不是置气的事情，原本他们就在学着当兵呢。当兵肯定要吃大锅菜啊，对不对？前几天我们都说好了，一切按当兵的标准来，这才是第一个坎儿过了，明天还有新的坎儿在那里等着他们呢！"

江岭恨恨地看了爷爷一眼，咬咬唇，用胳膊肘顶了雨林一下："有什么了不起的？哼，我们就吃大锅菜好了！这点小事，根本难不倒我们！哼，还是那句话，这世界究竟谁怕谁！"

雨林擦擦委屈的泪花，也点点头。两兄弟将饭盒里的菜拨到自己碗中，一声不吭吃完了饭，当真没动那些好菜一筷子。

顾倾城怨念地看了江静舟一眼，抹着泪进了厨房。江静舟却不动声色。

第二天，两兄弟分别开始过第二道坎，"三三制考验"中的第二个"三"——当预备兵三个月。

江岭被分配到了后勤连队的养猪场。

江岭刚开始觉得别扭死了，他从小养尊处优，连厨房都很少进，家务活几乎不会干。现在他要在班长的带领下，每天给猪铡草、喂食、冲澡，简直让他快崩溃了！尤其是猪圈里那股骚臭的味道，使他几天都没胃口吃饭。

但是江岭是个特立独行的孩子，他的性格里有母亲沁梅的执着和倔强，也有着父亲天舒的认真和踏实。他的小脑袋里更不乏父母亲聪明基因的遗传功效，他敏感地想到这一定是爷爷对他的考验，他决不能让自己输掉，所以他咬紧牙关坚持了下来。慢慢地，他逐渐习惯了这项工作。

江岭的性格中还有着非常可贵的一面——强烈的乐观主义精神，他很快发现，与其这样悲悲切切地过这三个月，还不如积极面对眼前的日子。

他逐渐将这项工作当成是一件有趣的事情去做，每当他给猪儿们喂食的时候，他都要唱起自己喜欢的歌。他给几头猪儿按照它们的各自特征，都起了颇有爱意的名字：花花、大黑、小白……每当他呼唤着它们的名字给它们喂食时，他感觉到这些可爱的胖家伙们就像是自己相处已久的伙伴一样亲切。

江岭喂的几头猪长得格外肥壮，他的工作得到了班长的称赞和同志们的一致好评。江岭第一次觉得，得到这样的评论，似乎很快乐，和当年自己去抄家贴大字报、批斗别人的事情相比，这个好像更有意义。

和性情奔放开朗的江岭不同，斯文、爱思考爱读书的雨林被分到了炊事班。

他的任务是帮厨，洗米、择菜、洗碗、烧火、煮饭什么都干。

雨林同学开始觉得自己做这些事情简直是大材小用，他是个文化人啊，竟然沦为了火头军！于是开始的他是漫不经心、吊儿郎当的样子，不是手忙脚乱打碎了碗，就是蒸大锅饭时忘了加水，每次他捅了篓子，他的班长都只是默默叹气，帮助他收拾局面，也不批评他。但是自尊自强的雨林却越来越感到不好意思。

特别是有次养猪场的一个战士来到厨房见到他，说起江岭在那边的优异表现时，雨林不能不心生警惕了。

他们虽然不是亲生手足，但是却比亲兄弟还要亲近，如今岭子哥在那边干得热火朝天的，这样的讯息一定会传到爷爷的耳朵里，那么自己不就无形中落后了吗？如果因此岭子哥当上了真的兵，而自己却被剩下了，那该多没面子？

雨林也不是个甘于落后的孩子，他的长处是勤于思考，善于动脑筋。

他来到炊事班不久，就发现了一些可以改进的问题，比如蒸饭的时间，不同的大米，用的水量不同，时间不同，做出来的饭味道就不同；食堂的大锅菜远远没有姑婆做得好吃，除了数量、用油量、火候不同外，一个炒菜技巧也是很重要的因素：这里有的炊事员图省事，常常是先放菜，才随意扔几勺各式辅助材料，如葱姜蒜等等；而姑婆炒菜时，雨林是见到过的，她总是先要用这些调料来炝锅，这样炒出的菜才香……雨林根据自己观察到的细节，提出了一系列合理化建议，在炊事班也成了有名的小革新家。

三个月就这样过去了，两个孩子的优良表现不断传到江静舟的耳边，他自然感到很欣慰，他要按照自己的规划，准备进行下一步最重要的环节了。那就是"三三制考验"中的第三个"三"，让两个孩子去正儿八经当兵三年。

在孩子们完成三个月的预备兵生涯回家的那天晚上，江静舟借口开会，没回家吃晚饭。顾倾城和婵娟一如既往地做了一大桌菜，来犒劳吃了三个月大锅饭的弟兄俩。

她们惊奇地发现两个愣小子似乎变得安静斯文起来，起码头脑不像先前那样狂热了。在饭桌上，他们不再像以前那样争先恐后地发表豪言壮语，滔滔不绝地阐明自己的观点，而是安安静静吃了一顿丰盛的饭菜。

期间江岭貌似无意间嘟囔了一句："我现在才发现，姑婆和小姨做的饭，是世界上最好吃的饭！"

雨林马上附和："我同意！我同意！而且……我在炊事班干了三个月，才知道姑婆其实好辛苦的，每天做饭也太累了！还有小姨，每天要照顾南征、北战，还要抽空给我们洗衣服，也很辛苦！"

好像两人事先排练好的一般，江岭又马上接上："是啊，所以，在我心中，姑婆和小姨都是很了不起的人！勤劳，善良，温柔，体贴……有很多很多的美德呢！"

"我坚决同意！"雨林嚷了一句，还举起了手，两个大小子相视而笑，又把这温暖的笑意转头送给了两个女性长辈。

"哎哟，让你们这两只煮熟的鸭子赞美一下，好值钱吗？"江雪却对着两个哥哥直撇嘴。

江岭看着妹妹："你什么意思啊？"

江雪顽皮一笑："煮熟的鸭子，嘴还是硬的呀，连这句话都没听过？"她心疼地看看姑婆和小姨，又白了两个哥哥一眼，"道个歉还拐弯抹角的，真没劲！"

"好了，小雪，少说两句，让哥哥们多吃点菜吧。大家都多吃点啊！"顾倾城知道两个聪明而好面子的少年已经用这种方式，婉转表达了上次出言不逊的歉意，她的心早就软了，就忙制止住江雪对哥哥们的嘲讽，又不停地依次为几个孩子夹菜。

婵娟也悄悄揉了揉湿润的眼眶，用温柔宽和的笑容看着两个少年。长辈这样的关爱将直性子的江岭心底那股铁汉柔情激发出来，他干脆放下饭碗，大大方方地站起身来，对着顾倾城和婵娟连鞠了三个躬，这才咧嘴一笑道："好吧，那就来个正式的！姑婆、小姨，上次是我们错了，你们大人大量别计较！我们以后不会了……而且，"他看看雨林，"我是大哥，没带好头，小林那份道歉，也算在我头上。"说完他又继续弯下腰去。

雨林却跳了起来："哎呀，凭什么啊？认错还能代替的？我自己的错误，我自己改正。"他拉住江岭，自己也认认真真地向着长辈们鞠了三躬。

"好了，好了，都是好孩子，快坐下吃饭吧……事情早过去啦！"顾倾城和婵娟一人拉起一个，送他们坐回桌前，又将更多的菜品夹到他们的碗中。

没过几天，一个稀客光临家中。

当他对着顾倾城笑着唤"顾姐"时，顾倾城才认出，他是东北起义时的一个将领，江静舟曾经的部下——李长安。

他目前是某边防部队的副司令员，一直驻守在喀喇昆仑地区。他多次提出要找时间来看看老首长，这次，是江静舟写信请他抽空过来的。

江静舟直接和他说了自己相托的事情，李长安有点犹豫："老首长您可想好了，我们那里，可是号称最艰苦的边防要塞，镇守在一片不毛之地，平常连氧气都吸不饱，一个个的哨卡，驻扎着十几个战士，他们要与越境者斗，与蚕食领土者斗，与低氧酷寒强紫外线斗，与风雪巡逻路斗，与狼群斗，时时危机潜伏，事事生死攸关。孩子毕竟还小，您能放心吗？"

江静舟笑着道："俗话说，玉不琢，不成器。我就是看好了你那里的艰苦环境。从你那里出来的兵，没有一个是孬种！相信我的眼光，我这个小外孙，是个难得的当兵的好苗子！要想把他培养成为一个优秀的职业军人，就要将他放到最艰险和危难的境地中去，磨掉他身上的一些刺，让他真正成为一名基层优秀军人！"

江岭跟着李长安离开金城的那天，江静舟领着众人一起送他到大门外上车，所有人都满腹离愁别绪，倾城和婵娟在不停地擦泪，江雪干脆搂住哥哥呜咽出声。

江岭倒是一副无所谓的样子，他脸上挂了自信的神色，微笑着说着宽慰的话语，和大家爽快道别，还特意拍拍妹妹江雪的头以示安慰。

最后，他来到爷爷面前，深情地望着他："爷爷，您放心，这三年的兵，我一定好好去当！而且我还会在部队继续干下去，干上一辈子！我一定不会给您丢脸的。我还会让您为了我而感到自豪！现在，大家说起我，总是说——'这是江静舟司令员的外孙楚江岭'，再过五年，不，最多不超过十年，我一定要让人们这样介绍您——'这是楚江岭的爷爷江静舟将军！'"

他自信的话让大家都笑起来。

江静舟上前拍拍外孙宽宽的但是还很稚嫩的肩膀，点头笑道："要是真的能够听到这句话，爷爷就死而瞑目了！"

江岭赶忙摇头："爷爷您不许说这样的话，您一定要硬硬朗朗地活着！别忘了，您终归还欠我一个道歉呢？"

江静舟哈哈大笑："好吧，为了兑现将要给你的那个道歉，爷爷也要好好地活着！"

不能不说江静舟的眼光是独到的，楚江岭是他孙辈中最为优秀的职业军人。

三年的约定很快到了，他没有回家，部队已经成为他的第二故乡。

艰苦卓绝的环境，让江岭迅速成长起来。他看到一年年守防结束，有的战士活着下山，有的则长眠在了雪山怀抱。这一年又一年的生生死死，使他领悟到了生命的内涵，活着的意义。

就这样，在边防部队里，从战士开始，历经优秀士兵到优秀班长、排长，这个乳名叫岭子的曾经的顽劣少年，以"楚江岭"的响亮名字在绿色军营里脱胎换骨。他年年都是模范标兵，获得了各式各样的荣誉。几年后，从雪域高原回到内地军中任职的他，继续着自己的职业军人梦想。

在后来发生的中越自卫反击战中，楚江岭创造了他军旅生涯中的第一次辉煌。时年二十五岁的他担任了某部主攻连连长，他带领的这支连队因战功卓著，被树立为谅山前线英雄钢八连，声名赫赫，而他个人，也荣立了一等功。

送走江岭后的第三天，宁松回家来了，顾倾城才明白，这也是义兄安排的计划之一。

当着宁松的面，江静舟对雨林说："你和岭子不是说你的宁松叔叔是危险分子，还鼓励他向组织自首吗？如今面对面，你不妨和他交流一下你的研究成果，甚至是论战一番呢？"

毕竟是当着当事人的面，雨林大窘："我……我没说……"

宁松爽朗一笑："男子汉顶天立地，说了就说了，又怎么样呢？大丈夫遇事当敢作敢当才是！"

他拍拍雨林的肩膀："听爷爷说你对咱们这几家的家史感兴趣，对一些历史，一些人物都有研究的兴趣？那么听听叔叔的建议吧：最近我要去一些地方做些调研，走访一些当年红色特工的足迹。你可以跟我一起去，对你感兴趣的事情做一个实地勘察，寻访一些当事人，也许这样可以解释你的一些疑惑，对一些事件和人物，能够拨开迷雾，找出真相来！"

雨林听了很激动，但是看着江静舟，又有点失落。他低头嗫嚅着："可是我和爷爷还有个约定没完成呢，要先去当三年兵……"

江静舟笑道："你就到你宁松叔叔手下当兵去吧。我希望你能够把你心中的疑惑都搞清楚，然后把结果也告诉给爷爷！"

雨林闻言喜出望外地笑了。

他没想到爷爷背后会拉住宁松叔叔的手，再三叮嘱道："虽然说，玉不琢，不成器。但是小林这孩子不比岭子，他性格内向，感情细腻，身子骨也较之岭子单薄些，所以你对他要格外上心！严格要求，但是也要关心他，爱护他！太松不成雕琢，太严恐伤着他，我也不依！总之，这个孩子是我心上宝，你给我格外用心培养吧，要对得起你小睿大哥才是！"

这番霸道又专横的嘱托让宁松既感慨又好笑，但是父亲最后这句话，也点燃他心底一丝伤感之情，他面色凝重地点点头。

大名为程雨林的男孩最后成为一名治学严谨的军史研究者。

后来他从部队上考入了解放军政治学院，发表了许多学术论文。他的主攻方向在中国革命史方面，尤其是红色特工历史的研究。大量的实地走访经历，常年钻研历史档案的认真态度，使他成为这个专业中的佼佼者。

他曾经走访了许多当年的历史遗迹，收集了大量的第一手历史资料，挖掘出了一些鲜为人知的历史事件和人物，尤其是早期革命中的一些被湮灭的烈士的踪迹和事迹。他用他的研究成果和结论，为他们正了名，让他们从历史的迷雾中走出，从发黄的故纸堆里重新绽放已逝的青春容颜，并且让他们的英魂得到了永久的安息。

这就是那个动荡年代江静舟改造两个孙辈的故事，他终于帮助他们脱胎换骨，化茧成蝶，也给了自己女儿女婿，以及难忘的故人们一个最好的交代。

后来，看到两个孙辈的骄人成绩，年近古稀的江静舟曾倍感欣慰，他还有一个念想，就是当年和孙子们打的那个赌，他希望有时间能够兑现诺言——他这个老将军要向这两个优秀的年轻军人道个歉——爷爷当年真的是看走眼了，小瞧了你们这两个好兵苗子，可是他无奈地发现，两个犟小子却始终不给他这个机会。

后面每次过年探亲回家，各家几代人都在眼前，一家人温馨相聚的时候，看着两个高大英俊、戎装英武的孙子，江静舟每每想提起这个话题，这时候，江岭和雨林就会不约而同地进行"捣乱"，阻止他说出当年那番约定的真相。

最后，还是他最宠爱的外孙女江雪趴在外公耳边说出了两个哥哥的秘密："我哥和小林哥都说了，他们应该向爷爷道歉，当年是他们错了！"

这当然也都是后话了。

第二十八章　母女较量

　　沁梅不知道自己是带着怎样一副羞愧难言的心情领着女儿回家的，她的直接措施就是不着一言，回家后立即将女儿关进了书房里，中午饭也没给她吃，勒令她写出至少三千字以上的检查来，不然就没饭可吃。却不料江莲完全秉承了母亲年轻时代的倔强个性，不但不肯妥协，还和母亲较上劲来。因此母女这番对峙迅速升级。

　　不提金城这边江静舟在特殊年代成功实施了自己独特有效的"驯孙"计划，湖南那边的楚天舒和沁梅夫妇，在对其余三个子女的教育问题上，也曾经历过一波三折。

　　那年江岭到西北爷爷那里上学后，沁梅暗暗放下心来。江岭曾经是一个顽皮出格的男孩，在他们夫妇工作的这个军事学院中没少给父母惹祸，他是孩子王，成天带着一帮小家伙们打打杀杀、上房揭瓦等。

　　好容易这个桀骜不驯的小子去了金城爷爷那里上学，沁梅算松了口气，把目光才集中放到几个小的孩子身上。但是没出几年，她又经历了另一番熬煎。

　　不知不觉中，三个孩子长大了。那年长女江雪年满十四岁，次女江莲也十一岁了，最小的儿子江潮八岁，和二姐都在读小学。

　　三个孩子性格各异，江雪是长女，却最得父母宠爱，不仅是她品学兼优的成绩，更主要的是她文静沉稳、开朗博爱的性格。那时的江雪已经长成一个身材纤细高挑，面庞清秀俏丽的少女，她天生的一副好性情，得到了所有长辈的称赞和弟妹们的臣服。她不仅容貌酷似父亲，而且秉性也随他较多，克己待人，善良友爱，对父母尊敬孝顺，对弟妹关爱有加。

　　有对比才有差距。次女江莲生就男孩性格，脾气急躁，行动莽撞，从五岁起，她就显露出爱闯祸的特性，在大哥江岭的带领下，经常做出爬树、打架、和男孩子疯玩、钻防空洞险些迷路等让沁梅头痛的事来。

在她的示范效应下，小她两岁的弟弟江潮也显示出男孩活泼好动的天性来，姐弟俩在这个军事学院大院中成了孩子王，完全继承了他们长兄江岭旧日的衣钵，自封为总司令、副司令，带着一群半大不小的娃娃爬高上低，经常搞出一些令人哭笑不得的恶作剧：打麻雀飞弹敲碎邻家玻璃，翻墙出院踩坏门卫大爷的菜地，为做"所谓的科学实验"，捉了某位小朋友家养的金鱼喂辣椒油，聚众玩打仗游戏，把后楼大妈家刚晒的被子和衣物撞翻一地……诸如此类，不可胜举，于是，邻居家、院里人员走马灯似的来沁梅家告状就成了家常便饭。

作为父亲的楚天舒工作繁忙，教育孩子的责任大部分落在母亲沁梅身上。这让沁梅很头疼，也很无奈，再次感受到曾经在长子江岭教育问题上的瓶颈问题，又历史般显现出来。新问题老情况，老情况就该用老招数。所以，母亲沁梅的鸡毛掸子，就开始悬在江莲姐弟的头上。

刚开始时，完全是另一种情形：来家告状的人前脚走，后脚沁梅就将江莲姐弟俩罚站。不过此招很快失效，她发现这对小姐弟完全是一副无所谓的样子，站没少罚，祸更没少闯。

于是家里的利器——鸡毛掸子，就发挥了无法替代的重要功效，只可惜，他们家的鸡毛掸子很少发挥出它真正的作用，它永远是被主人倒提着使用的——母亲手握鸡毛掸子，一下下抽打着小女儿和小儿子的屁股，这一幕几乎隔三岔五就要在这个家中上演一回。

但是沁梅很快就再次强烈失望了。就在某次她使用这个特殊武器狠狠教育了一双儿女的次日，身为军事学院科研处副处长的她正在召集属下开会，却忽然接到女儿学校校长的电话，请她尽快去学校一趟。

在校长办公室里，她成为女儿江莲所在班级班主任老师和各个课任老师集体告状的对象：他们历数了楚江莲在校的种种出格表现，最令沁梅惊心的，还是校长说出的今天叫她来学校的主要原因——今天早晨，在课间操时间，楚江莲同学竟然将一条毛毛虫放到了语文老师的茶杯里！最终造成的结果就是，这位年轻的女教师被吓得花容失色，冲出教室，一堂课就这样被冲散了。

校长是一名和沁梅年龄近似的中年女教师，她叹着气对沁梅说出了一番语重心长的心里话："江副处长，您知道我们这个学校是咱们军事学院的附属小学，学生几乎都是学院子弟……其实您和楚教授都是学院中的知名人士，很受大家的尊重，我们希望，您能否再加强一下孩子教育方面的力度？不然的话……"

沁梅不知道自己是带着怎样一副羞愧难言的心情领着女儿回家的，她的直接措施就是不着一言，回家后立即将女儿关进了书房里，中午饭也没给她吃，勒令她写出至少三千字以上的检查来，不然就没饭可吃。却不料江莲完全秉承了母亲年轻时代的倔强个性，不但不肯妥协，还和母亲较上劲来。因此母女这番对峙迅速升级。

因为最近在牵头做一项科研课题，工作繁忙，身为系主任的楚天舒多半时间泡在教研室中，经常是中午和晚上都顾不上回家吃饭。当天晚九点多他回到家中时，才得知这件事情，最让他担心的是，据闻小女儿江莲已经两顿饭都没吃了。

"少吃一两顿饭饿不死人，她劲儿大着呢！哼，至今嘴硬不承认错误，那就饿着好了！"沁梅的神情冰冷决绝。

楚天舒刚才从大女儿江雪那里得知了事情的详细经过，明白妻子也是气急了，就赔笑道："孩子小呢，慢慢教育吧，不让吃饭总不是好办法？"

"慢慢教育？再慢慢下去，就教育不过来了！我的脸面今天也都丢尽了，还搭上你的这张脸！我告诉你，今天谁来说情都没有用，楚江莲不承认错误，不写出深刻检查来，就别想吃饭！饿死拉倒，这样的女儿，我少一个也不可惜！"

她的声音很高，传到书房中，招来女儿的继续对抗："明明是那个小赵老师太胆小嘛，一条毛毛虫会吓成那样？哼，不让我吃饭我就不吃，饿死我也不会低头！妈妈您说过您当过红色特工的，您总没当过叛徒吧？那您说您女儿我能随便是软蛋吗？不就是几顿饭吗？有什么了不起？"

"你听听，你听听！"沁梅气得浑身直打战。

"三丫头，你少说一句吧！"楚天舒对着书房喊了一句，听到很少对自己大声叫喊的父亲发话了，里面不再有声音传来。

楚天舒抚住妻子的肩膀，轻声劝道："好了，等会我找她好好谈谈！你先让她吃饭好吗？小孩子，正长身体的时候……我也还没吃晚饭呢，让我们爷儿俩一起吃？"

沁梅推开他的手，脸绷得平平地道："不行，今天她不低头就别想吃饭！你忘了咱们以前的约定了？说好你工作忙，教育孩子一向是我的事情，那么如今我说了算！"

她起身到厨房将饭菜给楚天舒热好端了出来："你吃你的吧，吃完去忙你的，这事就别管了！希望你尊重咱们以前的约定，在教育孩子问题上，你能和我保持一致，决不给某些人以可乘之机！记住我的话了吗，楚教授？"

看着妻子一本正经、没有丝毫妥协余地的神情，楚天舒无奈地摇头。他坐在饭桌旁，看看饭菜，拿起筷子，想到关在书房已经饿了两顿饭的小女儿，既心疼又担心，就没一点吃饭的情绪了。他不由叹口气，带着祈求的神色望向妻子："沁梅？算了吧，给我点面子？"

沁梅狠狠瞪了他一眼，就不再理他，转身去了厨房。楚天舒放下筷子，也起身回了卧室。

不一会儿，小儿子江潮急匆匆跑到厨房向母亲报告："妈，我爸身体不舒服呢！"

沁梅听了赶忙跑到卧室，只见天舒半靠在沙发上，闭着眼，女儿江雪守在父亲身边，不停用手为父亲抚着胸口顺气。

"天舒，你怎么样了？是什么感觉？胸口又闷了吗？是心口疼吗？"沁梅急急地俯身看视丈夫，"你总是太忙工作，不按时吃饭，这身体能好吗？何况最近天气不好，估计你的旧伤会发作啊，我们还是上医院吧！"

天舒没睁眼，微微摇手："不用，我歇一会儿就好。"

"那你躺床上好吗？"沁梅边说，边和江雪一起将他搀起，扶到床上。

沁梅服侍丈夫睡好，用手摸着他的额头，心疼地说："你别心急，我知道你心疼那死丫头，我也是没办法了，这孩子再不好好教训，就一准儿毁了！"

天舒理解地看着妻子："我知道，我明白！不过你今天已经饿了她两顿了，有效果吗？唉，那丫头吃亏就吃亏在嘴犟上！回回是这样子，打死也不低头，吃软不吃硬，自己的孩子，你是了解的呀……沁梅啊，你也别生气了，你把那个犟丫头叫进来，我和她谈谈。"

沁梅不依："你身子都这样了，还咋谈呀？"

天舒微微一笑："我没事的。我是她父亲呀，我自有我的办法……反正你知道你那招又不管用了，不如我来试试？"

一旁江雪轻声插言："妈，就让我爸和小妹谈谈吧，我也在跟前，没事的！"

沁梅只好点头同意。

江莲被叫到父母卧室，看到半躺在床上的父亲，低下了头。

"小莲，你看咱爸都被你气病了！你也是知道爸爸身体不好，多少次了，回回都是为你发病？还有小弟？哼，你们两个倒每次都因为这个可以侥幸逃脱妈妈的惩罚，可是爸爸呢？你考虑过没有？他有多难受啊？他是用自己虚弱的身体为你们做挡风墙呢！你究竟明不明白呀？"江雪说着说着，又急又气，跺了跺脚，低声哭了起来。

江莲听了姐姐的话，又抬头看了半卧在床上的父亲一眼，将头深深低下。

"好了，雪儿不伤心了，爸爸没事！"天舒拍了拍坐在床边的江雪的手，又扭头笑着看站在一旁的小女儿，"来，莲儿，到爸爸这里来，我们好好谈谈？今天发生的事情……"

父女三人在卧室里面谈了好久，后来江莲出来了，找到母亲，红着脸低声承认了自己的错误。

沁梅吊着脸，将饭菜重新给她热过，却见江莲盛了一碗饭，放上菜，准备端向父母卧室。

沁梅厉声问道："你不好好坐着吃饭，又胡跑啥？"

江莲低声道："我给我爸端的饭，我爸病着，还没吃饭……"

沁梅神色稍霁，就接过她手中的碗来："你自己好好吃你的吧！吃完快去写检查，写完检查作业！"江莲点点头，不再反抗，安静地走开了。

沁梅端了饭进卧室，江雪忙接过来，对母亲笑着说："妈，我来照顾爸吃，您去忙吧。"

等母亲离开，江雪对着父亲偷偷吐舌一笑："爸，我来喂您吃。"

天舒坐起身来，欲接过饭碗："不用，我自己来。"

江雪挡住父亲的手，看看门外，悄声笑着道："小心点，别让我妈再看出来，您这招就不灵了！还是我喂您吃吧，咱们把戏演得真一些。让我妈识破了，这祸就闯大了！不仅弟弟妹妹们的保护伞没了，而且我妈肯定会特别生气！为了小莲的事情，我妈今天一天都没好好吃饭了，我好心疼她！"江雪边喂父亲吃饭，边和他亲亲热热地聊着天。

当父亲的人忍不住唭叹道："唉，要是那两个小的都像我的雪儿这样贴心、听话、懂事就好了！让你妈省心高兴，也不用让你爸爸成天要装病来骗你妈了。"

江雪笑道："弟弟妹妹还小啊，慢慢就懂事了。爸，您每次为了他们装病，我都好心疼！我不知道您是否真的会发病呢？我都害怕，这样装下去，别哪天像《狼来了》故事里说的那样，您真犯病了，我都没发现呢？"她皱起眉头，露出有点担心的样子来。

"不会的，不会的！丫头别担心啊……唉，难为我的雪儿每次都帮着爸爸给他们打掩护。"天舒感叹着，"爸爸没事的，原先咱父女俩定的这个计策，就是想着能少让你妈生点气，也让那两个小的少挨点苦啊。不过看来，效果明显不理想！"

他望着最爱的长女，分析道："当年你哥哥就爱招你妈生气，如今你弟弟妹妹也没少闯祸，照样成天给你妈添堵……不过刚才和莲儿的谈话倒给了我一点启发，那个丫头也是嘴硬心软，经常就那样和你妈杠上了，最后结果只能是两败俱伤！我在想，关于三丫头的教育问题，我们能不能独辟蹊径呢？我不妨利用这次装病，重新改变对她的教育方式，雪儿，你来帮爸爸！"

江雪愉快地点头："只要妈妈不生气，爸爸您健健康康的，我什么都愿意去做！"

后来楚天舒又和小女儿谈过几次话，明白了她的一些想法，掌握了她孩子气的困惑和逆反心理，又告诉了沁梅，希望由他来接手江莲的教育问题，以免母女再生冲突，效果也不明显，沁梅也同意了。

楚天舒尽量抽出工余时间和江莲、江潮两姐弟谈心，耐心倾听孩子们的心声，为他们解决思想认识上的问题。经过一段时间的梳理调整，两个孩子都有长足的进步，沁梅纠结的心也慢慢放下了。

期间却无意间引发了前面提到的那个柚子事件。

那天是楚天舒的生日，沁梅做了几样他爱吃的南京风味菜肴，和几个孩子一起等他回来吃饭。

因为沁梅提前打过招呼，天舒今天按时下班回家，看到一桌的饭菜和等候在桌旁的妻子和三个孩子，不由得笑了："就等我了吗？"

"是啊，寿星没回来，谁敢动筷子呀？"沁梅笑道，"除了岭子在金城回不来，咱家可是人齐全了，都来给你楚大教授拜寿了。"

"爸爸生日快乐！"她的话音未落，三个孩子已经涌上前去拥抱自己的父亲，天舒一一搂抱亲吻了孩子们。

大家在桌前坐下，江雪对弟妹眨眨眼，江莲和江潮跑到自己屋里，各自拿出准备好的礼物来，江莲拿出的是一条藏青色的长围巾，她郑重地递给父亲："爸爸，这是我和姐姐为您织的围巾，我们一人织了一半的！您身体有旧伤啊，是不能受冻的。您在不穿军装的时候，就可以围上它挡风呀。"

天舒接过围巾，放到唇边亲吻了一下，伸手拍了拍小女儿的脸蛋，又笑着看看大女儿："谢谢我的两个孝顺有心的乖女儿！"

江潮听了，忙将自己手里捧着的一个竹篮递到父亲面前，边揭开盖子给父亲看，边说道："我是男孩子，不会织毛活，于是我和两个姐姐商量了，我们三人一起，用我们的零花钱给爸爸买了个大水果，祝爸爸开心快乐！"

天舒忙搂过小儿子，揉揉他毛茸茸的头发："乖儿子，也真孝顺！"他低头看儿子手中的竹篮，不料蓦然却表情冻住了，篮子里竟然躺着个黄澄澄的大柚子！

"怎么了？天舒，我看孩子们给你买的啥？"看到天舒不自然的表情，沁梅不解地上前观看。

"没什么，都是孩子们的一片孝心啊！"天舒强笑一下，将篮子从儿子手中接过来递给她，然后一手搂住江莲，一手抱了江潮，感叹着，"爸爸很喜欢，谢谢我的儿子女儿们！"

江雪却很细心敏感，她注意父亲的表情不大对劲，那顿饭他吃得很少，几乎是难以下咽的样子。

他强颜欢笑的表情让妻子看了难受，就劝慰着："你是不太舒服了吧？一定是工作累着了？不想吃就别勉强了！"

江雪于是站起身来对父亲道："爸，您要回房去躺一会儿吗？我陪您！"

天舒摇摇头："你妈妈做了这样多的好菜呢，你们该多吃点。放心，爸没事的！"

沁梅在心底暗暗叹气，起身拉起他："好了，你先去休息吧，让孩子们好好吃，这样大家都各自心安！"

天舒也确实感到身体不适，就没坚持，由着妻子陪他回房休息。

在厨房帮妈妈收拾餐具的时候，聪慧敏感的江雪悄悄询问母亲，刚才父亲情绪突变的缘由。看着已经长成沉稳少女的大女儿，沁梅忍不住告诉她了前情，包括柚子的故事，还有天舒兄弟姐妹的一些往事。

"爸爸真可怜！"江雪忍不住掉泪，"我从小就奇怪，为什么我们只和金城爷爷家，还有广州外婆家有密切联系，而总不见爸爸家里的人呢？我以前悄悄问过您，您总不告诉我，却原来……"

沁梅叹息："傻丫头，那时候你小呀，怎么能理解这样的事情？现在你长大了，你哥哥不在这里，你是爸爸妈妈懂事的长女，有些事情该说给你听了。"

江雪含泪点头："是的，妈妈，这样我更能理解爸爸了。除了咱们，他没有亲人了……哦，不，是他的亲人都见不到了，这该有多寂寞多伤感呀？自己的兄弟姐妹，手足至亲，无法联系，不能相见，而且还有那样多的旧日恩怨……爸爸好可怜！"

女孩善良而悲悯地说："难怪今天爸爸这样难过，一定是那个柚子引发爸爸记起了那些不堪回首的往事！今天是他的生日啊！俗话说，每逢佳节倍思亲，在这个特殊的日子里，爸爸应该格外想念自己的手足亲人吧？"她忍不住泪水涟涟。

江雪原本从小就和爸爸最亲，如今明白了一些家族往事，出于对父亲的理解和同情，还有那深深的爱，让她的一颗温柔体贴的女儿心，和父亲的心贴得更近了。

时光荏苒，孩子们一天天地长大了，随着年龄的增长和父亲的悉心教诲，江莲也变得文静稳重起来，在外闯祸的行为渐渐绝迹了，江潮也在两个姐姐的影响下，慢慢走向成熟。家中的和谐温馨气氛逐渐重新形成，天舒暗暗松了口气，沁梅的脸上也常常泛起了笑意。

却不料另一段别扭而纠结的事情又会来，这次是来自于沁梅一向最不操心的长女——江雪。而且这次的问题，不仅牵扯到丈夫天舒，还联系上父亲江静舟！

第二十九章　南丁格尔

南丁格尔是十九世纪二十年代出生于英国一个豪门望族的贵族少女，她不满足于平庸虚渺的上流社会生活，选择当一名护士，为他人服务，帮助伤病者。在十九世纪五十年代的克里米亚战争中，年轻貌美的南丁格尔带着三十八名护士上了前线，救护伤病员，得到英国士兵们的普遍爱戴！每个夜晚，她都手执风灯巡视病房，被伤员们亲切地誉为"提灯女神"。战争结束后，她回到祖国，被英国人推崇为民族英雄。

楚江雪初中毕业那年，突然和父母说到了自己的一个选择：她想步哥哥江岭的后尘，到金城爷爷身边去生活，很大的原因是，她想去那里参军读护校。

这个念头让母亲沁梅既吃惊又不满。在沁梅心中，长女江雪品学兼优，从小就成绩优异，虽然这个年代的大环境不推崇成绩论，但是在知识分子成堆的军事院校中，家长们还是悄悄关注着孩子的学习情况。

江雪从小就勤奋好学，在目前不重视学业和成绩的年代，她可以算是一个异数，她不仅自己经常在家中自学一些课本上的知识，还爱好阅读，她读遍了能找到的一切小说，甚至包括一些家中偷偷藏起来的禁书。除此之外，她在父亲天舒的悉心教导下，还自学了英语和法语，完全是没有被动荡时代耽误的一个好学生。

某次江雪曾经和母亲流露出自己将来想学医的意思来，沁梅很满意。她已经在心中为女儿画好蓝图，江雪高中毕业后可以去参军，凭着她的优秀品行和良好的性格，将来在部队被推荐上军医大学没有问题。即使不当兵，七十年代初，一些地方院校也恢复办学，优秀青年被推荐上工农兵大学的机会也很多，江雪完全可以走上医学院学生到职业医生的道路。

可是，女儿突然会提出去……上护校，当护士?!

沁梅自知自己的看法是有些偏颇，颇有点职业歧视的味道，但是作为一个母亲，对自己优秀的女儿的未来职业，有着更高一层的期盼，难道这有错吗? 带着忧虑和不安的情绪，某天晚上，沁梅拉着天舒，和女儿江雪在书房进行了一番谈心。

"雪雪，"沁梅轻柔地唤着女儿的名字，一副循循善诱的样子，"妈妈知道你一向属意于学医，将来当一名医务工作者，妈妈也非常支持你，对了，当然还包括你爸爸。"她看了一眼坐在一旁的天舒，继续道:"可是，你如今这番打算，还是和妈妈的期望值有很大的距离的! 妈妈想听一下你真实的想法。"

江雪是一如既往的平静和温和:"爸爸，妈妈，我是从小就立志学医，将来能成为一名医务工作者，如今我选择去读护校，正是在实现我的理想啊，有什么不对吗?"

沁梅耐心指导着女儿:"学医并不意味着一定要当护士啊? 你好好学习，高中毕业后去读医学院校，然后成为一名医生，救死扶伤，多光荣? 这才应该是你的理想才对呀? 是不是，女儿?"

江雪微笑着摇头:"妈妈，可是女儿的理想就是做一名护士，一名白衣天使。护士也是医务工作者不是吗? 一样的救死扶伤，实行革命人道主义。我相信爸爸妈妈一定会支持我的!"她温柔地看了母亲一眼，又回头看看一直未开言的父亲，露出会心一笑，天舒也对女儿微笑，江雪看着父亲的眼神明显含了感激的内容。

"医生和护士，都是学医，可是这根本不一样!"沁梅有点沉不住气了，语气逐渐激动起来，"对社会的作用不一样! 同样的救死扶伤，将来做出的贡献也不一样! 还有发展前途更不一样! 是的，一切都不一样。你还小，根本看不到未来深远的前景!"

听了母亲这番话，江雪嘟起了嘴:"妈妈，我觉得您有点职业歧视哦……"

沁梅看着女儿，很有点恨铁不成钢的激动:"唉，你说妈妈什么无所谓，可是作为母亲，我的想法要比你深远得多! 雪儿你学习成绩这样好，却莫名其妙想成为一名护士? 真的让妈妈有点感到失望!"

"妈妈! 您怎么……"江雪有点委屈，她无奈地回头看看父亲，楚天舒一直没插言，此刻对着女儿微微点头，又微微摇头。江雪似乎懂得了父亲的意思，不敢继续出言顶撞母亲了，只好沉默无语，自己低头玩着衣角。

沁梅心急，又看到这父女俩目光深情交流，一副不语心知的样子，心里有点冒火，知道这楚天舒同志一定又是一贯制地犯了护女的毛病，就暗暗瞪了丈夫一眼："你怎么不说话呀？你这个当爸的人，听了自己女儿这番话，就没有什么感想吗？"

楚天舒看到妻子气急败坏的样子觉得有点好笑，但是又怕此刻太过别扭，让妻子把火发到女儿身上，让江雪受委屈，就只好轻语相劝："唉，你这当妈的，也要有点胸怀呀，凡事总有理由的不是？你先别急好吗，咱们听听女儿的解释再说？"

他望着爱女，用鼓励的语气道："雪儿，你为什么立志学医，还想成为一名护士？告诉爸爸妈妈你如何想的好吗？"

江雪点头，在父亲亲切信任的目光注视下，缓缓说出了自己由来已久的心思："其实，我最早开始在心中萌动学医的念头，还是因为爸爸！"她笑着看看父亲，看到父亲和母亲都是一副不解的神情，江雪就含笑继续解释道：

"爸爸身体不好，小时候，他一犯病，妈妈总是急急地送爸到医院。我虽然小，因为是家中长女，有时会和哥哥一起跟到医院，看到护士阿姨们护理爸爸，很细心很周到的样子，给我留下了深刻的印象。我那时候就总在想，将来我长大了，也要成为一名护士，这样就可以照顾好爸爸！其实现在想来，当时的想法好幼稚好自我啊，我想成为护士，最单纯的理由，竟然是可以照顾好我最亲爱的爸爸？爸爸妈妈，你们不会觉得女儿的想法很自私可笑吧？"说到这里，她有点不好意思地笑了。

"依我看，不只是自私可笑，简直是目光短浅，胸无大志！"沁梅哼了一句，她回头看着丈夫，"你瞧瞧这孩子，为了照顾自己身体不好的爸爸，就想当一名护士？这职业选的！"

她望着女儿，一副语重心长的神情："不是我说你啊，雪雪，现在这社会流行说一些套话、大话，什么做无产阶级革命的接班人，改造世界，改造宇宙，改造全球什么的？其实我也不喜欢这种论调，假、大、空，一点不切实际。可是，人总要有点更大的追求，有更高更远的目标吧？噢，你选职业，就为了那个很小我的理由，不是太目光短浅了吗？"

她回望丈夫寻求支持："你说呢，楚天舒教授？"

楚天舒轻轻一笑："你听孩子说完好了，雪儿这口气分明才说了个开头，你急什么呀？"

江雪点点头，继续讲道："这不过是小女孩一个单纯幼稚的想法罢了。可是真正让我想选择护士作为终身职业的原因并不是由此得来，而是由于另一个重要原因。这个原因，还是由于爸爸……"她顽皮地看着父亲笑笑。

楚天舒故意做出委屈无奈状："好吧丫头，你就不停地把责任往你老爸身上推吧。其实只要你妈不生气，能理解你，爸爸也无所谓了！"父女俩相视而笑。

沁梅瞪起眼："你们父女二人能严肃些吗？这是在说女儿的重要问题呢，她的职业前程问题！嘻嘻哈哈，全无正行儿！老的没成算，小的没正经！"

江雪吐吐舌，笑看母亲："好的，妈，我继续说哈。那年我和爸爸学外语，爸爸给我一个小册子，是一份英文读物，那上面讲述的一个传奇故事，让女儿明确了自己想成为怎样的一个人？"

说到这里，江雪忍不住用英语说出了一个人名"Nightingale"，然后用英语和父亲说了句什么，后者也用英文作答，又微笑地点头，拍了拍女儿的手背，说出了让沁梅不明白的四个字："南丁格尔。"

沁梅自然是听不懂，就撇嘴表示着不满："都给我好好说中国话！你们这父女俩，存心气我不是？"

江雪忙赔笑道："不是啊，妈妈，我在问爸爸这个英文名字的准确翻译呢。在咱们这里就从来没见过这个名字出现过啦。"

她笑着对父亲点头："我知道了，爸爸，应该翻译成'南丁格尔'。是的，南丁格尔，就是这个号称'提灯女神'的人，她的事迹，点亮了女儿的理想之光！"

女孩望着妈妈不解的目光，用诗意的语言，为她讲述了一个久藏于心的不平凡故事：

"南丁格尔是十九世纪二十年代出生于英国一个豪门望族的贵族少女，她不满足于平庸虚渺的上流社会生活，选择当一名护士，为他人服务，帮助伤病者。在十九世纪五十年代的克里米亚战争中，年轻貌美的南丁格尔带着三十八名护士上了前线，救护伤病员，得到英国士兵们的普遍爱戴！每个夜晚，她都手执风灯巡视病房，被伤员们亲切地誉为'提灯女神'。战争结束后，她回到祖国，被英国人推崇为民族英雄！"

江雪的面庞因为自己的动情讲述而潮红起来，她忍不住上前拉住母亲的手，又笑着望向父亲："爸爸妈妈，自从读了南丁格尔的事迹，女儿心里就播下了这样一颗种子——我以后也要成为她那样的人！是的，护士，白衣天使，是一个多么崇高而伟大的职业，它能够救护伤病人员，帮助弱者，这正是女儿从小就向往的一件事情！而且，妈妈，您是了解的，小时候，妹妹胆子好大，热衷于解剖小动物，在生物课上，她能够战胜别的男同学，亲手解剖青蛙、兔子……我在想江莲才是天生做医生的人！可是我不成，我喜欢为小动物们疗伤，为它们包扎伤口，救护受伤生病的它们，女儿就会觉得十分开心。妈妈，请您理解我吧！爸爸……貌似您很久以前就发现过我的这个性格呢？"她求助般望向父亲，嘴角微微翘起，像在期盼着什么。

楚天舒也为女儿的深情讲述而打动，此刻忙笑着接口，声援女儿："是的，雪儿说的有道理，爸理解你！丫头，其实你妈妈更是个感性的人呢，她也一定会理解你的想法和追求。"他说着笑看妻子。

沁梅撇嘴："少给我戴高帽子，我没你们想象的那样崇高！我认为……"

"而且，我身边还有活生生这样的例子呢？"乖巧的江雪忙出言堵住妈妈的话头，"我的小弯舅妈，她不就是一名生活在我的真实世界中的南丁格尔吗？我去年暑假去北京度假住在舅舅家，曾到舅妈的工作单位去过，亲眼看到舅妈的工作，她对伤病员的耐心细致和温柔姿态，还有病人们对她的爱戴、赞扬和信赖。我把我的感想告诉了舅舅，舅舅对我说，他也觉得舅妈工作的时候是最美丽的！妈妈，您也是喜欢舅妈的呀，我成为像舅妈那样的人，您会反对吗？"

听她提起了自己心里都很满意很佩服的弟媳妇叶小弯，沁梅不好再说什么，只是思想仍旧没转过弯来，就依然板着脸道："舅妈是舅妈，你是你，情况不同，时代也不同，我以为……"

"沁梅啊！"好像这爷俩商量好的一样，就不让沁梅说出自己进一步的反对意见来，此刻天舒又插言了，"你们娘俩说了许多了，让我先说一些自己的感想好吗？"

沁梅对他微微瞪眼："好吧，你说？我在想，你是个最宠爱女儿的父亲，尤其对咱们雪儿，更是你从小宠大的，你们父女那股亲昵劲儿，有时连我都嫉妒呢。你说说看，难道你不希望咱们最钟爱的长女将来的职业更有前途，她的人生定位能够更高些？"

楚天舒微微点头，不急不忙，娓娓道来："我就从最初的话题说起吧。雪儿曾经说到过的，想当护士竟然是为了照顾爸爸的身体？"

他笑看妻女："雪儿你自认为自己的想法幼稚小我，沁梅你更觉得孩子的想法是胸无大志？可我倒认为，这恰恰是一种可贵的品质体现，是人心中最宝贵的善意之光在闪烁！所谓'人之初，性本善'，可能有些传统意义上的思想目前正在遭遇批判，是过时了，也不那么时髦和具有革命性，可是我要说，我们传统的道德教育，有很多宝贵的东西，值得我们去传承去发扬。可惜的是，当今当世，这些经过几千年历史验证和筛选出的正面社会力量和道德水准正在逐渐流失，这是我很感痛心的！"

听到他的这些话，沁梅暗暗担心，忙上前关好了房门，又看看江雪："天舒，你当着孩子面儿呢，有些话要当心！"

江雪忙劝阻妈妈："妈，您让我爸说出他的这些看法嘛，我想听！这里就咱们母女父女三人啊，无碍的，我不会说出去的！"

楚天舒没理会妻子的紧张不安情绪，他微微皱起自己生动秀长的眉毛，继续说出隐藏心中已久的想法看法来："人们似乎早已习惯了从超越现实的高度去讴歌英雄，去颂扬榜样，却又往往忽视了人性中最原本、最质朴、最真实的存在，以至于这些最为宝贵的本真的东西，反倒变成了光彩夺目的不真实的影子，这多少令我们感到有些遗憾！"

他看着女儿纯真的笑脸，又深情地望向妻子："比如说'百善孝为先'，我认为，一个人，在人生之初，自然是根本不懂得什么是革命，什么是进步思想的，他所禀赋的，就是与生俱来的善良和本真。一如当年的小江雪，知道心疼爸爸，孝心可嘉，她从这份天然纯孝出发，选择了一个朦胧的人生目标，继而随着年龄的增长，将这份小我的孝心，转化为无私的大爱，在榜样的激励下，定下了一份瑰丽有爱的职业蓝图！这就是一个人很宝贵的思想进步过程，从爱家人、爱身边的人，继而发展到爱大家、爱国家、爱人类，愿意为整个世界带来温暖和帮助，这是多么崇高无瑕的理想和信念啊，雪儿，爸爸支持你，并为你感到骄傲！"

"谢谢爸！您总是最理解我的人，我爱您！"江雪忍不住上前拥住自己的父亲，甜甜地笑道。又想起什么，忙看着母亲的脸色，小心翼翼地说道："妈妈也一定会理解我的，对吧？"

沁梅摇头，正欲说什么，天舒继续的话语打断了她："这是第一点。我想说的第二点是，我很欣慰，我们的雪儿真的是长大了，有思想有见解了，她还会从自己的性格方面，来分析自己将来职业的选择问题。对的，雪儿从小善良温柔，心细如发，体贴入微，这个性格很适合她眼下的职业选择——成为一名优秀的护士！"

他用温柔的眼神注视着爱女，看向妻子的目光中带有劝导、说服和鼓励："我一向认为，一个人不必常立志，要立长志！只要选定了既定目标，就要坚持下去，持之以恒，永不放弃，不达目的决不罢休！我们常说的爱岗敬业，干一行爱一行，这是一种优秀的品质，可是，如果我们在选择职业的初始阶段，就能有机会、有运气将自己的爱好、性格、特长和自己未来的事业结合起来，那是多么令人感到幸福宽慰、感到无比庆幸的一件事情。兴趣是最好的老师，它无疑可以令人轻松达到事半功倍的效果。一个人的职业是从他的兴趣出发，那么在别人眼中任何吃苦耐劳的事情，在这个人的眼中，就会变作是一件快乐的事情，从而使人能做到别人做不到的事情，因而也有可能走到别人达不到的更高的境界。从这个层面来讲，任何职业都是无高低贵贱之分的，有的只是从业人的心态和态度，职业本身无高低之分，但是从事这项职业做出的成绩可是有高低之分的！任何行业都能做出成绩，所谓行行出状元就是这个道理。"

江雪被爸爸的这番长篇大论折服了，她年轻的脸庞充满了激动和向往，她静静地听父亲继续说着。

"我相信，护士这个职业，是我们雪儿从小向往的，是她长大后认真选择的，又加之榜样的力量是无穷的，还有南丁格尔那样一面旗帜飘扬在前头，加上我们雪儿的性格适合度，这份职业可以打满分！雪儿，爸爸对你有信心，我的女儿，必定会成为一名优秀的护士，一个真正的圣洁无瑕的白衣天使！"

说到这里，他笑看着沁梅："既然女儿的选择是这样的义无反顾，她的想法是那样的纯净和高尚，我们做父母的，又有什么理由阻止女儿朝着她的理想进军呢？沁梅，你一向是个开明豁达的母亲，一定会想明白这个道理的。想当年你对我改行教书的无条件支持，我就看出来了，你是充分尊重了我的理想和信念，你不是为世俗观念所束缚的人，也不是个简单从众、思想浅薄的人。你一向是通情达理的妻子，如今更会是一个豁达睿智的母亲！"

他说到这里，忙对女儿使了个眼色。江雪会意，忙上前挽住母亲，将头靠在她身上，声音柔柔地说道："妈妈一向最善良通达了，她一定是用前面那些话考验女儿呢？现在听了女儿的理由，就该放心支持我了吧？对吧，我最亲爱的妈妈？"

沁梅无奈，长叹口气："我说不过你们父女俩，你们合起伙来对付我，我还能说什么？"

楚天舒抿嘴笑了："你是我们家的主心骨呀，你的意见至关重要！不过我们不会有太大的分歧的，我充分相信这一点啊。"

他回头看着女儿，戏谑笑笑："雪儿，其实爸爸的观点就是你妈妈的观点呢，我们两人一直是一致的呀。"

他的话让沁梅哑然失笑，继而无奈摇头："你明明是假传圣旨，偷换概念，指鹿为马，请君入瓮……哼，楚天舒我发现，只要涉及孩子们的问题，你就从没和我真正一条心过！"

"嗨，雪儿，你看你妈多有才，不做编辑好久了，这成语还是成吨地往外蹦？"做丈夫的人忍不住大笑。

江雪依旧搂着母亲的臂膀，笑着撒娇："我说过的呀，我有这个世界上最伟大的父母！别人家是严父慈母，咱们家正好是慈父严母。不管如何，你们都是我最爱的人！"

她又记起什么，忙兴奋地透露道："其实最早支持我这个决定的，还有一个不平凡的人呦？就是……"

她顽皮地看着父亲母亲，得意地笑了："是另一个我最伟大的亲人——我的爷爷！我上半年就给爷爷写信说了这个想法，爷爷回信说大力支持！当时，我还怕爸爸妈妈不同意呢，就想请爷爷做点工作，爷爷说，没事的，你的爸爸妈妈我知道，一定会无条件支持你的，我的女儿女婿我最了解！哈，我爷爷真的好伟大呀，一切都让他说中了！"

沁梅更加无语叹气："唉，你和你哥哥真是亲兄妹，毛病都一样，惯于挟天子以令诸侯！"

这件事情就这样完美收官，江雪的理想得到了父母的默许和支持。这样，她才能在父亲楚天舒的护送下，来到爷爷江静舟身边。当时汪静舟因为和江岭、雨林两个小子置气，生病住院，江雪乖巧地守在爷爷身边，给了他一种别样的慰藉。

年满十四岁的江雪终于如愿穿上绿军装，进入部队护校学习。理想的实现让少女萌生了无穷的动力和热情，她年年都是模范学员，以优异的成绩毕业后，分到北京某著名军医院工作，以后通过不断深造和努力，楚江雪成为护理学界的一名模范标杆人物。

和儿子江岭当年离家时的情形不同，由于长女江雪一向体贴父母，乖巧可人，是父母教育弟妹的好帮手，所以她离家上学后，沁梅有很长一段时间不适应，也多少还是流露出自己对江雪职业选择的不太满意之情。这个事情被小女儿江莲了解了，为了宽慰母亲，江莲有一次搂住母亲，在她耳边说道："妈妈您别总在意纠结了，您不就是不满意姐姐没有成为医生吗？我告诉您吧，我可是将来打算学医哦，我一定要成为一名棒棒的外科医生，实现您的夙愿，为您争光！"

沁梅点了一下女儿的鼻头，笑嗔道："先别夸嘴吧？你的学习成绩一向可比你姐姐差远了！目前你要加倍努力学习才是正经事！说大话很有用吗？"

"妈妈您总是小瞧人！"江莲抽抽鼻子，一脸不满，"唉，看来还是我爸最理解我呀。只有我爸相信我的理想和抱负，总有一天终会实现！也只有我最亲爱的爸爸，一直是那样耐心地教导我、支持我、鼓励我，让我这只和姐姐相比分明是白天鹅映衬下的一只丑小鸭，才会感到不那么沮丧惭愧呢。"

江莲狡黠地对母亲笑笑："啊，我发现了！我的爸爸妈妈是不同的教育模式呀？大棒和鲜花！妈妈是大棒教育，爸爸是鲜花培育。究竟谁更有效呢？"

"什么大棒、鲜花的？胡说八道的野丫头！"她的感慨让沁梅更加不服气加上不屑，"你们这一个个的，分明是找机会就对你爸歌功颂德呢？好吧，我不管了，就由着你们闹吧，看你们将来如何成才？到那时，我才服气呢！"

"您就擎好吧，亲爱的妈妈！不管咋说，我也是楚天舒和江沁梅的女儿，绝不会比你们两位差！"江莲一偏头，负气发誓道。

楚江莲是这样说的，当然也这样去努力做了，数年后，她真的不负母亲厚望，后来考入军医大学，成长为一名优秀的女军医。但是，还没等母亲沁梅自豪骄傲的劲头过去，江莲就做出了一项令人大跌眼镜的人生道路选择，从而在母女间又一次激烈地燃起了战火！当然，最后的结局是令人格外欣慰的，楚江莲没有辜负少女时代的雄伟抱负，也没有辜负她的父亲一直以来对她的特殊鼓励和支持，她最后成为这个大家庭中名头最响的一个"英雄人物"，让她久经沙场的将军爷爷都刮目相看，欣慰无比。当然这都是后话了。

第三十章　故人难忘

咱们老祖宗留下来的宝贵财富太多。古代的文人、贤者崇尚知音之谊，既有口耳相传的管鲍之交，也有俞伯牙摔琴谢知音的不朽辞章。这千古知音友情，就像是那开在暗夜里的绚烂花朵，在茫茫长夜中，在无法摆脱的黑暗中给人以慰藉，如轻柔的手，抚摸过我们的灵魂……这曾经的暖意和温情，就足够当事者彼此回味一生了，又何必去耿耿于怀那不可预知的灰暗结局呢？

冰雪消融会有时，直挂云帆济沧海。

大地回春的日子，每个人都欣喜地摆脱掉心灵和身体的双重枷锁，和自己的国家一起历经磨难，重新焕发出新春的光彩。

在过去的那个严冬里，有些人永远逝去了，如程睿夫妇，还有七十年代初因病去世在南方的沈琬，他们永远留在自己亲人的记忆深处，定格了亲切如初的印象。还有些记忆尘封在后人的心底，一些故人的墓地也重新获得修葺整新，再次获得了尊重和永久的安宁。萧岳依旧微笑在雨花台的墙上；白鸽的墓，仍然在歌悦山上郁郁葱葱；方城、沈冰以及后来逝去的程睿夫妇，也各自找到了安宁之处，从此年年岁岁会得到子孙们的祭奠和清扫。最让楚天舒惦念的大哥肖云翔的墓地还没有恢复的讯息传来，但是他坚信会有那么一天，他心中最爱的亲人会被自己的祖国所承认和铭记。

在江静舟心底不能释怀的倒是另外一件事情。好在儿子宁松和他心心相印，在一个黄昏送来了令他欣慰的消息——宁松利用假期去江西为自己的生母陈青瑜整修了坟茔，又拍了不少照片给父亲寄来。

江静舟带上老花镜细细端详着那摞照片，各个角度的情景都有：宁松带着妻子小弯，还有儿子海川、海天，女儿海心，在那座被青草包裹的坟头上默哀致礼；宁松跪在母亲的坟前，仔细端详着母亲的长眠处；儿媳妇小弯用手绢认真擦拭着墓碑；小女儿海心的细白小手抚摸着祖母坟头的青草……

江静舟痴痴地看着坟包，不由得喃喃自语："唉，青青，青青……你如今可真是名副其实了，这坟头上当真是青青一片啦！好啊，青草代表着生机，代表着青春不灭，这真是绝好的写照，你这个纯净如水的青葱小女子……"两滴浊泪不自知地滴落在相片上，他忙擦去了，唯恐晕染坏了他的青草梦境……

时间过得很快，转眼就是1978年的秋天，因为机缘巧合，楚天舒到金城工作了一段时间。

原来，一项重要军事项目研究课题在西北某军事基地展开试验和论证，楚天舒作为特殊人才，著名的电讯专家，被抽调到位于金城的这个军事基地，从事科研攻坚工作，虽然属于借调性质，但是需要工作几个月时间，沁梅还是有点不放心。

"你瞎担心些什么呀？我这等于是回家了，还可以顺便陪陪老爷子，不是一举两得的事么？"楚天舒看到沁梅紧锁的眉头，笑着调侃道。

沁梅嘟起嘴，剜了他一眼，上前用手指点了点他的额头，嗔道："一辈子没良心的家伙！人家还不是操心你的身体吗？"

楚天舒望着妻子笑而不语。两人结婚都二十多年了，最小的孩子江潮今年都十五岁了，准备参加明年的高考，可是两口子甜蜜依旧。只要孩子们不在跟前，沁梅总会不自觉地流露出小女孩的情致来，这也是最让楚天舒着迷和心爱的特质。

他忍不住搂过妻子，笑着吻了她的头发一下："我知道，我知道，我的小妻子总是在操心我的身体，这都过了半辈子了……"

"哎呀，你胡说什么呀？谁是你的小妻子啊？老夫老妻的了，你也不怕肉麻么？别忘了，咱家岭子如今都是二十多岁的大小伙子了，人家可是提干多年，早当上连长了；雪雪也当上护士长快两年了，三丫头也考上军医大学了。这过两年小四再去上大学……唉，咱们真成了老头老太太独守空巢了！"

楚天舒点头："是啊，时间过得真快呀！好像不知不觉中，咱们就快成老辈子人了。"

他看看妻子："所以我要说，这次我去西北工作，也能经常去看看爸。前两年老人身边很热闹，先是有江岭和小林，接着娟娟带着南征、北战过去，后来又有雪儿去上护校……如今可倒好，大家呼啦一下子又都散开了，江岭、小林早就离家去当兵；雪儿毕业后去了北京工作；娟娟带着孩子回南方和萧海团聚去了，爸那里又冷清了！说来他也是年近古稀的人了，身体又一直不大好，刚好这次我可以去陪陪他老人家，多好的事情呐？"

沁梅叹气："你有机会去陪爸我自然开心。我是说，你也要注意留心自己的身体！你这个人，工作起来就不要命的，一进科研项目组就更是没日没夜地干！你自己的身体你心里清楚，好在这些年比较平稳，可是也万万不可掉以轻心呐。别忘了，你如今可不是小伙子了，也是年过半百的人了，何况还一身的旧伤呢？"

她认真地看着丈夫，一副不放心的神情："往日里，有我跟在你身边，自然能随时提醒你，也能照顾你，如今你独身一人去了那风沙大的西北，我咋能放心呢？"

她拉住丈夫的手，将头靠在他的胸前，嘴里不停息地叮嘱着："天舒，答应我，我知道这十年浩劫过去了，你们这些科研人员都像是焕发了青春一般，浑身都是干劲。可是你毕竟是异于常人，因为伤病，这身体底子可不够好！所以你一定要注意自己的身体，千万别累垮了身子。记住你不只是属于你的事业，你的工作，你的健康，对我……对咱们家有多重要？"说到此处，她又忍不住落泪了。

这话让做丈夫的人也不能不动情，便搂过妻子，轻声安慰着："我知道，我知道！放心吧……"

"怎样才能放心？哼，我是落下毛病了，只要你一离开我身边，我这心就跟着悬起来了！从年轻时就落下这毛病了……"依偎在丈夫怀中的沁梅委屈又落寞，"只要你能好好的，我做什么都行……"

天舒深情脉脉地看着怀中的妻子，心中突然蹦出了曾经在沁梅的那个抄诗本上看到过的一句诗——若似月轮终皎洁，不辞冰雪为卿热。他感慨着，似乎又无法诉说这份柔情，只能还是笑着重复了那一句："我知道，我知道！放心吧……"

天舒的到来让江静舟很是兴奋，他一向对这个女婿青睐有加，不只是两人有过一段难忘的并肩战斗在敌营的经历，也并非那场舍身相替的生死情分，而是天舒的儒雅内敛性格，自尊克己的为人处世原则，都让江静舟欣赏和赞叹，这种性格和品格，总会让江静舟想起那个难忘的故人——向晖，也曾是以这样的品行给身边人留下了深刻的印象。

江静舟不会料到，楚天舒更不会想到，这番亲密相处，他们翁婿两人会因为那个故人发生密切联系，更加成为忘年知音，更主要的是，楚天舒还能在精神上给江静舟以最深切的理解和安慰，帮助他渡过了一个极大的人生沟坎。

因为所从事的科研工作十分繁忙，虽然在一个城市里，楚天舒只有在周末才能回到军区大院的家中。顾倾城会提前回到将军楼来，做好一桌的饭菜，兄妹、翁婿三人说说笑笑吃过晚饭，天舒会陪江静舟出去散散步，然后翁婿回到家还可以摆开棋谱，杀上几盘。

日子过得平静而温馨，直到有一天，并非是周末，顾倾城却打电话到天舒借调工作的单位，请他从速回家一趟。

天舒交代了手头的工作，匆匆赶回家中，顾倾城拉住他，低语道："你爸这两天不大对劲，饭也吃得少，话也少，你和他说话，他心不在焉的，整日猫在书房中，像是在看什么东西，还长吁短叹的！我暗中观察了几天，越发觉得不对劲，就想着叫你回来。"

天舒听了暗暗沉吟："是他身体不舒服吗？他的心脏？"

顾倾城摇头："我昨天立逼着给他量了个血压，听了听心脏，倒没发现啥问题，只是他那个不耐烦劲呀……"

她无奈摇头，不停地絮叨着："我看还是情绪问题，就不知道他遇到什么坎了？按理说这'四人帮'打倒了，他也官复原位了。倒是他自己主动提出来因为身体的原因，要退居二把手，但是他的工作热情却是丝毫不减呐。这一年多忙的，我还真怕他过于劳累，把身体再弄出病来！谁曾想，这几天他的情绪突然就不对劲了，总觉得他像含了很重的心事似的……问他，他也吊着脸不肯说。我在想，他最稀罕的人是你，你去摸摸底啊？唉，毕竟是上年纪的人了，他这样食不下咽、睡不安寝的样子实在让人操心不是？"

天舒点头，正要再说什么，却见江静舟回来了。

"天舒你怎么来了？今儿个不是周末呀？"

"哦，爸！今天我到军区这边查点资料，顺便就回家看看。"

"好，好！正好让你姑姑给你做点好吃的，今天在家吃晚饭吧？"

天舒看看顾倾城，突然改变了今天原定的行程计划，笑着对江静舟道："在家吃，我在想，今天晚了，我就住在家里吧。"

"好好好！"江静舟听了更是点头微笑。

晚饭时天舒留心观察，果然看到岳父吃得很少，一副心事重重的样子，和自己说的话也少了。顾倾城特意做的他平日最爱吃的干烧黄鱼，他几乎没动，吃了小半碗饭，就放下了筷子。

"爸，您吃得这么少？身体不舒服吗？"天舒担心地望着他。

江静舟摇摇头，勉强一笑："没事，我好着呢。"就起身进了书房。

晚上，月上梢头时分，天舒看到江静舟站在院子中，对着天边的那轮皎月沉思着。他清瘦的身材依然挺拔如昔，虽然上了年纪，但是那份军人的威严和肃穆之气仍在。不过，毕竟是老人了，这样的背影映衬在深秋味道浓重的院落中，显得是那样的寂寥孤零，还隐隐含着一丝凄清悲凉的意味。

秋风拂过，寒意袭来。楚天舒忍不住打了个寒噤，他忽然记起什么，忙去客厅取了江静舟的外套，走到院中，为他披上，轻声劝道："爸，天晚了，风很凉的，咱还是回屋吧？"

江静舟猛醒般看看女婿，微微点头，由着女婿半扶着自己进了家中。翁婿两人来到书房相对坐下，楚天舒看着岳父紧皱双眉，写满寂寥和伤感的脸庞，决定直来直去地出击了。

"爸，实话告诉您吧，我今天是姑姑特意叫回来的。姑姑发现您近来情绪不太对，她很担心啊。爸，我们虽然不常在您跟前，可是您的健康是我们大家都格外关注的一件事！"

他俯身向前，亲切地看着江静舟："爸，大家都爱开玩笑说您一直对我偏爱，其实您的这份特殊关爱，天舒也充分感知到了！我想，宁松目前也不在您跟前，您把我当儿子好了。有什么心事，您能告诉我吗？让我帮您分忧？"

"瞧你这话说的？就是宁松在，我也没不把你当自己的儿子看呀？"江静舟对女婿又嗔又笑，"别人家，是一个女婿半个儿，咱们这里，是女婿和儿子一回事！你，还有萧海，在我心中，都和宁松一样的！何况，别人说我偏爱你，这也是有的。因为咱们爷儿俩毕竟共同有过那样一场经历，浴血围城、决战时分、千钧一发、一触即发……还有那难忘的生死关隘！"

他忍不住叹息："经历过这些的人，就不是简单的战友、亲人的概念所能诠释得了的！"

天舒也点头感慨着："我懂……这一切生死缘分，实在是难以参透的玄机啊。

留存在当事者的心里，更是一番别样滋味！"

江静舟带点苦笑的表情道："可是，即使是自己的儿子，自己的亲人，有些话、有些事，也不是完全可以同理的呢……唉，人生在世啊，有些痛苦，尤其是一些深埋于心的隐痛，注定是要当事者自己承担，独自品尝。如鱼饮水，甘苦该当！"

天舒微微摇头，深情地看着岳父："爸，您刚才也说到了，咱们除了是亲人，是父子，更是生死战友！在我的心中，不仅想把您看作是最尊敬的长者，我还想把您认作是我此生难得的知音……是的，从当年在宽城时咱们接上了头，互相亮明了身份，成为并肩战斗的同志起，这份知音情愫、生死情谊就从此纠缠在我的心间！无论何时何地，我遇到问题，都想有机会向您倾诉。就像当年，我想从703调往军校任职，您给了我很中肯的建议、最深切的支持。我也想，您能把我也看成晚辈知己吗？当您遇到坎儿时，别自己咬牙扛着，能让我为您分担一二，比如当下？"

他这番入情入理又满含深情的话语深深打动了江静舟，其实，在江静舟的心中，如今能明白自己这份心思的，也只有眼前这个女婿和远在北京的儿子宁松了，因为此番问题牵扯到的人是——向晖！

江静舟沉吟片刻，不再执拗抗拒，下了某种决心般地叹了口气，起身走到书桌前，打开抽屉，拿出一份刊物来，递给天舒。

"看看这个，你就会明白了……毕竟，那也算是你的一个故人，我也一直认为，你该能懂他……"

天舒接过来看，原来是一份内参，这种刊物一般是供军队内部高级将领们学习参考用的。他很容易就翻到了折起页码的那张，上面刊登了一篇文章，是一个台湾军方人员的回忆录，其中提到了向晖的后半生境况。

和江静舟一样，这也是解放后楚天舒第一次了解到向晖的结局。这篇文章写到，当年向晖夫妇从香港来到台湾，旋即就被捕入狱。台湾军方给他定的罪名为"背叛党国，投降共匪"，后面还写到向晖在狱中的一些情形。

文章涉及向晖的内容不算多，天舒很快读完了，他合起杂志，沉默不语。片刻，他看着江静舟，斟酌着用语："其实，这样的结果，应该是您早已料到的。娟娟回来讲到她父亲的选择，我们就都明白了，这是一场不可挽回的悲剧。"

他认真看着江静舟，语气变得轻柔体贴起来："爸，我也知道，您的纠结所在，您和向将军曾经的那份知己情谊，让您不仅当年在那种危机四伏的围城里的抉择是格外的艰难和痛苦，而且注定了，现今早已归于平静的您，回忆起往事，仍会对故人有一种别样的思恋和哀痛！尤其是，当您又得知这样悲剧性的消息之后……我很理解您的感受！"

江静舟感慨地点头："天舒啊，你到底懂我……"

楚天舒心中做着难言的挣扎，最后他决定破釜沉舟了，眼前的老人，身体和精神状态都不像以往展现给大家的那样好，如何让他能解脱一些，能放下一些沉重的思想包袱，就是自己目前必须要做的一件事了。

想到这里，楚天舒深深吸了口气，望向江静舟的眼神有理解、同情，还有丝丝犹豫："爸，我……"他还是停了话头，微显踟蹰的样子。

"你想说什么，天舒？爸这里，你就知无不言，言无不尽吧！"江静舟敏感地看出了女婿的犹疑之态，就带着鼓励的语气道，"我选择把这件事情告诉你，就是知道你也是过来人，咱们毕竟共同经历了那番危境抉择！而且，我也清楚，他……明光兄对你的爱重之意，他多次在我面前说到对你的青睐和欣赏，你的才华，你的风范，你的气度……虽然他不可能知道你是我们这边的人，但是惺惺相惜的感觉还是很强烈的，这点我最清楚！"

楚天舒心下感慨，叹息着说道："爸，有件事你可能不是很知道详情，当年我和向将军是有过一次很交心的对话的？就在那次，我们几乎瞬间引为同类知己！爸，这个话题先放下，我等会自会和您详说。眼下我想继续说出我对您的情感感受的一点看法：爸，目前最让您纠结的，应该还有一点，那就是——深藏于心，隐忍了这么多年的一丝愧意！"

"天舒？"江静舟似被点醒的梦中人一般惊起。

"爸，您别激动，听我细说。就如您刚才说的——我懂您，是的，我自觉真的能懂您几分！懂您当年的无奈，懂您今天的伤感，更懂您，那深藏于心多年的一点私我情感——您的内疚和愧意。"

他的语气变得沉重起来："我知道，那年您策反陆十军和N7军时，遭遇到的最强劲对手，就是您最好的朋友。您要费心劳神针锋相对的，就是您的手足般的兄弟！我明白，向将军和您不是一般的战友和兄弟，他还是您多年苦守敌营，难得结下的一位异党知音！为了起义大业，您在有意和无意之间，利用和消磨了自己和他之间的友情和亲情，这点对您来说，实在是最为伤感和遗憾的一件事。您的痛苦，实在是太深太深了！"

他的话让江静舟无语凝噎。

天舒同情地看着眼前泪眼朦胧的老将军，从心底发出了一声长叹："您成功了，可是从此也在心中埋下了遗憾和愧悔的种子！我了解您，作为一位身经百战、志坚如钢的红色特工，您不会后悔自己当年的抉择和行为，因为信仰在您心中的位置是无可替代的！但是，作为一名情感丰富，感性而重情的普通人，您一定会觉得在兄弟情谊层面上，您是有过难以言说的愧意的。您就这样祭献了自己的友谊和亲情，心中留下的创痛，也是会铭刻一生的！"

他忍不住上前，坐到江静舟身边："爸，您太苦了！如今，随着这年纪的增长，您这份无奈的愧意就像野草一样，时时会填满您的心间，您必须要及时修剪阻止住它们，不然终究会伤害到您的健康，您的身体！"

江静舟用手狠狠拍了拍身边女婿的肩膀，点头低叹道："天舒，天舒！我没认错你，有你这般理解，我也……"

"那么让我来做您的除草剂吧，帮助您剪除那些充斥于您内心，折磨着您的健康的野草吧！"天舒笑着安慰道，"现在，我就可以和您讲述一下我和向将军的一段深度交往了。"

江静舟点点头，静静听着女婿为自己讲述着往事。

"爸，您知道当年我受党组织委派，作为特使来到宽城，主是就是负责 N7军的策反工作。因为向将军和我的二哥是清华同窗好友的缘故，我重点就想在向将军这里取得工作上的突破。我可以说是怀着这样的鲜明目的去有意识接近向晖将军的。我们曾经接触过几次，也有过几次深谈，我这才发现，我竟然和他有那样多的相似点，不仅仅是家庭出身，幼时的理想，最初的求学念头，性格和理念，还包括对很多事的看法……我们越谈越相投，几乎瞬间找到了知音的感觉！尤其是某次，我们谈到了前途问题……"他的话语将两人带回了那个波谲云诡的往昔岁月。

那年初秋，在围城时期的宽城中，身为前线督查特派员的楚天舒在向晖的军部里和他相谈。

时年二十七岁的楚天舒一身笔挺英武的上校军装严整利落，他剑眉微挑，面容沉静，带着理解的微笑看着眼前的这位将军。

未满四旬的向晖周身充溢着文人的淡定儒雅气质，但细细看去，那将军应有的高傲凌然之气，还是时常从他的眉端隐隐闪现。他此时正陷入人生最难抉择的时期，自己麾下的全美式装备的 N7 军出路在哪里？这是最让他感到纠结的事情。

眼前这个年轻的特派员，善解人意，充满同情地和自己说了很多贴心的话语，话里话外流露出欲最大限度保全军队建制和人员生命的建议，这让陷入困境已久的向晖是心下暗服。

可能为了缓解这纠结困扰的情绪，楚天舒主动和向晖提起了他的一个故交——自己的二哥，远在美国生活的楚天骅。

"向将军，前次在京沪守备师和您相识，才知道您和我二家兄竟然是清华同窗。我后来专门致信二哥，说了我和您的这番交往，二哥很感念，回信嘱咐我一定代他向您表示问候！"

向晖秀气白皙的面庞上闪过一丝怅惘和追忆之情："是啊，令兄天骅，他不仅是我的昔日同窗，而且曾和我是无话不谈的好友呢。唉，一切都不堪回首了！清华！自强不息，厚德载物，难忘的岁月啊！"

楚天舒莞尔一笑："是的，清华的校训——自强不息，厚德载物，这个出自《周易》，所谓'天行健，君子以自强不息；地势坤，君子以厚德载物。'在今日之宽城，将军也可领会其精髓。这厚重的土地，可以承载万物，君子取法地，要积累道德，方能承担事业！眼看今日城中，芸芸众生，生命至可尊贵，这数十万人的身家性命，如今可都掌握在将军您之手上，责任之重，莫可言表！"

向晖若有所思："特派员前面说的那些话，已经让向晖心里有了成算。其实特派员有所不知啊，目前我心中何尝不进退两难？不拼死抗争，对不起领袖之托付信任，不忍气保全，对不起这数万弟兄的身家性命！难道向晖生来就是个无情无义之人吗？唉，个中隐情纠结，只是不为人知罢了。也罢，如今我只以N7军的维护保全为重，那些玉碎的念想……也终究是个人所应持节操罢了，犯不着将所有兄弟都逼上绝路！"

他苦笑一下，看着楚天舒："还是令兄明白啊，青年才俊，才学八斗，钻研技术，远避美国，不问政事，倒也洒脱！不像向晖执拗，走上这条从军之路，几乎将自己逼到了绝境中来。"他自嘲地笑笑，在楚天舒看来，是一种无可奈何、无比凄凉的苦笑。

楚天舒同情地望着向晖，轻语道："一切终将过去，等到战争过去，风平浪静，天下安定的那天，副军长可以再次选择自己的道路就好。就像天舒本人，到那个时候，也是想回归书房，当一介书生，好好读几本自己心爱的书籍，写上几篇文章，方为人生之快事呢！"

向晖点头："其实说到底，依咱们的出身，咱们的学识、经历，你我二人原本都该是这样的文人才对！只是乱世风雨，飘摇难定，所谓百无一用是书生，哪里又有一张可以静读冥思的书桌呢？统统是被逼到这个份上了……唉，你的想法固然诱人，只是不知道你我是否还有这般福分呐？"

楚天舒哈哈大笑起来，良久，他半认真半戏谑地对向晖道："放下屠刀，立地成佛，何时都不算晚吧？天舒和副军长悄悄共勉如何？"

向晖也无奈地抿嘴笑了。

楚天舒和江静舟讲述了当日他和向晖之间的谈话，接着又轻叹道："爸，您明白了吗？为什么我要说自己和向晖将军有太多可以同理之情？就是因为我们两人好相似，骨子里就是一个文人的做派呐！向晖将军他的最高理想，其实就是做一介书生，能在太平盛世清静读书，清白做人，好好做番学问而已。是的，回归为一个普普通通的知识分子，守住这份本真和纯净，是像他这样的知识分子最大的愿望。一如天舒如今，幸逢盛世，当可自由选择做一个清静文人，一个埋头研究专业，不问世事的书呆子。这样的境界，是多少旧时代知识分子毕生追求、却可望而不可即的一种奢求目标？"

江静舟也不觉长叹："是的，我也看出来了，你和他，你们二人原本有很多的相似点，你自然能更加深切地懂他！"

"我理解他，他不只是一名将军，他的身上，更多展现了中国旧式文人的气质，宁折不弯，刚正不阿！"天舒点头道，"所以，爸，您该明白了向将军他最后的选择？作为一个饱读诗书，受传统教育至深的知识分子，他要去毅然决然地殉他的道义，他的信念。只有这样，他的内心才能归于平静，才能获得永久的安宁，即使他明知道前面等待他的是牢狱，是毁灭！"

江静舟点头不语。

天舒继续说道："所以，作为知己，他也终会明了'各为其主'的深刻含义，你们各自在坚守自己的信仰和毕生追求的主义，即使碰撞得头破血流，即使发生兄弟阋墙的悲剧，也不是你们个人的问题，不是你们能够阻挡或避免跌入的深渊。"

江静舟听闻不由叹道："是的，那曾经的无助感，无力回天的感受，让人想起来，至今还会痛彻心扉呀。"

天舒理解地点头："的确如此，我们个人的力量有时实在是过于渺小，我们无法阻挡一些历史事件的必然进程，更无法撼动一个深植于人心的信仰之树！俗话说'三军可以夺帅，匹夫不可夺志'！何况我们了解的他，不只是一名将军，更是一个传统礼仪道义熏陶下的有着自己坚定信念的知识分子。所以爸，我认为，对于一些不可抗拒的结局，在它到来之时，只要我们还能守住自己的一份本真和善念，终究可算是无愧于心的了！"

他侃侃而谈，清秀俊逸的面庞上满是智慧之光："咱们老祖宗留下来的宝贵财富太多。古代的文人、贤者崇尚知音之谊，既有口耳相传的管鲍之交，也有俞伯牙摔琴谢知音的不朽辞章。这千古知音友情，就像是那开在暗夜里的绚烂花朵，在茫茫长夜中，在无法摆脱的黑暗中给人以慰藉，如轻柔的手，抚摸过我们的灵魂……这曾经的暖意和温情，就足够当事者彼此回味一生了，又何必去耿耿于怀那不可预知的灰暗结局？"

他的唇边此刻勾起了一抹淡淡的微笑，让坐在身边的江静舟的心也变得温暖湿润起来。

"爸，说到这里，不禁让我又记起了萧岳的那句话，那句萧岳在牺牲前，托我带给沁梅的话——'曾经拥有'，有时远比'天长地久'更让人感到幸福！对爱情是如此，对友情，兄弟情谊，何尝不也是如此？"

这番话是那样深刻地打动了江静舟的心，他久久不语，只是让一汪清泪，尽情流淌在这深秋的夜晚中。

楚天舒欣慰地发觉江静舟似乎内心放下了不少，他的神情变得轻松起来。但是第二天早上，他离开家时，江静舟对他感慨着说出的一句话，又让天舒突然泪水盈眶。

"天舒啊，我昨晚一直在想一个问题，最后终于有了答案。"他微微露出一丝纠结的笑容来，对着女婿轻语道，"我一直觉得你总给我一种似曾相识的熟稔感觉来，却原来，你的某些特质，不，是很多特质，都好像我的那位老友——那个倔强刚强又善解人意，有情有义、永远是克己待人、温暖有爱的向明光！"

这次的深切恳谈，让江静舟和楚天舒这对翁婿的感情进入到一个新阶段，他们从此结为毕生的忘年知己。只不过江静舟没想到，楚天舒更没料到，这件看似已经放下的事情后来还会向悲剧的方向发展，一年后竟然引发了江静舟的一场重病，让他陷入人生最灰暗的一个时期。这些当然都是后话了。

大半年过去后，楚天舒结束了金城的工作，回了湖南。

第三十一章　莲花心事

岂止是顾倾城，江静舟的所有亲人都知道这根横亘在老人心头的情丝。儿女后辈们更是不敢轻言妄语，只为这根情丝穿透了历史的幕霭，显得如高山流水般圣洁隽永，让人无法用俗世的安慰语言，来巧解这份沉甸甸的哀愁。

1979 年在期待中悄然来临。

这年江静舟正式办了离休手续，搬进了干休所军职楼。这种外墙爬满青藤的两层小楼依然被人们称作将军楼，依旧属于军队管理范围，但是里面居住的人们，已经从金戈铁马的将军们，回归成颐养天年的老人。门球场，棋牌室，都有他们蹒跚苍老的身影。

江静舟却是其中的一个异数。他没有其他老年人那种统一、带有标志性的爱好，而是闷头扎到了书堆里，做起了足不出户的"读书人"。

他拒绝了军区留他当顾问的提议，说出了"不在其位，不谋其政，让年轻人甩开膀子干吧"这样的豪言壮语，心甘情愿地回归到自己的小书房中，开始了自己青年时就曾渴望却不可得的安静读书时光。顾倾城发现他读书涉猎的范围很广，但是还是对军事论著最为倾心，一本《曾胡治兵语录》翻得很久了，依旧时常放在手边，随时拿起来研读。

这时候的顾倾城经常会来到将军楼照料他的生活，为他做点可口的饭菜。她在干休所申请的房子也装修好了，一室一厅，整洁有序，她搬了进去。房子紧邻江静舟家，这样她就可以白天在这里忙家务，照料他，晚上才回到自己的那里。

当年孩子们纷纷离家后，婵娟母子三人也回了南方和萧海团聚去了，顾倾城知道自己义兄一向的别扭心理，就背着他找到靳鹏，请他联系了后勤部门，重新给她找了一套一居室的宿舍，她对房子没任何要求，只有一个条件，要离将军楼近些，这样方便她就近照料江静舟的生活。这次搬到干休所，她同样请靳鹏照此办理。

其实顾倾城坚持要安排这样的居住方式是有着她的一定道理的。这回她托人收拾好房子，才对江静舟讲明，又急忙声明自己事先咨询过有关政策，由于她也算退伍军人，可以享受这样的待遇，并不违反规定。

江静舟听后默默不语，随后点头道："好吧，目前一切都平静下来，小薇你搬出去住也好，自己也随意自由些。你知道的，我这人脾气不好，这些年，也让你受委屈了。"他露出一丝孩童般率真的歉意表情。

"哥，你都说什么呀？跟着你哪里有委屈了？明明是你给了我一个家，还有这满堂儿女的亲情！唉，小薇又不是傻子，不知道感恩的？"她说得眼圈发红，"其实你也明白啊，我搬出去也是让你舒坦点。兄妹大半生了，我还不了解哥哥你的性子吗？再说，这样挺好的，我那房子就挨着这边，每日里我还是会在这边弄家务，三顿饭我还是照常做，多个人一起吃饭，你也不寂寞对吧？晚上收拾利索我就回我那屋，你这边夜里也有公务员的，应该能让人放心。"

"小薇啊，你这丫头，这大半辈子了，还是这般处处为他人着想呐？唉，哥心里都明白，我妹妹委屈了！"

这句话生生逼出了倾城的泪水，她扭脸擦了，回头强笑道："还丫头呢？都老太婆了……你这称呼也总改不了的！"兄妹两人相视而笑，多少无法言说的温柔亲情都尽在这不必解释的一笑中。

这对兄妹俩经过多年的磨合，形成的骨肉亲情已经超越了血脉。但是在过往的岁月中，两人也曾闹过别扭，主要是由于婚恋问题。

自从何平均转业回乡后，顾倾城就封闭了自己的情感之门，专心工作，退休后，又一心照料好义兄的生活，闲来给孙辈们织织毛衣，打打电话，也是自得其乐。

但是江静舟却总为妹妹担着一份心，总想她能有个安定美好的归宿。当何平均事件平息后，就有形形色色的人，来给江司令员的妹妹介绍对象，他也曾热心过张罗过。

没想到此事引起顾倾城的强烈反感。当时江静舟的老搭档，军区王政委两口出于对顾倾城的关心，向她介绍了军区副参谋长，一个刚刚丧偶的高级军官。

江静舟对此人的情况比较满意，就在王政委夫妇的游说下动了心思。他们怕顾倾城会有抵触情绪，就采取明修栈道暗度陈仓之策，先不对她挑明，想迂回完成这场婚姻之战。

一天，趁不是周末，江雪不回来吃饭的时间，江静舟突然嘱咐顾倾城做一桌好菜，言明有个老战友来此相聚。顾倾城兴致勃勃地安排好家宴，等来的，却是王政委夫妇，和一个五十多岁的军官。顾倾城认出他是军区黎副参谋长，但是因为不熟悉，大家很客气地问候了一声。

饭桌上的气氛很微妙。顾倾城格外敏感，她很快察觉这是一场针对自己的“鸿门宴”，温柔沉静的她心底愤怒，却不能发泄出来，就采用了“徐庶进曹营”的策略，从头至尾，一言不发，连头都不曾抬起。

平日里谦和文静的顾倾城这般做派，让席间的几个人瞬间明白她的心意。大家尴尬无奈，几次冷场，让人难堪不已。于是这场精心准备的家宴很快草草结束。

客人走后，顾倾城把自己锁在屋里，也不理义兄。接连几天，她都是吊脸噘嘴，冷眉冷眼的，让江静舟挠头纠结，歉意萦怀。他又不好解释，也没法解释，顾倾城也懒得听他解释，就这样磕磕巴巴磨叽了几天，一直到周末江雪回到家中，有说有笑地和两个祖辈亲热，家中气氛才算转换过来。前面那件令人难堪的事情总算烟消云散，顾倾城脸色阴转晴，江静舟才放下一颗心来。

没想到令顾倾城纠结气愤的是，自己的义兄却“死不改悔”，故技重施。过了半年，军区又有人到顾倾城耳边絮叨，给他介绍对象。有军队的，地方的，形形色色，不胜枚举。顾倾城仔细打听了，原来“幕后元凶”不是别人，竟然是自己半生跟随的义兄江静舟！

顾倾城不动声色，也和他玩起了“阴谋”。而且很快效应就显现出来。

某天傍晚，她像往日里那样为他做好饭菜，坐在桌旁等他回来，迎来的却是一脸愤怒表情的义兄。

江静舟进门，还未来得及脱下他的将军服，就气哼哼地将手中的公文包扔到沙发上，然后像一头豹子一样冲到妹妹面前，紧紧盯着她的眼睛在冒着火：“小薇，你搞什么名堂啊？你的胆子也太大了吧？”

“哥，怎么了？一回来就发脾气？”顾倾城心里有数，也早有准备，却不动声色，仍旧和颜悦色如往日一般。

江静舟却无法平静，他伸出手，指向妹妹：“是不是你搞的鬼？竟然……竟然托李副政委的爱人给我……保什么媒起来？无法无天，你真是胆大包天！”

顾倾城白了他一眼，淡淡一笑："是我，没错，我也是好心呐，想着你这孤身大半辈子了，眼看都快要花甲的人了，还没有个知冷知热的人照顾，怎么让人放心嘛？"

"你你你……简直胡说八道！胡言乱语！乱弹琴！"眼见得江司令员是气急了，手直抖，话都说不囫囵了。

顾倾城怕他气发心脏病，忙起身扶他坐下，柔声安慰道："好吧，哥，我承认，我做的是有点……不妥当。但是……"

"但是个屁！"江静舟气愤难消，仍旧吊着脸训斥她，"谁给了你这样大的权力？允许你管我的事情了……我说的是私事！我的私事！我可告诉你，小薇，你是我妹妹不假，可是你也绝对没权利插手我的私事！"

"好吧，我明白了。"顾倾城回答得及时又利索，"每个人都有自己的私我空间，就是亲人、手足也不能插手干涉是吧？哥哥，你这番理论不错，但是惜乎是只准州官放火，不准百姓点灯！这难道是你江司令员的特权吗？若是如此，我无话可说！谁让我只是个平头百姓呢？不能和司令员您比！"

"你又胡说些什么？"江静舟敏感地意识到自己是着了妹妹的道儿，但是还不肯认输，就嘀咕着强辩，"兄妹之间，还论什么司令、百姓？哼，没良心，我是什么样的人，别人不清楚，你难道也不清楚吗？你白叫了这几十年的哥了？"

"那好吧，"妹妹开始心平气和地和哥哥理论起来，"所谓人同此心，心同此理！你为什么屡次干涉我的私事呢？你明明知道我不乐意……可是却三番五次地托人拉纤保媒的，你考虑到我的感受了么？"

江静舟被顶得无语，半晌才低声强辩道："我是你哥哥，不是在关心你？"

"可是我作为妹妹，不过这样关心你一回，你就受不了了。你可是不遗余力，隔三岔五就这样'关心'我呢，你考虑到我的不满、纠结，我的愤怒了吗？"

"唉，小薇……"

"唉什么唉呀？哥，将心比心，你就会想明白很多事情！强扭的瓜不甜，你又何必去强扭它？以后咱们和平共处行吗？谁都不要再做这种出力不讨好的事情了吧？"

当哥哥的人还是不能甘心，想进一步劝说妹妹："你我的情形不同啊。你知道的，我是有个念想，在等一个命定的缘分，而你呢？完全可以向前走一步，找到自己的另一段幸福，又何乐而不为之？"

顾倾城神色沉静，严肃地摇头："哥，你又错了！子非鱼，你怎么能猜透我的心思？你是在等你命定的缘分，我也是在固守自己应该固守的一段痴情，这个没有高下之分。"

"唉，莫非你还在纠结于那个……小何子？不是已经完全过去，你已完全放下了么？你不至于傻到……"

"哥你不必说了，我有我的想法。"顾倾城赶忙打断他，直觉再说下去自己要痛哭失声了。她拼命咬住嘴唇，尽量用平静的语气道，"我认命，但是我不会盲从，这是我做人的底线。眼下我不缺亲人，有你这样的哥哥，有这一大家子晚辈，我知足了，不再有别的想法了！"她说完站起身来，跑上楼去。

江静舟默默地看着她的背影，心里若有所感，却是无可奈何，只能再次长叹口气。

这场冲突倒也没白忙活，从此之后，兄妹俩各自明白了对方的心意，就不再做那些出力不讨好的事情了。这样大家倒也相安无事。

日子像一条河流，继续平静地流淌着，很多我们以为凝固不动的日子，其实回头望去，不过是人生的瞬间片刻。退休的日子，更是静水流深般宁静舒缓。

顾倾城闲来无事，就开始养个花花草草的，很快将军楼的两层阳台上，都变得五彩缤纷起来。

因为自己名字的缘故，她最喜欢培育蔷薇和玫瑰，还经常将开到最盛时期的花枝剪下来，插到大玻璃瓶中，放到客厅里。于是这客厅就经常飘着清甜怡人的花香。

江静舟暗笑她的小姑娘情怀，倒也不管她。但是某一天，他从门球场上回到家中，客厅的茶几上放着的一束鲜花却惊呆了他——竟然是几支莲花，亭亭玉立地婀娜在玻璃花瓶里。

顾倾城将炒好的几样菜品在餐厅的桌上摆好，却看到江静舟还默默地站立在花瓶前，盯着那束花出神。她轻轻唤了他，他才猛然惊醒般来到饭桌旁。

这顿饭吃得沉闷，江静舟轻轻推开妹妹准备给他添饭的手，放下了筷子。起身回书房前，他貌似不经意地问了一句："这莲花从哪里来的？"

"哦，是今天干休所的园丁们收拾那边那个小池塘，拔了些莲花，我看着好看，怕糟蹋了，就挑了几支带回来……"顾倾城回答道，却猛然间意识到什么，就暗暗咬住了唇，恨不能掐自己一把：这都是什么事吗？顾倾城你这把岁数真是白活了，真是哪壶不开提哪壶！

江静舟默默回到书房里，拉开最隐秘角落的那个抽屉，取出那本绒面日记本，痴痴地凝望着。由于年代久远，本子的外皮已经由原来的紫色蜕变为灰色，就像一个青葱靓丽的少女已然走到了暗淡萧瑟的迟暮岁月。

打开本子，迎面就是那枚半朵莲花做成的书签，也是因为年代浸润的缘故，花瓣在玻璃纸里变得有些发黄。江静舟拿起它，对着灯光看看，那半枚已经是褐色的花瓣竟然由于灯火的渗透变得朦胧通透起来。

"唉，你这曾经皎洁如月的莲花啊……"他轻轻感叹着，放下书签，浏览了一遍本子里曾经抄就的诗句，最后眼神定格在虞水蓉为他写的那首别离诗前——

> 花开彼岸本无岸，芳心未改任在肩。
> 驾舟不畏烟波浩，驰骋何惧灯火寒。
> 花叶千年不相见，缘定今生心也甘。
> 花若解语花颔首，佳期可待证前缘。

"缘定今生，佳期可待……莲莲，莲莲……走过深秋，严冬，我们这些人可是早都来到这春意盎然的彼岸！到处是温暖，到处是芬芳，到处是自由……可你呢？三十年过去了，你就不肯给我一点信息吗？"

江静舟喃喃自语着，他心里早就印刻着一个答案，但是他从来不想去面对它。

"是的，莲莲，很多人，曾在各种场合暗示过我，你不在了，一定不在这世间了！但是我怎么就那么不愿意相信呢？莲莲，你这朵注定永远鲜活在我心底的解语花……你说过的，我们会有一段后缘，我们的日子还多呢……

"可是莲莲，我们还有多少日子呢？你看看我的这头白发……唉，但是我不会放弃的，我要等你回来！我相信会有这么一天……"

他一晚上都辗转反侧，第二天醒来时，他来到客厅，准备再欣赏一遍那束莲花，却发现瓶里的花已经换成了月季。

"唉，花呢？花呢？"他急得像一个孩子般焦躁和不安，大声嚷嚷着，让刚做好早点端出来的顾倾城吓了一跳。

"小薇，你搞什么鬼？把我的花弄哪儿去了？"

"哦，花……哦，是那莲花……我……清理掉了……"顾倾城被他过激的反应吓着了，磕磕巴巴地说道。

却看到对面那人露出让她不认识的凶巴巴的神情来："清理掉了？清理到哪里去了？你凭什么呀？顾倾城你真浑！"他真的动气了，脱口叫出她的大名，态度之恶劣也是她没有经历过的。

她的眼泪瞬间淌了下来，嘴里语无伦次地辩解着："哥，是我不好，我……我不该带那些莲花回家的……我知道……都是我的错，你别动气！花是找不回来了，一大早就被人收拾走了。我……不行我去别处给你找找，给你找找莲花……"

"你错什么呀？好端端的莲花你就随便扔掉了！你倒忍心？"江静舟很少对妹妹这样大声喊叫，他不顾脸涨得通红的倾城，恶狠狠瞪她一眼，转身出了门。

顾倾城忙让公务员小梁去跟着他，半晌回来，江静舟直接进了书房，小梁到厨房悄声对顾倾城道："首长上午在那个小池塘坐了好一阵，看着水面，可是那里什么也没有啊？"

"都怪我，是我浑啊……"倾城抹起眼泪，让小梁不明就里。

中午吃饭时，那人脸色才稍霁，不再秋风黑脸的了。又过了几天，他才缓过劲儿来，对妹妹又有了笑意。倾城才暗暗松了口气。

这是顾倾城跟了他这么多年，第一次看到义兄的"莲花"情结。其实她也知道他心里的痛苦纠结，和无望的等待带给他的焦虑情绪。她不知道如何劝慰他，也不敢轻易去碰触那个敏感的话题。

岂止是顾倾城，江静舟的所有亲人都知道这根横亘在老人心头的情丝。儿女后辈们更是不敢轻言妄语，只为这根情丝穿透了历史的暮霭，显得如高山流水般圣洁隽永，让人无法用俗世的安慰语言，来巧解这份沉甸甸的哀愁。

沁梅夫妇是最理解父亲的人，而且当年和牵动这根情丝的女主人也有过亲近的接触和相依，但是他们也不能用平和有效的方法安慰自己的父亲。"三十多年了呀，我觉得父亲的等待，已经变成一种爱情的信仰，永驻在他心田，谁能真正抚摸到那块最柔软的部位呢？"某次沁梅对丈夫天舒感叹道，天舒紧紧蹙起细长的眉毛，没有作声。

紧接着到来的 1979 年江家还发生过一件大事，那就是楚江岭上了前线。

在前一年——1978 年的年末，楚江岭曾经回到金城看望爷爷，这也是他当兵后在家住的最长一个时期，前后一周的时间，他一直陪在爷爷的身边，和他下棋，散步，祖孙俩其乐融融的样子让干休所的老人们看了都很羡慕。

他走前三天，妹妹江雪也从北京回来，语焉不详地对爷爷说，自己是想爷爷和姑婆了，所以回来看看，恰巧遇到大哥也回家探亲。顾倾城当然相信了，乐滋滋地每日里惦记着给两个孩子做好吃的，江静舟却从孙儿、孙女躲闪的目光中看出了一丝蹊跷不寻常之处，他却不动声色。

其实作为一位征战沙场多年的老军人，他是有着自己独特的敏感性的。虽然已经离休在家，对于一些局势的敏锐观察还是有的。但是他毕竟也是久经考验的老军人了，知道孩子们如今都不是自己膝下的孩童，而是两名身着威武庄严戎装的军人了。不该说的，他们不会说，不该问的，他自然也不会去问。

江岭走前的那个晚上，他钻到妹妹的卧房里，兄妹俩叽叽咕咕地说了很多话。顾倾城无意间看见，男孩是捧着一个小木匣进了妹妹房间，而他离开后，她进去给江雪送水杯，看到女孩在悄悄地抹眼泪。

问她缘由她又不肯说，顾倾城就有点担心，将观察到的情形告诉了江静舟。后者沉吟片刻，轻描淡写地安慰了义妹几句，也就丢开了。

江岭离家的那个早晨，风很大，漫天黄沙。男孩带着自信的微笑，和几个亲人作别。

江静舟再次默默打量着眼前的孙儿，从一星期前他踏入家门起，做爷爷的人就觉得自己目光总在孙子的身上转悠，好像总也看不够的样子。

二十四岁的他已经完全是一个标准军人形象了。八年的军旅生涯，尤其是其中前五年的雪域高原从军生涯的锻炼，不仅让他的个头似乎又蹿了一头，一米八都挡不住了，肩膀也变得宽厚健壮起来。整齐严谨的军容，黧黑而棱角分明的面颊，都让眼前这个青年，从里向外透着职业军人的独特风范。

"爷爷，放心，孙儿不会让您老人家失望的，在何时何地，相信我！"

"当然！对自己带大的孩子，爷爷怎么会没有自信心呢？"

"嘿嘿，"男孩憨厚地笑笑，挠挠后脑勺，"您还是没忘了当年我离家当兵时的那句狂妄话吧？"

这话也逗笑了爷爷："是啊，我是楚江岭的爷爷！其实啊，狂妄对一个军人来说，有时候倒是霸气的代名词呢！"

"谢谢您，爷爷，谢谢您的鼓励！希望我能带给您更好的礼物，一定是让您非常欣慰和喜爱的礼物！我会去努力的，请为我加油，也为我祝福！"江岭说得越发铿锵有力起来，却扭脸看到身旁的妹妹江雪早挂了一脸的泪珠。

　　女孩搂住自己的大哥，哭得抽抽搭搭的，瘦削的肩膀一耸一耸的，像是受惊的两只小兔在扑棱着耳朵。

　　没等哥哥安慰好自己的妹妹，一旁姑婆顾倾城就笑着劝慰开了："好啦，雪儿舍不得哥哥也是有的，但是也不要如此这般的过激反应啊？好像咱岭子要上前线似的？"

　　说者无心，听者有意。这话让在场的几个人都是心头一紧，除了说话者之外。顾倾城自然是茫然不觉的。

　　江岭忙慌乱着打岔："姑婆真会说笑话！都怪雪儿，忒娇气了吧？不过小别一把，至于吗？倒惹出姑婆的这番瞎猜疑了。"

　　他说着心慌，觉得自己显然有些此地无银之嫌，就悄悄打量爷爷一眼，看到老将军神色平静如水，这才暗暗放下心来。

　　江岭就这样离开了家，第二天，江雪也准备回北京。临走时望着爷爷，女孩几次欲言又止。江静舟理解地拍拍女孩的肩膀，笑着安慰道："很快就到春节了，你爸妈来信说，全家都回这边过年呢。你回京后和你舅舅说说，让他们全家也都回来团聚吧。"

　　"好的，爷爷。"女孩温顺地点头。看到自己最崇敬的爷爷又似乎无意似的嘟囔了一句："有什么话，下次回来和爷爷说吧，爷爷等着……"女孩忽然觉得爷爷好像洞悉了一切真相。

第三十二章　兄妹秘密

　　至于给自己爷爷的礼物，江岭也早就安排好了——会是一枚军功章，一枚还没有到手的军功章。年轻的连长完全有理由相信，如果自己牺牲在战场上，一定会获得一枚军功章，当然，他在信中表示，他会用自身的努力，尽量让这枚军功章的级别能高点再高点！他想将这个作为纪念品送给自己最崇拜的爷爷。他知道爷爷有一枚不平凡的一级解放勋章，他希望爷爷能将自己将要获得的这枚军功章和那枚勋章放到一起，在他的心中，爷爷是了不起的英雄，送给英雄的纪念物，也应该是不一般的才对！

1979 年的春节，金城的江家热闹非凡。儿孙们都从四面八方赶回来团聚，唯独少了江岭一人。据说他正在进行军事演习，春节也不放假，所以这次就不能回来了。

　　"哼，臭小子说孝顺吧，也算孝顺；说不孝吧，可真不孝！"沁梅得知长子不能回来团年，嘟着嘴对丈夫天舒抱怨道。

　　天舒是一如既往的平和淡然，他笑看妻子："又怎么了，岭子是在忙正事，军人嘛，服从命令为天职！你怪他何来？"

　　"哼，你就是一贯制偏袒孩子，四个小家伙难怪都和你亲！"沁梅撇嘴道，"你看岭子这个臭小子，可能知道过年回不来，就想着去年年底回来瞧了咱爸——倒让他爷爷高兴了一场！"

　　"唔，小子算孝顺，又有什么不对了？"

　　"可是孝顺只是对祖辈吗？他难道就不能体谅当妈人的一颗心？这大过年的，热热闹闹几家团圆，小松，娟娟几家人都回来了，个个都团团圆圆的。咱们家，就剩那个愣小子没回来，生生缺了一角，我这心……"

"好了，沁梅，我理解，我理解！"楚天舒搂住妻子的肩膀，耐心地哄劝着，"你刚才说的有一定道理，小子又孝又不孝的，冷落你这个当妈的了。可是沁梅，你我都是军人啊，当知道更有一句古话说在前面——忠孝不能双全。咱岭子还是没做错吧？"

"忠孝不能两全……"沁梅默默念叨着这句话，突然想起什么，有点紧张地拉住丈夫的手，"听说南边可不太平啊，咱岭子这时候搞什么军事训练，不会是……？"

她说得自己更加心慌起来，直直看着丈夫的脸，像是要在那上面马上看出确切答案一般。

楚天舒自然明白妻子的紧张心理，他攥着她的手，觉出有冰冷的汗渍在那里浸润着。于是他只好更加放松自己的表情，笑对妻子道："不会的，岭子不是信中说了吗？他在进行常规训练！何况，全国那样多的部队，目前就是发生点局部战争，也不会就举全国之兵力上去的。别瞎操心，自己吓唬自己！"

但是当沁梅把自己的可怕预感向自己的父亲倾诉时，一生戎马征战过来的老将军却没给她这样温情的安慰，他嗔怪着看了女儿一眼："梅儿啊，你也是当了一辈子兵的人吧，怎么还说这样没觉悟的话？什么叫'养兵千日用兵一时'？哦，所有战士的母亲都像你这样担心、纠结，甚至是准备拉后腿，谁去保家卫国？"

沁梅不服气，就对父亲嚷嚷道："您是将军，带兵惯了的人，自然心硬得很！可是，我是当妈的人呢，您怎么不考虑一下我的感受？"

江静舟点头："不错，我这个带兵的人，要是总在考虑所有兵妈妈们的这般感受，这个兵就不用带了，干脆解甲归田了事！"

"哼，不和您说了，心真硬！"沁梅又顶了父亲一句，就走开了。

饭桌上，大家自然而然地说起一个热门话题——有关南方的局势和是否可能打仗的问题。几个带兵的人七嘴八舌地议论开了。

萧海用沉重的语气说到自己所辖部队的一些状况："唉，这还没打仗呢，有些人就想着往后坐了！我始终认为，作为一名军人，建功立业就应该在疆场上！我不期望有战争，但是真的燃起战火，咱们作为军人的人，除了往上冲，还能怎样？"

他叹口气："可是最近，我却陆续接了好几个电话，都是我的一些军人部下的父母打来的。他们听到一些风声，就想通过各种渠道把自己的子女调出去，调到他们自认为安全的后勤部队去，目的是怕自己的儿女有上前线的危险。我是这样回答他们的——从我萧海这里，不会为你们签一个这样的字，批一个这样的条子，放走一个逃兵！不错，在我心中，这就是逃兵！如果是在战争年代，在当年的战场上，谁敢给我提这样的要求，我会下令让你们的孩子第一个去冲锋，去上火线！"

他说得激动起来，有点撸袖子挽胳膊的劲头，一旁坐着的婵娟拉拉他，暗示他要冷静点。他作为基层部队带兵的主官，所经历的一切，是那样直接真实，让在场所有人心潮澎湃。除了几个小孩子外，三代军人，都引起共鸣声，老将军江静舟更是大手一挥，忍不住发言：

"说得好，萧海！你应该这样告诉那些人，是的，如今是和平年代，已经几十年不闻战火硝烟味了。现在南方边境不安宁，国家领土遭受进犯之虞，也许会进行一场局部战争。这个时候，作为老百姓，完全可以选择回避战火，继续安定的生活，但是对于每一个中国军人来说，在当前的情形下，是无法选择后退一步的！维护主权，维护国家领土完整，和当年保家卫国的战争一样，都是正义的，也是必需的！这是军人应尽的本分！如果怕死，舍不得自家儿女上战场，可以直接脱军装了事！可是又想当军人，又想安全地躲在后方安安逸逸，绝无可能！在我看来，临阵退缩不仅是军人的耻辱，简直应该算是军人的罪恶！"

"爷爷说得真棒，小姨夫说得也棒！"一个脆生生的女生大声喝彩，却是江莲插话了。她如今已经是军医大学二年级学生，干练的军装，胸前配着白色的校徽，熠熠生辉中彰显着天之骄子的光泽。

"大人们说话，小孩子不要插嘴！"沁梅低声训斥了一声，却不料引起女孩的强烈反弹，"妈，谁是小孩子了？我都成年了好不好？我入伍两年了，是堂堂正正的军人了，为什么没有话语权？还是在议论着这种我最感兴趣的军事问题？"

"好丫头，伶牙俐齿的好口才，真是青出于蓝胜于蓝了！"宁松笑着夸赞着外甥女，还不忘看了姐姐一眼。

沁梅正想说什么，那个不知道天高地厚的三丫头又接着自己舅舅的话题继续高谈阔论了："舅舅您说得不对，对于一个军人来讲，伶牙俐齿未必有用，还是来点实干为好！我小姨夫刚才说的就好——军人建功立业就应该在疆场上！"

她回头看看爷爷江静舟："爷爷，您老人家可能更有感于这句豪言壮语吧？

不是有句俗话吗？古人云'文死谏，武死战'，各得其所，方为快哉！所以啊，将军决战就要在疆场，也必须在疆场啊！"

江静舟笑着点头，正要出言支持孙女一把，沁梅就把话拦住了："你个女孩家，整日家打打杀杀的也不成个话吧？看看人家海心，规规矩矩的淑女样，再看看你？"她说着看看对面坐着的宁松的小女儿江海心，对小姑娘微微一笑，小女孩听了姑妈的赞扬，不好意思地笑笑。

江莲自然不能服气，继续顶撞着自己的母亲："哎哟妈，都和您说了，我不是什么丫头，我是军人，女军人也是军人，我不会想着去做什么淑女。"

她瞟了自己的小表妹一眼，又认真看向自己的母亲："要是有一天，我能上战场就好了，我要实现自己的抱负呢！其实自从我当兵第一天起，我就有这样的梦想了……"她说着又叹气一声，"我都替自己的大哥惋惜，去搞什么军事演习？多没劲啊，直接上战场该有多好？"

正好在厨房帮姑婆烧汤的江雪端了汤碗进来，耳朵里飘进自己妹妹这句话，心下一颤，差点把手里的汤碗跌落地上。幸好舅母叶小弯灵巧，及时接过她手里的碗。

沁梅简直被自己小女儿的话气着了，对着父亲抗议道："爸，您听听，都是您和萧海刚才的话招惹的，这丫头说话狂得可以啊？竟然想让自己的亲哥哥去上前线？哼，这心肠可真够狠！"

江静舟正要接上女儿的话，却不料江莲又直通通地还击了起来："我大哥难道不是军人吗？是军人就该保家卫国！上前线咋了？应当应分的事情！哎哟，我们还是军人世家呢？这么浅显明确、毋庸置疑的一个道理，咱们这些出身这样家庭的穿军装的人倒议论大半宿了，真没劲！"

"莲儿，说话注意语气。你是小辈，再怎么说，都要注意自己的礼貌！"楚天舒声音不高，却及时制止住了自己的小女儿。

江静舟却在此刻不合时宜地犯了别扭脾气，用顾倾城后来评价的那样——是老小还童，爱和人置气顶牛呢，何况还事关他一向关注维护的军人荣誉问题。他说得铿锵有力，旗帜鲜明地支持他心目中的正义一方——要为自己的孙女说句公道话："我听了你们母女争论半天了，我选择站在我莲儿一面！好，不愧是爷爷的好孙女，有志气，有胆量，像个当兵的样子，爷爷很欣慰！"

"爸，您怎么这样啊？不待这样惯孩子的！"沁梅也动了傲娇脾气，和自己的父亲争论起来，"哼，上前线，上前线！敢情不是您十月怀胎，辛辛苦苦生下来的孩子，您当然不像我这样心疼！"

这话急着说出来，明显有点过了，楚天舒已经面色不安地低声责怪妻子："沁梅！你怎么和爸说话呢？这像是一个女儿的口气吗？"

"好了，好了，好好吃着饭，就该说些高兴轻松的话题才是！怎么会莫名其妙地讲到上前线，枪啊，炮啊的，杞人忧天不是？怎么怨得不发生家庭战争呢？这都是话赶话的错！"顾倾城做完最后的汤，出来正好遭遇这般情形，就用自己特殊的身份制止了这场不大不小的"家庭战火"。

过了两天，静静的晚上，江静舟正在书房看书，看到孙女江雪抱着一个小木匣进来。

"爷爷，我实在忍不住了呀……有个大秘密必须要和您分享！"女孩一脸紧张的愁容。

"雪儿，遇到什么坎儿了，和爷爷说说？"江静舟看着自己最疼爱的长外孙女，一脸的慈爱。

女孩叹口气，将手中的木匣子交到爷爷手上，暗示他打开来看。

匣子打开，里面的东西一览无余，耳边是江雪轻声轻语的叙述："这是我大哥临走前交给我的，说是等他走了以后才可以打开，但是要紧紧瞒着爸妈。而且，哥哥说，如果他回来了，这个东西就由我还给他，只当没这回事情。可是，如果他……"

江静舟默默看着手里的东西，又看着孙女，唇边挂了一丝苦涩而悲悯的微笑。

看着爷爷的这般情形，江雪忍不住落泪了："爷爷，其实您早猜到了是吗？我大哥他……他们部队真的有可能已经开拔到了边境上！是的，大哥有可能会上前线！所以，上次他是特意回来告别的。他叫我也回来，就是想交代一些事情。"

女孩吸溜着鼻子，擦擦眼泪，指着那木匣里的东西："这是他留给咱们的纪念品……这里有一份他留下的信，就是哥哥说的，他的——遗书！"

她对爷爷逐一说明着大哥的安排——

躺在匣子里的那块手表，江岭注明是留给父母的纪念物。这块手表是他在喀喇昆仑当兵满五年时，爸爸天舒特意上部队去看望他时，送给他的纪念品，这个东西对他有着特殊的意义，是他青春岁月的最好证明，他想把它作为纪念品永远留给自己的父母。

两支英雄牌钢笔，一个崭新的搪瓷缸，是他留给弟弟妹妹们的纪念物，这都是他当兵后获得各种荣誉称号时的奖品，他希望给弟妹们留下些大哥的印记。

还有一本存折，上面标明存着380元钱，是他这些年的津贴攒下来的，在当时，也算是一笔不小的款项，江岭标明这个是留给姑婆顾倾城的。他从小在爷爷和姑婆身边长大，在这里的家中度过了童年和少年时光，他有时候觉得，尤其是他和大妹江雪，对于爷爷、姑婆的感情，和对自己父母的感情一样浓厚。他知道姑婆不一定需要这些钱，但是只是他的一点心意，表达他对姑婆养育之情的一份报答。如果他回不来了，这点钱就当成是提前为姑婆养老所尽的一番孝心吧。

至于给自己爷爷的礼物，江岭也早就安排好了——会是一枚军功章，一枚还没有到手的军功章。年轻的连长完全有理由相信，如果自己牺牲在战场上，一定会获得一枚军功章，当然，他在信中表示，他会用自身的努力，尽量让这枚军功章的级别能高点再高点！他想将这个作为纪念品送给自己最崇拜的爷爷。他知道爷爷有一枚不平凡的一级解放勋章，他希望爷爷能将自己将要获得的这枚军功章和那枚勋章放到一起，在他的心中，爷爷是了不起的英雄，送给英雄的纪念物，也应该是不一般的才对！

江静舟耳边响着孙女柔柔的讲述声，手里捧着那封简短的书信默默看着。

"爷爷，大哥他选择把这个纪念品交给我，保存在这边家里，就是他认为您一定会理解的他的想法。他那天对我说，爷爷您是老军人了，一定会逐渐猜到他的意思，也会坚决支持他走上战场的！哥哥说，如果他回不来了，就让我把东西交给您，请您帮助他，安慰爸妈，尤其是妈妈……"女孩说得泣不成声起来。

江静舟的眼里也蒙上了雾气，捧着木匣的手有点颤抖。"这个孩子！我的岭子……"他喃喃自语着，看着手中的东西的目光充满深情。

江雪上前搂住爷爷的胳膊，哽咽着："按照大哥的交代，我要先帮他守好这个秘密，不能让父母知道！可是，我好担心啊……我实在是有点忍不住了……就想告诉爷爷您，反正哥哥也没说不能和您说的……"

江静舟一手捧了木匣，一手搂住孙女，安慰道："好孩子，爷爷明白，你这样的小丫头，要承担这样的事情，真是难为你了！可是雪儿啊，"他慈爱地望着孙女，"你如今也是一名军人了，自然明白一些道理：当兵打仗为国尽忠，是我们这些人的本分！你大哥是个好孩子，没让我失望，你们都是好孩子……"

他心中万千澎湃，却要勉力压抑着，安慰着原本一脸担忧神情的小孙女："雪儿，再答应爷爷一件事好吗？"

"爷爷您说！"

"你哥哥上前线的事情，先不要告诉你妈妈，尤其是留下这些东西的事……唉，你们妈妈她不容易啊，经受过多少苦难和煎熬？如今和平年代了，儿子又要……我真心疼她！"

江雪含泪点着头，江静舟也扭过脸去拭拭眼眶，叹息道："雪儿啊，你将来也是要做妈妈的人呢，你不知道一个母亲的心有多强大，有时候又有多脆弱……"

"我明白，爷爷！"江雪呢喃道。她紧紧挽着爷爷的臂膀，像是要从中获取力量。江静舟也用抚慰的笑容鼓励着女孩："让我们一起为你的哥哥守好这个秘密吧！唉，有些事情，也许是我们此生注定要面对和承受的，我们除了选择坚强外，又能做什么呢？"

望着孙女明澈秀丽的大眼睛，他再次含笑嘱咐道："雪儿，这是一个充满亲情的秘密，也是属于咱们爷孙的秘密，一定要切记！"

江雪郑重地点了点头。她看到爷爷的眼光变得深远起来，他默默望向右边的墙上，那里挂着一幅地图。

后面几天，江雪发现爷爷没事就爱站在那张地图跟前凝望。在南方那块红色的土地位置，他用红笔画了一个大大的红色五角星。

很快到来的 1979 年的春天，一则《是可忍，孰不可忍》的报道震撼愤怒了几亿中国人的心扉，一场"进行自卫反击、保卫边疆的战斗"在遥远的南方拉开了序幕，那片湿润的热带雨林的红土地上燃起了硝烟。

当时孩子们早已离开家回到各自的城市，各自的岗位上，没有人察觉祖孙俩的秘密。顾倾城只是发现江静舟经常待在书房里不出来，那里面新增了一个模拟沙盘，而他会长时间盯着那个绿色的沟沟壑壑出神，间或还要地图上点点画画。

还有一个细节就是，原来要她经常提醒，他才会按时吃心脏病的药，可是在那段时间里，江静舟几乎是每天自己主动地吃药。顾倾城于是格外担心地关注着他的健康。

这场局部战争在中越两国延绵五百公里的边界线上进行了一个月时间，于

1979 年的 3 月中旬落下了帷幕。

1979 年 3 月 16 日中国军队全部撤回中国境内，随即祖国大地上掀起了"学英雄，讲英雄"的活动，从前线归来的将士们成立了英模宣讲团，在各地巡回作报告。

江岭参战的秘密才被他的父母获知。沁梅得知消息的那天，搂住丈夫天舒放声大哭，边哭边骂，几乎是语无伦次般激动："这个臭小子，坏小子，死小子……瞒我瞒得好苦！他还当我是他的母亲吗？"

楚天舒无奈扶着妻子哭得颤抖的身子，笑劝道："好了，岭子的心意你还不理解？孩子也是为你我着想……再说了，你别只顾哭了，不是说要去看小子吗？"

"对了，正是呢。"沁梅醒悟过来，忙跳起身来去准备行装。

他们那时只听说江岭立了战功，也负了重伤，几乎和死神擦肩而过。沁梅请了假，匆匆赶往边境那边的陆军总院，儿子据说在那里已经躺了三个多月了。

在北京的江雪却从军报上看到了大哥的不凡战绩。

大哥和他所带领的连队被誉为谅山钢铁八连，几乎是全连一百多人用自己的血肉之躯为大部队滚出了一条血路，为最后的胜利付出了鲜血和生命的代价。

身为连长的楚江岭在战斗中一直身先士卒，他受了很重的伤，一颗子弹几乎擦着他心脏而过，他被发现时已经像个血人一般，是作为尸体被抬下阵地，偶然被发现而救活的。

江雪读着这篇报道禁不住泪如泉涌。她很快又接到姑婆顾倾城打来的电话，先是呜呜咽咽地哭了一阵，也不说话，哭得江雪都急了，怕是爷爷看了这份报道引发旧疾。仔细问过才知道，原来爷爷和姑婆同时看到了这篇报道，爷爷为孙子和他的连队荣获集体一等功而欣慰无比，而善感的姑婆顾倾城，却结结实实地哭了一场。

江雪擦了眼泪，对着电话里的姑婆开起了玩笑："姑婆啊，您也曾是军人，还是不如爷爷乐观坚强呢？"

顾倾城在那边也实话实说："我这人啊，一辈子顶没出息的，眼窝子浅，就存不住泪水的……"她也是笑语，却没想到自己接着还会有另一场泪雨滂沱。

那是第二年春节前，家人们再次聚会在金城干休所里，当时江岭还没有到家，一家人看着江雪展示的自己哥哥留下的那个木匣子，随着那封遗书的公开，那本存折的展现，顾倾城首当其冲哭了起来。引得江静舟都要笑话她了："唉，小薇啊，多大的人啦，还是这样感性……"

"我不管，我就是后怕死了！我不要什么英雄，我只要岭子那孩子好好的，就好！"顾倾城抹着泪辩道，却触动了沁梅做母亲的一腔柔肠，她上前搂住姑姑，泪洒到一起，江雪和江莲也跟着哭泣起来，后来引得小弯、婵娟也都擦泪不止。

天舒在一旁笑道："唉，沁梅啊，这里就你去见过负伤后的岭子，你把孩子恢复的情况讲给大家听听才是，倒只顾招惹得大家哭了？"

婵娟忍不住插嘴道："不用我姐说呀，明天岭子就回来了，我们要看到一个活蹦乱跳的孩子才能把心放下来！"

第三十三章　残酷真相

他自言自语地念叨着："谁能想得到啊，他已经悄悄走了十五年了！他和我同岁，算来那年就是五十四岁……唉，这么些年过去了，他真忍心啊，就不曾给我一点消息！连托一个梦都不肯么……"他微微苦笑起来，眼中满满的辛酸和哀伤。

第二天，从沙场九死一生，荣归故里的江岭觉得自己再次成为英雄。所有人都上前搂抱过他，父母、姑婆、舅舅、姨妈等等挨个来，后来轮到弟妹们了，他们几乎把他抬了起来。身材高大的小伙子顿时羞红了脸。

只有爷爷静静地坐在那里，带着慈爱欣慰的笑意看着这一切。

晚上找了个没人注意的机会，江静舟把长外孙悄悄拉到自己的卧室，几乎是用命令的口吻，让他脱去衣服，要亲眼检查一下他的伤口。

江岭红了脸，执意不肯："爷爷，不要了吧？您都说过的，军人征战沙场，岂有不流血负伤的道理呢？再说，您身上可是布满了累累伤痕的，从小我们兄弟俩和您一起洗澡，还数过那些伤口呢！和您的这些相比，我这点小伤实在算不得什么呀？"

江静舟嘟着嘴摇头，认真地不是以爷爷的口吻，而是以司令员的身份再次命令他。

江岭无奈地笑笑，红着脸解开了军装上衣，露出了胸口上那个令人触目惊心的长长的伤口，那条几乎是横卧在心脏之侧的暗红色的疤痕。

江岭惊异地看见，自己心目中威严有加的爷爷，此刻就像一个慈爱的老人那样动了情，他用颤抖的手久久抚摸着外孙胸前的伤口，然后将自己的脸轻轻地贴在了那条疤痕上。男孩立刻感到了胸前的一股热流流过，他知道那是爷爷的眼泪。

年轻的军人瞬间动情，他的泪水也随之滑落。他第一次发现，一个普通爷爷的眼泪，比一个司令员的眼泪，要热很多！

后来他看到过自己的小表妹江海心曾经写过一首赞美自己爷爷的诗句，女孩用纤丽的笔触这样写道：我看见猛虎细嗅蔷薇……读着读着，江岭不由得记起这个夜晚，爷爷的眼泪！

这个春节因为江岭的回归，家人们到得特别齐整，大家过了一个祥和的佳节。最满足惬意的当然要数江静舟了，满眼的儿孙，满目的生机。

这年江莲在军医大学就读；宁松的长子海川和萧海、婵娟的双胞胎儿子南征、北战一般大，都是十九岁，去年分别考入了军校，刚好组成了陆海空方队；宁松的次子海天和沁梅的小儿子江潮相差半岁，在上高中；宁松的小女儿海心十一岁，正上小学五年级；加上已经是成熟军官的江岭和雨林，满眼的青春容颜，意气风发，神采飞扬，看得江静舟格外心满意足。

孩子们性格各异，也分别受宠于不同的祖辈们。顾倾城和沁梅私下说笑，还是认为江静舟是一贯制地偏疼女孩子，从原来对沁梅、宁兰以及婵娟的宠溺，对宁松的严格要求，发展到如今对孙辈，也是偏疼孙女甚于孙儿。

江雪就不用说了，从小就是爷爷心头的最爱，她乖巧温顺的性格不仅赢得了家中所有长辈的赞扬和疼爱，而且在江静舟心中占有特殊的地位。

当年她在爷爷的暗自支持下，离开父母，来到金城参军进了护校，在这里学习的三年，更是和爷爷及姑婆结下了深厚的感情。

顾倾城记得那时每到周末，江静舟就在早早盼着孙女进门的那一刻。从星期六早晨起，他就在唠叨晚上吃饭的问题，从来不注意讲究饮食的他，会一遍遍问妹妹是否准备好了吃食，只为那都是为心爱的孙女准备的。

等到江雪进门，江静舟的眼里就都是笑意了，他的眼珠子几乎就一直随着孙女的身影在转动，在江雪甜甜糯糯的声声"爷爷，爷爷"的呼唤中，江静舟司令员是一跤就跌到温柔无比的亲情大网中去了。

顾倾城有次搂着江雪，笑着发了一通感慨："唉，雪儿啊，你爷爷对你的心那个重啊，成天就担心你这个担心你那个！几次和我说了，人家天舒、沁梅把最宝贝的女儿搁这里了，丫头要是生活得不满意，我心里咋过得去呢？究竟还是我赞同雪儿这么小就离开父母来这边读书的呢……"

江雪巧笑道："当时幸亏有爷爷强烈支持我呀，妈妈才没说什么，不过我知道妈妈还是有点不满意的，最后还是爷爷打了几次电话，再三劝说了妈妈，才让我能够顺利来到这边上学的。所以啊，爷爷是我的知音，是大救星！"

顾倾城捂嘴笑："你爷爷也没别的出奇制胜招数，在关键时候果断实施他的专横家长作风，这个他是很得心应手的呀，这招对你妈和你舅舅最见效！"

"可是我觉得爷爷不像是你们看到的那样孔武有力呢……"江雪叹息着，紧接着下面的一番回答更让做姑婆的人感叹了。

"姑婆，其实我好心疼我爷爷！所有人都觉得他很强势，老将军嘛，铁马冰河熬过来的，钢筋铁骨之身呐。他给人的感觉很威严，永远是胸有山河、掌控大局的人！"

女孩皱起秀美的细眉，俏丽温柔的瓜子型脸庞上，满是深深的爱意徜徉着："但是，我怎么就觉得爷爷好孤独呢？他的内心，一定是很敏感，很幽然，甚至是……会有一种特殊的无助和脆弱？他这样爱我，宠我，一定是无意识中，在我身上倾注了他对所有亲人的爱……这种爱，他只是有时不知如何恰如其分地表达出来罢了？还有的时候，他是故意不去表达？……总之，我爱爷爷，在我这里，他不是你们心中的强势英雄，而是一个有情有义的性情中人，是一个可爱的老小孩！"

顾倾城听了女孩的动情讲述，忍不住拍拍她的脸颊："看来还是我们雪儿最懂爷爷呢？难怪他如此疼你！"

江雪毕业分配到北京部队工作，有很长一段时间，江静舟和顾倾城都不适应，每到周末早晨，顾倾城都会下意识往将军楼赶，而江静舟一看到她进门，就会不经意地开口问："今晚准备些什么吃的呢？雪儿……"然后两人才会幡然醒悟，都相视而笑。

除了江雪外，沁梅的小女儿江莲也和爷爷很亲。

当年沁梅夫妇为小女儿起名字，不约而同想到一个故人，就取了这个"莲"字。江静舟闻之没有发表意见，但是却在第一次见到小外孙女的那一瞬间，深情地喊出了"莲儿"这个小名。

小时候江莲每次回到爷爷家，江静舟都会暗暗问孙女："最近没淘气吧？妈妈打了你没？爸爸护了你没？"

当孩子说明一切平安无事时，江静舟才会松口气，然后这样告诉孙女："妈妈要打你，你就给爷爷电话，我来训她。爸爸要是不护着你，你也给爷爷电话，我就训他！"

后来江莲做出人生道路上的一项重要选择时，家中所有人都反对，连比较开明的爸爸和舅舅都觉得她的想法和做法有点不可思议的时候，还是爷爷江静舟挺身而出支持了她，从此江莲更加认爷爷为忘年知音，是自己的强有力后盾，祖孙感情更深了。

江静舟爱孙女出名，也表现在对自己的小孙女——宁松的幼女江海心身上。

江海心出生于动乱中的1969年，当时江静舟正处于"靠边站"地位，他就趁机到北京宁松那里住了半年，正好赶上了小孙女的出生。

小女孩一抱出婴儿室，江静舟就爱不释手，他抱着这个幼小的身躯，望着她粉嘟嘟的小脸蛋，心神竟然有点恍惚起来。他蓦然回到了三十多年前，第一次看到义女宁兰时的情景。

那是宁兰才出生三天的一个傍晚，她裹在一床小被子中，被人悄悄送到了他和陈青瑜的家里。即将临盆的妻子青青抱着小婴儿给他看，嘴里喃喃自语着，与其说给丈夫听，不如说是善良的小妻子在自己发着誓："致远，这也是我们的孩子，从今天起，就是我们的女儿，我们要呵护她一生一世！"

现在抱着孙女在手的他，仔细端详着稚嫩的婴孩，脑海里闪过的，都是宁兰可爱的面容，从小婴儿，成长为小女孩，一岁，两岁，三岁……一直到她生命终结的那一年——十二岁。

"爸爸您以后要少抽烟，最好不抽烟，您答应过兰儿的！"

"好的，丫头，爸记住了！"

"爸爸，我好幸福，真想一辈子就这样趴在您的背上，一辈子都不下来！"

"傻丫头，等再过几年，爸爸老了，就背不动你了！"

"那我就背您！爸爸，您等着兰儿背您的那天！"

"好的，爸爸等着，等着我的兰儿，一定等着……"

往昔的对话又响起在耳边，那清澈无瑕，如铜铃般好听的声音从他的记忆深处浸润出来，再次湿润了他的心底。同时潮湿一片的，还有他的眼底。他吸溜一下鼻子，俯身吻吻手中的女婴，掩饰住一汪几乎要夺眶而出的热泪。坚持了唯物主义观一辈子的江静舟，在这一刻，竟然狠狠违心了一把。他听到有一个声音在他的心房里轰鸣着：兰儿，你终于以这样的方式，再来安慰爸爸了吗？

不独作为祖父的他，封正烈夫妇也对这个最小的孙女青眼有加，倍加宠爱。当时封正烈夫妻年事已高，和宁松夫妇搬到一起住，由宁松夫妇照料着老两口的生活。在宁松接连生了两个小子之后，这最后降生的雪团似的小女孩自然得到长辈的特殊偏爱。三个老人亲自照料婴儿的生活，除了喂喂奶外，孩子的妈妈小弯几乎插不上手去。

海心的名字和她的两个哥哥的名字一脉相承，都是爷爷江静舟取的，三个孩子的名字寓意来自那句"海纳百川，有容乃大"的古语，以及雨果在其《悲惨世界》中的名句："世界上最宽阔的是海洋，比海洋更宽阔的是天空，比天空更宽阔的是人的胸怀"，三个孩子因此分别被命名为：海川、海天、海心。

在海心半岁时，江静舟准备回金城，他看到宁松夫妇工作繁忙，还要照顾孩子和老人，就提出想带小孙女回金城生活一段时间，这个提议让宁松夫妇暗暗心急，却又不敢公然拒绝。后来被封正烈夫妇知道了，却是理直气壮、旗帜鲜明地表示反对，两人是异口同声：

"什么什么？我们老两口好容易有个小孙女儿，你江致远竟然想抢走？你那里孙子孙女一大堆呢，还来抢我们这个独苗小公主？哼，门儿都没有！"

封正烈叉着腰，以对这个心爱的部下的一贯制跋扈姿态训斥道："致远啊，你小子是知道我们老两口爱孩子是出了名的！如果不是考虑到宁松小两口事业心强，工作忙，我真希望他们能给我一口气生个十个八个小孙孙才好！如今，宁松他们在生了两个小子后，好容易给我生了个最可心的小孙女，你竟然虎视眈眈、生此歹心，妄想把我们的心肝宝贝抢跑？我看你是吃了熊心豹子胆了？你眼里还有我这个大哥吗？"

陈紫瑜抱着婴儿，也笑着解释："就是啊，致远，你一向伶俐过人的，怎么这次就不理解你大哥的心思了？以前，他看到你的那两个小外孙女，雪儿和莲儿，爱得是不得了呀，成天羡慕嫉妒的是长吁短叹的！如今好容易盼到了我们的这一个，你还想插上这么一杠子，简直是自讨没趣嘛！"

江静舟哭笑不得，内心又舍不得这个对他有着特殊意义的小孙女，只好不满地嘟囔着："您二位的宝贝孙女，我咋敢抢呢？我就那么玩笑地一说罢了，至于苦大仇深地来这一番控诉吗？啧啧啧……"

陈紫瑜倒是认真看着他："唉，致远啊，我知道你以前是爱女儿出名的，如今偏疼一点小孙女也是有的。可是你也该替我们老两口想想吧？你也知道的，当年我最爱的孩子，就是宁兰，我们的兰儿！可是谁料想丫头福薄，早早回归天堂去了？我那个痛苦啊……如今我看着小海心，就感觉到像是我的兰儿又重生了一般！你说，致远，你还忍心和我抢吗？"

这话让江静舟无语凝噎。他没想到同样的情愫迸发在眼前的老两口心中。

他万分感慨，又不能说什么，就只好默默地点头。

晚上独处时，江静舟又拿出了那枚木雕打火机。三十多年过去，无论怎样颠沛流离，戎马倥偬，这个珍贵的纪念品一直伴随在他的身旁。此时他痴望着已经乌黑发亮的打火机，长长叹了口气。

江静舟这番主意只好作罢，离开北京前，他狠狠搂住小孙女，亲了又亲，不忍撒手。宁松心细敏感，洞悉了父亲对自己小女儿特殊的情感，他作为儿子又心软，就好言劝慰了父亲。又向他保证，以后会经常带小海心回金城看望他。宁松没有食言，在每年春节假期，都带着女儿去探望爷爷，平日里的寒暑假，也让海心独自回金城，尽量让父亲多享受一份祖孙深情。

在诸多长辈的爱宠关注下，海心逐渐长大，她的性格很好，既沉静温柔又开朗大方，加之是年龄最小的第三代，因此她在这个大家族中的地位很特别，不但是父母最爱的小女儿，还是祖辈们最可心的孙女。和两个表姐不同的是，她从小就展露出出众的写作天赋，得到过各式各样的作文竞赛奖项。她还非常喜欢听长辈讲述往事，自己做了不少笔记。后来在她十二岁那年，爷爷江静舟送给她的生日礼物，就是那枚从来不离己身的木雕打火机，又为她讲述了宁兰和她父母的故事。海心听得唏嘘感叹，流了不少泪。听完故事后，她上前搂住爷爷，抽泣了很久，才哽咽着说道："宁兰真可爱，她的父母真了不起！我的青青奶奶真了不起！不过，我最心疼，最佩服的，还是您——我的爷爷！"

后来海心还有机会和爷爷更加心意相通，完成了爷爷的一个夙愿——将那位永驻爷爷心底的传奇女性——虞水蓉的事迹记录了下来。这是祖孙两代都倍感欣慰和兴奋的一件大事。当然这也是后话了。

江静舟也曾听到顾倾城和沁梅私下议论他偏疼孙女胜于孙子，他颇不服气，就出言反驳道："纯粹瞎猜疑！在我心里，孙子、孙女都是一样的！只要是争气，我都爱！如果不争气？唔唔唔……送到我这里，我改造好了，一样争气，我还是个爱！"

他笑着指指顾倾城："你不老说我最偏爱南征和北战那两个双胞胎吗？两个小家伙，在我这里生活了六七年啊，真招人稀罕！可惜现在只能一年见上这么一回了……你倒说我不够疼孙子，纯粹瞎说！"

顾倾城语塞，就辩解道："那也是因为他们都是娟娟的孩子啊，你疼娟娟，所以爱屋及乌呀？不好意思，这个还算是你疼姑娘胜过小子的重要证据呢。江司令员你举例子都举错啦！"

江静舟挠挠头，无奈地笑了。

这个春节过得热闹非凡，却不料风波出在节后时分。

初五这天，按照原计划，萧海和婵娟带着孩子们离开金城，回萧海的老家浙江海宁去省亲，江岭、江雪以及雨林几个年轻军人也离家回了单位。江静舟才将宁松和天舒叫到书房，准备和宁松提及一年前他和天舒谈到的向晖的问题。

"唉，小松啊，一年前你姐夫在我这里时，我和他谈到了你义父的事情。后来你忙，去年春节也没有顾得上回家，我一直想和你说这个话题而不得。"江静舟语气低沉地对儿子道，"毕竟你和你爹爹情深意笃，有关他的事情，我思来想去，还是要让你知道才对！"

他叹了口气，才继续道："我这两天就在等着娟娟离开家，我怕那丫头听说了会伤心！这下好了，过完节，人散了，我们爷仨可以静下心来谈谈这些了……这些让人伤感的话题。"

宁松惊讶地看了姐夫天舒一眼，后者眼里也氤氲着一丝忧伤且担忧的神色。

江静舟边和儿子叨咕着，边拉开抽屉找那年他拿给天舒看的那份内参，却遍寻不着，就觉得有点奇怪。

"我明明放在抽屉里的呀，怎么不见了？"

"是不是倾城姑姑收起来了，怕这些小子们不懂事，在您书房乱翻，让婵娟看到不好？"楚天舒分析着。江静舟听了点头："恐怕是了，你们姑姑是个细心人。"

"那我去问问姑姑吧。"天舒说着出去了。这边江静舟坐在沙发上，对儿子讲述着自己看到的内容："就是关于你爹爹到台湾后的遭遇……真的令人痛心啊，我看了心里难受了好久，幸亏有天舒从旁劝慰了我……"

宁松惊讶地睁大了眼睛："原来……您都知道了吗？爸，其实，有关我爹爹的事情，我早几年前就在一些资料上面看到了……"

儿子的话让江静舟恍然大悟，微微苦笑道："你看我都忘了你是做什么的了？搞军史研究，自然占有的资料比我们要多得多！"

"可是你为什么不告诉我？你知道我最牵心的就是他的……结局！"江静舟充满责怪的神情盯着儿子，忽然又明白过来，又是苦笑："也罢，我知道你是怕我伤感之意……"

宁松微微点头，语气有点艰涩地解释道："其实一年多前，我已经告诉了娟娟，毕竟是他的生父，我觉得不能始终瞒着她。娟娟很痛苦，不过后来她挺过来了，萧海给了她很好的安慰。"

他认真地看向父亲："爸，娟娟担心您的身体，尤其是您的心脏……一再叮嘱我不要告诉您。"他长叹口气，无意间竟然说破一段对面人并不知道的真相，"爸，很长时间了，从我知道我爹爹凄惨地病逝于台湾监狱的消息那天起，我就有个心愿，想为他建一个灵堂，寄托一下我们的哀思，可是我的手上竟然连他的一张照片都没有！我曾经想用他留给我的几部书来……"

"什么？你说什么？你爹爹？他……去世了？"江静舟大惊，猛然站起身来，几步冲到儿子身前问道。这时楚天舒和顾倾城正好进来，这个突然从天而降的噩耗也让他们惊住了。

宁松被几人的表情吓着了，语气变得有些磕磕巴巴："您……你们……不是已经……知道他的……消息了吗？"他没意识到自己在阴差阳错间，将向晖已死的消息泄露出来。

江静舟觉得心脏一阵紧缩，眼前飘过一阵黑雾般的东西，他身体止不住晃悠起来。站在他身后的楚天舒是灵敏的，早上前一把挽扶住他："爸，您当心！"

他和宁松联手将江静舟挽回到小沙发上坐定。倾城忙出去拿了药，又端来水，三人看着他服了药，将头靠在沙发上，微闭着眼，都不敢离开，只是默默注视着他。

三人相互看看，这才意识到，原来他们看到的有关向晖的文件内容是不一样的！

"这是什么时候的事情？"许久，江静舟缓过气来，张开眼睛，紧紧盯住儿子，强压住心底的如浪狂潮，尽量用平静的语气问道。

"这……"宁松担心地看看父亲，又回望了一下姐夫和姑姑，晦涩难言。

"哎呀，你这浑小子，当真要急死我么？"

却回眼看到父亲紧盯着自己的目光，那纠结痛苦的神情，他不敢再做隐瞒，只有实话实说："是据海岸那边的资料，在 1963 年 9 月，爹爹他……因为胃癌病逝于台北监狱。"他深深地低下了头。

江静舟微微点头，嘴里反复念着这个日子，突然他感到心底有一阵强烈的刺痛再次袭来，忍不住用手按住胸脯，低低地呻吟了一声。

"爸，爸，您怎么了？"

"爸，您放松些，不然……咱们去医院吧？"

天舒和宁松都有点着急，倾城还算镇定，上前伏身蹲在哥哥身前，一手拉住他的手腕数着脉搏，一边看着自己腕上的手表。

　　片刻，她轻声问了哥哥句什么，又起身拿来另一瓶药，服侍他吃下，再回头看看两个后辈，柔声道："你们先别急，也别慌，你爸就是一时激动了，先服了药，让他安静一下，再看情况，若不好，再去医院不迟。"她转而苦笑，"你们也知道他最烦进医院的……"

　　江静舟点点头，同意了妹妹的说法："就这样吧，我没事了。小薇，你先去忙外边那几个吧，不要声张，免得沁梅听了又是大惊小怪的，也别吓着几个孩子！"

　　顾倾城出去了，江静舟看看儿子女婿："咱们还是继续……我们的话题。小松，你把你知道的，有关你爹爹的一切情况，都细细讲给我听！"

　　"还是改日吧？今天您这样不舒服……"宁松正要劝说，看到父亲闻言露出焦躁不安的情绪来，一旁姐夫暗暗在给他使着眼色，就只好稳稳心绪，小心斟酌着语言，讲述起自己知道的一切。

　　儿子讲得吞吞吐吐，欲言又止的，偷眼看到自己的父亲的表情始终木木的，像是无法接受这样的事实一样。

　　又是一阵难言的沉默，两个晚辈陪在一旁，却不知道该用何种语言来安慰眼前这个哀伤盈面的老人。

　　许久，江静舟像是想起了什么，看向儿子："你刚才说，想为你爹爹设一个灵堂吗？很好，很好！"

　　"可是爸……"宁松还未说完，江静舟就摇手制止了他，又对一旁的天舒道："我那边书架上有一套《毛选》，你翻开第三册，将里面夹着的一张照片取来。"

　　天舒依言将照片取出，拿到他的面前。

　　老人看着儿子女婿苦笑道："前几年为了安全，你们姑姑建议我将以前的老照片……那些在旧军队中的制服照片都找出来烧了，我独藏了这一张，没敢让她发现……唉，估计这也是你义父在这边难得留存下来的一张照片了！"

　　宁松从父亲手中接过照片，和姐夫一起认真观看。这是一张微微有些发黄的老照片，并不是一人的独照，而是一群人的合照，他们在其中能认出来的，就是父亲江静舟、向晖和许若飞三人。

　　照片上的人们正是青春勃发的时刻，穿着国军的军服，俨然是经历过一场持久跋涉征战后的模样。江静舟坐在中间，身形消瘦，面容憔悴，显然是大病才愈的状态，向晖站在他身侧，面向镜头笑着，清俊刚毅的脸盘上满是胜利后的舒展姿容。

"这是我们几个远征军弟兄走出野人山一个多月后的合影了，不过那时候还没有条件换上新军装呢。你们看，一个个像不像叫花子的模样？"江静舟轻语解释着，"那时我伤病交加，刚刚挣扎着活过来，所以你们看，唯有我是坐着的……明光兄站在近处，所以这张照片他的面貌还清楚些……"

他看着宁松，神情变得有些恍惚："你明天拿到照相馆去翻拍一下，把你爹爹的影像单独裁下来，就在我这书房里，给他布置个小小的灵堂吧，让咱们爷仨也有个祭奠他的地方……虽然是太晚了些，都过去十五年了！唉，毕竟算是寄托我这一点痴念吧？"

他自言自语地念叨着："谁能想得到啊，他已经悄悄走了十五年了！他和我同岁，算来那年就是五十四岁……唉，这么些年过去了，他真忍心啊，就不曾给我一点消息！连托一个梦都不肯吗……"他微微苦笑起来，眼中满满的辛酸和哀伤。

宁松见状忙相劝道："爸，您的心愿都交给我来替您办吧，您千万要放宽心，当心您的身子！"

天舒也一旁附和道："是的，爸，找个机会，我们陪您祭奠一下向将军，让您把这么多年的愁思别绪都释放出来……然后，您就把这件事情看开了，彻底放下吧？"

那个神色孤寂忧伤的老人似乎没听懂孩子们的话似的，只是低头沉吟不语。片刻，他长叹一声："要是早说开这件事就好了。设上这么一个小小的灵堂，趁娟娟两口没走，也可以为他们的父亲上炷香！也该让南征和北战在他们外公像前磕个头呢？"

他后来一直不停地念叨着这么一句话："一辈子的亲人，就从此阴阳两隔，永生不得相见了？！"

天舒和宁松面带忧色对望了一下，不知道他是在说婵娟还是他自己？但是他眼中那极度的忧伤之意还是让他们伤感不已。

很快宁松和天舒为父辈完成了心愿——那张相片被裁剪放大后被罩上黑纱放置在书房的桌子上，周围摆上鲜花，并没有香烛之类的东西。所有人都明白这也不过是一种形式，是那个孤独的老友对逝者的一点念想罢了。

让他们感到不安的是，这几天，江静舟一个人待在书房的时间总是很长，尤其是夜深人静时分，他消瘦的面容，灰白色的头发，映衬在橘黄色的灯光下，格外肃穆凄清。家里人知道他的脾气，也知道他在这件事上的纠结别扭劲儿，都不敢进去打搅他。一个个冬夜，孤独寂寞的老人就这样独自陷落在萧瑟的凉风里，沉浸在往事的追忆和思量中。这幅图画深深印刻在几个后辈的脑海中。

终究是年岁不饶人，这痛彻心扉、深入骨髓的忧愤和哀思还是无情地将老人击垮了，即将年满七十高龄的他，在某个深夜不幸病发！早晨儿女们不见一贯早起的父亲身影，赶到他的卧室查看时，才发现老人已经昏迷不醒，瘫卧在床！

第三十四章　卧病岁月

　　于是在军区大院中，在这个阳光灿烂的夏日，人们很快熟悉了这样一幅感人的画面：几个高大威猛、年轻英武的军人搀扶着一个瘦削病弱，但仍硬骨铮铮的老军人，慢慢挪动着步子，做一些最基本的行走动作，他们爷孙几个说笑着，仿佛不是在为一个病重的老人做复健，而是在做一个军事训练一般，孙子们是顽皮地鼓励加严肃地规范着动作，爷爷是勉力为之却时常要故意傲娇一番，惹得孙儿们带着宠溺的笑容和爷爷吵成一团。

　　江静舟被紧急送往军区总院，据观察诊断，是心脏病突发引起的中风，好在发病时间是凌晨时分，耽误时间不长，人是抢救过来了，但是右半边身子完全瘫痪，没有任何知觉，因为右脸也呈麻木状态，所以口齿也有些含糊不清起来。

　　江静舟这场重病打乱了所有人的回程计划，沁梅、宁松夫妇各自退掉了车票，延迟了归期。全家人都轮番围绕在江静舟的病床前，忧心忡忡地观察着老人的病情，却看到可能是在病中心情烦闷的缘故，江静舟经常表现出激动厌倦的神情，似乎只有女婿天舒和儿子宁松守在跟前时，他才能安静下来。

　　天舒和宁松私下分析过了，知道父亲这次发病原因所在，他一定认为只有儿子和女婿才更能理解自己的情感，病中的老人性情大变，像一个别扭的孩童一样爱发脾气，也纠结别扭。宁松和天舒体贴地守在他的病床前，不分昼夜，衣不解带。像喂水喂饭、擦身按摩、身体护理等贴身事务，都由他们一手承担，不让其他亲人插手，尽量想让病中的老人能更舒心些。

　　两周后，江静舟的病情基本稳定下来，在顾倾城和沁梅的劝说下，叶小弯带着孩子们先回北京，江莲姐弟也各自回校，沁梅夫妇和宁松不放心，分别向单位请了假，继续伺候在父亲身边。

顾倾城和沁梅每天从家中做了易于消化的流食送到病房，她们也只是在病床边看看他，贴身伺候的事，一点也插不上手去。

一次沁梅端了碗银耳羹来到父亲床前，她先用枕头将父亲的上半身略微垫高些，然后在他身前铺了围巾，自己坐在病床侧，用小勺舀了羹汤，准备喂父亲吃。却见他用能动的左手直挥舞，表示着抗拒之意，他摇着头，嘴里还在含糊不清地说着什么。沁梅不解其意，忙俯身问父亲："爸，您哪里不舒服吗？"

江静舟摇着头，也说不清什么原因，只是拒绝张嘴吃东西。这时正好天舒进来，忙上前接过妻子手上的碗，轻声劝慰着老人。

看到女婿来到身边，江静舟才平静下来，嘴里嘟囔着，似乎说着自己的委屈和不适。天舒放下碗，握着他的手，柔声安慰了他几句，那语气就像是哄劝一个生病的孩子一样。看看老人不再执拗，天舒才重新端起碗来，用勺子舀了勺羹水，细心地喂到他的唇边。江静舟这才安安静静、服服帖帖地由女婿伺候着吃下了这碗银耳羹。

沁梅插不上手，只好噘嘴站在旁边，看着身材高大的丈夫就那样屈身在父亲的床前忙碌着，喂完了羹，天舒又拿过一块小毛巾，细心地为父亲擦着嘴。江静舟深情地望着女婿，脸上露出满意的微笑。这一幕让沁梅既感动又辛酸。

事后沁梅在姑姑面前还是委屈地掉了泪："姑姑您说我爸这是怎么了？我可是他亲闺女呀，连我伺候他他都不愿意？天舒伺候着他，他倒一派惬意随和的样子！偏心眼，也太过分了吧？"

倾城忙搂住她的肩膀柔声安慰道："小梅你别委屈呀，你爸这次病的蹊跷，性子自然异于往日。先前几次大病，我不都伺候在床前吗？这次他是格外较真，见了别人就烦躁，只有天舒和宁松能合他的意！唉，咱们只能随他好了，谁让他如今病着……唉，这都多少天了？我是担心别把天舒的身子熬垮了！这两天我嘱咐宁松晚上替他，一定要让他休息好才是！"

晚上夫妻独处时，天舒看出来妻子的不满，笑劝道："爸病着，别扭就别扭吧，咱们做儿女的也只有顺着老人家！如今他身子这样弱，有我和宁松伺候在他身边，大家当能放心了？沁梅你就别纠结了，自己的父亲，有什么不能将就的？"

他又认真为她剖析道："咱爸的好强性格你难道不了解？虽然病到这种地步，他那股子自尊自立、不愿拖累别人的性子可一点没改变！你想想看，往日里叱咤风云的一员猛将，如今半瘫在床上，吃喝拉撒睡都要靠别人照顾，他心里该有多不好受呀？这种反差太强烈了，一般人都难以接受的，何况是他这种刚烈一生的人？我和宁松都看出来了，他肯定不想让太多的人看到他如今的这番无助和虚弱，所以，他的脆弱，他的委屈，他的无奈，只会在极少的人面前才会流露出来。目前也就是我俩，能让老爷子放下自尊好强的犟脾气，允许我们伺候他，为他做一些贴身的琐事。我们只能顺着他的意，也要顾及他强烈的自尊心才是！"

沁梅不语，但是神色已经稍霁，天舒就笑着点点妻子的鼻头："你都是当妈当了半辈子的人了，还理解不了这种情感？所谓孝顺孝顺，'孝'容易，'顺'难为。对这样病中的倔强老人来说，最重要的还是后面那个'顺'字，顺从老人的意愿，顺应老人的渴求，理解老人的苦衷，解开老人的心结，只有这样，他才能静心养病，放下心中的纠结，早日恢复健康！"

天舒这样说了，更是这样做的。不得不承认，生就的善解人意的脾气让他更适合照顾病人。他守在老人身边，贴心温存。每当他做任何事时，都会轻声解释着，让病人知道自己的每一个细小动作，不会让他因自身身子不能动而产生无助和无存在感，从而给老人一份别样的尊重。

"爸，我要为您擦背了，来，咱们先小心翻个身吧！"

"爸，这尿湿的床垫要换了，我先抱您起来，让护士们换了床单好吗？"

"爸，这粥已经可以吃了，我来喂您好吗？"

女婿体贴耐心地贴身服侍，让病中的江静舟格外感到惬意和温暖，他对女婿产生了一种奇怪的依赖性，就连宁松都不能替代相比。很快家里人就发现，只要是天舒伺候着他，无论是喂饭还是喂药，身体护理还是进行治疗，甚至是服侍大小便这样的琐事，他都格外听话和配合，从来不使性子、闹脾气。

家人们都在感叹女婿的孝顺和老爷子的固执。其实大家未必明白此刻病中老人的心态，在江静舟的眼中，很多时候，会将天舒看作是那个逝去的挚友的一个化身了，目前让他守在自己身边，更是给病中寂寞的他带来无法言说的慰藉和思量。这点即使是亲生儿子宁松都难望项背。天舒一定是读懂了他这番心思，除了被宁松替换着进行必要的休息外，他用尽可能多的时间守在岳父床前，陪伴着他，伺候着他，默默地安慰着他。

又是半个月过去了，江静舟被接回家中休养，在家人的悉心服侍和照料下，他恢复得不错，已经能坐起身来，偶尔还可以被抱到轮椅上，推着在家中转几圈。他的脾气也稳定了许多，不再拒绝除了儿子、女婿外的他人对自己的服侍。顾倾城为他打理贴身事务，他身边的公务员小梁也承担了他的日常起居的一些照顾。

随着面部肌肉的缓解，他的语言功能得到恢复，已经可以说出清晰的话来了。身体逐渐好转了，他的另一番固执劲也紧跟着上来了，他逼着孩子们都赶快回单位上班，顾倾城也随着他的话劝说着，几个儿女才依依惜别了老父，各自回去。

不到一个月，天舒却又回到了金城。江静舟和顾倾城都很诧异，天舒带着宁静的笑意为他们解释了原因。

原来天舒在西北这段时期的工作给这边单位留下了极好的印象。因为科研项目对人才的需求，这里的军事基地一直在挽留他，想调他过来牵头研究所的业务工作。天舒在这段工作时期，和大家结下了深厚的友谊，同时看到了大西北科研水平和内地的差距，也萌生了调入此地工作的念头。恰巧这档口遭遇了江静舟的发病，所以这次他和沁梅回湖南后，两口子暗自商量了，做出了这样的决定。沁梅还有两年就要退休，她准备退休后就到金城和父亲生活在一处，方便照料老人的生活。那么天舒这样先行一步就是很理想的事了。

这番解释让江静舟很感慨，病中的他一反往日里倔强自持的个性，格外依恋亲情。他叹口气，用那只能动的左手拍拍女婿的手背，没有再说什么。

天舒却深谙岳父的心理，就笑着自我解释道："其实也不是全为照顾您的病啦，您也知道的，这边单位一直在打报告要调我过来，用上面的领导的话讲——我这个也算是技术支援大西北吧，对我的业务发展也是一种机会。"

"唉，那敢情好……"江静舟再次拍拍女婿的手，长吁了口气，也不纠结了。

楚天舒正式调入金城某部队科研所工作，再次担任业务和行政领导双重加身的重任。因为工作忙，他几乎白天全部要泡到单位，周末经常都要去加班。但是他尽量利用业余时间精心照料着岳父。

为了晚上能照料病人，他没有住在研究所为他分的房子里，而是每天下班坚持回家。他的单位离干休所有几站路，他拒绝了单位考虑到他的实际困难，提出每天派专车接送他上下班的建议，自己骑自行车来回。他每天白天去单位处理工作，晚上将资料带回家来继续工作。

只要回到家，他就会守在江静舟的身边，帮他做按摩、做复健。他在老人的床前支起一张行军床，夜里可以随时照顾老人起夜。

顾倾城担心天舒的身体，一再劝他晚上不必陪夜，让她和公务员轮流守夜，天舒总是温和地笑笑："再过上一阵吧，等爸身体精神都更好些再说。他现在需要我伺候，也是给我一个难得的孝敬他的机会呢。姑姑别担心，我会注意调整自己的身体状况的，不会有事。"

天舒的这番孝行让他身边的下属们也都感佩不已。他们周末有时候会到将军楼来向天舒请教问题，看到已年过半百的楚教授趴在岳父的病床前，为他们演算数据，回答问题，他们看到这位让他们无比崇敬的，业内很有名气的专家教授的另一面——在家中，他是那样耐心细致地照顾着自己的岳父，给偏瘫在床的老人擦脸、喂饭，为他按摩，搀扶他下床站立……做这些事情时，他平静从容，一如他在讲台上为他的学生们授课，或者是在研究室里为手下人辅导一样，总是挂着温润和蔼的笑容，轻柔的话语如春风扑面。大家纷纷感慨，楚教授真是太不容易了！

在天舒和倾城的悉心服侍照料下，江静舟的病体恢复得很好。两个多月过去，他已经能在别人的搀扶下，下地走上几步了。

倾城就在一次和沁梅的电话中悄悄对她笑言："这次天舒能调来金城工作实在是太好的一件事，他如今就是老爷子最信赖倚重的人！有一次和你爸闲聊，他就感叹：'我这场病能逃出命来，还能下床走几步，实在是令人想不到！这功劳90%要归天舒！'"这番话自然令沁梅欣慰不已。

后来萧海、婵娟夫妇闻听父亲重病，也抽时间分别回到金城照顾了一段时间，才让姐夫天舒得到了一段休整时期。

很快暑期到了，除了江雪去国外进修不能回家外，几个在上研究生和大学、中学的孙辈们，都遵照父母的吩咐，纷纷回到了金城。将军楼里一下子热闹了起来。

江岭已经当上营长，正在国防大学研修，他已经结婚生子，孩子刚满周岁。他带着妻子孟吟和儿子冬冬来到爷爷床前，急着将粉团般的小家伙塞到爷爷怀里。

江静舟半倚在床上，身边守着他的两个孙女——江莲和海心，两个女孩一左一右扶持住他的身子，让他能用尚灵活的左手搂抱住曾外孙圆滚滚的身子。做曾外祖父的他满足极了。带着笑意，看着蠕动在自己怀里的小家伙，忍不住要去亲他。看着爷爷行动不便，江岭上前，一手搂住老人的身体，一手将儿子环住，两只有力的手臂合围在一起，于是祖孙三代人的脸就贴在了一起，笑在了一处。

这样的情景让倚在门边的顾倾城擦泪不止。但是她更加感怀于这些天中常见的温馨一景。

江岭、雨林和海川、海天兄弟最早到家，而后南征、北战兄弟俩也分别从自己读书的军校直接回到这里。孩子们每天都围在爷爷床前，陪他聊天，轮流为他按摩，右边虽然有所恢复感觉，但是仍然处于麻木状态下的身子。早晨凉爽时分，他们也会用轮椅把爷爷推出去散步，在军区的操场上有体育器械，几个身材高大，胳膊有力的孙子，会将爷爷架扶起来，做一些简单的复健运动。

于是在军区大院中，在这个阳光灿烂的夏日，人们很快熟悉了这样一幅感人的画面：几个高大威猛、年轻英武的军人搀扶着一个瘦削病弱，但仍硬骨铮铮的老军人，慢慢挪动着步子，做一些最基本的行走动作，他们爷孙几个说笑着，仿佛不是在为一个病重的老人做复健，而是在做一个军事训练一般，孙子们是顽皮地鼓励加严肃地规范着动作，爷爷是勉力为之却时常要故意傲娇一番，惹得孙儿们带着宠溺的笑容和爷爷吵成一团。

就在这种热热闹闹的日子里，两个和江静舟感情很深的老部下也闯了进来，却是许若飞和乔思扬相约着来看望老首长了。如今许若飞已经是湖南某部的师职干部，乔思扬更当上了某野战军军长。江静舟病发时分，他们因工作忙未能及时看望，眼下一有时间，就迫不及待地赶来了。

顾倾城热情接待了他们。许若飞一进门就嚷着找老大哥，顾倾城心里暗笑他一把年纪了，还是那样心急，又告诉他江静舟被几个孙儿推出去做运动去了，许若飞听了，忙放下她刚递到手边的茶杯，拉着乔思扬就向干休所操场奔去。

操场上的慢跑道上，江岭和雨林一边一个搀扶着江静舟在锻炼走路，南征在他身后跟着照应着，海川拿着毛巾，北战推着轮椅，五个大小伙子组成半个班的兵力护卫在老将军身边。

江静舟看着几个孙儿，心里既欣慰又好笑，满面笑容地嘟囔着："好嘛，小子们，幸亏你们目前在假期里，这是在家里，都穿着便装，要是齐刷刷穿上军装，可不吓人一跳？好像陆海空三军仪仗队守在我这儿！"

他这话幽默有趣，几个小伙子相互看看，都咧嘴笑了。目前除了江岭和雨林、海川是陆军外，南征是空军工程学院的学员，北战则上的是海军舰艇学院。几个小伙子还都人高马大的，还真有点仪仗队队员影子。

这样嘻嘻哈哈哈地笑过，这个复健运动队列就有点"军纪"涣散的样子。江岭是野战军带兵出身的人，马上发现问题，找到动乱军心的源头，就虎起脸，对爷爷抗议道："请司令员同志专心训练，大家也都严肃认真点，别嬉皮笑脸的！"

江静舟目前最服这个长外孙的管制，就笑笑不再开言。长孙海川看着一向强势霸气的爷爷如今被大表哥训斥后不再吭气的样子，忍不住抿嘴笑了，对着江岭调侃道："大哥，你其实应该表扬咱爷爷才对，你看爷爷进步多快啊？今天都能走上快二十步了！到底人家是司令员，将军呗，人才啊！做什么事情都比别人强！"

雨林也在一旁凑趣："是啊，我一回来就听姑婆说，这一阵子都是楚伯伯在陪爷爷做复健呢，如今看来效果真棒，我都被吓了一大跳！不到半年工夫，咱爷爷竟然能重新站起来了！不过话说回来，一切功劳必须归老同志，谁都不能抢功哈！人家老同志是太争气了，也太给大家面子啦！让大家有机会享受丰硕成果——复健的辉煌战绩哦！哈，咱爷爷这样看去，哪像个卧病之人啊？分明仍是一位威风凛凛的将军！我再次崇拜您一回，我最亲爱的爷爷！"他的话让大家又是笑成一团。连严肃认真的指挥员楚江岭营长也绷不住脸了。

做爷爷的人是无奈摇头，边努力活动着麻木的右腿，边笑嗔道："坏小子们，爷爷如今都是个废人了，你们还忍心在这儿结伙儿取笑？"

"哈哈，老同志经得住枪林弹雨，可却经不起糖衣炮弹啦？"

"爷爷，您这分明是恃宠而'娇'，是娇气的'娇'！"

"错，人家江司令员明明是恃病而'娇'？"

几个顽皮小子更加无天地起哄起来。

不一会，江静舟的喘息开始沉重起来，孙子们也怕累着他，就忙七手八脚地扶他坐到一旁的轮椅上。

海川拿着毛巾为他擦着额上的汗水，南征蹲在他身前为他揉腿，雨林为他捶着背，一再问他感觉怎样；北战不爱吭气，却最细心体贴，回来这段时间，都是他和江莲、海心在爷爷身边为他按摩手脚。此刻他又拉过爷爷僵硬蜷缩在胸前的右臂右手，轻轻按摩着，帮他做着拉伸运动。

江岭看着弟弟们在爷爷身旁按摩着，笑着安慰他："爷爷，您该放心了吧？每天按照计划这样做运动，您肯定能恢复得更快些！我预测，再有一年工夫，哦，不，最多半年，您就会彻底康复，您信不？"

江静舟点头微笑。

江岭接过北战的手，一边为爷爷按摩着不能动的右侧手臂，一边表决心般嘀咕着："我一定让您的右手重新活起来，必需！我还等着某一天看您给我们表演射击呢，以前总没有机会！"

这话让小伙子们都来了兴趣，纷纷说起曾经听说的家族往事来。

"爷爷，据说您当年可是黄埔四期学生中的射击冠军？找个机会，给我们这些小兵露上一手吧？"

"是啊，我们都没赶上看咱爷爷的超凡技能呀！"

"听说姑婆年轻时候也好威猛的，那时候的射击技术也是一级棒，还得过什么军事成绩全优生？"

大家议论到这里，江岭一挑剑眉，坏坏地笑着，看向爷爷："那简直更有好戏看啦！爷爷，到时候您干脆和我姑婆较量一番吧？看看究竟谁比谁更胜一筹？让我们这些晚辈也开开眼哪！"

"对呀对呀！爷爷和姑奶如果拉开场子，进行一场射击比赛，其精彩程度一定不亚于世乒赛呢！"海川、南征和北战都兴奋得拍起手来。

几个孙子的顽皮说笑把江静舟也逗乐了，看看自己蜷缩在身前的右手，他又有点伤感和无奈，就叹口气，半认真半玩笑地摇头道："臭小子们，再没个正经话好讲了？你们敢情是故意气爷爷的吧？你们看爷爷如今吃饭都要靠人喂，还打枪吗？唉，下辈子的事情喽！"

"哎呀，不怕的，爷爷！那是我姑婆心疼您，惯着您！我都看出来了，你用左手拿勺子虽然慢点，已经完全可以自理了呀。我姑婆不是怕您性子急，吃不好饭吗？又是怕累着您了？不过您还是需要加紧锻炼！赶明儿我陪着您单练左手功夫吧？我准备拿出您当年锻炼折腾我和小林的劲头来对付您！"江岭顽皮地对爷爷眨眨眼。

江静舟和心爱的孙子们在一起，心情就格外好，他笑着开玩笑道："好吧，没良心的坏小子！爷爷如今可是弱势群体了，你们这些棒小伙儿们只管和我找旧账吧？"

在背后为他揉着背的雨林笑得咯咯的，用头蹭蹭他的右肩，边笑边喘道："那我可舍不得！这次我不能和大哥一条心了！您可是我这辈子的偶像呢，我如何敢对偶像下手了？"

南征撇撇嘴，调侃着他："你敢也没用，你们根本就没这样的机会！没看到如今爷爷是咱们家的重点保护对象吗？有姑婆和大姨夫保护着，铜墙铁壁，刀枪不入，你们如何敢'报复'爷爷？"

"哇，原来真相在这里啊？"几个小伙子们又是哈哈大笑。祖孙几人正说笑着，看到许若飞和乔思扬向这边走来。

第三十五章　江潮心愿

不能不承认，作为一个母亲，沁梅的嗅觉是相当灵敏的。也许江岭、江雪两个个性突出的孩子给了做母亲的人太多的情感方面的纠结磨难，所以沁梅始终保持着警觉，一觉察到风吹草动，就会下意识地绷紧神经。但是不幸的是，她的四个孩子的个性都很尖锐突出，不按常理出牌的情形很多，就让这个母亲始终处于东征西战的状态。

许若飞和乔思扬几乎都是含泪在打量着坐在轮椅上的江静舟。

在他们的记忆中，不管是正当盛年的江师长，还是后来相聚时已进入暮年的江司令员，他永远都是他们心中一面不倒的旗帜，一个不老的传奇！他永远是挺拔的，威武的，军容严谨、英姿勃发仿佛就是他的特有标签。

可是如今，他们看到的，是一个瘦削无力，瘫坐在轮椅上的病弱老人，他已经失去了往昔他身上的著名特征——那让所有人折服的挺拔刚劲的职业军人姿容：

他的右半边身子明显和另一半不协调，所以一向讲究站姿坐姿的他，已不能习惯性地挺直他的脊背了，更令人触目惊心的是，他的右臂看上去是瘫软无力的，失去生命力一般松松挂在身上，右手蜷缩着有点僵硬地佝偻在胸前。他的头发也大半白了，衬着瘦削的脸庞，更显出憔悴的病容来。只有那双眼睛，还闪烁着往日的光芒，摄人心魄的强劲光芒！

这样的江静舟让他这两个曾经朝夕相处、情同手足父子的部下不仅情何以堪，更是瞬间痛断肝肠！

"大哥！"

"老首长！"

许若飞几乎是扑倒在江静舟的膝上，抱着他的双腿泣不成声。乔思扬上前搂住他不能动的半边身子，也泪如泉涌。两个人都只是哭着，再说不出一句话来。

一旁站着的兄弟五人看着年纪也不轻的两个长辈抱着自己的爷爷，像孩子一样痛哭失声的忘形姿态，也都愣住了。

江静舟心中自是感怀不已，他的眼眶里也蓄满了泪水。不过他还要安慰他的两个部下和兄弟，只好忍住悲酸的情绪，强笑着道："哎！若飞！思扬！你们这是干什么？我又没光荣了？不过是病了这么一场罢了！就算闯鬼门关也是终究胜利了一回吧？唉，你们别这样啊！你们早来几分钟就好了，可以赶上看到我已经能重新站起来，能走上几步了！快别这样哭了，好好的，哭得我都心酸起来！"

两人还是尽情地哭着，搂着他不肯松手。

江静舟无奈地苦笑："好了，你们又不是小孩子了，如今在我面前的，可是咱军队两名高级干部了，这样一来，我都替你们不好意思啦！我这几个小孙子可在一旁看着呢！"

他又吩咐一旁的几个孙子："傻小子们，还愣着呢？快扶两位爷爷起来啊！"

几个孩子忙上前扶二人起身。

许若飞拭着泪看江静舟："在您面前，我们永远是部下，是兄弟啊！大哥啊，您可知您这场病，让多少昔日的兄弟们心痛啊？"

乔思扬也点头："您总是不在乎自己的身体，一贯是这样，可是您要知道，您病到如此地步，自己难受不说，让这些弟兄们如何忍得！"

江静舟笑着解劝："好的好的，我明白我明白！前一阵，耿进忠他们这些人都来了几拨了。这不来倒好，一来就个个在我床前哭！哭得我都心酸死了！我知道你们对我的这份情啊，四十多年前在缅甸，在野人山，后来在上海，在东北时就知道了！生死弟兄，魂魄相依！这份情，此生忘不了，都已经铭刻在彼此心中了！"

他温语安慰着两人，为了转移悲伤感慨的话题，就将身边几个孙子介绍给两位年轻的爷爷辈的人，也向两人一一介绍了自己的孙儿们："几个小子过来见爷爷们！你们有见过的，也有没见过的吧？"

许若飞抹去泪水，仔细端详江岭、海川等人，笑道："大哥啊，您可真有福气呐！这么些棒小伙陪在您身边，还有什么病好不了的？"

他捶了江岭肩膀一下："这个小子和我最熟，小时候调皮捣蛋出名的，他妈妈一打他，他爸若不在家，他就跑到我们家避难！"

这番解说把大家都逗笑了。许若飞盯着江岭感慨："如今十来年不见面，我都不敢认了。瞧这个子，估计早超过你爸了吧？"

江岭含笑点头："您说对了，许爷爷！楚天舒同志一米七八，楚江岭一米八二！"

许若飞笑着对江静舟道："这孩子还是和小时候一样顽皮呢？"

江静舟笑看自己疼爱的孙子们："几个小子别的倒也罢了，就是个个嘴巴顽皮得很，也怪我惯得他们了，从小就爱没大没小地开玩笑！"

许若飞摇头："大哥，您这话我就不能赞同了！人家可是著名的战斗英雄呢，全军上下学习的标兵，才不是光耍嘴皮子的人！"

江岭不好意思地挠挠头："往事如烟，已经过去的荣誉了，总提就没劲了！许爷爷，您看我以后的表现吧！军中不是流行着一句话吗——不想当将军的士兵不是好士兵，可我的理想是，不但要当将军，还要成为像我爷爷这样的将军！"

许若飞感慨地点头，不由得凑到江静舟耳边："听到了吗？大哥！这样棒的孙儿，您得修几世才修得来呀？"

他扔下江岭，又拉着雨林看，想到程睿，心里难免有些伤感，就使劲拍拍小伙子的肩膀，眼眶发潮："小林子越长越像爸爸了。他若看见你这样，该有多开心？"

雨林也有点伤感，但是为了安慰几个长辈，就忙岔开话题，看着乔思扬笑道："我还记得当年是乔叔叔把我带到爷爷这里，我才又有了一个家……"

提起往事，乔思扬也感慨万分，摸摸雨林的头，说不出话来。

许若飞怕提起程睿让江静舟病中伤感，就忙强笑着开玩笑道："我再次发觉咱们这里辈分又乱了。你看几个孩子都称呼思扬爷爷，唯独小林叫他叔叔。"

乔思扬也笑："他按照他父亲的那边，该叫我叔叔，按照咱们老首长这里，又该叫爷爷，把孩子都整糊涂了？"

大家嘻嘻哈哈地说笑着，看着江静舟也是安详微笑的样子，总算都放下心来。又问起南征、北战的学校，也是夸赞一番。

乔思扬对海川更感兴趣些，因为当年在东北时，他和宁松的关系要更亲密。此刻他又是一通感慨："这个孩子长得实在太好了，也很像他的父亲！不过比宁松还要高些，小伙子多高啊？"

海川大方地笑答道："报告军长爷爷，江海川，一米八四！"

许若飞问了他就读的学校，不由得笑看乔思扬："国际关系学院，这将来是要当驻外武官的！将来出去了，是要代表咱们国家、咱们军队形象的呢，难怪仪表堂堂！"

许若飞对江静舟再次感慨着："大哥啊，原本看了您这样的病容，我心里是难受极了！您是多么威风的虎将啊，竟然可以这样病倒在床？我实在想不通啊！可是如今看了这几个棒小伙子，您的这帮小虎崽子似的孙子们，我又打心底里为您高兴！有这么多好孩子们陪着您做复健运动，您一定会好起来的！"

江静舟点头，微微笑了。

晚饭时分，楚天舒也回家，大家相见甚欢。顾倾城早准备了一桌好菜，由江莲、海心一一端上餐桌。大家围着桌子坐了，江静舟被搀扶着坐到了上首，楚天舒、许若飞、乔思扬和一大群孩子们分列两边。

顾倾城动作熟练地为义兄围上了餐巾，又将勺子递到他左手上，知道他想和众人一起进餐，就吩咐江岭坐到爷爷身边，照顾着他。她又坐到他的另一边，带起老花镜，仔细将鱼肉中的刺挑出来，又将蔬菜切断，一一放在他的碗里。

可能下午复健运动做的时间长了点，江静舟觉得身体困乏，左手有些发抖，几次将勺子掉在桌上，难免有点懊丧起来。

"没事的，哥，这里都是家里人，连若飞、思扬都不算外人呢。咱咋舒服咋来好吗？"顾倾城一边劝慰着他，一边自自然然地拿过碗来，舀了饭，喂到他嘴边。身旁的江岭也轻声安慰爷爷："爷爷，咱慢慢来，不着急啊？"

江静舟苦笑一下，顺从地由着妹妹一口口喂他吃饭。

许若飞看了此情景忍不住莞尔一笑，又记起当年在敌营时，江静舟旧伤发作住院卧床，却总是拒绝顾倾城照料他的往事来。此刻看出来他们兄妹经过多年磨合，已经是自然温馨的家人状态了，心里也很感安慰。

一旁楚天舒不忘趁机告诫儿子，叮嘱他们几个小伙子为爷爷做复健时要注意掌控好时间，不能急于求成。

大家边吃边聊，许若飞和乔思扬问起刚才没见到的另外两个男孩——海天和江潮的情况。聊到明年即将到来的高考，两个半大不小的孩子又是语出惊人。

几个孙儿中，海天的长相最像爷爷江静舟，许若飞忍不住看着他感叹："这宁松家的小二也太像我大哥年轻时候的模样了吧？比他爸爸都像！我刚才打眼一看，眼泪都快下来了！又想起那些岁月啊……"

江莲笑着插嘴道："许爷爷，您说的一点没错，所以他才会有个绰号啊，大家都叫他'小致远'！"

许若飞和乔思扬又仔细打量了他一番，点头微笑。

乔思扬刚好坐在他身边，就摸摸他的头，笑问："明年就要高考了，准备读哪个军校？你看在座的你的几位哥哥姐姐，陆海空都齐全了，你准备成为哪个军种的兵呢？"

男孩顽皮一笑，晃晃脑袋："乔爷爷您判断有误，我不当兵。"

"怎么会呢？你怎么会不想当兵？"不独乔思扬困惑，所有在座的人都奇怪地看向他。海天却不看众人，只是看了爷爷一眼，见他不动声色，由着姑婆喂他吃完了饭，用餐巾擦了嘴，扶他倚靠在椅背上。

"小薇，你快赶紧吃饭，一会儿菜都凉了。"江静舟认真嘱咐着妹妹，全然没有关心目前大家议论着的话题。

众人还是追问着海天，把小伙子弄烦了，就高声抗议道："凭什么你们就认定我该考军校呢？难道出身军人世家，就非得当兵么？"

他看着爷爷求救般："爷爷，您说一句话啊？我可是在您面前都招供了全部想法，您说您无条件支持的？"

众人都看向江静舟，他吃完饭原本想闭目养神一下，此刻却被众人的注视逼得睁开了眼睛，他的语气却是旗帜鲜明、毫不含糊："所谓人各有志，行行出状元。小天心里有自己的打算，他马上满十八岁了，也算成人了，完全可以自己选择人生道路。这是一件很平常的事吧？"

他又认真看看众人，反问道："谁说咱们江家的孩子就必须当兵了？只要有自己的远大人生目标，就是好孩子，爷爷就支持，全力支持！"

"哦，爷爷万岁！"海天忍不住高呼，又终究不脱孩子气，转而自得一笑，"我在想，我要考，就考咱们国家顶级的学校，不是北大就是清华吧！"

"你就吹吧？"海川是哥哥，父母不在跟前，他就长兄为父般用教训的口气制止着弟弟的狂妄之语。

楚天舒笑笑，看着海天鼓励道："有目标才有动力，小天加油！"

许若飞却有点失望，对江静舟嘟囔着："这孩子长得最像您，不当兵可惜了了！"

"唉，若飞，你这是什么逻辑啊？"江静舟听了他的话，有点啼笑皆非。

许若飞不管他的问话，倒是注意到另一个小伙子——一直在饭桌上和乔思扬聊得热火朝天的楚江潮："咱们楚家的小四呢？也是明年高考，你是什么志向啊？"

却不料那个小子更倔，干脆甩了一句："我的志向……保密！以后你们就知道了！"

他不等众人反驳他，又把爷爷这尊大神高抬出来："有关我的选择，也是爷爷首肯了的！所以，大家就等着看结果吧！"

"臭小子……"楚天舒笑嗔一句，然后几个哥哥都跟着笑骂他"臭小子"，嘻哈玩笑间，才把一件公案先压下了。

小儿子的话让楚天舒多少有点心神不安起来，他又说不清这种感觉，只好先闷在心头。

就像埋下了一根导火索，引爆这个爆炸物的时间是在半年后——第二年的春节，全家再次在金城团圆的时分。

那时候江静舟已经基本康复，虽然挂上了拐杖，但是身体各方面机能恢复得很好，医生都称赞是个奇迹，亲人们也倍感欣慰。随着父亲年龄的增长，儿孙们在春节这种万家团圆的时刻，都会想方设法地赶回金城，看望老人，相聚团圆。

但是这个标准的军人世家的欢聚还是不能人数齐全，总有不能按时回家的人。年轻人总是忙的，这年江岭、江雪兄妹因为工作的缘故不能回来过年；雨林、海川和江莲大年三十吃过年夜饭也匆匆踏上归程，其余的人要陪老爷子过完初五才会各自回去。就在初三的晚上，江潮和父母的战争突然爆发。

其实确切地说，这场战争应该是发生在沁梅和江潮母子间，作为父亲的楚天舒完全是处于殃及池鱼的角色，他的作用在于敲边鼓，至于他是为谁在敲边鼓，就很耐人寻味了。

不能不承认，作为一个母亲，沁梅的嗅觉是相当灵敏的。也许江岭、江雪两个个性突出的孩子给了做母亲的人太多的情感方面的纠结磨难，所以沁梅始终保持着警觉，一觉察到风吹草动，就会下意识地绷紧神经。但是不幸的是，她的四个孩子的个性都很突出，不按常理出牌的情形很多，就让这个母亲始终处于东征西战的状态。

这次也是沁梅第一个发现问题的苗头。

"天舒，你发现一个重要问题了吗？一个重要的苗头？我有种不妙的预感……"大年初一早晨，送走江雪和雨林，沁梅把丈夫拉到他们的房间里，关上门神情严肃地对他说了这样一句话。

天舒看着妻子严肃的表情觉得很好笑，就没往心里去，随意回答："我的江处长，你又发现什么阶级斗争新动态啦？"

"别嬉皮笑脸的，我在说正事！"沁梅对丈夫翻白眼，对他的掉以轻心很不以为然，"咱家小四，这小子有问题，你难道没看出来？"她想起来自己倔强的小儿子楚江潮就有点头疼。这孩子属于那种"蔫捣"型娃娃，不像他的大哥江岭那样打打杀杀，顽皮出格都在面上，江潮从小不爱吭气，但是心里蔫有主意，调皮捣蛋不比大哥少，但是很少张扬，抓不住把柄还收拾不了他。他的三姐从小和他一起捣蛋，但是却替他挨了不少鸡毛掸子。

知道小儿子的秉性，但是楚天舒还是觉得妻子有点夸张，就忍住笑，继续揶揄她："又怎么了？小四如今都快成年了，你不要再拿老眼光看他，唔……这些年我看他就懂事多了，也没闯什么祸，挺乖的呀？"

"哼，在你这里，你的娃娃个个乖巧可人！你楚大教授就这点护犊子的出息！"沁梅耸肩皱鼻子。

当父亲的人说得理直气壮起来："那当然！自己的孩子自己都不爱，还如何为人之父母了？"

"少废话，我真的在说正事！"沁梅拦住他的"自我感觉良好"，认真选择着用词，在谨慎地和丈夫说到自己心中的猜忌，"这次回家，你没发现小四的状态就不对吗？好像老在回避着什么话题？你看年夜饭上，宁松问他即将选报的高考志愿，他是哼哼唧唧，吞吞吐吐，顾左右而言他！还有呢，我几次看到他和爸悄悄商量着什么。爷孙俩神神秘秘，鬼鬼祟祟的，一看到我过来就不说了！哼！"

她纠结且夸张的表情逗笑了自己的丈夫，天舒看着妻子直摇头："你也太神经过敏了吧？男孩大了，有些事情不想说给长辈听，也是蛮正常的呀？再说了，小子好容易回趟爷爷家，和老人家亲热一下有多好，你这又当女儿又当妈的人倒瞎猜忌起来？"

"哼，我神经过敏？你才是麻木不仁呢！"沁梅表示了不满，连嗔带怨地看向丈夫，"亏你还是做过高级特工的，一点警惕性和预见性都没有？我有理由充分相信，你那个宝贝儿子估计又在和自己爷爷密谋什么事情呢！如果我没猜错的话，一定和他的前途有关！和他今年的高考有关！"

"不能够吧？"天舒皱眉，"小四会和爸说自己的高考问题？这不正常呀？他应该和咱们先谈才是吧？"

沁梅撇嘴："所以我才要气你的麻木不仁！我可是凭着一个母亲的直觉来发现问题的！这件事情如果让我猜到了，就一定不正常！这个臭小子一定又想什么旁门左道呢，要不然正如你所说的，他应该和我们谈，而不是先找他爷爷谈呀？"

"可是……"天舒还是不大相信，"海天也回来了呀，他和咱四儿同岁的，如果是说高考的事情，怎么不见他参与？要知道这小哥俩好得很呢！"

"所以我才要说可疑呀！"沁梅更加振振有词，"要是光明正大的事情，就不会是他们爷俩在密谈了，应该是祖孙三人一起谈论才对！"

说起海天，沁梅更是痛心疾首了："你瞧瞧人家海天多争气？这次回来我问过他了，人家早已和父母都商量好了，意见一致，他准备报考一流院校，不是北大，就是清华！海天成绩优异，几乎是囊中取物的事情！"

天舒笑着点头："海天志向远大，去年暑假他在这里说到过他的志向，不想上军校，要上名牌大学。而且那孩子仪表堂堂，好像宁松年轻时的模样，倒是个才貌双全的好孩子！"

"你儿子长得丑吗？成绩很差吗？咱小四儿哪点又比别人差了？"沁梅不服气地顶他道，"其实相貌都是在其次的，我是生气咱们儿子那个别扭性格！你要问他的专业选择什么的，他是好不耐烦，就会拿话来堵我——'妈，反正我肯定会上大学的，专业方面以后再告诉你吧！'你看看，能不让我这个当妈的操心吗？"

天舒却没有马上接话。从自己刚才提到的话题，他突然记起一件事情，去年正是在这里，当着许若飞、乔思扬等人的面，不仅海天侃侃而谈了自己的志向，儿子江潮也被问及此事，当时小子就态度暧昧神秘，说"一切保密"。此刻联想到妻子的观察和分析，沉稳如楚天舒，也有点心神不定起来。

但是他总不能助长妻子的不安情绪，就上前搂住她的肩膀，劝慰道："儿子马上就满十八岁了，也该有他的思想和见解了。而且自家孩子的脾气和秉性，你还不了解吗？他是心中有成算，不爱提前张扬的那类人，你随他去好了！总不至于走错路吧？"

"怎么可以随他去？这是当爹的人该说的话吗？"沁梅又上火了。正处于更年期的她，随时随地都会有热浪上涌的感受，此刻她一气一急间，又有点汗流浃背地难受起来。她气呼呼地瞪着丈夫，掰着指头为他数落着儿女们不省心的往事：

"我为啥担心小四儿和咱爸暗中又定什么协议方案的？还不是有前车之鉴？你看咱家那个倔小子岭子，当年不就是给咱爸写了一封信，就跑到金城去上学了？后面的大丫头雪雪，也是先求得爸的支持，才初中毕业放弃将来上大学的机会直接上护校的！然后又轮到小三江莲，好好地上了军医大学吧，我建议她上口腔系，又轻松又干净，多适合女孩子？可那个倔丫头倒好，倒选了医疗系，还直言想做外科大夫，要主攻野战外科？你说这是女孩子应该选的专业吗？好嘛，我刚说了一点不同意见，死丫头就和她哥哥姐姐一样，把爷爷这尊神又大刺刺地搬了出来！哼，咱爸倒好，也真配合呀，又一次极为没原则地支持了他的外孙女！如今，四儿又这番情形，我怎么能不担心？"

天舒笑笑："那你打算咋办？把小子叫到跟前审问一下？"

沁梅撇撇嘴："反正我已经想了好几天了，这事必须马上处理，决不可拖泥带水！这样，我先和咱爸接触一下，问一下咱四儿究竟和他说了些啥？你呢，去找你的宝贝儿子谈谈，先摸摸底，话可说的隐晦些，关键探出他的真实想法来！不过，你要讲策略，不要告诉他我们的意思！总之，分寸拿捏这件事我自信你比我强！"

她带着顽皮的笑看着丈夫："我可知道，你这种条件可是得天独厚！第一，这几个孩子平日里可都和你比和我亲，哼，也算你这个当爹的一贯统战工作做得好呀……这第二嘛，你是高级特工出身，足智多谋，特技在身，那就劳您驾再展雄姿一把吧，我的楚长官？"

天舒看着妻子，笑着摇头："哪有你这样当妈的，让我这个做父亲的去卧自己儿子的底？沁梅亏你想得出来……"两个人总算用这份貌似玩笑话结束了这段令人不安的谈话。

不能不说沁梅的直觉是那样的准确，她和父亲认真谈了一次，就听闻了一个让她几乎被气得当场晕倒的消息——儿子江潮不准备参加今年的高考了，他准备去当兵！

沁梅气得脸发白，手直抖，半天说不出话来。一旁的江静舟忙劝慰女儿："你也别心急，小四只是和我说了，他不是不想上大学，他的目标是上陆军学院。可是你也是知道的，陆军学院属于纯军事院校，是不面向地方招生的，这下你明白了吧？你的小儿子是想先当兵，然后……"

"然后什么呀？爸，难道您看不出来吗？他这是狡辩，是没出息的托词，是想逃避高考的借口！"沁梅一副痛心疾首、气急败坏的样子，"爸，您不能再这样继续惯孩子，替他们说话了！楚江潮的前途问题不能由着他这个毛孩子胡闹！"

她的眼泪瞬间流了下来："我怎么这样倒霉？四个孩子，就没一个听话的，也没一个省心的？老大岭子也就罢了，算是跟在您身边长大的，他参军、上前线，都是您支持的，现在成家立业了，我也难管了！可是这三个小的，更是一个比一个更可恶！每到人生重要抉择的时候，总要和我这个母亲作对呢？"

江静舟看女儿情绪过于激动，也不好再说什么，只能轻声劝慰着："好了，反正还有大半年的时间呢，这件事先放放。你找机会和儿子也谈谈心，听听他的真实想法再说！昨天我和小四都说了，这职业选择的大事，还是要和父母多沟通才是，不可一意孤行！不过，如果孩子的抉择是对的，我们做长辈的也自然会支持的吧？"

沁梅擦了一把泪水，气愤地看着自己的父亲："您这样说，不就等于是在变相支持他吗？爸！我对您有意见！有大意见！"她气得跺起脚来。

"好好好！丫头，你先别心急，我已经和四儿说好了，改天咱们几个坐到一起好好谈谈，还有天舒！到时候大家畅所欲言，各自摆明道理，以理服人，好吗？唉，究竟是亲生儿子，有啥不好解决的？"

"好吧，我们一定要和那个浑小子好好谈谈！必须坚决彻底地打消他这番糊涂念头！爸，我可是为他前途着想，刚才种种理由也和您说过了，您这次必须坚决站在我这边！对了，我还要找几个帮手！"

沁梅掰着手指算着："倾城姑姑就算了，她是一向最宠惯孩子的人，所有娃娃在她心中都是完美无缺的心肝宝贝，到时候恐怕立场不稳，我指望不上！宁松算一个，我会提前和他交底，他是一向重视孩子学习的爸爸，您看海川和海天哥俩学习多好啊？他一定会支持我的！还有萧海，也拉来做统一战线……当然，还有天舒，他这个爸爸也绝对有重要的一票！如果必要，让海天也参加，同龄人的话也许更管用！"

她充满自信地看着父亲："就定在明天晚上吧，干休所操场放电影，让姑姑和娟娟、小弯带着孩子们去看电影，咱们几个开个家庭会议，解决楚江潮的思想问题！"

第三十六章　母子大战

你不是想当一名职业军人吗？当知道兵法上一个至高境界是——不战而屈人之兵！我看你前一阵子在读《六韬》，应该知道其中《武韬·发启》中有句名言，曰：'大智不智，大谋不谋，大勇不勇，大利不利。'儿子，明白是什么意思吗？

沁梅一向是个雷厉风行、说一不二的人，第二天一大早，她就分别找宁松和萧海谈了自己的想法。让她感到欣慰的是，两个人都支持她的想法，决定要好好劝说一下懵懂小子楚江潮。宁松更是拿出舅舅的权威表示了对外甥的不满，对姐姐热切声援："这个楚小四究竟中了啥邪气了？如今好容易国家恢复高考了，机会多难得！竟然不想参加？哼！不能由着他瞎胡闹！你放心，姐，我一定支持你！"

沁梅很心安，心底萌生更强的斗志，决定今晚一举拿下自己那个不听父母话，总有怪想法的犟小子！她回到房间，又和天舒说到这个问题，却生气地看到丈夫一贯制地犹犹豫豫起来："沁梅，我在想，小四有他自己的想法，也不全是心血来潮的动议？我们是不是多听一下孩子的真实想法呢？"

沁梅压抑住心底的怒气，看着丈夫，冷笑道："昨晚你和他谈过了，那臭小子都和你说了些啥？"

"也没说太多的，和你从爸那里听来的差不多……"

"那好吧，楚天舒！如果你这次不和我一条心，打消那个臭小子的非分之想，那些匪夷所思的念头，我就……我就不认他这个儿子了，当然也就不认你这个丈夫了！"

沁梅少见的声色俱厉的态度和那股少见的决然之气，让天舒知道她是气急了，便不由得在心底叹气忧虑，昨天和儿子谈话的情景，又浮现在他的眼前。

昨晚天舒和儿子江潮曾经有过一次交心长谈，他摸清了儿子深藏于心的真实想法。

江潮一贯制地在父亲面前畅所欲言，并且解释了自己因为怕父母太过担心，所以没有及时和父亲谈到自己未来打算。在用平静而坚决的口气和父亲描绘了自己的人生计划后，这个未满十八岁的半大小子又充满感情地对父亲畅述了一番心曲。

"爸，我一向觉得您会支持儿子的选择！因为在我的心中，就没将您当成普通的父亲！从小起，我和三姐经常闯祸，做了很多荒唐事，您和别家的父亲不一样，您从来没有用父亲的权威惩罚过我们，您总是耐心和我们讲道理，用谆谆教诲将处于懵懂混沌状态的我们拉到了正途上！我和三姐经常私下讲，我们好庆幸有您这样豁达睿智，又耐心细致的父亲！"

"臭小子，少给你爸戴高帽子，灌迷魂汤！我难道看不出来你那点小心眼吗？你这番甜言蜜语的目的，不就是想在我这里获得支持，想联合你爸一起来对付你妈吗？"

天舒无奈地笑笑，用手点点儿子："可是儿子，这次不一样啊！牵扯到你的前途问题，我们都应该好好考量一下，不要草率地作出决定才是！尤其是，你不可和你妈妈发生剧烈冲突！要知道可怜天下父母心，做妈妈的人，她这辈子对儿女们的操心和牵挂，很多时候更胜于做父亲的人！"

江潮苦笑一下，看着父亲："我懂的，爸！其实我也好爱妈妈，我知道她一切都是在为我打算，为我好。但是我希望我的父母，不是秉寻常思维，被世俗观念所束缚的人，应该能尊重自己的儿子的正确人生道路选择！"

他笑着上前搂住爸爸的肩膀："爸，您一向足智多谋，又是最通情达理的。刚才我和您详尽讲述了我的具体人生规划，我也看出来了，您一定是在心中暗暗支持儿子的，就像我爷爷一样！那么我求您要帮助儿子，实现这个目标？而且，我也不想让妈妈太失望，太生气啊！爸，您一定要帮我，起码是暗中帮！就像您当年暗中帮我大姐，实现她上护校的愿望那样！爸，要不咱爷俩定个啥具体方案，偷偷地……"

"哎，别……"天舒推开儿子的手，"你这个狡猾的坏小子这是在给你老爸下套呢？还暗中帮？暗中计划？怎么我听着你这番话这么别扭？好像我在家就是给你们姐弟几人当卧底的？专门帮你们对付你妈？"

江潮大笑："卧底有啥不好的？就算您的红色特工生涯的延续吧？"他说得自己都笑个不停，搂住自己父亲的肩膀，好似亲哥俩一样的表情，顽皮地笑着，"而且您这是帮理不帮亲呀！爸，您的见解一贯是那样的睿智通达、与众不同，您的眼光总是那样的高瞻远瞩，您的立场总是那样明晰理智，所以遇事您总是会化险为夷，遇难成祥，出奇制胜，功莫大焉！"

"去去去！臭小子话都说不到点子上！你们姐弟几个和你妈，对我来讲，谁是里？谁是外？谁是亲？拍马屁都拍到马腿上了，还在那傻乐呢！"天舒笑骂着，也是和儿子一副没大没小的兄弟模样。

小伙子挠挠头，带着信赖的微笑看着父亲："爸，我们姐弟几个其实早看出来了，要对付我那脾气倔强、铁面无私的老妈，还要靠以柔克刚、智勇双全的您才是！"

"这简直是胡说八道，越说越不像话了！小子我告诉你，我和你妈就是一条心的，你少动歪心眼子，拉一个打一个的！"楚天舒忍不住用手敲敲儿子的脑袋，看着个子已经快超过自己的儿子摇头叹气，"傻小子呀，聪明别外露才好！口齿伶俐没错，关键时候要能解决问题才算有才！你以为你油嘴滑舌地说几句调侃话、俏皮话就能过关？你呀，应该理清自己的思路，想想下来如何接你妈的招吧！明晚估计是你妈和我，还有你爷爷咱们几人一起谈，你要千万注意自己的说话方式和态度！你可以说清楚讲明白你的道理，但是一定要沉住气，态度要好，要以理服人，有礼有节，尤其对长辈要持谦恭尊敬的态度。这是一个人做人起码的修养，也会是如今你制胜的关键细节！老爸只能点拨你这些了！"

他笑着对自己的小儿子循循善诱："你不是想当一名职业军人吗？当知道兵法上一个至高境界是——不战而屈人之兵！我看你前一阵子在读《六韬》，应该知道其中《武韬·发启》中有句名言，曰：'大智不智，大谋不谋，大勇不勇，大利不利。'儿子，明白是什么意思吗？"

江潮若有所思，继而恍然大悟："您说的是所谓的'全胜不斗'之境界吧？"

天舒欣慰地点头："不错，其道理和我们平常讲的'君子不逞匹夫之勇'是一个意思。什么时候，都要讲求韬略，有理不在声高，'理直'未必非要'气壮'！对自己的亲人，尤其要讲究这点！好吧，儿子，我是爱莫能助了，你好自为之吧！记住我刚才反复对你说的那四个字——以理服人！你如今不是小孩子了，我可警告你啊，你这次要是耍少爷脾气气着了你妈，我可不饶你！"

江潮心下暗服，带笑看着父亲："我明白爸的意思了，我一定会注意的……不过我认定的目标是不会轻易放弃的，我的亲人们也无权左右我的人生抉择！我会用百倍的努力去说服妈妈，尽量不惹妈妈生气……可是结果如何，我也不敢想象呢！我妈目前处于更年期，这可是她老人家自己成天挂在嘴边的。可是我呢，又不幸正是青春期！这两期相撞，会迸发出什么样的火花来？我心里也没底啊！不过不管怎样，都要谢谢爸的点拨！"男孩对自己的父亲绽放出了一个最灿烂的笑容。

望着儿子纯净坚毅的面容，天舒在心底暗暗叹息："唉，又是一场难以过关的难题要横亘在我们夫妻母子之间……哈？楚天舒，你是难逃这个卧底的罪名了，不过……你究竟算哪方的卧底呢？"

那天晚上的"谈判会场"形势严峻，却令天舒父子没有想到。当天舒和江潮前后脚来到江静舟的书房时，看到不仅江静舟、沁梅父女在座，还有宁松和萧海也在场，大家都是一副眉头紧锁，表情严肃的样子，天舒就知道儿子这一关不好过了。

看到沁梅姐弟和萧海在沙发上三人并排，各个正襟危坐的样子，天舒心里又担心又好笑。他对岳父笑笑，挨着他坐下，又用带点担心的神情看着儿子。只为他太了解自己的孩子——江潮的性格不似他大哥那样的大大咧咧，无所畏惧；也不像他的二姐江雪柔和内敛，胆小体贴；更不似他三姐江莲的刚烈直率，口无遮拦。江潮言辞犀利，口才极好，这点秉性像他的爷爷江静舟，但是那柔中带刚，绵里藏针，百折不挠，不达目的决不罢休的个性，却分明遗传自父亲天舒。深知这点的天舒暗暗为小儿子捏了一把汗。

江潮一进屋，看到这个分明是"三堂会审"的架势，心里先是暗暗心惊，接着这种吃惊倒是很快演化成了一种逆反的斗志。他也不吭气，面色沉静地走到几位长辈的对面，倚墙而立，嘴角微微抿起，显示出倔强不屈的神色来。

江静舟是老军人，阅人无数，何况眼前是自己喜爱的孙子之一，焉能不明白他此刻的心态？就忙招呼他道："小四到爷爷这里坐！"他又对孙子使了个眼色，分明传达了一份暗中护佑的信息。

江潮自是心下明白爷爷的用意，他对爷爷感激地一笑，回眼望了望和舅舅、小姨夫并排坐在沙发上的妈妈，语气平静地说道："不用了，爷爷，我是小辈了，几位长辈在这里，我还是站着好了，站着回答大家的提问比较好。"

沁梅默默打量着儿子：好像不知不觉中，儿子竟然长得这样大了，接近一米八的身高，瘦条条的身板还略显稚嫩，肩膀却已隐隐有了男人的伟岸线条；他的样貌在姐弟四人中间很特别，不像二姐绝似父亲，也不像大哥和三姐酷肖母亲，他的容貌综合了父母的特点：那对生动活泼的眉毛和细长温润的双眸来自于父亲天舒，挺直有形的鼻子和微微上翘的嘴唇是母亲沁梅的翻版。要是再仔细看去，那轮廓分明，微显瘦削刚劲的面庞又和爷爷江静舟酷似。沁梅记得母亲沈琬曾经悄悄对自己说过："你们家小四儿其实长得并不是很像你父亲，但是其神韵却和他年轻时候惟妙惟肖呢。这也是遗传基因的功劳吧？"

　　眼下想起母亲的话，沁梅看看儿子，又回头打量父亲，看到果然轮廓近似，清俊刚劲，此刻表情都略现倔强肃然的两张面容，不由心中暗暗点头。不过此时她可没心情继续想这些，只为大事当前，不容松懈半分！

　　"很好，那你就站着吧！"沁梅冷冷地接了儿子的话，回眼看着自己弟弟，"你们家海天呢？我不是让你把他也叫来吗？"

　　坐在他身边的宁松对姐姐赔笑道："他在楼上呢，随时候着姑姑召唤！我是想咱们几个长辈先和潮潮聊聊，先不用那个小子跟着掺和了？"

　　沁梅绷着脸点头，又看着儿子，语气严肃地问道："好吧，开始吧！江潮，这里都是你的至亲长辈，今天想共同探讨的，是一个严肃的问题——你的前途问题！你先说出你的打算吧？"

　　江潮又是平静一笑，巡望了一圈在场的诸人，口齿清晰地说道："刚好诸位长辈亲人都在，楚江潮就宣布自己的一项决定吧，今年我将放弃参加国家统一高考，先去部队当兵，然后争取从部队考入陆军学院。"

　　沁梅还未说话，宁松已经忍不住接上了话题："小四，你这个想法是极端错误的！要知道十年动乱，国家教育体制都被破坏殆尽，很多人失去了接受高等教育的机会，这是民族之不幸，国家之灾难！幸而如今拨乱反正，国家恢复了正常高考制度，有多少莘莘学子都在额手称庆，跃跃欲试！这两年报名参加高考的人数想必大家都看到了？你怎么能轻易放弃这样的机会？"

　　"不错！"沁梅接口道，"你的大哥二姐，都没赶上这种机会，你三姐好歹赶上了这股潮流，爸爸妈妈都欣慰不已！现在轮到了你，妈妈更满怀期待！妈妈知道你的实力，凭着你的学习基础，你完全可以考上任何一所你向往的理想大学，包括任何军事院校！四儿啊，你不觉得轻率地放弃这种竞争很可惜吗？"

　　"可是我最向往的理想大学，目前就是——陆军学院！"江潮的语气平静中有执着。

坐在宁松右侧的萧海此刻插言："可是你要知道，陆军学院面向的是全军基层部队，是不招取地方高中毕业生的？"他微微皱起眉毛，沉吟着："你可以先选择考入另外的军事学院，一样的参军入伍，实现自己的从军梦想？"

江潮微笑着摇头："小姨夫，我不是单纯地想穿上军装就好了，可以任意选择一所军事院校。我的理想就是上陆军学院！所以我只能走先参军，然后从部队考学这条路！"

宁松看着他，认真问道："上陆军学院就是纯粹学军事，你确定好了你就要走上这条路吗？很多军事学院都是各有其专业，可能适应面会更广些，发展前景也更辽阔。小四，你是否该好好考虑一下？"

"舅舅，不好意思，我能说我们的目的不一样吗？"江潮笑着看着舅舅，冷静地解释着，"您刚才说的，是把上军校当作是一条就业之路，可是在我这里，上军校只是我从军路上的一个小小的界点罢了。我立志成为一名职业军人，从基层当兵开始，首先在身体和精神层面，把自己锻炼成为一名军人。然后我再靠自己的努力，考入自己向往的陆军学院，深造一番，接着回部队继续干！"

他看看江静舟和萧海："在这里，我爷爷和小姨夫最有发言权，因为您二位都是标准的职业军人！你们最清楚如今的部队，需要什么样的人才？未来咱们的军队，又需要怎样的军官？我认为，一定是既有基层部队工作经验，又有军事学院正规军事教育知识的复合型人才，是有现代化管理水平和理念的军事干将。这就是我的人生坐标，我今天的选择，不过是万里长征第一步而已！"他这番话让江静舟和萧海相视一笑，都微微点头。

天舒看看沁梅，见她急着想插言，忙暗暗拉了她一把："别急，先听小子把他的话说完！"

沁梅撇嘴，对丈夫低语道："臭小子今天这架势是要舌战群儒呀？绝对不能让他得逞！"

天舒笑着低声安抚妻子："你先少安毋躁，总得让他说清楚意思才好呀。他要说的不对，我等会儿自会驳他，你放心！"

"好吧，楚天舒你这次要是再当叛徒……哼，你就等着瞧！"沁梅暗暗发狠。

"可是理想和现实毕竟有一段距离！你正值青春年少，正是发奋读书的时候，进入到正规的院校学习科学知识，然后再走上从军之路，这样要顺利、可靠且有保障得多！"宁松认真在为他分析。

江潮语气沉稳，似乎胸有成竹："理想和现实的距离要靠自身的努力去缩小，要用自身的不懈努力去完成这种跨度和飞跃！对别人来说，从军是一种不错的职业选择，对于我来说，从军是从小的理想和人生目标，这两个概念是有着本质的差别的。我的这种人生追求，注定我会为了理想去选择求学的途径和方式，而不是学成之后，再选择人生的目标和职业定位。"

天舒敏感地注意到，儿子说到这里，有一个小动作：双手交叉抱在胸前，这在心理学上，可以分析为讲话者目前持一种抵抗外界一切干扰的决心和态度。

萧海看着他，目光锐利，言辞犀利："江潮你确定要走上一条职业军人的道路吗？不是军队专业技术人才，而是从事军事管理的主官？这两者区别很大，主攻方向不同，得到的结果不同，在部队的发展前景也不同？"

"是的，小姨夫！您应该最能懂我，因为您就是这样一名高级军官！"江潮的功课做得可毫不含糊，"听说您就曾毕业于纯粹的军事指挥学院？虽然那是旧社会，在旧式军队中。可是目前您就职于咱们人民军队，还是最终实现了自己的理想对吗？用您往昔所学知识，从事现代化军事管理，带出一支强有力的作战勇猛、军事过硬的响当当的部队来！一如您当年在朝鲜战场上打出了一个闻名四方的猛虎团那样？小姨夫，您一定是幸福的，因为您的理想和您的职业结合得是如此完美！"

小伙子露出向往和羞涩的笑容来："而我，才是刚刚开始呢。理想之树才刚刚萌芽，我才刚开始懵懵懂懂地向着我的人生目标迈进，太希望能得到您这位军中前辈的支持！"说到这里，他竟然对萧海抱抱拳，露出顽皮的笑意来，却回眼看到母亲神情严肃的紧绷的脸，吐吐舌头，不敢再笑了。

他这番话让萧海语塞，只能也是对他嘿嘿一笑，又看看沁梅的脸色，挠挠头不再开言。

宁松略微沉吟，继续试探着外甥的真实想法："可是我以为，现代化的军队不仅需要你们所说的优秀的军事管理人才，需要带兵的人，更需各方面的技术人才，大量掌握最先进科学技术的科技干部。要知道，现代化战争，不再是靠小米加步枪的人海战术能取得胜利的了，全方位、立体化的战争格局正向我们走来，我们需要储备大量的军事科技人才，才能应对现代战争这种新的格局和模式的到来！"

"舅舅说得一点没错！"江潮点头称赞，却话题悄然逆转，"但是您忘了很重要的一条，那就是术业有专攻！对于我来讲，自信更适于成长为一名军事指挥管理军官。人要根据自己的性格和爱好，选定未来的职业不是吗？人生之路漫长，所谓理想，也实在是需要不断修正、充实、完善的。但是每个阶段，我们要清楚自己能完成什么，要达到的目的是什么？我现在能判定的是，目前，我就想从基层部队当兵开始，走上我的从军之路，然后找机会进入陆军学院学习，学习先进的军事管理课程，成长为一名真正能带兵，带好兵的人！"

江静舟听了孙子这番长篇大论，频频点头，天舒也是沉吟不语，见此情形，沁梅皱起眉毛，正想说什么，又觉得此刻也贸然插不进去话，正犹豫间，自己的儿子又继续侃侃而谈起来。

江潮看了眼父亲，又认真望着舅舅宁松，语气更加诚恳实在："舅舅您和我爸爸一样，是军队高级科研人才，你们讲求的是学术水平和科研技能，这点我也充分明白！目前国家正在逐渐恢复学位制度，硕士、博士将来都会恢复招生的。舅舅，您和我爸爸也都会带自己的研究生的，我在想，也不排除这样的可能呢，在陆院完成学业后，我在部队干的时间长了，发现自己需要充实别的科技技术能力，那么我可以选择继续深造呀，选择一个专业，读硕士，读博士，甚至是博士后，这个未可限量，一切皆有可能！"

他用手比画着："比如说吧，如果我在将来的工作中，在实践中，觉得应该进一步加强自己电讯通讯方面的技能，我会选择去读爸爸的研究生；如果我想进一步从事军史研究呢，我也许就会投到舅舅门下攻读……总之路漫漫其修远兮，我的从军路很漫长，鉴于现代化军队管理的需要，现代化战争的适应性，我们这一代，将成为掌握先进技术和科研能力的复合型人才！因此，我会根据自己的需求和爱好，根据我在未来工作中的实践和探索，不断选择进一步深造的机会，加强再学习的过程。这等于是不断微调我的人生坐标，但是大方向不会改变！而且起码目前，我只是想先从一个最基层的职业军人干起！"

他的眼中闪现出自信稳重的光芒，这番胸有乾坤，有理有节，口若悬河，侃侃而谈的做派，看在江静舟和天舒的眼中自然是可爱极了；看在沁梅的眼里就觉得是狂妄自大，虚头巴脑的。但是小伙子眼下都统统视而不见，他仍然在认真地说着自己的理想和追求："总之，我想说的是，我将来要学到的知识，要取得的学位，要进一步深造的计划，都是在为着我的理想服务——围绕着我的职业军人梦想而存在！因此，又回到开始那个问题——如何选择上大学，何时上大学的问题？诸位长辈应该明白了，我如今选择的，就是如何达到我上述理想的道路，不是为着将来有一个好的职业而去选择大学。所以，你们该理解了吧，我是有着自己的周密规划的，不是不读大学，是何时读，怎样选择最好时机进入到适合自己的理想大学的问题。"

听到此处，宁松忍不住拊掌称赞："原来如此啊，我就说你小子不笨呢？怎样无端不参加高考，放弃这样好的入学深造机会？却原来……"他回望姐姐，显然是调转枪头，做起了自己姐姐的思想工作："姐你多虑了哈！人家楚小四不仅准备着要上自己理想的大学，而且还会一步步有着自己的深造计划呢。小子有才呀，而且眼光深远，比我们这代人要强多了！"

江静舟忙笑着接言："废话，时代不同呀，当然是一代更比一代强！小四目标明确，立志坚定，我喜欢，尤其是立志做个职业军人，很好，爷爷非常满意！"

"哎呀，爸！"沁梅坐不住了，她怨念地看了父亲一眼，不敢对父亲发气，只好拿弟弟撒气。她有点气急败坏地上前揪住宁松，揶揄道："江宁松你是徒有虚名的所谓才子，根本就没头脑，几句话就丧失了立场？我白叫你来了！你快出去叫你家小天来，你自己就不用再进来了！"她用手几把将宁松推出门外。

这边的江静舟趁女儿没看见，忙对江潮竖竖大拇指，天舒和萧海看了，都暗中笑了。

沁梅坐回原处，转头看着萧海，一副"该你冲锋陷阵了"的鼓励表情，"萧海，你就是基层部队出来的，你最有发言权！快说说你的看法吧？"

萧海憋住笑，装出可怜巴巴的样子看着沁梅："你是想听真话听假话？"

沁梅瞪着他："你自己凭良心看！反正我不想听你这番废话！"

"那好吧……我只能实话实说了！"萧海看着江潮，一番欣赏的表情，"刚才江潮那番话其实对我的震动蛮大的，当代青年，有理想有抱负，还有清醒的头脑、睿智的见解，冷静的人生规划，实在是不简单呀！"

他看看众人，又认真望向江潮，语气中赞赏之情盎然："潮潮你说的很对，我们军队目前最缺乏的，就是既有基层经验，又有专业素养的年轻军官！这也是陆军学院坚持从基层部队招生的缘由！陆军学院的办学宗旨就是：'服从与服务于战争，解决战争提出的新课题，为部队培养大批优秀的军政指挥人才。'不过这条从军路可是布满艰辛，比起你就读其他专业军事院校要吃很多的苦啊！在基层部队当兵，很考验一个人的意志和耐力，但是也是成为一名合格军人的必由之路！我只想问，楚江潮同学，你准备好了吗？"

"时刻准备着！"江潮顽皮一笑，又笑看父亲和爷爷，"我爸从小就教育我，兴趣是最好的老师。一个人一定要根据自己的爱好和性格，来确定和描绘自己的未来人生蓝图；我爷爷也告诉我说，要成为一名合格的职业军人，就要准备踏踏实实地从当一个大头兵开始，流几身汗，掉几斤肉，甚至是脱几层皮，才可脱胎换骨，成为一名钢筋铁骨的真正军人！这几番教诲我都早已铭刻于心了！"

"那还等什么呢？你就大胆地向自己的理想迈进吧！"萧海爽朗地大笑起来，又回头看着江静舟和天舒："这小子，我太喜欢了，现在年轻人能这样认真理智地规划自己人生的实在是不多呀！咱们军队要是有更多的这样的有志青年来加入，自会更加强大起来！"

他笑看江潮，叹息摇头："好小子，我都想直接把你招致麾下了！"

"真的吗？小姨夫？哦，不对，应该叫您萧军长！"江潮毕竟还是个孩子，听了他这番话，激动得几乎跳起来，却突然记起什么，忙一立正，敬了个标准的军礼："报告军长，楚江潮想到您那里当兵！"

沁梅本来被他们热情洋溢的这番话都说愣了，此刻才醒悟过来："天呐，看看我找的这几个帮手？没一个靠得住的！一个个变节比变天快，翻脸比翻书快！"

她忙上前拉起萧海："萧军长，你也不必坐在这里了，留着你的长篇宏论去继续教育你的南征、北战吧！"她边说边把萧海也推出了门外。

刚才悄悄进来的海天，依偎着爷爷江静舟坐着，此刻笑着开口了："姑父，姑妈，我能说几句吗？"

沁梅已经满腔豪情懈怠了大半，心里沮丧极了，她已经从心里明白，这次自己又输了，此刻唯有强打精神回答海天道："好孩子，你说吧！姑妈总夸你懂事，你看你的志向多带劲？进一流的大学，做最好的学问！哼，不像某些人，目光短浅，胸无大志，竟然要去当大头兵，什么毛病呀？"

海天坐到姑妈身边，轻声劝道："姑妈，其实任何理想的道路上都是没有省劲省力这一说的！所谓人各有志啊，只要选择好自己的道路，要想实现更高的人生目标，就要准备着比他人付出更多的努力和艰辛！我和潮潮虽然目前选择上大学的途径、道路不同，但是我们曾经多次交流过，彼此都感到欣慰的是，我们能在这个年纪，找到自己的人生理想，不是盲从，也不是媚俗，更不是追求刺激，心血来潮！只要确定好自己的人生坐标，我们就继续努力下去好了，事在人为，努力奋斗，绝不靠自己的家庭谋生谋利，用自己的脚走出自己的一条路来！"

"说得好！"天舒不禁抚掌称赞，"小小年纪，有此抱负理想，真不简单！"

"谢谢姑父夸奖！您可答应过要辅导我二外的噢？"毕竟还是没成年的孩子，海天一兴奋就露出童真般的得意来，他望着天舒是一脸崇拜的表情，"我爸说了，您最了不起了，懂好几国外语呢？目前我可是对学外语情有独钟啊，除了英语外，我还想跟您学法语和日语！"

天舒忙对他摇摇手，做了个鬼脸，暗示他别忘了他亲爱的姑妈还在那儿吊着一张脸呢。

江静舟忍不住接过天舒刚才的夸赞语，笑看着江潮："咱们潮潮也一样啊，理想坚定，目标明确，并且做好了吃苦流汗，甚至是流血的准备，才真正是有头脑不简单呢！我的这两个孙子都是好样的，爷爷真高兴啊！"

"爸，您又来了！"沁梅还想再说，天舒制止了她，他看看两个孩子，语气温和地吩咐道，"时间也不早了，你们弟兄俩先上楼去学习吧，这里我们几个大人还有话说。"

弟兄两人点头离开了。

沁梅吊着脸不吭气，气呼呼的样子让天舒又好笑又心疼，就温语劝慰道："好了，沁梅，你也别生气了，小四也讲清楚他的意思了，咱家小儿子不是不考大学，只是走了另一个求学之路罢了，殊途同归，只要能成才就好呀，你说是不是呢？"

"是什么是呀？楚天舒你如何答应过我的呢？你今天说话了没有？主持正义了没有？早知道你就是个叛徒，是和那个臭小子一伙的，当我看不出来呢？最起码你也是他的卧底！就看你儿子刚才夸夸其谈的时候，你那种隐忍不住的受用劲吧？脸上都笑成一朵花了，心里估计更乐得百花齐放了吧？哼！"她扭过脸去，不再看丈夫。

天舒不好意思地看了江静舟一眼，笑着向妻子辩解道："我答应你的是，他如果说的不对，我肯定要反驳的呀！可是……咱们小四说的都在理呀，你可咋让我主持正义？"

他实在忍不住笑，看着妻子纠结的表情，又不敢太过表露，只好拼命忍着，好看的剑眉都拧上了结："人家孩子说得有礼有节，条理清晰；道理本不错，态度也端正，这不咱爸、宁松和萧海也都在跟前看着呢吗？哦，我倒不分青红皂白，上去昧着良心劈头盖脸骂上他一顿？那我这个做父亲的未免太无理无情，也太失身份了吧？何况也是你儿子呢，你不心疼吗？"

江静舟听了，笑着接口："天舒说得没错！小四今天说的那些话可都句句在理呀！"

他忍不住啧啧称赞："这小子如此有见解，思维敏捷，口才又这样好，我倒是没料到的！还态度从容，胸中自有万壑千丘的样子，小子这点随谁呢？哎，有点小遗憾啊……"

"随您呀，江司令员！您这下该十分满意了，有人接您的衣钵了呢？哼！职业军人这种崇高理想，外加这股舌战群儒的狂猖劲儿，都让您老人家心花怒放了吧？您还有点小遗憾？那估计您是在遗憾没机会带着您这位爱孙当年一起奋战敌营吧？"

江静舟被女儿说中心事，竟然露出难得的顽皮一笑。

沁梅似笑非笑地看着父亲，又指指丈夫："再瞧瞧您和您的这位心爱的女婿吧，是一贯的心心相印哈？他那里一口一个'小四说得对'，您这里一口一个是'天舒说得没错'，哼，一唱一和的，听着都让人闹心！"

江静舟不理会女儿的调侃，继续劝说道："丫头呀，你就充分把心放宽吧，你的儿子会有大出息的，相信你老爸的眼光！小小年纪，胸怀大志，还能冷静淡定，以理服人，我是很欣赏他这一点呢！"

他看看女儿女婿："其实从教育孩子这点上说，你们夫妇都是成功的！就像沁梅曾经说到的，岭子是在我身边长大的不作数，你看看你俩亲手带大的这几个孩子：雪儿如今实现了自己的人生目标，成了一个优秀的护士，我听小弯这次回来对我讲，雪儿虽然年轻，已经是我军护理界的一个模范标兵了，她擅长的外语知识，也为她增色不少，这次她带队赴非洲援外，就是一个很出色的工作机会呀！还有莲儿，她上了理想的军医大学，就像变了个人一样，学习刻苦认真，门门功课都是优秀！现在轮到小四了，我希望你们能一如既往地尊重孩子的个人理想和志向，让孩子有更广阔的发展空间！"

天舒点头："是的，孩子们都不小了，只要目标正确，理想远大，我们实在是应该放手了！沁梅，四儿的问题咱不纠结了吧？一切顺其自然好了，只要是自己想达到的目标，他一定会付出百倍的努力去完成的，自己的儿子，他的秉性和脾气，你这个当妈的是最了解的呀？"

沁梅长叹口气，无奈地摇头："我谁也说服不了，就只能说服我自己了！唉，认命吧……"

这件事情总算告一段落。楚江潮在这年的八月顺利参军，几年后由部队考入陆军学院。

江潮的问题总算得到合理解决，楚天舒暗暗放下了心。但是他万万没想到，当年沁梅说过的话，会一语成谶，自己的几个孩子在人生之路的选择上都是独辟蹊径，不按规矩出牌，让做父母的人操碎了心。这一次，他们遭遇的是三女儿楚江莲的问题。

第三十七章 江莲之路

　　几年过后，当她真的成了一个全军甚至是全国闻名的英雄后，却在回归现实生活时，遭遇思想障碍，此时她蓦然想起当年父亲的这番话，始觉受益匪浅。她这才深深明白，那其实是父亲用自身的经历和感触对自己女儿的一份深情教诲。她也才记起自己的父亲，曾经是那样一位优秀卓越的红色特工，他又是那样成功地将自己化身为一位普普通通的知识分子，愉快无悔地扎根于和平时代的祖国大地的沃土中。

　　1983 年 8 月，二十三岁的楚江莲完成军医大学本科教育，顺利毕业，分配到北京某著名的军队医院工作。这是让母亲沁梅最感满意和欣慰的一件事情，自己的小女儿完全凭借自身的努力，以优异的成绩来到这个全军一流的医院工作，并且和姐姐楚江雪以及舅妈叶小弯同在一个单位中，沁梅心中升起无比的自豪感，她专程去了一趟北京，探望了两个女儿以及弟弟一家。

　　当时沁梅五十六岁，已经在前一年退休，因为工作优异，被原单位积极留聘，她决定再干两年就回金城，毕竟和天舒两地分居不是很方便的一件事情，而且父亲年事已高，也需要照顾。

　　那时的沁梅对于现状还是感到很惬意的，长子江岭在部队发展得不错，家庭生活也美满如意；长女江雪也结婚两年多，因为工作繁忙，加之女婿在国外读博士，所以小两口暂时还未要孩子；小儿子江潮已经是陆军学院一年级学生，正在朝着他的职业军官梦想迈进。一切都是那样的顺遂惬意，沁梅觉得自己正在进入到一个舒服安详的收获季节。

　　但是风云还是不期而至。

　　这年初夏的一天，宁松和楚江莲甥舅两人突然回到了金城家中。

顾倾城去开的门，看到是他们俩，吃了一惊，忙回头对江静舟喊道："怎么宁松和莲儿回来了？是你打的电话吗？"

"怎么回事？是你告诉他们的吧？我才没有打什么电话，既然和天舒说好的……"江静舟也是满脸疑惑。

江莲放下背包，就忙拉着爷爷问道："家里有什么事吗？我爸呢？"

江静舟看看她身旁的宁松，忙拍了拍她的面颊，笑着安慰道："你爸前一阵因为带着他的研究生们到野外勘察电讯设备，受了点风寒，引起旧病复发，住了几天院，现在都大好了，没事啊，丫头别紧张！"

他这番故作轻松的话倒让江莲变得一下子紧张起来，她看着爷爷、姑婆，轻声低呼道："天呐，旧病复发？那他现在在？……"

顾倾城指指楼上："他在楼上歇息呢，你快上去看看他吧！"

宁松对江莲道："那你先上去，我这里和你爷爷、姑婆说几句话。你和你爸说，我等会上去看他。"

江莲点头，正急着上楼，却见舅舅又叫住她："对了莲儿，既然……你爸目前病着，有些事情……你先不忙告诉他吧！"

江莲默默点头答应了，上楼去了。这边江静舟兄妹对视了一下，看到宁松一进门就格外严肃的表情，两人心里都有些紧张。

来到楼上卧室外，江莲透过门上的玻璃窗向内看着，只见父亲天舒半倚在床上，正在看一本专业书籍，他穿着一身白色的睡衣，这场重病又让他明显消瘦了不少，面色憔悴，他一手举着书，一手捂着嘴轻咳着，这样的场景尽管是小时候经常的记忆，但是此刻还是让江莲瞬间湿了眼眶。

轻轻敲了下门，伴随着一声略带哽咽地叫"爸"声，江莲几乎是扑到父亲床前，将他紧紧抱住。

天舒显然被吓了一跳，他看清楚是小女儿，才释然笑了："怎么回事？这丫头，你从哪里钻出来的？"

不理会父亲带着爱意的语气，江莲紧紧搂住他的身子不放手，感觉到父亲身子格外单薄瘦弱，女孩又心痛又难过，眼泪一串串洒到了父亲的肩上。

天舒带着慈爱的笑，用手拍着女儿的背，用以前女儿小时候哄劝她的语气道："好了好了，傻丫头，这是怎么了？多大的人了，见了老爸还这样撒娇呢？"

江莲不好意思地擦了眼泪，放开搂住父亲的手，却回身抓住他的手，仔细打量着他的面容："爸，您怎么又发病了？还瞒着不告诉我们呢？"看到他憔悴苍白的面颊，两鬓越来越多的白发，还有那望向自己充满慈爱的目光，她的眼泪止不住又流了出来。

"好了，真是越说越娇了？莲儿，你今年都二十三了吧，还做这种五岁小姑娘的姿态呀？"天舒笑嗔着女儿，"何况这也不是你楚江莲的一贯做派呀？我一向认为莲儿你和姐姐不同，性格是男孩子般的潇洒泼辣，怎么如今也作这般小女子姿态？"

江莲因为有着浓浓的心事，所以此刻表现出异于往常的情态来。她用手抚摸着父亲的鬓发，语气中充满心痛："这场病一定不轻呢，您比前半年瘦了好多，白发也多了好些！爸，这次一定又是累出来的吧？您都多大年龄了？可不可以别那样拼命工作了？您的身体……"她微微叹气，"看到您这样，我好心疼！您别忘了，您可有两个学医的女儿呢！"

天舒莞尔一笑："瞧丫头说的，我有两个学医的姑娘，就一定不会生病了？"他笑着拍拍女儿面颊："爸爸已经没事了，唉，这都有五六年了吧，我这老病根都没再犯过。这次倒也不严重，不过是住了几天院，倒是你爷爷和姑婆不放心，非要接我回家调养一段时间……"他说着，一阵轻咳止不住又溢出唇边，他侧过脸咳喘着，江莲忙上前扶起他，为他轻轻拍着背。

"可是您病了为什么不言语一声？不告诉妈妈，怕她担心也罢了，您应该告诉我们姐俩呀，我们回来照顾您！"江莲看父亲止住了咳，扶他躺下，又俯身父亲身前，用手为他轻抚着胸口："爷爷、姑婆年龄都大了，您这次住院，谁伺候您呢？"

天舒还是安详地微笑着，看着女儿的眼光中满是暖意："我身边研究生一大堆呢，那些孩子们成天守在我的病床前，赶都赶不走……丫头放心吧，再说你和你姐姐都远在北京，工作又都那样忙，我这点小病算不了啥！"

说到这里，他突然记起来什么，看着女儿："倒是眼下非年非节的时节，你怎么跑回来了？"

江莲面露迟疑之色，她不敢直视父亲探寻的目光，语气支吾道："是有点小事情，我……舅舅和我一起回来的。"

"哦？宁松也回来了？"看到女儿尴尬掩饰的神色，又听说宁松也一起回家，天舒的脸上挂了一层疑云。

此刻，在客厅里，宁松讲述了他此次陪江莲回来的缘由，空气瞬间变得有些凝滞起来。宁松看着父亲皱眉不语，自己先就轻叹了口气。

顾倾城已经忍不住在一旁轻声叫了起来："完了，这下完了！"

江静舟看了她一眼，带点不满的语气说自己的义妹："小薇啊，你说你多大的人啦？还这么沉不住气，就爱制造紧张空气！什么叫完了？喊！"

他看了眼垂首叹息的儿子，语气格外的平静无波："不过是孩子的一个选择罢了！她的初衷和想法只会让人钦佩，让人感慨！"

顾倾城摇头解释道："哥，我不是说这个，是沁梅！沁梅这关如何过呢？"

宁松长叹："估计我姐知道这事得骂死我！怨我没看顾好她的孩子，毕竟当年两个孩子都留在北京工作，她是托了我照护的！"

江静舟闻言摇头不止："莲儿不是孩子了，她今年二十三岁了！她有她的想法和追求，谁又能强加干涉？"

"可是我姐的脾气您是知道的，这些年她在自己孩子就业问题上的纠结您更清楚！想想这事让她知道了，她的反应，我都会不寒而栗！"

宁松说到这里，真的忍不住似地打了个冷战，苦笑道："莲儿也最怵她妈妈了。她和我才商量了，想先回到这里，求您老人家为她做主，还有她爸，姐夫是通达明理的，也许会帮着做点工作，劝劝姐姐？"

江静舟认真看着儿子："小松你老实告诉我，你支持莲儿这项决定吗？"

宁松摇头："说实话，从军人的身份和角度来讲，我理解莲儿的选择。但是从家长的眼光来看，我肯定是反对她的这项决定！这孩子太任性了，也许也太浪漫了些！我也是实在没办法了，所以在她正式调离北京前，几乎是押着她回来给大家一个解释，一个交代！"

他无奈地叹息："姐夫的意见也很重要，也许我们无法劝阻莲儿的固执决定，就只能寄希望于您和姐夫来劝慰安抚我姐了？"

江静舟思忖着："天舒的身子也大好了，你先找机会和他透个底吧。至于你姐那里，不行还是先瞒一段时间再说？等莲儿一切安定下来，做出一些成绩来，慢慢说服你姐接受现实，是不是更好点呢？"

顾倾城忙抢过他的话头："我刚才说的'完了'其实就是指这个呢！你们不知道，瞒不住的！沁梅她……明天就到了！"

"什么？"爷俩闻听此言都是一惊。

顾倾城神情尴尬地解释道："是我给沁梅去的电话，告诉她天舒的病……沁梅听了一下子急了，说是马上去买票，坐最近一班车赶过来……昨儿个我又接到她的电话，明天上午估计她就到家了……"

"哎，小薇你可真是的！完全是自作聪明，自作主张！天舒不是再三和我们嘱咐过了，这次他的病别告诉沁梅吗？你看你……"江静舟生气地看着她。

顾倾城红着脸辩驳："我没忍住呀！你看这次天舒实在病得不轻，光在医院就躺了半个多月，这回到家都几天了，还是虚弱得下不来床呢！我是想他和沁梅那样恩爱的，沁梅对他的身体一向又是格外的心重，这件事一直瞒着不告诉沁梅，有点不近人情吧？"

宁松忙劝道："也不怪姑姑，这件事情是赶巧了。姐夫病着，让姐姐过来照顾也是人之常情啊。不过咱们要想想对策吧，姐姐脾气急，这又是她的纠结点，姐夫眼下也病着，还是要想个稳妥的方法解决这个问题才是，也不能让莲儿那丫头太为难了不是？"

江静舟点头："好了，一切先冷处理吧！你现在上去看看你姐夫，缓缓地把这件事情告诉他，再把莲儿给我叫下来，我和她谈谈！"宁松点头。

宁松小心谨慎地选择着词汇向天舒讲述了江莲工作变动的情况，刚说了几句，一向沉稳持重、镇定平和的天舒就吃惊得睁大了眼，他猛地坐起身来，脸上露出焦急的神情来，喘息都分外急促起来。

"天呐，这丫头！她……她这又是唱的哪一出啊？"

他边说边喘起来，宁松见状忙上前劝慰他半躺下，温语劝道："姐夫，你身子不好，先别急，咱们慢慢说！"

听完宁松的详细解说，天舒无语，片刻是一声长叹："唉，宁松啊，难怪你姐姐时常生气，我们的这几个孩子，在选择自己职业的路上，实在是不爱按常理出牌呀！"

宁松勉强一笑："孩子们都是太有个性了！姐夫，我一向知道你是最宽容民主的，所以孩子们都觉得父亲也许会理解他们吧？这也是莲儿同意回来一趟的原因。"

"理解？个性？"天舒忍不住摇着头苦笑，"我是想着充分尊重孩子们的意见，给他们自由发展的空间，不过啥事情都不能过逾了才是！俗话说，要民主也要集中，如今看来，在我这里，也许是对他们民主过头了吧？"他看着宁松直摇头，一副无可奈何的样子。

"你姐姐在这些问题对我的抱怨是大了去了！我其实觉得凡事能自己能扛了就最好，我是父亲，为孩子们担点责任也是该当的！可是这个莲儿，这次的想法和选择……实在也太有些匪夷所思了吧？在我这里都难过这个思想关呢，你姐姐那关该如何过得去？"他的眉毛紧紧蹙在了一起。

宁松也跟着苦笑："说实话，在北京，我和她为这个事情吵了几回了！我是她舅舅，总不能看着她做出一些不顾后果、不计代价的事情来吧？"

他坐在姐夫床边，忍不住握了他的手，轻声劝着："我也觉得这丫头想法太古怪，太偏执了！关键是她还很有主见，人家把事情做了才说出来！不过，姐夫，你目前大病初愈，还是冷静些，别太着急。爸刚才都说了，咱们一同想办法，尽量能说服这母女俩都心平气和地商量事情，别起激烈对立冲突才好！"

天舒只是摇头叹息："这次难啊！你不知道，莲儿工作的事，曾经是你姐姐难得舒心的一件事情，如今……给她的打击也太大了点！唉！我这心呐，又揪紧了……咳咳咳……"情绪激动引起一阵呛咳袭来，就又忍不住低头猛咳起来。

宁松俯身为他捶着背，看着姐夫瘦弱单薄的身子就在那里佝偻着咳喘着，他心里也很不好受，却因此触动灵机，突然想到一个主意，就忙低声和天舒讲了。

天舒苦笑着看他："你这能叫办法吗？"

宁松强笑道："这不是没别的办法了吗？我也是真心心疼我姐！咱们死马当作活马医，姑且试试吧？说不定你这场病还是解决这个难题的一把钥匙也未可知？而且我还要告诉爸，让他老人家也配合咱们的行动才行！"

"唉，我倒但愿我真的是匹死马也罢了！双眼一闭，一了百了，就啥都不用操心了！"天舒语气幽幽地说道。

第一次听到这样灰暗颓丧的话语从姐夫嘴里说出，第一次看到他如此虚弱无力、灰心失望的情形，不管是身体，还是精神，他都露出无力挣扎的样子来，大改以往他镇定和缓、雍容恬静的模样，宁松心里未免暗暗担心，就坐在他床边劝慰了很久才离开。

楼下书房中，江莲认真和爷爷讲述了自己的一项新的人生抉择。

原来，楚江莲准备调到云南边陲的文山陆军医院工作。她给爷爷讲述了几段心路历程，阐述了她这项人生抉择的由来。

"爷爷，我从小就有很强的英雄情结，这点您最清楚的呀！小的时候，我曾偷偷将您的那三枚闪亮的勋章拿出来一遍遍观赏着，仰慕着——八一勋章、独立自由勋章、解放勋章，每一枚都记述着您的不凡功绩！那时候我就在想，我长大后也要当兵，也要经过炮火的洗礼，也要在胸前挂上一枚英雄勋章！

"我当时就想，我是个女孩子，即使将来遭遇战争，我也不太会有直接冲锋上阵的机会，于是我就立志学医，想成为一名战地军医，为所有英雄们提供救护和治疗的服务。如果我注定不能亲身当英雄，也要能有一个直接服务于英雄们的机会，最近距离接触英雄，这样我就心满意足了！怀着这样的理想，所以我就没有遵从妈妈的意思，选择许多女孩子们都心仪的口腔专业，而是选择了医疗系，主攻野战外科。

"万万没想到生于和平年代的我，这一生还会遭遇战争！爷爷您也知道的，现在南边那块土地上，这些年就一直在断断续续进行着局部战争。前段时间，我曾经参加我院的一个医疗队，到位于云南边陲的文山陆军医院帮助工作了几天。那是离战场最近的一所驻军医院，面对着大量从前方运送下来的伤员，面对着这里发生的情况：流血、牺牲、救护、清创、手术、缝合伤口……我觉得这才是我应该待的地方，这里正是我这样的从事野战外科的医生向往的战场。

"工作之余，我到医院附近的烈士陵园瞻仰，曾经看到过这样一幅情景：一位白发苍苍的老将军模样的人，独自坐在一座坟前流泪，他在那里待了很久，后来被两个当兵的给搀扶下去了……那一刻我竟然想到了您，爷爷！我不知道这位老军人哭的是谁？是他的孙辈？还是他的战友属下们？我再放眼那个埋葬了中国士兵的山坡，整整一个山坡啊，全部都是密密麻麻的烈士墓！每一个墓碑下，都躺着一个年轻的生命！我当时心中好痛，我的脑海中也突然涌起这样一个念头：不知道躺在这儿的士兵，有多少其实是可以救活的？他们如果得到及时专业的救治，就很可能不会这样永远长眠于此了？这个念头，像野火一样在我的胸膛中燃烧起来！我突然明白了，我应该属于这里，属于这片热土，属于这些沐浴在炮火硝烟中的战友们！"

江静舟看到，江莲的脸庞此刻溢满了激动的潮红，青春的光彩在女孩脸上闪闪发亮！他这个老军人的心潮也跟着澎湃起来，一股久违的热血在胸腔中沸腾！他忍不住上前摸摸孙女的脸庞，感慨着说道："孩子，爷爷懂你，你一直就是个生活在英雄梦想中的姑娘！"

江莲抓住爷爷抚摸自己的手，在脸上摩挲着，眼泪已经悄悄洒落："放弃在全军最好的医院工作的机会，一个女孩子，独闯南疆，跑到遥远的边陲医院去工作，也许还会经历枪林弹雨的洗礼，遭遇死亡——我知道自己的想法和做法也许太过个性，甚至在别人眼中，是有些偏执和不可思议；我曾听到过身边的人在议论我的神经是否正常？我也清楚自己的做法会给我的亲人们带来太多的震动和困惑，甚至是担心和忧虑！尤其是……妈妈，我这样做了，肯定是会再次狠狠伤到她的心！但是我却别无选择，我不能不遵从自己内心最本真朴实的想法，这是我的理想的一次梦幻般展现，是我心灵涅槃的一次机会！爷爷，我无法放弃，您能理解吗？"

江静舟深深叹口气，久久没有说话。江莲望着爷爷，充满着希冀的目光中，泪光点点："就算全世界的人都认为我的想法和做法是荒诞不经的，我也无怨无悔！就算全世界的人都不理解我，我也不在乎，我一直在猜测，在这个世上，一定至少会有两位知音懂我，一个是您，爷爷！一个是我爸爸……"

江静舟的眼睛也湿润了，他心潮澎湃，无语凝噎。

最后他长叹口气，拍拍孙女的肩膀，微微一笑："莲儿，走你自己的路好了，别的都不是那样的重要！相信爷爷，一切会好起来的！你的爸爸妈妈我了解，他们都是有胸怀有见解的人，他们必将理解你的选择！只因为……他们也都是军人！"

晚上，江莲不顾父亲的劝阻，坚持亲身服侍在他的床前。她打来水，细心地为父亲擦了脸，洗了脚，又拿来一个大靠枕放到他的身后，让他舒服地半倚在床头。然后就静静地俯身在父亲的床边，握住他的一只手，用温柔哀婉，甚至是女儿特有的撒娇的眼光凝望着他，什么也不说，就这样默默守着他。她想用这样的行为表达着一个女儿的歉意——她的执拗决绝和特立独行，给至亲之人带来的情感困惑。她也相信父亲一定是懂她的。

天舒自然明白女儿的心思，便也用怜爱的目光回望着女儿，唇边始终挂着一丝淡淡的微笑。

"唉，你这个倔丫头，到底又整出个大动静来！莲儿啊，你从小就有的英雄梦想爸爸心里明白，可是人是要生活在现实中的！很多事情，眼光放长远些，自然想法和做法就会不同。"

"爸，我不太懂您这句话的意思……不过我知道您是会支持女儿的抉择的，因为我们父女俩就一直是心心相印的，不是吗？从小到大，我就从没对您隐瞒过自己的思想！"江莲将父亲的手放在自己脸上紧紧贴着，似乎在体味着父亲的温度。

天舒淡淡一笑："老实说，你这个大胆的决定，让爸爸也感到很意外，我也不是很清楚是否应该支持你？但是，正如你刚才所说的，我们一直互相都懂，所以我无法阻拦你，也知道没人能拦得下你，自己闺女的脾气秉性，这个……我倒是心里很清楚！"

　　他认真看着女儿："可是，丫头，爸爸有两句话要吩咐你，你一定要记在心头！"

　　"爸，您说，我听着呢！"

　　"这第一点嘛，每个人都或多或少会有英雄情结，但是每个人对英雄的定义会不同！任何环境下，都会有适合诞生英雄的土壤和氛围，任何时代都有自己的英雄。而且，我始终觉得，一个太想成为英雄的人，未必他真的适合成为英雄！"

　　"爸，其实成不成为英雄倒是女儿目前不在意的，我在意的是，我要实现自己的梦想，在一个更适合自己的地方，开始自己的理想之旅！"

　　"不错孩子，这也是爸爸最支持你的地方！可是你要清楚的是，理想不是挂在天边稍纵即逝的彩虹，它往往将伴随一个人的一生漫长的过程。我并不主张人一直生活在梦想中，那样往往会太梦幻，从而失去生活的根基，其实不妨踏踏实实地生活在普通人中间，在正常的氛围中，方才考验一个人对自己理想的坚持程度。

　　"女儿，你追求自己的理想固然没错，你想去圆了你的英雄梦想也没错，但是一个做过英雄梦的人，将来如何回归到平常的生活中来，是一个值得注意的问题！一个被光环笼罩的英雄，要回归为一个平常人，过平淡的日子，将如何渡过这反差极大的生活鸿沟？该怎样让自己的心灵返璞归真，再次趋于平静？该如何继续坚持践行自己的理想和抱负，而不是无所适从，灰心丧气，不知所措，甚至是颓丧萎靡？这才是我最担心的事情！尤其是对你这样的女孩！

　　"孩子你要记住，一切都会过去，任何事情都有结束的那一天，所谓尘归尘，土归土！到那时候，你这个一直在追逐着英雄梦的女孩，又该如何平静地生活呢？爸爸实在是有些担心……"

　　这番话是江莲第一次听到，当时她只认作父亲的一番感慨，所以默默记在心中，没有答言。

　　几年过后，当她真的成了一个全军甚至是全国闻名的英雄后，却在回归现实生活时，遭遇思想障碍，此时她蓦然想起当年父亲的这番话，始觉受益匪浅。

她这才深深明白，那其实是父亲用自身的经历和感触对自己女儿的一份深情教诲。她也才记起自己的父亲，曾经是那样一位优秀卓越的红色特工，他又是那样成功地将自己化身为一位普普通通的知识分子，愉快无悔地扎根于和平时代的祖国大地的沃土中。

但是此刻，江莲还不能对父亲这番话体味更深，她直觉到父亲对自己的支持和勉励，就带着感激的微笑，对父亲道："爸，我记住了！还有另外一点呢？"

天舒眼中有了雾气，他不愿意让女儿察觉自己的伤感，就掩饰着悄悄擦去了，换了轻松平静的语气继续道："那边毕竟是离前线最近的医院，你的性格和愿望，爸爸是太了解了，这从小到大的……我既然不能阻拦什么，遗憾的是也帮不到你很多！眼下只能送给你一个做父亲的嘱托和祝福吧——丫头，凡事要小心！自己的安全，要充分注意！爸爸妈妈的心，你当懂得？"

看着父亲带着病容的脸上，满是牵挂和不安的神情，自持坚强心硬的江莲第一次感受到来自内心最脆弱柔软的浪潮袭来。她说不出话来，只是上前扑在父亲怀中，悄悄将眼泪洒到让父亲看不到的地方。

第三十八章　猫耳洞里

她不知道被多少次提醒着自己已经被"违抗军令，给予警告处分"，"记大过"，她都是坦然一笑，倔强地摇摇头，咬牙坚持了下来。她指着一地的伤员对来劝她回去的参谋干事们喊道："都到了这个份上了，有伤员就在我的眼皮底下流血，你们还让我下去，我还算是军医吗？你们这样劝我拦我，还算是军人吗？！"

第二天沁梅到了，一家人安静地吃过了午饭，宁松按照和天舒提前拟定的计划，把姐姐拉到书房中。他尽量用和缓的语气将江莲的事情告知了姐姐，不出他意料之外，姐姐简直都不只是生气了，脸上挂出的，是一副让人心碎神伤的绝望表情。

"姐，孩子大了，咱们真的也管不上许多了。路都在她们脚下，让她们自己走好了！我倒觉得，你目前最应该关心的是我姐夫的身体！他身上有那样多的旧伤，身体一直不好，如今年纪也一天天大了，他又是个工作狂。姐，你赶快回来吧，来照顾好姐夫的生活，你们老两口的后半生多重要？再说了，爸和姑姑的年纪也大了，身边也需要你呢！"宁松温语劝道，他知道姐夫的健康问题，一直是姐姐心中最深切的一份牵挂。

感觉到自己这番话成功地将姐姐的注意力暂时吸引了过来，宁松就赶紧继续加着火："姐，这次莲儿的事情，我姐夫也好伤心！我们回来那天，他本来已经大好了，听到这件事，一急一气，又躺倒了！我守着他谈心，他对莲儿这次的擅自决定也很生气，把那个丫头狠狠训了一顿！不过主要的，我看出来，姐夫最担心的还是你，怕你接受不了这个事实。他说孩子们不懂事，几次狠狠伤过你的心。姐夫是真心心疼你啊，怕你听说这事再上火着急，再和莲儿发生冲突，所以他急起来都顾不上自己的病体了！我劝了他好一阵才好些，我看呐，这心病不解开，姐夫这病就难恢复好啊！姐，如今还要靠你劝慰安抚我姐夫呢？"

这话已经让沁梅泪流满面，正好江静舟此刻也挂着拐杖走了进来，宁松忙搀扶父亲坐下，江静舟和儿子对望一眼，又望向女儿，带着怜惜的语气劝着伤心欲绝的她："唉，孩子，想开点吧？天舒已经为这事气得差点又发病了，你可要挺住！如今别的事情你都扔开，先照顾好天舒的病最要紧！"

沁梅忍了又忍，却终究没忍住，她猛地扑倒在父亲怀里流泪不止："爸，您说我这生的都是什么样的孩子呀？！爸，您说您女儿的命为啥这样苦？！"

看着她激动的样子，江静舟也是百感交集，说不出话来，只是不停地拍着她的背劝慰着。

沁梅回到天舒床前，看到丈夫正在沉沉睡着，不由得坐在他床前发呆。

丈夫苍白瘦削的脸庞，紧闭的双眸，微皱的眉头，都让她辛酸，那两鬓丝丝可见的白发更是让她黯然神伤：好像一直没注意过，从什么时候开始，他竟然有许多的白发了？

她用手一遍遍抚摸过他的双鬓，满脑子里还都装的是他青春洋溢的样子，是的，在她的心中，楚天舒怎样会老呢？他永远都是激情洋溢和洒脱超然的，儒雅谦和，宠辱不惊，何时何地，用他的细心和体贴，无私无欲地带给别人以温暖和呵护，这样的人，怎么会老去？

她又接着去抚摸他的眉毛，这对生动的眉毛曾经那样打动过少女时代自己的那颗芳心。随着岁月的交叠和时光的摩挲，这对眉毛挂上了层层的磨难和忧伤，它们不再会在这个不复光洁的额头上飞舞，而是常常拧成了纠结的形状。沁梅含着泪，一遍遍抚摸着，心底又浮起了那个句子——唯将终夜长开眼，报答平生未展眉。到底何时，你才可以彻底舒展开你的眉端呢？天舒啊……

低声的呢喃唤醒了沉睡的人，天舒睁开了眼睛，看到沁梅的泪容，就明白她一定是知道了内情。

他坐起身来，半倚在床头，一手拉了妻子的手，深情地望着她，眉眼尽是温柔，他轻声劝慰着："莲儿的事情你想必知道了？这个不听话的犟丫头，这次是做得过分了些！没和任何家人商量，就如此草率地改变了自己的人生道路！虽然咱们一向是民主开通的，一贯尊重孩子们的意愿，但是这次我也是伤透了心，也狠狠训了她的……唉！这为人父母，真难啊。这份纠结和无奈，如今我可是真真地体味到了！"

沁梅不语，任由丈夫拉了自己的手，不停地摩挲着，抚慰着。

"沁梅，我知道你这个当妈的更不容易！几个孩子的个性都是那样强，一次次违拗你的心愿，让你伤心和失望！其他的话我就不说了，我只想劝劝你，你如今也是五十多岁的人了，一些事情就看开点吧？人生在世，就是这样，不如意的事情十之八九，也只好付之无可奈何罢了！想开点，儿孙自有儿孙福，你也该当心自己的身体和情绪！"

沁梅还是不语，只是默默流泪。

天舒看到妻子木木无感的神情，是格外地心疼和怜惜，就将她拉入到自己怀中，用年轻时候两人相处时爱对她的昵称叫着她："好了，妞！咱不气了，也不伤心了！很多事情当时看着是个坎，过去了，才发现一切都是必经之路！我知道你目前最担心的是莲儿，丫头再不听话，也是自己亲生的闺女，毕竟那边紧邻前线啊，你一定是在悬心着她的安危，我何尝又不是呢？"

他深深叹口气，眼中满是怅惘和无奈之色："我只恨我自己身子现在病着，我应该亲身送女儿去那边才对！去看看她即将生活工作的环境，然后回来说给你听，你就会放心了……唉，养儿方知父母恩！咱们那个倔强的丫头还没成家，不懂事呢，哪里会体谅到做父母的心情？"

听到这里，沁梅"哇"的一声哭了出来，她回身紧紧拥住丈夫，抱住他的身子大放悲声："天舒，你说我们为什么要生孩子？为什么要当父母？孩子！孩子！一个个的，也太让人伤心了！"

她边哭边数落着："我是想明白了，孩子都是父母的冤家，今生今世都是来收账的！我伤心透了，下辈子我一个孩子都不要了！"

"好好好，下辈子，就咱们老两口自己过，不要别人，啊？"天舒边强笑着，边劝慰着怀中哭泣着的妻子。又是一阵咳嗽袭来，他腾出一只手，捂住嘴低声咳喘着。

看到这个样子的他，沁梅自然更加心疼，她哭着为他捋着胸口："天舒，你别难过了，我听爸和小松说了，这死丫头的事情先把你就气坏了！你如今的身子，怎么还能经受这些揪心伤感的事情呢？而且你还是个从来不顾及自身的傻子，总要担心我的情绪，怕我想不开……天舒不瞒你说，如今我是心灰意冷极了，我也想明白了，我眼下担心的只是你，你千万别气恼伤了身体！其他的……我们都不要管了，任由那死丫头折腾去，你我只当没生这个女儿！"

她泪流满面，抬眼望望丈夫，又倒身在他的怀中依偎着，边哭泣边发泄着："是的，别的我都不管了！我只要你好好的，我要和你相守一辈子！只要你健健康康的，我什么都可以不在乎，也什么都可以不理会！天舒，答应我，你要好好的，要好起来，不要再总犯病来吓我了！"

天舒握着妻子的手，用一贯的温和语调安慰着："好的，妞！我没事的，我答应你尽快好起来！我们说好的，还有好多白发相携的日子要过呢？"

沁梅哭着点头，在丈夫怀中语无伦次地呢喃着："我只知道……我不能没有你，我马上回金城，我守着你，照顾你，哪都不去了！天舒啊，我不管别人了，我只要你好好地陪着我……一辈子！"

天舒紧紧搂住了妻子，泪水也滑落腮边，他心里暗暗松了口气，也莫名升起一阵愧意。他在心里暗自嗟叹：总算过了这道坎！可是，楚天舒，你这个当父亲的，一次次为了儿女的事情，这样无奈中哄骗欺瞒自己痴情无比的妻子……即使这次你真的病着，为了女儿能过关，也多多少少还是利用了她对你的这份深厚的爱、这份担心和依恋，你也太忍心！

——他在心中一遍遍指责着自己。

这道难过的亲情坎就这样迈了过去，楚江莲如愿走上了新的工作岗位。

1984 年 6 月，她正式调入云南文山某陆军医院外科工作，在这个离战场最近的一所驻军医院中，面对源源不断从前线送下来的伤员，她和同事们每天都奋战在紧张的救护工作中。

但是很快她又不满足了，这里毕竟不是最前线。在她的心中，一辈子能逮着个上战场的机会不容易，如果当兵当了一辈子，连个枪响炮火的都没见过，连战争是个啥样都不知道，那才是终身遗憾的事情。

尤其是在工作中她了解到一个情况：最前线的战士负伤后，第一时间赶来紧急处理的，都是那些从士兵中挑选出来临时培训的卫生员，没有经过医学专业培训，不能给伤员最及时有效的救护，而且在从阵地到医院的转运途中，很多战士的伤情会逐渐加重，因此截肢甚至牺牲，如果能让伤员们在第一时间获得更专业的救治，情况会怎么样呢？江莲的心潮又再次澎湃起来。

她做出了一个大胆的决定：她要上最前线去，她要到猫耳洞中去，她要到最需要她的战士们中去！

多次打报告没被批准的情形下，江莲开始了自己的违纪之旅：她先以私事为由向医院领导请了长假，然后搭乘了早就"串通"好的一名在医院救治的轻伤员归队的军用卡车，直奔防御作战的最前沿哨所。

当时中越双方的猫耳洞阵地同处密林，反复易手，犬牙交错，最近处相距仅几十米。进山路上也是地雷密布，冷枪不断，埋伏四伏，险象丛生。江莲身上除了带的医疗器械外，就是一把护身的手枪和一枚手雷——前线战士们称之为"光荣弹"的东西。一路上，江莲就一手握着打开保险的枪，一手握着"光荣弹"，她在心中念叨，万一遭遇设伏的越军，就同归于尽，决不当俘虏！

猫耳洞是指在沟壕、土坡的侧壁掏一个可以栖身的洞，在对越自卫反击战中，我军挖掘了大量的这样的存身之处。其狭小逼仄首当其冲，进出必低头，站立必弯腰，即便是躺下了也要屈胳膊蜷腿，如同受刑一般，那种憋闷的滋味，不是一般人能够体会到的。而且地处典型的亚热带气候的云南边陲，洞内的阴暗潮湿更是难以尽述。温度高，湿度大，衣物霉烂，食品变质，被褥几可拧出水滴。战士们只能穿背心裤衩，甚至像原始人那样赤身裸体。更为难熬的还有各种热带昆虫的疯狂侵袭，在如此恶劣的生存环境中，坚守前沿阵地的战士们，也只能喝着老天爷恩赐的雨水，啃食坚硬无味的压缩干粮，每天还要抗击敌人几次十几次的进攻。如此小小猫耳洞，却与前线将士的生存条件，战斗的胜败，乃至国威军威、人格精神等等密切相关，牵动着前后方亿万人的心。它也是江莲向往的战斗场所。

猫耳洞里突然出现了女军医，这在这个纯粹的男人世界里引起了轰动，战士很快就发现，这个正当年华，容貌秀丽文弱的女医生，有着坚强的意志和过人的胆识，他们惊讶地看到，这个女兵根本不需要任何人的额外照顾，她甚至比很多男兵还多了一份狠劲儿，这位叫楚江莲的女军医好像天生就是一位完美无憾的职业军人，周身都洋溢着一股与生俱来的军人风范。

江莲开始收治她的伤员，她几乎没有停下来的时候，有时候一小时能经手五六十个伤员，几乎是一分钟要接到一位伤员，她顾不上睡觉，连吃饭都是插空进行，经常是满手带着血，就直接撕开压缩饼干来啃，没啃上几口，又得接着进行下一台手术……

来自北京的女军医楚江莲独闯猫耳洞的事情惊动了前线指挥部，各级领导多次派战士上去将她拉回来，她一次次又瞅准机会重上阵地前沿。一次江莲被逼急了，当两个战士再次要强行将她拉下阵地的时候，她掏出了身上一直携带的那枚"光荣弹"，杏眼怒睁，毅然决然地喊道："你们再劝我下去，我就……"

她不知道多少次被提醒着"违抗军令，给予警告处分"，"记大过"，她都是坦然一笑，倔强地摇摇头，咬牙坚持了下来。她指着一地的伤员对来劝她回去的参谋干事们喊道："都到了这个份上了，有伤员就在我的眼皮底下流血，你们还让我下去，我还算是军医吗？你们这样劝我拦我，还算是军人吗?！"

就这样，她成为前线领导们心目中的一个难缠的"女刺头"，也成为闻名老山前线的著名另类人物，但是她受到了所有接触过她的战士们的热爱和崇敬。她用女性特有的温情和爱护，带给伤员们最温馨贴切的照护，战士们亲切地称呼她为"军医姐姐"。

江莲在前线猫耳洞中待了整整两个月，随着秋季战役的休整间隙时间，才被劝下了阵地。她的事迹被一名军报记者发现，拍了照片，配了新闻稿发表在《解放军报》上，她是坚守在老山前线最前沿的唯一女性，一时间轰动全国，被人们誉为"老山女神"。

江莲后来在该陆军医院工作了四年多的时间，在1988年中越边境冲突接近尾声时，才回到内地，她重新考入母校军医大学攻读医学硕士，后来又继续读到博士学位。

楚江莲的这段前线从军记，是她人生中最辉煌的一幕，她在战后获得了军人至高的荣誉，不仅个人荣立一等功，各种各样的奖章、奖励和赞誉也将她笼罩，她被树立为当代英雄、青年楷模。

面对眼前一片耀眼的荣誉光环，江莲的心情却出奇的平静，让她感到奇怪和不安的是，会有一种失落和怅惘的心绪时常萦绕在她的心底。江莲直觉中选择对这些令人激动的荣誉和奖励淡然处之。从战场荣归后，她重新调整了人生道路，决定回到校园继续攻读学位。经历过战火考验的她性格变得沉静起来，酷爱思考，言语不多，对一些身外之物看得很淡。这点让她的父亲天舒很是欣慰。

一次探亲回家，天舒向女儿问起她的前线见闻感想，江莲笑着摇头："其实爸爸，我一点不想再提起那段岁月！您可能想象不到吧，也许在很多人的眼中，那是我实现英雄梦想的地方，但是对于我来说，那是一段充满痛苦的回忆！"

女孩的眼中充满哀伤和追思："我亲眼看到过太多年轻的战士，伤势太重来不及抢救，就在我眼前活生生地失去生命！我也曾对着抬着重伤员的战士们大喊：'先放一边，把后面的轻伤员赶快给我运进来！'爸，我是不是好残忍啊？要知道，战场上是极为残酷无情的，我不能让一个也许无法救活的伤员堵住后面战士的生路……

"我最感伤心的是，自己的能力有限，无法救治更多的伤员，留住更多的年轻生命！这种无助感时常像手术刀一样切割着我的心！爸，您知道吗？他们中的很多人，才不过十七八岁，都是比我弟弟还小的可爱的大男孩！前一天他们还在我面前开玩笑讲笑话，第二天就鲜血淋淋地倒在我的面前……我至今还经常做这样的梦，他们——那些年轻的战友们，在梦中对我微笑，在对我轻声呼喊着：'军医姐姐，救救我，我还要回家，妈妈在等我呢……'"

她忍不住伏在父亲肩头落泪，天舒拍拍女儿的头发，以示安慰和理解。

江莲擦去泪水，望着父亲："带着这样的心结，我重新回到和平年代，却突然发现自己好像不适应了？我不知道这样安宁温和的日子，我该如何一天天度过，而不是虚度人生？我不知道自己今后的奋斗目标在哪里？我曾经的英雄梦想又在何处安放？爸，我因此想到了您，您曾经对我说过的那番话……我也好像才记起，您，也曾经是那样一位才智超群、成绩卓然的红色特工，是一位无数次建立过功勋的英雄！我突然好想知道，您是怎样回归为一名普通的知识分子的呢？"

天舒淡淡一笑，看着女儿："丫头，你能记起我上次告诉你的那番话，就该知道自己怎么去调整心态和情绪？一个人要成为英雄并不难，只要有足够的胆识才干，遇到合适的机会，这个并不是不可实现的目标。难的是，在和平时代，如何安放我们这颗崇尚英雄、追逐英雄梦想的不安分、不甘的心？在和平年代，在朴实无华的日常生活中，去坚持我们的信念和追求，去坚守自己内心的那片净土，才更是内心强大的英雄作为！丫头，去安静下来继续学习，认真工作，平凡生活吧！记住，只要我们心中有梦想，有追求，有自己坚持的信仰和意念，你就不会虚度年华，浪费人生，在任何时期，你都可以延伸你的英雄梦！"

天舒笑着揽住女儿："其实每一个时代都会诞生不同的英雄，生活中从来不乏英雄，缺乏的，是发现英雄的心灵和眼睛！"这番话让江莲顿有所悟。

楚江莲也成为自己家族中亲人们崇尚的英雄。爷爷江静舟自不必说，作为一名老军人，孙女的这番不凡荣誉自是让他欣慰不已，感慨万千！宁松等长辈也对江莲刮目相看，赞赏钦服；兄弟姐妹们更是将她当作偶像来崇拜。就连当年同时立过功，当过战斗英雄的大哥江岭也对她直竖大拇指。

作为母亲的沁梅，不是没看到女儿的荣誉和成就，但是因为上次她擅自调动工作结下的心结，让母女感情陷入冰期。后来闻知女儿上了最前线，沁梅又提心吊胆地生活了大半年时间。

但是毕竟母女情深，最终凯旋荣归的女儿扑向母亲的一个举动，狠狠献上的一个大大的深情拥抱，让所有的纠结都烟消云散！

生活又恢复了平静。待在干休所书房里的江静舟真正过起了宁静致远的生活。顾倾城还是就近以妹妹的身份照料着他的生活。楚天舒工作很忙，但是每周也会尽量回家一两次。这时候三个人的餐桌上就显得有生气一些。

"唉，天舒啊，沁梅不是说她要回金城吗？怎么总不见她回来呢？她不是早就办了退休手续的？"顾倾城年纪也是一天天大了，变得爱唠叨起来。

楚天舒就忙安慰她："快了。就在今年吧！也是他们单位总舍不得放她，据说她现在做老年工作做得很得心应手呢。"

"唉……"顾倾城听了又叹气，"还用在什么老单位做老年工作吗？回金城不是一样做？"

"嗯？"天舒有点不明白她的话，却听到一旁的岳父接话，解释着妹妹刚才那句话的深刻内涵，"你姑姑的意思还不明白？现在家里放着两个老人，就需要她来做工作呢，还用去做别人家老人的工作？嗨！我猜得没错吧？"他问自己的妹妹。

倾城笑着撇嘴："你是谁？江司令员啊！你还能猜错？哼，我就是盼着小梅能早点回来，我就有帮手了。"

"帮手干什么？对付我么？"老兄妹俩的斗嘴又开始了。

楚天舒看着他们抿嘴微笑。他知道这两位长辈如今上了年纪，都有了"老小孩"的毛病。爱较个真，打个嘴仗什么的，每到这个时候，天舒就是他们的天然调解员。

每当他一走进干休所将军楼，常常还没顾得上脱去身上的那身军装，就要紧急投入到"灭火"战斗中去，而且时常会啼笑皆非，苦笑难为——因为那对老兄妹的一大堆鸡毛蒜皮的官司已经在等着他了。

"谢天谢地，天舒，你终于回来了！快帮我评评这个理！俗话说'春捂秋冻'，这几天天还冷着呢，你爸就要急吼吼地脱棉袄了，我是怎么都挡不住呀！昨天他出去锻炼前，我不让他出门，逼着他穿上棉袄，你猜怎么着？他竟然一怒之下把衣服给我扔地上了……你说他有多跋扈多无理呀？"

"天舒，你帮我劝劝你姑姑，每天总是做好几样菜，你又不常回来，我们两个老人吃不完，有多浪费？说了多少次了，她就是不听也不改！哼，还成天逼着我吃这个，又不让我吃那个……噢，敢情我喜欢吃的都没营养，她逼着我吃的都是灵丹妙药了吗？喊喊喊！越老越别扭了，就专门和我作对呢！"

"天舒，你爸才是越老越不讲道理了，你必须说说他！他跋扈一辈子，我再逆来顺受将就哥哥，也不能无原则对吧？"

"你姑姑是更年期吧？不对呀，看年纪，早该过了呀！那怎么还总和我使性子发脾气呢？"

天舒是又好笑又无奈，只能两边劝两边哄，赔笑脸，说软话，哄得两个老小孩各自心安气顺才算完！他也看出来了，其实两人经过这几十年的风雨相伴，已经是骨肉亲人加老来伴的感觉了。

"好了，天舒啊，你也不用劝我了，我就是那么一说啊！其实仔细想想，你爸爸也不容易呢，独自一人，孤零零过了一辈子了，如今身体也不好，我不会认真和他计较的！"

"唉，都怪我，我的脾气不好，你姑姑经常受委屈呢！天舒啊，你有机会多安慰安慰她吧。她孤身一人，再没别的亲人了，这里就是她的家了。我和沁梅、宁松也早都吩咐过的，我不在了，你们也要好好孝顺奉养你们姑姑，给她养老送终，不能惹她伤心，要给她一个幸福的晚年！"

是的，岁月静好。虽然不是夫妻相携、蹀躞情深，但是这种兄妹相依、体贴关爱的浓情也总让人动容，两个老人如今分明是见不得离不得的，已经彼此习惯了这种相互依存的关系。就这样维持着热热闹闹的磨嘴磨牙的幸福日子也不错啊！——有时候望着已经头发花白的两位老人，天舒在心里这样含笑念叨着。

第三十九章　远方来客

　　得之我幸，不得我命！既然上天如此眷恋我，让我幸运地找到了此生最爱的人，并和她能够订下誓约，那么我所能回报的，就是如同那句古话中所说的那样了——"山无陵，江水为竭；天地合，乃敢与君绝！"我的心已经奉献给了一个人，它不可能再完整地回到我的胸腔中，更不可能再次取出来馈赠给他人……即使她——我挚爱的人，已经不在人世了，我的心也会为她的魂魄日夜守候，直到我们在另一个世界相聚的时候！

　　八十年代中期江静舟还曾去过一次北京，参加封正烈的九旬大寿庆祝活动，和当年的远征军战友，还有东北起义的弟兄们欢聚了一场。

　　封正烈起义后，在解放初期和夫人一直居住在香港，后来在周总理的邀请下，曾于七十年代初期回到北京定居。宁松夫妇和他们生活在一起，照顾老两口的生活。七十年代末陈紫瑜因病去世后，封正烈更将宁松当作自己唯一的后代来依靠了，宁松将他接到了家中侍奉，像服侍自己的父亲一样照顾他，这也是让江静舟一直感到欣慰的事情。

　　这次见面，封正烈对江静舟表达了自己对宁松夫妇的感激之情，尤其让他们感到高兴的是，他们最小的孙子江海天，目前已经是清华大学物理系的学生了，他的优秀，让所有祖父辈们骄傲而欣慰。

　　江静舟在北京住了十天左右，每天和封正烈在一起聊天、散步。封正烈精神矍铄，还是那样健谈，他一如既往地见着江静舟就兴奋，拉着他说个没完。

　　说到过去那些事情，封正烈用自己的豁达和随性开导着江静舟："致远啊，你不要有任何的纠结难解情绪才对！俱往矣，其实回头看看，个人的命运是绝对离不开大时代大环境的影响和左右的！就说当年的东北起义，陆十军和 N7

军，十几万人的生命处于倒悬之势，你江致远只不过是肩负了时代使命的一个助推手而已！没有你江致远，共产党还会有其他人才来完成这个使命！因为在四九年，国共的优劣对比是显而易见的！一个新政权代替一个旧政权，自然有它的合理性和必然性！说是天道轮回也好，说是天命如此也好，其实背后都是藏着同一个真理——那就是民心的向背！得民心者得天下，自古亦然！至于在这个大洪流中个人的命运和遭遇，那就是微乎其微的了，某些情形下，我们甚至不能左右自己的命运，何况对于身边的一些朋友的命运，我们又能起多大的作用呢？一切愧悔和自责固然出于良心出于善念，但是确实很没意义的，因为历史河流从来不会倒流，与其纠缠于往昔的悲伤和纠结，不如笑着看前面，过好我们剩下的为数不多的每一天！"

这番话让江静舟沉吟不语，他知道封正烈已经从宁松那里得知了自己上次发病的原因，所以有了这番贴心开导。他感激地拍拍老大哥布满寿斑的手背，以示自己心领神会，感受到他这番苦心。

封正烈继续感叹着："致远啊，你一向是个重情重义之人，所以你总是活得太累！如今这把年纪了，别的都不重要了，要学会选择放下一些事情，一些情绪，才能给自己营造一个安宁平和的心态，才会有益于身体健康！"

说到这里，他笑看着垂首不语的老部下，这个自己一向倚重的兄弟，自然将话题转到他的身体方面："前次你那场大病的时候，宁松忧虑不已，在我面前甚至掉了眼泪。这孩子是心疼你啊，怕你从此会一病不起，再也站不起来了。我这样告诉他，不会的，你爸爸我最了解，他是怎样一个铁骨铮铮的汉子？这么多年了，多少风风雨雨、雷霆万钧的打击他都扛过来了！那年在宽城，十几万将士，几多骁兵悍将，都是被他感召着放下了武器，弃暗投明，从而保全了一座城池，数十万百姓的性命！眼前这点小病如何能将他击垮？反正我老封是不信的！"

他目光炯炯地看着江静舟。后者也回望这个相随了大半生的老领导、老师长，如父如兄的人，心下感慨万千："大哥啊，我终于明白您长寿的原因所在了！您的心胸，才是比天空比海洋还要宽广啊！"

封正烈笑着斜睨他："你小子这毛病一辈子都改不了了？哪都不好，就这嘴好！还拍我马屁呢？"

江静舟也忍俊不禁："您不是好这口吗？我是投其所好啦！哦，整了半天我光嘴好啊？唔唔唔……那让我想想哈！是谁昨天流着泪拉着我的手说，我不容易啊，把一个最好的儿子送给您老人家啦？"

封正烈哈哈大笑："好吧，算我说错了！你呀，不仅嘴好，良心更好，把宁松给了我，等于送给我一个天下无双的大珍宝呢！"

江静舟看着他身后，笑道："得了，您的大珍宝来了！"

却是宁松端着一杯水走了过来。他对封正烈笑笑，又望向父亲："爸，您的药吃了吗？姑姑电话中可一再嘱咐我要提醒您按时吃药！"

江静舟这才想起来似的，从上衣口袋中拿出随身带的药瓶，取出药片含了，又接过宁松手中的水喝了一口，将药吃了。

封正烈看着宁松离开了，才笑问江静舟："对了，听宁松叫起姑姑，我倒正想问你这个话题呢！你和那个……顾倾城，究竟怎么样了？"

"什么怎么样了？您也太有意思了吧？怎么对她就那么感兴趣呢？我来一回您问一次，我不是都告诉过您了吗？顾倾城是我妹妹，比亲妹妹还亲的妹妹！我是她的哥哥，今生今世我们都是生死相依的兄妹情分！真的不是像您想象的那样，您可千万别胡联系瞎操心了！"江静舟带着点埋怨的笑意嘟囔着。

封正烈点头，用手指指江静舟："兄妹情分？我说致远啊，你小子可要讲良心！我可是听说了，这么多年了，人家倾城一直不离不弃地跟着你，对你的照顾那是无微不至啊！以前在那边，情况特殊，你说你是假凤虚凰地做戏也好，还是真假难辨的障眼法也罢，你把人家当成一堵挡风的墙，那也是无可奈何之事！可如今是和平年代了，你未娶，她没嫁的，为什么不可以名正言顺地走到一起呢？特别是听说你这场大病，倾城伺候你可谓尽心尽力，连几个孩子都被他们的姑姑感动得要死，你怎么就那么硬心狠肠的呢？对于这样死心塌地、无怨无悔地伺候你、照顾你、爱护你的女人，你就不能大大方方、堂堂正正地给她一个名分吗？"

"这分明是两回事嘛，兄妹情分和爱情婚姻是两个概念！子非鱼，我和倾城的关系及感情，那是几十年风雨磨炼浸润过来的，其中的酸甜苦辣、是非曲直，也只有我们两个当事人心中明白！她不能走进我的婚姻，正如我不能亵渎她的感情一样，都是外人不可理解的一件事情呢！"江静舟苦笑着，带着点纠结和难堪的表情解释道。

"大哥啊，求您别再和我提这件事了，我自然有自己的想法和坚持！都多大年纪了？您好像为我做了一辈子的媒，操了一辈子的心呢？"他摇摇头，无奈地笑笑。

封正烈认真看着他不语，片刻才轻叹道："唉，致远啊，好多事情我心里都明白，知道你坚守这一切，都是为了阿莲的缘故！可是你想过没有？这一晃快四十年过去了，物是人非，这边和那边的隔阂已经慢慢消融，可是阿莲却并没有一丝半点的消息传来。别怪我说话不吉利，也许……即使人还在，经过这样久远的岁月，一切都不可预测了！你这种坚持还有意义吗？与其这样痴痴等待远行者，不如回头珍惜身边人！致远啊，你都这把年龄了，踏实的婚姻远比虚幻的爱情要重要得多啊！"

江静舟摇头："大哥啊，您忘了吗？当年您最爱指责我的，就是我的桃花运，您总埋怨我江静舟爱招惹女人，似乎我在您心中，那就是一个花花太岁！其实只有我自己心里最清楚，我今生最爱的人是谁，我此生命定的爱情应该交付何人！在缅北的野人山我死过一回，重生后的我，就有了再世为人的清醒和通达了。得之我幸，不得我命！既然上天如此眷恋我，让我幸运地找到了此生最爱的人，并和她订下誓约，那么我所能回报的，就是如同那句古话中所说的那样了——'山无陵，江水为竭；天地合，乃敢与君绝！'我的心已经奉献给了一个人，它不可能再完整地回到我的胸腔中，更不可能再次取出来馈赠给他人……即使她——我挚爱的人，已经不在人世了，我的心也会为她的魂魄日夜守候，直到我们在另一个世界相聚的时候！"

封正烈看着江静舟，后者的眼中平静如水，但是在这水波不兴的两汪深潭中，封正烈看到了坚毅、执着、自信、决绝的光芒，他因此相信了世界上真的有所谓的千古爱情！

江静舟这次来时是天舒请假送他到北京的，他将老人交到宁松这里就放心回了金城。从北京返回时，在军艺上学的海心正好刚放暑假，就执意陪伴爷爷回去。她说她可不放心爷爷自己回金城，毕竟爷爷是从那样一场大病中挣扎出来的，身体状况不容忽视，这一路上需要人陪伴照顾。在河北上军校的江潮来北京和爷爷相聚，也加入到这个护送行列。两个年轻人没想到，这次随爷爷回到金城，还会遇到爷爷相见故人的奇妙经历。

连江静舟自己也万万没有想到，那个曾经说过"我注定是和你纠缠一生的女人"的奇女子樊黎翘，会在彼此古稀之年，再次来到他的面前。

祖孙三人回到金城，进家门时已是黄昏时分。

客厅里灯光亮着，一桌的饭菜摆在桌上。餐桌旁竟然坐着江岭的媳妇孟吟和他们六岁的儿子冬冬。

“太爷爷！”冬冬看到江静舟，甜甜地叫着，一头扎到他的怀里。这边孟吟才说明了缘故。她和江岭这次是回来休假的，想来陪陪爷爷。冬冬马上要上小学了，也是趁机来金城太爷爷这里团聚一下。

江静舟自然是喜不自胜，但是他很快发现了不对劲之处：“怎么就你们娘俩？岭子呢？你姑婆呢？”他望望一桌的饭菜，疑惑地看着孙媳妇。

“岭子去靳鹏爷爷那里了。我姑婆……”孟吟明显回答得有点迟疑。

“大嫂，姑婆怎么啦？”江潮和海心更加奇怪，指着桌上的饭菜，“这些不都是姑婆的拿手菜吗？”不等她回答，海心已经担心地跑上楼去了。

江静舟搂着冬冬，看着孟吟：“小吟，到底是什么事情？”

孟吟有点为难地看着爷爷，支吾道：“爷爷，我也说不清楚，姑婆下午做饭的时候还是好好的呢，和我有说有笑的，不料接了一个电话，就……”

“电话？什么电话？”江静舟有点纳闷。

孟吟摇头：“我不知道啊，是姑婆亲自接的，然后她老人家情绪就不对了……”

江静舟不放心，也忙上楼。

顾倾城正坐在自己的卧室里，一脸不高兴的样子。海心显然是没问出原因，噘着嘴巴呆呆地站在她面前。

“小薇，究竟发生什么事，让你一个人在这里生闷气？”江静舟关切地看着她。

顾倾城看了看海心，看到女孩懂事地离开了，这才充满委屈地对哥哥道：“你说，我早已算是你妹妹，对吧？这么多年了，我和这一大家子也情同骨肉了，孩子们和我的感情也没得说！可是……好嘛，到老了，我还要受这样的闲气，让一个外人说三道四地挤对我呢？”

江静舟无奈地看着她笑：“你在说什么呢，谁给你气受了？谁又敢挤对你了？我这才一回来，啥情况都不知道，你夹枪带棒地说上这一大串的，简直是莫名其妙嘛！”

做妹妹的人不由得噘嘴诉说委屈：“我知道你还听不明白，可是凡事总是因哥哥你而起！何况，你就是我哥哥嘛，我有委屈不向你说，再向谁说呢？”

“唉，小薇你一向灵透过人的，怎么如今说话颠三倒四的？越说我越糊涂了！”江静舟直摇头。

"是把我气糊涂了，我真是语无伦次了，难怪你听不懂。"顾倾城不好意思地笑了，嘟着嘴把下午接的一通电话内容告诉了他。

"什么？樊黎翘？她……来金城了？怎么会……"江静舟很吃惊，"她不是一直生活在美国吗？"

顾倾城仍旧板着脸："美国咋了？如今这样发达的时代，不过是一张机票的事情，人家就飞来和你相会了！我看她对你还是……哼，根本就是别有用心！"

江静舟失笑，他认真看看顾倾城的脸色："小薇呀，你让我都没法说你了！咱都多大年龄的人了，你还扯出这样陈芝麻烂谷子的事情？不怕孩子们听了笑话？"

顾倾城对着哥哥瞪眼："是笑话我？笑话她？你听听她说的这番话气人不？她竟然问我，如今应该称呼我什么？是叫顾小姐还是江太太？我的肺都要气炸了，狠狠地回了她一句——'你叫我顾倾城好了！新中国妇女翻了身，我又不是没名没姓！'"

江静舟听了笑着摇头："你的火气也太大了些！人家不过是久居海外，不了解咱们这边的情况罢了，你解释清楚不就得了？你是顾倾城，是我江静舟的妹妹，大大方方地说明白就是，也值得生这样的闲气？"

"哼，你难道不明白她的意思？"顾倾城是满肚子的委屈，"她分明是还没有忘了那本旧账！当年在上海，你忘了，那次在锦江饭店，她是怎样欺负我的？差一点就把我打到十八层地狱了，幸亏那时有你护着我！"

她说着脸红起来："这个樊大主编可真有意思，直到如今，还在那里胡乱试探猜测！哼！真狭隘！"

江静舟忍不住笑："那你倒是大度些呀？如今你就是我们这个家的重要长辈，是孩子们的主心骨，你有啥不好讲清楚的？你我的兄妹情分也不是假的，你可以堂堂正正和她说明白啊！"

"哼，不错！"一肚子纠结郁闷情绪的顾倾城，被义兄这几句话说得胸臆大快，斗志昂扬起来，她一甩头站起身来，"好吧，她还约咱们明天去她下榻的宾馆吃午饭呢。我原本不想去的，让你一人去得了！现在想来，我还就想去会会这个刁钻古怪的大主编！哼，有什么了不起？现在不是当年的上海了，如今也是新社会了，我难道还一辈子怕她不成？岭子小时候淘气的时候，有句话总挂在嘴边的，现在想来也不无道理——这世界究竟谁怕谁？"

"唉！你看你，多大一把年纪了，这心眼就像针眼儿似的，还像孩子一样爱置气？"江静舟无奈地摇头，又忍不住提醒着她："你可别忘了，这个樊主编如今和咱家真有点沾亲带故，她和天舒？"

"哎哟，我怎么把这茬忘了？她是天舒的小姨啊……"顾倾城有点懊恼，拍了一下自己的额头，"就算看在天舒的面子上，我也不该对她那样不客气的？不过也奇怪，她为什么没有问起天舒呢？"

金城宾馆中的午宴桌上，樊黎翘和江静舟、顾倾城相见。

三个人神态自然地相见过了，顾倾城忙向她说明天舒出差在外的事情，樊黎翘淡然笑笑："没事的，我这次来这里不是主要为了见他的。下回吧，反正现在方便了，我可以经常回来。"

这种自信坦荡的神态让顾倾城暗暗叹服：这都一把年纪了，这位当年的女强人还是如此的雍容华贵、气度不凡。

其实从一见面起，她就格外注意打量着樊黎翘。

女人已经两鬓斑白，却仍保持着窈窕的身材，清秀的面颊上岁月的刻痕可见，只是一架金丝边眼镜依然衬托出她的温婉气质。

樊黎翘却没有将注意力放到顾倾城身上，她全神贯注的焦点都在江静舟身上。

这个终身让自己难忘的男子也老了，瘦削的身材已经不复往日的英挺姿态，腿脚明显不便的他，在用一只拐杖扶助着自己羸弱的身躯；曾经茂密漆黑的头发已经染霜，和脸上深深浅浅的褶皱一起映衬着岁月的痕迹。一切都变了，但是不变的，是那张轮廓分明的脸庞上，一双炯炯有神的眼睛，仍然迸发出逼人的光芒。

"致远啊，我可是听说了，你前两年曾经大病了一场？中风？半身不遂？你不知道，我听到那个消息，直觉那是不可能！谁都可以得这种病？江致远怎样会？在我的眼中，你就是永远不倒的一面旗帜，是虎虎生威、挺立勇猛的战将！怎么可能被那样的病缠身呢？"

"嘁！"顾倾城心中暗暗冷笑，"好会说话的女人！过去是妙笔生花，如今更算是嘴巴开花！他江致远在你的嘴里简直不是人，是神了！哼，中风？不错，他还真的就半身不遂！他半边身子不能动，吃喝拉撒都离不开人的时候，请问大主编你在哪儿呢？如今他康复了，你倒说起这样现成的漂亮话了？"

顾倾城心中嘀咕着，又望向江静舟，心中更暗暗好笑："估计我们这位江司令员很受用这番甜言蜜语、糖衣炮弹吧？本来嘛，这把年纪了，还有人这样倾情赞美，他不定咋开心呢？简直心花怒放了吧？"

想到这里，顾倾城微微瞪了眼义兄，又白了樊黎翘一眼。

这细微的举动自然难逃樊黎翘锐利的眼睛，她望着如今也是温婉雅致的老年女士形象的顾倾城，知道她这一番醋意十足的神情来自何处。

"顾……倾城，你吃菜呀！唉，这样叫着真别扭，貌似指名道姓的不够礼貌啊！"樊黎翘轻轻摇头，看着顾倾城道。

顾倾城微微一笑："没事，既然不好称呼，就干脆直呼名字也罢了。姓名不就是为了让人叫的吗？"她故意做出满不在乎的样子，夹了一筷子凉拌菠菜放到嘴里。

江静舟看到义妹难耐的火气，暗暗摇头，默默地为她开脱着："樊主编，你刚才提到我的病，倒真不是传说！我真真切切地生过那场大病，也实实在在地半边身子不能动过！要说起来，还多亏倾城了，我这个妹妹，一直体贴温存地守候在我身边，用她的耐心和苦心，将我拯救出来！如果没有倾城，我这条命就是保住了，也不可能恢复成这样，和你这般相见了！"

这番情真意切的话，已经让顾倾城眼圈红了。

樊黎翘也动情了，她深深地看着对面的女人，举起手中的红酒杯，语气极为真诚地道："倾城，我还是这样叫你吧！谢谢你，谢谢你这样用心照顾过他！"

顾倾城心下已经柔软，面上可不服软。她很难摆脱内心深处那种对樊黎翘的警惕性，虽然彼此都已经是古稀之年："樊主编这话透着奇怪？他是我哥哥，我伺候他的病完全是应当应分的事情，何来你这番感谢？说来说去的，您毕竟是个外人，这样隆重感谢，我可承受不起！"

"小薇，你……"江静舟有点听不下去了，对着自己的妹妹微微皱起眉。

樊黎翘摇摇手，对他轻浅一笑："没事的，我喜欢倾城妹妹这种直脾气！这样吧，我还是想叫你一声倾城妹妹！我记得我好像大你一岁的？我实在是不习惯那样直呼别人的名讳呀！"

她说得很动情："如今大家都是一把年纪了，也用不着避讳什么了。直话直说吧，江致远，是我毕生最爱的男人！为了他，我终生未嫁，至今还是樊黎翘小姐的身份……"

她的话让顾倾城惊诧不已，也让江静舟很是难为情。

樊黎翘丝毫不觉，继续侃侃而谈："我早就知道我和他是有缘无分，可是我也不后悔！人生在世，爱情和婚姻，实在是很小的一部分，起码对于我这样的女人来说！得之我幸，不得我命！既然此生不能托身于最爱的人，我就把心血和目光投注到别处好啦。所以啊，我这一辈子，也是没什么可遗憾的呢。"

她的语气温柔恬静，像是娓娓动听地讲着别人的故事："今天我到这里来，是特意看看你们，毕竟是古稀之年了，还能再见几回面呢？倾城妹妹，原谅我吧，昨天电话里面的称谓，其实是我和你开个小玩笑啦！我知道你和致远这几十年的感情，你们这份纯洁浓厚的兄妹情，感天动地啊！也许外人不能理解，可是我心里自然明白！我懂你们！"

这句"我懂你们！"让对面坐着的两个人都暗自感怀。

樊黎翘依旧温柔地笑着："实话告诉你们吧，几个月前，我受天舒在海外的兄妹之托，到处打听他的消息，就在上个月，和他终于联系上了，我才听说了你们的消息。我请天舒对你们瞒下了这个消息，也是为了大家能这样戏剧化地相见！"

她带着俏皮的神情看着江静舟："不是吗，致远？从当年在青青那里第一次见到你，和你相识的时候起，我们的缘分就是奇奇妙妙，不可言说！如今都到了迟暮之年，我还是想给你来个突然袭击，你不会怪我吧？"

"怎么会？都是一把年纪的人了，难为樊主编还爱玩这种别出心裁的游戏？"江静舟淡淡地笑道，他更注意到她提到的另一个信息，"你是说，天舒和他海外的亲人们联系上了？"

樊黎翘优雅地笑着："是的。他的几个兄妹们现在都生活在海外，他们非常惦念他。这次总算联系上了，估计很快大家就会见面了！"

"那敢情好啊！"江静舟心头大慰，感慨道，"天舒不易！这下太好了！"

樊黎翘摇摇手："这个话题先甭提，接着说咱们刚才的题目。我从天舒那里，知道了你们这些年的情形，你们两人的相处、相守、相依的经历，我是感慨万分，也是钦佩万分啊！致远，你好有福气，有这样一个妹妹痴情守候你，为你贡献出了一切！在你病重的时候，在你最痛苦无奈的时候，用她柔弱的肩膀，为你撑起了一片天，这是怎样的勇气和情分啊？"

她又看向顾倾城："妹妹也好福气！毕竟和他……成为至亲手足，相守大半生！即使只有兄妹缘分，毕竟长相守远远胜于长相思，长相望！而且啊，你真的是一个聪敏睿智的女子，知道守好自己的命定之份，所以，你终究是无悔的，你的心灵是安宁和满足的，因而就是幸福的！真的，我懂你，你实在算是一个很幸福的女人……起码比我命好！"

一番掏心窝的肺腑之言让顾倾城不禁流泪，彻底地放下了心结。她原本就是个心软的女人，刚才听到樊黎翘说到自己为了江静舟一生未曾嫁人，孤居海外，不禁早动了同病相怜的心肠。她忍不住俯身上前，握了樊黎翘的手，有点内疚地看着她："是的，一切都是命！樊姐，我能这样叫你吗？"她这样问着，泪水已止不住滚落腮边。

樊黎翘也洒泪襟前："当然！五十年前，在上海，在初相识时，咱们就是姐妹，不是吗？后来都是因为一个他……才弄出来这些纠纠葛葛的事情。"她笑着指了一下江静舟。

江静舟也是眼眶发酸，只能勉强笑道："你们姐妹情深倒也没错，但是又胡乱攀扯他人起来？"他不由得长叹一声。

樊黎翘摇头："你先别叹气，俗话说得好——'我不杀伯仁，伯仁却因我而死！'你不愧吗，致远？我记得胡文轩当年说你是什么……摧花辣手？虽然此话拟于不伦，但是客观上，有多少女人为你流过泪，甚至吃过百般苦呢？"

江静舟更是不安了："你们……这越说越不像话了！彼此多大年岁的人了？有个正经话吗？"

樊黎翘对顾倾城点头："我们是求仁得仁，原也怪不得别人！"

她收住泪，又恢复自己平日里矜持自信模样："致远，其实这次我专门来，一个重要的原因，就是——我要感谢你，谢谢你对我的帮助！"

江静舟和顾倾城都没听懂她的话，不由得齐声反问道："这是什么意思呢？"

樊黎翘笑了："这话说来年代久远了！致远，你还记得当年我离开宽城时，我托向晖向将军带给你的那番话吗？"

江静舟想了想，笑了："似乎有这么回事，不过当年你具体说了些什么？我倒是真忘了！"

樊黎翘点头："你肯定记不得，这么多年了，而且当年你又一定听不明白那句话的意思，又如何记得住呢？"

"你好像说的是，什么道路选择？"江静舟认真地回忆道。

樊黎翘深深看了他一眼："不错，我的原话是——'江致远，谢谢你在关键时候，帮我做出了一项重要的选择！'你可能至今也不明白，我当年为什么要对你说出这番话吧？"

她回忆着，思绪飞得很远，回到了往昔岁月中去："致远，你知道的，从东北回南京后，我就着手远赴美国了，因为我提前看到了大厦将倾，树倒猢狲散的悲剧前戏。那年，在宽城，你和胡文轩斗法，你那番斗志昂扬，愈战愈勇的劲头让我深深折服！当时，三个将军在我的眼前，向晖，胡文轩，还有你，只有在你的身上，我看到了一种精神！那是一种可怕的精神，对于我们这个阵营的人来说，这是一种战胜对手、百折不殆的精神，是一种必胜的信念燃烧于心的烈火般精神，它足以摧毁我们统治的这个世界！"

她深深吸了口气，继续道："我从那时的你的身上，看到了我们所立足的这个政权即将灭亡，而你们就是掘墓人！致远，从那刻起，我明白了，你一定是那边的人，是和我不同阵线的人！而且你们分明代表着一种新兴的进步力量，必然要取代一个没落腐朽的政权！那么，我还有什么必要为这样一个政权殉葬呢？"

江静舟了然，点头道："原来如此！难怪啊，聪明如樊主编，果然机敏过人，早早就避居美国了！"

樊黎翘笑道："其实，我不一定赞成贵党的宗旨，但是识时务者为俊杰，我不会选择鱼死网破，玉石俱焚，也不会走所谓的弃暗投明的道路。我是个文人，喜欢自由自在、无拘无束的生活！所以避居海外，也许是最佳选择！"

她笑看江静舟："我对贵党必得天下的推断，倒也不是始于和你在宽城那次相见。你知道吗，致远我有一段鲜为人知的经历呢？我去过你们的圣地——延安！"

"哦？你去过延安？"江静舟很惊讶，连顾倾城都是一副很好奇的神情。

樊黎翘笑了："是真的！抗战结束后，我曾经代表国民政府，陪美国代表团去延安考察过，还见过你们的领袖呢！那时候，我在延安还喜遇亲友。你们知道吗？我的一个外甥女，就是天舒的三姐天歌，她那时竟然也在延安！她从法国回来，会好几门外语，所以担任了我们这个代表团和你们中央领导会面时的翻译。"

樊黎翘深深叹息，回忆着："我惊异地发现啊，我们的这位大家闺秀，楚家三小姐天歌，竟然已经是一位彻彻底底的八路军女战士了！她的风貌，她的精气神儿，都让我惊讶万分，觉得不可思议！她带着我参观了延安的许多地方，让我看到了一个政治清明、欣欣向荣的地方。到处是歌声，到处是神采奕奕的士兵，到处是安居乐业、喜笑颜开的老百姓。我的心被打动了，这样的地方，太令人心驰神往了！再对比我对国统区的失望……唉！后来，在宽城，在你江致远的身上，我又感觉到了这种气质，这种贵党人身上独特的气质，我想，我该有自己的选择了！"

她再次笑看江静舟："所以说，致远，我要感谢你，在那样微妙的时刻，帮助我做出了正确的选择！虽然，你是不自知的，更是不自觉的，但是对于我的意义非同小可！我刚才说了，你是我此生最欣赏的人，也是我最爱慕的人，你的立场和阵营，必然对我产生重要的影响！"

江静舟理解地笑了："原来如此！难为你在最后一次离开东北的时候，在沈阳，还曾经用电话暗语为我示警，使我明白了我的身边潜伏有保密局的特务。樊主编，我心里也暗藏着对你深深的感激！你的那通电话，从某些方面，等于间接救了我的命，也帮助顾倾城早日摆脱了困境！所以，我们都要感谢你！"

江静舟边感叹着，边将樊黎翘当年电话暗语的事情简单讲给了顾倾城听。顾倾城惊讶又感动，也诚心诚意地对她表示起谢意："是啊是啊，樊姐也等于间接救了我的命呐！"

樊黎翘笑着摇手："这样论来，咱们三人倒算是生死之交了？"大家闻言都舒爽地笑起来。

宴会结束前，樊黎翘再次感叹："所谓人各有志，能遂平生志愿，在暮年见到自己最想见到的人，也算了无遗憾了！"

她看着面前的这对义兄妹："包括你们！晚年安详平静，咱们都算是幸福的人！"

樊黎翘在金城待了一周，带着故交老友的深情厚谊，心满意足地离开了。

直到她走后很久，江静舟和顾倾城才从天舒那里得知，樊黎翘身患绝症，来日无多，这次等于是专门来和这些故人们做永诀的。

"她怎么不早说呢？我……我开始竟然还那样不客气……那样无情地嘲讽了她！唉……"顾倾城又掉泪了。

江静舟黯然伤神，却什么也没说。

第四十章　骨肉重逢

他首先深情地望向大姐，已经七十多岁高龄的她已经不是自己记忆中那个秀美温柔的中年女子，花白的头发，深深浅浅的皱纹印刻在额间、眼眶旁；清瘦依旧的容颜，温润如昔的气质，那双痴痴望着自己的眼睛里闪烁着慈爱的光芒——天舒突然觉得眼前的她不像自己的姐姐，倒酷似母亲的往日形容！念及此处，天舒悲情难耐，眼眶湿润了，他握着姐姐的手，掩饰着低下了头。

樊黎翘离开金城不久，楚天舒出差回来，才和大家讲清楚了自己和海外亲人联系上的经过。机缘巧合，帮他牵上这根亲情线的，竟然是他的女婿——江雪的爱人任晓伟。

原来，任晓伟是毕业于北京大学生物系的一名硕士研究生，后赴美攻读博士学位，偶然契机认识了在耶鲁大学任教授的楚天姣，为对方的名讳所吸引，交谈中得知楚教授也是祖籍南京，再进一步深谈，就将其和自己的岳父完全联系起来。

楚天姣得知此信息激动万分。这么多年了，她和她的兄弟姐妹们一直在寻找楚天舒的消息，由于可以理解的政治因素，一直未能有确切线索。如今，自己七哥的女婿就站在面前，而且带来了七哥还健在的消息，楚天姣喜极而泣。她首先把这个消息告知了和自己比邻而居的小姨樊黎翘，接着又陆续转告了自己在美居住的兄姐们。天舒就这样在时隔四十年后，第一次和亲生手足们通了电话。

任晓伟半个月后会回国一趟，楚天姣决定跟他一起回去，她已经迫不及待地想要见到自己的七哥。却不料此消息一出，几个年迈的兄姐们都闹着要跟她一起回故土，去看看那个不听话，让家里人牵挂了一生的"小七"。楚天姣没法，只好先稳住众人，请任晓伟先行回国和七哥天舒报个信，说明这边情况。

而那边樊黎翘常年独居，一人天马行空地潇洒惯了。自从和天舒通过话后，她和故人见面的心情格外强烈，加之身体原因，觉得自己来日不多，唯恐夜长梦多，就等不得和小辈们相约同行，自己订了机票，先行去了一趟金城。

樊黎翘离开后，任晓伟和江雪也带着孩子回到金城爷爷家，恰好母亲沁梅也从湖南回到金城。沁梅这次是彻底办好手续，回金城丈夫和父亲身边。加之先行回来的江岭一家，江潮和海心，老少四代人欢聚一堂，干休所的将军楼里一下子变得欢声笑语起来。

江雪夫妇向父亲说明了和海外亲人们联络的情况，天舒眼眶湿润，久久说不出话来。许久，他才喃喃自语道："真的好巧，还让你联系上了，辛苦晓伟了！唉，一转眼间，姣姣小丫头，都是教授了……老哥哥老姐姐们，却都还是那样的脾气……"他背转身去，掩饰着拭了拭发潮的眼眶。

在场所有人都明白他此刻的心情，一时陷入沉默中。沁梅上前挽住丈夫，轻声道："这不晓伟一回国说起来，雪儿先坐不住了，打过电话都不甘心呢，还带着吃奶的娃娃就赶回了家！"

江雪也笑着安慰父亲："爸，您先别太激动了。据晓伟和姑姑联系的情况，他们估计要半个月后才能来这里，我们也请了假，想和亲人们都好好团聚一下！"

江静舟正坐在沙发上，逗顾倾城抱着的重外孙女宁宁玩，此刻忙笑看着女儿女婿插言道："还有一段时间，你们两口子也该好好准备一下！虽然是至亲骨肉，毕竟是海外来客，一些礼数还是要有的。"

沁梅明白父亲的意思，也就笑着接话："那边我都收拾归整出来了，就等您一锤定音呢？要不然，我带着孩子们悄没声搬回去了，您又该骂我女生向外了？只顾丈夫不管老爸了！何况，如今您的这份新宠，一定又舍不得离身呢？"她笑指顾倾城怀中的小外孙女。

江静舟大笑："你也太小瞧你老爸了吧？现今天舒和亲人会面是大事情，一切要以这件事情为重！"

沁梅笑看丈夫："那好吧，楚天舒专家，您也该搬回您自己的将军楼去住了吧？"

天舒明白岳父和妻子对自己的那份体贴美意，感慨地点点头。

原来天舒目前也是相当级别的军队文职技术干部，享受正军职待遇，他的军装和普通将校不同，大檐帽帽饰带是金黄色，肩章上面加缀有将官松枝叶。他在研究所里的住房也被称为将军楼或专家楼，是复式结构的两层小楼。因为一直在军区大院陪伴岳父住，即使沁梅往日里休假来探望丈夫，他们夫妇也很少回到自己这边来。这次天舒的亲人从海外来探望他，沁梅考虑到不方便让他在岳父家接待自己的兄弟姐妹们，就提前回家将房子打扫出来。眼下在父亲的催促下，她和天舒带着儿女们搬回了自己这里。

女婿任晓伟和岳父详细讲述了他在美国时，见到天舒兄弟姐妹的情况，他几乎见全了天舒在美国的所有亲人，大家态度热情，轮番地接待他，急切地向他打听弟弟天舒的情况。

天舒也问及了自己弟兄姐妹的现状，他听着女婿的讲述，感慨万千，心绪难平。任晓伟看到岳父面色平静，但是眼中闪烁着晶莹发亮的东西。

亲人的到来已经在半个月后。那天不巧，有总部专家组来研究所视察工作，天舒作为资深专家要全程陪同，就不能到机场接机，沁梅带着江岭兄妹几人去机场接回了远道之客，又将他们安置在金城宾馆中。

天舒赶到的时候已经是晚饭时分，沁梅让江岭兄妹带着客人先去餐厅，自己则在宾馆的大堂等着丈夫。

一辆挂着军牌的轿车停在大堂正门，一个高挑瘦削的军人下车，急匆匆走进宾馆。因为军装严谨，军帽挺括有型，夏常服军装上肩章、领徽闪烁，加之身材矫健灵活，似乎让人打眼一看，分辨不清这位军人的年龄，至少完全不像是一个年逾花甲的老年人。

看着这样的楚天舒走来，沁梅是又欣慰又摇头。

"沁梅，是在这里等我吗？大姐她们呢？"

"他们先去餐厅了，我是不放心，才在这里候着你！果然……"

"不放心？为什么？"

"楚教授，今天貌似不是严肃认真的工作场合吧？而且……虽然我一向以为你穿军装最帅，但是也不能在今天耍酷啊？"

"你什么意思啊？谁耍酷了……嘁嘁嘁，都儿孙满堂的人了，还开这样玩笑？"

"你看看你今天这身穿的？"

"军装啊？怎么了？"楚天舒低头打量自己的着装，有点不解地看向妻子，

"有什么不妥?"

"今天你去见什么人呀?穿军装,合适吗?傻子!"要不是大堂上人来人往,沁梅恨不得上前戳戳丈夫的脑门。

"嗨?我当什么事呢?我在单位忙了一天,还没顾得上回家一趟呢,哪有时间和机会换成便装?再说了,见自己的哥哥姐姐妹妹,应该没啥忌讳的?"

"我也不知道,只后悔我也是马虎了,竟然忘记从家里给你带一身便装来!总觉得,他们从国外来,第一次见面,你似乎不应该穿这个吧……"沁梅嘀咕着。

"啊,这样啊?那怎么办呢?"天舒也被她说得有点犹豫起来,就想转身,"要不我回家一趟去换了?"

沁梅忙拉住他:"算了,这一来一往的多耽误事,哥哥姐姐他们盼你大半天了,算了,就这样吧!"

"要不我把外衣脱了?"天舒摘掉军帽,递给沁梅,又解开军衣纽扣,露出里面的军用圆领衫来。

"哎呀,行了,行了!你穿那个更不庄重!真是个书呆子,关键时候没头脑,哪像个曾经的高智商的……"沁梅制止住他,拉他向餐厅走去。

沁梅担心的一点没错,这身军装不能不算天舒的一个小失误。他几乎都忘记了,在自己兄弟姐妹的记忆里,他似乎是另一个阵营的人呢。虽然时过境迁,一些阶级方面的因素已经淡化了,但是这身庄严有型的军装,还是在他和兄妹们之间形成了一层无形的隔阂。他小妹天姣事后就对他埋怨道:"七哥,我思念了你四十年,这回来的一路上,我就在想,一见面,我一定要扑到你的怀里,好好抱抱你,亲亲你……好嘛,你倒是一本正经,一身戎装的,生生把我的满腔热情都给憋回去了!"

话虽如此,毕竟血缘相关,手足情深,大家四十年未见,这种才见面的隔阂感,不一会就荡然无存了。兄弟姐妹们的见面场景还是格外热切感人的。

这次回来的是他的大姐楚天蕴、六哥楚天骥以及小妹楚天姣。大家在席间畅述离情别绪,往事纵横,话题越来越多。

眼前的三位至亲手足,对楚天舒都有着难得的情义。所谓长姐如母,对天舒来讲,大姐一直像他的另一位母亲,从小就对他呵护关爱有加。当年他能调往南京空军总部,主要是大姐秉承母亲的意思对其四哥极力敦促的结果;六哥天骥比天舒大三岁，是离他排行最近的一位哥哥，平日里和他关系最好，少年时代的小哥俩曾经朝夕相处，无话不谈，随后他们还一起赴美留学，共同在美国生活了几年；在所有兄弟姐妹中排行最小的天姣，是天舒唯一的妹妹，是幼年的他呵护关爱的对象，是他挥洒哥哥豪情的对象，天姣对他的依恋自然和对别的兄姐不同。面对着这样的三位亲人，天舒自是百感交集，欷歔难言。

此刻，他首先深情地望向大姐，已经七十多岁高龄的她已经不是自己记忆中那个秀美温柔的中年女子，花白的头发，深深浅浅的皱纹印刻在额间、眼眶旁；清瘦依旧的容颜，温润如昔的气质，那双痴痴望着自己的眼睛里闪烁着慈爱的光芒——天舒突然觉得眼前的她不像自己的姐姐，倒酷似母亲！念及此处，天舒悲情难耐，眼眶湿润了，他握着姐姐的手，掩饰着低下了头。

看到自己曾经最牵挂的小弟弟就在跟前，楚天蕴何尝不是百感交集，情不自已！往日手足情深、点点滴滴的往事，又再次回荡在脑际。她一手拉住弟弟的手，另一只手不停地抚弄着他的头发，流着泪，嘴里是语无伦次地轻声呢喃。

"小七！小七！你这个狠心的小子！这么多年了……你躲哪去了？有这样躲着自己家人的人吗……为了你所谓的信仰，连家都可以不要了吗？老娘都不要了吗？亲人都不认了吗？小子真心硬哪，真是没良心……你能体味母亲的心吗？还有哥哥姐姐对你的牵挂？唉，总算姐姐命好啊，比咱姆妈强，还能活着见到你……哎？怎么，小七啊，你都有白发了吗？在姐姐记忆里，你还是个大男孩呢……整日没个正行，爱和姆妈姐姐撒娇，和你四哥抬杠的……那个傻小子……"天舒流泪听着姐姐近乎语无伦次的唠叨，不住点头，再说不出一句话来。

天蕴这番亲情流淌的私语让在场所有的人都泪奔。沁梅早已泪流满面，江岭兄妹几人看到父亲低首在自己姐姐的身边，一副做错事的孩子模样，难免对父亲的这份久违的亲情是既同情又伤感，也都垂下了头。

小妹天姣看到哥哥姐姐都是情伤如此，心下不忍，忙擦着眼泪，上前劝慰姐姐："姐，这才刚见面呀，咱们有话慢慢说吧？我七哥如今也是这边部队的高级干部了，又是当着儿孙的面呢，您要给他留些面子不是？再说，据说七哥身子受过伤，也不大好，又都是有年纪的人了，您不该……"天蕴点头，放开了拉着天舒的手，但仍让弟弟坐在自己身边，眼睛不错珠地盯着他的一言一行。

大家相互劝慰着，都擦干了泪水，才重新恢复了常态。兄弟姐妹们边吃着饭，边聊着天，席间气氛轻松起来。

六哥天骥长得和天舒很像，也是文质彬彬的学者形象。他目前是美国某高校的一位工科教授，性格开朗外向，虽然年纪不小了，仍不改兄弟间活泼玩笑的个性，他笑着调侃着弟弟："老七啊，你这个家伙不仗义的紧！你是这边的人啊，瞒着四哥倒也罢了，连咱们一家子都瞒个滴水不漏？让所有人都不清楚你的状况，为你整整担了一世的心，你也忍心？"

天舒也打小就最爱和这个小哥哥抬杠，此刻兄弟老年重逢，孩子气很重的他难免天性毕露，笑着接言："别人说这话还有道理，在大姐面前我并不敢辩什么，一切原是我的错……至于你，六哥，你那时都远在美国啊，所以是没有发言权的！"他说着，露出顽皮的笑容看着哥哥。

"坏小子，还好意思笑呢？"天骥虚指了他一下，"我说的正是这个，没良心！和我在美国待了那么些年，你是深藏不露呀？我就一直在纳闷，从什么时候起，你这个楚家七少爷就化身军统局特工了？后来才明白还竟然是多重身份的？后面家里人都曾怨我，说我一向是和你穿一条裤子的，竟然没看好你，让你糊里糊涂地入了那凶险的一行？坏小子，我可是为你背了多少年的黑锅的！你若早告诉我，我就是替你打个掩护都不算冤呐！"

天舒大笑："六哥你忘了吗？当年咱兄弟俩是被二姐和姐夫押着去美国读书的，除了在学校外，咱们的一举一动都有他们监视着呢！我在学校被军统局选中去特训，这件秘事我如何敢宣扬？我要是说明了自己的身份和特殊使命，估计二姐非揪着我的耳朵把我押回国来，送到母亲面前了吧？"

天骥揶揄一笑："你如今还不肯说实话吗？什么在美国的学校里被选中去特训？我后面仔细分析过了，你小子肯定是出国前就被人家相中的吧？军统局的那些伎俩……谁想到螳螂捕蝉黄雀在后，你倒是这边的人呢？卧底？特工？天呐，至今让人觉得不可思议！你个娇生惯养的七少爷……唉！"

天舒听他这番分析解说，只是微微一笑，不再辩解什么。

天骥自顾自地说完，却回头看到天舒的儿女们都在一旁坐着，他自己先不好意思起来："别看你们父亲如今也是德高望重之人了，在我们这里，他还算小弟弟呢！"

一旁坐着的江岭兄妹看见年逾花甲的老哥俩像孩子般互相调侃嘲笑着，都心领神会地笑了

此刻听了他这番话，江雪就对伯父甜甜一笑："伯伯您说的没错，再说我爸今天终于见到自己的亲人了，怎么着都是高兴的！我们也为他开心呢！这么多

年了，我爸他不容易，这'日日思亲不见亲'的味道不好受呀……"

"这孩子真懂事啊，老七你好福气！看看这几个可爱的孩子们……"天骥感动地感叹着。

天舒对着哥哥一笑："我家丫头说的没错！今天见到自家姐姐哥哥妹妹，我是怎么着都高兴啊！你们都随便说，把对老七的不满和怨气都倒出来吧，这四十多年了，也憋坏你们了吧？我盼着自己哥哥姐姐妹妹的这份埋怨，也盼了四十年了……"

这话又有点伤感的意味，他的小妹楚天姣忍不住想插言。

天姣和沁梅同岁，在这些兄妹中年龄最小，且和小哥天舒一向最为亲密，此刻坐在七哥另一边，看着哥哥们斗嘴，也是一会儿悄然落泪，一会儿会意微笑。此刻她接口道："好了，如今总算大家白首相聚了，应该感谢上帝的美意才是呢，何必还屡屡纠缠于往日那些陈芝麻烂谷子的事情？我的心中，目前只有爱，哪会有怨？何况在我看来呀，只要七哥还好好的，就比啥都强！"

天舒回头笑着端详着妹妹，记忆中那个娇憨温柔的小女孩，如今也是斯文端庄的中老年知识女性形象，她和其他兄姐一样，都长着楚家人特有的瘦削身材，鹅蛋形脸庞，秀长的双眸总是带着笑意，一副金丝边眼镜凸显学者气质风范，如今她的脸上溢满温润安详的满足笑容。

天舒忍不住笑叹道："姣姣还是不脱小时候的样子啊。不过如今也是快 60 岁的人了？这日子也过得太快了！"

大姐天蕴接口叹道："是啊，一眨眼工夫，这一辈子就快过去了。再没想到在有生之年还能见到你，小七！我这趟也算了了母亲的心愿了，她老人家为了你，临终都没闭上眼……"

这话让天舒再次瞬间泪下："姆妈她，是哪年……"

一旁天骥忙用话拦他："好了，你们老姐弟俩又来了！刚才说了，先别提这些伤感话题吧？今天是咱们兄弟姐妹们四十年后重聚，到底算大喜事，咱们应该先开心一场再说。何况弟妹和孩子们都在眼前呢？"

他拍拍大姐的手，劝慰着："一些旧事、往事，需要交代的事情，咱们改天找机会再谈吧？"

天舒含泪点头："是的，还有许多话……我听说五哥竟然逝去了，也不知道具体情形……"

天姣也忙拦他："七哥，都说了不许再说这些事了！我们还要在这里待上几天呢，有的是机会详说往事。今天先享受一下重聚的喜悦吧！"

"不错！我们先高高兴兴地聚上一场再说其他！"天蕴也擦去泪花，笑看着孩子们，"真好，小七！看到你如今还是活活泼泼、开开心心的，又绿叶成荫子满枝，都是当外公的人了，我真高兴！"

她又笑看沁梅："还有这样一位贤惠温柔、行事周到的太太，好，真好！"

天舒略带羞涩地笑笑："姐，看您用的这词，活活泼泼的？有这样形容一个60岁老头的吗？要知道我都是当祖父的人啦！"

天蕴微微摇头："那又如何？你就是活到100岁，在我面前还是小孩子，是我的小七！就有一点不好，你怎么总这样瘦呢？"

沁梅此刻含笑插嘴道："他一辈子都是这样，怎么喂养都不给人面子的！不过好在这几年他身体还行。"

天蕴笑着招呼沁梅坐到自己另一边，握了她的手，真诚说道："我前次在美国都听小雪的先生讲了你们的一些情形，他的九死一生，他的坎坷经历，他的一切……总之，幸亏有你！从我们兄弟姐妹情分这方面论起，你保全了我们的小弟弟，这么多年了，对他又是悉心照顾的，可算我们楚家的大功臣啦！"她又回头看弟弟天舒："姆妈要是知道你找了这样贴心如意的少奶奶，也该放心瞑目了罢？"

"哎呀，姐！您又提这个话题了！"天姣笑嗔姐姐，"您既然这样喜欢七嫂，就该赶快履行长母如姐的职责呀？您忘了咱们这里还有一个信物的？"她边说着，边笑着从随身带的坤包中取出了一个盒子，递给姐姐。

天蕴感慨地点头，接过来，又郑重地递到天舒的手中："小七啊，这个东西原本就是你的，有年头了，也算是一个难得的信物吧。你如今当着我和你哥哥的面，给太太戴上，就算是长辈的一个祝福吧！祝福我们楚家的七少奶奶一世顺顺当当的，和你白头偕老！"她这番话让沁梅感动，这个称谓却让年近花甲的她红了脸。

天舒接过这个盒子，认出是当年小妹姣姣离开上海，和自己分别时候，自己送给她的那个。他感慨万千，努力压抑住内心的激动之情，打开盒子，取出那根手链。

他将手链拿在手中，递给沁梅看上面的刻字，沁梅却羞红了脸："老花镜没戴呢……"

"我指给你看，是想说……这里刻着我的名字呢。"他将手链的来历简单讲给了沁梅听，然后将手链仔细地给她戴上。 一旁江岭兄妹热切地鼓起掌来，大家都笑看着这对白发夫妻。

这顿饭吃得很温馨，大家都沉浸在浓浓的亲情中了。

第四十一章　亲情重生

他走到大姐面前，突然跪下了："姐，长姐如母，您如今就代表母亲，受我几拜吧！"他连连磕了几个头，抬起泪眼，望着姐姐，泣不成声："天舒不孝！让姆妈担了一辈子的心，临终都不能侍奉床前，还让她老人家不能放心地走……这份罪孽，让我怎么承受，又怎样赎还？今生已然如此，如果有来生，天舒愿意再次做她老人家的孩子，必定寸步不离身边，为她老人家尽孝侍奉！可是，哪里还会有来生呢？"

第二天是星期天，天舒将兄姐妹妹邀到自己家中做客。天蕴等人也正想看看天舒在国内的生活状况，尤其是大姐天蕴，她是含着一番心思来打量弟弟的现状的。

看到掩映在一片绿荫中的二层小楼，院子里盛开的花树，屋里虽然简朴，但是整洁利落的摆设，几兄妹都是点头称赞。

大姐欣慰地对天舒道："很好，你能有这样幽静宽敞的住处，一家和和睦睦、其乐融融的，我也放心了！昨天听沁梅讲了，你目前已经是军内有名气的教授了，还担任着一些重要的职务？这也算事业有成，一切遂意吧？"

天舒笑着向姐姐解释道："我这个物质条件在国内算是很好的了，现在咱们国家也越来越重视科技人才，一切都会逐渐更好起来的！至于说到我的工作嘛，很多时候，也是赶鸭子上架的感觉，尤其是一些学术方面的领导职务，这个……也真的非我所长啊！时代不同了，还是应该让年轻人上来掌舵才是！不瞒您说，我已经打了离职报告，想退居二线，好好回教研室当我的教授，多带些学生，这对我来说，才是最适合、最惬意的事情！"

一旁天骥不由得插言："江山易改本性难移，老七从小就是推崇淡泊明志、宁静致远的信条，当官我估计你就不自在？依我看，你早点退休，做个闲散的文人也蛮好，看看自己想看的书，优哉游哉，岂不乐乎？况且毕竟年纪一天天大了，还要顾及自家身体才是！"

"你这话我不能完全苟同啦，六哥！"天舒又和他嘻哈抬杠起来，"我是说不想占据某些学术方面的所谓泰斗、专家等位置了，但是教书育人这个理想我可是分分秒没有放松啊。只要我还有一口气，我就要为我的学生们尽一份力！你都不知道，现在的年轻人，有多可爱呀！他们赶上了好时代，求知欲望浓厚，个个思维敏捷，又有着自己独立思考的精神，我是恨不能把自己肚子里的这点旧墨水都倒出来，以期对他们有所帮助呢！"

"好啦好啦，我的楚专家，楚教授！知道你从小就爱诲人不倦哈！"天骥笑着打趣他，"年轻的学生时代，你就猖狂得很呢！我承认，你数学方面是有天赋，可是你不能恃才而骄吧？哼！想当年有多少次啊，你哭着喊着非要当我的数学老师？我是忍无可忍啊！我看你是一辈子改不了这好为人师的毛病啦？"

楚天舒也笑："这根本是两回事啊，你是偷换概念！六哥啊，爱强辩，口锋犀利，也是你一辈子的秉性呢？你也不是没改吗？哼，我没想到啊，你还有记仇的毛病呢？何况我当年帮你解了多少数学难题呢，这个你咋不说呢？唔唔唔，没良心……"

看着两个头发半白的哥哥在那里孩子气地较劲，天姣忍不住笑着打岔："好了，你们两个都是知名教授啦，都有教书育人的经历，倒还像两个小孩子一样拌嘴呢？无论如何，好为人师，诲人不倦都不是错的！教书育人难道不是最崇高的一项事业吗？哈，我突然发现一个秘密啦！"

"什么秘密？"天骥和天舒都望向自己的小妹。

"咱们楚家盛产教授哦！"天姣神秘地眨眨眼。

天蕴也忍不住掰着指头算道："可不是吗？你们几个，再加上老二、老三，你们大姐夫，这哈佛、耶鲁、哥大的……还真是的呢！"大家仔细一想，都心领神会地笑了。

沁梅和江雪母女准备了一桌丰盛的家常风味的饭菜招待远方来客，大家高高兴兴地吃过饭，沁梅就有意找了个借口将儿女们带离家中，给天舒兄弟姐妹们留下一段独处的机会。她知道他们四十年未见面了，一定有很多家常话、贴己话要说。天蕴看出她的意思来，不由得又在天舒面前夸赞了她的贤惠懂礼。

饭后，天舒对兄妹笑言："我可知道你们几位都有咖啡癖，刚好我的学生从巴西回来，给我带了些上好的咖啡豆，我去煮壶咖啡，咱们兄弟姐妹们边喝边聊，有一下午的时间呢！"

天姣提出帮哥哥忙，兄妹俩一同来到厨房中。

天舒将现磨好的咖啡豆放入壶中，又点火烹煮。天姣默默看着哥哥瘦削单薄，已不复往日挺拔的身影忙碌着，她突然感到鼻头发酸，忍不住放下手中正洗着的杯盏，走上前去，从背后将哥哥搂抱住，将脸庞贴在他的后背上，眼中流下了泪水。

天舒本来被妹妹的这番举动惊了一下，瞬间明白了她的情感，就没有动身，任由她搂着自己的腰，喃喃自语着："小哥！你知道吗？我想了你四十年了……我曾经以为你早就不在人世了呢！我心里那份痛啊……"

天舒也泪水盈眶，他慢慢扭过身来，将妹妹抱着他的手拉开，又用自己有力的胳膊将她拥到怀中："我知道，姣姣啊，我也好想你！你是哥哥唯一的小妹妹呢？怎么能不想呢？"

看到妹妹在自己怀中流泪不止，天舒只好忍悲强笑道："好了，你昨天都说过的，咱们兄妹能暮年聚首，是一件开心的事不是？别悲悲切切的啦！你看哥哥不是好好的吗？我可听我那女婿晓伟说了，我们姣姣如今都是耶鲁的知名教授了？了不起！哥哥真为你高兴，更为你自豪！"

"那又怎样？我就是当了他美国科学院院士，也是你的小妹呀！哥，我就要好好抱抱你！四十年了……哼！人家原本昨天一见面就想这样拥抱你的，谁让你穿了那身军服呢？把我都吓住了！"天姣抬起头，对着自己的七哥白白眼，撅了下嘴。天舒又仿佛看到了往昔小妹的娇憨模样，忍不住哈哈大笑。

四兄妹在客厅坐着喝咖啡，有说不完的话可讲，当然也免不了家族旧事，往昔恩怨。

天舒首先问到五哥去世的情形，天姣告诉他了详情，五哥天恺于六十年代初在美国死于一场车祸，他生前是美国一家著名华人企业的总裁。

天蕴叹气道："一切都是命！小五是咱们家的一个异数吧，就唯有他擅长经商，其余的都是些书呆子。倒是他继承了家族的一些旧产业经营，加上自身的天赋，终于成为一代名商！可惜他挣了偌大的一份家业，自己却无福消受……"

天骥接口道："五哥他倒不是为了自己挣这份家业，他除了留了极少的一部分给自己的子女外，还建立了不少慈善基金。他还给每个兄弟姐妹们都留下了一份遗产，足够大家安逸地度过此生。五哥生前曾对我说过，他挣钱的很大原因和动力，就是想让自己的家人能生活得更好些，除此之外，他别无他求！其实我知道，他自己的生活水平一直很低的。"

这番话再次让人伤感不已，天舒眼前又浮现出往昔自己和五哥相处的点滴往事，心痛的感觉又再次向他袭来。

天蕴含泪点头，望着天舒："小七，你五哥留给你的那份财产如何办理手续，我们要咨询一下……还有就是，姆妈临终也给你留下了一些东西，还放在我那儿呢。你是她老人家最牵挂的小儿子，她的最体己东西都分给你和姣姣了！"

天舒听到此处，已经泪水盈眶，他看着大姐："姐，姆妈她……究竟是怎么一番情形，你们该讲给我听了吧？我是不孝，不能为她老人家送终，你们告诉我详情，给我一个心中念叨自己母亲的机会吧？"

天蕴点头，将母亲临终时的情形详细讲给了他听，又叹息道："姆妈一直不愿意到美国生活，执意留在台湾，一方面是故土难离，那里终究还算是中国的土地；再一个原因，就是想得到你的确切消息！她一直和小四一家生活在一起，一直在催逼小四到处打探你的消息。"

她忍不住拭泪："你四哥也算是纯孝之人了，一点不敢违拗母亲的意思。可是两岸相隔，他又从哪里得到你的确信呢？我们兄妹几个都认定你一定是不在人世了，毕竟当年那场危城之战令人不忍回顾啊！"

"可是姆妈一点都不相信！"天姣含泪接口道，"姆妈临终前对我说——'四丫头，你小哥一定还活着呢，凭我当母亲的直觉，他一定还活在人世！如果将来你能见到他，就让他默默念叨几句，我在九泉之下能听见！唉，离得这么远，我就是想让他到我坟前磕个头都不可能呢……'"

她这番话让几兄妹都泪流满面，天舒更是哭出了声。

天骥走到他身边，抚着他的背道："总算姆妈的直觉没错，你这不是好好活着呢吗？姆妈在地下也该开心了！老人家一直最疼爱你，她走的时候，身边跪了满地的儿女，可是她老人家只是叫着你的名字，一直就不肯闭眼……"

听到这里，天舒已经哭得浑身发抖，他走到大姐面前，突然跪下了。

"姐，长姐如母，您如今就代表母亲，受我几拜吧！"他连连磕了几个头，抬起泪眼，望着姐姐，泣不成声，"天舒不孝！让姆妈担了一辈子的心，临终都不能侍奉床前，还让她老人家不能放心地走……这份罪孽，让我怎么承受，又怎样赎还？今生已然如此，如果有来生，天舒愿意再次做她老人家的孩子，必定寸步不离身边，为她老人家尽孝侍奉！可是，哪里还会有来生呢？"他哭得头晕目眩，几乎不能自持。

一旁的天骥和天姣看他的情形，都有些担心，忙上前欲扶他，天蕴摇手制止了他们，自己俯身将弟弟拉到怀中，紧紧搂着，柔声劝慰道："我们都懂你的心，你一向是个孝顺有爱的人呐，只是有些事情，也是身不由己罢了！小七，姐姐知道你心里藏了太多的委屈，一个人孤单单游离在自己亲人手足之外，你心里也是很不好受吧？没关系，姐姐在这里，你想哭上一场，就痛痛快快地哭吧！今天这里没外人，都是至亲手足……"

这番话让天舒无法自持，他果然老老实实地伏在姐姐怀中痛哭了一场，就像小时候依偎在母亲怀里那样温暖、贴心、安详。

结结实实哭过这一场，天舒倒觉得释放了不少多年积郁之情，身心都舒爽了不少，他们几兄妹继续谈着，将这些年的一些前尘旧事都回忆了一遍。不可避免地说到了三姐天歌和四哥田宇这个话题。

天舒用平静的语调将三姐的最后人生轨迹述说了一遍，说到她的死因，他明显有点犹豫语塞，不料却看到自己的哥哥、姐姐和妹妹都是洞悉详情的样子。

天姣对哥哥解释道："三姐的事情，还是四哥主动说出来的！其实到了台湾，四哥就退出了军界，做了闲散的寓公，不再过问时事。他正当壮年，恩宠正隆之际却急流勇退，外界是猜疑多多，他对我们兄妹几人是讲了实情的……"

天骥也叹息道："四哥良心难安啊！他到了台湾后，几乎陷入抑郁自闭的境地。除了死死瞒住母亲外，他能告诉我们真相，也是他勇于自我揭露牺牲的一种表现吧？他完全可以选择不说啊？所以，我们这些人选择原谅了他！我不是说原谅他曾经的无情和残暴，而是原谅他也……毕竟曾经有过身不由己之情形吧？"

天舒木然不语，没接这个话题。

天蕴也感叹："三丫头的事情也是让人心中难安，这次是没机会了，明年再回来，我一定要去你说的那个地方……那个她逝去的地方看看她！还有，就是你刚才提到的她的那个孩子，也要见上一面啊！"

她换上悲悯的神情来："你四哥是千错万错，就算是罪恶吧，也得到应有的惩罚了！他这后半生也太苦了，你不知道啊，他……"想起自己四弟的现状，天蕴难过得说不下去了。

天姣看着哥哥，也小心翼翼地劝道："七哥，四哥是真心悔罪的，毕竟是……伤了自己的手足，自家骨肉，他能心安吗？他心中的苦谁能理会呢？你要是看到他如今的情形，你也就心软了……七哥，你有可能原谅四哥吗？"

天舒始终面无表情地听着他们的讲述。毕竟是长幼有序，他不好反驳哥哥姐姐的话语，此刻对妹妹的这番话就不客气地挡住了。他端起咖啡壶："我们换个话题吧！这咖啡也凉了……"这个话题终于戛然而止，无法继续下去了。

天蕴几兄妹在金城待了一周，和天舒一家多次欢聚，又去拜望了江静舟。

相聚的日子过得很快，眼看就到了分别的时刻，大家心里都很伤感。

临走前，天蕴拉着弟弟的手难舍难分，流泪道："你如今是这边的军人，出国不易，只要姐姐还活着，就会每年来看你一趟！明年你二哥、三哥也会来呢。你二姐如今定居日本，这也联系上了，她也说要来看你，你自己多保重！"

天舒流泪点头。分别前，他深深拥抱了六哥，在他耳边低语："我多抱你几下吧，回到美国，你帮我抱抱二哥、三哥他们！"

兄弟姐妹洒泪而别。

在回去的车上，天舒不由得想起了小妹昨天和自己说的那番话。

昨天晚上，在宾馆见面时，天姣找了个理由将天舒拉到外边花园中，对他说了痛彻心扉的一番话。

"七哥，我必须告诉你一件事情，要不然我寝食难安！你知道四哥如今的状态吗？他十年前因脑梗引起中风，瘫痪在床，一直生活不能自理。你是知道他往日的刚强孤傲性格的，这吃喝拉撒都要靠别人伺候的日子，对于他来说，实在是生不如死啊！这样的伤痛无奈，让我们这些看着他的人都痛心疾首！发展到现在，他如今不但四肢不能动，连话都说不出来了！可悲的是，偏偏他思路清晰，什么都明白，什么都忘不掉！他目前全身唯一能动的，是左手几个指头……我隔上几个月都会去台湾看望他，他每次见我都流泪……"

她看看哥哥的表情，流泪继续说道："你没见过那种泪水啊，那样的无助和悲哀，让人不忍目睹！他是咱们的亲哥哥呀，他说不出话来，就那样嘴里呜呜地叫着，用仅能动的手指，对我不停地比画着两个形状，一个是三……一个是七！"

她哭得说不下去了，天舒的泪水也滚落腮边，他用手暗暗擦去了，却掏出手绢，递给妹妹。

天姣边用手绢擦泪，边继续道："我实在是不忍心，就跪在他枕边安慰他，说你一定还活着，在大陆这边好好生活着呢，让他放心！他仍是激动地呜呜叫着，手里还是比画着那两个字……一直伺候在他身边的四嫂自然懂他的意思，就解释说，四哥他是说他这辈子最对不起的就是三姐和七哥你！他知道你一定还活着，他希望你能原谅他！"

说到这里，天姣忍不住上前抓住哥哥的手，急切地看向他："七哥，四哥他已经成这样了，他没几天日子好熬了！你能原谅他吗？我……想替他……替他求你……我知道，他一定在等你的一句话，一定是这样！七哥，你能说给我吗？我回去后，马上就去台湾，我去告诉四哥，让他能安心…… 就是死……也该瞑目了吧？"

天舒热泪横流，他不敢直视妹妹的眼睛，只是倔强地摇摇头。

此刻回忆这番情形，天舒再次泪水盈眶，他喟叹一声，用劲搓搓脸，压回了一腔心底狂潮。

半年后，天舒接到妹妹的电话，告诉他一周前四哥在台湾去世。天姣用感慨的语气告诉哥哥，谢谢他能原谅了四哥，让久病之人能安然离世。

天舒正在诧异间，电话里天姣又激动地对他说着具体情形："你让晓伟专门给四哥带来的家乡特产，我去台湾亲自送到了他的病床前。他们一家都很感动，尤其是四哥，他竟然像孩子般又哭又笑的！我还对他转述了你托晓伟对他说的话，那句——'你永远是我的哥哥！'让那个奄奄一息的人，眼中又有了光亮！四哥他那时本来早就不能进食了，可是我看出了他的意思，就将你带给他的藕粉，冲了一点来喂他，他竟然挣扎着硬是吃了整整两勺！守在他床前的所有亲人都哭了……四哥毕竟算是没遗憾地走了！谢谢你，七哥，谢谢你的宽恕和大度！其实我们几兄妹都知道四哥和你的那份感情，你一向是他最钟爱的幼弟啊！"

天舒不知道自己是如何放下电话的，他也突然有种心头一松的释然感觉。原来，自己的那份纠结，不但惩罚了别人，更是憋坏了自己。

事后他才知道，是女儿女婿从天姣那里听说了这段悲情往事，为自己偷偷做的一件事情，这无疑是一场救赎，安慰了别人，也解放了自己。

何况那哪里又是别人？分明是自己的至亲手足！天舒再次泪流不止……

这个夏天注定是个不平静的季节。楚天舒刚刚送别了手足亲人们，接着江岭和江雪两家也结束假期离开家。沁梅夫妇又搬回了干休所，因为姑姑倾城总在抱怨自己的做饭手艺都快生疏了，每天吃饭的人少，她做起来也没劲。

沁梅夫妇回家来住，两个老人都兴奋起来。对顾倾城来说，有了说话的伴了，她也可以一如既往地大展厨艺，让两代四口人吃起饭来更有胃口，且有家的感觉。而江静舟呢，食欲增加，在饭桌前话也多了起来。

其实沁梅早看出来，不仅是姑婆顾倾城年纪大了，怕寂寞，就连自己的父亲，也是性格变化了很多。他不再像以往那样总是忙着工作、看书，不关心家长里短的事情，随着年纪一天天增长，他流露出对儿女、孙辈的依赖之情。每当家庭大团聚，都是老人最快乐的时刻。接过小重孙，搂着抱着，又成为他新的情感寄托对象。

看着日渐衰老、身影孤单的父亲，沁梅心疼无比。她和天舒搬回家中，踏踏实实地和父亲生活到了一起。有次她找机会向老人承诺道："爸，我以后哪也不去了，就守着您，您放心吧！"

"唉，丫头，我有什么不放心的？"她看到父亲嘀咕着，还是用以往的爱称叫着自己年近花甲的女儿，晃动着一头白发的脑袋，"我知道天舒会愿意住在我这儿的，我们爷俩对付！"父亲知足得意的神情让沁梅忍俊不禁，知道他还是老当益壮地玩自己的机智呢，不说依赖女儿，倒说欢喜女婿。

无论如何，沁梅看出来这是父亲上年纪的一个明显特征，自从大病后，他对天舒的情感又加深了不少，经常爱在饭余时分拉天舒陪他下棋、散步、聊天，天舒也总是好脾气地顺着老人的性子来，虽然工作忙，但是业余时间都给了老爷子，让他格外满意。

沁梅看到父亲的另一个"上年纪"的特征就是怀旧，总爱和他们说起过去的事情，直到有一天，他郑重地向女儿、女婿提到了自己想择机回老家探亲的事情。

沁梅知道，少年从军离开家乡后，五十多年过去，他从来未曾再踏上过故土。解放后，家乡的父老乡亲曾多次来信，请父亲能荣归故里，去看看家乡的变化和新景象，父亲都是笑笑不语，回信婉言拒绝了。

沁梅从母亲沈琬那里得知一些旧事，有关父亲的两个兄弟死于非命的事情。他在老家已经没有亲属了，原先沈琬回乡扫墓，总会将家乡的一些情况写信告诉他，但是他却从来没有流露出自己返乡的心愿。

江银舟，江铁舟……沁梅暗暗念叨着自己两个叔叔的名讳，心里猜测着：难道这会是父亲解放后一直不回故乡的原因吗？

沁梅记得还是在六十年代末期，有一年春节，她回金城休假，恰逢父亲接到他家乡政府的来信，邀请他回乡省亲。沁梅注意到父亲将来信仔细看了几遍，就锁进了书房的抽屉中。那次，沁梅没憋住，就直接问过父亲："您到底有什么心结啊？为啥总不愿意回自己老家看看呀？"

父亲没有正面回答她的问题，只是淡淡地说："再等等吧。"

她就对父亲开了玩笑："不会是您在家乡有什么积怨？还是……有什么放不下的人和事？你在那边有仇人吗？"

"瞧这丫头说话，有多没水平？"父亲听了女儿的话，不以为然地撇嘴笑了，"既然是家乡的人，就是亲人！哪里来的仇？哪里来的怨？"

"那您为啥总不回老家看看？"

"再等等吧，会有机会的……总有一天会回去的！哪有永不归乡的游子呢？"父亲的眼光深远却并不迷茫。

如今，一晃又是几十年过去，父亲如今已经是七十六岁高龄的人了，却突然提出想回老家看看。不能不让女儿觉得奇怪，她望着父亲，微微点头又微微摇头。

"爸，其实您早就该回老家看看了，我在湖南生活工作了几十年，对家乡的山水，比您这个土生土长的伢子都要熟悉了！"

"傻丫头，你本来就是我们湘妹子！"

"可是爸，您如今年龄大了，身体也不是很好，得有得力之人陪您去才行！最好是我和宁松，此乃天经地义的呀！可惜宁松最近出国了不在北京，不然我和天舒陪您去吧？"

父亲听了直摇手："天舒还在工作，别耽误他。再等一阵吧，等到合适的时候，我带几个想带的人去！"

"想带的人，是谁呢？合适的时候，又是什么时候？"女儿有点困惑。却看到对面的老父亲露出神秘的笑容来。

"到时候你就知道了。如果梅儿你想去，我也可以把你捎带上。"

"什么什么？把我……捎带上？"沁梅不满地嚷起来，"爸您没搞错吧？亲生闺女倒要捎带上，那您真心想带的人，我可倒要好好关注一下了……哼！"

"没出息的丫头，尽爱吃些没名堂的干醋！这都多大年纪的人了，一辈子都改不了啦……"父亲哂笑着剜了女儿一眼，拄起拐杖站起身来。

"唉，话没说完呢，您又上哪去？"

"我去操场边转转，顺便等天舒，我们爷俩约好去那边小池塘……"父亲边说边开门出去了。

第四十二章　冤家归来

江静舟完全被他逗乐了，点着头笑道："是是是，你最应该欣赏他，因为他在你那里卧底卧得实在是好啊！'卧'走了你的情报，还'卧'来你这番绝对信任！胡文轩，你悔不悔啊？""你管得着吗？我愿意让他在我这里卧底，他卧底也比你卧底强，起码卧成了我的女婿！"胡文轩也不甘示弱。

这个不平静的夏日，还发生了一件不平凡的事情，就是胡文轩回来了。

假期即将结束，最后离家的江潮和海心也准备好了回程的行装。沁梅接到萧海的电话，南京雨花台准备搞一项祭奠烈士的活动，他和天舒沁梅夫妇都被邀请参加。沁梅曾经将那块玉观音捐赠了那里，所以她也和天舒一起如约去往了南京。

金城干休所这里，却突然接到一个特殊的故人——胡文轩回大陆，特意前来金城和养女、老友相会的消息。

这个电话来自湖南的许若飞。胡文轩根据寻找沁梅的线索，找到了湖南她的老单位，通过许若飞得到了江静舟父女的讯息。他特意提到了自己是来还愿的，迫切想见到义女沁梅，并且在暮年和往昔的义兄弟江静舟重逢话旧。

这个消息一石激起千层浪，在江家掀起不小的波澜。

有关胡文轩和江静舟的恩恩怨怨，和沁梅的父女情缘，是江家后人们暗中议论过的话题，尤其是江岭几个兄妹们，常常把这个话题当作家族秘史来讨论争议。如今，那个远在台湾，神秘莫测的老人，自己爷爷的老对手，就要出现在面前，每个人心中都激动好奇、兴奋莫名！关键还有一个重大问题呢？一个天大的秘密和……结局？

江潮和海心忙推迟了两天归期，决定要参加这个让他们看来是"历史性会面"的聚会。但是看着自己爷爷倒是一副平和宁静的样子，两个年轻孙辈又觉得非常奇怪。

　　"有啥可奇怪的？"顾倾城笑着对他们道，"都这把年纪了，见面就见面呗！就是两个生死冤家，也都是老人啦，难道还会有劲打架不成？你们是不了解你们爷爷呀，他的心胸宽着呢！"

　　江潮点头不语。海心却犹豫地看着姑婆："不是啊，姑婆，是……阿莲奶奶的事啊！从台湾来？那阿莲奶奶会一起来吗？"

　　"是啊……这个问题……"这个纠结的话题让顾倾城也困惑忧虑起来，"别的倒还罢了！我只怕这么些年毫无音讯了，万一……你们爷爷的年龄大了，身子骨又不大牢靠，能经受得住吗？"

　　貌似平静的江静舟，其实心中也是波澜阵阵。

　　一晃近四十年过去，那个人音讯全无，自己也曾多方打听，却并未有片言只字的消息从海峡那边传来。难道她……

　　江静舟无数次纠结痛苦，但是却又不能与他人言说。如今，突然传来胡文轩来大陆的消息，一切，也许会有个结局了吧。

　　他不知道自己会等来什么结果，但是却早已做好了充分的心理准备。海峡两岸冰封解除已有几年了，如果她还活着，按照她的性格，她对自己组织的忠诚，她对自己的深爱，那么即使只剩下一口气，她也会毅然回到这边来的！可是如今，传来的只是胡文轩孤身一人，带着孙女回大陆省亲的消息，这信息里并没有包含着她的半点音讯。念及此处，江静舟的心底凄凉一片。

　　顾倾城敏感地发现，江静舟暗暗吃心脏病药的举动频繁起来，就越发悄悄注意着他的健康情况。

　　见面依旧是在金城宾馆。胡文轩带着孙女胡小莲，见到了江静舟、顾倾城和两个孙辈样的年轻人。

　　四十年未见，斗转星移，人世沧桑，尘满面，鬓如霜。大家都是凝神相看片刻，才各自发出感叹。

　　胡文轩仔细观察了一番江静舟，微微点头，不等他介绍身边的孙辈们，就笑道："老三啊，你倒是宝刀不老，还是这样精神！只是……我这可是来到你的地界儿了啊，你至于这样前呼后拥的吗？两个年轻人，是给你保驾护航的吗？还是特意向我示威来的？"他耸耸肩膀，做个不屑状。

江静舟也细细上下打量胡文轩："嗯，不错，你的身板也够硬朗呢！但是，文轩二哥啊，我才是要纳闷了，你的头发都这样白了，思想境界为啥总不进步呢？一把年纪的人啦，当着这些晚辈的面，还是嘴上不饶人？"

他回身笑看顾倾城等人，又重新望向胡文轩，揶揄道："是谁，昨儿个在电话中告诉我，要见这个，要见那个的？咱们好歹兄弟过一场吧，四十多年没见了，昨天在电话中，你两句话没说完，就嚷着要见沁梅的孩子！好吧，如今我满足你的要求，把人带来了，你的怪话又冒出来了？嘁！"

"哦？沁梅的孩子？在哪里？快！快让我看看！"胡文轩激动起来，他不再计较江静舟的嘲弄口气，忙看向和江静舟同来的两个年轻人。

江静舟把江潮推到他面前，男孩礼貌地问候了眼前激动万分的长辈。

"哦？这个是……我的阿梅的儿子？竟然这样大了！这是真的吗？"他喃喃自语着，"这老天不公啊，我千里迢迢回来这么一次，阿梅竟然不在金城？阿梅的儿子？唉，见到了，聊胜于无啊！"

他激动得有些语无伦次。拉住男孩的手上下打量着，总像看不够的神情。

"什么真的？假的？谁还骗你不成？这是最小的一个，沁梅的儿子！还有三个，都比他更大些。"江静舟边笑边解释着。

"啊？我的阿梅有四个娃娃了？哈，好啊，好啊，绿叶成荫子满枝，好得很！"胡文轩哈哈大笑，拉住江潮坐到自己身边。他这么走了几步，江静舟等人才看出，他的腿脚似乎不太灵便，一只手拄着拐杖，强撑着身子，跟在他身边的孙女一直体贴地搀扶着他。

"你的腿……怎么了？"江静舟关切地问道。

胡文轩摆摆手："你先别管这个，我和我外孙说话呢。"他对江静舟挥挥手，不再理他，只是拉住江潮问些闲话，无非是多大了，在哪里读书等。

江静舟抿着嘴微笑，也不打扰他，让他过足祖父瘾再说。

胡文轩双手扶住江潮的臂膀，看了又看："小伙子真帅呀，像妈妈，真像！"

江静舟嗤地一笑："谁都说这孩子长得像他父亲，就你看出像沁梅来？"

胡文轩白他一眼："谁也没有我有发言权！阿梅是跟我眼前长大的，不是吗？"

江潮被他看得不好意思起来，笑着对他道："胡爷爷，其实很多人都说我像爸又像妈的，您和我爷爷都没说错。"

"你叫我什么？"胡文轩盯着问了句，又转头看江静舟，"是你吩咐他这样叫我的吗？哼！江老三呀，你永远停不下来和我作对较劲呐？"

江静舟觉得好笑："我吩咐他这样叫你？哼，你这才是用小人之心来度量别家呢！何况，孩子这样称呼你也没错呀？那你想让他叫你什么？"

"当然是叫外公！必需的！"胡文轩很认真。

江潮笑着看了眼江静舟，江静舟对他无奈笑笑，微微点头。江潮也抿嘴笑了，轻声叫了句："外公！"

"这还差不多！"胡文轩很满意，他指指江静舟，"孩子，你要是觉得和你这个外公不好区分，就可以这样称呼，叫他致远外公，叫我文轩外公，总之，两个都是外公，这才公平！"

江潮扭脸笑了，看到胡文轩不解地望向他，只好回头解释道："其实……倒不用这样刻意区分的……我一直叫我外公为——爷爷的！从小就这样，我，哥哥，姐姐，都是这样叫的……"

顾倾城等人都憋不住笑了，江静舟强忍住笑，认真看胡文轩的反应。

胡文轩听了这话，是无奈尴尬的样子，讪讪地对着江静舟道："哼！你又占便宜了！江致远，你总爱占这样的便宜！"

江静舟摇头："你这话好奇怪？我占啥便宜了？我亲生的女儿，你抢过去养着，爸爸爸爸地叫了你几年！如今老了老了，你老天拔地的，天远地远的又跑回来抢外孙子！你也好意思？倒说我占便宜了？简直是胡搅蛮缠，倒打一耙！"

"你的亲生女儿？那当年你为什么不承认？还表叔呢？在我面前演了多少年的戏呀？你还好意思说？"胡文轩很是不忿。

江静舟也有理："哦？当年我老实承认？然后坐等你把我父女绑去杀头？"

"谁让你潜到我们这边待着啦？我忍心没抓到你这个卧底分子，就算便宜了你呢！"胡文轩想起往事就忍不住和江静舟斗嘴。

"你倒是有本事抓呀？还忍心没抓？哼，你就可劲儿吹吧！跟踪监视了我几十年，也抓不住我的把柄，你能奈我何？"江静舟怎能示弱，这可是大原则问题呢。

"江致远，你？！"

"好了！好了！"顾倾城忙上前打圆场，"斗了大半辈子了，你们真是不怕累呀？这把年纪了，好容易聚一次面，大家都消停吧！"

她上前招呼胡文轩："您好啊？"她不知道如今该如何称呼他？叫长官、站长都不合适，就有点踟蹰，只好含糊了事。

"哦，倾城啊，咱们也多少年没见过了？"胡文轩很感慨，他倒是无心，随口按照往日的称呼叫她，却突然意识到什么，就看了一眼江静舟，迟疑着问道："如今……该怎样称呼我们这位顾女士了？是江太太，还是？"

江静舟还未回答，顾倾城已经笑着回敬过去："叫女士就很对啊！我如今还是沁梅的姑姑！"

胡文轩意识到什么，却无法相信，才刚相见，也无暇辨明真伪，只好打了个哈哈："那好吧，我还是叫你倾城吧，这样更亲切些！"

"好好好，您随意就好，都是这一把年纪的人啦！"顾倾城倒也回答得豁达从容。

胡文轩却更进了一步，笑着对往昔自己的部下道："以前的事情都是过眼云烟，不足挂齿。从你亲哥哥方城那里论，你如今叫我一声胡大哥，也不为过吧？"

顾倾城沉吟片刻，默默点头。江静舟忙搭讪着介绍了小孙女海心，胡文轩招呼了女孩，才避过一场略微尴尬的局面。

胡文轩也向他们介绍了自己带来的孙女，却让刚才那股子别扭尴尬劲儿又游荡回来："致远啊，你展示完你的孙儿们了，轮到我展示我的宝贝了！这个是我的外孙女，不，也算是我的亲孙女，她现在跟着我姓，叫胡小莲！是……莲花的莲！"

"莲花的莲……"江静舟微微点头，望向胡文轩，却看到对方也正紧紧盯着自己，两人眼光对视了半晌，却又各自游走开去，一个关键的话题却谁都没有提起。

胡文轩率先收回了目光，略带伤感地挥挥手："我这次来，还会住一阵子，有些话题，有些公案，咱们弟兄两人将来单独掰扯！"

江静舟也默默点头，第一次顺从地表现出和眼前这位当年的义兄的合作之意。

大家边吃着饭边聊天，其中两个年龄相当的女孩，海心和小莲，很快就成了好友。

年轻人嘻嘻哈哈地说着，这边三个老人也从常见的健康话题说起。

"胡……大哥，您的腿怎么了？"顾倾城看着胡文轩因为腿脚不灵便，显得有些衰老的样子，忙问道。

"前年中风，就落下毛病了！"胡文轩叹道。

"中风？你？"江静舟指着他哑然失笑，又摇摇头。

"老三你看你，这辈子都快过去了，你就改不了和我作对、幸灾乐祸的毛病吗？听到说我中风，你至于这样高兴吗？都是儿孙满堂的人了，一点不厚道！"胡文轩直摇头。

江静舟更是笑个不停："你才不厚道呢！你这辈子就改不了恶意揣测别人的毛病！我的意思是，你怎么和我得上一样的病啊？咱们这下倒真的可以算得上是难兄难弟了！"

胡文轩诧异看他："你难道也？"

顾倾城点头道："他也是前年得了一场中风的大病症呢，幸而恢复得还好！"

胡文轩喟叹："如此说来，咱们倒真是同病相怜了，难得呀！一辈子别扭，这次咱们却是步调一致了！"胡文轩自嘲一笑。

他又看着两人："你们刚才说，彼此是兄妹，那么，致远，你的夫人呢？"

江静舟笑看他："你呢？除了孙女儿，你怎么也是孤身一人？"

胡文轩看着他笑："你又和我较劲！"

江静舟一笑："你才是明知故问！"

顾倾城看到两个往日的宿敌，如今又都是老还童的模样，忍不住笑着摇头，她连忙把话题说到沁梅身上，这才让两个父亲的语气都变得温馨慈爱起来。

"真不巧啊，胡大哥，沁梅两口去南京了，不过我也给她去过电话了，她说会尽早赶回来的！"

"好好好，难为你体贴若此，倾城！唉，阿梅听了我回来，还能不马上急着回来？我的丫头我当然知道的，最心善孝顺了！"胡文轩说得自信满满，又温情满满，江静舟听了很感动，就诚意劝道："你能多住些日子就多住吧，也让沁梅好好陪陪你，她如今也退休了，有的是时间！"

"那是当然！而且我也说过的，以后会经常回来的！以后见面时候多着呢！阿梅也是我的女儿，我想她的时候，自然就回来了！现在环境也宽松了，我来去也方便呐。阿梅的身份可能不方便去台湾看我，那没关系啊，我回来看她就是！"

胡文轩说得兴起，又难免陷入一贯制地和对方逞强较劲的"泥坑"里："阿梅也是我的女儿呀，这是谁都改变不了的事实！你说是吧？致远？阿梅也是我的女儿吧？"

"是你的女儿就是你的女儿，又没人和你抢！你总叨叨啥呀？改天吧，改天你上我那里去，咱们好好聊聊！"江静舟肯定听着又不入耳了，所谓老小孩原理，他如今也是爱和人较劲的主儿。

顾倾城忙上前打岔，但是两位老人喝了几杯酒，就又杠上劲了。

"致远啊，你那点小心事我是心里门清呀！你刚才说要和我好好聊聊？其实啊……你哪里是想和我聊……你是想打听某人的下落吧？我告诉你，我得真正考查你一番哩！看看是否能让你有资格相见某人呢？"

"我说文轩二哥啊，你凭什么考察我呀？你还当自己是保密局头子呢？动不动调查审查别人？多老的家伙了？还不放松？你还自以为自己是别人的保护神吗？真不自量力！"

"嗨，算你说对了！我就是某人的保护神！我就是要看看你还有没有条件见某人！你如今是什么身份？是否还够资格？我就是要为某人好好考验考察你一番呢！江致远，我可告诉你，这海枯石烂、地老天荒，可不是嘴皮上说说的！我就不相信你江老三是那样的痴情种子！我一向认为，你就是一肚子花花肠子，总让人捉摸不透啊！"

"胡文轩你阴暗不阴暗呀？我花花肠子？你一辈子栽赃陷害我你不累呀？你还考验我？凭什么呀？我都懒得反驳你！"

"江致远你别嘴硬，等拿到确凿证据，我再说对你的评价呢！"

"好吧，我等着，看你玩出啥花样来？"

"江老三你不等着又能咋样呢？别觉得你如今是个啥司令的了不起了？爱情问题上，这个不好使！忠贞不渝才是硬道理！除此之外，我不认任何说辞！我要事实，用事实来说话才算数！"

"胡老二你就别扭吧！你随便审，随便查！我江静舟还怕你了不成！"

"老三你别嘴硬，咱们看结果吧！"

两人一贯制的斗嘴让顾倾城摇头不止，简直插不进去话，几个年轻人也是听得云里雾里的。

第二天傍晚沁梅夫妇赶了回来，义父女四十年没见，又是一番泪雨滂沱。江静舟约胡文轩祖孙俩到家中做客，顾倾城烧了一大桌好菜，又摆了红酒、白酒。

胡文轩拉住沁梅坐在自己身边，又招呼天舒坐到自己另一面。他故意看看江静舟试探问道："你可别吃味哈，闺女和我分别得忒久了，我们自然要好好亲热一下！"

江静舟不在意地笑笑，又挥挥手。

酒过三巡，大家的话题就随意多了。胡文轩原本不善饮酒，喝了几杯，已经是半醺的状态，看着沁梅不住地叹气，又提到了往事上面："唉，你这丫头，没良心！当年一声不吭就跑了，连声招呼都不打？十多年的父女情一点都不顾吗？"

沁梅还未回答，他身边的孙女小莲就噘嘴埋怨道："爷爷，您这句话今儿晚上都说了八百遍了？有劲没劲呀？人家沁梅姨妈没听烦我都烦了！几百年前的事儿了，您总说不累呀？"

大家都笑了。顾倾城忍不住逗他："胡大哥呀，你看你唠叨了不是？连小孙女都不耐烦了呢！哦，当年那种身份，那种情形，沁梅要是和你言语一声，你能放她走吗？"

胡文轩很是较真的模样："她是我闺女呀，我能害她吗？喊喊喊！你们这帮人呀，是以小人心度君子之腹！"

沁梅和天舒闻言都相顾笑了。

顾倾城也很较真："那不好说，你当年在宽城可是把我们沁梅下过大狱的！你难道忘了吗？"

胡文轩一梗脖："那我伤害了她吗？最后还不是把她放了？"

"那是你放的吗？别看我当年已经离开宽城了，后面的事情我可是都听说了的！明明是人家天舒定了妙计救出她来的好不啦？"顾倾城笑着撇嘴。

"妙计？哈，不错！"胡文轩终于有机会对着天舒夸张地瞪眼叫起来，"我就一直想不通呀，怎么你也竟然是……？好嘛，对我使花招，救了阿梅，还打了我一枪！"

他摸摸脖子，对天舒摇头："你小子不仗义，竟然敢背后打我的黑枪！算来算去的，阿梅是我的女儿，你是我的女婿啊？女婿打老丈人的黑枪，不地道！不仁义！"

虽然是开玩笑的语气，这番话还是让天舒红了脸，他不好意思地咧咧嘴，也摸摸自己的脖颈，咬着嘴唇忍住笑。

沁梅对养父噘嘴了："什么呀？爸，您应该感谢天舒才对呢！倒说起怪话来？"

"哦？为什么呀？闺女说来听听？"

"您想想吧，当年的情形——那样的危城，那样的危局，您的脾气……又是那样一根筋的，非拼个鱼死网破的才罢手！要不是天舒定下这一箭三雕的计策，既救了我，又保全了您；让您有机会提前离开那个残酷的角斗场，乘坐他四哥专门派来接他的飞机离开宽城；又让您和我爸的恩怨早日完结，不至于结上那么个此生不可解开的死疙瘩！"

她看看自己的父亲，又回望养父："如果您和我爸拼下去，谁死谁伤的，还能有今天这场大欢聚吗？你们还会有兄弟一笑泯恩仇的机会吗？您好好想想，是不是应该感谢我们家天舒才对？"

胡文轩一想，不由得大乐："闺女解读得不错！那我看倒用不着感谢天舒了，我应该感谢你才对，没有我女儿这棵梧桐树，如何招得来天舒这只凤凰鸟？"

他说着直看江静舟："还是我闺女说话中听，比你强多了！你是一辈子和我较劲，闺女是暗中总向着我，这点我清楚！估计老三这会儿你心里又该不舒服了吧？"

"我有什么不舒服？"江静舟不以为然地摇头。

"闺女和我更亲呀！虽然四十年不见了，但是我的闺女，还是我的闺女！这点毋庸置疑！"

"瞎显摆什么？"江静舟也喝了点酒，不由得又和自己的义兄逗起嘴来，"不无聊啊？"

这句话就像是踩到了电门上一般，顿时火花四射，这两个老同学、老对手又一贯制的锵锵上了。

"谁瞎显摆了？是你一贯制地和我抢，什么都要和我抢！"

"我和你抢什么了？"

"你什么都和我抢！前半生和我抢女人，后半生和我抢闺女！"

"胡文轩你说话屈心不屈心啊？明明是你……"

"江致远我招你惹你了？你总和我作对！女人我没抢得过你，如今女儿我不能放手！"胡文轩借酒耍起威风，抓了沁梅的手，又看天舒："对了，天舒！天舒也是我女婿！你抢我一个人，我抢你两个！女儿、女婿都归我！"

"胡文轩你多大了？七十六了，还是六七岁呢？尽说小孩子话！闺女和女婿是物件啊，还能由着你抢？还归你？真好笑！何况，你还好意思提到天舒？"

"我为什么不好意思啊？天舒一直是我最欣赏的人，一直就是！"

江静舟完全被他逗乐了，点着头笑道："是是是，你最应该欣赏他，因为他在你那里卧底卧得实在是好啊！'卧'走了你的情报，还'卧'来你这番绝对信任！胡文轩，你悔不悔啊？"

"你管得着吗？我愿意让他在我这里卧底，他卧底也比你卧底强，起码卧成了我的女婿！"胡文轩不甘示弱。

"嘁！胡老二呐胡老二，你真是一辈子不改爱说大话的毛病啊！还'愿意让他在我这里卧底'？你这分明是自己给自己的嘴过年呢，真好意思说？还脸皮厚得可以，公然和别人抢起女儿女婿来！"

"那我不管！江致远我告诉你，阿梅就是我亲闺女，就是我亲闺女！永远的！必需的！"

"是你闺女就是你闺女，你总在这儿喊叫个什么劲儿啊？再说了，要真是亲闺女，用得着抢，用得着这样声嘶力竭地叫唤吗？"

"江致远你？嘴也太毒了吧？真可恶！你伶牙俐齿地欺负我一辈子了，如今到老了还不口软……"

两个老兄弟唇枪舌剑紧锣密鼓地进行着，顾倾城和沁梅是习惯了，干脆抱着胳膊欣赏起来。天舒想劝，却总插不上嘴，就不停地暗示自己的儿子江潮，让他上前劝阻两位爷爷。

江潮和海心正听得好玩，就对父亲撇嘴笑："这阵势，严丝合缝的，针插不进，水泼不进，所谓高手对决，不过如此吧？"

"浑小子，没大没小！"天舒对着儿子瞪瞪眼。一旁一直文静地坐着的胡小莲冷不丁地开口了："不用劝，出不了大事！爷爷们能碰在一起磨磨牙，也比较好玩！"

海心就笑看她："你爷爷在台湾也和人这般磨牙吗？"

"才不会。"女孩摇头，"所以我才会说，这个不是坏事。起码不能得老年痴呆不是？"

这话惊着了顾倾城和沁梅。顾倾城对沁梅笑道："这丫头伶牙俐齿的，好似你当年的风范呢？"

沁梅笑着拉起小莲的手，细细打量女孩，随意地问道："你爷爷在那边遇不到这样说话的对象是吧？"

女孩文静地摇摇头，眼中闪过一丝凄然之色，和她如花的年纪不太相称："我爷爷在我们那边就没有多少朋友，平日里几乎不说话。除了……除了……经常和一个罐子说话。"

"你爷爷和一个罐子说话？好奇怪！为什么呀？"海心听了她的话很好奇，

忙问道，不自知地提高了声音。

正好老弟兄俩的舌战告一段落，海心的话传到胡文轩耳里，他脸上肌肉抽动了一下，忙大声对自己孙女道："哎哟，莲儿，爷爷醉了，快扶爷爷去盥洗间擦把脸清醒一下。"

沁梅忙站起身来，天舒也在他身边搀他起身。胡文轩看到女儿两口的情形，心下大暖，就忙改了口："好了，不用莲儿了，如今我要得济我闺女、女婿咯……"他摇摇晃晃地被人搀走了。

第四十三章　明察暗访

> 胡文轩一人坐在冷清的房间里黯然伤神。他呆呆地望着不远处的壁柜，嘴里喃喃自语着："阿莲，你说我该让你见那人吗？四十年过去了，物是人非，一切一定都与昨天不同了！他，还是当年你心中的他吗？"

大家又随意说笑了一阵，毕竟两个老人年事已高，不能让他们继续畅饮下去，就决定散了。沁梅夫妇和江潮、海心兄妹送胡文轩回宾馆，告别的时候，海心和小莲难舍难分，约着明天一起出游，海心要带小莲逛遍金城著名风景区。

沁梅想陪着胡文轩也在周边转转，被他拒绝了。他说明自己在金城还有一个重要的事情要办，想单独走走。沁梅无法勉强他，只好依了。只是商定好晚上陪他吃饭。

胡文轩决定明天就开始自己的调查计划，他要在江静舟的周边明察暗访，看看他的婚姻状况到底如何？他和顾倾城的关系又是怎样一副真相？

江静舟当然不知道他这个计划。沁梅他们送胡文轩爷孙回宾馆走后，江静舟默默走到书房里，又拿出那本日记本翻开看着，半片莲花做的书签静静地躺在那里。顾倾城感觉到江静舟内心的沉重，她等他平静地待了一会，就进去劝他安歇。扶他上楼时，她注意到了他沉重的步履，心中自是担心。为他量过了血压，安顿他躺下，沁梅他们回来了。

她对沁梅说了她父亲的状态，沁梅也很担心，就和天舒没有回家，留在干休所住了一晚。

不提这边江静舟是心情郁闷，在宾馆里的胡文轩也是心潮暗涌。

当小莲回房睡觉后，胡文轩一人坐在冷清的房间里黯然伤神。他呆呆地望着不远处的壁柜，嘴里喃喃自语着："阿莲，你说我该让你见那人吗？四十年过去了，物是人非，一切一定都与昨天不同了！他，还是当年你心中的他吗？"

他自语着，不由得走到书桌前，从抽屉里拿出那天住进来时，小心翼翼放进去的一本《圣经》，翻开扉页，一张书签显露在他面前——那是用已经变成深褐色的半朵莲花制成。

胡文轩的眼神变得迷离起来，他的思绪再次飞扬，回到那往昔岁月，尤其是那一幕他永生难忘的时刻……

20 世纪 50 年代初的台北监狱中。

身陷囹圄的虞水蓉和胡文轩诀别。明天，虞水蓉就要走上刑场——台北的六月，阳光灿烂的马场町刑场，正当年华的心上人，毕生心爱的女人！想到这残酷的一切，胡文轩已经忍不住涕泪交流。

虞水蓉脸上挂着一如既往的温润宁静的微笑。如今，在这殒命的前夜，胡文轩第一次发现，她的笑容里，竟然充满对自己的温柔和怜惜！

——阿莲，你终究是爱我的，不是吗？

胡文轩在心底流泪大声喊，却张了张嘴，没发出一丝声音。

她似乎理解了他的心思，微微苦笑道："你现在知道了，我为什么执意不愿意和你结婚，甚至不愿意搬到你的官邸去住？只因为，我不想牵连你太多！可是，很遗憾，终究还是要连累到你了！文轩，听我说，我知道你对我的一片痴情，但是我不可能回报你什么，以前不会，现在不会，即使我明天不死，将来也不会！"

女人的倔强让胡文轩再次无语，原本如今的他，心痛至神思不清阶段，亦无语相答。

他听她娓娓讲述着："爱情原本不是靠施舍和将就就能获得圆满和幸福，何况你我阵营不同，道不同不相为谋！文轩，你如今明白了我的身份，当明白我深爱的人是谁？其实，你一直是明白的，就是不愿面对现实罢了！原谅我，我是利用了你对我的感情，完成了我的潜伏任务，但是我也是用了最大的努力，能尽量少牵连你一些！如今已然到了最后的时刻，人之将死，其言也善，我想最后拜托你三件事情。"

"不，阿莲！"胡文轩在心底狂喊了一声，接着暗自窃窃私语，"即使你是那边的人，是我的对手，你也是我毕生最爱的女人！在这个世界上，只有对你——虞水蓉——我最亲爱的阿莲，我可以无怨无悔地做到——宁人负我，我不负人！我愿意为你做任何事情，可是，别让我答应做帮助你和……那个人完成圆满爱情的任何事情！我没有那样大气，我不会答应你的要求，尽管这也许是你的遗言！"胡文轩这样在心里对自己咬着牙，发着狠，可是对着女人说出的，竟然仍是一贯制的极不争气的那句——"阿莲，你说吧……我答应你！"

虞水蓉望着胡文轩，泪水流了下来："第一，好好对待碧云！她虽然是我收养的一个孤女，但是就是我在这里的至亲亲人。这两年相处下来，也等于是你的一个亲人了。我走后，请你善待她，好好替我抚养这个身世凄凉的孤女吧！"

胡文轩低首叹息："这个不消你嘱咐啊！我对碧云的感情，你还不清楚吗？如今……她就是我的亲闺女！"

虞水蓉含泪点头："可是，你还是注意掐断她和我的联系吧，不然她的身份终究会连累你！"

她努力调匀自己的呼吸，继续道："第二，文轩，请对你自己好一点，前提就是——忘了我！你才人到中年，去好好找一个好女人，成个家吧。你也该有个家了！我知道，你一心想和我……如今我就要死了，人死如灯灭，这个念想断了，你当死心了吧？听我的一句劝，去找个你喜欢的女人，好好成家过日子吧！你这大半生形单影只的，也太不容易了！"

胡文轩泪如泉涌，不能回答，他在心里再次狂喊着："不，阿莲！你还是不懂我！除了你，我胡文轩此生不会喜欢任何女人了！这是孽缘？还是宿命？"

毕竟时间不多了，虞水蓉怜惜地看着眼前这个痴情到疯狂状态的男人，忍心继续说道："还有你记住，我死以后，你千万不要去收尸！我这是你们所谓的匪谍案，是重案，万万沾惹不得！你自己的身份你应该清楚，你千万别去为我做什么身后事！人死了，一了百了，顾活人要紧！你要记着避嫌，这对你很重要！而且……我实在……不想再牵连你什么了！"她心中酸痛难忍，几乎说不下去。胡文轩一直垂首不语。

片刻，她强忍悲伤，继续道："我要说的第三点，也许……终究是梦想吧，可是我还是要说！文轩，我死后，因为上面我所说的原因，这身体一定是回不了家了！可是我的魂魄还是想回去，回到我的亲人身边去！你记着，在我的书桌抽屉里，有一个信封，里面放着一张书签，是半朵莲花瓣做成的书签，另外一半在他手里……是的，在江致远手中！文轩，如果将来有机会，我请你，把这件东西带回去，交给他——江致远，就等于我……莲莲，回家了，回到他身边了！"

听到此话，胡文轩抬起头来，带着奇怪的神色看着面前这个语气平静的女子："阿莲？你没搞错吧？你让我……带东西给江致远？用这种方式帮你回到他的身边？不！这不可能！你知道的，这不可能！阿莲，你别把我想得太无私了！这件事，我做不到，永远做不到！江致远，他是我一辈子的敌人！不是他，你怎么会沦落到今天的地步！我都要永远失去你了呀，阿莲！我……"他哭得说不下去了。

"听我说，文轩！你会做的，你一定会完成我这个心愿的，我知道！文轩，其实……我比你还了解你自己！你——会——的！"

虞水蓉含泪自信的微笑，和这最后一句话，就从此永远印刻在胡文轩的心底了。

回忆起近四十年前的往事，如今已是古稀之年的胡文轩，在这个西部宾馆的夜晚，仍然泪流满面。他痴痴地凝望着这半朵莲花书签，无语凝噎。

"阿莲啊，我终究是带你回来了，可是，我还是不想就这样轻易把你交还给那个男人！那个你至死念念不忘的男人，那个我终生的情敌、对手！不是我小心眼，这把年纪还难忘旧怨，是我对你的爱，让我要保护你到底，哪怕你……如今已变成了一抔灰！"

他慢慢擦去眼泪，内心一点点强硬起来，嘴里对逝者发誓般地说道："我要替你考察一下这个男人！如果他像咱们想象的那样，快四十年了，他对你的一片真情不变，能守身如玉至今，那自然没话讲，我会让你们团聚。可是如果他变心了呢？如果他又有了自己新的女人，身边有了自己的伴侣？唉，那你咋办呢？阿莲，别怕，也别担心，我都替你计划好了。我会带你回到我的老家，也是你幼年生长的地方，为你修一座墓。然后将来，我会回来，葬到你身边，陪你！阿莲，相信我，这是我对你能做的最后一件事了，我要替你负责，替你把关呐！"

他说得愈加郑重严肃起来："我要替你，这个守身如玉的女人……这一辈子的痴情，要一个说法！"

第二天，当海心如约来到宾馆找小莲去逛金城景点时，胡文轩也开始了他的神秘探访行动。

他换了身衣服，尽量掩盖住自己原本衣冠革履的"海外归侨"的形象，一身灰色老头衫，让他融身在这座城市来来往往的老年人行列。他又捂上了一个口罩，虽然是暑天，这样的装束有点搞笑，但是谁能猜测这个白发苍苍的瘦高老头不是正处于"感冒发作期"呢？

这样的他，游荡在干休所大院里，东走走，西逛逛，操场边树荫下乘凉的老太太都没放过，但是他却一无所获。他很有点沮丧，这些人也太事不关己高高挂起了吧？问什么都一脸茫然。后来他发现自己问的几个老太太显然是年事已高，别说记忆力了，连思维都有问题。你问他江司令员家的事情，她竟然给你扯到杜副政委家里的亲戚……

胡文轩摇头。他突然觉出来自己的询问对象严重不对。该问问这里的几位中年人啊，她们应该思路清晰，而且这个年龄段的女人，按道理讲是极擅长家长里短的，这点规律放之四海而皆准。

但是我们先前聪颖狡黠、智商极高的胡站长毕竟老矣，这时隔多年重操"特务"职业之生涯注定不会一帆风顺。他没意识到这几个看似精明的中年女人们更是毫无情报价值。她们不能算这个干休所的主人，她们是这里各种离退休军官家庭里保姆，而且是更换频次最勤的那一类保姆。据小道消息透露，各个军队老干部休养所的保姆的平均更换频次几乎达到每家每户5至15人！这样的一个纪律松散，有今天没明天的群体，又能给我们胡鉴站长提供什么有价值的情报呢？

但是他这番怪异的打扮和神秘的行踪却引起了某些警惕性较高的人的关注，毕竟这是在军队干休所中，一个"军"字，就体现了"人民战争的汪洋大海"果然是不容人小觑的，很快他就被带到了保卫部门——一个神情怪异的老头，竟然在四处打听原先的江静舟司令员的情况，他是谁？想干什么？

胡文轩自己也有些沮丧，他暗笑自己也是老特工了，竟然会忘了这是在大陆，在一个军队大院中！自己的行为有多可笑荒唐？自己会被当作间谍抓起来吗？

就在这个微妙尴尬时分，一个故人的出现，为他解了围。

靳鹏出现在他面前。靳鹏原先在这个军区大院任保卫处处长，现在也已退休，今天是回老单位办事，恰好遇上这件事。

靳鹏问清楚了胡文轩打听的问题，不禁乐了，对保卫处的人说："幸亏他问的都是些家长里短的事儿，不然连我都没法作保了！好了，把这个怪老头交给我好了。你们放心吧，他是我的一个故人，也是江司令员的一个老朋友，他是在钻一个几十年的牛角尖呢！"

靳鹏将胡文轩带到自己家中，和他聊起了往事。有关胡文轩想问到的事情，靳鹏自然都能回答他。其实靳鹏原先也算胡文轩的部下，当年卧底到江静舟身边，也曾是胡文轩的计谋之一。如今这般相见，好在都是有年纪的人了，述说起前情来，也都心境平和，甚至带些幽默调侃之意。胡文轩却没心思和他竟顾扯闲篇扯下去，他很快问到主题上来。

"唉，胡站长……哦，对了，这个称呼如今再叫，是不是不合适呀？我该叫你胡先生才对？"靳鹏慢悠悠地理顺彼此的称呼后，才为他讲述起来。谈到了江静舟这么多年单身一人的情形，以及和顾倾城的兄妹情深，尤其重点描摹了江静舟中风卧床不起时，顾倾城以妹妹身份伺候在床前的感人情景。

"唉，你是不知道呀，我们司令员和顾医生这份纯洁高尚的兄妹情缘，在我们军区大院是出了名的！大家都是从不解到猜测，再到理解和钦佩！司令员他一直孤身一人坚持着，我原先一直跟在他身边，后来也经常去他那里探望，我也曾听许若飞、乔思扬这些他身边最亲近的人讲过他的情感问题。据说司令员以前有个恋人，也是我们的同志，不知为什么，几十年没有音讯了，司令员就一直这么等着，毫无希望，又满怀期待地等着，从黑发等到了白发，从一个英姿勃发的将军，等成了一个病弱枯瘦的老人……痴痴等了这么多年啊！太不容易了……"

胡文轩听得有些发怔，却看到靳鹏又在叹气："多少人明里暗里劝过他，也曾有形形色色的人给他牵线保媒做工作，但是他都不为所动啊！他是我的老首长了，看到他一直形单影只地生活在孤寂里，我们这些人好心痛！你说他怎么这么别扭呢？什么情分，能坚持四十年？什么样的女人，值得一等一辈子！是啊，一辈子，就这样过去了……"

胡文轩呆呆地听着，脸上的表情很木然，多年的职业素养让他可以保持这种面相的平静无波，但心里早已翻滚起浪潮。这样的信息让他感叹，更有些伤心和不平！凭什么呀？凭什么江致远你事事都这样占尽先机，让我抓不到把柄呢？这辈子，我注定要对你心悦诚服吗？

胡文轩默默不语，在心里和自己较着劲儿，靳鹏的话语在耳边模糊起来，他内心深处一个温柔却执拗的声音在回旋："听我说，文轩！你会做的，你一定会完成我这个心愿的，我知道！文轩，其实……我比你还了解你自己！你——会——的！"

"唉，一切都是劫数！一切都是命！"他轻声嘟囔着，为了压抑住心底不断回旋着的那个折磨了他近四十年的女人声音，他忍不住叫出了声："原来……他真的？唉，江致远，难道我又是错读了你？"

靳鹏不解地看着他："错读？什么意思？"

胡文轩摇手："你不懂，我也不懂，没有人会懂！"他长叹着，"是啊，爱情这个东西，谁能真正弄明白呢？能清楚说明白的，就不是爱情了！就像命运、缘分，都是如此，永远揣摩不透，也永远说不清，道不明，永远无法掌控，因此上，也是最玄妙和迷惑人的……"

靳鹏看着他，一脸疑惑。

就在胡文轩和靳鹏在议论纠结着江静舟的感情经历的时候，江海心和胡小莲也正并排坐在金城一个著名公园的白塔下，相互谈论着自己祖辈们的旷世情缘。

从小莲的嘴里，海心了解到她的身世，以及胡文轩、虞水蓉到台湾后的一些情况。

1949年春天，胡文轩奉命去台湾任职，虞水蓉以他的表亲和女友的身份随行。到台湾后，虞水蓉拒绝了胡文轩要求结婚的请求，并未住进他的官邸，而是自己应聘到一家小学教书，并住到了学校宿舍里。

后来，她收养了一位当地的孤女，这个父母双亡、无依无靠的女孩被她认为养女，依据自己的化名柳芊倩，为女孩改名柳碧云。母女相依为命，也算安顿下来。

虞水蓉真实的身份是共产党地下特工，这点是在她被捕后，身边人才知道的。

原来，虞水蓉受自己组织委派，到台湾潜伏，专门负责和早就卧底在国民党重要军事部门的两位将军的联络工作，曾将大量绝密军事情报，送往大陆，其中包括台湾以及舟山群岛等地的军事布防图等，为解放军即将解放台湾做准备。

不料50年代初，台湾白色恐怖猖獗，特务组织在岛内大肆搜捕共产党特工。1950年3月，中共台湾地下党总负责人被捕，旋即叛变，供出了包括虞水蓉在内的大量共产党特工人员。虞水蓉和她的上线同时被捕，成为当时轰动台湾的重要匪谍案。1950年6月，虞水蓉和她的三位战友——潜伏在国民党军队高层的三名军官一起就义于台北马场町刑场。

在虞水蓉牺牲前，曾经和胡文轩见过一面，她叮嘱胡文轩不必为自己收尸，以免牵连自身。又将碧云相托给他。

其实，从虞水蓉被捕后，胡文轩就遭受到上级的审查，虞水蓉牺牲后，他又执意提出报告，欲为她办理后事，惹怒当局，被剥夺军职，隔离审查，虞水蓉遗体火化后，因为胡文轩处于审查期不能领取，其骨灰去向不明。

后来，胡文轩将碧云改姓为胡，像当年抚养沁梅一样，作为自己的女儿养育着。碧云和他感情很深，在成家立业后生下女儿，为了报答胡文轩的养育情，孩子也随胡文轩姓，由他做主为女孩起名"小莲"，并改"外公"为"爷爷"呼之。

六十年代中期，碧云夫妇不幸遭遇车祸去世，五岁的小莲从此和胡文轩相依为命，爷孙感情更为深厚。

七十年代末期，台湾政治环境宽松起来，已经赋闲在家多年的胡文轩已经是六旬老人。他不顾身子孱弱多病，执意寻找虞水蓉的骨灰，却想尽办法，多方不得线索。

忧急烦闷情绪下，胡文轩不幸中风，在小莲的精心服侍下，用了一年多时间逐渐康复。他在小莲的陪伴下，继续到处打听寻找虞水蓉骨灰的下落，功夫不负有心人，最后终于将其找到，这次带回了这里。

"什么？你们这次真的带回来阿莲奶奶的骨灰了？"海心惊异地叫了起来。

"你也知道阿莲奶奶？"小莲很有点惊讶，她扬起秀气的小脸，望向海心。

海心叹口气，咬咬嘴唇，看着小莲探寻的目光，终于幽幽说出了自己知道的一个秘密："是啊，其实，这算是我爷爷给我独享的一个家族秘事吧。有关他，和他毕生爱恋、等待的一个奇女子的故事！这里面，还纠缠有你爷爷……"

因为自己尝试着想写一些家族人物故事，海心曾经和爸爸宁松、姑姑沁梅问起过一些往事，听他们讲到了一些情节。尤其是姑姑沁梅提到的有关爷爷毕生等待的红色恋人的故事，深深吸引了海心。

这件事在家族小辈们中像是一个神秘而浪漫的传闻，他们偶然偷偷谈起，却都不敢向父母们去求证，更不敢在爷爷面前提起，怕引起老人的伤感。

海心是个例外。在爷爷中风卧床那个时期，她暑期回到金城，有幸伺候在爷爷身边，爷孙俩亲密接触，建立了一份别人没有的默契和亲近。温柔而感性的海心让爷爷感到贴心，而且她过人的文学天赋，也让爷爷心生一个念头。

"唉，心儿啊，爷爷有时候在想，一些事情，是该讲给你听听了！我看到你在悄悄写一些家中长辈的往事旧闻？听你爸讲，你还总想写爷爷的故事？"

一个宁静的冬夜，江静舟和小孙女絮叨着："唉，孩子呀，其实你莫写爷爷，爷爷这辈子……不好写啊，枝枝蔓蔓的，事情多了，你个小丫头家，如何理得顺呢？何况……"

他抬起能动的左手，挥了挥："甭写了，没啥可写的！能活到这把年纪，儿孙满堂，享受太平日子，我还说什么呢？得了大济了，比起我的那些战友们，早逝的战友们，我已经是很幸运的人啦！"

海心握住爷爷的手，顺势为他按摩着肩膀。自从爷爷卧病在床，她们姐妹守候在爷爷床前时分，就爱做这个事情。听到此处的海心格外温柔体贴，她敏感地觉出爷爷似乎有什么贴心话要对自己讲。

女孩猜测得不错，江静舟果然对着明慧聪颖，又文学造诣不浅，且有心关注一些史实的小孙女提出了自己的一点建议。这个建议在他心中酝酿已久。

"我在想，心儿啊，你若有心，不妨写写她的故事吧？一个前辈，一个不该被遗忘的神奇女子，你也该叫她奶奶呢。你就叫她阿莲奶奶吧？这个名字在我心里搁了六十年了，大半个世纪都过去啦……今天，我想讲给你听。"

就在那个晚上，海心幸运地听到了爷爷亲口讲述了他和红色恋人——虞水蓉，那个昵称为"莲莲"的奇女子的故事，于是她神奇地走进了爷爷的内心世界。江静舟将那本紫色日记本拿给了海心看，里面夹着的那枚半朵莲花的书签让女孩很是惊异，背后隐藏着的动人故事不仅弄湿了女孩的脸，也打湿了她柔软的心。她忍不住伏身在爷爷怀里痛哭了一场，哭过以后，她觉得自己已经真正变身为爷爷情感上的"小棉袄"。

此刻，在小莲的面前，海心用简洁的语言讲述了祖辈的一段往事，却不料看到对方也说出了让她惊讶的一番话。

"海心姐，你说得没错，我爷爷也给我讲述了他和阿莲奶奶，还有你爷爷之间的事情！这里面很多细节，就这样对上了！"

两个女孩都有点兴奋，海心却蓦然想起一个令人纠结难过的情结来："可是……虽然有足够的心理准备，我爷爷也曾向我暗示过，他知道阿莲奶奶一定是不在人世了。但是，我总抱有一线希望！希望阿莲奶奶还活着，活在这人世间，只是她变老了……"

她说得伤感，泪水在眼眶里打着转，终于没忍住流了出来："谁曾想，如今你们竟然带来了……阿莲奶奶的骨灰！天！我的希望破灭了！哦，不，更应该说，是我爷爷的希望破灭了……我爷爷真可怜，这一等就是四十年啊！"

小莲陪着掉泪，同时也很激动："海心姐，你刚才提到你爷爷手里有半朵莲花的书签？我在我爷爷那里也看到一枚呀！"

"嗯嗯，那一定是我爷爷和阿莲奶奶重要的信物！"海心擦去眼泪，竟然露出一丝微笑，那笑容里面充满忧伤和自豪，"我爷爷是我此生最崇拜的人！他不仅是一名勇猛无敌的战将，是一位身经百战的红色特工，而且是一个最深情、最有爱的丈夫、哥哥、父亲、爷爷！今天，我又知道了，他还是一位最幸运的爱人！他拥有了这世界上最纯净、最隽永的爱情！我一定要把他和阿莲奶奶的故事记录下来，太浪漫，太唯美，太令人震撼了！"

"好呀，海心姐，别忘写好给我看看呀！"小莲真诚地说道。看看海心激动得略微发红的脸庞，她张张口，欲说什么，又咽了回去。

"嗯？小莲？你好像有什么话想说？"海心是敏感的。

小莲犹豫片刻，终究对上海心真诚鼓励的目光，就直言说出自己的一点想法来："海心姐，我能不能说，我爷爷也是天下最让我钦佩的人，他也好不容易，好可怜的？"

"唔……你爷爷……"海心略微沉吟，她不知道如何回应她，却看到对面的女孩已经上前拉起自己的手，"海心姐，我想给你讲讲我爷爷找寻阿莲奶奶骨灰的事情，听了这些，你再断定我说的话，对与不对吧？"

看到海心点头，女孩用轻柔的语调开始讲述。

"是的，我们大家都曾经听说的那个故人——阿莲奶奶，她究竟是怎样一位奇女子啊？让那样多的人，都忘不了她，为了她，做出一件件惊世骇俗的事情来！"

第四十四章　莲蕊生香

　　江静舟默默地看着往昔曾经生死与共的兄弟，也曾是一辈子纠缠格斗的对手，语气低缓，像是在自语，又像是怕惊动了手中的爱人的魂灵，说得轻柔宁静："文轩二哥，你说得不错！一切都随风吹雨打而去，但是如何让自己的灵魂有个安宁归宿，却是我们每个人都纠结的事情！于我而言，"他看看怀中的骨灰罐，眼中露出恋爱中的年轻人才会有的幸福表情，唇边挂上的，却是欣慰胜过悲凉的微笑，"在即将尘归尘，土归土的时刻，终于等到了自己的另一半，灵魂深处的那一半，此生已经了无遗憾！"

　　女孩的讲述轻柔而深沉。

　　"其实我明白，海心姐，你们都在感叹于静舟爷爷和阿莲奶奶的传奇恋情！而我爷爷，是一个局外人，是游离在这段绝美爱情中的一个不和谐的因素！但是我想问一句，爱情有错吗？哪怕是单向恋情？可悲复可叹的单向恋情？

　　"是的！我爷爷对阿莲奶奶的感情，就是这样一种令人唏嘘叹息的单向爱情！爷爷曾经在一次酒醉之后，给我断断续续讲述了这段往事，更是描述了他这一生的无望守候和期待！他爱过，这辈子他浓烈地爱过，爱得轰轰烈烈，荡气回肠！但是这只是他单方面的痴恋而已，阿莲奶奶，从来未曾给过他一丝半点的回应和……希望！

　　"海心姐，你能理解并同情这种恋情吗？没有任何希望，看不到任何前景的爱情？有人却还是义无反顾、飞蛾扑火般沦陷进去了。哪怕这辈子毫无指望，哪怕相恋的那个人，已然化为了一抔骨灰？

　　"你知道吗？毕竟在我们那里……阿莲奶奶是匪谍重案犯，她殒身后，这样的人身后事，还是一般人都不敢碰的敏感话题。爷爷他，也因此失去了很多，他的荣誉，他的工作，他的地位，但是他无怨无悔，从来没有说过一句抱怨的话！他一直很懊悔失去了为阿莲奶奶收尸的机会，然后就一门心思要找到她的骨灰，完成她最后的心愿！

"我可怜的爷爷，就这样打听啊，寻找啊……不知道吃了多少苦，忍受过几多白眼，才最后得到了阿莲奶奶骨灰的确信。那是在一个破败不堪的寺庙中，我陪着他老人家在一堆堆瓦砾、旧物中翻找，终于在一个破旧舍利塔里，看到了一些矮矮的、乱七八糟堆放在角落的一些旧瓦罐……爷爷趴到那些瓦罐上寻找，看到每个罐身上都标着一些数字符号，后来我才知道，那些瓦罐是一个个骨灰坛，上面的号码，是每个当年被处决的政治犯尸体火化时的编号。

"'啊，阿莲啊，我终于寻到你了，唉，这下好了！好了！'爷爷激动得一张老脸都在颤抖，他根据线索人提供的信息，终于找到了那个写着阿莲奶奶化成灰前用的一个编号的瓦罐！他推开我的搀扶，拖着不灵便的病腿，趴下身子，亲手抱起了骨灰罐，是那样的小心翼翼、充满怜惜的样子，仿佛抱着一件珍宝！哦，不，分明是抱着自己的爱人的神情！……"小莲边说边哭，完全说不下去了。

一旁的海心也是泪流满面，她用衣袖悄悄抹去了泪水，却将口袋里掏出来的一条干净手绢递给了小莲。

小莲接过手绢擦去了泪水，看着海心的神情格外认真和虔诚，"所以，海心姐，我要说，我崇拜我的爷爷，因为他在我心里，是一个重情重义的人！他是我见到的最懂得爱的人！"

海心轻轻点头，仿佛同意了她的说法。小莲赶忙又加上一句："我崇拜我的爷爷，就像你崇拜你的爷爷那样，他们都是重情的人，也都是最了不起的人！"

两个女孩互相凝视着，很长一段时间都没有说话。后来，在小莲的要求下，海心又充满感情地对她讲述了自己爷爷这些年来的生活经历——和顾倾城姑婆的手足情分，和沈琬奶奶的难忘亲情，最后的一声喟叹道出了眼下两人的心声："那个时代的人，怎么都这样令人感怀呀……"

傍晚回到宾馆的小莲将自己今天和海心相处的情形，原原本本告诉了自己的爷爷，胡文轩沉默不语。良久，他长叹一声，对孙女道："好吧，莲儿，我们终于把你阿莲奶奶送回家了，她要见到她的亲人们了！"

终于到了那令人心碎的一刻。

金城宾馆的房间里，胡文轩颤抖着手，从壁柜里，将一个青花瓷图案的陶瓷罐捧了出来，又取出一枚旧信封，放到骨灰罐上。

　　他将自己的脸久久贴在上面；老泪纵横："阿莲，我带你回家了！交给……你爱的人，他，还是你爱他的时候的……那个爱人，没有走样，没有负心！阿莲，你放心跟他去吧，我都替你把过关了，他值得你…… 相信一场，也值得你……永远委身于他！"

　　屋里一片抽泣声。陪着江静舟前来的沁梅、天舒、倾城和几个孙儿们都已是泪流满面，只有江静舟没有掉泪，他定定望着胡文轩手中的骨灰罐，深情地凝视着，那痴情的目光让所有在场的人心碎神伤。

　　沁梅上前，摸着养父手中的骨灰罐，喃喃呼唤着："干妈……"她拿过那枚旧信封，轻轻打开，一张已经发黄的书签飘落在人们面前。半朵莲瓣已经枯萎发暗，但是形状还是依稀可辨。

　　江潮和海心流着泪，一边一个紧紧地搂住爷爷的肩膀，像是要把自己年轻的力量传递给孱弱的老人。天舒上前，接过胡文轩手里的骨灰罐，捧递到岳父怀中；沁梅擦着眼泪，将书签放回到信封里，又将信封递到父亲的手边。

　　江静舟微颤着手，将信封放到骨灰罐上，将这两样物件狠狠搂在自己怀里，一言不发，只是那样紧紧搂着，仿佛从这两件东西上面，能感受到爱人的体温和味道，那股永生难忘的轻柔熟悉的味道……

　　周围人都用担心、关切的目光盯着他，看到他嘴唇抖了几次，仿佛想说什么，但是低头看看怀中的"爱人"，却终究未曾说出。

　　沁梅上前拥住父亲的身子，在他耳边低语着："爸，我们都在您身边，您要是想说什么，别憋着；您要是想流泪，也别顾忌什么。这里都是您的亲人！就连我养父，他这把年纪了，又千里迢迢把我干妈送回家，也算咱们的亲人了吧……"她说得自己泪流不止。

　　这番话将沉思冥想中的江静舟唤醒，他微微点头道："是啊，回来了……回来了就好！"

　　他接着长叹一声，对着胡文轩致意："谢谢你，文轩二哥！谢谢你送她回来！这份深情，是大爱，感天动地！我明白，是你对她最深情的爱，让你选择这样……这样帮她实现了最后的心愿！你终究是……真心爱她的！"

　　胡文轩早已是泪流满面，此刻突然间号啕大哭起来："致远啊，你终于说了一句公道话！如今……你终于肯承认了，我是真爱阿莲的？"

江静舟的泪水也终于溢出眼眶，滚落腮边："是的，我承认！我承认！我更加明白了，你是真爱她的！而且……爱的那样无私，纯粹！胡文轩，从这点来说，我江静舟，比不上你……"

胡文轩哭着摇头："不，致远！你这风雨孤寂的四十年相守，也让我明白了，你是值得她去爱的！你和阿莲……才是真正的神仙眷侣！相较而言，我胡鉴……何其不幸？倒像是个多余的人，一个跳梁小丑，这么多年……游戏在你们中间？"

"可是很多时候，是你，给了她更贴实的保护，给了她许多的真情和慰藉！如今，你又给了她一个魂归故土的结局……从这点讲，你，也注定是她此生重要的一个亲人！"

"是啊，致远！同胞，兄弟，手足，爱人……这一切，原不可分？这个道理，可惜我明白得太晚了！风风雨雨几十年，死者已矣，生者何辜？当年的一切征战，倾轧，纷争，生与死，如今都化作过眼云烟！可是人生还没有走完，我们只能挣扎着继续下去……唉！人到老年，这心灵的安宁，是多么难得？"

江静舟默默地看着往昔曾经生死与共的兄弟，也曾是一辈子纠缠格斗的对手，语气低缓，像是在自语，又像是怕惊动了手中的爱人的魂灵，说得轻柔宁静："文轩二哥，你说的不错！一切都随风吹雨打而去，但是如何让自己的灵魂有个安宁归宿，却是我们每个人都纠结的事情！于我而言，"他看看怀中的骨灰罐，眼中露出恋爱中的年轻人才会有的幸福表情，唇边挂上的，却是欣慰胜过悲凉的微笑，"唉，在自己即将尘归尘，土归土的时刻，终于等到了生命中的另一半，也是灵魂深处永恒相依的那一半，此生已经了无遗憾！"

所有的爱和情当可重生！度尽劫波兄弟在，相逢一笑泯恩仇。这个夜晚，很多人注定难以入眠。

那天晚上回到家中，顾倾城和儿孙们小心翼翼地观察江静舟的状态，担心着他的身体，却见他情绪还算稳定，他将爱人的骨灰罐供奉在书房中，每天都会独自在那里待很长的时间。

沁梅明白父亲的心思，虽然有点担心，但是不敢轻易去打扰他。她更明白的是，对于这样守望了四十年的"神奇眷侣"，任何安慰和劝说，都是多余的，也是枉然的。

海心也很担心爷爷的身体和精神状况。很长一段时间里，两个年长的表姐都忙于工作，不能年年休假回到爷爷身边，自己其实已经替代她们承担了安慰爷爷、照料爷爷的重任。何况，她还经常从爸爸妈妈、姑姑姑父眼中看出了对自己的嘉勉之意。

这天晚上，她终于鼓足勇气，推开书房的门，走到爷爷身边。

青花瓷的骨灰罐被擦得光净整洁，旁边供奉着鲜嫩娇艳的花束。那两枚莲花书签静静合在一处，躺在骨灰罐的前面。

"爷爷，我在想，这两片莲花终于重新合二为一了，对于阿莲奶奶来说，也算夙愿得偿了，她一定会在天堂微笑的……"

女孩轻柔的话语惊醒了陷入半沉睡半沉思状态的老人，他张开眼睛，望着孙女关切、体贴的面容，露出一丝微微的笑意来。

"爷爷，我跟您说过的，我好想写阿莲奶奶的故事！您以前给我讲过一些，但是如今，看到她归来的身体和灵魂。"女孩上前搂住爷爷的肩膀，将头依偎在他的肩头，"请允许我这样说，这个小小的瓷罐里，装着阿莲奶奶的身体和灵魂！这样的她，能让我触摸到更加真切的东西——她的温度，她的香气，她的微笑，甚至她的哭泣……爷爷，我想说，我以前只是在准备，在准备写她，写她身边的人和事。但是如今的我，已经蓄势待发，心中有无限的激情想要喷发出来……"

江静舟用手抚摸着小孙女乌黑的头发，轻声感叹着："我懂，孩子！从上次爷爷开始和你讲她的故事开始，就知道会有这样一天，你会有写她的激情……唉！可能我原本的想法太过偏狭了，我竟然想把她悄悄珍藏在心里，直到我去和她相会的那天……"

海心看到爷爷紧锁着剑眉，瘦削刚毅的脸上，一种崇敬的神情代替了刚才的一抹温柔："可是后来我又改变主意了。孩子，你的想法很好，她不是属于我个人的，她不应该被埋没，她的风采，她的事迹，她的功勋！孩子，去写她吧，让更多的人记住历史，记住祭献，记住忠诚……"

祖孙俩在这个宁静的夜晚，再次敞开心扉，共同陷入往事的暮霭和硝烟中去。

夜深时分，回到自己屋里的海心心潮起伏，久久不能入睡。她的手边，有那两枚莲花书签，还有爷爷送给她的那本淡紫色绒面封皮，纸张已经发黄的日记本。那里面最后一页上一首诗，让她百读不厌，今晚又重新捡起：

花开彼岸本无岸，芳心未改任在肩。

驾舟不畏烟波浩，驰骋何惧灯火寒。

花叶千年不相见，缘定今生心也甘。

花若解语花颔首，佳期可待证前缘。

女孩铺开稿纸，用秀丽的笔迹写下自己文章的标题——《至今莲蕊有香尘》。

过了几天，等到胡文轩祖孙走后，江静舟开始自己的计划和安排。他让楚天舒父子陪着，到金城各处墓园去考察了一番。最后，他们选定了一个叫"憩园"的永久墓园，买下了一座双人墓穴。

"爸这是怎么了？他老人家百年之后，按级别是要进烈士陵园的。我干妈的情况核实清楚了，走正规的程序，也可以在烈士陵园安葬的……"沁梅得知情况后，拉住天舒，暗地商量着。

天舒看着她，微微摇头："老人有老人的想法啊！前两天，买墓地的时候，爸嘟囔了一句：'都别麻烦了……有些事情办起来就会有这样或那样的麻烦。都这把年纪了，简单点好了，不麻烦别人，不麻烦儿孙，我们就这样合在一处，也就没什么遗憾的了！'你听，老人家这算是在向咱们婉转地交代身后事吧？依我看，先按照爸说的办好吗？起码让他老人家心境能宁静平和一些。这一段时间，他太苦了！他的孤独和悲凉，谁又能完全体味得到呢？"这段劝告让沁梅无话可说。

胡文轩随后又找机会来过大陆小住一段时间，探望养女，享受天伦之乐成为他晚年重要的念想。

沁梅和天舒夫妇对他也很孝顺，每次都陪他回到自己家中居住，以让他生活得更惬意随性一些。养女夫妇对他的细心照料让他很感动，也很满意。他对着沁梅感叹着："唉，要不是惦记着台湾的小莲，我就干脆定居在这里，守着我闺女不走了！等过些日子我回去看看，然后我还是要回来的……"

看着他孩子气的纠结执拗神情，沁梅忙笑应："这是您闺女家，您想来就来，来去自由，只要您自己随心随意就好！"

胡文轩听了更加高兴，他看出来沁梅和天舒是真心孝顺自己的。

这期间他在这里住，自然是心情舒畅，只是当中有一个小插曲，他竟然还对天舒发过一次小脾气。

从胡文轩来到金城后，天舒一直称呼他为老爷子，以示和江静舟称呼上区分开来，胡文轩心下有点不满，却又不好意思说，一直隐忍在心。后来终于让他找到了一个发泄口。

因为相隔不远，他常跑到江静舟那里找他聊天、下棋。老小还童的现象在两个老人间也出现，一辈子的嘴仗也总是没有打完的时候。

某次胡文轩去江静舟那里和他下棋，一连输了三场，胡文轩很是丧气，回到沁梅家还是闷闷不乐，赌气不肯吃晚饭。沁梅不知其意，劝了他几句，他吊着脸不吭气。沁梅只好转身到厨房端饭去了。

一旁天舒见状上前劝他，刚说了句："老爷子，您……"胡文轩就像终于找到了出气筒一般，对着天舒发泄出来了。

"哈，小子！你称呼我什么？老爷子？我怎么听着这么别扭呢？我已经老得让你们讨厌了吗？我比他江致远老吗？哼！凭什么你对我和他不是一样的待遇呢？称呼上都让人分得清楚，看得明白呢？"

他气急败坏的样子吓了天舒一跳，不由得嗫嚅道："您这是……"

"哼，楚天舒！有关这个问题我忍了你很久了！你小子一向聪明过人呐？就听不明白我的话吗？啧啧啧……你娶了我闺女，应该叫我什么呢？哼！老爷子，那是对所有老头的普遍称呼呢，我不爱听！"他说着说着，手几乎都指到天舒鼻子上了。

看着他这番老小孩的样子，天舒哑然失笑，忙上前搀住他，劝慰道："好好好！我改口，爸，爸！这样叫您没错了吧？您消消气，我以后注意就是了！"

"这还差不多！下次记住，在他江致远面前，你也要这样大声叫我！堂堂正正地叫！理直气壮地叫！大张旗鼓地叫！哼！这辈子我貌似什么都玩不过他的？下盘棋都让他占上风？真可气！"

天舒这才明白他这场气所为何来。

后来有关天舒对自己称呼的改口问题，胡文轩得意地讲给沁梅听了。沁梅更是笑个不停，搂住养父的胳膊，将当年天舒对父亲江静舟怎么都改不了口的笑话告诉他。胡文轩听了更加得意了："嗨！天理昭昭，天理昭昭啊！天舒这次对我改口，那叫一个顺呀！我一瞪眼，他马上乖乖地叫爸了！哈，不错！这次，我总算赢过你爸一回了吧？"

温馨安宁的日子溜得极快，转眼就到了第二年的夏日。江静舟再次和女儿沁梅提到了回故乡的事情。

"我和天舒都商量过了，他最近刚好有段假期，我们爷俩就走上一遭！梅儿，你姑姑最近身体不好，老嚷着头晕。你抽空陪她看看医生，顺便在家多陪陪她，让她少干点家务活，多休息。她如今也是上年纪的人啦，成天忙里忙外的，就没个消停时候！"江静舟冷静地说出了自己的计划，不是商量的口吻，完全是决定好了的事情，最后告知一下的样子，让沁梅不满意了。

"哎哟，爸！没您这样的！回乡省亲，多大的事情，您怎么也不提前告诉我一下？你和天舒总是这样背着我们搞小集团活动？哼！爸，以后您就干脆将他当成您的亲生儿子好了，我变成外人，算是儿媳妇好了？"

江静舟看着女儿哈哈大笑："唉，你都多大的人啦？几个小孙子、外孙子都满地跑了，还这样小女孩一般爱吃醋？再说了，丫头，你如今是在吃谁的醋呢？楚天舒是你什么人啊？人家江宁松都没说什么，你倒在这里吃味起来？"

"不是啊，爸！"沁梅不服气地为他分析道，"您看吧，天舒如今也是年过花甲的人了，身体状况您也是知道的，好嘛，一个花甲老头伺候一个接近耄耋的老头出远门，能让人放心吗？"

江静舟撇嘴摇头："我们这是回自己老家，又不是游山逛水地长途旅游，有啥可不放心的？"

顾倾城收拾完厨房的一切，走了来，此刻插言道："小梅担心得没错！这毕竟是路途遥远，还是需要有些年轻人跟在身边才够稳妥！哥，你别好了伤疤忘了疼，经过了那场大病，你如今的腿脚可不如以前灵便了！天舒一个人这一路上要上上下下伺候你，他该多累呀？"

她笑着看着沁梅："丫头也别担心，我这里都有准备了，不会让你爸爸和天舒两个人上路的。"

江静舟奇怪地看向妹妹："不对呀，小薇？你这分明是有备而来的样子？你不知道我和天舒一起回老家的事情呀？你没道理知道呀？"

他看看女儿，又再次摇头："我叮嘱了天舒，连沁梅都先瞒着，就怕你们瞎嚷嚷，再胡阻拦的？怎么你会知道信儿呢？"

倾城抿嘴一笑："就不告诉你。江特工神勇无敌、自信自傲一辈子了，何时把别人放在眼里了？"

"哈哈，好一个'螳螂扑蝉，黄雀在后'！"沁梅捂嘴笑着，拉着顾倾城道，"姑姑您太棒了！江特工又怎么了？顾特工当年也不是吃素的呢。是吧？姑姑？

快讲讲，您是如何安排的？"

顾倾城扫了一眼满脸困惑的义兄，对着侄女自信道："这不是有现成的子弟兵吗？咱家缺啥都不缺人对吧？更不缺身强力壮的棒小伙们！"

她忍不住兴奋地为沁梅算计着："女娃娃就算了，几个小子们眼看就放暑假回家了，在这些棒小伙儿里挑几个跟班还有问题吗？"

沁梅笑着点头。江静舟听说孙儿们要回来了心中欢喜，都一时忘却自己的本初之意了。他拿起手边桌子上放着的台历，算着日期，点头道："我倒忘了，这真的是快放假了呢！就不知道那几个小家伙们，谁今年能回这边来呀？"提起孙儿们，他瞬间变得格外慈眉善目，完全是一副眉开眼笑状。

顾倾城得意地一笑，胸有成竹地掰着指头为他们分析道："几个男娃娃——岭子最近当上团长了，说是忙，顾不上回来；雨林出国去了，目前也回不来；海川说是在预备考博士呢，这个假期也不能回家；剩下几个小的，海天、江潮、南征、北战，说话间就会陆续到了。"

"你怎么知道得这样清楚呀？"江静舟听了这话很高兴，却又有点小不服气的样子。

顾倾城白了他一眼，更加得意了："孙儿们都爱给我打电话呀，我要早早给他们准备上爱吃的东西，每个人喜欢的可都不一样啊，我是了然于心呢！这个你行吗？所以说，你早知道一天晚知道一天有什么妨碍呀？"

江静舟更加不服气，嘟囔道："你那是糖衣炮弹，是小恩小惠，是诱惑，是阴谋，我才不屑为之呢！"

当妹妹的人才不理会自说自话的哥哥，她只是看着侄女道："有这几个小伙子陪着他们爷俩出行，小梅，你还有什么不放心的？"

做哥哥的人却又记起前情来，就望向妹妹："哎，小薇，你还没说明白呢，你是如何知晓我回乡计划的呀？我倒不相信天舒嘴不严，会先告诉你？"

顾倾城撇撇嘴："嗨，你和你那位心爱的女婿的关系，敢情是铁板一块呀，严丝合缝的，针插不进，水泼不进的！他连小梅都瞒着，还会告诉我？"

沁梅被姑姑的幽默逗笑了，也拉着她笑道："也莫怪我爸好奇了，连我都格外关心起来。姑姑，您到底如何获知这个超级重要的情报的呀？"

顾倾城看着父女两人都认真地看着自己，不由得扑哧笑了出来："哪里算是什么情报吗……前些日子你爸和天舒在那里悄悄商议，被我偷听到了一句半句的……他们倒也没真防我不是？我一分析，一研究，不就得出这个结论来了？"

"哈哈哈……原来如此，简直全无悬念呀！"沁梅哈哈大笑，江静舟也无奈地咧嘴笑了。

没几天，几个小伙子们果然都风风火火地回到爷爷这里。听了沁梅的提议，大家都抢这份差事，最后选定由江潮、海天以及南征三个年轻人陪着江静舟和天舒一起回湖南老家。顾倾城笑着对江静舟打趣道："江司令员威武啊，这差一点就整成陆海空仪仗队陪你出行了！"

大家都会心地笑了，只为她这番话倒也不是无的放矢。眼看着几个棒小伙齐刷刷站在跟前，谁能不喜欢？原来，这年楚江潮本科毕业，又接着上了陆军指挥学院的军种战役学专业的研究生；江海天是解放军二炮技术学院三年级学生；萧南征和萧北战弟兄俩也都是军校大一学员了，一个在空军飞行学院，另一个在海军舰艇学院，几兄弟正好组成陆海空系列，各兵种几乎全了。不同的军装颜色，一样的青春逼人，雄姿英发，格外令人赞叹，这才有顾倾城的这番戏言。

江静舟曾经感到很奇怪，因为自己一向偏疼娟娟，加之她的这对双胞胎在金城这边待的时间最长，因此爷孙三人的关系要更加亲密些。他知道两个小子从小就立志当兵，但是如今看到他们身上不同色系的军装，还是有点不解，就悄悄问过南征、北战哥儿俩，为啥都不上陆军军事院校，而要选择上空军和海军学院？

两个小子一左一右搂住爷爷，嘻嘻哈哈玩笑起来："我们要逃离掉威名赫赫的'战斗英雄老爹'——萧海军长的'魔爪'呀！"于是江静舟很满意，觉得自己的几个孙子都是有志气的，不会躺在家庭这条舒服的大船上沾光图安逸。

这件事情很快就定下来了，由江静舟带队，天舒、江潮、海天、南征五人组成的老中青"还乡团"就浩浩荡荡奔赴湖南了。

第四十五章 回归故里

　　他曾是一名战功显赫、威名卓然的将军，是英雄也是好汉，他建立过特殊功勋，他的肩头也佩戴过闪闪的将星！但是这一切，对于像他这样的纯粹的革命者来说，都是过眼云烟，是浮云一般虚华无根的东西！他最想坚守的，其实还是一个纯粹革命者最本真的东西！

　　他们在长沙中转，当看到站台上来接他们的一帮人，为首的是他认识的许若飞和楚成时，江静舟有点吃惊："你们怎么来了？"

　　搀扶他下车的天舒笑道："是我通知他们的。"

　　"哎呀，天舒，你……"不等江静舟皱眉责怪起女婿，许若飞已经接过天舒的手，挽住江静舟，亲热道："行了，老首长，我的大哥！您就别怨天舒了，这是我几年前到金城看您时就和他约好的，一旦您要回故乡，我一定要替您安排一切，这是必需的！"

　　他笑看看江静舟身后的几个青年军人，继续对江静舟劝道："我知道您这么多年不回故乡，最重要的原因就是怕被前呼后拥的，麻烦当地政府。如今离休了，一身轻松，倒可以随意了！这是咱们自己弟兄、老上下级之间的事情，应该不违反您的一贯原则吧？"

　　江静舟笑嗔看他："唉，若飞啊，你倒懂我几分，比沁梅那丫头强！她就总质疑我不回老家的原因呢！"

　　"那是啊，要不我白跟了您几年了？"许若飞很得意。他回头看看几个年轻人，一一打过招呼，笑道："好嘛，您如今不带任何公务员、警卫员什么的，只带几个孙儿在身边，也是想更低调一些吧？"

　　这边楚成早和天舒狠狠拥抱过了，擦着泪花道："七哥，又是多少年没见了，您的身体还好吗？"

天舒笑着安慰他："我很好！你看看你，如今也是当爷爷的人了，还这样善感？"他又问了言涛和杜鹃等一些老单位的故人的情况，略略放心。

大家说笑着，出了站，来到一个面包车旁，许若飞才顾上给江静舟等人介绍自己的女婿，一个三十出头的年轻军人，由他亲自开车送大家去定好的招待所下榻。

许若飞认真地向江静舟解释："这个车是女婿部队的车，他亲自开，油钱咱们自己出，这一路有车跟着您，您就不必顾忌麻烦别人了。可是老首长啊，听我一句劝吧！您如今上了岁数，如果一切都不求人，按照您预先想的那样，自己去坐长途车，辗转几次回老家，这毕竟是不现实的，当心把您这身子骨再折腾坏了！所以您这一路上，就客随主便吧，听我的安排，让天舒也少操点心，好吗？"

江静舟瞪瞪他，看看天舒，故意做出不满意的神情来："你许若飞一向是自作主张惯了，何时把我放到眼中了？何况你如今又串通好了天舒，我更没脾气了！唉，我如今是一介老朽，只能由着你们折腾了！"他转身上车，身后跟着的江潮和南征忙上前一左一右搀扶他，细心安顿他在车上坐好，将拐棍放在他身侧。许若飞不由称赞道："大哥您好福气呀，看这几个孙儿多贴心？"大家说笑着都跟着上了车。

第二天，他们准备去老家湘北。因为路途遥远，江静舟坚持不让许若飞和楚成陪同了，许若飞反复交代了女婿一些注意事项，才恋恋不舍地和江静舟一行告辞。

经过一番长途跋涉，到了老家地界，江静舟才暗暗叹服于许若飞和楚天舒的安排是多必要和贴心。自己家乡还是属于偏僻山区，虽然如今公路畅通，但是要真的倒几回车才能到目的地，估计自己这把老骨头都要被折腾散了！

江静舟深深感叹年岁不饶人，光坐这趟车就辛苦无比，下车时腿脚僵硬，如果没有几个年轻小伙搀扶，他是一步都挪动不了了。看到他疲惫不堪，天舒就没有听从他的意思马上去老家，而是选择在湘北县城的一个旅店先住下来，决定明早再去他的老家——江家村。

由于江静舟的坚持，他们这一行人没有和湘北县政府联系，甚至没有和乡政府联系，就在第二天驱车直奔江家村。

真正踏上了故乡的土地，江静舟的心情激动万分。他将脸紧紧贴在车窗上，贪婪地欣赏着家乡的山山水水。都说近乡情怯，天舒发现，江静舟没有一点伤感不自在的神情，他的眼中，满满的都是依恋、激动和惊喜的表情。

来到江家村，车子停在村口，所有人都望向江静舟，江静舟才突然意识到，自己找不到家门了！五十年过去，一切物是人非，村里到处新楼林立，换了模样，怎么还可以找到旧日踪迹？

江潮笑道："爷爷，您一路上的方针都是不麻烦当地政府，不打搅乡亲，可是，如今到了家门口，总得找个问路的吧？"

"是啊，爷爷，"海天也接口道，"这半个世纪都过去了，村里还认识您的人都不多了吧？咱江家的老祖屋估计都不在了，咱们应该去哪里寻根呢？"

南征建议道："不能绝对不找公家人呀，起码找到村长问问吧？"

天舒制止住几个年轻人的话："你们都别七嘴八舌了，忘了我前面嘱咐你们的话啦？这一路上，要服从爷爷，一切听爷爷的！"

"算了，现在是年轻人的天下了，我们不妨从善如流！听他们的，去找村长！"江静舟无奈笑道，几个年轻人都欢呼起来。

村长是个三十来岁的年轻人，自称姓刘，他看到几个年轻军人簇拥着两位年龄大的长者，直觉他们是有来历的，尤其是年龄最大的那位老人，精神矍铄，虽然年岁已高，还拄着拐杖，却让人望去，自有一种不怒而威的老军人的霸气萦绕身间。他听到江静舟说出名字，茫然地摇摇头，却又记起了什么，忙道："你们等等！"

他将众人安排到接待室坐下，让人倒水招待着，自己出去了，不一会儿，带来一位六十开外的人进来，经过他介绍，才知道来人是老村长，姓江。

老江村长听了江静舟说出自己的名字，恍然大悟："天哪，您难道就是那位老江家走出的将军吗？"看到江静舟笑着默认了，他又急忙让现任小刘村长再去请人来。

这次请来的是两位老者，都是须发皆白的样子，他们进来，和江静舟对视了片刻，彼此都有点拼命找对方特征，在和自己记忆中形象相对的表情，起码过了有好几分钟，其中的一位才怯生生地问了句："你真的是老江家的金伢子吗？"

"是程二哥、吴小蔫吗？"江静舟的眼泪已经流下来了，几双手紧紧握在了一起。

大家相互认过了，江静舟才向天舒几个人介绍了两位老者的身份，他们一个姓程，是他们家的老邻居，他自小就叫他程二哥的；另一个姓吴，外号叫吴小蔫，也是他从小的玩伴。

大家重新坐下，程老汉还是一手拉住江静舟的手不放，一手擦着老泪："唉，金伢子啊，你也太狠心了，这一走就是快60年啊，就没想到过回来看看吗？亲人们没了，乡亲还在呀？你可真忍心……当兵的，当的心都硬了！"

几个年轻人看到这位老汉这样直言数落自己的爷爷，都暗暗咋舌，相互递着眼色。天舒看见，对他们做了个制止的表情。

吴老汉也忙制止程老汉道："你别总是金伢子金伢子地叫呀，这眼前是咱们村好容易出的一位贵人，一位将军！这要在过去，就是大官，咱们见了都是要跪拜的！"

江静舟忙摇手："程二哥做得对！你比我大两岁，就是我的老哥哥，当然该称呼我的小名了……吴小蔫你如今老了，倒不蔫了，就是觉悟不咋地！啥叫大官呀？我就是走到天涯海角，也是咱江家村的伢子啊！"

他指指身旁的几个孙儿，笑道："况且我如今退休了，和你们一样，就是个普普通通的老头子，这次是带着儿孙们回来探亲的！"他指指吴老汉，笑着嗔道："我说小蔫啊，我记得你和我同岁，虽说这岁数大了，可是也要与时俱进不是？你脑瓜子里那套封建思想可要不得！"

老江村长此时插话道："我听说将军可是一辈子的！官职退休了没了，将军的身份可是终身带着的？咱们乡别的村，当年和你一起出去的，有一个也当了将军的，穿着将军服回来好几趟呢！后来退休了，人家的将军服还是在身上穿着的，那胸前的勋章可耀眼了！"

程老汉感慨："人家那叫衣锦还乡呐！我说金伢子，都听说你的官可比那个人大呀。乡亲们一直盼着你也能回来一趟，给咱们村也争争脸呢！虽说这江家村的人不都姓江，可是你们江家这个族系人多呀，也好容易出了你这个高官！这多久了，好几回村里干部们去信请你，你就是不回来！唉，伤人心呐！"

老江村长跟着点头："我的前任老村长，还有我，都多次邀请过您回乡看看……这也是乡亲们的意思啊！您的直系亲人们都不在了，可是还有很多乡邻乡亲的不是？唉，如今，老人们走得都差不多了，认识您的，除了这两位老人家，也没剩几个了。"

江静舟听了这些话，还没想好如何作答，那位吴老汉倒接口为他鸣不平起来："要是我，我也不回来！想当年，老江家的事情，招惹了乡亲们多少闲话呢？先是何老先生的外甥女，那个叫沈琬的姑娘，据传被咱金伢子……唉，给无故休弃了，让他活生生落得了'陈世美'的名声；接着，他们江家又是祸事连连……银舟，铁舟，都年纪轻轻丢了性命！这传来传去的，都在说金伢子命硬、心狠，无情无义，不顾念自家弟兄，光惦记着自己在外边升官发财逍遥了……"

"唉，老家伙，你老糊涂了吧？"程老汉忙用话拦他，"都胡嚼些什么陈芝麻烂谷子哩？金伢子是什么人，你还不清楚吗？"

虽然这话被拦下，但是刚才吐露的这番私意还是让一旁的人震惊不已！楚天舒对一些往事，虽然早已从沁梅、宁松以及许若飞等人口里听说了不少，但是这番直言还是让他闻听惊心。几个孙子更是面面相觑，目瞪口呆。

江静舟倒是平静地听着，此刻看到程老汉在拦吴老汉的话，就微笑着劝道："唉，这些陈芝麻烂谷子也是有影的，我心里有数啊！这村儿里知道往事的人已经不多了，你们两位有什么疑问，或者是质问，都不妨说出来好了。我今天回来了，自当对打小一起长大的兄弟们敞开心扉，咱们都知无不言，言无不尽吧？"

程老汉看着他摇头："唉，不是这样说啊！金伢子！往事对与错，是与非，都不必提了！咱们都这样一把年纪了，还计较得了那样多的往事吗？眼见得前头的日子都屈指可数啦！可是，我就是想问上一句，金伢子，你要老实告诉我：是不是刚才吴小蔫说的那些闲言碎语的，才让你恨上了咱江家村的乡亲，这几十年都不回乡看看的？"

这话让江静舟苦笑，却无法答言。故乡，永远是他心底最温暖的地方。他对这片故土的深爱和眷恋，和五十多年前离乡之时毫无二致。但是，自己多年未曾还乡倒也是实情，这般别扭情形，自己的一点坚持，一点痴心，又怎样和乡亲们来诉说呢？江静舟倒是有点为难起来。

所有人都望向他，各式的目光聚集在他的脸上：有疑惑，有期盼，有质问，更有担心和紧张。几个年轻的孙辈都暗自为爷爷捏了一把汗。

就在此时，楚天舒适时插言为岳父解围了："几位老伯和父母官一定是误会我父亲了！爸爸他年事已高，回到家乡情绪激动，难以言表！我作为晚辈，替他说出一些心里话吧！"

他看看江静舟，微微点头，送去适时的安慰神色，又望望周遭的人，认真说下去。

"父亲少年时代就出去投奔革命,早将个人荣辱置之度外了!何况当年战火纷飞,斗争形势残酷严峻,他作为一名潜伏敌营的地下工作者,一直是无法向周围的人,甚至是自己的亲人言明身份和使命的!他遭遇了太多的误解和非议,也背负了太多的责难和委屈,但是他从来未曾退却半步,只为他心中自有神圣的信仰在!是的,他更为伤痛的是,还曾遭遇过亲生手足不能相救,挚爱亲人不能收留的悲剧,更因此背负上难以言说、无法自清的良心债。但是,我常常这样想,这也算一种祭献吧?对自己的信仰、自己的组织祭献的一种方式吧?这样一个勘破生死,经历过太多风雨的人,自然能容忍天下难容之事,能原谅世上难宽恕之人,又怎么会记恨乡亲,记恨家乡,从而不愿踏上故土半步呢?"

所有人都望向天舒,听他动情的讲述,为大家分析着。

"至于为什么父亲他五十年不回故乡?各位乡亲,大爷大叔大哥们一定心中总有疑惑,这也是人之常情。可是作为他的晚辈,我常年在他的身边,自然明白父亲的想法。其实原因很简单啊,当年那个纯净纯粹的少年,他离开故土,离开亲人,投身革命,加入到共产党的行列,就是为了心中最神圣的东西——共产主义信仰!那时候,他作为一个农村伢子,就是去参军参加北伐,去打倒列强,去进行革命!那时候他想自身想得很少,枪林弹雨中穿行,他就没想到能活着回来,更没想到要升官发财、光宗耀祖!大家如今当明白了,他的革命初衷既是如此淳朴无华,无私无欲,那么当革命成功后,他也绝不想躺在功劳簿上作威作福,接受乡亲们的拥戴膜拜,做所谓的衣锦还乡的俗人之举!"

听到这里,江静舟已经是热泪盈眶,他强忍泪水,继续听女婿就这样贴切地说出了自己的心声。

"是的,我的父亲,他就是这样的一个人,他曾是一名战功显赫、威名卓然的将军,是英雄也是好汉,他建立过特殊功勋,他的肩头也佩戴过闪闪的将星!但是这一切,对于像他这样的纯粹的革命者来说,都是过眼云烟,是浮云一般虚华无根的东西!他最想坚守的,其实还是一个纯粹革命者最本真的东西!他多年不回故乡,就是不想让自己的身份给乡亲们以虚荣,也不想因为自己的地位特殊,带给家乡官员们盛情接待的麻烦,更不想在自己的故土上,搞一些个人崇拜的东西!

"所以,每当我们问起他何时回故乡时,他都说等等,再等等……其实我们都明白，爸爸他一直以来就有这样的心愿，那就是当他离休后，脱去象征荣誉和地位的征袍戎装，能以一个普通人的身份回自己的故乡。这时的他，会抛开一切虚华的因素，以一个最本真的游子形象，回到自己的故里。所以，请诸位父老乡亲体谅一个老年游子，最朴实、最真切、最无私无欲的一份归乡之心吧！"

这饱含深情的男中音打动了在场的每一个人。不仅几位老者在频频拭泪，年轻人们也都是热泪盈眶。江静舟无语凝噎，半晌，才轻声发出了感叹："唉，天舒啊……"

在乡里人的簇拥下，江静舟一行人来到村里，他们首先来到江家老屋遗址。这里已经盖上了新瓦房，往年的遗迹荡然无存。

老村长语气里充满了歉意："唉，江家早就没人了，老房子早就倒了，这块地几十年前就分给了别家……想想真是对不住你这老革命……"

江静舟摇摇手，语气格外恬淡平静："村里人，都是我的乡亲，亲人，这每家每户都不会拒绝我去喝口水，吃碗饭吧？"

"那是当然！那是当然！"几个老者异口同声地回答。吴老汉还加上一句："你是贵客啊，大功臣，是我们村儿的骄傲！你随便进哪家门，都是大家的荣耀啊！"

江静舟笑着摇头："这不就对了吗？这村里家家户户都是我的家门，还说什么对得住对不住的话吗？"老村长听了，搔搔白发苍苍的脑袋，笑了。

接着他们又去祭拜了江家祖坟。这片坟地倒还保留着，更令江静舟惊讶的是，在自己父母的坟茔边，还分列着两个坟包，坟前的石碑上字迹依稀可辨，分别是江银舟、江铁舟之墓。

江静舟惊讶地看向老村长，不等他发问，老村长就对他讲明了原因。却是二十多年前，沈琬回乡祭祖时，为江家两兄弟修建的衣冠冢。说是衣冠冢，其实连衣冠都找寻不得，不过是两张写了亡者名讳的帖子。

他又指着最右边的江铁舟墓给江静舟看，那碑上还刻有沈冰的名字。

"唉，沈家大姑娘说了，她妹妹原先和你们江家三小子就是一对儿。不过两个年轻人都短命啊，没有凑到一块。沈家二姑娘据说死在东北了，她的墓也在那些年被破坏了。沈家大姑娘就将自己妹妹的一件遗物，和铁舟的名讳帖子一起埋在这里了，也算他们两个孩子团聚了吧？"

这话让江静舟再次泪水盈眶。他久久凝视着那块小小的石碑，心底一遍遍念叨着："唉，这个沈琬啊……你怎么走前，都不对我提上一句呢？"

他腿脚不灵便，却坚持要在父母坟前磕头，楚天舒和江潮左右搀扶着他，帮助他完成了心愿。对着两个弟弟的坟茔，他深深鞠了三个躬，抬起眼来，已是泪流满面。

楚天舒怕他情绪过于激动，忙不停安慰着。几个年轻人也在坟前磕了头。海天尤其特别，不仅对着祖爷、祖奶的坟茔磕了好几下，更是在银舟、铁舟的石碑前连磕了好几个头。起身对上爷爷不解的目光，小伙子只是腼腆一笑，也不说话。

回村的路上，海天才悄悄俯在爷爷耳边说出了真相："我走前，刚好接到我爸打来的电话。听说我要陪爷爷回老家，他很高兴，特意嘱咐过我了，这一路上我除了要协助姑父照顾好爷爷外，最重要的就是要在祖坟前多磕几个头，一定要尽量多磕几个！爸说了，爷爷腿脚不便，也好多年没回老家了，欠祖先们的孝道不少，心里一定不舒坦呢！我算江家嫡孙呀，在祖坟前多孝敬一下，多给先人们磕上几个头，这样爷爷心里也能好受些，也算还了爷爷和爸爸的心愿了。还有就是，刚才听到了银舟爷爷和铁舟爷爷的事情，我在想，您是长兄啊，不便在弟弟们坟前磕头，那么，由我这个孙辈为您尽点心不是应该的吗？"

江静舟听了感慨，忍不住拍拍海天的头："小子懂孝道很好！"

天舒听了笑道："这还要归功于宁松心细啊，毕竟他最懂爸的心！"

"你们都是好孩子！"江静舟笑着回答，接着又看着女婿叹息道："我刚才还在那里奇怪？天舒啊，你怎么会那样懂我的心？刚才那番洋洋洒洒的话，实在是说出了……我的心声！唉，就是宁松、沁梅，我自己的儿女，也未必能这样懂我！"

天舒笑了："您忘了我都和您生活在一起这么多年了，认识您时间之长就更别提了！你还当我为知音呢，咱这忘年知音也不能白认不是？"

"好吧，人生在世，得一知音足矣！"江静舟满足极了。

在村委会吃过了简单的家常风味的便饭，他们一行人踏上了归程。

第四十六章　楚天辽阔

　　这里是我重生之处——想当年就是在这里，在精神、身体双重困境下，我幸运地获得了新生，得到了为组织再次工作的权利和位置；也是在这里，我重新确认了我的爱情，这份此生无憾、历久弥新的真爱，大爱，深爱！还是在这里，我有了自己的家，自己的孩子，自己生命的源泉和根；在这里，我还放下了所有的功名利禄、身外之物，实现了教书育人的最崇高梦想。

　　在回程的路上，车里的气氛一直很活跃。三个年轻人激动地在争辩着什么问题，让坐在前排的江静舟和楚天舒也留意听了起来。

　　显然是江潮提出来的一个问题，引起了大家的深思："刚才在江家村，我看到了咱们爷爷离家走上革命道路的起点；我又想起去年和爸爸去南京，经过一片很奢华的老别墅区，据爸爸讲，那是他的老家，也算他参加革命的起点了。两个不同的起点，让人感慨良多。我因此想到这样一个问题——爷爷为什么要革命？我爸爸又为什么要革命？两个革命者有着完全不同的出身和家庭，那么，必然当时都怀有不同的革命目的？这个问题不是很有趣吗？"

　　萧南征性格开朗热情，言语直爽，极有父亲萧海的神韵，此刻他忙接口："江潮说得没错，我也早有这样的困惑！前几年我和父亲回过他的故乡，在那里，萧家的故事让我十分感慨。想当年，我们萧家是一方首富，各种田产店铺几乎遍布全镇，萧家几位少爷也曾是人们瞩目的对象。就是现在，很多老人见了我父亲，还是怎么也改不了口，一直直呼他为二少爷呢！"

　　他不好意思笑笑，继续道："谁曾想到，这样的家庭，竟然会出了好几名叛逆者？我的伯父萧岳，当年带着自己的弟弟妹妹参加革命，将自家的财产偷偷分给穷人，将佃农卖给自家的地契房契偷偷拿出来烧毁……后来，他们弟兄俩又双双离开家乡去闹革命。我曾经在萧家的旧居前问过父亲，您这样出身的人，当年是如何决心背叛自己的阶级，离家投身到革命洪流中去的呢？父亲只回答了我一句话——为了心中的梦想！"

海天此刻插言道："梦想？小姑父所说的梦想，一定就是他们追寻的信仰了，那就是共产主义，是实现人人平等、社会大同的美好世界！"

"这正是我们现在想要探讨的革命的初衷问题！"江潮接过话题，"咱们爷爷，出身贫农，又生长在红色土壤的老区，自然有很深的革命情愫萌芽基础；而我的父亲，还有南征的父亲——小姨夫，他们都是出身仕宦家庭，生活优越，他们的革命性从何而来？"

南征思索着："良好的家庭背景，丰裕的物质享受，其实并不代表一个人的精神世界就是满足的！那时候的年轻人，追求社会平等，民主自由，也是有着浓重的思想氛围的。"

"不错，这就牵扯到咱们昨天热议的'自发革命'和'自觉革命'的问题上了！"江潮认真分析道。

海天点头："哈，我记得你以前说过这样的观点——认为爷爷就属于'自发革命者'，大姑父、小姑父，还有南征的伯父——萧岳烈士那样的人，属于'自觉革命者'。"

江潮点头，又摇头："那是以前。可是，目前我又有些困惑了。貌似在很多问题上，自发革命和自觉革命，原是不可分的？"

他认真说着自己的观点："我曾经想在革命导师的著作中，来寻求对这种观点的论述，为此我专门认真读了一遍《共产党宣言》，发现马克思恩格斯并没有明确地提出革命的自发性和自觉性问题，只是把共产党当作工农运动的先锋，即自觉的力量来看待。"

海天接口："我也留意过相关理论著作。其实革命导师列宁在其著作《怎么办？》中，已经讲述到当时他所处的俄国的情况是：'当时一方面有工人群众的自发的觉醒——趋向自觉生活和自觉斗争的觉醒；另一方面又有一些用社会民主主义理论武装起来而竭力去接近工人的革命青年。'我们似乎不能把阶级和阶级意识混为一谈，觉悟工人、农民和觉悟的知识分子之间的差别体现为不同的革命分工，不能武断地说谁高谁低。无产阶级的坚定性，是指他们作为一个整体不能被收买，必然不断革命直到解放全人类。"

南征思索着："那照这个观点，自觉和自发的辩证关系不仅存在于运动的两个方面和群体之间，甚至还会存在于同一个人身上？"

"不错！"海天应声道，"就像咱们爷爷，他们这样的底层阶层的青年，当年参加革命，大多是所处的经济地位所要求的，要改变现状，改造社会，实现人人平等的理想和信念，也许他们最初的革命目的自发性因素更多一些，但是随着在革命队伍中不断学习革命理论，领会革命之真谛，他们会逐渐演变为自觉的革命者。而像大姑父、小姑夫这样出身于仕宦官僚阶层的青年，他们之所以投身革命，很少直接受经济利益推动，他们是受到社会主义思想的影响，认识到只有通过工农阶级的政治斗争才能实现人类大同，然后积极地参与到这场无产阶级革命中来。如果说前者是革命运动的自发因素，那么后者就是革命运动的自觉因素，但是我以为，并不意味着谁比谁一定先进的问题？"

江潮笑道："是啊，所以咱们昨天有过议论，从逻辑上讲，独立于自发运动之外的知识分子即便不出现，工农阶层也能够在斗争实践中，逐步掌握到马克思主义理论，虽然这一进程会慢很多和曲折很多。就像咱爷爷那样，在革命实践中通过自己的不懈努力，不断成长为一名理论和实践相结合的优秀共产党人。我们不能盲目认为那些拥有自觉革命因素的知识分子，像我爸爸和小姨夫那样的人，能天然成为工农运动的领头人，实际上，由于运动的自觉方面往往落后于自发方面，这些没有斗争经验的革命知识分子一般都是缺乏经验的，不经过痛苦的学习，没有办法完成其使命。而学习的主要途径，就是深入群众，掌握群众的语言和思想状态，使得自己善于把无产阶级斗争的最终目标与工农最切实的需要结合起来。他们也同样是在革命实践中成长起来的！"

"不错！"南征急忙抢过他的话题，"所以咱们的父辈——无数个楚天舒、萧海们，他们这些自觉参加到革命阵营中的知识分子，也是在革命斗争实践中锻炼了自己的能力和意志，强化了自己的斗争精神和革命热情，更加完善充实了他们追求革命信仰的无悔征程！"

海天拊掌称赞："所以说啊，自发性和自觉性并不是直接对应到知识分子和工农两个群体，革命运动在最初阶段，自发性力量和自觉性力量的发展往往是分开的，而无产阶级要获得解放，就必须把这两种力量结合起来！"

孩子们热切地辩论着，全然忘却了身边的两位长辈。

天舒笑着看江静舟："爸，您看到了吗？如今的年轻人真不得了，他们的思维活跃，有自己的见解，有极强的独立思考能力，实在是令人感叹！"

江静舟早就被孙子们热烈的辩论吸引住了，此刻也点头微笑："是啊，这样的青年，让我看到了希望！"他忍不住大声对三个青年军人说道："孩子们，你们的理论固然各有风采，我其实倒真想问你们一个问题呢！"

"是什么？"

"爷爷，您快说？"

"爷爷又要考我们什么呢？"

三个年轻人都兴奋地围到爷爷身边。

江静舟神秘一笑："就是我听到的你们这一路上热议的那个问题：我和你们的父辈，像天舒，萧海等人，出身不同，为什么能走到一条道路上来了呢？"

"当然是为了信仰！共产主义信仰！"三个孩子几乎是异口同声地说道。

"说得不错，但是失于简单了吧？"江静舟显然不满意，看着孙子们眨眨眼。

三个年轻人各自低头沉吟思索。

海天率先分析道："爷爷，您和大姑父的出身不同，对革命的原始认知和见解也不同，但是有一点是相同的，那就是——你们最初的革命目的都很纯粹，是不夹杂任何私心杂念的！这点固然可贵，但是我认为更难能可贵的是，你们能始终守住心中这份纯净的信念，在漫长的革命实践中未改自己对信仰的坚持和追求，对理想的坚守和维护，无论是战争年代还是和平时期。这一路走下来，既然能守住本真，都仍是一如既往的纯粹的革命者，那么胸中自有高山大海，不管身旁风云如何变幻，不管风雨、虹霓，你们始终会是同行者，是永远的战友，知音！"

"是的！"南征接过话来，"就像爷爷，您五十年不回自己的故乡，在别人眼中，是不近情理，甚至还要猜测您是在纠结于往昔岁月里遭遇的闲言碎语。可是，这次故乡行，我们才真正领悟到您的这番苦衷和本心！您的这一行为，其实也是对自己信仰的另一种坚守的姿态！何时何地都能做到不计个人得失，宠辱不惊，就像苏东坡在其《留侯论》中所描绘的那样——'猝然临之而不惊，无故加之而不怒'，不炫耀自己的功勋地位，不以胜者功臣自居，完完全全把自己回归成一名本真朴实的革命者。可以说，十八岁离开故乡的您，和如今暮年回归故土的您，心灵是一样纯净的。所谓革命者的纯洁性，我想，也就体现在您这里！"

江潮满怀深情地望着自己的父亲天舒："还有您，爸爸，我也想说，在您的身上，我也看到了这种革命的纯洁性！当年您为了追随一个美好的理想和信仰，毅然背叛了自己的阶级，砸碎了自己身上的黄金锁链，投身到革命洪流中去，在波诡云谲的秘密战线上百炼成钢，化身为神奇的红色特工，建立了自己的殊勋。可是这只不过是您革命生涯中的一个极小部分。在革命事业取得成功后，在您的理想逐渐变为现实的和平年代，您能平静坦然地化身为一个普普通通的知识分子，用自己的专业知识继续服务于您的信仰，您的人民。其实这后一点，在我眼中，比您曾经建立的功勋还要让我佩服！因为您从一个英雄，转化为一名普通知识分子，需要的不仅仅是胸怀和勇气，还一定有最纯粹最重要的信念在支撑着您，那就是对革命纯洁性的维护！您从来就不是为了个人私利而去革命，您当然不会在革命活动中捞取自己的私利，也不会在革命成功后居功自傲，作威作福，更不会在平凡的工作中斤斤计较，怨言满腹。即使遭遇不公正待遇，您也终究是坦坦荡荡，无所畏惧。您和我爷爷，革命的起点不同，但是你们都守住了心头的这份热血，几十年未曾冷却！就像刚才海天那般诗意化的形容——只为你们都胸有高山大海，延绵不绝，生生不息！"

海天和南征都跟着点头："哈？咱们争论一路的问题，应该算有结论了吧？因为咱们的祖辈、父辈，身边这样鲜明的例子不正摆着呢吗？这对咱们来讲，是何其幸哉！"

江静舟忍不住笑看天舒："你瞧这几个小子，我是在考问他们问题呢，这一个个伶牙俐齿的，倒对着咱们歌功颂德起来？"

天舒淡然一笑，看着几个后辈，又将眼光投向远方："这一路上，我就听着你们不停地争辩着，论证着这些问题，其实你们倒不必以我和你们的爷爷为例，毕竟我们都是你们的至亲之人，我倒想给你们说一个更高层次的例子呢！"

听他这样讲，不但三个年轻军人都流露出感兴趣的表情，连江静舟都认真地望着他，注意听着他的叙说。

"那是一个真正的有着水晶般玲珑剔透心灵的革命者，是我崇拜的偶像。"天舒缓缓开口，"瞿秋白，你们也许都听到过这个名字？你们一定知道他不凡的人生经历，他在我们党内曾经重要的地位，他的才华横溢，他的慷慨就义……也许，在过去的政治风暴中，你们还听到过他被诋毁，被非议的一面，很多就源自他就义前留下的那份扑朔迷离的文章——《多余的话》。"

他的眼神变得那样的深远沉醉："是的，很多人不理解这份《多余的话》，就连他的领导和战友也曾将它与方志敏的《可爱的中国》相比拟，非议过他的身后问题……可是，我要说，正是这份《多余的话》，让那个我明白了秋白的可贵：他的纯粹无私，他的磊落无畏，他的真诚、彻底、完全的奉献！作为一个纯粹到极致的革命者，他在死前，用笔做手术刀勇敢地解剖了自己，将自己的内心坦坦荡荡地昭显在世人面前！"

大家注意到，说到这里，天舒的脸庞映照在夕阳的余光中，仿佛蒙上了一层圣洁的光环："秋白先生在《多余的话》中曾经说过这样一句话——'从我的一生，也许可以得到一个教训：要磨炼自己，要有非常巨大的毅力，去克服一切种种'异己的'意识以至最微细的'异己的'情感，然后才能从'异己的'阶级里完全跳出来，而在无产阶级的革命队伍里站稳自己的脚步。否则，不免是'捉住了老鸦在树上做窝'，不免是一出滑稽剧。'"

"这无疑是他'最后的最坦白的老实话'。他的真诚的自我滑稽感和自曝，是人性伟大而不可遏制的自觉和复苏。心底无私天地宽。一个襟怀坦荡的人，才能够有自我批评精神，勇于做自我解剖，秋白先生就是一位具有自我批评精神的知识分子，一个追求自我不断进入新的更高境界的共产党人。这种自我批评精神是来自革命者的现代社会文明心态，是一种大智若愚的表现。他用他最后的文字，更用他最后的行为，告诉我，怎样才能算一个纯净的革命者？怎样才能做到对自己信念的坚持，对自己信仰的完全彻底的奉献！"

他带着温和的微笑看着面前的几个年轻人："我一路上都在听你们热议革命的初衷问题，革命者的出身问题，以及革命者从事革命的目的纯洁性问题，那么，我想再送你们一段话，还是来自秋白先生的一篇文章中，他提到的是有关青春和人生的话题，也许能从侧面给你们以启示。"

生命没有寄托的人，青年时代和儿时对他格外重要。这种罗曼蒂克的回忆其实不是发现了儿时的真正了不得，而是感到中年以后的衰退。本来，人生只有一次，对于谁都是宝贵的。但是，假使他的生命熔化在大众里面，假使他天天在为这个世界干些什么，那么，他总在生长，虽然衰老病死仍然是逃避不了，然而他的事业——大众的事业是不死的，他会领略到永远的年轻。而浮生如梦的人从世界里拿去很多，而给这世界的却很少，他总有一天会觉得疲乏的死亡：他连拿都没有力量了。衰老和无能的悲哀，像铅一样的沉重，压在他的心头。青春是多么短啊！

所有人都在沉思体味着这段话，这段来自那个波诡云谲时代的声音，这段发自革命先哲肺腑的喟叹。许久，江静舟长叹一声，用一番意味深长的话，结束了这场三代人的心灵之旅。

"孩子们，保持独立思考的能力至关重要，但是请不要怀疑一切，更不能否定一切！我始终坚信一点——我们这几代人从年轻时代就追随的信仰无疑是令人神往的，而当年追随这种信仰的那些人的心灵，也无疑是纯粹而真诚的！在这种高尚光明的信仰之灯照耀下，很多不同出身的青年，就这样异途同归、义无反顾地共同走到这条革命道路上来，成为相知的战友，成为毕生的知己！孩子们，我们不能因为看到了现实的太多阴暗面，看到了许多信仰变节者的丑行，就去质疑和否定那个信仰和那代人的行为！是的，这份信仰是纯净美好的，也确实有人曾经纯净地去追求过这份美好！这种执着和坚持，还必然会在你们这一代，甚至是下一代身上继承延续，这个就是最让爷爷感到欣慰和满足的！"

这次故乡之行无疑是令人难忘的，它让耄耋老者还了愿，放下了一段心结，也让年轻一代经历了一番醍醐灌顶般的灵魂洗礼。

似乎一转眼间，九十年代就悄悄来临。

江家的最显著变化，就是那些孙辈们的成长——就像早春的花枝，头一天的记忆里，还是含苞待放的状态，一两夜的忽略，再次望眼，就是满枝的花团锦簇。孩子们先后结婚成家或有了心仪的对象，用江静舟的话说，就等待着这些小家伙们慢慢地"绿叶成荫子满枝"了。

楚天舒离开领导岗位后，又回到军校任教授。如今已经是著名专家教授的他，如愿以偿地在课堂上继续他"择天下英才而教之"的梦想。桃李不言，下自成蹊，他的学生如今已经遍布各地，他很欣慰能在有生之年在教书匠这个位置上发挥着自己的余热。

1988年部队恢复军衔制，天舒和萧海因为年龄超标，失去了授衔将军的机会，唯有宁松因担任某军校校长，被授予了少将军衔。年轻的一代赶上好时候，一时间各个肩头都是星光璀璨，让人目不暇接。每当春节团聚的时候，用顾倾城的话讲，这个四世同堂之家就像变成了军人俱乐部了，身穿各色军装的孩子们，在一起说说笑笑，热闹非凡。

此时，部队文职干部奉命脱去了军装，身为军人，不穿军装，这在当时，很多军人都在思想上有过纠结和意见。尤其是教员们，给学生们上课，满眼望去的都是身着军装的军人，自己站在讲台上却一身便装布衣；课堂上，师生上课前互致礼仪，学生代表向教员敬军礼，教员却只能答以鞠躬礼……种种类类的尴尬细节，让许多穿了一辈子军装的教员、教授们因此发起了牢骚：身为军人，不穿军装，这算怎么回事吗？

楚天舒身为级别很高的教授，却从容淡定。沁梅发现，他对于这项牵动成千上万文职军人情绪的部队重大改革安之若素。他只是让沁梅为他准备好了几身合体的西服，别人上课可以穿夹克、休闲服，楚天舒不行，他一定要西装革履，连领带都打得一丝不苟。

沁梅笑他："我发现你呀，越老还越讲究起来啦，我的楚大教授！"

看着天舒正在对着镜子打着领带，沁梅边笑着调侃他，边上下打量着他的背影：眼前这人是自己一辈子都看不够的一道风景——瘦削挺拔的身材即使不穿军装也习惯性挺直站立，一身烟灰色西服和他高挑身姿相得益彰，潇洒中又不乏老年知识分子的斯文儒雅；花白的头发梳得纹丝不乱，镜子里那张笑脸难免沧桑，但是因着开朗明快的笑意，显得何时何地都是青春痕迹犹在。

"楚天舒的光彩，就是该闪烁在三尺讲台之上！"沁梅暗暗自语，却又忍不住在心里偷笑：不得不承认啊，自己的丈夫就是到了这近古稀之年，还是如此的卓尔不群、风采照人。

"说什么呢？讲究？哎！这是对学生的尊重啊，也是对自己的尊重，对自己的教师身份的尊重！你难道不懂吗，我的小妻子？我可是一向认你为知音的……"天舒笑语里带着一贯制的顽皮诙谐。

"又没正行儿了！刚才还想你穿上这身西服，更加文质彬彬的有个专家教授样了！好嘛，你这一开口，就露出马脚来了。多大的人了，还顽皮得像个孩子！好歹咱也算留学美国多年的人了吧，几身西服就让你乐成这样？不至于吧？什么'小妻子'的都叫出来了，嘁！"沁梅白眼对他。没事打打嘴仗，也是这对患难夫妻的常态。

天舒回头笑看妻子，微微噘嘴摇头："这不是几乎穿了一辈子的军装了嘛？好容易有机会穿穿便装，我也得秀秀我的'西装革履装扮'不是？哎，沁梅，你没发现吗？我很适合穿西服的？除了军装外，我觉得我最适合的就是西服了。"

虽然自己刚才还在暗暗倾心于他的出众风采，但是此刻沁梅可不想当面承认，让该同志翘尾巴。于是她撇嘴摇头，说着反话来刺刺他："说您瘦您还真飘起来了？是啊是啊，楚教授人长得帅啊，身材又好，都快古稀的人了，还像小伙一样精神呢！"

没人时，他们就爱这样斗嘴玩。此时天舒也嘟起嘴做出得意状："那当然喽，不信你去咱研究所大院里转上一圈，看看还有比你家'当家的'更帅的……老头了吗？"

"天呐，脸皮真厚，厚过城墙拐弯处！"沁梅捂嘴大笑起来，"您就臭美吧！哼，刚才你的话里都露出马脚来啦！'除了军装外？'，这么说你还是很留恋军装的？"

"不是废话？你也曾经是军人呀，你不留恋吗？"

"我怎么会不留恋？我退休那年，还偷偷抱着那身军装哭了一场！就是没让你瞧见罢了！"沁梅感慨道。

天舒也点头："所以啊，如今我们这些军人，脱了军装变成文职干部，好些人都不适应了！这浓厚的军装情结啊，没办法……"

沁梅用手点着他："我说呢，看你好像一副镇定自若的样子，却原来是深藏不露呀？楚教授也忒深沉了吧？"

天舒摇头："非关深沉呐，别忘了，我们毕竟是军人！是军人就该牢记住一条——以服从为天职！"

沁梅心下叹服，感慨地看着他："这次年龄超过标准，没授上军衔你也有点小失落吧？毕竟你的专业等级已经远远超过了将军这个相应职位！好歹当兵一辈子，却没实现最后这个将军梦，还是让人有点小酸楚吧？我一直就没敢问你！"

"是军人都会有将军梦，这个不奇怪。我也不会虚伪地否认你这番入情入理的分析。不过沁梅，你相信吗？对于我来讲，我可能更看重的是我目前的位置，我的教师位置！只要我还能站在讲台上，传道、授业、解惑……我就很开心，很欣慰了！"

说着这番话，他又露出孩子般纯净满足的神态来，这点再次让沁梅深深着迷。她忍不住上前拥住丈夫："我当然相信，我的丈夫我最知道！你呀，很多时候，就像是一个心地纯良、无私无欲的孩子一般，清澈、纯净、透明！"

她又笑着看天舒的眼睛："何况你还有同盟军呢。前两天我接到娟娟的信了，萧海如今的状态，主要是心态，完全和你一样！没授衔还提前退下来了，也倒是从容淡定，一副无所谓的样子。这几天他还计划着和娟娟回金城陪老爸住一阵呢。唉，这真是'不是一家人，不进一家门'！看看你们这对挑担，还真是……可敬，可爱！"

"萧海会是这样的，在我心目中他就是这样的人！"天舒搂着妻子笑了，"要说还是你们这对姐妹花出色啊。不但出色，还很有眼光吧？瞧瞧你们这老公选的！"他不待妻子笑着反驳自己，就加上了一句："好了，好了！算我这话说得不谦虚哈！不过，我还是要由衷赞美人家萧海一句，还是那句老话——萧海是天然的英雄！"

"傻子，在我心中，你也是——天然的英雄，永远的英雄！"沁梅望着爱了一辈子的人，充满感情地呢喃道。

尾　声

又一个明媚的春天来临时，楚天舒的七十寿辰也到了，这注定会是他度过的不同以往的一个生日。只是他不知道的是，有关他的寿辰问题，已经变成亲人们热议、计划、准备的一项秘密行动了。

首先发起者是他们的四个儿女。江岭兄妹们早就计划着要为父亲过一次像样的寿辰。他们先将此计划告知了爷爷江静舟，一向反对做寿的江静舟此次却大加赞赏。他又和义妹倾城暗地里商量了，决定为了保险起见，连沁梅都先瞒着。

大家决定给天舒夫妇一个惊喜。在天舒七十寿诞的这天，除了他的几个孩子们及全家外，很多亲朋好友也将突然出现在他的面前，一起为他点燃生日蜡烛，唱生日歌曲。

经过紧张的计划、筹备，一切就绪。亲朋好友们都答应到时会暗暗赶到金城。除了许若飞、乔思扬外，还有一些老战友老部下，如楚成、言涛、杜鹃等人，接到通知，也准备按时前来。天舒的海外亲人派了妹妹天姣做代表，满载几个兄姐的祝福，届时也会赶来金城为他贺寿。宁松和婵娟两对夫妇也请假定好机票，准备回家为姐夫祝寿。眼下分明是万事俱备，只待东风了。

就在生日的头一天，各路人马齐聚金城，或在宾馆，或在将军楼，都悄悄准备着第二天的活动。蛋糕准备好了，鲜花准备好了，寿宴也准备好了，谁知道，寿星夫妇却离奇失踪！

偷偷回家的四个孩子在大哥江岭的带领下，头天下午回到自己家中，想对父母坦白情况，却意外地看到家中空无一人。去父亲单位找寻，却得知一个奇怪的事情——父亲竟然请了一周假外出了。

得知消息，大家都诧异万分。江静舟家中，所有人都聚集在一处猜疑着，分析着，不得要领。江雪和江莲姐妹俩泪水都快急出来了。

消息传来是在生日那天的早上——天舒打电话回家，说他和沁梅正在湖南。

原来对自己儿女和亲朋为自己筹备生日庆典毫不知情的天舒，也一直在计划着自己的生日特别活动。

他瞒过沁梅，定了两张飞湖南长沙的机票，又悄悄收拾好夫妇两人的行装，在生日头一天的大清早，就将沁梅拉上了自己的专车。

到了机场，他才对沁梅说了实情——他想在自己生日这天，和妻子去一个此生难忘的地方。他们就这样来到了湖南。

湘江边上，天色清澄，江面浩渺，好一幅"极目楚天舒"的寥廓浩瀚的壮观景象。

沁梅默默地望着不远处站着的丈夫，他挺拔精悍的身姿以这辽阔江天做背景，像一座雕塑屹立在那里。江风吹乱了他的头发，吹开了他的衣襟，他仰起头，似乎长长吸了一口气，又好像在默默叩问苍天大地。

"哎，天舒，在想什么呢？"沁梅忍不住大声喊道，"此情此景，让我倒想起一则笑话来！"

"笑话？沁梅，快讲来听听！"

"还记得咱们的孩子小的时候，周末你总加班，我就带着他们来江边玩耍……你的那几个宝贝呀，都像你一样生性爱水，爱这样的江景！"

天舒走到妻子身边，微笑地看着正深情讲述着的她。

"有一天，咱们的小儿子，那个懵懂小子楚江潮，一脸困惑地对我说：'妈妈，我一直觉得你和爸爸的名字似曾相识的，却原来竟然同时藏在一首古诗里？'"

"哦？怎么讲？"天舒的眉毛习惯性扬起，在宽阔的额头上打起了问号。

"小家伙当时还真是摇头晃脑地给我背了一遍！据说是他在做老师布置的课外作业，翻阅古诗集时发现的。后来我反复念叨，也就记熟了，现在我背给你听——

　　早梅发高树，迥映楚天碧。

　　朔吹飘夜香，繁霜滋晓白。

　　欲为万里赠，杳杳山水隔。

寒英坐销落，何用慰远客。

　　她的声音婉转动听，声情并茂的朗诵更加有感染力。天舒被打动了，也默默跟着念叨。

　　"据说，这是柳宗元的一首诗，好笑的是我们似乎都没听说过？当时那几个孩子就跟着起哄，说是——'原来爸爸妈妈的缘分在此啊？这诗里，又是'梅'，又有'楚天'二字，竟然把两个人的名字早就连在一起，在古诗里悄悄藏了一千多年啦！'"

　　说到这里，沁梅的声音有些哽咽，天舒的眼眶也有点湿润起来。他搂住妻子的肩膀，将她带到了江边靠水更近的地方。

　　"沁梅，你知道我为什么选这个日子带你来这里吗？"他望向远方，目光深远而幽静，"古稀之年，我在想应该和你相依相偎度过，只是我们两人，抛开一切羁绊和尘俗之事，让我们悄悄地单独在一起度过……"

　　沁梅深情地望着丈夫，静静地倾听着。

　　"我曾经想在这一天带你回到我的老家——南京，去再次看看我人生之路的起点；也曾想和你去上海，去那个我们曾并肩战斗过的、充满回忆的地方；我还想约你去东北，去宽城，去那个令人不堪回首当年的、我们永生难忘的城市……可是，最后，我还是选择和你一起来到这里！"

　　他语气更加深沉有力："是的，就是这里！这里是我重生之处——想当年就是在这里，在精神、身体双重困境下，我幸运地获得了新生，得到了为组织再次工作的权利和位置；也是在这里，我重新确认了我的爱情，这份此生无憾、历久弥新的真爱，大爱，深爱！还是在这里，我有了自己的家，自己的孩子，自己生命的源泉和根；在这里，我还放下了所有的功名利禄、身外之物，实现了教书育人的最崇高梦想。是的，沁梅，仿佛一切都是难解的缘分！你是个地地道道的湘妹子，你的祖籍在这里；我的名字里面前两个字——楚天，还是这里的别名。这一切的一切，怎不叫我格外地留恋和向往？"

　　沁梅也激动起来，她频频点头："我懂，天舒！对你而言，我的故乡，就是你的再生之地！在这里，我们留下了最美好的青春印记。我们的爱情在这里成熟，我们的婚姻之舟从这里起航，我们的孩子们在这里出生、成长，我们人生最美好的时间，都挥洒在了这里……"

　　"沁梅，你相信缘分吗？"

"我信，天舒！这辈子我命好，遇到了自己的真爱；下辈子，我还要继续努力，紧紧抓住缘分的尾巴，一直一直不放松，直到它把我带到我命定的伴侣的身边！"

"傻丫头！下辈子你说不定都记不清谁是你的命定伴侣了？"

"错了，应该叫傻老太太！哼，但是你的后半句话，我可完全不赞同！"

沁梅顶了他一句，又诡秘一笑："要不然，咱们定个暗号吧？下辈子，要是走丢了，就对对暗号，没准儿就能找回彼此的真爱了？怎么样呢，我的傻老头子？"

"暗号啊？让我想想，得弄个简单的。别整个像那首《致云雀》——当年我和爸对的那个暗号，那个让我回归自己组织怀抱的暗号，浪漫倒是浪漫，就是太长了，不好背呀？"他说得开心幽默。

"傻瓜！谁让你想那些特工的暗号了？这是咱俩爱情的密码呢，自然应该想个甜蜜点的才对！"

"甜蜜点的？唔唔唔，一说这个，我怎么突然想起一个东西来！就是那年……你就在这里，给我做的那道家乡甜点了——那个糖芋苗？"

"哈！糖芋苗？这个好！天舒，我们就用这个暗号吧？"

"好的，咱们不妨提前操练一下？"

——"这位先生，你还记得糖芋苗的典故吗？"

——"这位小姐，我只记得江沁梅小姐亲手做的糖芋苗……"

第三部完（三部曲全文终结）

2014 年 4 月 2 日 14:40 完稿于西安

2015 年 9 月 23 日 16:20 修订于西安

代后记：历史的眼光　悲悯的情怀

王仲生 / 文

麦家的《暗算》、龙一的《潜伏》以及黄珂的《黎明之前》等电视剧问世以来，谍战小说风生水起，一时占尽风头。无可讳言，不少仿作、戏作，大都千人一面，程式化、虚拟化充斥了文坛。

《若爱重生》系列的问世，给谍战小说带来了新的变化。正如作者纳兰香未央所说，这是一部"谍战情感文"。将谍战小说的重心予以了创造性转移：从谍战本身转向了谍战者，转向了谍战者的精神世界、情感世界。人，在谍战小说里重新获得了艺术生命，站立了起来，征服了读者。

故事的背景设置在 1945—1949 年，国共内战时期，共产党与国民党展开了殊死搏斗，这是中国命运的大决战！一批红色特工打入国民党内部，从事谍报、策反。

《若爱重生》系列的艺术智慧在于，谍战工作中的惊险、离奇，虽然不可或缺，但作者的笔墨更多的是投向了谍战人员的错综复杂的关系和他们的人生价值取向、伦理道德选择和丰富复杂的内心情感。

她并不回避善与恶、美与丑、真与假的矛盾冲突。但是所有这些矛盾、冲突不再是简单化、平面化的，而是在不同层面上，被赋予了不同的内涵和外延，它们甚至是相互渗透，相互转化的。这样，小说中的人物也就不再是黑白分明，云泥立判的，而是拥有各个人物全部的复杂性、丰富性和生动性。

当然，这绝不意味着作家淡化或模糊，甚至取消了她的历史眼光和价值判断。

如果只写红色特工，而不写国民党军，小说当然可以成立，但小说却不惜笔墨，展开了敌我双方的生死较量。《若爱重生》系列之所以可贵，作家并没有简单化、脸谱化、妖魔化地写敌对一方。在作者笔下，任何人物都是作为"人"，自然而然地展现了他们的心理和行为。正如有的读者留言评论的那样——书中各式人物有一种人格上的平等感，无论笔墨多少，纳兰给予的情感对待是一样的。

作者以多样艺术手段为我们塑造了几个不可多得的艺术形象。

江静舟这位长期潜伏于国民党军的红色间谍，出生入死，几度陷入绝境，却化险为夷，成功地完成了任务，回到了党的怀抱。

这位功勋卓著的红色特工出身农家，家境贫苦，是苦难的逼迫，使他投身于共产党领导的革命事业，成为黄埔军校学员。刚烈是他性格的特征，长期的潜伏又锻炼了他的机智和沉稳。作为一名战士，他无限忠诚，而作为一位男性，他又柔情似水。

江静舟先后经历过几场生死纠葛的婚恋姻缘。

沈婉与江静舟青梅竹马，情深意长，因为一场"假婚姻"的误会，阴差阳错间，沈与江离婚。后来与江一直以战友相处。

陈青瑜是江为了潜入敌营，接受组织指令而主动娶的少妻，她出身名门，却是除了爱情什么都不放在心上的名媛，他们的婚姻注定会纠结而凄美。

虞水蓉，美丽柔情，而又聪慧机敏，为谍战需要，与江静舟假夫妻三年，不知不觉中萌生了爱，这种超乎同志情谊的爱，让他们双方都惊觉而宣告"离婚"。此后双双虽互恋却终不能成眷属。虞因为事业，婉拒过江的求婚，后又被派赴台湾，潜入敌营，屡建奇功。但是由于造物弄人，他们曾经相约的——在新中国建立的礼炮声中结婚的承诺终成幻影。"有位伊人，在水一方。"江静舟心目中，她永远可念而不可即。

另一位身份诡异莫辩的男二号——楚天舒，在各方面，几乎与江静舟成为"互为镜像"的人物。

楚天舒出身官宦，家世显赫。1945年自美国归来，他已是电讯、数学双料博士，供职于军统，他的身份一度成谜，是江静舟飓风小组主要防范的"危险人物"。他与江沁梅（江静舟的女儿）在相互不知底的长期对峙里逐渐演化为了一对恋人。

楚天舒是孤独的夜行人、独行侠。在他的组织里，一直是单线作战，没有战友，也没有朋友。在家庭里，更没有可以吐露真情的亲人。他最后留给哥哥的那首诗,移用了殷夫的《别了,哥哥》。这首脍炙人口的充满了亲情的诀别诗,为那个时代留下了不可磨灭的记忆。

向晖是作家倾心塑造的国民党高级将领,他出身官宦世家,清华毕业后入陆军大学,在抗日远征军里崭露头角,野人山突围中与江静舟成为生死与共的患难弟兄,彼此成为救命恩人。

作为一名职业军人,向晖永远恪尽职守,他为人儒雅,谦谦君子,一身正气,忠诚于自己的信仰。

当昔日"手足",视若亲人的江静舟以我军某部参谋长身份出现在他眼前,宣告接受向晖所部起义时,向晖的内心痛楚,莫可名状。这是一场无法回避的兄弟阋墙的悲剧。

与向晖成为互补的是胡文轩。胡文轩在军统里身居高位,当年黄埔军校时与江静舟、程鹏霖结义为三兄弟。

胡文轩一直怀疑江静舟为共党,时时处处设防,视为死敌。胡又收沁梅为养女,胜过父女。胡文轩一生真心爱的不是别人,而是虞水蓉,这让他与江又处在了情敌地位。

小说中的主要人物,当然不止这几个,那是一组闪亮的群雕。在谍战的故事连着故事的遍地荆棘里,人物站立了起来,这是抓住了小说艺术的魂。

在整个系列里人物关系密如蛛网,极为复杂。敌中有我,我中有敌,谍战的种种内幕与手腕,小说都一一涉及,其残酷,其惊险,其匪夷所思,其奇峰突起,其水落石出,其起死回生,其峰回路转,不一而足。

作家的高明是她的笔绝不局限于"事件"的叙述,而是向着事件的创造者、参与者、亲历者的内心世界开掘,情感的纠缠与敌我谍战相伴相生,重峦叠嶂,云缠雾绕。

谍战工作者,是人,是血肉之躯,有七情六欲。也许较之于谍战,在正常生活中,世俗生活里,他们会以另外的面孔出现?

荣格早就指出,人是有多重人格面具的。社会角色的不同,以及同一个人在家庭、职场、社交中扮演的不同角色,都将让人以不同面具出现。这并非人格分裂,而是人存在的多面性和多层次。但,这并不意味着,人物的总的倾向的淡化或消解。

不论是江静舟,还是向晖,他们都无限忠诚于自己的信仰,不惜为此而献身。但因政治立场不同,敌我对峙的境地让他们陷入了尴尬之中。他们难免有内心的矛盾与顾虑、顾忌，甚至于愧疚，而这又恰恰反证了他们对自己的信仰忠贞不贰。

显然，发生在 20 世纪前半叶的中国革命，有它的历史选择性；而共产党领导的军队的胜利，也有它历史的合理性。国民党政权的极度腐败激发的对于民主、自由、公正的普遍诉求与"二战"之后，人类的普遍呼唤是遥相呼应的。作者纳兰香未央正是从这样的历史高度从事创作的。

余华曾经说过："我和现实关系紧张，说得严重一点，我一直是以敌对的态度看待现实……作家的使命不是发泄，不是控诉或者揭露，他应该向人们展示高尚。这里所说的高尚，不是那种单线的美好，而是对一切事物理解之后的超然，对善与恶的一视同仁，用同情的目光看待世界。"

余华后来又曾这样说："这不只是我个人面临的困难，几乎所有优秀的作家都处于和现实的紧张关系中，在他们笔下，只有当现实处于遥远状态时，他们作品中的现实才会闪闪发亮。"

当现实处于遥远的距离，作家的创作才会以"同情的理解"（陈寅恪语）出现？这似乎并不一定。一切取决于作家对现实的审美理解。

海德格尔认为作为审美的乌托邦，文学是心灵的拯救。马尔库塞甚至认为："艺术作为性爱和幸福的升华形态，在根本上就是性爱和幸福的代用品。"

回到这系列作品上，我们看到——

与其说小说是写谍战中的情感，不如说小说是写情感在谍战中的特殊呈现。情感从来是复杂微妙的。而谍战更赋予这复杂微妙以双重的特殊性。

我们看到小说的叙述往往不吝笔墨于人物之间友情、亲情，尤其是爱情。它们甚至成了小说的主河道。

作者的真诚与悲悯容不得虚假与自私。那种视情感为廉价的商品的逢场作戏；那种视情感为一己的专利而毫不顾及对方与他人对情感的亵渎，对此，作者是拒斥的。

正如历史的正义性一样，《若爱重生》系列的情感的纯粹性，让整部作品获得了一种悲悯。在这里，我们依稀听到了"古典情怀"，在喧嚣的新世纪的曼妙回响。

情感的残缺、残损与残破，是情感中最撼动人心的一页。人的无限可能性和人在规定情境中的唯一现实性从来是人的二律背反，也是人生悲喜交集的无可遁逃的命运。贾宝玉如此，林黛玉如此，杜丽娘如此，崔莺莺如此。

《若爱重生》系列正是写出了这种人的生存困境，因了谍战，无论是江静舟，楚天舒，还是向晖，胡文轩，在情感这一领地，他们收获的无一不是残缺、残损、残破。如小说所言："江静舟苦战敌营二十多年，忍受了太多的离散、伤逝、悼亡……他的委屈，他的伤痛，他的悲情，谁又能真正体味得到？"

其实，即使没有谍战，在人生的另外的情境里，他们能避免这情感的不圆满吗？这是一个待解的，也可能是无解的命题。

《若爱重生》系列迎难而进，以小说的形式，意欲对此做出自己的阐释。但作品的命名，其实就已给读者以答案：爱如果能重生，那么，一切就将皆大欢喜；可是爱，能够重生吗？

唯勘破红尘者，始得清净。那是心若止水的世界。爱，已包容了一切，涵纳了一切，爱也消融了自己，消融了爱恨情仇。

整个系列的语言走向了挥洒自如、细腻而温情，作者纳兰香未央尤擅长于情感涟漪的捕捉与表现。她曾广泛收集，长期沉潜于红色间谍的文史资料之中，小说中不少情节、细节皆有史可查、可证。如郑域国所收周恩来敦促其起义的书信，就节录自当年周写给郑洞国的那封信。

小说结构宏大而严谨，以人物为核心，多线索交织，穿插照应而又主线突出。小说也会摇曳于追述与回忆之中，如缅北战场上，那首壮怀激烈的新一军军歌。

如果小说在叙述节奏上能更多注意于疏密舒疾，腾出笔墨适当铺染于风景、风物的描述上多下些功夫，适当留下一些闲笔，小说的语言就会从容而洒脱多了。

李叔同当年为自己留下了"悲欣交集"的绝笔，这无疑是一个极高贵的人生境界、审美境界。

《若爱重生》系列是向着这高贵攀缘的一支青藤。

王仲生，著名文学评论家。《唐都学刊》主编，浙江蓝溪人，西安文理学院教授，长期从事中国现当代文学教学与研究工作。出版《贾平凹的小说与东方文化》《鲁迅作品试析》《中国当代文学发展综史》《看到与没有看到的风景》《陈忠实的文学人生》等专著。